Familienbilder

Die bezaubernd schöne Hollywoodschauspielerin Faye Price lernt gegen Ende des Zweiten Weltkriegs den Schiffsmagnaten Ward Thayer kennen. Obwohl Faye gerade im Zenit ihres Erfolges steht, gibt sie ihre Karriere auf, um Ward zu heiraten. Doch schon bald ziehen dunkle Wolken über dem Glück der beiden auf: Ward gerät in finanzielle Schwierigkeiten, beginnt zu trinken und verstrickt sich mehr und mehr in Frauengeschichten. Faye steht trotz allem treu zu ihrem Mann. Mit selbstlosem Einsatz hält sie immer wieder die Familie in den Stürmen des Lebens zusammen ...

Palomino

Das Glück hat seinen Preis – auch für die junge, attraktive Samantha Taylor, die nach einer glänzenden Karriere erkennen muß, daß ihre Ehe gescheitert ist. Erst auf dem Land, unter dem strahlenden Himmel Kaliforniens und auf dem Rücken ihrer Pferde, findet sie wieder zu sich selbst. Und sie findet Tate Jordan, den stolzen Vorarbeiter der Ranch. Auch er, obwohl von bitteren Erfahrungen gezeichnet, verliebt sich in sie. Doch die Standesunterschiede scheinen sie zu trennen. Als Tate sie schweren Herzens verläßt, um ihr nicht im Wege zu stehen, stürzt Samantha bei einem Ritt, als sie verzweifelt nach ihm sucht. Ein folgenschwerer Sturz, der ihrem Leben eine tragische Wende verleiht - doch sie findet dennoch die Erfüllung, als sie Tate bereits vergessen zu haben glaubt ...

Autorin

Danielle Steel wurde als Tochter eines deutschstämmigen Vaters in New York geboren. Sie studierte französische und italienische Literatur an der Universität von New York und schrieb danach zahlreiche Romane, die sie in wenigen Jahren zu einer der bekanntesten Autorinnen Amerikas gemacht haben.

DANIELLE STEEL

Familienbilder

———

Palomino

Zwei Romane in einem Band

Goldmann Verlag

Umwelthinweis:
Alle bedruckten Materialien dieses Buches
sind chlorfrei und umweltschonend.

Der Goldmann Verlag
ist ein Unternehmen der Verlagsgruppe Bertelsmann

Neuausgabe August 97
Familienbilder
Titel der Originalausgabe: Family Album
Originalverlag: Delacorte Press, New York
Copyright © 1985 der Originalausgabe
by Benitreto Productions. Ltd.

Palomino
Titel der Originalausgabe: Palomino
Originalverlag: Dell Books, New York
Copyright © 1981 der Originalausgabe by Danielle Steel

Copyright © dieser Ausgabe 1997
by Wilhelm Goldmann Verlag, München
Umschlaggestaltung: Design Team München
Satz: IBV Satz- und Datentechnik GmbH, Berlin
Druck: Graphischer Großbetrieb Pößneck
Verlagsnummer: 41623
AA · Herstellung: Sebastian Strohmaier
Made in Germany
ISBN 3-442-41623-x

1 3 5 7 9 10 8 6 4 2

Familienbilder

Aus dem Amerikanischen
von Dr. Ingrid Rothmann

In Liebe.
Für Beatrix, Trevor, Todd,
Nicholas, Samantha, Victoria und
besonders – ganz besonders
und von ganzem Herzen –
für John.

d. s.

»*Gott gibt den Einsamen Familien.*« Tröstliche
Worte aus der Bibel ... Familien, geeint durch
Blutsbande, durch Pflichten, Notwendigkeit,
Sehnsucht und manchmal, wenn man Glück
hat, auch durch Liebe. Es ist ein Bestand
verheißendes Wort, ein festes Fundament, ein
Ort, an den man heimkehrt, an dem man
aufwächst, dem man entwächst, aber auch ein
Ort, den man im Gedächtnis behält und an dem
man hängt ... ein Echo, das für immer im Ohr
bleibt und im Herzen bewahrt wird, zusammen
mit jenen bildhaften Erinnerungen, die ähnlich
wie Elfenbeinschnitzereien aus einem Stück
geschaffen, fein abschattiert sind, strahlende
Farben neben gedämpften Tönen haben,
stellenweise verblaßt, verwischt und vergessen
sind ... und doch nie ganz in Vergessenheit
geraten oder verloren werden. Der Ort des
Anfangs, an dem man zu enden hofft, durch
harte Arbeit geschaffen, hoch in den Himmel
ragend ... Familie ... was für Bilder werden
heraufbeschworen, was für Erinnerungen
und Träume ...

Prolog

1983

Es war erst elf Uhr vormittags, und die Sonne schien schon so grell, daß fast alle die Augen zusammenkniffen. Ein leichter Lufthauch zauste die Haare der Frauen. Der Tag war so schön, daß er etwas vom Todesschmerz an sich hatte, eine wundervolle Stille, und in dieser vielfachen Stille waren nur Vögel zu hören, ein leises Zwitschern, ein jäher Ruf, und dazu überwältigender Blumenduft... Maiglöckchen, Gardenien, Freesien, in einem Teppich von Moos begraben. Von alldem sah Ward Thayer nichts, und er schien auch nichts zu hören. Minutenlang hatte er die Augen geschlossen gehalten, und als er sie öffnete, starrte er vor sich hin wie ein Zombie, mit fahlem Gesicht, ganz anders als das Bild, das sich alle von ihm machten oder in den vergangenen vierzig Jahren gemacht hatten. An diesem Morgen war an Ward Thayer nichts Glänzendes, nichts Aufregendes oder gar Gutaussehendes. Er stand reglos in der strahlenden Sonne, sah nichts, da er die Augen wieder geschlossen hatte, mit fest zusammengepreßten Lidern, von dem momentanen Wunsch beseelt, sie niemals mehr zu öffnen, so wie sie, die sie für immer geschlossen hatte.

Von weitem hörte man eine leise, eintönige Stimme. Sie hob sich nicht vom Gesumm der Insekten ab, die die Blumen umschwärmten. Und er empfand nichts. Gar nichts. Warum? Warum fühle ich nichts? fragte er sich. Habe ich nichts für sie empfunden? War alles nur Lüge gewesen? Er spürte, wie ihn eine Woge der Panik zu erfassen drohte... er konnte sich nicht mehr an ihr Gesicht erinnern... nicht mehr an die Art, wie sie ihr Haar trug... an die Farbe ihrer Augen... Ganz plötzlich riß er die Augen auf, und die Lider trennten sich wie Hände, die gefaltet gewesen waren, wie einst verpflanzte Hautstücke. Die Sonne blendete ihn so stark, daß er nur einen Lichtblitz wahrnahm und die Blumen roch, während eine Biene vorübersummte und der Pastor ihren Namen aussprach. Faye Price Thayer. Ein dumpfer Knall zu seiner Linken, und vor seinen Augen flammte das Blitzlicht einer Kamera auf, während die Frau neben ihm seinen Arm drückte.

Er sah auf sie hinunter, seine Augen gewöhnten sich an das Licht, und plötzlich war auch die Erinnerung wieder da. Alles Vergessene spiegelte sich in den Augen seiner Tochter wider. Die junge Frau neben ihm sah ihr so ungeheuer ähnlich, und doch waren die beiden so verschieden. Eine Frau wie Faye Thayer würde es nie wieder geben. Das wußten alle, und er wußte es am besten. Er sah das hübsche blonde Mädchen neben sich, besann sich auf alles und sehnte sich im stillen nur nach Faye.

Seine Tochter stand groß und ernst da. Sie war unscheinbarer als Faye. Ihr glattes blondes Haar war zu einem straffen Knoten zusammengefaßt. Neben ihr ein ernst dreinblickender Mann, der immer wieder nach ihrem Arm faßte. Alle waren jetzt unabhängig, alle, jeder anders und für sich, und doch wie Teile eines größeren Ganzen, Teile von Faye ... und ebenso von ihm.

War sie wirklich dahin? Es erschien ihm unmöglich. Tränen liefen langsam über seine Wangen, und ein Dutzend Fotoreporter sprangen herbei, um seinen Schmerz festzuhalten und auf Titelseiten zu bannen, die um die ganze Welt gehen würden. Der gramgebeugte Witwer Faye Price Thayers. Er gehörte ihr jetzt im Tod ebenso, wie er ihr im Leben gehört hatte. Sie alle gehörten ihr. Alle. Die Töchter, der Sohn, Mitarbeiter, Freunde, und alle waren da, um das Gedächtnis der Frau zu ehren, die für immer gegangen war.

Neben ihm in der vordersten Reihe stand die Familie. Seine Tochter Vanessa, deren bebrillter junger Mann und neben diesem Vanessas Zwillingsschwester Valerie mit dem flammenden Haar, einem Gesicht aus Gold, in einem perfekt geschnittenen Kleid aus schwarzer Seide, das atemberaubend an ihr haftete. Der Stempel des Erfolges war ihr unmißverständlich aufgeprägt. An ihrer Seite ein ebenso blendend aussehender Mann.

Sie gaben ein so schönes Paar ab, daß man nicht umhin konnte, sie anzustarren. Die Ähnlichkeit Vals mit Faye war für Ward eine Genugtuung. Sie war ihm noch nie so aufgefallen wie jetzt ... Und Lionel, der Faye auch ähnlich sah, wenn auch nicht so frappierend. Groß, hübsch und blond, sinnlich, elegant, und dazu stolz.

Ward stand da, den Blick starr in die Ferne gerichtet, während er der anderen gedachte, die er gekannt und geliebt hatte ... Gregory und John, verlorener Sohn und geschätzter Freund. Und er dachte auch daran, wie gut Faye Lionel gekannt hatte, besser vielleicht als jeder andere. Sie hatte ihn besser gekannt als er sich selbst ... so gut, wie er selbst Anne kannte, die jetzt neben ihm stand, hübscher als je zuvor, sehr viel selbstsicherer und doch noch sehr jung, ein großer Gegensatz zu dem grauhaarigen Mann, der ihre Hand hielt.

Am Ende waren sie alle zur Stelle. Sie waren gekommen, um all dem die letzte Ehre zu erweisen, was sie gewesen war: Schauspielerin, Regisseurin, Legende, Ehefrau, Mutter, Freundin. Es waren die da, die sie beneidet hatten, die sie zu stark gefordert und denen sie zuviel abverlangt hatte. Das wußte ihre Familie am besten. Sie hatte so viel von ihnen erwartet und ihnen doch so viel gegeben, weil sie sich selbst bis zum äußersten forderte.

Während er alle um sich sah, wanderte Wards Erinnerung zurück, zurück bis zu jenem ersten Mal auf Guadalcanal. Und jetzt waren sie alle da, nach einem Menschenalter, und jeder hatte sie in Erinnerung, wie sie gewesen war und was sie für sie gewesen war. Ein Meer von Gesichtern unter der strahlenden Sonne von Los Angeles. Ganz Hollywood war ihretwegen auf den Beinen. Ein letzter Gruß, ein Lächeln zum Abschied, eine zärtliche Träne, und Ward wandte sich der Familie zu, die er mit ihr gegründet hatte, alle kraftvoll und schön wie sie. Wie stolz Faye jetzt auf ihre Familie wäre, wenn sie sie sehen könnte, dachte er, während ihm Tränen in den Augen brannten ... so wie die Familie stolz auf sie war ... am Ende. Es hatte lange gebraucht ... und jetzt war sie dahin. Es erschien ihm unmöglich, unglaublich, da sie doch erst gestern ... erst gestern in Paris gewesen waren ... in Südfrankreich ... New York ... Guadalcanal.

Guadalcanal

1943

I

Die Dschungelhitze war so beklemmend, daß man das Gefühl hatte, durch dichte, undurchdringliche Luft zu schwimmen, auch wenn man sich nicht vom Fleck rührte. Sie war etwas spürbar Vorhandenes, etwas, das man riechen und anfassen konnte, und trotzdem drängten und schoben die Männer nach vorne, weil sie Faye sehen wollten – aus der Nähe, möglichst deutlich. Schulter an Schulter saßen sie mit gekreuzten Beinen dicht nebeneinander auf dem Boden. Weiter vorn gab es Klappstühle, die schon vor Stunden besetzt gewesen waren.

Seit Sonnenuntergang hockten die Männer da, ausgedörrt, schwitzend, erwartungsvoll. Alle hatten das Gefühl, schon hundert Jahre hier im dichten Dschungel von Guadalcanal zu sitzen, und es kümmerte sie einen Dreck. Sie hätten auch ein halbes Leben auf sie gewartet. In diesem Augenblick war sie für die Männer alles – Mütter, Schwestern, Ehefrauen, Freundinnen, die sie zurückgelassen hatten ... Frauen ... die Frau schlechthin. Nach Einbruch der Dunkelheit setzte ein fast hörbares Summen ein, während sie dasaßen, schwatzten, rauchten und ihnen Schweißbäche über Nacken und Rücken liefen. Glänzende Gesichter, feuchtes Haar, Uniformen, die am Körper klebten ... und alle waren so jung, fast noch Kinder ... und doch keine Kinder mehr. Sie waren Männer.

Es war 1943, und sie waren schon länger da, als sie es in der Erinnerung wahrhaben wollten. Alle interessierte nur eine Frage, nämlich wann der Krieg aus sein würde, wenn es überhaupt ein Ende gab. Heute abend aber dachte niemand an den Krieg. Das war denen überlassen, die Dienst hatten. Die meisten, die hier warteten, hatten sich den Abend mit jeder nur verfügbaren Währung erkauft, von Schokolade über Zigaretten bis hin zu kaltem, hartem Geld ... alles, alles, nur um sie zu sehen ... und sie würden alles tun, nur um Faye Price wiederzusehen.

Als die Band zu spielen anfing, war die Luft nicht mehr so kompakt, vielmehr schwül, die Hitze nicht mehr beklemmend, sondern sinnlich aufgeladen, und sie spürten Regungen wie schon lange nicht mehr. Was sie empfanden, war nicht nur Hunger nach ihr, es war auch etwas Tieferes und Zarteres, etwas, das ihnen angst gemacht hätte, wenn es länger spürbar gewesen wäre. Es erwachte während dieses scheinbar endlosen Wartens ... und als wimmernd eine Klarinette einsetzte, schlugen ihre Pulse den Takt dazu. Die Musik zerrte ihr Innerstes nach außen, schmerzhaft beinahe, und jedes Gesicht, jeder Mann verharrte in atemloser Reglosigkeit. Die Bühne war leer und dunkel, und dann, ganz plötzlich, sah man sie undeutlich oder glaubte, sie zu sehen ... ganz sicher konnte man nicht sein. Ein winziger Scheinwerfer tastete die Dunkelheit nach ihr ab. Er traf ihre Füße, ein silbriges Aufblitzen, von weitem ein Funkeln wie Sternschnuppen am Sommerhimmel ... und als sie näher kam, ging ihnen das Gleißen ihres Körpers schmerzhaft durch und durch. Und plötzlich stand sie vor ihnen. Strahlende Perfektion im Silberlamékleid. Die Männer, die sie vor sich sahen, stöhnten hörbar auf. Es war ein Stöhnen, aus dem Begehren, Ekstase und Schmerz sprachen. Das gleißende Silberkleid ließ Fayes Haut wie hellrosa Samt aussehen, ihr langes Haar, das sie offen trug, näherte sich dem Farbton reifer Pfirsiche. Ihre Augen tanzten, ihr Mund lächelte, und sie streckte die Arme nach ihnen aus, während sie sang ... mit einer Stimme, tiefer als jede andere Frauenstimme. Und sie war schöner als jede andere Frau. Mit jeder Bewegung enthüllte das Kleid endloses makelloses Fleisch, die rosige Perfektion ihrer Schenkel.

»Allmächtiger!« raunte eine Stimme in den hinteren Reihen, und Hunderte lächelten dazu.

Sie alle empfanden gleich, empfanden seit Jahren schon so. Als es geheißen hatte, Faye Price wolle vor ihnen auftreten, da hatte niemand es geglaubt. Diese Shows hatten sie um die halbe Welt geführt. Sie war auf den pazifischen Inseln, in Europa, in den

Staaten aufgetreten. Ein Jahr nach Pearl Harbor hatte ihr Schuldgefühl sie überwältigt. Seit über zwölf Monaten war sie nun auf Tournee. Nach einer kurzen Unterbrechung für die Dreharbeiten an einem Film war sie wieder auf Achse ... und heute abend war sie hier ... bei ihnen.

Aus ihrer Stimme klang nun Traurigkeit, und die in der ersten Reihe Sitzenden sahen das Pulsieren an ihrem Hals. Sie war lebendig ... menschlich ... zum Anfassen, wenn man bis zur provisorischen Bühne hätte langen können ... zum Fühlen ... zum Riechen. Alle waren richtig scharf auf sie, und als sie jedem beim Singen in die Augen zu sehen schien, enttäuschte Faye Price keinen.

Mit dreiundzwanzig Jahren war Faye Price in Hollywood bereits eine Legende. Ihren ersten Film hatte sie mit neunzehn gemacht, und von da an war der Erfolg nicht mehr aufzuhalten gewesen. Sie war blendend schön und machte ihre Sache verdammt gut. Ihr Stimmumfang reichte von geschmolzener Lava zu flüssigem Gold, ihr Haar schimmerte wie ein goldener Sonnenuntergang, ihre Augen leuchteten grün wie Smaragde in einem Elfenbeingesicht. Doch was die Welt eigentlich in ihren Bann zog, waren nicht ihre schönen Züge, ihre Stimme oder die Makellosigkeit der Haut des schlanken Körpers mit den sanft gerundeten Hüften und vollen Brüsten, sondern die Wärme, die sie von innen leuchten ließ, das Strahlen in ihren Augen, das Lachen in ihrer Stimme, wenn sie nicht sang. Sie war eine Frau im besten und unverfälschtesten Sinn des Wortes, jemand, an dem die Männer sich festhalten wollten, den die Frauen anstarrten, zu dem die Kinder aufblickten. Sie war aus dem Stoff, aus dem Traumprinzessinnen sind.

Nach der High School war sie aus einer Kleinstadt in Pennsylvania nach New York gekommen und hatte als Fotomodell angefangen. Nach einem halben Jahr verdiente sie mehr als jedes andere Mädchen in der Stadt. Die Fotografen liebten sie, ihr Gesicht erschien auf den Titelseiten aller großen Magazine. Und doch gestand sie heimlich ihren Freundinnen, daß sie sich langweilte. Es gebe dabei so wenig zu tun, behauptete sie, sie brauche nur dazustehen, sonst nichts. Als sie es zu erklären versuchte, sahen die anderen Mädchen sie an, als hätte sie den Verstand verloren. Zwei Männer waren es, die erkannten, was in ihr steckte. Der Mann, der später ihr Agent werden sollte, und Sam Warman, der Produzent, der eine Goldmine auf den ersten Blick erkennen konnte. Er kannte Faye von den Titelseiten her, und er fand sie hübsch, doch erst als er sie persönlich vor sich sah, wurde ihm klar, wie großartig sie war. Wie sie sich bewegte, wie sie einem im Gespräch in die Augen sah, ihre Stimme – Sam wußte sofort, daß sie nicht darauf aus war, von ihm verführt zu werden. Sie war auf gar nichts aus, auf nichts jedenfalls, was ihrer Natur widersprochen hätte, wie Sam ganz instinktiv spürte. Abe, ihr Agent, hatte nicht zuviel versprochen. Sie war toll, einzigartig. Ein Star. Was Faye Price wollte, versuchte sie mit ihren eigenen Möglichkeiten zu erreichen. Sie suchte die Herausforderung, wollte hart arbeiten, war gewillt, alles anzupacken, was sich ihr bot . . . und er bot es ihr. Er gab ihr die ersehnte Chance. Abe brauchte ihn nicht erst lange zu überreden. Sam brachte sie nach Hollywood und gab ihr eine Rolle in einem Film, eine kleine Rolle, die anfangs auch gar nicht anspruchsvoll gedacht war. Aber Faye schaffte es irgendwie, den Drehbuchautor herumzukriegen. Sie habe ihn oft genug fast wahnsinnig gemacht, sollte er später zugeben, aber dann war die Rolle schließlich so, wie sie sie haben wollte, und was sie wollte, war sehr gut. Gut für den Film und gut für sie. Es war eine kleine Rolle, die es in sich hatte. Der Auftritt von Faye Price war wie von einem Licht überstrahlt, das den Leuten den Atem raubte. Sie hatte etwas Magisches an sich, halb Mädchen, halb Frau, zwischen Elfe und Sirene schwankend, und sie war imstande, oft nur mit ihrem Gesichtsausdruck und den unglaublich tiefen grünen Augen die ganze Bandbreite menschlicher Emotionen darzustellen. Dieser Rolle verdankte sie zwei weitere, und dem vierten Film verdankte sie den Oscar. Vier Jahre nach der ersten Rolle hatte sie sieben Filme gedreht, und im fünften war sie von Hollywood als Sängerin entdeckt worden.

Und als Sängerin trat sie jetzt auf und sang sich für Soldaten auf der halben Welt die Seele aus dem Leib. Sie gab diesen Männern ihre Seele, ihr Herz und ihr Leben. Es war wie bei allem, was sie anfing. Faye Price war nicht der Mensch, der sich mit Halbheiten zufriedengab. Mit dreiundzwanzig war sie kein Mädchen mehr, sie war ganz Frau. Und die Männer, die sie jetzt auf der Bühne sahen, wußten es. Wenn man beobachtete, wie Faye Price sich bewegte, wenn man sie singen hörte, wenn man sie vor sich sah, bekam man eine Ahnung davon, was Gott bei der Schöpfung der Frau im Sinn gehabt hatte. Sie war unendlich ... das Höchste ... und heute abend sehnte sich jeder, der sie sah, danach, von ihren Armen umfangen zu werden, seine Lippen sanft auf die ihren zu pressen, in ihr seidiges blondes Haar zu fassen ... ihren Atem auf der Schulter zu spüren ... ihr leises Seufzen zu hören. Einer der Jungs stöhnte auf, und seine Kameraden lachten ihn aus. Es scherte ihn den Teufel.

»Großer Gott ... ist sie nicht phantastisch?« Seine Augen leuchteten wie Kinderaugen zu Weihnachten. Die Männer um ihn herum lächelten. Die längste Zeit hatten sie ruhig zugehört, nach der ersten halben Stunde aber gab es kein Halten mehr. Sie brüllten, johlten, rasten und heulten. Und nach der letzten Nummer tobten alle so ausdauernd und laut, daß Faye noch fünf oder sechs Nummern zugab. Als sie von der Bühne abging, standen Tränen in ihren Augen, doch das sah keiner. Es war so wenig, was sie für sie tun konnte, ein paar Lieder, ein silbernes Kleid, ein kurzer Blick auf die Beine, ein Stück Weiblichkeit, das sich jeder mit tausend Mann in einer Dschungelnacht teilen mußte, fünftausend Meilen von zu Hause. Und wer konnte wissen, wie viele überleben und zurückkehren würden? Der Gedanke daran zerriß ihr das Herz. Deswegen war sie gekommen, und deswegen mußte sie das alles tun. Wenn sie auf Tournee ging, gab sie sich viel verführerischer als zu Hause. In Los Angeles hätte sie sich um keinen Preis in einem bis zum Schritt geschlitzten Kleid gezeigt. Wenn man das hier aber so wollte, dann sollte es ihr recht sein. Was war denn schon dabei, wenn man den Jungs von der sicheren Bühne herunter ein paar Wonnen vorgaukelte?

»Miß Price?« Sie drehte sich überrascht zu dem Adjutanten

des Kommandeurs um, der sie ansprach, als sie von der Bühne kam. Noch immer hörte man die Leute draußen nach ihr rufen, so laut, daß sie den jungen Mann kaum verstehen konnte.

»Ja?« Sie wirkte überdreht und erregt. Gesicht und Brustansatz glänzten vor Schweiß. Für ihn war sie die schönste Frau, die ihm je begegnet war. Das lag nicht allein an ihrer Makellosigkeit ... ihre Nähe weckte in einem den Wunsch, die Hand auszustrecken und sie zu berühren ... sie festzuhalten ... von ihr ging etwas aus, das er noch nie gespürt hatte, jedenfalls nicht so hautnah. Es war ein Zauber, versetzt mit Glamour, eine Sinnlichkeit, die das Verlangen wachrief, sie zu küssen, immer wieder, ohne innezuhalten.

Als sie wieder fort wollte, hinaus zu den Männern, die nach ihr verlangten, faßte er instinktiv nach ihrem Arm. Er spürte, wie sich alles in ihm spannte, und kam sich ziemlich dämlich vor. Diese Reaktion war lächerlich. Wer war sie denn? Einer dieser Filmstars, geschminkt und aufgedonnert und nur deswegen so überzeugend, weil sie sich besser als die anderen auf ihre Kunst verstand. Das alles war doch nur Illusion, oder nicht ...? Doch als ihre Blicke sich trafen und sie ihm zulächelte, wußte er, daß es nicht so war. An der Frau, die vor ihm stand, war nichts Unechtes. Sie war genau die, die sie war.

»Ich muß hinaus.« Sie deutete in die Richtung des Lärms.

Er nickte und rief laut: »Der Kommandeur lädt Sie zum Dinner ein.«

»Danke.« Ihr Blick löste sich von ihm, dann ging sie hinaus und schenkte den Jungs noch eine halbe Stunde.

Diesmal sang sie Lieder, bei denen die Leute lachen konnten, darunter zwei, in die sie miteinstimmten, und zum Schluß eine Ballade, bei der alle mit den Tränen kämpften. Und als sie abtrat, tat sie es mit einem Blick, der jeden einzelnen einzuhüllen schien wie ein Gutenachtkuß der Mutter ... der Ehefrau ... des Mädchens zu Hause ... »Gute Nacht, Freunde ... Gott segne euch.« Ihre Stimme war belegt, und plötzlich trat Stille ein. Alle gingen sie schweigend von den Plätzen und still in die Unterkünfte. Fayes Worte sollten ihnen lange nicht aus dem Sinn gehen. Sie hatten gejohlt und geklatscht, doch als sie von der Bühne ging, war es genug gewesen. Jetzt wollten sie zurück auf ihre Pritschen und über Faye nachdenken, ihre Lieder in Gedanken noch einmal hören ... sich ihr Gesicht ins Gedächtnis zurückrufen ... ihre Arme ... ihre Beine ... den Mund, dessen Küsse allen galten und der so gut lachen und wieder ernst sein konnte. Sie alle behielten den Blick in Erinnerung, der beim Abschied in ihren Augen gelegen hatte. Sie würden sich noch sehr lange daran erinnern. Es war alles, was ihnen von ihr blieb. Und Faye wußte es. Es war ihr Abschiedsgeschenk.

»Das is 'n Weib.« Die Worte kamen von einem stiernackigen Sergeanten und waren höchst untypisch für ihn. Keiner wunderte sich, denn Faye Price brachte in ihnen allen etwas Besonderes zum Vorschein. Ihre Gefühle, ihre Herzen, ihre Hoffnungen.

»Und was für eines ...«, kam das Echo an jenem Abend tausendfach von denen, die sie gesehen hatten. Die sie nicht gesehen hatten, weil sie sich nicht vom Dienst hatten drücken können, versuchten ihre Enttäuschung zu verbergen. Und zu guter Letzt brauchten sie gar nicht enttäuscht zu sein. Faye sprach eine ungewöhnliche Bitte aus, die gern erfüllt wurde. Der Kommandeur war sichtlich überrascht, als er davon hörte, und er stellte seinen Adjutanten ab, damit dieser Faye herumführe. Sie hatte gebeten, einen Rundgang auf der Basis machen zu dürfen, um alle jene zu besuchen, die Dienst hatten. Und als es Mitternacht wurde, hatte sie jedem die Hand geschüttelt. Die Männer, die ihren Auftritt versäumten, konnten sie persönlich kennenlernen, ihr in die unwahrscheinlich grünen Augen sehen, die kraftvolle kühle Hand fühlen. Sie hatten verlegen gelächelt, als sie sie ansprach. Und am Ende hatte jeder das Gefühl, er wäre etwas Besonderes ... diejenigen, die sie singen hörten, und auch die, die Faye eigens aufsuchte. Und plötzlich tat es manchem leid, daß er nicht auch Dienst gehabt hatte, weil er die persönliche Begegnung mehr genossen hätte. Alles in allem war jeder auf seine Kosten gekommen.

Um halb eins wandte sie sich endlich an den jungen Mann, der sie auf dem Stützpunkt herumgeführt hatte. Sie las in sei-

nem Blick etwas Warmes und Freundliches. Anfangs hatte er sie
ganz anders gesehen. Aber allmählich hatte sie ihn für sich eingenommen wie alle anderen. Den ganzen Abend hatte er ihr etwas
davon sagen wollen, es hatte sich jedoch keine Gelegenheit geboten. Erst war er ihr sehr skeptisch gegenübergestanden, der
kühlen Miß Faye Price aus Hollywood ... wofür hielt sie sich
denn, einfach daherzukommen und auf Guadalcanal aufzutau-
chen, um vor den Leuten eine Show abzuziehen? Hinter ihnen allen lag so viel, daß sie glaubten, alles zu kennen. Sie hatten Mid-
way und das Korallenmeer überlebt und die grauenhaften See-
schlachten, um Guadalcanal einzunehmen und zu halten. Was
weiß die denn davon? dachte Ward Thayer, als er ihr zum erstenmal gegenüberstand, doch nach den Stunden an ihrer Seite
hatte er seine Ansicht korrigiert. Sie war menschlich. Sehr sogar.
Das las er in ihrem Blick. Allein wenn man sah, wie sie den Männern gegenübertrat, ihrer eigenen Reize völlig unbewußt, und die
Leute mit Gefühlen anrührte, die sie noch nie zuvor empfunden
hatten, erwachte in einem ebenso menschliche Anteilnahme für
sie. Ihre Wärme und ihre herzliche Ausstrahlung brachten ihren
Sex-Appeal noch mehr zur Geltung. Im Laufe des Abends hätte
der junge Leutnant sie gern tausend Dinge gefragt, doch erst als
sie die Runde hinter sich hatte, schien sie ihn überhaupt richtig wahrzunehmen. Mit mattem Lächeln wandte sie sich ihm zu,
und plötzlich verspürte er den Wunsch, nach ihrer Hand zu fassen, beinahe so, als wollte er sich vergewissern, daß sie greifbar
und wirklich war. Der Abend war lang und hart gewesen. Aber
hinter ihnen allen lag ein langes, hartes Jahr ... lagen zwei Jahre.
»Was glauben Sie, wird Ihr Kommandeur mir jemals verzeihen, daß ich das Dinner mit ihm sausen ließ?« Sie lächelte müde.
»Es wird ihm das Herz brechen, aber er wird es überleben.«In
Wahrheit hatte der Kommandeur kurzfristig eine Besprechung
mit zwei Generälen anberaumt, die per Helikopter unter streng-
ster Geheimhaltung eingeflogen worden waren. Er hätte Faye
also ohnehin nicht lange Gesellschaft leisten können. »Sicher
wird er Ihnen sehr dankbar für alles sein, was Sie für die Leute
getan haben«, sagte der Leutnant.

»Es bedeutet mir sehr viel.« Das sagte sie ganz leise. Sie hatte sich auf einen großen weißen Stein gesetzt und blickte zu ihm auf. Sie hatten die Runde beendet, die Nacht war warm. In ihren Augen lag ein Zauber, und als er auf sie hinuntersah, zog sich in ihm alles zusammen. Fast schmerzte es, sie so anzusehen, weil sie Gefühle aufwühlte, die er in den Staaten hatte zurücklassen wollen. Hier war dafür kein Platz, keine Zeit, niemand, der diese Gefühle mit ihm teilte. Hier gab es nur Tod und Elend und Verluste und hin und wieder Zorn, doch die zarteren Gefühle waren zu schmerzhaft. Er wandte den Blick ab, wich ihr aus. Er war ein großer, gutaussehender, blonder Mann, breitschultrig, mit tiefblauen Augen, doch jetzt sah sie von ihm nur die mächtigen Schultern und das helle Haar. Sie wollte nach ihm fassen, weil er so etwas an sich hatte ... hier gab es so viel Schmerz, alle waren so verdammt einsam, traurig und jung ... und doch genügte ein wenig Wärme, eine Berührung, ein Händedruck, damit sie auflebten, lachten und sangen. Und genau deswegen liebte sie diese Tourneen, mochten sie auch noch so anstrengend sein. Sie hatte das Gefühl, diesen Männern neues Leben zu bringen, auch diesem jungen Leutnant, der sich ihr nun wieder zuwandte, hochgewachsen, stolz und offensichtlich gegen seine Gefühle ankämpfend. Es gelang ihm nicht ganz, sie davon auszuschließen. »Jetzt bin ich den ganzen Abend mit Ihnen zusammen und weiß nicht mal Ihren Namen«, sagte sie lächelnd. Sie kannte nur seinen Dienstrang. Man hatte sie einander nicht vorgestellt.

»Ward Thayer.« Der Name ließ etwas in ihr anklingen, doch im Moment wußte sie nicht, was, und es war ihr auch einerlei. In seinem Blick lag etwas Zynisches, als er ihr Lächeln erwiderte. Er hatte in dem hinter ihm liegenden Jahr zu viel gesehen, und das spürte sie.

»Möchten Sie etwas essen, Miß Price? Sie müssen halb verhungert sein.« Ihre Vorstellung hatte stundenlang gedauert. Seither waren wieder drei Stunden vergangen, und sie war ununterbrochen unterwegs gewesen und hatte Hände geschüttelt. Faye nickte mit schüchternem Lächeln.

»Ja. Können wir beim Kommandeur anklopfen und fragen,

ob noch etwas übrig ist?« Dieser Gedanke brachte beide zum Lachen.

»Ich glaube, ich könnte für Sie auch anderswo noch etwas auftreiben.« Er sah auf die Uhr, und Faye fragte sich, was das Besondere an diesem Mann war. Am liebsten hätte sie nach seiner Hand gefaßt und ihn gefragt, wer er wirklich war, weil sie mehr über ihn wissen wollte. Er hatte etwas an sich, das einen neugierig machte.

Als er sie anlächelte, wirkte er ganz jung.

»Wie wär's, wenn wir in der Küche nachsehen? Jede Wette, daß ich dort noch etwas Handfestes auftreibe ... wenn Sie nichts dagegen haben.«

Sie hob abwehrend die Hand. »Ein Sandwich würde reichen.«

»Na, wir werden sehen, was sich machen läßt.« Sie gingen zu seinem Jeep und fuhren zu der halbrunden Nissenhütte, in der die Kantine untergebracht war. Zwanzig Minuten später saß sie auf einer langen Bank, vor sich einen Teller mit dampfendem Eintopf. Eigentlich nicht das, was Faye sich in einer heißen Dschungelnacht gewählt hätte, doch sie war so hungrig und erschöpft, daß ihr das Gemisch sogar schmeckte. Vor Ward Thayer stand gleichfalls ein dampfender Teller. »Wie im ›21‹, finden Sie nicht auch?« Wieder sah er sie mit seinem spöttischen Lächeln an, und sie lachte.

»Mehr oder weniger ... wenn auch nicht so exklusiv«, scherzte sie, das Gesicht verziehend.

»Um Himmels willen, nicht so laut. Das dürfte der Koch nicht hören.« Wieder lachten beide, und Faye fühlte sich plötzlich in ihre Schulzeit mit den mitternächtlichen Lokalbesuchen nach den Abschlußfesten zurückversetzt. Sie lachte lauter, und er zog eine Braue hoch. »Wie schön, daß Sie sich amüsieren. Ich habe hier in einem ganzen Jahr nichts Komisches entdecken können.« Doch er wirkte jetzt viel lockerer. Man merkte, daß er ihre Gesellschaft genoß. In ihrem Teller herumstochernd, erklärte sie ihm den Grund für ihren Heiterkeitsausbruch.

»Ach, das kennen Sie sicher ... wenn man nach dem Schulfest noch um fünf Uhr morgens in irgendeine Kneipe einfällt – so kommt es mir jetzt auch vor.« Sie sah sich in dem grell beleuchteten Raum um. Er folgte Fayes Blick und sah dann wieder sie an.

»Wo sind Sie zu Hause?« Jetzt waren sie fast schon Freunde. Sie waren seit Stunden zusammen, und dieses Zusammensein in einem Kriegsgebiet war etwas Besonderes. Hier war überhaupt alles anders. Alles ging schneller, war persönlicher, intensiver. Hier konnte man ruhig Fragen stellen, die man andernorts nie gestellt hätte, man kam sich auf eine Weise näher, die unter anderen Umständen zu gewagt gewesen wäre.

Nachdenklich antwortete sie: »In Pennsylvania.«

»Waren Sie gern zu Hause?«

»Nicht besonders. Wir waren bettelarm, und ich wollte nichts wie raus, was ich auch schaffte, kaum daß ich die Schule hinter mir hatte.«

Er lächelte. Man konnte sich Faye nur schwer irgendwo in bitterer Armut vorstellen, am allerwenigsten in einem kleinen Nest.

»Und Sie? Woher sind Sie, Leutnant?«

»Ich heiße Ward. Oder haben Sie meinen Namen wieder vergessen?« Sie errötete unter seinem Spott. »Ich komme aus Los Angeles.« Mehr wollte er nicht sagen, das merkte sie.

»Gehen Sie dorthin zurück ... nachher?« Die Worte ›nach dem Krieg‹ brachte sie nicht über die Lippen, und er inzwischen auch nicht mehr. Der Krieg hatte ihn viel gekostet, zu viel. Ward hatte Wunden davongetragen, die niemals heilen würden, auch wenn sie unsichtbar blieben. Aber instinktiv wußte Faye, daß sie vorhanden waren.

»Ja, ich denke schon.«

»Lebt Ihre Familie dort?« Sie war neugierig auf diesen traurigen, ein wenig zynischen, hübschen jungen Mann, der seine Geheimnisse für sich behalten wollte, während sie ihren Eintopf in der häßlichen, grell erhellten Kantine auf Guadalcanal löffelten. Sämtliche Fenster waren mit steifer Pappe abgedeckt, damit kein Licht nach außen drang. Das war für beide schon alltäglich.

»Meine Eltern sind tot.« Sogar sein Blick hatte etwas Totes.

Diese Worte hatte er schon zu oft ausgesprochen.

»Das tut mir leid.«

»Ach, unser Verhältnis war nicht sehr innig. Aber dennoch ...« Ihr Blick suchte den seinen, als er aufstand. »Noch einen Nachschlag oder lieber etwas Exotischeres als Dessert? Gerüchte lassen vermuten, daß hier hinten irgendwo ein Apfelkuchen versteckt ist.« In seinen Augen lag ein Lachen, das sie erwiderte.

»Nein danke. In Kostümen wie diesem ist kein Platz für Apfelkuchen.« Sie blickte an ihrem Silberlamékleid herunter, und ebenso er, zum erstenmal nach Stunden, so sehr hatte er sich an ihr Aussehen gewöhnt. Natürlich hatte Kathy ganz anders ausgesehen in ihrer gestärkten weißen Tracht und dann zum Schluß im Drillichzeug.

Ward verschwand kurz, um mit einem kleinen Teller mit Früchten und einem hohen Glas Eistee wiederzukommen. Eistee war hier wertvoller als Wein, da die Eisherstellung sehr umständlich war. Nun brachte er aber das Glas mit den kostbaren Eiswürfeln, und Faye war oft genug auf Tournee gewesen, um diese Rarität würdigen zu können. Jeden einzelnen Schluck des eiskalten Getränks nahm sie mit Bedacht. Ein paar Männer kamen herein und starrten sie ungeniert an. Es schien Faye nicht zu kümmern. Sie war es gewohnt und lächelte ihnen unbefangen zu, während ihr Blick immer wieder zu Ward zurückwanderte. Als sie ein kleines Gähnen unterdrückte, tat er, als wäre er am Boden zerstört, und schüttelte den Kopf, um sie zu ärgern. Er schien sich gern über andere lustig zu machen, überhaupt war etwas Heiteres an ihm, etwas Humorvolles und gleichzeitig Trauriges.

»Komisch, immer schlafen mir die Mädchen ein«, bemerkte er bekümmert, und sie lachte und trank wieder einen Schluck.

»Wenn Sie seit vier Uhr morgens auf den Beinen wären, würden Sie auch gähnen. Vermutlich hängen die Offiziere hier bis Mittag im Bett herum.« Sie wußte, daß das nicht stimmte, und wollte ihn nur aufziehen, damit die Traurigkeit aus seinen Augen verschwände und weil sie spürte, daß er es brauchte. Da sah er sie mit einem sonderbaren Blick an.

»Faye, warum tun Sie das?« Plötzlich, und ohne den Grund zu kennen, hatte er keine Scheu mehr, sie beim Vornamen zu nennen. Der Name sprach sich angenehm aus, und sie schien es nicht übelzunehmen. Jedenfalls sagte sie nichts.

»Ach, wahrscheinlich ist es bei mir das Bedürfnis, mich für mein Glück zu revanchieren. Ständig habe ich das Gefühl, ich hätte das alles gar nicht verdient. Und man muß bekanntlich im Leben für alles bezahlen.« Fast kamen ihm die Tränen, weil Kathy ähnlich gesprochen hatte. Er selbst hatte nie das Bedürfnis gehabt, etwas zurückzuzahlen, Gegenleistungen für erlebtes Glück zu erbringen. Und außerdem war er nicht mehr glücklich. Nicht mehr seit ...

»Warum wollen Frauen immer etwas zurückzahlen?«

»Wer sagt das? Männer können ähnlich empfinden. Geht es Ihnen nicht auch so? Möchten Sie nicht Ihrem Kumpel etwas Gutes tun, nur weil Ihnen etwas Gutes passiert ist?«

Sein Blick verhärtete sich. »Mir ist schon verdammt lange nichts Gutes passiert ... jedenfalls nicht, seit ich hier bin.«

»Ward, Sie sind am Leben, ist das nichts?« Fayes sanfte Stimme bildete einen Gegensatz zur grellen Umgebung. Sie sah ihn eindringlich an.

»Manchmal ist das nicht genug.«

»Doch, es ist genug, besonders hier draußen. Sehen Sie sich doch um, täglich die vielen Verwundeten und Verkrüppelten ... und Toten ...« Ihr Ton ging ihm durch und durch, und zum erstenmal seit Monaten mußte er gegen Tränen ankämpfen.

»Ich bemühe mich sehr, das alles nicht zu sehen.«

»Das sollten Sie nicht. Sie sollten froh sein, daß Sie überhaupt noch am Leben sind.« Wieder spürte Faye das Verlangen, ihn anzufassen, seine wunde Stelle zu berühren, und sie fragte sich, wo diese liegen mochte. Da stand er auf.

»Faye, mir ist alles verdammt egal. Ob ich lebe oder sterbe, es kümmert weder mich noch andere.«

»Wie furchtbar.« Sie sah ihn erschrocken und fast verletzt an. »Wie kommt es, daß Sie so denken?«

Lange sah er auf sie hinunter, nicht gewillt, etwas zu sagen, und plötzlich von dem Wunsch beseelt, sie würde gehen. Aber Faye rührte sich nicht, und da war ihm plötzlich alles egal. Was machte es jetzt schon aus, wenn er es ihr sagte? »Vor einem halben Jahr habe ich geheiratet, eine Armeekrankenschwester. Nach zwei Monaten wurde sie von einer gottverfluchten japanischen Bombe getötet. Da fällt es einem verdammt schwer, an einem Ort wie diesem etwas Gutes zu entdecken. Sie verstehen, was ich meine?«

Zunächst saß sie wie erstarrt da, dann nickte sie langsam. Das also war es. Das war die Leere in seinen Augen. Ob er immer so gewesen war? Würde er jemals wieder zum Leben erwachen? Eines Tages vielleicht. »Tut mir leid, Ward.« Was hätte sie sonst sagen sollen? Diese Geschichten waren so häufig, manche viel ärger ... Aber das war für ihn kein Trost.

»Mir tut es leid.« Er lächelte unmerklich. Welchen Zweck hatte es, das alles vor ihr auszubreiten? Ihre Schuld war es nicht. Und sie war so anders als die stille und unauffällige Kathy, die er so verzweifelt geliebt hatte. Diese Frau hier war schön und strahlend, lebendig bis in die Spitzen ihrer rotlackierten Nägel. »Es tut mir leid. Ich wollte Ihnen nichts von alldem sagen. Hier draußen passieren diese Geschichten immer wieder.« Das wußte Faye, und sie kannte die meisten. Doch das machte ihr die Sache nicht leichter. Er tat ihr unendlich leid. Als sie ihm langsam hinaus zum Jeep folgte, war sie froh, daß sie nicht mit dem Kommandeur gegessen hatte. Das sagte sie ihm, und er drehte sich mit seinem unauffälligen halben Lächeln zu ihr um, einem Lächeln, das ihr besonders gut gefiel, mehr als jedes Lächeln, das ihr in Hollywood in den letzten Jahren begegnet war.

»Nett, daß Sie das sagen.«

Sie wagte nicht, nach seinem Arm zu fassen. Jetzt war sie nicht Faye Price, die Schauspielerin, jetzt war sie ganz sie selbst. »Ward, ich meine es wirklich so.«

»Aber warum? Ihr Mitleid ist überflüssig. Ich bin erwachsen und kann selbst auf mich achtgeben. Schon seit langem.« Doch Faye sah mehr als nur das. Sie sah, was Kathy besessen hatte und noch mehr. Sie wußte, wie verzweifelt und einsam er war, wie tief der Schock über den Tod der hübschen kleinen Krankenschwester saß ... seiner Frau ... die genau zwei Monate nach der Hochzeit umgekommen war, aber diese bittere Einzelheit ließ er auf der Fahrt zu dem ihr zugewiesenen Zelt unerwähnt. »Ich finde es verdammt nett, daß Sie alle Männer besucht haben.«

»Danke.«

Er hielt an, und sie saßen da und sahen einander an. Jeder hatte noch so viel zu sagen, aber hier war es unmöglich. Womit anfangen und wie? Er hatte vor ein paar Jahren über Fayes Affäre mit Clark Gable gelesen und hätte gern gewußt, ob die Sache jetzt aus war. Und sie hätte gern gewußt, wie lange er um seine junge Frau trauern würde.

»Danke fürs Essen.« Das sagte sie mit einem schüchternen Lächeln. Er lachte auf, als er ihr die Tür aufmachte.

»Ich sagte schon ... wie im ›21‹.«

»Nächstes Mal versuche ich das Dessert.« Jetzt hatten sie zu ihrem scherzhaften Ton zurückgefunden, es schien im Augenblick die einzig mögliche Art der Unterhaltung für sie zu sein. Als er sie zum Eingang ihres Zeltes brachte und die Klappen zurückschob, las sie jedoch etwas Neues in seinen Augen. Sie sah darin etwas Tiefes, Stilles und Lebendiges. Es war zu Anfang ihrer Begegnung noch nicht dagewesen.

»Tut mir leid, daß ich soviel von mir erzählt habe. Ich wollte Sie nicht mit meinen Sorgen behelligen.« Er berührte ihren Arm.

»Warum nicht, Ward? Was ist so schlimm daran? Wen haben Sie hier schon, um sich auszusprechen?«

»Über diese Dinge sprechen wir nicht.« Er zog die Schultern hoch. »Außerdem weiß es ohnehin jeder.« Und plötzlich waren die Tränen da, gegen die er vorhin angekämpft hatte, und er wollte sich umdrehen. Sie faßte nach seinem Arm und hielt ihn zurück.

»Schon gut, Ward ... alles ist gut ...« Im nächsten Moment hielt sie ihn fest umfangen, beide weinten. Er um seine tote Frau und sie um ein Mädchen, das sie nicht kannte, und um Tausende Männer, die gefallen waren und noch fallen würden, nachdem sie selbst längst wieder zu Hause war. Sie beweinten die Todesqual, die Verschwendung von Menschenleben und den Kummer, dem man hier ausgeliefert war, und dann sah er sie plötzlich an und strich ihr sacht übers seidenweiche Haar. Sie war die schönste Frau, die er je gesehen hatte, und es erschien ihm sonderbar, daß er sich dabei nicht schuldig fühlte. Vielleicht hätte Kathy ihn verstanden, vielleicht spielte das keine Rolle mehr. Faye würde nie wieder zurückkehren, und er würde sie niemals wieder in den Armen halten und sie berühren. Und er würde wahrscheinlich Faye nie mehr wiedersehen. Auch das wußte er, und er wünschte, er könnte mit ihr schlafen. Jetzt. Ehe er oder sie den Tod fanden oder ehe die Zeit den Funken verlöschen ließ, der zwischen ihnen glomm.

Faye ließ sich langsam auf dem einzigen Stuhl nieder und sah Ward an, während er sich auf den Schlafsack setzte. Schweigend hielten sie einander an den Händen. Ein ganzes Leben voller Worte blieb unausgesprochen, während von irgendwo weither die Geräusche des Dschungels ertönten.

»Faye, ich werde Sie nie vergessen. Hoffentlich wissen Sie das.«

»Ich werde an Sie denken. An Sie hier draußen ... und jedesmal, wenn ich an Sie denke, werde ich wissen, daß es Ihnen gutgeht.« Er glaubte ihr. Sie gehörte zu dieser Art Mädchen, trotz Ruhm, Glamour und Silberlamekleid. Sie hatte es ein ›Kostüm‹ genannt, und mehr war es für sie tatsächlich nicht. Das machte ihre Schönheit eigentlich aus.

»Vielleicht überrasche ich Sie einmal im Studio, wenn ich nach Hause komme.«

»Tun Sie das, Ward Thayer.« Das klang leise und bestimmt. Ihre Augen blickten wieder klar nach den Tränen.

»Werden Sie mich dann hinauswerfen lassen?« Der Gedanke schien ihn zu erheitern, während sie entsetzt war.

»Natürlich nicht!«

»Ich versuche es wirklich, lassen Sie sich das gesagt sein!«

»Sehr gut.« Sie lächelte wieder, und er sah ihr an, wie erschöpft sie war. Sie hatte an diesem Abend so viel von sich gegeben. Den anderen und ihm. Und es war schon nach vier Uhr. In knapp zwei Stunden mußte sie wieder auf den Beinen sein und weiterfliegen zur nächsten Show. Seit Monaten arbeitete sie ohne Pause.

Zwei Monate auf Tournee und vorher drei Monate ohne freien Tag an ihrem bislang größten Film. Und nach ihrer Rückkehr erwartete sie der nächste Film. Sie war ein Star, der eine außergewöhnliche Karriere gemacht hatte, aber das alles zählte hier nicht. Sie war hier nur ein hübsches Mädchen mit großem Herzen. Wenn Ward Thayer mehr Zeit geblieben wäre, wäre es ihm nicht schwergefallen, sich in sie zu verlieben.

Er stand auf, nahm fast bedauernd ihre Hand und führte sie an die Lippen. »Danke, Faye ... für den Fall, daß ich Sie nie mehr wiedersehe ... danke für heute abend.«

Sie überließ ihm ihre Finger und hielt gleichzeitig seinem Blick stand. »Wir werden uns wiedersehen.«

Er war da nicht so sicher, war aber willens, ihren Worten zu glauben. Der Augenblick lastete so schwer auf ihm, daß er zu einem Scherz Zuflucht nahm. »Jede Wette, daß Sie das zu allen sagen.«

Sie lachte und stand auf, während er sich langsam zum Ausgang wandte.

»Sie sind unmöglich, Ward.«

Da drehte er sich um. »Schon möglich, Miß Price.« Eigentlich war sie für ihn schon längst Faye. Es fiel ihm schwer, sich vorzustellen, wer sie war ... Faye Price, Filmstar, Schauspielerin, Sängerin, prominente Persönlichkeit ... jetzt, heute abend war sie für ihn nur Faye. Er wurde wieder ernst. »Sehen wir uns noch, bevor Sie starten?« Das war plötzlich ungemein wichtig für ihn – und auch für sie, wichtiger, als es ihm bewußt war, Faye wollte ihn unbedingt noch einmal sehen.

»Vielleicht können wir in der Früh rasch noch einen Kaffee zusammen trinken, ehe hier alles verrückt spielt.« Sie wußte, daß ihre Truppe wahrscheinlich die Nacht mit der Mannschaft und dem Sanitätspersonal oder beiden durchfeierte, daß gesungen und Musik gemacht wurde. Es war überall dasselbe. Sie mußten nach jeder Vorstellung Dampf ablassen, und wenn dabei die ganze Nacht zum Teufel ging. Der große Katzenjammer kam immer erst am Morgen danach, wenn die Abreise bevorstand. Dann herrschte zwei Stunden lang vollkommenes Durcheinander, ehe sie an Bord ihrer Maschine gingen und zum nächsten Stützpunkt starteten.

Das alles war fast tägliche Routine. An Bord schlief immer alles bis zur Landung, und dann fing der Wirbel von vorn an. Und jedesmal gab es vor dem Abflug viel zu tun. Sie mußte beim Packen und Verladen Hand anlegen, aber vielleicht ... vielleicht konnte sie ein paar Augenblicke herausschlagen ... für ihn. »Ich werde die Augen nach Ihnen offenhalten.«

»Ich werde da sein.«

Doch als sie am nächsten Tag in der Messe zu den anderen stieß, war er nicht da. Der Kommandeur hatte ihn gebraucht. So wurde es fast neun, bis Ward Faye entdeckte, die mit den anderen darauf wartete, daß ihre Maschine startklar gemacht wurde. Er hatte Panik in ihrem Blick gesehen, als er mit quietschenden Bremsen seinen Jeep vor ihr anhielt und heraussprang.

»Tut mir leid, Faye, der Kommandeur.« Das Propellergeräusch machte seine Worte unhörbar, und der Tourneemanager versorgte die Gruppe um sie herum mit hastigen Anweisungen.

»Schon gut ...« Sie lächelte ihr strahlendstes Lächeln, doch ihm entging nicht, wie müde sie aussah. Sie hatte nicht mehr als höchstens zwei Stunden geschlafen, er nur eine, aber er war es gewohnt. Sie trug einen hellroten Anzug und dicksohlige Sandalen, die ihm ein Lächeln entlockten. Die neueste Mode für Guadalcana ... da blitzte plötzlich Kathys Gesicht vor ihm auf und mit ihm der alte, vertraute Schmerz. Sein Blick begegnete dem Fayes, als jemand von weitem ihren Namen rief. »Ich muß jetzt gehen ...«

»Ich weiß.« Beide mußten schreien, um den Lärm zu übertönen. Er faßte nach ihrer Hand und drückte sie ganz fest. Er wollte ihre Lippen küssen und wagte es nicht. »Wir sehen uns im Studio.«

»Wie bitte?«

»Ich sagte ... wir sehen uns im Studio.«

Faye lächelte, plötzlich von der Angst überwältigt, ihn niemals wiederzusehen. »Geben Sie gut acht auf sich!«

»Aber sicher doch.« Hier draußen gab es keine Sicherheiten.

Für niemanden. Nicht einmal für sie. Ihre Maschine konnte unterwegs abgeschossen werden. Das nahmen alle hin, machten sich da nichts vor, bis es jemanden erwischte, der einem nahestand, einen Kumpel, einen Stubennachbarn, einen Freund ... Kathy ... er schüttelte das Bild ab. »Und Sie geben auch acht.« Was sagte man einer Frau wie Faye? »Viel Glück.« Davon brauchte sie nicht viel, sie hatte schon genug gehabt. Oder nicht? Er hätte zu gern gewußt, ob es in ihrem Leben einen Mann gab, aber jetzt war es zu spät, um danach zu fragen. Sie hatte sich zugleich mit den anderen in Bewegung gesetzt, drehte sich um, winkte ihm zu. Der Kommandeur war unvermutet zum Abschied aufgetaucht, und sie wechselte mit ihm einen Händedruck. Dann ging sie an Bord, drehte sich in der Tür um und winkte. Der rote Anzug verschwand aus Wards Leben, wahrscheinlich für immer. Er machte sich mit dem Gedanken vertraut, sie nie mehr wiederzusehen. Ein Wiedersehen war zumindest sehr unwahrscheinlich, sagte er sich zur gleichen Zeit wie Faye, die denselben Gedanken nachhing. Als sie zu ihm hinuntersah, mußte sie sich eingestehen, daß er Eindruck auf sie gemacht hatte. Vielleicht war es endlich Zeit, nach Hause zu kommen, vielleicht war es schon soweit, daß sie die Zufallsbekanntschaften, die sie auf Tourneen machte, über Gebühr beeindruckten. Das konnte gefährlich werden. Aber das war es gar nicht ... Um Ward war etwas anderes, etwas, das sie nie zuvor gespürt hatte. Dieses Gefühl konnte sie sich jetzt nicht leisten. Er ist für mich ein Fremder, rief sie sich ins Gedächtnis. Vor ihr lag ein ganzes Leben. Ein Leben, das ihn nicht einschloß. Er kämpfte in einem Krieg. Und sie hatte genug eigene Kriege, auf Tournee, in Hollywood ... Lebwohl, Ward Thayer, flüsterte sie, viel Glück ... und dann startete die Maschine, und Faye lehnte sich zurück und schloß die Augen. Und doch sollte sein Gesicht mit den blauen Augen sie über Wochen verfolgen, und es sollte Monate dauern, bis die Erinnerung aus ihrem Bewußtsein geschwunden war. Aber dann war es soweit. Endlich.

Hollywood

1945

2

Im Atelier herrschten totale Stille und spürbare Spannung. Auf diesen Augenblick hatten alle fast vier Monate gewartet, und jetzt war er da, und alle hätten ihn am liebsten hinausgezögert und auf einen anderen Tag verschoben. Es war einer der Filme, bei denen alles wie von Zauberhand lief. Scheinbar ewige Freundschaften waren geschlossen worden, alles war verrückt nach dem Star, und die Frauen hatten sich in den Regisseur verliebt. Der männliche Hauptdarsteller war Christopher Arnold, im Moment einer von Hollywoods größten Stars. Wenn man sah, was für ein Profi der Mann war, war einem klar, warum er Karriere gemacht hatte.

Jetzt standen alle da und sahen ihm in seiner letzten Szene zu. Er sprach mit verhaltener Stimme, Tränen standen ihm in den Augen. Man hätte eine Stecknadel fallen hören können. Faye Price verließ mit gesenktem Kopf die Szene, echte Tränen liefen ihr über die Wangen. Arnold sah ihr niedergeschmettert nach. Das war's – die letzte Szene, vorbei.

»Eine Wucht!« rief eine Stimme in die endlose Stille, es folgte ein Aufschrei, und plötzlich schrie und lachte alles durcheinander. Es folgte ein allgemeines Umarmen und Tränenvergießen. Dann wurde Champagner für das gesamte Team serviert, und es entwickelte sich rasch eine ausgelassene Party, bei der alle gleichzeitig redeten, einander alles Gute wünschten und heftig bedauerten, daß es aus war. Christopher Arnold drückte Faye fest an sich, nur um gleich wieder auf Distanz zu gehen und ihr tief in die Augen zu sehen, ohne sie loszulassen.

»Faye, die Arbeit mit dir war ein Vergnügen.«

»Ja, ich habe diesen Film mit dir auch genossen.« Sie wechselten ein langes, vielsagendes Lächeln. Vor drei Jahren hatten sie etwas miteinander gehabt. Faye hatte deswegen zunächst gezögert, den Film zu machen, und jetzt war alles so wunderbar gelaufen. Arnold hatte sich als vollendeter Gentleman erwiesen. Nur ein einziger tiefer, über bloßes Wiedererkennen hinausgehender Blick am ersten Tag war ein Hinweis auf ihre frühere Verbindung gewesen. Während der drei Monate, in denen dieser Film entstand, hatte ihre Arbeit nicht unter der Vergangenheit gelitten.

Sein Lächeln war voller Wärme, als er sie losließ. »Du wirst mir sehr fehlen. Und ich dachte schon, ich wäre über alles hinweg.« Beide lachten.

»Du wirst mir auch fehlen.« Sie sah sich nach den übrigen Mitgliedern des Ensembles um, die noch in lautstarker Feierstimmung waren. Eben küßte der Regisseur leidenschaftlich die Kostümbildnerin, die zufällig seine Frau war; Faye hatte gern mit den beiden zusammengearbeitet. Das Regieführen hatte sie seit ihren Anfängen als Schauspielerin fasziniert. »Was hast du als nächstes vor?« fragte sie Chris.

»Nächste Woche geht es ab nach New York und dann weiter nach Frankreich. Ich möchte noch ein paar Tage an der Riviera verbringen, bevor der Sommer endgültig vorbei ist. Alle behaupten, es sei ein ungünstiger Zeitpunkt für einen Frankreichbesuch, aber was habe ich schon zu verlieren? Es soll sich dort nichts geändert haben, von ein paar Rationierungen abgesehen.« Er zwinkerte ihr mit einem Anflug von Verwegenheit zu. Von den zwanzig Jahren, die er älter war, sah man ihm höchstens zehn an. Christopher Arnold war vermutlich der attraktivste Mann ganz Hollywoods, und er wußte es. »Na, möchtest du mitkommen?« Mochte er auch noch so gut aussehen, er hatte seine Anziehungskraft auf Faye verloren.

»Nein, danke.« Lächelnd drohte sie ihm mit dem Finger. »Fang bloß nicht wieder an. Du hast dich während der ganzen Dreharbeiten so brav gehalten, Chris.«

»Klar doch, das war Arbeit. Das hier ist etwas anderes.«

»Ach so?« Sie wollte ihn mit einer Bemerkung necken, kam aber nicht mehr dazu, denn das Chaos um sie herum erreichte einen Höhepunkt. Ein Botenjunge kam hereingelaufen und rief etwas. Faye konnte es nicht verstehen. Einen Augenblick lang zeigte sich Panik auf allen Gesichtern, dann Überraschung, und dann kamen die Tränen. Faye hatte noch immer nicht verstanden.

»Was hat er gesagt?« fragte sie, ängstlich nach Christopher Arnolds Arm fassend.

»Meine Güte . . .« Sie las Staunen in seinem Blick. Und dann zog er sie wieder an sich. Seine Stimme bebte, als er wieder sprechen konnte. »Es ist alles vorüber, der Krieg ist aus. Die Japaner haben kapituliert.«

In Europa war alles schon seit einigen Monaten vorüber, und jetzt war überall Friede. Tränen traten Faye in die Augen, sie weinte vor Freude und erwiderte Christophers Umarmung. Allgemeines Lachen und Weinen hatte wieder eingesetzt. Sie wurden umdrängt, Champagner wurde serviert. Alles schrie durcheinander. »Es ist vorbei!« Nicht der Film war gemeint, sondern der Krieg.

Faye kam es vor, als wären Stunden vergangen, bis sie vor ihrem Haus in Beverly Hills ankam. An den Film dachte sie nicht mehr. Die gewisse Wehmut beim Abschied war von der Freude über das Ende des Krieges ganz verdrängt worden. Eigentlich erstaunlich. Bei dem Angriff auf Pearl Harbor war sie einundzwanzig gewesen, und jetzt war sie fünfundzwanzig, erwachsen, eine Frau auf dem Gipfel ihrer Karriere.

Das muß der Gipfel sein, sagte sie sich jedes Jahr. Sie konnte sich einen weiteren Aufstieg einfach nicht vorstellen. Wie auch? Und doch war es immer weiter bergauf gegangen. Die Rollen waren besser, größer und wichtiger geworden, die Kritiken immer überschwenglicher und die Gagen mit jedem Jahr unglaublicher. Den einzigen Tiefpunkt gab es, als ihre Eltern starben. Es bekümmerte Faye, daß ihre Eltern sich nicht mehr an ihrem Erfolg freuen konnten. Beide waren im Jahr zuvor gestorben. Ihr Vater an Krebs, die Mutter bei einem Autounfall auf einer vereisten Straße bei Youngstown in Pennsylvania. Nach dem Tod des Vaters hatte Faye ihre Mutter zu überreden versucht, zu ihr nach Kalifornien zu ziehen, doch ihre Mutter hatte ihr Zuhause nicht

41

aufgeben wollen. Jetzt hatte Faye keinen Menschen und kein Zuhause mehr. Das kleine Haus in Grove City, Pennsylvania, war verkauft. Geschwister hatte sie nicht. Bis auf das treue Ehepaar, das für sie arbeitete, lebte Faye Price in ihrem kleinen, wunderhübschen Haus in Beverly Hills ganz allein. Grund, sich einsam zu fühlen, hatte sie nicht, denn es waren zu viele Menschen um sie. Sie liebte ihre Arbeit und ihre Freunde. Und doch war es seltsam, keine Familie mehr zu haben. Noch immer staunte sie, daß sie so viel Erfolg hatte und daß sie in so kurzer Zeit von so viel Glanz umstrahlt wurde. Noch mit einundzwanzig, zu Kriegsbeginn, hatte sie ein ganz anderes Leben geführt. Aber seit der letzten Fronttournee vor zwei Jahren hatte sich alles geradezu sagenhaft entwickelt. Sie hatte das Haus gekauft, sechs Filme in zwei Jahren gemacht und war nie mehr dazu gekommen, auf Tournee zu gehen, obwohl sie es sich fest vorgenommen hatte. Das Leben entwickelte sich zu einer endlosen Abfolge von Premieren, Fototerminen und Pressekonferenzen, und wenn sie nicht mit diesen Dingen beschäftigt war, mußte sie um fünf Uhr morgens aus den Federn und ins Atelier fahren. Für ihren nächsten Film sollte die erste Klappe in fünf Wochen fallen. Faye studierte abends vor dem Einschlafen bereits stundenlang das Drehbuch und wollte sich nun, da der letzte Film abgedreht war, richtig in die neue Arbeit stürzen. Der nächste Film sei oscarverdächtig, hatte ihr Agent behauptet. Aber Faye hatte ihn immer schon ausgelacht, wenn er ihr mit diesen Prognosen gekommen war, eine lächerliche Vorstellung ... nur hatte sie inzwischen bereits einen Oscar gewonnen und war zwei weitere Male nominiert worden. Doch Abe war felsenfest überzeugt, daß der kommende Film ganz groß werden würde, und Faye glaubte ihm gern. Er war inzwischen für sie so etwas wie eine Vaterfigur geworden.

Sie bog rechts in den Summit Drive ein, fuhr an Pickfair und dem Hause der Chaplins vorüber und war wenig später vor ihrem eigenen Anwesen angekommen. Der Mann, der in dem kleinen Pförtnerhaus wohnte und das Tor für Lieferanten und Freunde oder für Miß Price persönlich öffnete, kam herausgelaufen. Auf seinem Gesicht lag ein freundliches Begrüßungslächeln.

»Hatten Sie einen schönen Tag, Miß Price?« Er war uralt und weißhaarig und dankbar für den Job. Inzwischen war er schon über ein Jahr bei ihr.

»Und wie, Bob. Haben Sie schon das Neueste gehört?« Er sah sie verständnislos an. »Der Krieg ist aus!« Sie strahlte ihn an, und seine Augen wurden feucht. Bob war schon für den Ersten Weltkrieg zu alt gewesen, hatte damals aber seinen einzigen Sohn verloren. Und jetzt, in diesem Krieg, wurde er täglich an den Kummer von damals erinnert.

»Sind Sie sicher?«

»Ganz sicher. Alles ist vorbei.« Sie streckte den Arm aus und schüttelte ihm die Hand.

»Gott sei Dank.« Das sagte er mit zitternder Stimme und wandte sich um, um sich verstohlen die Tränen abzuwischen. Dann sah er sie wieder an, ohne eine Spur von Verlegenheit. »Oh, dem Himmel sei Dank.« Am liebsten hätte Faye ihn abgeküßt, weil sie beide dasselbe empfanden. Sie beschränkte sich jedoch auf ein Lächeln und wartete, bis er behutsam die großen, kunstvollen, von ihm tadellos gepflegten Torflügel aus Messing öffnete.

»Danke, Bob.«

»Gute Nacht, Miß Price.« Abends kam Bob ins Haus, um mit dem Butler und dem Hausmädchen in der Küche zu essen, doch würde Faye ihn bis zum nächsten Morgen, wenn sie wieder wegfuhr, nicht zu Gesicht bekommen. Auch wenn sie abends zu Hause blieb, würde sie ihn nicht mehr sehen, denn er versah seinen Dienst nur tagsüber. Abends pflegte Arthur sie zu fahren und das Tor immer selbst zu öffnen. Aber meist zog Faye es vor, sich selbst ans Steuer zu setzen. Sie hatte sich ein hübsches, tiefdunkelblaues Lincoln Continental Kabrio zugelegt und fuhr gern selbst, wenn sie in Los Angeles zu tun hatte – bis auf jene Gelegenheiten, wenn Arthur ihren Rolls chauffierte. Sie war zunächst vor dem Kauf zurückgeschreckt, denn der Besitz eines Rolls-Royce war ihr richtig peinlich gewesen, doch hatte sie nicht widerstehen können, weil es ein zu schöner Wagen war. Noch immer spürte sie eine gewisse Erregung, wenn sie einstieg.

Der satte Ledergeruch, die dicken grauen Fußmatten. Sogar die Holztäfelung der Innenausstattung war eine Spezialanfertigung. Schließlich hatte sie alle Bedenken über Bord geworfen. Und jetzt, mit fünfundzwanzig, machte ihr Erfolg sie nicht mehr verlegen wie früher. Sie hatte mehr oder weniger ein Recht darauf, wie sie sich immer scherzhaft einredete. Sie tat niemandem weh damit.

Es war ja niemand da, für den Faye ihr Geld hätte aufheben können, und sie verdiente so viel. Sie wußte kaum, was sie damit anfangen sollte. Auf den Rat ihres Agenten hin hatte sie einen Teil angelegt, alles übrige aber war greifbar und wartete nur darauf, ausgegeben zu werden. Dabei wurde sie von den meisten Stars ihrer Zeit an Extravaganz weit übertrumpft. Die meisten behängten sich mit Juwelen, legten sich Diademe zu, die sie sich nicht leisten konnten, nur um damit bei den Premieren anderer Stars zu glänzen, kauften Zobelmäntel, Hermelin- und Chinchillapelze. Faye legte sich in ihrem Auftreten viel mehr Zurückhaltung auf und beschränkte sich auf ein paar hübsche Kleider, auf die sie ungern verzichtet hätte, und ein paar prachtvolle Pelzmäntel. Das Prunkstück war ihr weißer Fuchsmantel, den sie heiß liebte. Sie sah darin an kalten Abenden wie ein exotischer weißer Eskimo aus. Im Winter hatte sie ihn in New York getragen und nicht ohne Genugtuung bemerkt, daß Leute ihr buchstäblich mit offenem Mund nachstarrten. Weiter besaß sie einen dunklen Zobel – ein Modell aus Frankreich – und einen einfachen Nerz ›für alle Tage‹, wie sie sich amüsiert eingestand. Faye lächelte, als sie vor dem Haus anhielt. Das Leben hatte sich seit ihrer Kindheit gewaltig verändert. Damals hatte sie sich sehnlichst ein zweites Paar Schuhe gewünscht, um sich ›feinmachen‹ zu können, ihre Eltern waren aber viel zu arm gewesen. Die Wirtschaftskrise hatte sie schwer getroffen, beide waren sehr lange arbeitslos. Schließlich hatte ihr Vater sich mit Gelegenheitsjobs durchgeschlagen, voller Haß auf sich und sein Leben. Ihre Mutter hatte später eine Stelle als Sekretärin gefunden. Das alles war Faye unendlich trostlos und armselig erschienen. Vielleicht hatte deswegen der Film immer einen besonderen Zauber auf sie ausgeübt. Das Kino bot ihr die Möglichkeit, für viele Stunden ihrem Elend zu entfliehen. Jeden Penny, den sie in ihre kleinen Finger bekam, sparte sie eisern, um dann im dunklen Kino die Filme zu bestaunen. Gut möglich, daß die Filmwelt ihr schon im Hinterkopf herumgespukt hatte, als sie nach New York ging und Arbeit als Fotomodell suchte. Und jetzt war sie am Ziel ihrer Wünsche und schritt drei rosa Marmorstufen zu ihrem eigenen Haus in Beverly Hills hinauf. Es öffnete ihr ein würdig aussehender englischer Butler, dessen ernste Miene bei ihrem Anblick unwillkürlich in ein Lächeln überging. Er fand die ›junge Miß‹, wie er sie seiner Frau gegenüber nannte, unwiderstehlich. Sie war die netteste Person, für die sie je gearbeitet hatten, und bei weitem die jüngste. Daß sie nie Starallüren zeigte, rechnete er ihr besonders hoch an. Faye Price schien von ihrer eigenen Bedeutung nicht allzu beeindruckt. Sie war stets gut gelaunt, liebenswürdig und um ihr Personal besorgt. Die Arbeit im Haus war ein Kinderspiel, da es nicht viel zu tun gab. Faye gab nur selten Einladungen, die meiste Zeit arbeitete sie. Es genügte, wenn das Haus in Ordnung gehalten wurde, eine Aufgabe, der Arthur und Elizabeth mit Vergnügen nachkamen.

»Guten Tag, Arthur.«

Seine Miene war nun übertrieben förmlich. »Gute Nachrichten, Miß Price.« Er nahm ganz richtig an, daß sie die Neuigkeit gehört hatte. Sie lächelte strahlend.

»Und wie.« Faye wußte, daß die beiden keine Söhne hatten, um die sie zittern mußten, doch ihre Angehörigen in England hatten unter dem Krieg sehr gelitten. Arthur war ihretwegen immer in Sorge gewesen. Und die RAF kam für ihn gleich nach dem lieben Gott. Ab und zu hatten sie auch den Krieg im Pazifik kommentiert, und jetzt gab es nichts mehr zu diskutieren.

Als sie sich in ihrem Arbeitszimmer an den kleinen englischen Schreibtisch setzte, um die Post durchzusehen, überlegte Faye, wie viele von den Männern, vor denen sie aufgetreten war, wohl noch am Leben sein mochten und wie viele der Hände, die sie geschüttelt hatte, es nicht mehr gab. Der Gedanke trieb ihr Tränen in die Augen, so daß sie sich umdrehte und hinausblickte in den makellos gepflegten Garten mit dem überdachten Swimmingpool am anderen Ende. Bei diesem Anblick konnte man sich nur schwer die Kriegswirren vorstellen, die Europa verheert hatten, die verwüsteten Länder, die zahllosen Toten. Plötzlich kam ihr Ward in den Sinn, und sie fragte sich, ob er überlebt hatte. Sie hatte nie wieder von ihm gehört, hatte ihn aber trotz der langen Zeit nicht ganz vergessen. Der Gedanke an ihn war mit einem Schuldgefühl verbunden, weil sie nie mehr auf Fronttournee gegangen war. Sie hatte dazu keine Zeit gehabt. Sie hatte für nichts Zeit, seit langem nicht mehr. Seit dem Tod ihrer Eltern und seitdem ihre Karriere ständig Anforderungen an sie stellte.

Faye machte sich wieder über ihre Post her und sah Briefe ihres Agenten und ein paar Rechnungen durch, nur um die Gesichter der Vergangenheit aus ihrem Bewußtsein zu verbannen. In ihrem gegenwärtigen Leben gab es als einzige Ablenkung nur die Arbeit. Im vorangegangenen Jahr hatte sie eine ernste Beziehung zu einem Regisseur gehabt, der doppelt so alt war wie sie. Als sie dann Schluß machten, wurde ihr klar, daß sie eher in seine Arbeit als in ihn verliebt gewesen war. Sie hatte gern zugehört, wenn er von seiner Arbeit gesprochen hatte, doch nach einer gewissen Zeit war zwischen ihnen jede Spannung verlorengegangen, und sie hatten sich getrennt. Seither hatte es niemanden in ihrem Leben gegeben, der ernsthaft eine Rolle gespielt hätte. Die üblichen Hollywood-Affären lagen ihr nicht. Niemals hatte Faye sich mit jemandem eingelassen, an dem ihr nicht wirklich gelegen war. Die meiste Zeit über lebte sie zurückgezogen und ging jeglicher Publicity aus dem Weg. Für einen großen Star führte sie ein bemerkenswert ruhiges Leben. Wenn ihr alter Freund und Agent Abe sie rügte, weil sie sich zuviel ›versteckte‹, wandte sie ein, daß sie nicht imstande wäre, so hart zu arbeiten, wenn sie nicht in Ruhe zu Hause ihre Rollen studieren und vorbereiten könnte. Und genau das hatte sie für die nächsten fünf Wochen vor, egal, wie sehr Abe sie drängen mochte, endlich auszugehen, sich sehen zu lassen und sich mit ihren Kollegen zu amüsieren.

Statt dessen wollte sie in San Francisco ihre alte Freundin Harriet besuchen, der sie dies schon lange versprochen hatte.

Sie hatte Harriet, eine ältere Schauspielerin, die sich vom Film schon zurückgezogen hatte, zu Beginn ihrer Karriere kennengelernt und sich mit ihr angefreundet. Auf dem Rückweg beabsichtigte Faye, Freunde in Pebble Beach zu besuchen. Und danach hatte sie sich zu einem Wochenende bei den Hearsts auf deren riesigem Besitz überreden lassen, auf dem es einen Zoo mit wilden Tieren gab. Im Anschluß daran wollte sie sich zu Hause beim Lesen und Lernen entspannen. Nichts war ihr lieber, als am eigenen Pool zu liegen, sich von der Sonne trocknen zu lassen, die Blumen zu riechen und die Bienen summen zu hören. Bei dem Gedanken daran schloß sie die Augen und überhörte dabei den lautlos eintretenden Arthur. Erst als er sich räusperte, hörte sie ihn und machte die Augen auf. Arthur trat immer unhörbar ein. Für einen Mann seiner Größe und Jahre bewegte er sich mit erstaunlicher, fast katzenhafter Geschmeidigkeit. Er blieb in respektvollem Abstand vor ihrem Schreibtisch stehen, wie immer in Frack und gestreiften Hosen, sorgfältig gestärktem Hemd mit steifem Eckenkragen und mit Krawatte, in der Hand ein silbernes Tablett, auf dem eine einzelne Teetasse stand. Faye hatte das Porzellan selbst in Limoges ausgesucht und liebte es besonders. Es war rein weiß mit winzigen blauen Streublümchen, die aussahen, als hätte man sie nachträglich mit leichter Hand aufgetragen. Als Arthur die Tasse mit einer weißen, aus dem Vorkriegsitalien stammenden Leinenserviette, die sie in New York entdeckt hatte, auf den Schreibtisch stellte, sah sie, daß Elizabeth ihr heute Plätzchen gebacken hatte. Normalerweise hätte Faye sich Süßigkeiten verkniffen, aber bis zum nächsten Film waren es noch fünf Wochen, warum also nicht? Lächelnd blickte sie zu Arthur auf, der sich verbeugte und lautlos den Raum verließ.

Faye sah sich um, bewußt die Dinge wahrnehmend, die sie liebte. Die alten und neuen Bücher, von denen einige wirkliche Raritäten waren, die mit Blumen gefüllten Vasen, die Skulpturen, die sie seit einigen Jahren besaß. Den wunderschönen Aubusson-Teppich mit den verstreuten Rosen in rauchigen Rosa- und Blautönen, die liebevoll ausgesuchten englischen Stilmöbel, das Silber, das Arthur putzte, bis es makellos glänzte. Von ihrem Arbeitszimmer aus sah sie den zierlichen französischen Lüster in der Halle, das Speisezimmer mit den Chippendale-Möbeln und einem zweiten prachtvollen Lüster. Es war ein Zuhause, das ihr täglich von neuem Freude machte, nicht nur wegen seiner schönen und wertvollen Einrichtung, sondern weil es einen so deutlichen Gegensatz zu der schäbigen Armut darstellte, in der sie aufgewachsen war. Dieser Gegensatz machte jede Einzelheit noch kostbarer, von den silbernen Kerzenleuchtern und Spitzentischtüchern angefangen, bis zu den exquisiten Antiquitäten. Das alles war Symbol des Erreichten und Lohn des Erfolgs.

Neben dem Arbeitszimmer lag ein eleganter Wohnraum mit rosa Marmorkamin und zierlichen französischen Sesseln. Sie hatte Französisches mit Englischem gemischt, alte mit ein paar modernen Stücken. Zwei wundervolle Impressionisten hingen da, Geschenke eines sehr guten Freundes. Eine schmale, elegant geschwungene Treppe führte nach oben. Dort war das Schlafzimmer, ganz weiße Seide und Spiegelwände, direkt ihren vom Film genährten kindlichen Phantasien entsprungen. Auf dem Bett eine Decke aus weißem Fuchsfell, Fellkissen auf der Couch, ein weißer Fellüberwurf auf der Chaiselongue und ein weißer Marmorkamin, das Gegenstück des Kamins in ihrem verspiegelten Ankleideraum. Das Bad strahlte in makellosem Weiß, Marmor und Kacheln. Daneben gab es noch einen kleinen Salon, den Faye oft spätabends benutzte, wenn sie noch ein Drehbuch studierte oder Briefe schrieb. Und das war auch schon alles – ein kleines, aber vollkommenes Juwel. Genau die richtige Größe für sie. Die Personalwohnung lag hinter der Küche im Erdgeschoß, und Bob, der Pförtner, bewohnte ein Appartement über der großen Garage. Ein weitläufiger Garten mit einem nicht zu kleinen Swimming-pool samt Überdachung, Bar und Umkleideraum für ihre Bekannten gehörte dazu. Hier hatte sie alles, was sie brauchte; es war eine Welt für sich, wie sie oft sagte. Am liebsten wäre sie überhaupt nie ausgegangen. Fast bereute sie es, daß sie versprochen hatte, nächste Woche ihre alte Freundin zu besuchen.

Kaum aber war sie in San Francisco angekommen, bereute sie ihren Entschluß nicht mehr. Harriet Fielding, vor Jahren ein berühmter Broadway-Star, war ein Mensch, den Faye sehr bewunderte und von dem sie viel gelernt hatte. Faye wollte nicht zuletzt ihre neue Rolle, die zweifellos eine große Herausforderung darstellte, mit ihr besprechen. Ihr Partner im nächsten Film galt allgemein als sehr schwierig, als männliche Primadonna der schlimmsten Sorte. Faye, die noch nie mit ihm zusammengearbeitet hatte, war über diese Auswahl nicht besonders erbaut. Sie hoffte inständig, daß sie keinen Fehler gemacht hatte, als sie die Rolle angenommen hatte. Harriet konnte ihre Bedenken zerstreuen. Die Rolle sei sehr anspruchsvoll und verlange mehr Können als alles, was Faye bis dahin gemacht habe.

»Genau das macht mir so angst!« sagte Faye lachend zu ihrer alten Freundin. Sie standen da und blickten hinaus auf die Bucht. »Was ist, wenn ich schrecklich auf die Nase falle?« Sie hatte das Gefühl, wieder eine Mutter zu haben, obwohl Harriet so ganz anders war als Fayes verstorbene Mutter. Sie war gebildeter und gewandter und hinsichtlich Fayes Arbeit viel beschlagener. Margaret Price hatte nie so recht begriffen, was Faye erreicht hatte und in welche Welt sie eingedrungen war, doch sie war sehr stolz auf sie gewesen. Sie hatte sich immer mit ihrer berühmten Tochter gebrüstet, und Faye war jedesmal gerührt gewesen, wenn sie nach Hause gekommen war und gemerkt hatte, wieviel das alles für Margaret bedeutete. Jetzt hatte Faye kein Elternhaus und keine Angehörigen mehr, bei denen sie Zuflucht suchen konnte. Aber sie hatte jetzt Harriet, die in ihrem Leben eine große Rolle spielte. »Mir ist es ganz ernst. Was ist, wenn ich versage?« fragte Faye sie.

»Erstens wirst du das nicht, und zweitens wirst du dich aufrappeln und es noch einmal versuchen, falls du wirklich durchfallen solltest; das ist uns allen schon passiert. Und nächstes Mal wirst du es besser machen – viel besser vermutlich. Was ist denn mit dir? Feige warst du doch noch nie.« Harriet schien verstimmt, aber Faye wußte, daß es nur gespielt war. »Mach deine Hausaufgaben, und du wirst großartig sein.«

»Na, hoffentlich hast du recht.« Diese Bemerkung trug ihr ein ärgerliches Murren von Harriet ein, das Faye mit einem Lächeln quittierte. Harriet wirkte in vielerlei Hinsicht tröstlich und beruhigend auf Faye. Seite an Seite durchwanderten sie fünf Tage lang die Hügel um San Francisco und sprachen über alles mögliche – das Leben, den Krieg, über den Beruf und die Männer. Harriet war einer der wenigen Menschen, mit denen Faye richtig reden konnte. Sie war so weise, so klug und humorvoll, Harriet war eine einzigartige Person, und Faye war dankbar für ihre Freundschaft.

Sie waren beim Thema Männer angelangt. Harriet fragte Faye nicht zum erstenmal, warum ihre Beziehungen nach kurzer Zeit immer wieder in die Brüche gegangen seien.

»Ach, es war eben nie der Richtige.«

»Aber einer muß der Richtige sein.« Harriet sah Faye forschend an. »Hast du am Ende Angst?«

»Ja, vielleicht. Aber eigentlich bin ich sicher, daß ich den Richtigen noch nicht gefunden habe. Ich kann von den Männern alles haben, exotische Blumen, Champagner, bezaubernde Abende, sagenhafte Nächte, Zugang zu außergewöhnlichen Partys und auch bisweilen kostspielige Geschenke, aber das alles will ich eigentlich nicht. Es erscheint mir nicht wichtig, ich habe auf solche Dinge noch nie besonders viel Wert gelegt.«

»Gott sei Dank.« Fayes Einstellung war einer der Gründe für die Sympathie, die Harriet ihr entgegenbrachte. »Das alles ist tatsächlich unwichtig. Du warst immer klug genug, dieses Spiel zu durchschauen. Aber es gibt ja noch andere Männer in Los Angeles, nicht nur Blender, Schmeichler und Playboys.« Beide wußten nur zu gut, daß Fayes Aussehen und ihr Starruhm scharenweise Typen anzog, die Harriet »Glitzerlüstlinge« zu nennen beliebte.

»Vielleicht hatte ich keine Zeit, andere Menschen kennenzulernen.« Und das Komische daran war, daß sie sich nicht vorstellen konnte, mit einem dieser schillernden Männer zusammenzubleiben, nicht einmal mit Clark Gable. Sie stellte sich immer vor, daß der Mann, für den sie sich einmal entscheiden würde, so war wie die Männer, die sie von Grove City kannte. Ein Mann, der

50

an kalten Wintermorgen Schnee schippte, der Weihnachtsbäume
für die Kinder schnitt, lange Spaziergänge mit ihr machte und
vor dem Kamin saß oder im Sommer an einem See entlangwan-
derte ... ein Mann, ein wahrhaftiger Mann, mit dem sie sprechen
konnte, jemand, der sie und die Kinder über alles stellte, auch
über seinen Beruf, und nicht jemand, der sich an den Erfolg eines
Stars hängte, um vielleicht auch einmal eine große Rolle zu ergat-
tern. Damit war sie in Gedanken wieder bei ihrem neuen Film.
Sie diskutierte mit Harriet über einige Schwierigkeiten des Drehbuchs und über die Techniken, die sie ausprobieren wollte. Was
ihr Spiel betraf, war sie sehr wagemutig und kreativ. Solange sie
ihre schöpferischen Kräfte nicht für Heim und Familie verwen-
den konnte, ließ sie diese ganz in ihren Beruf einfließen und hatte
damit einen außergewöhnlich großen Erfolg erzielt. Harriet tat
es trotzdem leid für Faye, daß sie noch nicht den Mann gefunden hatte, bei dem sie sich geborgen fühlte. Sie ahnte, daß das
eine Dimension in Fayes Wesen zum Vorschein bringen würde,
die noch niemand auch nur ahnen konnte, eine Dimension, die
sie als Frau und Schauspielerin bereichern würde.

»Wirst du kommen und mir bei den Dreharbeiten zusehen?«
Faye sah ihre Freundin mit flehenden Kinderaugen an, aber Harriet schüttelte den Kopf. »Du weißt, wie sehr ich diesen Ort
hasse.«

»Ich brauche dich.« In Fayes Augen schimmerte Einsamkeit.
Es war das erste Mal, daß Harriet diesen Zug an ihr bemerkte.
Sie tätschelte ihr beruhigend den Arm, während sie sagte:

»Ich brauche dich auch – als Freundin. Als Schauspielerin
brauchst du meinen Rat nicht, liebe Faye. Du hast mehr Talent
im kleinen Finger, als ich je hatte. Ich spüre, daß du wunderbar
sein wirst. Meine Anwesenheit würde dich nur ablenken.«

Lange schon hatte Faye nicht mehr das Bedürfnis nach mora-
lischer Unterstützung bei Dreharbeiten gehabt. Diesmal jedoch
war ihr mulmig zumute, als sie Harriet später als geplant in San
Francisco verließ und die Küstenstraße entlang nach Süden zum
Besitz der Hearsts fuhr, der den bescheidenen Namen ›Casa‹ trug.
Auch auf der Fahrt war sie in Gedanken noch bei Harriet.

Aus einem ihr selbst nicht begreiflichen Grund fühlte sie sich einsamer als seit Jahren. Ihr fehlten Harriet, das Elternhaus in Pennsylvania, ihre Eltern. Zum erstenmal seit langem hatte sie das Gefühl, als fehle ihr etwas im Leben, wenngleich sie sich nicht genau vorstellen konnte, was. Tapfer versuchte sie sich einzureden, sie sei nur wegen der neuen Rolle übernervös, während sie insgeheim genau wußte, daß mehr dahintersteckte. Im Moment gab es keinen Mann in ihrem Leben, eigentlich schon lange nicht mehr. Harriet hatte recht. Es war nicht gut, daß ihre Affären keinen Bestand hatten, aber mit wem hätte sie auf Dauer zusammenbleiben sollen? Sie kannte niemanden, an dem ihr besonders gelegen wäre, sie hatte niemanden, auf den sie sich bei ihrer Heimkehr freuen konnte, und die rauschenden Feste der Hearsts kamen ihr leerer und öder vor als je zuvor. Dutzende Gäste waren eingeladen, darunter wie immer einige sehr amüsante Unterhalter. Vielleicht hatte Faye gerade deshalb das Gefühl, ihr Leben, das sie gegenwärtig führte, wäre substanzlos, und ebenso die Menschen, mit denen sie zu tun hatte. Das einzige, was ihrem Dasein Sinn verlieh, waren die Arbeit und die zwei Menschen, die ihr am nächsten standen, nämlich Harriet Fielding, die so weit weg war, und ihr Agent Abe Abramson.

Nach nahezu ununterbrochenem tagelangem Lächeln war es für Faye schließlich eine große Erleichterung, als sie wieder Richtung Los Angeles fuhr. Und als sie ankam, schloß sie sich selbst die Haustür auf und lief sogleich hinauf in die weiße Pracht ihres Schlafzimmers. Dort fühlte sie sich so glücklich wie seit Tagen nicht mehr, glücklicher als auf dem Riesenbesitz der Hearsts. Erleichtert warf sie sich auf die weiße Fuchsdecke, streifte die Schuhe ab und starrte zu dem hübschen kleinen Lüster empor. Jetzt konnte sie mit Freude an ihre neue Rolle denken. Sie fühlte sich wieder fabelhaft. Was kümmerte es sie, daß sie allein lebte? Sie hatte ihre Arbeit, und die füllte sie vollkommen aus.

Die folgenden vier Wochen studierte sie Tag und Nacht und lernte jede Zeile des Drehbuchs auswendig, ihren eigenen Text sowie den der anderen. Sie probierte verschiedene Nuancen aus, verbrachte ganze Tage im Selbstgespräch, im Garten auf und ab wandernd, versuchte alles mögliche und wurde langsam zu der Frau, die sie darstellen sollte. Im Film wurde Faye von ihrem Ehemann, der ihr das Kind weggenommen hatte, in den Wahnsinn getrieben. Nach dem Versuch, sich und ihn zu töten, sollte ihr langsam bewußt werden, was er ihr angetan hatte. Am Ende würde sie seine Machenschaften aufdecken, ihr Kind zurückbekommen und ihn schließlich töten. Und ebendieser endgültige Akt voller Grausamkeit und Vergeltung war für Faye ungeheuer wichtig. Würde das Publikum ihr deshalb die Sympathie entziehen? Würde man sie um so mehr lieben, oder würden die Leute gleichgültig reagieren? Konnte sie mit dieser Rolle Herzen gewinnen? Das bedeutete für sie sehr viel.

Als die Dreharbeiten begannen, war Faye pünktlich im Studio. Das Drehbuch trug sie in einer roten Kroko-Aktentasche mit sich, die zu ihrem Make-up-Koffer paßte, einem Koffer, der die Dinge enthielt, die sie im Atelier immer bei sich haben wollte. Sie bezog ihre Garderobe so sachlich und unauffällig, wie sie alles tat. Das begeisterte einige und erbitterte andere, die es nicht mit ihr aufnehmen konnten. Faye Price war vor allem ein Profi und darüber hinaus eine Perfektionistin, die von anderen nicht mehr forderte, als sie sich zuallererst selbst abverlangte.

Das Studio stellte ihr eine Garderobiere zur Verfügung, die sich um ihre Sachen kümmern und den Raum in Ordnung halten sollte. Manche Stars brachten ihr eigenes Mädchen mit, aber Faye konnte sich ihre Elizabeth in dieser Umgebung nicht gut vorstellen und ließ sie lieber zu Hause. Das Personal, das ihr das Studio schickte, hatte seine Sache immer sehr gut gemacht. Diesmal kam Pearl, eine nette Farbige, die schon zuvor mit ihr gearbeitet hatte, eine ungemein tüchtige Person, die Faye durch ihre treffenden Bemerkungen und ihre Beobachtungsgabe sehr erheiterte. Die Frau war intelligent und arbeitete schon jahrelang im Studio. Wenn sie anfing, Geschichten aus der Branche zu erzählen, mußte Faye immer Tränen lachen.

Die Aussicht auf die vor ihnen liegende Zusammenarbeit beflügelte an diesem Morgen beide. Pearl hängte Fayes Privatgarderobe auf und ordnete ihr die Kosmetikartikel auf dem Toilettentisch, hütete sich jedoch, das Aktenköfferchen anzufassen, ein Fehler, den sie nur einmal begangen hatte. Mittlerweile wußte sie, daß Faye es gar nicht mochte, wenn ein anderer ihr Drehbuch in die Hand nahm. Pearl brachte ihr Kaffee mit der genau richtigen Menge Milch, und um sieben Uhr morgens, als der Friseur mit Fayes Frisur anfangen wollte, servierte sie ihr ein weiches Ei und eine Scheibe Toast. Pearl war dafür bekannt, daß sie bei Filmarbeiten wahre Wunder wirkte und sich liebevoll um »ihre Stars« kümmerte, doch Faye nützte ihre Gutmütigkeit nicht aus, und das wußte Pearl zu schätzen.

»Pearl, Sie haben mich fürs ganze Leben verdorben«, sagte Faye mit dankbarem Blick, während der Friseur sich an die Arbeit machte.

»So soll's auch sein, Miß Price«, strahlte Pearl. Sie war sehr froh, Faye zugeteilt worden zu sein, nicht nur, weil diese ein Topstar war und Pearl vor ihren Freundinnen damit angeben konnte, sondern auch wegen Fayes menschlicher Qualitäten. Diese Künstlerin besaß neben einem Paar Klassebeinen auch Anstand, Wärme und Charme, wie Pearl nicht zum erstenmal mit befriedigtem Lächeln feststellte.

Nach zwei Stunden war die Frisur genau so, wie sie sein sollte, und Faye stand in dem dunkelblauen Kleid, das man ihr zugedacht hatte, mit dem Make-up, wie der Regisseur es wollte, in der Dekoration. Die übliche Hektik setzte ein. Kameras wurden verschoben, Scriptgirls taten geschäftig, der Regisseur beriet sich mit den Beleuchtern, und die Schauspieler waren bis auf den zweiten Star vollzählig erschienen. Faye hörte jemanden murmeln – »wie üblich«. Also hatte sie es mit einem notorischen Zuspätkommer zu tun. Mit einem resignierten leisen Seufzer ließ sie sich unauffällig auf einem Stuhl nieder. Zur Not konnte man mit einer Szene anfangen, bei der ihr Partner nicht gebraucht wurde. Es war aber kein gutes Omen für die nächsten Monate, wenn er gleich am ersten Tag unpünktlich war. Gedankenverloren starrte Faye ihre biederen blauen Schuhe an, die sie in dieser Szene tragen mußte, als sie plötzlich das sonderbare Gefühl hatte, beobachtet zu werden. Aufblickend sah sie in das gebräunte Gesicht eines umwerfend gutaussehenden blonden Mannes mit tiefblauen Augen. Zuerst hielt sie ihn für einen der im Film beschäftigten Schauspieler, der sie vor dem Fallen der ersten Klappe rasch begrüßen wollte. Sie lächelte ihm zu, doch der junge Mann blieb ernst.

»Sie können sich nicht an mich erinnern, Faye?« Den Bruchteil eines Augenblicks erlebte sie das unangenehme Gefühl, das jede Frau beschleicht, wenn sie sich einem Mann gegenübersieht, der sie gut zu kennen scheint, während sie sich an ihn überhaupt nicht erinnern kann. Kenne ich ihn wirklich? Habe ich sein Gesicht vergessen? Wäre es möglich ... Aber sehr ernst kann es wohl nicht gewesen sein ... Er stand einfach da und sah sie mit einer verzweifelten, fast beängstigenden Eindringlichkeit an. Im Hintergrund ihres Bewußtseins regte sich so etwas wie Erinnerung, sie war aber nicht imstande, den Mann einzuordnen. Hatte sie mit ihm beruflich zu tun gehabt?

»Ich wüßte auch gar nicht, warum Sie sich an mich erinnern sollten.« Sein Ton war ruhig und gelassen, sein Blick ernst, als wäre er enttäuscht. Fayes Unbehagen wuchs. »Wir sind einander vor zwei Jahren auf Guadalcanal begegnet. Sie waren auf Fronttournee, und ich war der Adjutant des Kommandeurs.«

Meine Güte ... Faye machte große Augen, und plötzlich war alles wieder da, der hübsche Junge, das lange Gespräch, die blutjunge Krankenschwester, die er geheiratet hatte und die umgekommen war ... die beiden starrten einander an, während Erinnerungen sie überfluteten. Wie hatte sie ihn nur vergessen können! Sein Gesicht hatte sie damals noch monatelang verfolgt. Sie hatte nie erwartet, ihn wiederzusehen. Jetzt lächelte er, als sie aufstand und ihm die Hand reichte. Er hatte so gespannt auf dieses Wiedersehen gewartet und sich immer wieder gefragt, ob sie ihn erkennen würde. »Willkommen daheim, Leutnant.«

Er salutierte forsch wie damals vor langer Zeit und vollführte eine knappe Verbeugung. Allmählich erkannte sie in seinen Augen die Schalkhaftigkeit. »Inzwischen Major, mit Verlaub.«

»O Verzeihung.« Sie war ehrlich erleichtert, daß er den Krieg überlebt hatte. »Sind Sie heil geblieben?«

»Natürlich.« Das sagte er so hastig, daß sie daran zweifelte, doch er sah blendend aus. Erst jetzt wurde ihr bewußt, wo sie sich befanden. Gleich würde man zu drehen anfangen, falls der männliche Hauptdarsteller sich bequemte, endlich zu erscheinen.

»Was treiben Sie hier?«

»Ich bin in Los Angeles zu Hause, wissen Sie das nicht mehr? Ich habe es Ihnen erzählt . . .«, er lächelte, »und dann sagte ich, ich würde Sie eines schönen Tages im Studio heimsuchen.« Jetzt lächelte sie. »Ich pflege meine Versprechen zu halten, Miß Price.« Man glaubte es ihm. Er sah viel besser aus, als sie ihn in Erinnerung hatte. Er hatte etwas Strahlendes an sich und wirkte dabei irgendwie gezügelt – ja, wie ein Prachthengst am kurzen Zügel. Sie wußte, daß er inzwischen etwa achtundzwanzig sein mußte. Sein jungenhaftes Aussehen hatte er verloren, er war jeder Zoll ein Mann. Aber Faye hatte jetzt ganz andere Dinge im Kopf . . . den Star, der noch immer nicht da war. Es war merkwürdig, Ward in dieser Umgebung wiederzusehen. Seinen Namen wußte sie noch.

»Wie haben Sie es bloß geschafft, hier einzudringen, Ward?« fragte sie mit sanftem Lächeln.

In seinen Augen blitzte es schalkhaft. »Ich mußte ein paar Hände schmieren und mich auf die alte Freundschaft mit Ihnen berufen und nicht zuletzt auf meine Kriegsauszeichnungen . . . Sie wissen schon.« Faye mußte lachen. Er hatte also sogar ein paar Leute bestochen. Warum nur? »Ich sagte schon, daß ich Sie gern wiedersehen wollte.« Wie oft er an sie gedacht hatte, verschwieg er ihr. Viele Male hatte er ihr schreiben wollen, und immer wieder hatte ihn der Mut verlassen. Womöglich warf sie ihre Fan-Post einfach weg, und an wen hätte er den Brief auch adressieren sollen? An Faye Price, Hollywood, USA? Er wollte lieber seine Heimkehr abwarten, falls er sie erleben würde – es gab Zeiten, da hatte er daran erhebliche Zweifel. Sehr häufig sogar. Und jetzt war er zur Stelle. Es war wie ein Traum – dazustehen, sie anzusehen, ihr zuzuhören. Er hatte ihre Stimme in seinen Träumen gehört, ihre tiefe, sinnliche Stimme, die ihm zwei Jahre lang im Gedächtnis geblieben war.

»Seit wann sind Sie zurück?«

Wieder grinste er spitzbübisch. Er entschloß sich, bei der Wahrheit zu bleiben. »Seit gestern. Ich wollte sofort kommen, mußte aber erst ein paar Dinge erledigen.« Ein Besuch bei seinen Anwälten, das Ausfüllen von Formularen, das Haus, das für ihn zu groß war. Er wohnte momentan im Hotel.

»Natürlich, ich verstehe.« Und auf einmal war sie froh, daß er hier war, froh, daß er noch am Leben war, froh, daß er nach Hause gekommen war, stellvertretend für alle jene Männer, denen sie auf den Tourneen begegnet war. Er stand vor ihr wie jemand aus einem fernen Traum, jemand, dem sie vor langer Zeit im Dschungel begegnet war ... und jetzt war er tatsächlich da, sah lächelnd auf sie herunter, hatte kaum die Uniform abgelegt wie alle anderen, nur war an ihm etwas Besonderes, etwas, das ihr noch nie zuvor begegnet war.

Und dann tauchte plötzlich ihr Partner auf, und das Team schien zu explodieren. Der Regisseur brüllte seine Anweisungen, und Faye mußte für die erste Szene vor die Kamera. »Ward, Sie müssen jetzt gehen, ich habe zu tun.« Zum erstenmal im Leben fühlte sie sich zwischen ihrer Arbeit und einem Mann hin- und hergerissen.

»Darf ich zusehen?« Er machte ein Gesicht wie ein enttäuschtes Kind, aber Faye schüttelte den Kopf.

»Heute nicht. Der erste Tag ist für alle immer ziemlich hart. In ein paar Wochen vielleicht, wenn wir die Sache lässiger angehen.« Diese Worte klangen angenehm, auch Faye empfand das ... »in ein paar Wochen« ... als bliebe ihnen unaussprechlich viel Zeit, ja die ganze Zukunft. Wer ist dieser Mann? fragte sie sich, während sie seinen eindringlichen Blick erwiderte. Er war doch nur ein Fremder, einer, den sie kaum kannte.

»Treffen wir uns heute abend?« Er flüsterte ihr diese Worte zu, während die Szenerie sich verdunkelte. Sie wollte etwas entgegnen und den Kopf schütteln.

Da fing der Regisseur wieder zu brüllen an, und Ward versuchte, sich verständlich zu machen. Sie bedeutete ihm mit einer Handbewegung zu schweigen. Sie sahen einander an, und sie spürte die Kraft, die sein Blick ausstrahlte. Er hatte im Krieg gekämpft, hatte seine Frau verloren, war heimgekehrt und war sofort zu ihr gekommen. Mehr brauchte sie nicht zu wissen. Im Moment jedenfalls nicht.

»Also gut«, flüsterte sie als Antwort, und er fragte sie, wo sie wohne. Hastig kritzelte sie ihm die Adresse auf einen Zettel, ein wenig befangen, weil sie in einer vornehmen Gegend wohnte – nicht ganz so vornehm, wie sie es sich hätte leisten können, aber für ihn sicher großartig und einschüchternd. Jetzt war keine Zeit, einen anderen Treffpunkt auszumachen. Sie drückte Ward das Papier in die Hand und schob ihn mit sanfter Gewalt hinaus. Fünf Minuten später bekam sie ihre Anweisungen und wurde ihrem Partner vorgestellt, einem wahren Prachtexemplar von Mann, was Größe und Aussehen betraf. Nach ein paar Stunden Zusammenarbeit merkte Faye aber, daß ihm etwas fehlte, nämlich Wärme und Ausstrahlung . . . Später versuchte sie es Pearl in der Garderobe zu erklären.

»Schon gut, ich weiß, was Sie meinen, Miß Price. Ihm fehlt zweierlei, und zwar Herz und Verstand.« Faye, die laut auflachte, wußte plötzlich, daß Pearl es genau getroffen hatte. Dem Mann fehlte Intelligenz, das war sein größter Fehler. Außerdem war er schrecklich eingebildet, und das war sehr ermüdend. Er war von einem Schwarm von Angestellten umgeben, Sekretärinnen und Handlangern, die sich um seine Bedürfnisse kümmern mußten, von Zigaretten bis hin zum Gin. Nachdem sie die für diesen Tag vorgesehenen Szenen abgedreht hatten, bemerkte Faye, daß er sie mit seinen Blicken auszog. Dann lud er sie zum Dinner ein.

»Tut mir leid, Vance, ich bin heute schon verabredet.« Seine Augen leuchteten auf wie Weihnachtskerzen, und sie hätte sich am liebsten selbst geohrfeigt. Sie hatte ja gar nicht die Absicht, jemals mit ihm auszugehen, auch wenn sie für die nächsten zehn Jahre nichts vorgehabt hätte.

»Dann also morgen?«

Faye schüttelte den Kopf und ließ ihn stehen. Die Zusammenarbeit mit Vance Saint George würde nicht ganz einfach sein, obwohl sie zugeben mußte, daß er seine Rolle ziemlich gut spielte.

Auf dem Weg zur Garderobe dachte Faye nicht mehr an Vance. Es war sechs Uhr, sie hatte zwölf Stunden Arbeit hinter sich, für sie weiter nichts Ungewöhnliches. Sie zog sich um, verabschiedete sich von Pearl, lief hinaus zu ihrem Wagen und raste nach Beverly Hills. Bob war noch am Tor, als sie eintraf. Er öffnete, sie brauste durch und ließ den Wagen vor dem Haus stehen, ohne sich Zeit zu nehmen, das Verdeck zu schließen. Er hatte acht Uhr gesagt, und jetzt war es Viertel vor sieben.

Arthur öffnete ihr, und sie lief an ihm vorbei und sofort die Treppe hinauf.

»Ein Glas Sherry, Miß?« rief er ihr nach. Sie hielt inne und drehte sich mit jenem Lächeln um, das stets sein Herz erwärmte. Er war ganz verrückt nach ihr, mehr, als er Elizabeth gegenüber zugeben wollte.

»Um acht Uhr kommt jemand auf einen Drink.«

»Sehr wohl, Miß. Soll Elizabeth für Sie das Bad einlaufen lassen? Sie könnte Ihnen auch ein Glas Sherry hinaufbringen.« Er wußte, wie sehr die Arbeit sie manchmal anstrengte, aber heute sah sie überhaupt nicht abgespannt aus.

»Nein danke, ich brauche nichts.«

»Soll ich den Gast ins Wohnzimmer führen?« Eine rein rhetorische Frage, da er das automatisch tun würde, doch sie schüttelte zu seiner Verwunderung den Kopf.

»Nein, in mein Arbeitszimmer.« Wieder lächelte sie und verschwand endgültig. Sie verwünschte sich insgeheim, weil sie mit Ward keinen Treffpunkt in der Stadt ausgemacht hatte. Einfach lächerlich, vor ihm den Star zu spielen – der arme Junge. Na, wenigstens war er aus dem Krieg gesund heimgekehrt. Das ist das wichtigste, sagte sie sich, während sie in das Ankleidezimmer lief, sämtliche Schranktüren aufriß und dann erst im Bad das Wasser einlaufen ließ. Sie entschied sich für ein schlichtes weißes Kleid aus Seide, das ihr wundervoll stand und nicht zu auffällig war. Dazu gehörte ein grauer Mantel. Perlenohrclips und Seidenpumps im gleichen Farbton und eine grauweiße Handtasche vervollständigten ihre Aufmachung, die zwar eleganter ausgefallen war als geplant, aber schließlich wollte sie Ward nicht durch zu saloppe Kleidung kränken. Wußte er doch, wer sie war. Das einzige Problem bestand darin, daß sie von ihm nichts wußte. Einen Augenblick hielt sie inne, starrte ins Leere und dachte über Ward nach, während sie den Wasserhahn zudrehte. Die wichtigste Frage war: Wer war denn dieser Ward Thayer?

3

Fünf vor acht war Faye fertig angezogen und ging hinunter, um Ward in ihrem Arbeitszimmer zu erwarten. Den auf ihr weißes Kleid abgestimmten grauen Mantel legte sie über eine Sessellehne. Sie war so nervös, daß sie nicht stillhalten konnte, und lief unruhig auf und ab. Zu dumm, daß sie nicht einen anderen Treffpunkt vereinbart hatte, aber sein Auftauchen im Atelier war ein richtiger Schock gewesen nach der kurzen Begegnung auf Guadalcanal, die ja immerhin schon vor zwei Jahren stattgefunden hatte. Wie merkwürdig das Leben doch manchmal ist, dachte sie. Jetzt war er wieder da, und sie ging mit ihm aus. Ihr Herz schlug heftig, sie mußte sich eingestehen, daß sie ziemlich aufgeregt war. Er war ein attraktiver Mann, den eine geheimnisvolle Aura umgab.

Die Klingel unterbrach ihre Gedankengänge. Arthur öffnete die Haustür, und Faye holte tief Luft und versuchte sich zu beruhigen. Dann sah sie wieder in diese saphirblauen Augen und war sofort in so guter Stimmung wie schon seit Jahren nicht mehr. Allein wenn sie ihn ansah, hatte sie das Gefühl, Berg-und-Tal-Bahn zu fahren. Mit geheuchelter Gelassenheit bot sie ihm einen Drink an, nicht ohne festzustellen, wie gut er in Zivil aussah. Der unauffällige graue Nadelstreifenanzug betonte seine breiten Schultern, er kam ihr noch größer vor als seinerzeit. Noch immer spürte sie eine gewisse Befangenheit, weil sie hier mit ihm zusammen war, mit diesem Soldaten aus dem eben zu Ende gegangenen Krieg. Es war nicht mehr als eine nettgemeinte Geste, und wenn es sich zeigen sollte, daß sie nichts gemeinsam hatten, würde es kein Wiedersehen mehr geben. Faye war noch immer von der Art beeindruckt, wie er sich mit Schmiergeldern den Weg ins Studio erkauft hatte, nur um sie zu sehen. Der Mann besaß unleugbar Charme. Aber das hatte sie bereits damals auf Guadalcanal zu spüren bekommen.

»Bitte, nehmen Sie doch Platz.« Nun trat befangenes Schweigen ein, und Faye zermarterte sich den Kopf nach ein paar passenden Worten, als sie bemerkte, daß ihr Gast lächelte. Er sah sich mit offensichtlichem Vergnügen um. Nicht die kleinste Einzelheit schien ihm zu entgehen, weder die Skulpturen noch der Aubusson-Teppich. Ward stand sogar auf, um sich die seltenen Bücher anzusehen, die sie vor längerer Zeit bei einer Auktion ersteigert hatte. In seinen Augen blitzte es auf.

»Woher haben Sie die Bücher, Faye?«

»Ach, die habe ich vor ein paar Jahren ersteigert. Lauter Erstausgaben, auf die ich sehr stolz bin.« Sie war eigentlich stolz auf alles, was sie besaß. Jedes Stück hatte sie sich schwer verdient und bedeutete ihr deswegen um so mehr.

»Darf ich sie näher ansehen?« Er warf ihr über die Schulter einen Blick zu. Als Arthur mit den Drinks auf einem Silbertablett hereinkam, schien Ward sich schon ganz heimisch zu fühlen. Faye nahm einen Gin Tonic, er Scotch mit Eis, beides in den hübschen Kristallgläsern von Tiffany in New York.

»Aber sicher, sehen Sie sich die Bücher ruhig an.« Faye war sitzen geblieben und beobachtete interessiert, wie er vorsichtig zwei Bände herausnahm, einen hinlegte und den anderen aufschlug. Während er zuerst das Vorsatzblatt und dann die letzten Seiten der alten, in Leder gebundenen Ausgabe prüfte, verriet sein Ausdruck, wie sehr ihn die Sache belustigte.

»Genau, wie ich vermutete. Sie gehörten meinem Großvater. Ich hätte sie unter Tausenden wiedererkannt.« Er reichte ihr eines der Bücher und wies auf ein interessantes handgestempeltes Exlibris auf der letzten Seite. »Das ist in allen seinen Büchern. Ich besitze selbst ein paar davon.« Diese Worte erinnerten sie daran, wie wenig sie von ihm wußte. Während sie sich ihren Drinks widmeten, versuchte Faye ihn gesprächsweise unauffällig ein wenig aus der Reserve zu locken. Aber Ward zog es vor, nicht zu deutlich zu werden, plauderte vom Interesse seines Großvaters an Schiffen und von Sommern in Hawaii. An Tatsachen erfuhr sie nur, daß seine Mutter von dort stammte. Von seinem Vater sprach er nicht viel, so daß ihre Neugierde ungestillt blieb. »Und Sie stammen aus dem Osten?« fragte er Faye. Immer wieder lenkte er das Gespräch auf sie, so, als hielte er sein Leben für unwichtig. Fast gewann sie den Eindruck, er wollte für sie ein Geheimnis bleiben, wenn sein nachdenklicher, anerkennender Blick auf ihr ruhte. Sie konnte ihre Neugierde kaum unterdrücken und nahm sich vor, ihn beim Essen auszufragen.

»Ich komme aus Pennsylvania, habe aber das Gefühl, schon immer hier gelebt zu haben.«

Er lachte. »Das macht Hollywood. Hier kann man sich ein anderes Leben gar nicht mehr richtig vorstellen.« Einen zweiten Drink lehnte er nach einem Blick auf die Uhr ab, stand auf und nahm ihren Mantel. »Gehen wir lieber, ich habe für neun Uhr einen Tisch reservieren lassen.« Sie hätte zu gern gewußt, wo, wollte aber nicht aufdringlich erscheinen. Sie ließ sich von ihm in den Mantel helfen, und dann gingen sie langsam hinaus in die Halle. Wieder sah er sich anerkennend um. »Hübsche Sachen haben Sie.« Er schien etwas von schönen alten Dingen zu verstehen, denn ihr entging nicht, daß er den ausgesucht schönen englischen Tisch neben der Tür bemerkte. Warum ihr dieses Haus so viel bedeutete, konnte er natürlich nicht wissen. Er wußte ja nicht, wie arm sie gewesen war.

»Vielen Dank, ich habe sie selbst zusammengetragen.«

»Das macht sicher große Freude.« Es war mehr als Freude für sie gewesen. Damals hatten ihr diese Einrichtungsgegenstände alles bedeutet. Jetzt erschienen sie ihr weniger wichtig, weniger wesentlich. Sie verfügte über mehr Sicherheit.

Ihre Blicke trafen aufeinander. Noch ehe Arthur zur Stelle war, öffnete Ward ihr die Tür. Er bedachte den englischen Butler mit einem Lächeln und schien von dessen mißbilligendem Blick unberührt. In Arthurs Augen gehörte es sich nicht, daß der junge Mann die Tür selbst aufmachte, aber Ward ließ sich in seiner guten Laune nicht beeinträchtigen.

Der Abend war warm und würzig. Leichtfüßig lief Ward die Marmortreppen zu dem Wagen hinunter, der vor der Treppe stand. Es war ein hellroter Ford Kabrio, schon ziemlich verschrammt, was dem Auto ein verwegenes Aussehen verlieh. Faye fand es amüsant.

»Ein großartiges Auto«, bemerkte sie.

»Danke. Den habe ich mir heute ausgeliehen.« Das stimmte. »Meiner ist noch eingemottet. Hoffentlich bringe ich ihn überhaupt wieder in Gang.«

Sie schenkte sich die Frage, was für einen Wagen er eigentlich fuhr, und stieg in den kleinen Ford, dessen Tür Ward ihr aufhielt. Er fuhr los und hielt auf das Tor zu, das Arthur bereits geöffnet hatte. Ward winkte ihm freundlich zu.

»Einen schrecklich ernsten Butler haben Sie sich zugelegt, Gnädigste«, bemerkte er lächelnd, und sie erwiderte sein Lächeln. Arthur und Elizabeth umsorgten sie so liebevoll, daß sie die beiden um nichts in der Welt hergegeben hätte.

»Ja, vermutlich bin ich hoffnungslos verwöhnt.« Sie machte ein verlegenes Gesicht, und das entlockte ihm wieder ein Lächeln.

»Das ist nicht weiter schlimm, Faye. Sie sollten ihr Leben genießen.«

»Das tue ich«, antwortete sie prompt und errötete. Der Wind brachte ihr dichtes blondes Haar in Unordnung und ließ es wie eine Woge ihre Schultern umspielen. Beide lachten, als sie vergeblich versuchte, die blonde Flut zu bändigen.

»Soll ich das Verdeck schließen?« fragte er, während sie Richtung Zentrum fuhren.

»Nein, nein, es geht tadellos.« Sie fühlte sich prächtig und genoß es, an seiner Seite dahinzurasen. Das alles kam ihr wundervoll altmodisch vor, wie eine Samstagabend-Verabredung zu Hause in Grove City. Sie fühlte sich wie das Mädchen von einst, und es gefiel ihr noch besser als erwartet. Sorge machte ihr nur der Gedanke, daß sie am nächsten Morgen um fünf aufstehen mußte. Deshalb wollte sie nicht zu lange ausbleiben.

Ward blieb vor dem Ciro's stehen und sprang gelenkig aus dem Wagen, als auch schon der Türsteher ihnen entgegenkam.

Es war ein großer, gutaussehender Schwarzer, dessen Miene sich erhellte, als er Ward erkannte. »Mr. Thayer! Sie sind wieder zu Hause?«

»Aber klar doch, John. Aber glaube mir, einfach war es nicht, das zu schaffen!« Ein fester, ausgiebiger Händedruck wurde gewechselt, dazu ein herzliches Lächeln. Plötzlich fiel der Blick des Schwarzen entsetzt auf Wards Auto.

»Mr. Thayer, was ist denn mit Ihrem Wagen los?«

»Der ist noch aufgebockt. Ich hoffe, ihn nächste Woche zu bekommen.«

»Gott sei Dank ... ich dachte schon, Sie hätten ihn für diesen Schrotthaufen verkauft.« Faye wunderte sich über diese rüde Bemerkung und darüber, daß Ward hier so gut bekannt war. Sie sollte aus dem Staunen nicht herauskommen, als sie den Nachtklub betraten. Der Ober brach fast in Tränen aus, als er Ward die Hand schüttelte und ihn zu seiner Rückkehr beglückwünschte. Sie bemerkte, daß jeder einzelne Kellner ihn kannte und ihn begrüßte. Sie bekamen natürlich den besten Tisch, und nachdem sie ihre Drinks bestellt hatten, führte Ward sie auf die Tanzfläche.

»Faye, Sie sind hier bei weitem das hübscheste Mädchen.« Seine Stimme klang leise an ihrem Ohr. Sie spürte die Kraft seiner Arme, die sie umfangen hielten.

»Ich kann mir wohl die Frage sparen, ob Sie hier oft Gast waren.« Lächelnd sah sie zu ihm auf.

Ihre Bemerkung brachte ihn zum Lachen, während er sie mit viel Schwung über die Tanzfläche führte. Ward war ein ausgezeichneter Tänzer. Fayes Neugierde wuchs mit jedem Augenblick. Wer war er? Irgendein stadtbekannter Playboy? Eine wichtige Persönlichkeit? Ein Schauspieler, dessen Namen sie nur noch nie gehört hatte? Es stand außer Zweifel, daß Ward Thayer »jemand« war, und diese Frage ließ sie nicht mehr los. Nicht, weil sie etwas von ihm wollte. Sie empfand es nur als sonderbar, mit jemandem zusammenzusein, den sie kaum kannte und dem sie zum erstenmal an einem so weit entfernten Ort unter anonymen Umständen begegnet war.

»Ich habe das deutliche Gefühl, daß Sie Geheimnisse vor mir haben, Mr. Thayer.«

Sie suchte seinen Blick, und Ward schüttelte belustigt den Kopf.

»Aber gar nicht.«

»Also gut. Wer sind Sie?«

»Das wissen Sie schon. Ich sagte es Ihnen. Ich bin Ward Thayer aus Los Angeles.« Er rasselte Rang und Dienstnummer herunter, und wieder mußten beide lachen.

»Das sagt mir gar nichts, und das ist Ihnen auch klar. Und wissen Sie was?« Sie rückte ein wenig von ihm ab, um ihn besser ansehen zu können. »Sie genießen es, mich zum Narren zu halten, den Geheimnisvollen zu spielen. Auf einmal habe ich das Gefühl, daß alle Welt weiß, wer Sie sind, nur ich nicht.«

»Nein, nur das Personal ... sonst niemand ... ich war hier mal Kellner ...« Er hatte noch nicht ausgesprochen, als man vom Eingang her Bewegung hörte und eine Frau im hautengen schwarzen Kleid das Lokal betrat. Ihr Haar wirkte wie eine feurige rote Explosion. Es war Rita Hayworth, die häufig mit ihrem interessanten Mann, Orson Welles, hier aufkreuzte und eifrig tanzte, während Welles diese Gelegenheit nützte, seine Frau zur Schau zu stellen. Und es war verständlich, daß er stolz auf sie war. Rita war die schönste Frau, der Faye je begegnet war. Sie hatte sie von weitem schon einige Male gesehen, und als Rita nun vorbeitanzte, stockte Faye fast der Atem, so beeindruckt war sie. Rita schien etwas aufzufallen, denn sie hielt wie erschrocken inne und drehte sich um. Faye errötete tief unter ihrer pfirsichfarbenen Haarflut und wollte sich schon entschuldigen, als ihr Rita Hayworth praktisch in den Arm fiel. Ehe sie wußte, wie ihr geschah, wurde Ward von ihr losgerissen, und Rita und Ward umarmten einander auf der Tanzfläche. Orson Welles beobachtete diese Szene aus der Ferne und musterte auch Faye. Rita gab ihrer Begeisterung lautstark Ausdruck, als sie Ward endlich losließ.

»Mein Gott, Ward, hast du es also geschafft! Du schlimmer Junge, so lange Zeit und kein Lebenszeichen von dir. Alle fragten nach dir, und ich wußte nicht, was ich sagen sollte ...« Sie umarmte ihn mit geschlossenen Augen, während ihren Mund ein Lächeln umspielte, das sogar erfahrene Männer in Verwirrung stürzte, und Faye sah es mit Staunen. Rita war über das Wiedersehen mit Ward so außer sich, daß sie Faye gar nicht bemerkte. »Willkommen daheim, Ward.« Jetzt erst fiel ihr Blick auf Wards Begleitung, und Faye konnte Erkennen und Interesse in ihren Augen lesen. Rita wandte sich wieder an Ward. »Ach, sieh mal einer an ...«, neckte sie ihn. »Hat jemand von der Klatschgilde schon Wind davon bekommen, Mr. Thayer?«

»Komm, Rita, laß das. Ich bin erst seit zwei Tagen zurück.«

»Du hast keine Zeit verloren.« Ihr Lächeln galt jetzt auch Faye. »Schön, Sie zu sehen.« Höfliche, leere Worte. Faye und Rita waren nie Freundinnen gewesen. »Geben Sie gut auf meinen Freund acht.« Sie tätschelte Wards Wange. Dann ging sie zurück zu Welles, der Ward von weitem mit einem Lächeln begrüßte, ehe er Rita an einen Tisch am anderen Ende des Lokals führte. Faye explodierte fast, als sie sich setzten. Ward nahm einen Schluck von seinem Drink, und Faye faßte ungeduldig nach seinem Arm.

»Jetzt reicht es, Major. Die Wahrheit bitte.« Sie funkelte ihn in gespielter Empörung an, so daß er laut lachend das Glas absetzte. »Bevor ich aus mir einen noch größeren Idioten mache, müssen Sie mir sagen, was los ist. Wer sind Sie? Schauspieler? Regisseur? Gangster ...? Hat Ihnen womöglich dieser Nachtklub gehört?« Beide lachten. Ward machte das Spiel noch mehr Spaß als Faye.

»Warum fragen Sie mich nicht, ob ich hier Gigolo war?«

»Unsinn! Los, sagen Sie schon. Aber zuerst müssen Sie erklären, woher Sie Rita so gut kennen.«

»Ich habe mit ihrem Mann oft Tennis gespielt. Und kennengelernt haben wir uns hier.«

»Während Ihrer Kellnerzeit?« Faye fand die Situation amüsant. Dieser Soldat, den sie auf Guadalcanal kennengelernt hatte, besaß Geist und Humor. Sie zwang ihn, ihr in die Augen zu sehen, und verbiß sich dabei ein Lachen. »Schluß jetzt mit dieser Komödie. Wissen Sie eigentlich, daß ich Gewissensbisse hatte, weil ich erlaubt habe, daß Sie mich zum Dinner einladen, und weil ich Sie in mein Haus gebeten habe? Ich habe befürchtet, ich könnte auf Sie wie eine Angeberin wirken, und nun stellt sich heraus, daß Sie mit den Berühmtheiten dieser Stadt besser bekannt sind als ich.«

»Das glaube ich nicht, meine Schöne.«

»Ach, wirklich nicht?« Faye schüttelte errötend ihre Haarflut.

»Was ist mit Clark Gable?« Fayes Röte vertiefte sich.

»Glauben Sie bloß nicht, was in den Zeitungen steht.«

»Ich glaube höchstens die Hälfte. Außerdem habe ich das von Freunden gehört.«

»Ich habe Gable seit Jahren nicht mehr gesehen.« Dabei ließ sie es bewenden, und Ward war zu sehr Gentleman, um sie zu drängen. Und plötzlich suchte sie wieder seinen Blick. »Versuchen Sie nur nicht, mich abzulenken. Wer sind Sie?«

Er beugte sich über den Tisch, um ihr zuzuraunen: »Der Große Einsame.« Wieder mußte sie lachen, doch jetzt kam der Ober mit einer Riesenflasche Champagner und der Speisekarte.

»Willkommen daheim, Mr. Thayer. Schön, daß Sie wieder da sind.«

»Danke.« Ward bestellte für beide, prostete Faye mit Champagner zu und hörte nicht auf, sie zu necken. Das ging den ganzen Abend so, bis sie wieder draußen im offenen Ford saßen und er ganz sacht nach ihrer Hand faßte. »Ganz im Ernst, Faye, ich bin ein Soldat ohne Beschäftigung. Ich habe keine Arbeit und hatte auch vor meiner Einberufung keine. Nicht einmal eine Wohnung habe ich, weil ich sie aufgab, als ich eingezogen wurde. Und bei Ciro's kennt man mich, weil ich vor dem Krieg sehr häufig da war. Ich bin keine wichtige Persönlichkeit. Ich bin gar nichts. Sie sind der Star, und ich bin seit unserer ersten Begegnung verrückt nach Ihnen, aber ich würde lügen, wenn ich täte, als wäre ich etwas Besonderes. Ich bin der, für den Sie mich halten, nämlich Ward Thayer, ein Mann ohne Zuhause, ohne Arbeit, mit einem geborgten Auto.«

Faye lächelte liebevoll; wenn das stimmte, sollte es ihr recht sein. Sie hatte den nettesten Abend seit Jahren erlebt. Sie war gern mit ihm zusammen. Ward war gescheit, hatte Humor, sah gut aus und tanzte auch noch traumhaft. Zu alldem hatte er etwas Warmes und Männliches an sich, etwas, das sie erregte. Er verfügte über ein Wissen, das sie bei ihm nie vermutet hätte, und er war anders als alle Männer, die sie im Laufe der Jahre kennengelernt hatte. Er kam ohne die nichtssagende, gekünstelte Art der Hollywood-Größen aus, obwohl er hier eine gewisse Rolle zu spielen schien. »Ich habe mich wunderbar unterhalten, ganz gleich, wer Sie wirklich sind.« Es war kurz vor zwei Uhr. Wie sie sich am nächsten Tag fühlen würde, daran wollte sie lieber nicht denken. In nicht ganz drei Stunden mußte sie wieder auf den Beinen sein.

»Dann also morgen abend?« Die hoffnungsvolle Miene ließ ihn noch jünger aussehen. Lächelnd schüttelte Faye den Kopf.

»Ward, es geht nicht. Ich bin berufstätig. Ich muß um Viertel vor fünf aus dem Bett.«

»Wie lange?«

»Bis der Film abgedreht ist.«

Ward war wie am Boden zerstört. Vielleicht hatte sie sich mit ihm gelangweilt. Und nach zwei Jahren, die er nur von ihr geträumt hatte, wünschte er jetzt nichts sehnlicher, als daß sie sich in seiner Gegenwart wohl fühlte. Wenn es nach ihm gegangen wäre, hätte er sie jeden Abend in die feinsten Restaurants ausgeführt. Er wollte sie verwöhnen, wie sie nie zuvor verwöhnt worden war. Und er dachte nicht daran, geduldig in der Dekoration zu warten, bis der Film fertig war.

»So lange kann ich nicht warten. Ich schlage vor, Sie schlafen sich morgen tüchtig aus, damit wir übermorgen wieder ausgehen können.« Er sah auf die Uhr. »Und nächstes Mal werde ich Sie nicht so lange in Anspruch nehmen.« Er hielt ihren Blick fest, um ganz leise und sanft zu sagen: »Faye, es war wundervoll.« Er war bis über beide Ohren in sie verliebt und kannte sie doch kaum. Er hatte die vergangenen zwei Jahre von ihr geträumt wie ein verknallter Backfisch, und er hatte sich geschworen, daß er sie nach seiner Rückkehr aufsuchen würde. Jetzt war er ihr endlich nahe, und er war entschlossen, so lange um sie zu werben, bis sie ebenso hoffnungslos in ihn verliebt war wie er in sie. Faye ahnte noch nicht, daß Ward Thayer gewohnt war, zu bekommen, was er wollte.

Jetzt sah er sie so flehentlich an, daß sie nicht widerstehen konnte. »Also gut. Sie müssen mich aber spätestens um Mitternacht nach Hause bringen, damit ich am nächsten Tag nicht wie ein bleicher Kürbis aussehe. Na, ist das ein Vorschlag?«

»Ehrenwort, Aschenputtel ...« Da saß er, starrte sie an und sehnte sich danach, sie zu küssen, und wagte es nicht. Es war zu früh. Er wollte vermeiden, daß alles so wie bei ihren sonstigen Verabredungen verlief, bei denen sie umarmt wurde, weil sie ein Star war. Für ihn bedeutete sie viel mehr. Er stieg aus, ging um den Wagen herum, um ihr zu öffnen, und sie stieg leichtfüßig aus, sich an seiner Hand festhaltend.

»Es war ein wunderbarer Abend, vielen Dank.« Sie sah zu Ward hoch. Er folgte ihr über die rosa Marmorstufen bis zur Tür, und sie war versucht, ihn noch auf einen Drink einzuladen, aber dann würde sie überhaupt nicht mehr ins Bett kommen. Sie brauchte wenigstens ein bißchen Schlaf, ehe sie wieder ins Atelier mußte. Ward blieb in der Tür stehen und fühlte sich dabei wie der Junge von nebenan, während er seine Lippen leicht über ihr Haar gleiten ließ und ihr Kinn mit einer Hand anhob, damit er ihr in die wundervollen smaragdenen Augen sehen konnte.

»Sie werden mir in den nächsten zwei Tagen fehlen.«

»Sie mir auch, Ward«, sagte sie, ohne es zu wollen, und nickte dazu. Er würde ihr fehlen, wie er ihr in der ersten Zeit nach der Begegnung in Guadalcanal gefehlt hatte. Seine Liebenswürdigkeit, seine geistvolle Art, sein Charme beeindruckten sie schon nach diesem einen Abend – das hatte sie noch bei keinem Mann erlebt. Eigentlich hätte sie beängstigt sein müssen, aber sie genoß das alles viel zu sehr, als daß sie hätte Angst empfinden können – schon gar nicht vor Ward Thayer.

4

Faye war am nächsten Morgen rechtzeitig im Studio und wurde von Pearl sofort mit heißem Kaffee versorgt. Drei Tassen, stark und schwarz.

»Ihr Kaffee hat es in sich«, bemerkte Faye seufzend. »Davon könnte ein Halbtoter wach werden.«

»Mag schon sein, Schätzchen, aber ohne richtigen Kaffee schlafen Sie womöglich bei der Liebesszene mit diesem Langweiler ein.«

»Das wird so und so einmal passieren.« Die beiden Frauen lachten. Schon am zweiten Tag waren sie sich einig, daß der männliche Hauptdarsteller eine ziemliche Niete war. Er war wieder zu spät zur Arbeit erschienen und hatte sich unmöglich benommen. Seine Garderobe sei zu heiß, hatte er behauptet, und als man ihm Ventilatoren hineinstellte, beklagte er sich über die Zugluft. Er war weder mit dem Friseur noch mit dem Maskenbildner einverstanden und beklagte sich über die Beleuchtung und seine Garderobe. In seiner Verzweiflung verlängerte der Regisseur die Lunchpause.

Auf ihrem Toilettentisch fand Faye eine Zeitung vor, die Pearl für sie aufgeschlagen hatte. Hedda Hoppers Kolumne verriet ihr alles, was sie am Abend so brennend interessiert hatte. Sie las den Artikel Wort für Wort und saß dann wie erstarrt da, als müßte sie das Gelesene erst richtig verarbeiten, während Pearl dastand, sie ansah und sich fragte, was in ihr vorgehen mochte.

»... wie wir erfahren, ist der Playboy und Erbe der Thayer-Werft-Millionen, Ward Cunningham Thayer IV, wohlbehalten aus dem Krieg zurückgekehrt und sucht seine alten Jagdgründe wieder auf. Beispielsweise Ciro's, wo er von Rita Hayworth und ihrem Gatten herzlich willkommen geheißen wurde. Und es sieht aus, als hätte er schon eine schöne Frau an seiner Seite: Faye Price, die einen Oscar und eine ganze Reihe von Anbetern vorweisen kann, darunter bekanntlich einen unserer (und Ihrer) Lieblinge. Wir hatten uns schon gefragt, ob Gable, der einsame

Witwer, sich mit ihr öfter sehen lassen würde, doch es scheint jetzt, als wäre Thayer auf der Überholspur. Fix geschaltet, Ward! Er ist ja erst seit drei Tagen wieder zu Hause. Faye arbeitet übrigens an einem neuen Film mit Vance Samt George, und diese Kombination wird Regisseur Louis Bernstein einige Nüsse zu knacken geben, was aber nicht Fayes Schuld ist, wie wir wissen ... also, viel Glück, Ward! Viel Glück euch beiden! Ob bald Hochzeitsglocken läuten werden? Wir dürfen gespannt sein ...«

»Großer Gott, die sind aber fix!«

Faye sah Pearl halb belustigt, halb wütend an ... »Playboy und Erbe der Thayer-Werft-Millionen.« Natürlich war ihr der Name ein Begriff, und sie ärgerte sich über sich selbst, daß sie nicht sofort daran gedacht hatte. Playboy und Erbe ... das war nicht nach ihrem Geschmack. Ward sollte nicht glauben, sie sei hinter seinem Geld her, und sie wiederum wollte nicht eine Trophäe am Gürtel eines stadtbekannten Playboys sein. Auf einmal erschien er ihr weniger anziehend als am Abend zuvor, ein bißchen weniger normal, weniger »real«. Er war nicht mehr wie die Männer in Grove City – sogar vollkommen anders. Das bereitete ihr mehr Kopfzerbrechen, als sie sich eingestehen wollte. Pearl verstand sehr rasch die Zusammenhänge und unterließ jede Bemerkung.

Es war ohnehin ein schwerer Tag. Vance Samt George machte ständig Ärger, und als alle um sechs das Studio verließen, war Faye vollkommen erledigt. Sie schminkte sich gar nicht erst ab, schlüpfte rasch in eine braune Hose und einen beigen Kaschmirpullover und ließ das honigfarbene Haar lose auf die Schultern fallen. Sie startete ihren Lincoln Continental, als hinter ihr ein beharrliches Hupen ertönte. Ein Blick in den Rückspiegel zeigte ihr einen wohlbekannten roten Wagen. Unwillkürlich entfuhr ihr ein Seufzer. Faye war nicht in der Stimmung zum Plaudern, am allerwenigsten mit einem steinreichen Playboy. Sie war berufstätig, hatte letzte Nacht nur zwei Stunden geschlafen und wollte in Ruhe gelassen werden, auch von Ward Thayer. Mochte er auch noch so faszinierend sein, sie mußte ihr eigenes Leben bewältigen. Und außerdem war er schließlich nur ein Schürzenjäger.

Ward sprang aus dem Wagen, warf die Tür zu und lief zu ihr, in den Armen Tuberosen, Gardenien und eine Champagnerflasche. Sie empfing ihn mit einem Kopfschütteln und einem Lächeln, aus dem Ratlosigkeit sprach.

»Mr. Thayer, können Sie mit Ihrer Zeit nichts Besseres anfangen, als auf arme Schauspielerinnen nach einem anstrengenden Arbeitstag Jagd zu machen?«

»Nur keine Aufregung, Aschenputtel. Ich weiß, daß Sie todmüde sein müssen. Da dachte ich mir, das hier könnte Sie auf der Heimfahrt aufheitern, es sei denn, ich könnte Sie zu einem Drink im Beverly Hills Hotel überreden ... geben Sie mir eine Chance?« Dabei machte er ein Gesicht wie ein kleiner Junge, der auf ein Geschenk wartet. Faye stöhnte.

»Wer ist übrigens Ihr Presseagent?« Ihre Stimme klang verärgert, und Ward registrierte es besorgt.

»Ich glaube, das geht auf Ritas Konto. Tut mir sehr leid ... macht es Ihnen denn so viel aus?« Es war ein offenes Geheimnis, daß Hedda Hopper Orson nicht mochte, für Rita aber immer Sympathie gezeigt hatte – und für Ward, aber das wußte Faye nicht.

Sie lächelte wieder. Man konnte ihm nicht wirklich böse sein. Er war so aufrichtig und großzügig und machte kein Geheimnis aus seiner Wiedersehensfreude. Faye mußte sich eingestehen, daß er für sie nichts von seinem Zauber verloren hatte, obwohl sie jetzt wußte, daß er ein Playboy war. Seine Wirkung auf sie war geradezu überwältigend. Das war schon auf Guadalcanal so gewesen. Und jetzt war er hier in seinem eigenen Element und beeindruckte sie noch weitaus mehr. Er strahlte Zuversicht und gleichzeitig Sex-Appeal aus, und Faye war alles andere als immun dagegen.

»Na, wenigstens weiß ich jetzt, wer Sie sind.«

Mit einem Grinsen zog er die Schultern hoch. »Dieser Unsinn ist unwichtig und stimmt außerdem nur halb.« Eine Bemerkung über die im Artikel erwähnte »Reihe der Anbeter« unterließ er, lächelte sie aber auf eine Weise an, die ihr Herz anrührte. Darin hatte er eine ausgesprochene Begabung. »Was ist, Faye, sollen wir auf die Vorahnungen hören?« In seinen Augen funkelte es seltsam. Sie kannte ihn nicht gut genug, um zu erkennen, ob die Frage ernst oder spaßig gemeint war.

»Was meinen Sie damit?« Sie war so müde, daß sie kaum mehr denken konnte. Ward ließ sie nicht aus den Augen, als er sagte: »Ich meine den Satz mit den Hochzeitsglocken ... wir könnten heiraten und alle vor Überraschung aus den Pantinen kippen lassen.«

»Großartige Idee«, spottete sie und warf aus zusammengekniffenen Augen einen Blick auf ihre Uhr. »Moment mal ... wir haben sechs Uhr fünfundzwanzig ... wenn wir es bis acht Uhr schaffen, kommt es noch in die Morgenzeitungen.«

»Großartig.« Er lief um ihren Wagen herum, und noch ehe sie protestieren konnte, stieg er ein. »Also los, Kleines.« Er lehnte sich seelenruhig zurück, lächelte ihr zu, und plötzlich fand Faye die Situation auch komisch und vergaß ihre Müdigkeit. Sie war richtig froh, ihn wiederzusehen. Froher, als ihr lieb war.

»*Ich* soll fahren? Was für eine Ehe ist denn das?«

»Sie haben die Zeitungen gelesen. Ich gelte als Playboy. Playboys fahren nicht selbst. Sie lassen sich fahren.«

»Sie meinen Gigolos. Das ist nicht dasselbe, Ward Thayer.« Jetzt lachten beide, und er rückte näher an sie heran. Es machte ihr nichts aus.

»Warum kann sich nicht ein Playboy auch fahren lassen? Ich bin müde. Hinter mir liegt ein harter Tag. Ich traf mich zum Lunch mit drei Freunden, wir tranken vier Flaschen Champagner.«

»Mein Herz blutet, Sie Faulpelz. Ich arbeite seit sechs Uhr morgens, und Sie haben sich den ganzen Tag mit Champagner vollaufen lassen.« Das sollte entrüstet klingen, doch sie brach von neuem in Lachen aus, als für Vance Samt George eine riesige Limousine vorfuhr.

»So etwas würden Sie brauchen, Faye.« Fast klang es ernst, aber Faye lachte ihn aus.

»Einen Wagen wie diesen? Machen Sie sich nicht lächerlich. Ich sitze gern selbst am Steuer.«

»Das ist nicht ladylike.« Er bemühte sich um einen hochnäsigen Gesichtsausdruck und warf ihr von der Seite einen schrägen Blick zu. »Außerdem gehört es sich nicht für das Opfer eines Playboys.«

»Also bin ich Ihr Opfer?«

»Hoffentlich.« Er sah auf die Uhr. »Also, wann werden wir heiraten? Sie sagten etwas von acht Uhr ... dann aber Tempo. Oder möchten Sie zuerst einen Drink nehmen?«

Sie schüttelte den Kopf, weniger überzeugend als vorhin. »Nein, ich muß nach Hause, Mr. Thayer. Vergessen Sie nicht, daß ich arbeiten muß. Ich bin wirklich ziemlich erledigt.«

»Ich kann mir nicht vorstellen, warum. Wahrscheinlich sind Sie gestern schon um zehn ins Bett.«

»Ach ja?« Faye verschränkte die Arme und lächelte. »Ich war mit einem millionenschweren Playboy verabredet.« Jetzt war es heraus, und sie amüsierten sich köstlich. Das alles schien so absurd wie ein Witz, und Faye beschloß, es nicht ernster zu nehmen als er.

»Wie *können* Sie nur!« Er spielte den Entrüsteten. »Mit wem denn?«

»An seinen Namen kann ich mich nicht erinnern.«

»War er nett?«

»Mehr oder weniger. Ein schrecklicher Lügner, aber das sind ja alle Männer.«

»Sah er gut aus?«

Sie schaute ihm direkt in die Augen. »Ja, sehr.«

»Das Schwindeln haben Sie schnell von ihm gelernt. Kommen Sie, ich möchte, daß Sie ein paar von meinen Freunden kennenlernen.« Er legte den Arm um sie, und Faye roch den herben Duft seines Rasierwassers. »Und jetzt gönnen wir uns einen Drink. Ich verspreche, daß ich Sie heute früher nach Hause bringe.«

»Ward, unmöglich. Ich würde bei Tisch einschlafen.«

»Keine Angst, ich rüttle Sie wach.«

»Wollten Sie sich wirklich mit Freunden treffen?« Das war das allerletzte, worauf sie heute Lust hatte. Sie wollte nach Hause und sonst nichts. Sie mußte unbedingt ein paar neue Textstellen

lernen. Da Samt George ein so jämmerlicher Partner war, fühlte
sie sich bemüßigt, um so härter zu arbeiten und seine Fehlleistun-
gen auszugleichen. Der Film sollte kein Flop werden.

Ward schüttelte den Kopf. »Das war nur Spaß. Wir werden
allein sein. Wenn ich ein Zuhause hätte, würde ich Sie dorthin
einladen, aber ich habe keines.« Er lachte unbeschwert. »Das
macht die Sache ein wenig schwierig.«

»Sie untertreiben.«

»Ursprünglich hatte ich beabsichtigt, im Haus meiner Eltern
zu wohnen, aber es ist momentan unbewohnbar, und außerdem
ist es viel zu groß. Jetzt bewohne ich einen Bungalow des Beverly
Hills Hotels, bis ich etwas Passendes finde. Deswegen kann ich
Ihnen im Augenblick nur die Hotelbar bieten.« Sie in seinen Bungalow einzuladen wäre höchst unpassend gewesen, Ward hätte
nie gewagt, ihr einen solchen Vorschlag zu machen. Zu dieser
Sorte Mädchen gehörte sie nicht, mochte sie auch ein Filmstar
sein und viele Verehrer haben. Man sah ihr die wohlerzogene
junge Dame deutlich an, und gerade das gefiel ihm. Was seine
Absichten betraf, hatte die Presse nicht weit daneben getroffen.
»Also, was ist? Eine halbe Stunde, und dann bringe ich Sie nach
Hause. Einverstanden?«

»Meinetwegen ... Herrgott, Sie setzen einem wirklich zu. Ich
kann froh sein, daß ich nicht für Sie arbeite.«

Er kniff sie scherzhaft in die Wange. »Das läßt sich ändern,
liebe Faye. Jetzt rutschen Sie rüber, ich fahre.« Er lief um den
Wagen und setzte sich hinters Steuer.

»Werden Sie Ihren Wagen nicht brauchen?«

»Ich nehme mir ein Taxi und hole ihn ab, nachdem ich Sie nach
Hause gebracht habe.«

»Macht das nicht zuviel Umstände?«

Er blickte sie belustigt an. »Aber gar nicht, Kleines. Warum
lehnen Sie sich nicht zurück und ruhen sich auf der Fahrt aus? Sie
sehen müde aus.« Faye empfand seine Stimme als sehr angenehm
und seinen Blick, die Berührung seiner Hände, als er ihre an-
faß ..... Mit halbgeschlossenen Augen beobachtete sie ihn. »Wie
geht die Arbeit voran?« fragte er.

»Vance Saint George ist eine richtige Plage. Ich weiß gar nicht, wie er überhaupt so weit kommen konnte.«

Ward wußte es, ließ aber kein Wort verlauten. Der Mann hatte ohne Rücksicht auf das Geschlecht buchstäblich mit jedem geschlafen und hatte sich in Hollywood mittels weitverzweigter Protektion hochgedient. Aber eines Tages mußte sich das rächen. »Ist er denn nicht gut?«

»Er wäre gut, wenn er nicht dauernd über Zugluft nörgeln und über sein Make-up meckern würde; er sollte lieber seinen Text lernen. Die Zusammenarbeit mit ihm ist nicht einfach, weil er sich nie vorbereitet. Das kostet uns Stunden.« Sie richtete sich auf und sah aus dem Fenster, als sie vor dem Hotel vorfuhren.

»Wie ich höre, sind Sie ein richtiger Profi, Miß Price.«

Sie lächelte. »Wer hat Ihnen denn das erzählt?«

»Heute kam ich beim Lunch mit Louis B. Maxer zusammen. Er sagte, Sie wären die beste Schauspielerin in der Stadt, und ich gab ihm natürlich recht.«

»Sie haben eine Ahnung!« Faye lachte. »Sie waren vier Jahre weg und haben meine besten Filme nicht gesehen.« Sie setzte eine hochmütig-gekränkte Miene auf, und Ward kicherte. Er war glücklich, glücklicher als seit Jahren.

»Tja, Sie dürfen nicht vergessen, daß ich Sie auf Guadalcanal gesehen habe.« Er warf ihr einen liebevollen Blick zu und berührte ihre Hand. »Wie viele können sich mit einem solchen Erlebnis brüsten?« Bei dem Gedanken an die vielen Tausende von Soldaten, vor denen sie aufgetreten war, mußten beide lachen. »In Ordnung, nichts für ungut . . .« Er hielt vor dem pinkfarbenen Hotel an und sprang heraus, worauf sofort der Portier herbeieilte, an seine Mütze tippte und Wards Namen murmelte. Dieser ließ es sich nicht nehmen, Faye selbst die Tür aufzumachen. Sie blickte an ihren Hosen hinunter.

»Kann ich in dieser Aufmachung hinein?«

»Faye Price könnte im Badekostüm hinein, und man würde ihr die Füße küssen«, bemerkte er grinsend.

»Meinen Sie?« Sie sagte es mit einem Lächeln. »Vielleicht nur deswegen, weil ich mit Ward Thayer komme?«

»Was für ein gewaltiger Unsinn!« Aber wie immer bekam er vom Ober den besten Tisch zugewiesen, und diesmal wurde Faye von drei Personen um ein Autogramm gebeten. Als sie nach einer Stunde vom Tisch aufstanden, hatte die Presse bereits Wind von ihrem Rendezvous bekommen, und sie verließen das Hotel in einem Hagel von Blitzlichtern.

»Verdammt, wie ich das hasse.« Faye machte aus ihrem Ärger kein Hehl, als sie sich in den Wagen flüchteten. Der Fotograf blieb ihnen auf den Fersen. »Warum kann man uns nicht in Ruhe lassen? Warum muß man daraus eine so große Sache machen?« Sie legte Wert auf ein ungestörtes Privatleben und hatte ähnliche Situationen leider schon öfter erlebt. Und diesmal handelte es sich nicht einmal um etwas Ernstes, es war erst der zweite Abend mit Ward.

»Sie sind eine Schlagzeile wert, da kann man nichts machen.« Erst jetzt kam ihm der Gedanke, daß es Faye vielleicht nicht angenehm war, mit ihm gesehen zu werden. Es könnte ja gut möglich sein, daß es einen anderen gab. Auf diesen Gedanken war er bis jetzt noch nicht gekommen, er erschien ihm nun dafür um so wahrscheinlicher. Unterwegs schnitt er das Thema mutig an. »Sie ... Sie bekommen doch meinetwegen hoffentlich keine Schwierigkeiten?« Faye lächelte, als sie seinen besorgten Blick bemerkte.

»Nicht solche, an die Sie denken. Aber ich mag es nicht, wenn mein Privatleben von der Presse ausgeschlachtet wird.« Sie war noch immer verärgert und sehr müde.

»Dann müssen wir unsere Verabredungen vorsichtiger planen.« Sie nickte dazu, doch am nächsten Abend hatten beide diesen Vorsatz vergessen. Ward holte sie in seinem Wagen ab, der Spezialanfertigung eines Düsenberg, den er sich vor dem Krieg zugelegt hatte. Das Auto hatte aufgebockt in der Garage gestanden. Es war der Wagen, von dem der Türsteher im Ciro's gesprochen hatte, und Faye begriff jetzt sein Entsetzen. Es war das schönste Auto, das sie je gesehen hatte.

Diesmal führte Ward sie ins Mocambo. Charlie Morrison, der grauhaarige Besitzer, kam gelaufen und hätte Ward fast abgeküßt, als er ihn zur Begrüßung umarmte und ihm beim heftigen Händeschütteln beinahe den Arm ausrenkte. Auch er war außer sich vor Freude über Wards gesunde Rückkehr, und wieder wurde eine Mammutflasche Champagner entkorkt, während Faye sich im Lokal nach Bekannten umsah. Natürlich kannte sie den elegantesten Nachtklub der Stadt, in dem eine ganze Wand von einer Voliere mit exotischen Vögeln eingenommen wurde, die umherschwirrten, während berühmte Filmstars sich auf der Tanzfläche drängten und sich amüsierten.

»Unser Besuch wird leider nicht unbemerkt bleiben. Charlie ist imstande und ruft glatt die Reporter an.« Ward machte dazu ein besorgtes Gesicht. »Macht es Ihnen sehr viel aus?« Er fürchtete, das Foto auf Seite vier der Los *Angeles Times* habe ihr Mißfallen erregt. Ihr gestriger Aufbruch vom Beverly Hills Hotel nach dem Cocktail wurde tatsächlich in ein paar Zeilen erwähnt.

Faye lächelte. »Ward, langsam bekomme ich das Gefühl, Sie können sich gar nicht unsichtbar machen.« Beide wußten, daß es stimmte. »Außerdem bin ich nicht sicher, ob es mich wirklich stört. Wir beide haben nichts zu verbergen. Es wäre mir natürlich lieber, wenn mein Privatleben unangetastet bliebe, aber das Schicksal will es offenbar anders.« Sie hatte den Abend zuvor ausgiebig darüber nachgedacht und entschieden, daß es nichts gab, was sie verbergen mußte.

»Über die Presse habe ich mir nie den Kopf zerbrochen.« Er nahm einen Schluck. Ward trank Champagner literweise, er schien überall dafür bekannt zu sein. »So und nicht anders ist es eben.« ... wenn man Erbe eines Werft-Millionen-Vermögens ist und einen eigens angefertigten Düsenberg fährt, dachte Faye im stillen und brach plötzlich in lautes Gelächter aus.

»Als ich auf Guadalcanal dem netten jungen Leutnant begegnete, ahnte ich nicht, daß er bis ins Innerste verdorben ist, sich in den teuersten Nachtklubs zu amüsieren pflegt und dabei Ströme von Champagner in sich hineinschüttet ...«, neckte sie ihn. Ward schien von dieser Bemerkung nicht beeindruckt zu sein. Das alles entsprach der Wahrheit, und doch war damit längst nicht alles gesagt. Er allein wußte, daß der Krieg ihm in gewisser Hinsicht gutgetan hatte. Es waren die härtesten vier Jahre seines Lebens gewesen, in denen er sich aber zum erstenmal selbst etwas beweisen konnte. Er wußte jetzt, daß er fähig war, die schlimmsten Härten zu überleben. Nicht ein einziges Mal hatte er seine Verbindungen in Anspruch genommen oder durch seinen Namen Vorteile gewonnen, obwohl man natürlich wußte, wer er war.

Und dann war er dem Mädchen begegnet, das er geheiratet hatte. Nachdem sie gestorben war, glaubte er zunächst, nie darüber hinwegzukommen. Ihr Tod war eine Realität, der er sich noch nie zuvor gegenübergesehen hatte, er empfand einen fast unerträglichen Schmerz. Und jetzt gab es Faye mit ihrem ganzen Zauber und ihrem Glamour, ihrem wachen Realitätssinn und ihrem großen Talent. Er war froh, daß Faye anfangs nicht gewußt hatte, wer er war. Sie hätte ihn vielleicht für leichtlebig und frivol gehalten. Natürlich war er das zeitweise auch, weil er sich gern amüsierte. Aber er war außerdem ein ernsthafter Mensch, wie Faye allmählich merkte. Der Charakter dieses Mannes hatte ebenso viele Facetten wie der ihre, und zusammen ergaben sie eine tolle Kombination. Ihre Sympathie gründete sich auf gegenseitige Wertschätzung, materielle Dinge spielten keine Rolle. Sie stellten in vielfacher Hinsicht ein ideales Gespann dar, wie Hedda Hopper und Louella Parsons, die führenden Klatschkolumnistinnen, sehr bald feststellen sollten.

»Wie steht es mit Ihren Prinzipien, Miß Price?« fragte Ward sie scherzhaft beim vierten Glas Champagner. Ihm schien diese Menge nichts auszumachen, während Faye spürte, daß sie aufhören mußte, wenn sie keinen Schwips bekommen wollte. »Was sind Ihre Pläne, wie möchten Sie die nächsten Jahre verbringen, Faye?« Ward schien die Frage ernst gemeint zu haben, und Faye runzelte die Stirn, als sie darüber nachdachte. Eine ähnliche Frage hatte sie sich selbst schon oft gestellt.

»Sie meinen es ernst?«

»Ja, natürlich.«

»Ich weiß nicht recht. Wenn ich über diese Dinge nachdenke, dann sehe ich immer zwei Möglichkeiten vor mir – zwei Wege, die zu verschiedenen Zielen führen. Ich bin nie sicher, welchen Weg ich einschlagen soll.«

»Und wohin führen diese zwei Wege?« Was sie sagte, beeindruckte Ward ungemein. Alles an Faye interessierte ihn jetzt, viel mehr noch als zuvor.

»Der eine Weg beinhaltet alles das.« Ihr Blick schweifte in die Runde, ehe sie wieder Ward ansah. »Diese Menschen, Orte, Dinge ... meine Karriere, weitere Filme, mehr Ruhm ...« Sie war aufrichtig. »Ich vermute, einfach ein bißchen mehr von alldem.« Unsicher brach sie ab.

»Und der andere Weg?« Er faßte behutsam nach ihrer Hand. »Wohin führt er?« Der Raum schien zu verblassen, sie sah nur seine Augen. In Wards Blick lag etwas, das sie sich sehr wünschte, von dem sie aber noch nicht genau wußte, was es eigentlich war. »Der andere Weg ...?«

»Der führt in eine völlig andere Richtung, nämlich zu einem Ehemann, zu Kindern, zu einem Leben, weit entfernt von Glanz und Ruhm. Vielleicht denke ich dabei an meine Kindheit. Ich kann es mir gar nicht richtig vorstellen, weiß aber, daß es diese Möglichkeit gibt, falls ich mich dazu entschließen kann. Eine sehr schwere Entscheidung.« In ihrem Blick lag rückhaltlose Offenheit.

»Und beides gleichzeitig?«

Sie schüttelte den Kopf. »Ich weiß nicht, ob sich beides vereinen läßt. Diese zwei Welten lassen sich nicht unter einen Hut bringen. Nehmen wir einmal meine Arbeit. Ich stehe um fünf Uhr auf, bin um sechs schon unterwegs, komme nicht vor sieben, acht Uhr abends nach Hause. Welcher Mann würde sich damit abfinden? Seit Jahren beobachte ich, wie Ehen in Hollywood zustande kommen und zugrunde gehen. Es ist allgemein bekannt, wie schnell diese Beziehungen kaputtgehen. Wenn ich mich häuslich niederlasse, dann stelle ich es mir anders vor.«

»Was wollen Sie dann ... wenn Sie sich fest binden?«

Faye lächelte ihm zu. Ein komisches Thema für ein drittes Rendezvous. Inzwischen hatte sie aber das Gefühl, Ward schon gut zu kennen. Sie hatten sich bisher dreimal getroffen, und vor langer Zeit war ihnen auf Guadalcanal etwas Sonderbares widerfahren. Es war so, als hätte über die Jahre hinweg ein Band zwischen

80

ihnen bestanden, das sie aneinanderkettete und einander näher-
brachte, mehr, als es nach so kurzer Bekanntschaft zu erwarten
gewesen wäre. Sie dachte über seine Worte nach.

»Ich glaube, ich möchte etwas Festes, eine Ehe, die ein Leben
lang hält, mit einem Mann, den ich liebe und respektiere, und
natürlich möchte ich Kinder.«

»Wie viele?« fragte er mit spitzbübischem Grinsen, und wieder
lachte Faye.

»Ach, mindestens zehn.« Sie ging auf seinen Ton ein.

»So viele ... Allmächtiger ... fünf oder sechs reichen wohl
nicht?«

»Doch, vielleicht.«

»Das hört sich gut an.«

»Ja, finde ich auch, aber ich kann es mir nicht richtig vorstellen – noch nicht.« Sie seufzte tief.

»Ist Ihr Beruf Ihnen so wichtig?«

»Ich weiß es nicht. Sechs Jahre lang habe ich für meine Karriere hart gearbeitet. Da fällt es einem schwer, alles aufzugeben
... aber vielleicht auch nicht.« Unvermittelt lachte sie auf. »Noch
ein paar Filme wie der jetzige, und ich gebe vielleicht alles leichten Herzens auf.« Sie schnalzte mit den Fingern, und er faßte
wieder nach ihrer Hand.

»Es wäre schön, wenn Sie das alles eines Tages aufgäben.«
Seine Miene war plötzlich so ernst geworden, daß Faye erschrak.

»Warum?«

»Weil ich dich liebe und weil es mir gefallen würde, wenn du
den zweiten Weg wählen würdest. Er bedeutet Erfüllung, während der erste Weg in die Einsamkeit führt. Ich glaube, das weißt
du ohnehin, Faye.«

Faye nickte langsam, ohne den Blick von ihm zu wenden. Sollte
das ein Antrag sein? Ausgeschlossen.

Sie wußte nicht, was sie erwidern sollte, und entzog ihm sachte
ihre Hand.

»Ward, du bist erst seit kurzem zurück. Im Moment sieht für
dich alles anders aus. Du wirst noch eine Zeitlang stark deinen
Gefühlen unterworfen sein.« Sie wollte ihn entmutigen, weil sie

keine andere Möglichkeit sah. Er war viel zu stürmisch. Herrgott, sie kannte ihn ja kaum, und doch hatte sie das Gefühl, etwas
Außergewöhnliches zu erleben: Beide hatten sich vom Wunder
seiner gesunden Rückkehr noch nicht erholt und standen noch
ganz im Banne des Krieges. Aber dies alles war Wirklichkeit, und
es war etwas Besonderes.

Ward griff wieder nach ihrer Hand und küßte ihre Fingerspitzen, eine nach der anderen. »Faye, es ist mein Ernst. Noch nie im
Leben habe ich so empfunden. Ich spürte es in dem Augenblick,
als wir uns zum erstenmal auf Guadalcanal begegneten. Damals
wußte ich nicht, was ich dir sagen sollte. Ich hätte am nächsten
Tag ebensogut tot sein können. Aber ich habe überlebt, ich bin
wieder zu Hause, und du bist die wunderbarste Frau, die mir je
begegnet ist ...«

»Wie kannst du so etwas sagen?« protestierte sie.

Ward hätte sie am liebsten in die Arme genommen, wagte es
aber nicht, nicht hier mitten in einem Restaurant, wo die Fotografen überall auf der Lauer nach Sensationen lagen.

»Ward, du kennst mich doch gar nicht. Du hast mich damals
zwei Stunden auf der Bühne gesehen, und hinterher haben wir ein
wenig miteinander geplaudert. Und seit deiner Rückkehr waren
wir zweimal zusammen.«

Sie wollte ihm lieber gleich jede Hoffnung nehmen, ehe es zu
spät dafür war, ohne sich über ihre Gründe im klaren zu sein.
Für sie kam das alles einfach zu schnell. Sie konnte aber dieses
sonderbare Gefühl nicht leugnen, das sie in seiner Gegenwart
hatte, ein Gefühl, als wäre sie imstande, noch heute abend mit
ihm Hand in Hand in den Sonnenuntergang hineinzuwandern,
und alles wäre dann für den Rest ihres Lebens in bester Ordnung.
Aber so liefen diese Dinge nicht. Oder doch? Nein ... oder vielleicht doch? Vielleicht war das »die Wirklichkeit«, von der man
immer hörte.

»Ward, es kommt zu früh.«

»Zu früh wofür?« Sein Blick war sachlich. »Zu früh, um dir zu
sagen, daß ich dich liebe? Ja; mag sein. Das ändert jedoch nichts
an den Tatsachen. Ich bin schon jahrelang in dich verliebt.«

»Dann bist du Opfer einer Illusion.«

»Nein, das stimmt ganz und gar nicht. Du bist genauso, wie ich es mir immer gewünscht habe. Du bist klug und realistisch und praktisch veranlagt. Außerdem noch bescheiden, warmherzig, humorvoll und schön. Du kümmerst dich den Teufel um das, was die Presseleute über dich schreiben. Du liebst deine Arbeit und setzt dich voll ein. Du bist die anständigste Frau, der ich je begegnet bin, du bist eben einfach umwerfend ... und wenn ich dich hier nicht rausschleppen und dich in den nächsten fünf Minuten küssen kann, dann schnappe ich noch glatt über, Faye, also halte den Mund, sonst küsse ich dich auf der Stelle.«

Ihr Blick verriet Zweifel, dennoch lächelte sie unwillkürlich. »Was ist, wenn du in einem halben Jahr entdeckst, daß du mich verabscheust?«

»Warum sollte ich?«

»Vielleicht habe ich Gewohnheiten, die dir zuwider sind. Ward, du weißt gar nicht, wer ich bin. Und ich kenne dich nicht.«

»Sehr schön. Dann werden wir einander kennenlernen.« Er hatte sich ihr bereits völlig ausgeliefert, aber das war ihm jetzt einerlei. »Ich werde mich wie eine Klette an dich hängen und dir die Hölle heiß machen, bis du ja sagst.« Seine Worte schienen ihm eine gewisse Genugtuung zu verschaffen. Er leerte sein Glas und lehnte sich zurück. »Bist du einverstanden?«

»Was würde es denn nützen, wenn ich nein sage?«

»Nicht das geringste.« Sie bemerkte das Lächeln, das sie liebengelernt hatte, das spitzbübische Funkeln in seinen blauen Augen. Man konnte ihm nur sehr schwer widerstehen, und sie war gar nicht sicher, ob sie es wollte. Sie wollte nur, daß sie nicht beide den Kopf verloren. Faye hatte Romanzen mit anderen Männern erlebt, doch keine ließ sich mit dieser Beziehung vergleichen. Es wäre entsetzlich, wenn sie wie jene Stars enden würde, über die ständig geklatscht wurde, verliebt in diesen, verlobt mit jenem, und schließlich wurden aus ihnen verbrauchte, alte Hollywood-Huren. Faye waren diese Dinge nicht gleichgültig, wieder eine Eigenschaft, die Ward an ihr schätzte. Er war eigentlich überzeugt, daß er alles an ihr liebte, und sie ahnte es, war aber nicht gewillt, jetzt, nach nur drei Tagen, schon nachzugeben.

»Du bist unmöglich.«

»Ich weiß.« Ihre Bemerkung schien ihn zu freuen. Plötzlich kam ihm ein Gedanke, und er beugte sich besorgt zu ihr hinüber. »Stört es dich, daß ich nicht arbeite?« Vielleicht war es das. Möglich, daß ihr seine mangelnde Arbeitsmoral Sorgen machte.

»Nein, wenn du es dir leisten kannst. Aber langweilst du dich nicht?« Faye hätte es interessiert, womit er sich die Zeit vertrieb. Sie arbeitete schon seit Jahren dermaßen angespannt, daß sie sich kaum vorstellen konnte, nur Tennis zu spielen und sich zum Essen zu verabreden. Ihr erschien das gräßlich, aber Ward war offenbar glücklich dabei.

Er lehnte sich zurück und sah sie offen an. »Ich liebe dieses Leben. Seit meiner Kindheit ist es mir immer gutgegangen. Als mein Vater starb, schwor ich mir, ich würde mich nie zu Tode arbeiten wie er. Er wurde nur sechsundvierzig und starb an einem Herzanfall. Meine Mutter war damals dreiundvierzig. Ich glaube, sie hat sich seinetwegen zu Tode gegrämt. Die beiden haben nicht einen Augenblick an sich gedacht oder daran, das Leben zu genießen. Sie hatten nicht einmal Zeit für mich. Damals nahm ich mir vor, niemals so zu leben, wenn ich eines Tages Kinder haben würde, und auch ohne Kinder wollte ich mir das Leben nicht schwermachen. Ich habe das gar nicht nötig. Offen gesagt, ich könnte mein Geld gar nicht völlig ausgeben, selbst wenn ich es wollte.« Faye wußte zu schätzen, daß er so aufrichtig war und ihr einen Einblick in seine Gedankenwelt gestattete. »Bei meinem Großvater war es ähnlich. Mit fünfundsechzig brachte ihn seine Arbeit um. Wozu das alles? Wen kümmert es, wieviel du gearbeitet hast, wenn du tot bist? Ich möchte mein Leben genießen, solange ich kann, und ich genieße es. Sollen die Leute doch reden. Sollen Sie mich nennen, was sie wollen. Ich habe nicht die Absicht, mit fünfundvierzig mit einem Herzinfarkt zu enden oder mich Frau und Kindern zu entfremden. Ich möchte dasein und mit ihnen viele schöne Dinge erleben, wissen, wer sie sind, und

sie erkennen lassen, wer ich bin. Ich selbst habe eigentlich nie erfahren, wer mein Vater war. Für mich blieb er ein Fremder. Auch
ich sehe zwei Wege vor mir: das Leben, das meine Eltern lebten
und das ich nicht führen möchte, und dann die andere Möglichkeit – sie gefällt mir wesentlich besser. Ich kann nur hoffen, daß
du meiner Meinung bist.« Er sah ihr in die Augen und seufzte.
»Wenn du unbedingt möchtest, könnte ich natürlich immer einen
Job annehmen.«

Faye sah ihn überrascht an, bevor sie antwortete. Ihm war das
alles ernst. Wie war das möglich nach nur drei Tagen? »Ward,
meinetwegen brauchst du dir keinen Job zu suchen. Mit welchem
Recht könnte ich das von dir verlangen?« Wenn er sich diesen
Lebensstil leisten konnte, warum nicht? Er schadete niemandem
damit. Sie musterte ihn eindringlich und sagte verhalten: »Ich
kann nicht glauben, daß du das alles ernst meinst.«

Ihre Blicke hielten einander fest, und er nickte. Dann stand er
wortlos auf und führte sie auf die Tanzfläche, sie tanzten sehr
lange schweigend. Als sie an den Tisch zurückkehrten, musterte
er besorgt ihren Gesichtsausdruck und fragte sich, ob er ihren
Unwillen geweckt habe. Er hoffte inständig, daß es nicht so sei.

»Alles in Ordnung, Faye?« Sie war plötzlich so nachdenklich,
daß Ward befürchtete, seine Offenherzigkeit habe sie verstimmt.

»Ich weiß nicht.« Sie schaute ihn direkt an. »Mir bleibt einfach
die Luft weg.«

»Gut.« Ward legte den Arm um sie und drückte sie an sich.
Ihr marineblaues rückenfreies Satinkleid verdiente seine Bewunderung. Faye verstand es, sich auf eine Weise zu kleiden, die ihre
Sinnlichkeit raffiniert unterstrich – auch das gefiel ihm an ihr. Er
konnte es kaum erwarten, sie mit Kleidern, Schmuck und Pelzen
zu verwöhnen.

Den Rest des Abends unterhielten sie sich über belanglose
Dinge. Faye versuchte so zu tun, als hätte er ihr nicht gerade sein
Herz eröffnet, während Ward glücklicher als zuvor wirkte, weil
sie jetzt wußte, was er für sie empfand.

Nach dem Essen fuhr er sie nach Hause, und diesmal lud
sie ihn zu einem Kognak ein, obwohl ihr ein wenig bange war.

Sie wußte jetzt, was er empfand, und fragte sich, ob es gefährlich war, ihn hereinzubitten. Aber als sie ihm seinen Drink einschenkte, hätte sie sich selbst am liebsten ausgelacht. Zum Teufel, er würde sie schon nicht vergewaltigen. Sie reichte ihm das Glas, und Ward wunderte sich über ihr Lächeln.

»Faye, du bist so schön, viel schöner, als ich dich in Erinnerung hatte.«

»Dann mußt du deine Augen untersuchen lassen.« Manchmal machten seine übertriebenen Komplimente sie verlegen. Seine Bewunderung war ihm von den Augen abzulesen. Er war ein unbeschwerter, glücklicher Mensch, der wenig Enttäuschungen erlebt hatte, im Moment nicht von Sorgen bedrückt wurde und verliebt war.

»Was hast du morgen vor?« Das sagte sie nur, um die Unterhaltung in Gang zu bringen, und er lachte.

»Ich weiß, was ich nicht vorhabe. Ich werde nicht arbeiten.« Eigentlich war er in diesem Punkt ziemlich schamlos, und das fand sie amüsant. Er hatte ihr schon beim Dinner gründlich seine Ansichten über dieses Thema dargelegt, und sie hatte den Eindruck gehabt, er sei stolz auf sein Nichtstun. Es störte ihn nicht einmal, »Playboy und Millionär« genannt zu werden. »Schade, daß du im Moment einen Film drehst. Wir könnten uns die Zeit wunderbar gemeinsam vertreiben.« Sie konnte sich vorstellen, was das bedeutete: träge Nachmittage am Strand, teure Einkäufe, Reisen – angenehme Aussichten, wie sie zugeben mußte, aber davon wollte sie nicht einmal träumen.

»Ich möchte dich in nächster Zeit einmal ins Casino in Avalon Bay ausführen, aber dazu müßten wir über Nacht auf Catalina bleiben. Kannst du dir ein Wochenende freinehmen?«

Bekümmert schüttelte sie den Kopf. »Erst wenn der Film abgedreht ist.« Sie lächelte ihm über das Glas hinweg zu. Der Duft des Kognaks stieg ihr ebenso zu Kopf wie der Gedanke an die herrlichen Dinge, die er mit ihr vorhatte.

»Es gibt so vieles, was ich dir zeigen möchte. Paris, Venedig, Cannes. Jetzt ist der Krieg vorbei, und wir können reisen, wohin wir wollen.«

Sie lachte und schüttelte den Kopf, als sie das Glas absetzte. »Mein Freund, du bist wirklich verwöhnt. Wenigstens einer von uns muß arbeiten. Ich kann nicht einfach alle Zelte abbrechen und um die halbe Welt fahren.«

»Warum nicht?«

»Das würde das Studio nie zulassen. Nach diesem Film wird mein Agent den Vertrag verlängern. Sicher wird man mich dann sehr lange ziemlich hart einspannen.«

Wards Augen leuchteten auf wie Weihnachtskerzen. Er starrte Faye fassungslos an. »Soll das heißen, daß dein Vertrag abläuft?« Sie nickte belustigt über seine Reaktion.

»Halleluja, Baby! Warum nimmst du dir nicht ein ganzes Jahr frei?«

»Bist du verrückt? Dann könnte ich meinen Beruf gleich für immer aufgeben. Das kann ich nicht machen.«

»Ich wüßte nicht, was dagegen spräche. Du bist ein Topstar, um Himmels willen. Glaubst du nicht, du könntest ein Jahr pausieren und dann genau dort wieder anfangen, wo du aufgehört hast?«

»Das bezweifle ich sehr.«

»Faye, das meinst du doch nicht ernst. Du könntest Schluß machen und mit Sicherheit sofort wieder anfangen.«

»Das wäre ein großes Risiko. Ich möchte meine Karriere nicht aufs Spiel setzen.«

Er beobachtete sie mit ernstem Blick. Es ging alles viel schneller, als beide erwartet hatten. »Es ist der Punkt, an dem sich der Weg gabelt, nicht? Welche Richtung wirst du einschlagen? Die alte? Oder die andere, über die wir gesprochen haben, Ehe und Kinder, Stabilität ... das wirkliche Leben?« Sie wandte sich von ihm ab und starrte hinaus in den Garten, ohne etwas zu erwidern. Und als sie sich wieder umdrehte, bemerkte er Tränen in ihren Augen. Aus ihrer Miene sprach Ratlosigkeit, und er erschrak.

»Ward, hör auf damit.«

»Womit soll ich aufhören?« Ihr Widerstand machte ihm angst.

»Hör auf, mich mit diesem Unsinn zu quälen. Wir kennen uns kaum. Im Grunde genommen sind wir einander fremd. Deinem

Ruf nach zu schließen, wirst du schon nächste Woche eine Affäre mit irgendeinem Starlet oder mit Rita Hayworth oder Gott weiß wem anfangen. Ich habe geschuftet wie eine Sklavin, um dorthin zu kommen, wo ich jetzt bin, und ich bin noch nicht bereit, das alles aufzugeben. Vielleicht werde ich das auch nie können. Aber ganz sicher werde ich es nicht wegen eines halbverrückten Ex-Soldaten aufgeben, der, eben aus dem Krieg heimgekehrt, sich einbildet, seit Jahren in mich verliebt zu sein, nur weil er während einer Tournee kurz mit mir gesprochen hat. Dafür wirft man nicht sein ganzes Leben weg, Ward. Es ist mir einerlei, wie reich und sorglos du bist und ob du jemals im Leben gearbeitet hast. Ich jedenfalls habe gearbeitet. Seit meinem achtzehnten Jahr – jeden Tag, und ich denke nicht daran, jetzt aufzuhören. Ich bin so weit gekommen und will hier bleiben, bis ich weiß, daß ich Sicherheit habe.«

Ward horchte bei dem Wort »Sicherheit« auf. Faye hatte recht. Sie hatte mit aller Kraft auf ihr Ziel hingearbeitet, hatte es jetzt erreicht und wäre verrückt, alles wegzuwerfen. Aber mit der Zeit wollte er ihr beweisen, daß er es ernst meinte ... wenn sie ihm nur zuhören wollte.

»Ich möchte diesen Unsinn nicht mehr hören.« Jetzt liefen ihr dicke Tränen über die Wangen. »Wenn du mich sehen möchtest, gut. Führ mich zum Dinner aus. Tanz mit mir. Bring mich zum Lachen, aber verlange nicht, daß ich meine Karriere für einen Fremden wegwerfe, auch wenn ich ihn vielleicht nett finde und mir sogar etwas an ihm liegt ...« Sie fing zu schluchzen an und wandte ihm wieder den Rücken zu. Ihre Schultern zuckten. Ward trat näher und legte die Arme um sie. Er hielt sie ganz fest, ihren Rücken an seine Brust gepreßt, das Gesicht in ihrem Haar vergraben.

»Du wirst bei mir immer sicher sein, Baby ... immer, das verspreche ich dir. Aber ich verstehe, wie dir zumute ist. Ich wollte dir keine Angst machen. Ich bin einfach in Fahrt geraten und konnte nicht mehr zurück.« Er drehte sie zu sich um. Fayes tränennasses Gesicht schnitt ihm ins Herz. »Ach, Faye ...« Ward zog sie an sich und drückte zärtlich seine Lippen auf ihren Mund.

Faye wehrte ihn nicht ab, mit jeder Faser ihres Körpers verlangte sie nach ihm. Sie brauchte seinen Trost, brauchte seine Nähe, begehrte ihn mehr, als sie je einen Mann begehrt hatte.

Stunden schienen zu vergehen, während sie sich küßten. Er streichelte ihren Rücken, während seine Lippen immer wieder ihren Mund suchten, ihr Gesicht, ihre Augen, ihre Hände. Und sie erwiderte seine Liebkosungen, berührte zärtlich sein Gesicht, von aller Furcht und allem Zorn befreit, die sie noch Augenblicke zuvor empfunden hatte. Sie war verrückt nach diesem Mann und wußte nicht, warum. Vielleicht glaubte sie, was er gesagt hatte, vielleicht würde sie wirklich für immer bei ihm Sicherheit finden. Er bot ihr den Schutz an, den sie noch nie gehabt hatte – nicht bei ihren Eltern während der Wirtschaftskrise und auch nicht, als sie schon ihr eigenes Leben führte oder Beziehungen zu Männern knüpfte. Faye dachte dabei nicht an Wards Vermögen. Es waren seine Ansichten, sein Lebensstil, die Gewißheit, daß er in einer perfekten, sorgenfreien Welt lebte. Und es stand fest, daß er sie anbetete.

Eine Stunde später mußten sie sich voneinander losreißen, um etwas zu vermeiden, das sie beide noch nicht wollten. Er wußte, daß Faye noch nicht bereit war und es immer bedauern würde, wenn sie sich ihm schon jetzt hingeben würde. Er mußte gehen, wenn er nicht Gefahr laufen wollte, die Beherrschung zu verlieren. Am liebsten hätte er sie auf dem Boden ihres Arbeitszimmers in Besitz genommen, vor dem Kaminfeuer oder oben in ihrem Schlafzimmer, in der Badewanne, auf der Treppe, überall, sein ganzer Körper verzehrte sich nach ihr, und doch wußte er, daß er sie noch nicht haben konnte. Und als sie sich am nächsten Abend wieder trafen, war der Schmerz um so süßer, als ihre Lippen sich sofort fanden. Eine ganze Stunde verbrachten sie in seinem Düsenberg vor ihrer Eingangspforte, küßten sich wie zwei Teenager und fuhren dann in bester Stimmung zur Biltmore Bowl.

Dort fand eine große Party statt. Die Fotografen gerieten wieder aus dem Häuschen, als Faye und Ward gemeinsam auftauchten. Aber diesmal schien Faye sich damit abzufinden. In nur vier Tagen hatte sie gelernt, daß es vor Ward Thayer kein Entrinnen gab. Sie hatte keine Ahnung, wohin diese Romanze führen würde, aber sie war nicht mehr gewillt, großen Widerstand zu leisten. Zu der Party trug sie den bodenlangen weißen Fuchsmantel über einem schwarzweißen Satinkleid. Ihr Auftritt an Wards Arm war perfekt. Sie blickte kurz zu ihm auf, und er lächelte ihr zu, als die Fotografen sie umringten. Diesmal sollten die Presseleute den ganzen Abend auf ihre Rechnung kommen. Wie versprochen brachte er sie frühzeitig nach Hause. Die langen Abende hinterließen bereits Spuren, und Faye mußte jeden Morgen mit sich kämpfen. Aber Vance Saint George kam immer so spät ins Studio, daß sie sich noch ein halbes Stündchen Schlaf gönnen konnte.

»Na, hast du dich amüsiert?« Ward wandte sich Faye zu, die auf der Fahrt ihren Kopf müde auf seine Schulter gelegt hatte. »Ich glaube, die Party war nicht übel.« Ein neuer Film war vorgestellt worden, und alle großen Namen waren auf diesem Fest vertreten.

»Ja, es war sehr nett.« Faye fand langsam Gefallen an ihren abendlichen Verabredungen. »Wenn ich nicht diesen verdammten Film machen müßte, könnte ich mich wirklich amüsieren.«

Lachend spielte er mit einer blonden Strähne. »Siehst du, deswegen habe ich dir gestern geraten, auf keinen Fall den Vertrag zu verlängern. So macht das Leben doch auch Spaß, oder nicht?«

»Es könnte zur Gewohnheit werden. Aber ich habe zufällig einen Beruf.« Sie versuchte einen mißbilligenden Blick, was beide nur zum Lachen brachte.

»Das liegt bei dir. Du kannst dich jederzeit anders entscheiden.« Er sah sie vielsagend an, aber sie gab keine Antwort. Vor ihrem Haus küßte er sie wieder leidenschaftlich, und diesmal mußte er sehr mit sich kämpfen, sie nicht einfach über die Treppe ins Haus zu tragen. »Ich gehe.« Das sagte er in einem Ton, der nach Verzweiflung und Schmerz klang, und sie küßte ihn im Eingang noch einmal.

Diese köstliche Folter sollte sich wochenlang hinziehen. An einem Sonntagnachmittag im Oktober endlich, einen Monat nach ihrer ersten Verabredung, gingen sie im Garten spazieren und plauderten. Sie sprachen vom Krieg und von anderen Dingen. Der Nachmittag war drehfrei gewesen, und Arthur und Elizabeth waren übers Wochenende weggefahren. Die Stimmung war entspannt und harmonisch. Faye hatte Ward von ihrer Kindheit und ihren Eltern erzählt, von ihrem verzweifelten Wunsch, aus Pennsylvania herauszukommen, von der anfänglichen Begeisterung, als sie in New York als Fotomodell anfing, und schließlich von der unausbleiblichen Langeweile. Und dann gestand sie ihm, daß sich dieses Gefühl auch jetzt noch gelegentlich bei ihr meldete.

»Ich spüre, daß ich mehr tun möchte, daß ich meinen Verstand einsetzen könnte und nicht nur Gesicht und Figur. Ich möchte nicht mein Leben lang die Texte anderer Leute sprechen.«

Ein interessantes Geständnis, das Wards Neugierde weckte. »Was hast du dir vorgestellt? Möchtest du selbst etwas schreiben?« Wie gewöhnlich quälte ihn die Sehnsucht nach ihrem Körper, doch er respektierte ihre Haltung. Heute waren sie wenigstens ungestört. Faye war nicht von der Arbeit erschöpft, Arthur lauerte nicht mit dem Tablett in der Hand im Eingang, und sie hatten auch nicht vor, auf eine Party zu gehen. Sie sehnten sich danach, allein zu sein, und Faye wollte sogar abends zu Hause bleiben und selbst kochen. Der Nachmittag war wundervoll gewesen. Sie hatten am Pool gelegen und waren dann im Garten umhergeschlendert. »Möchtest du ein Drehbuch schreiben?«

Ihr verblüffter Ausdruck entlockte ihm ein Lächeln. »Ich glaube nicht, daß ich das könnte.«

»Was dann?«

»Regie führen vielleicht ... irgendwann einmal.« Sie hauchte diese Worte kaum hörbar. Das waren für eine Frau sehr ehrgeizige Plane. Ward kannte keinen weiblichen Regisseur.

»Glaubst du, jemand würde dir die Chance geben?«

Sie schüttelte den Kopf. »Wohl kaum. Das traut man einer Frau nicht zu. Aber ich weiß, daß ich es könnte. Wenn ich manchmal Saint George bei der Arbeit im Studio beobachte, möchte ich am liebsten laut schreien. Ich wüßte schon, wie ich etwas aus ihm herausholen könnte, mit welchen Anweisungen ich ihn richtig führen würde. Er ist so beschränkt, daß man ihn auf die Gefühle reduzieren muß, die er kennt, und das sind verdammt wenige«, schloß sie mit gequältem Augenaufschlag.

Ward pflückte eine leuchtendrote Blume, um sie Faye mit einem Lächeln hinters Ohr zu stecken. »Habe ich dir in letzter Zeit schon gesagt, daß ich dich für eine bewundernswerte Frau halte?«

»In der letzten Stunde nicht.« Faye sah ihn liebevoll an. »Du verwöhnst mich. So gut war noch niemand zu mir.« Sie wirkte richtig glücklich, und er konnte dem Drang, sie zu necken, nicht widerstehen. Beide gingen unbefangen und zwanglos miteinander um und genossen das Zusammensein in vollen Zügen.

»Nicht mal Clark Gable?«

»Hör auf.« Sie schnitt eine Grimasse und nahm Reißaus, als er nach ihr fassen wollte. Ward holte sie ein, packte sie, und sie küßten sich in einem Laubengang. Und plötzlich überwältigte sie die Leidenschaft. Ward brachte es kaum fertig, Lippen und Hände von ihr zu lösen. Nur mit großer Überwindung gab er sie frei.

»Leicht fällt es mir nicht.« Seine Miene war Ausdruck seiner Gefühle, als sie langsam zurück zum Haus schlenderten. Faye nickte. Ihr ging es ähnlich. Sie wollte aber keinen Fehler begehen. Ward hatte sie von allem Anfang an niemals über seine Absichten im unklaren gelassen, und es wäre zu gefährlich gewesen, mit ihm zu spielen. Er wollte von ihr alles, ihre Karriere, ihren Körper, ihre Kinder, ihr Leben. Er wollte, daß sie für ihn alles aufgab, und manchmal war sie versucht, es zu tun. Vor kurzem erst hatte sie ihren Agenten gebeten, mit dem neuen Vertrag nichts zu überstürzen. Abe hatte sie angesehen, als hätte sie den Verstand verloren. Faye hatte sodann behauptet, sie brauche Zeit zum Nachdenken, doch das Nachdenken fiel ihr in Wards Nähe immer schwerer.

»Du machst mich verrückt.« Diese Worte flüsterte sie ihm zu, als sie die rosa Marmorstufen hinaufstiegen und in ihr Arbeitszimmer gingen. Der Raum wirkte plötzlich öde, sehr steif und viel zu förmlich. Faye machte Tee und schlug vor, hinauf in den kleinen Salon zu gehen, der warm und behaglich war.

Ward machte Feuer im Kamin, obwohl es eigentlich nicht nötig war, aber es war hübsch. Seite an Seite ließen sie sich davor nieder und blickten in die Flammen.

»Man hat mir eine wunderbare Rolle angeboten.« Das sagte Faye ohne Begeisterung. Sie wußte gar nicht, ob sie den Film machen wollte. Ihre Unentschlossenheit hatte den Agenten erbost.

»Wer spielt mit?«

»Das steht noch nicht fest, aber es bieten sich ein paar phantastische Möglichkeiten.«

»Möchtest du den Film machen?« Das klang ganz ruhig. Ward wollte es nur wissen. Faye ließ sich Zeit mit der Antwort, den Blick unverwandt auf die Flammen gerichtet.

»Ich weiß es nicht.« Sie sah zu ihm auf, zufrieden und ausgesöhnt mit dem Leben. »Ward, du machst mich so schrecklich bequem.«

»Und was ist daran schlimm?« Er schmiegte sein Gesicht an ihren Hals und küßte sie, während er mit einer Hand träge ihre Brust nachzeichnete. Sie faßte sanft nach seiner Hand, um sie wegzuschieben, doch das Gefühl war zu wonnig. Sie hatte gar nicht das Verlangen, ihn abzuweisen, sie hatte es nie gehabt, und doch wäre es klüger gewesen, viel klüger. Plötzlich konzentrierten sich all ihre Sinne auf dieses köstlich versengende Gefühl, ihre Lippen trafen sich. In ihnen erwachte eine Leidenschaft, die sich nicht mehr zügeln ließ. Sie küßten einander, ohne Atem zu holen, während ihr Rock langsam über die Knie rutschte und seine Hand über ihre Schenkel strich. Sie zitterte am ganzen Körper, während seine Hand weiter nach oben glitt. Plötzlich hielt er inne. Atemlos und gequält sah er sie an, ihr Gesicht mit beiden Händen umfassend. »Faye, ich kann nicht ... ich muß jetzt gehen ...« Er konnte sich nicht mehr zurückhalten, er begehrte sie zu heftig, und dieser Zustand dauerte schon zu lange. Mit Tränen in den Augen sah er sie an, und dann küßte er sie nur ein einziges Mal noch. Es war der Augenblick, der über beider Zukunft entscheiden sollte. Ihr Kuß sagte ihm, daß sie ihn nicht gehen lassen wollte. Wortlos stand sie auf und führte ihn in ihr weißes Schlafzimmer. Ohne einen Augenblick zu zögern, legte Ward sie auf das

Bett mit der weißen Fuchsfelldecke. Er zog sie aus, während er ihren Körper mit Blicken verschlang und ihr zärtliche Worte zuflüsterte und sie ihn gleichzeitig sanft von seinen Kleidern befreite. Augenblicke später lagen sie Seite an Seite, nackt, umschmeichelt vom dichten weißen Fell, und plötzlich umschlangen sie einander, und keiner dachte mehr an Widerstand oder Vernunft. Faye rief von Erregung überwältigt seinen Namen, und Ward drang in sie ein, er konnte seine Erregung nicht mehr beherrschen. Sie liebten sich mit geradezu verzweifelter Leidenschaft. Es war die lauterste Leidenschaft, die beide je erlebt hatten. Und als Faye schließlich still und erschöpft in seinen Armen lag, in die Felldecke geschmiegt, empfand Ward eine Liebe für sie, von der er bis jetzt nicht einmal wußte, daß es sie gab.

»Faye, ich liebe dich mehr als mein Leben.«

»Sag das nicht.« Manchmal ängstigte sie seine Leidenschaft. Er liebte sie so sehr. Und wenn eines Tages die Liebe erloschen war? Sie würde es nicht ertragen können. Das wußte sie jetzt.

»Warum nicht? Es ist die Wahrheit.«

»Ich liebe dich auch.« Sie sah mit einem sanften Lächeln zu ihm auf. Wieder beugte er sich über sie, um sie zu küssen, verblüfft, wie rasch sein Körper wieder nach ihr verlangte. Stundenlang liebten sie einander auf dem Bett und konnten nicht genug voneinander bekommen, es war, als müßten sie die Jahre wettmachen, die sie ohne diese Liebe ausgekommen waren. Sie hatten auf den Augenblick viel zu lange warten müssen.

»Und was jetzt, mein Liebling?«

Es war Mitternacht, Ward hatte sich aufgesetzt. Lächelnd beobachtete er, wie sie langsam aufstand, sich streckte und sich ihm dann mit einem Lächeln zuwandte.

»Was hältst du von einem Bad?« Da fiel ihr etwas ein, und sie hielt sich erschrocken die Hand vor den Mund. »Herrje, ich habe das Abendessen vergessen.«

»Macht gar nichts.« Er zog sie von neuem an sich. »Das hier war mir ebenso recht.« Sie errötete, und er strich ihr das lange blonde Haar aus dem Gesicht. Dann folgte er ihr in das weiße Marmorbad. Faye ließ die Wanne mit warmem, duftendem Wasser vollaufen. Gemeinsam ließen sie sich hineingleiten. Seine Füße kitzelten sie, während er ihre Zehen liebkoste. »Ich habe dich eben etwas gefragt.«

Mit gerunzelter Stirn versuchte sie sich zu erinnern. »Was denn?«

»Ich fragte: ›Was jetzt?‹«

Sie lächelte rätselhaft. »Meine Antwort war: ›Wie wär's mit einem Bad?‹«

»Sehr klug. Aber du weißt genau, was ich meine. Faye, ich möchte nicht nur eine Affäre mit dir haben.« Er zog ein bekümmertes Gesicht, und gleichzeitig war ihm anzusehen, wie sehr ihm der in ihrem Bett verbrachte Abend behagt hatte. »Obwohl ich sagen muß, daß die Versuchung groß ist. Aber du verdienst mehr als das.« Faye erwiderte nichts, sah ihn nur an. Ihr Herz pochte heftig. »Möchten Sie mich heiraten, Miß Price?«

»Nein.« Ihre schroffe Ablehnung unterstrich sie, indem sie so plötzlich aufstand und aus der Wanne stieg, daß Ward erschrak.

»Wohin willst du?«

Faye drehte sich zu ihm um. Ihre nackte Schönheit wirkte inmitten des weißen Marmorbades umwerfend. »Ich möchte meinen Kindern nicht gestehen müssen, daß ihr Vater mir in der Badewanne einen Antrag machte. Wie könnte ich ihnen so etwas sagen!«

Ward fing schallend zu lachen an. »Kein Problem.« Er sprang auch aus dem Wasser, nahm Faye in die Arme und legte sie wieder auf die weiße Fuchsdecke, ehe er vor ihr niederkniete und mit übertriebener Anbetung zu ihr aufsah. »Willst du mich heiraten, mein Liebling?«

Faye lächelte spitzbübisch. Sie war glücklich und zugleich entsetzt über das, was sie zu tun im Begriff stand. Aber sie konnte nicht anders. Nicht, weil sie mit ihm geschlafen hatte, sondern weil es genau das war, was sie wollte ... »der andere Weg«, das gute Leben, Ehe und Kinder mit ihm. Mit Ward brachte sie den Mut für dieses Wagnis auf. Es bedeutete zwar, daß sie alles aufgeben mußte, doch das kümmerte sie nicht mehr. »Ja.« Sie flüsterte es, und er preßte seine Lippen auf ihren Mund, damit sie ihre Absicht nicht mehr ändern konnte. Als sie beide Luft schöpfen mußten, lachten sie vor Freude und Erregung.

»Ist es dein Ernst, Faye?« Er mußte sicher sein, ehe er total verrückt wurde und ihr die Welt zu Füßen legte.

»Ja, es ist mir ernst, ja, ja, ja.«

»Ich liebe dich. Herrgott, wie ich dich liebe!« Er drückte sie an sich, und Faye lachte. So glücklich war sie noch nie gewesen. Ward musterte sie mit spitzbübischem Grinsen. Sein blondes Haar war zerrauft, die Augen leuchteten in reinstem Saphirblau. »Sag mir eines, mußt du unseren Kindern erzählen, was du anhattest, als ich dir einen Antrag machte? Wenn ja, dann werden Sie in Schwierigkeiten kommen, Mrs. Thayer.«

»O Gott ... daran dachte ich nicht.« Wieder brachen sie in Gelächter aus, und gleich darauf lag er wieder neben ihr auf dem Bett. Stunden vergingen, ehe sie wieder heißes Wasser in die Wanne laufen ließen. Inzwischen war es fast vier Uhr morgens. Faye wußte, daß sie ohne Schlaf ins Atelier fahren mußte. Sie saßen eine Stunde lang in der Wanne, besprachen ihre Pläne, ihr Leben, ihr Geheimnis und wann sie die bevorstehende Hochzeit bekanntgeben wollten. Sie amüsierten sich über die Sensation, die sie den Leuten liefern würden, nicht mit der Heirat, sondern mit der Eröffnung, daß Faye ihre Karriere aufzugeben gedachte. Als sie es aussprach, verspürte sie ein merkwürdiges Beben, aber es war mehr die Erregung als Angst. Jetzt erst wurde sie sich darüber klar, daß sie sich in ihrem Innersten schon längst entschieden hatte. Insgeheim hatte sie von Anfang an gewußt, was Ward von ihr erwartete und wieviel er ihr geben wollte. Und was gab sie denn schon auf? Eine Karriere, die sie wohl sehr genossen hatte, deren Gipfel aber erreicht war. Sie hatte einen Oscar gewonnen, gute Kritiken eingeheimst und viele interessante Filme gemacht. Es war Zeit, abzutreten. Sie hatte noch ein anderes Leben zu leben. Ein Leben, das sie sich mehr wünschte als alles andere. Sie ließ sich in die Wanne sinken und lächelte ihrem zukünftigen Mann zu, erfüllt von einem nie gekannten Gefühl: Vertrauen, Frieden, die Gewißheit, daß sie den richtigen Weg eingeschlagen hatte.

»Bist du sicher, daß du es nicht bereuen wirst?« Ward schien trotz seines Glücks von Zweifeln geplagt. Noch am nächsten Nachmittag wollte er sich mit ihr auf die Suche nach einem Haus machen. Faye wandte ein, daß sie noch mindestens einen Monat zu tun hatte.

»Ich werde meinen Entschluß keinen Augenblick bereuen.« Sie war ihrer Sache absolut sicher.

»Und wann wird dieser Film abgedreht sein?«

»Anfang Dezember, falls Saint George nicht zu guter Letzt die Sache noch ganz vermasselt.«

»Dann werden wir am fünfzehnten Dezember heiraten. Wohin möchtest du in den Flitterwochen? Mexiko? Hawaii? Europa? Was stellst du dir vor?« Ward strahlte sie so an, daß Fayes Herz vor Liebe fast überquoll.

»Wieso hatte ich das Glück, dich zu finden?« Noch nie im Leben war sie so selig gewesen wie in diesem Augenblick.

»Ich bin der Glückliche.«

Sie küßten einander und verließen nur widerstrebend das Bad. Wenige Minuten später stahl sie sich die Treppe hinunter. Sie machte Kaffee und brachte ihn hinauf, nicht ohne sich einzuprägen, daß sie die leeren Tassen ins Wohnzimmer stellen mußte, ehe sie aus dem Haus gingen.

Ward fuhr sie in seinem Düsenberg ins Studio, und beide hätten vor Glück am liebsten laut gejubelt. Die vor ihnen liegenden zwei Monate würden schwer werden, denn es gab sehr viel zu tun, viel, auf das man sich freuen konnte, und viel, was für die Zukunft zu planen war.

Beverly Hills

1946–1952

5

Die Trauung fand in der Hollywood Presbyterian Church an der North Gower Street nahe dem Hollywood Boulevard statt. Faye schritt langsam und mit gemessener Anmut in einem stilvollen elfenbeinfarbenen Satinkleid mit filigraner Perlenstickerei den Mittelgang entlang. Ihr Haar schimmerte wie gesponnenes Gold und wurde von einem perlenbesetzten Satindiadem gekrönt, von dem ein unendlich langer, hauchdünner Schleier herabfiel und sie umschwebte. Das schwere Diamantcollier aus dem Besitz von Wards Großmutter mütterlicherseits – sein Hochzeitsgeschenk – bedeckte ihren Hals zur Gänze.

Faye schritt an Abes Arm zum Altar, und Harriet Fielding hatte, obwohl sie zu Anfang heftig protestierte, das Amt der Brautmutter übernommen. Nur mühsam war es Faye gelungen, sie zu überreden, aber nun war ihre Freundin Harriet zur Stelle und vergoß heiße Tränen, als Faye auf Ward, der vor dem Altar wartete, zuschritt. Das strahlende junge Paar war schöner als jemals ein Brautpaar im Film. Und als es Arm in Arm die Kirche verließ, wurde es von Hunderten von Gratulanten empfangen. Fayes Bewunderer warfen Rosenblätter und Reis, junge Mädchen baten kreischend um Autogramme, Frauen weinten, und Männer lächelten wohlwollend beim Anblick des jungen Paares.

Die Jungvermählten fuhren im neuen Düsenberg davon, den Ward einige Wochen zuvor für sich und seine Braut gekauft hatte. Es gab nun einen Empfang im Biltmore, wo mit vierhundert geladenen Gästen gefeiert wurde: Es war der glücklichste Tag in Fayes Leben, und die Pressefotografen kamen voll auf ihre Kosten.

Noch mehr Fotos gab es, als das Paar drei Wochen später von der Hochzeitsreise aus Acapulco zurückkehrte. Faye gab nun ihren Entschluß, den sie bereits vor zwei Monaten gefaßt und so lange für sich behalten hatte, bekannt. Sogar Abe war überrascht, als sie ihm von ihrem Vorhaben berichtete. Die Schlagzeilen an jenem Abend meldeten in dürren Worten: Faye Price gibt Karriere für Millionär-Ehemann auf. Das war wohl unverblümt und übertrieben, aber im Grunde entsprach diese Aussage ihrer Entscheidung, für die aber nicht nur Wards »Millionen« ausschlaggebend gewesen waren. Zwar war sie nicht mehr gezwungen, Geld zu verdienen, der eigentliche Grund für ihren Entschluß war jedoch, daß sie sich von nun an ausschließlich ihrem Mann und den künftigen Kindern widmen wollte. Ward war glücklich darüber. Für ihn bedeutete es das größte Glück, sie für sich allein zu haben, mit ihr bis Mittag im Bett zu liegen, sie zu lieben, wenn sie beide das Verlangen überkam, im Schlafzimmer vom Tablett zu frühstücken und sogar im Bett zu Mittag zu essen, wenn sie dazu Lust hatten. Nächte im Ciro's oder im Mocambo oder bei Freunden durchzutanzen. Ward schienen besonders die Einkaufsbummel mit Faye Spaß zu machen. Er kaufte ihr phantastische neue Kleider, die ihre ohnehin umfangreiche Garderobe beträchtlich vermehrten. Ihre drei Pelzmäntel nahmen sich im Vergleich zu den Wundern, die Ward ihr in dieser Zeit schenkte, ziemlich kümmerlich aus: zwei bodenlange Zobelmäntel in Farbe und Schnitt leicht voneinander abweichend, einen sagenhaften Silberfuchs, einen Rotfuchs, einen Silberwaschbär. Ihre Schmuckschatulle füllte Ward mit so vielen erlesenen Stücken, daß Faye sie in ihrem ganzen Leben gar nicht alle tragen konnte. Es verging kaum ein Tag, an dem er nicht für eine Zeitlang verschwand und mit einem Karton aus einer Kürschnerei, einem Modeatelier oder einem Juweliergeschäft auftauchte, als wäre jeden Tag Weihnachten. Faye war von dieser Großzügigkeit und Liebe, die er sie im Übermaß spüren ließ, überwältigt.

»Ward, hör endlich auf damit!« Faye saß nackt auf dem neuen Rotfuchsmantel, um den Hals ein neues Perlenhalsband als einzigen Schmuck für den makellosen jungen Körper, den Ward so anbetete.

»Warum?« Er lachte breit und setzte sich mit einem Glas Champagner in der Hand neben sie. Er trank noch immer eine Unmenge Champagner, aber Faye machte sich keine Sorgen darüber, weil man ihm nie etwas anmerkte. Sie wandte sich ihm voller Zärtlichkeit zu.

»Das alles ist nicht nötig. Ich würde dich auch lieben, wenn wir uns nur mit Zeitungspapier zudecken könnten.«

»Was für eine entsetzliche Vorstellung ...« Er schnitt eine Grimasse und musterte aus zusammengekniffenen Augen ihre langen, wohlgeformten Beine. »Wenn ich es mir recht überlege ... du könntest toll aussehen, nur in die Sportseite gehüllt und in sonst nichts.«

»Spinner!« Sie umarmte ihn und gab ihm einen Kuß, während er sein Glas absetzte und sie auf seinen Schoß zog. »Ward, kannst du dir das alles wirklich leisten? Wir sollten nicht soviel Geld ausgeben. Keiner von uns arbeitet.« Sie litt noch immer unter Schuldgefühlen, weil sie nicht mehr filmte. Andererseits war es himmlisch, ständig mit Ward zusammenzusein, so daß ihr die frühere Beschäftigung nie richtig fehlte. Wie sie der Presse mitgeteilt hatte, war das Filmgeschäft für sie vorbei. Sie sah Ward mit besorgtem Blick an. In dem Vierteljahr seit ihrer Heirat hatte er ein Vermögen für sie ausgegeben.

»Liebling, wir könnten das Zehnfache verprassen.« Wards Anwälte und Vermögensberater waren ganz und gar nicht seiner Meinung und nicht sehr glücklich über seine Lebensführung, aber Ward war überzeugt, daß sie viel zu zaghaft waren und nichts vom Leben verstanden. Ihnen fehlten Flair, Stil, Gefühl für Romantik. Ihre kleinlichen Warnungen, mit dem Geld vorsichtiger umzugehen, waren für ihn nur Ärgernisse. Er wußte, wie groß sein Vermögen war. Der Spielraum für das bißchen Vergnügen war gewaltig, und er konnte sich diesen Lebensstil leisten, für eine Weile jedenfalls. Später würde man langsam zu einem »vernünftigeren« Leben übergehen. Weder Faye noch er würden jemals arbeiten müssen, und Ward hatte auch gar nicht die Absicht, jetzt, mit achtundzwanzig Jahren, damit anzufangen. Schon immer war es für ihn wichtiger, Spaß im Leben zu haben, als einen beruflichen Erfolg verbuchen zu können, und seit Faye an all seinen Amüsements teilnahm, war er wunschlos glücklich. »Wohin möchtest du heute zum Dinner gehen?«

»Ich weiß nicht...« Sie gestand nur ungern ein, daß ihr das raffiniert exotische Dekor des Coconut Grove mit den vielen Palmen und den Projektionen weißer vorübergleitender Schiffe besonders gut gefiel. Dort hatte sie immer das Gefühl, sie wären auf See, und die Palmen erinnerten sie irgendwie an Guadalcanal und ihr erstes Zusammentreffen mit Ward. »Vielleicht wieder ins Grove, oder hast du es schon über?«

Ward lachte nur und rief den Butler, der für sie einen Tisch bestellen sollte.

Sie hatten eine ganze Armee von Dienstboten für ihr Haus engagiert.

Ward hatte sich entschlossen, doch nicht den alten Herrensitz seiner Eltern zu beziehen. Statt dessen hatte er ein prachtvolles Haus gekauft, das früher einer Stummfilmkönigin gehört hatte. Das parkähnliche Grundstück umfaßte einen Weiher mit Schwänen, eine Anzahl von Springbrunnen, lange Spazierwege und ein Haus, das einem französischen Château nachempfunden und so geräumig war, daß man ohne weiteres die zehn Kinder, mit denen Ward seine Frau immer neckte, unterbringen konnte. Faye hatte überhaupt keine Schwierigkeiten, ihr kleines Haus zu verkaufen, nur von den Einrichtungsgegenständen konnte sie sich nicht trennen. Die Möbel, die sie sonst noch brauchten, hatten sie aus seinem Elternhaus mitgenommen oder gemeinsam bei Auktionen und in Antiquitätenläden in Beverly Hills erstanden. Das neue Haus war nun fast komplett eingerichtet, und Ward sprach davon, den Herrensitz seiner Familie zum Verkauf anzubieten, weil er zu groß, zu dunkel und zu altmodisch für sie war. Es hatte keinen Sinn, das Anwesen länger zu behalten. Seine Anwälte hatten ihm früher immer vom Verkauf abgeraten, weil sie vermuteten, daß er es einmal bereuen würde. Und Ward mußte zugeben, daß ihn der Gedanke schon ein wenig wehmütig stimmte, aber ihm war klar, daß Faye und er niemals darin wohnen würden, und auch seine Vermögensberater sträubten sich nicht mehr gegen einen Verkauf. Sie wollten den Erlös lukrativ anlegen und so viel Rendite wie möglich herausschlagen, aber darüber machte Ward sich nicht allzuviel Gedanken.

An jenem Nachmittag unternahm er mit Faye einen Spaziergang im Garten. Sie ließen sich am Rande des Weihers nieder, küßten sich und plauderten. Sie schienen voneinander nie genug zu bekommen in diesen goldenen Tagen. Sie besprachen den Verkauf des Hauses und Dutzende anderer Dinge. Faye sah mit verträumtem Lächeln auf, als Arthur ihnen zwei mit Champagner gefüllte Gläser auf einem Tablett brachte. Sie war glücklich, daß Ward damit einverstanden war, Elizabeth und Arthur zu behalten. Auch den beiden schien das neue Leben zu gefallen. Arthur billigte inzwischen Wards Lebensweise, zumindest fast, obwohl sich dieser hin und wieder wie ein kleiner Junge benahm und seinen Launen freien Lauf ließ. Eines Tages hatte er Faye sogar eine Kutsche und vier Schimmel geschenkt, damit sie im Park herumfahren konnte. In der Garage standen sechs schimmernde neue Wagen, die von einem der beiden Chauffeure ständig auf Hochglanz poliert wurden. Sie führten einen Lebensstil, den Faye niemals kennengelernt, geschweige denn sich selbst geleistet hatte, und manchmal plagten sie Gewissensbisse. Aber Ward verstand es, jede Kleinigkeit zu einem so wunderbaren Vergnügen zu machen, daß es auch Faye bald nicht mehr falsch, sondern nur noch amüsant schien, und die Tage verflogen so schnell und verwischten jeden Zeitbegriff.

»Du trinkst deinen Champagner nicht.« Ward lächelte ihr zu. Nie war Faye hübscher gewesen, nicht einmal auf dem Gipfel ihrer Karriere. Sie hatte einige Pfund zugenommen, ihre Wangen glühten, und ihre Augen leuchteten in der Sonne strahlend grün. Ward liebte es, sie zu berühren, er wollte sie immer küssen, hier, im Garten, im Auto, im Schlafzimmer – überall. Er betete seine junge Frau an, und Faye war verrückt nach ihm.

Und was das wichtigste war: sie war zufrieden. Das zeigte sich in ihrer Miene, als sie ihn ansah und den angebotenen Champagner ablehnte. »Ich glaube, ich halte mich lieber an Limonade.«

»Brrr.« Er verzog das Gesicht, und sie lachte. Hand in Hand

wanderten sie langsam zurück zum Haus, um sich Zeit für die Liebe zu nehmen, ehe sie badeten und sich für den Abend umzogen. Sie genoß das wundervolle Leben, und in gewisser Weise war Faye klar, daß diese Tage niemals wiederkehren würden. Irgendwann würden sie Kinder haben und selbst erwachsen werden müssen. Sie konnten nicht ihr ganzes Dasein so leichtfertig und spielerisch verbringen, aber solange es möglich war, fühlten sie sich wie im Himmel. Ihre Flitterwochen schienen eine Ewigkeit zu dauern.

An jenem Abend im Grove schenkte Ward ihr einen riesigen Ring mit drei prachtvollen birnenförmigen Smaragden. Faye schnappte buchstäblich nach Luft, als sie den Ring sah. »Ward! Um Himmels willen ... aber ...« Er liebte ihren überraschten Gesichtsausdruck und ihr Entzücken über die Dinge, die er ihr schenkte.

»Für unser drittes Jubiläum, dummes Mädchen.« Sie waren seit drei Monaten verheiratet, glückliche und erfüllte drei Monate, und am Horizont zeigte sich nicht das kleinste Wölkchen, das ihnen Sorgen bereiten könnte. Ward streifte ihr den Ring über den Finger und führte sie auf die Tanzfläche. Als sie zurück an den Tisch kamen, fiel ihm auf, daß Faye ein wenig abgespannt wirkte. Sie waren nächtelang unterwegs gewesen, und das schon seit Monaten, wie er sich mit einem kleinen Lächeln eingestand, doch war es das erste Mal, daß es Faye ermüdete. »Wie fühlst du dich, Schätzchen?«

»Wunderbar.« Faye lächelte. Sie aß sehr wenig, trank keinen Tropfen Alkohol und gähnte bereits um elf zum ersten Mal, und das war so gar nicht typisch für sie.

»Ich glaube, das war's. Die Flitterwochen sind vorbei.« Ward spielte den Zerknirschten. »Ich fange an, dich zu langweilen.«

»Aber nein, wo denkst du nur hin. Es tut mir leid, Liebling, aber ...«

»Ich weiß ... ist schon gut. Keine Erklärungen bitte.« Auf der Rückfahrt neckte er sie unbarmherzig, und als er nach dem Umziehen und Zähneputzen aus dem Bad kam, lag sie tief schlafend in dem großen Doppelbett – sehr verführerisch in ihrem rosa Negligé. Seine Versuche, sie zu wecken, hatten keinen Erfolg, nichts konnte sie aus dem todesähnlichen Schlaf reißen, und der Grund für Fayes Erschöpfung war am nächsten Morgen offensichtlich. Gleich nach dem Frühstück wurde ihr entsetzlich übel, und Ward geriet in Panik – es war das erste Mal, daß er sie so erlebte, und er bestand darauf, sofort den Arzt kommen zu lassen.

»Um Himmels willen, es ist nur eine Infektion oder so. Du kannst den armen Mann doch nicht den ganzen Weg zu uns machen lassen. Ich fühle mich wunderbar.« Davon konnte allerdings keine Rede sein.

»Den Teufel fühlst du dich. Du bist total grün. Jetzt geh ins Bett und bleib dort, bis der Arzt kommt.« Der Arzt sah allerdings, nachdem er Faye untersucht hatte, keinen Grund, warum sie das Bett hüten sollte, es sei denn, sie hatte die Absicht, die nächsten acht Monate dort zu verbringen. Seiner Berechnung nach war das Baby Anfang November zu erwarten. »Ein Baby? Ein Baby! Unser Baby!« Ward war vor Aufregung und Erleichterung außer sich und brachte Faye zum Lachen, als er, nachdem der Arzt gegangen war, durchs Zimmer tanzte. Dann war er wieder an ihrer Seite und flehte sie an, ihm zu sagen, was sie wolle und was sie brauche und was er tun könne, damit sie sich besser fühle. Faye war glücklich über die freudige Nachricht und über Wards überschwengliche Reaktion. Natürlich gab es Schlagzeilen, als die Presse Wind von dieser Neuigkeit bekam. »Ehemalige Filmkönigin erwartet ihr erstes Kind.« In ihrem Leben blieb nichts über längere Zeit hinweg ein Geheimnis, aber Ward hatte diese Sensation ohnehin nicht für sich behalten können. Er schrie es fast in die Welt hinaus und erzählte allen, die ihm über den Weg liefen, davon. Faye behandelte er wie eine zerbrechliche Kostbarkeit. Hatte er sie schon zuvor mit Geschenken überschüttet, so war das nichts im Vergleich zu dem, was nun folgte. Faye verfügte über nicht genug Kleiderschränke und Schmuckschatullen, um all die exquisiten und teuren Stücke aufzubewahren, mit denen er sie jetzt überhäufte.

»Ward, jetzt ist endlich Schluß! Ich habe keinen Platz mehr für all die Sachen.«

»Dann werden wir eben ein Haus nur für deinen Schmuck bauen.« Sein spitzbübisches Lachen machte ihrer Schelte ein Ende. Wenn er nicht Schmuck kaufte, dann erstand er Kinderwagen, Schaukelpferde, Nerzdecken und Teddybären, ja er ließ sogar im Garten ein richtiges Karussell aufbauen. Im Oktober durfte Faye dann darauf langsam eine Runde fahren, als sie sich nach einem Spaziergang im Garten das Ding ansehen wollte.

Nachdem sie die ersten Monate ihrer Schwangerschaft, in denen sie eine ständige Übelkeit plagte, überstanden hatte, fühlte sie sich wieder ausgezeichnet. Der einzige Grund zur Klage war ihr Umfang. Sie fühlte sich wie ein Ballon kurz vor dem Abheben. »Ich muß mir nur noch einen Korb an die Beine binden, dann kann ich Rundflüge über Los Angeles machen«, klagte sie einmal einer Freundin, worauf Ward außer sich geriet. Er bewunderte sie immer noch, sogar in diesem Zustand. Er war so aufgeregt und ungeduldig, daß er glaubte, den letzten Monat nicht mehr überstehen zu können. Faye hatte sich in der feudalsten Klinik der Stadt angemeldet und wurde von einem renommierten Arzt betreut.

»Für meinen Liebling und mein Baby nur das Beste«, pflegte Ward immer zu sagen, wenn er ihr Champagner anbot. Faye aber hatte den Geschmack daran verloren und wünschte sich hin und wieder, auch er würde nicht soviel trinken. Ward war zwar nie beschwipst, doch sein Champagnerkonsum war nach wie vor ungeheuerlich. Und wenn sie abends ausgingen, wechselte er zu Scotch über. Aber wie konnte sie etwas dagegen haben, wenn er doch in jeder Hinsicht so gut zu ihr war? Und er wollte sie ja nur verwöhnen, als er eine Kiste ihres Lieblingschampagners in die Klinik vorausschicken ließ, damit sie dort für den großen Augenblick bereitstünde. »Hoffentlich stellen sie das Zeug kalt.« Westcott, ihr Majordomus, mußte in der Klinik anrufen und genaue Anweisungen geben, wie der Champagner sachgemäß gekühlt wurde.

Faye lachte bloß dazu.

»Ich könnte mir denken, daß man dort andere Sorgen hat.« Obwohl für die Klinik solche Wünsche nichts Ungewöhnliches waren – alle großen Stars hatten dort ihre Kinder zur Welt gebracht.

»Ich wüßte nicht, was für welche«, erwiderte Ward. »Was ist wichtiger, als Champagner für meinen Liebling kalt zu stellen?«

»Na, ich könnte mir noch einiges denken ...« ihr Blick sagte ihm alles. Er hielt sie zärtlich in den Armen, und sie küßten sich. Er begehrte sie auch jetzt, aber der Arzt hatte ihnen die Liebe verboten. Auch für Faye war diese Zeit schwer, und sie wünschte sich, daß bald alles wieder so wäre wie früher. Die Wartezeit schien ewig zu dauern, und Ward ließ Nacht für Nacht verlangend seine Hände über ihren großen Bauch wandern.

»Das ist ja schlimmer als damals, als wir uns kennenlernten«, klagte er mit schiefem Lächeln, als er eines Nachts aufstand und sich ein Glas Champagner einschenkte. Bis zum Geburtstermin waren es noch drei Tage, doch der Arzt hatte sie darauf vorbereitet, daß sich das Baby um einige Zeit verspäten könnte.

»Es tut mir so leid, Liebling.« Faye sah abgespannt aus. In den letzten Tagen hatte jede kleinste Bewegung sie ermüdet, und am Nachmittag verzichtete sie sogar auf den gemeinsamen Spaziergang im Garten. Nicht einmal die Eröffnung, daß er ein winziges Pony gekauft habe, vermochte sie aus ihrer Lethargie zu reißen.

»Ich kann mich einfach nicht mehr rühren.« Und am Abend war sie sogar zum Essen zu müde. Sie war schon um vier Uhr nachmittags zu Bett gegangen, und jetzt, um zwei Uhr morgens, lag sie noch immer da wie ein gewaltiger rosa Ballon.

»Ein Schlückchen Champagner, Liebling? Damit du leichter einschläfst.« Faye, die Rückenschmerzen hatte und sich schon seit Stunden unwohl fühlte, schüttelte den Kopf. Zu allem Überfluß hatte sie Angst, sich erkältet zu haben.

»Ich glaube, mich kann überhaupt nichts mehr zum Schlafen bringen« Außer einer Möglichkeit, wie sie im nächsten Moment neckisch vorschlug, aber diese war ihnen verwehrt.

»Vermutlich wirst du wieder schwanger sein, noch ehe du aus der Klinik kommst. Wenn das Baby erst da ist, werde ich mich höchstens eine Stunde zurückhalten können.«

Die Vorstellung brachte sie zum Lachen. »Na, wenigstens etwas, worauf man sich freuen kann.« Zum ersten Mal seit neun Monaten ließ ihre Miene Bedauern erkennen. Ward küßte sie liebevoll und löschte das Licht. Als er nach dem Schalter griff, hörte er Fayes spitzen Schrei. Überrascht drehte er sich um. Fayes Gesicht war schmerzverzerrt, aber plötzlich war der Schmerz wieder vorbei, und sie sahen einander verblüfft an.

»Was war das?«

»Ich weiß nicht recht.« Faye hatte etliche Bücher über Schwangerschaft und Geburt gelesen, wußte aber nicht, wie sich die Wehen äußern würden. Von allen Seiten hatte sie zu hören bekommen, daß in den letzten Wochen einer Schwangerschaft Schmerzen auftreten konnten und daß diese Schmerzen oft noch gar nichts zu bedeuten hatten. Beide waren daher überzeugt, daß »es« aller Wahrscheinlichkeit nach noch nicht so weit war. Doch der Stich in ihrem Körper war sehr intensiv gewesen. Ward ließ das Licht brennen, und beide warteten gespannt, ob er sich wiederholen würde. Als zwanzig Minuten lang nichts passierte und Ward das Licht wieder ausschalten wollte, stieß Faye wieder einen lauten Schrei aus. Diesmal wand sie sich vor Schmerzen, und Ward sah, wie ihr Gesicht schweißnaß wurde.

»Jetzt rufe ich den Arzt an.« Sein Herz pochte heftig, seine Hände wurden feucht. Faye war sehr bleich und wirkte verängstigt.

»Sei nicht albern, Liebling«, wehrte sie ab. »Mir fehlt nichts. Wir können doch den Ärmsten nicht den ganzen Monat Nacht für Nacht rufen. Wahrscheinlich tut sich noch wochenlang nichts.«

»Der Termin ist in drei Tagen.«

»Ja schon, aber der Arzt meinte, es könne noch dauern. Wir sollten uns erst mal beruhigen und bis zum Morgen abwarten.«

»Soll ich das Licht anlassen?« Faye schüttelte den Kopf. Ward knipste das Licht aus und ließ sich ganz vorsichtig neben Faye gleiten, als befürchtete er, daß bei zu großer Erschütterung des Bettes Faye auf der Stelle explodieren und das Kind bekommen würde. Er hörte in der Dunkelheit ihr Kichern, und dann plötzlich keuchte sie, faßte nach seiner Hand und hielt sie fest. Nach

Atem ringend richtete sie sich im Bett auf ... der Schmerz ließ wieder nach.

»Ward ...« Er lag reglos da und war verzweifelt, weil er nicht wußte, was er tun sollte. Fayes Stimme traf ihn bis ins Innerste. Sie klang so verletzlich und verängstigt. Ward nahm seine Frau in die Arme.

»Liebling, wir rufen jetzt den Arzt.«

»Ich finde es wirklich unmöglich, ihn um diese Zeit aufzuscheuchen.«

»Das gehört zu seinem Beruf.«

Aber Faye bestand darauf, bis zum Morgen zu warten. Um sieben Uhr stand für Ward fest, daß es soweit war. Es kümmerte ihn keinen Deut, was die Leute von falschem Alarm erzählten, die Schmerzen kamen im Abstand von fünf Minuten, und Faye mußte sich bei jeder Wehe aufs äußerste beherrschen, um nicht zu schreien. Verzweifelt lief er hinaus und rief den Arzt an. Dieser schien befriedigt, als er den Bericht hörte, und ordnete an, daß Faye sofort in die Klinik gebracht werden sollte.

»Es wird wahrscheinlich noch eine ganze Weile dauern, Mr. Thayer, aber es kann nicht schaden, wenn Sie Ihre Frau in die Klinik schaffen.«

»Können Sie ihr denn nichts gegen die Schmerzen geben?« Ward verzweifelte fast, nachdem er Fayes Leiden fünf Stunden lang hatte ertragen müssen.

»Das kann ich erst entscheiden, wenn ich Ihre Frau untersucht habe.« Der Arzt blieb sachlich.

»Was soll das heißen? Herrgott, sie kann es kaum mehr aushalten, Sie müssen ihr etwas geben!« Ward selbst brauchte dringend einen Drink, diesmal aber etwas Stärkeres als Champagner.

»Mr. Thayer, wir werden für sie tun, was in unseren Kräften steht. Beruhigen Sie sich, und bringen Sie Ihre Frau schleunigst in die Klinik.«

»In zehn Minuten, nein, in fünf Minuten, wenn ich es schaffe.«

Der Arzt erwiderte nichts mehr. Er selbst hatte nicht die Absicht, vor Ablauf einer Stunde hinzufahren. Er mußte noch duschen und sich rasieren, war mit der Zeitung noch nicht fertig. Er hatte auf dem Gebiet der Geburtshilfe so viel Erfahrung, daß er wußte, es würde noch stundenlang, wenn nicht gar einen ganzen Tag dauern, bis Faye entband. Große Eile war also nicht geboten, mochte der junge Vater auch in Panik geraten. Im Krankenhaus würde er für Mr. Thayer schon die richtigen Worte finden, und anschließend würden sich die Schwestern um ihn kümmern. In der Woche zuvor hatte sich ein Mann gewaltsam Eintritt in den Kreißsaal verschafft. Mehrere Pfleger mußten ihn hinausschaffen, und man drohte ihm mit Gefängnis, falls er nicht Ruhe gäbe. Mit Ward Thayer waren solche Probleme nicht zu befürchten.

Im übrigen war der Arzt hoch erfreut, Faye Price Thayer als Patientin zu haben. Sie vermehrte die Zahl der Berühmtheiten, die bei ihm ihre Kinder zur Welt brachten.

Ward war entsetzt, als er zu Faye zurückkam und diese im weißen Marmorbad gekrümmt über einer Wasserlache antraf. Ihr Gesichtsausdruck verriet Angst und Schmerzen. »Das Fruchtwasser ist abgegangen.« Ihre Stimme war heiser, die Augen groß und voller Angst.

»O Gott, ich rufe gleich einen Krankenwagen.« Das brachte Faye wieder zum Lachen. Sie ließ sich auf dem Rand der Wanne nieder.

»Untersteh dich, mir fehlt ja nichts.« Aber so sah sie gar nicht aus. Sie wirkte vielmehr entsetzt, fast so entsetzt wie Ward. »Was hat der Arzt gesagt?«

»Ich soll dich sofort in die Klinik schaffen.«

Sie sah ihrem Mann in die Augen. »Eines kann ich dir sagen: Es ist kein falscher Alarm.« Jetzt wurde sie wieder etwas ruhiger. Ward legte den Arm um sie und half ihr ins Ankleidezimmer. »Was soll ich bloß anziehen?« Ratlos starrte sie in die offenen Schränke. Ward stöhnte nur.

»Faye, um Gottes willen ... irgendwas ... bloß rasch. Wie wär's mit einem Morgenmantel?«

»Mach dich nicht lächerlich. Was ist, wenn Fotografen da sind?« Ward quittierte die Bemerkung mit gequältem Lächeln.

»Mach dir deswegen keine Sorgen. Komm jetzt.« Er zerrte hastig ein Kleid aus dem Schrank, half ihr, es anzuziehen, und führte sie vorsichtig die Treppe hinunter. Am liebsten hätte er sie getragen, sie bestand jedoch darauf, selbst zu gehen. Einige Minuten später saß sie, über den Beinen ihren Zobelmantel, vorsichtshalber auf einem Stapel Handtücher im Düsenberg, und nach zehn Minuten fuhren sie vor der Klinik vor, und Ward half ihr beim Aussteigen. Sie wurde sofort in einen Rollstuhl plaziert und weggerollt. Ward blieb es überlassen, die nächsten sechs Stunden in der Eingangshalle auf und ab zu laufen. Vergeblich verlangte er den Arzt zu sprechen, nachdem dieser eingetroffen war. Erst um halb drei kam der Doktor den Gang entlang, im blauen OP-Kittel, die Chirurgenmütze auf dem Kopf, die Maske lose um den Hals. Er streckte Ward die Hand entgegen.

»Herzlichen Glückwunsch. Sie haben einen kräftigen, hübschen Sohn!« Der Arzt lächelte, während Ward eher schockiert war, als käme diese Nachricht ganz unerwartet, obwohl er während des stundenlangen Wartens fast wahnsinnig geworden war. Jetzt verstand er den Vater, von dem der Arzt ihm berichtet hatte, jenem Mann, der in den Kreißsaal eingedrungen war. Noch eine halbe Stunde, und er hätte es nicht mehr ausgehalten. »Das Kerlchen wiegt über acht Pfund, und Ihrer Frau geht es wunderbar.«

»Darf ich sie sehen?« Mit einemmal wich die Anspannung der letzten Stunden aus seinem Körper. O Gott, was für eine gute Nachricht! Er fühlte sich wie erlöst, weil es vorbei war, weil Faye alles überstanden hatte und das Baby gesund war.

»Sie wird ein paar Stunden schlafen. Kinder auf die Welt zu bringen ist Schwerstarbeit.« Wieder waren diese Worte von einem Lächeln begleitet. Er ließ unerwähnt, was für Schwierigkeiten Faye gehabt hatte und wie knapp sie an einem Kaiserschnitt vorbeigekommen war. Er hatte sich davor gescheut, der werdenden Mutter Lachgas zu verabreichen. Sie hatten bis zum Schluß gewartet und ihr die Narkose erst gegeben, als das Kind geboren war. Damit erleichterte er sich das Nähen, und Faye wurde von den Schmerzen erlöst. Ihre Arbeit war getan.

»Danke, Doktor.« Ward schüttelte ihm heftig die Hand und verließ fluchtartig die Klinik. Er hatte zu Hause ein Geschenk für Faye vorbereitet, eine riesige Diamantbrosche mit passendem Armband und Ring. Die Garnitur lag in einer blauen Samtschatulle von Tiffany, und er wollte sie nun rasch holen und ihr bringen. Aber was noch wichtiger war, er brauchte sofort einen Drink – er brauchte ihn verdammt dringend. Der Chauffeur mußte mit Höchstgeschwindigkeit fahren, und Ward stürmte wie von Hunden gehetzt ins Haus. Was für ein unglaublicher Tag! Nach einem doppelten Scotch, den er in einem Zug hinunterkippte, setzte er sich endlich hin und entspannte sich. Er holte tief Luft, und erst jetzt wurde ihm richtig bewußt, daß er einen Sohn hatte. Darüber war er so glücklich, daß er es am liebsten in alle Welt geschrien hätte. Er konnte es kaum erwarten, Faye wiederzusehen. Ehe er hinauflief, um das Geschenk, das er ihr zugedacht hatte, noch einmal zu betrachten, goß er sich einen zweiten Drink ein. Er wußte, daß sie sich über den Schmuck freuen würde, aber vor allem freute er sich über sie ... ein Baby! ... Ein Sohn! Sein Erstgeborener. Während er duschte, sich rasierte und sich umzog, malte er sich aus, was er alles mit seinem Sohn unternehmen würde: Reisen, Sport und viel Spaß. Sein Vater hatte sich nicht viel mit ihm beschäftigt, aber bei ihm und seinem Sohn würde das anders sein. Sie würden Tennis und Polo spielen, gemeinsam im Südpazifik tauchen, reisen und herrliche Zeiten verleben. Strahlend traf er um fünf Uhr wieder in der Klinik ein und bat die Schwester, den Champagner auf Fayes Zimmer bringen zu lassen. Als er auf Zehenspitzen eintrat, döste sie noch benommen vor sich hin. Sie schlug die Augen auf, ohne ihn zunächst zu erkennen. Dann lächelte sie. Das blonde Haar umgab wie ein Heiligenschein das blasse Gesicht. Faye wirkte fast vergeistigt, während sie ihn schläfrig anstarrte.

»Hallo ... was haben wir bekommen?« Ihre Stimme war ganz matt, und sie schloß sofort wieder die Augen, als Ward sie auf die Wange küßte und flüsterte:

»Hat man es dir nicht gesagt?« – Er sah schockiert auf, worauf sich die Schwester leise davonstahl. Faye schüttelte den Kopf. »Einen Jungen! Einen kleinen Jungen!« Sie lächelte müde und lehnte den Champagner ab. Es sah aus, als könnte sie sich nicht

114

aufsetzen, und außerdem war sie noch immer ganz fahl im Gesicht. Ward war in Sorge, obwohl ihm die Schwestern versichert hatten, alles sei in bester Ordnung. Lange Zeit saß er da und hielt ihre Hand. »War es ... sehr schwer, Liebling?« Er brachte die Worte kaum heraus. Etwas in ihrem Blick verriet ihm, daß es schrecklich gewesen war, aber Faye schüttelte tapfer den Kopf. »Hast du ihn schon gesehen? Wem sieht er ähnlich?«

»Ich weiß nicht. Ich habe ihn nicht gesehen. Hoffentlich sieht er aus wie du.« Er ließ sie weiterschlafen. Das herrliche Geschenk hatte er ihr gezeigt, und Faye war zwar beeindruckt, aber sie freute sich doch nicht so wie sonst, und Ward vermutete, daß sie noch große Schmerzen hatte und es bloß nicht zugeben wollte. Auf Zehenspitzen ging er wieder hinaus und den Gang entlang, um einen Blick auf seinen Sohn zu werfen, den ihm die Schwester hinter einem Glasfenster in der Säuglingsabteilung zeigte. Der Kleine sah nicht ihm, sondern Faye ähnlich. Er war groß, kugelrund und bildhübsch mit seinem blonden Haarschopf, den er von Faye geerbt hatte. Und während Ward sein Kind betrachtete, schrie es aus vollen Kräften. Stolz verließ Ward die Klinik und fuhr im Düsenberg davon. Er ging allein zu Ciro's zum Dinner, weil er wußte, daß er dort alle Freunde und Bekannten treffen würde. Natürlich brüstete er sich vor allen mit seinem Sprößling, verteilte Zigarren und betrank sich fürchterlich mit Champagner, während Faye in der Klinik schlief und zu vergessen versuchte, wie schrecklich die Geburt gewesen war.

Nach einer knappen Woche wurde sie entlassen, und als sie nach Hause kam, sah sie wieder so aus wie früher. Sie wollte den Kleinen selbst stillen, aber Ward überzeugte sie davon, daß das für sie nicht gut sei, sie brauche ihren Schlaf. Eine Kinderschwester wurde engagiert, damit Faye wieder ganz zu Kräften kam, und schon nach zwei Wochen hatte sie sich wieder vollständig erholt. Fast ständig trug sie das Baby in den Armen, und Ward war von ihrer Schönheit noch begeisterter als je zuvor.

Sie nannten das Baby Lionel und ließen es am Weihnachtstag in der Kirche taufen, in der sie getraut worden waren.

»Ein perfektes Weihnachtsgeschenk.« Ward sah mit strahlendem Lächeln auf seinen Sohn, den er auf der Rückfahrt in den Armen hielt. Faye lachte. Lionel war inzwischen fast zwei Monate alt. »Er ist wirklich bildschön, mein Schatz, und sieht dir so ähnlich.«

»Ja, niedlich ist er, egal, wem er ähnlich sieht.« Voller Glück blickte sie auf das schlafende Kind. Während der kurzen Taufzeremonie hatte der Kleine kaum geweint. Erst zu Hause wurde er munter und wanderte von Arm zu Arm, ohne daß es ihm viel auszumachen schien. Alle wollten ihn bewundern. Sämtliche gefeierten Berühmtheiten Hollywoods hatten sich versammelt, alle großen Filmstars, Produzenten, Regisseure, Freunde aus Fayes früherem Leben und dazu jene von Wards Bekannten, die solche Anlässe liebten. Es war eine beeindruckende Gästeliste, und die Filmleute neckten Faye, weil sie ihre Karriere »für das alles« aufgegeben hatte.

»Bist du sicher, daß du noch mehr Kinder bekommen wirst, Faye?«

Sie nickte, mit einem Blick auf den strahlenden Ward an ihrer Seite. Er platzte vor Stolz auf Faye und Lionel, und der Champagner floß den ganzen Tag über in Strömen. Abends gingen Ward und Faye in die Biltmore Bowl tanzen. Faye hatte sich ausgesprochen schnell erholt. Sie hatte ihre Figur von früher wieder und fühlte sich fabelhaft – in Wards Augen hatte sie nie schöner ausgesehen. Wieder wurden sie von Pressefotografen belagert.

»Na, wollen wir es noch mal versuchen?« neckte Ward sie. Faye war nicht ganz sicher. Die Erinnerung an die Schmerzen war noch zu frisch, aber sie liebte Lionel über alles. Beim zweiten Mal wird es vielleicht nicht so schlimm werden, dachte sie hoffnungsvoll. Noch vor wenigen Wochen wäre sie bei der Vorstellung entsetzt gewesen, so etwas noch einmal durchmachen zu müssen. »Was hältst du von einer zweiten Hochzeitsreise nach Mexiko?« fragte Ward, und Faye war begeistert. Gleich nach Neujahr fuhren sie los und verlebten wunderschöne drei Wochen in Acapulco. Sie trafen ein paar Freunde, verbrachten aber die meiste Zeit allein. Auf einer gemieteten Yacht unternahmen sie einen herrlichen zweitägigen Angelausflug. Es war ein perfekter

Urlaub, und er wäre noch schöner gewesen, hätte Faye sich während der letzten Woche nicht so elend gefühlt. Sie schob es auf die Fische, die Hitze und die Sonne und konnte sich gar keinen anderen Grund vorstellen. Als sie wieder in Los Angeles waren, bestand Ward darauf, daß Faye sofort von einem Arzt untersucht werden sollte. Als dieser ihr das Ergebnis mitteilte, war sie zunächst wie vor den Kopf geschlagen. Sie war wieder schwanger.

Ward war außer sich vor Freude, und allmählich begann auch Faye sich an den Gedanken zu gewöhnen. Im Grunde war alles genauso, wie sie beide es sich von Anfang an gewünscht hatten, obwohl sie Zielscheibe zahlloser mehr oder weniger boshafter Hänseleien waren. »Kannst du das arme Mädchen nicht in Ruhe lassen, Thayer ... Was ist mit euch beiden los? Von einer Atempause haltet ihr wohl nichts?« Aber beide waren überglücklich, und diesmal schlugen sie den Rat des Arztes in den Wind und verzichteten während der neun Monate nicht auf die Liebe. Ward sagte, er denke nicht daran, Enthaltsamkeit zu üben, wenn sie von zehn Monaten neun schwanger sei, und er hielt sich an seinen Vorsatz.

Die Wehen setzten mit einer Verspätung von fünf Tagen ein, aber diesmal war die Geburt leichter, und Faye erkannte die Symptome sofort. An einem heißen Septembernachmittag war es soweit. Die Wehen kamen sofort so stark und rasch hintereinander, daß sie es kaum noch rechtzeitig bis zur Klinik schafften. Faye grub vor Schmerzen die Zähne in ihre geballten Fäuste. Nicht einmal zwei Stunden nach ihrer Ankunft ihm Krankenhaus war das Baby da, und als Ward Faye abends besuchte, war er über ihre Benommenheit nicht so erschrocken wie das erste Mal. Er brachte ihr Saphirohrringe und einen dazu passenden Ring mit. Es war wieder ein Junge, sie nannten ihn Gregory. Faye erholte sich außergewöhnlich schnell, aber diesmal nahm sie sich vor, etwas vorsichtiger zu sein, zumindest eine Zeitlang.

Kaum war das Kleine drei Monate alt, fuhren sie und Ward auf der *Queen Elizabeth* für einige Zeit nach Europa. Die beiden Jungen und die Kinderschwester begleiteten sie und bekamen eine eigene Kabine. In jeder Stadt, die sie besuchten, wurde eine

Riesensuite gemietet. London, Paris, München, Rom. Im März verbrachten sie sogar ein paar Tage in Cannes, das Wetter war dort angenehm und warm. Dann ging es zurück nach Paris und von dort wieder nach Hause. Es war für alle eine wundervolle Reise, und Faye war überglücklich mit ihrem Mann, der sie anbetete, und mit ihren beiden Söhnen. Ein- oder zweimal wurde sie um ein Autogramm gebeten, aber das passierte immer seltener. Die Menschen hatten sie fast vergessen.

Faye war noch immer sehr schön, wenngleich ihr Aussehen sich irgendwie verändert hatte. Sie war jetzt eine Spur fraulicher geworden und strahlte nicht mehr soviel Glamour aus. Wenn sie mit ihren kleinen Söhnen spazierenging, trug sie Hosen und Pulli und versteckte ihr Haar unter einem Kopftuch. Sie konnte sich kein vollkommeneres Leben vorstellen, und auch Ward konnte sich vor Stolz auf seine Familie kaum fassen.

Bei ihrer Rückkehr nach Hollywood fanden sie alles unverändert vor, nur der Klatsch trieb seit neuestem die wildesten Blüten. Die sogenannte »Schwarze Liste« war veröffentlicht worden. Unzählige Schauspieler, Regisseure, Drehbuchautoren und andere Filmleute aus Fayes Bekanntenkreis waren über Nacht arbeitslos geworden. Plötzlich war das Wort »Kommie« für Kommunist in aller Munde, und man zeigte bereitwillig mit dem Finger in alle Richtungen, auch auf alte Freunde. Für viele Menschen war das eine sehr traurige Zeit, und Faye konnte sich in gewisser Weise glücklich schätzen, daß sie nicht mehr dazugehörte. Am schlimmsten war wohl die Tatsache, daß viele, die nun ohne Arbeit waren, plötzlich auch keine Freunde mehr hatten. Die Leute hatten Angst, sich mit jemandem sehen zu lassen, der auf der »Schwarzen Liste« stand.

Vor den Studios von Warner Brothers hing ein großes Plakat mit der Aufschrift »Gute Bürger machen gute Filme«, und darunter stand ein Text, der den Standpunkt der Gesellschaft verdeutlichte.

Das Komitee zur Untersuchung unamerikanischer Aktivitäten gab es zwar schon seit zehn Jahren, aber noch nie hatte es seine Arbeit so ernst genommen. Im Oktober 1947, als die »Hollywood 10« mit Gefängnisstrafen wegen Aussageverweigerung belegt wurden, entstand der Eindruck, die ganze Stadt sei aus dem Häuschen. Faye wurde übel, wenn sie die Geschichten hörte, die über alte Freunde in Umlauf waren, über Leute, die sie kannte. 1948 wurden begabte Künstler, die allgemein beliebt gewesen waren, gezwungen, Hollywood zu verlassen, und mußten sich eine neue Beschäftigung suchen. Die Filmbranche hatte endgültig nichts mehr für sie übrig. Faye sprach mit Ward darüber, sie war sehr bekümmert.

»Wie froh ich bin, daß ich damit nichts mehr zu tun habe. Wer hätte gedacht, daß sich alles so häßlich entwickeln würde?«

Ward sah sie prüfend an. Faye schien glücklich mit ihrem gegenwärtigen Leben, aber ab und zu stellte er sich ernsthaft die Frage, ob ihr die alte Zeit und ihre Filmkarriere nicht doch fehlten. »Bist du sicher, daß du das alles nicht vermißt, Kleines?«

»Daran gibt es überhaupt keinen Zweifel, mein Schatz.«

Dennoch war ihm nicht verborgen geblieben, daß sie in letzter Zeit an Rastlosigkeit litt, so als brauchte sie eine zusätzliche Aufgabe. Sie arbeitete freiwillig in einem Krankenhaus und verbrachte viel Zeit mit den Kindern. Lionel war fast zwei Jahre alt, und Gregory zehn Monate, ein glücklich lächelndes Baby mit Lockenkopf. Am glücklichsten war Faye, als sie Ward kurz vor Gregorys erstem Geburtstag gestand, daß sie wieder schwanger sei.

Diesmal sollte es aber viel schwieriger werden. Es ging ihr von Anfang an viel schlechter als bei den ersten Schwangerschaften, und sie wurde immer sehr schnell müde. Die Lust am Ausgehen war ihr völlig vergangen, und Ward fiel auf, daß sie viel dicker als bei den anderen Schwangerschaften war. Obwohl sie selbst fast noch zierlicher wurde, nahm ihr Leib sehr bald gewaltige Dimensionen an, und um die Weihnachtszeit schöpfte der Arzt einen Verdacht. Er untersuchte sie gründlich und teilte ihr das Ergebnis mit einem Lächeln mit.

»Faye, ich denke, der Osterhase hat heuer für Sie eine Überraschung bereit, falls es überhaupt so lange dauert.«

»Welche Überraschung?« Sie konnte sich jetzt schon kaum rühren und hatte noch drei Monate vor sich.

»Ich habe den Verdacht, daß Sie Zwillinge bekommen könnten.« Verblüfft starrte sie ihn an. Diese Möglichkeit wäre ihr nie
in den Sinn gekommen. Sie war zwar diesmal viel erschöpfter
und, wenn sie es recht überlegte, auch viel schwerfälliger, aber
dennoch wäre sie nie auf einen solchen Gedanken gekommen.

»Sind Sie sicher?«

»Nein. Wir können später eine Röntgenaufnahme machen,
aber mit Sicherheit werden wir es erst bei der Entbindung wissen.«

Und so war es auch ... Faye gebar zwei bildhübsche kleine
Mädchen im Abstand von neun Minuten. Als Ward die beiden
Kinder sah, war er so glücklich, daß er fast den Verstand verlor,
und natürlich beschenkte er Faye doppelt: mit zwei Armbändern,
zwei Ringen und zwei Paar Ohrgehängen. Sogar Greg und Lionel
staunten, als die Eltern anstatt mit einem mit zwei Babys nach
Hause kamen.

»Für jeden eines«, erklärte Ward.

Die Zwillinge wurden allgemein ein großer Erfolg. Sie waren
keine eineigen Zwillinge, hätten es aber ebensogut sein können,
so ähnlich waren sie einander. Die ältere Tochter nannten sie Vanessa. Sie war Faye wie aus dem Gesicht geschnitten: dieselben
grünen Augen und das blonde Haar. Vanessa war die stillere. Es
war die jüngere, die am lautesten brüllte, wenn sie hungrig war,
und die als erste lächelte. Auch sie hatte ein hübsches Gesichtchen und große grüne Augen, aber Valerie besaß feuerrotes Haar
von Geburt an und zeigte von Anfang an ihren eigenen Willen.

»O Gott, woher sie das hat?« Ward zeigte sich einigermaßen
schockiert über den roten Schopf, doch mit der Zeit wurde das
Haar, wie überhaupt das ganze Mädchen, immer schöner. Valerie war ein ungewöhnlich hübsches kleines Mädchen, das von
den Leuten oft angestarrt wurde. Manchmal machte Faye sich
Sorgen, weil Valerie ihre Zwillingsschwester in allem übertraf.
Vanessa war viel ruhiger. Sie schien sich mit dem Leben im Schatten ihrer über alles bewunderten Schwester abzufinden. Auch Vanessa war ein hübsches Kind, aber unauffälliger und zarter. Am
glücklichsten war sie, wenn sie sich in ihre Bilderbücher vertiefte

oder zusehen konnte, wie Valerie die Jungen peinigte. Lionel ging mit Valerie immer besonders geduldig um, während Greg ihr vor Wut manchmal ganze Haarbüschel ausriß. Auf diese Weise lernte Valerie schon im frühesten Kindesalter die Kunst der Selbstverteidigung. Alles in allem kamen die Kinder aber gut miteinander aus, und alle Welt behauptete, es sei die hübscheste Schar, die man sich vorstellen könne. Zwei reizende kleine Mädchen, die sich im Garten tummelten und mit dem winzigen Pony spielten, das ihr Vater vor einigen Jahren angeschafft hatte, und die beiden lebhaften Jungen, die ständig Unfug machten, auf alle Bäume kletterten und ihre schönen Seidenhemden mit Wonne in Fetzen verwandelten.

Das Karussell, die Kutsche samt Pony, alle Dinge, die Ward für seine Sprößlinge erstanden hatte, waren nun voll im Einsatz. Ward spielte für sein Leben gern mit den Kindern. Trotz seiner dreiunddreißig Jahre benahm er sich selbst oft wie ein Kind. Auch Faye war überglücklich mit ihrer Familie. Es war für sie genau richtig, vier Kinder zu haben, und sie wollte keinen Nachwuchs mehr, und auch Ward schien sich keinen mehr zu wünschen, obwohl er sie manchmal mit den ursprünglich geplanten zehn Kindern neckte. Faye reagierte darauf immer mit einem gespielt gequälten Augenaufschlag. Sie hatte mit ihrem »Quartett« alle Hände voll zu tun und widmete ihm viel Zeit.

Besonders schön waren die gemeinsamen Reisen. Ward hatte ein Jahr zuvor ein Haus in Palm Springs gekauft, in dem sie einen Teil des Winters verbrachten. Ab und zu fuhren sie nach New York, um Freunde zu besuchen. Sie führten ein in jeder Hinsicht wundervolles Leben, weit entfernt von Fayes dürftigen frühen Jahren und der Einsamkeit von Wards Kindheit.

Ward sprach mit Faye offen darüber. Als Kind hatte er das Leben eines »armen reichen Jungen« geführt. Materiell hatte es ihm an nichts gemangelt, aber seine Eltern waren nie für ihn dagewesen. Sein Vater hatte immer nur die Arbeit gekannt, während seine Mutter sich in zahllosen Komitees nützlich gemacht hatte. Zwischendurch waren ausgedehnte Reisen unternommen worden, bei denen Ward seine Eltern nie begleiten durfte. Folglich hatte er sich geschworen, er würde es mit seiner eigenen Familie anders halten. Die vier Kinder wurden überallhin mitgenommen, über die Wochenenden nach Palm Springs ebenso wie auf längere Reisen, sogar nach Mexiko. Ward und Faye hatten die Kleinen gern um sich, und die Kinder gediehen unter der Zuwendung, die man ihnen zukommen ließ – jeder auf seine Weise. Der eher stille und nachdenkliche Lionel schloß sich eng an Faye an und brachte seinen Vater gelegentlich zur Verzweiflung, weil er nicht so rauhbeinig und angriffslustig wie Greg war, mit dem Ward stundenlang Football spielen konnte. Greg war so wie Ward als Kind, unbekümmert, sportlich, sorglos ... oder vielmehr wie Ward gewesen wäre, hätte man ihm dieselbe liebevolle Fürsorge angedeihen lassen. Und Valerie wurde immer schöner. Sie war die anspruchsvollste des »Quartetts«, diejenige, die sich ihres eigenen Charmes am stärksten bewußt war. Um so unauffälliger nahm sich neben ihr Vanessa aus. Valerie nahm ihr die Puppen weg, die Spielsachen, die Lieblingskleider, und Vanessa schien es kaum zu bemerken. Sie überließ gern alles ihrer Zwillingsschwester. Andere Dinge waren ihr wichtiger – ihrer Mutter in die Augen zu sehen, ein liebes Wort von Ward, ein Ausflug in den Zoo an Lionels Hand und ihr eigenes geheimes Traumleben beim Blättern in einem Bilderbuch oder wenn sie unter einem Baum liegend zum Himmel emporsah. Sie war die Träumerin der Familie. Stundenlang konnte sie im Gras liegen und ihre Gedanken spinnen, manchmal ein Liedchen trällernd, während Faye ihr lächelnd zusah.

»In ihrem Alter war ich genauso«, vertraute Faye ihrem Gatten leise an, der seine hübsche blonde Tochter beobachtete.

»Und wovon hast du geträumt, meine Liebe?« Er küßte Fayes Nacken und nahm ihre Hand. Die Wärme in seinen Augen war wie die Morgensonne. »Hast du davon geträumt, Filmstar zu werden?«

»Manchmal, als ich schon älter war.« Die kleine Vanessa wußte nicht einmal, was Filme waren. Ward lächelte seiner Frau zu.

»Und wovon träumst du jetzt?« Er war so unendlich glücklich

mit Faye. Sie hatte die Einsamkeit aus seinem Leben verbannt, und mit ihr wurde alles zum Vergnügen. Das war sehr wichtig für ihn, denn er wußte, wie trostlos das Dasein seiner Eltern ohne Spaß und Fröhlichkeit gewesen war. Ward konnte sich nicht erinnern, daß sein Vater jemals etwas anderes getan hatte, als zu arbeiten, und seine Mutter war mit ihren nicht enden wollenden Wohltätigkeitsveranstaltungen auch immer beschäftigt gewesen. Deswegen hatte er sich geschworen, nie so zu werden wie seine Eltern. Er wollte sein Leben genießen. Beide Eltern waren in verhältnismäßig jungen Jahren gestorben, ohne daß sie sich jemals richtig amüsiert hatten. Das war bei Ward und Faye ganz anders. Sie verlebten miteinander eine herrliche Zeit. Liebevoll ruhte sein Blick auf ihr. Faye wirkte friedlich und schön wie ein Gemälde, während sie über seine Frage nachdachte.

»Ich träume von dir, Liebling, und von den Kindern. Ich habe alles, was ich mir wünsche, ja, mehr noch.«

»Gut. So soll es immer sein.« Er meinte es aufrichtig.

Und die Kinder wurden größer, die Zeit verging.

Manchmal trank Ward zuviel Champagner, was aber an seiner Gutmütigkeit und Unbeschwertheit nichts änderte. Faye liebte ihn über alles, trotz seiner gelegentlichen kindischen Anwandlungen, die sich in übertriebener Vergnügungssucht und zuviel Alkohol äußerten. Das machte ihr alles nichts aus.

Die Vermögensberater sprachen nun öfter als früher mit ihm über das elterliche Vermögen oder vielmehr über das, was noch davon übrig war, doch Faye machte sich keine Sorgen. Schließlich war es Wards Geld, und sie hatte mit Lionel, Gregory, Vanessa und Val genug zu tun. Es entging ihr allerdings nicht, daß Ward mehr trank, als die Zwillinge ihren zweiten Geburtstag feierten, und es war weniger Champagner als Scotch. Das fand sie bedenklich.

»Hast du Sorgen, Schatz?«

»Natürlich nicht.« Er lächelte in gespielter Unbekümmertheit, doch in seinem Blick las sie Angst. Faye fragte sich, was der Grund sein mochte. Ward behauptete hartnäckig, alles sei in bester Ordnung, aber immer wieder kamen die Anwälte ins Haus und riefen noch öfter an. Faye konnte sich nicht vorstellen, was wohl so dringend sein mochte.

Auf einmal wurde alles wieder unwichtig. Ihr nun schon einige Zeit zurückliegender Entschluß, keine Kinder mehr zu bekommen, wurde eines Nachts vergessen. Nachdem sie im April 1951 mit Ward der Oscar-Verleihung beigewohnt hatte, ließen sie im Wirbel der Leidenschaft alle Vorsicht außer acht. Ende Mai war Faye ihrer Sache sicher.

»Was, schon wieder?« Ward war überrascht, wenn auch nicht unangenehm, obwohl seine freudige Erregung sich diesmal in Grenzen hielt. Er hatte zu viele andere Dinge im Kopf, davon sagte er Faye freilich kein Wort.

»Bist du böse?« Sie zeigte sich besorgt. Da zog er sie mit breitem Grinsen an sich.

»Nur wenn es nicht von mir wäre, du Dummerchen. Natürlich bin ich nicht böse. Wie könnte ich dir böse sein?«

»Na ja, fünf Kinder ist schon ein schöner Haufen ...« Auch sie war diesmal im Zwiespalt. So, wie die Familie im Moment war, erschien es ihr als nahezu ideal. »Und wenn es wieder Zwillinge werden ...«

»Dann haben wir eben sechs! Wäre doch fabelhaft, oder nicht? Vielleicht schaffen wir sogar unser ursprüngliches Ziel von zehn Kindern.«

In diesem Augenblick kam die ganze Schar hereingestürmt, fröhlich schreiend. Sie purzelten übereinander, lachten und brüllten und zogen einander an den Haaren, so daß Faye über die Köpfe der Kinder hinweg Ward zurief: »Gott behüte!« Er lachte nur.

Es ging alles gut, und im Januar wurde Anne Ward Thayer geboren, Fayes jüngstes Kind. Sie war so winzig und wirkte so zerbrechlich, daß man kaum wagte, sie anzufassen. Aber Ward, der sich tatsächlich weigerte, das Baby auf den Arm zu nehmen, schien hoch erfreut. Diesmal schenkte er Faye einen großen Smaragdanhänger, doch irgendwie war seine Freude nicht so ausgeprägt. Faye tröstete sich zwar damit, daß sie nicht erwarten durfte, er würde zur Ankunft des fünften Kindes eine Blaskapelle engagieren, dennoch blieb bei ihr Enttäuschung darüber zurück, daß seine Freude nicht so überschäumend wie sonst war.

Nach wenigen Tagen erfuhr sie den Grund. Diesmal versuchten die Vermögensverwalter gar nicht erst, mit Ward selbst zu sprechen. Sie wandten sich direkt an Faye, weil sie meinten, es sei höchste Zeit, daß sie endlich erfahre, was los sei. Sieben Jahre nach Kriegsende war die Thayer-Werft am Ende. Seit vier Jahren gab es keine Gewinne mehr, die Werft schrieb rote Zahlen. Die Anwälte bemühten sich, Wards Interesse für die Schwierigkeiten des Unternehmens zu wecken, und mahnten ihn, sich einzuschränken und sich den Gegebenheiten zu stellen. Doch er lehnte es ab, wie sein Vater in der Geschäftsführung zu arbeiten. Ward hatte nicht nur zugelassen, daß die Werft in Konkurs ging, er hatte zugleich auch das gesamte elterliche Privatvermögen verwirtschaftet. Seine Einwände waren immer dieselben: Er denke nicht daran, Tag und Nacht zu arbeiten und sich gesundheitlich zu ruinieren. Er wolle mit seiner Familie das Leben genießen. Und jetzt war das Geld weg, seit zwei Jahren schon.

Während Faye schockiert und wortlos dasaß und sich das alles anhörte, kramte sie in ihrem Gedächtnis und rief sich in Erinnerung, seit wann Ward zerstreut und bekümmert wirkte und immer mehr trank. Nie hatte er ihr etwas gesagt. Die vergangenen zwei Jahre hatten sie praktisch von der Hand in den Mund gelebt! Geld war keines mehr da, nur gigantische Schulden, die er dank ihres extravaganten Lebensstils aufgehäuft hatte. Faye Price Thayer saß bleich, mit angespannter Miene und einer tiefen Stirnfalte zwischen den Brauen in einem Sessel und hörte sich an, was die Vermögensberater ihr zu sagen hatten. Sie sah aus wie nach einer schweren Katastrophe, und in gewisser Weise hatte sie tatsächlich einen Schock erlitten. Die Anwälte empfahlen sich, und Faye ging mit weichen Knien aus dem Zimmer.

Und als Ward später am Nachmittag nach Hause kam, fand er sie in einem Sessel in der Bibliothek aufrecht sitzend vor. Wortlos sah sie ihm entgegen.

»Hallo, Liebling! Was machst du um diese Zeit hier unten? Was ist mit deiner Mittagsruhe?«

Mittagsruhe? Wie sollte sie sich ausruhen, wenn kein Geld mehr da war und sie sich Arbeit suchen mußte? Sie besaßen außer Schulden nichts mehr. Ward sah ihr an, daß etwas Schlimmes passiert war.

»Faye, Schätzchen, was ist denn?«

In ihren Augen glitzerten Tränen. Sie wußte nicht, wie sie anfangen sollte. Schließlich weinte sie rückhaltlos und schluchzte. Wie hatte er es nur so weit kommen lassen können? Was hatte er sich dabei gedacht? Wenn sie an den Schmuck dachte, an die Autos, die Pelze, das Haus in Palm Springs, die Polo-Ponys ... in diesem Stil war es ununterbrochen weitergegangen. Sie wollte gar nicht wissen, wie hoch die Schulden waren.

»Liebling, was ist?«

Ward kniete an ihrer Seite nieder, während sie haltlos schluchzte, bis sie sich schließlich tief Atem holend faßte und ihm zärtlich übers Gesicht strich. Wie hätte sie diesen Mann verabscheuen können? Sie hatte es nie sehen wollen, aber jetzt mußte sie sich eingestehen, daß er wie ein Kind war, ein Junge, der den Erwachsenen spielte. Mit fünfunddreißig war er nicht so reif wie ihr Sechsjähriger. Lionel konnte schon sehr praktisch und klug sein, aber Ward ... Ward. In Fayes Blick lag der Kummer um ein Leben, das zu Ende gegangen war, als sie sich zu beruhigen versuchte und ihm sagte, was sie erfahren hatte.

»Bill Gentry und Lawson Burford waren heute da.« Ihr Ton hatte nichts Drohendes an sich, er verriet nur Sorge um ihn und alle anderen. Wards gute Laune schlug jäh in Ärger um. Er sprang auf, ging an die Bar und goß sich einen großen Drink ein. Der Nachmittag war bis jetzt gut verlaufen. Er warf seiner Frau einen Blick über die Schulter zu.

»Laß dir von den beiden ja nichts einreden, Faye. Die sind mir ausgesprochen lästig. Was wollten sie?«

»Vermutlich wollten sie dich zur Vernunft bringen.«

»Was soll das nun wieder heißen?« Ward wurde nervös. Er mußte sich setzen. »Was haben sie gesagt?«

»Ward, sie haben mir alles gesagt.« Er wurde bleich, so wie sie Stunden zuvor bleich geworden war. »Sie haben mir mitgeteilt, daß du pleite bist. Die Werft ist am Ende, dieses Haus muß verkauft werden, damit wir unsere Schulden zurückzahlen können. Alles muß sich ändern, Ward. Wir müssen erwachsen werden, wir dürfen nicht mehr tun, als lebten wir in einer Märchenwelt und wären nicht gewissen Zwängen unterworfen wie alle anderen.«

Der einzige Unterschied zwischen ihnen und allen anderen bestand darin, daß Ward noch keinen Tag seines Lebens gearbeitet hatte und sie fünf Kinder ernähren mußten. Wenn sie nur eine Ahnung gehabt hätte! Niemals hätte sie das fünfte Kind bekommen. Dieser Gedanke machte ihr nicht einmal Gewissensbisse, mochte das Neugeborene auch noch so süß sein. Jetzt stand ihre Existenz und die der Kinder auf dem Spiel, und sie spürte instinktiv, daß Ward nicht in der Lage war, etwas zu unternehmen. Er konnte einfach nichts tun, sie hingegen schon. Wenn er nicht imstande war, das Boot an Land zu rudern, dann mußte sie das Kommando übernehmen. Ja, das war's wohl.

»Ward, wir müssen uns darüber unterhalten ...«

Er stand auf und durchquerte den Raum. »Ein andermal, Faye. Ich bin müde.«

Da sprang sie, ohne Rücksicht darauf, daß sie sich noch schonen mußte, auf. Das alles zählte jetzt nicht mehr. Schonung war Luxus. Ein Luxus, den sie sich nicht mehr leisten konnte.

»Verdammt noch mal, Ward, hör mich an! Wie lange wirst du mit mir noch dieses Spiel treiben? Bis du wegen deiner Schulden im Gefängnis landest? Bis man uns aus diesem Haus hinauswirft? Lawson und Bill haben mir gesagt, daß wir keinen Penny mehr besitzen, wenigstens nahezu keinen Penny mehr.« Die beiden waren mit brutaler Aufrichtigkeit vorgegangen. Man würde alles verkaufen müssen, nur um die Schulden loszuwerden. Und was dann? Das war die Frage, die sie sich jetzt stellte.

Ward stand ihr gegenüber. »Was sollte ich deiner Ansicht nach tun? Soll ich meine Autos verkaufen? Die Kinder arbeiten lassen?« Man sah ihm an, daß er Angst hatte. Seine Welt drohte zu zerbrechen, und er hatte nie einen anderen Lebensstil kennengelernt.

»Wir müssen der Wirklichkeit ins Auge sehen, mag sie auch noch so schrecklich sein.« Faye ging langsam auf ihn zu. In ihren Augen blitzte grünes Feuer, doch war es nicht Wut und Empörung. Sie hatte den ganzen Nachmittag nachgedacht. Jetzt wußte sie, was mit Ward eigentlich los war, doch sie konnte nicht zulassen, daß er sich und ihr weiterhin etwas vormachte. Er mußte den notwendigen Veränderungen ins Auge sehen. »Wir müssen etwas unternehmen.«

»Was denn?« Ward ließ sich langsam wie ein Ballon, dem die Luft ausging, in einen Sessel sinken. Er hatte sich längst den Kopf über irgendwelche Maßnahmen zerbrochen, doch das alles ging über seinen Horizont. Gewiß, es mochte falsch gewesen sein, Faye alles zu verheimlichen, aber wie hätte er ihr sagen können, daß die Lage so aussichtslos war? Das Herz dazu hatte er nie gehabt. Statt dessen beschenkte er sie weiterhin mit teuren Schmuckstücken. Das Dumme daran war nur, daß er wußte, wie wenig sie sich im Grunde genommen aus diesen Dingen machte. Sie liebte die Kinder und ihn ... sie liebte ihn doch wirklich, oder nicht? Dieses kleinen Zweifels wegen war er immer davor zurückgeschreckt, ihr die Wahrheit zu sagen. Wenn Faye ihn nun verlassen würde? Den Gedanken daran konnte er nicht ertragen.

Er sah sie an und las Hoffnung in ihrem Blick. Sie würde ihn nicht im Stich lassen. Da schossen ihm Tränen in die Augen. Er zog sie zu sich, begrub sein Gesicht in ihrem Schoß und beweinte seine Torheit. Und als die Tränen versiegten, war Faye noch immer da. Sie würde nicht weggehen, wenigstens nicht sofort, und sie war auch nicht gewillt, ihn vor der Katastrophe davonlaufen zu lassen.

»Ward, wir müssen das Haus verkaufen.«

»Und wo werden wir wohnen?« Er hörte sich an wie ein erschrockenes Kind. Sie lächelte.

»Wir werden ein anderes Haus suchen. Das Personal entlassen wir. Die Kostbarkeiten, die alten Bücher, meine Pelze, mein Schmuck, alles wird verkauft.« Der Gedanke daran tat weh, aber nur, weil mit diesen Dingen wichtige Ereignisse ihres Lebens verknüpft waren. In dieser Hinsicht war Faye sentimental. Gleichzeitig war ihr aber bewußt, daß der Schmuck einen großen Wert darstellte und sie sich jetzt nicht daran klammern konnten. «Wie hoch sind die Schulden schätzungsweise?«

»Keine Ahnung.« Sein Gesicht lag noch immer in ihrem Schoß. Sie umfaßte seinen Kopf mit beiden Händen und hob ihn zu ihrem Gesicht.

»Das müssen wir feststellen. Gemeinsam. Wir stecken gemeinsam drin und müssen uns irgendwie herausarbeiten.«

»Glaubst du wirklich, wir schaffen es?« Die Aussicht war schrecklich, auch wenn er ihrer Hilfe gewiß sein konnte.

»Ich bin ganz sicher.« Faye behauptete dies in ganz entschiedenem Ton, insgeheim aber schien ihr alles recht hoffnungslos.

Ihre Stimme ließ ihn erleichtert aufatmen. Ein- oder zweimal hatte Ward zwischen zwei Gläsern Champagner tatsächlich ernsthaft an Selbstmord gedacht, denn er wußte genau, wie schwach er war. Er war gänzlich unvorbereitet auf das, was ihm bevorstand. Wenn Faye ihm nicht helfen würde, seine Schwierigkeiten zu bewältigen, würde er sich aufgeben, aber er bezweifelte auch, daß Faye ihm die Sache wirklich leichter machen konnte.

Am nächsten Tag zwang sie ihn, mit ihr die Vermögensverwalter aufzusuchen. Der Arzt hatte ihr zwar noch verboten, außer Haus zu gehen, doch das kümmerte sie nicht. Nach dem fünften Kind war sie nicht mehr so leicht zu beeindrucken wie nach dem ersten, und sie hatte nicht die Absicht, zuzulassen, daß Ward sich vor seinen Pflichten drückte.

Sie wollte ihm unbeirrt beistehen, und deshalb war sie in diesem einen Punkt unerbittlich: man mußte den Tatsachen gemeinsam ins Auge sehen.

Die Anwälte eröffneten ihnen, daß die Schulden sich auf dreieinhalb Millionen Dollar beliefen. Als Faye das hörte, war sie einer Ohnmacht nahe. Ward vernahm diese Erklärung mit kreidebleichem Gesicht. Außerdem erklärte man ihnen, daß sie alles verkaufen müßten. Mit etwas Glück könnte ihnen ein kleines Kapital bleiben, das bei geschickter Anlage etwas abwerfen würde. Aber ihren gewohnten Lebensstil würden sie aufgeben müssen ... Mit einem vielsagenden Blick zu Ward fuhr der Anwalt fort, daß beide jetzt Geld verdienen müßten. Oder zumindest einer von ihnen. Die Frage stand im Raum, ob Faye an ihre Karriere anknüpfen würde. Seit ihrem letzten Film waren sieben Jahre vergangen, kein Mensch bat sie jetzt noch um Autogramme, und auch die Presse beschäftigte sich nicht mehr mit ihr. Sie war Schnee von gestern. Mit zweiunddreißig Jahren war sie für ein Comeback noch nicht zu alt, wenn sie es ernsthaft anstrebte, aber sie würde nie wieder so populär werden wie früher. Außerdem hatte Faye das ohnehin nicht vor. Sie hatte ganz andere Pläne, aber das stand im Moment nicht zur Debatte.

»Was ist mit der Werft?« Fayes Fragen bewiesen Intelligenz und Mut. Ward war erleichtert, daß er sie nicht selbst stellen mußte. Irgendwie war ihm alles sehr peinlich. Er sehnte sich nach einem Drink, während Faye sich genau nach der Sachlage erkundigte, und die Vermögensberater gaben Auskunft, ohne ein Blatt vor den Mund zu nehmen.

»Sie müssen Konkurs anmelden.«

»Und das Haus? Was meinen Sie, wieviel wir dafür bekommen könnten?«

»Eine halbe Million, das wäre sozusagen ein Liebhaberpreis. Nach dem derzeitigen Immobilienmarkt zu schließen, dürfte es eher weniger bringen.«

»Schön, das wäre wenigstens ein Beginn. Dann haben wir noch das Haus in Palm Springs ...« Sie zog eine Liste aus der Tasche. Nachdem Ward schlafen gegangen war, hatte sie noch in der Nacht praktisch ihren gesamten Besitz Stück für Stück aufgelistet. Mit etwas Glück hoffte sie für alles zusammen fünf Millionen zu erzielen. Schlimmstenfalls nur vier.

»Und was dann?« Ward sah sie zum ersten Mal voller Bitterkeit an. »Sollen wir die Kinder in Lumpen kleiden und betteln gehen? Wir müssen irgendwo wohnen. Wir brauchen Personal, Kleider, Autos.«

Sie schüttelte den Kopf. »Ein Auto. Nicht mehrere. Und wenn wir uns das nicht leisten können, fahren wir mit dem Bus.« Plötzlich machte ihr sein Gesichtsausdruck angst. In ihr regten sich Zweifel, ob sie sich tatsächlich umstellen konnten. Es mußte sein, es blieb ihnen keine andere Wahl, und Faye würde Ward dabei helfen. Das einzige, was sie nie aufgeben wollte, war Ward.

Zu Hause wurden sie vom Kindermädchen erwartet. Die kleine Anne hatte Fieber. Wahrscheinlich hatte sie sich bei Val angesteckt; das Mädchen schien sehr besorgt. Ohne auf die Worte des Mädchens zu reagieren, ging Faye ans Telefon und rief den Arzt an. Sie nahm der Frau das Kind nicht aus den Armen. Als diese ihr die Kleine später anbot, winkte Faye geistesabwesend ab. »Jetzt ist keine Zeit.« Sie hatte anderes im Kopf. »Anderes« war die Katastrophe, die ihre Familie jetzt bedrohte. Allein die Aussicht auf das vor ihr Liegende verursachte eine nie gekannte Erschöpfung. Doch es gab keinen Ausweg, und sie war diejenige, die irgend etwas tun mußte. Ward war der Situation nicht gewachsen. Sie würde alles selbst in die Hand nehmen müssen.

Er war ihr sehr dankbar, als sie sich am nächsten Morgen an die Arbeit machte. Sie rief sämtliche Immobilienmakler in der Stadt an und vereinbarte Termine zur Besichtigung des Hauses. Dann setzte sie sich mit den Anwälten in Verbindung, verabredete Termine mit Antiquitätenhändlern und legte eine Liste der Dinge an, die sie behalten, und jener, die sie verkaufen würden. Ward sah ihr wie erstarrt zu, während sie ungerührt und sachlich mit gerunzelter Stirn an ihrem Schreibtisch arbeitete. Ungläubig schüttelte er den Kopf. Das alles war unfaßbar.

Da blickte sie auf. Noch immer stand die Furche zwischen ihren Brauen, doch nicht aus Unwillen über Ward. »Was hast du heute vor?«

»Ich esse im Klub.« Die Klubmitgliedschaften würde er auch aufgeben müssen, aber diesen Gedanken ließ Faye im Augenblick lieber unausgesprochen. Sie beschränkte sich auf ein Nicken, und gleich darauf war er fort.

Er kam erst um sechs Uhr wieder und war in Hochstimmung. Den ganzen Nachmittag hatte er Backgammon gespielt und dabei einem Freund neunhundert Dollar abgenommen. Und wenn du verloren hättest? dachte Faye bei sich. Sie sagte jedoch kein Wort darüber und lief rasch die Treppe hinauf. Sie wollte nicht mit ansehen, wie er mit den Zwillingen spielte. Und außerdem gab es so viel zu tun.

Morgen mußte sie dem Personal kündigen, dann mußten die Autos verkauft werden. Und wenn hier alles erledigt war, blieb immer noch das Haus in Palm Springs. Der Gedanke daran trieb ihr die Tränen in die Augen, nicht so sehr, weil sie den Verkauf bedauerte, sondern weil das ganze Gewicht der Arbeit sie drückte, das auf ihr allein lastete. Ein Kneifen gab es nicht. Es war wie ein Alptraum oder zumindest wie ein sehr, sehr seltsamer Traum. In nur vierundzwanzig Stunden war ihr ganzes Leben zerbrochen. Allein der Gedanke daran machte sie verrückt. Noch vor wenigen Tagen hatte sie ganz andere Dinge im Kopf gehabt. Das Neugeborene, wieder ein großartiges Geschenk von Ward, Pläne für ein paar Wochen Ferien in Palm Springs. Und jetzt war schlagartig alles vorbei, für immer dahin. Einfach nicht zu fassen.

Während sie sich schweren Herzens die Treppe hinaufschleppte und nicht wußte, wie es weitergehen sollte, stellte sich ihr das Kindermädchen wie schon einige Male an diesem Tag in den Weg. Aber Faye hatte auch jetzt keine Zeit für das Baby. Es stürmte zu viel auf sie ein. Die Frau in Weiß erwartete sie auf dem Treppenabsatz und sah Faye finster an, in einer Hand das Fläschchen. Das Baby, in eine bestickte rosa Decke gewickelt, die Faye für die Zwillinge gekauft hatte, hielt sie an ihre Brust gedrückt.

»Mrs. Thayer, möchten Sie das Baby jetzt füttern?« Die britische Kinderfrau starrte sie böse an. Zumindest bildete sich Faye das ein, die an das üppige Gehalt dachte und auch daran, wie die Person den ganzen Tag versucht hatte, Schuldgefühle in ihr zu wecken.

»Es geht nicht, Mrs. McQueen, tut mir leid . . .« Als sie sich abwandte, spürte Faye einen Stich im Herzen. »Ich bin zu müde.« Aber das war es gar nicht. Sie wollte ihren Schmuck sortieren, ehe Ward heraufkam. Am nächsten Tag hatte sie einen Termin bei Frances Klein, und sie mußte sich jetzt entscheiden, welche Stücke sie verkaufen wollte. Daß die Firma Klein ihr einen

132

anständigen Preis machen würde, wußte sie. Jetzt gab es kein Zurück mehr, und sie hatte wirklich keine Zeit für Anne, das arme zarte Ding. »Vielleicht morgen«, sagte sie halblaut und lief mit gesenktem Kopf in ihr Zimmer. Es würde ihr leichter fallen, wenn sie das Kind jetzt nicht sah, das sie erst vor so kurzer Zeit zur Welt gebracht hatte. Und vor zwei Wochen hatte sich noch alles einzig und allein um dieses Kind gedreht. Das war nun anders geworden. Mit tränenfeuchten Wangen schloß sie die Tür. Mrs. McQueen, die ihr kopfschüttelnd nachgesehen hatte, ging hinauf ins Kinderzimmer.

6

Die Firma Christie holte das Mobiliar im Februar ab. Sämtliche teuren Antiquitäten, die sechs alten Porzellanservice, die sich Faye und Ward in den vergangenen sieben Jahren zugelegt hatten, sämtliche Kristallüster und Orientteppiche. Bis auf die notwendigsten Einrichtungsstücke wurde alles fortgeschafft... Faye hatte es so eingerichtet, daß die Kinder mit dem Mädchen in Palm Springs waren, und sie drängte Ward, ebenfalls zu verreisen.

»Willst du mich loswerden?« Über sein Champagnerglas hinweg, das inzwischen zu seinem ständigen Begleiter geworden war, blickte er sie vorwurfsvoll an. Zu Fayes Leidwesen trank Ward jetzt noch mehr.

»Du weißt, daß ich das nicht will.« Seufzend ließ sie sich neben ihm nieder. Den ganzen Tag hatte sie Möbelstücke mit Aufklebern versehen. Rote für die Dinge, die fortgeschafft wurden, blaue für die, die bleiben sollten. Sie behielten nur sehr wenige Stücke. Faye wollte alles verkaufen, was einigermaßen wertvoll war. Die einfacheren Sachen konnten sie nach dem Umzug weiterverwenden. Das war für alle sehr bedrückend, ließ sich aber nicht ändern. Diesen Satz hatte Ward hassen gelernt, doch Faye blieb hart. Sie kannte jetzt die Wahrheit und ließ nicht zu, daß er vor ihr davonlief. Sie tat alles Menschenmögliche, um ihm zu helfen, duldete jedoch nicht, daß er sie oder sich selbst belog. Faye war es auch, die direkt mit den Vermögensberatern verhandelte, und das bereitete ihr den größten Kummer, weil sie wußte, daß sie Ward damit irgendwie seiner Männlichkeit beraubte. Aber was hätte sie sonst tun sollen? Ihn mit seinen Lügen weiterleben lassen? Ihn weiterhin Schulden machen lassen? Der Gedanke daran ließ sie erschaudern. Da war es besser, sich jetzt der Katastrophe zu stellen und ein neues Leben aufzubauen. Sie waren noch jung. Sie hatten einander und die Kinder. Natürlich gab es Momente, da war sie ebenso entsetzt wie Ward. Es war, als müßte sie einen steilen Berghang erklimmen: Ein Blick in die Tiefe, in die Vergangenheit, mußte tunlichst vermieden werden, weil das jetzt ein Luxus war, den man sich nicht mehr leisten konnte. Sie mußten weiter.

»Gestern wurde das Karussell abgeholt«, sagte sie. Alles drehte sich auf einmal um ein einziges Thema, nämlich was verkauft worden war und was nicht. Mit dem Haus rührte sich noch nichts, und langsam machte Faye sich deswegen Sorgen. »Ein Hotel hat dafür einen anständigen Preis gezahlt.«

»Wie wundervoll.« Er stand auf, um sich nachzuschenken. »Sicher werden die Kinder entzückt sein, wenn sie es erfahren.«

»Da kann man nichts machen.« . . . aber man hätte doch etwas machen können, schoß es ihr plötzlich durch den Kopf. Rasch verdrängte sie diesen Gedanken. Es war ja nicht ihre Schuld, daß jetzt alles verloren war. Sie durfte auch Ward keine Vorwürfe machen, denn er hatte ja nie ein anderes Leben kennengelernt. Niemand hatte ihm beigebracht, was es hieß, Verantwortungsbewußtsein zu haben. Und zu ihr war er immer wundervoll gewesen. Trotz allem liebte sie Ward, nur manchmal fiel es ihr schwer, ihm nicht die Schuld an allem zu geben. Seine Situation war ja schon so lange chaotisch . . . wenn sie eine Ahnung gehabt hätte . . .

Ward starrte sie mit verzweifeltem Blick an, in der Hand sein Glas. Flüchtig konnte sie erahnen, wie er als alter Mann aussehen würde. Bis vor kurzem hatte er sich noch immer wie ein Junge benommen, ein sehr hübscher, flotter, sorgloser junger Mann, doch seit zwei Monaten wirkte er wie von einer schweren Last bedrückt, und das ließ ihn älter erscheinen. Sogar ein paar graue Haare hatte sie an ihm entdeckt und neue Fältchen um die Augen.

»Ward ...« Sie sah ihn an, nach den passenden Worten suchend, die den Schmerz lindern halfen und es ihnen erleichterten, mit der Wahrheit zu leben. Aber beide waren von Fragen und von Angst erfüllt, die ihre Gedanken wie ein Zug überrollten.

Wohin sollen wir gehen? Was sollen wir tun? Was ist, wenn das Haus verkauft wird?

»Ich wünschte, ich hätte dich da nicht hineingezogen.« Er setzte sich, von Mitleid für sich und gleichzeitig von Schuldbewußtsein Faye gegenüber erfüllt. »Ich hatte kein Recht, dich zu heiraten.« Doch er hatte sie so verzweifelt begehrt und gebraucht, so kurz nach dem Krieg, nachdem er seine erste Frau nach nur zwei Monaten Ehe verloren hatte. Und Faye war so wunderbar gewesen. Sie war es noch immer. Das machte es ihm noch schwerer. Er haßte sich für das, was er ihr angetan hatte.

Langsam kam sie zu ihm und setzte sich auf die Armlehne seines Sessels. Sie war schmäler als vor der letzten Schwangerschaft, schmäler als seit Jahren. Sie leistete Schwerarbeit, stand vor Tagesanbruch auf, packte Kisten, sortierte Berge von Dingen. Zusammen mit einem der zwei verbliebenen Mädchen erledigte sie die Hausarbeit.

Das früher so zahlreiche Personal war zusammengeschrumpft. Zwei Mädchen, die für alle kochten und saubermachten, das Mädchen, das seit Lionels Geburt vor sechs Jahren die Kinder betreute, und die Kinderfrau, die eigens für Anne engagiert worden war. Faye hatte die Absicht, ihr Personal auf zwei Personen zu reduzieren, brauchte aber im Moment noch Hilfe für den Umzug. Alle anderen Dienstboten waren schon lange fort. Arthur und Elizabeth waren vor sechs Wochen unter Tränen gegangen, weil sie Faye nach so vielen Jahren verlassen mußten. Beide Chauffeure waren entlassen worden, ebenso der Majordomus und ein halbes Dutzend Hausmädchen. Wahrscheinlich würden sie in einiger Zeit überhaupt niemanden mehr brauchen, wenn sie ein

Haus bewohnten, das nicht zu groß war. Um eine neue Bleibe hatte Faye sich noch überhaupt nicht gekümmert. Zuerst mußte sie das große Haus verkaufen. Und Ward überließ ihr auch diese Aufgabe.

»Wäre dir eine Scheidung nicht lieber?« Er starrte sie an. Das Glas war wieder leer – aber nicht lange, es war nie lange leer.

»Nein.« Faye sagte es laut und betont in den halbleeren Raum hinein. »Das möchte ich nicht. Wenn ich mich recht erinnere, hieß es ›in guten wie in bösen Tagen‹, und wenn es uns jetzt lausig geht, dann läßt sich das eben nicht ändern.«

»Ach, meinst du? Man zieht uns die Teppiche unter den Füßen weg und pfändet uns das Dach über dem Kopf. Die Anwälte strecken uns Geld für Lebensmittel und Dienstbotenlöhne vor. Und du tust das alles mit einem Achselzucken ab? Wovon sollen wir in Zukunft leben?« Er goß sich wieder ein Glas voll. Faye mußte sich sehr beherrschen, ihn nicht zum Aufhören zu drängen. Er würde das Trinken ohnehin einschränken müssen. Alles würde wieder normal werden – eines Tages – vielleicht.

»Ward, es wird uns schon eine Lösung einfallen. Was bleibt uns denn übrig?«

»Ich weiß es nicht. Sicher denkst du an ein Comeback beim Film, aber dir ist hoffentlich klar, daß du nicht mehr so jung wie damals bist.« Seine schwere Zunge verriet Faye, daß er schon betrunken war. Sie ließ sich von seinen Worten nicht beeindrucken.

»Ward, das weiß ich.« Ihre Stimme war geradezu schmerzlich ruhig. Über dieses Problem hatte sie selbst schon wochenlang nachgedacht. »Es wird sich schon etwas ergeben.«

»Für wen? Für mich?« Er ging drohend auf sie zu, was gar nicht seine Art war. Beide standen unter so großem Druck, daß jetzt alles möglich schien. »Verflucht, ich habe in meinem ganzen Leben nicht gearbeitet. Was sollte ich deiner Meinung nach wohl tun? Soll ich bei Saks als Verkäufer anfangen und deinen Freundinnen Schuhe verkaufen?«

»Ward, bitte ...« Sie wandte sich um, damit er ihre Tränen nicht sehen konnte. Da packte er sie am Arm und drehte sie mit Gewalt zu sich um. »Komm schon, sag mir, was für Pläne du hast, Miß Realität. Du bist diejenige, die uns alle zwingen will, den Tatsachen ins Auge zu sehen. Teufel noch mal, wäre es nicht nach dir gegangen, könnten wir noch leben wie zuvor.« Also das war es. Er gab ihr die Schuld und nicht sich selbst, oder er versuchte wenigstens, es so zu sehen. Faye durchschaute ihn ganz klar. Das hielt sie jetzt aber nicht davon ab, zurückzuschlagen.

»Wenn wir so weitergelebt hätten, dann hätten wir fünf Millionen Schulden anstatt vier.«

»Allmächtiger, du redest schon wie diese zwei männlichen alten Jungfern Gentry und Burford. Die können ihren eigenen Hintern nicht von einem Loch im Boden unterscheiden. Was ist schon dabei, wenn man Schulden hat?« Ward brüllte sie an und ließ sie los, um ans Fenster zu gehen. »Wir haben ein herrliches Leben geführt, oder nicht?« Er funkelte sie über den ganzen Raum hinweg an, doch er war mehr wütend über sich selbst als über sie, und plötzlich brüllte Faye zurück.

»Es war eine Lüge, verdammt noch mal! Es war doch nur eine Frage der Zeit, bis man uns das Haus weggenommen und die Einrichtung gepfändet hätte.«

Ward lachte voller Bitterkeit. »Ach so. Und was passiert jetzt?«

»Wir verkaufen alles selbst. Und mit ein wenig Glück wird uns sogar etwas Geld bleiben. Geld, das wir anlegen werden und von dem wir vielleicht eine Zeitlang leben können. Und weißt du, was? Das einzige, was zählt, ist die Tatsache, daß wir noch immer einander und die Kinder haben.«

Aber Ward wollte nichts mehr hören. Er ging und schlug die Tür so heftig hinter sich zu, daß der Knall durchs ganze Haus hallte.

Faye machte sich mit zitternden Händen wieder ans Packen.

Drei Wochen später wurde das Haus verkauft. Es war für Faye ein trauriger Tag, doch es blieb nun mal der einzige Ausweg. Der Verkaufspreis war niedriger als erhofft; die Käufer wußten, in welch verzweifelter Lage sie sich befanden. Dazu kam, daß das Haus nicht mehr so gut in Schuß war wie früher. Die Gärtner waren längst nicht mehr da, der Garten wirkte nicht mehr so gepflegt, das Karussell hatte häßliche Narben im Rasen hinterlassen. Die schönen Möbelstücke waren schon weg, und die riesigen Räume waren ohne Lüster und Gardinen kahl. Die Interessenten, ein bekannter Schauspieler und seine Frau, boten eine Viertelmillion. Der Mann benahm sich Faye gegenüber ziemlich herablassend, und mit Ward trafen die beiden gar nicht erst zusammen. Sie besichtigten das Haus und machten Bemerkungen zu ihrem Makler, als wäre Faye gar nicht vorhanden. Das Angebot kam am nächsten Tag, und es bedurfte verbissener Verhandlungen, die sich über eine ganze Woche hinzogen, um schließlich eine annehmbare Summe zu erreichen. Faye und die Vermögensberater drängten Ward zuzustimmen. Sie hielten ihm vor, daß er keine andere Wahl habe, und schließlich willigte er in seiner Verzweiflung ein und unterschrieb den Vertrag, um sich gleich darauf mit zwei Flaschen Champagner und einer Flasche Gin in seinem Arbeitszimmer einzuschließen. Dort saß er, den Blick starr auf die Fotos seiner Eltern an der Wand gerichtet. Er mußte weinen, wenn er an das Leben seines Vaters dachte und an das, was ihn selbst jetzt erwartete.

Faye sah ihn erst spätabends wieder, als er endlich zu ihr heraufkam. Zunächst wagte sie nicht, ihn anzusprechen. Ein Blick in sein Gesicht, und sie hätte am liebsten losgeheult. Für ihn begann ein vollkommen neuer Lebensabschnitt, und plötzlich wurde Faye von Furcht und Zweifeln überfallen, ob er die Veränderung verkraften würde. Sie selbst kannte die Armut; auch wenn diese Erfahrung schon einige Zeit zurücklag, so hatte sie die bittere Realität doch noch deutlich in Erinnerung. Für sie war das alles nicht so furchteinflößend wie für Ward.

Faye fühlte sich jetzt, als hätte sie die letzten Monate ununterbrochen im Laufschritt verbracht und als würde sie auch nicht innehalten können, falls es ihnen je gelingen sollte, wieder zu sich selbst zu finden. Es war der schlimmste Alptraum ihres Lebens, alle romantischen und schönen Momente waren dahin. Es blieb ihnen nur die Realität, die Tragödie, die Ward heraufbeschworen hatte, und die schäbige Häßlichkeit des vor ihnen liegenden Lebens. Aber sie weigerte sich, es hinzunehmen, weigerte sich,

Ward aufzugeben, ihn gehen und zu einem hoffnungslosen Trinker werden zu lassen. Er stand in der Tür und starrte sie an, als könne er ihre Gedanken lesen. Schließlich trat er ein und setzte sich. So niedergeschlagen hatte sie ihn noch nie gesehen.

»Es tut mir leid, daß ich mich in der ganzen Sache wie ein Schweinehund benommen habe, Faye.« Er sah sie an, und sie rang sich mit Tränen in den Augen ein Lächeln ab.

»Es war für uns alle nicht leicht.«

»Aber es ist meine Schuld ... das ist das schlimmste. Ich glaube zwar nicht, daß ich das Blatt hätte wenden können, aber ich hätte wenigstens den Untergang hinauszögern können.«

»Du hättest einen sterbenden Industriezweig nie mehr zum Leben erwecken können, Ward, auch wenn du dich noch so bemüht hättest. Dafür kannst du nichts.« Sie zog die Schultern hoch und ließ sich auf der Bettkante nieder. »Und alles andere ...«, sie lächelte traurig, »... wenigstens haben wir uns eine Weile herrlich amüsiert ...«

»Und wenn wir jetzt verhungern?« Er sah aus wie ein verängstigter kleiner Junge. Für einen Mann, der jahrelang auf Kredit gelebt hatte, war das eigentlich eine erstaunliche Frage. Aber er hatte sich immerhin heute mit diesen Dingen auseinandergesetzt, und dabei war ihm eines klargeworden, nämlich, daß er Faye verzweifelt brauchte, mochte es im Moment auch so aussehen, als wäre er wütend auf sie. Und sie ließ ihn jetzt nicht im Stich.

Faye wirkte ganz ruhig, viel ruhiger, als sie sich fühlte. Sie wollte ihm damit etwas geben, das er selbst nicht besaß, nämlich Glauben und Vertrauen – das Beste, was sie im Moment für ihn tun konnte. Für sie lag darin der eigentliche Sinn einer Ehe.

»Ward, wir werden nicht verhungern. Wir beide schaffen das schon. Ich habe noch nie Hunger gelitten, obwohl es mir manchmal wirklich sehr schlechtging.« Sie lächelte matt. Ihr Körper schmerzte, sie konnte sich kaum rühren. Den ganzen Tag hatte sie gepackt und dabei schwere Kisten gehoben und geschoben.

»Damals mußtest du nicht für sieben sorgen.«

»Nein.« Zum ersten Mal seit Wochen sah sie ihn liebevoll an. »Aber ich bin glücklich, daß es sieben sind.«

»Wirklich, Faye?« Sein eigenes Elend hatte ihn schon vor Stunden ernüchtert, und er war jetzt nicht mehr imstande, sich noch zu betrinken, und das war gut so. »Hast du nicht Angst, daß wir uns alle an deinen Rockzipfel hängen, ich am meisten, weil ich mehr Angst habe als die Kinder?«

Faye ging zu ihm und griff in sein dichtes blondes Haar. Komisch, wie ähnlich er Gregory war. Manchmal wirkte Ward kindlicher als ihr kleiner Sohn.

»Mir macht es nichts aus, Ward, da kannst du sicher sein.« Sie sagte es im Flüsterton und gab ihm einen Kuß aufs Haar, und als er zu ihr aufblickte, liefen ihm Tränen über die Wangen. Er kämpfte gegen ein Schluchzen an.

»Ich werde dir bei allem helfen, Kleines, das verspreche ich. Ich werde tun, was ich kann.«

Faye nickte, und er zog ihr Gesicht zu sich herunter. Zum ersten Mal seit einer endlos langen Zeit gab er ihr einen Kuß und folgte ihr Augenblicke später ins Bett, aber sie schliefen nicht miteinander, schon lange nicht mehr. Sie hatten zu viele andere Dinge im Kopf. Aber wenigstens war die Liebe noch da, ein wenig getrübt zwar, aber sie war immer noch vorhanden. Mehr war ihnen nicht geblieben. Alles andere war dahin.

7

Als sie im Mai auszogen, geschah es unter Tränen. Beide wußten, daß sie eine Welt verließen, ein Leben, das nie wiederkehren würde. Auch Lionel und Gregory weinten. Sie waren alt genug, um zu verstehen, daß es ein Abschied für immer war. Es war das Haus ihrer Kindheit gewesen, schön, sicher und warm. In den Augen ihrer Eltern erkannten sie jetzt etwas, das ihnen angst machte. Alles war plötzlich irgendwie anders, nur wußten die Kinder nicht, was es war. Nur Vanessa und Val schienen durch den Umzug weniger berührt. Sie waren erst drei, zu klein, um alles bewußt wahrzunehmen, wenngleich sie natürlich die allgemeine Nervosität zu spüren bekamen. Für sie war es wundervoll aufregend, daß sie jetzt alle ins Haus nach Palm Springs zogen.

Ward brachte sie dorthin in dem einzigen Wagen, der ihnen geblieben war. Es war ein alter Chrysler-Kombi, den sie für das Personal gehalten hatten und der jetzt als Familienauto herhalten mußte. Die Düsenbergs waren weg, auch Fayes Bentley-Coupé, der Cadillac und der Rest des Fuhrparks, den sie besessen hatten.

Faye und Ward hatten das Gefühl, ihre Jugend liege nun für immer hinter ihnen. Im Haus in Palm Springs, das bis Juni geräumt werden mußte, konnte man wenigstens kurzfristig die Kinder unterbringen. Das noch vorhandene Mobiliar mußte eingelagert werden, bis Faye eine neue Bleibe gefunden hatte. Sie wollte die Familie zuerst nach Palm Springs bringen und sich dann allein in Los Angeles auf die Haussuche machen, während Ward die Sachen in Palm Springs packte. Auf dieser Mitarbeit hatte er bestanden. Es war das mindeste, was er nun noch tun konnte, nachdem Faye den Auszug in Beverly Hills allein bewerkstelligt hatte. Diesmal brauchte sie nichts anzurühren, ihre Aufgabe war es, ein anständiges preiswertes Zuhause für die Familie zu finden. Und sie wußte, daß das nicht einfach werden würde. Nach der Versteigerung der Werft, dem Verkauf des Hauses samt der Einrichtung in Beverly Hills, der Kunstgegenstände, Bücher, Autos und mit dem Erlös des Hauses in Palm Springs könnten ihnen nach Begleichung ihrer Schulden fünfundfünfzigtausend Dollar bleiben. Geschickt angelegt würden sie eine kleine Summe abwerfen, wenn auch nicht genug, daß sie davon leben konnten.

Sie würden sich mit einem gemieteten Haus begnügen müssen, und Faye hoffte, daß sie etwas halbwegs Annehmbares angeboten bekam. Sobald sie eingezogen waren und die Kinder im Herbst zur Schule und in den Kindergarten gingen, wollte sie sich um einen Job kümmern. Ward sprach auch davon, daß er sich eine Arbeit suchen wolle. Faye aber hatte mehr Zutrauen in ihre eigenen Fähigkeiten, etwas zu finden. Für sie würde alles viel einfacher sein. Sie wußte, was Arbeit war, und mit ihren zweiunddreißig Jahren war sie noch nicht zu alt dafür, jedenfalls nicht für das, was ihr vorschwebte. Lionel kam in die Grundschule, Greg in die Vorschule, während die Zwillinge den Kindergarten besuchen würden. Sie könnte also genügend freie Zeit haben. Als einzige Haushaltshilfe hatte sie noch ein Mädchen, das ein Auge auf die Kinder, besonders auf das Baby haben würde, daneben aber auch kochen und saubermachen mußte. Anne war erst vier Monate alt und machte noch nicht viel Arbeit. Der Zeitpunkt war ideal, sich außer Haus Arbeit zu suchen. Aber je länger sie darüber nachdachte, desto heftiger wurde sie von Schuldgefühlen wegen der kleinen Anne geplagt. Um die anderen Kinder hatte sie sich viel mehr gekümmert, und für ihr jüngstes blieb ihr kein Augenblick Zeit. Seit der Geburt hatte sie die Kleine kaum richtig gesehen, weil die Katastrophe so rasch nach der Entbindung gekommen war. Sie verdrängte den quälenden Gedanken an ihre kleinste Tochter. Auf der Fahrt warf ihr Ward hin und wieder einen verstohlenen Blick zu. Er bemerkte ihren sorgenvollen Ausdruck und tätschelte tröstend ihre Hand. Er hatte ihr versprochen, in Palm Springs weniger zu trinken. Faye hoffte, er würde sich daran halten. Das Haus war kleiner, und den Kindern würde es sicher nicht entgehen, wenn er die ganze Zeit über betrunken war. Außerdem erwartete ihn jede Menge Arbeit, die ihn vom Trinken abhalten würde.

Zwei Tage darauf fuhr Faye mit dem Zug zurück nach Los Angeles und bezog ein kleines Zimmer im Hollywood Roosevelt Hotel. Die Häuser, die sie besichtigte, waren unbeschreiblich. In schlechten Wohngegenden gelegen, mit winzigen Gärtchen und kleinen Räumen. Sie durchforstete die Zeitungen, rief sämtliche Makler an und fand schließlich, schon halb verzweifelt, am Anfang der zweiten Woche ein Haus, das nicht so schrecklich wie die anderen war und Platz für alle bot. Es hatte vier geräumige Schlafzimmer. Faye hatte bereits geplant, sowohl die Jungen als auch die Zwillinge in ein Zimmer zu legen. Anne sollte mit dem Kindermädchen in einem Zimmer untergebracht werden, und das vierte blieb dann für sie und Ward. Im Erdgeschoß lag ein düsteres Wohnzimmer mit billiger Holztäfelung und einem Kamin, der seit Jahren nicht mehr funktionierte, daneben war ein Speisezimmer mit Aussicht in ein kahles Gartengeviert. In der geräumigen altmodischen Küche konnte man noch einen großen Küchentisch unterbringen.

Faye hätte die Kinder so nah um sich wie noch nie, und sie versuchte sich einzureden, daß dies für alle von Vorteil sein würde. Außerdem versuchte sie sich selbst davon zu überzeugen, daß Ward das Haus nicht verabscheuen und sich nicht weigern würde einzuziehen und daß die Kinder beim Anblick der schäbigen Räumlichkeiten nicht in Tränen ausbrechen würden. Das beste an ihrer neuen Bleibe war die Miete, die sich im Rahmen ihrer Möglichkeiten hielt. Das Haus lag in einer Wohngegend von Monterey Park, unendlich weit weg von ihrem bisherigen Zuhause in Beverly Hills. Darüber konnte man niemanden hinwegtäuschen, und sie versuchte es auch gar nicht, als sie wieder in Palm Springs ankam. Sie sagte allen, daß sie »nur für eine Weile« dort wohnen wollten, und versuchte alles als großes Abenteuer hinzustellen: die Hausarbeit, die man gemeinsam machen würde, die Blumen, die man im Garten pflanzen konnte und die schön wachsen würden. Aber als sie mit Ward allein war, starrte er sie an und stellte die Frage, vor der sie sich so fürchtete:

»Wie schlimm ist es wirklich?«

Sie mußte erst einmal tief durchatmen. Ihr blieb nichts übrig, als ihm die Wahrheit zu sagen, die er ohnehin bald selbst herausgefunden hätte. Beschönigen hatte keinen Sinn.

»Verglichen mit dem, was wir hatten?«

Er nickte.

»Es ist schrecklich. Aber wenn wir keinen Blick zurückwerfen oder es wenigstens eine Weile versuchen, dann ist es nicht so furchtbar. Das Haus ist frisch gestrichen, und es ist einigermaßen billig. Die paar Möbel, die uns geblieben sind, werden hineinpassen. Und mit Gardinen und hübschen Blumen läßt sich viel machen.« Sie holte wieder tief Luft und versuchte, sein verzweifeltes Gesicht zu übersehen. »Wenigstens haben wir einander. Es wird alles wieder gut.« Er wandte sich ab, trotz ihres Lächelns.

»Das sagst du immer.« Wieder tat er so, als wäre alles ihre Schuld. Und langsam machte sich in Faye das Gefühl breit, daß er recht hatte. Vielleicht hätte sie ihn nicht zwingen sollen, den Tatsachen ins Gesicht zu sehen. Vielleicht hätte sie ihn bis zum bitteren Ende Schulden machen lassen sollen. Aber früher oder später wäre er doch vor einem Trümmerhaufen gestanden, oder nicht? Sie wußte keine Antworten mehr.

Ward hatte wenigstens Wort gehalten und die Sachen in Palm Springs gepackt, und er hatte bis zu ihrer Rückkehr nicht getrunken. Da er wußte, daß sie von nun an wieder alles übernahm, konnte er es sich nun etwas leichter machen – zumindest eine Weile, bis sie auszogen.

An dem Dienstagnachmittag, an dem sie das Haus endgültig abschlossen, war es brütend heiß. Faye hatte in dem Haus in Monterey Park schon ein wenig Vorarbeit geleistet, ehe sie nach Palm Springs gefahren war. Sie hatte ausgepackt, was sie allein schaffen konnte, in alle Räume ein paar Bilder gehängt, die Vasen mit Blumen gefüllt, die Betten bezogen. Sie hatte alles getan, damit es gemütlicher wurde. Die Kinder beschnüffelten gleich nach der Ankunft voller Neugierde wie junge Hunde ihr neues Zuhause. Sie waren entzückt, als sie ihre Zimmer mit den Spielsachen und ihre eigenen Betten entdeckten, und Faye schöpfte schon Hoffnung. Aber Wards Gesicht sagte alles, als er das dunkle Wohnzimmer mit der geschmacklosen Täfelung betrat. Einen Kommentar gab er nicht ab, da er gegen seine Tränen ankämpfen mußte. Mit zusammengekniffenen Augen blickte er hinaus in den Garten und sah sich dann im Speisezimmer um. Als er einen Tisch aus einem der ehemaligen oberen Räume des alten Hauses sah, schaute er unwillkürlich zur Decke, in der Erwartung, den schönen Lüster zu sehen, den Faye schon vor Monaten verkauft hatte. Ward warf ihr einen Blick zu und schüttelte den Kopf. Ein Haus wie dieses in einer so armseligen Umgebung hatte er noch nie gesehen. Seine Reaktion war entsprechend.

»Das wär's also. Hoffentlich ist es wenigstens billig.« Wieder fühlte er sich schuldig, weil er dies alles ihr und den Kindern angetan hatte.

Sie standen einander nun in ihrem neuen Heim gegenüber. Faye sah ihn liebevoll an. »Ward, es ist ja nicht für immer.«

Diesen Satz hatte sie sich schon vor Jahren immer wieder vorgesagt, damals, als sie der Armut ihres Elternhauses zu entfliehen hoffte und alles noch viel ärger als heute gewesen war. Das hier wurde auch nicht ewig dauern. Sie war überzeugt davon, daß sie sich irgendwie wieder herausarbeiten würden.

Ward sah sich bekümmert um. »Ich glaube ohnehin nicht, daß ich das lange ertragen kann.«

Da war es um Fayes Fassung geschehen, zum ersten Mal seit Monaten, und sie fauchte ihn wütend an: »Ward Thayer, die ganze Familie versucht das Beste aus der Situation zu machen, und du wirst es gefälligst auch tun! Ich kann für dich die Uhr nicht zurückdrehen. Ich kann nicht so tun, als wäre das unser altes Haus. Aber es ist unser Haus, unseres, meines, das der Kinder und auch deines.«

Am ganzen Leibe zitternd stand sie da, und er konnte nicht übersehen, wie aufgebracht sie war. Faye war fest entschlossen, das Beste aus dieser Situation zu machen, aber Ward, der ihr Achtung entgegenbrachte, war nicht sicher, ob er so viel Kraft besaß. Abends im Bett wuchsen seine Zweifel. Es roch moderig nach verschimmeltem Holz, ein Geruch, der das ganze Haus durchzog. Die Gardinen, die Faye aufgehängt hatte, stammten aus den ehemaligen Dienstbotenzimmern und paßten nicht. Er hatte das Gefühl, Bediensteter im eigenen Haus zu sein. Ein unglaublich häßlicher Traum.

Doch es war ihr Haus, und es war die Wirklichkeit, und Faye wußte, daß sich die ganze Familie damit abfinden mußte.

Als Ward sich zu ihr umdrehte, um etwas zu sagen und sich für sein Verhalten zu entschuldigen, war sie bereits fest eingeschlafen, im Bett zusammengerollt wie ein verängstigtes Kind. Er fragte sich, ob sie sich auch fürchtete. Er litt schon seit langem unter Angstzuständen, über die ihm nicht einmal der Alkohol hinweghalf. Wie sollte dieses Leben weitergehen? Würden sie immer hier wohnen müssen? Etwas anderes konnten sie sich jetzt nicht mehr leisten und wahrscheinlich auch in Zukunft nicht. Faye sagte zwar dauernd, es sei nur eine Zwischenlösung, und eines Tages würden sie wieder ausziehen, aber wann und wie und wohin? In diesem bedrückenden, muffig riechenden Schlafzimmer konnte Ward sich das nicht einmal in seinen kühnsten Träumen vorstellen.

Wieder in Hollywood

1952–1957

8

Sieben Jahre waren vergangen, seit Abe Faye als Agent vertreten hatte. Als sie seine Nummer wählte, tat sie es mit zitternder Hand. Es war gut möglich, daß er sich aus der Branche zurückgezogen hatte oder gar keine Zeit fand, sie auch nur anzuhören. Nach Lionels Geburt hatte er sie angerufen und ihr geraten, nicht ganz Schluß zu machen und vor allem nicht zu lange Zeit zu pausieren, damit es für ein Comeback nicht zu spät wurde. Jetzt war es ganz sicher zu spät, sieben Jahre, in denen sie nichts für ihre Karriere getan hatte. Damit durfte sie ihm gar nicht erst kommen, aber sie brauchte seinen Rat. Bis September hatte sie gewartet. Jetzt waren die Kinder, Anne ausgenommen, wie geplant in Schule und Kindergarten untergebracht. Und Ward war ausgegangen, um sich mit alten Freunden zu treffen und eine Arbeit zu suchen, wie er sagte, doch meist ging er nur zu ausgedehnten Essen in seine Lieblingsrestaurants und Klubs. »Kontakte knüpfen«, nannte er das.

Vielleicht knüpfte er wirklich Kontakte, dennoch war vorauszusehen, daß es wahrscheinlich jahrelang so weitergehen würde und sie auf diese Weise nicht weiterkommen konnten. Auch dieser Anruf war sinnlos, wenn Abe nicht mit ihr sprechen wollte. Sie betete darum, daß er Zeit für sie hatte, als sie der Sekretärin ihren Namen nannte. Es folgte eine lange Pause, sie wurde gebeten dranzubleiben, und dann war er da wie in alten Zeiten, ehe das alles passiert war.

»Meine Güte, ein Geist aus ferner Vergangenheit. Lebst du denn noch?« Seine Stimme dröhnte ihr in den Ohren wie seinerzeit, und sie reagierte mit einem nervösen Lachen. »Bist du es wirklich, Faye?« Plötzlich bedauerte sie, daß sie sich im Laufe der Jahre nie mit ihm getroffen hatte, aber sie war mit Ward und den

149

Kindern immer so beschäftigt gewesen, und Hollywood hatte zu einem anderen Leben gehört.

»Ja, ich bin's, die Faye Price von früher mit ein paar grauen Härchen.«

»Das läßt sich ändern, wenn ich auch nicht annehme, daß du mich deswegen anrufst. Welchem Umstand verdanke ich die Ehre dieser angenehmen Überraschung, oder hast du inzwischen schon zehn Kinder?« Abe war herzlich wie immer, und sie war sehr gerührt, daß er sich für sie Zeit nahm, früher waren sie ja so gute Freunde gewesen. Abe war in all den Jahren ihrer kometenhaften Karriere ihr Agent gewesen, war dann aber völlig aus ihrem Leben verschwunden, und jetzt klopfte sie wieder an seine Tür. Faye lächelte über seine scherzhaft gemeinte Frage.

»Keine zehn Kinder, nur fünf. Ich habe erst die Hälfte hinter mir.«

»Gott, wie ist die Jugend töricht. Damals las ich es in deinem Blick, daß es dir ernst war, und deshalb ließ ich dich gehen. Aber du warst großartig, solange du oben warst. Du hättest noch sehr lange ganz oben sein können.« Faye war davon nicht so überzeugt, hörte es aber mit Vergnügen. Eines Tages wäre es mit ihrer Karriere sicher bergab gegangen. Das ging allen so, und Ward hatte ihr diese Erfahrung erspart, aber jetzt ... sie mußte ihren ganzen Mut zusammennehmen, um ihn um das zu bitten, was sie brauchte, nämlich um seine Hilfe. Obwohl er es von dem Moment an geahnt haben mußte, als er ihren Namen hörte. Abe las natürlich Zeitungen und hatte gehört, daß es ihnen nicht gutging. Das Haus verkauft, die Sachen versteigert, die Werft in Konkurs. Ein rascher Abstieg wie bei manchen seiner Stars. Das änderte aber nichts an Abes Gefühlen für Menschen, die er wirklich mochte. Faye tat ihm leid ohne Geld, mit einem Ehemann, der sein Leben lang keinen Finger gerührt hatte, und mit fünf Kindern, die satt werden mußten.

»Na, denkst du noch an die alten Zeiten, Faye?«

Sie war ihm gegenüber immer aufrichtig gewesen. »Nein, niemals, um die Wahrheit zu sagen.« Bis jetzt jedenfalls nicht, und auch im Moment hatte sie etwas anderes im Sinn.

»Na ja, kann ich mir denken mit fünf Kindern, die dich in Anspruch nehmen.« Aber sie war gezwungen, wieder zu arbeiten. Das wußte er nur zu gut, und er entschloß sich, gleich zur Sache zu kommen, damit ihr die Peinlichkeit erspart blieb, sich vor ihm zu demütigen.

»Also, welchem Umstand verdanke ich die Ehre und das Vergnügen dieses Anrufs, Mrs. Thayer?« Er konnte es sich ohnehin denken, eine Rolle, eine kleine Rolle in einem Film. Er kannte Faye und wußte, daß sie nicht die Sterne vom Himmel verlangen würde.

»Abe, ich möchte dich um einen Gefallen bitten.«

»Schieß los.« Er war zu ihr immer offen gewesen und würde ihr auch jetzt helfen, wenn es sich einrichten ließ.

»Könnten wir uns treffen?« Das brachte sie wie eine unschuldige Naive vor. Abe konnte sich ein Lächeln nicht verkneifen.

»Klar doch, Faye. Wann denn?«

»Morgen?«

Wie eilig sie es hatte – ihre Lage mußte verzweifelt sein. »Sehr gut. Dann essen wir zusammen im Brown Derby.«

»Ich freue mich.« Einen Moment dachte sie sehnsüchtig an früher, das war ihr seit Jahren nicht mehr passiert. Nachdem sie aufgelegt hatte, ging sie mit verstecktem Lächeln in ihr Schlafzimmer. Sie betete darum, daß Abe ihr nicht gleich an den Kopf werfen würde, sie habe den Verstand verloren.

Doch als sie ihm am nächsten Tag gegenübersaß, sagte er nichts dergleichen, sondern dachte darüber nach, was sie sich von ihm erhoffte. Die Einzelheiten ihrer persönlichen Misere hatten ihn zuerst schockiert, besonders der Umstand, daß sie mit ihrer Familie jetzt in Monterey Park lebte. Das war so weit entfernt von ihren Anfängen, Lichtjahre entfernt, aber Faye ließ sich offensichtlich nicht unterkriegen. Sie hatte schon immer Mut bewiesen und war intelligent genug, um ein Ziel, das sie sich gesteckt hatte, zu erreichen. Die Frage war nur, ob ihr jemand eine Chance geben würde.

»Abe, irgendwo habe ich gelesen, daß Ida Lupino in einem Film für Warner Brothers Regie führt.«

»Ja, ich weiß. Aber so eine Gelegenheit wird dir kaum jemand bieten.« Er wollte ihr nichts vormachen. »Ehrlich gesagt, halte ich die Möglichkeit für sehr gering.« Und dann fragte er: »Was sagt dein Mann zu deinen Absichten?«

Faye holte erst tief Luft und sah ihrem ehemaligen Agenten in die Augen. Abe hatte sich im Laufe der Zeit nicht sehr verändert. Er war noch immer behäbig, grauhaarig, ein erfahrener, anspruchsvoller Agent, aber sehr nett und vor allem aufrichtig. Und was das schönste war, sie spürte sofort, daß er ihr immer noch freundschaftlich gesinnt war. Er würde ihr nach Möglichkeit helfen. »Er weiß es noch nicht. Ich wollte erst mit dir sprechen.«

»Glaubst du, daß er etwas dagegen haben wird, wenn du nach Hollywood zurückkehrst?«

»Nicht, wenn ich Regie führe. Wenn ich wieder vor die Kamera wollte, dann hätte er sicher etwas dagegen. Aber dafür bin ich jetzt zu alt und zu lange weg vom Film.«

»Unsinn, du bist erst zweiunddreißig. Von zu alt kann nicht die Rede sein, aber ein Comeback nach all den Jahren wäre sicher nicht einfach. Das Publikum ist sehr vergeßlich. Und die jungen Leute haben heute ihre eigenen Stars.« Er ließ sich mit dem Dessert Zeit, lehnte sich zurück und zog nachdenklich an seiner Zigarre. »Da gefällt mir deine Idee schon viel besser. Wenn wir sie einem Studio verkaufen könnten, dann wäre das wirklich eine tolle Sache.«

»Wirst du es versuchen?«

Er deutete mit der Zigarrenspitze auf sie. »Soll ich wieder dein Agent sein?«

»Ja, das sollst du.« Sie begegnete seinem Blick, und er lächelte.

»Dann nehme ich an. Ich werde mich mal umhören und sehen, was sich machen läßt.«

Faye wußte, daß er tiefstapelte. Abe würde jeden Stein einzeln umdrehen, bis er für sie etwas gefunden hatte, und wenn er nichts fand, dann nur, weil nichts da war. Sechs Wochen lang rührte er sich nicht, und als er endlich anrief, lud er sie ein, zu ihm zu kommen. Sie wagte gar nicht, ihn übers Telefon genauer auszufragen, und nahm schleunigst den Bus von Monterey Park nach Hollywood, ließ sich tüchtig durchschütteln und stürmte ungeduldig die Treppe zu Abes Büro hinauf. Völlig außer Atem kam sie an, noch immer sehr schön, wie er auf den ersten Blick sah, als sie sich setzte.

Sie trug ein berückendes rotes Kleid und darüber einen leichten schwarzen Mantel – Teile ihrer Garderobe aus besseren Zeiten, die sie behalten hatte. Nur mit Mühe konnte sie ein Zittern unterdrücken, als er sie ansah und dann nach ihrer Hand faßte. Abe wußte, wie elend ihr zumute sein mußte.

»Na?«

»Immer mit der Ruhe, Faye. Es ist nichts Großartiges, aber wenigstens ein Anfang. Das heißt, es könnte einer sein, wenn dir die Arbeit zusagt. Regieassistenz, kümmerliche Bezahlung, für MGM. Aber mein Freund Dore Schary war von der Idee sehr angetan. Er möchte mal sehen, was du kannst. Ihm ist nicht entgangen, was Ida Lupino bei Warner Brothers macht. Er möchte auch eine Frau in seinem Stall haben.« Schary galt schon seit langem als einer der am weitesten vorausblickenden Studiobosse. Er war auch einer der jüngsten.

»Und wie will er wissen, daß ich gut bin, wenn ich für einen anderen Regisseur arbeite?« fragte sie besorgt. Andererseits aber war nicht zu erwarten, daß man ihr sofort eine selbständige Inszenierung anvertrauen würde. Das wußte sie genau.

Abe nickte beruhigend. »Den Regisseur setzt er ein, weil er ihn unter Vertrag hat. Dore weiß, daß der Mann nichts taugt. Wenn der Film auch nur halbwegs glückt, dann geht das auf dein Konto. Der Kerl ist nämlich stinkfaul und ständig betrunken, und er wird sich die halbe Zeit bei den Dreharbeiten nicht blicken lassen. Du hast deshalb ziemlich freie Hand. Auf viel Geld und Ruhm wirst du zunächst verzichten müssen. Aber das wird nicht auf sich warten lassen, wenn du diesmal ganze Arbeit leistest.«

Faye nickte. »Ist der Film denn gut?«

»Er könnte gut werden.« Wieder hielt er sich an die Wahrheit, schilderte ihr in großen Zügen das Drehbuch und nannte ihr die Namen der Stars. »Faye, es ist eine Chance, und genau die wolltest du haben. Wenn es dir ernst ist mit deinen Plänen, dann solltest du den Versuch wagen. Was hast du schon zu verlieren?«

»Nicht viel, vermutlich.« Sie sah ihn nachdenklich an, während sie überlegte. Die Sache hörte sich gut an.

»Wann kann ich anfangen?« Sie brauchte Zeit, um das Drehbuch zu studieren. Abe schluckte schwer. Er kannte ihre Arbeitsweise und wußte, wie gründlich und wie eifrig sie war. Sein hilfloses Lächeln sprach Bände.

»Nächste Woche.«

Faye warf stöhnend einen Blick nach oben. »Allmächtiger!« Damit blieb ihr auch nicht viel Zeit, es Ward schonend beizubringen. Dennoch dachte sie keinen Augenblick daran, ihren Plan aufzugeben. Das Projekt reizte sie so sehr, daß sie einen Versuch wagen mußte. Seit Monaten schon ließ ihr die Sache keine Ruhe. Jetzt sah sie Abe Abramson an und nickte. »Gut, ich mache es.«

»Du weißt ja nicht, zu welchen Bedingungen.«

»Egal, ich mache es.«

Er nannte ihr den Betrag, eine lächerliche Gage, wie beide sehr wohl wußten. Hauptsache war, daß sie eine Chance bekam.

»Du wirst täglich um sechs Uhr im Studio sein müssen, vielleicht sogar früher, wenn es verlangt wird. Die Arbeit dauert bis acht oder neun Uhr abends. Wie du das mit deinen Kindern schaffen wirst, weiß ich nicht. Vielleicht kann Ward mal einspringen.« Aber das konnte Abe sich nicht vorstellen. Ward war nicht der Typ dafür. Er war gewohnt, daß eine Armee von Dienstboten jeden geäußerten Wunsch erfüllte. Abe hätte gern gewußt, ob Ward Faye ab und zu ein wenig half.

»Ich habe noch immer jemanden, der mir im Haus hilft.«

»Gut.« Abe stand auf. Es war ganz wie damals, fast jedenfalls. Die Erinnerung zauberte ein Lächeln in Fayes Gesicht.

»Danke, Abe.«

»Schon gut.« Sein Blick sagte ihr, daß sie ihm leid tat, doch die Wertschätzung, die er ihr entgegenbrachte, verbot ihm jedes Wort darüber. Faye würde sich aus dem Schlamassel selbst herausarbeiten. Sie war genau der Typ dazu. »Komm morgen wieder, wenn du kannst, damit wir den Vertrag unterschreiben können.« Das bedeutete wieder eine lange Busfahrt in die Stadt, die aber nichts war, verglichen mit der Fahrt, die sie nun täglich hinter sich bringen mußte: den ganzen Weg durch die Stadt, von Osten nach Westen, nach Culver City, zu den MGM-Studios. Aber sie wäre für diesen Job und auch für Abe über Glasscherben gegangen. Sie wußte, daß er als ihr Agent zehn Prozent der Gage bekam, und zehn Prozent dieser Gage waren für ihn nicht der Rede wert, doch das schien ihn nicht zu stören. Faye übrigens auch nicht. Sie war in Hochstimmung. Sie hatte Arbeit! Am liebsten hätte sie es auf der Treppe laut hinausgeschrien. Auch auf der Heimfahrt im Bus lächelte sie und platzte stürmisch ins Haus wie eines ihrer Kinder. Ward saß im Wohnzimmer, offensichtlich noch unter der Einwirkung eines Champagnerfrühstücks mit einem seiner Freunde stehend. Sie ließ sich auf seinen Schoß fallen und schlang außer sich vor Begeisterung die Arme um seinen Nacken.

»Rate mal, was los ist!«

»Wenn du wieder schwanger bist, hänge ich mich auf ... aber erst, nachdem ich dich umgebracht habe!« Er lachte dazu. Faye schüttelte den Kopf und trug eine selbstzufriedene Miene zur Schau, die er an ihr nicht kannte.

»Unsinn. Versuch's noch einmal.«

»Ich geb's auf.« Seine Augen waren gerötet, seine Zunge schwer, doch das kümmerte sie jetzt nicht.

»Ich hab' einen Job!« Trotz Wards überraschter Miene fuhr sie fort: »Als Regieassistentin bei einem Film, den MGM nächste Woche anfängt.« Er sprang so plötzlich auf, daß sie fast zu Boden gefallen wäre. Sein Blick verhieß nichts Gutes.

»Bist du übergeschnappt? Was fällt dir denn ein? Warst du deswegen ständig unterwegs? Hast du Arbeit gesucht?« Er schien außer sich. Faye fragte sich fassungslos, wie er denn mit fünfundfünfzigtausend Dollar in Anleihen über die Runden kommen wollte, wenn zwei Erwachsene, fünf Kinder und ein Hausmädchen davon leben mußten.

»Warum hast du das getan?« schrie er. Die Kinder starrten sie erschrocken von der Treppe her an.

155

»Einer mußte es tun.«

»Ich sagte dir schon, daß ich täglich Kontakte knüpfe.«

»Großartig, dann wird sich in naher Zukunft sicher etwas ergeben. Aber in der Zwischenzeit möchte ich das Angebot annehmen. Es könnte für mich sehr lehrreich sein.«

»Was soll das? Wolltest du das? Wieder Hollywood?«

»Nicht wie früher, sondern nur hinter der Kamera.« Sie mußte sich zur Ruhe zwingen und wollte ihn nicht anlügen. Gleichzeitig wollte sie, daß die Kinder in ihre Zimmer gingen und sie nicht anstarrten, doch sie rührten sich nicht vom Fleck, als sie sie mit einer Handbewegung verscheuchen wollte. Ward beachtete die Kinder gar nicht, seit längerer Zeit schon nicht mehr.

»Das sollten wir lieber unter vier Augen besprechen.«

»Zur Hölle damit. Wir sprechen jetzt darüber.« Er steigerte sich so in Wut, daß sein gutes Benehmen beim Teufel war. »Warum hast du mich nicht vorher gefragt?«

»Es hat sich plötzlich ergeben.«

»Wann?« Er schleuderte ihr die Worte wie Geschosse entgegen.

»Heute.«

»Gut. Dann ruf an und sag, daß du deine Absicht geändert hast. Du bist nicht mehr interessiert.«

Da brannte bei Faye eine Sicherung durch, und sie ließ ihrer Wut freien Lauf. »Warum sollte ich? Ward, ich wünsche mir einen Job. Es ist mir egal, wie schlecht bezahlt er ist oder was du davon hältst. Es ist genau das, was ich machen möchte. Und eines schönen Tages wirst du froh sein, daß ich das Angebot angenommen habe. Jemand muß uns aus dem Dreck ziehen, in dem wir stecken.« Sofort tat es ihr leid.

»Und dieser jemand bist du, wenn ich dich recht verstanden habe?«

»Mag sein.« Jetzt war ihr schon alles einerlei, der Schaden war nicht wiedergutzumachen.

»Großartig.« In seinen Augen brannte ein Feuer. Er nahm seine Jacke von der Stuhllehne. »Dann brauchst du mich hier ja wohl nicht mehr?«

»Natürlich brauche ich dich...« Sie hatte die Worte noch nicht ausgesprochen, als er schon die Tür zuknallte und Valerie und Vanessa zu zetern anfingen und Gregory Tränen in die Augen traten.

»Kommt er wieder?«

»Aber sicher.«

Als Faye auf ihre Kinder zuging, wurde sie plötzlich sehr müde. Warum mußte Ward immer alles so schwierig machen? Warum nahm er immer alles gleich so persönlich? Vermutlich weil er zuviel trank, wie sie sich seufzend eingestand, während sie Lionel einen Kuß gab, Greg übers Haar fuhr und sich dann bückte und die Mädchen hoch hob. Ihre Kraft reichte für beide aus. Sie reichte für sehr vieles aus. Vielleicht war das der Kern des Problems. Ward sträubte sich gegen diese Erkenntnis, und sie konnte diese Tatsache immer weniger verbergen. Die Frage, warum er ihr das antat, konnte sie sich sparen. Er konnte sich mit dem, was geschehen war, nicht abfinden, und er schob die Schuld abwechselnd sich oder ihr in die Schuhe. Den Preis mußte so oder so sie bezahlen. So wie in dieser Nacht, als sie bis vier Uhr morgens wach lag, auf ihn wartete und betete, daß er den Wagen nicht zu Schrott fuhr und heil nach Hause kam.

Um Viertel nach vier war er da, nach Gin riechend und kaum imstande, in der Dunkelheit ins Bett zu kriechen. Es hatte keinen Sinn, in diesem Zustand mit ihm zu debattieren. Sie mußte bis zum Morgen warten und dann ihre Pläne erläutern. Doch als sie damit begann, zeigte er sich wenig beeindruckt.

»Ward, um Himmels willen, so hör mir doch zu!« Sein Kater war so gewaltig, daß er kaum aus den Augen sehen konnte, und Faye mußte sich beeilen, damit sie rechtzeitig in Abes Büro in Hollywood war. Sie mußte den Vertrag unterschreiben und das Drehbuch holen.

»Ich denke nicht daran, mir diesen Unsinn anzuhören. Du bist so verrückt, wie ich es früher war, Hirngespinste, sonst nichts. Du hast ja nicht mehr alle Tassen im Schrank. Vom Regieführen hast du soviel Ahnung wie ich, und das will was heißen.« In seinem Blick lag Zorn und Wut.

»Richtig, ich habe keine Ahnung. Aber ich werde es lernen. Darum geht es bei diesem Job, und vielleicht auch noch beim nächsten ... meinetwegen den nächsten zehn Filmen. Aber danach werde ich eine Ahnung von Regie haben, und was ich dir vorschlage, ist gar nicht so verrückt, wie du tust.«

»Unsinn, sage ich.«

»Ward, hör zu. Produzenten sind Menschen, die über jede Menge Kontakte verfügen, Leute, die andere Leute mit Geld kennen. Sie brauchen selbst nicht einen Penny zu besitzen, und es muß ihnen nicht einmal der Film gefallen, obwohl es gut ist, wenn sie so tun als ob. Produzenten sind Zwischenträger, Vermittler. Sie arrangieren die Finanzierung. Gäbe es für dich etwas Besseres? Sieh dir doch die Leute aus deinem Bekanntenkreis an, denke an die Kontakte, die du hast. Sicher würden einige deiner Freunde liebend gern in Filme investieren und in Hollywood ein wenig mitmischen. Wenn wir es geschickt anfangen, könnten wir mit der Zeit ein Team bilden. Du produzierst, und ich inszeniere.«

Er sah sie an, als hätte er eine Irre vor sich.

»Warum sollen wir nicht gleich im Variete auftreten? Du hast den Verstand verloren und wirst dich nur lächerlich machen.«

Schließlich gab sie es auf. Er war noch nicht reif für ihre Pläne. Er war nicht imstande, die Möglichkeiten, die vor ihnen lagen, zu sehen, während sie diese deutlich vor sich sah. Wenn er nur nicht so stur wäre und es wenigstens versuchen würde! Sie nahm Mantel und Handtasche an sich und sah Ward an.

»Ward, meinetwegen kannst du mich auslachen. Aber eines Tages wirst du zugeben müssen, daß ich recht hatte. Und falls du wieder den Mut hast, ein Mann zu sein, dann wirst du meine Idee nicht mehr abtun. So verrückt ist sie nicht, wie du denkst. Also, überleg es dir, wenn du mal Zeit hast zwischen zwei Drinks.« Damit ging sie hinaus und schloß die Tür hinter sich.

In den nächsten zwei Monaten bekam sie Ward kaum zu Gesicht. Wenn sie morgens aus dem Haus ging und zum Bus lief, schlief er noch fest. Sie mußte kurz nach vier weg, um den Bus zu erreichen, der eine halbe Ewigkeit zum MGM-Gelände brauchte.

Und abends war es meist zehn oder später, wenn sie nach Hause kam: Die Kinder schliefen, und Ward war meist ausgegangen. Nie fragte sie ihn, wo er sich herumtrieb. Nach einem heißen Bad, einem kleinen Imbiß und einem Blick ins Drehbuch fiel sie ins Bett, und am nächsten Tag ging alles wieder von vorne los. Jeden anderen hätte das umgebracht, aber Faye bewies Durchhaltevermögen. Der Regisseur, dessen Assistentin sie war, bekrittelte ständig ihre Arbeit und machte ihr das Leben zur Hölle. Es war ein wahres Glück, daß er nur selten im Studio war, und es kümmerte Faye wenig, was er machte, denn zwischen ihr und den Schauspielern lief alles wie am Schnürchen, fast wie von Zauberhand gelenkt. Sie holte aus ihnen alles heraus, was herauszuholen war. Das bewiesen schon die täglichen Aufnahmen, und noch überzeugender zeigte es die Kopie, die man schließlich Dore Schary zeigte.

Ende Januar, eine Woche nachdem der Film abgedreht worden war, rief Abe an. Ward war nicht zu Hause. Ohne Faye ein Wort davon zu sagen, hatte er sich vor ein paar Tagen empfohlen, um in Mexiko Freunde zu besuchen, wie das Hausmädchen ihr ausrichtete. Faye war es eiskalt über den Rücken gelaufen, aber sie redete sich ein, alles sei in bester Ordnung, und konzentrierte sich auf die Kinder, die sie kaum gesehen hatte, seit sie wieder arbeitete. Abes Anruf kam, als sie am Morgen mit Anne spielte.

»Faye?« dröhnte die vertraute Stimme.

»Ja, Abe.«

»Gute Nachrichten.« Faye hielt den Atem an. Bitte, lieber Gott, gib, daß meine Arbeit ankommt! Sie hatte mit Bangen auf dieses Urteil gewartet. »Schary sagt, du wärest sagenhaft.«

»O Gott ...« Sie spürte, wie ihre Augen feucht wurden.

»Er möchte es dich noch einmal versuchen lassen.«

»Selbständig?«

»Nein. Wieder als Regieassistentin, aber besser bezahlt. Und diesmal sollst du für einen Topmann arbeiten. Dabei kannst du eine Menge lernen.« Als er den Namen nannte, blieb ihr die Luft weg. Vor Jahren hatte sie selbst unter diesem Regisseur gespielt, und sie wußte, daß Abe nicht übertrieb. Von diesem Mann würde sie viel lernen können. Sie hatte sich vorgenommen, unbedingt selbst einen Film zu inszenieren, aber noch war es nicht soweit. Es hieß jetzt also, geduldig zu sein. Das nahm sie sich fest vor, als Abe ihr die Einzelheiten erklärte. Alles hörte sich sehr gut an. »Na, was hältst du davon?« schloß er.

»Meine Antwort heißt, ja.« Außerdem brauchte sie das Geld, und Ward war Gott weiß wo. Diese Reise nach Mexiko war wirklich der Gipfel, das wollte sie ihm auch zu verstehen geben, wenn er endlich nach Hause käme – das und vieles andere. Sie wollte ihm vor allem von diesem neuen Vertrag erzählen. Das war wunderbar, und es gab niemanden, dem sie es hätte anvertrauen können. Ohne Ward war sie entsetzlich einsam.

»Wann fangen wir an?«

»In sechs Wochen.«

»Gut. Dann bleibt mir noch ein wenig Zeit für meine Kinder.« Abe fiel auf, daß von Ward nicht die Rede war – schon seit längerer Zeit nicht mehr –, aber das wunderte ihn nicht weiter. Für den Bestand dieser Ehe gab er nichts mehr. Ward war offenbar nicht imstande, sich in die veränderten Umstände zu fügen, das hatte er Fayes Andeutungen entnommen, und früher oder später würde Faye sich nach oben gearbeitet haben und ihn hinter sich lassen. Die Zeichen für die Zukunft waren unmißverständlich, zumindest war Abe dieser Meinung. Er konnte nicht wissen, wie tief Fayes Bindung an Ward ging. Ohne Familie und großen Freundeskreis, nachdem sie seinetwegen ihre Karriere und ihr altes Leben aufgegeben hatte, war sie über Jahre hinweg von ihm abhängig gewesen und war es jetzt auch noch. Sie brauchte ihn ebenso dringend wie er sie – zumindest bildete Faye sich das ein.

Um so größer war ihr Schock darüber, wie Ward sich ihr nach seiner Rückkehr aus Mexiko präsentierte: braungebrannt, strahlend, glücklich, eine lange, dünne kubanische Zigarre zwischen den Zähnen, einen Krokokoffer in der Hand. Er trug einen seiner alten weißen Anzüge und sah aus, als stünde noch der Düsenberg draußen. Wards Verlegenheit hielt sich in Grenzen. Er hatte erwartet, sie um diese Zeit schon schlafend anzutreffen. Es war lange nach Mitternacht, und sie studierte noch das neue Drehbuch.

»Na, war es schön?« Der eiskalte Ton sollte die Einsamkeit und den Schmerz verbergen, die sie während seiner Abwesenheit verspürt hatte, denn sie war zu stolz, um ihn das wissen zu lassen ... noch war sie zu stolz.

»Ja. Tut mir leid, daß ich nicht geschrieben habe.«

»Sicher hast du keine Zeit gehabt.« Seine Miene rief Zorn in ihr wach, ihre Stimme klang sarkastisch und verbittert. Es tat ihm gar nicht leid, daß er sich davongestohlen hatte, das sah sie auf den ersten Blick, und sie wußte auch sofort den Grund.

»Mit wem warst du zusammen?«

»Ach, mit ein paar alten Freunden.« Er stellte sein Gepäck ab und setzte sich ihr gegenüber auf die Couch. Die Situation war heikler, als er es sich vorgestellt hatte.

»Wie interessant. Sonderbar, daß du vor deiner Abreise nichts gesagt hast.«

»Es hat sich überraschend ergeben.« In seinen Augen blitzte es böse auf. »Und du warst mit deinem Film so beschäftigt.«

Das war es, was eigentlich dahintersteckte. Das war seine Rache dafür, daß sie einen Job gefunden hatte und er nicht.

»Ach so. Natürlich, jetzt verstehe ich. Aber wenn du nächstes Mal für drei Wochen verreisen willst, dann versuche doch bitte, mich im Studio anzurufen, ehe du fährst. Du würdest staunen, wie leicht ich telefonisch zu erreichen bin.«

»Das wußte ich nicht.« Unter seiner Sonnenbräune war er blaß geworden.

»Kann ich mir denken.« Sie blickte ihm eindringlich in die Augen und erkannte die Wahrheit. Sie wußte nur nicht, wie sie ihn damit konfrontieren sollte, aber die Zeitungen machten es ihr am nächsten Morgen sehr leicht. Dort konnte sie alles nachlesen. Sie brauchte ihm die Blätter nur aufs Bett zu werfen.

»Dein Presseagent versteht seine Sache und dein Reiseagent auch. Zufällig halte ich nichts von deinem Geschmack in bezug auf Frauen und noch weniger von deiner Urteilskraft bei der Auswahl von Reisegefährten.«

Faye hatte das Gefühl, ein Messer hätte sie durchstoßen und ins Herz getroffen. Doch das durfte er nicht merken. Er durfte nicht wissen, wieviel Schmerz er ihr mit dieser schamlosen Affäre zugefügt hatte. Zudem wußte sie, daß er den finanziellen und gesellschaftlichen Abstieg kompensierte, indem er vorgab, noch immer der Welt anzugehören, die er verloren hatte. Aber mochte er auch noch so überzeugend tun als ob, es war vorbei – es sei denn, er heiratete wieder in diese Welt hinein.

Ward blieb fast die Luft weg, als er den Artikel las. »Der bankrotte Millionär Ward Thayer IV und Maisie Abernathie werden täglich aus Mexiko zurückerwartet. Sie haben sich drei Wochen lang auf Maisies Yacht vor San Diego in der Sonne geaalt und waren dann mit Freunden in Mexiko beim Fischen. Die beiden sehen rundum glücklich aus, und alle Welt fragt sich, was Ward Thayer nun mit seiner ›Filmkönigin im Ruhestand‹ vorhat ...«

Zum ersten Mal, seit sie sich kannten, starrte Faye ihn haßerfüllt und voller Angst an. »Du kannst ihnen sagen, daß ich selbst mich entschlossen habe aufzugeben. Ich werde zwar keine Schlagzeilen machen, aber wenigstens wird dadurch für dich und Miß Abernathie die Lage klarer, du Dreckskerl. So also versuchst du, mit unserer Situation fertig zu werden? Indem du mit Leuten wie ihr herumziehst? Wenn ich an euch beide denke, wird mir kotzübel.« Maisie Abernathie war eine verwöhnte, selbstsüchtige Millionenerbin, die mit allen Männern ihres Bekanntenkreises geschlafen hatte ... »nur mit mir nicht«, wie Ward früher scherzhaft zu sagen pflegte. Und jetzt hatte Maisie auch ihn auf der Liste.

Faye ging aus dem Schlafzimmer, nicht ohne die Tür heftig zuzuknallen. Als Ward hinunterkam, mußte er feststellen, daß sie nicht da war. Sie hatte die vier älteren Kinder zur Schule gefahren.

Wochenlang hatte sie sich intensiv mit ihnen beschäftigt, um die Zeit gutzumachen, in der sie gearbeitet hatte und wieder arbeiten würde. Bei der Filmarbeit fehlten ihr die Kinder sehr. Doch jetzt, als sie zurückkam und ins Haus ging, wo Ward sie schon erwartete – angetan mit einem blauen Seidenmorgenrock, den er vor Jahren in Paris gekauft hatte –, jetzt dachte sie nicht mehr an die Kinder.

»Ich muß mit dir reden«, sagte Ward und stand auf, sichtlich bedrückt. Sie fegte an ihm vorüber in Richtung Treppe. Das Drehbuch wollte sie in der öffentlichen Bücherei lesen.

»Ich habe dir weiter nichts zu sagen als: Es steht dir frei zu gehen, wann immer du willst. Ich suche mir einen Anwalt, der sich mit Burford in Verbindung setzen wird.« Langsam gelang es ihr, sich einzureden, Wards Affäre mit Maisie Abernathie sei nicht nur Wirklichkeit, sondern auch von Dauer.

»Also so einfach ist das?!« Ward packte ihren Arm, als sie mit abgewandtem Blick an ihm vorbei wollte. Jetzt erst sah sie ihn an, und er erschrak beinahe. Noch nie hatte er so viel Verachtung gesehen, geschweige denn zu spüren bekommen. Als ihm klarwurde, was er getan hatte, brach ihm fast das Herz.

»Faye, hör zu, das alles war ein dummer Fehler. Ich mußte hier raus ... ständig schrien die Kinder, und du warst nicht da. Dann dieses deprimierende Haus ... das alles konnte ich nicht ertragen ...«

»Gut. Jetzt bist du es für immer los. Du kannst zurück nach Beverly Hills zu Maisie ziehen. Sicher wird sie dich begeistert bei sich aufnehmen.«

»Als was?« Ward sah Faye voller Bitterkeit an. »Als Chauffeur? Verdammt noch mal, ich kann keinen Job bekommen, während du die ganze Zeit arbeitest. Woher willst du wissen, wie ich mich fühle? Ich halte dieses Leben nicht aus. Ich wurde nicht dafür erzogen ... ich weiß nicht ...«

Er ließ Fayes Arm los. Sie sah ihn ohne eine Spur von Mitgefühl an. Diesmal war er zu weit gegangen. Das Trinken, sein Selbstmitleid, die Unfähigkeit zu arbeiten, die Lügen, als er den Rest seines Geldes zum Fenster hinauswarf, ehe sie es verhindern konnte, das alles wollte sie ihm verzeihen, aber dies nicht. Damit war alles erledigt.

Er sah sie flehend an. »Ich kann nichts dafür. Du bist stärker als ich. Du hast etwas an dir, was mir fehlt. Ich weiß nicht, was es ist.«

163

»Man nennt es Mumm und Rückgrat, und du besitzt diese Eigenschaften auch, wenn du dir nur selbst die Chance geben und lange genug nüchtern bleiben würdest, um wieder auf die Beine zu kommen.«

»Vielleicht kann ich es gar nicht? Ist dir der Gedanke noch nicht gekommen? Mir schon. Ehrlich gesagt, Tag für Tag, ehe ich fortging. Und vielleicht sollte ich für immer gehen.«

»Was?« Faye blickte ihn verständnislos an.

Ward wirkte sonderbar ruhig, als wüßte er jetzt, was er zu tun hatte. »Faye, ich habe die Absicht, aus deinem Leben zu verschwinden.«

Schlagartig vergaß Faye ihren Vorsatz, einen Scheidungsanwalt aufzusuchen. Der Gedanke, Ward für immer und unwiderruflich zu verlieren, ließ Entsetzen in ihr aufsteigen.

»Ausgerechnet jetzt? Das ist eine verdammte Gemeinheit.« Faye war starr vor Schreck, weil sie Ward nicht verlieren wollte. Sie liebte ihn noch immer. Er und die Kinder waren für sie das allerwichtigste. »Wie kannst du uns so etwas antun?« In ihren Augen standen Tränen. Ward zwang sich wegzusehen, so wie er sich in den vergangenen Wochen gezwungen hatte, nicht an Faye zu denken. Schuldgefühle drohten ihn zu überwältigen. Was passiert war, ging allein auf sein Konto, und es gab nichts, womit er seine Fehler wiedergutmachen konnte. Er hatte nichts zu bieten, und Faye schien ohnehin selbst ganz gut zurechtzukommen. Zumindest hatte er sich das eingeredet, und er versuchte auch jetzt daran festzuhalten, während er ihrem Blick auswich. Hätte er sie angesehen, dann wäre ihm die Angst in ihren Augen nicht entgangen. »Ward, was geht mit uns vor?« Das sagte sie mit heiserer Stimme.

Ward seufzte und ging durchs Zimmer, um aus dem Fenster zu sehen. Als Aussicht boten sich ihm das Nachbarhaus, dem der Anstrich fehlte, und der Abfall in dessen Hinterhof.

»Ich glaube, es ist höchste Zeit, daß ich hier verschwinde, mir Arbeit suche und dich vergessen lasse, daß wir einander je begegnet sind.«

»Mit fünf Kindern?« Wenn ihr nicht zum Heulen zumute gewesen wäre, hätte sie laut losgelacht. »Gedenkst du, sie zu ignorieren?« Faye starrte ungläubig seinen Hinterkopf an. Das durfte nicht wahr sein, und doch war es so – wie ein Alptraum oder ein schlechtes Drehbuch.

»Ich werde dir schicken, was ich erübrigen kann.« Langsam drehte er sich um und schaute sie an.

»Ist es Maisie? Ist es dir ernst mit ihr?« Das war kaum zu glauben, aber jetzt hielt sie buchstäblich alles für möglich. Vielleicht sehnte er sich verzweifelt nach seinem früheren Leben, zu dem Maisie gehörte. Doch Ward schüttelte den Kopf.

»Nein, das ist es nicht. Ich glaube, ich muß hier eine Zeitlang raus.« Er war total verbittert. »Ich habe das Gefühl, ich sollte dich lieber allein lassen, damit du dir ein neues Leben aufbauen kannst. Vielleicht schaffst du es und heiratest einen erfolgreichen Filmstar.«

»Wenn ich das gewollt hätte, hätte ich das schon vor Jahren tun können. Aber ich wollte es nicht – ich wollte dich.«

»Und jetzt?« Ward spürte zum ersten Mal seit Jahren die ersten Ansätze von Mut. Jetzt war alles gesagt. Schlechter konnte es nicht mehr werden. Wenn er Faye verloren hatte, dann hatte er nichts mehr zu verlieren.

Sie starrte ihn mit traurigen, leeren Augen an. »Ward, ich weiß nicht mehr, wer du bist. Ich verstehe nicht, wie du mit Maisie nach Mexiko fahren konntest. Vielleicht ist es besser, wenn du zu ihr zurückgehst.« Das waren falscher Tapferkeit entsprungene Worte, doch er schluckte den Köder.

»Ja, vielleicht werde ich das tun.« Wütend lief er die Treppe hinauf, und gleich darauf hörte sie ihn im Schlafzimmer auf der Suche nach seinen Sachen rumoren. Unterdessen saß sie in der Küche, blickte blind in eine Kaffeetasse, dachte an die vergangenen sieben Jahre und weinte bitterlich, bis es Zeit wurde, die Kinder abzuholen.

Als sie mit ihnen nach Hause kam, war Ward bereits fort. Da die Kinder gar nicht mitbekommen hatten, daß er dagewesen war, konnte sie sich Erklärungen sparen. Sie machte ihnen das Abendessen zurecht, Lammkoteletts, die verkohlt waren, steinharte, in Folie gebratene Kartoffeln und angebrannten Spinat. Kochen war nicht ihre Stärke, aber wenigstens gab sie sich Mühe, während ihre Gedanken sich den ganzen Abend mit Ward beschäftigten, der vermutlich zu Maisie Abernathie gegangen war. Ob es ein Fehler war, daß sie ihm eine Szene gemacht hatte? In dieser Nacht lag sie lange wach und dachte an Guadalcanal, an die gemeinsam verbrachte schöne Zeit, die Zärtlichkeit, die Träume, und dann weinte sie, weinte sich in den Schlaf, während sie vor Sehnsucht nach Ward verging.

9

Die Dreharbeiten zu ihrem zweiten Film gestalteten sich viel schwieriger als beim ersten Mal. Der Regisseur war immer im Studio und hielt sie mit seinen Anweisungen ständig in Trab, wobei er mit Kritik nicht sparte. Es gab Augenblicke, da hätte sie ihn liebend gern erwürgt, doch nachdem sie sich zusammengerauft hatten, machte er ihr ein seltenes und ganz besonderes Geschenk. Er brachte ihr sämtliche Tricks bei, die sie für ihren neuen Beruf so dringend brauchte. Er verlangte von ihr das Äußerste und bekam mehr als das, dafür überließ er ihr dann und wann die Zügel und korrigierte sie hinterher. Als der Film abgedreht war, hatte sie mehr gelernt als andere in zehn Jahren. Dafür war sie ihm sehr dankbar. Vor dem Verlassen der Studios machte er ihr noch ein so wunderbares Kompliment, daß ihr die Augen feucht wurden.

»Was hat er gesagt?« fragte einer der Mitarbeiter Faye im Flüsterton, und sie lächelte.

»Er sagte, er wollte gern wieder mit mir arbeiten, es würde sich aber nicht mehr ergeben, weil man mich den nächsten Film schon selbständig inszenieren lasse.« Seufzend sah sie den Darstellern zu, die sich küßten und umarmten und das Ende der harten Arbeit feierten. »Hoffentlich hat er recht.«

Er sollte tatsächlich recht behalten. Zwei Monate darauf bot Abe ihr die erste selbständige Regiearbeit an, wieder für MGM.

Dore Schary hatte ihr endlich die große Chance gegeben, auf die sie von Anfang an hingearbeitet hatte.

»Meinen Glückwunsch, Faye.«

»Danke, Abe.«

»Du hast es dir redlich verdient.«

Die Dreharbeiten sollten im Herbst beginnen. Der Film stellte für Faye eine enorme Herausforderung dar, auf die sie sich sehr freute. Bis dahin würden die Kinder wieder zur Schule gehen. Lionel in die zweite Klasse, Greg in die erste, während die Zwillinge noch ein Jahr Vorschule vor sich hatten. Anne war noch keine zwei Jahre, eine kleine Nachzüglerin, eifrig bemüht, mit den anderen mitzuhalten. Aber irgendwie schaffte sie es nie. Faye nahm sich immer wieder vor, der Kleinen mehr Zeit zu widmen, aber nie fand sie genügend Muße dafür. Die anderen nahmen sie immer lautstark in Beschlag, und jetzt kam noch das Drehbuch dazu, das sie wochenlang lesen und durchstudieren mußte, und dann die Dreharbeiten selbst. Es war also sehr schwierig, alles liegen und stehen zu lassen und sich wieder mit einem Baby abzugeben. Anne war anders als ihre Geschwister, nicht nur jünger, sondern auch viel verschlossener. Es war immer einfacher, sie dem Kindermädchen zu überlassen, die das Kind sehr liebte, und außerdem entwickelte Lionel eine besondere Zuneigung zu Anne.

Faye war von der Aussicht auf den neuen Film und von der Chance, die sich ihr damit bot, begeistert. Das hieß aber nicht, daß sie nicht tagaus, tagein an Ward dachte und sich den Kopf darüber zerbrach, wo er jetzt sein mochte. Seit dem Tag, an dem er das Haus verlassen hatte, war keine Nachricht von ihm gekommen. In Louella Parsons Kolumne stand zwar etwas Belangloses über ihn, aber zumindest war darin nichts über Maisie Abernathie zu lesen.

Angesichts dieser Umstände war sie froh, daß der Film sie so in Anspruch nahm. Seit ihrer letzten Arbeit hatte sie bewußt versucht, sich abzulenken. Schon vor einigen Monaten hatte sie Abe gebeten, ihr einen Anwalt zu empfehlen, aber irgendwie war es ihr unmöglich, diesen anzurufen; mochte sie es sich auch noch so fest vornehmen, immer wieder kam etwas dazwischen, das Erinnerungen wachrief, die sie zu überwältigen drohten.

An einem Tag im Juli stand Ward überraschend vor der Tür. Die Kinder spielten hinten im Garten, den sie liebevoll mit Blumen bepflanzt hatten und in dem als neueste Errungenschaft eine Schaukel stand, auf die sie sehr stolz waren. Ganz plötzlich war er da, in einem weißen Leinenanzug, mit einem blauen Hemd, attraktiver denn je. Einen Moment fühlte Faye sich wie früher zu ihm hingezogen, ehe sie sich ins Gedächtnis rief, daß er sie verlassen hatte und Gott weiß was für Beziehungen eingegangen war. Zuerst fühlte sich Faye durch seine Nähe eingeschüchtert und wich seinem Blick aus. Doch dann gab sie sich einen Ruck und zwang sich, ihn anzusehen.

»Ja, was gibt es?«

»Darf ich hinein?«

»Warum?« Ihre offensichtliche Nervosität machte ihn verlegen, trotzdem war ihm anzusehen, daß er nicht gehen würde, bevor sie ihn nicht ins Haus gelassen und mit ihm gesprochen hatte. »Es würde die Kinder unnötig aufregen, wenn sie dich hier sähen.« Erst vor kurzem hatten sie aufgehört, ständig nach ihm zu fragen, und Faye nahm als selbstverständlich an, daß Ward wieder gehen würde.

»Seit mehreren Monaten habe ich meine Kinder nicht mehr gesehen. Darf ich sie nicht begrüßen?«

Faye zögerte mit der Antwort. Ihr fiel auf, daß Ward schmäler geworden war. Es machte ihn jünger, und sie gestand sich widerwillig ein, daß er fabelhaft aussah. Es war unsinnig, sich wieder in ihn zu verlieben.

»Na, was ist?« Ward gab nicht nach, und schließlich wich sie einen Schritt zurück und hielt ihm die Tür auf. Als er eintrat und den Blick umherschweifen ließ, sah auch sie unwillkürlich das Haus mit seinen Augen und fand es noch häßlicher als sonst. »Na, hier hat sich nichts geändert.« Diese schlichte Feststellung ärgerte sie maßlos.

»Ich nehme an, du wohnst wieder in Beverly Hills?« Der scharfe Ton traf ihn wie ein Messerstich, was sie auch beabsichtigt hatte. Er hatte sie zutiefst verletzt, als er ging, und er war wahrscheinlich nur zurückgekommen, um sie wieder zu quälen. Faye war auf das Schlimmste gefaßt.

Ward behielt die Ruhe. »Faye, ich lebe nicht in Beverly Hills. Glaubst du wirklich, ich würde euch alle in dieser Umgebung wohnen lassen und selbst nach Beverly Hills ziehen?« Er schien fassungslos. Faye, die ihn ungläubig ansah, hatte das tatsächlich vermutet.

»Ward, ich weiß wirklich nicht, wozu du imstande wärest. « Daß er seit kurzem Geld an sie überwies, war ihr entgangen. Sie war mit dem Einkommen aus dem kleinen Kapital und ihrer Gage ausgekommen. Es hätte sie interessiert, wovon er in den letzten Monaten gelebt hatte, fragen wollte sie ihn aber nicht danach.

In diesem Augenblick kamen die Kinder hereingelaufen. Lionel blieb im Hintereingang stehen, offensichtlich erschrocken, seinen Vater zu sehen. Mit großen Augen kam er langsam näher. Als Greg seinen Vater erspähte, stürmte er an Lionel vorüber und warf sich Ward in die Arme, gefolgt von den Zwillingen, während Anne nur dastand und ihn anstarrte. Sie hatte keine Ahnung, wer das war, da sie sich an Ward nicht erinnern konnte. Mit erhobenen Armen und flehendem Blick stellte sie sich vor Faye und wollte in die Arme genommen werden. Ihre Mutter kam dieser stummen Bitte nach, während die anderen an Ward hochkletterten und sich von ihm kitzeln ließen. Nur Lionel war zurückhaltender als die anderen drei und sah immer wieder fragend zu Faye hin.

»Ist schon gut, Lionel«, sagte sie sanft. »Spiel ruhig mit deinem Dad.« Aber Lionel blieb reserviert und sah lieber zu. Und schließlich versprach Ward den Kleinen, sie auf Hamburger und Eis einzuladen, wenn sie sich jetzt waschen gingen.

»Hast du etwas dagegen?« fragte er Faye, nachdem die Kinder hinaufgelaufen waren.

»Nein.« Sie sah ihn forschend an. »Ich habe nichts dagegen.« Sie war noch immer befangen und er jetzt auch. Vier Monate waren eine lange Zeit. Sie hatten sich fast völlig entfremdet.

»Ich habe einen Job.« Das sagte Ward wie in Erwartung eines Fanfarenstoßes. Faye mußte sich ein Lächeln verbeißen.

»Tatsächlich?«

»In einer Bank, nichts Besonderes. Ein Bekannter meines Vaters hat mir die Arbeit verschafft. Ich sitze den ganzen Tag hinter dem Schreibtisch und bekomme zum Wochenende einen Scheck.«

»Ach?«

»Mehr hast du nicht zu sagen?« Jetzt war er wütend. Plötzlich konnte man ihr nichts recht machen. So kannte er Faye gar nicht. Sicher hatte ihre Regiearbeit sie so verändert. Ihm war bewußt, daß sie nicht den ganzen Tag an einem Schreibtisch saß und nicht auf den Scheck am Freitagnachmittag wartete. Nach einem tiefen Seufzer versuchte Ward es von neuem. »Hast du im Moment Arbeit?« Er wußte zwar, daß es nicht der Fall sein konnte, weil sie sonst um diese Zeit nicht zu Hause mit den Kindern gespielt hätte, zumindest war es seinerzeit nicht so gewesen.

»Nein, erst in vier Wochen. Ich werde selbständig bei einem Film Regie führen.« Sofort ärgerte sie sich, weil sie ihm so viel verraten hatte. Es ging ihn jetzt nichts mehr an, was sie machte, aber es hatte gutgetan, ihm das sagen zu können. Es hatte ihr immer gutgetan, ihm alles zu sagen.

»Na, großartig.« Vor innerer Anspannung trat er von einem Fuß auf den anderen. Er wußte jetzt nicht, was er sagen sollte. »Sind ein paar große Stars dabei?«

»Ja, einige.«

Er steckte sich eine Zigarette an. Geraucht hatte er früher sehr selten. »Wir haben von deinem Anwalt noch nicht Bescheid bekommen.«

»Ich hatte keine Zeit, mich darum zu kümmern.« Das stimmte nicht ganz. Sie hatte einige Monate frei gehabt, aber das wußte er nicht. »Du hast sicher mehr Zeit.«

»Na ja . . .«

Und dann kamen die Kinder heruntergestürmt. Die vier älteren sollten mitkommen. Sie alle hatten Platz in seinem neuen Wagen, einem Ford Jahrgang 49. Das Auto sah aus wie neu. Ward warf ihr einen entschuldigenden Blick zu. »Ein Düsenberg ist es nicht, aber ich schaffe damit die Strecke zur Bank und nach Hause.« Sie widerstand der Versuchung, ihm zu sagen, daß sie noch immer mit dem Bus fuhr. Der Kombi hatte im Vormonat endgültig seinen Geist aufgegeben, und sie waren seither ohne Fahrzeug. »Faye, möchtest du mitkommen?«

Faye wollte schon ablehnen, aber die Kinder baten so stürmisch darum, daß es einfacher war, nachzugeben und mitzukommen, zumal sie außerdem neugierig war, mehr über Ward zu erfahren wo er gesteckt hatte, was er trieb und wo er wohnte. Natürlich hätte sie auch gern gewußt, ob die Sache mit Maisie Abernathie noch aktuell war. Gleichzeitig redete sie sich ein, daß es sie nicht mehr kümmere, und es glückte ihr beinahe, sich selbst zu überzeugen, bis sie sah, wie die Kellnerin ihn musterte. Faye stieg die Röte in die Wangen. Ward war noch immer ein gutaussehender junger Mann, der den Frauen auffiel, mehr jedenfalls, als sie selbst von Männern beachtet wurde. Aber schließlich trug sie noch immer ihren Trauring und schleppte überall eine fünfköpfige Kinderschar hinter sich her.

»Die Kinder sind wunderbar«, lobte er sie auf der Rückfahrt, während die vier sich auf dem Hintersitz des dunkelblauen Ford balgten. »Du hast deine Sache gut gemacht.«

»Ward, du tust ja geradeso, als wenn du zehn Jahre außer Haus gewesen wärest.«

»Dann und wann habe ich genau dieses Gefühl.« Dann schwieg er und sah sie an, als sie vor einer roten Ampel hielten. »Ich kann dir gar nicht sagen, wie ihr mir alle fehlt.«

Am liebsten hätte sie herausgeschrien: »Du fehlst uns auch«, doch zwang sie sich, den Mund zu halten. Um so mehr wunderte sie sich, als er nach ihrer Hand faßte. »Ich habe nie aufgehört zu bedauern, was ich angerichtet habe – falls das noch eine Rolle für dich spielt.« Das sagte er so leise, daß es die Kinder nicht hören konnten, sie machten ohnehin einen solchen Lärm, daß sie nichts verstanden hätten. »Und ich habe es nie wieder getan. Seit ich unser Haus verließ, war ich nie wieder mit einer anderen Frau aus.« – »Unser Haus«, sonderbare Worte aus seinem Mund, mit denen er diese schreckliche Bruchbude bezeichnete, doch sie rührten ihr Herz und trieben ihr die Tränen in die Augen. Sie sah ihn an. »Faye, ich liebe dich.« Das waren die Worte, nach denen sie sich vier Monate lang gesehnt hatte, und instinktiv wollte sie ihm die Arme entgegenstrecken. Inzwischen waren sie aber vor dem Haus angelangt, und die Kinder purzelten aus dem Wagen. Ward schickte sie hinein, er wollte sofort nachkommen. »Liebling, ich liebe dich mehr, als du ahnst.«

»Ich liebe dich auch.« Sie konnte ihr Schluchzen nicht mehr zurückhalten und wandte sich ab. »Es war so schrecklich ...«

»Für mich auch. Zuerst dachte ich, ich könne es ohne dich und die Kinder nicht aushalten. Und plötzlich wurde mir klar, wieviel uns doch noch geblieben war, obwohl wir das alte Leben und das große Haus verloren hatten ...«

»Das alles brauchen wir nicht.« Sie schnüffelte und lächelte ihn an. »Aber wir brauchen dich.«

»Nicht so sehr wie ich dich, Faye Thayer.« Aus seinem Blick sprach eine gewisse Unsicherheit. »Oder nennst du dich wieder Faye Price?«

Sie lachte unter Tränen. »Wo denkst du hin!« Gleichzeitig fiel ihr auf, daß auch Ward seinen Trauring nicht abgelegt hatte. In diesem Augenblick rief Greg seinen Vater.

»Ich komme gleich, Greg! Einen Augenblick!« gab Ward zurück. Es hätte noch so viel zu sagen gegeben, aber Faye stieg langsam aus.

»Geh du voraus. Den Kindern hast du auch gefehlt.«

»Nicht halb soviel, wie sie mir gefehlt haben.« Mit einem verzweifelten Blick faßte er nach ihrem Arm. »Faye, bitte, können wir es nicht noch einmal versuchen? Ich werde alles tun, was du willst. Mit dem Trinken habe ich aufgehört, als ich hier wegging. Mir war klargeworden, was für ein Vollidiot ich gewesen bin. Mein Job ist lausig, aber es ist wenigstens etwas ... Faye.« Und dann konnte er kaum mehr an sich halten, seine Gefühle überwältigten ihn. Mit vor unterdrücktem Schluchzen rauher Stimme sagte er: »Als du begonnen hast zu arbeiten, da wußte ich nichts mit mir anzufangen. Ich hatte das Gefühl, kein Mann mehr zu sein . . . als wäre ich nie einer gewesen, aber ich möchte dich nicht verlieren, Faye, bitte, Liebes . . .« Er zog sie an sich. Faye glaubte, ihr Herz habe wieder eine Heimat gefunden. Sie hatte ihn nie wirklich aufgegeben. Sie war nicht einmal sicher, ob sie dazu imstande wäre. Den Kopf auf seine Schulter gestützt, ließ sie den Tränen wieder freien Lauf.

»Eine Zeitlang habe ich dich gehaßt, oder vielmehr wollte ich dich hassen.«

»Das wollte ich auch und wußte dabei, daß ich derjenige war, der Fehler gemacht hatte.«

»Ich habe auch Fehler gemacht. Vielleicht war es nicht richtig, daß ich wieder zu arbeiten anfing, aber ich wußte wirklich nicht, was ich sonst hätte tun sollen.«

Ward schüttelte den Kopf. »Es war richtig.« Er lächelte unter Tränen. »Du und deine verrückten Vorstellungen, mich eines Tages zum Produzenten machen zu können . . .« Sein Lächeln war voller Zärtlichkeit. Was für eine gute Frau sie war, und wie glücklich war er, sie wieder in den Armen halten zu können, und sei es nur für ein, zwei Stunden.

Faye war anderer Ansicht. »Das war nicht verrückt. Es ist nicht unmöglich, Ward. Ich könnte dir alles Nötige beibringen. Beim nächsten Film konntest du im Studio dabeisein und dir alles ansehen.« Sie sah ihn voller Hoffnung an, aber Ward schüttelte den Kopf.

»Unmöglich. Ich habe einen Beruf und feste Arbeitszeiten von neun bis fünf.«

Da lachte sie. »Wunderbar. Aber das wird dich nicht daran hindern, eines Tages Produzent zu sein, wenn dir daran liegt.«

Seufzend legte er den Arm um sie. »Das sind Phantastereien, meine Liebe.«

»Nicht unbedingt.« Zu ihm aufblickend fragte sie sich, was das Leben ihnen wohl noch bringen mochte. Zumindest hatte es ihr Ward wiedergebracht.

Er stand im Eingang des schäbigen Hauses in Monterey Park und sah sie an. »Sollen wir es nicht noch einmal versuchen? . . . Vielmehr, willst du es noch einmal mit mir versuchen?«

Faye blickte ihn lange und mit harter Eindringlichkeit an, bis allmählich ein kleines Lächeln in ihrem Blick aufdämmerte. Ein Lächeln, geboren aus Weisheit, Enttäuschung und Schmerz. Sie war kein junges Mädchen mehr. Das Leben war nicht mehr dasselbe wie noch vor ein paar Jahren. In ihrer Welt war das Oberste zuunterst gekehrt worden, und sie hatte überlebt. Und jetzt bat dieser Mann sie, den Weg mit ihm weiterzugehen. Er hatte sie gekränkt, sie verlassen, belogen und betrogen. Und doch wußte sie in ihrem Innern, daß er zu ihr gehörte, daß er sie liebte und sie ihn und daß sie ihn immer lieben würde. Er besaß nicht die Instinkte, über die sie verfügte, und er war nicht annähernd so überlebensfähig.

Aber vielleicht, Seite an Seite und Hand in Hand ... vielleicht, es war immerhin möglich ... ach, eigentlich war sie ganz sicher. Und was wichtiger war, sie war seiner wieder sicher.

»Ward, ich liebe dich.« Als sie lächelnd zu ihm aufblickte, fühlte sie sich plötzlich ganz jung. Die wenigen Monate ohne ihn waren ihr endlos erschienen. Nie wieder wollte sie so etwas durchmachen. Sie konnte alles, sogar bittere Armut überleben, nur das nicht.

Sie standen da und küßten sich, während die Kinder zuguckten, und plötzlich lachten alle, und Greg zeigte mit dem Finger auf sie und lachte am lautesten, als Ward und Faye in die allgemeine Heiterkeit einstimmten. Das Leben war wieder schön wie vor langer Zeit, nein, noch viel schöner. Beide hatten die Hölle hinter sich und hatten sie überlebt, ähnlich wie Ward auf Guadalcanal. Sie hatten den Kampf gewonnen. Endlich. Und jetzt konnte das Leben wieder beginnen. Für sie alle.

10

Ward gab sein möbliertes Zimmer in West Hollywood auf ohne jemals wieder dorthin zurückzukehren, und kam in das verhaßte Haus in Monterey Park zurück, ohne diesmal überhaupt zu bemerken, wie schäbig es war. Als er sein Gepäck hinauf in ihr gemeinsames Schlafzimmer schleppte, erschien es ihm wunderbar.

Bevor die Schule wieder anfing und Faye ihren neuen Film begann, blieben ihnen ein paar idyllische Wochen. Und als es mit den Dreharbeiten losging, bestand Ward darauf, daß sie den Wagen nahm, während er mit dem Bus zur Arbeit fuhr. Faye war ihm sehr dankbar dafür, weil sie sich am Morgen sehr viel Zeit ersparte. Ward war liebevoller als je zuvor. Er beschenkte sie zwar nicht mehr mit Smaragdohrgehängen und Rubinbroschen, dafür beglückte er sie jetzt mit selbstgekochten Mahlzeiten, die er warm hielt, bis sie nach Hause kam, mit kleinen Geschenken, die er ihr brachte, wenn er sein Geld bekam. Er überraschte sie mit einem Buch, einem Radio oder einem warmen Pullover, den sie im Studio überziehen konnte. Er verabreichte ihr Massagen, wenn sie vor Müdigkeit am liebsten geweint hätte, und ließ ihr heiße Bäder einlaufen, mit Badeöl, das er besorgt hatte. Er war so gut zu ihr, daß sie manchmal am liebsten losgeheult hätte Monat für Monat bewies er ihr, wie sehr er sie liebte, und sie bewies es ihm. Aus der Asche ihres früheren Lebens erwuchs eine Beziehung, stärker als zuvor, und die häßliche Zeit verblaßte langsam. Einen Rückblick auf die gute Zeit vor der Katastrophe gestatteten sie sich nicht. Es wäre für beide zu schmerzlich gewesen.

Faye genoß ihr neues Leben in vielfacher Hinsicht. Ihre erste selbständige Regiearbeit wurde ein großer Erfolg, so daß sie drei neue Aufträge bekam, alles Filme mit bedeutenden Stars. Jeder einzelne wurde zum Kassenschlager. Sie hatte es geschafft, sich in Hollywood wieder einen Namen zu machen, nicht als hübsches Gesicht oder großer Star, sondern als Regisseur mit Verstand und Talent und großem Einfühlungsvermögen für Schauspieler.

Abe Abramson behauptete von Faye, sie könne sogar einem Stein eine herzzerreißende Szene entlocken, und Dore Schary dachte ähnlich. Beide waren stolz auf sie, und als das erste Angebot für 1955 kam, verlangte Faye, was sie schon seit Jahren vorhatte. Sie hatte Ward seit seiner Rückkehr darauf vorbereitet und wußte, daß er bereit war. Doch Abe Abramson kippte fast vom Stuhl, als sie ihm ihre Bedingungen nannte.

»Und ich soll Dore damit kommen?« Abe war richtig schokkiert. Ward hatte vom Filmgeschäft keinen Schimmer, und Faye war nicht ganz bei Verstand. Der reinste Wahnsinn, daß sie ihren Mann überhaupt wieder bei sich aufgenommen hatte. Es war das erste Mal gewesen, daß Abe ihr Verhalten mißbilligte. Er hatte aber kein Wort gesagt, damals jedenfalls nicht. Jetzt tat er sich keinen Zwang mehr an.

»Du bist wohl übergeschnappt! Niemand wird sich auf diese Bedingungen einlassen. Ward hat keinen entsprechenden Hintergrund. Er ist achtunddreißig und hat vom Filmgeschäft keinen Schimmer.«

»Du redest fürchterlichen Unsinn, und außerdem ist es mir schnuppe, was du denkst. In den letzten Jahren hat er eine Ahnung von Geschäften bekommen, er ist intelligent und besitzt einflußreiche Freunde.« Aber was noch wichtiger war, Ward war endlich erwachsen geworden. Faye war unendlich stolz auf ihn.

»Faye, damit komme ich nicht durch.« Davon war Abe felsenfest überzeugt.

»Dann wirst du auch mich nicht mehr verkaufen können. Das sind meine Bedingungen.« Sie blieb eisern, und Abe hätte sie am liebsten über den Schreibtisch hinweg erwürgt.

»Du machst einen großen Fehler. Du setzt alles aufs Spiel. Wenn die Sache schiefgeht, wird man dich fallenlassen wie eine heiße Kartoffel. Du weißt verdammt gut, wie schwierig es war, dich anfangs als weiblichen Regisseur zu verkaufen. Alles wartet ja nur darauf, daß du auf die Nase fällst. Kein Mensch wird dir jemals wieder so eine Chance geben wie Dore Schary ...« Seine Argumente gingen ihm aus, und Faye hob abwehrend die Hand, an der als einziger Ring ihr Ehering glänzte, den sie seit ihrem Hochzeitstag nicht mehr abgenommen hatte. Alle anderen Ringe, Wards Geschenke, waren längst zu Geld gemacht worden. Sie vermißte den Schmuck nicht mehr. Er gehörte einem anderen Leben und einer anderen Zeit an.

»Abe, das alles ist mir klar. Und du weißt jetzt, was ich möchte.« Sie stand auf. »Du schaffst es, wenn du es versuchst. Es liegt jetzt an dir. Du kennst meine Bedingungen.«

Nachdem sie gegangen war, verspürte Abe den Drang, etwas gegen die geschlossene Tür zu schleudern.

Um so verblüffter war er, als MGM auf Fayes Bedingungen einging.

»Faye, die sind ja noch verrückter als du.«

»Sie waren einverstanden?« Faye umklammerte krampfhaft den Telefonhörer.

»Ihr beide fangt nächsten Monat an. Will sagen, er fängt an. Du kommst erst dran, wenn die finanzielle Seite geregelt ist. Produzent und Regisseur, mit eigenen Büros auf dem MGM-Gelände.«

Abe hatte das alles noch immer nicht ganz verdaut und hörte nicht auf, den Kopf zu schütteln. »Viel Glück. Ach ja, noch etwas: Setzt euch schleunigst in Bewegung und kommt her, damit ihr unterschreiben könnt, ehe die Bosse zur Besinnung kommen und es sich anders überlegen.«

»Wir kommen nachmittags.«

»Spätestens«, knurrte Abe. Und als sie zur Stelle waren, hatte Faye wieder Grund, auf Ward stolz zu sein.

So schlimm es sich auch anhörte, die schlechten Zeiten hatten ihm gutgetan. Er wirkte gesetzter und reifer, und vor allem kam jetzt sein Verstand zur Geltung. Abe mußte widerwillig zugeben, daß Ward es vielleicht doch schaffen würde. Faye würde jedenfalls alles tun, um ihm weiterzuhelfen. Er schüttelte beiden die Hand, küßte Faye auf die Wange, wünschte ihnen alles Gute und sah ihnen kopfschüttelnd nach. Man konnte nie wissen, möglich war alles ...

Der Film wurde ein großer Kassenschlager, und mit ihm begann ihre gemeinsame Karriere. Sie produzierten und inszenierten von nun an drei Filme pro Jahr. 1956 konnten sie endlich aus dem Haus in Monterey Park ausziehen, das Ward so sehr haßte, obwohl mittlerweile keiner mehr Zeit hatte, sich über die ärmliche Umgebung Gedanken zu machen. Sie mieteten für zwei Jahre ein anderes Haus. 1957, fünf Jahre nach ihrem Auszug aus Beverly Hills, waren sie wieder dort. Es war nicht so großartig und luxuriös wie damals, aber sie konnten sich ein hübsches, gepflegtes Haus mit Garten, fünf Schlafzimmern, einem Arbeitsraum und einem bescheidenen Swimming-pool leisten. Die Kinder waren begeistert, und Abe Abramson freute sich mit ihnen. Aber niemand war so glücklich wie Ward und Faye Thayer. Sie hatten es geschafft. Es war wie die Heimkehr aus dem Krieg, und sie widmeten sich ihrer Karriere, als hinge das Leben davon ab, und genossen jeden einzelnen Augenblick.

Wieder Beverly Hills

1964–1983

11

Von Wards Büro auf dem MGM-Gelände bot sich keine besondere Aussicht, deswegen sah er während des Diktats gleichgültig aus dem Fenster. Als Faye hereinkam und Wards Profil betrachtete, schmunzelte sie. Mit siebenundvierzig sah er noch genauso gut aus wie vor zwanzig Jahren. Vielleicht sogar noch besser. Er hatte jetzt weißes Haar, doch die Augen waren noch immer klar und tiefblau. Das Gesicht war von Falten durchzogen, sein Körper noch immer schlank und sehnig. Ward hielt einen Stift in der Hand, mit dem er seine bedächtig gewählten Worte aufs Papier brachte. Es ging um ihren nächsten Film, der programmgemäß in drei Wochen in Produktion gehen sollte. Auch diesmal lief wieder alles genau nach Plan. Ward legte auf die Einhaltung der Termine sehr großen Wert. Die Ward-Thayer-Produktionen wurden termingemäß begonnen und rechtzeitig beendet. Und wehe denen, die da nicht mitzogen. Sie wurden nie wieder beschäftigt.

In den vergangenen zehn Jahren hatte Ward viel gelernt. Faye hatte mit ihrer Prognose recht behalten. Als Filmproduzent war er ein Genie, viel besser noch, als seine Anfänge hätten vermuten lassen. Er hatte gelernt, einen minutiösen Plan zu erstellen und finanzielle Quellen zu erschließen, die alle Welt verblüfften. Anfangs hatte er die Ressourcen seiner Freunde angezapft, mit der Zeit aber entwickelte er viel Einfallsreichtum und brachte die verschiedensten nach Investitionsmöglichkeiten suchenden Firmen und Konzerne dazu, sich fürs Filmgeschäft zu interessieren. Abe Abramson behauptete von Ward, er sei imstande, »die Vögel von den Bäumen zu locken«, und Ward hatte es tatsächlich immer wieder bewiesen.

In den ersten Jahren hatte er mit Faye monatelang bis tief in die

Nacht zusammengesessen und mit ihr alles gemeinsam geplant, doch nach dem ersten halben Dutzend Filmen stand Ward auf eigenen Füßen, und Faye konnte sich auf die Regiearbeit konzentrieren. Ward schuf die finanzielle Grundlage, lange ehe sie mit den Dreharbeiten begann.

Gemeinsam produzierten sie einen Kassenschlager nach dem anderen. Man nannte sie oft Hollywoods »Goldenes Team«, dem trotz einiger weniger Flops praktisch alles zu glücken schien.

Faye hatte allen Grund, auf Ward stolz zu sein. Mit dem Trinken hatte er Schluß gemacht, und seit jener weit zurückliegenden Episode, als er auszog, hatte es keine andere Frau in seinem Leben gegeben. Er hatte hart gearbeitet, sich bewährt, und Faye war glücklich mit ihm. Glücklicher als sie in den frühen »Märchentagen« gewesen war. Diese Jahre erschienen ihr rückblickend unwirklich, und Ward verlor kaum ein Wort darüber. Sie wußte zwar, daß ihm der frühere Luxus fehlte, der Müßiggang, die Reisen, das große Haus, die Dienstboten, nicht zuletzt seine Düsenbergs, aber ihr gegenwärtiges Leben war auch nicht schlecht. Sie hatten jedenfalls keinen Grund zur Klage. Die Arbeit machte ihnen Spaß, und die Kinder waren fast erwachsen.

Mit einem Lächeln sah Faye auf die Uhr. Sie würde Ward bald stören müssen. So als hätte er ihre Anwesenheit gespürt, drehte er sich um und begrüßte sie mit einem Lächeln. Ihre Blicke begegneten sich und hielten einander auf eine zärtliche Weise fest, um die sie nach all den Jahren von vielen beneidet wurden. Es war etwas Besonderes um Ward und Faye Thayer, eine Liebe, die noch immer hell brannte und den Neid aller ihrer Bekannten erregte. Ihr Leben war nicht schmerzlos verlaufen, doch sie waren beide reich belohnt worden.

»Danke, Angela, den Rest schaffen wir am Nachmittag«, verabschiedete Ward seine Sekretärin, stand auf und kam hinter dem Schreibtisch hervor, um seine Frau zu begrüßen. »Sind wir in Eile?« Er gab Faye einen kleinen Kuß auf die Wange, den sie mit einem Lächeln entgegennahm. Sein Rasierwasser war nach all den Jahren dasselbe, seine Duftmarke, die immer seine Anwesenheit in einem Raum erkennen ließ. Wenn sie die Augen schloß, kamen noch immer die romantischen Bilder von früher, aber dafür war heute keine Zeit. Lionel hatte seine Abschlußfeier an der Beverly Hills High School. Sie mußten in einer halben Stunde dort sein und vorher noch die anderen Kinder zu Hause abholen.

Faye warf wieder einen Blick auf die schöne, mit Saphiren besetzte goldene Piaget-Uhr, die Ward ihr im Jahr zuvor geschenkt hatte. »Liebling, wir müssen gehen. Die Bande wird sicher schon unruhig.«

»Nein, höchstens Valerie.«

Ward nahm seine Jacke und folgte Faye nach draußen. Beide lachten. Sie kannten ihre Kinder gut, oder glaubten sie zu kennen. Valerie war die temperamentvollste, eine leicht erregbare Kämpfernatur, dazu die launenhafteste und anspruchsvollste. Valerie tat buchstäblich alles, um dem Klischee der wilden Rothaarigen gerecht zu werden – im Gegensatz zu ihrer eher in sich gekehrten Zwillingsschwester. Auch Greg verfügte über schier unerschöpfliche Energie, die er jedoch anders einsetzte. Sein ein und alles war Football, in letzter Zeit auch Mädchen. Und dann Anne, das »unsichtbare Kind«, wie Faye sie gelegentlich nannte. Anne hielt sich meist auf ihrem Zimmer auf, las und schrieb Gedichte und kapselte sich von den anderen ab. Das war immer schon so gewesen. Nur wenn sie mit Lionel zusammen war, kam eine andere Seite ihres Wesens zur Geltung. Dann lachte und scherzte sie und führte sich albern auf wie die anderen. Kaum setzten ihr die anderen irgendwie zu, zog sie sich sofort wieder zurück. Faye hatte das Gefühl, sie sei ununterbrochen auf der Suche nach Anne, die sich irgendwo verkrochen hatte. Anne richtig zu kennen war fast unmöglich, und Faye hätte auch nie behauptet, sie wisse, was in ihr vorgehe, obwohl sie ihre Tochter war. Aber so und nicht anders war es.

Ward und Faye warteten auf den Lift. Sie hatten schon lange ihre eigene Bürosuite, sehr elegant in Weiß, Hellblau und Chrom. Faye hatte sie vor zwei Jahren selbst renovieren lassen, als die Firma Thayer Productions AG offiziell auf dem MGM-Gelände ein ständiges Büro einrichtete. Vorher hatten sie gelegentlich von

hier aus gearbeitet, als nächstes hatten sie auf halbem Weg in der
Stadt Räume gemietet und ihr halbes Leben im Auto verbracht,
weil sie ständig zu Besprechungen mit den MGM-Leuten unterwegs gewesen waren. Jetzt aber waren sie beide unabhängig und
gleichzeitig in den Komplex der MGM integriert, die sie für je-
weils zwei Jahre verpflichtete. In dieser Zeit arbeiteten sie an eigenen Produktionen sowie an solchen für MGM. Es war eine geradezu ideale Konstellation, die Ward sehr befriedigte, obwohl
er insgeheim der Meinung war, er habe alles, was er inzwischen
erreicht hatte, Faye zu verdanken. Das hatte er sich immer eingeredet, und einmal gestand er es ihr gegenüber ein, worauf sie ihm
heftig widersprach und ihm vorwarf, er sei nicht imstande, seine
eigene Arbeit zu würdigen. Das traf den Nagel auf den Kopf.
Faye war immer der Star gewesen und hatte alles viel besser im
Griff gehabt als er. Sie kannte in der Filmindustrie jeden, der
Rang und Namen hatte, und wurde von allen respektiert. Mit-
lerweile hatte man gelernt, auch ihn zu respektieren, ob er es sich
eingestand oder nicht, und Faye wünschte, er würde endlich sich
selbst in einem besseren Licht sehen. Es war nicht einfach, Ward
von seiner Bedeutung zu überzeugen. Irgendwie war er seiner
selbst nie sicher. Aber das machte unter anderem seinen besonderen Charme aus, diese jungenhafte Offenheit, die ihm auch in
reifen Jahren erhalten geblieben war und ihm noch immer das
Aussehen und den Reiz der Jugend verlieh.

Ihr Wagen stand auf dem Parkplatz. Es war ein schwarzes
Cadillac-Kabrio, das sie seit zwei Jahren besaßen. Daneben hatten sie zu Hause einen großen Kombi für Ausfahrten mit den Kindern, und Faye fuhr einen kleinen, flaschengrünen Jaguar. Aber
irgendwie reichten auch diese drei Autos nicht. Seitdem Lionel
und Greg fahren konnten, gab es ständig Streit um den Kombi,
eine Situation, die sich mit dem heutigen Tag ändern sollte. Aber
davon wußte Lionel noch nichts. Sie wollten ihm einen der kleinen, eben erst auf den Markt gekommenen Mustang präsentie-
ren, als Schulabschluß- und Geburtstagsgeschenk in einem. Der
Wagen war hellrot mit weißen Seitenwänden und roter Polste-
rung. Als sie ihn am Abend zuvor abgeholt und in die Garage

der Nachbarn geschmuggelt hatten, war Faye noch aufgeregter gewesen als Ward. Sie konnten es kaum erwarten, den Wagen dem Jungen am Nachmittag nach dem Essen in der Polo Lounge endlich vorzuführen. Und am Abend sollte für ihn zu Hause eine Party gegeben werden.

»Unglaublich, nicht?« Faye warf Ward auf der Fahrt einen von einem wehmütigen Lächeln begleiteten Seitenblick zu. »Jetzt wird Lionel achtzehn und geht von der Schule ab. Mir kommt es vor, als wäre es erst gestern gewesen, daß er laufen lernte.« Ihre Worte beschworen Bilder aus alten Tagen herauf, und Ward blieb während der ganzen Fahrt in nachdenklicher Stimmung. Vor fast zwölf Jahren hatte sich alles schlagartig geändert, und ab und zu, wenn er an die früheren Tage dachte, wurde er noch immer traurig. Es war ein gutes Leben gewesen, aber es war auch jetzt schön. Der alte Luxus und der Müßiggang erschienen ihm schon so unwirklich wie eine verlorene Welt. Er sah zu Faye hin.

»Du hast dich seit damals überhaupt nicht verändert.« Seine Worte waren von einem anerkennenden Lächeln begleitet. Faye war noch immer schön, ihr Haar blond, die wenigen grauen Fäden hatte sie getönt. Mit vierundvierzig war ihre Figur tadellos und ihre Haut klar und glatt. In ihren Augen funkelte noch immer Smaragdfeuer. Ward hingegen wirkte mit seinen weißen Haaren viel älter als sie. Sein blondes Haar war dahin, doch das Weiß stand ihm gut, wenn es auch einen scharfen Kontrast zu seinem jugendlichen Gesicht bildete. Faye hatte oft festgestellt, daß Ward ihr jetzt noch viel besser gefiel. Er wirkte viel reifer. Sie beugte sich zu ihm und gab ihm einen Kuß auf den Nacken.

»Liebling, du kannst so schön lügen. Ich werde mit jedem Jahr älter, während du noch immer hinreißend aussiehst.«

Ward lachte verlegen und zog sie an sich. »Du wirst noch in dreißig Jahren toll aussehen und mir im Auto mit Zärtlichkeiten kommen ... und ich bugsiere dich dann vielleicht auf den Rücksitz, wo wir eine rasche Nummer abziehen ...«

Dieser Gedanke brachte sie zum Lachen, und als Ward ihr einen Blick zuwarf, mußte er ihren schlanken, anmutigen Hals bewundern, den er stets so geliebt hatte und der noch immer erstaunlich glatt war. Oft dachte er daran, daß Faye als Schauspielerin beim Film hätte bleiben sollen. Ihre Schönheit war unverändert, und sie verstand so viel vom Filmen. Und auch wenn er sie bei der Arbeit im Regiestuhl beobachtete, mußte er sie bewundern, denn dabei leistete sie ebenfalls Hervorragendes. Es gab wenig, was Faye Thayer nicht zuwege gebracht hätte. Diese Erkenntnis hatte ihn früher gestört, jetzt war er stolz auf seine Frau. Sie gehörte einfach zu jenen Menschen, die sehr viele Talente besaßen. Das Sonderbare war, daß er ebenfalls mannigfaltig begabt war, ohne sich darüber im klaren zu sein. Er hätte es sogar abgestritten und tat es auch, wenn Faye es ihm sagte. Er verfügte nicht über ihr Selbstvertrauen, auch jetzt noch nicht, und nicht über ihren Schwung und ihre Sicherheit, die bewirkten, daß sie sich an alles herantraute, in der Gewißheit, sie würde es schaffen.

Wieder sah sie auf ihre kostbare Armbanduhr.

»Sind wir spät dran?« Ward warf ihr mit gerunzelter Stirn einen besorgten Blick zu. Er wollte Lionel nicht im Stich lassen. Zwar hatte er mit ihm kein so inniges Verhältnis wie mit Greg, aber Lionel war immerhin sein ältester Sohn, der heute seinen großen Tag hatte, und wenn er erst den Wagen sah ... Ward lächelte unmerklich.

»Wir sind nicht spät dran, und worüber lächelst du?« Faye sah ihn neugierig an.

»Ich dachte an Lionels Gesicht, wenn er den Wagen sieht.«

»Meine Güte, er wird außer sich sein!« Sie mußte lachen, und Ward stimmte mit ein. Faye war richtig verrückt mit dem Jungen, immer schon, und manchmal hatte er den Eindruck, daß es fast zuviel wäre. Sie bemutterte ihn sehr. Nie ließ sie zu, daß er sich auf so gefährliche Aktivitäten einließ wie Greg oder überhaupt Risiken auf sich nahm. Er verfüge nicht über Gregs Kraft, behauptete sie immer, und auch nicht über dessen Fähigkeit, harte Schläge einzustecken, seelische und andere, aber Ward konnte ihr da nicht ganz zustimmen. Vielleicht wäre Lionel kraftvoller geworden, wenn Faye ihm die Chance gegeben hätte. In anderer Hinsicht war er ihr jedoch sehr ähnlich, von derselben ruhigen

Entschiedenheit, die sie immer bewiesen hatte. Er war entschlossen, das zu tun, was er wollte, unbeirrbar und um jeden Preis. Er sah seiner Mutter sehr ähnlich. Mit halbgeschlossenen Augen hätte man sie fast als Geschwister ansehen können, und in geistiger Hinsicht waren sie tatsächlich fast wie Zwillinge. Das ging so weit, daß sie jeden anderen aus ihrer Gemeinschaft ausschlossen. Wäre Ward sich selbst gegenüber ehrlich gewesen, dann hätte er sich eine gewisse Eifersucht auf Lionel eingestehen müssen. Faye war dem Jungen in der Zeit des Heranwachsens sehr nahegewesen, so daß ein besonderes Vertrauensverhältnis entstanden war, das alle anderen ausschloß. Und das ärgerte Ward. Lionel war ihm gegenüber zwar immer nett und aufmerksam, aber nie hätte er ein vertrautes Gespräch mit ihm gesucht oder von sich aus etwas mit ihm unternommen ... Ganz anders war Greg, der bestürmte ihn, kaum daß er abends zur Tür hereinkam, und das jeden Abend in den vergangenen siebzehn Jahren, oder zumindest seit er laufen konnte. Manchmal hatte Ward ihn sogar auf seiner Seite des großen Doppelbettes schlafend vorgefunden, wenn er spätabends heimkam. Greg hatte dann meist ein großes Abenteuer zu berichten und wollte sicher sein, daß er aufwachte, wenn die Eltern nach Hause kamen. Für Greg war sein Vater alles, und Ward mußte sich eingestehen, daß neben dieser leidenschaftlichen Zuneigung Lionels scheue Zurückgezogenheit um so undurchdringlicher wirkte. Und warum hätte er es versuchen sollen, sie zu durchdringen, wenn ihm ein Junge wie Gregory ständig auf den Fersen war? Dennoch wußte er, daß er seinem ältesten Sohn etwas schuldig geblieben war. Er hatte nur nie mit Sicherheit gewußt, was.

Sogar der Wagen war Fayes Idee gewesen. Damit würde er im Herbst leichter zum College kommen und vorher zu seinem Ferienjob. Er hatte Arbeit bei Van Cleef & Arpels, dem bekannten Juwelier am Rodeo Drive, gefunden, als Bote und für Gelegenheitsarbeiten, und freute sich riesig darüber. Es war nicht die Arbeit, die Ward sich für ihn gewünscht hätte, und Greg hätte so etwas unter keinen Umständen gemacht. Lionel hatte sich den Job auf eigene Faust verschafft, hatte sich für das Vorstellungsgespräch die Haare schneiden lassen und seinen besten Anzug angezogen, und er hatte die Leute trotz seiner Jugend beeindrucken können – oder aber man hatte gewußt, wer seine Eltern waren. Wie auch immer, er hatte den Job bekommen, und als er der Familie davon berichtete, war er in seiner Freude und Erregung fast wie ein kleines Kind gewesen, für ihn, den Gesetzten und Reifen, höchst ungewöhnlich. Greg war sichtlich verdutzt, während die Zwillinge sich ziemlich ungerührt zeigten. Faye hatte sich ganz besonders für ihn gefreut, denn sie wußte, wie sehr er sich diese Arbeit gewünscht hatte. Und er hatte sie ohne fremde Hilfe bekommen. Sie hatte Ward gedrängt, Lionel zu gratulieren, und er hatte das auch getan, obwohl er sich überhaupt nicht freute, wie er sich eingestehen mußte.

»Möchtest du nicht lieber im August mit Greg nach Montana?« hatte er noch einen Vorstoß gewagt. Greg hatte die Absicht, sechs Wochen lang auf einer Ranch zu arbeiten, und vorher wollte er mit einer Gruppe von Mitschülern und Lehrern im Yellowstone Park zelten, aber das gehörte zu den Dingen, die Lionel am meisten haßte.

»Dad, ich bin hier viel glücklicher, ehrlich ...« Seine Augen waren so groß und grün wie die von Faye. Er hatte Angst, man würde ihm nicht erlauben, den Job anzunehmen, um den er sich so bemüht hatte ... doch sein Vater trat sofort den Rückzug an, als er Lionels Miene bemerkte.

»Ach, ich dachte nur, fragen schadet ja nichts.«

»Danke, Dad.« Lionel hatte sich in die Einsamkeit seines Zimmers zurückgezogen. Ward hatte das Haus vor einigen Jahren umbauen lassen. Sie hatten jetzt kein Gästezimmer mehr, und das Mädchen schlief in einem winzigen Appartement über der Garage, aber jedes der Kinder hatte einen Raum für sich im Haupttrakt, auch die Zwillinge, die sehr erleichtert waren, daß sie getrennt schlafen konnten, wenn sie es zunächst auch nicht zugeben wollten.

Ward und Faye bogen in die Auffahrt am Roxbury Drive ein. Die Zwillinge warteten bereits auf dem Rasen vor dem Haus. Vanessa in einem weißen Leinenkleid, im langen blonden Haar ein

188

blaues Band. Sie trug neue Sandalen und eine weiße Strohtasche. Beide Eltern dachten gleichzeitig: Wie hübsch sie doch aussieht, ebenso wie Val, die aber etwas auffallender wirkte. Val trug ein hellgrünes Kleid, das so kurz war, daß der Saum ihrem Po näher war als ihren Knien. Es war im Rücken tief ausgeschnitten und zeichnete ihre wohlgeformte Figur perfekt nach. Anders als ihre Zwillingsschwester sah sie älter aus als fünfzehn. Sie benutzte reichlich Make-up, ihre Nägel waren frisch lackiert, und ihre Schuhe hatten kleine Absätze. Faye warf Ward seufzend einen Blick zu, als er anhielt.

»Unsere Familiensirene hat sich wieder mal toll zurechtgemacht . . .«

Ward tätschelte seiner Frau die Hand und lächelte gutmütig. »Laß doch, Schätzchen. Fang bloß heute keinen Streit an.«

»Mir wäre lieber, sie würde das Zeug abwaschen, ehe wir fahren.«

Ward blinzelte ihr zustimmend zu und lachte dann. »Sag einfach, sie wäre deine Nichte.« Und liebevoll setzte er hinzu: »Aus Val wird eines Tages eine richtige Schönheit.«

»Bis dahin werde ich zu alt und zu senil sein, um es noch würdigen zu können.«

»Ach, laß sie doch.« Das sagte er immer. Es war seine Antwort auf alles, außer wenn es um Lionel ging natürlich. Lionel mußte immer belehrt, ermahnt, auf Vordermann gebracht werden. Ward erwartete von dem Jungen alles. Immer zuviel, wie Faye behauptete. Ward hatte nie verstanden, wie begabt der Junge war, wie kreativ, wie sensibel, wie vielfältig in seinen Bedürfnissen. Während Val . . . nun, die war ganz anders, starrköpfig, anspruchsvoll, kämpferisch. Mit Sicherheit ihr schwierigstes Kind – oder war das die ständig in sich gekehrte Anne? Manchmal war Faye sich nicht im klaren, wer ihr mehr Schwierigkeiten bereitete. Als sie ausstieg, kam Vanessa mit unbefangenem Lächeln auf sie zugehüpft, und Faye war plötzlich dankbar für dieses unkomplizierte Kind. Heute wollte sie es sich so einfach wie möglich machen. Sie sagte Vanessa, wie hübsch sie aussehe, legte den Arm um sie und gab ihr einen Kuß auf die Wange.

»Dein Bruder wird stolz auf dich sein.«

»Du meinst auf unsere kleine Alice im Wunderland?« Val kam herbeigeschlendert, innerlich vor Wut kochend, als sie sah, wie liebevoll ihre Mutter Vanessa umfangen hielt. Auch der Kuß war ihr nicht entgangen. »Meinst du nicht, daß sie für diese Aufmachung schon zu alt ist?« Neben Valerie, die topaktuellen, modischen Schick repräsentierte, wirkte Vanessa wie die personifizierte Unschuld. Erst aus der Nähe sah Faye Vals dicken Lidstrich, der so ordinär wirkte, daß sie fast zurückzuckte.

»Liebes, warum nimmst du das Make-up nicht ab, ehe wir gehen? Es ist nicht die Tageszeit für so eine Aufmachung.« Es war einfacher, der Zeit die Schuld zu geben als ihrem Alter. Fünfzehn war für »Kleopatra-Augen« zu jung, fand Faye, und außerdem war es nie ihr Stil gewesen. Aber Valerie hatte weder von ihrer Mutter noch von ihrem Vater jemals Ratschläge angenommen. Sie schien in allem eine eigene Meinung zu haben, und Gott allein wußte, woher sie diese beziehen mochte. Von ihren Eltern jedenfalls nicht. Sie schien einem Teenager-Film im Hollywood-Milieu entsprungen, und Val übertrieb dabei noch so stark, daß ihre Mutter sie am liebsten angeschrien hätte. Aber Faye zwang sich äußerlich zur Ruhe, während Val sich vor ihr aufbaute und auf ihren zierlichen grünen Absätzen Kampfstellung bezog.

»Mutter, der Lidstrich hat mich viel Zeit gekostet. Ich werde ihn nicht abmachen.« ›Du kannst mich nicht zwingen‹, setzte sie in Gedanken hinzu, und es war gar nicht sicher, ob Faye überhaupt dazu in der Lage gewesen wäre.

»Sei vernünftig, Liebling. Es sieht wirklich unnatürlich aus.«

»Wer sagt das?«

»Komm schon, hau ab und wisch das Zeug runter.« Greg war herausgekommen. Er trug Khakihosen und dazu ein blaues Oxford-Hemd. Sein Schlips war schief und sah aus, als hätte er jahrelang jede Nacht unter dem Bett verbracht. Die Turnschuhe waren kaputt, das Haar lag nicht so glatt an, wie er es anstrebte. Trotz des nicht zu übersehenden Gegensatzes zu dem weitaus weltmännischeren Stil seines Vaters war er dessen getreue Kopie. Faye lächelte, als sie sah, wie er Val achselzuckend musterte.

»Sieht ja richtig dämlich aus.« Diese Äußerung erbitterte Val noch mehr.

»Kümmere dich um deinen Kram, du gemeiner Kerl!«

»Eines laß dir mal gesagt sein: Ich würde nie mit einem Mädchen ausgehen, das sich soviel Zeug ins Gesicht schmiert.« Er musterte sie eingehend und machte aus seiner Mißbilligung kein Hehl. »Außerdem ist dein Kleid zu eng. Deine Titten stehen raus.« Val wurde rot vor Wut. Sie hatte beabsichtigt, ihre Kurven zur Geltung zu bringen, wollte aber nicht, daß ihr scheußlicher Bruder sich vor allen darüber lustig machte. »So siehst du aus wie eine Nutte!« Das sagte er ganz ruhig. Val riß die Augen auf und holte gegen ihn in dem Augenblick aus, als Ward aus dem Haus kam und sie beide anbrüllte.

»Hört auf, ihr beiden! Benehmt euch! Heute hat euer Bruder seine Abschlußfeier.«

»Er hat mich Nutte genannt!« Valerie war außer sich, während Vanessa gelangweilt dastand. Es war jedesmal dasselbe, und insgeheim gab sie ihrem Bruder recht, aber davon würde Valerie sich ohnehin nicht beeinflussen lassen. Sie war so eigensinnig und entschlossen, daß sie sich entweder durchsetzte oder ihnen allen für den Rest des Tages das Leben schwermachte. Das hatten sie mit ihr schon Tausende Male durchgemacht.

»Aber sie sieht wie eine aus, nicht wahr, Dad?« Greg verteidigte sich gegen ihren wilden Angriff, und Faye, die in der Nähe stand, hörte, wie das verknitterte blaue Oxford-Hemd riß.

»Aufhören!« Es war zwecklos. Wenn die Kinder einmal in Fahrt waren, konnten sie bis zur Erschöpfung schreien – meist, wenn die Eltern todmüde nach einem schlechten Tag aus dem Studio nach Hause kamen. Vorbei die Tage, an denen Faye ihnen abends vor dem Kamin Geschichten vorgelesen hatte, doch so häufig war das damals ohnehin nicht vorgekommen. Im Laufe der Jahre hatten Babysitter oder Kindermädchen ihren Platz eingenommen. Manchmal fragte sich Faye, ob diese Schwierigkeiten der Preis waren, den sie dafür bezahlen mußte. Aber jetzt fuhr Ward dazwischen, packte Valeries Arm und redete in einem Ton auf sie ein, der sie sofort zum Schweigen brachte.

»Valerie, geh jetzt und wasch dich.« Das war nicht mißzuver-
stehen und ließ keine Widerworte zu. Sie zögerte nur, als er auf
die Uhr sah. »Wir fahren in fünf Minuten, mit dir oder ohne dich,
aber ich glaube, es ist besser, du kommst mit.« Damit wandte er
ihr den Rücken zu und sagte mit einem Blick zu Faye hin: »Wo
steckt Anne? Oben war sie nicht.« Faye wußte es auch nicht, sie
war ja gleichzeitig mit Ward zu Hause angekommen.

»Als ich anrief, war sie da. Vanessa, weißt du, wohin sie gegangen ist?«

Vanessa zog die Schultern hoch. Es war unmöglich, Anne zu
kontrollieren, sie kam und ging nach Belieben, redete mit niemandem und hielt sich meist oben in ihrem Zimmer auf, in ihre
Bücher vertieft. »Ich dachte, sie sei oben.«

Greg überlegte kurz. »Ich glaube, ich habe gesehen, wie sie
über die Straße ging.«

»Wohin?« Wards Ungeduld mit seiner Familie wuchs. Das alles erinnerte ihn unangenehm an jene nahezu unerträglichen Fa-
milienurlaube, die sie früher zusammen verbracht hatten, bis sie
es sich endlich leisten konnten, die Kinder in ein Ferienlager zu
schicken und sich selbst ein wenig Ruhe zu gönnen. Nun war es
beileibe nicht so, daß er das Familienleben nicht genossen hätte,
im Gegenteil, aber es gab Zeiten, da konnten die Kinder einen
wahnsinnig machen, und jetzt war es wieder soweit. »Hast du
gesehen, wohin sie wollte?« Ward bemerkte kommentarlos, daß
Val im Haus verschwunden war, hoffentlich um ihr Make-up
zu mildern, vielleicht auch, um sich umzuziehen. Und so war
es dann auch. Sie kam wieder heraus, während die Suche nach
Anne noch im Gange war. Der dicke Lidstrich war um knapp die
Hälfte verringert, das Kleid aber war dasselbe. »Valerie, weißt
du, wohin Anne gegangen sein könnte?« In seinem Blick wetter-
leuchtete es, er war in Mordlaune.

»Klar, sie ist rüber zu den Clarks.« So einfach war das. Endlich. Anne mußte auch immer verlorengehen! Er dachte an damals, als sie drei hektische Stunden bei Macy's in New York nach
ihr gesucht hatten, nur um sie dann auf dem Rücksitz ihres Miet-
wagens zu finden, schlafend.

»Würdest du so gut sein und sie holen?« Er sah der künftigen Schönheitskönigin an, daß sie protestieren wollte, aber ein Blick in das Gesicht ihres Vaters genügte, ihren Widerstand im Keime zu ersticken. Val nickte und lief über die Straße. Der winzige Minirock umspannte dabei ihre wohlgeformte Kehrseite. Ward warf Faye einen resignierten Blick zu. »In dieser Aufmachung läuft sie glatt Gefahr, festgenommen zu werden.«

Faye lächelte. »Ich starte schon den Wagen.« Aus dem Augenwinkel sah sie Valerie, die Anne über die Straße begleitete. Anne war für den Anlaß am passendsten angezogen in ihrem hübschen rosa Hemdblusenkleid, das frisch gebügelt war und die richtige Länge hatte. Ihr Haar schimmerte seidig, ihre Augen strahlten, die roten Schuhe waren blankgeputzt. Es war ein Vergnügen, sie anzusehen, im Gegensatz zu ihrer viel zu sehr auffallenden älteren Schwester.

Anne rutschte im Kombi in die hinterste Ecke, nicht weil sie auf alle wütend war, sondern weil es ihr Lieblingsplatz war.

»Was hast du dort drüben gemacht?« fragte Greg, als er einstieg und sich vor Anne setzte, beiderseits flankiert von den Zwillingen. Anne saß allein, für gewöhnlich saßen Lionel oder Vanessa neben ihr. Es war kein Geheimnis, daß sie mit Val nicht zu rechtkam, und mit Greg hatte sie auch nicht viel gemeinsam. Dafür liebte sie Lionel über alles und kam auch mit Vanessa gut aus, die sich um sie kümmerte, wenn sonst niemand da war. Fayes stehende Redensart war: »Vanessa, kümmere dich um Anne.«

»Ich wollte mir etwas ansehen.« Mehr sagte Anne nicht, doch sie hatte es gesehen ... das Geschenk zur Abschlußfeier, den hübschen kleinen roten Mustang, und sie freute sich für Lionel. Auch unterwegs sagte sie kein Wort darüber. Sie wollte, daß es eine Überraschung würde, und als sie ausstiegen, fragte Faye sich, ob Anne etwas wußte. Aber ihre verschlossene Tochter machte keine Andeutung, folgte nur den anderen in die Aula und setzte sich ans Ende der Reihe. Es war einer der glücklichsten Tage in Annes Leben und gleichzeitig einer der traurigsten. Glücklich war sie Lionels wegen, unglücklich, weil sie wußte, daß sie Lionel verlieren würde. Sie wußte, daß er im Herbst mit Freunden eine

Wohnung in der Nähe seines Colleges beziehen würde. Ihre Mutter war zwar der Meinung, er wäre zu jung dazu, doch hatte Dad behauptet, es würde ihm guttun. Das sagte er aber nur, weil er eifersüchtig war, daß Lionel und Mutter miteinander so vertraut waren. Und jetzt würde Lionel fortgehen. Anne konnte sich ein Leben ohne ihn gar nicht vorstellen. Er war der einzige Mensch, mit dem sie reden konnte. Das war immer schon so gewesen. Immer war es Lionel gewesen, der sich um sie gekümmert hatte, der ihr sogar die Pausenbrote für die Schule zurechtgemacht hatte, und zwar so, wie sie es gern mochte, und der nicht alte Wurst oder trockenen Käse draufgetan hatte wie Vanessa oder Valerie. Nein, Lionel fabrizierte Köstlichkeiten wie Eiersalatsandwiches, oder er belegte die Brote mit Roastbeef, Huhn oder Putenbraten. Er brachte ihr oft Bücher, die sie gern las, und widmete sich ihr sogar noch spätabends und erklärte ihr Mathe-Aufgaben. Er war ihr bester Freund. Immer schon ... Und er brachte sie zu Bett, wenn Mutter und Vater noch arbeiteten. Er hatte ihr praktisch beide Eltern ersetzt. Und als sie ihn jetzt in seiner Robe mit dem Barett auf dem Kopf auf der Bühne sah, kamen ihr die Tränen. Es war so, als würde er heiraten ... fast so, na ja, in gewisser Hinsicht ebenso schlimm. Er heiratete ein neues Leben. Und sehr bald würde er sie verlassen.

Greg beneidete Lionel glühend und wünschte sich an dessen Stelle zu sein, ja, am liebsten wäre er sofort von der Schule abgegangen. Seine Noten waren während des letzten Jahres nicht die besten gewesen, aber er hatte Dad versprochen, sich im nächsten Jahr zusammenzureißen. Dieser Glückspilz Lionel konnte jetzt aufs College. Greg hielt zwar von Lionels Wahl nicht viel, das University College von Los Angeles reizte ihn nicht. Er hätte eine Schule wie das Technische College von Georgia vorgezogen, wo er sich als Footballstar Lorbeeren verdienen konnte, obwohl Dad eher Yale vorschwebte, falls man ihn dort aufnahm. Natürlich konnte er auch in Yale Football spielen. Schon der Gedanke machte ihm den Mund wäßrig ... und dann die Mädchen ...

Valerie hielt den Blick unverwandt auf einen Jungen in der dritten Reihe gerichtet. Lionel hatte ihn vor ein paar Wochen mit

nach Hause gebracht. Es war der hübscheste Kerl, den sie je gesehen hatte. Tiefschwarzes glattes Haar, dunkle Augen, groß,
klare Haut. Und er tanzte traumhaft. Leider ging er schon fest
mit irgendeiner dummen Gans aus der Oberklasse. Aber Val
wußte, daß sie selbst viel besser aussah als das Mädchen. Wenn
sie sich bloß mit ihm ein paarmal hätte treffen können, aber Lionel würde natürlich keine Hilfe sein – wie immer. Nie hatte er
sie mit jemandem zusammengebracht. Da war noch dieser John
Wells, Gregs bester Freund. Ein netter Kerl, aber so schüchtern.
Immer lief er rot an, wenn man ihn ansprach. Und außerdem
wollte er auch aufs College. Das wäre auch ein toller Fang gewesen, ein College-Student. Im Moment beschränkten sich ihre
Eroberungen auf drei Jungs ihrer eigenen Klasse, und das waren Nieten, die ihr nur an den Busen fassen wollten. Solche
Dinge wollte sie sich aber für einen College-Jungen aufheben.
Für den Jungen in der dritten Reihe vielleicht.

Vanessa behielt ihre Zwillingsschwester aufmerksam im Auge.
Fast konnte sie ihre Gedanken lesen, weil sie sie so gut kannte. Sie
wußte im voraus, welche Jungen ihr gefallen würden. Ein Jam-
mer, daß Val so verrückt nach ihnen war, schon seit der siebten
Klasse. Auch Vanessa mochte Jungen, aber bei ihr artete es nicht
zur Besessenheit aus. Sie war viel mehr an ihren selbstverfaß-
ten Gedichten und an ihren Büchern interessiert. Jungen konnten
ganz nett sein, aber einen besonderen hatte es bislang nicht gegeben. Vanessa hätte zu gern gewußt, ob Val schon alles hinter sich
hatte. Sie wollte es nicht hoffen, denn es konnte einem das Leben
ruinieren. Zwar gab es die Pille, aber die bekam man erst, wenn
man über achtzehn war oder verlobt. Sie wußte, daß ein Mädchen aus einer der unteren Klassen die Pille bekommen hatte,
weil es behauptet hatte, es wäre schon einundzwanzig. Vanessa
konnte sich nicht vorstellen, selbst so etwas zu machen, und sie
wollte es auch gar nicht.

Faye wäre erleichtert gewesen, hätte sie Vanessas Gedan-
ken lesen können. Auch sie machte sich Sorgen wegen dieser
Dinge. Aber im Moment waren ihre Gedanken nicht bei Greg,
Anne oder den Zwillingen, sie konzentrierten sich auf ihren Äl-

testen, der so aufrecht, schön und unschuldig dort oben stand und mit dem Diplom in der Hand die Schulhymne im sonnendurchfluteten Saal mitsang. Und während sie ihn ansah, war ihr bewußt, daß dieser Moment niemals wiederkehren würde. Lionel würde nie wieder so jung sein. Für ihn begann jetzt das Leben. Faye, der die Tränen über die Wangen liefen, wünschte sich so vieles für ihn. Wortlos reichte Ward ihr sein Taschentuch. Da wandte sie sich mit wehmütig-glücklichem Lächeln ihm zu. Wieviel hatten sie doch erreicht, und wieviel bedeutete ihr die Familie! Besonders Ward und Lionel. Sie wünschte sich verzweifelt, ihn vor Schmerzen bewahren zu können, vor Enttäuschungen und Kummer. Instinktiv legte Ward einen Arm um Fayes Schultern und zog sie eng an sich. Auch er war stolz auf Lionel, doch er wünschte sich ganz andere Dinge für ihn.

»Er sieht so wundervoll aus«, flüsterte Faye. Für sie war Lionel noch immer ein kleiner Junge.

»Er sieht aus wie ein Mann«, erwiderte Ward auch flüsternd. Zumindest hoffte er, Lionel würde eines Tages ein Mann werden. Jetzt prägte ihn noch die Weichheit der Jugend, und manchmal fragte Ward sich ernsthaft, ob aus Lionel je ein ganzer Kerl werden würde. Er war Faye so ähnlich, und während ihm dieser Gedanke durch den Kopf ging, sah er, wie Lionels Blick über die Menge wanderte und Fayes Augen suchte. Die beiden sahen einander voller Liebe an. Von dieser Liebe waren alle anderen ausgeschlossen. Am liebsten hätte Ward Faye zurückgerissen, ihr zuliebe, aber auch dem Jungen zuliebe, doch die beiden waren für alle anderen unerreichbar. Sie hatten immer schon etwas gemeinsam gehabt, von dem sie die anderen ausschlossen.

»Lionel ist ein wunderbarer Junge.«

Ward war froh, daß Lionel im Herbst aus dem Haus gehen würde. Er mußte weg. Dieser Gedanke kam ihm wieder, als er sah, wie Lionel nach der Feier auf Faye zulief und sie umarmte. Die anderen Jungs standen herum und hielten Händchen mit verlegen aussehenden Mädchen.

»Mom, ich bin frei! Ich bin kein Schuljunge mehr!« Lionel hatte nur Augen für Faye, und sie freute sich mit ihm.

»Herzlichen Glückwunsch, mein Schatz.« Sie küßte ihn auf die Wange, und Ward drückte ihm die Hand.

»Gratuliere, mein Sohn.«

Sie alle blieben noch eine Weile, ehe sie zum Lunch in die Polo Lounge des Beverly Hills Hotels fuhren, wo ein Tisch bestellt war. Anne hatte genau gewußt, daß Lionel sich im Auto ganz nach hinten zu ihr setzen würde. Das fiel niemandem sonderlich auf. Seit Jahren hatte er dort mit ihr gesessen, so wie Faye und Ward vorne saßen und Greg mit den Zwillingen in der Mitte.

Die Gäste in der Polo Lounge waren wie immer um diese Tageszeit auffallend zurechtgemacht, in Seide, Glitzerstoffen und Miniröcken. Regisseure, Drehbuchautoren, Filmstars, Leute, die um Autogramme baten. Telefone wurden eilig von einem Tisch zum anderen gebracht für die angeblich wichtigen, aber oft nur vorgetäuschten Anrufe. Faye erlaubte sich den Spaß, ging hinaus und rief Lionel an, um ihm noch einmal Glück zu wünschen, und alle lachten – bis auf Ward. Die beiden benahmen sich wie Liebende, und das störte ihn gewaltig. Doch die lärmige Schar Halbwüchsiger an seinem Tisch amüsierte sich glänzend. Nach dem Essen fuhren sie nach Hause und schwammen im Pool. Ein paar Freunde der Kinder kamen vorbei, so daß es nicht weiter auffiel, als Ward und Faye sich davonstahlen und hinüber zu den Clarks liefen. Ward fuhr den Mustang bis fast an den Pool und hupte, während Faye, die in ihrem nassen Badeanzug auf einem Stapel Handtücher neben Ward saß, sich vor Freude nicht fassen konnte. Die Kinder starrten sie an, ohne zu kapieren. Sie hielten die Eltern für übergeschnappt. Und dann sprang Ward heraus, ging zu seinem Sohn und überreichte ihm die Autoschlüssel. Mit Tränen in den Augen schlang Lionel die Arme um den Nacken seines Vaters und weinte und lachte gleichzeitig.

»Er soll mir gehören?«

»Zum glücklichen Schulabschluß, mein Sohn.« Auch Ward hatte feuchte Augen. Die Freude des Jungen berührte ihn zutiefst. Es war ein besonderer Augenblick, der nie wiederkommen würde. Mit einem leisen Aufschrei umarmte Lionel ihn noch einmal, während Anne aus einiger Entfernung strahlend zusah.

Lionel lud alle ein, sich in sein Auto zu zwängen. Faye und Ward sahen zu, wie die Kinder sich hineindrängelten, übereinander und auf dem Heck, da das Verdeck offen war. »Sei vorsichtig«, mahnte Faye, und Ward nahm sie an der Hand und trat mit ihr ein paar Schritte zurück.

»Laß ihn nur, Liebling. Das geht schon in Ordnung.«

Und einen Augenblick, ganz kurz nur, ehe er den Wagen startete und losfuhr, hielt Lionel inne und begegnete dem Blick seines Vaters zum ersten Mal auf diese besondere Weise. Die beiden lächelten einander zu ... Weiterer Dankesworte bedurfte es nicht. Und als sie losfuhren, hatte Ward das Gefühl, er habe endlich nach langer Zeit zum ersten Mal richtig Kontakt zu seinem Sohn gefunden.

12

Abends kamen an die hundert Gäste, die meisten Teenager, die zur Feier von Lionels Schulabschluß zu einem Grillfest eingeladen worden waren. Eine Rockband spielte in einem Zelt hinterm Haus. Es war die größte Party, die die Familie Thayer seit Jahren gegeben hatte, und alle waren aus dem Häuschen. Greg trug ein verknittertes gestreiftes T-Shirt und Jeans. Das blonde Haar war ungekämmt, die Füße bloß – Faye wollte ihn wieder hinaufschicken, doch er entkam ihr, und als sie sich bei Ward beklagte, sagte dieser nur wie immer: »Laß ihn nur, Schätzchen, er ist in Ordnung.«

Faye sah ihn ärgerlich an. »Für einen Mann, der gewohnt war, dreimal täglich das Hemd zu wechseln und weiße Leinenanzüge zu tragen, stellst du keine besonderen Ansprüche an deinen Sohn.«

»Vielleicht ist das der Grund. Das war vor zwanzig Jahren. Heutzutage leben die Menschen anders, und im Grunde war mein Stil schon damals nicht mehr aktuell. Wir beide waren zwei Dinosaurier, wenn auch sehr glücklich. Greg hat Wichtigeres im Kopf.«

»Was denn? Football? Mädchen?« Sie erwartete von Greg mehr, ähnliches wie von Lionel. Aber Ward schien mit seinem unkomplizierten Sohn glücklicher zu sein als mit dem intellektuellen Lionel. Faye kam das immer unsinnig und ungerecht vor, weil er von Greg viel weniger erwartete und Lionels besondere Fähigkeiten nicht zu würdigen wußte. Doch das war ein Problem, das man an einem einzigen Abend nicht lösen konnte. Es war ein Streitpunkt, der schon immer zwischen ihnen gestanden hatte, manchmal mehr, manchmal weniger, aber heute war ein besonderer Tag, und sie wollte keine Diskussionen anfangen. Eigentlich sonderbar, sie zankten sich sehr selten, aber gelegentlich kam es doch zu einer heftigen Auseinandersetzung wegen der Kinder, und dabei fielen harte Worte ... Besonders wegen Lionel, aber nicht heute, bitte, nicht heute, dachte sie und entschloß sich, wegen Greg nachzugeben.

»Na, meinetwegen.«

»Er soll sich amüsieren. Ist doch egal, wie er aussieht«, sagte Ward gleichmütig.

»Hoffentlich bist du ebenso großzügig, wenn du Val siehst.« Tatsächlich bedeutete es für beide eine große Anstrengung, zu Vals Aufzug nichts zu sagen. Sie zeigte sich in einem hautengen weißen Lederminikleid mit ausgezacktem Saum. Dazu trug sie weiße Stiefel, die sie sich bei einer Freundin ausgeliehen haben mußte.

Während Ward Faye einen Drink eingoß, flüsterte er ihr zu: »An welcher Ecke arbeitet ihre Freundin? Hat sie das nicht gesagt?« Faye schüttelte lachend den Kopf. Sie hatte schon so lange mit Teenagern zu tun, daß sie das Gefühl hatte, es könne sie nichts mehr in Erstaunen setzen – eine gute Übung für den Umgang mit den Stars bei MGM. Kein Wesen konnte unmöglicher, schwieriger, unberechenbarer und streitsüchtiger sein als ein Kind im Teenageralter, obwohl viele Stars es darauf anlegten, sich ähnlich aufzuführen.

»Ich glaube, die arme Vanessa versucht Vals Wirkung zu neutralisieren«, bemerkte Ward gutgelaunt. Vanessa war in einem rosa-weißen Partykleid, das einer Zehnjährigen besser zu Gesicht gestanden hätte, und rosa Ballettschuhen aufgetaucht. Ihr Haar hatte sie wieder wie Alice im Wunderland frisiert. Die beiden Zwillinge hätten nicht gegensätzlicher aussehen können, und Faye argwöhnte, daß Absicht dahintersteckte. Und während sie alle der Reihe nach musterte – Lionel in einem leichten braunen Sommeranzug mit blaugestreiftem Hemd, sehr erwachsen und hübsch, mit einem Schlips seines Vaters, Greg in seinen verrückten Sachen, Valerie im weißen Lederkleid, Vanessa in ihrer betont kindlichen Aufmachung – alle waren sie Individualisten, und in diesem Zusammenhang fiel Faye etwas auf. Sie warf Ward, der ihr das Glas reichte, einen Blick zu.

»Hast du Anne gesehen?«

»Eben war sie noch mit ein paar Freunden am Pool. Sie wird schon nicht verlorengehen. Lionel behält sie im Auge.« Das machte Lionel immer, aber heute war für ihn ein großer Abend, und Ward hatte diesmal sogar weggesehen, als Lionel sich ein Glas Wein einschenkte. Der Junge sollte ruhig einmal zur Abwechslung Dampf ablassen. Was schadete es, wenn er sich am Abend der Schulabschlußfeier vollaufen ließ? Sein makelloses Image würde endlich einmal einen Fleck bekommen, was auch sein Gutes hatte. Er mußte nur darauf achten, daß Faye den Jungen nicht ständig beobachtete, deswegen bat er sie schließlich um einen Tanz. Valerie beobachtete sie entsetzt, Vanessa fand es komisch, während Lionel zu seinen Eltern kam und mit Faye weitertanzte. Ward machte unterdessen die Runde, unterhielt sich mit den Gästen und sorgte unauffällig dafür, daß die jungen Leute nicht zu sehr über die Stränge schlugen. Einige waren schon ziemlich betrunken, aber sie waren alle in Lionels Alter, und schließlich war es auch ihre Abschlußfeier. Ward hatte das Gefühl, es sei ihr gutes Recht, ein wenig aus dem Rahmen zu fallen, solange sich niemand hinterher ans Steuer setzte, und er hatte den Parkplatzwächtern diesbezüglich strenge Anordnungen gegeben. Keiner durfte seine Autoschlüssel bekommen, wenn er zuviel getrunken hatte. Das galt für Erwachsene wie für Jugendliche.

Ward sah Anne am Pool sitzen, in ein Gespräch mit John Wells,

Gregs bestem Freund, vertieft. John war ein lieber Junge, der Greg über alle Maßen bewunderte. Ward vermutete, daß Anne für John schwärmte. Daß er ihre Gefühle erwiderte, war sehr unwahrscheinlich, da Anne erst zwölf war. Bis zum Erwachsenwerden hatte sie noch lange Zeit, obwohl Lionel sie wie eine Erwachsene behandelte und es wirklich erstaunlich war, wie reif sie sein konnte. Reifer als die Zwillinge und manchmal reifer als Greg. Er hätte zu gern gewußt, worüber sie mit John sprach, aber sie war scheu wie ein Kätzchen, so daß er sie nicht stören und verunsichern wollte. Außerdem schien sie ihren Spaß zu haben, und wenig später gesellte sich Lionel zu ihnen, und Ward sah, wie John mit bewunderndem Lächeln zu ihm aufsah. Seine Bewunderung für Lionel glich der Annes. Das Wunder der Jugend. Ward schmunzelte vor sich hin, während er Faye aus einer Gruppe von Nachbarn und Freunden herausholte, um mit ihr zu tanzen. Für ihn war sie noch immer die hübscheste in der Runde, und Faye las es in seinem Blick, als er den Arm um ihre Taille schlang.

»Möchtest du tanzen?« Er legte die Hand auf ihre Schulter, und sie drehte sich lachend um.

»Ja gern.«

Die Band war ausgezeichnet und die Jugend sehr ausgelassen. Anne schien sich mit Lionel und John gut zu unterhalten. Beide behandelten sie wie eine Erwachsene, ganz anders, als andere Kinder mit ihr umgingen. Anne war für ihr Alter groß, und ihr blondes Haar erinnerte an Faye in deren Jugend. Eines Tages würde sie eine Schönheit sein, was ihr im Moment natürlich nicht bewußt war. Sie selbst hielt sich für weniger hübsch als Faye oder Val. Insgeheim bewunderte sie sogar Vanessa, die über angeborene Eleganz verfügte. Es nützte nichts, daß Lionel ihr immer wieder versicherte, sie wäre die hübscheste von allen. »Du spinnst«, sagte sie ihm unweigerlich darauf. Anne kränkte sich über ihre spitzen Knie und das unmögliche Haar, das ihr Gesicht wie weicher Flaum umrahmte. Ihre Brüste zeigten sich erst in Ansätzen, und auch das erhöhte ihre Befangenheit. Befangen war sie eigentlich immer, außer wenn sie mit Lionel zusammen war. Er weckte in ihr das Gefühl, alles sei herrlich.

»Na, wie gefällt dir dein neues Auto?« John lächelte dem älteren Bruder seines Freundes zu, voll heimlicher Bewunderung für dessen fachmännisch geschlungene Krawatte. Ihm gefiel, wie Lionel sich kleidete, aber das hätte er nie zugeben.

»Du bist gut«, gab Lionel mit jungenhaftem Grinsen zurück. »Ich bin ganz verrückt wegen der Karre. Kann kaum erwarten, bis ich morgen damit eine richtige Runde drehe.« Er lächelte Gregs Freund zu. John ging schon seit Jahren im Haus aus und ein, und Lionel hatte ihn immer gemocht, John war interessanter als Gregs andere, nur an Sport interessierte Freunde. Diese Entdeckung hatte er zufällig gemacht, als er sich einmal mit John unterhielt, während Greg nicht da war. Meist tat John so, als wäre er wie die anderen, doch Lionel vermutete zu Recht, daß es nur Tarnung war und daß in ihm mehr steckte als Football und Mädchen und alles übrige, was Lionel nie so recht interessiert hatte. »Nächste Woche fange ich meinen Ferienjob an, und da kann ich einen eigenen Wagen gut gebrauchen.«

»Wo wirst du arbeiten?« John schien interessiert. Anne lauschte dem Gespräch wortlos wie immer. Sie hörte zu, was ihr Bruder sagte, und beobachtete Johns Gesichtsausdruck. Immer schon war sie der Meinung gewesen, er habe schöne Augen.

»Bei Van Cleef & Arpels. Ein Juwelier in Beverly Hills.« Lionel hatte das Bedürfnis, es ihm zu erklären. Keiner von Gregs Freunden hatte eine Ahnung, was das war.

Aber John lachte nur, und Anne registrierte es zufrieden. »Ich weiß. Meine Mutter geht dort aus und ein. Hübsche Sachen haben sie dort.« Lionel war angenehm überrascht. John hatte auf die Eröffnung, Lionel wolle dort arbeiten, nicht mit Fassungslosigkeit reagiert. »Klingt gut.«

»Ja, ich freue mich schon.« Mit einem strahlenden Lächeln sah er zum Wagen hin. »Besonders jetzt.«

»Und dann das College im Herbst. Lionel, du bist ein Glückspilz. Mir steht die High School bis oben.«

»Es dauert nicht mehr lange. Du hast doch nur mehr ein Jahr.«

»Kommt mir vor wie 'ne ganze Ewigkeit.« John stöhnte laut, und Lionel lachte dazu.

»Und was dann?«

»Ich weiß noch nicht recht.« Das war ungewöhnlich. Die meisten seiner Freunde hatten schon konkrete Pläne.

»Ich möchte Filmregie machen«, verriet Lionel.

»Klingt ja wunderbar.«

Lionel zog nur die Schultern hoch. Bescheiden verschwieg er, daß er seit seinem vierzehnten Lebensjahr Fotopreise eingeheimst hatte und schon vor zwei Jahren bei Filmen mitgearbeitet hatte. Jetzt wollte er sehen, was das College ihm diesbezüglich zu bieten hatte. Er war fest entschlossen, diese Richtung einzuschlagen, ungeachtet der Einwände seines Vaters. Ward hätte ihn lieber auf eine der Elite-Schulen im Osten geschickt. Und seine Noten waren eigentlich auch danach. Aber das reizte ihn überhaupt nicht, das überließ er gern Greg.

Er sah John offen an. »Besuch mich auf dem Campus, du kannst dich umsehen und dich für irgendwas entscheiden.«

»Ja, das wäre nett.« John sah auf, und einen Moment trafen sich ihre Blicke. John bemühte sich, wieder wegzusehen, und im nächsten Augenblick erspähte er Greg. Er hatte es plötzlich sehr eilig wegzukommen, und Lionel bat Anne um einen Tanz. Sie errötete heftig und weigerte sich, er aber ließ ihr keine Ruhe. Schließlich gab sie nach und folgte ihm auf die Tanzfläche.

»Was ist denn das?« rief der Junge aus, der mit Val ins Haus gegangen war und ihr nun weiter an die Bar folgte, entschlossen, ihr unter den Rock zu fassen, was nicht allzu schwierig zu sein schien. Doch ein heißbegehrter Gegenstand auf einem Bord hatte seine Aufmerksamkeit abgelenkt.

»Ist er das wirklich?« Er war ungemein beeindruckt. Das Ding hatte er noch in keinem Haus gesehen, obwohl in Los Angeles daran kein Mangel sein konnte.

»Ja, das ist er. Na und? Auch schon was.«

»Das is 'n Ding.« Ehrfurchtsvoll starrte er die Statuette an und streckte die Hand danach aus, damit er zu Hause sagen konnte, er habe sie angefaßt. »Wem gehört er? Deiner Mutter oder deinem Dad?«

Die Antwort schien Val große Überwindung zu kosten. »Meiner Mutter. Möchtest du ein Bier, Joey?« Und jetzt fiel der Junge fast in Ohnmacht. Da war ja noch einer. Sie besaßen zwei davon!

»Allmächtiger! Sie hat ja zwei! Wofür hat sie die gekriegt?«

»Mensch, hör schon auf, ich weiß es nicht. Willst du jetzt ein Bier oder nicht?«

»Ja, ja. Schon gut.« Aber viel mehr interessierte ihn, wofür ihre Mutter den Oscar bekommen hatte. Seine Eltern würden ihn danach fragen, doch Val war nicht gewillt, darüber zu sprechen. »Deine Mutter war Schauspielerin, nicht?« Er wußte, daß sie jetzt Regie führte. Das wußte jeder. Und Vals Vater war ein großer Produzent bei MGM. Valerie sprach eigentlich nie davon, Alkohol und Jungs interessierten sie mehr. Zumindest stand sie in diesem Ruf, und als sie sich setzte, spähte er unter den weißen Lederrock, aber mehr als ein langes Stück Oberschenkel bekam er nicht zu sehen.

»Hast du je Hasch geraucht?«

Er hatte nicht, wollte es aber nicht zugeben. Joey war fünfzehneinhalb und kannte Val von der Schule her, war aber nie mit ihr ausgegangen.

Dazu fehlte ihm der Mut. Sie sah fabelhaft aus und war sehr erwachsen.

»Ja, einmal«, sagte er. Und dann konnte er nicht mehr an sich halten. »Erzähl mir doch etwas von deiner Mutter.«

Das reichte. Val sprang auf, ihre Augen verschossen Zornesblitze. »Nein, ich denke nicht daran!«

»Wozu die Aufregung? Ich bin nur neugierig.«

Val warf ihm auf dem Weg zur Tür einen verächtlichen Blick zu. »Dann frag sie doch selber, du Ekel.« Sie schüttelte ihre rote Mähne und war verschwunden. Enttäuscht starrte der Junge die geschlossene Tür an.

»Scheiße«, flüsterte er vor sich hin.

»Was ist?« Greg steckte den Kopf herein, um zu sehen, wer drinnen war. Der Junge lief rot an und sprang auf.

»Entschuldige ... wollte hier nur ein bißchen ausruhen. Ich komme gleich.«

»Schon gut. Ich sitz' auch gern hier drinnen. Also, laß dir Zeit.« Mit fröhlichem Grinsen zog er sich zurück, um die Jagd nach einem dunkelhaarigen Mädchen aufzunehmen, und Joey ging auch hinaus.

Am späten Abend landete alles im Pool, angezogen, in Badeanzügen, halbbekleidet, in Turnschuhen, bloßfüßig oder mit Schuhen. Alle hatten sich prächtig amüsiert, und es sollte drei Uhr morgens werden, ehe der letzte Gast verschwand. Als alle gegangen waren, ging Lionel mit Ward und Faye hinauf. Alle drei gähnten müde.

»Wir sind schon eine ziemlich lebendige Bande«, meinte Faye befriedigt. »Eine gute Party, findet ihr nicht?«

»Einfach super.« Lionel gab seiner Mutter einen Gutenachtkuß, und als er sich dann im Bademantel auf sein Bett setzte, starrte er minutenlang die Wand an und ließ den Tag Revue passieren ... das Abschlußzeugnis, die Robe, der Wagen, die Freunde, Musik ... und seltsamerweise ertappte er sich bei dem Gedanken an John und wie nett der Junge war. Er gefiel ihm besser als mancher seiner eigenen Freunde.

13

Der Tag nach der Abschlußfeier dämmerte wie jeder andere Arbeitstag für Faye und Ward herauf. Die Kinder konnten bis Mittag ausschlafen, sie selbst mußten um neun im Studio sein. Die Dreharbeiten für den nächsten Film standen bevor, und auf ihren Schreibtischen häufte sich die Arbeit. Es erforderte immer sehr viel Disziplin, um weiterzumachen und täglich zur Arbeit zu gehen, auch wenn man müde war. Besonders schlimm war es, wenn Faye mitten in einer Regiearbeit steckte. Dann war sie immer schon vor sechs im Studio, schlief in einer Garderobe, las das Skript, während sie aß, und dachte unaufhörlich darüber nach, so daß es beinahe ein Teil ihrer selbst wurde und sie jede Rolle so gut kannte, als hätte sie diese in einem anderen Leben durchlitten. Deswegen stellte sie an ihre Darsteller so hohe Ansprüche. Als Gegenleistung brachte sie ihnen eine Disziplin bei, die sie nie wieder vergaßen. Die meisten Schauspieler in Hollywood sprachen von Faye Thayer mit Hochachtung. Ihr Talent war eine Gottesgabe, und sie war mit der Regiearbeit viel glücklicher als seinerzeit als Schauspielerin. Es war die Erfüllung, nach der sie sich gesehnt hatte. Ward registrierte voller Liebe das Leuchten in ihren Augen, das nur zu sehen war, wenn sie in ihrer Arbeit aufging. Dann und wann spürte er auch Eifersucht, denn er liebte zwar seine Arbeit, doch fehlte ihm Fayes Entschlossenheit, der Feuereifer, mit dem sie sich auf eine Aufgabe stürzte. Sie hauchte ihrer Arbeit ihre Seele ein – daran mußte er jetzt denken, denn in einigen Wochen würde er sie wieder an den neuen Film verlieren. Es war ein Film, von dem beide glaubten, es werde der beste, den sie je gemacht hatten.

Deswegen waren auch beide ziemlich aufgeregt, und Faye hatte mehr als einmal lebhaft bedauert, daß Abe Abramson nicht mehr am Leben war. Er wäre von dem Film begeistert gewesen. Aber er war schon seit ein paar Jahren tot. Er hatte noch Fayes Durchbruch erlebt und den Gewinn des zweiten Oscars, diesmal für Regie, danach war er gestorben. Faye vermißte ihn – so wie jetzt – manchmal sehr. Sie lehnte sich im Sitz zurück, in Gedanken noch bei der Party.

»Wie schön, daß es den Kindern so gut gefallen hat.«

»Ja, das finde ich auch.« Ward litt noch an den Nachwirkungen des Alkohols, etwas, das bei ihm in den letzten Jahren sehr selten vorgekommen war. Oft wunderte er sich, daß er seinerzeit so viel vertragen hatte, denn jetzt mußte er nahezu für jedes Glas einen hohen Preis zahlen. Jugend ... er lächelte nachdenklich ... ein paar Jährchen und graue Haare mehr, und alles sah ganz anders aus. Aber es gab Dinge, die unverändert blieben. Trotz seines Katzenjammers hatten sie sich am Morgen, nachdem er aus der Dusche gekommen war, geliebt. Das war immer ein guter Anfang für den Tag. Jetzt legte er liebevoll eine Hand auf Fayes Schenkel. »Du machst mich noch immer ganz verrückt, weißt du das?«

Faye errötete leicht. Es schien sie zu freuen. Sie war ja noch immer in Ward verliebt. Seit neunzehn Jahren, länger noch, wenn man bedachte, daß sie einander schon 1943 auf Guadalcanal begegnet waren, also eigentlich seit einundzwanzig Jahren. »Das beruht auf Gegenseitigkeit.«

»Sehr gut.« Er machte ein nachdenkliches Gesicht, als er auf den Parkplatz von MCM fuhr. Der Posten am Eingang hatte sie lächelnd durchgewinkt. Nach den beiden konnte man die Uhr stellen, nette Leute mit netten Kindern, leisteten gute Arbeit – das mußte man ihnen lassen.

»Vielleicht sollten wir eine Verbindungstür zwischen unseren Büros machen lassen und ein Schloß an meine Tür.

»Klingt ganz gut«, flüsterte sie ihm ins Ohr und kniff ihn spielerisch in den Nacken, ehe sie ausstieg. »Was hast du heute vor, mein Schatz?«

»Nicht sehr viel. Ich glaube, jetzt ist alles geklärt. Und was ist mit dir?«

»Ich habe eine Besprechung mit drei Schauspielern«, meinte Faye und nannte ihm die Namen. »Ich glaube, ich muß mit allen ein ernstes Wort reden, ehe wir anfangen, damit sich jeder gut vorbereitet. Alle müssen wissen, was wir mit diesem Film wollen.«

Es war als Film die größte Herausforderung, an die sie sich je herangewagt hatte. Es ging dabei um vier Soldaten während des Zweiten Weltkrieges, also kein sogenannter »seichter« Film. Er würde brutal und schmerzlich sein und schreckliche Szenen bringen. Die meisten Studiobosse hätten die Inszenierung einem männlichen Regisseur übertragen, aber Dore Schary hatte volles Vertrauen zu Faye. Sie würde ihn nicht im Stich lassen. Ihn nicht und Ward auch nicht. Die Finanzierung dieses Films war Ward trotz der klingenden Namen nicht leichtgefallen. Allgemein herrschte die Meinung vor, deprimierende Filme würden beim Publikum nicht ankommen. Nachdem im Jahr zuvor John Kennedy ermordet worden war, wollten alle nur reines Unterhaltungskino. Aber Ward und Faye hatten von Anfang an gewußt, daß es ein großer Erfolg werden würde, als sie das Drehbuch lasen. Es war ein brillanter Stoff, das Drehbuch war so großartig wie der Roman, ein Bestseller, und Fay war entschlossen, den Film gut zu machen. Ward wußte, daß sie es schaffen würde, er wußte aber auch, wieviel Nervenkraft sie das alles kostete.

»Du wirst sehen, es wird großartig«, sagte er mit einem beruhigenden Lächeln vor der Tür zu ihrem Büro. Beide wußten, daß alles klappen würde, trotzdem brauchte sie jetzt jemanden zum Anlehnen und als Stütze, wie ihre Antwort ihm bewies.

»Ich stehe Todesängste aus.«

»Das weiß ich. Also immer mit der Ruhe und viel Spaß bei der Arbeit.«

Fayes Verfassung wurde nicht besser bis zum ersten Drehtag. Dann aber stürzte sie sich noch intensiver in die Arbeit als sonst. Sie kam nie vor Mitternacht oder ein Uhr morgens nach Hause und verließ das Haus schon um fünf. Oft ging sie gar nicht erst nach Hause. Ward wußte, daß das nun monatelang so gehen würde. Er hatte ihr versprochen, ein Auge auf die Kinder zu haben, und er versuchte seine Pflichten redlich zu erfüllen. Faye hatte immer so gearbeitet. Wenn sie Regie führte, ließ sie sich total von der Arbeit vereinnahmen, und wenn der Film abgedreht war, brachte sie ihr Leben damit zu, Hemden zusammenzulegen, Wäsche zu waschen und sich mit anderen Müttern beim Transport der Kinder zur Schule abzuwechseln. Auf dieses zweite Leben war sie sehr stolz, aber im Moment waren ihre Gedanken weit entfernt von den Kindern.

Als es eines Abends besonders spät wurde, fuhr Ward noch einmal ins Studio. Er wollte verhindern, daß sie sich übermüdet ans Steuer setzte und an einem Baum oder im Straßengraben landete, weil sie in Gedanken noch bei der Arbeit war. Deswegen holte er Faye ab. Als sie wie ein schlaffe Stoffpuppe auf dem Sitz neben ihm zusammensank, beugte er sich über sie und gab ihr einen Kuß auf die Wange. Schläfrig blinzelte sie ihn an.

»Diesen Film überlebe ich nicht ...«

Das sagte sie mit tiefer, heiserer Stimme. Den ganzen Tag hatte sie literweise Kaffee in sich hineingeschüttet und ständig auf die Leute eingeredet, sie gedrängt und angefleht, ihr Bestes zu geben, und die Schauspieler hatten sie nicht enttäuscht. Ward lächelte.

»Der Film wird große Klasse, Baby. Ich habe mir die ganze Woche über die Rohaufnahmen angesehen.«

»Und was hältst du davon?«

Faye sah sie sich immer selbst an. Ihr entging dabei nicht der geringste Fehler, weder eigene noch fremde. In den letzten zwei Tagen hatte sich endlich ein Hoffnungsschimmer gezeigt. Die schauspielerischen Leistungen waren ausgezeichnet. »Glaubst du, der Film kommt an?« fragte Faye beklommen. Sie wußte, daß sie sich auf Wards nahezu unfehlbares Urteil verlassen konnte.

»Der wird nicht nur ankommen, der wird dir den Oscar einbringen«, sagte er zuversichtlich.

»Ach was, ich möchte, daß er gut wird, mehr nicht. Wir sollen stolz darauf sein können.«

»Das werden wir.« Er war seiner Sache sicher, und stolz war er auf Faye ohnehin immer – und sie auf ihn. Ward hatte es sehr weit gebracht für einen Mann, der bis zum fünfunddreißigsten Lebensjahr nur dem Vergnügen gelebt hatte. Es war ein Wunder, daß es ihm gelungen war, sich so hochzuarbeiten. Faye hielt sich diesen Umstand immer vor Augen und war daher um so beeindruckter von Ward, mehr, als er ahnte – viel mehr.

Wieder lehnte sie den Kopf zurück. »Was machen die Kinder?«

»Ach, nichts Besonderes.« Die kleinen Unannehmlichkeiten sollten Faye nicht belasten. Die Putzfrau wollte nicht mehr kommen, Anne und Val hatten sich gezankt, und Greg hatte eine Beule in den Kombi gefahren, aber das waren Belanglosigkeiten, mit denen er allein fertig werden konnte. Und doch war er immer froh, wenn Faye einen Film beendete und wieder voll in den Haushalt einstieg. Oft wunderte er sich, wie Faye mit dem täglichen Ärger fertig wurde. Ihn machte der Kleinkram wahnsinnig, aber er hütete sich, ihr das zu sagen. »Sie sind alle beschäftigt. Die Zwillinge spielen Babysitter, und Greg fährt Ende der Woche auf die Ranch.« Das »Gott sei Dank«, das ihm auf der Zunge lag, hielt er zurück. Aber es würde im Haus endlich stiller werden ohne das ständige Telefongeklingel, Türenschlagen und den Lärm, den Gregs Freunde machten. »Lionel läßt sich kaum blicken, seit er den Job hat.«

»Gefällt ihm die Arbeit?« Faye öffnete die Augen. Sie hätte Lionel gern selbst gefragt, hatte ihn aber seit Wochen nicht gesehen.

»Ich denke schon. Er hat sich jedenfalls nicht beklagt.«

»Das sagt nicht viel. Lionel beklagt sich nie.« Da fiel ihr etwas ein. »Ich hätte für Anne über den Sommer etwas arrangieren sollen. Aber ich habe nicht damit gerechnet, daß wir mit den Dreharbeiten so früh anfangen würden.« Doch die Finanzierung hatte geklappt, die Studios waren frei. Alles war tadellos gelaufen, und anstatt Ende September hatte sie im Juni anfangen können. Das war ungewöhnlich, aber Faye hatte Ärger vermeiden wollen und nicht gesagt, daß sie eigentlich nicht frei war. Und das bedeutete, daß sie die Kinder den Sommer über allein lassen mußte, was sehr ungünstig war, weil Anne sich beharrlich geweigert hatte, in ein Sommerlager zu gehen. »Was macht sie den ganzen Tag?«

»Ach, ihr geht es tadellos. Mrs. Johnson ist da, bis ich abends komme. Sie hat immer Freundinnen bei sich, mit denen sie am Pool herumlungert. Ich habe versprochen, ich würde sie nächste Woche alle mal nach Disneyland ausführen.«

»Du bist ein Engel.« Sie gähnte und lächelte gleichzeitig, als sie schwer auf ihn gestützt ins Haus ging. Die Mädchen waren noch auf. Val, die sich die Haare auf dicke Wickler gedreht hatte, trug einen Bikini, der Faye die Sprache verschlagen hätte, wäre sie noch imstande gewesen, auf irgend etwas zu reagieren. Sie nahm sich vor, ihr am nächsten Tag die Leviten zu lesen, vorausgesetzt, sie hatte Zeit und würde Val zu Gesicht bekommen. Die Mädchen hockten da und hörten Musik. Vanessa war schon im Nachthemd und telefonierte mit einer Freundin, ohne sich durch den Lärm, den Valerie machte, stören zu lassen.

»Wo ist Anne?« fragte Faye. Val zog die Schultern gleichgültig hoch, während sie den Text der Musik mitsang. Faye mußte noch einmal fragen, ehe sie eine Antwort bekam.

»Oben, glaube ich.«

»Schläft sie schon?«

»Vermutlich.«

Aber Vanessa schüttelte dazu den Kopf. Sie verfügte über die unheimliche Eigenschaft, mehreren Gesprächen gleichzeitig folgen zu können, und machte sich das oft zunutze. Faye ging hinauf, um ihrer Jüngsten einen Gutenachtkuß zu geben. Sie wußte bereits, daß Greg mit Freunden unterwegs und Lionel mit Kollegen essen gegangen war, wie sie einem in der Küche hinterlassenen Zettel entnahm, der an alle gerichtet war. Sie wußte gern, wo ihre Kinder sich aufhielten, und machte sich im Studio oft große Sorgen. Ward war in dieser Hinsicht viel lockerer und ließ sie eigentlich tun und lassen, was sie wollten. Faye drängte ihn immer, er solle die Zügel straffer anziehen – vergeblich. Ward wäre glatt verrückt geworden, da er daneben auch ein Auge auf den Haushalt haben mußte.

Leise öffnete sie die Tür. Sie hätte geschworen, beim Hinaufgehen noch Licht unter der Tür gesehen zu haben. Jetzt war es finster, Anne lag zusammengerollt im Bett, den Rücken der Tür zugekehrt. Faye blieb im Eingang stehen, ging dann näher und berührte sanft das weiche, heiligenscheinähnliche Haar. »Gute Nacht, Kleines«, flüsterte sie und drückte Anne einen Kuß auf die Wange. Ebenso leise stahl sie sich hinaus und ging in ihr Schlafzimmer. Sie sprach mit Ward noch über den Film und ließ sich ein heißes Bad einlaufen, ehe sie zu Bett ging. Gleich darauf hörte sie die Zwillinge heraufkommen, an die Tür klopfen und »Gute Nacht« rufen. Sie sah nicht, daß Vanessa in Annes Zimmer ging. Das Licht war wieder an, und Anne las »Vom Winde verweht«.

»Hast du Mutter gesehen?« Vanessa blickte Anne an und las etwas Merkwürdiges in ihrem Blick, etwas Verborgenes und Entrücktes, das nur verschwand, wenn sie mit Lionel zusammen war. Anne schüttelte den Kopf. »Wieso nicht?« Anne wollte nicht zugeben, daß sie das Licht ausgemacht und sich schlafend gestellt hatte, aber Vanessa ahnte die Wahrheit. »Du hast dich schlafend gestellt.« Nach längerem Zögern zog Anne die Schultern hoch, und Vanessa fragte: »Warum?«

»Ich war müde.«

»Bockmist.« Annes Art machte sie wütend. Es war empörend und so typisch für sie. »Und außerdem ist es gemein. Sie hat nach dir gefragt, kaum daß sie zur Tür hereinkam.« Annes Miene blieb unbewegt, ihr Blick ausdruckslos. »Das war gemein von dir.« Vanessa drehte sich um und wollte gehen, als Anne etwas erwiderte.

»Ich habe ihr nichts zu sagen.« Vanessa warf ihr einen letzten Blick zu, ehe sie hinausging. Sie kannte die Wahrheit nicht, die Lionel so gut verstand. Anne hatte Angst, daß ihre Mutter nichts mit ihr anfangen konnte. Sie hatte ihr in der Vergangenheit nie etwas zu sagen gehabt. Nie war sie dagewesen, als Anne noch klein war. Immer waren es Kindermädchen, Babysitter, Hausmädchen oder die älteren Geschwister, die auf sie achtgaben, während die Mutter arbeitete, ausging oder sonstwas tat. Ihre Mutter war immer »müde« oder hatte »etwas anderes im Kopf« oder mußte »das Skript lesen« oder mit »Dad sprechen«. Was hätte es jetzt wohl zu sagen gegeben? Wer bist du? Wer bin ich? Da war es einfacher, sich mit Lionel auszusprechen und Mutter aus dem Weg zu gehen, so wie diese ihr lange aus dem Weg gegangen war. Jetzt mußte Mutter den Preis dafür bezahlen.

14

Faye steckte noch mitten in den Dreharbeiten, als Lionel mit vier Freunden ein Haus bezog und das Semester begann. In der Woche darauf besuchte er sie im Studio, nur um sie ein wenig auf dem laufenden zu halten. Geduldig hielt er sich im Hintergrund und wartete eine Drehpause ab. Lionel hatte seiner Mutter immer gern bei der Arbeit zugesehen. Nach einer Stunde, in der sie eine sehr harte Szene dreimal wiederholen mußten, schickte sie die Leute zum Mittagessen. Sie blickte auf und bemerkte ihren Sohn. So vertieft war sie in ihre Arbeit gewesen, daß sie sein Kommen gar nicht registriert hatte. Die Freude zauberte Wärme in ihr Gesicht, sie lief ihm entgegen und empfing ihn mit einem Kuß.

»Na, wie läuft alles, mein Lieber? Wie ist die Wohnung und das College?« Faye hatte das Gefühl, ihn schon seit Jahren nicht mehr gesehen zu haben, und empfand plötzlich Sehnsucht nach allen Kindern, besonders aber nach ihm. Sie war es früher gewohnt gewesen, ihn ständig um sich zu haben und herrliche Gespräche mit ihm zu führen, doch hatten die Dreharbeiten sie so in Anspruch genommen, daß ihr seine Abwesenheit gar nicht richtig aufgefallen war. »Gefällt dir deine Bude, Li?«

In seinen Augen leuchtete es auf.«Ja, sie ist sehr hübsch, und die anderen Jungs sind einigermaßen ordentlich. Gottlob ist keiner wie Greg.« Er grinste, und Faye lachte eingedenk des wohlbekannten Durcheinanders in Gregs Zimmer. In diesem Punkt hatte sich nichts geändert.

»Warst du inzwischen wieder mal zu Hause, Li?«

»Ja, weil ich einige Male etwas holen mußte. Ich habe Dad getroffen, und der sagte mir, dir gehe es gut.«

»Stimmt.«

»Hier sieht es großartig aus.« Er deutete auf die Dekoration, die sie eben verlassen hatte, und Faye freute sich. Wie sein Vater besaß auch Lionel ein gutes Auge für erfolgsverdächtige Filme. Sie selbst war viel zu sehr in Einzelheiten befangen, um das Ganze objektiv sehen zu können, aber Ward und Lionel beurteilten aus der Distanz alles anders.

»Das war eine Bombenszene.«

Sie lächelte. »Daran feilen wir schon eine Woche.«

Sie hatte es kaum gesagt, als der große Star, der diese Szene beherrscht hatte, auf sie zukam, Lionel einen flüchtigen Blick zuwarf und Faye ernst ansah. Er war ein Perfektionist wie sie, deswegen arbeitete sie sehr gern mit ihm zusammen. Es war der zweite gemeinsame Film, und Faye war sehr zufrieden. Paul Steele galt als einer der hoffnungsvollsten jungen Schauspieler von Hollywood. Er setzte sich neben Faye.

»Na, was halten Sie von der Szene?«

»Ich glaube, wir haben sie geschafft.«

»Ich auch.« Er war erleichtert, daß sie seine Meinung teilte. »Gestern war ich mit meiner Geduld fast am Ende. Ich hätte nicht gedacht, daß wir diese Szene richtig in den Kasten bringen. Die ganze Nacht habe ich daran gearbeitet.«

Faye imponierte seine Arbeitswut. »Das hat man gemerkt. Danke, Paul. Diese Hingabe macht sich letzten Endes bezahlt.« Aber es gab nur verdammt wenige Schauspieler, die so viel Arbeit investierten.

Paul stand auf und sah Lionel an.

»Sie müssen Fayes Sohn sein.« Die Ähnlichkeit war nicht zu übersehen. Faye und Lionel lachten darüber.

»Wie kommen Sie darauf?«

Steele kniff die Augen zusammen. »Tja, das Haar, die Nase, die Augen. Mit derselben Frisur und Aufmachung könnten Sie als Zwillinge durchgehen.«

»Ich weiß nicht, ob ich damit einverstanden wäre«, meinte Faye gutgelaunt. »Ehrlich gesagt, es würde mir nicht gefallen.«

»Jetzt wissen wir's«, meinte Paul lachend.

»Mr. Steele, diese Szene hat mich sehr beeindruckt.« Lionel sagte dies mit so viel Hochachtung, daß Paul gerührt war.

»Danke.« Faye machte sie jetzt förmlich miteinander bekannt, und Paul reichte Lionel die Hand. »Ihre Mutter ist der strengste Regisseur von ganz Hollywood, aber sie ist so fabelhaft, daß sich Blut, Schweiß und Tränen lohnen.«

»Meine Güte, diese Komplimente.« Alle drei lachten, und Faye sah auf die Uhr. »Meine Herren, uns bleibt eine knappe Stunde. Darf ich euch in die Kantine zum Lunch einladen?«

Paul verzog das Gesicht. »Was für eine kulinarische Folter! Gibt es nichts Besseres! Auf meine Kosten natürlich. Mein Wagen steht gleich draußen vor dem Studio.« Aber alle wußten, daß es in der Nähe des Studios nicht viele Möglichkeiten gab, wenn die Zeit knapp war. »Na, meinetwegen. Ich gebe nach. Die Magenbeschwerden sind schon eingeplant«, seufzte Paul.

»Ach, so schlimm ist es auch wieder nicht.« Faye versuchte das Kantinenessen zu verteidigen, vergeblich. Paul und Lionel widersprachen ihr heftig. Auf dem Weg zur Kantine erkundigte sich Paul, welches College Lionel besuche, und dieser erklärte, daß er eben ein Semester Filmtechnik am UCLA belegt habe.

»Das war auch mein Fach am College. Gefällt es Ihnen?«

»Großartig.« Lionels breites Grinsen verriet, wie glücklich er

214

war, und Paul amüsierte sich darüber. Lionel war noch so jung, doch als sie sich bei Tisch unterhielten, merkte Paul rasch, wie intelligent der Bursche war. Gescheit, sensibel und auf seinem Gebiet sehr beschlagen. Paul und Lionel unterhielten sich angeregt, bis Faye zum Aufbruch mahnte und sie ins Studio zurück mußten. Lionel wäre am liebsten geblieben und hätte die ganze Atmosphäre noch länger in sich aufgesogen. Paul lud ihn in seine Garderobe ein, während er wieder Maske machte und der Studiofriseur etwas an seinen Haaren änderte, da er in der nächsten Szene schon in Kriegsgefangenschaft sein sollte. Lionel wäre liebend gern geblieben, hatte aber am Nachmittag noch drei Vorlesungen am College.

»Schade. Es war nett, mit Ihnen zu plaudern.« Paul verabschiedete sich mit warmherzigem Lächeln. Er ließ Lionel ungern gehen. Der Junge gefiel ihm, zu sehr vielleicht, aber er würde sich nichts anmerken lassen, aus Respekt vor Faye und vor diesem blutjungen Burschen. Es gehörte nicht zu seinen Gewohnheiten, jemanden zu verführen, und »Jungfrauen« waren ohnehin nicht sein Fall. Aber Lionel selbst konnte es kaum erwarten, Paul wiederzusehen, zu Pauls großer Verwunderung.

»Ich würde gern wiederkommen und zusehen. Am Wochenende habe ich einen freien Nachmittag.« Er sah Paul Steele so hoffnungsvoll an wie ein Kind, das auf den Weihnachtsmann wartet, und Paul wußte nicht recht, ob es der Film war, der ihn so erregte, oder etwas anderes. Deswegen ließ er Vorsicht walten.

»Vielleicht könnte ich dann wieder zusehen«, fuhr Lionel fort, den Blick auf Paul gerichtet, der nicht mehr wußte, ob er einen Jungen oder einen Mann vor sich hatte.

»Das hängt von Faye ab. Sie hat hier das Sagen, und sie ist auch mein Boß.«

Beide lachten darüber, und Lionel stimmte zu: »Ich werde sie fragen, was sie davon hält.« Paul fürchtete allerdings, Faye könne glauben, er habe den Jungen auf diese Idee gebracht, denn er hatte nie ein Geheimnis aus seinen Neigungen gemacht. »Na, dann bis Freitag, hoffentlich ...« Auf Lionels hoffnungsvollen

Blick hin wandte Paul sich abrupt ab. Er wollte nichts anfangen
... doch er wollte schon, aber richtig wäre es nicht. Immerhin
war der Junge Faye Thayers Sohn. Himmel, manchmal war das
Leben wirklich kompliziert. Als Lionel gegangen war, steckte er
sich einen Joint an, in der Hoffnung, sich damit zu beruhigen,
doch seine Sehnsucht wuchs nur noch mehr.

Während der nächsten Szene waren so viel Hunger und Einsamkeit in ihm, daß es schmerzte, und das kam im Film deutlich
heraus. Diesmal klappte es gleich beim ersten Mal, ein unerhör-
ter Glücksfall, zu dem Faye ihn beglückwünschte. Paul aber reagierte sehr kühl, und sie hatte keine Ahnung, warum. Sie hatte
sich nichts dabei gedacht, als er Lionel so freundlich begegnet
war, denn sie kannte Paul gut genug, um zu wissen, daß sie von
ihm nichts zu befürchten hatte. Er war ein anständiger Mensch
und würde ihren Sohn in Ruhe lassen, mochte er es in der übrigen Zeit treiben, mit wem er wollte. Sie dachte sich auch nichts
dabei, als Lionel am Freitag nachmittag wieder bei den Dreharbeiten aufkreuzte. Früher war er öfter gekommen, um ihr bei der
Arbeit zuzusehen. In letzter Zeit war er selbst zu beschäftigt gewesen, aber es war kein Geheimnis, daß ihn die Filmarbeit interessierte und er selbst Regisseur werden wollte. Faye freute sich,
als er auftauchte, und ebenso erfreut war Paul Steele, auch wenn
er sich nichts anmerken ließ.

»Hallo, Paul.« Lionel sagte es mit unmerklichem Zögern.
Kaum hatte er die Worte ausgesprochen, kamen ihm Zweifel,
ob er nicht Mr. Steele hätte sagen sollen. Paul war erst achtundzwanzig, genoß aber in der Filmwelt großes Ansehen. Lionel mit
seinen achtzehn Jahren fühlte sich in Pauls Nähe wie ein kleiner
Junge.

»Hallo«, Paul war auf dem Weg zur Garderobe eines Kollegen
und schien ganz gelassen. Er hoffte inständig, ihre Wege würden sich nicht wieder kreuzen. Aber später am Nachmittag lud
Faye ihn in einer Drehpause zu einem Glas Wein ein. Auch Lionel war da, offensichtlich ziemlich beeindruckt, und Paul konnte
dem Drang nicht widerstehen, ihm zuzulächeln.

»Nett, Sie wiederzusehen. Was macht das Studium?« Vielleicht würde es ihm die Sache erleichtern, wenn er Lionel wie ein Kind behandelte. Aber von Erleichterung konnte keine Rede sein, als er dem Jungen in die Augen sah. Unwiderstehliche Augen. Sie waren Fayes Augen so ähnlich, aber tiefer, eindringlicher und in gewisser Hinsicht trauriger und weiser, als wüßten sie um ein schreckliches Geheimnis. Und instinktiv ahnte Paul, welches Geheimnis es war. In diesem Alter hatte er selbst unter diesem Geheimnis gelitten. Ja, man blieb schrecklich einsam, bis einem jemand die Hand entgegenstreckte, aber bis zu diesem Augenblick war man ein Verzweifelter in einer Hölle, voller Angst vor den eigenen Gedanken und davor, wie die anderen urteilen würden, wenn sie es wüßten. »Was halten Sie von den heutigen Aufnahmen?« Es war sinnlos, ihn als Kind zu behandeln. Er war ein Mann, das wußten beide, und Paul sah ihm in die Augen.

»Ich glaube, die Szenen sind sehr, sehr gut.«

»Möchten Sie sich mit mir die Rohaufnahmen anschauen?« Paul nahm sich immer die Zeit, sich abends die tagsüber gedrehten Szenen anzusehen, damit er eventuelle Fehler am nächsten Tag vermeiden konnte, was ihm die Arbeit sehr erleichterte. Lionel fühlte sich durch diese Aufforderung, die ihm Zutritt zu Pauls Welt verschaffte, sehr geschmeichelt. Sein hingerissener Blick brachte Faye und Paul zum Lachen. »Hör mal, wenn du so ein Gesicht machst, darfst du nicht zusehen. Dir muß klarsein, daß du großenteils Mist zu sehen bekommst. Geradezu peinlichen Mist, aber daraus lernen wir«, lachte Paul, unwillkürlich ins vertrauliche Du übergehend.

»Ich würde mir die Aufnahmen zu gern ansehen.«

Nach der letzten Szene gingen sie in den Vorführraum. Als sie sich setzten und es dunkel wurde, spürte Paul, wie Lionels Bein zufällig sein Knie streifte. Ihn durchflutete eine Erregung, der zu widerstehen fast schmerzlich war. Vorsichtig rückte er sein Bein weg und zwang sich dazu, sich auf die Leinwand zu konzentrieren. Es wurde wieder hell, und sie besprachen die Szenen. Es zeigte sich dabei, daß beide einer Meinung waren. Lionel hatte das richtige Gefühl für die Darstellung, er war intelligent und intuitiv und besaß einen ausgeprägten Instinkt für Stil und Technik. Eigentlich kein Wunder, da er mit dem Film aufgewachsen war. Paul war trotzdem beeindruckt. Er hätte sich zu gern länger mit ihm unterhalten, aber Faye wollte schon nach Hause. Sie mußte diesmal früher Schluß machen. Belustigt registrierte sie, daß die beiden kein Ende finden konnten. »Hast du den Wagen dabei, mein Lieber?« fragte Faye Lionel. Sie fühlte sich heute besonders müde und abgespannt und wollte unbedingt rasch nach Hause und sich ausruhen. Die Woche war anstrengend gewesen, und am nächsten Tag sollte in aller Herrgottsfrühe gleich eine schwierige Szene gedreht werden. Sie mußte noch vor drei aus dem Bett.

»Ja, Mutter. Ich bin mit dem Wagen da.«

»Sehr gut. Dann lasse ich euch allein, und ihr könnt weitermachen. Ich muß nach Hause, ehe ich vor Müdigkeit umfalle. Gute Nacht, meine Herren.« Sie küßte Lionel auf die Wange, winkte Paul zu und lief hinaus zu ihrem Wagen. Ward war schon vor ihr nach Hause gefahren, um mit den Kindern zu Abend zu essen.

Paul war ehrlich erstaunt, als er nach einiger Zeit auf die Uhr sah: kurz vor neun, sie waren die letzten im Studio. Seit Mittag hatte er nichts gegessen, und aus einer Bemerkung Lionels hatte er entnommen, daß es ihm genauso ergangen war. Was konnte es schon schaden, wenn man zusammen essen ging?

»Hättest du Lust auf einen Hamburger, Lionel? Du mußt halbverhungert sein.« Harmloser konnte man nicht fragen, und Lionel schien sich zu freuen.

»Gern, wenn Sie nichts anderes zu tun haben.«

Der Junge war so jung und bescheiden, daß es fast peinlich war. Lächelnd legte Paul ihm beim Hinausgehen einen Arm um die Schulter. Kein Mensch war in der Nähe, es konnte also von niemandem falsch aufgefaßt werden.

»Glaub mir, die Unterhaltung mit dir war das Interessanteste seit Wochen, ja Monaten ...«

»Nett, daß Sie das sagen.« Er lächelte Paul zu. Sie waren unterdessen schon am Parkplatz angekommen. Paul fuhr einen silbernen Porsche, und Lionel hatte den roten Mustang, der sein ganzer Stolz war.

»Was für ein großartiges Auto!«

»Das habe ich im Juni zum Schulabschluß bekommen.«

»Ein tolles Geschenk!« Paul war beeindruckt. In Lionels Alter hatte er sich eine Karre für fünfundsiebzig Dollar angeschafft, aber seine Eltern waren ja auch nicht Ward und Faye Thayer und lebten nicht in Beverly Hills. Er war mit einundzwanzig von Buffalo nach Kalifornien gekommen, und seither hatte sein Leben sich auf wundervolle Weise verändert, besonders in den letzten drei Jahren. Den Beginn seiner steilen Karriere verdankte er der beglückenden Romanze mit einem wichtigen Produzenten. Den endgültigen Durchbruch, den er bald darauf geschafft hatte, konnte er schon ganz allein sich selbst und seinen Fähigkeiten zuschreiben. Das wurde auch von niemandem in Abrede gestellt. Von Paul Steele mochte man halten, was man wollte, an seinem Talent war nicht zu rütteln. Wer mit ihm gearbeitet hatte, wußte nur Gutes über ihn zu sagen. Er war ein netter Kerl, ein angenehmer Kollege, der gern für sich allein blieb. Es dauerte lange, bis er aus sich herausging, dann aber konnte man Spaß mit ihm haben. In der freien Zeit zwischen den Filmen führte er sich gelegentlich etwas wild auf, rauchte Hasch, schnupfte Kokain, und es wurde von wilden Orgien in seinem Haus gemunkelt, aber es hatte keine Skandale gegeben. Manchmal mußte er nach dem harten Arbeitsalltag Dampf ablassen, und außerdem war er noch jung.

Er wollte mit Lionel ins Hamburger Hamlet am Sunset. Paul fuhr voraus, sehr vorsichtig. Irgendwie war er um den Jungen sehr besorgt. Er wollte nicht, daß ihm etwas geschah, körperlich und auch sonst. Er gefiel ihm besser als jeder andere seit langem. Verdammt schade, daß er erst achtzehn war – ein verdammtes Pech. Er war so schön und so jung. Beim Essen konnte er den Blick nicht von ihm wenden, und nachher standen sie draußen, und Lionel wußte nicht, wie er sich für die Ehre dieser Einladung bedanken sollte. Paul hätte ihn gern in sein Haus eingeladen, fürchtete aber, daß sich das nicht gut anhören würde. Verlegen standen sie da, Paul musterte Lionel prüfend. Zu gern hätte er erfahren, ob dieser über seine Neigungen etwas wußte – schwer zu sagen. Wenn der Junge etwas wußte, wäre alles leichter. Er schien aber nicht den leisesten Verdacht zu hegen, das glaubte Paul ihm anzusehen. Aber war Lionel wirklich so ahnungslos?

Und plötzlich, während sie unentschlossen auf dem Parkplatz standen, erkannte Paul, daß er den Stier bei den Hörnern packen mußte. Vielleicht sollte er ihn sogar fragen, möglicherweise irrte er sich, aber es konnte ja auch sein, daß sie Freunde würden. Aber er durfte ihn nicht gehen lassen, noch nicht, nicht jetzt, nicht so rasch.

»Ich weiß, das hört sich albern an, aber möchtest du nicht auf einen Drink zu mir kommen?« Fast war es ihm peinlich, diese Aufforderung auszusprechen, aber Lionel riß die Augen auf vor Begeisterung.

»Sehr gern.«

Vielleicht wußte er es doch. Paul wurde fast wahnsinnig in dem Bemühen, sich Klarheit zu verschaffen, aber es gab keine Möglichkeit.

»Ich wohne in Malibu. Fährst du mir nach, oder willst du deinen Wagen hierlassen? Ich könnte dich nachher wieder herbringen.«

»Macht Ihnen das nicht zuviel Mühe?« Malibu lag eine Autostunde entfernt.

»Aber gar nicht. Ich gehe immer spät zu Bett. Und heute gar nicht. Wir fangen morgen um vier Uhr an. Bei so frühem Drehbeginn arbeite ich besser, wenn ich erst gar nicht schlafe.«

»Ist mein Wagen hier sicher?« Sie sahen sich um und entschieden, daß keine Gefahr bestehe. Die Hamburger-Kneipe hatte die ganze Nacht über geöffnet, so daß ein ständiges Kommen und Gehen herrschte und niemand wagen würde, das Auto zu knacken. Kaum war dieses Problem gelöst, als Lionel einstieg und sich in Pauls Porsche sofort wie im siebenten Himmel fühlte. Er hatte das Gefühl, in eine andere Welt gehoben zu werden, als er sich in dem glatten Ledersitz zurücklehnte. Das Armaturenbrett sah aus wie im Cockpit eines Flugzeuges. Paul startete den Motor, legte den Gang ein, und sie fuhren los. Aus der Stereoanlage klang Roger Miller mit »King of the Road«. Die Fahrt nach Malibu wurde zu einem fast sinnlichen Erlebnis. Paul sehnte sich nach einem Joint, wollte aber vor dem Jungen nicht rauchen, nicht zuletzt deshalb, weil er um seine eigene Zurückhaltung fürchtete, wenn er sich betäubte. Also versagte er sich das Zeug. Sie wechselten dann und wann ein paar Worte, hörten Musik und brausten dahin. Als sie das Haus am Strand erreichten, herrschte zwischen ihnen eine lockere, entspannte Atmosphäre.

Paul schloß die Tür auf, und sie traten ein. Im Haus fand die ungezwungene Stimmung ihre Fortsetzung. Sie genossen bei gedämpfter Beleuchtung den Blick auf den Ozean. Im Wohnzimmer, das eine Stufe tiefer lag, waren Sitzelemente und weiche Kissen verteilt. Riesige Pflanzen setzten exotische Akzente. Die indirekte Beleuchtung brachte ein paar Bilder, die Paul besonders liebte, zur Geltung. Eine Bar, eine Bücherwand und dazu eine Stereoanlage, welche die ganze Welt mit leiser Musik zu erfüllen schien, machten den Eindruck komplett. Lionel setzte sich und ließ den Blick umherschweifen. Paul warf seine Lederjacke auf die Couch, schenkte für beide Wein ein und ließ sich neben Lionel nieder.

»Na, gefällt es dir?« fragte er lächelnd. Er war stolz auf sein Haus, das mußte er ehrlich zugeben. Für einen armen Jungen aus Buffalo hatte er einen sehr weiten Weg zurückgelegt, und er war glücklich.

»Mein Gott . . . wie schön.«

»Ja, nicht wahr?« Warum hätte er es abstreiten sollen? Man konnte auf den Strand, auf das Meer hinausblicken. Die ganze Welt schien ihnen zu Füßen zu liegen, und nachdem sie ihre Gläser geleert hatten, schlug Paul einen Spaziergang vor. Er liebte abendliche Strandspaziergänge, und jetzt war es erst elf. Er streifte seine Schuhe ab, Lionel machte es ebenso, und sie wanderten über den weichen weißen Sand. Lionel hatte das Gefühl, noch nie so glücklich gewesen zu sein. Wenn er diesen Mann ansah, spürte er etwas, was er noch nie gespürt hatte. Und dieses Gefühl war sehr verwirrend. Stumm gingen sie eine ganze Weile, jeder mit seinen Gedanken beschäftigt. Auf dem Rückweg blieb Paul stehen und ließ sich auf dem Sand nieder. Er blickte hinaus auf den Ozean, dann sah er Lionel an, und plötzlich kamen die Worte ganz zwanglos. »Du bist durcheinander, habe ich recht, Li?« Er hatte gehört, daß seine Mutter ihn manchmal so nannte, und hoffte, er würde diese Vertraulichkeit nicht übelnehmen. Und Lionel hatte nichts dagegen. Er nickte nur. Für ihn bedeutete es eine Erleichterung, seine Gefühle für diesen Mann einzugestehen, der im Begriff stand, sein Freund zu werden.

»Ja.« Lionel wollte aufrichtig sein, damit er vielleicht seine Empfindungen besser begreifen lernte. Er fühlte sich sehr alt und gleichzeitig sehr jung. »Ich bin durcheinander.«

»Das ging mir früher ähnlich. Als ich noch in Buffalo war.« Paul sog die Nachtluft ein. »Wie ich diesen Ort haßte!«

Lionel lächelte. »Sicher ist es dort ganz anders als hier.« Beide lachten, und dann sah Paul den Jungen an.

»Ich möchte dir gegenüber ehrlich sein. Ich bin schwul.« Plötzlich bekam er es mit der Angst zu tun. Wenn Lionel ihn deswegen haßte? Wenn er einfach aufsprang und davonlief? Es war das erste Mal seit Jahren, daß er eine Zurückweisung fürchtete, und das machte ihm zusätzlich angst. Es war wie ein Riesenschritt zurück in die Vergangenheit, zurück nach Buffalo, als er sich im Frühling in Mr. Hololihan, den Baseballtrainer, verknallt hatte und nichts sagen konnte, ihn nur unter der Dusche beobachtete und sich verzweifelt danach sehnte, sein Gesicht zu berühren, ihn überall zu berühren, dort ... Er wandte sich mit erschrockenen Augen an Lionel. »Weißt du, was das bedeutet?«

»Ja, natürlich.«

»Klar, du weißt, daß es Homosexualität bedeutet. Aber ich meinte eigentlich die spezielle Einsamkeit, die damit für einen Mann verknüpft ist.« Paul legte seine ganze Seele in seine Augen, und Lionel nickte, ihn unverwandt ansehend. »Ich glaube, du weißt es auch ... du hast ähnliche Empfindungen wie ich. Habe ich recht?«

Tränen liefen Lionel über die Wangen, als er nickte, und plötzlich konnte er Pauls Blick nicht mehr ertragen. Er schlug die Hände vors Gesicht und weinte hemmungslos. Jahrelange Einsamkeit kam nun in ihm hoch, als Paul ihn in die Arme nahm und ihn festhielt, bis er sich beruhigt hatte. Dann hob er Lionels Kinn an und sah ihm wieder in die Augen.

»Ich bin im Begriff, mich in dich zu verlieben«, sagte Paul nun, »und ich weiß nicht, was ich dagegen tun soll.«

So frei wie in diesem Augenblick hatte Lionel sich noch nie gefühlt. Das Geständnis hatte auf ihn eine wunderbare Wirkung. Er spürte, wie sein ganzer Körper in Flammen stand. Plötzlich waren ihm so viele Dinge klar, die er zuvor nie begriffen hatte, Dinge, die er gar nicht hatte wissen wollen oder an die zu denken er sich gefürchtet hatte. Er verstand jetzt alles, als er diesem Mann in die Augen sah.

»Du bist unberührt, nicht wahr?« fragte Paul.

Lionel nickte. »Ja«, sagte er mit belegter Stimme. Er war ebenfalls im Begriff, sich zu verlieben, wußte aber nicht, wie er es formulieren sollte. Er betete darum, daß er die richtigen Worte finden würde, daß Paul ihn nicht wegschicken, sondern ihn immer, immer bei sich behalten würde.

»Hast du jemals mit einem Mädchen geschlafen?« fragte Paul weiter. Lionel schüttelte den Kopf. Deswegen war er überhaupt auf die Idee gekommen. Er hatte sich nie nach einem Mädchen gesehnt – niemals. Dieses Verlangen war bei ihm nicht vorhanden. »Ich auch nicht«, fuhr Paul fort. Seufzend legte er sich zurück in den Sand und faßte nach Lionels Hand, um die Handfläche mit Küssen zu bedecken. »Vielleicht ist es so einfacher. Die Entscheidung für unser Leben wurde schon vor langer Zeit getroffen. Das glaubte ich immer schon von Leuten wie uns. Ich weiß, daß wir keine Wahl haben und daß die Anlage schon in der Kindheit vorhanden ist. Ich glaube, ich wußte es schon damals, hatte aber Angst, es mir einzugestehen.«

Lionel faßte wieder Mut. »Bei mir war es ähnlich. Ich hatte Angst, jemand würde dahinterkommen und meine Gedanken lesen. Mein Bruder ist ganz anders, sehr ungestüm und sportlich, und mein Vater wollte, daß ich auch so bin. Und ich brachte es nicht fertig, unmöglich ...« Wieder kamen ihm die Tränen, und Paul drückte seine Hand.

»Hat jemand in der Familie einen Verdacht?«

Lionel schüttelte den Kopf. »Bis heute abend gestand ich es mir ja selbst nicht einmal ein.« Doch jetzt wußte er es ganz sicher. Und er wollte es so und nicht anders – mit Paul und mit keinem anderen. Er hatte sein Leben lang auf ihn gewartet und wollte ihn jetzt nicht verlieren.

Paul sah ihn eindringlich an. »Bist du sicher, daß du jetzt bereit bist, dazu zu stehen? Ein Zurück gibt es nicht. Man kann sich nicht ändern ... manche versuchen es zwar, aber ich frage mich immer, ob sie sich selbst überzeugen können. Ich möchte es sehr bezweifeln.« Er sah zu Lionel auf. Beide lagen jetzt im Sand. Lionel hatte sich auf einen Ellbogen aufgestützt und sah auf Paul hinunter. Sie waren im Umkreis von Meilen die einzigen Menschen. Die Häuser hinter ihnen funkelten wie Juwelen, wie tausend Verlobungsringe, die Paul ihm anbot, wie eine ganze Krone. »Ich möchte nichts tun, wozu du nicht bereit bist.«

»Ich bin bereit, das weiß ich. Bis jetzt war ich so einsam. Laß mich nicht wieder allein«, bat Lionel.

Paul nahm ihn in die Arme und hielt ihn an sich gedrückt, bis er es kaum mehr aushalten konnte. Noch nie hatte er jemanden verführt, und er wollte mit diesem Jungen nicht damit anfangen.

»Komm, gehen wir ins Haus.« Gelenkig sprang er auf und reichte Lionel die Hand, der ebenfalls aufstand. Mit einem unbeschwerten, sorglosen Lächeln folgte ihm Lionel. Sie gingen Hand in Hand und sprachen nun viel angeregter und unbefangener. Lionel hatte das Gefühl, eine Zentnerlast wäre von ihm genommen worden. Er wußte nun, wer und was er war und wohin er jetzt ging, und alles war gut so. Es war nicht weit bis zum Haus, und sie gingen hinein, erfrischt und belebt von der Nachtluft. Paul goß noch zwei Gläser Weißwein ein, trank einen Schluck und fachte das Feuer im Kamin an. Dann verschwand er in einem anderen Raum und überließ Lionel seinen Gedanken und seinem Wein. Als er wiederkam, war die Beleuchtung ausgeschaltet, das Kaminfeuer war die einzige Lichtquelle. Er stand nackt mitten im Raum und winkte Lionel zu sich. Es bedurfte keiner Worte, und Lionel zögerte nicht. Er stand auf und folgte Paul.

15

Paul brachte Lionel um vier Uhr morgens zu dem vor der Imbißstube geparkten Wagen zurück. Auf dem Parkplatz blieben sie stehen und sahen einander in die Augen. Es war sonderbar, wieder hierzusein. So viel war passiert, seitdem sie hier gesessen hatten. Es war unglaublich. Lionel hatte das Gefühl, es seien ihm Flügel gewachsen. Es war der schönste Abend seines Lebens gewesen, und er war so erleichtert wie noch nie. Endlich wußte er, was er war, und Paul ließ alles im richtigen Licht erscheinen ... mehr noch, es war alles schön gewesen. Lionel wußte gar nicht, wie er sich jetzt bei ihm bedanken sollte.

»Ich weiß nicht, was ich sagen und wie ich dir danken soll«, setzte er mit schüchternem Lächeln an, von einem Fuß auf den anderen tretend.

»Ach, laß das. Können wir uns heute treffen?«

Lionel wagte kaum zu atmen, als er spürte, wie er wieder von Erregung erfaßt wurde. Er hatte nicht geahnt, wie herrlich es sein würde, aber mit Paul war es wundervoll. »Ja, sehr gern«, sagte er.

Paul kniff nachdenklich die Augen zusammen und überlegte, wo sie sich treffen sollten. »Am besten, wir treffen uns wieder hier, und zwar um acht Uhr. Du wartest im Wagen und fährst mir dann einfach nach. Wenn ich nicht zu müde bin, können wir uns selbst etwas zum Essen zurechtmachen oder unterwegs essen. Na, was hältst du davon?« Sonst pflegte er sich anders um seine Freunde zu kümmern, aber ausgerechnet jetzt mußte er täglich lange arbeiten.

»Großartig.« Lionel strahlte und gähnte dann schläfrig. Paul lachte und fuhr ihm durchs Haar.

»Fahr nach Hause und schlaf dich aus, du Glücklicher. Ich muß den ganzen Tag rackern.«

Lionel sah ihn voller Mitgefühl an. »Bestell meiner Mutter Grüße.« Kaum hatte er den Satz ausgesprochen, als er erschrak.

Paul lachte. »Ich glaube, das lasse ich im Moment besser bleiben.« Er konnte sich nicht vorstellen, wie Faye auf die Eröffnung reagieren würde, ihr Ältester sei homosexuell. »Wenn sie mich fragt, werde ich nur sagen, wir hätten zusammen einen Hamburger gegessen und dann seist du nach Hause gefahren. Ist es dir recht so?«

Lionel nickte. Was aber, wenn ihm ein Fehler unterlief? Wenn ihm eine Bemerkung entschlüpfte? Ein beängstigender Gedanke. Mit der Zeit würden die Leute es erfahren müssen. Er wollte ja nicht den Rest seines Lebens im verborgenen verbringen. Aber andererseits wollte er es nicht schon jetzt jedem auf die Nase binden ... noch nicht. Er wollte nur mit Paul dieses Geheimnis teilen. »Also dann, einen schönen Tag.« Er hätte ihn gern berührt und geküßt, wagte es aber nicht. Paul strich ihm mit liebevollem Blick über die Wange.

»Gib schön acht auf dich, und ruh dich aus, Lieber.«

Lionel spürte die Macht der Liebe aus diesen Worten, und sein Herz klopfte ihm bis zum Hals, als er dem silbernen Porsche nachsah und winkte. Gedankenverloren stieg er in seinen Mustang.

Lionel konnte es kaum erwarten, daß es Abend wurde. Als es endlich soweit war, saß er ungeduldig in seinem Wagen. Er hatte sich feingemacht, trug ein Hemd, Pullover und neue Wildlederhosen, und er war ordentlich gekämmt. Sogar ein neues Aftershave hatte er sich gekauft. Paul erkannte diese Vorbereitungen auf den ersten Blick und war richtig gerührt. Er hatte nach dem Studio nicht einmal duschen können, weil er sich nicht verspäten wollte. Er legte den Arm um Lionel, und sie umarmten einander. Lionel konnte seine Freude und Erregung nicht verbergen.

»Paul, wie war der Tag?«

»Großartig. Das habe ich dir zu verdanken.« Er lächelte großmütig, und der Junge strahlte. »Ich konnte meinen Text perfekt und habe alles geschafft, aber es war die reinste Sklavenarbeit.« Er sah an sich hinunter. Er trug noch immer die Drillichsachen von den Dreharbeiten. Beim Verlassen des Studios hatte niemand etwas gesagt. »Los, fahren wir, damit ich duschen und mich umziehen kann.«

Paul hätte Lionel gern nachher zum Essen oder einem Drink in eine Schwulen-Bar, die er gern besuchte, ausgeführt, war aber noch nicht bereit, ihn in die Homosexuellenwelt einzuführen. Er spürte instinktiv, daß Lionel noch nicht soweit war. Lionel wollte, daß ihre Beziehung etwas Besonderes blieb, etwas, das nur zwischen ihnen beiden existierte, und Paul war gewillt, dieses Spiel eine Zeitlang mitzumachen und sich von seinen sonstigen Freunden fernzuhalten. Lionel entschloß sich wieder, mit ihm im Porsche zu fahren. Unterwegs hielten sie vor einem Supermarkt in Malibu. Sie kauften eine Sechserpackung Bier, ein paar Flaschen Wein, Salat, Früchte und zwei Steaks. Das reichte für ein Dinner zu zweit. Lionel behauptete, er könne kochen.

Er hatte nicht übertrieben, und als Paul mit einem Handtuch um die Hüften aus der Dusche kam, reichte Lionel ihm mit einem Lächeln ein Glas Wein. »Das Essen ist in fünf Minuten fertig.«

»Großartig. Ich bin halb verhungert.« Dann aber setzte Paul das Glas ab und küßte Lionel. Als sie sich trennten, hielten sie Blickkontakt, und Lionels Herz stand im Flammen. »Du hast mir gefehlt«, sagte Paul.

»Du mir auch.«

Das Handtuch glitt von Pauls Hüften, und er flüsterte dem Jungen ins Ohr, während er sich ungeduldig an dessen Gürtel zu schaffen machte. »Werden die Steaks verkohlen, wenn sie noch eine Weile warten müssen?« Obwohl es ihn nicht kümmerte. Alles war ihm einerlei, es ging ihm im Moment nur um das junge Fleisch.

Lionel war einer der aufregendsten Liebhaber, die er seit langem gehabt hatte. Er war so enthusiastisch und neu und roch so süß und gut. Sein Körper war jung und straff. Er schob die Hose hinunter und fand, was er suchte. Lionel stöhnte unter der Liebkosung auf. Und gleich darauf lagen sie umschlungen auf dem Boden, und das Essen war vergessen, während ihre Körper in Leidenschaft verschmolzen.

16

Die Beziehung dauerte den ganzen Herbst an, und Lionel war noch nie im Leben so glücklich gewesen. Beim Studium kam er gut voran, und Paul arbeitete noch immer am Film der Thayers. Einmal ließ Lionel sich nach längerer Pause im Studio blicken, aber es war zu schwierig, den Schein zu wahren. Er mußte ständig darauf bedacht sein, seine Blicke zu beherrschen, und litt unter der Angst, seine Mutter würde etwas merken.

»Sie weiß nicht alles«, zog Paul ihn einmal auf. »Auch wenn sie deine Mutter ist. Und ich schätze, es würde sie nicht umwerfen, auch wenn sie es wüßte.«

Lionel seufzte. »Ich bin deiner Meinung.« Aber wenn er an Ward dachte ... »Bei meinem Vater ist es anders. Er würde nie Verständnis dafür aufbringen.«

Paul nickte wissend. »Ich glaube, du hast recht. Väter tun sich sehr schwer, ihre Söhne so zu nehmen, wie sie sind.«

»Wissen deine Eltern Bescheid?«

»Noch nicht. Ich bin noch so jung, daß sie sich über mein Junggesellenleben nicht weiter wundern. In zehn Jahren wird die Sache anders aussehen.«

»Dann bist du vielleicht verheiratet und hast fünf Kinder.« Beide belachten diese absurde Vorstellung. Paul hatte kein Interesse an Frauen, bisexuelle Neigungen hatte er an sich noch nicht entdeckt. Frauen hatten ihn nie erregt – aber Lionel. Sie verbrachten die Nacht in dem riesigen Bett und liebten sich – auch auf der Couch vor dem Feuer oder auf dem Boden oder am Strand. Es war eine ausschließlich erotische, sinnliche Beziehung, bei der einfach alles am Partner erregend war. Lionel hatte inzwischen den Schlüssel für das Haus in Malibu, und manchmal fuhr er direkt nach dem Unterricht hin, oder aber er ging zuerst nach Hause und traf sich hinterher mit Paul in Malibu, wenn dieser noch spät zu tun hatte. Aber er hatte seit Monaten keine Nacht mehr in seiner Wohnung verbracht, und seine Kameraden zogen ihn auf, wann immer sich eine Gelegenheit bot.

»Los, Thayer, wer ist das Frauenzimmer? Wie heißt sie? Wann kriegen wir sie einmal zu Gesicht? Oder ist sie so, daß man sie vor seinen Freunden lieber versteckt und selbst dauernd bumst?«

»Sehr komisch.« Er versuchte sie abzuwimmeln, indem er auf ihre Witze und auf ihre Bewunderung und Eifersucht einging. Wenn sie geahnt hätten … nicht auszudenken. Aber im Grunde wußte er, was dann gewesen wäre. Sie hätten ihn eine schmierige kleine Tunte genannt und ihn wahrscheinlich hinausgeworfen.

»Wissen deine Freunde davon?« fragte Paul ihn eines Abends, als sie nackt vor dem Feuer lagen, von der Liebe erschöpft.

Lionel schüttelte den Kopf. »Nein.« Er dachte an die Jungs, mit denen er das Haus teilte. Typische Erstsemester, entweder auf Sport versessen oder intellektuell, aber alle waren sie scharf darauf, Mädchen ins Bett zu kriegen, und scheuten diesbezüglich keine Mühe. Ihr Sexualleben war weit weniger aktiv als Lionels und verlief in ganz anderer Richtung. Sie wären entsetzt gewesen, wenn sie ihn jetzt hätten sehen können. Und doch war er sehr glücklich so. Er sah Paul zärtlich an, der ihn genau beobachtete, als wolle er seine Gedanken lesen.

»Wirst du dich dein Leben lang verstecken? Die reinste Scheiße, das kann ich dir sagen. Ich habe es lange selbst so gemacht.«

»Ich bin nicht bereit, damit rauszurücken.«

»Ich weiß.« Paul drängte ihn nicht. Er ging nie mit ihm aus, obwohl Lionel bildschön war und seine Freunde neidisch geworden wären, aber er wollte nicht, daß sich die Sache herumsprach. Wenn er erst anfing, mit ihm auszugehen, war es nur eine Frage der Zeit, bis es alle Welt wußte. Der Sohn Faye Thayers … und damit würde alles in Bewegung geraten. Paul wollte es ihnen beiden ersparen, außerdem war es so vernünftiger. Besonders für Paul, dessen Karriere auf dem Spiel stand, wenn Faye oder Ward verrückt spielten, was durchaus im Bereich des Möglichen war. Schließlich war der Junge erst achtzehn, und Paul war vor kurzem neunundzwanzig geworden. Es hätte richtigen Ärger geben können, bei dem Paul der Leidtragende gewesen wäre. Sein PR-Agent brachte seinen Namen, wann immer es möglich war, mit weiblichen Stars in Verbindung. Die Leute waren scharf darauf, kein Mensch wollte erfahren, daß sein Idol schwul war.

Das Erntedankfest verbrachte Lionel mit seiner Familie, in deren Mitte er sich jetzt erwachsen, aber abgekapselt und sehr ausgeschlossen fühlte. Er hatte ihnen nichts zu sagen, wie er feststellen mußte. Greg war so kindisch, und die Mädchen schienen aus einer anderen Welt zu kommen. Nicht einmal mit seinen Eltern konnte er etwas anfangen, einzig Anne war für ihn noch erträglich. Er wartete ungeduldig, daß der Tag endlich vorüberging. Als er sich nach dem Dinner endlich empfehlen und zu Paul fahren konnte, war er sehr erleichtert. Seinen Eltern hatte er gesagt, er wolle mit Freunden hinauf an den Lake Tahoe fahren, obwohl er natürlich vorhatte, das Wochenende in aller Stille mit Paul zu verbringen. Vor Paul lagen nur mehr einige Wochen Dreharbeit, und beide waren entspannt und glücklich.

Bald darauf stand Weihnachten vor der Tür. Lionel erledigte seine Weihnachtseinkäufe gleich bei Ferienbeginn und tauchte eines Nachmittags, während Paul in seiner Garderobe war, im Studio auf.

Seine Eltern waren nirgends zu sehen, deswegen ging Lionel direkt in den kleinen Raum, den er mittlerweile so gut kannte, und ließ sich dort in einen Sessel fallen. Paul rauchte einen Joint und bot ihn Lionel an, aber der machte sich nicht soviel daraus wie Paul. Er nahm nur einen raschen Zug und gab das Ding gleich wieder zurück. Die beiden setzten sich und lächelten einander zu. »Ich hätte eine gute Idee, wenn wir nicht ausgerechnet hier wären.« Beide lachten wie Verschwörer. Manchmal gingen sie so unbefangen miteinander um, daß sie glatt vergaßen, etwas verbergen zu müssen. Paul beugte sich vor, und sie küßten sich.

Keiner hatte gehört, wie die Tür geöffnet wurde und jemand eintrat. Aber Lionel hörte, wie jemand den Atem anhielt, und als er aufblickte, sah er Faye im Eingang stehen. Ihre Miene war wie erstarrt, in ihren Augen standen Tränen. Lionel sprang auf, und Paul tat es ihm langsam nach. Die drei standen da und starrten einander an.

»Mom, bitte . . .«, Lionel streckte die Hand nach ihr aus. Seine

Augen waren feucht. Er fühlte sich, als hätte er ihr ein Messer mitten ins Herz gestoßen. Sie standen bewegungslos da. Faye sah beide an und ließ sich langsam in einen Sessel sinken. Die Beine versagten ihr den Dienst.

»Mir fehlen die Worte. Wie lange läuft das schon?« Ihr Blick wanderte von Lionel zu Paul.

Paul schwieg, er wollte es Mutter und Sohn nicht noch schwerer machen. Schließlich war es Lionel, der zuerst sprach. Seine Arme hingen schlaff herunter, aus seinem Blick sprach Niedergeschlagenheit. »Ein paar Monate ... es tut mir leid, Mom.« Er fing zu weinen an, und Paul brach es fast das Herz. Er stand auf und trat an seine Seite, den Blick auf Faye gerichtet. Er war es dem Jungen schuldig, ihm beizustehen. Doch er wußte, wie hoch der Preis sein konnte. Faye war imstande, seine Karriere zu vernichten, wenn sie es darauf anlegte. Er war wahnsinnig gewesen, sich mit ihrem Sohn einzulassen. Er bedauerte es jetzt aufrichtig, doch es war zu spät, viel zu spät. Der Schaden war nicht wiedergutzumachen.

»Faye, niemandem ist etwas geschehen. Und niemand weiß es. Wir sind nirgends hingegangen.« Er wußte, daß das für sie eine Erleichterung bedeutete. Sie hob den Blick.

»Paul, ist es von Ihnen ausgegangen?« Am liebsten hätte sie ihn umgebracht, aber sie ahnte, daß sie sich irrte und daß es nicht ausschließlich seine Schuld war. Bekümmert sah sie das tränenüberströmte Gesicht ihres Sohnes.

»Lionel, ist das ... ist es das erste Mal?« Sie wußte gar nicht, welche Fragen sie stellen sollte und ob sie überhaupt ein Recht hatte zu fragen. Lionel war ein Mann, und wäre Paul ein Mädchen gewesen, hätte sie ihn dann nach den Einzelheiten gefragt? Die Art dieser Affäre machte ihr angst. Sie hatte nicht viel Ahnung von Homosexualität und hätte lieber noch viel weniger gewußt. In Hollywood gab es jede Menge Schwule, aber Faye hatte sich nie dafür interessiert, und jetzt stand ihr Sohn vor ihr ... ihr Sohn, der eben einen Mann geküßt hatte! Sie wischte sich die Tränen ab und sah beide an, während Lionel sich mit einem tiefen Seufzer in den Sessel ihr gegenüber sinken ließ.

»Mom, es war das erste Mal, ich meine mit Paul. Und es ist
nicht seine Schuld. Ich war schon immer so. Ich glaube, insgeheim weiß ich es seit Jahren, ich wußte nur nicht, was ich machen sollte, und er …«, er stockte und sah Paul fast dankbar
an, Faye war zum Erbrechen übel, »… er hat mir alles so liebevoll klargemacht … ich kann nichts dafür. So bin ich eben. Es
ist nicht das, was du für mich willst, und du wirst mich vielleicht
nie wieder …«, er schluckte schwer, »nie wieder liebhaben, aber
ich hoffe doch, daß du es eines Tages überwindest.« Lionel ging
zu ihr, legte die Arme um sie und begrub sein Gesicht an ihrem
Hals.

Auch Paul hatte Tränen in den Augen. Er hatte noch nie so tief
empfunden, nicht einmal seiner eigenen Familie gegenüber.

Lionel sah seine Mutter an. »Mom, ich habe dich so lieb, und
das wird sich nie ändern. Aber ich liebe auch Paul.«

Es war der erwachsenste Moment seines ganzen bisherigen Lebens, und vielleicht würde er nie wieder so viel Reife beweisen
müssen. Aber jetzt mußte er dafür einstehen, wer und was er war,
mochte es auch noch so schmerzlich für seine Mutter sein. Faye
legte die Arme um ihren Sohn, zog ihn an sich und drückte ihm
einen Kuß aufs Haar. Dann nahm sie sein Gesicht in beide Hände
und sah ihn eindringlich an. Für sie war er der kleine Junge, der
er vor Jahren für sie gewesen war. Ihre Liebe war ungeschmälert.

»Lionel Thayer, ich liebe dich, wie du bist. Das wird sich nicht
ändern. Denk immer daran.« Sie sah ihm tief in die Augen. »Was
immer dir zustößt und was immer du tust, ich stehe hinter dir.«
Sie sah zu Paul hinüber, während Lionel unter Tränen lächelte.

»Ich möchte, daß du glücklich bist, das ist alles. Und wenn das
dein Leben sein soll, dann akzeptiere ich es. Aber ich möchte,
daß du vorsichtig und klug bist bei allem, was du tust, in der
Auswahl deiner Freunde und in deinem Auftreten. Du hast ein
schwieriges Leben gewählt. Mach dir da lieber nichts vor.« Das
hatte er geahnt, aber mit Paul war alles einfacher, vor allem viel
einfacher als das Versteckspiel vor sich selbst, das er in all den
Jahren betrieben hatte. Faye stand auf und sah Paul mit Tränen
in den Augen an.

232

»Von Ihnen möchte ich nur eines: Sprechen Sie mit niemandem darüber. Ruinieren Sie nicht sein Leben. Er wird vielleicht einmal seine Ansichten ändern, also geben Sie ihm die Chance.« Paul nickte wortlos, und Faye wandte sich nun wieder ihrem Sohn zu. »Und du sag deinem Vater kein Wort. Er würde es nicht verstehen.«

Lionel schluckte schwer. »Ich weiß, Mom. Ich kann es gar nicht fassen, wie großartig du bist.« Er wischte sich die Tränen ab, während Faye ihm traurig zulächelte.

»Zufällig liebe ich dich sehr. Und dein Vater liebt dich auch.« Sie seufzte traurig, den Blick auf die beiden gerichtet. Es war im Grunde genommen unverständlich. Zwei so hübsche, so männliche junge Leute. Eine schreckliche Vergeudung – trotz allem. Sie hatte die Homosexuellen immer bedauert, weil sie im Grunde genommen ein unglückliches Leben führten, ein Leben, wie sie es ihrem Sohn nicht wünschte. »Dein Vater wird es nie verstehen, auch wenn er dich noch so sehr liebt.« Und dann holte sie zum letzten Schlag aus. »Es würde ihm das Herz brechen.«

Wieder schluckte Lionel. »Ich weiß.«

17

In der ersten Januarwoche wurde der Film abgedreht, und die Abschlußparty war die beste, die Paul je erlebt hatte. Es war eine Riesensache, die sich die ganze Nacht hinzog, bis schließlich alle nach den üblichen Küssen, Umarmungen und Tränen auseinandergingen. Für ihn war es eine Erleichterung. Die Zusammenarbeit mit Faye war in den letzten Wochen sehr schwierig gewesen, mochte sie auch noch soviel Verständnis bewiesen haben. Er wußte zudem, daß sich diese Anspannung in seiner Arbeit niedergeschlagen hatte, obwohl die wichtigsten Szenen schon lange vorher gedreht worden waren.

Paul argwöhnte, daß auch sie unter der Anspannung gelitten hatte. Er machte sich schon Gedanken, ob sie ihm je wieder eine Rolle geben würde. Er arbeitete gern mit ihr zusammen, hatte aber das Gefühl, sie hintergangen zu haben. Ja, hintergangen war das richtige Wort. Vielleicht hätte er den Jungen einfach stehenlassen sollen, aber er war so verdammt schön gewesen, so frisch und jung, und er hatte sich eingeredet, er sei in ihn verliebt. Jetzt wußte er es besser. Lionel war ein lieber Junge, aber viel zu jung für ihn – unerfahren und naiv. In zehn Jahren würde er fabelhaft sein, aber gegenwärtig besaß er noch zuwenig Substanz für einen Mann in Pauls Alter. Meist kam Paul sich vor wie Lionels Vater. Ihm fehlten seine alten Freunde, die ganze Szene, die Partys und Orgien, die er gern besucht hatte, um sich von Zeit zu Zeit richtig auszutoben. Jeden Abend zu Hause zu sitzen und ins Feuer zu starren war verdammt langweilig. Aber der Sex war so gut, besonders in letzter Zeit mit Hilfe von Amylnitrat als Aufputschmittel. Er wußte, daß das nicht lange anhalten würde. Bei ihm dauerte eine Beziehung nie lange, und dann würde er mit Schuldgefühlen weiterleben müssen. Manchmal ist das Leben wirklich verdammt kompliziert, dachte Paul auf der Heimfahrt, aber als er Lionel wie einen schlafenden Hund zusammengerollt in seinem Bett vorfand, bedauerte er sofort, daß er an eine Trennung auch nur gedacht hatte. Leise schlüpfte er aus den Kleidern, setzte sich auf den Bettrand und strich mit dem Finger Lionels endlos langes Bein entlang. Da bewegte sich Lionel und öffnete ein Auge.

»Wie ein schlafender Prinz siehst du aus ...«, flüsterte Paul. Vom Strand her erhellte das Mondlicht den Raum. Lionel lächelte und streckte ihm verschlafen die Arme entgegen. Das ist mehr, als ein Mann verlangen kann, dachte Paul, während er sich den Wonnen des Fleisches hingab. Sie schliefen bis spät in den Tag hinein, um anschließend einen ausgedehnten Spaziergang am Strand zu unternehmen. Sie sprachen über das Leben, und dabei wurde Paul wieder klar, wie jung Lionel war. Sein Lächeln mußte ihn verraten haben, denn Lionel ärgerte sich.

»Du hältst mich wohl für ein Baby?«

»Nein, wie kannst du das denken.« Paul belog ihn. Er hielt ihn wirklich für ein Baby.

»Ich bin aber keines, ich habe schon einiges erlebt.«

Da lachte Paul, was Lionel noch mehr erbitterte, und schließlich entspann sich eine ihrer sehr seltenen Streitigkeiten. An jenem Abend fuhr Lionel zurück in seine Wohnung. Als er zum ersten Mal seit Wochen im eigenen Bett lag, fragte er sich, ob sich etwas ändern würde, weil Paul jetzt mit dem Film fertig war. Paul würde ständig frei sein, während er selbst durch sein Studium eingespannt war.

Nach wenigen Wochen wurde klar, daß die Lage tatsächlich komplizierter geworden war. Paul war oft sehr unruhig und las ständig Drehbücher, um sich für einen neuen Film zu entscheiden. Er hatte noch immer Angst wegen Faye, und im Frühjahr hatte er diese Schuljungenliebelei endgültig satt. Die Beziehung gab ihm nicht genug. Sie hatte ein halbes Jahr gedauert, und das war für Paul sehr lange. Lionel spürte es, noch ehe Paul etwas sagte. Das Ende war für beide schmerzlich, aber Lionel stellte Paul unerwartet vor die Entscheidung. Er konnte das immer öfter zwischen ihnen lastende gespannte Schweigen nicht mehr ertragen, und plötzlich empfanden beide das Haus in Malibu als irgendwie bedrückend.

»Paul, es ist vorbei, nicht wahr?« Lionel sah nicht mehr ganz so jung aus, war es aber, wie Paul sich ins Gedächtnis rief. Er war gerade neunzehn. Herrgott, zwischen ihnen lag ein Altersunterschied von zehn Jahren. Zehn Jahre. Und er hatte vor kurzem einen Mann von zweiundvierzig kennengelernt, bei dem ihm die Knie weich wurden. Er hatte noch nie einen älteren Liebhaber gehabt und konnte es kaum erwarten, mit ihm zusammenzusein. Das war aber unmöglich, solange er an Lionel gebunden war. Er sah den Jungen an, ohne das zu bedauern, was zwischen ihnen vorgefallen war. Unwillkürlich fragte er sich, ob Lionel Reue empfand, doch das schien die ganze Zeit über nicht der Fall gewesen zu sein. Es sah vielmehr aus, als habe er endlich seinen Platz im Leben gefunden. Er war glücklich, seine Noten waren in die Höhe geschnellt – er schien zu sich selbst gefunden zu haben. Vielleicht hatte es sich alles in allem doch gelohnt. Paul sah ihn mit wehmütigem Lächeln an. Es war Zeit, ein offenes Wort miteinander zu sprechen und ein Ende zu machen.

»Ich glaube, du hast recht, mein Freund. So ist eben das Leben manchmal. Und es ist doch wundervoll gewesen, findest du nicht?«

Lionel nickte mit trauriger Miene. Er wollte nicht Schluß machen, aber sie verstanden sich schon eine ganze Weile nicht mehr sehr gut – außer im Bett. Da war alles noch intakt, aber schließlich waren sie beide gesund und jung, warum also hätten sie diesbezüglich Probleme haben sollen? Jetzt wollte er die Wahrheit wissen.

»Gibt es einen anderen?«

Paul blieb bei der Wahrheit. »Noch nicht.«

»Aber bald?«

»Ich weiß es nicht. Aber darum geht es nicht.« Paul stand auf und ging im Raum auf und ab. »Ich weiß nur, daß ich jetzt eine Zeitlang meine Freiheit haben muß.« Er drehte sich um und sah Lionel an. »Lionel, wir leben in einer anderen Welt. Leute wie wir verlieben sich nicht, um zu heiraten, dreizehn Kinder zu kriegen und um bis ans Ende ihrer Tage glücklich miteinander zu leben. Für Typen, wie wir es sind, ist alles viel schwieriger. Bei uns sind beständige Beziehungen selten. Nicht, daß es sie nicht gäbe, aber das meiste sind kurze Episoden, eine Nacht, ein paar Tage oder eine Woche oder, wenn man Glück hat wie wir beide, ein halbes Jahr. Aber weiter führt das nicht, und damit muß man sich abfinden.«

»Das genügt mir nicht.« Lionel war total verwirrt. »Ich möchte mehr als nur das.«

Paul lächelte. Er wußte in seiner Welt Bescheid. »Viel Glück. Vielleicht findest du mehr, aber die Chance ist gering.«

»Warum?«

Paul reagierte mit einem Hochziehen der Schultern. »Es ist nicht unser Stil. Unser Interesse gilt in erster Linie gutem Aussehen, einem schönen Körper, festen kleinen Hintern, einem Körper, so jung wie deiner. Und wir alle wissen, daß wir eines Tages nicht mehr jung sein werden.« Bei ihm fing das langsam an. Manchmal empfand er Neid auf Lionel, und er war dann eklig zu ihm. Aber bei diesem älteren Mann fühlte er sich jung und schön wie Lionel.

»Was willst du jetzt machen?«

»Keine Ahnung. Vielleicht werde ich verreisen.«

Lionel nickte. »Kann ich dich hin und wieder sehen?«

»Natürlich ...« Er blickte auf. »Lionel, es war für mich wunderbar ... hoffentlich ist dir das bewußt.«

Aber der Junge sah ihn nur noch eindringlicher an. »Ich werde dich nie vergessen, Paul, niemals, mein ganzes Leben nicht.« Er ging zu ihm, sie küßten sich, und Lionel blieb über Nacht. Am nächsten Tag fuhr Paul ihn nach Hause, und ohne daß ein Wort darüber verloren wurde, wußte Lionel, er würde ihn nicht wiedersehen – jedenfalls sehr, sehr lange Zeit nicht.

18

Im Juni 1965 saß die Familie Thayer in derselben Aula in der Beverly Hills High School wie im Jahr zuvor. Diesmal war es Gregs Abschlußfeier, der es typischerweise an dem Ernst der Feier von Lionels Schulabschluß fehlte.

Diesmal vergoß Faye keine Tränen, obwohl sie und auch Ward zutiefst bewegt waren. Auch Lionel war da und sah sehr erwachsen in seinem neuen Anzug aus. Er ging nun schon ins zweite College-Jahr und war noch immer Feuer und Flamme für sein Studienfach. Die Zwillinge wirkten viel reifer, als sie waren. Vanessa hatte den Kleinmädchenlook endgültig abgelegt. Sie trug einen roten Minirock zu einer rot-weiß gemusterten Bluse, die Faye ihr in New York gekauft hatte, Schuhe mit zierlichen Absätzen und eine kleine rote Schultertasche aus Kunstleder. Das offene Haar, das ihr wie eine goldene Flut auf die Schultern fiel, ließ sie jung und frisch aussehen. Nur Valerie hatte sich eine abfällige Bemerkung nicht verkneifen können, aber daran hatte man sich gewöhnt. Sie hatte grollend erklärt, Vanessa sehe so großartig aus wie ein Knallbonbon. Sie selbst hatte sich für eine gedämpftere Aufmachung entschieden. Zwar war sie auch in einem Minirock erschienen, aber ihrer war schwarz. Auch in diesem Jahr war ihr Pullover zu knapp. Ihre erstaunliche Reife war nun noch ausgeprägter. Ihre verlockende Figur, das etwas dezentere Make-up, die atemberaubende rote Mähne, die alle Augen auf sich zog, machten sie zum Blickpunkt, oder besser gesagt, sie wäre auf einer Cocktailparty in Beverly Hills ein solcher gewesen. Für eine Schulabschlußfeier um neun Uhr morgens aber war sie zu aufgedonnert, doch daran hatte man sich inzwischen gewöhnt. Faye war schon dankbar dafür, daß ihr Pulli nicht allzu ausgeschnitten war und daß der Minirock einer ihrer züchtigsten war. »Man wird dankbar für Kleinigkeiten«, hatte sie Ward beim Einsteigen zugeflüstert, und er hatte geschmunzelt. Die fünf waren eine richtige Rasselbande, aber allmählich wurden alle erwachsen. Sogar Anne war reifer geworden. Sie war jetzt dreizehn, entwickelte langsam weibliche Formen und war gottlob diesmal nicht kurz vor dem Aufbruch zur Feier abhanden gekommen.

Das Geschenk für Greg war keine Überraschung gewesen. Er hatte seine Eltern deswegen so ausdauernd gelöchert, daß Ward es ihm schon in der Vorwoche mit viel Tamtam übergeben hatte. Es war ein gelbes Corvette-Stingray-Kabrio, und Greg war – wenn möglich – noch mehr außer sich als Lionel im Vorjahr. Der Wagen war auch toller als Lionels kleiner roter Mustang.

Greg war die Straße auf und ab gerast und war sodann verschwunden, um alle seine Freunde zur ersten Fahrt abzuholen. Ward war überzeugt, sie würden entweder einen Unfall bauen oder innerhalb einer Stunde festgenommen werden, aber irgendwie waren sie mit heiler Haut davongekommen.

Trotzdem fragte sich Ward, ob er nicht eine Riesendummheit begangen habe, als Greg mit neun seiner engsten Freunde johlend und brüllend die Straße entlanggebraust und mit quietschenden Reifen in die Auffahrt eingebogen war. Alle waren sie herausgesprungen und hatten sich in den Pool gestürzt.

Greg war so ganz anders als der stille Lionel, und man konnte nur hoffen, daß er mit dem Auto vernünftig umgehen würde, wenn er erst die University of Alabama besuchte. Er hatte ein Football-Stipendium bekommen und konnte den Semesterbeginn kaum erwarten. Vorher wollte er einen Monat arbeiten, wieder auf der Ranch in Montana.

Anfang August würde das Football-Training in Alabama unter dem berühmten Trainer »Bear« beginnen, und Ward war schon sehr gespannt auf Gregs erstes Spiel, das er sich natürlich ansehen wollte. Faye wußte, daß er sehr oft nach Alabama fliegen würde – es machte ihr nichts aus. Sie hatte versprochen mitzukommen, wann immer es ihr möglich war, obwohl sie im Herbst mit einem neuen Film begann und danach, schon im neuen Jahr, noch einer geplant war.

Sie sahen, wie Greg sein Diplom ausgehändigt bekam – wie Lionel im Jahr zuvor, aber Greg brachte, anders als sein gesetzterer Bruder, nur ein albernes Lächeln zustande. Mit seinen breiten Schultern drängte er fast seine Kameraden von den Sitzen. Das Football-Stipendium hatte Greg zum Helden der ganzen Schule gemacht, und Ward platzte fast vor Stolz. Er hatte es überall herumerzählt und Lionel fast vorwurfsvoll angesehen, als er ihm die Neuigkeit berichtete.

Lionel arbeitete an einem experimentellen Film über Ballett und Tanz. Manchmal fragte Ward sich allen Ernstes, was in dem Jungen vorgehen mochte. Er war so anders als Greg, aber immerhin nahm er sein Studium sehr ernst. Faye traf sich oft zum Essen mit ihm. Ward selbst hatte nicht viel Zeit, er war dabei, die Finanzierung für einen großen Film zusammenzustellen, und diese Planung nahm ihn voll in Anspruch. Aber der Junge machte alles in allem einen guten Eindruck. Gottlob hatte keines der Kinder etwas mit diesem Blumenkinder-Unfug im Sinn, und keines nahm Drogen, obwohl er Faye wiederholt darauf aufmerksam gemacht hatte, daß Val gefährdet sei. Die Kleine war viel zu frühreif und verführerisch und schien eine Schwäche für ältere Jungen zu haben. Im Mai war sie mit so einem Typen angekommen, mit einem jungen Mann, der schon vierundzwanzig war, und Ward hatte dieser Romanze sehr rasch ein Ende bereitet. Valerie war wirklich nicht leicht zu lenken. Es war eine Binsenweisheit, daß es in jeder Familie ein Problemkind gab, und ihres war eben Val. Wenn man von der wilden Aufmachung, dem Make-up und den älteren Jungen absah, hielt sie sich aber wenigstens einigermaßen innerhalb der Grenzen der Wohlanständigkeit.

Die Party, die sie für Greg am Abend veranstalteten, verlief ebenfalls völlig anders als die im Vorjahr. Bis Mitternacht floß das Bier in Strömen, und alle waren betrunken. Die meisten tummelten sich nackt im Pool. Faye hätte am liebsten alle hinausgeworfen, aber Ward setzte sich durch und verhinderte es, weil er wollte, daß alle ihren Spaß hätten. Faye sollte Anne und die Zwillinge zu Bett schicken. Das sei unmöglich, wandte sie ein. Man mußte entweder endgültig Schluß machen oder die Bande gewähren lassen. Doch kurz nach zwei traf die Polizei die Entscheidung für sie. Sie wurden aufgefordert, die Musik abzustellen und keinen Lärm mehr zu machen. Sämtliche Nachbarn in der Straße hatten sich beschwert, am heftigsten das Ehepaar von nebenan, als zwölf kräftige junge Männer in Ballettformation grölend im Vorgarten aufmarschiert waren, ehe sie im Pool verschwanden. In Wards Augen war das alles ein Riesenspaß, aber für ihn war ja alles fabelhaft und lustig, was Greg so trieb. Faye fand das weniger spaßig. Bei Lionels Party hatte es keine Klagen gegeben.

Als die Polizei eintraf, lag Greg ausgestreckt auf einer Liege, ein Handtuch um die nackte Mitte, im Arm sein Mädchen. Beide schliefen ihren Bierrausch aus. Und keiner wachte auf, als die Gäste gingen und lautstark rühmten, was für eine großartige Party es gewesen sei. Faye war heilfroh, daß keiner das Haus betreten hatte. Nur ein Pärchen hatte sich in Gregs Zimmer geschlichen, um zu schmusen, aber Faye hatte sie bemerkt und sie sofort nach draußen gescheucht. Verlegen waren sie der Aufforderung nachgekommen und hatten sich ziemlich früh mit ein paar anderen empfohlen, die vor dem Nachhausegehen noch irgendwo allein sein wollten. Die meisten aber waren mehr daran interessiert gewesen, sich gegenseitig ins Wasser zu stoßen und möglichst viel Bier in sich hineinzuschütten.

Lionel und John Wells saßen in einer bequemen alten Gartenschaukel, die unter einem Baum in einiger Entfernung vom Swimming-pool stand. Sie sprachen über das College. Lionel zählte eben seine Lieblingsfächer auf und berichtete von seinem Filmprojekt. Johns jahrelanger Wunsch war in Erfüllung gegangen, er war ebenfalls am UCLA aufgenommen worden.

Langsam schwang die Schaukel hin und her, während die beiden die tobende Menge beobachteten. Lionel hatte sich schon vor einer Weile davongestohlen, und John hatte ihn in der Schaukel sitzend angetroffen.

»Ich habe in letzter Zeit öfter an ein Kunststudium gedacht«, sagte John. Er war offiziell noch immer Gregs bester Freund, obwohl sie im letzten Jahr viel weniger beisammen gewesen waren. Auch John war noch im Football-Team, war aber nicht so wild darauf wie Greg. In Wahrheit war er froh, daß es damit jetzt vorbei war. Er hatte nicht die Absicht, jemals wieder Football zu spielen, mochte er auch dafür prädestiniert sein. Greg nannte ihn deshalb total bescheuert. Tatsächlich war John ein Football-Stipendium am Technischen College von Georgia angeboten worden, und er hatte abgelehnt – seltsamerweise litt die Freundschaft zwischen John und Greg darunter. Für Greg war es unbegreiflich, wie man eine solche Chance ungenutzt lassen konnte. Er hatte damals seinen Freund aus Kindheitstagen entsetzt angestarrt, und immer wenn sie jetzt zusammenkamen, wurde John von dem Gefühl befallen, sich für eine unverzeihliche Sünde rechtfertigen zu müssen – in Gregs Augen hatte er eine solche begangen. Aber Lionel schien dies nicht zu interessieren, er fand John immer sehr nett. Auch als die letzten Gäste gegangen waren, saßen die beiden jungen Männer noch immer beisammen.

»Ja, das Institut für Schöne Künste hat einen guten Ruf. Daneben gibt es natürlich auch ein Institut für Theaterwissenschaften«, meinte Lionel, der wußte, daß Greg sich für ein Hauptfach noch nicht entschieden hatte.

»Das ist nicht ganz mein Fall, glaube ich.« John lächelte schüchtern. Er hatte Gregs älteren Bruder immer bewundert.

»Wirst du auf dem Campus wohnen?«

John wußte es noch nicht. »Ich bin nicht sicher. Meine Mutter meint, ich sollte ins Studentenheim ziehen, das möchte ich aber nicht so gern. Ich glaube, ich bleibe lieber zu Hause.«

Lionel machte ein nachdenkliches Gesicht. Noch immer schwang die Schaukel sacht hin und her. »Ich glaube, einer meiner Mitbewohner zieht aus.«

Er sah John gedankenvoll an und versuchte sich vorzustellen, wie er in die Wohngemeinschaft hineinpassen würde. Er war noch sehr jung, aber sehr vernünftig. Er rauchte nicht, trank nicht, schien überhaupt ein ruhiger Typ, jedenfalls ganz anders als Greg und eher wie Lionels Hausgenossen, mit denen dieser sehr gut auskam. An den Wochenenden schlugen sie hin und wieder über die Stränge, ohne ganz die Kontrolle zu verlieren. Anders als viele andere jüngere Semester hausten sie nicht wie die Schweine in ihren Zimmern, das Haus wurde einigermaßen in Ordnung gehalten. Zwei von ihnen hatten Freundinnen, die oft auch im Haus schliefen, aber sie störten niemanden, und Lionel konnte kommen und gehen, wann er wollte. Kein Mensch kümmerte sich um ihn. Manchmal fragte er sich, ob sie über ihn Bescheid wußten, aber keiner sagte etwas, und keiner stellte Fragen. Es war eine gut eingespielte Gruppe. John Wells würde vielleicht einen guten fünften abgeben.

»Hättest du Interesse?« fragte er John. »Die Miete ist nicht hoch.« Er sah ihn an. »Was würden deine Eltern sagen, wenn du das erste Jahr außerhalb des Colleges wohnst? Eigentlich ist es ja nur über die Straße, aber nicht auf dem College-Gelände.« Wenn er lächelte, sah er Faye unglaublich ähnlich. Er war in diesem Jahr vom Jungen zum Mann gereift, zu einem schönen jungen Mann. Auf der Straße wurde er oft angestarrt. Sein wohlproportionierter Körper mit den langen schlanken Gliedern, die großen grünen Augen und das goldblonde Haar erregten unweigerlich Aufsehen. Die geschmackvolle sportliche Aufmachung, die er bevorzugte, unterstrich sein gutes Aussehen. Er hätte zum Film gehen können, wenn er gewollt hätte, aber er wollte nie vor, sondern immer nur hinter der Kamera stehen. Als er John ansah, spürte dieser eine geheime Regung.

»Na, was hältst du davon?« fragte Lionel wieder.

Johns Augen leuchteten auf. »Junge, das wäre herrlich. Gleich morgen frage ich meine Eltern.«

Lionel lächelte. »Nur nichts überstürzen. Ich sage erst den anderen, daß ich einen Interessenten kenne. Ich glaube, es hat sich noch niemand darüber Gedanken gemacht.«

»Wie hoch wäre mein Mietbeitrag? Mein Vater wird es wissen wollen.« Johns Eltern waren gutsituiert, lebten aber sparsam. Er war das älteste von fünf Kindern, von denen jedes in den folgenden Jahren aufs College gehen würde, ähnlich wie bei den Thayers, doch Lionels Vater mußte sich über die finanzielle Seite keine Gedanken machen – Ward produzierte immerhin zwei bis drei erfolgreiche Filme pro Jahr, während Johns Vater eine Praxis als Schönheitschirurg in Los Angeles hatte und seine Mutter im Bekanntenkreis Innenarchitektin spielte, wenn sie Zeit hatte. Sie sah übrigens großartig aus. Im Vorjahr hatte sie sich die Fältchen um die Augen wegmachen lassen, einige Jahre davor war die Nase korrigiert worden, und in diesem Sommer sollten die Brüste vergrößert werden, obwohl Johns Mutter im Badeanzug wunderbar aussah. Auch seine Schwestern waren sehr hübsch. Greg war mit zweien von ihnen ausgegangen, und die eine hatte schon vor Jahren ein Auge auf Lionel geworfen. Dieser interessierte sich aber nicht für sie, und John wunderte sich seltsamerweise gar nicht darüber.

»Durch fünf geteilt kommt die Miete nur auf 66 Dollar im Monat. Es ist ein Haus mit fünf Schlafräumen, in Westwood. Die Vermieterin läßt uns zum Glück ganz in Ruhe. Es gibt keinen Swimming-pool, und in der Garage haben nur zwei Autos Platz. Du hättest ein geräumiges Zimmer zur Verfügung, nach vorne hinaus, und müßtest das Bad mit zwei anderen teilen. Im Raum stehen ein Bett und ein Schreibtisch. Alles übrige mußt du selbst mitbringen, es sei denn, Thompson verhökert seinen Kram. Er geht für die nächsten zwei Jahre in den Osten – nach Yale.«

»Prima!« John war Feuer und Flamme. »Warte, bis ich das meinem Dad sage!«

Lionel lächelte. »Komm doch morgen vorbei und sieh dir alles an. Den Sommer über werden wir nur zu zweit sein, deswegen erhöht sich die Miete ziemlich, aber es wäre zuviel Mühe, wieder hierherzuziehen.« Er zog die Schultern hoch und machte ein ratloses Gesicht. »Es ist eigenartig . . . wenn man einmal ausgezogen ist, fällt es einem schwer, wieder nach Hause zurückzukommen.« Und besonders in seinem Fall hätte es viele Fragen gegeben, um die er sich jetzt nicht zu kümmern brauchte. Er genoß seine Freiheit. Und nur zu zweit würde er sich in diesem Sommer wie im eigenen Haus fühlen. Er freute sich schon.

»Ja, kann ich morgen kommen und mir alles ansehen?« Es war Samstag, und Lionel hatte nichts vor. Er hatte nur vor, auszuschlafen und seine Wäsche in Ordnung zu bringen. Abends war er auf eine Party eingeladen, tagsüber hatte er frei.

»Sicher.«

»Um neun?«

John machte ein Gesicht wie ein Fünfjähriger in Erwartung des Weihnachtsmannes. Lionel lachte. »Gegen Mittag wäre es mir lieber.«

»Na großartig.« Sie standen auf, und Lionel brachte John in seinem Auto nach Hause. Nachdem er ihn vor dessen Elternhaus in Bel Air, einem französischen Herrensitz in Kleinformat, vor dem ein Cadillac und ein Mercedes parkten, abgesetzt hatte, fuhr er langsam nach Hause, in Gedanken noch immer bei John. Er spürte etwas, das sich nicht leugnen ließ, wußte aber nicht, ob es in diesem Fall berechtigt war. Er vermutete, daß es nicht der Fall war, und er hatte nicht die Absicht, John zu etwas zu überreden. Das Angebot, ins gemeinsame Quartier zu ziehen, hatte er ohne Hintergedanken gemacht. Jetzt mußte er sich eingestehen, daß das Leben mit ihm unter einem Dach Probleme mit sich bringen könnte. Oder aber ... während sich seine Gedanken im Kreise drehten und er vor dem Haus anhielt, das er mit vier Studenten teilte, stellte er sich die Frage, ob Paul ähnlich empfunden hatte. Es war schon eine merkwürdige Verantwortung, sich an jemanden wie John heranzumachen ... besonders wenn es das erste Mal war, und Lionel war fast sicher, daß John noch keine Erfahrung hatte. Er schüttelte sich. Was phantasierte er sich da zusammen? Was, wenn John ganz anders empfand? Es wäre reinster Wahnsinn, einen Versuch zu wagen. Das hielt er sich einige Male vor, auch während er sich die Zähne putzte und später, als er im Bett lag. Allein der Gedanke war reiner Wahnsinn, sagte er sich in der Dunkelheit, bemüht, nicht an John zu denken. Aber Johns unschuldiges junges Gesicht ließ sich nicht aus seinem Bewußtsein verdrängen ... die kraftvollen Beine, die breiten Schultern und schmalen Hüften ... Lionel spürte, wie allein die Vorstellung ihn erregte. »Nein!« Das sagte er laut in die Dunkelheit hinein und drehte sich um, sich selbst befriedigend, während er John aus dem Gedächtnis zu streichen versuchte. Es war unmöglich. Sein ganzer Körper bebte vor Begehren, als er sich John vorstellte, wie dieser ins Wasser gesprungen war. Und die ganze Nacht träumte Lionel von ihm ... sie liefen auf einem Strandstück um die Wette, schwammen in einem tiefen tropischen Meer, küßten einander ... lagen Seite an Seite.

Er erwachte mit dumpfem Kopfschmerz, der sich nicht vertreiben ließ. Da nahm Lionel sein Fahrrad und unternahm eine ausgedehnte Fahrt, bevor die anderen wach wurden.

Beklommen wartete er, bis es Mittag wurde, und gelobte sich, John zu sagen, das Zimmer sei inzwischen schon an jemand anderen vergeben worden. Das war der einzige Ausweg. Er hätte anrufen können, wollte es aber nicht. Er würde es ihm sagen, wenn er käme, um das Zimmer anzusehen ... ja, das war die beste Lösung. Er wollte es ihm direkt sagen. Es war der einzige Ausweg.

19

Als Greg am Morgen nach seiner Abschlußparty erwachte, erlebte er den ärgsten Kater seines bisherigen Lebens, und das wollte bei ihm etwas heißen. In seinem Kopf dröhnte es, sein Magen war total in Unordnung geraten. Zweimal war er aufgewacht, weil er sich übergeben mußte, davon einmal auf den Badezimmerboden. Als er am Vormittag um elf Uhr aufstand, glaubte er sich dem Tode nahe. Aber sein Vater sah ihn die Treppe herunterwanken und drängte ihm eine Tasse schwarzen Kaffee und einen Toast auf. Dazu ein Glas Tomatensaft mit einem rohen Ei. Allein schon der Anblick verursachte Greg Übelkeit, doch sein Vater bestand darauf, daß er das Zeug hinunterwürgte.

»Zwing dich dazu, mein Sohn. Es wird dir guttun.« Er schien

aus Erfahrung zu sprechen, und Greg vertraute ihm, also tat er sein Bestes. Tatsächlich, nach einer Weile fühlte er sich schon viel besser. Ward gab ihm für die Kopfschmerzen noch zwei Aspirin, die er sofort einnahm. Gegen Mittag, als er sich am Pool sonnte, fühlte er sich beinahe wieder wie ein Mensch. Er blinzelte zu Val hinüber, die ihre Kurven in einen Bikini gezwängt hatte, den Faye nicht an ihr sehen wollte, wenn Fremde im Garten waren, aber im Familienkreis war das nicht so schlimm. Er bestand aus kaum mehr als einem Stück Schnur, aber an Val sah er großartig aus, wie Greg mit Kennerblick feststellte.

»Tolle Party, nicht, Schwesterherz?«

»Hm, ja.« Sie machte ein Auge auf. »Du hast dich ganz schön vollaufen lassen.«

Diese Bemerkung schien ihn nicht zu kümmern. »Waren Mom und Dad wütend?«

»Mom wäre fast ausgeflippt, aber Dad war ganz cool und sagte, es sei deine Abschlußparty.« Sie lächelte verschmitzt. Immerhin hatte sie auch ein paar Bier zuviel getrunken, und die Musik war toll gewesen. Alle hatten viel getanzt, bevor sie endgültig weggetreten waren.

»Wart nur, bis du dran bist. Du schnappst womöglich völlig über.«

»Ich bin die nächste.« Das Dumme war nur, daß sie die Abschlußfeier mit Van teilen mußte. Das war unter anderem einer der Gründe, warum sie das Dasein als Zwilling haßte. Immer mußte man alles mit jemand anderem teilen. Ihre Mutter hatte nie begriffen, daß sie allein sein wollte, daß sie selbständig leben und ihre eigenen Freunde haben wollte. Sie behandelte sie und Vanessa immer als Einheit. Valerie hatte ihr ganzes Leben vergeblich dagegen angekämpft. Ständig hatte sie zeigen müssen, wie verschieden sie waren – um jeden Preis. Und noch immer wollte das keiner kapieren. Alles wurde dadurch zerstört – aber nicht mehr lange. Nur noch zwei Jahre, dann wollte sie ausziehen. Vanessa hatte vor, auf ein College im Osten zu gehen, aber Valerie wußte genau, was sie selbst wollte. Sie wollte auf eine Schauspielschule: nicht die Schauspielkurse am UCLA, sondern richtige Kurse, an denen richtige Schauspieler zwischen ihren Engagements unterrichteten. Sie würde sich auch eine Arbeit suchen und eine eigene Wohnung. Mit dem College wollte sie keine Zeit verschwenden. Wer brauchte schon Collegebildung? Sie wollte Schauspielerin werden, eine größere als ihre Mutter. Dieses Ziel hatte sie sich schon vor Jahren gesetzt und war nicht eine Handbreit davon abgewichen.

»Warum schaust du so finster?« Greg hatte sie beobachtet und ihr Stirnrunzeln bemerkt. So sah sie immer aus, wenn sie um irgendeinen armen Teufel, auf den sie es abgesehen hatte, eine Intrige spann. Jetzt schüttelte sie nur die lange rote Mähne und zuckte mit den Schultern. In ihre Pläne weihte sie niemanden ein, weil man ihr nur die Hölle heiß gemacht hätte. Greg würde ihr einzureden versuchen, sie solle Physiotherapeutin oder Akrobatin werden oder sich irgendwo um ein blödes Sportstipendium bewerben. Vanessa würde sie überreden, mit ihr in den Osten auf ein College zu gehen, und Lionel würde sicher irgendeine andere dumme Idee haben, ihr vielleicht zum UCLA raten, weil er selbst dort studierte. Mutter würde Vorträge über Bildung halten, Dad würde ihr eintrichtern, wie schlecht Make-up für die Haut sei, und Anne würde sie ansehen, als wäre sie nicht ganz bei Trost. Nach sechzehn Jahren des Zusammenlebens kannte sie alle viel zu gründlich.

»Ich dachte nur an gestern«, schwindelte sie und streckte sich wieder in der Sonne aus.

»Ja, es war großartig.« Jetzt erst fiel ihm ein, sich nach seinem Mädchen zu erkundigen.

»Dad hat sie nach Hause gebracht. Sie hätte beinahe im Wagen gekotzt.« Val grinste, und Greg lachte.

»Herrjeh, davon hat er kein Wort gesagt.«

»Das hätte einem von uns passieren sollen. Er hätte einen Anfall gekriegt.« Beide lachten schallend, während Anne mit einem Buch auf dem Weg zur Schaukel vorüberschlenderte.

»Na, wohin, du halbe Portion?« Greg blinzelte in der Sonne. Ihm fiel auf, wie toll Anne im Badeanzug aussah. Ihre Taille wurde immer schmäler, so daß man sie mit zwei Händen hätte umspannen können, und ihre Brüste waren fast so groß wie Vals. Die kleine Schwester wurde ganz schön erwachsen. Sie war aber nicht der Typ, der Bemerkungen darüber gern hörte. Sie war die Zurückhaltendste von allen, und sie machte nicht den Eindruck, jemanden besonders ins Herz geschlossen zu haben, ausgenommen Lionel natürlich. Greg hatte das Gefühl, man habe sie kaum ein Wort sagen hören, seitdem Lionel nicht mehr im Haus war.

»Wohin, Kleines?« Er wiederholte die Frage, als Anne ausdruckslos an ihnen vorüber wollte. Mit Greg hatte sie nie viel zu reden gehabt. Sport war ihr ein Greuel, und seine Freundinnen waren in ihren Augen blöd. Aber die ärgsten Kämpfe hatte sie stets mit Val auszufechten, die sie jetzt drohend anfunkelte. Val argwöhnte nämlich, Annes Badeanzug sehe einem der ihren verdächtig ähnlich, war aber ihrer Sache nicht sicher. Anne spürte ihren prüfenden Blick.

»Nirgendwohin.« Ohne ein weiteres Wort ging sie weiter und hielt das Buch fest umklammert. Kaum war sie außer Hörweite, als Greg Val zuflüsterte: »Eine sonderbare Type, nicht?«

»Ja, schon möglich.« Vals Interesse war erloschen. Sie hatte festgestellt, daß es nicht ihr Badeanzug war. Ihrer hatte an den Seiten gelbe Streifen.

»Schon sehr erwachsen. Hast du den Busen gesehen?« Er lachte. »Fast so groß wie deiner.«

»Na, wenn schon.« Val zog beim Aufstehen den ohnehin flachen Bauch ein und streckte die Brust heraus. »Dafür hat sie kurze Beine.« Anne sah wirklich ganz anders aus. Sie hatte nie so auffallend gewirkt wie die anderen vier. Aber Val war jetzt in die Betrachtung ihrer eigenen Beine vertieft und versuchte festzustellen, ob sie für diesen Tag schon ihr tägliches Sonnenquantum abbekommen hatten. Sie mußte vorsichtig sein, obwohl sie mehr vertragen konnte als die meisten Rothaarigen. Dabei fiel ihr auf, daß Greg schon fast einen Sonnenbrand hatte. »Achtung, Greg, du wirst schon ganz rot.«

»Ach, ich gehe jetzt ohnehin ins Haus. John wollte vorbeikommen, und ich muß Fußmatten für den Wagen besorgen.«

»Was ist mit Joan?« Das war die kleine Blonde, die ihr Vater am Abend nach Hause gebracht hatte. Sie hatte einen gewaltigen, fast schon übergroßen Busen, und in der Schule hieß es allgemein, sie sei leicht umzulegen. Das schien Greg wunderbar in den Kram zu passen.

»Wir sind für heute verabredet.« Seit zwei Monaten schlief er mit ihr, seitdem er von seinem Football-Stipendium an der Universität von Alabama erfahren hatte.

»Geht John auch mit?« Sie wußte, daß John keine Freundin hatte. Deswegen hatte sie immer gehofft, er würde sich mit ihr verabreden und vielleicht mit ihr gehen, aber Greg hatte nie den Vorschlag gemacht, daß sie zu viert etwas unternehmen würden, und John auch nicht.

»Nein. Er sagte, er habe etwas anderes vor.« Er warf Val einen Blick zu. »Warum? Bist du scharf auf ihn, Schwesterchen?« Greg machte es einen Heidenspaß, sie zu hänseln, und sie hatten sich in den vergangenen Jahren nahezu tödliche Kämpfe geliefert. Er stichelte mit Wonne, und sie wurde immer so schön wütend.

»Unsinn. Ich wollte es nur wissen. Ich bin verabredet.« Wieder schwindelte sie.

»Mit wem?« Er durchschaute sie.

»Geht dich nichts an.«

»Dachte ich mir's doch.« Er legte sich mit boshaftem Grinsen zurück. Val hätte ihn am liebsten erwürgt. Anne beobachtete die beiden von der Schaukel aus. »Du hast gar keine Verabredung, du Schwindlerin.«

»Und ob. Ich bin mit Jack Barnes verabredet.«

»Einen Dreck bist du. Der geht mit Linda Hall.«

»Ach was, könnte ja sein, daß er sie betrügt.« Sie war rot angelaufen, und daran war nicht die Sonne schuld. Anne sah sogar aus dieser Entfernung, daß Val gelogen hatte. Sie kannte alle so gut, besser, als die anderen sie kannten.

Greg richtete sich auf und sah seine Schwester prüfend an. »Nur wenn du so weit gehst wie sie. Was mich auf eine Frage bringt, die ich dir ohnehin stellen wollte ... gehst du so weit?«

Vals Gesicht stand in Flammen. »Du kannst mich mal.« Sie drehte sich auf dem Absatz um und lief ins Haus. Greg lachte kurz auf, ehe er sich wieder zurücklegte. Eine heiße Nummer war seine kleine Schwester, das hatte er von ein paar Freunden gehört, mit deren jüngeren Brüdern sie ausgegangen war. Vermutlich machte sie alles, ausgenommen das Letzte. Er wußte, daß sie noch Jungfrau war, zumindest glaubte er es zu wissen, und er wußte auch, daß sie in bezug auf Jack Barnes log. Außerdem vermutete er, daß sie es schon immer auf John abgesehen hatte, aber John hatte nie Interesse für sie gezeigt, und Greg war es recht so. Es hätte ihm irgendwie nicht gepaßt. Val war nicht Johns Typ. Der zog stillere, weniger auffallende Mädchen vor. Er war noch ziemlich schüchtern, und Greg vermutete stark, daß er es auch noch nie getan hatte – der Ärmste. Er sollte sich beeilen. Wahrscheinlich war John der letzte in der Klasse, der sich noch nie an ein Mädchen herangewagt hatte. Zumindest wurde das allgemein behauptet. Langsam wurde es peinlich für Greg, ihn zum Freund zu haben. Womöglich würden die Leute noch glauben, John sei schwul, und was noch schlimmer war, man würde dann auch ihn für schwul halten, weil er oft mit ihm gesehen wurde. Ein zufriedenes Lächeln umspielte seinen Mund, als ihm einfiel, daß dies kaum wahrscheinlich war, nach allem, was er mit Joan getrieben hatte.

»Mensch, das ist ja super!« John sah sich so begeistert in dem Haus in Westwood um, als wäre es Versailles oder eine Hollywood-Kulisse und nicht eine etwas heruntergekommene Studentenbude. »Dad meinte, die Miete sei nicht zu hoch. Mutter war zwar enttäuscht, daß ich nicht auf dem Campus wohnen wollte, aber Dad sagte, solange du hier wohnst, könntest du ein Auge auf mich haben.« Er lief rot an, weil er dummes Zeug redete. »Ich meine . . .«

»Schon gut.« Lionel kämpfte gegen seine Träume von der Nacht zuvor an. Jetzt hatte er das sonderbare Gefühl, einen Film zu sehen, den er bereits kannte, nur spielte er diesmal Pauls Rolle. Es war wie eine Variation von damals, und er war nicht imstande, seinen Gedanken zu entfliehen, während er John durchs Haus führte.

Lionels Zimmer, das einzige im Haus mit eigenem Bad, lag dem John zugedachten Raum gegenüber. Vielleicht ließ sich ein Tausch arrangieren, so daß er das Zimmer neben John bekäme. Einer der anderen Jungs würde das Zimmer mit Bad sicher gern übernehmen, und er würde es ihm auch gern überlassen, wenn ... er verdrängte den Gedanken und konzentrierte sich auf John und die Hausbesichtigung.

»In der Garage steht eine Waschmaschine. Wochenlang benutzt sie kein Mensch, und dann brauchen sie plötzlich alle an einem Abend«, erklärte Lionel lächelnd.

»Meine Mutter sagte, ich könne meine Wäsche bringen.«

Unwillkürlich verglich Lionel John mit Greg. Die beiden hätten gar nicht unähnlicher sein können. Sonderbar, daß sie befreundet waren, aber immerhin waren sie dreizehn Jahre lang zusammen zur Schule gegangen. Vermutlich beruhte ihre Beziehung vor allem auf Gewohnheit. Wenn John sich darüber Gedanken gemacht hätte, wäre er zu demselben Schluß gelangt. Schon seit einigen Jahren hatten er und Greg sich einander entfremdet. In letzter Zeit war es besonders spürbar geworden. Sie waren fast immer verschiedener Meinung, vom Football-Stipendium angefangen bis hin zur Klassennutte, mit der Greg sich eingelassen hatte. John konnte sie nicht ausstehen und war daher immer weniger mit Greg zusammen. Meist war er allein und empfand es jetzt fast als Erleichterung, daß er mit Lionel sprechen konnte, mit einem vernünftigen Menschen, der sogar jenes College besuchte, das er für sich selbst auch ausgesucht hatte.

»Es gefällt mir fabelhaft, Lionel«, schwärmte John. Es hätte eine Scheune sein können, und er hätte sich in das Haus verliebt. Alles wirkte so erwachsen, so studentisch und ungezwungen, und es war beruhigend zu wissen, daß Lionel in seiner Nähe sein würde. John sah dem College mit Bangen entgegen, vor allem der Aussicht, mir anderen Studenten zusammenwohnen zu müssen, da er mit vier Schwestern aufgewachsen war. Unter einem Dach mit Lionel würde er sich nicht so fremd fühlen.

»Möchtest du schon den Sommer über hier wohnen oder erst kurz vor Semesterbeginn im Herbst einziehen?« fragte Lionel.

Dabei schlug ihm das Herz bis zum Hals, und er verabscheute sich deswegen. Was machte es schon aus, wenn der Junge hier wirklich einzog? Laß die Finger von ihm, hätte er am liebsten laut gerufen, und plötzlich tat es ihm leid, daß er John überhaupt so einen Vorschlag gemacht hatte, alles würde nur schwieriger werden – eine dumme Idee, aber es gab jetzt kein Zurück mehr. Er hatte John am Morgen schon zweien seiner Mitbewohner angekündigt, und die waren froh gewesen, daß sich ein Mieter gefunden hatte.

So sparten sie sich ein Inserat und ungezählte Anrufe.

»Könnte ich schon nächste Woche einziehen?«

Lionel war momentan richtig schockiert. »So bald?«

»Na ja ...«, John errötete vor Nervosität, »... wenn es dir nicht paßt, dann natürlich nicht. Ich dachte nur, da Dienstag der Erste ist, würde es mit der Miete einfacher sein ... und ich habe einen Ferienjob bei Robinson. Da wäre es günstig, wenn ich schon hier wohnen könnte.« Robinson war ein Warenhaus. Lionel wurde lebhaft an seinen Job bei Van Cleef & Arpels erinnert, der ihm so viel Spaß gemacht hatte. Er bedauerte, daß er nicht wieder dort arbeiten konnte, aber er wollte sich im Sommer lieber dem Film widmen, das war sinnvoller. Mit etwas Glück würde ihm das College die Arbeit anrechnen, falls aus dem Projekt etwas wurde.

»Nein, schon gut, John, du hast ja recht. Daran dachte ich nicht. Das Zimmer ist frei. Ich dachte nur, du würdest dir die Sache eine Weile überlegen wollen ...« Es war zu spät. Er hatte John das Angebot gemacht, und jetzt wollte dieser das Zimmer. Er würde damit leben müssen, mochte es ihn auch viel Kraft kosten.

»Da gibt es nichts zu überlegen. Das Zimmer ist super.«

Scheiße. Lionel starrte den großen dunkelhaarigen Jungen mit dem makellosen Körper an, der ihm in der Nacht solche Qualen bereitet hatte. Es gab nichts mehr zu sagen.

»Gut. Ich sag's den anderen. Die werden sehr froh sein, weil sie sich viel Ärger ersparen.« Und um das Beste aus der Situation zu machen, fragte er: »Brauchst du Hilfe beim Umzug?«

»Ich möchte dich nicht bemühen ... ich dachte, ich borge mir Dads Karre und bringe morgen mein Zeug.«

»Ich werde die Sachen holen.«

Johns Gesicht leuchtete auf. »Lionel, das finde ich nett. Ist das auch nicht zuviel Mühe?«

»Keine Rede.«

»Meine Mutter will mir einen Bettüberwurf, ein paar Lampen und noch ein paar Kleinigkeiten mitgeben.«

»Wunderbar.« Lionels Herz sackte ab. Unter Johns bewunderndem Blick wurde ihm siedend heiß.

»Darf ich dich heute zum Essen einladen, als Revanche sozusagen?«

Johns aufrichtige Dankbarkeit war rührend und machte Lionel verlegen. »Ach, schon gut, John. Das ist nicht nötig. Ich bin froh, daß es geklappt hat.« Das war gelogen. In Wahrheit hatte er Angst. Was, wenn er die Beherrschung verlor? Wenn er eine Dummheit machte? Wenn John herausfand, daß er homosexuell war? Plötzlich spürte er Johns Hand auf seinem Arm, und es lief ihm kalt über den Rücken. Wenn er John jetzt sagte, er solle ihn niemals wieder anfassen, würde der glauben, einen Spinner vor sich zu haben.

»Ich kann dir nicht genug danken, Lionel. Es ist für mich wie ein neues Leben.« Er war unsagbar erleichtert, endlich von diesen Kindern an der bisherigen Schule wegzukommen. Er war nicht so wie sie. Schon seit Jahren nicht, und er hatte es so lange verbergen müssen. Jetzt konnte er irgendwo ein neues Leben anfangen. Er brauchte nicht mehr so zu tun als ob, sich nicht mehr das Gequatsche über Sport anzuhören, vor Mädchen davonzulaufen oder sich an Samstagabenden betrunken zu stellen. Sogar die Umkleideräume waren für ihn zum Alptraum geworden, die vielen Jungen, diese Supertypen, auch Greg, besonders der ... und immer zu wissen, daß man anders war. Aber Lionel gab ihm nie das Gefühl, daß mit ihm etwas nicht stimmte. Er war immer so gelassen und verständnisvoll. John fühlte sich richtig wohl bei ihm.

Auch wenn er ihn in Zukunft wahrscheinlich nicht oft sehen

würde, war es doch angenehm zu wissen, daß er da war, daß ihre Wege sich kreuzen würden und sie sich ab und zu unterhalten konnten. John sah ihm in die Augen und hätte vor Erleichterung fast geweint. »Lionel, ich habe die Schule unaussprechlich gehaßt. Ich kann es nicht erwarten wegzukommen.«

Lionel war perplex. »Ich dachte, es hätte dir gefallen. Du bist doch ein großer Footballstar.« Sie gingen in die Küche, und Lionel reichte ihm eine Coke, die er dankbar entgegennahm. Noch dankbarer war John, daß es kein Bier war. Greg hätte ihm nichts anderes als Bier angeboten.

»Das ganze letzte Jahr schon habe ich sie gehaßt. Sie steht mir bis oben hin.« Er trank mit einem erleichterten Seufzen einen Schluck Coke. Es war wirklich ein ganz neues Leben. »Jeden einzelnen Moment in diesem verdammten Footballteam habe ich verabscheut.«

Lionel war fassungslos. »Warum?«

»Keine Ahnung. Eigentlich habe ich mir nie etwas daraus gemacht, obwohl ich ein guter Sportler war. Nach einem verlorenen Match setzten sich diese Burschen doch glatt in den Kabinen hin und vergossen bittere Tränen. Und manchmal weinte sogar der Trainer. Als ob es wirklich um etwas gegangen wäre. Dabei geht es doch nur darum, daß sich eine Horde von Hünen auf dem Feld verprügelt. Mir hat das nie etwas gegeben.«

»Warum hast du dann mitgemacht?«

»Mein Dad war ganz verrückt darauf. Er hat selbst auf dem College Football gespielt, ehe er Medizin studierte. Und er hat mich immer gehänselt, er würde mir gratis die Visage einrenken, wenn ich etwas abbekäme.« John machte ein angewidertes Gesicht. »Deswegen fand ich Football nicht attraktiver.« Er lächelte Lionel zu. »Hier wird das Leben für mich traumhaft sein.«

Lionel erwiderte das Lächeln. »Schön, daß dir das Zimmer gefällt. Wirklich, ich freue mich, obwohl ich nicht viel hiersein werde. Aber wenn ich etwas für dich tun kann ...«

»Lionel, du hast schon genug getan.«

Lionel hielt Wort und holte John am nächsten Tag ab. Mit offenem Verdeck fuhr er dreimal hin und her, um John beim Transport seiner Sachen zu helfen. Er schien Berge von Zeug zu besitzen, aber er konnte damit wahre Wunder wirken, so daß Lionel das Zimmer Sonntag abends kaum wiedererkannte. Er blieb in der Tür stehen und sah sich fassungslos um.

»Meine Güte, wie hast du das nur gemacht?« John hatte eine Wand mit Stoff bespannt, Topfpflanzen im Raum verteilt, einfache Gardinen vor die Fenster gehängt und ein hübsches Bild über das Bett. Zwei Lampen verbreiteten warmes Licht. An der anderen Wand hingen Poster. Das Zimmer sah jetzt aus wie aus einer Zeitschrift. Auf dem Boden lag ein kleiner weißer Wollteppich. »Hat dir deine Mutter geholfen?« Lionel wußte, daß sie Innenarchitektin war. Daß John das in ein paar Stunden zuwege gebracht hatte, konnte er sich nicht vorstellen. Stoffbespannte, mit Kissen belegte Orangenkisten und ein paar Zeitschriften in Körben vermittelten den Eindruck einer Fensterbank. Es war eine richtig gemütliche Bude geworden. Lionel war sichtlich beeindruckt.

»Ich habe es selbst gemacht.« John freute sich, daß es Lionel gefiel. Sein Talent für Innenarchitektur war bekannt. Es hatte ihm immer schon Spaß gemacht, einen Raum mit Hilfe einfachster Mittel in kürzester Zeit zu verwandeln, und seine Mutter hatte ihm geraten, diese Begabung zu nutzen. Sie behauptete sogar, er sei besser als sie, weil sie Monate brauchte, um die erwünschte Wirkung zu erzielen. »Ich beschäftige mich gern mit diesen Dingen.«

»Na, dann könntest du mal deinen Zauberstab in meinem Zimmer schwingen. Das wäre dringend nötig, es sieht noch immer wie eine Gefängniszelle aus, obwohl ich es schon ein Jahr bewohne.«

John lachte. »Gern, jederzeit.« Er sah sich suchend um. »Eigentlich hatte ich zwei Pflanzen übrig und wollte dich schon fragen, ob du sie brauchen kannst.«

Lionel strahlte. »Klar. Aber die gehen bei mir bestimmt ein. Bei Grünzeug habe ich keine gute Hand.«

»Dann werde ich sie für dich pflegen. Ich gieße sie zugleich mit meinen.«

Die beiden jungen Männer tauschten ein Lächeln. Lionel sah auf die Uhr. »Schon sieben. Hast du Lust auf einen Hamburger?«

Diese Worte riefen wieder eine Erinnerung wach, nämlich die an Paul. Es wurde noch gespenstischer, als John einwilligte und ihm genau die Kneipe vorschlug, die er mit Paul beim ersten Mal besucht hatte. Das war der Grund, warum Lionel zunächst wortkarg und nachdenklich war. Er mußte an jenen Abend denken, als er mit Paul nach Malibu gefahren war. Schon seit Monaten hatte er nichts von ihm gehört. Einmal sah er ihn am Rodeo Drive vorüberfahren, auf dem Beifahrersitz eines beige-braunen Rolls-Royce, in Gesellschaft eines attraktiven älteren Mannes, der am Steuer saß. Lionel war auch nicht entgangen, daß die beiden sich angeregt unterhielten, einander zulächelten, und Paul hatte über eine Bemerkung des anderen gelacht.

Und jetzt war er wieder in dieser Kneipe, mit John, dem besten Freund seines jüngeren Bruders. Seltsam. Und noch sonderbarer war ihm zumute, als sie zurück zu dem Haus fuhren, das sie nun gemeinsam bewohnten. Die beiden Studenten, die noch hier wohnten, blieben über Nacht bei ihren Mädchen, und der andere war bereits zu Semesterschluß ausgezogen.

»Danke für die Einladung.« John sagte es lächelnd, während sie es sich im Wohnzimmer gemütlich machten und Lionel eine Platte auflegte. Das gedämpfte Licht war Zufall, da zwei Birnen der Deckenbeleuchtung ausgebrannt waren. John zündete eine Kerze auf dem kleinen Tisch an und sah sich um. »Hier müßte man auch ein bißchen Hand anlegen.«

Lionel lachte. »Du wirst das Haus im Handumdrehen richtig aufmotzen, aber ich glaube, die anderen Jungen werden dich entmutigen. Wenn alle hier sind, sieht es aus wie nach einem Bombenattentat.«

Jetzt lachte auch John. »Das kenne ich von meinen Schwestern.« Gleich wurde er wieder ernst. »Ich habe noch nie zusammen mit Männern gelebt, meinen Vater ausgenommen natürlich. Ich bin so gewohnt, ständig Mädchen um mich zu haben, daß es mir anfangs sicher komisch vorkommen wird.« Dann lächelte er wieder. »Hört sich verrückt an, nicht?«

»Nein, gar nicht. Ich habe selbst drei Schwestern.«

»Aber du hast immerhin auch noch Greg. Und ich hatte mit meiner Mutter und den Mädchen immer eine gute Beziehung. Die werden mir sicher eine Weile fehlen.«

»Die vielen Frauenzimmer in der Familie sind ein gutes Training für die Ehe«, meinte Lionel. Richtig unfair, John mit solchen Fragen zu testen. Er war noch ein Kind ... aber Lionel war in seinem Alter gewesen, als er Paul kennenlernte. Doch Paul hatte ja so viel Erfahrung. Und jetzt war er selbst der Erfahrene. Nicht so wie Paul, aber immerhin erfahrener als John. Aber wie fing man so etwas an? Wie stellte man jemandem die entscheidende Frage? Er versuchte sich zu entsinnen, was Paul gesagt hatte, doch die Worte wollten ihm nicht einfallen ... Sie hatten einen ausgedehnten Spaziergang am Strand unternommen, und Paul hatte etwas von Verwirrung gesagt. Aber hier war kein Strand, und John wirkte nicht verwirrt. Er war ein bißchen schüchtern, eben kein Ellbogentyp wie Greg, aber ein glücklicher, unkomplizierter junger Mann, und doch konnte Lionel sich nicht erinnern, ihn je in Begleitung eines Mädchens gesehen zu haben.

Sie plauderten eine Weile, bis Lionel schließlich aufstand und sagte, er wolle unter die Dusche. John wollte ebenfalls duschen.

Zehn Minuten später, als heißes prasselndes Wasser sein Bewußtsein und sein Fleisch reinigte und er John mit aller Kraft aus seinen Gedanken verbannt hatte, klopfte es an der Tür, und John rief:

»Lionel, hast du ein Shampoo? Ich habe meines vergessen.«

»Wie bitte?« Lionel schob den Duschvorhang beiseite, damit er besser hören konnte. John stand nackt vor ihm, nur ein Handtuch um die Hüften. Lionel spürte, wie ihn der Anblick erregte, und er zog den Vorhang wieder zu, damit John es nicht merkte.

»Hast du ein Shampoo?« wiederholte John seine Frage.

»Ja, hier.« Er hatte es bereits benutzt. Sein Haar war naß und sauber. Er reichte das Shampoo John, der sich bedankte. Wenig später brachte er es zurück, wieder mit dem Handtuch um die Mitte. Sein Haar lag dunkel und feuchtschimmernd am Kopf an, auf seinem sportgestählten Körper spielten die Muskeln. Lionel lief jetzt nackt in seinem Zimmer hin und her und räumte vor sich hinsummend Sachen auf. Das Radio lief, und Lennon und McCartney sangen »Yesterday«, als John mit dem Shampoo hereinkam.

»Danke.« John zögerte in der Tür, und Lionel, der sich umdrehte, wünschte, er würde gehen. Er wollte nichts anfangen, und er wollte niemandem weh tun. Seine Art zu leben war seine Sache, und er war nicht darauf aus, einen anderen mit hineinzuziehen. Da spürte er plötzlich Johns Hand auf seinem Rücken. Die Berührung durchzuckte wie ein elektrischer Schlag seinen Körper. Den Jungen ständig um sich zu haben und sein Geheimnis vor ihm verbergen müssen würde höllisch sein.

Ohne sich umzudrehen, langte er nach seinem weißen Frotteebademantel, der an einem Haken an der Wand hing, zog ihn über und drehte sich dann erst um. Noch nie hatte er ein schöneres Gesicht gesehen als das Johns, ein Gesicht, das Verzweiflung, Schmerz und Offenheit ausdrückte. Ihre Gesichter waren einander sehr nahe.

»Lionel, ich muß dir etwas sagen, ich hätte es dir schon längst sagen sollen.« In seinem Blick lag Angst, und Lionel verzehrte sich nach ihm und wurde gleichzeitig von der Frage gequält, was er ihm zu sagen habe.

»Stimmt etwas nicht?«

John nickte, während er sich langsam auf die Bettkante sinken ließ. Dann sah er Lionel wieder an. »Ich hätte es dir sagen sollen, ehe ich hier einzog, aber ich hatte Angst, du würdest nicht ... ach, du würdest mich zusammenscheißen.« Er hatte Angst, war aber aufrichtig. Und er kam sofort zur Sache. »Ich glaube, du solltest wissen, daß ich schwul bin ...«

Er machte ein Gesicht, als hätte er eben den Mord an seinem besten Freund gestanden, während Lionel ihn verblüfft anstarrte. Wie einfach alles war. Wie tapfer von John, daß er so ohne weiteres ein Geständnis ablegte, ohne zu wissen, wie Lionel reagieren würde. Sein Herz schlug dem Jungen entgegen, als er sich neben ihm aufs Bett setzte und zu lachen anfing. Er lachte, bis ihm die Tränen kamen, so daß John ihn bestürzt ansah, weil er befürchtete, Lionel wäre übergeschnappt. Es war eine merkwürdige und lächerliche Situation. John war erleichtert, als schließlich das Lachen verstummte und Lionel wieder sprechen konnte. Diesmal war es an John, verblüfft zu sein, als Lionel ihm die Hände auf die Schultern legte und sagte:

»Wenn du wüßtest, wie ich mit mir hadere, seitdem ich dir dieses Zimmer angeboten habe ... wie ich mich gequält habe ...« John hatte keine Ahnung, wovon die Rede war. »Baby, ich bin es doch auch.«

»Du und schwul?« John war so fassungslos, daß Lionel wieder lachen mußte. »Wirklich? Ich hätte nie gedacht ...« Doch das stimmte eigentlich nicht. Das ganze letzte Jahr hatte es zwischen ihnen schon eine fast unmerkliche, zaghafte Anziehungskraft gegeben, aber im Moment war keiner imstande, die Situation sofort zu akzeptieren.

Die nächsten zwei Stunden saßen sie auf Lionels Bett und schütteten einander das Herz aus. Sie waren endlich richtige Freunde geworden. Lionel erzählte ihm von Paul, und John beichtete zwei kurze, schreckliche Affären, die nichts mit Liebe zu tun gehabt hatten. Sie hatten ihm nur scheußliche, angsterfüllte, quälende und schuldbewußte sexuelle Befriedigung gebracht, die eine mit einem Lehrer an seiner Schule, der gedroht hatte, ihn zu töten, falls er es ausplauderte, die andere mit einem Fremden, einem älteren Mann, der ihn auf der Straße aufgelesen hatte. Diese Affären hatten nur den Zweck erfüllt, John seine wahre Natur zu zeigen. Geahnt hatte er es schon länger, aber er hatte immer geglaubt, es wäre das Schlimmste, was ihm passieren könnte. Leute wie Greg Thayer hätten nie wieder ein Wort mit ihm gesprochen. Aber Lionel war so anders, er verstand alles und sah von der Höhe seiner neunzehn Jahre den Jüngeren voller Mitgefühl an. Eine Sache interessierte John besonders.

»Weiß es Greg?« fragte er.

Lionel schüttelte hastig den Kopf. »Nur meine Mutter weiß es. Sie hat es letztes Jahr entdeckt.« Er erzählte John, wie es dazu gekommen war. Der Gedanke daran, wie sehr es sie getroffen hatte, schmerzte noch immer, aber sie war seither wundervoll zu ihm gewesen, so verständnisvoll und mitfühlend. Sie nahm ihn einfach als das, was er war. »Jeder kann sich glücklich schätzen, so eine Mutter zu haben.« Soviel Großzügigkeit hatte Lionel ihr ursprünglich gar nicht zugetraut.

»Ich kann mir nicht vorstellen, daß meine Mutter sich damit abfinden könnte ... und mein Dad ...« John dachte den Gedanken gar nicht zu Ende. »Er wollte immer einen Draufgänger aus mir machen. Seinetwegen habe ich Football gespielt, vor Angst schlotternd, daß man mir die Zähne einschlagen würde. Wie ich diesen Sport gehaßt habe!« Mit feuchten Augen sah er Lionel an. »Für meinen Vater habe ich es getan.«

»Das habe ich nicht geschafft. Aber mein Dad hatte ja Greg, auf den er alle Hoffnungen setzen konnte. Und ich überließ Greg sozusagen den Ball.« Er sah den neuen Freund, den er seit Jahren kannte, liebevoll an. »Irgendwie stand ich nie für ihn im Mittelpunkt, aber mußte dafür einen Preis bezahlen. Mein Vater war nämlich nie wirklich mit mir einverstanden. Und wenn er wüßte ... er würde daran zugrunde gehen.« Die beiden Freunde hatten so viel Schuld auf sich geladen, jahrelange Schuld, weil sie nicht so waren und nie sein würden, wie sie sollten. Schuld, weil sie getan hatten, was sie tun mußten. Manchmal war das zu schwer zu ertragen. Daran dachte Lionel jetzt, als er John in die Augen sah: »Hast du von mir gewußt?«

John schüttelte den Kopf. »Nein, ich glaube nicht, aber gewünscht habe ich es mir oft.« Er lächelte, und Lionel fuhr ihm durch das feuchte schwarze Haar.

»Du kleines Biest. Warum hast du nichts gesagt?«

»Damit du mir die Zähne in die Kehle rammst oder die Bullen rufst oder es gar Greg erzählst?« Der Gedanke jagte ihm ein Schaudern über den Rücken. Er beeilte sich, an etwas anderes zu denken. »Sind alle Jungs hier im Haus homosexuell?«

Lionel schüttelte den Kopf. »Nein, keiner, da bin ich sicher. Dafür entwickelt man ein Gefühl, wenn man mit jemandem zusammenlebt. Außerdem bleiben hier ziemlich regelmäßig Mädchen über Nacht.«

»Wissen sie von dir?«

Lionel sah John aufmerksam an. »Ich achte darauf, daß gar nicht erst der Verdacht aufkommt, und du tust gut daran, es ebenso zu halten, weil man uns sonst hinauswirft.«

»Ich werde vorsichtig sein, ich schwöre es.«

Lionel fiel wieder ein, daß er vielleicht das Zimmer mit dem Jungen tauschen könnte, der das Bad mit John teilte, doch er vergaß es gleich wieder und blickte nur John an. Dieser lag quer über seinem Bett, und plötzlich spürte Lionel Erleichterung und Begehren, als er an seine Träume von der Nacht zuvor dachte. Er streckte die Hand nach John aus, der auf Lionels Lippen, auf seine Hände und seine Berührung wartete, während sein junges Fleisch erregt nach ihm verlangte. Und Lionel fand ihn mit dem Mund, und seine Zunge loderte wie Feuer Johns Schenkel entlang, bis dieser aufstöhnte und durch Lionels Hände etwas spürte, das er noch nie zuvor kennengelernt hatte. Diesmal war nichts Verstohlenes, nichts Angsteinflößendes und auch nichts Peinliches an der Liebe, mit der Lionel ihn in den nächsten Stunden verwöhnte, bis sie befriedigt eng umschlungen einschliefen. Jeder der beiden hatte etwas gefunden, was er unwissentlich seit langem gesucht hatte.

20

Das Semester begann. Lionel und John waren nie glücklicher gewesen, und im Haus ahnte kein Mensch etwas. Lionel zog einfach in das andere Zimmer, ehe die Mitbewohner aus den Sommerferien zurückkamen, und das Arrangement funktionierte perfekt. John und Lionel versperrten über Nacht ihre Türen, und kein Mensch hatte eine Ahnung, wer in wessen Bett die Nacht verbrachte, während die beiden auf Zehenspitzen hin und her gingen, sich flüsternd bis tief in die Nacht unterhielten und das Stöhnen der Leidenschaft dämpften. Nur an den seltenen Abenden, wenn niemand da war, weil alle bei ihren Mädchen schliefen oder über ein langes Wochenende zum Skilaufen gefahren waren, erlaubten sie sich mehr Freiheiten. Niemand sollte von ihren Gefühlen erfahren, nicht einmal Faye. Lionel sagte ihr nur, daß am College alles glattgehe. Romantische Neuigkeiten hatte er nicht zu berichten, und sie wollte nicht in ihn dringen, obwohl sie ahnte, daß es wieder jemanden in seinem Leben gab. Das sah sie an seinem glücklichen Blick. Sie hoffte nur, daß es ein anständiger Mensch war, der ihn nicht unglücklich machen würde. Von den Homosexuellen wußte sie nur, daß es unter ihnen viel Leid, Promiskuität und Untreue gab. Es war kein Leben, das sie sich für ihren Ältesten wünschte. Ebenso wußte sie, daß es für ihn keine Alternative gab, und sie fand sich damit ab.

Im November lud sie ihn zur Premiere ihres letzten Films ein. Er nahm begeistert an, und sie wunderte sich nicht weiter, als sie ihn bei der Premiere in Gesellschaft von John Wells sah. Sie wußte, daß John in einem Haus mit Lionel wohnte und auch auf dem gleichen College war. Als sie anschließend mit den Zwillingen und einigen Geschäftsfreunden bei Champagner in einem Restaurant feierten, glaubte sie plötzlich, vielsagende Blicke zwischen den beiden zu bemerken. Ganz sicher war sie nicht, aber sie spürte etwas. John sah viel reifer aus als im Juni. In den letzten Monaten war er richtig erwachsen geworden. In ihr erwachten Zweifel, die sie natürlich für sich behielt.

Um so mehr erschrak sie, als Ward zu Hause vor dem Zubettgehen verfängliche Fragen stellte. Sie hatten sich zuerst angeregt über den Film unterhalten, über die Reaktion des Publikums, die guten Kritiken, die sie sich erhofften. Faye war wie vor den Kopf geschlagen, als Ward sie plötzlich unterbrach. Er stand halb ausgezogen vor ihr, zwischen den Brauen eine tiefe Furche.

»Glaubst du, John Wells ist schwul?«

»John?« Sie machte ein erstauntes Gesicht und versuchte krampfhaft Zeit zu gewinnen. »Mein Gott, wie kannst du so etwas sagen ... natürlich nicht. Warum?«

»Hm, ich weiß nicht. Er sieht jetzt so anders aus. Ist dir heute nichts aufgefallen?«

»Nein«, log sie.

»Ich weiß nicht recht ...« Ward ging gedankenverloren an

seinen Schrank. Noch immer stand die Furche zwischen seinen Brauen. »Ich hab' bei ihm einfach ein komisches Gefühl ...« Faye spürte, wie ihr eiskalt wurde. Hoffentlich schloß Ward nicht Lionel in seine Verdächtigungen ein. Und so wie Lionel bezweifelte auch sie, daß er die Wahrheit überleben würde, die er eines Tages unweigerlich erfahren mußte. In der Zwischenzeit aber wollte sie alles daran setzen, die Wahrheit vor ihm zu verbergen.

»Vielleicht sollte ich Lionel etwas sagen, ihn warnen ... er wird mich zwar für einen Spinner halten, wenn ich aber recht behalte, wird er mir eines schönen Tages noch dankbar sein«, spann Ward seine Gedanken weiter. »Greg hatte den Eindruck, irgend etwas stimme nicht mit John, weil er das Football-Stipendium ablehnte. Vielleicht hatte er recht.«

Typisch, das war für ihn das ausschlaggebende Kriterium, dachte Faye verärgert und machte ihrem Unmut Luft. »Nur weil er nicht Football spielen will, heißt das noch lange nicht, daß er schwul ist. Vielleicht liegen seine Interessen woanders.«

»Man sieht ihn auch nie mit einem Mädchen.« Lionel sah man auch nicht mit Mädchen, aber diesen Einwand ließ Faye unausgesprochen. Sie wußte, daß Ward der Meinung war, Lionel habe irgendwo eine geheime Liebe. Bei ihm nahm er nicht automatisch an, er sei homosexuell, nur weil man ihn nie mit Mädchen sah.

»Ich glaube, du bist unfair. Das ist ja wie eine Hexenjagd.«

»Ich möchte verhindern, daß Lionel, ohne es zu wissen, mit einem verdammten Homo zusammenwohnt.«

»Jetzt ist er alt genug, um selbst damit fertig zu werden. Falls es überhaupt der Fall ist.«

»Vielleicht nicht. Er ist ja in seine verrückten Filme total eingesponnen. Manchmal glaube ich, er verliert sich in seiner eigenen Welt.« Na, wenigstens das ist ihm an seinem Ältesten aufgefallen, stellte Faye im stillen fest.

»Er ist ein bemerkenswert kreativer Junge.« Sie war verzweifelt bemüht, Ward vom Thema John abzubringen. Sie mußte selbst zugeben, daß John heute verändert gewirkt hatte. Aber instinktiv hatte sie das Bedürfnis, ihn zu beschützen. Sie argwöhnte, daß er etwas mit Lionel hatte. Nur sah man Lionel nicht an, daß er homosexuell war, während es sich bei John immer deutlicher zeigte. Er hatte von nichts anderem als von Innenarchitektur und Design gesprochen. Höchste Zeit, daß sie Lionel darauf aufmerksam machte.

»Hast du Lionels letzten Film gesehen, Schatz? Einfach wunderbar«, versuchte sie ein Ablenkungsmanöver.

Seufzend ließ sich Ward in seinen Shorts auf der Bettkante nieder. Er sah immer noch sehr gut aus und konnte es im Hinblick auf die Figur durchaus mit seinen Söhnen aufnehmen. »Faye, unter uns gesagt, ich kann mit diesen Filmen nichts anfangen.«

»Das ist die neue Welle, Liebling.«

»Ich komme da nicht mit.«

Faye lächelte. Ward verstand sein Geschäft, war aber gegenüber Neuerungen nicht sehr aufgeschlossen. Er organisierte die Finanzierung für ihre Filme, zeigte jedoch nicht das mindeste Interesse für neue und aufregende Filmtrends. Das letzte Festival von Cannes hatte seinen Zorn und Widerwillen erregt. Dafür liebte er die Oscar-Verleihungen um so mehr und war enttäuscht gewesen, daß sie keinen gewonnen hatte. Als Trostpflaster hatte er ihr einen prachtvollen Smaragdring geschenkt. Faye wurde dadurch an die Zeit vor 1952 erinnert, bevor sich die Welt für sie verändert hatte.

»Du solltest Lionels Filmen eine Chance geben. Er wird eines schönen Tages für eine Riesenüberraschung sorgen und für einen seiner komischen kleinen Filme einen Preis bekommen«, sagte sie vorwurfsvoll. Faye war felsenfest davon überzeugt, während Ward sich nicht beeindruckt zeigte.

»Um so besser. Hast du heute etwas von Greg gehört? Er sagte, er würde uns noch Bescheid geben, wann wir übers Wochenende kommen sollen.«

»Nein, er hat sich nicht gemeldet, und ich bin gar nicht sicher, ob ich in den nächsten Tagen Zeit habe. Die nächsten drei Wochen muß ich mich täglich mit dem neuen Drehbuchautor treffen.«

»Muß das sein?«

»Mehr oder weniger. Warum fragst du nicht Lionel, ob er mitkommen möchte?«

Ward zögerte, aber schließlich befolgte er ihren Rat und verschaffte sich damit die ideale Gelegenheit, Lionel über John auszufragen. Er fragte ihn direkt:

»Sag mal, glaubst du, er ist eine Tunte?«

Lionel zwang sich zu einem gleichmütigen Blick. Er haßte dieses Wort. Es kostete ihn große Willensanstrengung, um nicht zuzuschlagen und seinen Freund zu verteidigen. »Um Himmels willen, wie kommst du darauf?«

Ward lächelte. »Du machst ein Gesicht wie deine Mutter, wenn du das sagst.« Er wurde wieder ernst. »Ich weiß nicht. Er sieht plötzlich so anders aus und schwafelt ständig von Innendekoration.«

»Lächerlich, deswegen ist er kein Schwuler.«

»Nein, aber wenn er Jagd auf Männer macht, ist er einer. Gib acht, damit er dir nicht zu nahe tritt. Und falls dir etwas komisch an ihm vorkommt, dann wirf ihn aus dem Haus. Du bist ihm nichts schuldig.«

Zum ersten Mal im Leben mußte Lionel gegen den Drang ankämpfen, seinen Vater zu schlagen. Er schaffte es, sich zu beherrschen, bis er ging, fuhr dann aber die ganze Strecke mit achtzig Meilen pro Stunde zurück, von dem Wunsch getrieben, jemanden umzubringen, am liebsten seinen Vater. Bei sich zu Hause angekommen, knallte er die Haustür zu, gleich darauf die Tür zu seinem Zimmer und schloß sich ein. So aufgebracht hatten ihn seine Mitbewohner bis jetzt nur selten erlebt, und alle waren gebührend überrascht. Wenig später ging John in sein Zimmer und schloß die Tür ebenfalls ab. Er durchquerte das Bad, das zwischen beiden Zimmern lag.

»Was ist denn, Liebling?« Lionel sah John mit tränennassen Augen an, und er mußte insgeheim zugeben, daß John wirklich anfing, schwul auszusehen. Trotz seines muskulösen Körpers wirkte sein Gesicht glatt und rein, er trug sein Haar anders, und seine Kleidung war fast zu perfekt, zu modisch, zu adrett.

Doch er liebte den Jungen, liebte seine Begabung, seine Warmherzigkeit, seine Großzügigkeit, seinen Körper, seine Seele, einfach alles, und wenn John ein Mädchen gewesen wäre, hätten sie sich längst verlobt, und kein Mensch hätte ein Wort darüber verloren. Aber er war kein Mädchen, deswegen nannten ihn alle abartig.

»Was ist denn?« John setzte sich und wartete, daß Lionel sein Herz ausschüttete.

»Nichts. Ich möchte nicht darüber sprechen.«

John warf einen Blick zur Zimmerdecke, dann sah er wieder seinen Freund an. »Das ist das Dümmste, was du machen kannst. Warum redest du dir nicht alles von der Seele?« Plötzlich erwachte in ihm der Argwohn, es könnte mit ihm zu tun haben. »Habe ich etwas getan, was dich ärgert?« Er war so bekümmert und gekränkt, daß Lionel zu ihm ging und ihm über die Wange strich.

»Nein, mit dir hat es nichts zu tun . . .« Doch, es hatte mit John zu tun, und er wußte nicht, wie er es ihm erklären sollte. »Es ist nichts. Mein Vater hat mir vorhin die Leviten gelesen.«

»Hat er über uns etwas gesagt?« Es war John nicht entgangen, daß Ward ihn am Abend zuvor angestarrt hatte. »Hat er Verdacht geschöpft?«

Lionel wollte nicht deutlicher werden, aber John war zu intelligent. »Wäre möglich. Ich glaube aber, er stochert nur so herum.«

»Und was hast du gesagt?« John hatte Angst. Wenn Lionels Vater bei den Wells' etwas verlauten ließ? Es gab so vieles, was sie beide zu verbergen hatten. Wenn man ihn nun verhaftete oder fortschickte oder . . . es war schrecklich, sich die Konsequenzen auszumalen, aber Lionel küßte Johns Nacken und redete beruhigend auf ihn ein. Er wußte, wie ihm zumute war. »Ruhig Blut. Er hat nur so dahergequatscht. Er weiß gar nichts.«

John standen Tränen in den Augen. »Soll ich ausziehen?«

»Nein!« Lionel schrie das Wort fast heraus. »Nur wenn ich auch gehe. Aber das ist nicht nötig.«

»Glaubst du, er wird zu meinem Dad etwas sagen?«

»Jetzt spiel nicht verrückt. Er hat ein paar dumme Witze ge-

rissen und auf mich eingeredet, das ist alles. Das ist doch kein
Weltuntergang.«

Damit Wards Mißtrauen eingeschläfert würde, fuhr Lionel mit
ihm nach Alabama, um Greg beim Match zuzusehen. Es war das
ödeste Wochenende seines Lebens. Football haßte er fast so sehr
wie John, und mit Greg konnte er gar nichts mehr anfangen.
Aber schlimmer noch war das endlose quälende Schweigen zwischen ihm und seinem Vater, der fast überschnappte, als während
des Matches einer der Starspieler verletzt wurde und der Trainer
als Ersatzmann Greg aufs Feld schickte. Dieser berührte in den
letzten zweieinhalb Sekunden mit dem Ball den Boden hinter der
Mallinie und holte damit seinem Team den Sieg. Lionel versuchte
ebensoviel Begeisterung aufzubringen wie Ward, sie war aber geheuchelt.

Auf dem Rückflug sprachen sie zu Lionels Erleichterung über
Filme. Er versuchte seinem Vater zu erklären, was er mit seinem
Avantgardefilm bezweckte, und dieser sah ihn an, als käme er
vom Mond.

Es war ähnlich wie beim Footballmatch, nur mit umgekehrten
Vorzeichen.

»Glaubst du im Ernst, du kannst einmal mit solchen Filmen
Geld machen?« fragte Ward ihn.

Lionel sah ihn perplex an. Das war ein Gedanke, auf den er
selbst noch nie gekommen war. Es ging ihm darum, neue Techniken auszuprobieren und mit filmischen Ausdrucksmitteln zu ex-
perimentieren. Kein Mensch dachte ans Geldverdienen, die Arbeit war das wichtigste. Die beiden Männer starrten einander
verwirrt und ungläubig an, überzeugt, der andere sei nicht ganz
normal, gleichzeitig mußten sie so tun, als respektiere jeder die
Ansichten des anderen. Das bedeutete für beide, daß sie viel guten Willen beweisen mußten.

Sie waren sehr erleichtert, als sie Faye sahen, die am Flughafen
wartete. Ward ließ sich nun in allen Einzelheiten über Gregs un-
gewöhnlichen Punktgewinn aus und grollte, daß Faye das Spiel
nicht im Fernsehen gesehen hatte. Lionel blickte sie an, als könne
er das Zusammensein keinen Augenblick länger aushalten. Im

stillen mußte Faye lachen, weil sie beide mit allen ihren Gegensätzlichkeiten kannte. Doch sie liebte beide, so wie sie Greg und die Mädchen liebte. Es waren Menschen, die sehr verschieden waren und von ihr unterschiedliche Dinge erwarteten.

Faye brachte zuerst Ward nach Hause, nachher wollte sie Lionel heimfahren und rechtzeitig für einen Drink mit Ward wieder zu Hause sein. Sie wollte ein paar Minuten mit ihrem Ältesten allein sprechen und ihn wegen des langweiligen Wochenendes bemitleiden.

»War es denn so schrecklich, Liebling?« Sie lächelte ihm tröstlich zu, als er erschöpft den Kopf auf die Rücklehne sinken ließ. So ausgelaugt hatte er sich noch nie gefühlt.

»Schlimmer noch. Es war wie auf einem fremden Planeten, auf dem man ein Wochenende lang eine fremde Sprache benutzen muß.« Sie fragte sich, ob daran nur der Sport schuld war, der ihn langweilte, oder auch die Anstrengung, seine Veranlagung zu verbergen. Sie ließ die Frage unausgesprochen.

»Du Ärmster. Wie war Greg?«

»Wie immer.« Mehr brauchte er nicht zu sagen. Sie wußte, wie wenig sie gemeinsam hatten. Manchmal war es kaum zu glauben, daß beide ihre Söhne waren. Und dann fragte sie ihn das, was ihr das ganze Wochenende Sorgen gemacht hatte.

»Hat Dad dich etwas wegen John gefragt?«

Lionel richtete sich mit einem Ruck auf. »Nein. Warum? Hat er mit dir über ihn gesprochen?« Er suchte ihren Blick. Er hatte ihr noch nichts gesagt, ahnte aber, daß sie ohnehin von seiner Beziehung wußte. Jetzt war er nicht sicher, was sie davon hielt. Er hatte das Gefühl, sie mißbillige es, weil John der Familie zu nahestand, und in gewisser Hinsicht hatte sie recht.

»Ich glaube, du mußt vorsichtiger sein, Lionel.«

»Ich bin vorsichtig, Mutter.« Das klang sehr jung und hilflos, und ihr Herz krampfte sich zusammen.

»Liebst du ihn?« Es war das erste Mal, daß sie ihn danach fragte. Er nickte mit ernster Miene. »Ja.«

»Dann sei achtsam, um deinet- und seinetwegen. Wissen die Wells' Bescheid?«

Lionel schüttelte den Kopf, und Faye spürte auf der Rückfahrt ein Kribbeln der Angst im Rücken. Eines Tages würde alles
herauskommen, und es würde eine schmerzliche Entdeckung für
viele sein. Für John, Lionel, die Wells' und vor allem für Ward.
John und seine Familie machten ihr weniger Kopfzerbrechen, obwohl sie ihr sympathisch waren. Am meisten hatte sie Angst vor
Wards Reaktion ... und vor der Lionels. Aber Lionel würde vermutlich imstande sein, den Sturm zu überstehen. Er wurde immer erwachsener und bereitete sich unbewußt darauf vor, sich
eines Tages seinen Schwierigkeiten zu stellen, nicht nur seinem
Vater, sondern allen gegenüber. Lionel war nicht der Mensch,
der sich für den Rest seines Lebens versteckte. Aber Faye konnte
sich nicht vorstellen, wie Ward den Schock verwinden würde.
Die Entdeckung würde einen Teil seines Wesens zerstören, das
wußte sie, und sie sorgte sich um ihn. Doch sie war machtlos.
Lionel hatte immerhin versprochen, vorsichtiger zu sein.

Einen Augenblick später versperrte Lionel seine Zimmertür,
gab John einen Kuß und stürzte sich seufzend in eine Schilderung
seines langweiligen Wochenendes.

21

Am Weihnachtsfeiertag kam Lionel zum traditionellen Fa-
milienessen nach Hause. Auch Greg war für ein paar Tage zu Besuch, mußte aber früher zurück, zu einem Match. Ward wollte
ihn begleiten. Und nach dem Match wollten sie zur Super Bowl.
Ward schlug vor, daß auch Lionel mitkäme, der aber hatte andere Pläne und zog sich deswegen Wards Unmut zu. Faye lenkte
sie mit einem Riesentruthahn und Champagner ab. Valerie erwischte zuviel Alkohol, und Van wurde von allen gehänselt, weil
sie mit neuer Frisur und neuem Kleid aufgekreuzt war, aber sie
sah hinreißend aus. Sie war zum ersten Mal verliebt, in einen
Jungen, den sie beim Schulball vor einigen Wochen kennengelernt hatte, und wirkte über Nacht erwachsen. Sogar Anne hatte
sich im Laufe des Jahres verändert. In den letzten Monaten war

sie hochgeschossen und war nun so groß wie die Zwillinge, aber noch nicht so entwickelt. Das würde aber nicht lange auf sich warten lassen. Lionel trank ihr zu, was sie erröten ließ, und erinnerte alle daran, daß sie bald vierzehn werden würde.

Nach dem Essen ließen Lionel und Anne sich zum Plaudern vor dem Kamin nieder. Er sah sie zu seinem Bedauern jetzt sehr selten, nicht so sehr deshalb, weil er ausgezogen war, sondern weil der Film ihn so beschäftigte, doch es war keine Frage, daß er immer noch an ihr hing und sie an ihm. Und dann erstaunte sie ihn, indem sie ihn nach John fragte. Dabei las er etwas Sonderbares in ihrem Blick, fast so, als wäre sie in John verliebt. Lionel wunderte sich, daß es ihm nicht schon früher aufgefallen war. Aber sie hatte sich immer so abgekapselt und war so verschlossen, daß es eigentlich kein Wunder war.

»Ach, dem geht es gut. Ich glaube, auch auf dem College läuft alles glatt. Ich sehe ihn nicht oft.«

»Er wohnt aber doch noch mit dir zusammen? Gestern traf ich Sally Wells, und sie hat gesagt, es gefalle ihm sehr gut dort.«

Sally Wells war in Annes Alter, aber viel reifer. Er konnte nur hoffen, Sally habe nicht Lunte gerochen und Anne etwas gesagt, aber es sah eigentlich nicht danach aus. In Annes Blick lagen noch die Unschuld und die Hoffnung der Jugend.

»Ja, er wohnt noch bei uns.«

»Ich habe ihn schon lange nicht mehr gesehen.« Sie blickte Lionel schmachtend an. Am liebsten hätte er laut aufgelacht, so süß sah sie aus, doch er sagte nichts.

»Ich werde ihm Grüße ausrichten.« Anne nickte, und dann kamen die anderen herein. Ward machte Feuer im Kamin, und alle freuten sich über die Geschenke. Ward und Faye wechselten einen Blick des Einverständnisses. Alles in allem war es ein gutes Jahr gewesen.

Lionel ging als erster, ebenso wie John zu Hause bei den Wells. Die anderen Jungen waren über die Feiertage auch nach Hause gefahren, sie hatten also das ganze Haus für sich und mußten sich nicht verstecken und einsperren. Es war herrlich, sich einmal gehenlassen zu können und zu tun, wonach einem zumute war.

Das ständige Aufpassen machte beide mit der Zeit nervös. Besonders John, der mit jedem Tag sichtlich weiblicher wurde, litt darunter. Jetzt konnte er nach Herzenslust Blumen in Vasen ordnen und jeden Nachmittag stundenlang im Bett mit Lionel verbringen, der sich über die Feiertage von der Filmarbeit freigenommen hatte. Die zwei machten lange Spaziergänge, redeten viel miteinander, und wenn sie nach Hause kamen, kochten sie und tranken Grog oder Weißwein vor dem Kamin.

Es sei fast so wie bei Erwachsenen, lästerte John. Sie fühlten sich so sicher, daß sie sich nicht einmal die Mühe machten, die Haustür abzuschließen. So kam es, daß sie überhörten, wie Lionels Vater am Tag nach Weihnachten hereinkam. Er war vorbeigekommen, um Lionel zu überreden, mit ihm in den Süden zu fliegen und Greg spielen zu sehen, ehe sie zu dritt die Super Bowl besuchten.

Er vergaß diese Pläne schlagartig, als er das Haus betrat, da niemand auf sein Klopfen reagiert hatte und er die beiden Jungen vor dem Feuer liegend antraf, voll bekleidet, aber Johns Kopf lag in Lionels Schoß, und Lionel beugte sich tief über ihn und flüsterte zärtlich.

Ward blieb wie angewurzelt stehen und ließ ein fast tierhaftes Ächzen hören, das die zwei Jungen aufschrecken ließ. Lionel wurde totenblaß. Beide sprangen auf, und Ward ging, ohne zu überlegen, auf John zu, holte aus und schlug ihn, so daß John aus der Nase blutete. Dann wandte er sich um und wollte auf Lionel losgehen, doch der fiel ihm in den Arm und hielt ihn fest. Er hatte Tränen in den Augen, während sein Vater vor Wut aufheulte und ihnen Obszönitäten an den Kopf warf.

»Du Schweinehund, du ... du Hurensohn ...« Diese Worte galten John, er schrie sie aber ebenso seinem Sohn entgegen, während er vor Wut und Tränen geblendet war. Er konnte einfach nicht fassen, was er eben gesehen hatte. Er wollte, daß die beiden alles rückgängig machten, daß sie ihm sagten, es sei alles gar nicht wahr, doch es war die Wahrheit, und die ließ sich nun nicht mehr verbergen. Lionel war speiübel, während er seinen Vater abwehrte, und John weinte. Es war eine alptraumhafte

Szene, dennoch kämpfte Lionel darum, die Fassung zu bewahren. Er hatte das Gefühl, sein ganzes Leben sei in Frage gestellt und er müsse seinem Vater eine Erklärung abgeben. Vielleicht würde er es doch verstehen können. Er mußte versuchen, ihm klarzumachen, wie sehr er sich immer von Greg unterschieden hatte, in allem, und wie er sich immer gefühlt hatte. Lionel spürte nicht die Tränen, die ihm über die Wangen rannen, und auch nicht den Schlag, als sein Vater die Hände frei bekam und ihn ins Gesicht traf.

»Dad, bitte ... ich möchte dir alles erklären ...«

»Ich möchte nichts davon hören!« Ward zitterte am ganzen Leibe. Lionel bekam es plötzlich mit der Angst zu tun. Womöglich drohte seinem Vater ein Herzanfall.

»Ich will euch nie mehr wiedersehen! Ihr zwei Tunten!« Er sah sie beide an. »Du Stück Dreck!« sagte er nun zu Lionel gewandt und fügte hinzu: »Du bist nicht mehr mein Sohn, du Weibsstück du. In meinem Haus möchte ich dich nie mehr sehen. Und ich zahle keinen Penny mehr für deinen Unterhalt. Du bist aus meinem Leben gestrichen, ist das klar?«

Unter Schluchzen und Schreien bedrohte er jetzt wieder John. Alle seine Träume waren mit einem Schlag zerstört. Sein ältester Sohn war abartig. Das war mehr, als er ertragen konnte, mehr als der Verlust seines Vermögens vor Jahren oder der drohende Verlust seiner Frau kurz danach ... in seinen Augen war es schlimmer als der Tod. Es war ein Verlust, den er nie verkraften würde, in gewisser Hinsicht ein Verlust, den er sich selbst zufügte, doch das war ihm nicht bewußt.

»Wir sind miteinander fertig, klar?« wiederholte er, und Lionel nickte stumm. Ward ging unsicheren Schrittes zur Tür, durch die er wenige Augenblicke zuvor hereingekommen war, und stolperte blind die Stufen hinunter. Der Schock war zu groß. Er steuerte direkt die nächste Bar an und genehmigte sich vier Scotch hintereinander.

Um acht rief Faye in ihrer Sorge Lionel an. Sie störte ihn nur ungern, konnte aber nicht anders. Um sechs hatten sie Gäste erwartet, und Ward war nicht nach Hause gekommen. Im Studio hatte man ihr gesagt, er sei schon früh weggefahren. Sie hatte keine Ahnung, wo er steckte.

»Liebling, hat Dad dich heute besucht?« fragte sie. Lionel war noch immer wie erstarrt. John hatte stundenlang schluchzend auf der Couch gelegen, entsetzt über das, was Ward gesagt und getan hatte, und voller Angst, daß nun seine Eltern von seiner Neigung erfahren würden. Lionel hatte versucht, ihn zu beruhigen, und seine Schwellungen am Hals und im Gesicht mit einem Eisbeutel behandelt. Er selbst spürte im Herzen einen Schmerz, den ihm niemand nehmen konnte. Mit zitternder Stimme nahm er den Anruf entgegen und war zunächst gar nicht imstande, seiner Mutter zu antworten. Damit war klar, daß etwas passiert war. Faye erstarrte vor Entsetzen. »Lionel, Liebling, ist alles in Ordnung?«

»Ich ... ich ...« Er stammelte unverständliches Zeug und fing zu schluchzen an. John setzte sich auf und starrte ihn an. Lionel hatte so viel Kraft und Ruhe bewiesen, und plötzlich geriet er außer sich. »Mutter, ich ... kann nicht ...«

»Mein Gott ...« Etwas Schreckliches war passiert. Womöglich hatte Ward einen Unfall gehabt, und man hatte Lionel als ersten verständigt. Sie spürte, wie ihr die Kehle eng wurde. »Beruhige dich. Komm, sag mir, was los ist.«

»Dad kam herein ...« Wieder ein Schluchzen, das ihm die Brust fast sprengte und nicht herauskonnte. »Er ... ich ...«

Schlagartig war Faye alles klar.

»Hat er dich mit John ertappt?« Sie befürchtete das Schlimmste, daß nämlich Ward die Jungen im Bett überrascht hatte. Ihr Verstand drohte auszusetzen. Ihre eigene Toleranz hätte nicht ausgereicht, um eine solche Szene zu verkraften. Und Lionel war nicht imstande, ihr zu sagen, was sein Vater eigentlich gesehen hatte.

Er brachte nur ein einziges Wort heraus, ehe er völlig zusammenbrach. »Ja ...« Es dauerte eine Weile, bis er wieder sprechen konnte. »Er sagte, er wolle mich niemals wiedersehen ... und ich sei nicht mehr sein Sohn.«

»O Gott ... beruhige dich. Du weißt, das alles hat er nicht so gemeint. Er wird schon wieder zur Vernunft kommen.« Länger als eine Stunde redete sie auf ihn ein. Ihre Gäste waren nach ein paar Cocktails wieder gegangen. Sie bot ihrem Sohn an, nach Hause zu kommen und alles mit ihr zu besprechen, er aber wollte allein mit John sein, und Faye war erleichtert. Sie wollte lieber warten, bis Ward käme.

Und als er kam, war sie entsetzt über seine Verfassung. Die erste Bar war nicht die letzte geblieben, er war betrunken und schwankte, erinnerte sich aber immer noch, daß er Lionel mit John erwischt hatte. Er sah Faye voller Haß und Verzweiflung an. Sein Zorn richtete sich jetzt auch gegen sie.

»Du hast es gewußt, oder?«

Sie wollte ihn nicht belügen, gleichzeitig aber wollte sie nicht, daß er das Gefühl bekäme, es hätte sich alles gegen ihn verschworen, um die Sache vor ihm geheimzuhalten.

»Ich hatte einen Verdacht wegen John.«

»Dieser verdammte Dreckskerl...« Er kam schwankend näher, und sie sah Blut an seinem Hemd. Beim Verlassen der letzten Bar war er gestürzt und hatte sich verletzt, doch er ließ sie nicht an sich heran. »Hast du gewußt, was mit unserem Sohn los ist ... oder sollte ich besser sagen, mit unserer Tochter?« Er roch nach Alkohol. Faye taumelte zurück, als er näher kam und ihren Arm packte. »Ja, genau das ist er. Hast du das gewußt?«

»Ward, er ist immer noch unser Kind, egal, was er tut. Er ist ein menschliches Wesen, ein anständiger, guter Junge ... was kann er denn dafür, daß er so ist?«

»Wer kann denn etwas dafür? Ich etwa?« Und genau das war es, was ihn schrecklich bedrückte. Warum war Lionel so geworden? Mit dieser Frage hatte er sich von einer Bar zur nächsten gequält, und die Antworten darauf waren nicht dazu angetan, ihn zu beruhigen. Er hatte Faye in der Erziehung des Jungen zuviel freie Hand gelassen, er selbst hatte sich zuwenig mit ihm beschäftigt. Immer hatte er ihm nur Angst eingejagt, hatte ihn nicht genug geliebt, hatte immer Greg vorgezogen ... Die Vorwürfe waren Legion, liefen aber alle auf eines hinaus: sein Sohn war schwul. Woher hatte er die Veranlagung? Wie hatte es dazu kommen können? Und warum ausgerechnet er? Er faßte es als Schlag gegen seine eigene Männlichkeit auf. Sein Sohn ein Schwuler ... die Worte brannten in ihm wie Feuer. Er sah Faye mit tränenfeuchten Augen an.

»Ward, hör auf, bei dir die Schuld zu suchen.« Sie schlang die Arme um ihn und führte ihn zum Bett, auf dem sie sich Seite an Seite niederließen. Ward lehnte sich schwer gegen sie.

»Es ist nicht meine Schuld.« Das klang wie das Jammern eines verängstigten Kindes, und Faye empfand grenzenloses Mitleid mit ihm. Diese Fragen hatten sie das ganze Jahr zuvor gequält, aber für ihn war das alles viel schlimmer. Sie hatte immer gewußt, daß es ihn härter treffen würde. Er war nicht so stark wie sie, seiner selbst nicht so sicher und vor allem nicht sicher, ob er ein guter Vater gewesen war.

»Es ist niemandes Schuld, nicht deine, nicht meine oder seine, nicht einmal Johns Schuld. Er ist eben so. Wir können nichts anderes tun, als uns damit abzufinden.« Kaum hatte sie es ausgesprochen, als er sie wegstieß, unsicher aufstand und ihren Arm so heftig packte, daß sie zusammenzuckte.

»Ich werde mich nie damit abfinden. Niemals! Begreifst du nicht? Und das habe ich ihm gesagt. Er ist nicht mehr mein Sohn.«

»Doch, er ist es.« Jetzt war auch Fayes Fassung dahin. Sie riß sich von ihm los. »Er ist unser Sohn, ob er nun verkrüppelt, behindert oder verwundet ist, stumm oder taub, geisteskrank, ein Mörder oder Gott weiß was ... und gottlob ist er nur homosexuell. Bis zu meinem und seinem Tod ist er mein Sohn, unser Sohn, ob es dir paßt oder nicht und ob du ihn billigst oder nicht.« Jetzt weinte auch sie, und Ward war erschrocken über ihren Gefühlsausbruch.

»Du kannst ihn nicht aus meinem oder deinem Leben verbannen. Er soll nicht verschwinden. Er ist unser Sohn, und du wirst ihn nehmen, wie er ist. Wenn nicht, dann kannst du zum Teufel gehen, Ward. Ich werde nicht zulassen, daß du den Jungen noch elender machst, als er schon ist. Er hat schon genug mitgemacht.«

In Wards Blick loderte der Zorn. »Genau deswegen ist er so geworden, weil du dich immer vor ihn gestellt hast. Ständig hast du ihn entschuldigt und zugelassen, daß er sich hinter deinen Röcken versteckt.« Er ließ sich in einen Sessel fallen und fing wieder zu weinen an, den Blick auf sie gerichtet. »Und jetzt hat er sich sogar deine Röcke angezogen. Wir können von Glück reden, daß er nicht wirklich in Frauenkleidern herumläuft.« Wie er von ihrem Sohn sprach, zerriß ihr das Herz, so daß sie ausholte und ihm mit aller Kraft ins Gesicht schlug. Er rührte sich nicht. Er sah sie mit einem kalten und harten Blick an, der ihr angst machte. »Ich möchte ihn in diesem Haus nie mehr sehen. Und wenn er kommt, werfe ich ihn eigenhändig hinaus. Ich habe es ihm gesagt, und ich sage es dir und werde es allen anderen auch zu verstehen geben, und wem es nicht paßt, der kann gehen. Lionel Thayer existiert nicht mehr für uns. Ist das klar?«

Faye war sprachlos vor Empörung. Am liebsten hätte sie Ward mit bloßen Händen erwürgt. Trotz allem, was ihnen in ihrem gemeinsamen Leben widerfahren war, bereute sie erst jetzt zum ersten Mal, daß sie ihn geheiratet hatte. Das sagte sie ihm, ehe sie hinausging und die Tür hinter sich zuwarf.

Sie schlief die Nacht in Lionels Zimmer. Am nächsten Morgen beim Frühstück, als sie Ward ansah, brach ihr wieder fast das Herz. Über Nacht war er um zehn Jahre gealtert, und unwillkürlich fiel ihr ein, was sie seinerzeit zu Lionel gesagt hatte. Sie hatte befürchtet, die Wahrheit würde Ward töten, und so wie er jetzt aussah, schien es nicht unmöglich.

Nach dem Frühstück wünschte sie, es wäre tatsächlich so gekommen. Wortlos trank er seinen Kaffee, starrte in die Zeitung, ohne zu lesen, und richtete dann mit tonloser, wie betäubter Stimme das Wort an alle. Es war ein Zufall, daß die Familie seit Monaten zum ersten Mal gemeinsam um den Frühstückstisch saß. Greg war noch einen Tag geblieben, ehe er zu seinem großen Match zurückfuhr, die Zwillinge waren schon aufgestanden, was an ein Wunder grenzte, und Anne war knapp nach ihnen heruntergekommen. Alle saßen sie da und starrten Ward an, der ihnen eröffnete, von diesem Tag an würde Lionel für ihn nicht mehr existieren. Er sei homosexuell und habe ein Verhältnis mit John Wells. Die Mädchen starrten ihn entsetzt an, und Vanessa heulte los, während Greg ein Gesicht machte, als müsse er erbrechen. Er sprang auf und schrie seinen Vater an.

»Das ist eine Lüge!« Das sagte er mehr zur Verteidigung seines alten Freundes als seines Bruders, der ihm immer fremd gewesen war. »Das stimmt nicht.« Sein Vater sah aus, als wolle er ihn schlagen, und deutete auf seinen Stuhl.

»Setz dich und halt die Klappe. Es stimmt. Gestern habe ich die beiden überrascht.«

Anne wurde aschgrau, und Faye hatte das Gefühl, ihre Familie und ihr Leben seien zerstört. Sie haßte Ward, weil er allen das antun mußte und vor allem ihrem Ältesten.

»Lionel ist in diesem Haus nicht mehr willkommen. Was mich betrifft, gibt es ihn nicht mehr. Ist das klar? Ich verbiete euch allen, ihn wiederzusehen. Wenn ich dahinterkomme, daß jemand sich mit ihm trifft, kann er auch gehen. Ich werde ihn weder unterstützen noch jemals wieder ein Wort mit ihm sprechen oder ihn auch nur anschauen. Haben das alle verstanden?«

Alle nickten steif und mit Tränen in den Augen. Gleich darauf stand Ward auf. Er ging zu Bob und Mary Wells, während Faye am Frühstückstisch sitzen blieb, ihre Kinder anstarrte und von ihnen angestarrt wurde. Greg kämpfte mit den Tränen. Ihn bedrückte vor allem der Gedanke, was seine Freunde sagen würden, wenn sie dahinterkämen. Das war für ihn das Allerärgste, am liebsten wäre er tot umgefallen. Aber vorher würde er diesen John Wells umbringen, diesen schwulen kleinen Scheißkerl ... er hätte es sich denken können, als John das Football-Stipendium ablehnte ... dieser schmierige Kerl ... er ballte die Hände zu Fäusten und blickte hilflos in die Runde. Vanessa suchte Fayes Blick.

»Denkst du auch so, Mom?« fragte Vanessa.

Es hatte keinen Sinn zu fragen, ob es stimmte, so unglaublich es auch sein mochte. Ihr Vater hatte die beiden erwischt, und niemand konnte sich etwas Ärgeres vorstellen. Es klang geheimnisvoll, angsteinflößend und schrecklich. Alle stellten sich obszöne Vorgänge vor, deren Zeuge ihr Vater geworden war, und dabei hatte er nur zwei Jungen vor dem Kamin aufgestört, von denen der eine den Kopf in den Schoß des anderen gelegt hatte. Aber die Szene war eindeutig gewesen, doch darum ging es jetzt gar nicht.

Faye sah in die Runde, ehe sie Vanessa anblickte. Sie sprach leise und beherrscht. Niemand sollte merken, welche Qualen sie litt. Ward hatte alles zerstört, was sie in zwanzig Jahren aufgebaut hatten. Was würde jetzt aus diesen Kindern werden? Was würden sie von Lionel denken? Von sich selbst? Von ihrem Vater, der den ältesten Bruder aus ihrem Leben verbannte, von ihrer Mutter, die dies zuließ ... Sie mußte jetzt ihre Meinung sagen. Zum Teufel mit Ward ...

»Nein, ich denke nicht so. Ich habe Lionel lieb, daran ändert seine Veranlagung nichts. Er ist ein anständiger, aufrechter Mensch. Seine sexuellen Neigungen sind seine Angelegenheit.« Sie nahm kein Blatt vor den Mund. »Ich werde immer zu ihm stehen. Ich möchte, daß ihr das wißt. Was immer ihr tut, wohin ihr geht, welche Fehler ihr begeht und was immer aus euch werden mag, ich werde immer eure Mutter und eure Freundin sein. Ihr könnt immer zu mir kommen. Ich werde für euch alle immer einen Platz in meinem Herzen, in meinem Leben und in meinem Heim haben.«

Faye stand auf, ging von einem zum anderen und gab jedem einen Kuß, während alle vier den Bruder beweinten, den sie eben durch den Urteilsspruch des Vaters verloren hatten. Sie weinten auch aus Enttäuschung, die sie empfanden, und infolge des Schocks, den das enthüllte Geheimnis hervorgerufen hatte. Das alles überstieg ihr Fassungsvermögen, aber die Gesinnung ihrer Mutter war eindeutig.

»Glaubst du, Daddy wird seine Meinung ändern?« fragte Val in gedämpftem Ton. Daß Anne sich eben davongemacht hatte, blieb unbemerkt.

»Ich weiß nicht. Ich werde mit ihm reden. Ich glaube, mit der Zeit wird er zur Besinnung kommen, aber im Moment geht diese Entdeckung über sein Begriffsvermögen.«

»Ich begreife es auch nicht.« Greg schlug mit der Faust auf den

Tisch und stand abrupt auf. »Es ist die abscheulichste Sache, die mir je untergekommen ist.«

»Greg, das ist allein deine Meinung. Mich kümmert's keinen Deut, was die beiden gemacht haben. Solange sie niemandem schaden, nehme ich sie, wie sie sind, weil sie so sind.« Sie sah ihrem Sohn in die Augen und las darin deutliche Distanz zu ihr. Er war Ward zu ähnlich. Sein Verstand hatte sich dagegen gesperrt, und jetzt versperrte sich auch sein Herz.

Greg lief hinaus und knallte die Tür zu. Jetzt erst fiel Faye auf, daß Anne verschwunden war. Sie ahnte, was für ein Schlag es für sie sein mußte, deswegen ging sie hinauf, um sie zu beruhigen, aber Annes Tür war verschlossen, und es kam keine Antwort. Auch die Zwillinge hatten sich in ihre Zimmer zurückgezogen. Die ganze Familie benahm sich wie bei einem Todesfall. Wenig später rief Faye Lionel an. Er und John hatten inzwischen erfahren, daß Ward zu den Wells' gefahren war.

Der Anruf von Bob und Mary Wells hatte John in Hysterie versetzt. Er hatte geheult, war dann ins Bad gelaufen und hatte sich übergeben. Aber trotz der lauten und heftigen Vorwürfe, die die Wells' beiden Jungen machten, hatten sie John zu verstehen gegeben, daß er ihr Sohn war und blieb und daß sie nicht Ward Thayers Meinung teilten. Sie hätten ihn noch immer lieb und akzeptierten auch Lionel. Faye kamen die Tränen, als sie das hörte, und sie freute sich, als Lionel ihr noch sagte, Bob Wells habe Ward hinausgeworfen.

Faye fuhr noch an diesem Nachmittag zu den Jungen. Sie wollte, daß Lionel wußte, wie sie zu ihm stand. Mutter und Sohn hielten einander lange umschlungen, und dann umarmte sie auch John.

Es war schwierig, sich mit der Situation abzufinden, und Faye hätte sich für ihren Sohn etwas anderes gewünscht, aber so war es nun mal. Er sollte wissen, daß er ihr immer willkommen sein würde, daß er noch immer zur Familie gehörte, mochte sein Vater ihn auch verbannt haben. Sie sagte ihm auch, daß sie von nun an für seine Studien- und Unterhaltskosten aufkommen würde. Wenn sein Vater ihn nicht mehr unterstützen wollte, war das seine Sache, aber Faye würde immer für ihn dasein. Jetzt würde sie die ganze Verantwortung für ihn übernehmen.

Lionel weinte, als er das hörte. Er versprach, eine Arbeit anzunehmen und Geld zu verdienen. John wollte es ebenso halten. Seine Eltern hatten ihm zugesagt, daß sie ihn für die Dauer seiner Collegezeit unterstützen wollten und daß sich diesbezüglich nichts ändern würde.

Aber Ward hielt unbeirrbar an seinem Entschluß fest, als er abends nach Hause kam. Den ganzen Tag hatte er sich nicht blicken lassen. Faye sah ihm an, daß er viel getrunken hatte. Beim Abendessen erinnerte er alle noch einmal, daß Lionel im Haus nicht mehr erwünscht, daß er für ihn gestorben sei. Als er das sagte, stand Anne mit haßerfülltem Blick auf.

»Setz dich!« Es war das erste Mal, daß Ward sie barsch ansprach. Doch zur Verwunderung aller behauptete Anne sich diesmal gegenüber dem Vater. Es war ein Augenblick, der allen unvergeßlich bleiben sollte.

»Nein, das werde ich nicht. Du machst mich krank.«

Da ging er um den Tisch, packte ihren Arm und zwang sie auf den Stuhl, doch sie rührte ihr Essen nicht an. Nach dem Essen äußerte sie in beängstigend ruhigem Ton: »Er ist besser als du.« In ihren Augen loderte es.

»Verlaß mein Haus auf der Stelle.«

»Das werde ich.« Sie warf die Serviette auf den Teller, auf dem nichts berührt worden war, und verschwand in ihr Zimmer. Augenblicke später hörte man Gregs Wagen davonfahren. Er konnte sich mit der Situation nicht abfinden. Vanessa und Valerie wechselten besorgte Blicke. Beide ängstigten sich um Anne und die eventuellen Folgen.

In der Nacht stahl sich Anne aus dem Haus und fuhr per Anhalter zu Lionel. Sie klingelte und klopfte, weil sie Licht sah. Niemand öffnete ihr. Als sie zur Telefonzelle an der Ecke ging und anrief, hob niemand ab. Die Jungen hörten das Telefon, aber sie blieben im Wohnzimmer sitzen. Die letzten vierundzwanzig Stunden waren so grauenhaft gewesen, daß sie nichts mehr ertragen konnten. John meinte noch, man sollte vielleicht doch an die Tür gehen. Aber Lionel wollte nicht. »Wenn es einer der Jungen ist, hat er einen Schlüssel. Wahrscheinlich ist es mein Vater, der sich wieder betrunken hat.« Beide waren sich einig, daß sie genug hatten. Sie warfen auch keinen Blick aus dem Fenster, um zu sehen, wer es war. Anne angelte sich einen Stift aus der Manteltasche, riß von einer Zeitung in der Mülltonne einen Streifen ab und kritzelte darauf eine Nachricht für Lionel. »Ich hab' dich lieb, Lionel. Für immer. A.« Sie heulte. Sie hätte ihn zu gern gesehen, ehe sie ging, aber das war vielleicht nicht so wichtig. Die Nachricht steckte sie in den Briefkasten. Mehr brauchte Lionel nicht zu wissen. Er sollte nicht glauben, auch sie habe sich gegen ihn gewandt. Er sollte wissen, daß sie das nie tun würde. Aber sie konnte das alles nicht mehr ertragen. Seit er ausgezogen war, hatte sie es zu Hause kaum noch ausgehalten, und jetzt würde es immer schlimmer werden. Sie würde Lionel nie wiedersehen. Ihr Entschluß stand fest, und sie fühlte sich sehr erleichtert.

In der Nacht, als alle schliefen, packte sie heimlich einen kleinen Seesack und kletterte aus dem Fenster, wie so oft, wenn sie Lionel heimlich besucht hatte. An der Hauswand fand sie leicht Halt, sie hatte diesen Weg häufig genommen. Lautlos stieg sie hinunter. Sie trug Jeans und Turnschuhe und darüber einen warmen Parka. Das Haar war im Nacken zusammengefaßt. Anne wußte, dort, wo sie hin wollte, würde es kalt sein. In dem kleinen Seesack hatte sie das Allernötigste mit. Nicht einen einzigen Blick warf sie zurück. Die Familie bedeutete ihr nichts, so wie sie niemandem im Haus etwas bedeutete. Verstohlen schlich sie bis zur Straße und lief die ganze Strecke nach Los Angeles zu Fuß. Dort stellte sie sich an die Autobahn nach Norden. Sie wunderte sich, wie einfach es war, als Anhalterin mitgenommen zu werden. Dem ersten Fahrer sagte sie, sie studiere an der Berkeley und wolle nach den Weihnachtsferien zurück. Er fragte nichts weiter und nahm sie bis Bakersfield mit.

Um diese Zeit stieß Faye auf Annes Nachricht. Sie hatte ihre Zimmertür nicht versperrt und den Zettel aufs Bett gelegt.

»Jetzt bist du zwei los, Dad. Leb wohl, Anne.« Kein Wort mehr. Nichts für Faye. Ihr Herz setzte fast aus, als sie den Zettel fand. Sie benachrichtigte sofort die Polizei. Außerdem rief sie Lionel an, der inzwischen auch den für ihn bestimmten Papierfetzen gefunden hatte. Es waren die schlimmsten Augenblicke in Fayes Leben. Sie glaubte, sie nicht überleben zu können, während sie auf die Polizei wartete. Ward saß wie betäubt in seinem Arbeitszimmer, den Zettel in der Hand.

»Weit kann sie nicht sein. Wahrscheinlich ist sie bei einer Freundin.«

Aber Valerie machte diese Hoffnung zunichte. »Sie hat keine Freundin.« Das war eine traurige, aber leider nur zu wahre Feststellung. Ihr einziger Freund war Lionel gewesen, und den hatte ihr Vater aus der Familie verbannt. Faye saß da und ließ Ward ihre Verachtung spüren. Endlich läutete es. Die Polizei war da. Faye betete darum, man möge Anne finden, ehe ihr etwas zustieß. Es gab keinen Hinweis, wohin sie verschwunden sein mochte, und es war schon viel kostbare Zeit verstrichen.

22

Nachdem der erste Fahrer sie in Bakersfield abgesetzt hatte, mußte Anne Stunden warten, bis sie wieder jemand mitnahm. Diesmal konnte sie aber bis Fremont mitfahren, und von dort ging es problemlos weiter. Bis nach San Franzisko brauchte sie insgesamt neunzehn Stunden, aber alles in allem war sie überrascht, wie einfach es war. Alle Leute waren nett zu ihr gewesen. Man hatte sie für eine Collegestudentin gehalten, »ein Blumenkind«, wie zwei Fahrer sie geneckt hatten. Keiner hatte geahnt, daß ihr vierzehnter Geburtstag erst in ein paar Wochen war. In San Franzisko angekommen, suchte sie sofort die Haight Street, und als sie dort war, hatte sie das Gefühl, in eine andere Welt geraten zu sein: Überall liefen junge Menschen in bunten, selbstgenähten Kleidern herum. Hare Krishnas in orangefarbenen Gewändern mit rasierten Schädeln, Jungen mit hüftlangem Haar und in Jeans, Mädchen mit blumendurchflochtenem Haar. Alle schienen glücklich und freuten sich des Lebens. Die Men-

schen teilten sich ihr Essen auf der Straße. Jemand bot Anne
einen Joint an. Sie lehnte mit schüchternem Lächeln ab.

»Wie heißt du?« fragte jemand, und sie flüsterte: »Anne«. Das
war der Ort, nach dem sie sich seit Jahren gesehnt hatte. Hier
war sie von der verhaßten Familie endlich befreit. In gewisser
Weise war sie froh, daß alles so gekommen war. Lionel hatte
jetzt John, und vielleicht würde sie auch bald jemanden haben.
Lionel wußte, daß sie ihn immer lieben würde, aber die anderen
... die waren ihr gleichgültig. Sie hoffte, sie würde sie nie wiedersehen. Auf der Fahrt hatte sie allen Ernstes überlegt, ob sie nicht
ihren Namen ändern sollte, aber in den Straßen von Haight-
Ashbury war ihr sofort klar, daß sie hier niemand danach fragen
würde. Sie sah viele Jugendliche, die noch jünger aussahen als
sie, und außerdem würde kein Mensch zu Hause vermuten, daß
sie hierhergekommen war. Sie hatte niemandem ein Wort gesagt.
Und niemand konnte unauffälliger sein als ein Mädchen namens
Anne. Sie wirkte unscheinbar, ihr Haar war mittelblond, nicht
golden wie das Vanessas oder flammendrot wie das von Val. Die
Zwillinge hätten nicht so einfach untertauchen können. Aber sie
würde in jeder Menschenmenge verschwinden, das wußte sie. Sie
hatte es zu Hause jahrelang üben können. Dort hatte man sich
schon lange nicht mehr um ihr Kommen und Gehen gekümmert!
Hier würde es ähnlich sein.

»Hungrig, Schwester?« Sie blickte auf und sah vor sich ein
zierliches Mädchen in einem Gewand, das einem Bettüberwurf
ähnelte. Darüber trug das Mädchen einen fleckigen, purpurroten
Parka. Es bot ihr lächelnd ein Stück Karottenkuchen an. Anne befürchtete, das Zeug könnte mit Hasch oder einer anderen Droge
versetzt sein. Das Mädchen im Parka merkte ihr Zögern. »Es ist
sauber. Du bist wohl neu hier?«

»Ja.«

Daphne, das Mädchen mit dem Karottenkuchen, war sechzehn und lebte seit sieben Monaten hier. Ende Mai war sie von
Philadelphia gekommen. Ihre Eltern hatten sie noch nicht gefunden. Das Mädchen hatte ihre Anzeige in der Zeitung gesehen, hatte aber nicht die Absicht, sich zu melden. Es gab hier

einen Priester, der die Straßen durchstreifte, Rat und Hilfe anbot und auf Wunsch Kontakt mit den Eltern aufnahm. Die wenigsten machten Gebrauch davon, und Daphne gehörte nicht zu ihnen.

»Man nennt mich hier Daff. Weißt du schon, wo du über Nacht bleiben wirst?«

Zögernd schüttelte Anne den Kopf. »Noch nicht.«

»In der Waller Street gibt es eine Unterkunft, da kannst du bleiben, solange du willst. Du mußt nur beim Saubermachen und Kochen helfen, wenn du eingeteilt wirst.« Es hatte in letzter Zeit dort zwei Fälle von Hepatitis gegeben, aber das erzählte Daphne ihr nicht. Oberflächlich gesehen war hier alles schön und voller Liebe. Die Ratten, die Läuse, die jungen Leute, die an einer Überdosis starben, waren kein Thema, das man mit einem Neuling diskutierte. Und außerdem passierten diese Dinge überall, oder etwa nicht? Man durchlebte hier einen ganz besonderen Abschnitt der Geschichte. Eine Zeit des Friedens, der Liebe und Freude. Eine Welle der Liebe, die dem sinnlosen Tod in Vietnam entgegenwirken sollte. Für sie alle stand die Zeit still, es zählte allein das Hier und Jetzt, Liebe und Frieden und Freunde. Daphne küßte liebevoll Annes Wangen, nahm sie an der Hand und führte sie zu dem Haus an der Waller Street.

In diesem Haus lebten dreißig bis vierzig Personen. Die meisten hatten indische Gewänder in allen Regenbogenfarben an, einige trugen geflickte Jeans und Kleidungsstücke, die mit Federn und Ziermünzen geschmückt waren. Anne fühlte sich in ihren Jeans und dem alten braunen Rollkragenpulli wie ein unscheinbares Vögelchen, bis ihr das Mädchen, das sie an der Tür empfing, ein Kleid anbot. Plötzlich trug sie ein Gewand aus verwaschener rosa Seide. Es stammte aus einem Billigladen an der Divisadero Street. Mit den Füßen schlüpfte sie in Gummisandalen, das Haar ließ sie offen und flocht Blumen hinein.

Am Nachmittag fühlte sie sich wie eine von ihnen und sah auch so aus. Sie aßen ein indisches Gericht, und jemand hatte Brot gebacken. Anne nahm ein paar Züge von einem Joint, der ihr gereicht wurde. Und als sie sich mit einem Gefühl der Sattheit, der Wärme und Zufriedenheit auf ihren Schlafsack legte, sah sie in die Runde ihrer neuen Freunde und empfand soviel Wärme und Zugehörigkeit wie noch nie. Sie wußte, daß sie hier glücklich sein würde. Es war ein Leben, ein ganzes Menschenleben entfernt von dem Haus in Beverly Hills und dem wütenden Bannstrahl ihres Vaters gegen Lionel, von den Gemeinheiten der Menschen, ihrer Umgebung, von der Dummheit Gregs, der Selbstsucht der Zwillinge, von der Frau, die sich ihre Mutter nannte und die sie nie verstanden hatte. Jetzt gehörte sie hierher in die Waller Street zu ihren neuen Freunden.

Und als drei Tage nach Annes Ankunft die Einführungsriten stattfanden, erschienen sie ihr angebracht und richtig, und sie entsprachen ihrem Gefühl. Es war ein erhabener Akt voller Liebe in einem von Weihrauchduft erfüllten Raum. Im Kamin loderte warm ein Feuer, und die Halluzinationen führten sie vom Himmel in die Hölle und zurück. Anne wußte, sie würde nach dem Erwachen ein anderer Mensch sein. Das sagte man ihr, ehe man ihr die Pilze zu essen gab und nachher eine kleine Menge LSD auf einem Zuckerwürfel. Es dauerte eine Weile, bis die Droge Besitz von ihrem Bewußtsein ergriff, doch als es soweit war, umgaben sie freundliche Geister und ein Raum voller Menschen, die sie kannte. Später kamen Spinnen, Fledermäuse und gräßliche Dinge, doch man hielt ihr die Hände, während sie heulte und schrie, und als Schmerzen ihren Körper durchzuckten, sang man ihr Lieder vor und hielt sie umfangen, wie ihre Mutter es nie getan hatte. Nicht einmal Lionel hatte dies alles für sie getan. Auf allen vieren durchquerte sie eine Wüste und kam schließlich zu einem Zauberwald voller Elfen, deren Hände sie auf sich fühlte. Und wieder hörte sie, wie die Geister sangen. Und jetzt kamen die Gesichter auf sie zu, Gesichter, welche die ganze Nacht über ihr geschwebt und gewartet hatten, daß sie von der Sünde des vergangenen Lebens befreit würde. Sie fühlte sich bereits geläutert und wußte, daß sie jetzt eine von ihnen war. Die bösen Geister waren ausgetrieben, und sie war rein ... jetzt konnte das Ritual vollendet werden. Sanft befreite man sie von ihrer Kleidung, salbte sie mit Öl, und ein jeder massierte sacht ihr zartes

Fleisch ... sie war in dieser Nacht sehr weit gekommen und hatte
Wunden davongetragen. Doch die Frauen massierten sie, machten sie bereit, griffen tief in sie hinein und hielten sie fest, als
sie aufschrie. Anfangs wehrte sie sich dagegen, doch sie flüsterten ihr liebevoll zu, und jetzt hörte sie auch Musik. Man gab ihr
ein warmes Getränk, goß Öl auf sie, als ihre zwei Schutzgeister
ihre geheimste Stelle ertasteten. Sie wand sich unter ihren Händen, schrie vor Schmerz und Wonne, und dann kamen ihre neuen
Brüder, die Geister, die nun zu ihr gehören würden, um die zu ersetzen, die sie hinter sich gelassen hatte, und alle knieten an ihrer
Seite nieder, während ihre Schwestern süß sangen, und nacheinander drangen die Brüder in sie ein. Die Musik wurde lauter,
Vögel flogen hoch oben ... manchmal verspürte sie spitze Pfeile
des Schmerzes und Wogen der Ekstase, und immer wieder drangen sie ein und hielten sie fest, und dann entfernten sie sich, bis
die Schwestern wieder kamen, sie küßten und tief in sie hinein-
griffen, bis sie nichts mehr hörte und fühlte. Die Musik war ver-
stummt. Der Raum war finster. Das vergangene Leben war dahin. Sie bewegte sich, fragte sich, ob alles nur ein Traum gewesen
war, doch als sie sich aufsetzte und um sich blickte, sah sie alle
dasitzen und sie erwarten.

Sie war lange Zeit abwesend gewesen, und jetzt war sie sehr
erstaunt, daß so viele Menschen im Raum waren. Aber sie erkannte jeden einzelnen wieder. Weinend streckte sie die Arme
aus, und sie kamen und umarmten sie. Ihr Weibtum war vollendet, ihre Schwesternschaft vollzogen. Man verabreichte ihr wieder die Droge als Belohnung, und diesmal entschwebte sie gemeinsam mit den anderen als eine der Herde. Sie wurde in ein
weißes Gewand gekleidet, und als die Brüder und Schwestern
wieder zu ihr kamen, war sie eine der ihren und küßte sie, berührte die Schwestern, wie sie berührt worden war. Das gehörte
jetzt zu ihren Vorrechten, wurde ihr erklärt, als Ausdruck der ge-
genseitigen Liebe.

In den folgenden Wochen sollte sie sehr oft an dem Ritual
teilnehmen, und als ein neues Gesicht in der Waller Street auftauchte, wurde es von »Sonnenblume« mit dem sanften Lächeln

und den Blumen im Haar willkommen geheißen. Sonnenblume, die einmal Anne geheißen hatte. Jetzt lebte sie praktisch ganz von LSD und war glücklich wie noch nie in ihrem Leben. Ein Vierteljahr nach ihrer Ankunft nahm einer der Brüder sie als Eigentum. Er hieß »Moon«, ein großer, schlanker, schöner Mann mit Silberhaar und sanftem Blick. Er nahm sie jede Nacht ins Bett und wiegte sie. In mancher Hinsicht erinnerte er sie an Lionel. Sie folgte ihm überallhin, und er wandte sich oft mit seinem geheimnisvollen Lächeln um.

»Sonnenblume, komm zu mir ...«

Sie beherrschte den Zauber, sein Wohlgefallen zu erwecken, wußte den Kräutertrank zuzubereiten, den er liebte, wußte, wann er Drogen brauchte und wann sie seine Haut berühren sollte. Wenn nun ein Neuling kam und das Ritual vollzogen wurde, war es Sonnenblume, die als erste zu der Schwester ging, sanft das Öl über sie goß, sie in der Sippe willkommen hieß und sie mit flinken Fingern für den Rest der Sippe bereitmachte.

Moon war sehr stolz auf sie und gab ihr deswegen immer zusätzliche Tabletten. Seltsam, wie das Leben nun anders geworden war. Es war voller Farbe und voller Menschen, die sie liebte und von denen sie wiedergeliebt wurde. Nichts war geblieben von der häßlichen Einsamkeit ihres alten Daseins. Sie hatte alle vergessen. Und als Moon im Frühjahr ihren Leib befühlte und ihr sagte, sie sei schwanger und könne nicht mehr am Ritual teilnehmen, weinte sie.

»Weine nicht, Liebchen ... du mußt dich auf ein größeres Ritual vorbereiten. Wir alle werden bei dir sein, wenn der kleine Mondstrahl den Himmel durchbohrt und zu dir kommt, aber bis dahin ...«

Er verringerte ihre Drogenmenge, ließ sie aber soviel Marihuana rauchen, wie sie wollte. Und er lachte sie aus, als damit ihr Appetit wuchs. Ihre Schwangerschaft war schon zu ahnen, als sie eines Tages die Haight Street entlangging und ein Gesicht sah, von dem sie wußte, daß sie es aus ihrer Vergangenheit kannte. Sie war sich aber nicht sicher, wer es war. Nachdenklich kehrte sie zu Moon in das Haus in der Waller Street zurück.

»Ich habe jemanden gesehen, den ich kenne.«

Das kümmerte ihn wenig. Sie alle sahen ab und zu Menschen, die sie kannten, in ihrem Kopf und im Herzen und gelegentlich auch mit Namen. Moon hatte seine Frau und sein Kind bei einem Bootsunfall verloren und war eines Tages aus seinem Haus in Boston verschwunden, um hierherzukommen. Er sah Frau und Kind oft vor seinem geistigen Auge, speziell während des Rituals. Es wunderte ihn nicht, daß Sonnenblume jemanden gesehen zu haben glaubte. Es war ein Zeichen, daß sie ein höheres Stadium der Entrücktheit erreicht hatte, und er freute sich. Das Kind, das zum Teil seins war, würde sie noch höher steigen lassen.

»Wer war es, mein Kind?« fragte er.

»Ich weiß nicht. Ich kann mich an den Namen nicht erinnern.«

Er verabreichte ihr eines der Acid-Streifchen, die er ihr am Abend zuvor bewilligt hatte, und der Name Jesus kam ihr immer wieder in den Sinn. Sie war aber sicher, daß nicht er es gewesen war, den sie gesehen hatte.

Moon lächelte. Später würde sie Pilze bekommen und wieder Acid, aber jetzt mußte sie rein bleiben für das zu erwartende Kind. Sie durfte nur so viel zu sich nehmen, daß ihr erleuchteter Zustand erhalten blieb. Zu hoch durfte sie nicht steigen, sonst würde sich das Kind ängstigen. Und dieses Baby sollte schließlich allen gehören. Alle hatten daran Anteil, alle Brüder und Schwestern. Moon war sicher, daß die Empfängnis in der ersten Nacht stattgefunden hatte, als sie im Mittelpunkt des Rituals gestanden hatte. Das Kind würde besonders gesegnet sein, und als er ihr dies ins Gedächtnis rief, kam ihr der Name John in den Sinn, ganz klar, und damit kam die Erinnerung an ihn wieder.

23

»Bist du sicher?«

Lionel starrte John ungläubig an. John hatte ihm das schon zweimal angetan. Beide waren vor drei Monaten zum Entsetzen aller vom College abgegangen, um in San Franzisko die Suche nach Anne aufzunehmen. Ward wollte davon nichts hören, als Faye es ihm sagte, und Bob Wells befürchtete, sie benutzten die Suche nur als Vorwand, um das Studium aufzugeben und sich in San Franzisko den dort sehr freizügig lebenden Schwulen anzuschließen.

Aber Lionel hatte beharrlich behauptet, Anne müsse dorthin gegangen sein. Die Stadt bot vielen Ausreißern Zuflucht. Er war überzeugt, daß sich dort jugendliche Aussteiger jahrelang herumtreiben konnten, ohne erkannt oder festgenommen zu werden, aber das sagte er seinen Eltern nicht. Es gab dort Tausende von davongelaufenen Jugendlichen, die zusammengepfercht in winzigen Löchern lebten. In den grellbemalten Häusern der Gegend um die Haight und Ashbury Street, in denen es wie in einem Ameisenhaufen wimmelte, herrschte ein Durcheinander von Blumen, Teppichen, Räucherkerzen, Drogen und Schlafsäcken. Es war das ein Ort und eine Zeit, wie es sie niemals wieder geben würde, und Lionel spürte instinktiv, daß Anne Teil dieser Szene war. Er hatte es sofort nach seiner Ankunft gespürt. Blieb nur die Frage, ob es ihnen gelingen würde, sie zu finden. Er hatte zusammen mit John monatelang die Straßen durchkämmt, erfolglos, und viel Zeit hatten sie nicht mehr. Sie hatten versprochen, im Juni zurück zu sein, damit sie mit den Sommerkursen die verlorene Zeit aufholen konnten.

»Wenn ihr sie in drei Monaten nicht findet«, hatte Bob Wells gesagt, »dann müßt ihr aufgeben. Länger dürft ihr nicht suchen. Sie könnte ja auch in New York, Hawaii oder Kanada sein.«

Aber Lionel wußte, daß Bob sich irrte. Anne war in San Franzisko auf der Suche nach Liebe, die sie angeblich in der Familie nie bekommen hatte. John hatte ihm recht gegeben. Jetzt war er sicher, er habe sie ganz benommen nahe der Ashbury Street gehen sehen, in ein purpurnes Laken gewickelt, einen Blumenkranz auf dem Kopf. Ihr glasiger Blick ließ bezweifeln, daß sie ihn überhaupt bemerkt hatte. Aber einen Augenblick, ganz kurz nur, hatte sie ihn erkannt, da war er ganz sicher. Dann war ihr Bewußtsein ihr wieder entglitten.

Er war ihr zu einem alten, heruntergekommenen Haus gefolgt,

in dem eine ganze Kolonie Drogensüchtiger und Ausreißer hausen mußte. Der Duft der Räucherkerzen wehte bis auf die Straße. Mindestens zwanzig dieser Typen hatten auf der Treppe gesessen und ein indisches Lied gesungen. Dabei hielten sie sich an der Hand, lachten und winkten Freunden zu.

Und als Anne die Treppe erreichte, teilte sich die Schar vor ihr wie das Rote Meer vor Moses. Man half ihr hinauf. Ein grauhaariger Mann erwartete sie im Eingang und trug sie hinein. John hatte alles beobachtet und versuchte nun, diese seltsame und eigenartige Szene Lionel zu beschreiben. Er schilderte vor allem Anne ganz genau.

»Ja, ich gebe zu, das könnte sie sein«, äußerte Lionel nachdenklich. Aber die anderen, die John schon gefunden hatte, hätten auch Anne sein können. Jeden Tag trennten sie sich und durchwanderten das Hippie-Viertel auf der Suche nach ihr. Falls Anne hier war, dann war es ein Wunder, daß sie sie noch nicht gefunden hatten. Abends kehrten sie in das Hotelzimmer zurück, das Lionel gemietet hatte. Das Geld dafür hatte Faye ihm gegeben. Sie aßen meist irgendwo rasch eine Kleinigkeit und besuchten kein einziges Mal eine Schwulenbar. Sie blieben lieber für sich. Und am Morgen fing alles wieder von vorne an.

Es war ein Werk der Liebe, wie Faye es noch nie erlebt hatte. Ein paarmal war sie nach San Franzisko geflogen und hatte sich ihnen angeschlossen, aber Lionel hatte ihr zu verstehen gegeben, daß sie nur ein Hemmschuh sei, weil sie unter den Scharen von Blumenkindern wie ein Fremdkörper wirkte: ihre Blusen waren adrett, der auf ein Minimum reduzierte Schmuck noch zu auffallend, ihre Jeans zu sauber. Sie sah aus wie eine Mutter aus Beverly Hills auf der Suche nach einem Ausreißer, und die Jugendlichen flohen vor ihr wie ein Rattenschwarm. Schließlich hatte Lionel kein Blatt vor den Mund genommen.

»Mom, flieg nach Hause. Wenn wir etwas finden, rufen wir dich an. Ich verspreche es dir.«

Sie war daraufhin nach Los Angeles zurückgeflogen und arbeitete weiter an ihrem Film. Bei diesem Projekt hatte Faye Ward gedrängt, sich einen Co-Produzenten zu nehmen, weil er wieder zuviel trank, und seither war alles nur noch schlimmer geworden. Noch immer weigerte er sich, mit Lionel auch nur zu sprechen, und legte sofort auf, wenn er die Stimme seines Sohnes am Telefon erkannte. Für Lionel wurde es damit sehr schwer, Kontakt mit Faye aufzunehmen, und das erbitterte sie noch mehr. Schließlich ließ sie sich einen eigenen Apparat nur für Lionels Anrufe aufstellen. Auch die Zwillinge wichen Ward aus, sie fürchteten ihn. Nie gingen die Mädchen an den Apparat, über den Lionel anrief, als würde Ward es sofort erfahren, wenn sie nur ein Wort mit ihrem Bruder wechselten. Lionel war von allen fallengelassen worden. Aber Faye liebte ihn nur noch mehr, aus Mitleid und aus Einsamkeit und ganz besonders dafür, daß er Anne suchte.

Sie sprach oft mit Mary Wells und gab ihrer Dankbarkeit Ausdruck, weil John ihm bei der Suche half. Die Wells' schienen sich mit der Situation gut abgefunden zu haben. Sie liebten ihren Sohn und akzeptierten auch Lionel. Das konnte sie von Ward leider nicht behaupten, dessen Kontakt mit den Wells' nicht mehr existierte, seit Bob ihn hinausgeworfen hatte, als er damals mit der schlimmen Nachricht gekommen war.

Auch zwischen Ward und Faye war nicht mehr alles wie früher. Trotz Annes Verschwinden war er mit Greg in der Super Bowl gewesen. Er hatte behauptet, die Polizei würde Anne finden, und wenn sie wieder da wäre, würde er sie bestrafen und ihr für die nächste Zeit strenge Einschränkungen auferlegen, um sie zur Vernunft zu bringen. Es sah aus, als könne er auch mit dieser Situation nicht fertig werden. Er fuhr mit Greg weg und amüsierte sich trotz allem in der Super Bowl.

Nach seiner Rückkehr schien er verwundert, daß die Polizei Anne nicht gefunden hatte. In den folgenden Wochen schlief er schlecht, lief nächtelang auf und ab und stürzte ans Telefon, wenn es läutete. Schließlich wurde ihm klar, daß die Lage ernst war. Die Polizei hatte ihnen unmißverständlich erklärt, daß ihre Tochter möglicherweise tot sei oder daß man sie nie finden würde, falls sie noch lebte.

Sie hatten zwei Kinder zugleich verloren, und Faye wußte, daß sie sich von diesem Schlag nie erholen würden. Sie stürzte sich in ihre Arbeit, um sich abzulenken – doch vergeblich, wie es sich zeigte–, und sie widmete sich den Zwillingen, wenn diese Zeit hatten. Aber auch die beiden Mädchen litten unter der Anspannung. Vanessa war stiller als je zuvor, ihre große Romanze war von kurzer Dauer gewesen, und sogar Valerie war irgendwie gedämpfter. Sie trug kaum Make-up und ging nicht mehr so viel aus. Ihre Miniröcke waren weniger provozierend, ihre Garderobe hatte sich nicht vergrößert. Sie alle schienen auf eine Nachricht zu warten, die vielleicht nie kommen würde, und mit jedem Tag, der verging, wuchs in Faye die Angst, ihre Jüngste könnte tot sein.

Sie fing an, in die Kirche zu gehen, was sie seit Jahren nicht mehr getan hatte, und sie sagte kein Wort zu Ward, als dieser abends immer häufiger nicht mehr nach Hause kam. Erst kam er um eins oder zwei, wenn die Bars schlossen, und man sah ihm an, wo er gewesen war, aber schließlich kam er überhaupt nicht mehr nach Hause. Beim ersten Mal war Faye überzeugt, er sei verunglückt. Doch als er am nächsten Morgen um sechs mit der Zeitung unterm Arm auf Zehenspitzen hereinschlich und sich jede Erklärung sparte, fiel ihr plötzlich ein Name ein, an den sie jahrelang nicht mehr gedacht hatte: Maisie Abernathie. Sie dachte an damals, als Ward mit Maisie unbeschwerte Tage in Mexiko verbracht hatte. Es konnte sich diesmal nicht um Maisie handeln, aber er hatte denselben Gesichtsausdruck – die Art, wie er ihrem Blick auswich. Angewidert zog sie sich völlig von ihm zurück.

Ward kam daraufhin immer seltener nach Hause, Faye aber war vor Schmerz und Kummer wie erstarrt, so daß sie nichts empfand. Sie schaffte es kaum, ihren klaren Verstand zu behalten. Ihre Tage waren mit Arbeit ausgefüllt, ihre Nächte mit Schuldgefühlen, und dazwischen tat sie alles Menschenmögliche für die Zwillinge. Die ganze Familie war innerhalb weniger Augenblicke total zerfallen.

Schließlich kamen ihr bei MGM Gerüchte zu Ohren. Ward hatte sich mit dem Star einer erfolgreichen TV-Serie eingelassen. Wollte man den Gerüchten Glauben schenken, dann war die Affäre ernst. Faye hoffte inständig, die Klatschpresse würde nichts darüber schreiben, damit sie ihren Töchtern keine Erklärungen abgeben mußte. Sie hatte wahrhaftig genug andere Sorgen.

Als sie glaubte, es nicht mehr aushalten zu können, kam abends ein Anruf von Lionel. Er war mit John am Nachmittag unterwegs gewesen. Sie waren dem Mädchen gefolgt, von dem John behauptet hatte, es sehe Anne so ähnlich. Lionel war jetzt ebenso sicher. Das Mädchen stand sichtlich unter Drogeneinfluß und wirkte total benommen. Das sariähnliche purpurne Gewand ließ erkennen, daß sie zugenommen hatte. Beide waren überzeugt, daß es Anne war.

Tränen liefen Faye über die Wangen. »Bist du sicher?«

Lionel sagte, sie seien fast hundertprozentig sicher. Das Mädchen wirkte so entrückt und unnahbar in seiner seltsamen Aufmachung inmitten von Anhängern dieser sonderbaren kleinen Sekte, daß es schwierig war, an es heranzukommen und herauszufinden, ob es sich tatsächlich um Anne handelte. Man konnte nicht einfach »Anne« rufen und warten, ob sie zurückwinkte. Lionel war nichts widerwärtiger, als seiner Mutter Hoffnungen zu machen, nur um sie dann enttäuschen zu müssen.

»Mom, wir sind nicht ganz sicher. Und wir wollten wissen, was wir deiner Meinung nach tun sollen.«

»Wenn ihr Anne gefunden habt, solltet ihr die Polizei rufen«, antwortete Faye.

»Und wenn es die Falsche ist?«

»Offenbar passiert das öfter mal. Wahrscheinlich ist das Mädchen ohnehin eine Ausreißerin, nach der gefahndet wird. Wir sollten unverzüglich die Polizei verständigen, wenn wir zu wissen glauben, wo Anne steckt. In diesem Viertel arbeitet auch ein gewisser Pater Paul Brown, der jeden kennt. Der hilft der Polizei immer wieder weiter.«

Lionel kannte den Pater und war einverstanden, ihn und die Polizei zu kontaktieren.

»Soll ich heute kommen?« fragte Faye. Sie hatte abends nach der Arbeit Zeit. Ward bekam sie überhaupt nicht mehr zu Gesicht. Er machte sich nicht einmal die Mühe, eine Ausrede zu erfinden für sein nächtliches Ausbleiben, und erwartete offenbar, daß sie eine Konfrontation herbeiführte. Doch dazu fehlte ihr die Kraft. Sie konnte sich nicht vorstellen, daß er eine ernste Affäre hatte und nach all den Jahren eine Scheidung wollte, nur wäre es in ihrer gegenwärtigen Situation nicht ganz unverständlich. Sobald sie Anne gefunden hatten und Lionel wieder aufs College ging, konnte sie sich um Wards Verhältnis und um eine eventuelle Scheidung kümmern.

Das für Lionel bestimmte Telefon läutete um Mitternacht. Faye wußte sofort, das konnte nur er sein. Ward rief kaum an, wenn er über Nacht wegblieb, und wenn, dann über den normalen Anschluß.

Mit angehaltenem Atem hob sie ab. »Lionel?«

»Die Polizei ist auch der Meinung, daß es Anne ist. Wir haben sie heute einem Polizisten gezeigt. In dieser Gegend arbeitet ein halbes Dutzend eingeschleuster Agenten im Drogenmilieu und sucht nach Ausreißern. Die haben sich mit Pater Brown in Verbindung gesetzt. Das Mädchen soll Sonnenblume heißen. Der Pater kennt sie, er hält sie aber für älter als Anne.«

Anne war jetzt vierzehneinhalb, hatte aber immer irgendwie reifer ausgesehen, besonders in letzter Zeit. Was Pater Brown sonst noch gesagt hatte, verschwieg er Faye lieber, daß nämlich die bewußte Sekte sonderbaren sexuellen und erotischen Praktiken huldigte und Gruppensex betrieb. Einige Male hatte man eine Razzia gemacht, doch war es unmöglich, den Typen wirklich etwas nachzuweisen. Es war nicht einmal beweisbar, daß Minderjährige mitmachten. Alle behaupteten, über achtzehn zu sein, und es gab keine Möglichkeit, das Gegenteil festzustellen. Außerdem hatte der Pater noch erklärt, daß bei dieser Sekte LSD hoch im Kurs stehe, außerdem »Zauberpilze« und Mescalin. Und was das schlimmste war, das Mädchen, dem sie nachspionierten, war in anderen Umständen. Aber das wollte Lionel seiner Mutter nicht sagen. Wenn es doch nicht Anne war, regte sie sich nur unnötig auf.

»Mutter, sollen wir sie festnehmen oder nur verhören lassen?«

So nah waren sie der Schwester noch nie auf der Spur gewesen.

Faye fühlte, wie ihr Herz bei dem Gedanken an Anne absackte. Seit fünf Monaten hatte sie ihre Jüngste nicht mehr gesehen, in dieser Zeit mochte ihr Gott weiß was zugestoßen sein. Sie wagte gar nicht, sich vorzustellen, was, und konzentrierte sich mit aller Kraft auf Lionels Worte.

»Ist es nicht möglich, sie zu schnappen, damit du sie dir gründlicher ansehen kannst?«

Lionel seufzte. Das alles hatte er mit der Polizei schon besprochen. »Das läßt sich machen, allerdings nur, wenn das Mädchen wirklich Anne ist. Wenn nicht, wenn das Mädchen also keine Ausreißerin ist und wenn sie noch dazu volljährig ist, dann kann sie wegen Freiheitsberaubung klagen. Die meisten dieser Hippies würden sich zwar davor hüten, aber die Polizei ist offenbar gewarnt. Wahrscheinlich hat sie sich ein paarmal die Finger verbrannt.«

Lionel klang so erschöpft, daß Faye ihn am liebsten an sich gedrückt hätte. Aber ihre größte Sorge galt jetzt Anne.

»Sag den Leuten, sie sollen alles tun, damit die Identität festgestellt wird«, antwortete sie mit einem tiefen Seufzer.

Lionel nickte. »Morgen um zehn treffe ich mich mit den getarnten Agenten. Sie werden sich das Haus ansehen und Anne folgen. Wir werden versuchen, mit ihr zu sprechen. Wenn es nicht möglich ist, wird man sie wegen Drogenmißbrauch oder so festnehmen.

Faye war schockiert. »Steht sie unter Drogeneinfluß?«

Lionel zögerte, während er Johns Blick suchte. Beide hatten das Hippie-Milieu satt bis oben hin, den Dreck, die Drogen, den ganzen Abschaum, die komischen Heiligen, die Halbwüchsigen. Sie waren fast schon bereit aufzugeben, jetzt aber ... da die Möglichkeit bestand ... »Ja, Mutter. Es scheint so, falls es Anne ist. Sie sieht ziemlich mitgenommen aus.«

»Ist sie verletzt?« Aus Fayes Stimme klang soviel Angst, daß es ihm das Herz zerriß.

»Nein, sie macht nur einen total geistesabwesenden Eindruck. Und sie lebt mit ziemlich komischen Typen zusammen, in einer östlichen Sekte.«

»O Gott . . .« Womöglich hatte man ihr den Kopf kahlgeschoren. Faye konnte es sich nicht vorstellen. Das ganze Milieu hatte auf sie einen unfaßbaren Eindruck gemacht, als sie sich anfangs mit Lionel und John auf die Suche gemacht hatte. Sie war richtig erleichtert gewesen, daß die beiden sie weggeschickt hatten. Aber jetzt wollte sie unbedingt wieder hin. Sie hatte das Gefühl, daß es diesmal wirklich Anne war, und sie wollte zur Stelle sein. Anne als Neugeborenes kam ihr in den Sinn . . . Unglaublich, daß alles schon so lange zurücklag.

»Wir rufen dich morgen an, sobald wir mehr wissen.«

»Ich werde den ganzen Tag im Büro sein. Soll ich mir einen Platz in einer Nachmittagsmaschine reservieren lassen?«

Lionel lächelte. »Bleib erreichbar. Ich rufe dich in jedem Fall an, auch wenn sie es nicht ist.«

»Danke, mein Liebling.« Er war der liebste Sohn, den sich eine Mutter wünschen konnte, auch wenn er homosexuell war. Er war ein besserer Sohn, als Greg es je gewesen war, obwohl sie beide liebte. Aber Greg fehlte es an Einfühlungsvermögen. Nie wäre er drei Monate vom College abgegangen, nur um seine Schwester zu suchen. Als er über Ostern nach Hause gekommen war, hatte er offen gesagt, daß er Lionel für übergeschnappt halte. Doch Ward hatte ihn sofort mit einem Zornesblick zurechtgewiesen, weil er den verbotenen Namen aussprach, und Faye hatte sich zurückhalten müssen, Ward nicht vor Greg ins Gesicht zu schlagen. Das Maß war übervoll, und eine Scheidung wäre die beste Lösung, eine Erleichterung für alle. Aber darüber konnte sie jetzt nicht nachdenken. All ihre Gedanken kreisten um Anne.

Nach dem Telefongespräch lag sie noch lange wach und dachte an Anne als kleines Mädchen, an die Dinge, die sie getan, an die komischen Aussprüche, wie sie sich oft verkrochen hatte und wie sehr sie an Lionel gehangen hatte.

Der Zeitpunkt ihrer Geburt war sehr ungünstig gewesen, das war Faye seit langem klar, aber das war nicht zu ändern. Die Katastrophe war wenige Wochen nach der Geburt eingetreten, und sie hatte alle Hände voll zu tun gehabt, ihre finanziellen Angelegenheiten zu ordnen, alles zu verkaufen und den Umzug in das gräßliche Haus in Monterey Park vorzubereiten. Dann war Ward gegangen, und sie hatte versucht, allein durchzukommen.

Anne war in dem ganzen Wirbel irgendwie untergegangen. Die anderen Kinder hatten die Mutter nicht mehr so gebraucht, und vor allem hatte sie sich vorher mit ihnen sehr intensiv abgegeben. Aber mit Anne niemals. Seit damals hatte sie immer nur gearbeitet, und Anne mußte irgendwie mit der ganzen Horde mithalten.

Faye fielen wieder die Augenblicke ein, als das Kindermädchen ein paar Wochen nach Annes Geburt gekommen war und sie gefragt hatte, ob sie das Kind halten oder ihr die nächste Flasche geben wolle, und Faye hatte immer nur gesagt: »Nicht jetzt, ich habe keine Zeit.« Immer wieder hatte sie sie abgewehrt, und Anne hatte den Preis dafür bezahlen müssen. Wie brachte man einem Kind bei, daß man es sehr liebhatte, daß einem aber die Zeit fehlte ... Aber mit welchem Recht hatte man ein Kind, wenn man keine Zeit dafür aufbrachte? Als sie Anne empfing, war das Leben noch so einfach gewesen, und sie hatte massenhaft Zeit zur Verfügung gehabt. Schlechte Zeiteinteilung und dazu noch Pech ... ergibt eine schlechte Mutter, sagte sie sich immer wieder, während sie in dem großen leeren Bett lag, über Anne nachdachte und sich fragte, ob es schon zu spät sei und ob Anne sie für den Rest ihres Lebens hassen würde.

Möglich war es, das war ihr klar. Es gab Dinge, die ließen sich nicht korrigieren. Ihre Beziehung zu Ward beispielsweise und die zu ihrem jüngsten Kind, außerdem Wards Beziehung zu Lionel. In den vergangenen Monaten schien das Gewebe ihrer Familie unwiderruflich zerrissen zu sein. Diese Erkenntnis lastete zentnerschwer auf ihr, als sie um sechs aufstand, nachdem sie die ganze Nacht über kein Auge zugetan hatte. Aber sie konnte auch nicht schlafen, weil ihr die Frage keine Ruhe ließ, ob das Mädchen, das Lionel gesehen hatte, wirklich Anne war.

Sie stand auf, duschte, zog sich an und wartete, bis die Zwillinge zur Schule gegangen waren. Dann fuhr sie in ihr Büro bei MGM. Es wunderte sie, daß Ward sich nicht mehr die Mühe machte, einen Vorwand zu suchen ... Er versuchte nicht einmal, sie telefonisch zu erreichen und zu erklären, wo er die Nacht über geblieben war. Wenn er gelegentlich nach Hause kam, stellte sie ihm keine Fragen. War Ward im Haus, dann schlief sie in Gregs Zimmer. Sie wechselten kein Wort mehr miteinander.

Sie sah ihn erst später am Morgen im Büro, sagte aber nichts von Anne. Es hatte keinen Sinn. Erst mußte man wissen, ob es wirklich Anne war. Als knapp nach Mittag der Anruf kam, blieb ihr fast das Herz stehen. Ihre Sekretärin meldete, Lionel sei dran, und Faye drückte rasch den Knopf an ihrem Apparat.

»Lionel?«

»Schon gut, Mom, beruhige dich.« Er zitterte, wollte aber nicht, daß sie seine Aufregung bemerkte. Es war eine haarige Sache gewesen, Anne dort herauszuholen, aber die Polizei hatte alles in die Hand genommen, und niemandem war etwas geschehen. Anne war etwas benommen, schien aber hinzunehmen, daß man sie weggeschafft hatte – anders als der alte Knabe. Dieser hatte einen Stock geschwenkt und gerufen, die Götter würden sie strafen, weil man ihm sein Kind raubte. Anne aber hatte sich wegtragen lassen und hatte Lionel zugelächelt. Sie schien ihn sogar erkannt zu haben, obwohl die Drogen ihr Bewußtsein beeinträchtigten. Man mußte abwarten, wie sie sich im drogenfreien Zustand benehmen würde. Vielleicht würde sie außer sich sein. Darauf mußte man gefaßt sein. Für die Polizei war so etwas Routine, und ein Arzt war zur Stelle.

Faye hielt erst den Atem an, dann brach es aus ihr heraus: »Ist es Anne?« Sie schloß gequält die Augen.

»Ja, sie ist es. Es geht ihr gut. Mehr oder weniger...« Wenigstens hatte man sie endlich gefunden. Er warf John einen Blick zu. Während des letzten Monats hatte sich zwischen ihnen eine tiefe Bindung entwickelt, die ein ganzes Leben halten würde, fast so, als wären sie jetzt verheiratet. Lionel zwang sich, an seine Mutter am anderen Ende der Leitung zu denken. »Es geht ihr wie gesagt gut. Wir sind jetzt auf der Polizeistation in der Bryant Street, und wenn du willst, wird man sie in meine Obhut entlassen. Ich bringe sie dann in ein, zwei Tagen nach Hause, wenn sie sich an die Umstellung gewöhnt hat.«

»Was heißt das?«

Er mußte ihr so vieles sagen, doch nicht jetzt. Nicht am Telefon. Man mußte sie schonend vorbereiten.

»Sie war so lange fort. Da braucht es eine gewisse Zeit, bis sie sich an die Wirklichkeit gewöhnt. Sie hat in letzter Zeit ein völlig anderes Leben geführt.«

Er suchte krampfhaft nach einem taktvollen Weg, ihr die Wahrheit beizubringen. Insgeheim hoffte er, sie würde nie zu hören bekommen, was die Polizei ihm eröffnet hatte. Die Sekte war den Behörden gut bekannt, man wußte auch über die Rituale Bescheid. Faye würde es nicht überleben, wenn sie erfahren würde, was Anne durchgemacht hatte, obwohl man es ihr gar nicht ansah. Im Gegenteil, sie sah glücklicher aus als seit Jahren. Das war vermutlich auf den Einfluß der Drogen zurückzuführen. Anne würde wahrscheinlich alles andere als glücklich sein, wenn die Wirkung nachließ. Die Polizei erwähnte die Möglichkeit einer Anzeige, da Anne aber erst vierzehn war und wahrscheinlich unter Zwang gestanden hatte, wollte man davon Abstand nehmen. Jetzt ging es nur noch darum, ob die Familie Thayer die Sektenmitglieder wegen Entführung und Verführung einer Minderjährigen anzeigen wollte. Darüber mußten seine Eltern entscheiden. Faye versuchte noch immer zu entschlüsseln, was hinter Lionels Worten steckte.

»Hat sie Drogen genommen?«

Er zögerte erst, aber die Wahrheit mußte heraus. »Ich glaube schon.«

»Harte Sachen? Heroin?« Faye war vor Angst außer sich. Von Heroin kam man nie wieder los, damit war das Leben gelaufen. Aber Lionel konnte sie beruhigen.

»Nein, nein, eher Marihuana und wahrscheinlich LSD und andere Halluzinogene.« Er war inzwischen zu einem Experten geworden. Faye seufzte.

»Hält die Polizei sie fest?«

»Nein. Ich möchte sie in unser Hotel bringen. Dort soll sie baden und sich entspannen.«

»Ich komme mit der nächsten Maschine.«

Lionel hörte es zähneknirschend. Er wollte Anne unbedingt säubern und zurechtmachen, ehe Faye ankam, und »die nächste Maschine« ließ ihm zuwenig Zeit. Außerdem war da noch etwas, was Faye wissen mußte, leider war es nicht mehr zu übersehen. »Du solltest noch etwas wissen ...«

Faye hatte instinktiv geahnt, daß er ihr etwas vorenthalten hatte. Anne war verletzt worden.. irgend etwas Schreckliches ...

»Mutter?«

»Was ist es, Lionel?«

»Sie ist schwanger.«

»Allmächtiger!« Faye brach in Tränen aus. »Sie ist doch erst vierzehn.«

»Ich weiß. Es tut mir leid.«

»Hat man den Jungen festgenommen?«

Er hatte nicht das Herz, ihr zu sagen, daß das Kind wahrscheinlich nicht von einem »Jungen«, sondern von den annähernd dreißig männlichen Sektenmitgliedern gezeugt worden war. Er ließ sich darüber nicht näher aus und sagte nur, daß man diesen Punkt Anne überlassen müsse. Faye fiel es schwer, auf diese Eröffnung hin die Fassung wiederzufinden. Sie kritzelte eine hastige Notiz auf ihren Block: »Dr. Smythe anrufen.« Er würde für eine Schwangerschaftsunterbrechung sorgen. Er hatte im Vorjahr dem Star eines ihrer Filme geholfen, und wenn er Anne nicht helfen würde, weil sie zu jung war, dann würde sie sie nach London oder Tokio bringen. Man würde ihr das alles ersparen. Wahrscheinlich war Anne vergewaltigt worden. Die Vorstellung, daß Anne schwanger war, stellte für Faye das Schrecklichste dar. Es war schrecklicher als alles andere an dieser fürchterlichen Sache, und sie mußte sich ständig ermahnen, dankbar zu sein, weil man Anne überhaupt gefunden hatte. Noch immer weinend legte sie auf.

Eine Weile verharrte sie unbeweglich, die Hände vors Gesicht geschlagen, ehe sie sich nach einem tiefen Atemzug die Nase putzte und sich aufraffte, Ward aufzusuchen. Man mußte es ihm sagen. Anne war schließlich auch sein Kind, mochten sie auch wenig Gemeinsamkeiten haben. Faye fragte sich unwillkürlich, wie sich die Scheidung im geschäftlichen Bereich auswirken würde. Bislang war alles so gelaufen wie zuvor, aber das konnte natürlich auch nicht ewig so weitergehen. Da man Anne gefunden hatte, würde auch Lionel nach Hause kommen. Sie hatte jetzt keine Ausrede mehr, einer Konfrontation mit Ward auszuweichen. Vor seiner Bürotür blieb sie stehen, seine Sekretärin war nervös aufgesprungen.

»Ist Mr. Thayer da?« Sie wußte, daß er da war. Sie hatte ihn kurz zuvor gesehen.

Die Sekretärin wich ihrem Blick aus und ließ in ihrer Befangenheit einen Stift fallen. »Nein . . . er ist nicht . . .«

»Das ist eine Lüge.« Faye war nicht in der Stimmung, sich das Geschwätz von irgend jemandem anzuhören. »Zufällig weiß ich, daß er drinnen ist.« Es war nur eine Vermutung, aber sie traf ins Schwarze.

»Er ist nicht . . . nun . . . er will nicht gestört werden.«

»Bumst er wieder auf seiner Bürocouch?« In Fayes Augen flammte es auf. Sie wußte genau, was da im Büro vor sich ging. Ward war schamlos. »Ich wußte gar nicht, daß die Besetzungscouch hier so häufig in Gebrauch ist.« Damit ging sie zur Tür, an der nach Luft schnappenden Sekretärin vorüber. Faye wandte sich noch einmal nach ihr um. »Keine Angst, ich werde ihm sagen, daß ich Sie überwältigt habe.«

Damit machte sie die Tür auf und trat ein.

Die Szene, deren Zeuge sie wurde, war einigermaßen gesittet. Ward und Carol Robbins, der Star von »Follow My World«, einer tagsüber ausgestrahlten Dauerserie, waren voll angezogen. Sie saßen sich, durch den Schreibtisch getrennt, gegenüber, und Ward hielt ihre Hand.

Alles an der Situation ließ darauf schließen, daß sie miteinander sehr vertraut waren. Carol war eine hübsche blonde Person mit langen Beinen und enormer Oberweite. Sie spielte in der Serie eine Krankenschwester. Die Männer sahen es gern, wenn ihr die Blusenknöpfe fast absprangen.

Faye sah Ward spöttisch an. Er ließ Carols Hand los und begegnete nervös ihrem Blick. Ohne die Anwesenheit des Mädchens zur Kenntnis zu nehmen, hielt Faye den Blick unverwandt auf ihren Mann gerichtet.

»Anne wurde gefunden. Ich dachte, das würde dich interessieren.«

Seine Augen weiteten sich. Man sah ihm an, wie sehr es ihn berührte. Momentan vergaß er das Mädchen. »Geht es ihr gut?«

»Ja.« Von den Drogen und der Schwangerschaft sagte sie nichts, damit Carol es nicht erfuhr. Bis Mittag hätte es ganz Hollywood gewußt. »Es geht ihr gut.«

»Wer hat sie gefunden? Die Polizei?«

Faye schüttelte den Kopf. »Lionel.« Triumph sprach aus ihrem Blick, als sie sah, wie seine Miene erstarrte. »In zwei Stunden fliege ich nach San Franzisko. Wenn möglich, bringe ich sie noch heute nach Hause. Du kannst morgen vorbeikommen und sie sehen, wenn sie ausgeschlafen hat.«

Er schien erstaunt. »Gibt es einen Grund, warum ich nicht schon heute kommen kann?«

Aus Fayes unmerklichem Lächeln sprach Bitterkeit. Ihr Blick schweifte zu dem vollbusigen, ihm gegenübersitzenden Mädchen.

»Das liegt an dir. Mir scheint, morgen wäre es früh genug.«

Faye blickte wieder zu Ward, der unter seinem weißen Haarschopf rot anlief. Dabei fiel ihr auf, wie stark er in den letzten sechs Monaten gealtert war. Er ging auf die Fünfzig zu, sah aber bedeutend älter aus. Er hatte es mit diesem Mädchen getrieben, hatte fünf Monate lang sehr viel getrunken und davor zwei schwere Schocks erlitten. Das alles forderte seinen Tribut, doch Faye empfand kein Mitleid. Auch sie war gealtert, sie war ja von Ward im Stich gelassen worden. Er hatte sie verlassen und Trost bei diesem Mädchen gesucht. Fast tat es Faye leid, daß sie es nicht ebenso gemacht hatte, aber die Sorgen waren zu groß gewesen. Eine Affäre hätte ihr jetzt sicher gutgetan, auch würde sie gerade jetzt mehr Zeit haben, und sie war mit sechsundvierzig noch nicht zu alt. Faye verdrängte diesen Gedanken. In ihrem Blick lag Verachtung, als sie fortfuhr:

»Anne wird dich anrufen, falls sie dich sehen möchte.«

Das sagte sie in einem Ton und mit einem Blick, daß er erschrak. Und als Faye hinausging und die Tür schloß, warf er dem blonden Mädchen einen unsicheren Blick zu.

Seine Sekretärin zerkrümelte in Erwartung von Wards Zornesausbruch nervös ein Papiertaschentuch, aber Faye wirkte wie die Ruhe selbst, als sie das Vorzimmer mit einem knappen Nicken durchschritt. In einer Stunde mußte sie am Flughafen sein, sie warf daher nur rasch eine Zahnbürste, die sie für alle Fälle in ihrem Schreibtisch hatte, in ihre Tasche, als Ward hereinstürmte.

»Was soll dieser Humbug!« Er war rot vor Wut. Faye konnte nicht wissen, daß er Carol eben nach Hause geschickt hatte. Sie war in Tränen aufgelöst gegangen und hatte ihn beschuldigt, er wolle sie fallenlassen, was er auch allen Ernstes in Betracht zog. Er war immer noch mit Faye verheiratet, soweit es ihn betraf, auch wenn sie es vergessen zu haben schien. Das Verhältnis mit Carol hatte er gezielt und nur so zum »Spaß« angefangen, es war ihm erst in den letzten Wochen über den Kopf gewachsen.

Faye sah uninteressiert auf. Ihre Gleichgültigkeit war teils gespielt, teils echt. »Ich habe jetzt keine Zeit für eine Debatte. Meine Maschine startet um drei.«

»Sehr gut, dann können wir uns während des Fluges unterhalten. Ich komme mit.«

»Ich brauche deine Hilfe nicht.« Ihr Blick war kalt.

»Die hast du nie gebraucht. Aber Anne ist auch mein Kind.« Im Augenblick war Faye um eine Antwort verlegen.

Schließlich blickte sie ihm in die Augen, sie konnte der Versuchung nicht widerstehen, ihm Schmerz zuzufügen. Er hatte ihr in letzter Zeit zu weh getan. »Nimmst du deine Freundin mit?«

Er blickte auf sie hinunter. »Darüber müssen wir uns in nächster Zeit unterhalten.«

Sie nahm diese Entgegnung mit einem Nicken zur Kenntnis, doch jeder hatte jetzt etwas anderes im Sinn. »Ich wollte die Sache mit Anne und Lionel in Ordnung bringen, ehe ich mich mit dir auseinandersetze. Aber in ein paar Wochen wird wohl alles wieder normal sein, schätze ich ... was man so normal nennt. Dann werde ich Zeit für ein Gespräch mit dem Anwalt haben.«

»Hast du schon einen Entschluß gefaßt?« Ward war betroffen, obwohl Fayes Reaktion ihn nicht wunderte. Er hatte sie praktisch in diese Lösung hineingetrieben – jetzt war es wohl schon zu spät für eine Versöhnung. Er fühlte sich vom Leben besiegt. Seine Ehe war kaputt, sein Sohn ein Schwuler, seine Tochter war davongelaufen – und Gott allein mochte wissen, was ihr zugestoßen war. Es war verheerend, wenn man länger darüber nachdachte, aber Faye blieb unerschütterlich. Wirklich bemerkenswert. Sie ging nicht unter. Sie schwamm weiter, bis sie wieder ein Ufer erreicht hatte, und es sah aus, als hätte sie es bereits erreicht. Das freute ihn für sie.

»Es tut mir leid, daß es so gekommen ist.«

Faye stand auf, zum Gehen bereit. »Mir auch. Und den Entschluß hast du gefaßt. Du rufst nicht einmal mehr an, um dich zu entschuldigen. Du kommst überhaupt nicht mehr nach Hause. Mich wundert nur, daß du deine Garderobe noch nicht abgeholt hast. Jeden Abend, wenn ich nach Hause komme, bin ich darauf gefaßt, daß deine Sachen fort sind.«

»Faye, so weit ist es nicht.«

»Wie kannst du das sagen? Du bist praktisch ausgezogen, ohne eine Erklärung abzugeben.«

Faye fühlte, wie falsch es war, daß sie jetzt stritten, obwohl Anne gefunden worden war. Sie hätten statt dessen vor Erleichterung laut frohlocken sollen. Doch die Verbitterung ließ das nicht zu. Sie waren einander schon zu fremd geworden.

»Ich wußte ja nicht, was ich dir sagen sollte, Faye.«

»Sieht so aus. Du bist einfach aus unserem Leben verschwunden.«

Er wußte, daß es stimmte, und es war bereits das zweite Mal in ihrer Ehe, aber er besaß einfach nicht diese Kraft, die sie in sich hatte. Dann war Carol gekommen, und er hatte sich wieder wie ein Mann gefühlt. Diese Beziehung milderte den Schlag, den die Entdeckung von Lionels Veranlagung für ihn bedeutet hatte. Er sah Lionel jetzt nicht mehr als Spiegelbild seiner selbst – er selbst war ja normal. Leider hatte er diese Erkenntnis auf Kosten Fayes gewonnen. Das sah er jetzt ein. Aber wie sollte er ihr das begreiflich machen? Es gab keine Möglichkeit mehr. Sie ging an ihm vorbei zur Tür. »Ich rufe dich an, wenn wir zurück sind.«

Ward sah sie ein wenig dümmlich an. »Ich habe mir einen Platz in der Drei-Uhr-Maschine reservieren lassen. Ich dachte, es müßte deine Maschine sein.«

»Es hat keinen Sinn, daß wir beide hinfliegen.«

Faye wollte nicht, daß er mitkam. Sie hatte genug um die Ohren. Immerhin mußte sie sich um die drogenabhängige Anne und deren Schwangerschaftsunterbrechung kümmern und konnte darauf verzichten, daß Ward sie mit verlogenen Ausflüchten überhäufte, um sein schäbiges Verhalten zu entschuldigen. Sie wollte das alles jetzt nicht hören, es war nicht der richtige Zeitpunkt. Sie sah ihn abweisend an.

»Faye, ich habe Anne seit fünf Monaten nicht gesehen«, beschwor er sie mit flehendem Blick.

»Und da kannst du nicht noch einen Tag warten?«

Ward rührte sich nicht von der Stelle, und Faye mußte es seufzend akzeptieren. Er machte alles nur noch schwieriger. Resigniert sah sie ihn an. »Gut. Unten steht ein Studiowagen.«

Damit drehte sie sich um und ging hinaus, und er folgte ihr wortlos. Auch unterwegs zum Flughafen sagte er kein Wort. Ihm war klar, daß Faye nicht mit ihm sprechen wollte.

Ihre reservierten Sitze lagen natürlich nicht nebeneinander, und als der Mann am Schalter ihnen einen Gefallen tun und andere Passagiere ihretwegen anders plazieren wollte, lehnte Faye ab. Für Ward lag es auf der Hand, daß seine Ehe nicht mehr zu retten war. Und das Schlimmste daran war: das andere Mädchen bedeutete ihm überhaupt nichts. Sie hatte nur dazu gedient, ihm seine eigene Männlichkeit zu beweisen und den Schmerz zu lindern, doch war es zu spät, dies Faye klarzumachen. Sie erklärte sich einverstanden, gemeinsam ein Taxi zu Lionels Hotel zu nehmen, machte ihm aber nachdrücklich klar, was sie von ihm erwartete.

»Ward, eines möchte ich klarstellen: Die beiden Jungen haben Monate ihres Lebens auf die Suche nach Anne verwandt. Sie haben ein Semester sausenlassen und haben jeden Tag nach ihr gesucht. Wenn wir gewartet hätten, was die Polizei erreicht, dann würden wir noch immer nicht wissen, was aus Anne geworden ist. Wenn du auch nur ein häßliches Wort zu den Jungen sagst, werden wir uns nie mehr wiedersehen, und ich werde um jeden Cent mit dir prozessieren, nur damit wir quitt sind. Wenn du Wert auf eine freundschaftliche Scheidung legst, dann benimm dich anständig zu deinem Sohn und John Wells. Ist das klar?« Aus ihrem Blick sprach unbeugsame Härte, während er noch bekümmerter dreinsah. Er wirkte tatsächlich wie ein Geschlagener, aber das war nach Fayes Meinung seine eigene Schuld.

»Und wenn ich keine freundschaftliche Scheidung möchte?«

»Dann brauchst du erst gar nicht mit mir in die Stadt zu fahren.«

Als sie ein Taxi für sich heranwinken wollte, faßte er nach ihrem Arm – in seiner Verzweiflung fester als beabsichtigt.

»Das habe ich nicht gemeint. Wieso bist du so sicher, daß ich überhaupt eine Scheidung möchte? Ich habe kein Wort davon gesagt.«

Faye lachte voller Verbitterung auf. »Mach dich nicht lächerlich. Seit Monaten bekomme ich dich kaum zu Gesicht, du kommst nicht mal über Nacht nach Hause und erwartest, daß ich die Ehe weiterführen möchte? Halte mich nicht für dümmer, als ich bin.« Außerdem war er schuld an Schäden seiner Kinder, die sich nie wieder reparieren lassen würden.

»Nicht du bist dumm, sondern ich.«

»Du hast völlig recht. Aber jetzt ist weder der geeignete Zeitpunkt noch der Ort, um das auszudiskutieren.« Faye war spürbar gereizt. »Ich weiß wirklich nicht, warum du mitkommen wolltest.«

»Um Anne zu sehen ... und um mit dir zu sprechen. Es ist so lange her ...«

»Das ist nicht meine Schuld.«

»Ich weiß, es ist meine.« Es machte ihm offenbar nichts aus, die ganze Schuld auf sich zu nehmen. Vielleicht war er zur Besinnung gekommen. Leider zu spät – für beide.

Faye sah ihn voller Skepsis an. »Was ist passiert? Hat dir

deine kleine Seifenoper-Krankenschwester den Laufpaß gegeben, nachdem ich euch überraschte?«

»Nein. Es war umgekehrt. Ich habe Schluß gemacht.« Mehr oder weniger. Carol war wütend gewesen, weil er ihr gesagt hatte, er wolle mit Faye nach San Franzisko. Außerdem hatte er ihr mitgeteilt, daß er sich mit ihr darüber erst nach seiner Rückkehr unterhalten wolle. Es war seine feste Absicht, sich von ihr zu trennen, ob nun Faye die Scheidung wollte oder nicht. Die Kleine war zweiundzwanzig. Langsam begann er sich in ihrer Gesellschaft reichlich lächerlich vorzukommen. Die Sache hatte ein absolutes Ende gefunden. Es war töricht und verrückt gewesen, aber er hatte eine solche Affäre dringend gebraucht. Und jetzt brauchte er wieder Faye. Er wußte, daß er sie immer gebraucht hatte, doch war sie in ihrem Schmerz so eingesponnen, daß er keinen Zugang zu ihr finden konnte. Er wollte jetzt nicht mehr als eine Chance – sie sollte ihn nur anhören. Aber Faye ließ jede Neigung dazu vermissen.

Das Taxi fuhr vor, sie riß die Tür auf und wandte sich zu ihm um.

»Kommst du?«

»Hast du gehört, was ich sagte? Mit dem Mädchen ist es aus.«

»Was geht mich das an!«

»Wie du meinst. Du weißt wenigstens, wie wir miteinander stehen.«

»Du auch. Ward, es ist zwischen uns aus. Vorbei. Finito. Ist das klar?« Sie nannte dem Fahrer die Adresse und lehnte sich zurück.

»Zufällig bin ich damit nicht einverstanden.«

Sie war so wütend, daß sie am liebsten handgreiflich geworden wäre, doch sie beherrschte sich. Mit gedämpfter Stimme, damit der Fahrer nichts mitbekäme, wurde die Diskussion fortgesetzt.

»Du hast vielleicht Nerven. Ein halbes Jahr lang läßt du uns links liegen, betrügst mich und machst dich mit einem um dreißig Jahre jüngeren Mädchen zum Narren. Und jetzt, aus heiterem Himmel, erklärst du großmütig, du möchtest zurück. Geh zum Teufel, Ward, ich möchte mich scheiden lassen.«

Der Fahrer warf einen Blick in den Rückspiegel. Ward nahm keine Notiz davon.

»Ich nicht«, sagte er.

»Du bist ein Dreckskerl.«

»Ich weiß. Aber wir sind einundzwanzig Jahre verheiratet, und ich will nicht Schluß machen.«

»Warum nicht? Du hast vor fünf Monaten leichten Herzens Schluß gemacht.« Aber beide kannten den Grund. Der Schock wegen Lionel war zuviel gewesen. Sie hatte immer gewußt, daß er es nicht verkraften würde, jetzt verspürte sie einen Anflug von Mitleid.

»Du weißt, warum alles so gekommen ist«, wandte Ward ein.

»Das ist keine Entschuldigung für dein Verhalten.«

»Ich mußte meine Männlichkeit beweisen.«

»Eine jämmerliche Ausrede.«

»Es ist die Wahrheit.« Er starrte aus dem Fenster, dann sah er wieder Faye an. »Du wirst nie begreifen, was das für mich bedeutete.«

»Und jetzt? Wirst du wieder gegen Lionel ausfällig werden?«

»Ich bin ihm dankbar, weil er Anne gefunden hat.« Seine Stimme strafte seine Behauptung Lügen.

»Aber du wirst ihm nie verzeihen?«

»Ich werde nie vergessen, was er ist.«

»Er ist dein Sohn – und meiner.«

»Für dich ist es anders.«

»Mag sein. Ich liebe ihn so oder so. Er ist ein außergewöhnlicher junger Mensch.«

Ward seufzte. »Ich weiß ... und ich weiß nicht, was ich empfinde. Ich war zu lange total durcheinander. Und jetzt fällt es mir schwer, mir über alles Klarheit zu verschaffen, und dann die Sache mit Anne ...«

Faye runzelte die Stirn. Sie mußte daran denken, was Lionel ihr gesagt hatte. Vielleicht war es besser, sie bereitete Ward schonend vor, damit der neue Schock nicht zu schlimm ausfiel.

Zum ersten Mal seit langer Zeit schlug sie ihm gegenüber einen sanfteren Ton an. »Lionel meint, sie habe Drogen genommen.«

Ward fuhr auf. »Was für Drogen?«

»Das steht nicht sicher fest. Marihuana, LSD . . .«

»Na, es gibt Ärgeres.«

»Ja.« Faye wollte es hinter sich bringen. »Außerdem ist sie schwanger.«

Wie betäubt schloß Ward die Augen. Als er Faye wieder ansah, klagte er: »Was ist denn nur mit uns im vergangenen halben Jahr passiert? Unser ganzes verdammtes Leben ist zu Trümmern zerfallen.«

Faye lächelte unmerklich. Er hatte recht. Aber mit der Zeit würden sie ihr Leben wieder zusammenfügen und unter den Trümmern hervorkriechen. Sie hatten es schon einmal geschafft. Er sah sie an und faßte nach ihrer Hand.

»Wir haben die Hölle hinter uns«, sagte er.

Sie widersprach nicht, und sie entzog ihm nicht ihre Hand. Jetzt brauchten sie einander, wenn auch nur für die nächsten Stunden, und plötzlich war sie froh, daß er mitgekommen war. Auch wenn sie nach dieser Sache wieder auseinandergehen sollten.

Das Taxi näherte sich dem Zentrum, während beide in Gedanken versunken dasaßen und an ihre kleine Anne dachten.

24

Kurz nach fünf trafen sie im Hotel San Marco ein. Es war ein kleines, anspruchsloses Hotel in der Nähe der Divisadero Street, in dem John und Lionel seit über vier Monaten wohnten. Faye blickte die Fassade kurz hoch, ehe sie, gefolgt von Ward, hineinging. Sie wußte von ihrem letzten Aufenthalt, daß das Zimmer im zweiten Stock lag. Ehe der Mann an der Rezeption etwas sagen konnte, lief sie hinauf. Sie wollte jetzt mit niemandem sprechen. Sie wollte Anne sehen. Als sie leise anklopfte, hatte sie vergessen, daß Ward hinter ihr stand.

Gleich darauf kam Lionel an die Tür, die er nur einen Spaltbreit aufmachte, ganz zögernd, und dann langsam öffnete. Von der Tür aus konnte Faye auf dem Bett die reglose Gestalt sehen, die ihr den Rücken zukehrte. Anne war in Lionels Bademantel gehüllt, ihr Haar war ganz lang, die Füße bloß. Faye glaubte zunächst, sie schlafe, aber dann drehte Anne sich langsam um, weil sie sehen wollte, wer gekommen war. Ihr Gesicht war verschmiert von Tränen, die Augen dunkelgerändert und riesig in ihrem schmalen Gesichtchen. Faye war entsetzt, ließ sich jedoch nichts anmerken.

In den Monaten ihrer Abwesenheit hatte Anne sich vollkommen verändert. Sie war schmäler, wirkte erwachsener, und ihr Gesicht war so anders, daß Faye bezweifelte, daß sie ihre Tochter erkannt hätte. Anhand eines Fotos gewiß nicht. Sie war erleichtert, daß John sie erkannt hatte.

»Na, wie geht's, mein Schatz?«

Faye ging langsam auf das Bett zu, als hätte sie Angst, Anne zu erschrecken, die wie ein verwundetes Vögelchen aussah. Anne ließ ein leises Stöhnen hören. Sie rollte sich zusammen und drehte sich wieder um. Die Wirkung der Halluzinogene, die sie so lange genommen hatte, ließ langsam nach. Lionel und John hatten sie mit Orangensaft und Schoko-Riegeln aufzupäppeln versucht, damit sie zu Kräften kam. Vor einer Weile hatten sie ihr einen Hamburger aufgezwungen, den sie sofort wieder erbrach. Sie sah aber jetzt schon wieder besser aus, wie John und Lionel fanden. Die beiden hatten miterlebt, in welchem Zustand Anne von der Polizei vor einigen Stunden aufgegriffen worden war. Lionel stellte sich mit Entsetzen vor, seine Mutter hätte sie in diesem Augenblick gesehen. Jetzt wanderte sein Blick zwischen Anne und seinen Eltern hin und her. Seine Mutter wirkte beängstigend. Ward wagte er nicht direkt anzusehen. Es war das erste Mal seit jenem schrecklichen Tag, als er und John von ihm überrascht worden waren. Aber jetzt war er gekommen, wenn schon nicht ihretwegen, so doch wenigstens Annes wegen.

»Sie kommt langsam von den Drogen runter, Mutter.« Lionel sagte es ganz leise.

Anne drehte sich gar nicht um, als John ihr wieder einen Schoko-Riegel zusteckte. Mit zitternder Hand faßte sie danach.

Hunger und Übelkeit plagten sie gleichzeitig, und außerdem wollte sie fort. Sie wollte zurück zu den anderen ... in das Haus, zu Moon, zum Ritual, sie gehörte zu ihnen. Anne erstickte fast an ihren Tränen, als sie von der Schokolade abbiß. Erschöpft schloß sie die Augen.

»Ist sie krank?« Alle redeten, als wäre sie gar nicht da. Lionel ging es entschieden gegen den Strich, daß er das alles erklären mußte.

»Das sind die Entzugserscheinungen. In ein paar Tagen hat sie alles überwunden.«

»Können wir sie noch heute nach Hause bringen?« Faye konnte es kaum erwarten, sie nach Los Angeles zu schaffen und sie der Obhut des Arztes anzuvertrauen, der sie seit Jahren betreute. Außerdem wollte sie ihre Tochter zu Dr. Smythe bringen, ehe es für eine Schwangerschaftsunterbrechung zu spät war. Sie hatte Anne noch nicht von vorne gesehen und wußte nicht, wie weit fortgeschritten ihr Zustand war, daher machte sie sich noch Hoffnungen. Warum auch nicht?

Aber Lionel schüttelte den Kopf, was Faye zu einem Stirnrunzeln veranlaßte.

»Ich glaube nicht, daß sie reisefähig ist, Mutter. Laß ihr ein bis zwei Tage Zeit für die Umgewöhnung.«

»Umgewöhnung? An was?« Faye schien erschüttert. »Etwa an uns?«

Jetzt trat Ward vor und sagte, dem Blick seines Sohnes ausweichend: »War schon ein Arzt da?« Und auf Lionels Kopfschütteln hin: »Ich glaube, sie müßte untersucht werden.«

Langsam ging er um das Bett herum und sah auf sein jüngstes Kind nieder. Anne war noch immer schmutzverkrustet, durchs Gesicht zogen sich Tränenspuren. Sie blickte ihn mit großen Augen an, als er sich hinsetzte und ihr übers Haar strich, während ihm selbst die Tränen kamen. Was hatte das Kind dazu getrieben? Wie hatte sie davonlaufen können?

»Schön, dich wiederzusehen, Anne«, sagte er.

Sie zuckte nicht zurück und sah ihn nur wie ein verängstigtes Tier an. Dann streifte sein Blick ihren Körper und blieb auf

halbem Weg wie gebannt hängen. Ward mußte sich zusammennehmen, damit man ihm den Schock nicht ansah. Es war viel zu
spät für eine Unterbrechung. Verzweifelt wandte er sich zu Faye
um und stand auf. Endlich sah er auch Lionel an.

»Kennst du hier einen Arzt?«

»Die Polizei hat einen Namen angegeben. Sie müßte auf jeden
Fall untersucht werden. Und außerdem möchte man mit euch
sprechen.«

Ward nickte. Wenigstens war er noch imstande, mit seinem
Jungen zu sprechen, aber er brachte es nicht über sich, John anzusehen. Das einzige Bett des Zimmers, ein nicht allzu breites
Doppelbett, auf dem jetzt Anne lag, sagte alles. Er versuchte, den
Gedanken daran zu verdrängen. Ein Drama war mehr als genug.
Jetzt wollte er mit der Polizei sprechen und notierte sich die Namen der Beamten, die an der Suche beteiligt gewesen waren, und
besonders die der beiden, die Anne schließlich aufgegriffen hatten. Lionel sagte, daß die alle Einzelheiten wüßten. Ward schau-
derte bei dem Gedanken, was ihm bevorstand. Aber es mußte
sein.

Jetzt setzte Faye sich zu Anne, doch diesmal zuckte das Mädchen zurück. Faye hatte das Gefühl, am Bett eines hoffnungslos
erkrankten Kindes zu sitzen. Sie hielt den Blick unverwandt auf
Annes Gesicht gerichtet, die zu weinen anfing.

»Geh fort ... ich will nicht bleiben ...«

»Ich weiß, Schätzchen ... wir bringen dich nach Hause, in unser Haus, in dein Bett.«

»Ich will zurück zu Moon und meinen Freunden.«

Anne schluchzte haltlos. Trotz ihrer vierzehn Jahre hörte es
sich an, als wäre sie erst fünf – Faye fragte gar nicht, wer dieser Moon war. Sie nahm an, Anne wolle zum Vater des Kindes
zurück. Verknüpft damit war der Gedanke an Annes Schwangerschaft. Sie warf einen Blick auf Annes Bauch, in der Hoffnung,
er wäre noch ganz flach. Vor Schreck blieb ihr fast die Luft weg.
Aus Erfahrung sah sie auf den ersten Blick, daß Anne mindestens
im vierten oder fünften Monat war. Das mußte sie sofort herausbekommen, auch wenn Ward dagegen war, der Anne nicht drän-

gen wollte. Lionel hatte recht. Die Kleine brauchte Zeit, um sich an sie alle erst wieder zu gewöhnen. Sie hatte sich weit, ganz weit von ihnen entfernt und war sehr lange fort gewesen.

»Seit wann bist du schwanger?« Faye bemühte sich vergeblich um einen liebevollen Ton. Die Frage klang angespannt, schroff und scharf. Lionel verzweifelte beinahe.

»Ich weiß nicht«, antwortete Anne mit geschlossenen Augen. Sie wollte Faye nicht ansehen. Sie haßte sie. Immer schon hatte sie die Mutter verabscheut. Und jetzt haßte sie sie noch mehr. Es war die Schuld ihrer Mutter, daß man sie geholt hatte, ihre Schuld, daß sie nicht zurückdurfte. Immer hatte sie alles kaputtgemacht, bei allen, weil sie alle herumkommandierte und immer ihren Willen durchsetzen wollte. Diesmal würde es nicht glücken. Egal, wo man sie hinschaffen würde, sie würde wieder ausreißen. Sie wußte jetzt, wie einfach das war.

»Warst du nicht bei einem Arzt?« Fayes Frage klang schockiert. Wieder schüttelte Anne mit geschlossenen Augen den Kopf. Doch dann schlug sie die Augen langsam auf.

»Meine Freunde haben sich um mich gekümmert.«

»Wann war deine letzte Periode?«

Wie bei der Polizei, nur noch ärger, dachte Anne. Dort hatte man ihr wenigstens nicht solche Fragen gestellt. Sie wußte, daß sie keine Antwort zu geben brauchte. Aber sie gab immer eine Antwort. Faye hatte etwas Direktes und Zielstrebiges an sich, dem sich alle fügten, und auch Anne fügte sich.

»Zu Hause.«

Das mußte vor fünf Monaten gewesen sein.

Faye zuckte zusammen. Es mußte passiert sein, kaum daß sie das Haus verlassen hatte.

»Weißt du, wer der Vater ist?« Eine ungeheuerliche Frage, die viel zu früh kam, wie Lionel Ward mit einem Blick zu verstehen gab, damit dieser Faye bremste. Anne durfte noch nicht gedrängt werden. Womöglich würde sie wieder davonlaufen, noch ehe man sie nach Hause gebracht hatte. Und diesmal würde man sie vielleicht überhaupt nicht mehr finden, fürchtete Lionel. Anne lächelte nur, als sie sich zu erinnern versuchte.

»Ja.«

»Ist es Moon?«

Anne zuckte mit den Schultern und versetzte mit ihrer Antwort Faye einen neuen Schlag.

»Ja. Es sind alle.«

Faye stockte der Atem. Sie mußte sich verhört haben. Es mußte ein Irrtum sein.

»Alle?«

Verständnislos starrte sie das Kind an, das kein Kind mehr war. Anne war jetzt eine Frau, eine verbogene, zerbrochene Frau und kein kleines Mädchen mehr. Und sie erwartete ein Kind. Und plötzlich begriff Faye. Das Entsetzen spiegelte sich in ihrem Blick.

»Willst du damit sagen, daß die ganze Kommune dieses Kind gezeugt hat?«

»Ja.«

Anne sah Faye ganz zaghaft an und setzte sich zum ersten Mal auf, worauf sich der Raum um sie zu drehen begann. Hilfesuchend blickte sie auf Lionel, der sie sofort stützte. John reichte ihr ein Glas Orangensaft. Nach den Andeutungen der Polizei hatten die beiden so etwas vermutet, aber Faye und Ward traf es unvorbereitet. Im Sitzen sah man Annes Schwangerschaft noch deutlicher als im Liegen.

Jetzt übernahm Ward die Initiative. Er konnte es nicht fassen, was seinem unschuldigen Kind angetan worden war. Ohne Faye weiter zu beachten, wandte er sich an Lionel. »Ich möchte mich mit den Leuten von der Polizei in Verbindung setzen.« Er wollte dafür sorgen, daß diese perversen Schweine hinter Gittern landeten.

Faye weinte leise vor sich hin, als sie hinausgingen. Auf der Treppe suchte sie Halt bei Ward. Es kümmerte sie nicht, welchen Eindruck sie machte.

»Mein Gott, Ward, sie wird nie wieder sein wie früher«, schluchzte sie.

Ward hegte ähnliche Befürchtungen, wollte es aber nicht zugeben. Er mußte Faye jetzt beistehen, so wie sie ihm seinerzeit beigestanden und ihm zu einer Karriere verholfen hatte, zu der er allein nie hätte finden können. Sie brachte ihm alles bei, bis er schließlich flügge geworden war. Jetzt wollte er für sie alles in seinen Kräften Stehende tun, und wenn sie nachher noch immer auf einer Scheidung bestand, würde er sich mit Anstand fügen. Darauf hatte sie ein Recht nach allem, was er ihr angetan hatte.

Ward fühlte sich noch immer unbehaglich, wenn er Lionel und John zusammen sah, er verdrängte aber diese Gedanken. Er und Faye mußten endlich aufhören, bei sich die Schuld zu suchen, er wegen Lionels Homosexualität und sie wegen Annes Flucht. Diese Selbstbezichtigungen waren fruchtlos und nützten weder Lionel noch Anne.

»Mit der Zeit wird Anne alles vergessen, Faye«, tröstete er sie, ohne seinen eigenen Worten glauben zu können, aber Faye ließ sich nicht beruhigen.

»Sie muß das Kind loswerden. Denk an die Drogen, die sie genommen hat. Wer weiß, wie das Kind sich entwickelt ... als ... als irgendein Kretin vielleicht?«

»Wie schrecklich! Ist eine Abtreibung noch möglich?« Er sah Faye hoffnungsvoll an, und sie ließ ein verbittertes Auflachen hören.

»Hast du sie gesehen, Ward? Sie ist mindestens im fünften Monat.«

Plötzlich überfiel sie der Verdacht, Anne könnte schon schwanger gewesen sein, als sie weglief. Nein, das wollte sie doch nicht glauben ... aber bei Anne wußte man ja nie ...

Sie fuhren direkt zur Polizeistation in der Bryant Street und ließen sich zu der für Jugendliche zuständigen Abteilung bringen, wo man mit Fällen dieser Art viel Erfahrung hatte. Aus allen Richtungen strömten in dieser Stadt Halbwüchsige zusammen und bevölkerten das Haight-Ashbury-Viertel. Manchen passierte viel Schlimmeres als der Verlust der Unschuld. Viele bezahlten mit dem Leben. Man wußte von Elfjährigen, die sich eine Überdosis Heroin gespritzt hatten oder unter der Einwirkung von LSD aus dem Fenster gesprungen waren. Teenager unter fünfzehn brachten Kinder zur Welt. Sie entbanden, begleitet vom

Singsang ihrer Freunde, in Hausfluren. Erst vor sechs Monaten war ein Mädchen verblutet, ohne daß jemand Hilfe geholt hätte.

Als Faye das alles hörte, war sie zutiefst dankbar, daß man Anne überhaupt gefunden hatte. Und sie wappnete sich innerlich, als man ihr Einzelheiten über die Sekte mitteilte, mit der Anne zusammengelebt hatte.

Nachdem alles gesagt worden war, verspürte sie den dringenden Wunsch nach Vergeltung, und Ward wollte unbedingt eine Anzeige machen. Die Polizei riet ab. Es wäre mit Schwierigkeiten verbunden, alle unter Anklage zu stellen, und es war unmöglich, eine Sippe insgesamt wegen Notzucht an einem Mädchen anzuklagen. Und überdies – was wäre damit gewonnen? War es nicht einfacher, Anne nach Hause zu bringen, ihr psychiatrische Hilfe angedeihen zu lassen und ihr die Chance zu geben, alles zu vergessen, anstatt sie einem langwierigen Verfahren auszusetzen? Dieses würde erst in ein bis zwei Jahren, wenn nicht noch später, stattfinden, und aller Wahrscheinlichkeit nach könnte sie nichts dabei gewinnen. Denn bis dahin würden die beteiligten Jugendlichen in alle Winde zerstreut sein, und die Familien, von denen viele wohlhabend und einflußreich waren, hätten ihre Kinder ohnehin gegen Kaution freibekommen. Eine Anzeige war sinnlos. In ein oder zwei Jahren würde Anne das alles wie ein ferner Traum vorkommen, sagten die Beamten. Ein Alptraum, den sie vergessen würde.

»Und ihre Schwangerschaft? Was ist mit diesem Moon?« wollte Faye wissen.

Man sagte ihr, daß dem Mann nichts Konkretes nachzuweisen sei. Er hielt niemanden gewaltsam fest, und die Sektenmitglieder würden nie gegen ihn aussagen. Man bezweifelte, daß Anne je gegen ihn als Zeugin auftreten würde. Im nachhinein sollten Faye und Ward dahinterkommen, daß die Polizei recht hatte. Anne liebte diesen Mann wider alle Vernunft, und sie weigerte sich, mit jemandem über ihn zu sprechen, auch nicht mit Lionel. Schließlich gaben ihre Eltern es als hoffnungslos auf. Wahrscheinlich hatte die Polizei recht, obwohl sie es momentan nicht einsehen konnten.

Unter den gegebenen Umständen war es tatsächlich am besten, Anne mitzunehmen, ihr Hilfe zu verschaffen, sie sicher von dem Kind zu befreien und sie alles vergessen zu lassen, wenn sie nur wollte. Lionel war der Meinung, daß Anne es mit der Zeit schaffen würde, während John sich jeden Kommentar versagte. Er hatte noch immer Angst vor Ward Thayer. Vor allem fürchtete er, dieser würde wieder die Beherrschung verlieren und ihn schlagen, obwohl Lionel schwor, er würde dies nie wieder zulassen. Aber Wards Wut und Angriffslust erwachten jetzt nur, wenn von Moon und der Sekte die Rede war. Johns Befürchtungen ließen nach.

In der Nacht hielten sie abwechselnd bei Anne Wache, und am nächsten Morgen wurde der Rückflug besprochen, während John auf sie achtgab. Faye wollte sie so schnell wie möglich nach Hause schaffen und sie in einer Klinik unterbringen, obwohl man nach Lionels Meinung damit ein paar Tage warten sollte. Anne stand jetzt nicht mehr unter der Einwirkung der Drogen, zeigte aber Anzeichen von Bewußtseinsspaltung. Ward kam mit Faye überein, daß man ihr noch Zeit lassen müsse, ehe man sie in eine Klinik brachte. Ein echtes Problem war der Flug, da man sie in ihrem verkommenen und verwirrten Zustand nicht zwischen die Passagiere einer Linienmaschine setzen konnte. Schließlich einigte man sich auf einen Kompromiß. Ward rief bei MGM an und charterte die Studiomaschine. Man würde sie alle um sechs Uhr in San Franzisko abholen und nach Los Angeles bringen. Vorher wollte er noch einmal zur Polizei, und anschließend führte er ein Gespräch mit seinem Anwalt, der mit den Beamten einer Meinung war. Auf eine Anzeige wurde verzichtet.

Um halb fünf Uhr nachmittags wurde Anne in einen Bademantel gehüllt, den Faye ihr in der Union Street besorgt hatte, und in einem Taxi zum Flughafen gebracht. Sie weinte ununterbrochen. Unter den empörten Blicken des jungen Taxifahrers kamen sich alle vor wie Kidnapper. Es wurde kaum ein Wort gesprochen. Anne, die nicht die Kraft hatte, sich auf den Beinen zu halten, mußte von Ward zur Maschine getragen werden.

Kaum an Bord, gönnte er sich einen harten Drink, den ersten

seit zwei Tagen, die beiden Jungen und Faye tranken Wein. Es war für alle ein schwieriger Flug. Lionel und John litten unter der Anspannung, die Wards Gegenwart für sie bedeutete. Kein einziges Mal richtete er das Wort an sie. Er sprach immer Faye an und ließ sie die Nachricht weitergeben. Fast sah es aus, als hätte er Angst, angesteckt zu werden, falls er die beiden direkt anredete.

Als die MGM-Limousine die Jungen vor ihrem Haus abgesetzt hatte, bevor sie weiter zum Haus der Thayers fuhr, stieß John einen erleichterten Seufzer aus.

»Ich weiß einfach nicht, was ich zu ihm sagen soll.« Er atmete tief durch und sah Lionel um Entschuldigung bittend an, der ihn gut verstehen konnte.

»Mach dir nichts draus. Ich auch nicht. Aber er fühlt sich in unserer Gegenwart ebenso unbehaglich.«

Alles in allem war es nur ein labiler Waffenstillstand. Lionel war überzeugt, sein Vater halte an seinem Entschluß fest und denke nicht daran, den Familienbann aufzuheben. Er fühlte sich ebenso ausgestoßen wie vor ein paar Monaten, und er irrte sich nicht.

»Er tut so, als wäre Homosexualität ansteckend und als bestünde die Gefahr, er könnte sie von uns kriegen.«

Lionel sagte es mit boshaftem Lächeln. Es tat gut, wieder in den eigenen vier Wänden zu sein – zumindest war das sein anfängliches Gefühl. Faye hatte die Zimmer für sie weiter bezahlt, und sie hatten ihre Mitbewohner nicht mehr gesehen, seit sie im Januar fortgegangen waren. Zu Lionels Eltern konnten sie nicht fahren und auch nicht zu den Wells', denn die hätten sich über die Geschichten, die sie zu berichten hatten, schrecklich aufgeregt. Also gingen sie die Stufen hinauf, zum ersten Mal seit Monaten wieder zu Hause. Sie konnten es kaum erwarten, auszupacken.

Das Sommersemester würde in Kürze beginnen. Jetzt konnten sie endlich ins wirkliche Leben zurückkehren, was immer das auch sein mochte. Inzwischen hatten aber beide vergessen, was das ewige Verstecken und Vortäuschen bedeutete. Als sie plötzlich wieder in einem Raum voller biertrinkender Erst- und

Zweitsemestler waren, kam schlagartig alles auf sie zu, was sie in den fünf Monaten Hotelleben auf der Suche nach Anne fast vergessen hatten. Jetzt hieß es wieder vorsichtig sein und achtgeben, eine Aussicht, die beide bedrückte, als sie ihre Sachen einräumten. Lionel schlenderte hinüber in Johns Zimmer, und beide wechselten einen Blick. Und plötzlich tauchte vor ihnen die Frage auf, ob hier alle über sie Bescheid wüßten. Sie hatten das deutliche Gefühl, man könne es ihnen ansehen. Doch Lionel mußte sich eingestehen, daß es ihn nicht berührte. Ja, er war schwul. Ja, er war in John verliebt. Und als er in die Küche ging und sich ein Bier holte, tat er es fast herausfordernd, und keiner ließ eine Bemerkung fallen. Diejenigen, die von seiner Suche wußten, freuten sich mit ihm, daß man Anne gefunden hatte. Einer der anderen hatte eine zwölfjährige Schwester, die ausgerissen und spurlos verschwunden war. Ihre Eltern befürchteten das Ärgste, während ihr Bruder überzeugt war, daß sie in San Franzisko steckte. Sie sprachen eine Weile darüber, und Lionel glaubte im Blick des Jungen etwas Merkwürdiges zu lesen, als wollte er ihn etwas fragen und wagte es nicht.

Im Hause Thayer war die Stimmung merklich gedämpft. Die Zwillinge hatten schockiert mit angesehen, wie Ward Anne hineintrug. Sie hatten nicht geahnt, daß sie so elend aussehen würde, und als sie sich auf schwankenden Beinen aufstellte und ihr Leib sich stark vorwölbte, da schnappte Vanessa buchstäblich nach Luft, und Valerie traute ihren Augen nicht.

»Was wird sie jetzt machen?« fragten sie Faye später. Faye wußte darauf selbst keine Antwort. So erschöpft und ausgelaugt hatte sie sich in ihrem ganzen Leben nicht gefühlt.

Am nächsten Tag wurde Anne zum Arzt gebracht, der keine Spuren von Gewaltanwendung an ihr feststellen konnte. Was immer sie getan hatte, sie hatte es bereitwillig getan und trug keine Narben und keine Zeichen. Nach Schätzung des Arztes war das Baby am 12. Oktober zu erwarten. Er schlug vor, sie solle sich nachher sechs Wochen erholen, vorausgesetzt, das Kind komme rechtzeitig. Auf diese Weise konnte sie nach den Weihnachtsferien wieder zur Schule. Dann hatte sie vom Zeitpunkt ihres

Verschwindens an genau ein Jahr verloren und konnte die achte Klasse nach der Entbindung beenden. Im darauffolgenden Jahr würde sie in die High School überwechseln.

Anne starrte den Arzt nur an, während er ihr das alles plausibel machte. In Gegenwart des Arztes schnitt Faye auch das Thema an, das sie mit ihm schon besprochen hatte. Für eine Abtreibung, die für Anne einfachste Lösung, die Faye auf jeden Fall durchgesetzt hätte, war es natürlich schon zu spät. Leider ließ sich im nachhinein unmöglich feststellen, welche Drogen sie seit der Empfängnis genommen hatte und welche Wirkungen diese zeitigten. Aber auch auf ein Baby mit kleineren Mißbildungen warteten viele kinderlose Ehepaare, die es gern adoptieren würden.

Die Blumenkinder-Subkultur hatte einen echten Boom an Adoptivkindern mit sich gebracht. Es gab Dutzende von Babys, die zur Adoption freigegeben wurden, Kinder von Mädchen aus dem Mittelstand, die mit Burschen ähnlicher Herkunft geschlafen hatten, in Kommunen, die wie Pilze aus dem Boden geschossen waren. Kaum aber waren die Babys geboren, erlosch das Interesse der kindlichen Mütter. Das galt natürlich nicht für alle, traf aber in den meisten Fällen zu. Alle wollten frei sein und die Tage voller Sonnenschein, Frieden und Liebe genießen, ohne sich die Last der Verantwortung aufzuhalsen.

Und der Arzt würde ihnen gern helfen, wie er sofort erklärte. Allein in Los Angeles kannte er vier Ehepaare, die sehnsüchtig auf ein Adoptivkind warteten. In allen diesen Familien würde das Kind es gut haben, und für Anne wäre es das beste ... Sie konnte in die Welt einer Vierzehnjährigen zurückkehren und vergessen, was ihr passiert war. Faye und der Arzt sahen sie mit aufmunterndem Lächeln an, während Anne sie entsetzt anstarrte und sich beherrschen mußte, um nicht loszuschreien.

»Ich soll mein Baby weggeben?« Sie fing zu weinen an. Faye versuchte, den Arm um sie zu legen, doch Anne wehrte sie ab. »Das mache ich nicht! Niemals! Hörst du?«

Fayes Entschluß war unerschütterlich. Man würde sie eben zwingen, das Kind aufzugeben. Sie hatte es nicht nötig, einen kleinen Krüppel ihr Leben lang mit sich herumzuschleppen, der sie ständig an den Alptraum erinnern würde, den sie alle zu vergessen versuchten. Nein, auf keinen Fall. Sie wechselte mit dem Arzt einen vielsagenden Blick. Sie hatten viereinhalb Monate Zeit, Anne zu überzeugen, was für sie am besten wäre.

»Später wirst du anders darüber denken, Anne. Du wirst glücklich sein, wenn du es aufgegeben hast. Außerdem wird es vielleicht gar nicht normal sein.«

Faye war um einen sachlichen Ton bemüht, während sie innerlich einer Panik nahe war. Wenn Anne nun wieder fortlief? Wenn sie das Kind unbedingt behalten wollte? Der Alptraum wollte kein Ende nehmen.

Auf der Heimfahrt kauerte Anne in einer Ecke des Wagens und starrte aus dem Fenster, während ihr ununterbrochen Tränen über die Wangen liefen. Als der Wagen vor ihrem Haus vorfuhr und Faye nach Annes Hand fassen wollte, entzog Anne sie ihr brüsk und wich ihrem Blick aus.

»Liebling, du kannst das Kind nicht behalten. Es würde dein Leben ruinieren.« Faye war überzeugt davon, und Ward war mit ihr einer Meinung.

»Dein Leben oder Dads Leben?« Anne funkelte ihre Mutter an. »Dir ist es peinlich, daß man mir ein Kind gemacht hat, das ist alles. Jetzt möchtest du den Beweis loswerden. Na, sag schon, was du mit mir in den nächsten vier Monaten machen wirst. Mich in der Garage verstecken? Du kannst machen, was du willst, aber kannst mir mein Kind nicht wegnehmen.«

Da verlor Faye die Beherrschung und schrie Anne an, die eben aussteigen wollte. Die letzten Tage hatten ihr gereicht. Eigentlich die letzten Monate.

»Doch, wir können! Wir können machen, was uns als richtig erscheint. Du bist noch nicht mal fünfzehn!« Sie bereute sofort, daß ihr das herausgerutscht war, und am Nachmittag war Anne wieder verschwunden. Diesmal hatte sie sich zu Lionel geflüchtet und berichtete ihm schluchzend die ganze Geschichte.

»Ich lasse nicht zu, daß man es mir wegnimmt ... Auf keinen Fall!« Sie sah dabei selbst wie ein Baby aus. Man konnte sie sich mit einem Kind nicht vorstellen, obwohl sie in den letzten Monaten erwachsener geworden war. Lionel wußte nicht, wie er es ihr beibringen sollte, aber er stimmte in diesem Punkt mit seiner Mutter überein. Und John ebenfalls. Sie hatten sich am letzten Abend darüber unterhalten, im Bett, flüsternd, damit die anderen es nicht merkten. Im Hotel war alles viel besser gewesen, aber jetzt hatten sie es wieder mit dem wirklichen Leben zu tun, ähnlich wie Anne.

Lionel sah sie mitleidig an und nahm liebevoll ihre Hand. Lionels Ähnlichkeit mit seiner Mutter war unheimlich, aber Anne hatte sie nie zur Kenntnis nehmen wollen, damit ihre Liebe zu ihm nicht darunter litt. Für Ward stellte diese Ähnlichkeit hingegen eine allerletzte, wenn auch schwache Bindung zu Lionel dar.

»Vielleicht haben sie recht, Anne. Ein Kind ist eine große Verantwortung, und es wäre unfair, wenn du sie unseren Eltern aufbürdest.«

Daran hatte sie nicht gedacht. »Dann suche ich mir Arbeit und trage die Verantwortung selbst.«

»Und wer kümmert sich um das Kind, wenn du arbeitest? Verstehst du jetzt, was ich meine? Du bist noch nicht mal fünfzehn ...«

Sie fing zu heulen an. »Du bist wie die anderen ...« Das war er früher nie gewesen. Wenn er jetzt auch noch so anfing, war es nicht auszuhalten. Aus ihrem Blick sprach Verzweiflung. »Lionel, es ist mein Baby. Ich kann es nicht aufgeben.«

»Ach was, eines Tages wirst du andere Kinder haben.«

»Na und?« Sie sah ihn entgeistert an. »Wenn man dich fortgegeben hätte, nur weil Mutter später noch Kinder zur Welt gebracht hätte?«

Dieses Beispiel brachte ihn zum Lachen. Zärtlich sah er sie an. »Überleg dir die Sache. Du mußt dich ja nicht sofort entscheiden.«

Damit war sie schließlich einverstanden. Aber als sie nach Hause kam, gerieten sie und Val sich sofort in die Haare. Val wollte, daß Anne in ihrem Zimmer bleiben sollte, wenn ihre

Freunde kämen. »Wenn alle wissen, daß du einen dicken Bauch hast, bin ich auf der Schule erledigt und werde ausgelacht. Und wenn du nächstes Jahr selbst auf die High School kommst, wirst du sicher nicht wollen, daß alle Welt es weiß.«

Am Abend wurde Val von Faye gescholten, weil sie so grausam gewesen war, doch es war zu spät. Anne war nach dem Abendessen auf ihr Zimmer gegangen, hatte ihre Sachen gepackt und stand um zehn Uhr wieder vor Lionels Tür.

»Ich kann nicht mit ihnen zusammensein.«

Sie berichtete, was passiert war. Lionel seufzte. Er wußte, wie schwierig es für sie war, aber viel konnte er nicht für sie tun. Für diese eine Nacht konnte sie sein Bett haben. Er beruhigte sie damit, daß sie am folgenden Tag alles in Ruhe besprechen wollten. Dann rief er seine Mutter an, um ihr zu sagen, wo Anne steckte. Faye hatte Ward bereits informiert, und Lionel hatte den Eindruck, seinem Vater stehe wieder eine schlaflose Nacht bevor.

Seinen Mitbewohnern sagte er, er würde auf dem Boden schlafen, in Wahrheit schlief er natürlich bei John, nicht ohne Anne zu ermahnen, sie solle vorsichtig sein, damit die anderen nicht aus einer unbedachten Bemerkung erfuhren, wie er zu John stand.

Als Lionel und John am nächsten Tag mit ihr spazierengingen, fragte sie: »Schläfst du mit John jede Nacht zusammen?«

Ihre Frage machte ihn verlegen, trotzdem bemühte er sich, aufrichtig zu sein, und sagte nach kurzem Zögern: »Ja, das tun wir.«

»Wie Mann und Frau?«

Aus dem Augenwinkel sah er, wie John rot wurde. »So irgendwie.«

»Richtig gruselig.« Das klang aus ihrem Mund gar nicht beleidigend, und Lionel lachte darüber.

»Ja, vermutlich. Aber so ist es eben.«

»Ich weiß gar nicht, warum sich alle so aufregen, vor allem Dad. Wenn ihr euch liebt, ist es doch egal, was ihr seid, Mann oder Frau oder zwei Mädchen oder zwei Männer.«

Diese Feststellung drängte ihm die Frage auf, was sie eigentlich in der Kommune erlebt habe. Die Polizei hatte gewisse Andeutungen gemacht. Anne verfügte wahrscheinlich selbst über zahlreiche gleichgeschlechtliche Erfahrungen, nur hatte sie dabei unter Drogeneinfluß gestanden. Und außerdem hatte sie Gruppensex kennengelernt, wie die Sekte ihn praktizierte. Lionel stellte keine Fragen. Vielleicht konnte sie sich an gar nichts erinnern. Es war so ganz anders als das, was ihn mit John verband. Sie erlebten eine echte Liebesgeschichte. Lionel sah Anne verstohlen an. Seltsam, wie sie in einem Schwebezustand zwischen Kind und Frau verharrte.

»Die meisten sehen das anders. Für viele ist es etwas Beängstigendes.«

»Warum?«

»Weil es sich von der Norm unterscheidet.«

Anne seufzte. »So wie meine Schwangerschaft, weil ich erst vierzehn bin?«

»Ja, mag sein.«

Anne war hart im Nehmen, das merkte er. Jetzt bot sich die beste Gelegenheit, mit ihr zu besprechen, was mit ihr geschehen sollte. Er hatte mit John die halbe Nacht darüber diskutiert, und sie waren zu einem Entschluß gelangt. Lionel hatte schon mit Faye darüber gesprochen. Irgendwie wurde damit auch für Faye und Ward die Situation erleichtert.

Lionel hatte sich nicht geirrt. Sein Einfühlungsvermögen war immer schon ausgeprägt gewesen. Ward hatte die Nacht schlaflos verbracht. Er ging ans Telefon, wechselte aber kein Wort mit Lionel. Sein Ältester existierte nach wie vor für die Familie nicht mehr. Nachdem Lionel Anne gefunden hatte, war er wieder entbehrlich, zumindest für Ward. Er reichte Faye wortlos den Hörer, und diese unterbreitete ihm dann Lionels Vorschlag.

»Lionel möchte wissen, was wir davon halten, wenn er sich eine Wohnung nahe der Schule suchte und Anne zu sich nähme, bis das Baby kommt. Nachher kann sie wieder ausziehen, wieder zu uns kommen, und ihr Zimmer wird an einen Studenten vermietet. Na, was meinst du?« Sie warf ihm über ihre Kaffeetasse einen nachdenklichen Blick zu. Irgendwie war es gut, ihn zurückzuhaben, wenn es vielleicht auch nur für einige Nächte war. Ward war ihr in diesen schweren Tagen eine echte Stütze.

Ward überlegte mit gerunzelter Stirn. »Kannst du dir nicht vorstellen, was sie womöglich bei diesen beiden zu sehen bekommt?« Der Gedanke bereitete ihm Übelkeit.

Faye war fassungslos. »Kannst du dir nicht denken, was sie selbst in dieser widerwärtigen Kommune getrieben hat, Ward? Machen wir uns doch darüber nichts vor!«

»Schon gut, schon gut. Lassen wir das lieber.« Er wollte über diese Dinge im Zusammenhang mit seiner Kleinen nicht nachdenken, ebensowenig wie er sie mit John und Lionel irgendwo in einer Homobude hausen lassen wollte. Andererseits war ihm klar, daß sie nicht nach Hause zurückkehren würde. Damit bekamen er und Faye eine kleine Atempause. Jetzt waren nur mehr die Zwillinge zu Hause, und die waren ständig unterwegs mit ihren Freunden, besonders Val.

»Ich möchte mir die Sache überlegen«, sagte er schließlich.

Ihm war das Ganze nicht geheuer, doch je länger er darüber nachdachte, desto mehr festigte sich in ihm die Überzeugung, daß diese Lösung vielleicht nicht die schlechteste wäre.

John und Lionel waren erleichtert, als Faye ihnen ihren Entschluß mitteilte. Den beiden war inzwischen klargeworden, daß sie unmöglich weiter mit den anderen Jungen in dem Haus leben konnten. Sie hatten es satt, ständig den Schein wahren zu müssen. Mit zwanzig war Lionel bereit, zu seiner Veranlagung zu stehen, und John war es auch.

Faye hatte ihnen geholfen, die kleine, aber sehr hübsche Wohnung in Westwood, nicht weit von ihrer bisherigen Adresse, zu finden. Sie bot ihnen an, die Wohnung einzurichten, aber John schaffte es, in kürzester Zeit und unter Verwendung von einfachsten Materialien wahre Wunder zu wirken. Faye traute ihren Augen nicht, als sie das Ergebnis sah. Er hatte Unmengen von grauem Flanell und von rosa Seide erstanden und die Wände damit bespannt und zwei alte, am Trödelmarkt entdeckte Couches im Wert von fünfzig Dollar neu bezogen. Er stöberte hübsche Drucke in winzigen Läden auf und erweckte hoffnungslose Pflanzen wieder zum Leben. Alles zusammen wirkte originell und pfiffig wie von einem echten Profi. John freute sich riesig über Fayes Lob. Und seine Mutter, die sehr stolz auf sein Talent war, kaufte einen wunderschönen Spiegel, den sie über den Kamin hängten. Die kleine Anne tat ihr leid, gleichzeitig war sie dankbar, daß nicht eine ihrer Töchter vom gleichen Schicksal bedroht war.

Anne war noch nie so glücklich gewesen wie mit den beiden. Sie hielt die Wohnung sauber, und als sie von John lernte, wie man eine Ente briet, gestand sie, daß es bei ihnen sogar noch besser wäre als in der Kommune. John war ein fabelhafter Koch und bereitete immer das Abendessen zu.

Lionel belegte im Sommersemester seinen Filmkurs, um die versäumte Zeit nachzuholen, und damit war er bis Herbst beschäftigt. John aber hatte einen großen Schritt getan. Er wußte jetzt, daß er gar nicht mehr aufs College wollte. Er gab das Studium auf und ergatterte einen Job bei einem bekannten Innenarchitekten in Beverly Hills. Der Kerl war zwar scharf auf ihn, und es war manchmal richtig lästig, täglich seine Annäherungsversuche abwimmeln zu müssen, aber John war begeistert von der Arbeit und von den Häusern, in denen er zu tun hatte. Abends berichtete er immer enthusiastisch von seinem Job. Seit Juli arbeitete er, und Ende August hatte sein Chef endlich kapiert, daß John kein persönliches Interesse an ihm hatte, und ließ ihn endgültig in Ruhe. John hatte ihm von Lionel erzählt und davon, wie ernst ihre Beziehung sei. Der Mann hatte nur gelacht, weil er wußte, daß alles nur eine Frage der Zeit war. »Kindsköpfe«, hatte er lachend gesagt. Aber an Johns Arbeit gab es nichts auszusetzen, und deswegen durfte er bleiben.

Hin und wieder kam Faye auf Besuch. Ward war inzwischen endgültig wieder nach Hause gekommen, und beide versuchten, die Trümmer ihrer Ehe zu kitten. Sie sprach sich mit Lionel darüber aus, wenn sie allein waren. Sie wollte nicht, daß Anne etwas davon hörte. Sie fragte ihn auch, ob es ihm schon geglückt sei, Anne zu überreden, das Baby fortzugeben. In zwei Monaten würde die Geburt sein, und die Ärmste war schon sehr unförmig. Die Hitze machte ihr sehr zu schaffen, da die Wohnung keine Klimaanlage hatte. Es wurde besser, als John Ventilatoren anschaffte. Er bestand darauf, die Hälfte der Miete zu zahlen, da er einen Job hatte und Lionel noch studierte. Faye war gerührt, wie ernst er seine Arbeit nahm und wie aufopfernd er sich um alle kümmerte.

Mit liebevollem Blick fragte sie Lionel: »Du bist doch glücklich, Lionel, oder?« Sie mußte es wissen. Er bedeutete ihr so viel. Und sie hatte John schon immer sehr gern gehabt, aber jetzt um so mehr, nachdem er mitgeholfen hatte, Anne zu finden.

»Ja, ich bin glücklich.« Lionel hatte sich wunderbar entwickelt, wenn auch anders, als sie und Ward erwartet hatten. Aber das war vielleicht gar nicht so wichtig. Das problematische Verhältnis Lionels zu seinem Vater machte ihr noch immer große Sorgen, und mit Ward konnte man darüber nicht sprechen.

»Das freut mich. Und was ist mit Anne? Wird sie das Kind zur Adoption freigeben?«

Der Arzt kannte ein Ehepaar, das außerordentlich interessiert war, die Frau war sechsunddreißig, der Mann zweiundvierzig. Sie konnten keine eigenen Kinder bekommen und waren für eine normale Adoption zu alt. Sie war Jüdin, er Katholik. Es war ihre einzige Hoffnung und Möglichkeit, auf diese Weise zu einem Kind zu kommen. Nicht einmal das Risiko einer eventuellen Mißbildung konnte sie abschrecken, so sehr sehnten sie sich nach einem Kind. Daß sie es wie ein eigenes lieben würden, stand fest.

Im September bestand Faye darauf, daß Anne sich mit dem Paar traf, um eine Lösung herbeizuführen. Die beiden waren trotz ihrer Nervosität reizend. Sie baten Anne inständig, ihnen das Kind zu überlassen, und versprachen ihr sogar, sie könne kommen und das Kleine ab und zu sehen, obwohl Arzt und Anwalt ihnen dringend davon abgeraten hatten. Besuche dieser Art konnten böse Folgen haben. Es hatte sogar eine Kindesentführung gegeben, nachdem alle Papiere bereits unterzeichnet worden waren. Da war es besser, gleich einen dicken Strich zu ziehen. Aber die beiden wären mit allem einverstanden gewesen. Die Frau hatte schimmerndes schwarzes Haar und schöne braune Augen. Sie war gut gewachsen und intelligent, eine aus New York stammende Anwältin. Ihr Mann war Augenarzt und hatte entfernte Ähnlichkeit mit Anne. Das Kind wird ihnen sogar ähnlich sehen, wenn es Anne und nicht dem unbekannten Vater nachgerät, dachte Faye bei sich. Das Ehepaar war ungemein sympathisch und tat Anne sehr leid.

»Wieso können die keine Kinder bekommen?« fragte sie auf der Rückfahrt Lionel.

»Das habe ich nicht gefragt. Ich weiß nur, daß es so ist.« Faye betete darum, Anne würde Vernunft zeigen. Sie wollte, daß auch Ward ihr gut zuredete, aber er war verreist. Er hatte Faye überzeugen wollen mitzukommen, weil sie, wie er sich ausdrückte, »Flitterwochen« brauchten, da sie ja nun wieder zueinandergefunden hatten. Sie war sehr gerührt gewesen, hatte aber kein gutes Gefühl gehabt, Anne bei der Geburt allein zu lassen. Wenn ihr etwas zustieß oder wenn das Kind früher kam, was bei jungen Mädchen oft der Fall war, wie der Arzt sagte ... Außerdem hatte er gesagt, daß Entbindungen bei Teenagern sehr schwierig sein konnten, schwieriger noch als bei Frauen in Fayes Alter, eine in ihren Augen ohnehin absurde Vorstellung. Sie war jetzt sechsundvierzig und hatte mit Babys nichts im Sinn. Doch sie hatte Angst, daß es bei Anne Komplikationen geben könnte. Deswegen wollte sie nicht mit Ward verreisen, obwohl sich zwischen zwei Filmen eine günstige Gelegenheit geboten hätte. Diese Zeit nützte sie lieber, indem sie möglichst viel mit Anne zusammen war. Ward unternahm daher mit Greg eine Europareise, und Faye war überzeugt, das würde beiden guttun.

Der Geburtstermin rückte näher, doch Anne hatte ihr Einverständnis noch immer nicht gegeben. Sie war mittlerweile so unförmig, als wären Zwillinge zu erwarten. Lionel tat sie von Herzen leid. Sie schien ständig Schmerzen zu haben, und er vermutete, daß sie Angst hatte. Sehr verständlich, er an ihrer Stelle hätte sich zu Tode gefürchtet. Er hoffte nur, er würde zu Hause sein, wenn die Wehen einsetzten. John wollte Urlaub nehmen, um Anne mit dem Taxi in die Klinik schaffen zu können. Anne hatte eine Zeitlang davon gesprochen, sie wolle das Kind zu Hause bekommen wie in der Kommune, aber das hatte man ihr rasch ausgeredet. Faye hatte darauf bestanden, daß man sie sofort anrufe, wenn es soweit sei. Lionel hatte es versprochen, doch Anne wollte es nicht.

»Sie wird mir das Baby stehlen, Lionel.« Ihre großen blauen Augen sahen ihn flehentlich an, so daß ihm fast das Herz brach. Anne ängstigte sich sehr, und zwar vor allem.

»Das wird sie nicht tun. Sie möchte nur bei dir sein. Kein Mensch wird dir das Kind wegnehmen. Wenn du es weggibst, dann aus freien Stücken.« Er versuchte, sie dahingehend zu beeinflussen, denn er mußte seiner Mutter recht geben. Mit vierzehneinhalb konnte sie sich mit einem Baby nicht belasten. Anne war selbst noch ein Kind.

Das sollte sich zeigen, als die Wehen wirklich einsetzten. Anne geriet in Panik und sperrte sich, hysterisch schluchzend, in ihrem Zimmer ein. Er und John drohten abwechselnd, die Tür aufzubrechen. Schließlich kletterte John aufs Dach – während Lionel beruhigend auf sie einredete –, stieg durchs Fenster ins Zimmer, sperrte auf und ließ Lionel herein. Sie lag weinend auf dem Bett und wand sich vor Schmerzen. Auf dem Boden war eine Pfütze. Das Fruchtwasser war bereits vor einer Stunde abgegangen, und die Wehen waren seither stärker geworden. Anne schlang verzweifelt die Arme um Lionels Hals und weinte. Bei jeder Wehe klammerte sie sich an ihn.

»Lionel, ich habe Angst ... schreckliche Angst ...«

Kein Mensch hatte sie darauf vorbereitet, daß es so schmerzhaft sein würde. Im Taxi auf der Fahrt zur Klinik grub sie ihm stöhnend die Fingernägel in die Hand. Sie weigerte sich, mit der Schwester zu gehen, klammerte sich an Lionel und bat, er solle bei ihr bleiben. Der Arzt versuchte, sie zu beruhigen, und als zwei Schwestern sie auf einer Liege davonrollten, schrie sie laut.

Lionel war sichtlich erschüttert, und auch John war bleich geworden. »Können Sie ihr nicht ein Beruhigungsmittel geben?« fragte Lionel den wortkargen älteren Mann.

»Leider nein. Damit würden wir vielleicht die Wehentätigkeit hemmen. Sie ist jung, sie wird das alles schnell vergessen.« Das klang unglaublich. Der Arzt lächelte verständnisvoll. »Für Mädchen ihres Alters ist es besonders schwierig. Sie sind weder körperlich noch geistig auf das Gebären eingestellt. Aber wir werden ihr darüber hinweghelfen, und alles wird gut.«

Lionel war da nicht so sicher. Er konnte Anne von weitem noch immer schreien hören. Vielleicht wäre es doch besser gewesen, bei ihr zu bleiben.

»Hast du deine Mutter schon angerufen?« fragte John.

Lionel schüttelte den Kopf. Es war elf Uhr nachts, seine Eltern schliefen vielleicht schon. Gleichzeitig wußte er, sie würden außer sich sein, wenn er nicht anrief. Mit zitternden Händen wählte er die Nummer. Ward meldete sich, und Lionel sagte hastig: »Ich bin mit Anne in der Klinik.«

Ward verlor keine Zeit damit, den Hörer an Faye weiterzugeben. Zum ersten Mal sprach er direkt mit Lionel. »Wir kommen sofort.«

Und er hielt Wort. In zehn Minuten waren sie zur Stelle, ein wenig unausgeschlafen aussehend, aber hellwach. Der Arzt machte eine Ausnahme und erlaubte, daß Faye bei Anne blieb, solange diese im Wehenzimmer lag.

Niemand war darauf gefaßt, daß es so lange dauern würde. Nicht einmal der Arzt wollte sich festlegen, obwohl er mit seinen Voraussagen meist richtig lag. Aber bei jungen Mädchen war alles unsicher. Sie konnte ganz plötzlich rasch entbinden oder drei Tage in den Wehen liegen. Die Geburtswege erweiterten sich zufriedenstellend, aber jedes Stadium zog sich sehr in die Länge, während sie um Erleichterung flehte, um Medikamente, um alles, und die Hand ihrer Mutter umklammert hielt. Sie versuchte, sich aufzusetzen, wollte davonlaufen und brach vor Schmerzen zusammen. Sie grub die Nägel in die Wände und flehte die Schwestern an, sie gehen zu lassen.

Es war das Schlimmste, was Faye je miterleben mußte. Sie hatte sich noch nie im Leben so hilflos gefühlt. Sie konnte ihrer kleinen Tochter nicht helfen. Nur einmal ging sie hinaus, um Ward etwas zu sagen. Er sollte gleich am Morgen den Anwalt anrufen, für den Fall, daß Anne das Kind nach der Geburt freigeben wollte. Man mußte dafür sorgen, daß sie ihre Unterschrift sofort gab. Nach sechs Monaten würde der Fall neu aufgerollt und überprüft werden, um rechtskräftig zu werden, aber bis dahin würde das Kind längst bei seinen Adoptiveltern sein, und Anne würde hoffentlich wieder ein normales Leben führen. Ward war einverstanden, und Faye riet ihm, er solle nach Hause gehen. Es konnte noch Stunden dauern.

Die drei ließen sich überzeugen, und Ward brachte Lionel und John nach Hause, ohne daß viel gesprochen wurde. Die beiden Jungen gingen hinauf in ihre Wohnung und stellten erstaunt fest, daß es schon vier Uhr morgens war. Lionel konnte nicht mehr einschlafen. Er rief mehrmals die Klinik an, doch es gab nichts Neues. Anne war noch immer im Wehenraum, und das Kind ließ auf sich warten.

Am folgenden Nachmittag, als John von der Arbeit direkt in die Klinik kam, war sie noch immer dort. Lionel hatte den Tag neben dem Telefon verbracht. Es war sechs Uhr, John konnte es nicht fassen.

»Meine Güte, hat sie das Kind noch immer nicht?« Es war unvorstellbar. Die Wehen hatten am vergangenen Abend um acht Uhr eingesetzt, und sie hatte schon starke Schmerzen gehabt, als man sie in die Klinik brachte. »Ist das normal?«

Lionel war kreidebleich. Er hatte unzählige Male angerufen, war sogar für ein paar Stunden in die Klinik gefahren, aber seine Mutter hatte nicht einmal herauskommen und mit ihm sprechen wollen, weil sie Anne nicht allein lassen konnte. Im Vorbeigehen hatte er ein Ehepaar bemerkt, das mit dem Anwalt der Thayers nervös in der Halle stand, und er hatte richtig vermutet, um wen es sich handelte. Die beiden warteten noch ungeduldiger als die Familie Thayer.

Der Arzt schätzte, daß es nur mehr ein paar Stunden dauern konnte. Der Kopf des Kindes war am Nachmittag sichtbar geworden, und Anne stand kurz vor der Entbindung, aber es würde sich noch eine Weile hinziehen. Sollte sich bis acht Uhr abends nichts getan haben, mußte er einen Kaiserschnitt machen.

»Gott sei Dank«, sagte John. Beide brachten keinen Bissen hinunter, so niedergeschlagen waren sie. Um sieben rief Lionel ein Taxi. Er wollte wieder in die Klinik.

»Ich möchte zur Stelle sein.«

John nickte. »Ich komme mit.«

Sie hatten fünf Monate nach Anne gesucht, hatten weitere fünf Monate mit ihr zusammengelebt. Anne war für John wie eine jüngere Schwester. Die Wohnung wirkte ohne sie leer. Einmal hatte John ihr gedroht, sie verhungern zu lassen, wenn sie ihre Sachen nicht aufräumte, aber sie hatte gelacht und scherzhaft behauptet, sie würde in der ganzen Nachbarschaft herumerzählen, daß er schwul sei. Jetzt tat sie ihm furchtbar leid. Sie hatte Schreckliches durchzumachen, und als er kurz nach neun Faye Thayer sah, ahnte er, was Anne litt.

»Sie können das Kind nicht herausbekommen«, berichtete Faye ihrem Mann, der sich auch in der Klinik eingefunden hatte. »Der Arzt will einen Kaiserschnitt bei einem Mädchen ihres Alters erst machen, wenn es unbedingt notwendig ist.«

Anne durchlebte eine Hölle. Sie schrie und flehte, vor Schmerzen halb wahnsinnig. Und man konnte nichts für sie tun. Der Alptraum zog sich noch über zwei Stunden hin, während Anne flehte, man solle sie töten, das Kind töten ... alles. Dann trat plötzlich der kleine Schädel aus, und das Kind kam langsam zur Welt, zerriß seine Mutter und bereitete ihr unendliche Qualen bis zum bitteren Ende. Jetzt war klar, warum die Entbindung so schrecklich gewesen war. Das Kind war riesig, über zehn Pfund schwer, das Ärgste, was einer schmächtigen Person wie Anne passieren konnte. Faye hatte das Gefühl, jeder Mann, der in der Kommune an der Zeugung beteiligt war, habe dazu beigesteuert.

Mit Tränen in den Augen sah Faye das Neugeborene an. Sie beweinte die Schmerzen, die der Kleine Anne bereitet hatte, und sie weinte, weil die Lebensbahnen von Mutter und Kind sich nie wieder berühren würden.

Schon vor Stunden hatte Anne sich bereit erklärt, ihr Kind freizugeben. In diesem Stadium hätte sie sich zu allem bereit gefunden.

Der Arzt stülpte ihr jetzt eine Narkosemaske über. Sie sollte das Kind nie zu Gesicht bekommen, sollte nie erfahren, wie groß ihr Sohn war, sollte auch nichts von den Nähten spüren.

Leise verließ Faye den Kreißsaal, voller Mitgefühl für Anne, für die Schmerzen, die sie erduldet hatte, für das ganze schreckliche Geburtserlebnis, das sie wahrscheinlich nie verkraften würde, und für das Kind, das Anne nie sehen würde. Ihre eigenen Kinder hatten ihr im Laufe der Jahre Freuden und Kummer bereitet, aber sie hatte nicht ein einziges Mal bereut, sie in die Welt gesetzt zu haben. Und jetzt sollte ihr erstes Enkelkind von fremden Leuten aufgezogen werden. Sie würde den Kleinen nie wiedersehen.

Das Baby wurde in ein Bettchen gelegt und in die Kinderabteilung gerollt, wo es gebadet und fremden Leuten übergeben wurde.

Als Faye und Ward eine halbe Stunde später die Klinik verhießen, sahen sie die dunkelhaarige Frau, die das Kind in ihrem Arm voller Liebe anblickte. Vierzehn Jahre hatten sie auf ein Kind gewartet, und sie nahmen das Baby, ohne zu wissen, wer sein Vater war und ob es angeborene Schäden hatte. Sie nahmen es mit bedingungsloser Liebe auf.

Faye hielt sich an Wards Hand fest und atmete tief die Nachtluft ein. Der Arzt hatte gesagt, Anne würde unter der Einwirkung der Betäubungsmittel lange schlafen, Gott sei Dank.

Im Bett konnte Faye sich in Wards Armen ausweinen.

»Du kannst dir nicht vorstellen, wie gräßlich es war . . . sie schrie so fürchterlich . . .« Sie schluchzte hemmungslos. Es war unerträglich gewesen, und jetzt war es vorbei. Für alle, ausgenommen für die neuen Eltern von Annes Kind. Für sie hatte alles erst begonnen.

25

Anne blieb eine Woche in der Klinik. Ihre Wunden, die körperlichen und seelischen, mußten heilen. Der Arzt behauptete, sie würde mit der Zeit über alles hinwegkommen. Gegen die

Schmerzen, die von den ungewöhnlich großen Rissen stammten, bekam sie Injektionen. Noch schlimmer aber waren die psychischen Verletzungen, die sie davongetragen haben mußte.

Täglich kam eine Psychiaterin und redete auf sie ein. Anne würdigte sie keines Wortes. Stumm lag sie da, den Blick unverwandt zur Decke oder zur Wand gerichtet, bis die Dame es schließlich aufgab. Anne sprach mit niemandem, auch nicht mit Faye oder Ward oder den Zwillingen. Nicht einmal Lionel und John, die sie regelmäßig besuchten, konnten ihre Abwehr durchdringen. Lionel brachte ihr einen großen Teddybären und hoffte, er würde sie nicht an das Kind erinnern.

Drei Tage nach der Geburt war der Kleine von seinen neuen Eltern abgeholt worden, in einer noblen blau-weißen Babygarnitur von Dior, in zwei von seiner neuen Großmutter liebevoll gehandarbeitete Decken gehüllt. Anne hatte von den Leuten ein riesiges Blumenarrangement bekommen. Sie verschenkte es sofort weiter. Eine Erinnerung an die künftigen Eltern ihres Kindes war ihr unerträglich. Sie haßte sich für das, was sie getan hatte, noch in den ersten Stunden nach dem Erwachen aus der Narkose hatte sie sich so grauenhaft gefühlt, daß sie das Kind gar nicht hätte sehen wollen.

Erst später erwachte der Wunsch in ihr, daß sie sich wenigstens einmal sein Gesichtchen anschauen könnte, damit ihr eine Erinnerung an ihr Kind blieb. Der Gedanke daran trieb ihr die Tränen in die Augen. Alle versuchten ihr einzureden, sie habe richtig gehandelt, aber sie haßte alle, sich selbst am meisten, und das sagte sie jetzt Lionel, während John mit den Tränen kämpfte. Wäre sie seine Schwester gewesen, hätte er sich für sie in Stücke reißen lassen. Statt dessen versuchte er, Anne aufzuheitern. Waren seine Witze auch nicht sehr geschmackvoll, so kamen sie doch von Herzen. Sein Mitgefühl für Anne war grenzenlos.

»Wir könnten dein Zimmer ganz in Schwarz dekorieren. Im Laden gibt es sagenhaften schwarzen Cord. Über die Fenster kommt schwarzer Tüll. Da und dort kleine schwarze Spinnen verleihen allem den letzten Pfiff.« Er zwinkerte auffällig, und zum ersten Mal seit Wochen konnte Anne richtig lachen.

Zu ihrer Entlassung aus der Klinik waren Ward und Faye zur Stelle. Sie hatten mit Lionel vereinbart – vielmehr Faye hatte mit ihm vereinbart –, daß sie Anne zu sich nach Hause nehmen würden. Annes Zimmer bei Lionel und John konnte weitervermietet werden, es hatte seinen Zweck erfüllt. Anne sollte in ihrem Elternhaus ihr normales Leben wiederaufnehmen.

Als Anne mit dieser Lösung konfrontiert wurde, versank sie noch tiefer in Depressionen, brachte aber nicht die Kraft auf, sich den Eltern entgegenzustellen. Die nächsten Wochen verbrachte sie fast ausschließlich in ihrem Zimmer, aß kaum etwas und erklärte den Zwillingen eiskalt, sie sollten sich zum Teufel scheren, falls sie sich – selten genug – zu ihr verirrten, obwohl Vanessa sich ernsthaft um sie bemühte. Immer wieder versuchte sie mit Schallplatten, Büchern und gelegentlich mit einem Sträußchen Annes Abwehr zu durchdringen. Aber Anne ließ sich von Geschenken nicht betören. Konsequent verschloß sie ihr Herz gegen alle.

Erst am Erntedankfest setzte sie sich mit den anderen zu einem gemeinsamen Dinner an den Tisch. Lionel glänzte bezeichnenderweise durch Abwesenheit, und auch Greg, der ein wichtiges Match bestreiten mußte, war nicht da. Nach Tisch zog Anne sich sofort wieder zurück. Sie hatte niemandem etwas zu sagen, nicht einmal Vanessa, die sich um sie bemühte, und auch nicht Faye, deren Blick immer wieder bekümmert auf Anne ruhte. Anne haßte sie alle. Ihre Gedanken drehten sich einzig und allein um das Baby, das sie aufgegeben hatte. Es war jetzt genau fünf Wochen alt. Unwillkürlich drängte sich ihr die Frage auf, ob sie ihr Leben lang auf den Tag genau wissen würde, wie alt der Kleine war.

Inzwischen konnte Anne wieder sitzen, wenigstens ein Fortschritt, wie Lionel ihr tröstend versicherte. Er besuchte Anne immer, wenn Ward außer Haus war. Ward wußte, daß Lionel hinter seinem Rücken ins Haus kam. Er unternahm nichts dagegen, achtete aber darauf, daß er ihm und John nicht begegnete. In diesem Punkt hielt er stur an seinem Entschluß fest. Als Faye ihn vor Weihnachten bat, Lionel zu den Feiertagen einzuladen, zeigte er sich unbeugsam.

»Ich habe meinen Standpunkt ein für allemal klargemacht. Ich mißbillige Lionels Lebensweise und erwarte, daß die Familie dies zur Kenntnis nimmt.«

Und dabei blieb es, obwohl Faye nicht lockerließ. Schließlich war Ward auch nicht immer ein Heiliger gewesen und hatte sie mehr als einmal betrogen. Er geriet jedoch außer sich, daß sie es wagte, seine heterosexuellen Seitensprünge mit Lionels homosexueller Veranlagung zu vergleichen.

»Ich wollte damit nur sagen, daß du auch nur ein Mensch bist«, setzte Faye sich zur Wehr.

»Er ist schwul, verdammt noch mal!« Wenn er daran dachte, war ihm auch jetzt noch zum Heulen zumute.

»Er ist homosexuell!«

»Er ist pervers, und ich möchte ihn nicht im Haus haben, verstanden?«

Es war vergeblich. Sie konnte ihn nicht von seiner Meinung abbringen. Manchmal bedauerte Faye, daß er zu ihr zurückgekehrt war. Ihre Ehe war längst nicht mehr das, was sie einmal gewesen war, nicht zuletzt wegen Lionel, dessen Veranlagung für ständigen Konfliktstoff sorgte. Immer wieder kam es deswegen zu heftigen Auseinandersetzungen.

Es war ein glücklicher Zufall, daß die Dreharbeiten zu einem neuen Film begonnen hatten und Faye wieder sehr viel außer Haus war. Lionels häufige Besuche bei Anne waren für sie eine große Beruhigung. Jemand mußte ja mit Anne sprechen. Die Ärmste hatte so viel durchgemacht, und Lionel war der einzige, der immer irgendwie Zugang zu ihr gefunden hatte. Deswegen war es ihrer Ansicht nach grundfalsch, ihm das Haus zu verbieten. Dafür haßte sie Ward – und funkelte ihn jetzt wütend an. Und dennoch schlummerte unter ihrer momentanen Abneigung noch die Liebe von einst. Ward Thayer hatte so lange Zeit ihr Leben und ihre Welt verkörpert, daß sie sich ein Dasein ohne ihn nicht vorstellen konnte, mochte er Sünder oder Heiliger sein.

Am Weihnachtstag ließ Lionel sich nicht blicken. Sofort nach dem Festessen ging Anne aus dem Haus und fuhr zu ihm. Die

Wells' hatten zu einem Vorwand gegriffen, um Lionel nicht einladen zu müssen, obwohl sie ihren Sohn gern bei sich gesehen hätten. Aber gemeinsam mit seinem Liebhaber wollten sie ihn nicht einladen, weil ihnen dann seine Veranlagung zu deutlich vor Augen geführt worden wäre.

John und Lionel feierten daher allein. Nach dem Essen kamen außer Anne einige von Johns Kollegen und ein homosexueller Bekannter von Lionel aus dem College.

Anne fand sich plötzlich in Gesellschaft einer schwulen Männerrunde und empfand es als überhaupt nicht peinlich. In dieser Runde fühlte sie sich viel wohler als im Kreis ihrer Familie. In den letzten Wochen hatte sie eine positive Verwandlung mitgemacht und sah annähernd so aus wie früher, wenn auch viel reifer, als es ihren Jahren entsprach. Ihr Übergewicht war verschwunden, ihr Blick hatte sich aufgehellt. In wenigen Wochen würde sie ihren fünfzehnten Geburtstag feiern und konnte auf ihrer alten Schule die achte Klasse beenden. Anne hatte ziemliche Angst davor, weil sie eineinhalb Jahre älter als die anderen sein würde, aber Lionel riet ihr, einfach die Zähne zusammenzubeißen, und ihm zuliebe tat sie es.

Anne durfte ein halbes Glas Champagner trinken und blieb bis nach neun. Sie hatte Lionel von ihren Ersparnissen einen Kaschmirschal gekauft und John einen eleganten silbernen Füller von Tiffany. Die beiden waren ihre besten Freunde und die einzigen Menschen, die sie mochte. John brachte sie in seinem alten VW-Käfer nach Hause, während Lionel bei den Gästen blieb. Die Party würde sicher noch stundenlang dauern, aber Lionel hatte darauf bestanden, daß Anne ging. In dieser Gesellschaft hatte sie eigentlich nichts zu suchen, es wurde oft sehr frei gesprochen, und nicht alle waren so diskret und dezent wie John und Lionel. Zum Abschied hatte Anne ihren Bruder umarmt, und John bekam einen Kuß, ehe sie ausstieg.

»Fröhliche Weihnachten, Kleines«, wünschte er ihr lächelnd.

»Danke gleichfalls.« Damit sprang Anne aus dem Wagen und lief sofort hinauf in ihr Zimmer, um ihre Geschenke anzuprobieren. Von Lionel hatte sie eine schicke Angorajacke mit passendem Schal bekommen und von John kleine Perlclips für die Ohren. Sie konnte es kaum erwarten, sich im Spiegel zu sehen. Anne war so selig über die Geschenke, daß sie Val gar nicht hörte.

Val beobachtete sie von der Tür aus eine Weile. Sie war mißmutig und verärgert, weil Greg, der versprochen hatte, sie zu seinen Freunden mitzunehmen, sich in letzter Minute gedrückt hatte. Vanessa war mit einem ernsthaften Anbeter verabredet, so daß Val allein zu Hause hockte und sich langweilte. Ward und Faye waren auf einen Drink zu Freunden gegangen.

»Woher hast du die Sachen?« Val stachen die Geschenke in die Augen. Sie hätte sie zu gern selbst anprobiert, aber Anne würde ihr dieses Angebot nicht machen, wie sie wußte. Bei Vanessa durfte sie sich ungeniert bedienen, doch Anne war auch in dieser Hinsicht anders und hielt ihre Tür meist verschlossen. Sie hatte sich nie etwas von den Zwillingen geborgt und kapselte sich jetzt noch mehr ab als früher.

»Von Lionel.«

»Ach, wie schön. Wie immer Lionels Liebling.«

Anne kränkte sich über diese Bemerkung, ließ sich jedoch nichts anmerken. Das tat sie nie. Im Verbergen von Gefühlen war sie ein wahres Genie. »Das mußt ausgerechnet du sagen – du warst mit ihm nie sehr gut.« Eine zutreffende Bemerkung, die wiederum Val ärgerte.

»Was hat das damit zu tun? Er ist auch mein Bruder.«

»Dann tu gefälligst hin und wieder etwas für ihn.«

»Glaubst du, für den bin ich interessant? Der kennt doch nur noch seine Homos.«

»Jetzt aber raus aus meinem Zimmer!« Anne ging in drohender Haltung auf Val zu, die zurückwich. Annes lodernder Blick konnte einem wirklich Angst einjagen.

»Schon gut, reg dich ab«, versuchte sie Anne zu beschwichtigen.

»Hinaus mit dir, du Flittchen!« Damit hatte Anne das falsche Wort erwischt. Val erstarrte und funkelte Anne wutentbrannt an.

»Du hast es nötig! Von wegen Flittchen. Mir hat niemand ein Kind gemacht, das dann verhökert wurde.«

Das war der Gipfel. Anne holte aus und verfehlte Val. Diese bekam ihren Arm zu fassen und knallte ihn gegen die Tür. Ein deutliches Knacken, und beide Mädchen machten erschrockene Gesichter. Anne bekam ihren Arm frei und holte von neuem aus. Diesmal traf sie Val direkt ins Gesicht. Ihr Hieb war von einem haßerfüllten Blick begleitet.

»Wage ja nicht, mir noch einmal auf diese Tour zu kommen, du Luder, sonst bringe ich dich um, verstanden?!«

Anne hatte einen Nerv getroffen, und Val litt fast unerträgliche Schmerzen. In diesem Augenblick kamen Faye und Ward nach Hause. Ein Blick genügte. Sie sahen Vals gerötetes Gesicht, sahen, wie Anne sich den Arm hielt, und wußten sofort, daß es Streit gegeben hatte.

Beide wurden ausgescholten, und Ward machte Eisbeutel zurecht. Faye bestand darauf, Annes Arm röntgen zu lassen. Es sollte sich zeigen, daß der Arm geprellt, aber nicht gebrochen war. Eine feste Bandage genügte. Um Mitternacht waren sie wieder zu Hause. Sie waren kaum angekommen, als das Telefon schrillte.

Es war Mary Wells, Johns Mutter, am Rande einer Hysterie. Faye verstand zunächst gar nicht, um was es ging ... um ein Feuer, um den Weihnachtsbaum. Dann lief es Faye plötzlich eiskalt über den Rücken. Sie hatte begriffen. War es im Haus der Wells' oder in der Wohnung der Jungen passiert? In ihrer Erregung schrie sie ins Telefon, weil sie unbedingt wissen wollte, was eigentlich passiert war. Endlich kam Bob an den Apparat, hemmungslos schluchzend. Ward hörte über den Nebenanschluß mit.

»Der Weihnachtsbaum hat Feuer gefangen. Die Jungen ließen die Kerzen brennen, als sie zu Bett gingen. John ist ...« Er konnte nicht weitersprechen. Im Hintergrund hörte man seine Frau weinen, und irgendwo von weitem erklangen Weihnachtslieder. Die Wells hatten Gäste gehabt, als die Hiobsbotschaft kam, und niemand hatte daran gedacht, die Musik abzustellen.

»John ist tot«, brachte Bob Wells gepreßt heraus.

»O Gott ... nein ... und Lionel?« Faye hauchte die Worte ins Telefon, während Ward ergeben die Augen schloß.

»Er lebt, wenn auch mit schweren Verbrennungen. Wir wollten es Ihnen sagen ... man hat uns eben erst verständigt ... die Polizei meint ...« Alles übrige hörte Faye nicht mehr. Kraftlos ließ sie sich in einen Sessel sinken.

»Was ist passiert?« Anne starrte ihre Mutter entsetzt an.

»Ein Unfall. Lionel hat nur Verbrennungen abgekriegt ...« Faye atmete in kurzen, schnellen Stößen, sie konnte das Gehörte noch immer nicht fassen. Einen kurzen Augenblick hatte sie gefürchtet, man würde ihr Lionels Tod mitteilen ... und statt dessen war es John, der arme Junge.

»Was ist los?« Anne schrie es voller Angst heraus. Oben an der Treppe tauchten erschrocken die Zwillinge auf. Faye starrte zu ihnen hinauf. Ihre Miene war Ausdruck ihrer Fassungslosigkeit. Vor wenigen Stunden erst hatte sie noch mit John und Lionel gesprochen.

»Genau weiß ich es nicht ... bei Lionel brannte der Weihnachtsbaum ... John ist tot, Lionel liegt im Krankenhaus.«

Die Mädchen brachen in Tränen aus, und Faye sprang auf. Vanessa kam heruntergelaufen und nahm instinktiv Anne in die Arme, die sich nicht dagegen wehrte. Faye drehte sich um und bemerkte, wie Ward mit feuchten Augen nach dem Autoschlüssel griff. Sekunden später saßen sie im Auto und fuhren los. Anne war schluchzend auf die Couch gesunken. Vanessa, die Vals Hand festhielt, bemühte sich, Anne zu beruhigen.

Lionels Verbrennungen an Armen und Beinen wurden im Krankenhaus behandelt. Stockend und unter Tränen versuchte er Faye alles zu erklären.

»Ich hab's versucht, ehrlich. Mein Gott, Mutter, der Qualm war so furchtbar, ich bekam keine Luft mehr ...« Immer wieder von Schluchzern unterbrochen, lieferte er eine ungefähre Schilderung des Unglücks – der Rauch, die Mund-zu-Mund-Beatmung, nachdem es ihm geglückt war, John hinauszuschleppen. Es war zu spät gewesen, er hatte selbst kaum Luft bekommen. Die Feuerwehr war eingetroffen, als er zusammenbrach. Erst im Krankenhaus war Lionel zu sich gekommen. Eine Schwester hatte ihm beiläufig mitgeteilt, John sei erstickt.

»Das werde ich mir nie verzeihen. Es war meine Schuld ... ich hatte vergessen, die Kerzen am Baum auszumachen ...«

Faye beweinte mit ihm den schmerzlichen Verlust und hielt ihn trotz seiner dicken Verbände tröstend umfangen. Lionel schien davon überhaupt nichts wahrzunehmen. Er war so außer sich, daß er kaum Schmerzen spürte.

Ward mußte hilflos alles mitansehen. Er sah Faye und den Jungen weinen und empfand zum ersten Mal seit langem wieder etwas für seinen Sohn. Die Erinnerung an früher ließ ihm plötzlich keine Ruhe. Er sah Lionel als Jungen im Garten spielen und im Ponywagen herumkutschieren, damals, vor der großen Wende. Es war der Junge, den er jetzt vor sich hatte, nur war aus ihm inzwischen ein Mann geworden, und sie verstanden einander nicht mehr. Aber daran dachte er jetzt nicht, als Lionel weinend im Bett lag und mit den verbundenen Armen um sich schlug. Schließlich umarmte Ward ihn und hielt ihn an sich gedrückt, während ihm selbst die Tränen übers Gesicht liefen. Faye sah es, und der Gedanke an John brach ihr fast das Herz. Gleichzeitig litt sie unter Schuldgefühlen, weil sie unsagbar erleichtert war, daß es nicht ihren Sohn getroffen hatte.

26

Die Beerdigung war erschütternd, eine Abfolge herzzerreißender Szenen, wie Faye sie noch nie erlebt hatte. Mary Wells gebärdete sich wie eine Wahnsinnige, und Bob war fast noch untröstlicher als sie. Johns Schwestern waren vom Schock gezeichnet. Als der Sarg davongerollt werden sollte, mußte man Mary mit Gewalt daran hindern, sich darüberzuwerfen.

Lionel stand groß, hager und bleich da, in einem dunklen Anzug, den Faye an ihm noch nie gesehen hatte. An der Hand, die nicht verbunden war, schimmerte ein schmaler goldener Ring. Faye bemerkte es einigermaßen überrascht. Ihr war klar, was dieser Ring bedeutete, und sie wußte auch, was John für Lionel bedeutet hatte. Lionels Miene verriet es allzu deutlich. Es war der größte Verlust seines bisherigen Lebens, vielleicht der größte, den er je erleiden würde.

Anne stand neben ihm und schluchzte in ein Taschentuch. Immer wieder sah sie zu Lionel hoch, um sich zu vergewissern, daß er die Zeremonie überstand. Über das Nachher waren sie sich einig. Ward und Faye hatten es in der Nacht besprochen. Lionel würde für unbestimmte Zeit wieder zu Hause wohnen.

Nach der Beerdigung machte Lionel mit Ward einen Spaziergang, während Greg sich sofort verdrückte, als sie nach Hause kamen ... John war fast sein Leben lang sein Freund gewesen, sein Schmerz hielt sich jedoch in Grenzen.

»Was soll ich schon sagen?« sagte er mit einem abschätzigen Schulterzucken zu Val. »John war ein verdammter Schwuler.«

Aber er war auch sein Freund gewesen, und Valerie wußte noch, wie hoffnungslos sie sich in ihn verliebt hatte. Jetzt war ihr klar, warum sie keinen Erfolg gehabt hatte.

Faye behielt Anne ständig unauffällig im Auge. Die Kleine hatte sich nach ihren schrecklichen Erlebnissen ganz gut gefangen, hatte aber durch Johns Tod einen neuen Schlag erlitten ... ähnlich wie Lionel, der steif an der Seite seines Vaters ausschritt. Der Kampf in den Flammen und sein gescheiterter Rettungsversuch erfüllten sein ganzes Denken. In den drei Tagen seit Johns Tod war immer wieder alles wie ein Film vor ihm abgelaufen. Nie würde er es vergessen, niemals. Es war allein seine Schuld, weil er vergessen hatte, die Kerzen auszumachen, als sie zu Bett gingen. Sie hatten zuviel Wein getrunken. Diese verdammten kleinen flackernden Lichter. Warum hatte er sie vergessen ...? Es war allein seine Schuld, so als hätte er John mit seinen eigenen Händen getötet.

Das alles vertraute er unterwegs seinem Vater an. Mit Ward verband ihn nichts mehr, er mußte sich aber unbedingt mit jemandem aussprechen. Wenn Johns Eltern ihm den Tod ihres Sohnes zur Last gelegt hätten, wäre es ihm nicht ungerechtfertigt erschienen.

»Es wäre ihr gutes Recht, Dad.« Verstört sah er Ward an, dessen Herz sich nun dem Jungen zuwandte, den er das ganze vergangene Jahr zu hassen versucht hatte. Jetzt war Lionels Freund tot, und alles hatte ein Ende. Faye hatte ganz recht. Sie konnten von Glück reden, daß es nicht Lionel getroffen hatte. Das Zusammensein mit ihm erschien ihm jetzt wie ein kostbares Geschenk.

»Wir haben bei euch beiden die Schuld für so manches gesucht, und wir hatten unrecht.« Ward seufzte tief und sah im Gehen zu den Baumwipfeln hinauf. Das fiel ihm leichter, als seinem Sohn in die Augen zu sehen. Das hatte er seit einem Jahr nicht mehr getan, auch nicht, nachdem Lionel Anne gefunden hatte. »Ich konnte nicht begreifen, wieso du so werden konntest. Ich dachte, es sei meine Schuld, und ich ließ es dich fühlen. Das war falsch.«

Jetzt erst sah er Lionel an, dem Tränen in den Augen standen, Spiegelbilder von Wards eigenen Tränen. »Es war falsch, daß ich die Schuld für deine Veranlagung bei mir suchte, ebenso falsch ist es, wenn du sie bei dir suchst. Du hättest nichts dagegen tun können . . .« Sie blieben stehen, und Ward ergriff Lionels Hand. »Ich weiß, daß du gekämpft hast, um John zu retten.« Seine Stimme war brüchig. »Ich weiß, wie sehr du John geliebt hast.«

Jetzt wußte er es, nachdem er es lange Zeit nicht hatte wahrhaben wollen. Ihre Wangen berührten sich, und ihre Herzen schlugen aneinander, als er Lionel an sich zog und sie gemeinsame Tränen vergossen. Lionel sah ihn mit einem Blick an wie einst als kleiner Junge.

»Ich hab's versucht, wirklich, aber ich war zu langsam.« Er wurde von Schluchzen geschüttelt, und Ward hielt ihn umschlungen, als wolle er ihn beschützen.

»Ich weiß, mein Junge, ich weiß.« Es war sinnlos, ihn damit zu trösten, alles würde wieder gut. Für John war alles vorbei. Und Lionel würde über den Schock nie ganz hinwegkommen, das spürte Ward. Es war ein Verlust für alle, eine teuer erkaufte Lektion.

Die anderen hatten mit dem Essen auf sie gewartet. Bei Tisch wurde nicht viel gesprochen, und nachher zogen sich alle in ihre Zimmer zurück. Lionel hatte bei dem Brand seine gesamten Habseligkeiten verloren, ausgenommen ein paar Sachen, die er im Elternhaus zurückgelassen hatte, sowie ein paar Schmuckstücke, die vom Feuer lediglich geschwärzt worden waren, und natürlich sein Auto, das draußen gestanden hatte. Er bezog jetzt ganz selbstverständlich sein ehemaliges Zimmer.

Ohne ihm etwas zu sagen, besorgte Faye ihm in den nächsten Tagen ein paar Sachen, die er dringend brauchte. Lionel nahm es gerührt zur Kenntnis. Ebenso bewegt war er, als Ward ihm einiges borgte. Die beiden verbrachten jetzt mehr Zeit zusammen als seit Jahren.

Greg fuhr zurück aufs College, und am Tag nach ihrem Geburtstag ging Anne wieder zur Schule, das erste Mal seit einem Jahr. Es war für sie schmerzlich und schwierig, doch es mußte sein. Außerdem war es für sie eine Ablenkung.

Nach einigen Wochen wurden Lionel die Verbände abgenommen. Es waren Narben zurückgeblieben, sichtbare Narben, neben den unsichtbaren, die er im Herzen trug. Niemand verlor ein Wort darüber, als er sich Zeit ließ, wieder aufs College zu gehen.

Er war noch nicht bereit.

Zur allgemeinen Überraschung lud er eines Tages seinen Vater ganz förmlich zum Essen in die Polo Lounge ein. Als sie sich bei Tisch gegenübersaßen, stellte Ward fest, daß Lionel plötzlich viel älter aussah. Es fehlte ihm noch immer an Verständnis für Lionels Lebenswandel, doch hatte er sich zu einem gewissen Respekt für ihn durchgerungen. Gleichzeitig wußte er, er würde Lionels unabänderliches Schicksal sein Leben lang bedauern. Immerhin hatte er inzwischen gelernt, seine Ansichten, seine Wertvorstellungen und seine Argumente zu schätzen. Um so größer war seine Enttäuschung, als Lionel ihm eröffnete, er wolle das College aufgeben.

»Dad, ich habe sehr lange darüber nachgedacht. Du sollst der erste sein, der es erfährt.«

»Aber warum nur? Du hast doch nur noch eineinhalb Jahre vor dir. Was ist das schon? Hüte dich vor übereilten Entschlüssen. Im Moment bist du noch zu konfus und durcheinander.«

Zumindest hoffte Ward es. Aber Lionel schüttelte den Kopf.

»Ich kann nicht zurück, Dad, weil ich nicht mehr dazugehöre.

Ich habe ein Filmangebot bekommen – genau das, was ich machen möchte.«

»Und was dann? Nach drei Monaten ist der Film fertig, und du stehst ohne Arbeit da.« Ward kannte die Branche in- und auswendig.

»Dann geht es mir wie dir«, konterte Lionel geschickt, und Ward lächelte, wenngleich ihm die Wendung des Gesprächs gar nicht ins Konzept paßte. Ihm imponierte allerdings, daß Lionel es ihm ohne Scheu von Mann zu Mann gesagt hatte. »Dad, ich habe vom College die Nase voll. Ich möchte die Theorie in die Praxis umsetzen.«

»Du bist doch noch so jung. Wozu diese Eile?« Aber beide wußten, daß Lionel für sein Alter sehr reif war, nicht zuletzt Johns wegen. Er hatte durch den Tod eines geliebten Menschen viel gelitten. Er konnte nicht mehr der Lionel von früher sein, mochte Ward es sich auch noch so sehr wünschen. Das war Ward bewußt, obgleich er es sich nicht eingestehen wollte. Johns Tod hatte große Veränderungen mit sich gebracht, vor allem die, daß Ward sich gestattete, wieder eine Bindung zu seinem Sohn anzuknüpfen. Aber Lionel konnte nie wieder so jung und sorglos sein wie vorher. Vielleicht tat er das Richtige, wenn er das Studium aufgab. Dennoch spürte Ward Bedauern. »Ich sehe es nicht gern, mein Junge«, sagte er schließlich.

»Das dachte ich mir.«

»Und wer steht hinter diesem Film-Job?«

Lionel grinste. »Die Fox.«

Natürlich, die Konkurrenz. Lachend faßte Ward sich mit der Hand ans Herz. »Das ist natürlich ein Schlag für mich. Mir wäre lieber, du hieltest dich aus diesem verdammten Geschäft heraus.« Er meinte es aufrichtig.

»Du und Mutter, ihr fühlt euch aber in der Branche allem Anschein nach recht wohl«, bemerkte Lionel.

»Sehr oft haben wir alles satt bis oben.«

Bei Ward machten sich seit einiger Zeit Ermüdungserscheinungen bemerkbar, einer der Gründe, warum er Faye zu einer gemeinsamen Reise überreden wollte. Sie hatte vor kurzem einen

Film abgedreht und konnte sich nicht mit Zeitmangel herausreden. Lionel hatte ihn auf eine Idee gebracht.

»Du wohnst doch sicher noch eine Weile bei uns?« fragte er.

»Tja, eigentlich wollte ich langsam auf Wohnungssuche gehen. Ich möchte euch nicht länger im Weg stehen.«

»Hör bloß damit auf.« In Wards Lächeln lag eine Andeutung von Entschuldigung, wegen seiner Härte, die ihm jetzt leid tat. »Was hältst du davon, wenn du noch ein paar Wochen bleibst und die Mädchen hütest?«

»Sehr gern.« Lionel wunderte sich. »Warum?«

»Ich möchte mit deiner Mutter verreisen. Wir müssen unbedingt ausspannen.« Seit er vor einem Dreivierteljahr seine Affäre beendet hatte und wieder nach Hause zurückgekehrt war, hatten sie keine fünf Minuten für sich allein gehabt. Höchste Zeit, daß sie gemeinsam etwas unternahmen.

Lionel lächelte. »Das mache ich sehr gern, Dad. Es wird euch beiden guttun.«

In bester Stimmung verließen sie das Restaurant. Sie waren wieder Freunde, bessere Freunde als je zuvor, so richtig von Mann zu Mann, mochte es in diesem Fall auch merkwürdig erscheinen.

Am Abend weihte Ward Faye in seine Reisepläne ein. »Ich möchte keine Ausflüchte hören. Nichts von Arbeit, von Kindern, von Schauspielern, mit denen du das Drehbuch durcharbeiten mußt. In zwei Wochen reisen wir ab.« Die Tickets waren schon bestellt. Sie würden Paris, Rom und die Schweiz besuchen. Anstatt ihm mit Einwänden zu kommen, strahlte Faye.

»Ward, ist das dein Ernst?« Sie schlang die Arme um ihn.

»Ja, und wenn du nicht freiwillig mitkommst, entführe ich dich. Wir werden drei Wochen unterwegs sein, vielleicht auch vier.« Ein verstohlener Blick auf ihren Produktionsplan hatte ihm gezeigt, daß Faye so lange Zeit hatte.

Als Faye ihm an diesem Abend ins Schlafzimmer folgte, tat sie es mit beschwingten Schritten. Und während er ihr von Paris und Rom vorschwärmte, vollführte sie in ihrem Nachthemd eine Pirouette.

»Es ist so lange her, seit wir etwas Ähnliches unternommen haben, mein Liebling«, sagte er.

»Ich weiß.«

Sie ließ sich auf der Bettkante nieder und sah Ward nachdenklich an. Ein- oder zweimal hatten sie einander beinahe verloren, und fast wären zwei ihrer Kinder von ihnen gegangen, eine Tochter und ein Sohn. Sie hatten ein Enkelkind aufgegeben, der Liebhaber ihres Sohnes war verunglückt. Die letzte Zeit war sehr schwierig gewesen. Noch vor einem Jahr hätte Faye nichts mehr für ihre Ehe gegeben. Doch als sie Ward jetzt ansah, wußte sie, daß sie ihn noch immer liebte, ungeachtet seiner Fehler und seiner Verhältnisse. Sie hatte ihm auch verziehen, daß er sie enttäuscht hatte und für Lionel eine Quelle großen Kummers gewesen war. Sie liebte Ward Thayer. Sie liebte ihn seit vielen Jahren und würde ihn immer lieben. Nach zweiundzwanzig Jahren machte sie sich über ihn keine Illusionen mehr, sie nahm ihn, wie er war. Und als sie sich an jenem Abend in den Armen lagen, war es wie früher.

27

Paris war in diesem Frühling besonders schön. Sie spazierten die Seine entlang, besuchten Les Halles, um dort Zwiebelsuppe zu essen, schlenderten auf den Champs-Élysees dahin, gingen zu Dior, aßen bei Fouquet, im Maxim oder in der Brasserie Lipp. Ihre Drinks nahmen sie im Café Flore und im Deux Magots, und sie lachten und alberten und küßten sich bei Wein und Käse.

Es war genauso, wie Ward es sich erträumt hatte, eine Wiederholung ihrer Flitterwochen, um die Sorgen der vergangenen Jahre zu vergessen, die Kinder, die Filme, die Verpflichtungen. Ihre nächste Station sollte Lausanne sein.

»Ward, ich bin froh, daß ich dich geheiratet habe«, erklärte Faye in sachlichem Ton, als sie am Ufer des Genfer Sees bei Kaffee und Croissants saßen.

Ward mußte lachen. »Das freut mich sehr. Und woher kommt diese Einsicht?«

Faye sah auf den See hinaus. »Ach, du bist ein netter Mann. Manchmal machst du zwar Unsinn, dein Verstand und deine Erziehung bringen dich aber immer wieder zur Einsicht.« Sie dachte dabei an Lionel. Daß Ward und der Junge wieder zueinandergefunden hatten, bedeutete für sie eine große Erleichterung. Und sie dachte auch an Wards verflossene Affäre.

»Faye, mir fällt alles ziemlich schwer, weil ich nicht immer so klug bin wie du.«

»Quatsch.«

»Das klingt nach Val.« Sein mißbilligender Blick entlockte ihr ein Lachen.

»Ich bin bestimmt nicht klüger, ich bin nur hartnäckiger«, gab sie zu bedenken.

»Ja, mir fehlt es manchmal an dem Mut, den du ständig aufbringst. Manchmal möchte ich einfach auf und davon.«

Das hatte er zweimal in die Praxis umgesetzt, und sie hatte ihn wieder aufgenommen. Dafür war Ward ihr sehr dankbar. Ihre nächsten Worte waren für ihn um so überraschender.

»Ach, hin und wieder möchte ich auch Reißaus nehmen. Aber dann stelle ich mir vor, was passieren würde, wenn ich es wirklich täte. Wer würde Val zügeln, wer würde sich um Anne kümmern, um Vanessa, Greg oder Lionel?« Sie lächelte voller Liebe. »Natürlich würdest du es tun, Ward. Manchmal bin ich so verdammt egozentrisch, daß mich die fixe Idee packt, ohne mich könnte nichts funktionieren. Das ist natürlich Unsinn. Aber diese Vorstellung hält mich bei der Stange.«

»Das freut mich.« Ward faßte nach ihrer Hand. Nach all den Jahren existierte zwischen ihnen noch immer ein Hauch von Romantik. »Wärest du nicht da, dann würde nichts mehr klappen. Deswegen bin ich froh, wenn wir zusammenbleiben.«

»Na, vielleicht gehe ich eines schönen Tages auf und davon, ja, ich haue ab und stürze mich in eine wilde Affäre mit einem Filmstar.« Sie amüsierte sich königlich. Ward fand das alles andere als erheiternd.

»Das hatte ich schon etliche Male befürchtet. Es gibt ein paar Schauspieler, die ich nur ungern als deine Mitarbeiter sehe.« Es war Wards erstes Eingeständnis dieser Art, und Faye war richtig gerührt.

»Ich benehme mich immer anständig.«

»Ich weiß, weil ich dich immer im Auge behalte.«

»Ach, so ist das?« Sie kniff ihn ins Ohr, und er küßte sie, und ein wenig später gingen sie hinein, vergaßen den See, die Alpen, ihre Kinder und ihren Beruf. In den letzten Urlaubstagen dachten sie einzig und allein an sich, und als sie die Maschine bestiegen, die sie nach Hause bringen sollte, taten sie es mit Bedauern.

»Es waren herrliche Ferien, findest du nicht auch?« fragte Faye nachdenklich.

»Ja.« Ward freute sich, daß es ihr gefallen hatte.

»Eines Tages möchte ich mein ganzes Leben so verbringen.« Faye lehnte sich an ihn.

»Das hältst du doch nicht aus«, meinte er mit gutmütigem Lachen. »Ohne Arbeit würdest du verrückt werden. Schon nächste Woche wirst du knietief in deinem neuen Film stecken und dich ständig bei mir ausweinen – die Kostüme passen nicht, die Dekorationen sind unmöglich, die Außenaufnahmen sind an ungünstigen Orten angesetzt, niemand beherrscht seinen Text. Du wirst dir wie immer bei den Dreharbeiten deine schönen blonden Haare raufen. Aber ohne diese Aufregung würdest du dich tödlich langweilen ... oder nicht?«

Diese treffende Schilderung ihres Arbeitsalltags brachte Faye zum Lachen. »Na ja, vielleicht wird noch einige Zeit bis zum Ruhestand vergehen, aber eines Tages ...«

»Vergiß ja nicht, es mir rechtzeitig zu sagen.«

»Mach' ich.« Sie zog ein Gesicht, als wäre es ihr ernst.

Ward sollte recht behalten. Zwei Wochen später war alles so, wie er es vorausgesagt hatte. Faye stand am Rande des Wahnsinns. Der Hauptdarsteller machte ihr das Leben schwer, zwei andere Schauspieler nahmen Drogen, ein dritter betrank sich regelmäßig während der Dreharbeiten und war nachmittags nicht mehr einsatzfähig, eine gesamte Dekoration war abgebrannt, die

Gewerkschaften machten Schwierigkeiten. Das Leben ging seinen gewohnten Gang, aber beide fühlten sich durch die Reise neu belebt.

Lionel hatte die Mädchen die ganze Zeit über gut im Griff. Anne hatte sich in der Schule eingelebt, die Zwillinge benahmen sich einigermaßen, von Greg kamen nur gute Nachrichten, und einen Monat später zog Lionel aus, weil er eine Wohnung gefunden hatte. Faye wußte, er würde sich dort ohne John sehr einsam fühlen. Sie hielt es aber für besser, wenn er wieder eigene Wege ging. Er steckte mitten in den Dreharbeiten für seinen Film und lieferte ihr immer wieder per Telefon Erfolgsberichte.

Das einzige Problem stellte Anne dar, die unbedingt zu Lionel in die neue Wohnung ziehen wollte. Er konnte es ihr nur mühsam ausreden, indem er ihr klarmachte, daß ein Zusammenleben unmöglich war, weil jetzt jeder sein eigenes Leben führen mußte. Die gemeinsame Zeit war vorbei. Anne mußte sich wieder in die Schule einleben, sie mußte neue Freundschaften schließen oder alte Beziehungen wiederaufleben lassen, falls ihr danach zumute war. Auf jeden Fall gehörte sie jetzt ins Elternhaus.

Sein Auszug an einem Samstagnachmittag wurde von Anne mit Tränen registriert. Für den Rest des Tages blieb sie auf ihrem Zimmer. Aber schon am nächsten Nachmittag ging sie mit einer Freundin ins Kino. Für Faye war das ein kleiner Hoffnungsschimmer. Anne hatte schon lange nicht mehr von ihrer Schwangerschaft und von dem Baby gesprochen. Faye hoffte inständig, sie würde das alles mit der Zeit vergessen.

Faye selbst setzte alles daran, die vergangenen Schwierigkeiten zu kompensieren, indem sie sich auf die Dreharbeiten konzentrierte und nur eine Pause einlegte, als der Tag der Oscar-Verleihung kam, die in diesem Jahr im Civic Auditorium von Santa Monica stattfinden sollte. Sie konnte Lionel und die Zwillinge zum Mitkommen überreden. Anne war noch zu jung, deswegen blieb sie wie üblich zu Hause und verschmähte es sogar, sich die Fernsehübertragung der Verleihung anzusehen.

Faye glaubte nicht im Traum daran, daß sie ausgezeichnet werden könnte. Beim Umziehen bemerkte sie zu Ward, wie lächerlich es sei, daß man sich überhaupt darüber Gedanken machte. Sie machte sich nichts mehr aus dieser Auszeichnung, anders als in ihrer Jugend, als sie selbst noch gespielt hatte, damals, beim ersten Mal ... »Und außerdem habe ich schon zwei bekommen«, schloß sie und legte ihre Perlenkette an.

»Angeberin«, spottete Ward, und Faye errötete.

»So habe ich es nicht gemeint«, beeilte sie sich zu sagen.

In dem Kleid aus schwarzem Samt, das ihre formvollendeten Brüste zur Geltung brachte, sah sie hinreißend aus. Ward schob vorwitzig eine Hand unters Kleid, und sie verscheuchte ihn mit gespielter Empörung. Heute wollte sie besonders gut aussehen. Alle die Jungen und Schönen würden da sein, und sie selbst war siebenundvierzig ... wie konnte die Zeit nur so schnell vergehen? Faye hatte das Gefühl, sie sei erst gestern zweiundzwanzig gewesen, und dann fünfundzwanzig und schrecklich verliebt in Ward, mit dem sie Abend für Abend tanzte. In Erinnerung an die ferne Vergangenheit sah sie Ward verträumt an, und er drückte ihr einen Kuß auf den Nacken.

»Wundervoll siehst du aus, mein Herz. Und ich habe so ein Gefühl, daß du heute einen Oscar bekommst.«

»Hör auf!« Sie wollte keinen Gedanken mehr daran verschwenden.

Seit ihrer Europareise war zwischen ihnen wieder alles im Lot. Sie waren wie früher von einer romantischen Aura umgeben, die alle anderen ausschloß, was sie nicht im geringsten störte. Sie war sehr gern mit Ward allein. Daran änderte die Liebe zu ihren Kindern nichts, nur hin und wieder brauchten sie die Zweisamkeit.

Ehe sie an jenem Abend aus dem Hause gingen, die Zwillinge elegant in langen Kleidern, mit Perlenketten, die Faye ihnen geborgt hatte, lief sie zu Anne, um ihr Lebewohl zusagen. Faye tat es plötzlich leid, daß sie ihre Jüngste nicht auch eingeladen hatte, denn Anne hockte wie ein einsames, verlassenes Kind in ihrem Zimmer. Aber sie war erst fünfzehn, es war Montag, und sie mußte am nächsten Morgen zur Schule. Und doch machte sie sich Vorwürfe.

»Gute Nacht, Liebling.« Sie drückte Anne einen Kuß auf die Wange. Anne sah mit jenem verwunderten Blick zu ihr auf, der zu fragen schien, wer sie sei. Faye hatte gehofft, ihr Verhältnis hätte sich gebessert, nachdem sie die Entbindung gemeinsam durchgestanden hatten, leider war es nicht der Fall – Anne konnte ihr nicht verzeihen, daß sie sie gedrängt hatte, das Kind zur Adoption freizugeben. Die Tür zwischen ihnen war endgültig zugefallen, als sie aus der Klinik gekommen war. Außer Lionel hatte es niemand geschafft, Anne näherzukommen. Er war für Anne Vater und Mutter zugleich.

»Viel Glück, Mami«, rief Anne ihr in einem Ton nach, der ihre Gleichgültigkeit ahnen ließ. Dann ging sie und machte sich etwas zum Essen zurecht.

Unterwegs holten sie Lionel ab, der in Wards altem Smoking fabelhaft aussah. Er alberte mit den Zwillingen auf den Rücksitzen des Jaguars herum, während Ward nörgelte, der Wagen laufe nicht gut, weil Faye nicht damit umgehen könne. Es war einer jener spannungsgeladenen Abende voller Nervosität, an denen jeder so tat, als denke er an ganz gleichgültige Dinge.

Alle waren gekommen. Richard Burton und Liz Taylor, beide waren für »Wer hat Angst vor Virginia Woolfe?« nominiert, sie mit einem faustgroßen Diamanten geschmückt. Die Redgrave-Schwestern, beide ebenfalls nominiert, außerdem Audrey Hepburn, Leslie Caron und Mel Ferrer ... Fayes Konkurrenten waren Antoine Lebouch, Mike Nichols und andere, die für die Auszeichnung für die beste Regieleistung vorgeschlagen worden waren. Anouk Aimee, Ida Kaminska, die zwei Redgraves und Liz Taylor waren die Kandidatinnen für die beste schauspielerische Leistung in einer weiblichen Hauptrolle. Scofield, Arkin, Burton, Caine und McQueen waren als beste männliche Hauptdarsteller vorgeschlagen. Bob Hope, der durch das Programm führte, unterhielt das Publikum mit routiniertem Humor, und plötzlich glaubte Faye ihren Namen zu hören. Sie war wieder für die beste Regiearbeit ausgezeichnet worden. Ohne zu wissen, wie ihr geschah, kam sie auf die Bühne, in den Augen Tränen, auf den Lippen noch immer das Gefühl von Wards Kuß.

Da stand sie nun und sah ins Publikum, in der Hand die goldene Statuette wie damals beim ersten Mal, als sie 1942 den Oscar als beste weibliche Darstellerin bekommen hatte, vor fünfundzwanzig Jahren und doch erst gestern. Die Erregung war dieselbe.

»Mein Dank gilt allen, meinem Mann, meiner Familie, meinen Mitarbeitern, meinen Freunden ... danke euch allen.« Strahlend ging sie von der Bühne ab.

An den weiteren Verlauf des Abends sollte ihr keine Erinnerung bleiben. Erst um zwei Uhr morgens waren sie wieder zu Hause, viel zu spät für die Zwillinge, aber es war ja auch ein ganz besonderer Abend. Vom »Moulin Rouge« aus hatten sie Anne angerufen, sie hatte nicht abgehoben. Val war überzeugt, Anne schlafe bereits, aber Lionel wußte es besser. Das war ihre Art, sich gegen alle zu sperren, sozusagen als Vergeltung dafür, daß man sie nicht mitgenommen hatte. Es war ein Fehler gewesen, sie zu Hause zu lassen.

Lange nachher setzten sie Lionel auf dem Rückweg ab. Er verabschiedete sich von seiner Mutter mit einem Kuß. Auf dem letzten Teil der Fahrt verhielten sich die Zwillinge ungewöhnlich ruhig. Vanessa schlief schon fast, und Val hüllte sich auch jetzt in Schweigen, nachdem sie den ganzen Abend mit Faye kaum ein Wort gewechselt hatte. Sie kochte vor Wut und Eifersucht, weil ihre Mutter ausgezeichnet worden war. Lionel und Vanessa wußten Bescheid. Einzig Faye schien nicht zu merken, wie neiderfüllt Val war.

»Na, ihr Mädchen, habt ihr euch gut amüsiert?« Faye drehte sich zu den Zwillingen um. In Gedanken war sie noch immer bei der Preisverleihung und hatte das Gefühl, die Statuette, die sie zum Gravieren zurückgelassen hatte, noch immer in Händen zu halten. Unglaublich, jetzt hatte sie drei Oscars! Ihr strahlender Blick traf Val. Faye erschrak, als sie in deren Augen eine Kälte sah, die ihr zuvor nie aufgefallen war. Das war nicht nur Wut, das war unverhüllte Eifersucht.

»Es geht. Sicher platzt du jetzt vor Stolz«, bemerkte Val giftig. Es waren lieblose Worte, die niemandem besonders auffielen, aber Faye trafen sie direkt ins Herz. Und genau das hatte Val bezweckt.

»Es ist immer sehr aufregend«, gab Faye sich gleichmütig.

Da holte Val von neuem aus. »Angeblich werden die Oscars manchmal auch aus purem Mitleid vergeben.« Diese Bemerkung war so ungeheuerlich, daß Faye darüber lachte.

»Daß ich schon so mitleiderregend bin, kann ich mir nicht denken, obwohl man ja nie weiß...« Natürlich war ein Körnchen Wahrheit daran. Hin und wieder kam es vor, daß jemand, der einen Preis verdient hatte, leer ausging und seinen Oscar dann im Jahr darauf bekam, obwohl das immer wieder bestritten wurde. »Glaubst du wirklich, daß es nur ein Mitleidspreis war?« Sie suchte Vals Blick.

»Wer weiß?« Val tat die Frage gleichgültig ab und sah aus dem Fenster. Sie machte kein Hehl aus ihrer Verdrossenheit. Val war auch die erste, die ausstieg, die erste, die auf ihr Zimmer ging und die Tür zuknallte. Den Oscar erwähnte sie nie wieder, auch nicht am nächsten Morgen vor Anne oder in der Schule, als ihre Mitschülerinnen sie überfielen und ihr gratulierten. Sie fand es reichlich komisch, weil sie ja nichts damit zu tun hatte. Was kümmerte sie der Oscar? Mit überlegener Miene tat sie alles ab und sagte nur: »Na wenn schon. Auch schon was.« Sie unterhielt sich lieber über wirklich interessante Themen, über die Supremes beispielsweise.

Val hatte es gründlich satt, sich ständig etwas über Faye Thayer anhören zu müssen. So toll war die gar nicht. Eines Tages in nicht allzu ferner Zukunft wollte Val aller Welt beweisen, daß sie eine Schauspielerin war, der Faye Thayer nicht das Wasser reichen konnte. In wenigen Monaten würde die Schulzeit für sie vorbei sein. Sie konnte es kaum erwarten, es allen ordentlich zu zeigen. Faye Thayer sollte der Teufel holen. Drei Oscars? Na wenn schon.

28

Acht Wochen nach der Oscar-Verleihung feierten die Zwillinge ihren Schulabschluß. Greg kam rechtzeitig vor dem Sommer nach Hause und konnte der Abschlußfeier an seiner alten Schule beiwohnen.

Diesmal blieben die Augen trocken. Mitten in der Feier beugte Ward sich zu Faye und flüsterte ihr zu: »Eigentlich sollten wir auch ein Diplom bekommen.«

Mit einem leisen Auflachen schickte Faye einen geplagten Blick zum Himmel. Ward hatte so recht. In vier Jahren würden sie wieder hier sitzen, Anne zu Ehren. Die Abschlußfeiern schienen kein Ende zu nehmen. Und in zwei Jahren ging Greg bereits von der Uni ab. Manchmal wurde sie das Gefühl nicht los, sie verbringe ihr halbes Leben damit, junge Leute in Talar und Barett aufmarschieren zu sehen.

Als die Zwillinge ihre Diplome bekamen, war es doch ein rührender Moment, obwohl sie alles schon in- und auswendig kannten. Unter dem Talar trugen die Mädchen schlichte weiße Kleider, Vanessa ein ganz unauffälliges, hochgeschlossenes mit Zierstickerei am Saum. Vals Organdykleid war eine Spur zu aufwendig, und noch unpassender waren die übertrieben hohen Absätze, die ihre Beine zur Geltung brachten.

Aber nicht die Schuhe waren der Grund für Fayes Unmut. Es war Vals hartnäckige Weigerung, sich um die Aufnahme an einem College zu bewerben, die ihre Mutter bedrückte. Val wollte gleich nach der Schule als Modell und Schauspielerin arbeiten und nebenbei eine Schauspielschule besuchen, aber keinesfalls die Dramatikkurse der UCLA, sondern ein Institut, bei dem »richtige Schauspieler« ihren Kollegen, die zum größten Teil auch schon Engagements hatten, den letzten Schliff gaben. Sie war fest überzeugt, in einem Kurs mit Dustin Hoffman und Robert Redford zu landen. Ebenso überzeugt war Val, die Welt mit ihrem Talent aus den Angeln zu heben, trotz allem, was Ward und Faye ihr predigten.

In den vergangenen Wochen hatte es deswegen hitzige Debatten gegeben. Val hatte sich als besonders eigensinnig gezeigt. In seiner Verzweiflung hatte Ward gedroht, ihr den Geldhahn abzudrehen, wenn sie nicht auf ein College ginge. Das hatte sie nicht beeindruckt. Sie wollte in eine Wohngemeinschaft junger Schauspielerinnen in West Hollywood ziehen. Für nur hundertachtzehn Dollar monatlich konnte man dort ein Bett bekommen und sich das Zimmer mit anderen teilen. Zwei Mädchen hatten kleine Rollen in TV-Serien, eine spielte in Pornos, was Val ihren Eltern verschwieg, eine hatte im Jahr zuvor die Hauptrolle in einem Horrorfilm gespielt. Vier andere arbeiteten regelmäßig als Fotomodelle. Faye sagte Val auf den Kopf zu, daß diese Wohngemeinschaft in ihren Augen nichts weiter als ein Puff sei. Aber die Zwillinge waren achtzehn, und Valerie ließ keine Gelegenheit aus, sie daran zu erinnern. Es waren Streitgespräche, bei denen die Eltern immer den kürzeren zogen. Ein paar Tage danach stand fest, daß Val ausziehen würde.

Vanessas Pläne sahen ganz anders aus. Sie hatte sich an mehreren Colleges im Osten beworben und war von allen angenommen worden. Schließlich entschied sie sich für das Barnard in New York. Bis Ende Juni wollte sie noch zu Hause bleiben, anschließend wollte sie nach New York, um vor Semesterbeginn zwei Monate als Empfangsdame in einem Verlag zu arbeiten. Darauf freute Vanessa sich sehr.

Greg plante für den Sommer eine Europareise mit Freunden. Anne würde als einzige zu Hause bleiben. Sie hatten versucht, sie zu einem Sommerlager zu überreden, doch Anne hatte sich mit der Begründung geweigert, sie sei zu alt dafür. Viel lieber hätte sie mit Lionel irgendwo gezeltet, der aber hatte keine Zeit, weil er mit seinem Film zu beschäftigt war. Auch Ward und Faye waren sehr eingespannt, vor ihnen lag diesmal ein filmisches Großprojekt. Seit der Oscar-Verleihung konnten sie sich vor Angeboten kaum retten. Faye hatte bereits für drei unmittelbar aufeinanderfolgende Projekte im nächsten Jahr abgeschlossen und war total ausgebucht. Sie hatten die Europareise im günstigsten Moment eingeschoben.

Die Abschlußparty der Zwillinge war die anstrengendste und lauteste von allen. Nachdem um vier Uhr morgens der letzte Gast endlich gegangen war, konnte Faye sich vor Erschöpfung kaum auf den Beinen halten.

»Vielleicht sind wir schon zu alt dafür«, meinte sie resigniert zu Ward.

»Das mag für dich zutreffen. Ich persönlich muß sagen, daß siebzehnjährige Mädchen mir noch nie so attraktiv erschienen sind.«

»Vorsicht, mein Lieber!« Sie drohte ihm scherzhaft mit dem Finger und streckte sich auf dem Bett aus. Um fünf mußte sie schon aus dem Haus, um eine große Szene vorzubereiten. Ward wollte den Tag mit Anne und Lionel verbringen. Val hatte ein irrsinnig wichtiges Rendezvous, und Vanessa war in ihre eigenen Pläne eingesponnen. Was Greg wo mit wem machte, mochte der Himmel wissen, zweifellos ging es dabei um Sport, Bier und Mädchen. Zum Glück schien er sehr wohl imstande zu sein, selbst auf sich achtzugeben.

Als Ward eben erst eingeschlafen war, stand Faye halbwegs erholt auf und fuhr ins Atelier.

Der Sommer sollte wie im Flug vergehen. Valerie zog zu den neun Mädchen in ein großes Haus, das sich ihr in geradezu chaotischem Zustand präsentierte. Die Betten waren zum Teil nicht überzogen, in der Küche standen sechs Wodkaflaschen, zwei Limoflaschen, drei Sodawasserflaschen, im Kühlschrank herrschte dagegen gähnende Leere.

Die anderen Mädchen bekam Val kaum zu Gesicht, da alle ein eigenes Leben führten, eigene Freunde hatten und einige sogar ein eigenes Telefon. Es herrschte ein zwangloses Kommen und Gehen. Val war so glücklich wie noch nie. Das vertraute sie Vanessa an, ehe sie das Elternhaus für immer verließ.

»Es ist genau das, was ich immer schon wollte«, sagte sie.

»Und was ist mit der Schauspielschule?« fragte Vanessa, die sich immer wieder wunderte, wie sie mit Val einmal den Mutterleib, das Leben und das Elternhaus geteilt hatte. Sie hätten gar nicht verschiedener sein können.

Val zog lässig die Schultern hoch. »Ach, dazu hatte ich noch keine Zeit, nicht mal zum Anmelden. Ich bin mit Vorstellungsgesprächen ausgebucht.«

Im August wurde Val endlich fündig. Vanessa war inzwischen längst in New York, wo sie im Barbizon wohnte, während sie mit einer Bekannten gemeinsam eine Wohnung suchte. Der Job im Verlag hatte sich als langweilige Angelegenheit entpuppt. Ihre einzige Aufgabe war es, Telefonanrufe entgegenzunehmen. Um so mehr freute sie sich auf das Studium. Eines Abends rief Val an und berichtete aufgeregt, sie habe eine winzige Rolle in einem Horrorfilm ergattert.

»Ist das nicht fabelhaft?« schloß Val ganz atemlos.

Es war drei Uhr morgens. Vanessa gähnte, wollte aber Val nicht den Wind aus den Segeln nehmen. Außerdem freute sie sich über Vals Anruf. »Und was hast du in der Rolle zu tun?«

»Ach, ich laufe durch die Dekoration, während mir Blut aus Augen, Nase und Ohren rinnt.«

Wieder unterdrückte Vanessa ein Gähnen. »Phantastisch. Und wann fängst du an?«

»Nächste Woche schon.«

»Super. Hast du es Mom schon gesagt?«

»Keine Zeit. Ich muß sie mal anrufen.«

Beide ahnten, daß Faye nicht ganz so entzückt sein würde, behielten aber ihre Vermutung für sich. Val litt unter dem Gefühl, ihre Mutter bringe nicht das geringste Verständnis für sie auf und sei mit nichts zufrieden. Es war zu erwarten, daß sie auch dieses Projekt mißbilligen würde. Aber auch eine Faye Thayer hatte einmal klein angefangen. Ehe sie entdeckt wurde, hatte sie ein Jahr lang für eine Seifenwerbung posiert, während Val der direkte Weg zum Film glückte, wie sie Van gegenüber nicht zu betonen vergaß. Diese unterließ es taktvollerweise, sie daran zu erinnern, daß ihre Mutter niemals blutüberströmt in einem Horrorfilm durch die Szene gewankt war.

»Und wie ist dein Job?« erkundigte Val sich großmütig. Ihr Interesse für andere war immer schwach ausgeprägt gewesen.

»Ach, ganz gut.« Van gähnte ausgiebig. »Ehrlich gesagt ist die

Arbeit ziemlich öde. Gottlob habe ich ein nettes Mädchen aus Connecticut kennengelernt. Wir suchen gemeinsam eine Wohnung nahe der Columbia. Meine Freundin wird auch studieren.«

»Ach.« Vals Interesse war erschöpft. Sie wollte auflegen. »Ich werde dich auf dem laufenden halten.«

»Danke. Und gib schön acht auf dich.«

Wirklich sonderbar, daß sie einander trotz aller Verschiedenheit doch irgendwie nahestanden. Vanessa hatte diese Bindung immer gespürt, wenn auch nicht verstanden, weil sie kaum etwas gemeinsam hatten. Sie beneidete Schwestern, die miteinander eng verbunden waren. Wirklich guten Kontakt hatte sie weder mit Val noch mit Anne. Deswegen sehnte sie sich seit langem schon nach einer gleichgestimmten Seele, mit der sie sich aussprechen und der sie alles anvertrauen konnte. Vielleicht war das der Grund, warum sie an dem Mädchen aus Connecticut sofort Gefallen gefunden hatte.

Anne erlebte indessen in Los Angeles etwas Ähnliches. Bei einem Bummel auf dem Rodeo Drive war ihr ein Mädchen mit Eistüte und baumelnder Schultertasche in Knallrosa aufgefallen. Das Mädchen sah aus wie auf einem Werbefoto, und es hatte Anne zugelächelt. Eine Stunde später begegneten sie einander zufällig in einem Restaurant wieder. Anne hatte Lust auf einen Hamburger. Eigentlich wollte sie sich Schuhe kaufen und nutzte die Gelegenheit zu einem Spaziergang. Es war ein schöner warmer Tag mit einer angenehmen Brise. Plötzlich entdeckte sie am Nachbartisch das Mädchen mit der rosa Tasche. Das seidige dunkle Haar, das sie offen trug, reichte ihr fast bis zur Taille. Ihre großen braunen Augen sahen Anne forschend an. Ein hübsches Mädchen, das Anne auf etwa achtzehn schätzte. Als sie miteinander ins Gespräch kamen, stellte sie verblüfft fest, daß sie fast auf den Tag gleich alt waren.

»Ich heiße Gail.«

»Ich bin Anne.«

Wäre es nach Anne gegangen, hätte das Gespräch hier wahrscheinlich ein Ende gefunden, aber Gail war gesprächiger und kontaktfreudiger und hatte viel zu erzählen. Aufgeregt berichtete sie von einem himmlisch weichen, weißen Lederrock, den sie neben superschicken Stiefeln bei Giorgio entdeckt hatte. Anne zeigte sich sehr beeindruckt von den Nobelboutiquen, in denen Gail offenbar zu Hause war, und berichtete nun ihrerseits von den Schuhen, die sie sich kaufen wollte. Dann kamen die beiden auf die Beatles zu sprechen, auf Elvis, auf Jazz und schließlich auf die Schule.

»Ich gehe nächstes Jahr ans Westlake.« Gail erwähnte es beiläufig, und Anne machte große Augen.

»Was? Ich auch!« Wieder ein glücklicher Zufall. Gail sagte nun Anne ganz offen, daß sie wegen gesundheitlicher Probleme ein Jahr verloren habe. Sie war also auch ein ganzes Jahr zurück. Anne hatte das Gefühl, zum ersten Mal im Leben sei sie dem Glück begegnet.

Auch sie war aufrichtig, verschwieg aber die Dinge, die sie für immer für sich zu behalten gedachte. »Ich habe ein Schuljahr versäumt und hinke auch nach.«

»Mensch, sagenhaft!« Gail konnte es nicht fassen, und Anne lächelte glücklich. Gails Reaktion war für sie eine neue Erfahrung. Das Mädchen war ihr auf Anhieb sympathisch, nicht zuletzt, weil sei bereit war für eine Freundschaft. Immer allein am Pool zu liegen war auf die Dauer langweilig. Vielleicht konnte Gail bald zu Besuch kommen.

»Was hast du in dem Jahr gemacht, als du nicht auf der Schule warst?« fragte Gail neugierig. Ihre neue Bekanntschaft, hinter der sie etwas Abenteuerliches witterte, faszinierte sie.

Anne gab sich blasiert. »Ach, ich war in San Franzisko, im Haight-Ashbury-Viertel.«

Jetzt machte Gail große Augen. »Nicht zu fassen! Sag schon, wie war das mit den Drogen? Hast du welche genommen?«

Anne zögerte nur kurz, ehe sie den Kopf schüttelte. »Ach, auf das Zeug fahr' ich nicht ab.« Sie wußte es zwar besser, kannte aber auch den Preis, den man dafür bezahlte. Ihre neue Freundin hatte keine Ahnung von diesen Dingen, das sah man auf den ersten Blick. Sie war bildhübsch, sauber und adrett, gut angezogen und ziemlich verwöhnt – genau das, was man unter einer jüdischamerikanischen Prinzessin verstand. Anne fühlte sich spontan zu ihr hingezogen. Sie fand die Mädchen in ihrer Klasse zu langweilig. Seit sie aus San Franzisko zurück war, hatte sie kaum mit einer Mitschülerin Kontakt angeknüpft. Aber dieses Mädchen war ganz anders. Gail hatte Stil und Persönlichkeit. Die Sympathie beruhte auf Gegenseitigkeit. Die zwei kichernden und herumalbernden Mädchen zogen sich bereits mißbilligende Blicke des Obers zu, weil sie zwei Plätze besetzt hielten. Da schlug Gail vor, noch einmal den Rodeo Drive entlangzubummeln.

»Wenn du willst, zeige ich dir die Stiefel bei Giorgio.«

Annes Bewunderung kannte keine Grenzen, als sie entdeckte, daß Gail in der Nobelboutique über ein Konto verfügte und die Verkäuferinnen sich ihr gegenüber an Liebenswürdigkeit überboten. Gewöhnlich trachtete man in diesen Luxusläden danach, jugendliche Kundschaft schleunigst wieder hinauszukomplimentieren. Aber nicht Gail, die alle bei ihrem Namen nannten. Diese zuvorkommende Behandlung wurde auch auf Anne ausgedehnt, die eine Coke aus der Bar spendiert bekam. Die zwei Mädchen probierten genüßlich ein Paar nach dem anderen, bis Gail entschied, daß nun doch nichts Passendes dabei sei. Kichernd und gestikulierend verließen sie den Laden.

»Und jetzt zeige ich dir die Schuhe, die mir gefallen«, sagte Anne, die sich schon lange nicht mehr so unbeschwert gefühlt hatte. Sie und Gail lagen auf derselben Wellenlänge, das hatte sie sofort gemerkt. »Deine Mutter muß bei Giorgio Stammkundin sein, weil das Personal zu dir so nett ist.«

Da starrte Gail ins Leere. »Meine Mutter ist vor zwei Jahren gestorben – an Krebs«, sagte sie schließlich. »Sie war erst achtunddreißig.«

Anne sah sie erschrocken an. Das war das Schlimmste, was einem passieren konnte, schlimmer noch als alles, was ihr zugestoßen war. Ihr Verhältnis zu Faye war mehr als problematisch, und es gab Zeiten, da haßte sie ihre Mutter, und doch hätte es sie tief getroffen, wenn sie gestorben wäre. Gail hatte den Verlust sichtlich noch nicht überwunden.

»Hast du Geschwister?« fragte Anne, nur um etwas zu sagen.

»Nein, ich bin mit meinem Dad allein.« Sie sah Anne offen an. »Ich glaube, deswegen verwöhnt er mich so. Er hat ja nur mich. Und ich tue mein Bestes, seine Großzügigkeit nicht auszunutzen. Das ist manchmal nicht einfach.« Jetzt lächelte Gail wieder, und Anne fiel jetzt erst auf, daß ihr Gesicht mit Sommersprossen übersät war. »Ich setze gern meinen Willen durch, und er regt sich immer so auf, wenn ich heule.«

»Der Ärmste.« Anne mußte lachen.

»Und wie sind deine Eltern?«

Anne war dieses Thema nicht geheuer, da aber Gail ganz offen gesprochen hatte, wäre eine ausweichende Antwort unfair gewesen. »Ach, sie sind eigentlich ganz in Ordnung.«

»Kommst du gut mit ihnen aus?«

Anne zog die Schultern hoch. Sie war mit ihnen nie gut ausgekommen. Daran hatte sich auch in jüngster Zeit nichts geändert. »Ab und zu läuft es gut. Als ich abgehauen bin, waren sie natürlich total sauer.«

»Vertrauen sie dir wieder?«

»Ich denke schon.«

»Würdest du wieder ausreißen?« Gail war sehr neugierig.

Anne schüttelte energisch den Kopf. »Nein, niemals.«

»Hast du Geschwister?«

Sie hatten das Schuhgeschäft betreten, und Anne nickte. »Zwei Schwestern und zwei Brüder.«

»Hat man Worte!« Gail schenkte ihr ein strahlendes Lächeln. Sie hätte Karriere als Filmstar machen können, wenn ihr Vater nicht so besorgt um sie gewesen wäre. »Du Glückliche!«

»Das denkst du!« Anne, die an ihre Geschwister dachte, schickte einen geplagten Blick zum Himmel.

»Wie sind sie denn?«

»Soso. Lionel, mein ältester Bruder, ist Klasse. Er ist einundzwanzig.« Daß er homosexuell war, sagte sie nicht. »Er hat das College sausen lassen und macht Filme für Fox.« Das sagte sie wie ein Profi, und Gail zeigte sich gebührend beeindruckt. »Mein zweiter Bruder ist ein richtiger Muskelprotz und hat ein Football-Stipendium in Alabama. Er kommt ins dritte Studienjahr. Meine

Schwestern sind Zwillinge. Die eine ist in New York und studiert am Barnard, die andere will in Hollywood Karriere machen.«

»Ist ja toll!«

»Lionel ist ... nun, mit dem konnte ich immer gut, aber die anderen ...«, es folgte eine abschätzige Geste, »die anderen sind schon ziemlich komisch.« Das hatten zwar die anderen immer von Anne behauptet, aber das kümmerte sie nicht mehr. Jetzt hatte sie eine eigene Freundin.

Nachdem Gail sich für zwei Paar Schuhe entschlossen hatte, sah sie auf die Uhr. »Mein Dad holt mich um vier vor dem Beverly Wilshire ab. Soll er dich irgendwo hinbringen?«

Anne war unschlüssig. Sie war mit einem Taxi gekommen. Die Rückfahrt in Gails Gesellschaft würde sicher lustiger sein.

»Glaubst du nicht, es könnte ihm lästig sein?«

»Aber gar nicht. Der macht das sehr gern.«

Ein Vater, der gern die Freundinnen seiner Tochter herumkutschierte? Anne lachte. In gewisser Hinsicht war Gail noch sehr naiv, doch gerade das gefiel ihr an ihr. Sie überquerten den Wilshire Boulevard und bezogen vor dem eleganten Hotel Stellung.

Als sie den Wagen von Gails Vater sah, einen grauen Rolls, war Anne sehr beeindruckt. Gail winkte dem Wagen wie wild zu, und Anne dachte erst, sie habe nur zum Spaß einem auffallenden Wagen zugewinkt. Dann aber sah sie am Steuer einen untersetzten breitschultrigen Mann, dessen Züge an Gail erinnerten. Er beugte sich zur Seite und machte die Tür auf. Gail, die Anne heranwinkte, stieg ein und erklärte ihrem Vater die Situation.

»Hallo, Dad, ich habe eine neue Freundin. Sie geht nächstes Jahr auch aufs Westlake.«

Es schien ihm nichts auszumachen, daß er sie mitnehmen sollte. Anne wurde mit einem warmen Händedruck begrüßt. Kein schöner Mann, aber ein sehr liebenswerter, entschied sie auf Anhieb. Er hieß Bill Stein und war Anwalt mit vielfältigen Verbindungen zur Filmwelt, wie sie aus Gails Andeutungen mitbekommen hatte. Sicher war ihm der Name ihrer Eltern ein Begriff, für Anne ein Grund, damit zurückzuhalten. Sie war zunächst nichts weiter als nur Anne.

Er führte die Mädchen noch zu Will Wright am Sunset Boulevard auf ein Eis aus. Und für Gail habe er noch eine besondere Überraschung, kündigte er an. Er wollte mit ihr groß essen und nachher mit ein paar Freunden ins Kino gehen. Das Komische daran war, daß sie sich einen Film von Ward und Faye Thayer ansehen wollten. Anne beschränkte sich auf die Bemerkung, daß sie den Film kenne und daß er ihr gefallen habe. Dann wurde von anderen Dingen gesprochen.

Die ganze Zeit über spürte sie Bill Steins Blick auf sich und hatte das deutliche Gefühl, er wolle ergründen, wer sie war. Vor allem versuchte er, sie aus der Reserve zu locken. Dennoch fühlte sie sich in seiner Gesellschaft so wohl und behütet wie noch bei keinem Menschen.

Mit Bedauern sah sie dem grauen Rolls nach, der sie zu Hause abgesetzt hatte. Sie freute sich schon auf das nächste Wiedersehen mit Gail. Unterwegs hatten sie die Telefonnummern ausgetauscht. Gail hatte versprochen, gleich am nächsten Tag anzurufen und dann zum Schwimmen zu kommen. Anne konnte es kaum erwarten. Vor allem war sie neugierig, ob Mr. Stein seine Tochter fahren würde.

Erstaunt stellte sie fest, daß ihr Vater schon zu Hause war. Ein Blick auf die Uhr zeigte ihr, daß es schon sechs war.

»Hallo, mein Schatz.« Ward, der eben dabei war, sich ein Glas Wein einzuschenken, blickte bei ihrem Eintreten überrascht auf. Faye war noch nicht da, bis zum Dinner dauerte es noch eine Weile. Er wollte sich entspannen, die Nachrichten im Fernsehen ansehen, vielleicht ein paar Längen schwimmen und dann sein Glas Wein genießen. Er trank sehr mäßig, und wenn, dann nur Wein.

Jetzt war er verwundert, eine so gutgelaunte und zufriedene Anne zu sehen. Den Grund dafür konnte er sich beim besten Willen nicht vorstellen. Meist verkroch sie sich in ihrem Zimmer und rührte sich nicht mehr heraus.

»Na, was hast du heute so getrieben?« erkundigte er sich.

Sie warf ihm einen langen Blick zu, ehe sie sich achselzuckend umdrehte. »Ach, nicht viel.« Damit verschwand sie wie immer in

ihrem Zimmer und machte die Tür hinter sich zu – diesmal mit
einem glücklichen Lächeln. In Gedanken war sie bei ihrer neuen
Freundin.

29

Seit ihrer Ankunft in New York wohnte Vanessa im Barbizon, einem in einer guten Gegend zwischen der Dreiund-
sechzigsten Straße und der Lexington Avenue gelegenen Hotel,
das ausschließlich weibliche Gäste beherbergte und über einen
Swimming-pool und ein Café verfügte. Grund genug für Vanessa, sich hier sehr wohl zu fühlen. Sie hielt sich allerdings
nicht viel im Hotel auf. Mit ihrer neuen Freundin Louise Matt-
hison, ebenfalls Gast des Hotels, war sie intensiv auf der Suche
nach einer Wohnung, die sie sich teilen konnten. An den Wochenenden fuhren die Mädchen gemeinsam zu Bekannten nach
Long Island. Endlich fanden sie an der West Side in der 115.
Straße eine Wohnung, die ihnen zusagte. Vanessa wußte genau,
ihre Eltern wären entsetzt gewesen, hätten sie die Umgebung gesehen. Aber von dort war es nicht weit zur Columbia, und alle
Studenten suchten sich Quartiere in dieser Gegend. So hübsch
wie das Barbizon war die Wohnung natürlich nicht, aber dafür würden sie hier mehr Freiheiten genießen. Einen Monat vor
Semesterbeginn zogen die beiden Mädchen ein und teilten sich
redlich die Einkäufe und Haushaltspflichten.

An einem heißen Augustnachmittag – Vanessa war mit den
Einkäufen an der Reihe – kämpfte sie sich mit vollen Tüten die
Treppe hinauf. Den altersschwachen Lift benutzte sie nicht, aus
Angst, mit ihm steckenzubleiben. Ein zufälliger Blick nach oben
zeigte ihr, daß jemand zu ihr herunterstarrte. Ein junger Mann,
groß, brünett, mit angenehmem Gesicht. Er trug Shorts und ein
T-Shirt, in der Hand hielt er einen Stapel Papiere.

»Brauchen Sie Hilfe?« fragte er freundlich. Vanessa wollte
schon ablehnen, unterdrückte diesen Impuls aber, weil ihr der
junge Mann gefiel. Er wirkte irgendwie sachlich und intelligent,

und das war etwas, was sie sofort in den Bann zog. Es war die Sorte Mann, die sie im Verlag kennenzulernen gehofft hatte. Bis dato waren aufregende Begegnungen an ihrem Arbeitsplatz jedoch ausgeblieben. Dieser hilfsbereite junge Mann aber machte Eindruck auf sie, ohne daß sie imstande gewesen wäre zu definieren, was ihn so anziehend machte. Vielleicht war es nur der Stapel Papiere in seiner Hand, der aussah wie ein Manuskript. Tatsächlich hatte sie mit ihrer Vermutung ins Schwarze getroffen. Es war ein Manuskript, wie er ihr sofort erklärte, nachdem er die Tüten vor ihrer Tür abgesetzt hatte.

»Sie sind erst vor kurzem eingezogen?« fragte er, da er sie noch nie im Haus gesehen hatte. Er selbst wohnte schon jahrelang hier. Gleich nach Studienbeginn war er hier eingezogen und hängengeblieben. Für einen Umzug war er zu bequem, außerdem hatte sich im Laufe des Studiums zuviel Papierkram bei ihm angesammelt, Material für seine Dissertation in Philosophie. Nebenbei hegte er die Absicht, ein Theaterstück zu schreiben. Aber das alles war jetzt vergessen, als er das schlanke Mädchen mit dem langen blonden Haar vor sich sah.

Sie nickte als Antwort auf seine Frage, während sie in ihrer Tasche nach dem Schlüssel kramte. »Ja, ich wohne seit zwei Wochen hier, mit einer Freundin.«

»Sicher kommen Sie nächsten Monat schon ins Fachsemester?« Er kannte diesen Typ, schließlich ging er seit Jahren mit diesen Studentinnen aus, seit 1962, als er an der Columbia angefangen hatte. Fünf Jahre, eigentlich fast sechs, waren eine lange Zeit.

Vanessa lächelte geschmeichelt. Seit neuestem schätzte man sie älter ein. Nachdem sie jahrelang als unreifer und jünger als ihre Zwillingsschwester angesehen worden war, empfand sie es als angenehme Veränderung.

»Nein, ich komme ins erste Semester am Barnard College. Übrigens vielen Dank für das Kompliment.«

»Keine Ursache. Bis bald.« Sein Lächeln kam von Herzen. Vanessa registrierte, daß er hübsche Zähne hatte. »Danke für die Hilfe«, rief sie ihm nach, während er schon mit dem Manuskript in der Hand die Treppe hinunterpolterte. Gleich darauf hörte sie die Tür zuknallen.

Am Abend erzählte sie Louise von dieser Begegnung, die nur lächelte und sich beim Eindrehen ihrer Haare nicht stören ließ.

»Der Junge scheint nett zu sein. Auf wie alt schätzt du ihn?« fragte Louise.

»Keine Ahnung. Ziemlich alt. Er sagte, er arbeite an einer Dissertation, und er hatte ein Manuskript in der Hand.«

»Vielleicht wollte er dir nur imponieren.«

»Glaube ich nicht. Er muß mindestens fünfundzwanzig sein.«

Louises Interesse erlosch jäh. Sie war vor kurzem achtzehn geworden. Neunzehn war für sie alt genug. Fünfundzwanzig war schlichtweg undiskutabel. Diese Typen wollten immer gleich aufs Ganze gehen, wozu Louise nicht bereit war.

Es sollte sich zeigen, daß Vanessa mit ihrer Vermutung annähernd richtig lag. Er war vierundzwanzig. An einem Sonntagabend begegneten sie einander wieder, als Vanessa und Louise von einem Wochenende in Quogue zurückkamen. Sie waren mit dem Taxi von der Pennsylvania Station gekommen und mühten sich jetzt mit Koffern, Tennisschlägern, Louises überdimensionalem Hut und Vans Kamera ab. Er hatte seinen verbeulten MG auf der anderen Straßenseite geparkt und beobachtete amüsiert das Durcheinander. Vanessas lange Beine, die in den knappen Shorts besonders gut zur Geltung kamen, hatten es ihm angetan. Sie sah genauso aus wie Yvette Mimieux, bis hin zur Stupsnase, und sie hatte wundervolle grüne Augen. Das war ihm schon bei ihrer ersten Begegnung auf der Treppe aufgefallen. Er kam nun lässig in Shorts, T-Shirt und Turnschuhen ohne Socken über die Straße geschlendert, um seine Hilfe anzubieten.

Im nächsten Moment jonglierte er mit zwei Tennisschlägern, zwei Koffern und seinem eigenen nicht zu kleinen Aktenkoffer. Vanessa, die ihm ungeschickt zu helfen versucht hatte, bedankte sich überschwenglich, als er vor ihrer Wohnungstür ermattet alles fallen ließ. Er sah sie verdutzt an.

»Ihr Mädchen schleppt aber viel Zeug mit euch herum«, stieß er atemlos hervor. Und nachdem Louise in der Wohnung verschwunden war, setzte er gedämpft hinzu: »Kommen Sie auf ein Glas Wein zu mir herunter?«

Vanessa wäre eigentlich gern mitgegangen, doch ging ihr die Sache zu schnell. Sie machte prinzipiell keine Besuche bei Männern, und außerdem kannte sie ihn nicht näher – genau besehen hätte er auch der Würger von Boston sein können. Der junge Mann konnte Gedanken lesen. »Ich schwöre, Sie nicht zu vergewaltigen, es sei denn mit Ihrem Einverständnis.«

Vanessa errötete unter seinem bewundernden Blick. Er hätte zu gern gewußt, wie alt sie war. Dem Aussehen nach hätte er sie auf einundzwanzig geschätzt. Da sie aber ein Erstsemester war, konnte sie nicht viel älter als zwanzig sein, vielleicht sogar erst neunzehn. Er liebte diesen frischen blonden Typ, von dem Ruhe und Gelassenheit ausging.

Anstatt in seine Wohnung mitzukommen, lud Vanessa ihn zu sich auf ein Bier ein. Andersrum wäre es ihm lieber gewesen, da er aber keine andere Wahl hatte, nahm er die Einladung mit Grandezza an, beförderte den Rest des Gepäcks in den Flur, schloß die Tür und ließ neugierig den Blick wandern.

Hier hatte sich einiges verändert. Alles war frisch gestrichen, vorwiegend gelb, und sehr gemütlich. Viele Topfpflanzen, indische Drucke, Rattanmöbel und überall Zeitschriften – das war es, was einem auf den ersten Blick auffiel. An einer Wand hing das Foto einer großen Familie. Eine vielköpfige Schar am Rande eines Swimming-pools, allem Anschein nach in Kalifornien. Ehe er eine Frage stellen konnte, hatte er Van auf dem Bild sofort erkannt.

»Das sind meine Leute.« Das sagte sie ohne weiteren Kommentar, und er stellte keine Fragen. Louise, die mit einer Dose Bier vorüberkam, lachte spöttisch dazu.

»Fragen Sie sie doch, wer ihre Mutter ist«, stachelte sie ihn an.

Vanessa errötete bis in die Haarwurzeln. Am liebsten hätte sie Louise erwürgt. Sie selbst haßte dieses Thema, aber Louise hatte sich vor Bewunderung nicht zu fassen gewußt, als sie entdeckte, daß Vans Mutter Faye Thayer war. Sie kannte alle ihre Filme, auch die, in denen Faye als Schauspielerin mitgewirkt hatte.

»Meinetwegen.« Der brünette junge Mann mit dem sympathischen Lächeln sah sie fragend an. »Wer ist Ihre Mutter?«

»Dracula. Und Ihre?«

»Sehr komisch.«

»Ein Bier?«

»Ja, gern.« Ihm fiel auf, daß in ihren Augen Fünkchen tanzten, wenn sie lächelte. Mit ernster Miene widmete er sich wieder der Betrachtung der Fotos. Jetzt fiel ihm auf, daß sich darauf alle irgendwie ähnlich waren. Ohne Hintergedanken sagte er: »Sagen Sie es mir, oder muß ich raten?«

»Also gut, machen wir keine große Sache daraus. Meine Mutter ist Faye Thayer.« Es war einfacher, man brachte es gleich hinter sich, ohne sich lange zu zieren. Für sie war der Name ihrer Mutter unwichtig. Seit der dritten Klasse hatte sie nicht mehr damit renommiert, ganz im Gegenteil, sie hatte gelernt, den Mund zu halten. Es war nicht ganz einfach, ein Prominentenkind zu sein, noch dazu das Kind einer dreifachen Oscar-Preisträgerin. Die Leute erwarteten zuviel von einem und waren zu rasch mit Kritik bei der Hand. Vanessa hatte es sehr bald vorgezogen, in Ruhe ihren eigenen Weg zu gehen.

Der junge Mann sah sie mit zusammengekniffenen Augen an und nickte. »Sehr interessant. Mir gefallen die Filme von Faye Thayer. Zumindest einige.«

»Mir auch.« Vanessa sagte es mit einem Lächeln. Er war wenigstens nicht aus den Socken gekippt wie manch anderer. »Wie war doch gleich Ihr Name?« fragte sie gewitzt.

Er hatte sich überhaupt noch nicht vorgestellt, sondern ohne Förmlichkeiten ihre Sachen heraufgeschleppt.

»Jason Stuart«, antwortete er lächelnd. Die Kleine bildete sich auf ihre Familie gottlob nichts ein, anders als ihre Freundin. Er sah wieder zu dem Bild hin. »Und wer sind die anderen?«

»Meine Geschwister.«

»Allmächtiger, was für eine Horde!« Er war ehrlich beeindruckt. Selbst ein Einzelkind, hatte er für große Familien nie viel übriggehabt, da er in seinem Leben nichts entbehrte. Seine schon ziemlich betagten Eltern lebten zurückgezogen in New Hampshire, und eines Tages würde alles auf ihn übergehen, nur war das nicht sehr viel. Sein Vater war Anwalt mit einer kleinen Praxis auf dem Lande, die er ohne viel Interesse und Energie betrieb. Jason hatte früher mit dem Jurastudium geliebäugelt, nach ernsthafterem Nachdenken hatte er sich aber doch für das Schreiben entschieden.

Beim dritten Bier vertraute er Vanessa an, er wolle nach seiner Dissertation ein Theaterstück schreiben. Jason war an sich kein starker Trinker, doch war die Hitze inzwischen nahezu unerträglich. Nach einem heißen Tag war das ganze Haus wie ein Backofen. Als Louise schon zu Bett gegangen war, entschlossen sie sich zu einem Spaziergang, um etwas frische Luft zu schnappen. Sie schlenderten ein Stück den Riverside Drive entlang, während er ihr von Neuengland erzählte und sie ihm von Kalifornien.

»Da liegen wohl Welten dazwischen, findest du nicht auch?« lächelte Jason vertraulich. Er fand Vanessa für ihr Alter sehr reif, sehr ruhig und unaufdringlich. Mit einem leisen Auflachen fing sie an, ihm von ihrer Zwillingsschwester zu erzählen.

»Auch zwischen ihr und mir liegen Welten. Val möchte unbedingt ein großer Star werden. Tatsächlich hat sie vor kurzem in einem Horrorfilm eine Rolle ergattert, bei der viel Blut fließt.« Jetzt lachten beide, und Jason schnitt eine angewiderte Grimasse. »Ich möchte später Drehbücher schreiben«, fuhr sie fort, »aber Schauspielerin möchte ich auf keinen Fall sein.« An dieser Stelle fiel ihr aus keinem besonderen Grund Lionel ein. Sie hatte das Gefühl, die beiden würden aneinander Gefallen finden. Beide waren natürlich, bescheiden und intelligent. »Mein Bruder ist übrigens auch beim Film – er will Regisseur werden.«

»Was für eine tolle Familie.« Richtig furchteinflößend, dachte er insgeheim.

»Ja, das sind wir. Aber ich bin es gewohnt. Jeder geht jetzt eigene Wege. Nur meine kleine Schwester ist noch zu Hause.« Vanessa dachte an Anne, die arme Kleine mit ihrem Hippie-Abenteuer und dem Baby, das sie fortgegeben hatte. Manchmal tat sie ihr leid, obwohl sie sie jetzt ebensowenig verstand wie früher. Überhaupt schienen ihr jetzt alle ganz weit entfernt zu sein,

Teile einer anderen Welt beinahe. Unwillkürlich fragte sie sich, wann alle Geschwister jemals wieder zusammenkommen würden – ein sehr unwahrscheinliches Ereignis, obwohl sie selbst versprochen hatte, zu Weihnachten nach Hause zu kommen. Aber wer wollte wissen, was bis dahin alles passieren würde und wo Lionel, Val oder Greg gerade sein mochten.

»Liebst du deine Familie?« unterbrach Jason Vans Gedankengänge.

»Ach, je nachdem ...« Sie wollte bei der Wahrheit bleiben, hatte aber nicht die Absicht, zuviel zu verraten. Lionels und Annes Schicksal ging niemanden etwas an. »Mit einigen komme ich besser aus. Mein ältester Bruder zum Beispiel ist ganz in Ordnung.« Lionel hatte sich in immer steigendem Maß ihre Achtung erworben, weil er so tapfer für seine Veranlagung geradestand. Sie wußte, wie schwer das alles für ihn gewesen war.

»Wie alt ist er?«

»Einundzwanzig. Er heißt Lionel. Greg, mein zweiter Bruder, ist zwanzig. Dann kommen Val und ich, wir sind achtzehn, und als letzte Anne, die erst fünfzehn ist.«

»Donnerwetter, das ging ja Schlag auf Schlag.« Wieder lächelte Jason, und sie erwiderte sein Lächeln. Langsam gingen sie den träge dahinströmenden Fluß entlang wieder nach Hause. Jason brachte sie bis an ihre Wohnungstür. »Essen wir morgen zusammen?«

»Unmöglich, ich muß arbeiten ...«

»Wir könnten uns in der Stadt kurz treffen.« Er hätte es zwar vorgezogen, zu Hause zu bleiben und zu schreiben, aber Van hatte es ihm richtig angetan.

»Ist das nicht zu umständlich?«

»Ja, das ist es.« Er blieb bei der Wahrheit. »Aber du gefällst mir, Vanessa. Deswegen leiste ich mir ein, zwei Stunden.«

»Danke, Jason.« Damit verschwand sie in der Wohnung.

Am nächsten Tag holte er sie vom Verlag ab. Sie unternahmen einen langen Spaziergang, ehe sie bei Avocado-Sandwiches in einem Bio-Restaurant landeten. Wieder stellte sie fest, daß man sich mit Jason wunderbar unterhalten konnte. Weil er sich selbst sehr ernst nahm, erwartete er auch von Vanessa, daß sie ihn ernst nehme. Drehbücher hielt er für banalen Mist, was er ihr unumwunden zu verstehen gab. Er empfahl ihr, lieber ein ernsthaftes Stück zu schreiben.

»Warum sollte ich?« wehrte sie ab. »Nur weil du eines schreiben willst? Du weißt sehr gut, daß es ausgezeichnete Filme gibt ...«

Jason imponierte, mit wieviel Energie sie für ihre Sache eintrat. Als er sie auch zum Abendessen einladen wollte, lehnte sie ab. »Ich bin schon mit Louise und ein paar Bekannten verabredet.«

Jason wäre zu gern mitgegangen, sagte aber kein Wort, obwohl es ihn interessiert hätte, ob ein anderer Mann mit im Spiel war. Tatsächlich war einer dabei, nämlich Louises Freund. Vanessa hatte Jason eigentlich den Korb nur gegeben, weil sie nicht zu willig und leicht zugänglich erscheinen wollte. Doch sie erwiderte Jasons Sympathie.

Er ging ihr den ganzen Abend nicht aus dem Sinn, während sie in der Houston Street Spaghetti und Muscheln aßen. Es kam ihr vor, als würde eine Ewigkeit vergehen, bis sie wieder nach Hause gehen konnte. Bei Jason brannte noch Licht. Ob er noch arbeitete oder nur so herumhockte? Beim Hinaufgehen tat sie sich keinen Zwang an und machte möglichst viel Lärm. Zum Schluß knallte sie auch noch laut die Tür zu, in der Hoffnung, er würde anrufen. Aber er rief volle zwei Tage nicht an.

Jason hatte sich entschlossen, zunächst eine langsamere Gangart einzuschlagen. Und als er dann anrief, war Van übers Wochenende nicht da. Erst Mitte der nächsten Woche sahen sie sich wieder. Vanessa kam müde von der Arbeit und schlapp von der Hitze nach Hause. Die Busfahrt hatte ihr den Rest gegeben.

»Na, wie geht's?« fragte er. Sie schien sich über die Begegnung zu freuen. Insgeheim hatte sie befürchtet, er habe sie vergessen.

»Ganz gut. Was macht dein Stück?«

»Ach, ich habe keine einzige Zeile geschrieben. Die ganze Woche habe ich über der verdammten Dissertation gesessen.« Im Herbst wollte er vertretungsweise an einer Schule unterrichten, um seine Finanzen aufzubessern. Keine besonders verlockende

Aussicht, aber neben dem Unterrichten würde ihm genug Zeit zum Schreiben bleiben, und das war für ihn ausschlaggebend. Vanessa war von seiner Ernsthaftigkeit sehr beeindruckt. Seine Seriosität erstreckte sich auf viele Bereiche, vor allem aber entwickelte er sehr ernsthaftes Interesse für sie.

Als Jason sie diesmal um eine Verabredung bat, war sie frei. Sie gingen in ein kleines italienisches Restaurant in der Nähe, tranken Unmengen von Rotwein und unterhielten sich bis kurz vor eins. Dann bummelten sie gemächlich nach Hause, wobei Vanessa nicht umhinkonnte, sich ab und zu diskret umzublicken. Sie hatte noch immer Angst, überfallen zu werden, da die Gegend, in der sie wohnte, nicht sehr vertrauenerweckend war. Jason, der ihre Ängste spürte, legte seinen starken Arm um sie, so daß sie sich sicher und behütet fühlte. Auf der Treppe vor seiner Tür zögerte er unmerklich.

»Hättest du noch Lust auf einen Drink bei mir?«

Vanessa hatte genug getrunken und ahnte, was er im Sinn hatte. Es war kurz vor zwei. Ging sie jetzt mit ihm, dann forderte sie das Schicksal heraus. Sie war noch nicht bereit, sich darauf einzulassen, mit niemandem – obwohl Jason ihr sehr gut gefiel.

»Heute nicht mehr, Jason. Vielen Dank.«

Er schien enttäuscht, als er sie zu ihrer Tür brachte, und sie war ebenso enttäuscht, als sich die Tür hinter ihr geschlossen hatte. Zum ersten Mal im Leben begehrte sie einen Mann. Sie hatte sich mit den Jungen ihrer Bekanntschaft immer gut vertragen, war aber ohne Eroberungen ausgekommen und verzehrte sich nicht ständig vor Sehnsucht nach jemandem – ganz anders als Val. Es hatte Jungen gegeben, die Vanessa gut gefallen hatten, aber darüber hinaus hatte sie nie etwas empfunden – bis jetzt. An den ihr bislang unbekannten Regungen erkannte sie, daß sie mit Jason schlafen wollte.

In den nächsten Tagen versuchte sie sich abzulenken und ging mit Louise und deren Freunden aus. Sie ließ sich sogar von ihrem Chef zum Mittagessen ausführen, obwohl sie deutlich gemerkt hatte, daß er scharf auf sie war. Allein schon seine Berührung auf ihrem Arm war ihr unerträglich. Auf dem Nachhauseweg waren ihre Gedanken wieder mit dem brünetten jungen Mann aus dem ersten Stock beschäftigt. Als Vanessa ihm am Wochenende endlich über den Weg lief, war sie sehr erleichtert. Sie wollte mit ihren Sachen in den Waschsalon. Louise war übers Wochenende nach Quogue gefahren, Vanessa war allein. Das verschwieg sie Jason, weil sie ihn nicht ermutigen wollte.

»Na, wie geht's, Kleine?« Er kehrte den Erwachsenen hervor. Sollte sie sich ruhig wie ein kleines Mädchen vorkommen, weil sie nicht mit ihm ins Bett gegangen war. Vanessa kam sich tatsächlich so vor, ließ sich aber nichts anmerken.

»Sehr gut. Was macht das Stück?«

»Ach, ich komme nicht weiter. Zum Arbeiten war es in letzter Zeit viel zu heiß.«

Vanessa fiel auf, wie braun er war. Wahrscheinlich hatte er viel Zeit im Dachgarten verbracht. Seine Eltern hatten sich sehr gewünscht, er würde für ein paar Tage zu ihnen kommen, ihm gefiel es aber bedeutend besser in New York, trotz der Hitze. Zu Hause war es so verdammt langweilig. Zudem besaß New York jetzt für ihn einen zusätzlichen Anziehungspunkt. Allein der Gedanke, daß Vanessa mit ihm unter einem Dach lebte, versetzte ihn in Erregung. Schon seit langem hatte ihm niemand so zugesetzt. Fast nahm er es ihr übel.

»Also, bis später«, sagte er deswegen ein wenig schroff.

Es war ganz klar, wohin sie ging, und er konnte sich ausrechnen, wie lange sie ausbleiben würde. Als er eine Stunde später ihre Schritte auf der Treppe hörte, riß er hastig die Tür auf. Richtig, sie trug einen Beutel mit frischgewaschener Wäsche hinauf und drehte sich um, als sie seine Tür hörte.

»Hast du Lust auf einen Happen bei mir?« rief er ihr zu.

Mit Herzklopfen begegnete sie seinem Blick, von der Frage bewegt, ob hinter seiner Einladung noch andere Absichten steckten.

»Ich ... meinetwegen ... ja.« Sie wollte ihm nicht wieder einen Korb geben, aus Angst, er würde dann seine Bemühungen aufgeben. Es war wirklich nicht ganz einfach, jung und in New York zu sein, noch dazu, wenn man Jungfrau war und es mit einem älteren Mann von vierundzwanzig zu tun hatte.

Sie folgte ihm hinein und ließ den Beutel mit der Wäsche gleich beim Eingang stehen. Zum Glück hatte sie ihre persönlichen Sachen zuunterst hineingetan, so daß nichts herausfallen konnte und womöglich seinen Blicken preisgegeben war.

Jason machte Thunfisch-Sandwiches zurecht und bot ihr dazu Zitronenlimonade an. Vanessa ließ es sich schmecken. Sie wunderte sich, wie ungezwungen sie sich fühlte, als sie beisammensaßen, plauderten und sich mit Kartoffelchips aus der Tüte bedienten.

»Wie gefällt dir eigentlich New York?« fragte Jason sie unvermittelt.

Vanessa spürte seinen eindringlichen Blick auf sich und konnte sich nur mit Mühe auf seine Frage konzentrieren. Zwischen ihnen bahnte sich etwas ganz Intensives an, das ihr sonderbarerweise keine Angst einflößte. Sie hatte das Gefühl, auf der Woge seiner Gedanken dahinzutreiben. Die ganze Atmosphäre war entspannt und sinnlich. Kein Lüftchen rührte sich. Man spürte das Aufziehen eines Gewitters, doch die einzige existierende Welt war in diesem Raum.

»Mir gefällt New York sehr gut.«

»Warum?« Wieder schien sein Blick ihre Seele zu durchdringen, auf der Suche nach etwas in ihrem Inneren. Diesmal hielt sie seinem Blick tapfer stand.

»Das weiß ich noch nicht. Ich bin einfach froh hierzusein.«

»Ich auch.«

Seine Stimme klang weich und zärtlich. Vanessa fühlte sich körperlich unwiderstehlich zu ihm hingezogen und nahm gar nicht richtig wahr, daß er sie an sich zog, ihre Schenkel berührte, sie streichelte, liebkoste, sie überall anfaßte. Und plötzlich spürte sie seine Lippen auf ihrem Mund, seine Hände auf ihren Brüsten, und als seine Hände tiefer wanderten, wurde das Begehren in ihr fast unerträglich. Atemlos ließ sie sich auf die Couch zurücksinken ... und dann, ganz unerwartet, flehte sie ihn an aufzuhören.

Erstaunt richtete Jason sich auf.

»Bitte nicht …«, wiederholte sie. Jason, dem jede Form von Gewalt und Zwang zuwider war, schien ratlos und gekränkt, als er ihre Tränen sah.

»Ich bin … ich habe nie …«, stammelte Vanessa. Und doch begehrte sie ihn. Da wurde ihm klar, wie es um sie stand. Er drückte sie an sich, und Vanessa spürte seine Wärme und seinen Duft. Es war ein Duft nach Limonen, Seife oder Eau de Cologne, ein Duft, der ihr sehr angenehm war, so angenehm wie Jason selbst. Er sah liebevoll auf sie hinunter. Jetzt wußte er Bescheid und begehrte sie darum nur noch mehr.

»Ich wußte nicht …« Er rückte ein wenig von ihr ab und gab ihr Raum zum Atmen und Nachdenken. Überwältigen wollte er sie nicht. Nicht jetzt, nicht beim ersten Mal. »Sollen wir warten?«

Seine Offenheit machte sie verlegen. Sie schüttelte den Kopf. Sie wollte nicht warten. Da hob er sie hoch wie eine Puppe und trug sie zu seinem Bett. Dann zog er ihr die wenigen Sachen aus, die sie anhatte, Shorts, Bluse, Höschen, Büstenhalter.

Vanessa fühlte sich unter seinen Händen wie ein Kind. Jason legte sich neben sie und zog sich von ihr abgewendet aus, damit sie nicht erschrak. Er dachte wirklich an alles. Vanessa lag wie in Ekstase neben ihm, während er sie überall berührte.

Draußen tobten indessen Donner und Blitz. Sie wußte gar nicht, ob das Gewitter Wirklichkeit war oder ob der Aufruhr nur in ihrem Inneren raste.

Als sie später erschöpft nebeneinanderlagen und der Regen gegen die Fensterscheiben trommelte, lächelte sie. Auf dem Laken war Blut, doch das schien Jason nicht zu kümmern. Immer wieder flüsterte er ihren Namen und berührte ihr Gesicht mit den Händen, ihren Körper mit den Lippen, bis er schließlich wieder ihre Beine auseinanderschob und seine Zunge spielen ließ, bis sie aufschrie. Da drang er in sie ein, und diesmal rief sie ekstatisch seinen Namen und verging fast in seinen Armen.

30

»Achtung, Aufnahme!« Der Regisseur rief es zum elften Mal. Valerie mußte quer durch die Szene laufen, während ihr rote Farbe aus Augen, Ohren und Nase lief. Nach jeder Aufnahme mußte sie sich waschen, und dann ging alles wieder von vorne los. Es war die mühsamste Sache der Welt, aber dafür würde sie bald ein großer Star sein, das stand für sie fest. Man würde sie entdecken, und sie würde an der Seite von Gregory Peck oder Richard Burton spielen – oder mit Robert Redford. Auch Dustin Hoffman wäre ihr als Partner angenehm.

Dann rief der Regisseur zum neunzehnten Mal. »Achtung, Aufnahme!«, und sie lief wieder los. Die Farbe verklebte ihr Haar, und hinterher schrie sie den Maskenbildner an, der das Zeug gemixt hatte.

Als die Szene endlich zur Zufriedenheit des Regisseurs im Kasten war, schlich Faye auf Zehenspitzen davon. Val hatte ihre Anwesenheit gar nicht bemerkt. Faye war es höchst unangenehm, daß Val diese Rolle spielte. Eine geradezu lächerlich winzige Rolle, wie sie später Ward berichtete. Schlimmer noch – sie war geradezu peinlich.

»Hätte sie doch etwas Anständiges gemacht... ein College oder sonstwas«, klagte sie.

»Ach was, vielleicht wird einmal etwas aus ihr. Du hast es ja auch geschafft, Faye.«

»Aber Ward, das war vor dreißig Jahren! Die Zeiten haben sich geändert. Außerdem kann sie nicht mal spielen.«

»Wie willst du das nach dieser Rolle beurteilen?« Ward wollte nicht unfair sein. Er hielt Fayes vernichtendes Urteil für ungerechtfertigt.

»Sie kann sich nicht mal anständig auf einer Bühne bewegen, wenn dir diese Formulierung lieber ist.«

»Könntest du das mit Farbkapseln in Nase und Ohren? Ich finde, sie hält sich tapfer.«

»Ach, Val ist richtig dämlich.«

Nach ihrem ersten Film bekam Val sofort wieder ein ähnliches Rollenangebot, das sie begeistert annahm, während Faye diese Entwicklung mit Argwohn verfolgte. Mit vorsichtigen Fragen versuchte sie herauszubekommen, ob Val denn mit dieser Art Filmen glücklich sei, was prompt als Tadel aufgefaßt wurde und ihr einen haßerfüllten Blick einbrachte.

»Du hast mit Seifen- und Frühstücksflockenwerbung angefangen, und ich fange eben mit Blut an. Das ist doch nahezu ein und dasselbe. Wenn ich will, werde ich soviel erreichen wie du.«

Das war ein hochgestecktes Ziel. Ward, der Zeuge dieses Wortgefechtes wurde, empfand Mitleid mit Val. Sie hatte es so verzweifelt darauf angelegt, Faye zu übertrumpfen, daß sie darüber ganz ihre eigene Persönlichkeit vergaß. Anders als Anne, die in letzter Zeit zu sich selbst gefunden hatte.

Anne war wirklich ruhiger und reifer geworden. Die neue Schule schien ihr zu entsprechen. Sie hatte auch eine Freundin, mit der sie ständig zusammensteckte, ein Mädchen, das seine Mutter verloren hatte. Die zwei Mädchen waren ein nettes Team. Der Vater war vernarrt in seine Tochter und spielte willig den Chauffeur, führte sie zu jeder nur möglichen Veranstaltung aus, holte sie ab, brachte sie irgendwohin – für Faye und Ward ein wahrer Segen, denn seit dem letzten Oscar konnten sie sich vor Arbeit nicht mehr retten. Sie waren froh, daß Bill Stein sich so rührend um Anne kümmerte. Ward kannte ihn flüchtig, ihre Wege hatten sich einige Male auf Gesellschaften gekreuzt, ein netter Mensch. Daß er seine Tochter verwöhnte, war verständlich, da sie das einzige war, was ihm nach dem Tod seiner Frau geblieben war. Auch Anne bekam seine Großzügigkeit zu spüren.

Immer wieder schenkte er ihr hübsche Sachen, wenn Gail etwas von ihm bekam, eine Jacke, eine niedliche kleine Gucci-Tasche, einen gelben Schirm von Giorgio, als sie einmal vom Regen überrascht wurden. Und er verlangte keine Gegenleistung. Er spürte, wie einsam Anne war und wie wenig Faye und Ward sich mit ihr abgegeben hatten. Es machte ihn sehr glücklich, wenn er ihr eine Freude machen konnte.

»Bill, Sie sind immer so lieb zu mir.« Er hatte ihr erlaubt, ihn beim Vornamen zu nennen, vielmehr, er hatte sie darum gebeten, und schließlich hatte sie eingewilligt, obwohl sie ihm gegenüber immer ein wenig schüchtern war.

»Warum auch nicht? Du bist ein nettes Mädchen. Wir haben dich gern bei uns.«

»Und ich habe euch beide gern.« Diese Worte, die ihrer nach Liebe hungernden kleinen Seele entströmten, brachen ihm fast das Herz. Er ahnte in ihr einen großen verborgenen Kummer. Er wußte, daß sie vor knapp zwei Jahren von zu Hause ausgerissen und ins Hippie-Milieu abgedriftet war, und vermutete, daß ihr Kummer dort seinen Ursprung hatte. Als sich eine Gelegenheit bot, fragte er Gail danach. Sie hatte keine Ahnung.

»Dad, sie spricht nie darüber. Ich weiß nicht recht ... aber ich glaube nicht, daß ihre Eltern sehr nett zu ihr sind.«

»Das dachte ich mir.« Er hatte mit Gail immer offen gesprochen.

»Nicht, daß sie richtig gemein wären. Sie sind bloß niemals da. Anne ist mit dem Hausmädchen immer allein. Sie hatte sich sogar daran gewöhnt, beim Abendessen allein zu sein.«

»Na, damit ist es nun gottlob vorbei«, stellte Bill Stein abschließend fest.

Gail und ihr Vater nahmen Anne unter ihre Fittiche, und sie sonnte sich in der Liebe, die ihr zuteil wurde. Sie war wie eine voll erblühte Blume. Bill konnte sich nicht satt sehen, wenn sie mit Gail herumtollte. Manchmal machten sie gemeinsam Hausaufgaben oder saßen einfach da und plauderten, dann wieder sprangen sie in den Pool oder lachten stundenlang über einen Witz, den nur sie verstanden. Er kaufte mit nie erlahmender Begeisterung für beide hübsche Sachen und war glücklich, wenn sich die Mädchen freuten. Das Leben war so verdammt kurz, das hatte ihn der Tod seiner Frau gelehrt. Ihr galten seine Gedanken, als er einmal mit Anne am Pool saß. Es war ein warmer Herbsttag, Gail war ins Haus gegangen, um einen kleinen Imbiß zurechtzumachen.

»Anne, du bist manchmal so ernst.« Anne, die ihre Schüchternheit langsam ablegte, machte seine Frage nichts aus. Sie fürchtete nicht mehr, über Dinge befragt zu werden, die sie nicht preisgeben wollte. »Woran denkst du in diesen Momenten?« fragte er weiter.

»Ach, an verschiedene Dinge ...« An den toten Freund meines Bruders, an das Baby, das ich aufgeben mußte, als ich fünfzehn war. Das waren die Gespenster, die sie verfolgten, doch davon sagte sie nichts.

»Denkst du an deine Zeit in San Franzisko?« Seine Ahnung trog ihn nicht, und Anne wich ihm nicht aus. Sie hielt seinem Blick stand, und er las etwas darin, das ihm fast das Herz brach. Einen Schmerz, an den niemand herankonnte. Trotzdem hoffte er, es würde ihm mit der Zeit gelingen. Sie war für ihn wie eine zweite Tochter. Erstaunlich, daß sie in ganz kurzer Zeit für Gail und ihn so große Bedeutung gewonnen hatte. Beide hingen sie sehr an Anne und sie an ihnen. Von Lionel und John abgesehen, sind es die ersten Menschen, die sich um mich richtig kümmern und denen ich etwas bedeute, dachte Anne bei sich.

»Ja, irgendwie ...«, sagte sie laut und gab damit unwillkürlich mehr preis, als sie wollte. »Ich habe etwas aufgegeben, an dem mir viel lag ... und hin und wieder denke ich daran, obwohl sich jetzt nichts mehr ändern läßt.« Die Tränen in ihren Augen brachten ihn dazu, daß er nach ihrer Hand faßte. Auch seine Augen waren feucht geworden.

»Ich habe nichts aufgeben müssen, aber ich habe einen geliebten Menschen verloren. Das ist ganz ähnlich. Auch ein Verlust. Aber vielleicht ist es schlimmer, wenn man freiwillig etwas aufgibt.«

Bill war nun der Meinung, sie habe eine Liebe aufgeben müssen. Er wunderte sich, daß ein so junges Mädchen so tiefer Gefühle fähig war. Daß sie ein Kind gehabt hatte, darauf kam er nicht, Anne und Gail kamen ihm so unschuldig vor. Doch als Anne ihn jetzt ansah, lag in ihrem Blick ein Wissen, das weit über ihr Alter hinausging.

»Es muß schrecklich gewesen sein, als Ihre Frau starb.«

»Ja, schrecklich.« Erstaunlich, wie leicht es ihm über die Lippen ging. Aber Anne war so verständnisvoll ... Hand in Hand saßen sie da, wie alte Freunde. »Es war die schlimmste Erfahrung meines Lebens.«

»Ähnlich ist es mir auch ergangen.« Plötzlich hatte sie das Bedürfnis, ihm alles zu sagen, gleichzeitig fürchtete sie, er würde ihr dann den Umgang mit Gail verbieten. Manche Dinge blieben lieber ungesagt, deswegen hielt sie sich zurück.

»War es so schlimm?«

»Noch schlimmer.« Tag für Tag quälte sie die Frage, wo der Kleine sein mochte und ob sie richtig gehandelt hatte. Vielleicht war ihr Kind krank oder sogar tot oder die Drogen hatten ihm bleibende Schäden zugefügt, obwohl man angeblich nach der Geburt nichts gefunden hatte ... Wieder begegnete sie Bills nachdenklichem Blick.

»Es tut mir so leid, Anne –« Er hielt ihre Hand fest, und sie fühlte sich geborgen und behütet.

Nach einer Weile kam Gail mit einem vollen Tablett. Anne erschien ihr ein wenig trauriger als vorhin, aber diese Stimmungswechsel hatte sie öfter. So war sie eben. Im Benehmen ihres Vaters fiel Gail nichts auf.

Erst in der darauffolgenden Zeit blieb sein Blick immer öfter an Anne hängen, und ihr blieb es nicht verborgen. Und eines Tages, als sie allein waren und auf Gail warteten, die noch bei Freunden war, ergab sich wieder ein vertrauliches Gespräch. Anne war früher gekommen als verabredet, und Bill kam eben aus der Dusche und hatte sich rasch einen Bademantel angezogen.

Er lud sie ein, es sich gemütlich zu machen. Daraufhin streckte sie sich im Studio mit einer Zeitschrift auf einem Sessel aus. Da bemerkte sie, wie Bill sie beobachtete. Sie legte die Zeitschrift aus der Hand, überwältigt von den Gefühlen, die sie so lange verborgen hatte. Wortlos stand sie auf und ging zu ihm. Ebenso wortlos nahm Bill sie in die Arme und küßte sie. Er mußte sich zwingen, sie wieder loszulassen.

»Herrgott, Anne, es tut mir leid ... ich wußte nicht, wie ...«

Sie brachte ihn mit Küssen so restlos zum Schweigen, daß er

wie betäubt war. Instinktiv spürte er, daß diese Zärtlichkeiten
für sie nicht neu waren, und als ihre Hände unter seinen Bademantel glitten, wußte er, daß es um Anne Geheimnisse gab, von
denen niemand etwas ahnte. Sanft schob er ihre Hände fort und
küßte ihre Fingerspitzen. Ihre Berührung hatte ihn ungeheuer erregt, er besaß aber noch so viel Vernunft, daß er seinem Verlangen nicht nachgab. In seinen Augen war sie trotz allem noch ein
Kind, ein fünfzehnjähriges Mädchen, fast sechzehn zwar, aber
... »Wir wollen darüber sprechen.« Er setzte sich neben sie, zog
den Gürtel seines Mantels fester und sah sie an. »Ich weiß nicht,
was mit mir passiert ist.«

»Ich schon.« So leise sagte sie diese Worte, daß er glaubte, er
habe sie geträumt. »Bill, ich liebe dich.«

Es war die Wahrheit. Und er liebte sie. Der reinste Wahnsinn.
Er war achtundvierzig, sie fünfzehn. Es war Sünde ... oder nicht?
Er sagte es sich immer wieder vor, und als er sie ansah, überkam
es ihn wieder, und er küßte sie. Er begehrte sie so leidenschaftlich, daß es schmerzte. »Ich liebe dich auch, aber ich werde nicht
zulassen, daß diese Geschichte weitergeht.« Es hörte sich an, als
habe er Angst. Anne kamen die Tränen. Sie befürchtete schon, er
würde sie fortschicken. Für immer vielleicht. Das hätte sie nicht
überlebt. Sie hatte schon zu viel verloren.

»Warum nicht? Was ist so schlecht daran? Anderen passiert
das auch.«

»Aber nicht bei diesem Altersunterschied.« Zwischen ihnen
lagen dreiunddreißig Jahre. Anne war noch minderjährig. Wenn
sie zweiundzwanzig gewesen wäre und er erst fünfunddreißig ...
und nicht der Vater ihrer besten Freundin ... Aber Anne schüttelte energisch den Kopf. Sie wollte ihn nicht verlieren und würde
um ihn kämpfen. Sie hatte schon zu viel verloren.

»Das ist nicht wahr. Anderen geht es auch so.«

Bill lächelte. Anne war so ernsthaft und süß, und er liebte sie
über alles. Das wußte er jetzt mit Bestimmtheit.

»Und wenn du hundert Jahre alt wärest, würde es mir auch
nichts ausmachen. Ich liebe dich. So ist es eben. Ich werde dich
niemals aufgeben.«

Ihr melodramatischer Ton entlockte ihm ein Lächeln. Mit einem Kuß brachte er sie zum Schweigen. Ihre Lippen waren so süß und ihre Haut wie Samt. Und doch war es nicht richtig. Dem Gesetz nach war es Verführung einer Minderjährigen, auch wenn es mit ihrem Einverständnis geschah.

Er sah sie forschend an. »Anne, hast du es schon einmal getan? Sei ehrlich. Ich würde es dir nicht übelnehmen.« Auf seine behutsame Art wollte er der Wahrheit näher kommen. Und Anne war es nie schwergefallen, ihm gegenüber aufrichtig zu sein.

Sie wußte, was er meinte – mehr oder weniger. Beide waren sehr erleichtert, daß Gail sich verspätet hatte. »So nicht«, setzte sie zögernd an. »Als ich in San Franzisko war ...« Sie wollte plötzlich, daß er alles erfuhr, auch wenn es schwer zu erklären war. »Ich ...« Wieder stockte sie und seufzte so tief, daß er bedauerte, sie gefragt zu haben.

»Anne, du brauchst mir nichts zu sagen.«

»Ich will aber.« Sie wollte es kurz und sachlich hinter sich bringen, trotzdem hörte es sich schrecklich an. »Ich war in einer Kommune und nahm LSD und andere Sachen, auch Mescalin, aber hauptsächlich Acid. Die Gruppe, mit der ich zusammenlebte, hatte seltsame Bräuche.«

Bill war entsetzt. »Hat man dich vergewaltigt?«

Ohne den Blick von ihm zu wenden, schüttelte sie den Kopf. Sie wollte unbedingt bei der Wahrheit bleiben. »Nein, ich wollte es und habe es mit allen getan, glaube ich. So richtig kann ich mich gar nicht mehr erinnern. Ich war damals wie in Trance und weiß nicht, was Erinnerung und was Traum ist ... aber als meine Eltern mich zurückholten, war ich im fünften Monat schwanger. Vor dreizehn Monaten kam mein Baby zur Welt.«

Jetzt wußte sie, daß sie dieses Datum für den Rest ihres Lebens nie vergessen würde. Sie hätte Bill genau sagen können, auf den Tag genau, um wieviel Tage die dreizehn Monate überschritten waren. Es waren fünf Tage.

»Meine Eltern verlangten, daß ich das Kind zur Adoption freigäbe. Es war ein Junge. Ich habe ihn nie gesehen. Etwas Schlimmeres kann man sich nicht vorstellen.« Sie war nicht imstande zu artikulieren, was sie durchgemacht hatte. »Es war ein großer Fehler, daß ich mein Kind weggegeben habe. Ich werde es mir nie verzeihen. Tag für Tag frage ich mich, wo der Kleine sein mag und ob es ihm gutgeht.«

»Er hätte dein Leben zerstört, Liebling.« Zärtlich strich er ihr über die Wange. Sie tat ihm unendlich leid. Anders als Gail hatte sie eine große schmerzliche Erfahrung hinter sich, zu schmerzlich für ihr Alter.

»Das sagten auch meine Eltern. Aber ich glaube ihnen nicht mehr.«

»Sag, was würdest du jetzt mit einem Baby anfangen?«

»Ich würde es großziehen und liebhaben wie alle anderen Mütter ...« Ihre Tränen ließen sich nicht mehr zurückhalten. Bill hielt sie fest umfangen. »Ich hätte das Baby nie aufgeben dürfen.«

Bill drängte es, ihr zu sagen, daß sie eines Tages ein anderes Baby bekommen konnte, ein Baby von ihm, aber das hätte zu unwahrscheinlich geklungen, und in diesem Augenblick hörten sie Gails Schlüssel im Schloß. Bill rückte von Anne ab. Ein letzter Blick, eine letzte zärtliche Berührung voller Sehnsucht, dann stand er auf, den Bademantel enger um sich ziehend. Lächelnd sahen sie Gail entgegen.

In den folgenden zwei Monaten kam Anne so oft wie nur möglich mit ihm zusammen. Sie sprachen miteinander, machten Spaziergänge, tauschten Gedanken aus. Gail hatte von allem keine Ahnung, und Anne hoffte inständig, sie würde es nie erfahren. Für Bill und Anne war ihre Liebe eine verbotene Frucht, und doch konnten sie nicht davon lassen. Sie brauchten einander, und ihre Bindung wurde immer enger, obwohl ihre Beziehung keusch blieb. Aber lange konnte es so nicht weitergehen. Als Gail von ihrer Großmutter über Weihnachten nach New York eingeladen wurde, dachten sie sich einen Plan aus. Anne wollte ihren Eltern weismachen, sie würde die Feiertage bei den Steins verbringen. In Wahrheit würde sie vom Weihnachtstag an bis zu Gails Rückkehr mit Bill allein sein. Das alles wurde lange vorher besprochen und geplant, fast wie Flitterwochen.

31

Louise war natürlich nicht entgangen, was sich zwischen Vanessa und dem jungen Mann im ersten Stock angebahnt hatte, und sie billigte die Beziehung, obwohl Jason zu alt war. Vierundzwanzig, fast schon ein erwachsener Mann. Zwar bedauerte sie, daß sie jetzt weniger mit Vanessa zusammen war, aber ihr blieb der eigene Freundeskreis, und außerdem hatten sie für das Barnard mit schriftlichen Arbeiten und mündlichen Prüfungen mehr als genug zu tun. Die Monate vergingen wie im Flug, und ehe man sich versah, standen die Weihnachtsferien vor der Tür. Es war bereits klirrend kalt, und kurz nach dem Erntedankfest gab es den ersten Schnee.

Vanessa war außer sich vor Begeisterung und veranstaltete mit Jason Schneeballschlachten im Central Park. Immer hatten sie etwas vor – die Cloisters, das Metropolitan, das Guggenheim-Museum, das Museum of Modern Art, die Oper, Ballett, die Konzerte in der Carnegie Hall und natürlich die ständige Verlockung der Off-Broadway-Bühnen – insgesamt ein Riesenprogramm. Jason interessierte sich für alles, und Vanessa lernte auf diese Weise New York kennen. Aber seit sie hier lebte, hatten sie sich keinen Film angesehen, ausgenommen ein paar alte Filme bei einem Festival im Museum of Modern Art. Jason hatte für Filme nichts übrig. Er arbeitete emsig an seiner Dissertation, während sie für ihre Prüfung büffelte. Inzwischen wußte Vanessa, daß es vor allem seine Ernsthaftigkeit war, die sie liebte, sowie eine gewisse Festigkeit in seinen Ansichten. Das machte ihn in ihren Augen nicht eigensinnig, sondern nur noch liebenswerter.

»Jason, du wirst mir in den Ferien sehr fehlen.« Vanessa lag mit einem Buch auf der Couch und sah ihn an. Mit seiner Brille wirkte er noch ernster als sonst.

»Sicher freust du dich riesig auf dein Plastikland«, so nannte er Los Angeles – »weil du mit deinen Freunden täglich ins Kino pilgern und dich mit Tacos und Pommes frites vollschlagen kannst.« Das waren Genüsse, vor denen er einen Horror hatte.

Seiner Ansicht nach liefen die Leute in Los Angeles ständig mit Hamburgern, Tacos und Pizzas herum, taten nie die Lockenwickler aus den Haaren, tanzten nur nach Rockmusik und waren verrückt nach kitschigen Filmen. Wenn sie sich vorstellte, daß Val eben ihren zweiten Horrorfilm drehte – diesmal über und über mit grünem Schleim bedeckt –, wagte sie nicht daran zu denken, was Jason dazu sagen würde.

Trotzdem freute sie sich auf das Wiedersehen mit der Familie. Jason nahm sich manchmal viel zu ernst, das hinderte sie jedoch nicht daran, die Verbindung mit ihm sehr zu genießen. Er würde ihr wirklich fehlen.

»Und was hast du über Weihnachten vor?« fragte sie ihn.

Jason war unschlüssig. Van hatte ihm geraten, nach Hause zu fahren, eine Idee, für die er sich nicht begeistern konnte. Ihr war aufgefallen, daß seine Eltern nie anriefen und daß er kaum von ihnen sprach. Zwar telefonierte sie auch nicht allzu häufig mit zu Hause, war aber in Gedanken oft bei Eltern und Geschwistern.

Als Vanessa aufblickte, sah sie, daß Jason ihr zulächelte. Er besaß auch eine sehr zärtliche Seite, und die machte sich jetzt bemerkbar. Sie streckte die Hand nach ihm aus, und er drückte einen Kuß darauf.

»Du wirst mir auch fehlen, Van. Und es wird nachher Wochen dauern, bis ich dich wieder zurechtgebogen habe.«

»Du mußt sehr bald mit mir nach Kalifornien«, sagte sie nur.

Dazu war aber keiner der beiden schon bereit. Er fand ihre Familie schlichtweg furchteinflößend, und auch sie empfand die Aussicht, ihn zu Hause vorzustellen, als höchst beklemmend. Ihre Eltern würden etwas Ernstes hinter ihrer Beziehung vermuten, ganz zu Unrecht übrigens. Es war eine wundervolle erste Affäre. Mehr erwartete Vanessa nicht oder redete es sich zumindest ein. »Ich werde dich anrufen, Jason.«

Diese Worte sagte sie auch, als sie am 23. Dezember auf dem Flughafen standen. Jason fuhr nicht zu seinen Eltern, sondern widmete sich lieber seiner Dissertation. In Vans Augen waren das sehr einsame Ferien, aber ihm machte es nichts aus. Sie versprach, ihn täglich anzurufen.

Er küßte sie sehr lange und stürmisch, ehe sie an Bord ging und in dem großen Silbervogel am Himmel verschwand. Jason mußte wieder hinaus in die Kälte, den Schal dick um den Hals gewickelt, die Hände tief in den Taschen vergraben. Es schneite wieder.

Jason fand es erschreckend, wie sehr er sich in Vanessa verliebt hatte. Eigentlich hatte er nur eine unverbindliche Beziehung im Sinn gehabt, nicht zuletzt aus einer gewissen Bequemlichkeit heraus, weil sie unter einem Dach wohnten. Es war alles anders gekommen. Er liebte alles an ihr. Vanessa war ernsthaft, intelligent und dazu schön und wundervoll im Bett. Als er die Wohnungstür aufschloß und sich an seinen Schreibtisch setzte, starrte er lange ins Leere. Seine Wohnung kam ihm ohne Vanessa wie eine Gruft vor. Vielleicht hätte er doch lieber zu seinen Eltern fahren sollen. Aber diese Aufenthalte im Elternhaus waren immer so bedrückend. Das kleinstädtische Leben verlief so schmalspurig, und seine Eltern erstickten ihn mit ihrer Fürsorge. Er konnte es bei ihnen nie lange aushalten, obwohl er an ihnen hing. Er wollte frei sein. Nicht zuletzt störte ihn der Umstand, daß sein Vater zuviel trank. Und seine Mutter war bei diesem Leben so gealtert, daß er es nicht mitansehen konnte. Nein, er war allein in New York viel besser dran. Vanessa hätte das nicht begriffen, ihre Familie war ganz anders. Sie hatte sich auf zu Hause richtig gefreut. Das merkte er auch, als sie ihn am Abend anrief, gleich nach der Landung.

»Na, was gibt's Neues im Plastikland?« Er gab sich betont munter.

Vanessa lachte. »Hier hat sich nicht viel verändert. Das einzige, was mir fehlt, bist du.« Sie liebte Los Angeles, hatte aber auch New York liebengelernt. »Nächstes Mal mußt du mitkommen.«

Allein der Gedanke daran jagte ihm Schauer über den Rücken. Eine Familie wie die Thayers war ihm unerträglich – so energiegeladen, glamourhaft, völlig in der Filmwelt verwurzelt. Er stellte sich Faye in der Küche mit hohen Goldabsätzen vor und fand das sehr komisch.

»Wie geht es deinem Zwilling?« fragte er.

»Ach, Val hab' ich noch nicht zu Gesicht bekommen. Heute abend fahre ich zu ihr. Wir haben hier erst acht Uhr.«

»Ja, weil ihr die Uhren nicht richtig ablesen könnt«, zog er sie auf. Er machte einen sehr jungen und niedergeschlagenen Eindruck. Die zwei vor ihm liegenden Wochen ohne Vanessa würden unerträglich sein. »Grüße Val von mir«, trug er ihr auf. Er hatte mit Val schon einige Male telefoniert, und sie hatte einen netten, humorvollen Eindruck gemacht, wenn auch ganz anders als Van.

»Mach' ich.«

»Laß mich rechtzeitig wissen, wann sie endlich ganz grün geworden ist.«

Sie hatte ihm von Vals Horrorfilm erzählt, ein Grund für ihn, sie damit unbarmherzig aufzuziehen. Typisch Hollywood, hatte er gelästert. Von dort war nichts Besseres zu erwarten. Aber dagegen hatte Vanessa sich energisch verwahrt. Unter den Filmen ihrer Mutter gab es ein paar erstklassige, die eines Tages mit Sicherheit im Archiv des Museum of Modern Art landen würden. Sie war erst achtzehn und noch empfindlich. Immerhin handelte es sich um ihre Familie, die sie verteidigen zu müssen glaubte.

Wenn Jason das sehen könnte, ging es Vanessa durch den Kopf, als sie in die Wohnung ihrer Schwester kam. Ihm würden die Haare zu Berge stehen! Sie hatte sich den Wagen ihres Vater ausgeborgt und war zu Val gefahren, die mit mindestens einem Dutzend junger Mädchen zusammenwohnte. Entsetzt stellte Van fest, daß sie in ihrem ganzen Leben noch nie so viel Unordnung und Schmutz an einem Ort gesehen hatte.

Im Wohnzimmer standen Teller mit Speiseresten, wie lange schon, das konnte man nur ahnen, in jedem Raum waren zerwühlte Betten, einige ohne Überzüge, und überall leere Tequila-Flaschen. Im Bad auf einer Leine Strümpfe in allen Größen und Farben, und in der ganzen Wohnung der muffige Geruch nach den verschiedensten Parfums. Inmitten dieses Durcheinanders hockte Val sichtlich zufrieden und lackierte ihre Nägel, während sie Van begeistert von ihrer neuen Rolle erzählte.

»Also, ich entsteige diesem Sumpf und strecke meine Arme

aus … so etwa« sie machte es vor und stieß dabei fast eine Lampe um – »und dann schreie ich …« Es folgte eine akustische Demonstration, so echt, daß Vanessa sich erschrocken die Ohren zuhielt. Das ging noch eine Weile so weiter. Vanessa war ehrlich beeindruckt. Es tat richtig gut, Val wiederzusehen, wenn auch die Umgebung schrecklich war.

»Na, da hast du ja in letzter Zeit mächtig dazugelernt.«

Val lachte. »Mit jedem Tag bekomme ich mehr Übung.«

Vanessa ließ den Blick schweifen. »Wie kannst du es hier nur aushalten?« Dieser abgestandene Geruch, der Schmutz, das Chaos, das alles hätte sie schon nach zwei Tagen wahnsinnig gemacht, aber Val schien das alles gar nicht wahrzunehmen. Sie fühlte sich hier sichtlich wohler als zu Hause und machte auch kein Hehl daraus.

»Hier kann ich endlich machen, was ich will«, erklärte sie ungeniert.

»Und was ist das?« Vanessa wollte wissen, was Val in den letzten drei Monaten getrieben hatte. Sie selbst hatte nicht die Absicht, Einzelheiten ihrer Beziehung zu Jason preiszugeben. »Hast du viel Liebeskummer gehabt?«

Valerie reagierte mit einem abschätzigen Schulterzucken. In ihrem Leben gab es mehrere Männer, einen, den sie mochte, und drei, mit denen sie schlief. Um ihre Schwester nicht zu schockieren, lieber schwieg sie. Außerdem war das alles nebensächlich. Ein bißchen Drogen, etwas Alkohol und jede Menge Sex in irgendeiner Wohnung oder einem schäbigen Zimmer. In Hollywood war ständig so viel los, daß man nur mitmachen konnte. In ihrer Wohngemeinschaft wurde die Pille weitergereicht wie Pfefferminzdrops. Irgendwo war immer eine offene Packung zu finden. Man sollte zwar verschiedene Sorten nicht mischen, aber irgendwie wirkte das Zeug immer. Und falls es mal eine Panne geben sollte, ließ sich die Sache wieder in Ordnung bringen. So dämlich wie Anne würde Val sich nicht anstellen.

»Und was ist mit dir?« drehte Val einfach den Spieß um, während sie zu den Nägeln der anderen Hand überging. »Wie ist der Typ, mit dem du immer zusammen bist?«

»Jason?« Vanessa mimte die Unschuld, was Val ungemein erheiterte.

»Nein, King Kong. Na, ist er toll?«

»Nach meinen Vorstellungen schon, aber vermutlich nicht nach deinen.«

»Im Klartext, er hat eine Hasenscharte samt Klumpfuß, aber für dich ist er toll, und du nimmst ihn ernst.«

»Mehr oder weniger. Er arbeitet an seiner Dissertation.« Vanessa brachte das mit Stolz vor, worauf Val sie entsetzt anstarrte. Einfach grauenhaft! Sie haßte intellektuelle Männer. Val flog auf den Hollywood-Typ – modischer Haarschnitt, offenes Hemd, kurz gesagt den Beach-Boy kalifornischer Spielart.

Argwöhnisch beäugte sie Vanessa. »Wie alt ist der Kerl?«

»Vierundzwanzig.«

»Glaubst du, er will dich heiraten?« Der Gedanke erfüllte sie mit Entsetzen.

Vanessa schüttelte den Kopf. »Nein, der Typ ist er nicht, und ich auch nicht. Ich möchte mein Studium abschließen und dann nach Kalifornien zurückkommen und Drehbücher schreiben.« Das war zwischen ihr und Jason als Streitthema ein Dauerbrenner. Er behauptete, sie dürfe ihr Talent nicht an »banalen Quatsch« vergeuden, während sie darauf beharrte, daß es auch gute Filme gebe. »Es ist eine vorübergehende Beziehung«, schloß sie.

»Na, dann gib schön acht, damit du keinen dicken Bauch kriegst. Nimmst du die Pille?« Vanessa war die Direktheit ihrer Zwillingsschwester sehr peinlich. Sie hatte gar nicht zugegeben, daß sie mit ihm schlief, aber Val wußte auch so Bescheid. »Oder nicht?« Val fand ihre Naivität bestürzend.

»Jason sieht sich vor.« Vanessa lief rot an, und Valerie lachte schallend. In diesem Augenblick marschierte ein Mädchen durch den Raum, mit einem Nichts aus rotem Satin als Höschen bekleidet. »War Mutter schon einmal da?« ergriff Vanessa die Chance, das Thema zu wechseln. Ihr schwante, daß Faye von den Zuständen hier keine Ahnung hatte, weil sie sonst Val schleunigst herausgeholt hätte.

»Nur einmal. Wir konnten vorher noch schnell saubermachen. Und es war fast niemand da.«

»Na, da kannst du von Glück reden. Es hätte dich den Kopf kosten können.«

Das traf eigentlich auf alles zu, was Val so trieb, angefangen von den kleinen Prisen Kokain, über Haschpfeifen, die Männer, mit denen sie herumexperimentierte, bis hin zu den Rollen, die sie in Horrorfilmen spielte.

»Mutter gönnt mir nicht das kleinste Vergnügen«, sagte sie nun ganz verbittert zu Van. Man hatte ihr eine Rolle in einem Pornofilm angeboten. Aus Angst vor ihrer Mutter hatte sie abgelehnt.

Auf der Rückfahrt wurde Vanessa das Gefühl nicht los, Valerie schlage doch zu heftig über die Stränge. Sie war nicht mehr zu bändigen, und das mit achtzehn. Sie kannte ihre Schwester gut genug, um zu wissen, daß kein Mensch sie bremsen konnte. Sie war jetzt in Fahrt geraten, und man konnte nur hoffen, sie würde unversehrt irgendwo landen.

»Sag schon, wie geht's unserer Val?« fragte ihr Vater sie zu Hause gleich als erstes. Er las etwas in ihrem Blick, das sie lieber verschwiegen hätte.

»Ganz gut.«

»Schieß los: Ist es sehr schlimm in ihrer Bude?«

Er konnte nicht ahnen, wie es wirklich war. Ob ihren Eltern zu Ohren gekommen war, wie toll Val es trieb? Hollywood war ziemlich überschaubar, und wenn ein Mädchen wie Val ständig ihre Partner wechselte, würde es sich herumsprechen.

»Ach, so schlimm ist es gar nicht. Dauernd gehen Mädchen aus und ein, machen Unordnung und lassen schmutzige Teller rumstehen.« Das war noch das kleinste Übel, aber mehr wollte sie nicht sagen. Valerie zuliebe schwächte sie alles ab. »Eigentlich ist es eine vergrößerte Version unserer Zimmer hier.«

»Was, so schlimm also?« Lachend kündigte Ward an, daß Greg am nächsten Tag kommen wolle. Und kurz darauf kam Anne, und in ihren Augen lag ein Glanz, den Vanessa noch nie bei ihr bemerkt hatte.

»Hallo, Kleines.« Als sie Anne einen Kuß gab, hätte sie geschworen, in ihrem Haar den Hauch eines Rasierwasserduftes
zu riechen. Die Kleine wurde erwachsen. Bald nach Weihnachten
würde sie ihren sechzehnten Geburtstag feiern. Anne war auch
auffallend hübsch geworden. Das kurze Kleid gab den Blick auf
lange schlanke Beine frei. Sie trug hübsche rote Schuhe und im
Haar ein rotes Band. Ja, das letzte Vierteljahr hatte Anne erwachsen gemacht. Sie sah jetzt gleich alt aus wie Vanessa.

»Wann bist du so erwachsen geworden?« neckte sie Anne liebevoll.

Auch Ward sah Anne voll zärtlicher Bewunderung an. Sie hatte
sich in letzter Zeit wunderbar gemacht, und was das wichtigste war, sie hatte Freundschaften geschlossen. Am engsten mit
dieser Gail Stein, die ein reizendes, wenn auch sehr verwöhntes
Mädchen war. Aber wen kümmerte es, daß sie Vuitton-Taschen
und Jourdan-Schuhe besaß? Sie war ein nettes, wohlerzogenes
Mädchen, das von seinem Vater wie ein Augapfel gehütet wurde.
Nach Annes Erfahrungen in der Kommune war es genau das
richtige. Sie konnten zufrieden sein mit dieser Freundschaft.

Anne verlor nicht viel Zeit und verschwand rasch in ihrem
Zimmer. Ähnlich hielt sie es auch am Weihnachtstag. Es fiel niemandem auf, weil man das von ihr gewöhnt war. Diesmal verkroch sie sich aber nicht, um Ruhe zu haben, sondern um zu
packen. Sie würde die Weihnachtsferien mit Bill zusammen verbringen.

32

Schon vor Wochen hatte Anne ihrer Mutter gesagt, Gail
habe sie über die Ferien eingeladen. Faye hatte sich zunächst sehr
gesträubt, aber Anne hatte raffiniert an ihr mütterliches Mitgefühl appelliert und eingewendet, daß für Gail als mutterloses Einzelkind einsame Weihnachten besonders schmerzlich seien. Und
damit hatte sie es bei Faye schließlich geschafft.

»Aber Anne, sie wohnt doch nicht sehr weit. Warum könnt ihr

nicht bei uns bleiben? Warum mußt du drüben bei ihr übernachten?« Faye brachte ihre letzten Einwände vor.

»Ach, hör auf, hier ist immer so ein Wirbel, wenn alle zu Hause sind. Und du bist mit Dad ohnehin meist weg. Was macht es also aus?«

In ihrem Blick hatte echte Verzweiflung gelegen. Ward war es nicht entgangen. Er wollte unbedingt verhindern, daß Anne wieder Haßgefühle gegen die eigenen Eltern entwickelte. Das hatten sie vor zwei Jahren bereits durchgemacht. Vielleicht war es besser, in Kleinigkeiten nachzugeben.

»Faye, laß sie. Was ist denn schon dabei? Mr. Stein ist ein gewissenhafter Mensch. Es wird schon nichts passieren. Und sie kann ja etwas früher wieder nach Hause, wenn du unbedingt möchtest.«

»Wer wird im Haus sein?« Wenn es um eines ihrer Kinder ging, traute Faye niemandem über den Weg, und in diesem Fall sollte sie recht behalten.

»Nur die Köchin und die Putzfrau.« Bill Stein beschäftigte außerdem noch einen Gärtner, aber der zählte nicht. In Wahrheit zählten auch die beiden Frauen nicht, da sie über die Feiertage Urlaub bekommen hatten und das Haus verlassen würden, sobald er Gail zur New Yorker Maschine gebracht hatte. Aber davon konnte Faye nichts ahnen.

Als Anne aus dem Haus ging, war ihr kleiner Koffer vollgestopft mit ihren hübschesten Kleidern und verführerischsten Nachthemden, inklusive die zwei neuen, die sie sich eigens für diesen Anlaß gekauft hatte. Nachdem alle anderen vor ihr das Haus verlassen hatten, rief sie ein Taxi und hinterließ auf einem Zettel die Nachricht: »Komme am Dritten wieder. Bin bei Gail.«

Zehn Minuten später fuhr das Taxi in Bel Air an der Charing Cross Road vor, und Anne stieg mit Herzklopfen aus.

Bill erwartete sie im Wohnzimmer. Gail war seit Stunden weg, die Hausangestellten ebenfalls. Endlich waren sie allein. Sie hatten es seit langem so geplant, und doch hatten jetzt beide Angst davor. Den ganzen Morgen über hatte er sich gefragt, ob er denn nicht den Verstand verloren habe. Er stand praktisch im Begriff, eine Fünfzehnjährige zu verführen, und hatte eigentlich schon den festen Entschluß gefällt, sie sofort nach ihrer Ankunft wieder nach Hause zu verfrachten.

Das versuchte er Anne klarzumachen, nachdem sie sich in seinem gemütlichen Studio niedergelassen hatten. Auf dem Boden lag ein Tigerfell, an den Wänden hingen Fotos von Gail, die er selbst im Laufe der Jahre aufgenommen hatte, Gail am ersten Schultag, Gail mit einem komischen Hütchen, Gail als Vierjährige mit einer Eistüte ... aber sein Blick hing unverwandt an Anne. Alles andere zählte nicht mehr. Und Anne sah nur ihn, den Mann, den sie über alles liebte und der sie jetzt fortschicken wollte.

»Warum soll ich gehen? Warum nur? Wir haben seit Wochen alles genau besprochen.«

»Anne, was wir tun, ist nicht recht. Ich bin ein alter Mann und du ein fünfzehnjähriges Mädchen.« Das alles hatte er in der Nacht überlegt, während er sich unruhig hin und her wälzte, und er war schließlich zur Besinnung gekommen. Er würde nicht zulassen, daß sie ihn in seinem Entschluß wieder wankend machte.

»Ich bin fast sechzehn«, warf sie vorwurfsvoll und unter Tränen ein.

Liebevoll strich er ihr das Haar aus der Stirn. Und diese Berührung genügte, um ihn wieder zu elektrisieren. Anne war eine verbotene Frucht, eine sehr süße Frucht. Wenn sie auch nur eine Stunde bei ihm blieb, würde er womöglich den Verstand verlieren. Er kannte sich zu gut. So hatte er noch nie für jemanden empfunden. Es gehörte zu den grausamen Scherzen des Lebens, daß seine Gefühle einem fünfzehnjährigen Mädchen galten.

»Bill, ich bin nicht mal mehr Jungfrau.« Das sagte sie ganz traurig und mit einem herzzerreißenden Blick. Sie würde Bill immer lieben. Er war alles, was sie vom Leben verlangte, der Lohn für alle Einsamkeit und Qual, die sie durchgestanden hatte.

»Darum geht es nicht, mein Liebling. Deine vergangenen Erfahrungen zählen nicht. Es waren von Drogen ausgelöste Halluzinationen und Träume. An das alles brauchst du keinen Gedanken mehr zu verschwenden. Das liegt hinter dir. Eine bewußte

394

Entscheidung, sich mit einem Mann einzulassen, ist etwas ganz anderes. Keiner von uns würde diese Sache durchstehen. Und wohin soll das alles führen? Es würde wieder jemand leiden müssen, und ich möchte nicht, daß du das bist.«

Er verschwieg ihr, daß es genausogut ihn treffen konnte. Er konnte hinter Gittern landen, wenn er mit ihr schlief und ihre Eltern das Verhältnis entdeckten. Und diese Gefahr war ziemlich groß, mochten sie alles auch noch so sorgsam geplant haben. Anne hatte Gail gebeten, sie nicht zu Hause anzurufen, weil sie ohnehin nicht offen sprechen könne, wenn alle Geschwister daheim seien. Sie wollte Gail von sich aus täglich anrufen, damit diese ihrerseits keinen Grund für einen Anruf hatte. Sie hatten wirklich an alles gedacht, und jetzt brach er ihr das Herz. Es kümmerte Anne nicht, wenn sie später leiden würde, und es kümmerte sie nicht, wenn sie sterben mußte, solange sie nur bei ihm bleiben durfte.

Vorwurfsvoll sah sie ihn an. »Wenn du mich fortschickst, laufe ich wieder davon. Du bist das einzige, wofür es sich zu leben lohnt.«

Diese Worte trafen ihn mitten ins Herz. Trotz ihrer Jugend hatte sie schon viel gelitten, und in gewisser Hinsicht hatte sie recht. Sie war viel reifer als andere Mädchen ihres Alters, ganz sicher reifer als Gail.

Dafür hatten ihre Erlebnisse gesorgt – die Zeit in der Kommune, das Baby, das sie geboren hatte, die Probleme mit ihren Eltern. Es erschien ihm unfair, daß er ihr wieder Schmerz zufügen mußte, diesmal aber war es zu ihrem Besten, sagte er sich, als er aufstand, ihre Hand in der seinen haltend. Anne rührte sich nicht. Sie saß da und sah zu ihm auf, mit einem Blick, der ihm durch und durch ging.

»Kleines, bitte, du kannst nicht bleiben.«

»Warum nicht?«

Er ließ sich wieder auf die Couch sinken. Lange würde er das nicht aushalten können. Wenn sie nicht bald ging ... er war schließlich auch nur ein Mann.

»Weil ich dich liebe«, sagt er mit belegter Stimme. Er nahm sie in die Arme und küßte sie, noch immer mit der festen Absicht, sie anschließend nach Hause zu bringen.

Sein eiserner Entschluß geriet ins Wanken, als er die heiße geschmolzene Lava ihrer Zunge in seinem Mund spürte. Instinktiv faßte er zwischen ihre Beine. Schon seit Wochen waren sie mit jedem Beisammensein kühner geworden. »Ich begehre dich so sehr«, raunte er heiser an ihrem Hals. »Aber wir können nicht ...«

»Doch, wir können«, flüsterte Anne. Sie schmolz in seinen Armen dahin und zog ihn mit sich. Alle seine Entschlüsse und Begründungen ließen ihn jetzt im Stich. Vielleicht nur dieses eine einzige Mal ... sie würden es dann nie wiedertun ... und plötzlich gewann wieder seine Vernunft die Oberhand, und er richtete sich auf und machte sich los. Entschlossen schüttelte er den Kopf. Er spürte, wie seine Knie zitterten.

»Nein, das tue ich dir nicht an.«

»Aber ich liebe dich, Bill.« Annes Miene ließ sie wie ein verzweifeltes und enttäuschtes Kind aussehen.

»Ich liebe dich auch. Ich werde die nächsten zwei Jahre auf dich warten, wenn es sein muß. Und dann heiraten wir. Aber ich werde jetzt nicht unbedacht dein Leben kaputtmachen.«

Anne lachte auf vor Glück, und es war das Lachen eines blutjungen Mädchens. Dann gab sie Bill einen Kuß auf die Wange. »Willst du mich wirklich heiraten?« Sie war überwältigt und wußte sich vor Freude nicht zu fassen.

»Ja, das will ich.« Er war erleichtert. Es waren für beide schwierige Momente gewesen, besonders für ihn, und das nach einer Nacht, in der er fast kein Auge zugetan hatte. Mit der Ehe war es ihm ernst. Der Gedanke war ihm schon früher gekommen. Er konnte nur hoffen, Gail würde diesen Entschluß mit der Zeit billigen. Schließlich hatte es immer Männer gegeben, die Mädchen heirateten, die nicht einmal halb so alt waren wie sie selbst. Es gab wirklich Ärgeres. »Wenn du so verrückt bist, mich zu nehmen. In zwei Jahren wirst du achtzehn sein und ich einundfünfzig.«

»Klingt großartig.« Sie lächelte spitzbübisch.

»Und wie wird die Sache aussehen, wenn du dreißig bist und

ich dreiundsechzig?« Er wollte sie damit auf die Probe stellen und sah sie unverwandt an. Mit seinem Antrag meinte er es ernst. Er wünschte sich nichts sehnlicher, als mit Anne zusammenzuleben. Er wollte sie umhegen und jeglichen Kummer von ihr fernhalten. Auf diese Weise konnte er gutmachen, was ihre Eltern von Anfang an versäumt hatten. Gail hatte es in dieser Hinsicht viel besser gehabt, weil sie ein Einzelkind war, während Anne das jüngste von fünf Geschwistern war und ihre Eltern zum Zeitpunkt ihrer Geburt mit großen Schwierigkeiten zu kämpfen gehabt hatten. Er wollte mit seiner Liebe Anne alles ersetzen. Alles. Sogar das Baby, das sie aufgegeben hatte.

»Na wenn schon«, antwortete sie auf seine Frage. Der Altersunterschied machte ihr wirklich nichts aus. »Ich kann selbst zählen. Wenn ich sechzig sein werde, wirst du dreiundneunzig sein. Was sagst du dazu? Wirst du dich dann nach einer Jüngeren umsehen?«

Das war als Scherz gemeint, und beide lachten. Bill nahm die ganze Sache schon viel gelassener. Der Morgen mit seinen geradezu alptraumhaften Gedanken voller Angst und Schuldgefühlen war vorbei. Jetzt war alles so wie früher, als sie noch unbefangen miteinander umgegangen waren. Das alles hatte sein Heiratsantrag bewirkt.

»Also, ist das ernst? Sind wir verlobt?« Anne fragte es mit einem Kuß.

»Wir sind verlobt, und ich liebe dich aus ganzem Herzen.« Darauf folgte wieder ein Kuß, und ihre Körper schienen magnetisch voneinander angezogen. Wieder mußte Bill zur Vorsicht mahnen, aber eigentlich wollte er gar nicht mehr vorsichtig sein ... wenn sie ohnehin heiraten würden, war alles in Ordnung ... nur dieses eine Mal, als Besiegelung ihres Verlöbnisses. Er lehnte sich aufseufzend zurück und sah ihr in die Augen, kaum noch imstande, einen klaren Gedanken zu fassen.

»Anne, du machst mich ganz verrückt ...«

»Das höre ich gern.« Sie sagte es wie eine erwachsene Frau und unterstrich ihre Worte mit einem tiefen Blick. »Darf ich wenigstens noch eine Weile bleiben?«

Was war schon dabei? Sie war oft allein bei ihm geblieben, wenn Gail etwas anderes vorhatte oder das Personal übers Wochenende außer Haus war. Der einzige Unterschied bestand darin, daß sie früher immer damit rechnen mußte, jemand würde kommen, während sie jetzt wußten, daß sie ungestört bleiben würden.

Bill machte den Vorschlag, die Swimming-pool-Heizung einzuschalten, und Anne war begeistert. Sie verzichtete auf einen Badeanzug und sprang elegant vom Sprungbrett aus ins Wasser. Ihre langen anmutigen Glieder schimmerten samtweich. Anne war ein bildschönes Mädchen, eine Tatsache, die in ihrer Familie noch niemandem aufgefallen war. Für Eltern und Geschwister war sie nach wie vor die »kleine Anne«, die Stillste der Familie, die sich immer in ihrem Zimmer verkroch.

Aber jetzt dachte sie nicht daran, sich zu verkriechen, als Bill seinen Bademantel abstreifte und ihr ins Wasser nachsprang. Wie zwei Delphine schwammen sie unter Wasser, tauchten auf, umfingen einander ... immer wieder. Und dann, als er sie wieder an sich zog, war es um seine Zurückhaltung geschehen. Sie schmiegte sich an ihn, während er ihren Rücken und Hals liebkoste und sie aus dem Wasser führte. Er hüllte sie in ein Handtuch und trug sie so ins Haus. Worte waren überflüssig.

Anne wirkte zierlich und fast zerbrechlich, als er sie aufs Bett legte. Bill war von muskulöser, straffer Figur. Eines Tages würden sie hübsche Kinder haben, ging es ihm durch den Sinn, aber er schob diesen Gedanken sofort zur Seite. Er dachte einzig an Anne, während er sie überall berührte, liebkoste und seine Zunge über sie gleiten ließ. In einem fernen Winkel ihres Bewußtseins entsann Anne sich einer Liebe, die sie nie voll ausgekostet hatte. Sie streichelte ihn sanft, bis er es nicht mehr aushielt und ihre Körper eins wurden. Unter der Wonne seiner Berührung bäumte sie sich auf, und beide schienen stundenlang wie in einem Tanz vereint, der sie himmelhoch emporhob, bis sie schließlich das Gefühl hatten zu zerbersten.

33

Die gemeinsam verbrachten Tage waren für beide die reinste Idylle. Für Anne gab es diesmal keine Drogen und Halluzinogene, keine Rituale, keine Illusionen, sondern nur Bill und die Zärtlichkeit und Schönheit, die er in ihr Leben brachte, und die Freude, die sie ihm schenken konnte. Zehn Tage lang durften sie vergessen, wie schwierig die nächsten zwei Jahre für sie sein würden.

Bei ihren Aktivitäten beschränkten sie sich auf Haus und Garten, spielten und schwammen oder hörten Musik. Vor ihrer Hochzeitsnacht, wie Bill sich ausdrückte, gestattete er ihr ein Glas Champagner. Sie badeten ausgiebig in der Wanne, er las ihr vor, und abends vor dem Kamin kämmte er ihr Haar. Und er liebte sie auf vielfältige und ihr unbekannte Weise. In seiner Liebe vereinte sich väterliche Zuneigung, wie er sie auch Gail gegenüber empfand, mit der Liebe, die er seiner Frau entgegengebracht hatte und die ihm nun seit zwei Jahren fehlte. Bill breitete vor Anne seine Seele aus, und sie schenkte ihm die ihre.

Anne war unaussprechlich glücklich und weinte am letzten Abend heiße Tränen. Wie verabredet hatte sie täglich Gail angerufen, der es in New York sehr gut gefiel. Zu Hause hatte Anne nicht ein einziges Mal angerufen. Dort wußte man ohnehin, daß es ihr gutging. Niemand ahnte etwas von ihren Plänen. Das war ihr Geheimnis, mit dem sie die nächsten zwei Jahre leben mußte.

»Was ist, wenn Gail dahinterkommt?« fragte sie Bill, als sie im Bett lagen. Die zehn Tage hatte sie selten etwas angezogen. Sie hatten sich die ganze Zeit über geliebt, wann immer sie das Verlangen überkam. Bill schien von ihr nicht genug zu bekommen. In diesen zehn Tagen hatte er ein intensiveres Liebesleben geführt als in den vergangenen zehn Jahren. Annes Frage entlockte ihm ein Seufzen.

»Ich weiß nicht, was dann sein wird. Sicher ist sie zunächst schockiert, aber mit der Zeit wird sie sich damit abfinden. Am besten wäre es, wenn sie es erst nächstes Jahr erführe. Sie wäre dann schon älter und reifer und könnte unsere Gefühle sicher besser verstehen.« Anne gab ihm recht wie in den meisten Dingen. »Ich glaube, das wichtigste ist, daß wir sie nicht ausschließen«, fuhr er fort, »wir müssen sie in unsere Liebe einbeziehen. An meiner Liebe zu ihr hat sich nichts geändert. Aber jetzt liebe ich auch dich. Irgendwie habe ich ein Recht darauf, wieder zu heiraten ... anfangs wird es Gail sicher merkwürdig berühren, daß ich ihre Freundin heirate.«

Unwillkürlich stellte Anne sich vor, wie sie im weißen Schleier und mit Gail als Brautjungfer zum Altar schritt. Sie lächelte. Ein schöner Traum, der am Ende eines langen Weges lag. In zwei Jahren konnte so viel geschehen ... Das wußte sie selbst am besten.

Sie hatte Bill von Lionel und John erzählt, über deren Veranlagung und davon, wie die beiden sie vor der Geburt des Babys bei sich aufgenommen hatten und wie nett sie gewesen waren ... und von Johns Tod im Feuer und Lionels Verzweiflung. Das alles war nun schon ein ganzes Jahr her, und Lionel hatte sich noch immer nicht getröstet. Er lebte allein und ging nur zur Arbeit aus dem Haus. Hin und wieder lud er Anne zum Essen ein, blieb dabei aber so wortkarg und in sich gekehrt, daß man es mit der Angst zu tun bekam.

Bill wußte, was sie damit sagen wollte. Genauso hatte er sich nach dem Tod seiner Frau gefühlt, obwohl ihm als Trost Gail geblieben war. Mit der Zeit bekam er das Empfinden, alles über Anne zu wissen, sämtliche Geheimnisse und Ängste, ihr Verhältnis zu Faye und die Überzeugung, daß ihre Eltern sie nie geliebt hätten. Das vor allem bekümmerte ihn.

»Wir müssen sehr vorsichtig sein, Liebling. Nicht nur wegen Gail. Auch wegen der anderen.«

»Ich weiß. Aber ich konnte Geheimnisse schon immer für mich behalten.« Sie machte ein raffiniert-geheimnisvolles Gesicht. Bill küßte ihre Brustwarze, die sofort hart wurde.

»Aber kein solches, hoffe ich.«

»Nein.« Und gleich darauf liebten sie sich von neuem. Alle Schuldgefühle waren von ihm abgefallen ... So und nicht anders war es eben. Es war sein Leben, auf das er nicht verzichten wollte.

Er würde Anne niemals aufgeben und wollte in Zukunft ganz für sie dasein. Dieses Versprechen gab er ihr, als er sie am nächsten Nachmittag nach Hause brachte.

Beide waren müde, die Nacht war mit Gesprächen und mit Liebe vergangen. In zwei Stunden mußte er Gail vom Flughafen abholen, und am Abend würden die Hausangestellten kommen. Der Märchen-Honigmond war vorüber. Von nun an hieß es vorsichtig Hand in Hand weitergehen und abwarten, was die nächsten zwei Jahre bringen würden. Es würde wieder Zeiten wie diese geben, Ferien, die sie gemeinsam verbringen konnten, heimliche gestohlene Wochenenden, dann und wann eine Nacht. Das hatte er ihr versprechen müssen. In Annes Augen lag noch immer das Strahlen, das mit seiner Liebe gekommen war, als sie mit ihrem Köfferchen das Haus betrat. Sie lauschte dem Motorengeräusch des sich entfernenden Wagens nach.

»Abgespannt siehst du aus«, empfing ihre Mutter sie. Es war Sonntagnachmittag, sie war nicht im Atelier gewesen. Aber Anne wirkte trotzdem glücklich. »War es nett, mein Schatz?«

»Hm, ja.«

»Wahrscheinlich eine einzige zehntägige Pyjama-Party«, bemerkte Ward lächelnd. »Was ist nur mit euch Mädchen los, daß ihr euch nie anziehen wollt?«

Anne hörte es lächelnd und verschwand ohne weiteren Kommentar in ihrem Zimmer, doch Vanessa hatte mit einem einzigen Blick mehr gesehen als ihre Eltern. Einen konkreten Verdacht hatte sie nicht, nur so ein unbehagliches Gefühl. Sie nahm sich vor, noch vor ihrer Abreise mit Anne zu sprechen. Aber dazu sollte keine Gelegenheit mehr sein. Anne mußte am nächsten Tag wieder zur Schule, und Vanessa war mit Freundinnen verabredet. Am nächsten Abend mußte sie packen, und dann flog sie ab, ohne herausgefunden zu haben, warum Annes Augen so gestrahlt hatten.

34

Alle nahmen ihr gewohntes Leben wieder auf. Val machte weiter mit ihren Horrorfilmen, gelegentlichen Drogentrips und einem neuen Mann im Bett, wann immer sich die Gelegenheit bot. Vanessa ging in ihrem Studium auf, Greg hatte Ärger mit seinen Zensuren, versprach aber, sich zu bessern. Nur Anne war scheinbar völlig problemlos geworden. Die meiste Zeit steckte sie bei ihrer Freundin, aber daran hatte man sich gewöhnt. Man bekam sie kaum noch zu Gesicht. Ihr sechzehnter Geburtstag war vorbei, und nicht einmal an diesem Tag hatte sie für ihre Familie Zeit gehabt. Gail und deren Vater hatten am nächsten Tag mit ihr in einem Bistro gefeiert. Faye hatte nichts dabei gefunden. Die Steins waren furchtbar nett zu Anne. Ab und zu erinnerte sie Anne daran, für Gail eine Kleinigkeit zu besorgen, nur so, als Zeichen der Wertschätzung und Dankbarkeit.

Im Februar rief Lionel Faye im Studio an und bat sie und Ward um eine Verabredung. Das war ungewöhnlich, und sie hoffte inständig, es möge sich um eine gute Nachricht handeln, um einen guten Film oder sogar um einen Berufswechsel oder die Ankündigung, daß er weiterstudieren wolle. Nichts von alldem. Die Eröffnung, die er ihnen zu machen hatte, traf sie völlig überraschend.

Man sah ihm sein Zögern an, und Ward bekam ein flaues Gefühl. Er befürchtete, Lionel wolle ihnen eine neue Liebe gestehen, das Allerletzte, was er hören wollte. Aber dann machte Lionel es kurz und schmerzlos. Es hatte keinen Sinn, etwas zu beschönigen.

»Mein Einberufungsbefehl ist da.«

Fassungslos starrten ihn seine Eltern an. Es traf sie völlig unvorbereitet, obwohl der Krieg in Vietnam tobte und von nichts anderem gesprochen wurde. Ward war wie vor den Kopf geschlagen. Er liebte sein Land, das war keine Frage, aber er dachte nicht daran, einen seiner Söhne für einen schmutzigen Krieg in einem fremden Land zu opfern, dessen Schicksal ihn einen Dreck kümmerte. Faye war sprachlos vor Entsetzen.

»Sag einfach, daß du schwul bist«, riet Ward seinem Sohn unumwunden.

Lionel schüttelte den Kopf. »Dad, das kann ich nicht.«

»Sei nicht dumm, Lionel. Es kann dir vielleicht das Leben retten.« Aus demselben Grund hatte er Greg geraten, sich bei den Zensuren ins Zeug zu legen. Das fehlte noch, daß er von der Uni flog und eingezogen wurde. Aber Lionel verfügte über eine ideale Ausrede. Lionels wegen hatte er nie Bedenken gehabt. »Junge, nimm Vernunft an. Und wenn du es mit diesem Trick nicht schaffst, dann hau ab nach Kanada.«

»Ich will aber nicht kneifen. Ich finde das nicht richtig.«

»Warum nicht?« Ward schlug mit aller Kraft auf den Tisch. In der Kantine blieb es unbemerkt. Hier herrschte so viel Wirbel und Durcheinander, daß nichts und niemand auffiel. Auch wenn einer nackt und aus vollem Hals schreiend hereinspazierte, würden alle nur glauben, er probe für eine Szene. Aber Ward war es bitter ernst. »Lionel, halte dich raus. Ich will nicht, daß du gehst.«

Faye war den Tränen nahe. »Ich auch nicht, Liebling.«

»Ich weiß.« Lionel griff nach ihrer Hand. »Glaubt ja nicht, ich wäre begeistert, aber was bleibt mir schon übrig. Gestern habe ich mit den Leuten gesprochen. Ich glaube, die wissen über mich genau Bescheid. Vor allem weiß man auch, daß ich beim Film bin. Ich soll entsprechend eingesetzt werden.«

Ward und Faye waren sichtlich erleichtert. »Und wo soll das sein?«

Er atmete tief durch. »Wahrscheinlich ein Jahr Vietnam, nachher vielleicht Europa.«

»Mein Gott ...« Ward war ganz fahl, und Faye konnte die Tränen nicht mehr zurückhalten.

Es sollten kummervolle zwei Wochen werden. In dieser Zeit mußte Lionel alles ordnen. Er gab seine kleine Wohnung auf und auch seinen Job und zog für ein paar Tage nach Hause, ehe er ins Ausbildungslager mußte. Seine Eltern waren dankbar für diese Frist und kamen ihm zuliebe abends früher nach Hause. Der letzte Abend war schrecklich. Alle tranken mit Tränen in den Augen auf Lionels Wohl. Am nächsten Morgen um sechs standen sie im Eingang und winkten dem Taxi nach. Faye hatte schluchzend an Lionels Hals gehangen. Sie hatte Angst, ihn nie wiederzusehen, und Ward weinte mit ihr.

Auf einem langen Spaziergang mit Bill faßte Anne den Verdacht in Worte, den ihre Eltern sich auszusprechen gescheut hatten, daß nämlich Lionel Johns Tod nie verwunden habe und nach Vietnam gegangen sei, um dort selbst den Tod zu finden. Eine schreckliche Vorstellung.

»Nein, das glaube ich nicht«, sagte Bill darauf. »Er tut nur, was er für seine Pflicht hält. Ich kenne den Krieg. Man kann ihn überleben. Und wenn er für Filmaufnahmen eingesetzt wird, ist alles halb so wild.«

Das stimmte nicht ganz. Bill wußte, daß Kameraleute oft etwas abkriegten, wenn sie auf der Jagd nach tollen Bildern mit dem Helikopter ganz tief heruntergingen. Man konnte nur hoffen, daß Lionel vernünftig blieb und daß Anne sich in seinem Gemütszustand getäuscht hatte. Aber Ward und Faye wurden von ähnlichen Befürchtungen geplagt.

Nur Val schien unbekümmert. Sie war so stark mit sich selbst beschäftigt, daß für Sorgen um andere keine Zeit blieb. Vor kurzem erst hatte sie eine Rolle in einem Monsterfilm bekommen, der in der Umgebung von Rom gedreht werden sollte. Da die Besetzung international war, mußte der Film nachsynchronisiert werden, was für sie bedeutungslos war, da sie ohnehin keinen Text zu sprechen hatte. Mit von der Partie waren ein paar alte Stars, die sich schrecklich anstellten, weil sie so lange nicht mehr vor der Kamera gestanden hatten.

»Ist das nicht großartig?« Val hatte Vanessa angerufen, ihr die Neuigkeiten brühwarm berichtet und ihren Besuch in New York angekündigt. Sie wollte ihren Flug unterbrechen, nur für eine Nacht, aber das reichte für ein bißchen Vergnügen. Vanessa hatte sie eingeladen, um ihr ihren »Freund« vorzustellen.

Valerie entstieg der Maschine in einem roten Lederrock, roten Strumpfhosen, einem dunkelroten Pelz und Stiefeln, die wie Neonröhren leuchteten. Ihr Pulli war abgrundtief ausgeschnitten, das Haar eine ungebändigte wilde Mähne. Vanessa warf dem in gedämpfte Grün-und Grautöne gekleideten, sehr dezent wirkenden Jason einen bedenklichen Blick zu und fragte sich, ob sie nicht einen Fehler gemacht habe.

»Meine Güte, die darf doch nicht echt sein, oder?« flüsterte er. Doch Vals Schönheit war nicht zu übersehen, mochte ihre Aufmachung auch ans Lächerliche grenzen.

Vanessa lachte nur. »Plastikland, wie es leibt und lebt!«

Val warf sich ihrer Schwester in die Arme und küßte Jason viel zu liebevoll für ein erstes Kennenlernen. Ihr Parfum war zu schwer, und in ihrem Haar hing der Duft von Marihuana. Abends gingen sie ins Village aus, hörten Jazz und diskutierten dann in Jasons Wohnung bis vier Uhr. Immer wieder wurde Tequila nachgeschenkt, bis die Flasche leer war. Dann holte Valerie eine Schachtel Joints hervor.

»Hier, bedient euch.« Vor Jasons amüsiertem Blick steckte sie sich routiniert einen an. Er machte es ihr nach, während Vanessa zögerte. Sie hatte es erst einmal ausprobiert und konnte den Joints nichts abgewinnen. »Komm, Schwesterchen, sei nicht so kleinkariert.«

Vanessa, die keine Spielverderberin sein wollte, behauptete hinterher, sie spüre keine Wirkung. Es endete damit, daß sie das Telefonbuch nach einer Pizzeria durchstöberten, die die ganze Nacht über geöffnet hatte. Schließlich gaben sie es auf und begnügten sich damit, Louises und Vans Kühlschrank unter viel Gelächter restlos zu plündern, während Jason Val immer wieder Blicke zuwarf, die Ausdruck seiner Fassungslosigkeit waren.

Er war total konsterniert, daß sie so ganz anders war als Van, und er hatte sich noch nicht beruhigt, als sie Val zum Flughafen brachten. Diesmal steckte sie in einem knalligen grünen Lederkostüm, das ihre Eltern nie zu Gesicht bekommen hatten. Für die Europareise hatte sie sich einige Sachen von ihren Freundinnen ausgeliehen, was keine zu stören schien. Mittlerweile wußte niemand mehr so richtig, was wem gehörte, und Val würde ja nur ein paar Wochen fort sein, falls sie nicht in Europa weitere Angebote bekäme.

»Also dann ... gebt schön acht, ihr beiden.« Und mit einem Zwinkern, das Van gelten sollte, setzte sie hinzu: »Dieser Typ ist in Ordnung.«

»Danke.« Küsse zum Abschied, und Jason winkte Val nach. Er hatte das Gefühl, eine lange Nacht von einem Wirbelsturm heimgesucht worden zu sein.

»Wie ist das bloß möglich, daß ihr so verschieden seid?« Ihm kam es noch immer unfaßbar vor, und Van lachte. Jason war sichtlich schockiert.

»Keine Ahnung. Wir fünf sind alle grundverschieden und sind doch eine Familie.«

»Ja, sieht beinahe so aus.«

»Möchtest du mich gegen Val eintauschen?«

Davor hatte Van immer Angst gehabt. Valerie war so viel auffallender und aufregender mit ihren Joints, ihrer lockeren Moral, ihrer wilden roten Mähne. Den ganzen Abend über war sie das Gefühl nicht losgeworden, Val hätte sich nicht gescheut, mit Jason ins Bett zu gehen, wäre Vanessa nur lange genug verschwunden. Aber diese kannte ihre Schwester zu gut und hütete sich davor. Im Laufe der Jahre hatte sie zu viele Verehrer an sie abgeben müssen, um ihr in dieser Hinsicht je wieder zu trauen, aber böse war sie ihr auch nicht. So und nicht anders war eben Val. Es störte sie nicht mehr.

»Noch nicht«, antwortete Jason, der insgeheim erleichtert war, daß er bei dem ruhigeren der Zwillinge gelandet war.

Nicht so erleichtert war er, als Vanessa ihm einige Monate später mit einem Vorschlag kam. Ihre Beziehung hatte sich befriedigend entwickelt, Vanessa war sogar zu ihm gezogen, und Louise hatte im Nu eine andere Mitbewohnerin gefunden. Für den Fall, daß Vans Eltern anriefen, hatten sie sich auf ein Arrangement geeinigt: Louise sollte so tun, als müsse sie Van erst zum Telefon rufen, rasch hinunterlaufen und anklopfen, damit Van hinaufrasen und den Anruf entgegennehmen konnte.

Solche Anrufe kamen selten. Für den Fall eines Besuchs der Thayers in New York war ausgemacht, daß Vanessa für diese Zeit wieder zu Louise ziehen würde, aber dieser Fall war nie eingetreten. Faye und Ward waren zu stark mit ihrem neuesten Film beschäftigt. Lionel war noch immer in Vietnam und noch immer gesund. Valerie war aus Rom noch nicht zurück. Sie hatte dort eine neue kleine Rolle bekommen, diesmal in einem Western, für sie also etwas Neues. In Mailand hatte sie einige Male als Modell gearbeitet, wie sie Van am Telefon berichtete. Dabei hatte sie verschwiegen, daß sie nackt posieren mußte.

Aus allen diesen unterschiedlichen Gründen waren sie in alle Welt zerstreut. Anne war die einzige, die noch im Elternhaus lebte. Ward hatte nun die Absicht geäußert, für zwei Wochen ein Haus am Lake Tahoe zu mieten. Er wollte wissen, ob Van kommen konnte. Lionel hatte geschrieben, daß er Urlaub bekäme. Greg würde bis dahin mit seinem Sommerjob fertig sein, Val wollte auch zurück sein, und Anne würde mitkommen, wenn sie Gail mitbringen konnte. Es ging jetzt darum, ob Van zusagen sollte, die unbedingt Jason mit dabeihaben wollte. Dieser sah sie entsetzt an, als sie mit diesem Vorschlag herausrückte.

»Ins Plastikland? Zwei Wochen?«

»Ach komm, bis dahin ist deine Dissertation fertig, außerdem ist der Lake Tahoe echt und nicht aus Plastik. Ich möchte, daß du meine Familie kennenlernst.« Genau das hatte er befürchtet. Unwillkürlich stellte er sich alle wie Val vor. Das rief in ihm die unweigerliche Befürchtung wach, der Feind würde ihn mit Haut und Haaren verschlingen. Er als Kleinstadtjunge war diesen Typen hilflos ausgeliefert. »Val kennst du schon, also sind es nicht lauter Fremde.«

»Herrjeh ...« Er tat alles, um es ihr auszureden, aber sie ließ nicht locker. Sie hatte für den Sommer eine Arbeit in einem Buchladen gefunden und löcherte ihn jeden Abend, wenn sie nach Hause kam. »Können wir nicht über etwas anderes sprechen? Robert Kennedy wurde erschossen, die Politik in diesem Land stinkt zum Himmel, und dein Bruder ist in Vietnam. Müssen wir ständig von den Ferien reden?«

»Ja.« Seine Angst vor ihrer Familie war ihr unbegreiflich. In ihren Augen war die Familie Thayer völlig harmlos. »Wir werden so lange davon sprechen, bis du einverstanden bist!«

»Verdammte Scheiße!« hatte er sie angeschrien, und weil er sie wirklich liebte, hatte er hinzugefügt: »Also meinetwegen! Ich komme mit!«

»Menschenskind, war das Schwerarbeit!« Sie hatte zwei Monate gebraucht, um ihn herumzukriegen. Und als sie ihre Eltern anrief und sie vor vollendete Tatsachen stellte, war die Reaktion Staunen und Ratlosigkeit. Von Anne abgesehen, die ihre Freundin Gail mitbrachte, war Vanessa die erste, die eigens anfragte, ob sie »jemanden« einladen durfte.

»Wen denn, mein Schatz?« Faye schlug einen betont munteren Ton an, während sie an ihrem Schreibtisch bei MGM besorgt die Stirn runzelte. Es waren die üblichen Bedenken. Woher sollte man wissen, ob der Bursche anständig war und zu Vanessa paßte? Vanessa war in allem noch so naiv, ganz im Gegensatz zu Val. Vor kurzem war Faye Val zufällig begegnet, die sich in Begleitung eines Kerls befunden hatte, der so sternhagelvoll war, daß er sich ohne Hilfe nicht auf den Beinen halten konnte. Sie hatte sich fest vorgenommen, mit Val in nächster Zeit ein ernstes Wort zu reden. Seit ihrer Zeit in Rom war sie total ausgeflippt. Die Gerüchte, die Faye zu Ohren gekommen waren, wollten ihr gar nicht gefallen. Val hatte Umgang mit den unmöglichsten Leuten. Aber leider wußte sie aus Erfahrung nur zu gut, daß Val sich nicht bremsen ließ.

Jetzt aber galten ihre Überlegungen wieder Vanessa und ihrem mysteriösen Freund, den sie unbedingt mitbringen wollte. Ein Glück, daß Vans Geschmack in bezug auf Männer erfahrungsgemäß viel solider war. Sie hatte keine Ahnung, was Ward dazu sagen würde, obwohl das gemietete Haus ausreichend Platz bot. Es hatte ein Dutzend Schlafräume und war direkt am See gelegen. Eigentlich eine gute Idee, dort die ganze Familie um sich zu versammeln.

»Also, wer ist dieser junge Mann? Ist er ein Studienkollege?« Sie wollte nicht aufdringlich sein und wußte gleichzeitig, daß ihre Fragen Van wahrscheinlich sehr aufdringlich vorkamen.

»Nein, er hat sein Studium schon hinter sich. Seine Dissertation ist fertig.«

»Wie alt ist er denn?« Faye steigerte sich immer mehr hinein.

»Fünfundsechzig.« Van konnte nicht anders, sie mußte es ihrer Mutter zeigen. »Mami, bitte beruhige dich. Er ist erst fünfundzwanzig. Warum fragst du?«

»Ist er nicht ein wenig zu alt für dich?« Das sollte beiläufig klingen.

»Nicht, daß ich wüßte. Er ist ausgesprochen gut erhalten. Er tanzt, fährt Rad . . .«

»Hör auf, Witze zu reißen. Ist er seriös? Warum möchtest du ihn mitbringen? Wie stehst du zu diesem Mann?« Die Fragen kamen schneller, als Van antworten konnte. Ein Glück, daß Jason nicht zuhörte.

»Nein, es ist nichts Ernstes. Er ist ein guter Freund, mehr nicht . . .« Ich lebe nur mit ihm zusammen – ihre Mutter wäre entsetzt gewesen. »Warum stellst du diese Fragen nicht lieber Val und läßt mich gefälligst in Frieden?«

Warum immer sie? Immer schon hatte es in erster Linie sie getroffen. Die Jungen hatten immer alles gedurft, Val ließ sich ohnehin nichts sagen, und Anne kapselte sich ab und mimte die Stumme. Van argwöhnte, daß alle anderen mehr zu verbergen hatten als sie. Greg hatte in den letzten drei Jahren nichts getan, außer Mädchen nachzujagen. Kein Mensch wußte so richtig, was Val alles trieb, und Annes Blick gab einem immer wieder Rätsel auf . . ., aber darum kümmerte sich kein Mensch. Nein, man konzentrierte sich auf sie, weil sie anständig zu den Eltern war. Das fand sie unfair. Doch die nächste Frage ihrer Mutter kam so sanft, daß es ihr Herz rührte.

»Bist du verliebt in ihn?«

Vanessa zögerte. »Ich weiß nicht. Ich mag ihn sehr gern. Sicher wird er mit euch allen gut auskommen.«

»Ist er dein ständiger Begleiter?«

Vanessa mußte über diesen Ausdruck lachen, und damit war die freundschaftliche Stimmung wiederhergestellt. »Mehr oder weniger, denke ich.«

»Gut. Ich werde mit deinem Vater sprechen. Mal sehen, was er dazu sagt.«

Ward war natürlich einverstanden. Er hatte viel weniger Fragen gestellt und hatte Faye geraten, sich zu beruhigen. Er hatte leicht reden. Die Sorge um ihre fünf Kinder lastete schwer auf ihr, denn Kinder waren sie nach wie vor alle für sie.

35

Sie trafen einzeln am Lake Tahoe ein. Ward, der ein paar ruhige Tage allein mit Faye haben wollte, stellte befriedigt fest, daß das Haus noch besser war als erhofft. Es war beidseits von turmartigen Erkern flankiert, hatte ein großes Wohnzimmer und ein getäfeltes Speisezimmer mit Riesenkamin und einem Eßtisch, an dem achtzehn Personen Platz fanden. Im Oberstock gab es zwölf Schlafzimmer, für sie also mehr als genug. Das Haus war rustikal-gemütlich mit Geweihen und Zinngeschirr dekoriert, und in den Schlafräumen gab es bunte Steppdecken. Auf dem Boden lagen Bärenfelle, auf Regalen sah man indianische Handwerkskunst, also genau das, was Ward sich vorgestellt hatte. Sie bezogen das größte Schlafzimmer, an das sich ein altmodisches Bad und ein Ankleideraum anschlossen.

Am nächsten Tag saßen sie einfach da, genossen Hand in Hand die Aussicht auf den See und dachten an ihren Urlaub in der Schweiz, der nun schon ein Jahr zurücklag.

Faye war in nachdenklicher Stimmung. »Später möchte ich mich einmal an einem Ort wie diesem zur Ruhe setzen.«

»Du und Ruhe?« Ward fand es unvorstellbar. Seine schöne, lebenslustige, temperamentvolle Frau, die Gewinnerin dreier Oscars, der bedeutendste weibliche Regisseur der Welt, die Wegbereiterin mancher Neuerungen im Film wollte alles aufgeben und die nächsten vierzig Jahre beschaulich an einem See verbringen? Faye war erst achtundvierzig. Allein der Gedanke an Ruhestand war lächerlich. »Nach drei Tagen hättest du die Nase voll – wenn nicht früher.«

»Keine Rede davon. Eines Tages wirst du sehr staunen, dann nämlich, wenn ich alles aufgebe.« Sie hatte alles erreicht, was sie wollte, es waren kaum Wünsche offengeblieben. Über fünfzehn Jahre hatte sie Filme inszeniert, und das war mehr als genug.

Ward konnte sich über ihre Ernsthaftigkeit nicht genug wundern. »Du bist zu jung, um an Ruhe zu denken. Was würdest du denn tun?«

Sie lächelte, den Kopf an seinen Hals gedrückt. »Den ganzen Tag mit dir im Bett sein.«

»Hm, das hört sich gut an. Wenn das so ist, hast du meinen Segen.« Der Gedanke an die vor ihnen liegenden zwei Wochen erwärmte sein Herz. »Wirst du die vierzehn Tage mit unserer Brut aushalten können?«

Ward freute sich sehr auf die Kinder, besonders auf Lionel und Greg. Es war viele Jahre her, seitdem er sich mit seinen Söhnen im Freien getummelt hatte, und er war unbeschreiblich erleichtert, daß Lionel Vietnam bis jetzt heil überstanden hatte.

Als Lionel nach zwei Tagen mit einem Mietwagen ankam, bekam Ward feuchte Augen. Lionel kam als erster und wurde von ihm mit offenen Armen empfangen.

»Meine Güte, wie groß und braun du bist, mein Junge.« Lionel sah blendend aus und war praktisch über Nacht richtig erwachsen geworden. Er war erst zweiundzwanzig und sah fünf bis sechs Jahre alter aus. Unwillkürlich stellte Ward fest, daß er überhaupt nicht schwul wirkte. In ihm regte sich die Hoffnung, Lionel könne sich ganz geändert haben, danach fragen konnte er aber nicht. Als er später Lionel gegenüber dennoch eine entsprechende Andeutung fallenließ, lachte dieser ihn aus. Es war ein richtig freundschaftliches Gespräch. Lionel hatte sich die Achtung seines Vaters nicht zuletzt durch die Filme erworben, die er in Vietnam gemacht hatte. Ward wußte, wie gefährdet er bei diesen Dokumentaraufnahmen war.

»Nein, Dad«, beantwortete Lionel die nur angedeutete Frage. »Ich habe mich nicht geändert.« Als er Wards Verlegenheit sah, lachte er wieder. »Das funktioniert nicht so, wie du denkst. Aber seit John hat es für mich niemanden mehr gegeben, falls du das meinst.«

Seine Miene war ernst geworden. Seit Johns Tod waren eineinhalb Jahre vergangen, und er war noch immer nicht darüber hinweg. In Vietnam war es für ihn leichter, weil er dort nicht ständig an John erinnert wurde. Es war für ihn ein ganz neues Leben. Ward spürte, wie schmerzlich das alles für seinen Sohn war.

Sie verbrachten angenehme eineinhalb Tage, ehe die anderen nacheinander eintrudelten. Die ersten waren Vanessa und Jason. Sie waren von New York aus nach Reno geflogen und hatten dort einen Mietwagen genommen. Am Spätnachmittag kamen sie an. Vanessa dehnte und streckte sich nach dem Aussteigen, während Jason sich erstaunt umsah. Er war überrascht, wie schön diese Gegend war. Und als Lionel auf sie zukam, um sie zu begrüßen, hatte Jason wieder Grund, erstaunt zu sein. Er erkannte auf den ersten Blick, was mit ihm los war, und er wunderte sich, daß Van es ihm verschwiegen hatte.

»Hallo«, sagte Lionel. In seinem Blick lag Offenheit und Wärme. Eine gewisse Ähnlichkeit mit Van war nicht zu übersehen. »Ich bin Lionel Thayer.«

»Jason Stuart.«

Sie wechselten einen Händedruck und tauschten ein paar Bemerkungen über die schöne Gegend aus. Die Aussicht auf den See war atemberaubend ... Eben kamen Faye und Ward in Badekleidung vom Wasser her, er mit einer Angelrute und ohne sichtbare Beute, ein Grund für Faye, ihn kräftig aufzuziehen. In ihrem schwarzen, enganliegenden Badeanzug machte sie eine wunderbare Figur.

Jetzt konnte Jason feststellen, wer wem ähnlich sah. Lionel war Faye wie aus dem Gesicht geschnitten. Es war für ihn eine sehr eindrucksvolle Begegnung, obwohl er es Van nie eingestanden hätte. Faye war schön und intelligent, ihre Augen sprühten vor Ideenreichtum. Sie konnte die ganze Gesellschaft zum Lachen bringen, und ihre tiefe sinnliche Stimme ging einem angenehm ins Ohr. Bis spät in die Nacht saßen alle beisammen und sprachen über alles mögliche, und dabei mußte Jason zugeben, daß Faye die interessanteste Person war, die er bisher kennengelernt hatte. Sie fragte ihn über seine Dissertation aus, seine Pläne, seine Ideen, und plötzlich wurde ihm klar, wie schwierig es gewesen sein mußte, Kind dieser Mutter zu sein. Faye war so schön und klug, daß jeder sich neben ihr sicher sehr unscheinbar vorkam. Nun begriff er, warum Vanessa so still und in sich gekehrt war und ihre Zwillingsschwester so wild. Van hatte sich entschieden, den Kampf gar nicht erst aufzunehmen. Sie hatte ein eigenes Leben auf ihre ruhige Art angepeilt, während Val noch mittendrin in dem Kampf stand, den sie so führte, daß sie nie gewinnen konnte. Sie versuchte mit allen Mitteln, auffallender und schöner zu sein. Wer versuchte, Faye Thayer auf diesen Gebieten zu schlagen, konnte nur verlieren. Lionel wiederum, der auch beim Film gelandet war, verfolgte eisern seine eigenen Ideen. Jason wartete nun gespannt auf die drei Thayer-Sprößlinge, die erst eintreffen würden.

Als nächster kam Greg, der wie erwartet von seinen Lieblingsthemen nicht genug bekommen konnte: Sport, Bier und Mädchen. Es kostete Mühe, mit ihm ein Gespräch zu führen. Auffallend war für Jason vor allem Wards Reaktion auf Greg, seinen angebeteten draufgängerischen Sohn, dem er jedes Wort mit leuchtenden Augen von den Lippen ablas. Daraus ließ sich annähernd schließen, mit welchen Problemen Lionel sein Leben lang zu kämpfen gehabt hatte. Einige Male versuchte Jason mit Greg ernsthaft ins Gespräch zu kommen. Es zeigte sich sofort, daß sie einander herzlich wenig zu sagen hatten. Vor allem schien Greg momentan den Kopf voll mit anderen Dingen zu haben.

Zuletzt kam Valerie mit Anne. Sie hatte sich bereit erklärt, ihre Schwester im Auto mitzunehmen. Eigentlich hatte sie keine Lust, aus Hollywood fortzugehen, weil die Besetzung eines neuen Horrorfilms zusammengestellt wurde und sie nichts versäumen wollte.

Aber alles konnte sie beim besten Willen nicht machen, und in den nächsten Wochen wurde wieder ein Film besetzt. Horrorfilme hatten sich inzwischen zu ihrer Spezialität entwickelt. Die Hänseleien ihrer Freundinnen und Bekannten konnten sie schon lange nicht mehr erschüttern. Val war ständig beschäftigt und hatte ein regelmäßiges Einkommen.

»Los, laß den berühmten Valerie-Thayer-Schrei hören«, forderten alle sie abends auf. Lionel dämpfte vorsorglich die Beleuchtung im Wohnzimmer.

Val verfügte mittlerweile über ein ganzes Repertoire an Schreien und ließ sich nicht lange bitten. Vor dem Kamin nahm sie Aufstellung, faßte sich an die Kehle und stieß einen langgezogenen durchdringenden Schrei aus, während sie eine grausige Grimasse schnitt. Sie schien dem Erstickungstod nahe und erntete erschrockene Blicke. Sie dehnte diese Privatvorstellung aus, bis die Kräfte sie verließen und sie sich erschöpft fallen ließ.

Das begeisterte Publikum klatschte und schrie, am lautesten Jason. Er hatte mit Van und Val beim Paddeln einen sehr vergnügten Nachmittag erlebt und entwickelte sich langsam zu Vals glühendem Verehrer. Zum Beweis dafür, daß die Sympathie auf Gegenseitigkeit beruhte, hatte sie ihm auf dem Rückweg zum Haus seelenruhig einen Frosch in die Hand gedrückt, ein Scherz, auf den er mit einem erschrockenen Luftsprung reagierte und Van mit einem Aufschrei. Val zeigte sich enttäuscht darüber, daß sie sich so lächerlich benahmen. »In Rom mußte ich mit zweihundert von diesen Biestern arbeiten.«

Plötzlich mußten alle drei sehr lachen und legten den Rest der Strecke um die Wette laufend zurück. Es war wie in der Kindheit. Lionel, Greg und Ward waren angeln gegangen und brachten ein paar Forellen mit, die Faye zubereiten sollte, was sie mit dem Einwand ablehnte, diese Mahlzeit sei zur Gänze Sache der Männer.

Lionel fiel auf, daß Greg ungewohnt still war und irgendwie bedrückt wirkte, aber alles in allem hatten sie zu dritt einen schönen Tag erlebt.

Faye hatte mit Anne einen geruhsamen Nachmittag am Strand verbracht. Anne hatte es abgelehnt, mit Jason und den Zwillingen paddeln zu gehen, und zum Angeln hatte sie auch keine Lust gehabt. Faye war nicht einmal sicher, ob sie mit ihr am Wasser liegen wollte. Etwas anderes hatte Anne aber nicht vor, deswegen ließ sie sich herab, nahm ein Buch und ging mit Faye. Gail war doch nicht mitgekommen, weil sie bei dem Familientreffen nicht stören wollte. Sie war mit ihrem Vater nach San Franzisko gefahren, so daß Anne sich wieder einsam und verlassen fühlte. Nachdem Anne einen Brief geschrieben hatte, ging sie ins Haus, wahrscheinlich, um zu telefonieren. Faye hatte den Eindruck, sie befinde sich in einer Phase, in der sie es ohne Busenfreundin nicht aushielt. Es war klar, daß Anne den Familienurlaub nur als notwendiges Übel auf sich nahm. Insgesamt tat aber der gemeinsame Aufenthalt am Lake Tahoe allen sehr gut.

Nach der zweiten Woche waren sie alle erholt und braungebrannt. Ward und Jason waren Freunde geworden, die Zwillinge hatten so viel voneinander gehabt wie schon seit Jahren nicht mehr, und auch Greg war mit der Zeit nicht mehr so angespannt. Sogar Anne schien sich einigermaßen wohl zu fühlen.

Bei einem längeren Spaziergang mit Vanessa gab sie ungewollt zu erkennen, wie reif und erwachsen sie geworden war.

»Dein Freund gefällt mir«, sagte Anne zu Vanessas Verwunderung, denn sie kannte die Zurückhaltung ihrer jüngeren Schwester.

»Jason? Ja, mir auch. Er ist sehr nett.«

»Ich glaube, ihm liegt sehr viel an dir.« Beide nickten. Vanessa wußte, daß Jason sich trotz seiner Befürchtungen im Kreise ihrer Familie wohl fühlte. Er hatte ihr gestanden, er habe sich vor dem Kennenlernen wie vor einer Musterung oder einem Verhör geängstigt. Statt dessen war er in eine lockere Runde geraten, in der jeder seine eigenen Macken und Schrullen pflegte. Und er kam mit allen prächtig aus, sogar mit der kleinen Anne, die jetzt ihre große Schwester neugierig ansah. »Wirst du ihn heiraten?« fragte sie.

Vanessa wußte, daß diese Frage ihre Familie bewegte. Sie selbst wollte sich darüber keine Gedanken machen. Sie war erst neunzehn und konnte sich noch ein paar Jahre Zeit lassen.

»Darüber sprechen wir nicht.«

»Warum nicht?«

»Ich habe noch soviel vor ... das College ... einen Abschluß ... und dann möchte ich schreiben.«

»Das alles dauert doch noch Jahre.«

»Ich habe es nicht eilig.«

»Aber er vielleicht. Er ist viel älter als du. Stört dich das?« Was Vanessa wohl zu den dreiunddreißig Jahren gesagt hätte, die sie von Bill trennten? Dagegen waren die paar Jahre gar nichts, die Jason Vanessa voraushatte.

»Manchmal. Warum?«

»Ach, nur so.«

Sie setzten sich auf einen Felsblock und ließen die Beine in den Bach baumeln. Anne starrte verträumt ins Wasser, und wie so oft rätselte Vanessa, was im Kopf ihrer Schwester vorgehen mochte. Manchmal hatte Vanessa das Gefühl, sie wären nicht drei, sondern zehn Jahre auseinander und Anne wäre die Ältere, weil sie so viel erlebt und Schmerz im Übermaß erlitten hatte.

So als könne Anne Gedanken lesen, wandte sie sich an Vanessa. »An deiner Stelle würde ich ihn heiraten.« Das hörte sich sehr alt und weise an.

Vanessa lächelte. »Warum?«

»Weil du vielleicht keinem mehr begegnest, der so nett ist. Ein guter Mann wiegt alles auf.«

»Ach, meinst du?« Vanessa las etwas Undeutbares in Annes Blick. Es mußte einen Mann in Annes Leben geben, einen, der ihr sehr viel bedeutete. Anne war in ihrer Verschlossenheit sehr schwer zu durchschauen, doch spürte man, daß sie anders war als die anderen jungen Mädchen ihres Alters. Sie wandte sich jetzt ab, als hätte sie vor Vanessa etwas zu verbergen.

»Und was ist mit dir? Hast du jemanden?« Vanessa fragte es ganz beiläufig, und Anne verneinte – beinahe zu hastig.

»Nein, niemanden.«

»Wirklich nicht?«

»Wo denkst du hin!«

Van spürte, daß Anne nicht die Wahrheit sagte, aber sie mußte sich mit dieser Antwort zufriedengeben. Schließlich zogen sie ihre Turnschuhe wieder an und machten sich auf den Rückweg.

Bei nächster Gelegenheit sprach Vanessa mit Lionel darüber. Er hatte Anne seit jeher am besten gekannt.

»Ich glaube, Anne hat jemanden.«

»Wie kommst du darauf?« Seine Beziehung zu Anne hatte sich schon seit längerer Zeit gelockert, und das halbe Jahr Vietnam hatte sie einander noch mehr entfremdet.

»Ach, es ist nur so ein Gefühl. Ich könnte es gar nicht genauer definieren, aber Anne sieht so anders aus.« Mehr konnte sie darüber nicht sagen. Ihr Bruder lachte nur und sah ihr tief in die Augen.

»Und du, Schwesterchen? Wie ernst ist es dir mit diesem Jason?«

Das fehlte noch, daß alle sie vor der Abreise mit dieser Frage quälten! Vanessa lächelte schalkhaft. »Beruhige dich, Lionel. Anne hat mich übrigens dasselbe gefragt. Wenn du es genau wissen willst – ich zerbreche mir nicht den Kopf über meine Beziehung zu Jason.« Es war die reine Wahrheit. Woher hätte sie auch wissen sollen, was die Zukunft ihr bringen mochte?

»Schade. Ich finde ihn nämlich riesig nett.«

Noch immer lächelnd sah Van ihren Bruder an und gab zum ersten Mal seit Jahren dem Drang nach, ihn kräftig aufzuziehen. »Du kriegst ihn nicht. Er gehört mir.«

Er ließ ein Fingerschnalzen ertönen. »Ach, Scheiße.«

Plötzlich stand Greg hinter ihnen. »Um was geht es?« wollte er wissen.

Vanessa, die es ihm nicht sagen wollte, zog sich mit einer belanglosen Erklärung aus der Affäre und machte sich auf die Suche nach ihrem im Mittelpunkt des familiären Interesses stehenden und offenbar allgemein beliebten Freund. Sie traf ihn in Gesellschaft Vals an, die ihn unbarmherzig wegen seiner Seriosität neckte. Ward und Faye saßen indessen mit einem Glas Wein auf der Veranda, und Anne war im Haus und hing wieder am Telefon.

»Wahrscheinlich ruft sie Gail an.« Faye sagte es lächelnd zu Ward, der gleichmütig die Schultern hochzog. Alles lief tadellos. Die ganze Familie war wieder mal beisammen, und er konnte von sich sagen, daß er über seine Kinder glücklich war, obwohl sich nicht eines erwartungsgemäß entwickelt hatte. Natürlich hatte er für Lionel ganz andere Pläne gehabt und hätte Val viel lieber aufs

College geschickt, als sie Schreckensschreie ausstoßen zu hören, aber Vanessa war auf dem rechten Weg und in letzter Zeit auch Anne. Greg war derjenige, der seinem Ideal am nächsten kam, allerdings weit weniger, als Ward ahnte. Dies gestand Greg Lionel, als sie auf einem Baumstamm am Ufer saßen und den Sonnenuntergang beobachteten. Lionel wußte jetzt, was Greg die ganze Zeit über bedrückt hatte. Sein Bruder hatte nicht mehr an sich halten können und war mit der Eröffnung praktisch herausgeplatzt.

»Ich weiß gar nicht, wie ich es Dad beibringen soll . . ., daß man mich aus dem Team hinauswerfen will . . .« Er konnte nicht weitersprechen und schloß erschöpft die Augen. Lionel war auch nicht wohl zumute. Für Ward würde Gregs Rausschmiß natürlich eine große Enttäuschung bedeuten, aber das war es nicht allein. Junge Männer wie Greg sah er in Vietnam täglich als Tote mit aufgerissenem Leib und nahm sie mit surrender Kamera auf.

»Warum hast du auch solchen Scheiß gebaut?« Man hatte Greg im Frühjahr beim Haschrauchen erwischt. Daraufhin war er vorübergehend gesperrt worden. Ward hatte davon keine Ahnung. Er glaubte, Greg könne wegen einer Fußverletzung nicht spielen. Aber seine Zensuren waren so miserabel, daß er vielleicht nie wieder aufgenommen würde.

»Wenn sie wollen, können sie mich von der Uni aussperren.« In seinen Augen standen Tränen. Es tat so gut, sich richtig aussprechen zu können. Schon seit Wochen nagte dieses Problem an ihm.

Lionel faßte nach Gregs Arm und sah seinen Bruder eindringlich an. »Das darfst du nicht zulassen. Du mußt zurück und ordentlich büffeln, damit deine Zensuren besser werden. Nimm dir Nachhilfe, wenn es sein muß, tu alles . . .« Er wußte, wovon er redete, während Greg keine Ahnung hatte, was sich in Vietnam abspielte. Aber Angst hatte er trotzdem.

»Vielleicht kann ich mich irgendwie durchmogeln«, murmelte Greg kläglich.

Lionel schüttelte den Kopf. »Mach das ja nicht, du Idiot.«

Beide fühlten sich in ihre Kindheit zurückversetzt, als zwischen ihnen noch ein gewisses Vertrauensverhältnis bestand. Dann hatten sie sich auseinandergelebt, weil Lionel gespürt hatte, daß er sich von Greg unterschied. Und später, als Greg die Wahrheit erfahren hatte, war es überhaupt aus gewesen. Sonderbar, daß Greg sich mit seinen Problemen ausgerechnet Lionel anvertraute. Schon seit Tagen hatte er eine Gelegenheit gesucht, sich mit ihm auszusprechen. Jason kannte er nicht gut genug, und mit seinem Dad konnte er unmöglich über seine Probleme reden. Aber sagen mußte er es jemandem.

Lionel redete sich in Zorn. »Wenn du schwindelst, du Idiot, dann wird man dich erst recht hinauswerfen. Du mußt versuchen, es ehrlich zu schaffen. Wenn nicht, fliegst du, und die Army hat dich, ehe du weißt, was los ist. Die erste Station heißt dann Vietnam. Burschen wie dich braucht man dort – jung, gesund, kräftig und unbedarft.

»Danke.«

»Ganz im Ernst. Und wenn ich unbedarft sage, dann meine ich damit folgendes: Du bist noch nicht mit der Sorge um Frau und Kind belastet. Du siehst deine Kumpels krepieren und möchtest nichts wie raus in dem Dschungel und Charlie Kong killen. Burschen wie dich habe ich drüben haufenweise sterben sehen.« Lionel sagte es mit rauher Stimme. In wenigen Wochen würde er selbst wieder drüben sein.

Greg sah ihn mit einer gewissen Hochachtung an. Lionel hatte überlebt und war ein Mann geworden, wenn man das in seinem Fall sagen konnte. Seine homosexuelle Veranlagung war Greg noch immer nicht geheuer, doch er hatte seine Einstellung zu ihm geändert und suchte bei ihm Trost und Rat. Er wußte, daß Lionel mit seiner Einschätzung der Lage recht hatte, und das steigerte seine Angst noch beträchtlich.

»Ich muß wieder ins Team kommen«, versuchte er sich Mut zu machen.

»Sieh lieber zu, daß deine Noten besser werden, damit man dich nicht aus der Uni rauswirft.«

»Ja, ich werd's versuchen, verlaß dich darauf.«

»Gut.« Lionel fuhr Greg durchs Haar, und beide lächelten, als Greg seinem Bruder den Arm um die Schultern legte. Unwillkürlich wurden dabei Erinnerungen an gemeinsame Ferien im Sommerlager wach.

»Damals habe ich dich gehaßt«, gestand Greg. »Und Val und Van haßte ich auch.« Er lachte laut. »Ich glaube, ich haßte alle aus lauter Eifersucht. Viel lieber wäre ich ein Einzelkind gewesen.«

»In gewisser Weise warst du es. Du hast Dad immer am nächsten gestanden.« Greg nickte dazu. »Mir war das damals noch nicht bewußt.« Greg fand es phantastisch, daß Lionel die Sache mit philosophischer Gelassenheit sah. In den letzten Jahren war ihm diese enge Bindung an Ward selbst richtig peinlich gewesen, deswegen war er jetzt bedacht, das Thema zu wechseln.

»Wenigstens habe ich Anne nie gehaßt«, sagte er.

Lionel lächelte. »Das hat niemand von uns. Sie war viel zu klein.«

Aber jetzt war sie nicht mehr klein. Sie war fast erwachsen und hatte eben nach einem Gespräch mit Bill den Hörer aufgelegt. Für sie war die Trennung eine Qual, deswegen rief sie ihn per R-Gespräch täglich einige Male an. Alle bemerkten es, waren aber der Meinung, sie telefoniere mit Gail. Nur Vanessa hielt an ihrer Version fest, Anne habe einen Freund. Sie behielt diese Vermutung für sich und bedauerte nur, daß es keine Möglichkeit gab, hinter dieses Rätsel zu kommen.

Insgesamt war es ein wunderbarer Urlaub. Am letzten Tag begab Valerie sich in Türnähe auf die Lauer, um Jason und Van in flagranti zu erwischen. Nacht für Nacht hatte sie Vanessa über den Flur zu Jasons Zimmer tappen hören. Als sie jetzt Schritte hörte, wartete sie eine Weile, um dann zu Jasons Tür zu schleichen und anzuklopfen. Ein Kichern, ein Keuchen und dann Jasons Bariton, der »Herein« rief. Sie trat ein und näherte sich ihm mit nicht mißzuverstehenden amourösen Absichten. Während Jason sie verblüfft anstarrte, sprang sie mit einem Satz aufs Bett und gefährdete damit ihre Zwillingsschwester, die mit einem lauten Aufschrei reagierte. Und schlagartig wußten sie, daß alles nur ein Spaß sein sollte. Bis tief in die Nacht hockten sie beisammen und lachten und plauderten. Schließlich stöberten sie auch

Lionel und Greg auf. Gemeinsam ging es hinunter in die Küche, wo sie sich über den Kühlschrank hermachten und Bier tranken. Es war der perfekte Abschluß eines perfekten Urlaubs, und als jeder am nächsten Tag seiner Wege ging, nahm er die Erinnerung an die gemeinsam verbrachten schönen Tage mit.

36

Zu ihrer eigenen großen Verwunderung gelang es Vanessa, Jason zu zwei Tagen Los Angeles zu überreden. Da er ihre Familie schon kannte, hatte er nichts mehr zu befürchten und bekundete lebhaftes Interesse für die Stadt, von der er eine so schlechte Meinung gehabt hatte. Valerie sorgte dafür, daß die Zeit richtig genutzt wurde. Sie zeigte ihm alles, jedes Studio, jede Party, jedes »In«-Restaurant, jeden in Arbeit befindlichen Film. In ihrem ganzen Leben hatte Vanessa nicht soviel von Hollywood gesehen wie in diesen zwei Tagen.

Faye und Ward waren wieder einmal dabei, die Finanzierung eines neuen Films zusammenzustellen, und Anne nahm ihr gewohntes Leben auf. Lionel flog über Hawaii und Guam nach Vietnam zurück, während Jason und Vanessa nach anstrengenden zwei Tagen nach New York zurückkehrten. Für jeden begann wieder der Alltag.

Vanessa begann am Barnard ihre zweites Studienjahr, und Greg ging für sein letztes Jahr nach Alabama. Für ihn sollte das Jahr nicht lange dauern. Kaum zurück, erfuhr er, daß er nicht wieder fürs Team aufgestellt worden war. In den zwei volltrunkenen Wochen, in denen er sich von diesem Schlag erholen mußte, versäumte er zwei wichtige Prüfungen, die er eigentlich schon im Semester zuvor hätte ablegen sollen. Mitte Oktober wurde er vor den Dekan zitiert und erhielt die »Aufforderung zum Verlassen der Universität«. Allen tat es aufrichtig leid, daß es einen so prächtigen Jungen treffen mußte. Man riet ihm, nach Hause zu gehen und sich die Sache für den Rest des Jahres zu überlegen. Wenn er es dann noch einmal versuchen wollte, würde man ihn gern wieder aufnehmen. Sechs Wochen später, nachdem er mit hängendem Kopf nach Hause gekommen war und gesehen hatte, wie sehr sich Ward den Rausschmiß zu Herzen nahm, hatte die Army für ihn eine andere Einladung bereit. Er bekam seine Einberufung, die mit Sicherheit Einsatz in Vietnam bedeutete.

Den ganzen Nachmittag hockte er wie erstarrt da und hatte sich auch noch nicht gefangen, als Anne kam. Nach dem Unterricht machte sie die Hausaufgaben bei Gail und wurde dann von Bill nach Hause gefahren. Damit gewannen sie ein paar kostbare Minuten, die allein ihnen gehörten. Es war eine Routine, mit der sie fest rechnete. Für gewöhnlich traf sie zu Hause ohnehin nur ein Hausmädchen an. Seit Greg wieder da war, hatte sich das geändert.

Sie kam ins Haus und sah ihn mit einer Grabesmiene dasitzen. Überrascht hielt sie inne und blickte ihn an. Sie war hochgewachsen, bildhübsch und sehr erwachsen, aber dafür hatte Greg jetzt keinen Blick. Er schaute sie an, ohne sie bewußt wahrzunehmen.

»Was ist los, Greg?« Sie waren einander immer fremd gewesen, aber jetzt tat er Anne leid, weil er seinen Studienplatz verloren hatte. Sie wußte, wieviel das Footballteam für ihn bedeutete. Seit seiner Rückkehr war er bedrückt, und heute stand es besonders schlecht um ihn. Es mußte etwas passiert sein.

Mit Augen voller Angst sah er zu ihr auf. »Meine Einberufung ist da.«

»O nein ...« Sie ließ sich ihm gegenüber nieder. Ihr war klar, was das bedeutete. Schlimm genug, daß Lionel in Vietnam war. Die beiden saßen noch immer da und besprachen die Sache, als Ward und Faye in bester Stimmung und früher als gewöhnlich nach Hause kamen. Im Studio lief alles glatt, Finanzierung und Besetzung des Films nahmen langsam Gestalt an.

Ward spürte sofort, daß etwas nicht stimmte, und hielt mitten in der Bewegung inne. Er fürchtete eine schlechte Nachricht von Lionel.

»Schlechte Nachrichten?« Er wollte es rasch hinter sich bringen.

Greg nickte. »Ja.« Wortlos reichte er ihm den Brief, und Ward sank in einen Sessel und gab den Brief Faye, nachdem er einen Blick darauf geworfen hatte. Sie konnten Lionels endgültige Rückkehr kaum erwarten, und jetzt sollte mit Greg alles wieder von vorn anfangen. Das war nicht fair.

Faye sah Ward erschrocken an. »Gibt es dagegen kein Gesetz?«

Ward schüttelte den Kopf. Sein Blick ruhte auf Greg. In drei Tagen würde er sich stellen müssen. Man verlor nicht viel Zeit. Es war der 1. Dezember. Wieder erwog er den Ausweg mit Kanada. Aber das wäre nicht richtig gewesen, während Lionel drüben war. Es hätte ausgesehen, als wäre Lionel gut genug, um sein Leben in Vietnam aufs Spiel zu setzen, nicht aber Greg. Es war klar, daß auch Greg seiner Verpflichtung nachkommen mußte.

Greg meldete sich befehlsgemäß am 4. Dezember in Fort Ord und wurde für die sechswöchige Grundausbildung nach Fort Benning, Georgia, verlegt. Nicht einmal für den Weihnachtsabend bekam er Urlaub. Es wurde ein sehr trauriges Fest. Val war mit Freunden nach Mexiko gefahren, Vanessa war mit Jason doch nach New Hampshire gegangen, Lionel war in Vietnam, und Anne hielt es zu Hause kaum aus. Sie hatte mit Bill dasselbe Abkommen getroffen wie im Vorjahr. In wenigen Wochen konnte sie ihren siebzehnten Geburtstag feiern. Nur noch ein Jahr Wartezeit, trösteten sie einander ständig.

Greg wurde am 28. Januar direkt nach Saigon verlegt, von dort auf den Luftwaffenstützpunkt Bien Hoa nördlich von Saigon. Eine Chance, mit Lionel zusammenzukommen, dessen Dienstzeit hier in drei Wochen beendet war, ergab sich nicht. Lionel würde anschließend nach Deutschland versetzt werden. Er konnte es kaum erwarten. Von diesem stinkenden Krieg hatte er für sein Leben lang die Nase voll ... falls er überlebte. Am Tag vor ihrem Heimtransport hatte es hier jedesmal verdammt viele erwischt. Aufatmen konnte man erst, wenn die Maschine sicher in Los Angeles gelandet war, eher nicht. Da er wußte, daß Greg in Vietnam war, versuchte er Kontakt mit ihm aufzunehmen, umsonst, wie sich zeigen sollte. Man hatte keine Zeit verloren und die Rekruten am Tag ihrer Ankunft sofort ins Kampfgebiet geschickt. Ein Höllenempfang in Vietnam.

Greg sollte genau zwei Wochen dort bleiben. Am 13. Februar startete das Erste Armeekorps verschiedene Aktionen und Raketenangriffe gegen die Vietkong. Zwei Dörfer wurden zerstört und tagelang Gefangene gemacht. Greg bekam einen Vorgeschmack von Blut, Tod und Sieg. Ein Kamerad, mit dem er sich auf dem Luftwaffenstützpunkt angefreundet hatte, bekam einen Bauchschuß. Es hieß, er würde davonkommen. Dutzende andere fielen, und sieben verschwanden spurlos, was als besonders schrecklich empfunden wurde. Greg hatte Gelegenheit, zwei alte Frauen und einen Hund zu erschießen, für ihn ein beklemmendes und gleichzeitig aufputschendes Erlebnis, ähnlich einem Lauf über die Goal-Linie mit dem Ball in den Armen.

Und dann wurde Greg um fünf Uhr morgens, während der Dschungel knisternd zum Leben erwachte und die Vögel kreischten und zwitscherten, mit einer Abteilung vorausgeschickt. Er trat auf eine Mine. Nicht einmal ein Leichnam blieb, den man hätte überführen können. Er löste sich vor den Augen seiner entsetzten Kameraden in einer Blutfontäne auf. Als sie blutbespritzt ins Camp zurückkamen, kaum imstande, sich auf den Beinen zu halten, trugen sie, was von Greg geblieben war. Zwei waren schwer verwundet, alle hatten einen Schock erlitten.

Lionel erfuhr es noch am gleichen Tag. Er saß da und starrte verständnislos die Worte auf dem Papier an, das ihm jemand gegeben hatte. Beileid. Gregory Ward Thayer von einer Mine zerrissen. Im Einsatz gefallen. Und dann der Name seines Vorgesetzten. Lionel lief es kalt über den Rücken, so wie damals, als er vor der ausgebrannten Wohnung in Johns Gesicht geblickt hatte und die Feuerwehr hatte kommen hören. Er hatte Greg nicht so geliebt wie John. So innig würde er niemals wieder lieben können. Aber Greg war sein Bruder, und jetzt war er tot. Er spürte einen schmerzhaften Stich. Wie es seinen Vater treffen würde, daran durfte er gar nicht denken.

»Verfluchte Schweinerei!« Er stand vor seinem Hotel und schrie diese Worte heraus, dann lehnte er sich an die Wand

und weinte, bis jemand kam und ihn mitnahm. Er galt trotz
seiner Veranlagung, die nicht verborgen geblieben war, als netter Kerl, der niemanden belästigte. Jetzt tat er allen leid. Man
wußte, daß es seinen Bruder erwischt hatte. Jemand hatte das
Telegramm aus den vordersten Linien gelesen, und eine Neuigkeit machte in Saigon rasch die Runde. Alle wußten immer alles.
Zwei Kameraden blieben die ganze Nacht über bei ihm und sahen zu, wie er sich vollaufen ließ und wie er heulte. Am nächsten
Morgen schafften sie ihn zu seiner Maschine. Er hatte ein Jahr
Vietnam überlebt und über vierhundert Filmberichte gedreht,
die in den Staaten sowie in den Nachrichtensendungen der ganzen Welt gezeigt worden waren. Und sein Bruder hatte es nur
neunzehn Tage geschafft. Das war nicht fair. Aber was war hier
schon fair – die Ratten, die Seuchen, die verwundeten Kinder,
deren Schreie man immer im Ohr hatte?

Lionel hatte den Schock noch nicht überwunden, als er in Los
Angeles von Bord ging. Er würde seinen Bruder niemals wiedersehen. Vor seinem Einsatz in Deutschland hatte er drei Wochen Urlaub. Später sollte er sich erinnern, daß ihn jemand nach
Hause gefahren hatte. Er fühlte sich wie nach Johns Tod, und der
lag erst zwei Jahre zurück, sechsundzwanzig Monate, um genau
zu sein. Jetzt erlebte er dasselbe schreckliche Gefühl totaler Er-
starrung.

Er mußte klingeln, weil er keinen Schlüssel mehr besaß. Sein
Vater öffnete und starrte ihn wortlos an. Die Nachricht war am
Abend zuvor gekommen. Alle waren da, ausgenommen Vanessa,
die am Nachmittag erwartet wurde.

Eine Beisetzung würde es nicht geben, weil es keine sterblichen
Überreste gab. Außer den verdammten Telegrammen gab es gar
nichts. Lionel stand da und sah seinen Vater an, der dumpf aufstöhnte. Sie fielen einander in die Arme, teils aus Erleichterung,
weil Lionel noch am Leben war, teils aus Kummer über Gregs
Tod.

Dann führte Ward ihn hinein. Sie weinten sehr lange. Lionel
hielt seinen Vater wie ein kleines Kind in den Armen. Ward trau-
erte um den Jungen, den er so sehr geliebt hatte, um den Sohn,

auf den er alle Hoffnungen gesetzt hatte, um einen Footballstar. Greg war tot. Es war nichts von ihm geblieben, nichts, was man nach Hause hätte bringen können. Ihnen waren nur die Erinnerungen geblieben.

In den nächsten Tagen bewegten sich alle steif wie hölzerne Puppen. Lionel nahm vage zur Kenntnis, daß Van da war, auch Val und Anne ... aber kein Greg. Es würde nie wieder einen Greg geben. Jetzt waren sie nur mehr zu viert.

Der Gedächtnisgottesdienst wurde in der First Presbyterian Church abgehalten. Alle Lehrer Gregs aus der High School nahmen daran teil. Ward war voller Verbitterung. Wenn diese Schweinehunde in Alabama ihn nicht aus dem Team geworfen oder ihn zumindest an der Uni gelassen hätten, wäre Greg noch am Leben. Aber dieser Haß führte zu nichts. Greg war selbst schuld gewesen an seinem Rausschmiß. Aber wessen Schuld war es, daß er gefallen war? Jemand mußte verantwortlich dafür sein, oder etwa nicht?

Die Stimme des Predigers dröhnte eintönig dahin, nannte Gregs Namen, und alles schien ganz unwirklich. Nachher standen sie alle vor der Kirche und schüttelten ungezählte Hände. Unfaßbar, daß Greg tot war und daß sie ihn nie wiedersehen würden. Wards Blick blieb immer wieder an Lionel hängen, so als müsse er sich vergewissern, daß er da war. Mit Blicken, die Ähnliches ausdrückten, sahen ihn die Mädchen an. Es würde nie wieder so sein wie früher. Einer von ihnen war dahin. Für alle Ewigkeit.

37

Einige Tage nach dem Gedächtnisgottesdienst flog Vanessa wieder nach New York, und Val kehrte in ihre Wohngemeinschaft zurück. Lionel war nun die meiste Zeit allein im Haus. Seine Eltern hatten zu tun, und Anne ging zur Schule. Immer wieder schien ihn Gregs Zimmer magnetisch anzuziehen. Er entsann sich der Zeit, als Greg und John Freunde gewesen waren, und jetzt waren beide tot ... und irgendwo wieder vereint. Das alles war so ungerecht. Am liebsten hätte Lionel ununterbrochen laut geschrien.

Nur um hinauszukommen, setzte er sich einige Male ins Auto und fuhr ins Blaue. Sein alter Mustang stand noch in der Garage. Er hatte ihn hiergelassen, als er nach Vietnam ging. Auch Gregs Wagen war noch da, aber den benutzte er nicht. Er war für ihn unantastbar. Allein der Anblick schmerzte.

Eines Nachmittags war er wieder mit seinem Mustang unterwegs. Bis zu seiner Verlegung nach Deutschland war noch eine Woche Zeit. Auf dem Rückweg bekam er Lust auf einen Hamburger, seit Wochen das erste Mal, daß er so etwas wie Heißhunger verspürte. Als er vor einem Imbißlokal anhielt, fiel sein Blick im Vorübergehen auf einen grauen Rolls, der ihm irgendwie bekannt vorkam. Eine Belanglosigkeit, die ihn nicht weiter interessierte. Er setzte sich an die Theke und bestellte einen Hamburger und eine Coke. Zufällig sah er zur Spiegelwand vor sich und fuhr ruckartig auf. Hinter ihm hatte sich Anne mit einem um vieles älteren Mann an einen der Tische gesetzt. Die beiden hielten sich an den Händen und hatten sich eben geküßt. Anne trank einen Milch-Shake, und es sah aus, als hätte der Mann sie deswegen geneckt. Sie lachten, und dann sah er, daß sie sich wieder küßten.

Lionel war fassungslos. Der Mann hätte Annes Vater sein können. Sich umzudrehen, wagte er nicht, obwohl er gern Genaueres gesehen hätte. Da fiel ihm schlagartig ein, wer der Mann war. Der Vater von Annes Freundin ... wie hieß sie doch gleich? Sally? Jane? Nein ... Gail!

Im Hinausgehen legte der Mann einen Arm um Anne, und draußen im Wagen küßten sie sich wieder. Sie fuhren los, und Lionel saß da und konnte es noch immer nicht fassen. Sein Hunger war ihm vergangen, sein Hamburger vergessen. Er legte das Geld auf die Theke und fuhr auf schnellstem Weg nach Hause.

Als er ankam, war Anne schon oben auf ihrem Zimmer, die Tür war geschlossen. Faye und Ward waren auch eben erst gekommen. Daß Lionel aussah wie ein Gespenst, fiel zunächst niemandem auf. Alle waren mitgenommen. Die Trauer um Greg hatte viel Kraft gekostet. Ward fühlte sich seither wie ein alter Mann und sah auch so aus. Mit zweiundfünfzig war er seiner größten Hoffnung beraubt worden. Auch Faye wirkte bleich und abgehärmt. Aber Lionel sah heute noch elender aus als die beiden, und das bemerkten seine Eltern schließlich doch. Er kämpfte noch immer mit sich, ob er ihnen von seiner Beobachtung berichten sollte, weil sie ohnehin genug andere Sorgen hatten, andererseits wollte er verhindern, daß Anne wieder in ihr Unglück lief. Ihr Abenteuer in San Franzisko hatte allen gereicht.

»Ist etwas nicht in Ordnung?« fragte Faye behutsam, als Lionel sich mit einem tiefen Seufzer niederließ. In letzter Zeit war überhaupt nichts in Ordnung. Ward sah ihn so verzweifelt an, daß Lionel entschied, lieber gar nichts zu sagen. Er wollte zuerst mit Anne sprechen. Was aber, wenn sie wieder davonlief? Und diesmal würde er keine Zeit für eine ausgedehnte Suche haben.

Kurz entschlossen stand er auf und machte die Tür zu. Und als er sich umdrehte und seine Eltern ansah, lasen sie in seiner Miene, daß etwas passiert war.

»Was ist denn?« Faye fürchtete sofort das Schlimmste. War jemand verletzt? Vanessa in New York? Val während der Dreharbeiten? Oder gar Anne?

Er kam sofort zur Sache. »Es geht um Anne. Heute habe ich sie beobachtet, ganz zufällig ... mit jemandem ...« Allein der Gedanke verursachte ihm Übelkeit. Der Kerl war älter als Ward. Wenn man sich vorstellte, was er ihr womöglich angetan hatte ...

»Mit Gail?« Fayes Unruhe wuchs. Sie hatten diese Freundschaft einfach geduldet. Gail und ihr Vater waren ihnen so reizend vorgekommen, und außerdem gingen die Mädchen gemeinsam zur Schule. Lionels nächste Worte ließen sie zur Salzsäule erstarren.

»Nicht mit Gail, sondern mit ihrem Vater. Sie waren zusammen in einem Lokal, händchenhaltend. Und sie haben sich geküßt.«

Ward machte ein Gesicht wie nach einem Tiefschlag. Er war

nicht mehr in der Verfassung, viel auszuhalten. Faye starrte Lionel ungläubig an.

»Unmöglich! Bist du sicher, daß es Anne war?« Auf Lionels Nicken hin fragte sie verzweifelt: »Wie ist das nur möglich?«

»Das solltest du lieber Anne fragen!«

Fayes Herzschlag drohte auszusetzen, als sie an die vielen Male dachte, die Anne mit ihrer Erlaubnis bei den Steins geblieben war. Wenn nun Gail nicht immer zu Hause gewesen war? Oder, schlimmer noch, wenn sie dagewesen war und dieser Mann womöglich perverse Neigungen hatte ... Faye brach in Tränen aus. Sie hatte mit Anne schon zuviel durchgemacht. Und jetzt diese Sache ... wer konnte wissen, was sie mit diesem Menschen getrieben hatte. Sie sprang entschlossen auf. »Ich hole Anne herunter.« Ward hielt sie zurück. »Vielleicht sollten wir uns erst beruhigen. Das alles könnte ein Irrtum sein. Vielleicht hat Lionel mißverstanden, was er sah.« Er sah seinen Sohn nur Entschuldigung heischend an, denn er wollte nicht, daß es stimmte. Noch eine Tragödie konnte er jetzt nicht verkraften, und das Kind hatte sich wieder womöglich Gott weiß was eingehandelt. Anne war jetzt mit siebzehn Jahren noch schwerer zu überwachen als mit vierzehn. Schon damals hatten sie es nicht geschafft.

Faye blieb unerbittlich. »Nein, ich glaube, wir sollten sofort mit ihr sprechen.«

»Gut. Dann rede mit ihr, aber komm ihr nicht gleich mit Anschuldigungen.«

Von den besten Absichten bewegt, klopfte Faye an Annes Tür, doch ein Blick in das Gesicht ihrer Mutter genügte, um Anne zu zeigen, daß der Blitz eingeschlagen hatte. Wortlos folgte sie ihrer Mutter hinunter. Lionels Miene sorgte für eine weitere böse Überraschung.

»Hallo, Lionel«, sagte sie kleinlaut.

Die Stimmung war am Nullpunkt, das spürte sie. Lionel nickte ihr nur knapp zu, und Ward kam ohne Umschweife zur Sache.

»Anne, wir wollen nicht drumherum reden, und kein Mensch möchte dich beschuldigen, aber wir möchten wissen, was bei den Steins vorgeht. Zu deinem Besten, versteht sich.«

Die Vorahnung drohenden Unheils senkte sich auf Anne, aber einschüchtern ließ sie sich nicht. Sie sah alle reihum an. Daß Lionel sie verraten würde, falls er sie gesehen hatte, konnte sie nicht glauben, aber sie irrte sich. Er hatte sie verraten. Hinterher redete sie sich ein, daß sie ihm das nie verzeihen würde.

»Dein Bruder ist der Meinung, er habe dich heute gesehen. Mag sein, daß er sich irrt. Vielleicht warst du gar nicht in diesem Restaurant«, fing Ward vorsichtig an. Er hoffte inständig, alles sei nur ein Irrtum, damit er sich mit der Sache nicht weiter auseinandersetzen und schließlich nicht einen Mann seines Alters der Verführung einer Minderjährigen bezichtigen mußte, denn darauf lief es letztendlich hinaus.

»Es war eine Hamburger-Kneipe.« Und zu Lionel gewandt: »Wo genau?« Lionel nannte die Adresse, und Anne blieb fast das Herz stehen. »Der springende Punkt dabei ist folgender: Er sagt, er habe dich mit einem Mann gesehen.«

»Ach, hat er das? Gails Vater hat mich auf dem Heimweg auf einen Milch-Shake eingeladen.« Mit zornfunkelnden Augen wandte sie sich an Lionel. Sie war wunderschön, kein Kind mehr, sondern ganz Frau. Lionel war es schon bei der zufälligen Begegnung am Nachmittag aufgefallen. Damit war das ganze letzte Jahr erklärt, warum sie sich so gut in der neuen Schule eingelebt hatte und warum sie so selten zu Hause war. »Du hast eine dreckige Phantasie«, schleuderte sie ihm entgegen.

»Du hast ihn geküßt!«

Haßerfüllt blickte sie ihren Bruder an, der ihr einmal das Leben gerettet hatte. »Na und? Ich bin wenigstens nicht schwul!« Das war eine Gemeinheit, doch das kümmerte ihn nicht. Wortlos packte er ihre Arme und hielt sie fest.

»Er ist dreißig Jahre älter als du.«

»Dreiunddreißig, wenn du es genau wissen willst.« In ihren Augen loderte es. Zum Teufel mit der ganzen Familie. Sie konnten ihr nichts mehr anhaben es war zu spät. Sie gehörte jetzt zu Bill. Für immer. Entschlossen wandte sie sich an alle: »Was ihr denkt, ist mir scheißegal. Keiner von euch war jemals richtig nett zu mir.« Mit einem von kurzem Zögern begleiteten Blick

430

auf Lionel fügte sie hinzu: »Du ausgenommen, aber das ist lange her. Aber ihr«, sie starrte ihre Eltern haßerfüllt an, »ihr wart nie für mich da. Bill war in den letzten zwei Jahren mehr für mich als ihr in meinem ganzen Leben, ihr mit euren Filmen und Geschäften, mit eurer ewigen Romanze und euren vielen Bekannten. Ihr wißt nicht einmal, wer ich bin, und ich wußte es auch nicht. Erst seit ich Bill und Gail kenne, weiß ich es.«

»Ist es ein Verhältnis zu dritt?« Vor seinen entsetzten Eltern holte Lionel zum Gegenschlag aus.

»Nein, ist es nicht. Gail hat keine Ahnung.«

»Gott sei Dank. Anne, du bist wirklich naiv. Für einen alternden Mann das Nymphchen zu spielen!«

In San Franzisko hatte es damals auch einen älteren Mann gegeben. Anne konnte sich noch vage an ihn erinnern. Aber ihre Beziehung zu Bill war ganz anders. Sie wollte ihren Bruder schlagen und holte gegen ihn aus, doch er packte sie wieder.

Faye und Ward waren aufgesprungen. »Aufhören! Das ist ja gräßlich! Um Himmels willen, hört auf!«

»Was soll jetzt aus ihr werden?« Lionel wandte sich aufgebracht an seine Mutter. Anne hatte es wieder fertiggebracht, ihr Leben zu vermasseln. Warum nur? Aber Anne blieb eisern.

»Ihr könnt mich alle! In zehn Monaten bin ich endlich achtzehn, und dann könnt ihr gar nichts mehr machen. Jetzt könnt ihr mir noch verbieten, daß ich ihn sehe. Aber merkt euch eines: In zehn Monaten werde ich ihn heiraten.«

»Du hast den Verstand verloren, wenn du glaubst, er würde dich heiraten. Für ihn taugst du nur zu einem Zweck.« Sonderbar, Lionel tat es richtig gut, sie anzubrüllen. Er hatte das Gefühl, endlich gegen das Schicksal anzubrüllen, das Greg und John getötet hatte. Auf diese Weise konnte er sich wenigstens etwas Luft machen, und außerdem war er wirklich wütend auf Anne.

»Da kennst du Bill Stein aber schlecht.« Anne sagte es ganz ruhig und bestimmt. Faye, die ihre Tochter nicht aus den Augen ließ, bekam plötzlich Angst. Anne war es ernst mit diesem Mann.

Unwillkürlich entfuhr ihr die Frage: »Du bist doch nicht etwa wieder schwanger?«

Ein haßerfüllter Blick traf sie. »Nein, bin ich nicht. Diese Lektion habe ich gründlich gelernt. Auf die harte Tour.« Das war nicht zu bestreiten.

Jetzt war Ward an der Reihe, seiner Tochter Vorhaltungen zu machen. »Eines muß dir klarsein: Weder in zehn Monaten noch in zehn Jahren wirst du diesen Mann heiraten. Ich werde meinen Anwalt einschalten und dann die Polizei. Ich werde den Kerl anzeigen.«

»Anzeigen? Warum? Weil er mich liebt?« In ihrem Blick lag Verachtung. Sie hatte für ihre Eltern keinen Funken Respekt mehr übrig. Sie hatten für sie nie etwas getan, weil sie ihnen nichts bedeutete. Und jetzt waren sie aufgebracht, weil jemand sie liebte.

Ihr Vater wurde deutlicher. »Intime Beziehungen zu einem minderjährigen Mädchen sind strafbar«, sagte er eiskalt. »Dafür kommt er hinter Gitter.«

»Ich werde zu seinen Gunsten aussagen«, erwiderte Anne äußerlich ruhig, innerlich aber von Angst geschüttelt.

»Das ändert gar nichts.«

Jetzt hatte die Angst sie voll im Griff. Wenn ihr Vater recht hatte? Warum hatte Bill ihr nichts davon gesagt? Sie mußte ihn schützen.

»Mach mit mir, was du willst, aber tu ihm nichts«, stieß sie verzweifelt hervor.

Diese Worte trafen Faye wie Hammerschläge. Anne liebte diesen Mann über alles und opferte sich für ihn. Das war erschreckend. Vielleicht sahen sie die Sache in einem falschen Licht? Nein, unmöglich. Der Mann hatte Anne mißbraucht. Mit einem Blick zu Ward schlug sie vor: »Warum sprechen wir nicht erst mit ihm und hören, was er zu sagen hat? Man könnte vielleicht von einer Anzeige absehen, wenn er verspricht, sie nie mehr wiederzusehen.«

Ward ließ sich nur schwer überzeugen, aber Faye schaffte es. Sie brachten Anne dazu, Bill anzurufen und ihn aufzufordern, sofort zu kommen. Anne mußte ihm den Grund sagen. Bill hörte sie weinen.

Als er das Haus der Thayers betrat, sah er sich einem selbst-
ernannten Gericht gegenüber. Ward, der ihm öffnete, mußte
sich sehr zurückhalten, ihn nicht tätlich anzugreifen. Und Lionel
stand neben ihm. Bill erkannte sämtliche Personen der Handlung, einschließlich Faye. Die hysterisch schluchzende Anne saß
am anderen Ende des Raumes. Sofort ging er zu ihr, strich ihr
übers Haar, trocknete ihre Tränen und wurde dann erst gewahr,
daß ihn alle anstarrten.

Entschuldigungen konnte er sich sparen. Er gab alles zu und
versicherte Ward seines vollsten Verständnisses, schließlich hatte
er selbst eine Tochter in diesem Alter. Er versuchte aber auch, ihnen einiges über Anne zu sagen, über ihre Einsamkeit, über das
Kind, das sie aufgegeben hatte, ihre Schuldgefühle wegen ihres
Lebens in der Sekte. Er machte ihnen klar, daß ihre ersten Erinnerungen an die scheinbare Gleichgültigkeit ihrer Eltern bis in
die früheste Kindheit zurückreichten und sie sich ihr Leben lang
zurückgestoßen gefühlt hatte.

Er versuchte nichts zu entschuldigen, erklärte ihnen aber, wer
Anne Thayer eigentlich war. Ihre Eltern saßen da und mußten
zur Kenntnis nehmen, daß ihre Tochter ihnen fremd gewesen
war. Und dieses fremde Kind, das seine Familie ablehnte, hatte
Bill Stein gefunden und setzte auf ihn. Und Bill in seiner Einsamkeit hatte sie angenommen. Richtig war es vielleicht nicht gewesen, wie er jetzt eingestand, doch er meinte es ehrlich mit ihr. Es
war genau das, was Anne gesagt hatte, nur drückte er sich gewandter aus.

In zehn Monaten wolle er sie heiraten, mit oder ohne ihre oder
Gails Billigung. Natürlich zöge er es vor, sie mit dem Einverständnis der Familie zu heiraten, wenn möglich auch früher. Sie
könne weiter zur Schule gehen, sie könne machen, was ihr be-
liebe, aber bis zu ihrem achtzehnten Geburtstag werde er auf sie
warten, auch wenn man ihm jetzt jeden Kontakt mit ihr verbiete.

Während er all dies ruhig vorbrachte, saß Anne da und strahlte
ihn an. Bill hatte sie nicht im Stich gelassen. Sie war jetzt gewillt,
für ihn alles aufs Spiel zu setzen. Er hatte sie nicht enttäuscht.

Ihre Familie war schockiert, besonders Ward, der diesen unauffälligen Mann anstarrte, ohne zu begreifen, was seine Tochter an ihm fand. Bill war weder jung noch besonders gutaussehend oder charmant. Er wirkte auf den ersten Blick ziemlich banal und durchschnittlich. Und doch hatte er seinem Kind etwas geboten, das er ihm nicht hatte geben können. Anne war mit Bill sehr glücklich, ob die Eltern es wahrhaben wollten oder nicht. Sie saß da und sonnte sich in seiner Liebe. Es kümmerte beide wenig, was das nächste Jahr ihnen bringen mochte. Sie waren gewillt zu warten und hatten für die Zeit danach eigene Pläne.

Und plötzlich waren auch Ward und Faye überzeugt: gegen diese Liebe kamen sie nicht auf, mochte die Beziehung sich mit der Zeit auch als Fehler erweisen, mochte der Altersunterschied zu groß und Anne zu naiv sein. Nachdem Bill gegangen war und sie Anne noch tüchtig die Leviten gelesen hatten, sprachen Faye und Ward sich im Schlafzimmer aus. Sie wußten nicht recht, was von Bill Stein zu halten war. Anne hatten sie gesagt, sie wollten sich die Sache mit der Anzeige noch überlegen.

Bill war nach Hause gefahren, um mit Gail über seine Liebe zu Anne zu reden. Er sei für die Thayers jederzeit erreichbar, hatte er ihnen versichert, obwohl er nicht das Gefühl hatte, sich vor ihnen noch rechtfertigen zu müssen. Es war nach einer fast zwei Jahre dauernden Liebesbeziehung nicht mehr angebracht. Er hatte Anne nicht mißbraucht. Sie war fast achtzehn, deswegen kam ihnen selbst das Verhältnis nicht mehr so ungewöhnlich vor. Jetzt befürchtete er nur, Gail würde entsetzt sein. Blieb nur die Hoffnung, sie würde mit der Zeit darüber hinwegkommen. Schließlich ging es um Bills und Annes Leben. Das hatten sie allen deutlich zu verstehen gegeben.

»Was hältst du von der Sache?« Faye hatte sich aufs Bett gesetzt und sah Ward fragend an.

»Anne ist sehr töricht.« Er konnte noch immer nicht begreifen, was seine Tochter in diesem Menschen sah. Sie war doch erst siebzehn. Einfach erschreckend.

Faye seufzte. Das alles hätte aus einem Drehbuch sein können. »Ich halte sie auch für dumm, das ist aber unsere Meinung und nicht ihre.«

»Offensichtlich.« Ward setzte sich neben seine Frau und nahm ihre Hand. »Wie kommt es, daß unsere Kinder sich immer wieder in so unmögliche Situationen bringen? Lionel mit seiner verdammten Veranlagung, für die mir jedes Verständnis fehlt. Val mit ihrem Karrierestreben, das sie die verrücktesten Dinge tun läßt, Vanessa, die mit diesem Jungen zusammenlebt und glaubt, wir wüßten nichts ...«

Faye lächelte. Darüber hatten sie schon öfter gesprochen. Vanessa hielt sich für ungewöhnlich raffiniert, dabei war alles so leicht zu durchschauen. Alle wußten, was los war, und niemand hatte etwas dagegen. Sie war zwanzig und Jason ein netter Kerl.

»Und jetzt Anne mit diesem Menschen«, setzte Ward seine laut geäußerten Überlegungen fort. »Faye, er ist dreiunddreißig Jahre älter.« Er konnte es nicht fassen.

»Ich weiß. Und er sieht nicht mal besonders gut aus. Wenn es wenigstens jemand wäre wie du, würde ich es verstehen.«

Mit seinen zweiundfünfzig Jahren war Ward noch so fit wie vor zwanzig Jahren, obwohl er sich verändert hatte. Wie Faye hatte er seine gute Figur bewahrt und wirkte schlank und sportlich. Bill Stein besaß nichts von alldem. Es war wirklich unbegreiflich, was Anne an ihm fand. Offenbar genügte es ihr, daß sie in seinem Blick Liebe sah und daß er ihr diese Liebe immer wieder bewies.

Faye blickte Ward an. »Ward, müssen wir unser Einverständnis geben?« Sie meinte damit die nächsten zehn Monate.

»Ich sehe nicht ein, warum.«

»Vielleicht wäre es klüger. Wenn Anne erst volljährig ist, haben wir ohnehin keine Handhabe mehr.«

Das hatten sie schon zu oft erlebt, erst mit Lionel, dann mit Val und Vanessa und jetzt mit Anne. Alle machten, was sie wollten, bis auf den armen Greg.

Ward sah sie bestürzt an. »Wir sollen unser Einverständnis dafür geben, daß sie mit ihm offen ein Verhältnis hat?« Für ihn ein schockierender Gedanke. »Sie ist doch erst siebzehn!« Er wußte aber, daß Anne durch ihre Erfahrungen ihren Altersgenossinnen weit voraus war.

»Das Verhältnis dauert nun schon über ein Jahr.«

Ward kniff die Augen zusammen. »Wie kommt es, daß du plötzlich so liberal bist?«

Ihr Lächeln fiel ziemlich matt aus. »Vielleicht werde ich alt.«

»Und weise.« Er küßte sie. »Ich liebe dich, mein Schatz.«

Sie kamen überein, sich die Sache ein paar Tage durch den Kopf gehen zu lassen. Beim Dinner waren sie mit Lionel allein. Anne blieb auf ihrem Zimmer, und niemand drängte sie herunterzukommen. Die letzte Zeit war für sie sehr schwer gewesen und hatte viel Kraft von ihnen gefordert, Kraft, die sie jetzt gebraucht hätten, um Widerstand zu leisten. Sie entschlossen sich zum Nachgeben. Anne wurde ermahnt, sich weiterhin unauffällig und diskret zu verhalten, damit sie nicht zum Gespräch der Stadt wurde. Bill Stein hatte in der Welt des Showbusiness einen gewissen Namen. Als renommierter Anwalt mit vielen prominenten Klienten legte er gewiß keinen Wert auf unliebsame Publicity. Man wollte nicht viel Aufhebens von der Sache machen. Gleich im neuen Jahr sollte dann die Hochzeit stattfinden.

Bill schenkte ihr einen riesigen Verlobungsring, den sie nur trug, wenn sie mit ihm ausging. Es war ein perlenförmiger Solitär, den sie ihr Osterei nannte, ein Zehneinhalbkaräter. Als Anne Gail das Prachtstück zeigte, war es ihr sogar ein wenig peinlich gewesen.

Gail hatte sich übrigens tadellos benommen. Tatsächlich war es für sie zunächst ein ziemlicher Schock gewesen. Weil sie aber die beiden über alles liebte, wünschte sie ihnen alles Gute, und damit war die Sache erledigt. Die Mädchen entschlossen sich für Sommerkurse, damit sie noch vor Weihnachten ihr Abschlußdiplom erhalten konnten. Anne brauchte dann nach ihrer Heirat nicht mehr zur Schule zu gehen. Gail hatte die Absicht, die beiden anschließend eine Weile allein zu lassen. Anfangs würde es ihr sicher peinlich sein, mit ihnen zusammenzuleben. Außerdem wollte sie auf eine Modeschule nach New York.

Als Lionel nach Deutschland mußte, hatte er sich mit Anne noch immer nicht ausgesöhnt. Er billigte ihre Beziehung zu Bill nicht, trotz allem, was die anderen sagten.

»Du bist billig davongekommen«, sagte er ihr am Tage seines Abschieds und handelte sich dafür einen eiskalten Blick ein. Daß er sie verraten hatte, würde sie ihm nie verzeihen.

»Du hast es gerade nötig, über andere so hart zu urteilen!«

»Weil ich schwul bin, heißt das noch lange nicht, daß mein Verstand gelitten hat, liebe Anne.«

»Nein, aber vielleicht dein Herz.«

Fast hätte er ihr recht gegeben. Seit Vietnam hatte er eine Veränderung durchgemacht. Er hatte zu viele Tote gesehen, zu viele Menschen verloren, die er liebte ... und zwei, die er besonders geliebt hatte. John und Greg. Er konnte sich nicht vorstellen, jemals wieder zu lieben. Er hatte keine Sehnsucht danach. Insgeheim fragte er sich, ob er deswegen so wütend auf Anne war. Konnte er ihr Glück nicht verstehen, weil das seine mit John schon so lange zurücklag und nie wiederkehren würde, während Anne ihr Leben noch vor sich hatte, voller Verheißung und Erregung und mit soviel Glanz, wie ihr Verlobungsring ausstrahlte?

38

Am 18. Januar 1970 wurden Anne Thayer und Bill Stein in Anwesenheit von Freunden und Angehörigen im Tempel Israel am Hollywood Boulevard getraut. Anne hatte sich eine noch schlichtere Hochzeit gewünscht, aber Bill hatte sie überredet nachzugeben.

»Für deine Eltern ist es viel leichter, wenn sie eine richtige Feier arrangieren können«, hatte er gemeint. Anne hatte dafür kein Verständnis. Schon seit zwei Jahren fühlte sie sich als Bills Frau, deswegen brauchte sie jetzt weder Pomp noch Fanfaren. Gail war richtig enttäuscht. Anne war so anders als die Mädchen ihres Alters. Sie wollte kein Brautkleid und keinen Schleier.

Schade, daß alles so schlicht ist, dachte Faye in Erinnerung an die eigene prunkvolle Hochzeit. Anne hatte sich für ein simples weißes Kleid entschieden, hochgeschlossen und mit langen Ärmeln. Dazu trug sie einfache Pumps. Das blonde Haar hatte sie zu einem langen Zopf geflochten und mit ein paar Blüten geschmückt. Auf einen Brautstrauß hatte sie verzichtet, der Verlobungsring war ihr einziger Schmuck. Einfacher ging es wirklich nicht. Auch der Trauring war ein schlichter Diamantring. Anne sah so unschuldig und jung aus, daß der Ehering an ihrer Hand fast unpassend wirkte.

Aber von alldem nahm sie keine Notiz. Sie hatte nur Augen für Bill. Seit dem Tag ihres Kennenlernens hatte sie sich nichts anderes gewünscht und ging jetzt am Arm ihres Vaters auf ihn zu.

Als Ward zurücktrat, war ihm sonderbar zumute. Er hatte das Gefühl, Anne in den ganzen achtzehn Jahren nicht richtig kennengelernt zu haben, so als wäre sie zu rasch durch ihrer aller Leben gehuscht, zu still, immer hinter der Tür, immer außer Sicht. Die einzige Erinnerung an Annes Kinderzeit war die Frage: »Wo steckt Anne?«

Anschließend gab es zu Hause ein Hochzeitsfrühstück. Mehr hatte Anne mit Entschiedenheit abgelehnt. Der Blumenschmuck war prächtig, der Champagner edel. Faye sah in ihrem grünen Seidenkostüm, das genau zu ihrer Augenfarbe paßte, sehr elegant und distinguiert aus. So richtig als Brautmutter fühlte sie sich nicht. Sie empfand das alles nur als Scharade, als Spiel, nach dem Gail allein mit ihrem Vater nach Hause gehen würde.

Aber als sie im grauen Rolls davonfuhren, fuhr Anne mit ihnen, nachdem sie sich mit einem Kuß von ihren Eltern verabschiedet hatte. Faye widerstand der überwältigenden Versuchung, sie zu fragen, ob sie ihrer Sache wirklich sicher sei. Aber als sie ihrer Tochter in die Augen sah, war alles klar. Anne war die Frau des Mannes geworden, den sie liebte.

Gail, die zwar stiller war als sonst, freute sich mit ihnen. Sie hatte zusammen mit Anne einige Wochen zuvor die Schule hinter sich gebracht. Zu dritt wollten sie jetzt nach New York fahren. Gail würde auf die Modeschule gehen und wie seinerzeit Vanessa im Barbizon wohnen.

Nachdem sie Gail abgesetzt hätten, wollten Bill und Anne nach San Juan, dann weiter nach St. Thomas und St. Martins fliegen.

Ihr endgültiges Ziel war St. Croix. Sie hatten vor, einige Wochen zu bleiben und auf dem Rückflug wieder in New York Station zu machen.

In New York wollte Bill mit Anne in großem Stil Einkäufe machen. Sie sollte sich bei einigen Juwelieren umsehen, bei Harry Winston und David Webb und ein paar anderen, die er sehr schätzte. Und dann kämen die Modehäuser.

»Bergdorf, Bendel, Bloomingdale!« riefen die Mädchen am Abend wie aus einem Mund.

»Du verwöhnst mich zu sehr!« Anne gab Bill einen Kuß. Sie wollte von ihm nichts als Liebe, aber Bill hatte auch die Absicht, für Gail ein paar Sachen zu besorgen.

»Na, Mrs. Stein, wie fühlt man sich?« Lächelnd sah er sie an, als sie auf dem breiten Bett lag, zum ersten Mal als seine ihm angetraute Ehefrau.

»Wundervoll.« Sie lächelte verschmitzt wie ein kleines Mädchen. Den Zopf hatte sie noch immer. Das Spitzennachthemd war ein Geschenk Vals, die kein Hehl aus ihrer Mißbilligung gemacht hatte. Keines der Geschwister hatte ihre Heirat gutgeheißen, aber sie hatten Anne ja nie verstanden. Mit Ausnahme von Lionel natürlich, aber auch das lag schon lange zurück. Er war nicht zugegen gewesen, als sie getraut wurden. Er wartete in Deutschland auf seine in ein paar Wochen bevorstehende Entlassung. Und Van war so eingespannt in ihr Studium, daß sie in New York geblieben war.

Anne kümmerte das alles nicht. Der einzige, der für sie Bedeutung hatte, war Bill, den sie jetzt ansah, in Gedanken an ihre Vergangenheit befangen. Ihr kam die Vergangenheit unwirklich vor. Es zählte nur das Jetzt.

»Mir ist zumute, als wäre ich mein Leben lang mit dir verheiratet gewesen.«

»Mir auch.« Wirklich sonderbar, daß er ebenso empfand. Natürlich hatte er von seinen Bekannten hämische Bemerkungen einstecken müssen. Schließlich aber hatten sie Verständnis geheuchelt. Unter Schulterklopfen und Gezwinker hatte es boshafte Bemerkungen gegeben, von denen »Na, du alter Kinderverfüh-

439

rer!« noch die harmloseste war. Insgeheim wurde er von allen
beneidet, und manche machten sich hinter seinem Rücken über
ihn lustig. Das alles war ihm egal. Er wollte sein kleines Juwel
sein Leben lang behüten, und das wußte auch Anne, die ihm tief
in die Augen sah.

Sie schliefen eng umschlungen, dankbar dafür, daß sie jetzt tun
und lassen konnten, was ihnen beliebte. Nach einem gemütlichen
Frühstück mit Gail ging es ans Packen, und abends flogen sie
nach New York. Anne dachte flüchtig daran, sich telefonisch von
ihren Eltern zu verabschieden, kam aber nicht mehr dazu. Sie
hatte ihnen ohnehin nichts mehr zu sagen, wie sie Bill beim Start
anvertraute.

»Du gehst mit ihnen sehr hart ins Gericht!« schalt er sie liebevoll. »Sie haben ihr möglichstes getan, nur haben sie es nicht
besser gewußt.«

In Annes Augen war das die Untertreibung des Jahres. Sie hatten ihr das Kind genommen, sie hatten gedroht, Bill anzuzeigen,
sie hatten sie ihr Leben lang übergangen, und sie hätten ihr Leben
total kaputtgemacht, wäre Bill nicht gewesen. Dankbar blickte
sie zu ihm auf. Sie saßen in der ersten Klasse, er mit »seinen beiden Mädchen«, wie er sie nannte. Anne saß in der Mitte. Während Bill döste, unterhielt sie sich mit Gail. Sie freuten sich auf
die zwei gemeinsamen Tage in New York, ehe Gail ins Barbizon
übersiedeln würde und sie in die Flitterwochen flogen. Für diese
zwei Tage stiegen sie im Pierre ab.

Die Zeit in New York verbrachten sie tatsächlich fast zur
Gänze mit Einkäufen. Noch nie außer in Filmen hatte Anne so
schöne Sachen gesehen. Bill kaufte Gail einen hübschen sportlich geschnittenen Nerzmantel mit passender Mütze, damit sie
in New York nicht frieren müsse. Außerdem beschenkte er sie
mit einer Skiausrüstung, einem halben Dutzend Kleider, sechs
Paar Gucci-Schuhen und einem Goldarmband, das sie bei Cartier bewundert hatte. Es ließ sich nur mit Hilfe eines winzigen
Schraubenziehers anlegen, was die Mädchen hellauf begeisterte.
Da es Anne so gut gefiel, überraschte er sie, indem er ihr auch
eines kaufte. Für seine junge Frau plante er noch viel ausgiebi-

440

gere Einkäufe. Einen bodenlangen Nerz für den Abend, einen kurzen für den Tag, Kleider, Kostüme, Blusen, Röcke, unzählige Kartons schöner Schuhe und Stiefel, einen Smaragdring, eine hübsche Diamantnadel, riesiges Perlenohrgehänge von Van Cleef, über das sie entzückt war, und zwei weitere Armbänder, die ihr im Vorübergehen gefallen hatten. Am letzten Tag bekam sie ein Prachtstück von David Webb, ein Armband, an dem als Anhänger ein von einem Löwen umarmtes Lamm hing, alles aus einem einzigen massiven Stück Gold. Es war so schön, daß es magnetisch alle Blicke auf sich zog, wenn es an Annes Arm funkelte.

»Was soll ich nur mit diesen vielen Sachen?« Anne paradierte im Hotelzimmer vor Bill. Überall hingen Pelze und Kleider, lagen Schuhkartons herum, Handtaschen und Pelzmützen. Und in ihrem Koffer befanden sich Schatullen voller Schmuck. Fast war es ihr peinlich, daß sie so viel bekommen hatte, andererseits genoß sie es natürlich sehr. Bill hatte auch für sich einiges gekauft, einen Regenmantel mit Pelzfutter und eine neue goldene Armbanduhr, aber viel lieber kaufte er für sie ein.

Und Gail freute sich mit Anne. Ihr Vater hatte ihr im Laufe der Jahre so viel geschenkt, daß sie Anne nicht zu beneiden brauchte; sie fühlten sich längst wie Schwestern, und Bill würde Gail immer alle Wünsche erfüllen, jetzt vielleicht noch mehr. Er sei viel zu großzügig, neckten sie ihn am letzten Abend, an dem sie jeden einzelnen Augenblick genossen.

Vanessa fielen fast die Augen aus dem Kopf, als sie und Jason auf einen Drink in den Oak Room kamen und ihnen eine todschicke Anne entgegentrat. Zu einer roten Hose trug sie eine helle Seidenbluse und eine passende rote Krokotasche von Hermes. Der Nerzmantel, der ihr lässig um die Schultern hing, erregte sogar hier in New York Aufmerksamkeit. Aus der Nähe sah man die Ringe, das Armband von Webb und die zwei Rubine in den Ohren. Sie war so hübsch und elegant, daß Vanessa sie kaum wiedererkannte.

»Anne?« brachte sie verblüfft heraus, ohne den Blick von ihr zu wenden. Anne hatte ihr Haar wieder zu einem schlichten Zopf geflochten. Ein paar lose Strähnen umspielten locker ihr Gesicht, ihr Make-up war sehr dezent. Alles an ihr, vom Schmuck bis hin zu den Stiefeln, sah aus wie aus einer Nummer von ›Vogue‹. Als Vanessa sich gutgelaunt setzte, konnte sie es noch immer nicht fassen. Jason zeigte sich ähnlich beeindruckt.

»Ja, wir haben zuviel eingekauft«, erklärte Anne mit ihrer gewohnten sanften Stimme und mit einem schüchternen Blick zu Bill hin. »Bill verwöhnt mich sehr.«

»Das sehe ich«, bemerkte Vanessa.

Anne bestellte einen Dubonnet, das einzige Getränk, das ihr zusagte, Vanessa und Jason nahmen einen Scotch, Bill entschied sich für einen Martini mit Eis und Gail für ein Glas Weißwein. Man unterhielt sich ungezwungen über Belanglosigkeiten. Die jungen Leute sprachen von dem nun schon lange zurückliegenden Urlaub am Lake Tahoe, und Anne erkundigte sich bei Jason nach seiner Arbeit. Er hatte seinen Zeitplan perfekt eingehalten und hatte in der Woche nach seinem sechsundzwanzigsten Geburtstag promoviert. Über acht Jahre war er der Einberufung erfolgreich entgangen. Jetzt hatte er einen Lehrauftrag für Literatur an der University of New York. Keine Tätigkeit, die ihn begeisterte und die er nun schon über ein Jahr ausübte. Daneben schrieb er an seinem Stück, mit dem es nicht so richtig weitergehen wollte.

»Schon seit langem versuche ich, Vanessa zur Mitarbeit zu animieren, aber sie will nicht.«

»Wo denkst du hin. Ich bin mit meinem Studium voll ausgelastet«, erklärte sie und wandte sich Bill zu, den sie sehr nett und väterlich fand. Sie hatte noch ein ganzes Jahr am College vor sich. Hinterher wollte sie sich nach einer Arbeit umsehen. Es sah ganz so aus, als würde sie in New York hängenbleiben, vor allem Jason zuliebe, wie Anne vermutete. Sie lebten jetzt seit zweieinhalb Jahren zusammen, doch war es fraglich, ob sie heiraten würden. Nach dem Dinner erkundigte Gail sich bei Anne danach, diese konnte ihr es aber nicht sagen. Die Beziehung der beiden war ihr unerklärlich. Sie hatte das Gefühl, sie bewegten sich auf parallelen Bahnen vorwärts und verfolgten verschiedene Lebensziele.

Ein Verlangen nach fester Bindung bestand zwischen ihnen wohl nicht. Und keiner hatte jemals von Kindern gesprochen. Sie redeten immer nur von ihren Jobs, ihrer Schreiberei, seinem Stück.

»Langweilig, wenn du mich fragst«, meinte Gail dazu. »Aber wenigstens ist er sehr nett.« Das war Jason tatsächlich, aber für Anne war Bill der attraktivste Mann der Welt.

Auf der Rückfahrt im Taxi äußerte sich Vanessa kopfschüttelnd über Anne und Bill. »Ich kann sie nicht verstehen. Anne ist doch noch ein Kind, und jetzt ist sie mit diesem alten Mann verheiratet, der sie mit Pelzen und Juwelen behängt.«

»Vielleicht legt sie Wert auf diese Dinge.« Auch für Jason war die Verbindung unbegreiflich, er hatte Anne aber immer sehr nett gefunden. Nicht so intelligent oder interessant wie Van, obwohl man das bei ihrer Jugend und Zurückhaltung nur schwer beurteilen konnte.

Wieder schüttelte Vanessa den Kopf. »Glaube ich nicht. Sicher pfeift sie im Grunde genommen auf diese Dinge. Er will sie verwöhnen, und sie trägt die Sachen, um ihm eine Freude zu machen.«

In diesem Punkt hatte sie recht, weil sie ihre Schwester gut genug kannte. Die einzige in der Familie, die wirklich auf Schmuck und Pelze Wert legte, war Val. Auch Greg hätte gegen ein luxuriöses Leben nichts einzuwenden gehabt. Aber die anderen waren viel anspruchsloser, und auch ihre Eltern hatten die Ansprüche im Vergleich zu ihrem früheren Leben erheblich gesenkt.

»Unbegreiflich, was sie an einem Mann dieses Alters findet.«

»Er ist sehr gut zu ihr, und das nicht nur in materieller Hinsicht«, meinte Jason nachdenklich. »Er überschlägt sich geradezu, ihr jeden Wunsch von den Augen abzulesen. Er steht mit einem Glas Wasser da, wenn sie Durst hat, bringt sie nach Hause, wenn sie müde ist, führt sie aus, fährt mit ihr nach Europa, geht mit ihr in Gesellschaft ... damit kann ein anderer schwer konkurrieren.« Er lächelte Vanessa zu, die er sehr liebte, und wünschte plötzlich, er würde mehr für sie tun können. »Ein Mann in seinem Alter hat Zeit dafür, er hat ja sonst nichts zu tun.«

Das war scherzhaft gemeint, und Vanessa lachte. »Das ist keine Entschuldigung. Ich werde also auf einen eigroßen Diamantring verzichten müssen?«

Er warf ihr einen ernsten Blick zu, als sie ins Haus gingen. »Möchtest du einen?«

»Unsinn.« Das klang sehr überzeugend. Vanessa wollte etwas anderes, ihn beispielsweise, und vielleicht in nicht allzu naher Zukunft Kinder, in acht bis zehn Jahren etwa. So ungefähr.

»Und was möchtest du?«

Sie warf ihren Mantel auf einen Stuhl und machte ein nachdenkliches Gesicht. »Vielleicht möchte ich einmal ein Buch schreiben ... und gute Kritiken bekommen ...« Etwas anderes wollte ihr nicht einfallen. Daß sie auch ihn und eine Familie wollte, ließ sie lieber unausgesprochen. Es war zu früh, daran zu denken, geschweige denn, davon zu sprechen.

»Ist das alles?« Er schien enttäuscht.

Sie lächelte beschwichtigend. »Vielleicht möchte ich auch dich.«

»Mich hast du ohnehin.«

Sie ließ sich auf der Couch nieder, und Jason entzündete Feuer im Kamin. Die vielen Bücher und Skripten machten den Raum richtig gemütlich. Auf dem Boden lag die Sonntagsausgabe der New York Times im Durcheinander mit seinen Turnschuhen und ihren Schuhen. Auf dem Schreibtisch standen Gläser.

»Ich glaube, ich habe alles, was ich brauche, Jason.«

Seine Miene erhellte sich. »Dann bist du sehr anspruchslos, meine Liebe.« Er zog sie an sich. »Ist es dir ernst mit dem Buch?«

»Ja, aber erst nach dem Studium, wenn ich einen Job habe.«

Jason seufzte. »Wenn das Schreiben nicht so verdammt schwierig wäre.« Er hatte es am eigenen Leib zu spüren bekommen. »Ich bin immer noch der Meinung, wir sollten das Stück gemeinsam schreiben.« Sein hoffnungsvoller Blick entlockte ihr ein Lächeln. Jason ließ sich nicht von dieser Absicht abbringen.

»Ja, vielleicht mit der Zeit.«

Sie küßten sich, und Jason drückte sie zurück auf die Couch, während er eine Hand unter ihre Bluse schob. Es war eine Szene, die Welten entfernt war von jener zwischen Bill und Anne im feudalen Pierre. Anne lag in einem mit Marabufedern besetzten Umhang auf der Satindecke, während Bill seine Zunge langsam ihr Bein hinaufgleiten ließ. Die Diamanten an ihrer Hand sprühten Feuer, als er Anne dort berührte, wo sie es am meisten genoß. Stöhnend bäumte sie sich auf, und er schob die seidene Hülle von ihren Schultern. Hier wie dort waren die Gefühle dieselben. Liebe, Begehren, Hingabe an den anderen ohne Vorbehalt, ob in Turnschuhen oder im Seidenneglige.

39

Im Mai kamen Bill und Anne zurück und blieben für einige Tage in New York. Anne wollte sich mit Gail treffen, und Bill hatte einiges zu erledigen. Wieder stiegen sie im Pierre ab, und wieder begann eine Einkaufstour bei seinen bevorzugten Juwelieren. Er ließ es sich nicht nehmen, Anne wieder ein paar kostbare Stücke zu schenken.

Das Wetter war prächtig, und Anne hatte zum Essen im Côte Basque ihr schickes weißes Kleid-Mantel-Complet von Bendel angezogen. Voller Stolz führte Bill sie in das renommierte Feinschmeckerlokal. Anne, die sich ihrer Reize noch immer nicht richtig bewußt war, schritt anmutig wie ein Reh an seiner Seite, ohne die bewundernden Blicke zu bemerken. Sie hatte nur Augen für ihn, und ihr Lächeln galt ihm allein. Er aber sah mehr. Er bemerkte ihren leeren, nervösen Blick, der seit der Hochzeit immer ausgeprägter wurde. Er selbst hoffte, sie würde bald schwanger werden, doch Anne hoffte es noch viel inständiger.

»Na, wie war's heute bei Bendel?«

»Richtig toll.« Manchmal drückte sie sich noch wie ein Kind aus, obwohl sie äußerlich alles Kindliche endgültig abgelegt hatte. Das offene Haar und ein etwas gewagteres Make-up ließen sie wie Mitte Zwanzig aussehen. Auch Gail hatte diese Verwandlung bemerkt und hatte sie für gut befunden.

Gail, die inzwischen einen Freund hatte, war in New York verliebt. Bill bestand darauf, daß sie auch weiterhin im Barbizon wohnte, während sie ihm androhte, sich im Herbst eine eigene Wohnung zu suchen. Anne war beauftragt, ihn in dieser Richtung zu bearbeiten.

»Wie gefällt dir mein Kleid? Ich habe es eben erst gekauft.« Anne deutete mit perfekt manikürter Hand auf ihr Ensemble. Bill bemerkte, daß sie die Perlen aus Hongkong trug, die so groß waren, daß sie wie unecht aussahen.

»Fabelhaft.« Er drückte ihr sanft einen Kuß auf die Lippen. In diesem Augenblick kam der Ober, um die Bestellung aufzunehmen. Beide wollten nur eine Kleinigkeit. Anne entschied sich für Fischklößchen, für die das Restaurant berühmt war, und Bill bestellte ein Steak mit Spinatsalat und dazu Wein, während Anne sich mit Mineralwasser begnügte. Damit wurden sie der hervorragenden Küche nicht annähernd gerecht, doch hatte Bill es eilig, weil er noch zu einer Besprechung mußte, und Anne wollte noch rasch bei Bloomingdale vorbeischauen und dann Gail von der Schule abholen.

Manchmal fragte Bill sich, ob Anne nicht auch weiterstudieren sollte. Neben der Maniküre, den Einkäufen und dem ewigen Warten auf ihn brauchte sie einen Lebensinhalt, der über die penible Überwachung ihrer Basaltemperatur hinausging. Sie mußte unbedingt auf andere Gedanken kommen, doch fürchtete er sich, ihr das zu sagen. Immer wieder tröstete er sich damit, daß sie ohnehin bald schwanger sein würde. Sie beide hatten schon Kinder in die Welt gesetzt und bewiesen, daß sie nicht unfruchtbar waren. Es war nur eine Frage der Zeit, das hatte ihr auch der Arzt versichert.

»Hast du deine Schwester angerufen?« fragte er, und als Anne den Kopf schüttelte und in ihrem Dessert herumstocherte, das sie sich vom Servierwagen genommen hatte, fragte er weiter: »Warum nicht?«

Ihrer Familie ging sie prinzipiell aus dem Weg und mied sogar Lionel, an dem sie einmal so gehangen hatte. Manchmal hatte Bill den Eindruck, sie wolle ihre Familie ein für allemal aus ihrem Leben ausschließen. Sie hatte ihn und wollte sonst niemanden – in seinen Augen eine falsche Einstellung. Hätte Gail sich ihm gegenüber so benommen, hätte es ihm das Herz gebrochen. Aber das Verhältnis zwischen Anne und ihren Eltern war auch nie so eng gewesen.

Anne beantwortete zögernd seine Frage. »Mutter sagte mir gestern am Telefon, Van stecke mitten im Examen.« Es war klar, daß sie an einem Treffen mit ihrer Schwester nicht im mindesten interessiert war. Sie hatte auch mit Val in Los Angeles keinen Kontakt.

»Ruf sie trotzdem an. Vielleicht hat sie für einen raschen Drink Zeit.«

»Ja, mach' ich, aber erst abends.«

Er wußte genau, sie würde es nicht tun. Sie würde den ganzen Tag liegen, grübeln, vorwärts und rückwärts zählen ... vierzehn Tage von heute an ... und am nächsten Morgen würde sie im Morgengrauen aufwachen und prompt ihre Temperatur messen. Am liebsten hätte er ihr geraten, damit Schluß zu machen und die ganze Sache auf sich beruhen zu lassen. Anne hatte sich so in ihren Kinderwunsch verstrickt, daß sie stark an Gewicht verlor. Nur um sie abzulenken, dachte er an eine Europareise im Juli, auf die er auch Gail gern mitgenommen hätte. Gail aber hatte sich einen Ferienjob bei Pauline Trigère gesichert und wollte nicht weg.

»Woran denkst du, Liebling?« Sie schlenderten die Madison Avenue entlang, und Bill versuchte bei Anne Interesse für die Europareise zu wecken. Es mußte ihm gelingen, sie für irgend etwas zu interessieren. Was, wenn das Baby gar nicht käme oder länger auf sich warten ließe? Dieses angespannte Warten beeinträchtigte bereits die Wonnen des Ehelebens. Es nahm Annes Gedanken vollständig in Anspruch und bildete für sie das einzige Gesprächsthema, so als wolle sie um jeden Preis einen Ersatz für ihr verlorenes Kind bekommen. Bill wollte ihr nicht sagen, daß es einen Ersatz nie geben würde, ebensowenig wie er einen Ersatz für seine verstorbene Frau finden konnte. Er liebte Anne, aber mit ihr war alles ganz anders, und ab und zu spürte er noch immer die Leere und den Schmerz des Verlustes. Es war vorauszusehen, daß Anne dem Kind ein Leben lang nachtrauern würde. In ihr würde immer eine einsame Leere sein, die niemand auszufüllen vermochte, kein Mann und kein Kind.

»St. Tropez ist sicher sehr amüsant. Wir könnten eine Yacht chartern und uns ein paar schöne Tage machen«, sagte er mit zärtlichem Blick.

Sie lächelte. Anne wußte es zu schätzen, daß Bill so fürsorglich um sie bemüht war. »Ja, das wäre herrlich. Es tut mir leid, daß ich eben so schlechte Laune hatte. Wir beide wissen, was der Grund ist.«

»Ja, das wissen wir.« Mitten auf dem Gehsteig blieb er stehen und nahm sie in die Arme. »Man darf Mutter Natur nicht drängen, und außerdem ist das ständige Probieren auch nicht zu verachten, oder?«

»Du hast recht.« Sie sagte das lächelnd. Bill hatte ihren Wutausbruch nach der letzten Periode noch im Gedächtnis, als sie wieder einmal Faye die ganze Schuld gab. Hätte Faye nicht darauf bestanden, daß sie das Kind weggab, dann hätte sie jetzt einen dreieinhalbjährigen Sohn gehabt, und Bill hatte sich wegen dieser Äußerung gekränkt. »Ist es das, was du möchtest?« hatte er sie gefragt, und sie hatte ausgerufen: »Ja, das ist es!« Sein Mitleid war so groß gewesen, daß er ihr vorschlug, einen Jungen dieses Alters zu adoptieren, aber sie hatte ein eigenes Kind gewollt. Sie wollte ihr »eigenes Baby« zurückhaben. Es war sinnlos, ihr zu sagen, daß sie das Kind, das sie aufgegeben hatte, nie ersetzen konnte.

Anne war entschlossen, von Bill ein Baby zu bekommen, und zwar rasch. Ihre Mutter ahnte es, als sie noch vor der Hochzeit einmal zusammen essen gingen und sie Annes verschleierten Blick bemerkte, der sie wie seit Jahren schon anklagte. Sie hatte ihr nie vergeben und würde es wahrscheinlich nie tun.

Jetzt, auf der Madison Avenue, sah Anne Bill bekümmert an. »Glaubst du, es wird jemals klappen?«

Das hatte sie ihn seit der Hochzeit unzählige Male gefragt. Vorher hatten sie Verhütungsmittel angewendet, aber nur, weil er darauf bestand. Er wußte, warum sie alle Vorsicht außer acht lassen wollte. Dahinter verbarg sich die verzweifelte Sehnsucht nach einem Kind, das die Leere ausfüllen und die Vergangenheit wieder zum Leben erwecken sollte. Sie hatte sich nie verziehen, daß sie sich von Faye damals hatte überreden lassen.

»Ja, es wird ganz sicher klappen, Liebling. In einem halben Jahr wirst du dich kaum noch rühren können und mir vorjammern, wie elend du dich fühlst und wie sehr du mich haßt.«

Beide lachten darüber, und er küßte sie wieder und trennte sich von ihr, um zu seinem Termin zu gehen, während sie bei Bloomingdale durch die Abteilungen bummelte. Es zerriß ihr fast das Herz, als sie die Unmengen von niedlichen Babysachen sah. Nur schwer widerstand sie der Versuchung, ein Stück zu kaufen. Nur die Angst, es könne ihr womöglich Unglück bringen, hielt sie davon ab. Während ihrer ersten Schwangerschaft hatte sie winzige rosa Schuhe gekauft, überzeugt, es würde ein Mädchen sein. Lionel und John hatten sie deswegen aufgezogen.

Die Erinnerung war für sie auch jetzt noch schmerzlich, und auch der Gedanke an John tat weh. Sie fragte sich, wie es Lionel gehen mochte, mit dem sie kaum noch Kontakt hatte. Seit er ihren Eltern die Sache mit Bill verraten hatte, war es zwischen ihnen nicht mehr so wie früher gewesen. Sie hatte ihm nichts mehr zu sagen. Als letztes hatte sie gehört, er suche in den Studios Arbeit und könne es kaum erwarten, wieder einen Film zu machen.

Niedergeschlagen fuhr sie auf der Rolltreppe abwärts. Um sie herum herrschte ein Farbenrausch – Seidenblumen, Taschen, Gürtel und Schuhe in allen Regenbogenfarben. Da konnte sie einfach nicht widerstehen und kehrte mit prallen Einkaufstüten ins Hotel zurück, obwohl sie wußte, daß sie das meiste nie tragen würde – ausgenommen das Diamantarmband, das Bill ihr abends als Trostpflaster schenkte. Er wußte, wie unglücklich sie über das Ausbleiben einer Schwangerschaft war – seiner Ansicht nach unnötigerweise. Sie war gesund und jung, so daß eine Empfängnis sicher nicht lange auf sich warten lassen würde. Auch ihr Arzt hatte ihr auszureden versucht, sich in eine fixe Idee zu verbohren.

In der Woche, ehe sie nach St. Tropez fuhren, riet Bill ihr zum x-ten Mal: »Denk nicht ununterbrochen daran und laß den Dingen ihren Lauf.« Er hatte leicht reden. Mit seinen einundfünfzig Jahren hatte er gelernt, das Leben mit philosophischer Gelassenheit zu sehen.

In den drei Wochen, die sie am Strand von St. Tropez faulenzten, war Anne vorbehaltlos glücklich, wenn auch die innere Unruhe nicht ganz von ihr gewichen war. Sie lief in Jeans und Espadrillos, in Bikinis und bunten Baumwollblusen herum und trug ihr Haar, das von der Sonne noch heller geworden war, offen. Und Bill freute sich, daß sie sogar ein wenig zunahm. Bei einem Einkaufsbummel in Cannes zeigte es sich, daß sie in ihre gewohnte Größe nicht hineinpaßte. Und als der Reißverschluß ihrer Jeans nicht zuging, machte er sich über sie lustig und behauptete, sie sei richtig mollig geworden. Dabei drängte sich ihm eine Frage auf, die er ihr gegenüber nicht auszusprechen wagte.

Erst in Paris war er seiner Sache sicher, als sie für einen Spaziergang entlang der Seine zu müde war, unterwegs ins Coq Hardi einschlief und ganz grün wurde, als er ihr einmal einen Dubonnet anbot. Bill sagte kein Wort, behütete sie aber wie eine Glucke ihr Küken. Erst in Los Angeles erinnerte er sie daran, daß sie seit ihrem Abflug keine Periode gehabt hatte. Zum erstenmal seit einem halben Jahr hatte sie gar nicht daran gedacht. Verblüfft starrte sie ihn an und stellte sofort blitzschnell Kopfrechnungen an. Ihr Lächeln fiel noch etwas unsicher aus.

»Glaubst du ...?« Sie wagte nicht, es auszusprechen, und Bill lächelte liebevoll. Also hatte es doch nicht so wahnsinnig lange gedauert. Nur ein halbes Jahr. Es war nur Anne ziemlich lange vorgekommen, weil sie die Schwangerschaft so sehr herbeigesehnt hatte.

Gleich am nächsten Tag ließ sie den Test machen, und als sie sich nachmittags aufgeregt nach dem Resultat erkundigte, war es positiv. Anne saß wie betäubt da und starrte das Telefon an. Als Bill nach Hause kam, hatte sie sich von ihrer Überraschung noch immer nicht erholt. Auf die überaus gute Nachricht hin stieß er einen Freudenschrei aus. Und wenn er sie so ansah, fiel ihm auf, daß Anne sich schon ein wenig verändert hatte. Im Badeanzug wirkte sie nicht mehr so eckig, alles war weicher und runder geworden.

»Ich bin ... ich bin ...« Vor freudiger Erregung fing sie an herumzutanzen.

Zur Feier des Tages führte Bill sie ins Beverly Hills Hotel aus, und nachher im Bett schlief sie sofort ein, während er, von ihrer Vorfreude mitgerissen, dalag, an das Baby dachte und Pläne schmiedete. Das Gästezimmer konnte man zu einem Kinderzimmer umfunktionieren, über der Garage ließ sich ein Dienstbotenzimmer schaffen, in das man eine der Hausangestellten umquartieren konnte, während das Kindermädchen im jetzigen Dienstbotenzimmer Platz finden würde ... bis in den Schlaf verfolgten ihn diese Probleme.

Am nächsten Tag kam er über Mittag nach Hause, um nach Anne zu sehen und wieder zu feiern. Ihr Intimleben wurde von alldem nicht beeinträchtigt. Anne hatte noch nie so glücklich ausgesehen. Ständig sprach sie von ihrem »kleinen Jungen«, als müsse es unbedingt ein Junge werden, der den verlorenen ersetzte, der mittlerweile vier geworden war.

Das Erntedank-Wochenende verbrachten sie ganz geruhsam mit Freunden. Seine Bekannten hatten sich inzwischen an Anne gewöhnt. Die Witzeleien waren seltener geworden. Bill wurde insgeheim beneidet. Anne sah auch viel gereifter aus als im Jahr zuvor, eine Veränderung, die nicht zuletzt auf die Schwangerschaft zurückzuführen war.

Für die nächsten Wochen planten sie wieder einen Aufenthalt in New York, um mit Gail zusammenzukommen. Der Arzt hatte nichts dagegen einzuwenden, doch am Tag vor dem Abflug fing Anne leicht zu bluten an und wurde von Bill sofort ins Bett gesteckt. Sie war vor Angst halb wahnsinnig, doch der Arzt beruhigte sie. In den ersten Monaten litten viele Frauen darunter. Es habe nichts zu bedeuten.

Nach drei Tagen hatte die Blutung noch immer nicht aufgehört. Jetzt bekam Bill es mit der Angst zu tun. Er zog einen zweiten Arzt hinzu, der eine ähnliche Meinung äußerte wie der erste. Aber Anne war unter ihrer Sonnenbräune krankhaft fahl. Das machte die Angst. Sie rührte sich kaum aus dem Bett, und Bill fuhr täglich über Mittag heim und kam abends früher nach Hause. Man müsse abwarten; beide Ärzte zeigten sich unbesorgt, bis nach einer Woche ununterbrochener Blutungen Anne in der Nacht starke Krämpfe bekam. Ruckartig fuhr sie auf und faßte nach Bills Arm. Die Schmerzen waren so stark, daß sie kaum sprechen konnte. Sie hatte das Gefühl, ihr Unterleib würde von einem heißen Schürhaken durchbohrt. Bill verständigte sofort den Arzt, hüllte Anne in eine Decke und fuhr in die Klinik.

Anne lag mit angstgeweiteten Augen in der Notaufnahme, umklammerte seine Hand und bat ihn flehentlich, nicht fortzugehen. Der Arzt erlaubte ihm zu bleiben, obwohl es kein schöner Anblick war. Sie litt furchtbare Schmerzen und blutete stark. Es waren keine zwei Stunden vergangen, als sie das verzweifelt herbeigesehnte Baby verlor und sich in Bills Armen ausweinte.

Sie wurde in den Operationssaal gerollt, weil eine Ausschabung gemacht werden mußte. Sie erwachte in einem anderen Raum, und wieder war Bill an ihrer Seite, hielt ihre Hand und beobachtete sie besorgt.

Eine Erklärung gebe es nicht, sagte der Arzt. Manche Föten würden aus irgendwelchen Gründen vom Körper abgestoßen. Und das sei gut so, weil es oft mißgebildete Föten seien. Aber Anne war tieftraurig und fand auch keinen Trost, während sie zu Hause wochenlang das Bett hütete. Sie hätte aufstehen können, hatte aber keine Lust. Sie verlor fünfzehn Pfund an Gewicht, sah elend aus und weigerte sich, mit jemandem zu sprechen oder gar auszugehen. Schließlich erfuhr Faye auf Umwegen von Annes Zustand. Lionel hatte Anne angerufen, nur um sich einmal zu melden, und Bill hatte ihm von der Fehlgeburt erzählt. Lionel wiederum berichtete Faye davon, die nun anrief und sich nach ihrem Befinden erkundigte. Bill mußte ans Telefon gehen und sagen, daß Anne mit niemandem sprechen wolle. Sie weigerte sich, Faye zu sehen. Als Bill sie dazu drängen wollte, schrie sie, alles sei nur Fayes Schuld, weil sie sie gezwungen habe, ihr Baby fortzugeben. Sie haßte alle, manchmal sogar Bill.

Es wurde November, bis er sie überreden konnte, endlich wieder etwas zu unternehmen. Sie holten den Ausflug nach New York nach, und als sie ankamen, äußerte Gail sich erschrocken über Annes elendes Aussehen. »Sie sieht ja furchtbar aus.«

»Ich weiß.« Auch Bill machte sich große Sorgen, doch konnte er nichts tun, als ihr wieder zu einer Schwangerschaft zu verhelfen, und das konnte lange dauern. »Es hat sie schwer getroffen.«

Inzwischen waren seit der Fehlgeburt fast zwei Monate vergangen, und Anne verlor kein Wort mehr darüber. Man sah ihr aber an, was dieser Verlust für sie bedeutete. Nicht einmal der Schmuck, den Bill ihr schenkte, konnte sie aus ihren Depressionen reißen, gar nichts ... auch nicht der Weihnachtsurlaub in St. Moritz.

Im Januar erwachte sie zu neuem Leben. Die schreckliche Zeit lag nun hinter ihr. Aus der sechswöchigen Depressionsphase, die der Arzt vorausgesagt hatte, waren drei Monate geworden, aber jetzt war sie darüber hinweg, zum Teil wenigstens, und nahm ihr gewohntes Leben wieder auf. Sie machte Einkäufe, besuchte Freundinnen und rief Gail in New York wieder häufiger an. Sie legte auch ihre Temperaturtabellen wieder an, und diesmal machte sich das Warten schon nach zwei Monaten bezahlt. Am Valentinstag entdeckte sie, daß sie wieder schwanger war. Diesmal sollte es nur sechs Wochen dauern. Sie verlor das Baby am 1. März – zwei Wochen nachdem sie die Schwangerschaft entdeckt hatte.

Bill machte sich wieder auf eine lange depressive Phase gefaßt, doch diesmal verlief alles viel ruhiger. Verschlossen und in sich gekehrt verlor Anne kaum ein Wort darüber, auch nicht zu Bill. Irgendwie bereitete ihm dies noch mehr Sorgen. Lieber wäre ihm gewesen, sie hätte dauernd geheult, damit sie ihren Kummer los wurde. Statt dessen zeigte sich in ihrem Blick etwas Abweisendes und Totes. Sie legte die Temperaturkurven endgültig weg, warf das Thermometer fort und zeigte Lust, das Gästezimmer in Grün oder Blau neu zu tapezieren. Bill war voller Mitgefühl, mehr noch als beim ersten Mal, und doch konnte er ihr nicht helfen.

Eines Nachts im Dunkeln vertraute sie ihm ihre Befürchtung an, die Drogen, die sie vor Jahren genommen hatte, könnten schuld an den Fehlgeburten sein. Er beruhigte sie sofort. Das alles war immerhin fünf Jahre her. Bill war überzeugt, daß es nichts damit zu tun habe. Aber Anne klammerte sich an ihre Schuldgefühle, an ihre Reue und an ihre Erinnerungen. Aus alldem ging hervor, daß sie an eine neue Schwangerschaft nicht mehr glaubte, und Bill wagte nicht, ihr zu widersprechen. Wenn sie miteinander schliefen, legte sich das alles wie ein stiller Druck auf ihn. Wenigstens hatte sie mit dem ewigen Temperaturmessen aufgehört. Das war schon eine kleine Erleichterung.

Einem Kontakt mit ihren Eltern, insbesondere mit Faye, ging Anne nach wie vor aus dem Weg. Hin und wieder erfuhr sie durch Bill Neuigkeiten, die sie betrafen. Er hatte gehört, daß sie einen wichtigen Film planten und verzweifelt nach einer geeigneten Hauptdarstellerin suchten.

»Vielleicht bekommt Val die Rolle«, bemerkte Bill ganz nebenbei, eigentlich nur, um Anne zu zerstreuen. Sie nahmen ihr Mittagessen am Pool ein. Anne mußte sich ständig ins Gedächtnis rufen, daß Bill ihr ein wundervolles Leben und viel Glück schenkte, wenn er ihr auch zu keinem Kind verholfen hatte. Noch nie war sie so umhegt worden. Sie war es, die ihn im Stich ließ, weil sie ihm kein Kind schenken konnte. Aber ihm schien das gar nicht so viel auszumachen.

Der Gedanke, Val könne in einem Film ihrer Eltern spielen, kam ihr so komisch vor, daß sie schallend lachte. »Die Rolle bekommt sie nur, wenn es ein Horrorfilm wird und sie ihren gräßlichen Schrei anbringen kann.« Sie schilderte ihm Vals berühmten Schrei, und auch Bill lachte. Er war sehr erleichtert, daß Anne die Depression so rasch überwunden hatte.

Bills Vorschlag war gar nicht so abwegig, wie er sich anhörte. Faye und Ward hatten in ihrem Büro noch Hunderte Fotos zu sichten, ein Stapel abgelehnter Bilder lag bereits auf dem Boden. Sie hatten buchstäblich alle Schauspielerinnen in Betracht gezogen, und keine war geeignet für diese Rolle. Es wurde eine junge, schöne und frische Darstellerin gesucht, eine Schauspielerin, die echt wirkte. Schließlich rückte Ward mit der Idee heraus, die auch Bill geäußert hatte, nur meinte er es ganz ernst.

»Val?« Faye mußte erst tief durchatmen. Dann sah sie Ward forschend an. »Das halte ich für keine gute Idee.«

Noch nie hatte sie eines ihrer Kinder in einem Film beschäftigt. Über zwei Jahrzehnte lang hatte sie ihre zwei Welten strikt getrennt, und jetzt drohten sie zusammenzustoßen. Außerdem wußte sie genau, wie schwierig es war, mit Val auszukommen. Hinzu kam der Umstand, daß Val noch in keinem anspruchsvolleren Film mitgewirkt hatte. Und doch . . . es wäre eine großartige Sache für sie. »Ich weiß nicht recht . . .«

»Wir haben alle in Betracht gezogen, die nur annähernd in Frage kommen. Wenn du nicht noch in New York oder in Europa suchen möchtest, dann müssen wir hier jeden Stein umdrehen. Warum versuchst du es nicht wenigstens?«

»Und wenn es nicht klappt?«

»Dann kannst du sie feuern.«

»Mein eigenes Kind?« Sie war entsetzt.

»Sehr unwahrscheinlich, daß es dazu kommt.« Ward ließ sich von seiner Idee nicht abbringen. »Damit könnte sich Vals ganzes Leben ändern. Es könnte die Chance sein, die sie dringend braucht. Talent hat sie, es fehlt ihr nur die Chance, es zu zeigen.«

Faye war nachdenklich geworden. »Du tust so, als wärest du ihr Agent. Ward, lassen wir das. Sie ist für die Rolle nicht geeignet.« Das entsprach nicht ganz Fayes Meinung, war aber im Moment die geeignetste Ausflucht.

»Warum sagst du das?« Er nahm Vals gerahmtes Foto von seinem Schreibtisch und reichte es Faye. »Ganz im Gegenteil, sie sieht genauso aus, wie wir uns die Darstellerin für diese Rolle vorstellen.«

Faye sah lächelnd zu ihrem Mann auf. »Also gut, ich gebe es auf.« Faye schien selbst erleichtert und glücklich über ihre Entscheidung. Ward lächelte nur. Er war stolz auf sie. Beide wußten, daß es nicht einfach sein würde, aber sie hatten die richtige Wahl getroffen, und er würde alles tun, damit das Projekt glatt über die Bühne ginge.

Faye mußte zugeben, daß Ward recht hatte. Val war tatsächlich dem Aussehen nach genau richtig für die Rolle. Aber die Zusammenarbeit würde für beide eine große Nervenprobe sein, für Val jedoch die Chance ihres Lebens bedeuten.

Faye stand auf, und Ward ging auf sie zu und zog sie an sich.

»Weißt du, daß du großartig bist?«

In Fayes Blick lagen Zweifel. »Vergiß nicht, das deiner Tochter zu sagen.«

40

»Ich soll ... was?!«

Val kreischte ihr Erstaunen ins Telefon. Ihr Agent hatte sie mit dem Anruf überrascht, während sie dasaß, sich die Nägel maniküre und mit der Frage rang, ob sie abends zum Essen ausgehen sollte oder nicht. Der Kühlschrank war leer wie gewöhnlich, aber die Mädchen hatten gesagt, sie wollten auf der Heimfahrt unterwegs etwas Warmes mitnehmen. Val hatte keine Lust zum Ausgehen. Und sie hatte die Männer satt, mit denen sie sich in jüngster Zeit abgegeben hatte. Die wollten ja doch nichts als mit ihr ins Bett gehen. Nach einer gewissen Zeit lief sich die Sache tot. Sie hatte ihre Jungfräulichkeit vor sechs Jahren verloren und konnte sich an die vielen Männer, mit denen sie geschlafen hatte, gar nicht mehr erinnern.

»Du sollst für Faye Thayer eine Rolle lesen«, wiederholte ihr Agent.

Sie lachte auf. »Ist dir klar, wer ich bin?« Der Kerl mußte sich geirrt haben. »Hier spricht Val Thayer.« Das Wort »Trottel« lag ihr auf der Zunge.

In einigen Tagen sollte sie für eine andere Rolle vorsprechen, für einen Drogenfilm. Es handelte sich wieder um eine kleine Rolle, doch mit der Gage konnte sie die Miete bezahlen. Noch war sie nicht bereit, sich geschlagen zu geben. Sie spielte seit vier

Jahren, und sie wußte, daß der große Durchbruch noch kommen würde, aber ganz bestimmt nicht, wenn sie ihrer Mutter eine Rolle vorlas. Wirklich eine sehr komische Sache.

»Val, das ist kein Witz. Eben hat das Büro deiner Mutter angerufen.«

»Du hast sie wohl nicht mehr alle!« Sie stellte den Nagellack hin. »Für mich ist es ein Scherz. Also, ich lache mich tot. Los, sag schon, warum hast du wirklich angerufen?«

»Das sagte ich schon.« Langsam verzweifelte er. Faye Thayers Büro rief schließlich nicht alle Tage bei ihm an, und allein deswegen war er schon ziemlich nervös. Er betrieb eine kleine Agentur am Sunset-Strip, die vor allem Darstellerinnen und Models für B-Filme, Horrorfilme, Softpornos und Oben-ohne-Shows vermittelte. Faye war außer sich gewesen, als sie erfuhr, bei wem Val unterschrieben hatte.

»Val, ihr ist es ernst. Morgen um neun möchte sie dich sehen.«

»Warum?« Val spürte, wie ihre Achselhöhlen feucht wurden. Warum hatte ihre Mutter ihn angerufen und nicht sie selbst?

»Du sollst aus dem Stegreif vorlesen.« Er hatte vorgeschlagen, das Skript zu holen, damit Val es abends noch durchstudieren konnte. Die Sekretärin hatte abgelehnt, und Mrs. Thayer sei nicht zu erreichen, hatte es geheißen. Val solle sich am nächsten Morgen um neun melden, basta. Ob er interessiert sei? Er hatte natürlich zugegriffen, aber jetzt mußte er erst Val überzeugen.

»Was soll ich lesen?«

»Soviel ich weiß, geht es um eine Rolle in ihrem neuen Film.« Das war allerdings ein Ding, und Val zeigte sich schließlich doch einverstanden. Sie konnte der Versuchung nicht widerstehen, gleich zu Hause anzurufen. Es meldete sich niemand. Nicht einmal das Hausmädchen war da. Val machte das richtig traurig. Früher waren immer so viele dagewesen, und jetzt war das Haus leer.

Dieses Gefühl traf auch Faye, als sie nach Hause kam. Aber Vals Gedanken waren schon völlig von der geheimnisvollen Rolle in Anspruch genommen, die sie lesen sollte. Nachdem sie die ganze Nacht kaum ein Auge zugemacht hatte, stand sie um sechs auf, wusch ihr Haar, machte ihr Gesicht zurecht und kontrollierte ihre Nägel. Sie entschied sich für ein schlichtes schwarzes Kleid – für den Fall, daß alles doch ernst gemeint war. Für neun Uhr morgens war das Kleid trotzdem etwas zu anspruchsvoll, und außerdem war es sehr tief ausgeschnitten und brachte ihre weißen vollen Brüste vollendet zur Geltung. Da es auch ziemlich kurz war, sah man viel von ihren langen Beinen. Es war genau die Aufmachung, die sie bei jedem anderen Vorsprechen gewählt hätte, deshalb machte sie für Faye Thayer keine Ausnahme.

Auf der Fahrt ins Studio versuchte sie sich einzureden, es sei ein Vorstellungsgespräch wie jedes andere. Sie konnte nicht verhindern, daß ihre Hände zitterten, als sie die Tür öffnete. Leider hatte sie sich mit ihrem Make-up und der Frisur so lange aufgehalten, daß sie eine halbe Stunde zu spät kam, was ihr einen mißbilligenden Blick der Sekretärin eintrug. Auch Faye warf einen demonstrativen Blick auf die Uhr, als Val eintrat. Der zweite Blick galt Vals tiefem Ausschnitt. Dann aber sah sie ihrer Tochter lächelnd in die Augen. Sie schien ebenso nervös wie Val.

Am anderen Ende des großen Raumes saß Ward mit zwei Herren. Vor ihnen standen mehrere Tischchen, auf denen Fotos von Schauspielerinnen lagen, die sie durchsahen. Sie blickten kurz auf, und Val bemerkte, wie ihr Vater ihr zuzwinkerte.

Doch sie mußte sich jetzt auf ihre Mutter konzentrieren, auf jenen Menschen, den sie immer innerlich abgelehnt hatte. Und doch bot Faye Thayer ihr jetzt eine große Chance.

»Hallo, Valerie.« Ihre Stimme war sanft und ihr Wesen viel professioneller, als Val es an ihr kannte, so als wollte sie ihr etwas zu verstehen geben, ohne es auszusprechen. Val hatte auch den Eindruck, daß ihre Mutter sie irgendwie ermutigen wollte.

Plötzlich war Val die Ruhe selbst. Vergessen waren die drei Oscars ihrer Mutter. Sie dachte nur an das Drehbuch in ihrer Hand. In diesem Augenblick bedeutete es ihr alles. Die große Chance hatte lange auf sich warten lassen, ohne daß ihr Zweifel an ihrem Talent gekommen wären. Und wenn es sie den Kopf kosten sollte, sie wollte die Rolle bekommen.

Faye ließ sie nicht aus den Augen. Fast schien es, als tastete sie mit ihrem Blick Vals Gesicht ab, während sie ihr alles Gute wünschte. Insgeheim sprach sie ein Stoßgebet.

»Du sollst eine Rolle lesen.« Damit gab sie ihr das Drehbuch.

»Ja, das sagte mir schon mein Agent. Was für eine Rolle ist es?«

»Eine junge Frau, die ...« Faye schilderte die Rolle, und wieder fragte sich Val, warum man ausgerechnet auf sie verfallen war. Sie wollte schon fragen, entschied sich dann aber, lieber den Mund zu halten.

»Darf ich mir den Part kurz durchlesen?« Val sagte es mit einem durchdringenden Blick. Immer war sie eifersüchtig auf Faye gewesen, auf ihr Aussehen, ihre Vergangenheit, den Erfolg, auf ihre Karriere als Schauspielerin, die sie in jungen Jahren aufgegeben hatte. Und jetzt saß sie da und sollte für sie eine Rolle lesen. Es konnte der Wendepunkt ihrer Karriere sein.

Ihre Mutter nickte. Val fiel auf, daß sie gealtert war. Sie war zwar erst einundfünfzig, doch die letzten Jahre hatten sichtbaren Tribut gefordert. Val wollte diese Rolle, sie wollte sie unbedingt. Sie wollte ihrer Mutter beweisen, daß sie spielen konnte, weil sie wußte, daß Faye von ihrem Talent nicht viel hielt. Wahrscheinlich war der Vorschlag von Dad gekommen.

»Geh nach nebenan und laß dir zehn Minuten Zeit.« Der Ton war freundlich, der Blick besorgt. Wenn sie es nicht schaffte, was dann? Val deutete die Befürchtungen ihrer Mutter richtig. Das war eine Seite an ihr, die ihre Kinder immer übersehen hatten, der hundertprozentige Profi, der Regisseur, der seinen Darstellern alles abverlangte, die Frau, die in ihrer Arbeit aufging. Jetzt auf einmal sah Val dies alles, sah, wer Faye war und was sie machte und wie anspruchsvoll sie sein konnte.

Vals Angst war verflogen. Sie war überzeugt, daß sie der Aufgabe gewachsen war. Während sie die Rolle durchlas, geriet sie in einen fast tranceähnlichen Zustand, erarbeitete sich die Person, die sie darstellen sollte, und machte sich ihren Charakter zu eigen. Und als sie wieder vor Faye stand, war sie eine andere geworden.

Ward und seine Gesprächspartner unterbrachen ihre Beratung und sahen ihr zu. Das war kein Vorlesen, was Val jetzt lieferte. Sie raste und stürmte und sprach ihren Text, ohne einen einzigen Blick ins Drehbuch zu werfen. Ward hätte sie am liebsten umarmt. Er wußte, was ihr die Arbeit bedeutete und wieviel ihr an dieser Rolle liegen mußte.

Faye weinte vor Freude und Stolz, als Val geendet hatte. Zwischen Mutter und Tochter wurde ein tiefer Blick gewechselt. Dann fielen sie einander unter Lachen und Weinen in die Arme. Ward war gerührt.

Schließlich sah Val ihre Eltern an. »Na, was ist? Bekomme ich jetzt die Rolle?«

»Verdammt, ja!« rief Faye und zuckte zusammen, als Val ihren mittlerweile berühmt gewordenen Schrei ausstieß.

»Halleluja!«

41

Im Mai fingen die Dreharbeiten an. Val merkte sehr bald, daß sie noch nie so intensiv gearbeitet hatte. Faye forderte von ihr wie von allen anderen das Äußerste. So ging es Stunde um Stunde jeden Tag, und Val mußte alles geben, was in ihr steckte. Genausoviel verlangte Faye auch von sich selbst. Das war ihre Arbeitsweise, der Grund dafür, daß ihre Filme so gut waren und sie mit drei Oscars ausgezeichnet worden war, über die Val immer die Nase gerümpft hatte. Jetzt rümpfte sie sie nicht mehr. Sie war von ihrer Arbeit besessen, obwohl sie abends vor Müdigkeit kaum noch kriechen konnte und fast jeder Drehtag mit Tränen endete. Mit ihren zweiundzwanzig Jahren hatte sie so intensive Arbeit noch nicht kennengelernt und war nicht sicher, ob sie in Zukunft je wieder so hart drangenommen werden würde. Wenn ja, dann nur, weil sie es selbst wollte. Niemals wieder würde jemand von ihr soviel fordern ... und niemals wieder würde sie soviel lernen. Auch das war ihr klar. Val war glücklich und stolz und dankbar für alles.

Die Dreharbeiten waren drei Wochen im Gange, als ihr Co-Star George Waterston ihr anbot, sie nach Hause zu bringen. Sie kannte ihn flüchtig von früher und wußte, daß er nicht sehr erbaut gewesen war, als er erfuhr, sie würde seine Partnerin sein. Er hätte eine bekannte Schauspielerin vorgezogen. Faye hatte ihm erst gut zureden müssen, bis er Val endlich akzeptierte. Sie hatten vereinbart, Val würde gefeuert, falls es sich zeigen sollte, daß sie nichts taugte. Der Atelierklatsch hatte dafür gesorgt, daß Val es erfuhr, und sie mußte daran denken, als er sie jetzt einlud und ihr in die Augen sah. Unwillkürlich fragte sie sich, ob sie in ihm einen Freund oder einen Gegner sehen sollte. Eigentlich war es ihr einerlei.

Sie war todmüde und brauchte jemanden, der sie nach Hause brachte. Ihr Wagen war schon seit Tagen in der Reparatur, sie kam täglich mit dem Taxi ins Studio.

»Gern, danke«, sagte sie mit dankbarem Blick.

Auf der Fahrt brachte sie nicht einmal mehr die Energie für ein belangloses Gespräch auf, nachdem sie ihm ihre Adresse angegeben hatte. Entsetzt schrak Val auf, als er sie vor ihrem Haus wecken mußte, weil sie eingenickt war.

»Schrecklich ... bin ich eingeschlafen?«

»Sieht so aus. Ich entwickle mich offenbar zum Schlafmittel.«

Er war brünett und hatte blaue Augen, die einen aus einem markanten, etwas verwitterten Gesicht ansahen. George war Mitte Dreißig und schon seit Jahren Vals Schwarm. Das alles gehörte zu den traumhaften Dimensionen, die ihr Leben angenommen hatte. Eine Rolle neben diesem Star in einem gemeinsamen Film! In der Branche wurde schon gemunkelt, sie habe die Rolle nur ihrer Mutter zu verdanken. Das berührte Val überhaupt nicht. Sie würde allen das Gegenteil beweisen. In der Rolle der Jane Dare konnte sie endlich allen zeigen, was in ihr steckte.

Val sah ihren Partner zerknirscht an. »Es tut mir leid. Ich war so müde.«

»Das kenne ich. Bei meinem ersten Film mit Faye ist es mir ähnlich gegangen. Einmal bin ich sogar am Steuer eingenickt und gerade noch rechtzeitig aufgewacht, ehe ich gegen einen Baum fuhr. Zum Schluß hatte ich schon Angst, mich überhaupt ans Steuer zu setzen. Aber Faye holt aus einem heraus, was keinem anderen gelingt, ein Stück Seele oder Herz. Und wenn dann die ersten Tage vorbei sind, braucht sie keinen Druck mehr auszuüben – man gibt ihr alles gern freiwillig.«

Genau das empfand auch Val. Und dazu kam eine ganze Skala neuer Gefühle der Liebe und Achtung für ihre Mutter.

»Ja, ich weiß. Daß sie mir die Rolle gegeben hat, kann ich noch immer nicht richtig fassen.« Val sah George offen an. »Mit den Rollen, die ich bis jetzt gespielt habe, war Mutter gar nicht einverstanden, viel war es wirklich nicht, was ich da lieferte. Das heißt, ich hatte zwar viele Rollen, aber keine so bedeutende wie jetzt.«

Das wußte er. Zum ersten Mal seit Wochen tat sie ihm leid. Zuerst hatte er sie ganz abgelehnt, weil er sie für ein Flittchen gehalten und außerdem geargwöhnt hatte, Faye würde sie bevorzugt behandeln. Sehr bald hatte er einsehen müssen, daß das nicht stimmte. Und jetzt sah er, daß die Kleine Angst hatte. Unter Fayes Regie zu arbeiten und ihn zum Partner zu haben mußte für sie die reinste Hölle sein. Unversehens war sie in eine Welt ausgebuffter Profis geraten, als halbes Kind, wie er jetzt merkte.

»Anfangs hat sie mir auch Angst eingejagt«, gestand er aufrichtig. Er fand Val richtig nett und genoß ihre Gesellschaft.

Sie hatte sich in letzter Zeit unbestreitbar zu ihrem Vorteil verändert, nicht zuletzt durch ihre Aufmachung, die nicht mehr so billig und ordinär wirkte wie früher. Val verzichtete seit einiger Zeit auf auffallendes Make-up, ließ ihre tiefausgeschnittenen und aufdringlichen Sachen im Schrank und begnügte sich mit Jeans und Sweatshirts. Sie lebte sich immer intensiver in die Person der Jane Dare hinein, die sich von Val Thayer beträchtlich unterschied.

»Aber in Wirklichkeit ist Ihre Mutter ja gar nicht so furchteinflößend. Das müßten Sie selbst am besten wissen, Val.«

Noch nie hatte er sie beim Vornamen genannt, und sie akzeptierte es mit einem Lächeln.

»Im Atelier vergesse ich ganz, daß sie meine Mutter ist. Dann ist sie für mich nur die Person, die mich anbrüllt, mich herumkommandiert und mich so wütend macht, daß ich sie manchmal ermorden könnte ...«

»Großartig.« Diese Einstellung gefiel ihm. Er kannte Faye gut, und er wußte, welche Emotionen sie in einem wachrufen konnte. »Genau das möchte sie erreichen.«

Val, die sich in dem geräumigen Wagen, einem weißen Cadillac-Kabrio mit roter Innenausstattung, richtig wohl fühlte, stieß einen matten Seufzer aus. Sie war so müde, daß sie kaum die Kraft zum Aussteigen aufbrachte. Von plötzlicher Nervosität erfaßt, drehte sie sich zu George um. »Möchten Sie noch auf einen Drink mitkommen? Ob etwas Eßbares da ist, weiß ich nicht. Wir könnten uns eine Pizza bringen lassen.«

»Ebensogut könnten wir irgendwo zusammen eine Pizza essen gehen.« Und nach einem Blick auf seine Armbanduhr fuhr er fort: »In spätestens einer Stunde liefere ich Sie wieder hier ab. Ich möchte nämlich noch die morgige Szene durchstudieren.« Da kam ihm eine Idee. »Oder sollen wir sie zusammen durcharbeiten?«

Ein ungläubiges Lächeln war ihre erste Reaktion. Das konnte nicht wahr sein. Sie sollte mit George Waterston eine Szene für einen gemeinsamen Film durcharbeiten? Das mußte ein Traum sein, und sie mußte ganz schnell antworten, ehe sie aufwachte.

»Ja, sehr gern, George – wenn ich nicht wieder einschlafe.«

George lachte und hielt Wort. Unterwegs zu seinem Haus in Beverly Hills aßen sie rasch eine Pizza. Dann beschäftigten sie sich zwei Stunden lang mit ihren Rollen, probierten verschiedene Posen und Stimmungsvarianten, bis sie endlich zufrieden waren. Es war ähnlich wie in Vals geliebten Schauspielkursen, nur war das hier Praxis und Wirklichkeit. Um Punkt zehn brachte er sie nach Hause. Beide brauchten ihren Schlaf. George winkte ihr zu, als sie die Haustür aufsperrte und wie auf Wolken schwebend eintrat. Wie gut, daß niemand da war, weder eines der Mädchen noch einer der Zuhältertypen, die hier aus und ein gingen. Warum war sie nie zuvor einem Mann wie George begegnet?

Aber dieser Gedanke war lachhaft. Auf der ganzen Welt träumten Frauen von einem Mann wie George, und sie durfte wenigstens täglich mit ihm zusammenarbeiten.

Mit den Dreharbeiten ging es gut voran. Val ging noch einige Male zu George und arbeitete an der Rolle. Sie hätte ihn auch zu sich eingeladen, schämte sich aber wegen des Durcheinanders im Haus. George riet ihr dringend, sich eine anständige Wohnung zu suchen. Er stellte für sie eine Art großer Bruder dar, der sie bei seinen Freunden einführte und ihr zeigte, wie die Hollywood-Elite lebte.

»Deine Wohnung muß höllisch sein, Val.« Mittlerweile durfte er ihr buchstäblich alles sagen. Sie arbeiteten täglich zwölf Stunden zusammen und probten jeden Abend noch zwei bis drei Stunden zu zweit. »Alle Welt wird dich für ein billiges Flittchen halten.« Er hatte den Nagel auf den Kopf getroffen. Genau das war seit Jahren der Fall – bis vor kurzem.

»Etwas Besseres kann ich mir nicht leisten.« George konnte es kaum glauben, und doch war es die Wahrheit. Die Thayers, die zu Hollywoods erfolgreichsten Produzenten gezählt wurden, sollten ihre Tochter nicht unterstützen? Val schüttelte mit Entschiedenheit den Kopf. Sich unterstützen zu lassen wäre nicht ihr Stil gewesen. »Seit Jahren habe ich nichts von ihnen genommen, nicht, seitdem ich ausgezogen bin.«

»Eigensinnig bist du wohl gar nicht, wie?« Sein Lächeln machte ihr bewußt, daß in letzter Zeit eine wärmere und herzlichere Bindung zwischen ihnen bestand. Sie hatte sich angewöhnt, sich auf ihn zu verlassen – sich zuviel zu verlassen, wie sie sich mahnend ins Bewußtsein rief. Der gemeinsame Film war eine unwirkliche Welt, die in absehbarer Zeit ein Ende haben würde. Aber George war so umgänglich und angenehm und hatte so viel Erfahrung... Val kam auch mit seinem vierzehnjährigen Sohn Dan blendend aus. George hatte mit achtzehn geheiratet und war mit einundzwanzig geschieden worden. Seine Ex-Frau war jetzt mit Tom Grieves, dem großen Baseballstar, verheiratet. An den Wochenenden und hin und wieder an Mittwochabenden traf er sich mit seinem Sohn. Dabei hatte Val ihnen einige

Male Gesellschaft geleistet und sofort Kontakt zu Dan gefunden. George vertraute ihr an, daß er sich viele Kinder gewünscht hatte. Eine feste Bindung war er seither nicht mehr eingegangen – es war allgemein bekannt, daß er Affären mit einigen berühmten Schauspielerinnen gehabt hatte. Anfang Juni tauchte Vals Name im Zusammenhang mit ihm erstmals in der Presse auf.

Faye war diese Entwicklung nicht entgangen. Sie zeigte Ward den Artikel, ehe sie ins Atelier fuhren. »Hoffentlich fängt sie kein Verhältnis mit ihm an.«

»Warum nicht?« Ward war der festen Meinung, die beiden seien mehr als nur Freunde. George, der in Hollywood allgemein beliebt war und als sehr anständig galt, hatte ihm immer schon gefallen. Faye hingegen sah die Sache aus einem ganz anderen Blickwinkel. Wenn ein Film in Arbeit war, hatte sie nur ein einziges Ziel vor Augen. »Es wird sie von der Arbeit ablenken.«

»Vielleicht auch nicht. Sie kann von ihm viel lernen.«

Faye äußerte etwas Unverständliches, und sie fuhren los. Vielleicht waren ihre Sorgen unbegründet, und Ward hatte recht. Val war in der Rolle glänzend. Sie hütete sich, ihr das zu sagen, damit sie in der Leistung nicht nachließ. Fast bedauerte sie es, daß in einigen Wochen Vanessas Collegeabschluß gefeiert wurde und die ganze Familie nach New York mußte, denn während der Dreharbeiten mied sie prinzipiell gesellschaftliche Kontakte mit ihren Mitarbeitern. In diesem Fall war dies wohl nicht zu umgehen. Aber sie wollte sich in New York von Val fernhalten und hoffte auf deren Verständnis. Das Verhältnis zu ihrer Tochter war so gut wie nie zuvor, aber sie war nicht nur Mutter, sondern Regisseur, und das war das einzige, was im Moment zählte.

Als George erfuhr, daß Val nach New York mußte, wollte er mitkommen. »Ich war seit vorigem Jahr nicht mehr da. Außerdem könnte ich Dan mitnehmen.«

Die Beziehung zwischen ihnen hätte nicht sonderbarer sein können. Sie waren fast ständig zusammen, und doch hatte er sie nicht angerührt. Das bedauerte Val, andererseits wollte sie die Freundschaft, die sich zwischen ihnen entwickelt hatte, nicht aufs Spiel setzen. »Ja, Dan sollte New York kennenlernen. Ich wohne immer im Carlyle.«

»Ich glaube, meine Eltern werden mit meinen Geschwistern im Pierre absteigen.«

Dieser Vorschlag war von Bill gekommen, und Faye war einverstanden, daß er dort Zimmer reservieren ließ. Ganz langsam hatten sie sich mit ihm angefreundet. Ward spielte manchmal mit ihm Tennis.

George hatte eine Idee. »Eigentlich könntest du mit uns im Carlyle wohnen. Wie ich Faye kenne, wird sie sich ohnehin nicht viel mit dir zeigen wollen.«

Val wußte es, weil Ward es ihr erklärt hatte. Der Vorschlag, den George ihr gemacht hatte, erschien ihr ideal.

»Während der Dreharbeiten will sie privat mit ihren Stars nichts zu tun haben«, sagte George. »Sie behauptet, das würde sie nur verwirren. Sie möchte es nur mit einer Identität zu tun haben. Und gegenwärtig bist du für sie Jane Dare. Valerie Thayer und George Waterston existieren für sie momentan gar nicht.« Er selbst spielte in diesem Film die Rolle eines gewissen Sam.

Val nickte verständnisvoll. Ihr gefiel der Plan, mit ihm im Carlyle zu wohnen. »Wird Danny nichts dagegen haben?« fragte sie.

»Unsinn. Er ist versessen auf dich.«

So sah es tatsächlich aus, als sie zu dritt in der Luxusklasse nach New York flogen. Unter den erstaunten Blicken Vals und Dans mußte George Autogrammwünsche erfüllen, und schließlich machten sie sich den Spaß und baten ihn auch um eines. Val spielte Karten mit Dan, während George schlief, und dann sahen sie sich gemeinsam den Film an – zufällig einer von Georges neueren Filmen.

In New York wartete eine Limousine auf sie, die sie direkt ins Carlyle brachte. George hatte eine Suite mit drei Schlafzimmern reservieren lassen. Dazu gehörten eine kleine Küche und ein geräumiges Wohnzimmer mit Klavier und Blick auf den Park. Die Räume lagen im vierunddreißigsten Stock, und Dan war außer sich vor Begeisterung. Sie ließen sich sofort etwas vom Zimmer-Service bringen und gingen abends in den 21 aus.

Nachdem Danny zu Bett gegangen war, saß Val mit George in der Bar des Carlyle, und er flüsterte ihr zu: »Jetzt weiß es alle Welt, daß wir ein Verhältnis haben. Wirst du den Klatsch überleben?«

Val bejahte lachend. Das Verrückteste daran war, daß sie wirklich nur gute Freunde waren. Sie saßen da und genossen die Musik von Bobby Short, der dem Klavier Zaubertöne entlockte. Dann fuhren sie hinauf in ihre Suite.

Val wußte, daß inzwischen ihre ganze Familie in New York eingetroffen war, und prompt rief am nächsten Morgen Vanessa an, die sich mit ihr zum Essen treffen wollte. Sie konnte es kaum erwarten, alles über Vals Film zu hören. Am Abend zuvor hatte sie sich mit Faye und Ward zum Dinner getroffen und nicht viel erfahren.

»Du wirst mir alles haargenau erzählen müssen«, sagte Van.

»Meinetwegen. Kann ich George mitbringen?« Sie wollte ihn und den Jungen nicht einfach links liegenlassen.

Vanessa begriff zunächst nicht. »Welchen George?«

»George Waterston natürlich.« Das sagte sie so selbstverständlich, daß Vanessa fast vom Stuhl kippte.

»Soll das ein Scherz sein? Ist er mit dir hier in New York?«

»Genau. Wir sind mit seinem Sohn gekommen. George meinte, ein paar Tage in New York würden ihm guttun, während ich mit dir dein Diplom feiere. Herzlichen Glückwunsch übrigens. Wenigstens eine von uns hat Bildung mitbekommen.«

Aber Van hatte im Moment kein Interesse an Bildung. »George Waterston! Nicht zu fassen!« Sie hielt die Hand über die Muschel und berichtete Jason aufgeregt die große Neuigkeit. Dann fragte sie Val in lautem Flüsterton: »Hast du etwas mit ihm?«

»Nein, wir sind nur befreundet.«

Vanessa glaubte kein Wort davon und sagte es Jason, nachdem sie aufgelegt hatte. Wenn der Typ eigens mit ihrer Schwester nach New York gekommen war, mußten sie mehr sein als nur Freunde.

»Ach, wer weiß das schon«, widersprach Jason. »Ihr Plastikland-Geschöpfe seid manchmal zu sonderbar. Das war immer schon meine Meinung.«

Ihr Umzug in eine Mansarde in SoHo stand kurz bevor. Sie hatten lange nach etwas Geeignetem gesucht und konnten nun kaum erwarten, in ihre neue Bleibe zu kommen. Faye und Ward waren herzlich eingeladen, sie sich anzusehen. Das Versteckspiel war zu Ende. Van lebte offiziell mit Jason zusammen, und das würde sich auch in Zukunft nicht ändern. Faye hatte sie in dieser Richtung ausgefragt, von der Hoffnung bewegt, eine Ehe sei zumindest für die weitere Zukunft geplant, doch sah es nicht danach aus. Nachdem ihre Eltern wieder ins Pierre gefahren waren und er mit Vanessa allein war, beschuldigte Jason sie, ihre Mutter unnötig auf die Folter zu spannen.

»Die Ärmste legt großen Wert darauf, daß aus dir eine ehrbare Ehefrau wird. Wir könnten uns zumindest verloben.«

»Damit wäre alles verdorben.«

»Du spinnst ja.«

»Nein, tue ich nicht. Ich brauche kein Stück Papier. Für uns gibt es Wichtigeres«, rief sie ihm ins Gedächtnis. Sein Stück, ihr Buch, und außerdem mußte sie sich Arbeit suchen. Jason hatte sein Studium schon länger hinter sich und dachte daran, irgendwo seßhaft zu werden. Vanessa hatte es gar nicht eilig. Sie war noch so jung, daß sie das Gefühl hatte, die Zukunft währe ewig. Dafür hatte sie es um so eiliger, Vals Freund kennenzulernen.

Sie verabredeten sich zum Lunch bei PJ Clark. Um Punkt eins waren Valerie, George Waterston und dessen Sohn Dan zur Stelle. George, der in Jeans und T-Shirt kam, trug an den Füßen Gucci-Schuhe ohne Socken, und Dan sah aus wie alle seine Altersgenossen in Khakihosen und blauem Hemd. Erst in letzter Zeit, seitdem er sich für Mädchen interessierte, machte er sich gern adrett zurecht. – Für Valerie, die in einem roten Lederkleid im Zigeunerstil gekommen war, hatte Dan eine besondere Schwäche. Aber Vanessa hatte nur Augen für George, den sie fassungslos anstarrte. Jason und George verstanden sich auf Anhieb. Mit Dan unterhielt Jason sich sehr ausführlich über Sport und versprach, ihn zu einem Spiel der Yankees mitzunehmen, ehe er wieder nach Kalifornien mußte.

Während die anderen redeten, konnte Vanessa sich über die Veränderung, die mit ihrer Zwillingsschwester vorgegangen war, nicht genug wundern. An Val war nichts Schrilles und Übertriebenes mehr, sie strahlte Gelassenheit und Selbstsicherheit aus und machte einen glücklichen und erfüllten Eindruck, so daß ihre Behauptung, sie sei nicht in George verliebt, sehr unwahrscheinlich klang. George seinerseits machte aus seiner Zuneigung kein Hehl.

Als über den Film gesprochen wurde, gestand Valerie, sie könne es noch immer nicht fassen, daß sie die Rolle bekommen habe. Sie schilderte Van anschaulich das Vorsprechen in Fayes Büro und gab zu, daß sie sehr eingeschüchtert gewesen war.

»Sie hat mir immer schon Angst eingejagt.« Es war das erste Mal im Leben, daß sie es sich und anderen eingestand. Vanessa sah sie erstaunt an. Val hatte sich wirklich verändert. Sie war endlich erwachsen geworden und hatte zu einer eigenen Persönlichkeit gefunden. Van stellte fest, daß sie sich besser mit ihr verstand als seit langem.

»Und ich dachte immer, du seist eifersüchtig auf sie.«

»Ja, das auch. Ich war eifersüchtig und hatte gleichzeitig Angst.« Valerie sah George lächelnd an. »Bei der Arbeit kann sie einen noch immer das Fürchten lehren, aber ich lehne sie jetzt nicht mehr ab. Ich sehe, wie hart sie arbeitet. Früher wollte ich mir nicht eingestehen, daß sie sich alles selbst erkämpfen mußte.«

»Ich bin beeindruckt«, sagte darauf Vanessa leise. George und Jason wechselten einen Blick. Wirklich erstaunlich, daß die zwei jungen Frauen Zwillinge waren. Vanessa war so ruhig und intellektuell und strebte nach Erfolgen auf einem ganz anderen Gebiet. Sie wollte gar nicht mehr nach Los Angeles zurück. Sie lebte jetzt in New York, mit Jason, ihrem Freundeskreis und der Verlagswelt, in der sie Karriere zu machen hoffte. Vom Drehbuchschreiben war auch nicht mehr die Rede, sie sprach nur von ihrem Buch – und daneben Valerie mit ihrem flammendroten Haar, auffallend schön und auf den ersten Blick als künftiger Star erkennbar. Sie gehörte jetzt in Hollywood zur obersten Kategorie und nicht mehr zum Abschaum. Sie selbst wußte gar nicht, wie sehr sie sich verändert hatte. Vorbei die Schreie und der grüne Schleim der Horrorfilme. Sie war von der Aura des Startums umgeben, ähnlich jener Aura, die einmal Faye umgeben hatte.

Bei der Abschlußfeier, die am nächsten Tag stattfand, ließ Faye unauffällig den Blick in die Runde schweifen. Da war Anne, makellos in ihrem Modellkleid, mit winzigen Diamanten im Ohr, Arm in Arm mit Bill. Dann Vanessa, hübsch und ernst in Talar und Barett. Valerie, bestechend schön, die sich ihres Aussehens nicht bewußt zu sein schien, daneben Lionel, der wieder glücklicher wirkte, so daß Faye vermutete, es müsse einen neuen Mann in seinem Leben geben. Fragen wollte sie ihn nicht, und Ward konnte es auch nicht. Lionel konnte machen, was er wollte. Er war fünfundzwanzig, und sie hatten ihn akzeptiert, wie sie schließlich alle ihre Kinder akzeptiert hatten, obwohl Faye genau wußte, daß dies zum Teil nur einseitig war. Anne konnte ihr die Sache mit dem Kind nicht verzeihen, Val neidete ihr noch immer den Erfolg, Vanessa war ihr völlig entwachsen ... und Lionel lebte sein Leben. Der arme Greg war tot. Er fehlte ihr sehr, mit seinem wirren Haarschopf und seiner Leidenschaft für Sport und Mädchen, auch wenn er Ward nähergestanden hatte als ihr. Sie drückte Wards Arm fester, weil sie wußte, daß auch er in Gedanken bei Greg war. Es war schmerzlich für beide.

Bei der Feier im Plaza herrschte Hochstimmung. Faye hatte im Edwardian Room einen Tisch ganz mit weißen Blüten dekorieren lassen, und als Ward Vanessa das Geschenk überreichte, verschlug es ihr buchstäblich die Rede. Es hatte zwischen Faye und Ward deswegen langwierige und hitzige Debatten gegeben. Schließlich hatten sie sich entschieden, Jason in das Geschenk mit einzubeziehen. Die beiden bekamen Tickets für eine Europareise mit einem großzügigen Scheck für die Reisespesen und dazu Reservierungen in den besten Hotels. Es würde eine sagenhafte Reise werden. Faye freute sich, daß Jason sich freimachen und mitkommen konnte, sobald sie den Umzug nach SoHo hinter sich hatten. Er hatte seinen Lehrauftrag aufgegeben, um sich ganz seinem Theaterstück zu widmen.

470

»Na, ihr beiden, damit seid ihr für eine Weile versorgt«, stellte Ward lächelnd fest, der sich natürlich auch wünschte, Van und Jason würden heiraten, aber davon war im Moment wohl noch nicht die Rede.

Ähnliche Gedanken machte er sich über George Waterston und Val. George hatte sich für diesen Nachmittag mit seinem Sohn selbständig gemacht. Ward wußte, daß Val mit ihm zusammenwohnte. Er hatte kein Wort darüber verloren. Und dann waren da noch Bill und Anne ... Bill schien mit allen sehr gut auszukommen, und Anne hatte Gail eingeladen, die mit Lionel angeregt plauderte. Sie erzählte begeistert von ihrer Ausbildung zur Designerin und von ihrem Ferienjob. Und Lionel sprach von dem Film, an dem er arbeitete.

Alle waren glücklich und jung – ein herzerfrischender Anblick, wie Ward Faye anvertraute, während sie langsam zurück ins Pierre schlenderten. Ganz unerwartet faßte er sie unter, zog sie an den Rand des Gehsteiges und wechselte ein paar Worte mit dem Mann, der neben der Pferdedroschke stand. Ehe Faye wußte, wie ihr geschah, machten sie händchenhaltend eine Rundfahrt im Central Park und küßten sich. Nach einem langen gemeinsamen Leben war sie noch immer sehr verliebt in Ward.

»Ich muß sagen, unsere Rasselbande hat sich gut gemacht«, sagte er voller Stolz, und Faye widersprach nicht. Im Geiste ging er noch einmal die Kinder durch. Unter Hufgeklapper rollten sie dahin, und auch Faye war in Gedanken bei den Kindern. Sie hatte mit Val nicht viel gesprochen und hoffte, George, der ihre Arbeitsmethode kannte, würde ihrer Tochter die Gründe dafür erklären.

»Ich muß sagen, du siehst noch immer besser aus als sie alle«, bemerkte Ward unvermittelt.

»Ach du ...« Sie gab ihm einen Kuß. »Du bist wirklich so verrückt, wie ich immer dachte.«

»Nur verrückt nach dir.« Wieder küßten sie sich und hielten sich an den Händen, glücklich miteinander und zufrieden mit dem Leben. Seite an Seite hatten sie einen langen Weg zurückgelegt.

42

»Sollen wir zum Dinner ausgehen, Liebling?«

Anne, die im Hotelzimmer auf dem Bett lag, schüttelte den Kopf. Gottlob war alles glatt verlaufen. Eigentlich hatte sie gar nicht kommen wollen, aber Bill hatte sie gedrängt, und außerdem bot sich Gelegenheit zu einem Treffen mit Gail. Das war der Punkt, der sie schließlich überzeugt hatte. Bill hatte ihr sogar anschließend eine Europareise vorgeschlagen, für die sie aber nicht in Stimmung war. Anne war überhaupt nur noch müde. Seit Monaten schon, eigentlich seit der ersten Fehlgeburt. Sie hatte sich seither nie so richtig erholt, und Bill hatte wieder Anlaß, sich Sorgen zu machen.

»Warum lassen wir uns nicht etwas zum Essen heraufbringen?« schlug sie vor. Anne wußte, daß Gail sich mit Lionel verabredet hatte, dessen Gesellschaft sie sehr genoß. Unter Gails Bekannten gab es viele Schwule. Anne hatte nicht mitgehen wollen. Sie fürchtete, Bill würde sich in dieser Gesellschaft langweilen. Daß sie selbst sich langweilen würde, wußte sie mit Sicherheit. Jason und Van würden sehr lange feiern. Val hatte ihren Filmstar, und sie selbst hatte keine Sehnsucht, mit ihren Eltern zusammenzusein. Ein Treffen am Tag war mehr als genug. Aber Bill fand es schade, einen Abend in New York so zu vergeuden

»Bist du sicher, daß du nicht ausgehen möchtest?«

»Ganz sicher. Mir ist nicht danach zumute.«

»Ist dir übel?« Er mußte an die Zeit denken, als Gails Mutter unter diesen Zuständen gelitten hatte. Anne mußte sofort nach der Rückkehr zum Arzt.

Doch als sie in der Woche darauf wieder zu Hause waren, wollte sie nichts davon wissen. »Ich brauche keinen Arzt. Mir geht es gut.« In ihrem Blick lag Entschlossenheit, doch Bill wollte nicht nachgeben. Es gab Dinge, die waren ihm zu wichtig, und sie war das allerwichtigste. Er wollte sie nicht verlieren. Niemals.

»Es geht dir nicht gut. Du fühlst dich jämmerlich. Du wolltest schon in New York nicht mit mir ausgehen.« Damals hatten sie auf dem Zimmer gegessen, und Anne war sehr früh ins Bett gegangen wie seither jeden Abend. Und er vermutete, daß sie auch tagsüber viel schlief. »Wenn du dir keinen Termin geben läßt, dann werde ich dich zu einer Untersuchung anmelden.«

Und genau das machte er. Er verabredete einen Termin, holte Anne unter dem Vorwand, sie würden essen gehen, ab und brachte sie zu einem Arzt in Beverly Hills. Anne war wütend.

»Du hast mich angelogen!« schrie sie ihn an.

Es war eines der seltenen Male, daß sie gegen ihn die Stimme erhob, aber er führte sie ins Sprechzimmer wie ein kleines Mädchen, Grund für Anne, ihn und den Arzt wütend anzufunkeln.

Der Arzt konnte nichts Besorgniserregendes entdecken. Die Drüsenfunktionen waren normal, die Lunge und das Blutbild in Ordnung. Da kam ihm ein Gedanke, und er machte ohne ihr Wissen einen Test mit dem Blut, das er ihrem Arm entnommen hatte.

Am Abend rief er Bill an und teilte ihm das Ergebnis mit. Bill vernahm es wie durch einen Nebel, von Freude und Angst gleichermaßen erfüllt. Anne war wieder schwanger. Diesmal wäre er gar nicht auf die Idee gekommen. Und er fürchtete sich vor einer neuen Katastrophe.

»Sie soll sich ganz normal verhalten«, riet der Arzt. »Ihr Körper weiß selbst, was er braucht. Vor allem viel Schlaf, vernünftige Ernährung und möglichst keine Aufregungen. Wenn sie sich in den ersten Monaten sehr schont, wird alles glattgehen.«

Bill nickte und ging nach nebenan, um mit Anne zu sprechen. Sie saß vor dem Fernseher und kämpfte mit sich, ob sie Gail anrufen sollte oder nicht.

Bill war dafür. »Ich glaube, du solltest sie anrufen«, meinte er mit einem Lächeln.

»Warum?«

»Um ihr die gute Nachricht mitzuteilen.«

»Welche denn?« Anne war ahnungslos.

Er beugte sich über sie und küßte sie. »Daß du wieder schwanger bist.«

Ihre Augen weiteten sich. »Ja? Wer sagt das?«

»Eben habe ich mit dem Arzt telefoniert. Er hat den Test auf eigene Faust gemacht, und es stimmt tatsächlich.«

»Wirklich?« Anne konnte es nicht fassen. Dann schlang sie die Arme um seinen Hals. In ihren Augen standen Tränen.

»O Bill . . .«

Sie hatte Angst, auch nur ein Wort darüber zu verlieren, und rief deswegen Gail nicht an. Sie wollte es niemandem sagen, ehe nicht die gefährlichen ersten Monate verstrichen waren. Und diesmal ging alles gut. Das Baby würde im Februar kommen, möglicherweise am Valentinstag. Um diese Zeit würde ihr erstes Kind fünfeinhalb Jahre alt sein, aber das sprach keiner von beiden aus; einziges Thema war das kommende Kind. Bill wußte, wie sehr Anne sich danach sehnte, und behandelte sie wie ein rohes Ei. Sie unternahmen keine Reisen mehr und gingen kaum aus. Anne verbrachte viel Zeit im Bett, und Bill verwöhnte sie noch mehr als sonst.

Faye rief einige Male an und sagte Anne, sie hoffe sehr, daß alles gutgehe, aber Anne reagierte sehr kühl. Sie wollte mit ihrer Mutter nichts zu tun haben, weil im Zusammenhang mit ihr zu viele unangenehme Erinnerungen aufkamen. Auch mit Lionel mied sie jeden Kontakt – aus demselben Grund.

Gail rief sehr oft an und erkundigte sich nach Annes Umfang, und diese behauptete vergnügt, er sei gewaltig. Als sie zufällig einmal Val am Rodeo Drive begegnete, machte Val dieselbe Feststellung. Das war im November. Vals Dreharbeiten waren schon vor vier Wochen beendet worden. Faye wollte den Film zu Weihnachten herausbringen und hielt deswegen das technische Personal gehörig auf Trab – vor Weihnachten deswegen, weil der Film noch im alten Jahr Premiere haben mußte, wenn er für die nächste Oscar-Verleihung nominiert werden sollte.

Anne bemerkte George Waterston in seinem Cadillac am Straßenrand. Unwillkürlich drängte sich ihr die Frage auf, ob die beiden noch immer nur »gute Freunde« waren, wie Val behauptet hatte. Es stand fest, daß Val schöner war als je zuvor. Sie war unterwegs, um sich ein Kleid für die Party zu kaufen, die sie abends besuchen wollte. Anne hatte auch Einkäufe gemacht. Bill wollte mit ihr wieder ausgehen, und sie war aus allem »herausgewachsen«. Nichts wollte ihr passen, nicht einmal ihre Umstandskleider.

»Wie fühlst du dich?« fragte Val ehrlich besorgt. Alle wußten, was das Kind für Anne bedeutete. Anne lachte. Sie genoß die Schwangerschaft trotz aller Beschwerden.

»Dick und fett.«

»Großartig siehst du aus.«

»Danke. Und was machst du so?« Sie sahen sich selten und riefen einander noch seltener an. Es war unglaublich, daß sie unter einem Dach aufgewachsen waren. In Wahrheit waren sie es gar nicht. Val war erst seit kurzem erwachsen, und Anne war es in Bills Haus geworden.

»Ich habe ein neues Angebot.«

»Doch nicht wieder unter Mutters Regie?«

Val schüttelte den Kopf. So unvergeßlich und lehrreich die Arbeit mit ihrer Mutter gewesen war, so war sie auf eine baldige Wiederholung keineswegs erpicht. Alle Schauspieler, die mit Faye gearbeitet hatten, reagierten ähnlich, sogar George. »Einmal in drei Jahren reicht«, hatte er gesagt, und Val mußte ihm recht geben.

»Nein, mit einem anderen Regisseur«, beantwortete sie Annes Frage und nannte seinen Namen und den der anderen Darsteller. Anne war sehr beeindruckt. »Fest entschieden habe ich mich noch nicht«, fuhr Val fort. »Es gibt noch ein paar andere Angebote.« Endlich ging es mit ihrer Karriere bergauf, praktisch über Nacht, und das nach fünf Jahren Schreiszenen in Horrorfilmen. Anne freute sich für sie.

Am Abend berichtete sie Bill davon. »Es wird nicht lange dauern, und sie wird der begehrteste Star in Hollywood sein. Wie deine Mutter«, sagte er.

Es schien nicht mehr unmöglich. Val war begabt, sie war sehr schön, und sie roch nach Erfolg. Allein wenn sie aus einem Wagen ausstieg, merkte man, daß sie eine Persönlichkeit war, anders als früher in ihren knallengen schwarzen Kleidern, auf hohen Absätzen schon am frühen Vormittag. Sie hatte viel dazugelernt. Anne war überzeugt, daß George dahintersteckte. Er mußte der Grund dafür sein, daß Val das Glück aus den Augen strahlte.

»Meinst du nicht auch, daß die beiden mehr sind als nur Freunde?« fragte sie Bill, während sie versuchte, sich in einem Sessel bequem zurechtzurücken. Es glückte erst, als er ihr ein paar Kissen in den Rücken stopfte, wofür sie sich mit einem Kuß bedankte.

»Davon bin ich überzeugt. Sehr vernünftig, daß sie die Sache für sich behalten. George ist ein großer Star. Auf die Publicity mit allen Auswüchsen können sie verzichten.«

Val und George hatten ihre Beziehung vor allen, auch vor Dan, so lange wie möglich geheimgehalten. Aber zu guter Letzt hatten sie es ihm sagen müssen. Val wohnte jetzt bei George in den Hollywood Hills in einem schönen, von Bäumen und hohen Mauern umgebenen Haus. Nicht einem einzigen Klatschreporter war es geglückt, sie aufzustöbern, obwohl die Beziehung schon seit einem Vierteljahr bestand. Nach dem Ausflug nach New York war es zwischen ihnen anders geworden. Sie waren einander jetzt so vertraut, daß sie jeden Atemzug und jedes Innehalten des anderen verstanden. Bei den Dreharbeiten machte sich das wie ein Zauber bemerkbar, den auch Faye zu spüren bekam.

Sie mischte sich nicht ein und ließ den Dingen ihren Lauf. Seit August, als Dan mit seiner Mutter verreist war, lebte Val bei George. Sie erklärten ihr Zusammenleben Danny nach dessen Rückkehr. George sprach manchmal sogar von Heirat, aber eilig hatte es keiner von beiden. Sie brauchten Zeit, um sich ihrer Sache sicher zu sein. Val war überzeugt, es würde bald soweit sein, denn sie waren insgeheim bereit, mehr noch, irgendwie warteten beide auf eine Entscheidung.

»Was meinst du ... könntest du es hier mit einem alten Mann und einem Jungen ewig aushalten?« George küßte ihren Nacken. Es war der Nachmittag, an dem sie Anne begegnet war. Eben hatte sie George geschildert, wie dick Anne geworden war.

»Es ist genau das, was ich unter einem guten Leben verstehe ... obwohl«, sie schnitt ein Gesicht, das keine Zweifel offenließ,

»obwohl es natürlich nicht so ideal ist wie in meiner früheren Wohnung.«

Daraufhin stieß George einen Schrei aus und zauste ihr wildes rotes Haar. »Meinst du die Absteige voller wilder Hühner? Ein Wunder, daß du nicht hinter Gittern gelandet bist.«

»George, wie kannst du nur!«

»Es ist die reine Wahrheit.«

Val hatte endlich ihren Eltern gestanden, daß sie mit George zusammenlebte, und sie war erleichtert, daß sie sich freuten. Sie war zwar erwachsen, aber irgendwie legte sie noch Wert auf ihre Meinung, besonders jetzt, nachdem sie mit Faye gearbeitet hatte. Neuer Respekt für ihre Mutter war in ihr wachgeworden, und zum ersten Mal im Leben fühlte sie sich auch von ihrer Mutter respektiert. Sie hatte Val sogar geholfen, einen neuen Agenten zu finden.

Am Tag nachdem die letzte Klappe gefallen war, hatten sie ein langes Gespräch miteinander geführt.

»Val, du bist sehr, sehr gut. Dein Vater war ja schon immer überzeugt davon, das weiß ich. Nun, ich gebe zu, daß ich meine Zweifel hatte, aber du bist tatsächlich ausgezeichnet und hast eine große Karriere vor dir.«

Diese Worte bedeuteten für Val buchstäblich alles. Sie konnte es kaum fassen, daß sie aus dem Mund Faye Thayers kamen.

»Manchmal habe ich dich richtig gehaßt.« Es war ein schreckliches Geständnis, das sie ihrer Mutter unter Tränen machte. »Ich war immer so eifersüchtig auf deine Oscars.«

»Val, die bedeuten mir doch gar nichts.« Faye sagte das ganz sanft. »Meine fünf Kinder sind meine schönsten Auszeichnungen.«

»Ich sagte auch immer, sie bedeuteten gar nichts, aber das stimmt nicht«, gab Valerie zurück. »Sie sind ein Beweis für geleistete Arbeit und für Qualität. Du bist wundervoll, du bist die Beste.«

Sie hatten einander unter Tränen in den Armen gelegen. Val dachte voller Wärme an diese Szene zurück. Endlich hatte sie ihren Frieden mit ihrer Mutter gemacht. Es hatte lange gedauert.

Sie hoffte, Anne würde es ähnlich ergehen. Wenn sie sich mit Faye nicht aussöhnte, würde sie die Geister der Vergangenheit nie vertreiben können. Das sagte sie auch zu George, mit dem sie alles besprach. Er war nicht nur ihr Geliebter, er war ihr bester Freund.

»Weißt du, daß ich deinen Schwager beneide?« fragte George, als sie sich abends vor dem Kamin niederließen.

Val sah ihn erstaunt an. »Bill? Warum? Du hast alles, was er auch hat, mehr noch. Du hast immerhin mich. Worüber willst du dich beklagen?« schloß sie mit schelmischem Lächeln.

»Recht hast du.« Er erwiderte ihr Lächeln, aber Val entdeckte in seinem Blick ein Sehnen, das ihr noch nie aufgefallen war. George war ein ruhiger Mensch mit Wertvorstellungen und Maßstäben, die ihr zusagten, und er führte ein maßvolles Leben – für ein Hollywood-Idol sehr ungewöhnlich. »Ich beneide ihn um das Kind.«

»Um das Kind?« staunte Val. An Kinder verschwendete sie kaum einen Gedanken. Gewiß, eines Tages wollte sie Kinder haben, doch das lag noch in weiter Ferne. Ihre Karriere war ihr wichtiger. Sie hatte viel Kraft darauf verwendet und stand erst auf der untersten Stufe der Karriereleiter. Val war nicht bereit zurückzutreten, anders als Faye in ihrer Jugend, die sich mit fünfundzwanzig zurückgezogen hatte. Val war fast dreiundzwanzig.

»Möchtest du wirklich ein Baby, George?« Er stand im Zenit seiner Karriere. Im Moment hätte ein Kind für beide Probleme mit sich gebracht, obwohl ihr der Gedanke für einen späteren Zeitpunkt nicht unmöglich erschien.

»Nicht gleich, aber in naher Zukunft.«

»Wie nahe?« Sie drehte sich auf den Bauch und stützte das Gesicht in die Hände. In ihrem Blick lag Besorgnis.

»Wie wär's mit nächster Woche?« neckte er sie und lachte über die wachsende Angst in ihren Augen. »Ach, was weiß ich, in einem oder zwei Jahren. Irgendwann möchte ich wieder ein Kind.«

Val dachte an Dan, der ein lieber Junge war. »Dagegen ist nichts einzuwenden.«

»Sehr schön.« Er schien zufrieden, und wenig später fing er an, sie vor dem Feuer langsam auszuziehen. Als sie sich liebten, flüsterte er ihr etwas von Ausprobieren ins Ohr.

43

»Wie fühlst du dich?« fragte Bill voller Mitgefühl, und Anne lachte.

»Wie würdest du dich fühlen, wenn du so aussähest wie ich? Ich fühle mich dreckig. Ich kann mich nicht rühren, kann kaum atmen; wenn ich mich hinlege, drückt mir das Kind die Luft ab, wenn ich sitze, bekomme ich Krämpfe.«

Bis zum Geburtstermin waren es noch fünf Tage. Trotz ihrer Beschwerden schien sie den Zustand voll auszukosten. Sie sehnte das Kind so inständig herbei, daß sie der Leibesumfang und die Unpäßlichkeiten nicht wirklich störten. Anne wollte endlich ihr Kind in den Armen halten und sein Gesichtchen sehen. Daß es ein Junge sein würde, davon war sie noch immer überzeugt, während Bill insgeheim auf ein Mädchen hoffte – weil er an Mädchen gewöhnt sei, wie er behauptete.

»Möchtest du auswärts essen?« fragte er.

Anne wollte nicht. Ihr paßte nichts mehr, nicht einmal ihre Schuhe. Sie besaß nur drei häßliche Kleider, die sie noch tragen konnte. Zum Ausgehen hatte sie sich schon lange nichts mehr gekauft, weil sie ohnehin nicht außer Haus wollte. So beschränkte sie sich darauf, barfuß im Haus herumzuwandern, bekleidet mit dem weitesten Stück ihrer Garderobe, am liebsten mit einem Nachthemd.

Nach dem Abendessen, bei dem sie nur etwas Suppe und ein kleines Soufflée schaffte, machten sie einen kleinen Spaziergang in der Nachbarschaft. Auch das war zuviel für sie. Kurzatmig und keuchend schleppte sie sich dahin und mußte sich auf einem großen Stein vor einem fremden Haus zur Rast niederlassen. Bill wollte schon laufen und den Wagen holen, aber Anne beteuerte, es mit Leichtigkeit nach Hause zu schaffen. Trotz ihrer Unförmigkeit sah sie so verletzlich aus, daß er vor Mitgefühl fast verging, aber Anne nahm alle diese Unannehmlichkeiten als selbstverständlich hin.

Am nächsten Tag stand sie sogar auf, um ihm das Frühstück zu machen. Sie war so energiegeladen, daß sie sich vornahm, das Kinderzimmer auf Hochglanz zu bringen, seiner Ansicht nach eine völlig überflüssige Maßnahme, die sie aber entschlossen verteidigte. Er sah, wie sie den Staubsauger hinter sich herzog, als er aus dem Haus ging.

Bill war ihretwegen so besorgt, daß er zu Mittag nach Hause kam, um nach ihr zu sehen. Anne lag ganz ruhig mit der Stoppuhr in der Hand auf dem Bett, zählte die Abstände zwischen den Wehen und atmete nach der Methode Lamaze, die sie erlernt hatte. Geistesabwesend sah sie Bill entgegen, der sofort an ihrer Seite war.

»Ist es soweit?«

Sie lächelte gelassen. »Ich wollte ganz sicher sein, ehe ich dich bei der Arbeit oder beim Essen störe.«

Nervös nahm er ihr die Uhr ab. »Du hättest nicht staubsaugen sollen.«

Sie lachte. »Ach was, irgendwann muß das Kind ja kommen.«

Bis zum errechneten Geburtstermin waren es nur noch vier Tage. Er sagte seine Verpflichtungen für den Nachmittag ab, rief den Arzt an und ließ seine Sekretärin wissen, daß er nicht mehr kommen würde. Anne aber ließ sich um nichts in der Welt überreden, in die Klinik zu fahren. Auch der Arzt hatte ihr geraten zu warten. Bill fürchtete, sie würde sich zu lange Zeit lassen.

Aber Anne hatte ihre erste Entbindung noch zu deutlich in Erinnerung, als sie tagelang in den Wehen gelegen hatte. Eile war jetzt nicht nötig, und die eingeübte Atmung half ihr, den Schmerz zu ertragen. Bill brachte ihr eine Tasse Suppe und setzte sich neben sie. Hin und wieder raffte sie sich auf und ging ein paar Schritte auf und ab.

Um vier trat eine Veränderung ein. Ihr Blick wurde entrückter, sie war nicht mehr imstande aufzustehen und brachte vor Schmerzen kein Wort mehr heraus. Es war höchste Zeit loszufahren. Bill lief in ihr Ankleidezimmer und holte ihre gepackte Tasche. Während sie sich im Bad umzog, ging das Wasser ab und lief auf den weißen Kachelboden. Die Wehen kamen plötzlich viel stärker und in kürzeren Abständen, so daß die Atemtechnik keine Erleichterung mehr brachte. Bill war der Panik nahe, und Anne mußte ihn beruhigen, während er ihr beim Anziehen half. Die Wehentätigkeit wurde immer intensiver.

»Wir hätten nicht so lange warten sollen.« Bill stand Todesängste aus. Wenn sie das Kind zu Hause bekam? Wenn das Baby womöglich Schäden davontrug . . .?

»Ach, wir haben jede Menge Zeit.« Sie rang sich ein Lächeln ab. Bill drückte ihr einen Kuß aufs Haar und trug die bloßfüßige Anne zum Auto. »Ich brauche Schuhe«, ermahnte sie ihn. Fast wäre ihr zum Lachen zumute gewesen, aber die Schmerzen waren zu stark. Verzweifelt klammerte sie sich an ihn. Bill machte sich los und lief ins Haus, um ihre Sandalen zu holen, die sie jetzt immer trug.

Die Fahrt ins Cedars Sinai Hospital legte er mit durchgedrücktem Gaspedal zurück und hielt kaum an den Kreuzungen an. Es war das erste Mal, daß sein Rolls als Krankenwagen fungierte, und Bill war ziemlich verzweifelt. Bei jeder Wehe stieß Anne spitze Schreie aus. Sie behauptete, der Kopf sei bereits zu spüren.

In seiner Aufregung ließ er die Tür des Rolls offen, als er Anne ins Klinikgebäude trug. Eine Schwester lief an seiner Stelle hinaus und schloß ab. Anne keuchte mit schmerzverzerrtem Gesicht und versuchte richtig zu atmen, während Bill vergeblich bemüht war, ihr irgendwie zu helfen. Der Arzt mußte heruntergerufen werden, es war keine Zeit mehr, Anne auf die Entbindungsstation zu schaffen. Anne weinte, als sie in der Notaufnahme provisorisch auf eine Liege gebettet wurde.

»Ich kann den Kopf spüren . . . o Gott . . . Bill!«

Der Druck wurde fast unerträglich. Sie hatte das Gefühl, von einer Bowlingkugel zerrissen zu werden. Aus ihrem Blick sprach nackte Verzweiflung. Bei jeder neuen Wehe zuckte Bill zusammen. Bei der Geburt Gails war er nicht zugegen gewesen, weil es damals nicht üblich war, und er war auch jetzt nicht sicher, ob er das alles aushalten würde. Daß Anne solche Schmerzen leiden mußte, entsetzte ihn, aber die Schwester sagte, es sei schon zu spät, ihr ein schmerzlinderndes Mittel zu geben. Da Anne ihm von ihrer ersten Entbindung erzählt hatte, wollte er erreichen, daß ihr tagelange Qualen erspart würden. Sie lag jetzt halbaufgerichtet da, und die Schwester wies ihn an, ihre Schultern zu umfassen. Annes jämmerliches Stöhnen war für ihn furchtbar.

»Anne, Sie müssen drücken«, mahnte die Schwester. »Los . . . mit aller Kraft.« Anne lief rot an, und Bill spürte, wie sie mit Aufbietung aller Kräfte preßte. Aufschluchzend hielt sie inne.

»Es tut so weh . . . ich kann nicht mehr. Es geht wirklich nicht. Diese Schmerzen . . .«

Und dann preßte sie wieder, und jetzt war der Arzt mit Handschuhen und im OP-Kittel zur Stelle. Mit einem Instrument half er Anne, den Kopf herauszupressen, der mit der nächsten Wehe triumphierend geboren wurde.

Das Baby kam in der Notaufnahme zur Welt. Das blaue Gesichtchen wirkte erschrocken. In Sekundenschnelle wurde es hellrosa, als das Neugeborene zu schreien anfing, während Anne gleichzeitig lachte und weinte und Bill ihr Gesicht und ihre Hände mit Küssen bedeckte und ihr sagte, wie wunderbar sie sei.

»Er ist so hübsch . . . so niedlich . . .«, wiederholte Anne immer wieder. Es war das einzige, was sie herausbrachte. Dabei wanderte ihr Blick zwischen ihrem Kind und Bill hin und her. Gleich darauf hielt sie den Kleinen, den man in eine viel zu große Decke gewickelt hatte, in den Armen. Ihr Erstgeborenes hatte sie nie gesehen, deswegen konnte sie sich an diesem Baby nicht sattsehen. Sofort stellte sie fest, daß der Kleine Bill ähnlich sah. Als sie in ein Privatzimmer der Entbindungsstation gebracht wurde, ging Bill stolz an ihrer Seite.

»Wenn Sie nächstesmal rechtzeitig kämen, wäre ich Ihnen sehr dankbar, damit ich Sie nicht wieder praktisch am Eingang entbinden muß«, ermahnte der Arzt sie mit gespieltem Ernst unter allgemeinem Gelächter.

Bill war unendlich erleichtert. Es war schrecklich gewesen, und er hatte Todesängste ausgestanden. Und jetzt lag Anne mit dem Kind im Arm da und wollte es nicht mehr hergeben, auch nicht, damit es auf der Säuglingsstation gebadet und angezogen würde. Die Schwester mußte sie erst dazu überreden. Dann wurde auch Anne zurechtgemacht.

Gemeinsam riefen sie Gail an, die vor Freude weinte. Um alles noch zu komplizieren, bestand Anne darauf, daß Gail als Patin fungierte. Bill drängte sie, sie solle schlafen, aber dafür war sie zu aufgekratzt. Ihr heißersehntes Kind war endlich geboren, und ihr Herz ging über vor Freude. Sie konnte es kaum erwarten, daß man ihr den Kleinen zurückbrachte, und klingelte ungeduldig nach der Schwester. Der Kleine war nun rosig und sauber und wurde ihr sofort an die Brust gelegt. Bill sah es mit großer Rührung. Es war so schön, daß er dieses Bild nie vergessen würde.

Am Abend rief Anne Valerie an, dann Jason und Van und auch Lionel. Nach längerem Zögern teilte sie auch ihren Eltern die freudige Nachricht mit. Alle freuten sich mit ihr. Der Kleine sollte den Namen Maximilian bekommen. Sie wollten ihn Max rufen.

Faye war überglücklich, weil alles überstanden war. Doch als sie am nächsten Tag Anne in der Klinik besuchte, tat sie es unter Hemmungen. Sie brachte einen riesigen Teddybär für Max und ein Bettjäckchen für Anne, ähnlich jenem, das sie nach Lionels Geburt getragen hatte.

»Wundervoll siehst du aus, mein Schatz.«

»Danke, Mutter.«

Und doch lag ein unüberbrückbarer Abgrund zwischen ihnen, ein unheilbarer Bruch. Auch Bill spürte es, als er zurückkam, nachdem er im Haus nach dem Rechten gesehen hatte, da Anne am nächsten Tag wieder nach Hause wollte.

Dann wurde Max hereingebracht, und Faye bewunderte ihn gebührend. Auch sie stellte große Ähnlichkeit mit Bill fest. Als Val und George kamen, gerieten die Schwestern in Verzückung. Aber diesmal wurde nicht nur George um Autogramme gebeten, sondern auch Val. Der Film war erfolgreich angelaufen, überall sah man Bilder und Plakate mit Val, sie war eine Berühmtheit geworden. Faye hörte mit Vergnügen ihren Töchtern zu, die sich über die Geburt und das Baby unterhielten. Bill und George standen nur da und bestaunten den kleinen Max.

Am nächsten Tag fuhr Bill voller Stolz seine kleine Familie nach Hause. Max, der sich als zufriedenes und viel Appetit entwickelndes Kerlchen entpuppte, wurde im Kinderzimmer untergebracht. Bill nahm sich ein paar Tage frei.

»Ich würde es sofort wieder tun«, sagte Anne einmal unvermittelt zu ihm, worauf Bill ein Stöhnen hören ließ. Von sich konnte er das nicht unbedingt behaupten. Zu frisch war noch der Eindruck der großen Schmerzen, die Anne, wenn auch nur kurz, gelitten hatte. Ihm war es nicht so kurz vorgekommen, und er wollte nicht, daß sie das alles noch einmal durchmachen mußte.

»Ist das dein Ernst?«

»Aber sicher.« Zärtlich sah sie auf das Baby nieder, das sich an ihre Brust schmiegte. »Und du weißt es genau.«

Bill war klar, daß dies der Preis war, den er zahlen mußte, weil er eine Einundzwanzigjährige zur Frau hatte. Er küßte erst Anne, dann den kleinen Max. »Schon gut, du bist der Boß«, murmelte er.

In ihrem Lachen lag Zärtlichkeit. Ihr Blick war anders geworden. Sie hatte eine neue Erfahrung gemacht. Der Schmerz um die Vergangenheit war noch immer spürbar, und sie wußte jetzt, daß er nie ganz vergehen würde. Aber sie hatte jetzt ein Kind, dem sie ihre ganze Liebe schenken konnte. Nie würde sie erfahren, was aus ihrem Erstgeborenen geworden war, falls dieser nicht von sich aus etwas unternahm, um sie zu finden. Er war unwiederbringlich aus ihrem Leben entschwunden, und doch war sie jetzt imstande, sich dem Leben zu stellen. Der Schmerz war gedämpft und würde sie nie wieder unterkriegen. Jetzt hatte sie Max ... und Bill. Auch wenn kein Kind mehr nachkommen sollte, sie war glücklich. Die beiden genügten ihr.

44

Am Abend der Oscar-Verleihung fragte Anne Bill nach einem ängstlichen Blick in den Spiegel, ob sie nicht zu dick geworden sei. Bill fand, daß sie in dem blau-goldenen Abendkleid, zu dem sie reichlich Schmuck angelegt hatte, hinreißend aussehe, schöner als je zuvor. Sie war nicht mehr so dünn wie früher, alles Depressive war von ihr abgefallen. Glück und Zufriedenheit hatten sie richtig aufblühen lassen.

»Du wirst alle Filmstars in den Schatten stellen«, prophezeite er. Fürsorglich legte er ihr die weiße Nerzstola um, ehe sie hinaus zum Wagen liefen. Sie waren in Eile, weil sie Faye und Ward abholen mußten. Valerie wollte mit George kommen und Lionel mit einem Freund.

Im Music Center, wo die Verleihung stattfinden sollte, bildete die Familie eine auffallende Gruppe, die Herren in Abendanzügen, die Damen in großer Abendtoilette. Eine gewisse Ähnlichkeit war nicht zu übersehen, nicht in der Kleidung, sondern in der Haltung und im Auftreten. Valerie, deren Mähne zu einer kunstvollen Frisur aufgesteckt war, hatte sich für ein aufregendes smaragdgrünes Kleid entschieden, die Smaragdohrgehänge hatte sie sich von Anne geborgt. Faye sah in ihrer schimmernden grauen Robe von Norell umwerfend elegant aus. Jede auf ihre Art eine beeindruckende Erscheinung – ganz anders als Van in New York, die in Jeans vor dem Fernsehgerät hockte und sich wünschte, alles vor Ort miterleben zu können.

»Du kannst dir gar nicht vorstellen, wie aufregend es ist«, erklärte sie Jason aufgeregt. Gebannt sah sie, wie die Kamera immer wieder Leute erfaßte, die Van gut kannte, vor allem Val, die sehr oft ins Bild kam. Diesmal konnte Jason ihre Begeisterung nachfühlen. Die Oscar-Verleihungen hatten ihn immer kaltgelassen.

Ehe Vanessa in sein Leben getreten war, hatte er sich nicht ein einziges Mal die Übertragungen angesehen. Heute aber waren sie auf einen langen Fernsehabend eingestellt. Sie ließen nichts aus, auch nicht die weniger interessanten Ehrungen für Spezialeffekte, Drehbücher, Musik und humanitäres Engagement.

In diesem Teil spielte Clint Eastwood den Ansager, weil Charlton Heston durch eine Reifenpanne aufgehalten worden war. Ein Bekannter Fayes erhielt die Auszeichnung für die beste Regieleistung. George war als bester Darsteller nominiert worden, ging aber leer aus, ebenso wie Fayes Film. Dann aber betrat Faye die Bühne, um die nächste Auszeichnung zu vergeben.

»Für die beste schauspielerische Leistung in einer weiblichen Hauptrolle wurden nominiert . . .«, setzte sie an und las die von der Akademie vorgeschlagenen Namen vor. Man sah die angespannten Mienen der nominierten Schauspielerinnen und zuletzt eine Zusammenfassung auf der Leinwand. Val, die Georges Hand umklammert hielt, saß reglos da und wartete mit angehaltenem Atem. Faye warf ihrer Tochter einen Blick zu. »Gewinnerin ist . . . Valerie Thayer für ihre Rolle in ›Miracle‹.«

Van stieß einen so lauten Schrei aus, als wolle sie in Hollywood gehört werden. Überwältigt von dieser Neuigkeit, vollführte sie einen Freudentanz. Sie konnte sich nicht beruhigen, während Jason immer wieder vor Freude aufs Bett einhieb, so daß das Popcorn aus der Schüssel auf den Boden hüpfte.

In Hollywood stieß auch Valerie einen Schrei aus und lief zur Bühne, nicht ohne George über die Schulter einen Blick und einen Kuß zuzuwerfen. In diesem Augenblick waren sämtliche Kameras auf sie gerichtet. Dann stand sie neben ihrer Mutter auf der Bühne, und Faye, die sich ihrer Tränen nicht schämte, überreichte ihr die begehrte Auszeichnung. Dann trat Faye ans Mikrofon und sagte: »Noch nie hat sich jemand den Oscar so redlich verdient wie dieses Mädchen. Sie hatte den gemeinsten und fiesesten Regisseur von Hollywood.«

Unter Gelächter und Applaus trat sie zurück, um Val zu umarmen, die hemmungslos schluchzte und die übliche kleine Ansprache kaum herausbrachte.

»Vor langer Zeit hat sie mir das Leben geschenkt, und jetzt hat meine Mutter . . .«, sie stockte, »und jetzt hat meine Mutter mir noch mehr geschenkt. Sie hat mich gelehrt, gute Arbeit zu leisten und mein Bestes zu geben. Und ...«, wieder hielt sie kurz inne, »... sie hat mir die größte Chance meines Lebens gegeben. Danke, Mutter.« Gerührt sah das Publikum, wie Val die Statuette triumphierend hochhielt. »Ich danke auch dir, Dad, weil du an mich geglaubt hast ... und Lionel, Vanessa und Anne, die mich viele Jahre ertragen mußten ...« Sie schluckte schwer. »... und Greg, den wir sehr vermissen.«

Sie ging von der Bühne ab und flog in Georges Arme. Es war der letzte der zu vergebenden Oscars gewesen, jetzt ging es ans Feiern. Val rief Vanessa und Jason an, und alle sprachen durcheinander ins Telefon, ohne daß viel Vernünftiges gesagt wurde. Es folgte ein allgemeines Umarmen und Küssen. Sogar Anne war vor Freude außer sich.

Als sich die ganze Gesellschaft bei Chason zum Feiern niederließ, stellte Lionel ihnen seinen neuen Freund vor, einen Schauspieler, der vor ein paar Jahren mit George einen Film gemacht hatte und ungefähr in dessen Alter war. Er fügte sich zwanglos in die Runde ein und schien mit Lionel sehr vertraut. Faye war klar, daß dies der Mann sein mußte, dem Lionel sein neues Glück verdankte. Er war der erste seit Johns Tod, und sie freute sich für ihn. Sie freute sich eigentlich für alle ... für Val, für Anne über deren Baby, für Lionel und Van ... alle waren wunderbar.

An diesem Abend überraschte sie Ward mit einem Vorschlag, den er seit langem nicht mehr von ihr gehört hatte.

»Was würdest du davon halten, wenn wir uns bald zur Ruhe setzten?«

»Was ... ausgerechnet jetzt kommst du damit?« Er lachte schallend. »Hätte ich mir eigentlich denken können. Immer wenn der Oscar an dir vorbeigeht, möchtest du Schluß machen. Ist es nicht so?«

Faye schüttelte den Kopf. Sie freute sich so sehr für Val, daß sich bei ihr auch nicht der geringste Anflug von Neid meldete. Val hatte sich die Auszeichnung wirklich redlich verdient.

»Ich wünschte, es wäre so einfach.« Sie ließ sich auf dem Bett nieder, um ihre Perlen abzunehmen, das erste Geschenk, das Ward ihr gemacht hatte, der einzige Schmuck, den sie nicht verkauft hatte, als sie vor Jahren ihr Vermögen verloren. Sie liebte diese Perlen über alles, wie sie auch Ward über alles liebte und das Leben, das sie mit ihm geführt hatte. Jetzt aber sehnte sie sich nach einer Veränderung. Schon seit langem eigentlich. »Ich glaube, ich habe alles erreicht, was ich wollte – beruflich, meine ich«, sagte sie nachdenklich.

Ward schien erschüttert. »Wie kannst du in deinem Alter ernsthaft von Ruhestand sprechen?«

Faye lachte. Sie war noch immer schön und wirkte energisch und voller Leben. »Immerhin bin ich zweiundfünfzig, habe fünfundsechzig Filme gemacht, fünf Kinder in die Welt gesetzt und ein Enkelkind bekommen.« Das andere, das verlorene zählte sie nicht. »Ich habe einen Mann, den ich liebe, viele Freunde ... mir reicht es. Ich möchte meine Ruhe haben und das Leben genießen. Unsere Kinder sind gut geraten, sie scheinen ihr Glück gefunden zu haben, wir haben unser Bestes getan. An diesem Punkt erscheint im Film immer das Wort ›Ende‹ auf der Leinwand.« Als er ihr Lächeln sah, hatte er den Eindruck, es sei ihr ernst.

»Und was gedenkst du fortan zu tun?«

»Keine Ahnung ... vielleicht ein Jahr in Südfrankreich leben. Wir haben keine Filme geplant.«

Was sie in letzter Zeit an Filmen gesehen hatte, war nicht nach ihrem Geschmack. Vielleicht hatte sie unbewußt nur auf Vals Oscar gewartet, um Schluß zu machen. Es lag etwas Bewegendes darin, daß sie mit diesem Film einen Schlußstein setzte, mit dem Film, der den Weg für Vals Karriere geebnet hatte – wie ein Erbe, das sie ihrer Tochter hinterließ, ein kostbares Geschenk.

»Du könntest meine Memoiren schreiben«, lästerte Ward.

»Das mach gefälligst selbst. Ich möchte nicht mal meine eigenen schreiben.«

»Das solltest du aber.« Man konnte ihr gemeinsames Leben mit gutem Grund als erfüllt bezeichnen. Ward sah sie nachdenklich an. Es war ein langer und aufregender Abend gewesen, und Faye meinte das alles vielleicht doch nicht ganz ernst, obwohl er diesmal fast daran glaubte. »Warum lassen wir die Sache vorerst nicht auf sich beruhen und warten ab, was du in ein, zwei Mona-

ten darüber denkst? Ich werde mich dann ganz nach dir richten.«
Er war fast sechsundfünfzig und hätte nichts dagegen gehabt, es
sich in Südfrankreich gutgehen zu lassen. Fayes Pläne riefen die
Erinnerung an die alten Zeiten wach. Jetzt konnten sie sich das
alles wieder leisten, gingen aber mit dem Geld nicht annähernd
so verschwenderisch um wie damals. Das tat kein Mensch mehr.
»Lassen wir uns die Sache durch den Kopf gehen.«

Als das Thema dann wieder zur Sprache kam, entschlossen sie
sich zur Abreise im Juni. Ein Jahr wollten sie es versuchen und
mieteten für vier Monate ein Haus in Südfrankreich. Für das dar-
auffolgende halbe Jahr nahmen sie eine Wohnung in Paris. Faye
bestand darauf, jedes ihrer Kinder vor der Abreise zu besuchen.

Ihre Vermutung bezüglich Lionels neuer Freundschaft hatte
sich bestätigt. Es war tatsächlich der Schauspieler, den sie am
Abend der Oscar-Verleihung kennengelernt hatten. Die beiden
lebten zusammen in Beverly Hills, sehr glücklich, wie es schien.

Valerie steckte mitten im Rollenstudium für einen neuen Film.
Sie und George wollten noch in diesem Jahr heiraten, sobald
George seinen Film beendet hatte. Faye wollte unbedingt, daß sie
die Flitterwochen in Frankreich verbrächten, und Val versprach
es ihr. Aber erst wollte sie die Hochzeit ohne viel Aufhebens hinter sich bringen. Vielleicht würde auch Danny mitkommen.

Schwieriger gestaltete sich der Besuch bei Anne, mit der Faye
nie leicht ins Gespräch gekommen war. Sie traf Anne mit dem
kleinen Max beschäftigt an und stellte fest, daß sie blaß aussah.
Auf ihre Frage antwortete Anne, sie sei wieder schwanger. Faye
erschrak.

»Ist das nicht viel zu früh?«

Anne lächelte nachsichtig. Wie rasch die Menschen doch vergessen! »Lionel und Greg waren auch nur elf Monate auseinander«, sagte sie.

Es stimmte. Faye hatte im Moment nicht daran gedacht. Immer wünschte man sich, daß die Kinder anders würden, glücklicher, besser, klüger, und statt dessen wiederholten sie die Fehler
der Eltern, die diese schon längst vergessen hatten ... Vals Be-
rufswahl, Annes Streben nach einer großen Familie. Die anderen

waren andere Wege gegangen, hatten aber auch etwas von ihren Eltern mitbekommen. Greg hätte sich so entwickelt wie Ward als junger Mann ... und jetzt wiederholte auch Anne die Vergangenheit.

»Du hast recht.« Ihre Blicke trafen sich – ganz anders als seit langem, so als wollte Anne sich ihr stellen, um vor Fayes Abreise etwas zu bereinigen. Diese Chance würde sich vielleicht nie wieder ergeben. Man konnte nie wissen ...

»Anne, ich ...« Faye wußte nicht, wie sie anfangen sollte. Es galt, zwanzig Jahre aufzurollen ... oder vielleicht nur fünf ... ein ganzes Leben, in dem sie es nie geschafft hatte, das Kind, das sie liebte, wirklich zu erreichen. Und jetzt fürchtete sie wieder, nicht bis zu Anne durchzudringen. »Ich habe bei dir viele Fehler gemacht. Das wissen wir beide ...«

Anne, mit dem Kind in den Armen, sah sie offen an. Aus ihrem Blick war die stille Abwehr verschwunden. »Ich habe es dir nie leichtgemacht. Und ich habe nie begriffen, wer du eigentlich bist.«

»Ich kannte dich auch nicht. Mein größter Fehler war, daß ich nie Zeit für dich hatte. Wärest du nur ein oder zwei Jahre früher zur Welt gekommen ...« Aber das war nicht zu ändern. Es war schon ferne Vergangenheit. Dies und alles andere, was sie erlebt hatten – die Sekte, die Schwangerschaft, das Kind, das sie weggegeben hatte. Wieder trafen ihre Blicke aufeinander. Faye faßte sich ein Herz, das zu sagen, was ihr auf der Seele brannte. Sie streckte die Hand nach Anne aus. »Das mit dem anderen Baby bedauere ich aus ganzem Herzen. Es war meine Schuld, aber damals war ich überzeugt, das Richtige zu tun.« Beide hatten Tränen in den Augen. »Es war ein Fehler, das weiß ich jetzt.«

Anne schüttelte den Kopf. »Nein, das glaube ich nicht mehr. Damals hatte ich keine andere Wahl ... ich war erst vierzehn ...«

»Aber du bist nie darüber hinweggekommen.« Faye wußte es genau.

»Ich habe mich abgefunden. Damals war es wirklich die einzige Möglichkeit. Manchmal muß man sich damit trösten ...« Damit nahm sie ihre Mutter in die Arme und hielt sie zusammen

mit ihrem Baby umschlungen, als wolle sie sagen »Ich verzeihe
dir«, aber viel wichtiger war, daß sie sich selbst verziehen hatte.
Sie konnte ein neues Kapitel anfangen. Auf dem Weg hinaus zu
Fayes Wagen hielt sie wieder deren Hand fest. »Mutter, du wirst
mir fehlen.«

»Du mir auch.« Alle würden ihr fehlen, deswegen hoffte sie,
die Kinder würden sie in Frankreich besuchen. Es hatte eine Zeit
gegeben, da hatte sie ohne Kinder gelebt. Und jetzt mußte sie sie
alle gehen lassen. Zu guter Letzt trennte sie sich von allen mit
dem Bewußtsein, daß man sich gegenseitig akzeptiert hatte. Und
zwar voll und ganz.

Unterwegs machten sie in New York noch ein paar Tage halt,
um sich mit Van und Jason zu treffen, die glücklich in ihrer Mansarde hausten. Er arbeitete an seinem Stück, sie abends an ihrem
Buch und tagsüber in einem Verlag. Von Ehe wurde noch immer
nicht gesprochen, aber beide hielten an der Beziehung fest.

Auf dem Flug nach Frankreich wechselten Faye und Ward
einen Blick. »Alle haben es geschafft«, sagte sie mit befriedigtem
Unterton.

»Du aber auch.«

Wie immer war ihm sein Stolz auf Faye anzusehen. Er war seit
dreißig Jahren stolz auf sie, seit damals, als sie einander auf Guadalcanal begegnet waren. Wenn er damals gewußt hätte, was er
jetzt wußte – welch erfülltes Leben ihnen bevorstehen sollte ...
Das sagte er ihr, und sie erinnerte ihn daran, daß dieses Leben
noch nicht vorbei sei. Beim Champagner, den ihnen die Stewar-
deß servierte, küßten sie sich.

Eine Frau starrte Faye an und flüsterte ihrem Begleiter zu: »Sie
sieht aus wie einer meiner Lieblingsstars vor dreißig Jahren.« Der
Mann lächelte. Immer mußte sie Ähnlichkeiten mit jemandem
finden.

Faye und Ward plauderten angeregt beim Sekt und machten
Pläne für ihr Jahr in Frankreich, aus dem schließlich mehr als
zehn Jahre werden sollten.

Wie rasch die Zeit verging, merkten sie gar nicht. Die Kinder
kamen und gingen. Valerie und George, die nach einiger Zeit

doch heirateten, bekamen eine Tochter, die sie Faye nannten. Anne, die noch vier Kinder in die Welt setzte, mußte sich häufig die Frage gefallen lassen, warum sie sich nicht wie ihre Mutter mit Zwillingen aus der Affäre gezogen hatte. Vanessa schrieb drei Bücher, während aus Jason ein Autor geworden war, dessen Theaterstücke langsam, aber sicher ihren Weg von Off-Off-Broadway-Bühnen zum Off-Broadway machten. Faye war sehr beeindruckt, als sie während eines kurzen Aufenthalts in New York eine Aufführung sah. Valerie bekam noch einen Oscar und George schließlich auch.

Alle hatten ihren Weg gemacht. Nach elf Jahren in Frankreich wurde Faye mit vierundsechzig eines Nachts im Schlaf vom Tod überrascht. Es war im Herbst, in Cap Ferrat, in der wunderschönen Villa, die sie dort gekauft hatten, um sie einmal den Kindern zu hinterlassen als idealen Treffpunkt für alle.

Und jetzt kam Faye zurück nach Amerika, begleitet von dem wie versteinert wirkenden Ward. Jetzt war er siebenundsechzig. Faye hatte seit seinem fünfundzwanzigsten Jahr sein Leben erfüllt, zweiundvierzig Jahre. Nun brachte er sie nach Hause, nach Hollywood, an den Ort, den sie so geliebt hatte und den sie so oft erobert hatte – als Schauspielerin, vom Regiestuhl aus, als Frau ... als seine Frau. Er dachte an die verzweifelte Zeit, als er alles verloren hatte und sie beherzt die Zügel ergriff und eine neue Karriere anfing, neben der Belastung durch fünf Kinder. Und dann hatte sie ihm geholfen, sich auf eigene Füße zu stellen. Er dachte an die schöne Zeit davor und an die lange Zeit danach, als sie für MGM einen Film nach dem anderen drehten ... an den großen Durchbruch, den sie Val verschafft hatte. Die Zeit ohne Faye war seinem Gedächtnis entglitten. Unfaßbar. Es durfte nicht wahr sein ... und doch war es wahr geworden.

Er war allein. Faye war tot. Anne und Bill hatten ihn vom Flugplatz abgeholt, gottlob ohne Kinder. Sie sahen zu, wie der Sarg aus dem Frachtraum der Maschine geholt wurde. Der Wind spielte mit Annes Haar, die in der Dämmerung ihrer Mutter zum Verwechseln ähnlich sah. Sie war einunddreißig und hatte jetzt ihre Mutter verloren.

Anne blickte zu Ward auf und faßte wortlos nach seiner Hand. Am Abend zuvor hatte sie mit Bill über das Angebot gesprochen, das sie ihm machen wollten. Hinter ihrem Haus in Beverly Hills war ein Gästehaus entstanden. Wenn er wollte, würde es ihm zur Verfügung stehen. Ward und Faye hatten ihr eigenes Haus in Beverly Hills längst verkauft. Seit Jahren schon waren sie nicht mehr hiergewesen. Bill beobachtete Anne, die nun sagte: »Komm, Dad, laß uns nach Hause gehen.«

Fayes Tod hatte Ward um Jahre altern lassen. Anne wollte, daß er sich Ruhe gönnte. Es gab viel zu tun, die Trauerfeier sollte in zwei Tagen in der Kirche stattfinden, in der sie getraut worden waren, und die Beisetzung in Forest Lawn. Natürlich würden alle dasein, alle, die einmal in Hollywood etwas gegolten hatten ... alle, bis auf Faye Thayer. Ihre Familie würde dasein, ohne Ausnahme.

Ward, der sich ein Leben ohne Faye nicht vorstellen konnte, weinte vor sich hin, als sie in die Nacht hineinfuhren, gefolgt vom Wagen der Bestattungsfirma. Wenn er die Augen schloß, sah er sie vor sich. Sie war noch immer mit ihm, so wie sie immer mit allen sein würde, für alle Zeiten. Ihre Filme würden weiterleben, die Erinnerungen, die Liebe und vor allem die Familie. Jeder einzelne war von ihr geprägt, war Teil von ihr, wie sie ein Teil von ihnen gewesen war.

Palomino

Aus dem Amerikanischen
von Dagmar Hartmann

Für Thaddeus
in Liebe.
Von ganzem Herzen
in tiefer Dankbarkeit
für alles,
was du mir geschenkt hast

d. s.

Über die Hügel zu reiten,
auf einem schönen Pferd,
mit einem Traum,
auf der Suche nach Liebe,
vor dem Sonnenuntergang,
das ist das Leben ...
    und sie zu finden
        ist das Höchste
            im Leben eines Menschen.

I

Samantha kniff die Augen zusammen, als sie in dem heftigen Wind, der eisigen Regen vor sich hertrieb, die Stufen des vornehmen Hauses in der East 63rd Street hinaufhastete. Der Regen peitschte ihr ins Gesicht, schmerzte in ihren Augen. Sie murmelte leise vor sich hin, als wollte sie sich selbst noch schneller vorwärtstreiben, blieb dann keuchend stehen und versuchte, die Haustür aufzuschließen. Ihr Schlüssel wollte sich nicht drehen. Doch endlich, endlich gab die Tür nach, und Samantha fiel förmlich in die warme Eingangshalle. Lange Zeit blieb sie einfach dort stehen und schüttelte den Regen aus den langen, silberblonden Haaren. Es war eine Farbe, die man nur selten sieht, gesponnenes Silber mit einem Hauch von Gold. »Flachskopf« hatten sie sie als Kind gerufen, und sie hatte es gehaßt. Aber später, als Teenager und Twen, war sie stolz darauf gewesen. Jetzt, mit dreißig, war sie daran gewöhnt, und wenn John ihr gesagt hatte, sie sähe aus wie eine Märchenprinzessin, dann hatte sie gelacht. Dabei tanzten ihre blauen Augen, und ihr schönes, zartes, ein wenig eckiges Gesicht bildete einen scharfen Gegensatz zu den vollen Brüsten und den sanft gerundeten Hüften. Ihre Beine waren schlank und endlos lang.

Sie war eine Frau der Gegensätze: Die großen, tanzenden Augen, die mit ihrem scharfen Blick alles sahen, bildeten einen Kontrast zu den sensiblen, vollen Lippen. Sie hatte schmale Schultern, schwere Brüste, lange, anmutige Hände, und die Sanftheit ihrer Stimme widersprach der Intelligenz und Schärfe ihrer Worte. Irgendwie erwartete man einfach, daß Samantha Taylor den schleppenden Akzent der Südstaatler sprach, daß sie den Tag über auf einem samtbezogenen Sofa ruhte, eingehüllt in ein mit Marabufedern besetztes Negligé. Statt dessen liebte sie Jeans und lief mit langen Schritten durchs Zimmer. Sie strotzte vor Energie und Leben. Nur heute abend nicht, nur an den vergangenen hundert Abenden nicht.

Jetzt stand sie da wie immer abends, seit Ende August, ruhig, reglos, wartend. Der Regen tropfte aus ihren Haarspitzen, und sie lauschte ... aber worauf? Es war niemand mehr hier. Sie war allein in dem alten Haus. Das Ehepaar, die Besitzer des Hauses, waren seit sechs Monaten in London, und der Cousin, dem sie ihre Wohnung überlassen hatte, war fast nie da. Als Reporter des Paris Match verbrachte er mehr Zeit in New Orleans, Los Angeles und Chicago als in New York. Und dann gab es noch das Obergeschoß. Samanthas Reich ... Samanthas ... nur noch ihr eigenes, obwohl es einmal Samantha und John gehört hatte. Sie hatten die Wohnung mit so viel Liebe und Sorgfalt eingerichtet. Jeden eleganten Zentimeter davon. Wieder dachte Samantha mit leicht gerunzelter Stirn daran, als sie ihren Schirm in der Halle abstellte und langsam die Treppe hinaufging. Sie haßte es jetzt heimzukommen, und es gelang ihr, es jeden Abend später werden zu lassen. Heute war es schon fast neun Uhr. Doch am Vorabend war es noch später gewesen. Sie war nicht einmal hungrig. Sie war überhaupt nicht mehr hungrig, seit sie die schreckliche Neuigkeit erfahren hatte.

»Was ist los?« Sie hatte ihn an jenem siedendheißen Augustabend entsetzt angestarrt. Die Klimaanlage funktionierte nicht, und die Luft war schwer. Sie war zur Tür gekommen, um ihn zu begrüßen, nur mit einem weißen Spitzenhöschen und einem winzigen lila BH bekleidet. »Bist du verrückt?«

»Nein.« Mit steinernem Gesicht hatte er ihren Blick erwidert. Noch am Morgen hatten sie sich geliebt, und jetzt schien seine blonde Schönheit für sie unerreichbar zu sein. Er sah so fremd aus.

»Ich kann dich nicht länger belügen, Sam. Ich muß es dir sagen. Ich muß ausziehen.«

Sie hatte ihn bloß angestarrt, stundenlang, wie es ihr schien. Das konnte nicht sein Ernst sein. Er machte Witze. Aber dem war nicht so. Und das war das Irrsinnige daran. Er meinte es todernst. Sie wußte es, als sie den schmerzhaften Ausdruck in seinem Gesicht sah. Sie ging langsam auf ihn zu, aber er schüttelte den Kopf und wandte sich ab. »Nicht ..., bitte nicht.« Seine Schultern zuckten, und zum ersten Mal, seit er den Mund aufgemacht hatte, verspürte sie Mitleid. Aber warum sollte sie Mitleid mit ihm haben? Warum? Wie konnte *er* ihr leid tun nach allem, was er gerade gesagt hatte?

»Liebst du sie?«

Die Schultern, die sie so sehr geliebt hatte, zuckten nur noch heftiger, und er sagte nichts. Doch ihr Mitleid verflog, als Samantha jetzt auf ihn zuging, sie begann vor Wut zu beben.

»Antworte mir, verdammt noch mal!« Sie packte ihn hart an den Schultern, er drehte sich um und sah ihr in die Augen.

»Ja. Ich glaube. Aber ich weiß es nicht, Sam. Ich weiß nur, daß ich für eine Weile hier heraus muß, damit ich es herausfinden kann.«

Langsam ging sie durchs Zimmer, blieb erst stehen, als sie die andere Seite des herrlichen französischen Teppichs erreichte, der unter ihren nackten Füßen wie ein Blumenbeet aussah. Er war geschmückt mit Veilchen und kleinen Rosen in matten Farben, mit unzähligen noch kleineren Blumen; um sie genau zu sehen, mußte man sich bücken. Das Ganze leuchtete in zarten Rosa-, Rot- und Violettönen und stellte eine warme Verbindung zu dem sanften Rosa und Violett und dem gedämpften Grün der Couchgarnitur her, die den großen, holzgetäfelten Raum ausfüllte. Es war ein altes Haus, und der oberste Stock gehörte ihnen. Samantha hatte zwei Jahre gebraucht, um ihn einzurichten, liebevoll, mit herrlichen Louis-quinze-Möbeln, die sie und John zusammen in Antiquitätenläden oder auf Auktionen bei Sotheby & Co. erstanden hatten. Mit den Stoffen aus Frankreich, den Vasen mit üppigen frischen Blumen, den impressionistischen Gemälden ging von der ganzen Wohnung eine eindeutig europäische, sehr elegante Atmosphäre aus. Doch neben der Eleganz gab es auch Gemütlichkeit, Gegensätze wie bei Samantha. Aber die Schönheit ihrer Wohnung sah sie nicht, als sie mit dem Rücken zu ihrem

Mann stand und sich fragte, ob es jemals wieder wie früher zwischen ihnen werden würde. Es war, als wäre einer von ihnen gerade gestorben, als wäre alles unwiderruflich zerstört. Und das mit nur wenigen, wohlüberlegten Worten.

»Warum hast du es mir nicht gesagt?« Sie wandte sich um und schaute ihn anklagend an.

»Ich . . .« fing er an, konnte aber nicht weitersprechen.

Es gab jetzt nichts, was er hätte sagen können, um den Schmerz zu lindern, den er soeben der Frau zugefügt hatte, die er einst so sehr geliebt hatte. Aber sieben Jahre waren eine lange Zeit. Es hätte lange genug sein sollen, um sie für immer aneinander zu binden, und doch war es nicht so gewesen. Im Vorjahr war er während der Berichterstattung über die Wahlen ins Wanken geraten. Er hatte vorgehabt, der Sache nach seiner Rückkehr aus Washington ein Ende zu machen. Er hatte es wirklich vor. Aber Liz hatte es nicht zugelassen, und so war es weitergegangen. Und weiter, und weiter . . . bis sie ihn jetzt zu einer Entscheidung gezwungen hatte. Und das Verteufelte an der Sache war, daß sie schwanger war und sich weigerte, das Kind loszuwerden.

»Ich wußte nicht, was ich dir sagen sollte, Sam. Ich wollte nicht . . . und ich dachte . . .«

»Mir ist es verdammt egal, was du gedacht hast!«

Zornig funkelten ihre Augen den Mann an, den sie seit elf Jahren gekannt und geliebt hatte. Sie waren neunzehn gewesen, als ihre Liebe begann. Er war der erste Mann gewesen, mit dem sie geschlafen hatte, als sie beide in Yale studierten. Er war so groß und blond und schön, ein Football-Held, der große Mann im Campus, der goldene Junge, den alle liebten, einschließlich Sam, die ihn vom ersten Augenblick an anbetete.

»Weißt du, was ich dachte, du Schuft? Ich dachte, du wärst mir auch treu. Das hab’ ich gedacht! Ich dachte, es wäre dir wichtig! Ich dachte . . .« Zum erstenmal, seit er die schrecklichen Worte gesagt hatte, zitterte ihre Stimme. ».. ich dachte, du liebst mich.«

»Das tue ich auch.« Tränen liefen über sein Gesicht, als er das sagte.

»Ach, wirklich?« Jetzt weinte sie laut. Sie hatte das Gefühl, er hätte ihr soeben das Herz aus der Brust gerissen und vor die Füße geschleudert. »Warum ziehst du dann aus? Warum kommst du dann hier herein wie ein Verrückter, verdammt noch mal? Ich begrüße dich ›Hallo, Liebling, wie war's heute?‹, und du erklärst nur: ›Ich habe eine Affäre mit Liz Jones und ziehe aus.‹« Ihre Stimme überschlug sich, als sie auf ihn losging. »Kannst du mir das erklären? Und wie lange geht das überhaupt schon mit ihr? Verflucht sollst du sein, John Taylor … verflucht …«

Sie stürzte sich auf ihn, hämmerte mit den Fäusten auf ihn ein, zog an seinen Haaren, versuchte, sein Gesicht zu zerkratzen. Doch es fiel ihm nicht schwer, sich zu wehren, und er drehte ihr die Arme auf den Rücken und zwang sie zu Boden, wo er sie in die Arme nahm und wiegte.

»Oh, Liebling, es tut mir so leid …«

»Leid?« Es war ein Aufschrei zwischen Tränen und Gelächter, als sie sich freikämpfte. »Du kommst hier rein und erzählst mir, daß du mich wegen einer anderen verläßt, und es tut dir leid? Lieber Gott …« Sie holte tief Luft und stieß ihn zurück. »Laß mich los, verdammt.« Sie sah ihn an, unsagbaren Schmerz in den Augen. Als er erkannte, daß sie ruhiger geworden war, ließ er ihre Arme los. Sie war immer noch atemlos von ihrem Angriff, ging aber jetzt langsam zu der dunkelgrünen Samtcouch und setzte sich. Sie wirkte plötzlich kleiner und sehr jung. Die dichten, hellblonden Haare hingen herab, als sie ihr Gesicht in den Händen vergrub. Doch dann hob sie langsam den Kopf, fragte unter Tränen: »Liebst du sie wirklich?« Irgendwie war es ihr unmöglich, das zu glauben.

»Ich glaube schon.« Er nickte langsam. »Das Schlimme ist, daß ich euch beide liebe.«

»Warum?« Samantha starrte an ihm vorbei ins Leere, sah nichts und verstand noch weniger. »Was hat bei uns gefehlt?«

Zögernd nahm er Platz. Es mußte gesagt werden. Sie mußte es wissen. Es war falsch von ihm gewesen, es ihr so lange vorzuenthalten.

»Es ist letztes Jahr passiert, während der Wahlen.«

»Und seitdem geht das schon so?« Ihre Augen wurden größer,

als sie sich mit dem Handrücken die Tränen fortwischte. »Zehn Monate, und ich habe es nicht gewußt?«

Er nickte, sagte aber nichts.

»Mein Gott.« Und dann sah sie ihn mit einem seltsamen Blick an. »Warum dann jetzt? Warum bist du dann heute so hier hereingekommen und hast es mir gesagt? Warum hörst du nicht auf, dich mit ihr zu treffen? Warum versuchst du nicht, eine Ehe zu retten, die wir seit über sieben Jahren geführt haben? Was, zum Teufel, meinst du mit ›Ich habe eine Affäre und ziehe aus‹? Ist das alles, was es dir bedeutet?«

Ihre Stimme überschlug sich wieder, und John Taylor krümmte sich fast. Er haßte das, haßte, was er ihr antat, aber er wußte, er mußte es tun, er mußte gehen. Liz besaß etwas, was er sich verzweifelt wünschte. Ihre Art gefiel ihm, er brauchte das. Er und Samantha waren sich in vielen Dingen zu ähnlich; alles war zu offensichtlich, zu spektakulär, zu schnell, zu schön. Ihm gefiel Liz' einfache Vernunft, ihre weniger überragende Intelligenz, ihre ruhige Art, ihre Bereitwilligkeit, im Hintergrund zu bleiben, unbekannt, während sie ihm dazu verhalf, sich selbst näherzukommen. Sie war der perfekte Hintergrund für ihn, deshalb arbeiteten sie auch so gut zusammen. Vor der Kamera, wenn er die Nachrichten verlas, war John unleugbar der Star, und Liz trug dazu bei. Das gefiel ihm. Sie war so viel ruhiger als Samantha, weniger auffallend, und er hatte endlich eingesehen, daß es das war, was er suchte. Er machte sich keine Sorgen, wenn er mit ihr zusammen war, mußte nicht konkurieren. Er war automatisch der Star.

Jetzt kam noch hinzu, daß sie schwanger war, und es war sein Kind, er wußte es. Das war etwas, was er sich mehr als alles andere gewünscht hatte. Einen Sohn, mit dem er spielen, den er lieben und dem er Fußballspielen beibringen wollte. Das war es, was er sich immer schon gewünscht hatte und was Samantha ihm nicht geben konnte. Es hatte drei Jahre gedauert, bis sie herausgefunden hatten, wo das Problem lag. Doch dann waren die Ärzte sicher gewesen. Samantha war steril. Sie würden niemals ein Kind haben.

»Warum jetzt, John?« Samanthas Stimme brachte ihn in die Gegenwart zurück, und langsam schüttelte er den Kopf.

»Das ist nicht wichtig. Ist egal. Es mußte einfach geschehen. Ich mußte es dir sagen. Und kein Tag ist gut für so etwas.«

»Bist du bereit, die Beziehung abzubrechen?« Sie bedrängte ihn, und sie wußte es, aber sie mußte einfach fragen, mußte ihn treiben. Sie konnte immer noch nicht verstehen, was passiert war, und warum. Warum war ihr Mann an diesem glühendheißen Tag vom Fernsehsender heimgekommen, wo er allabendlich die Nachrichten verlas, und hatte ihr gesagt, daß er sie wegen einer anderen verlassen wollte? »Wirst du aufhören, dich mit ihr zu treffen, John?«

Langsam hatte er den Kopf geschüttelt. »Nein, Sam, das werde ich nicht.«

»Warum?« Ihre Stimme war leiser geworden, kindlich, und erneut flossen die Tränen. »Was hat sie, was ich nicht habe? Sie ist unscheinbar, langweilig ... und du ... du hast immer gesagt, daß du sie nicht magst ... und du hast es gehaßt, mit ihr zu arbeiten, und ...« Sie konnte nicht fortfahren; er hatte sie beobachtet, hatte ihren Schmerz fast als seinen eigenen empfunden.

»Ich muß gehen, Sam.«

»Warum?« Sie wurde rasend, als er ins Schlafzimmer ging, um seine Sachen zu packen.

»Weil ich muß, das ist alles. Sieh mal, es wäre nicht anständig von mir, hierzubleiben und dich so weitermachen zu lassen.«

»Bitte, bleib ...« Panik bemächtigte sich ihrer Stimme wie ein gefährliches, wildes Tier. »Es ist schon in Ordnung, wir werden das schon lösen ... ehrlich ... bitte ... John ...«

Die Tränen liefen über ihr Gesicht. Er wurde plötzlich hart und abweisend, packte wie besessen, als müßte er eilends fort, ehe er auch noch zusammenbrach.

Dann wandte er sich ihr plötzlich zu. »Hör auf damit, verdammt! Hör auf ... Sam, bitte ...«

»Bitte was? Ich soll nicht weinen, weil mein Mann mich nach sieben Jahren verläßt, elf, wenn du die Zeit vor unserer Hochzeit in Yale mitzählst! Oh, bitte, hab kein schlechtes Gewissen, weil du mich wegen einer gottverdammten Hure verläßt! Ist es das, was du willst, John? Daß ich dir Glück wünsche und dir packen helfe? Himmel, du spazierst hier herein, machst mein ganzes Leben kaputt, und was erwartest du von mir? Verständnis? Nun, das kann ich dir nicht bieten. Ich kann überhaupt nichts anderes tun als weinen, und wenn es sein muß, werde ich sogar betteln ... ich werde betteln, hörst du ...« Mit diesen Worten fiel sie in einen Sessel und begann erneut zu schluchzen. Mit fester Hand schloß er den Koffer, in den er ein halbes Dutzend Hemden, ein Paar Turnschuhe, zwei Paar Halbschuhe und einen Sommeranzug geworfen hatte. Die Hälfte hing aus dem Koffer heraus. In einer Hand trug er ein paar Krawatten. Es war unmöglich, er konnte keinen klaren Gedanken fassen, geschweige denn packen.

»Ich komme Montag wieder, wenn du bei der Arbeit bist.«

»Ich gehe nicht zur Arbeit.«

»Warum nicht?« Er sah verwirrt und gequält aus. Samantha sah zu ihm auf und lachte leise unter Tränen.

»Weil mein Mann mich gerade verläßt, du Esel, und ich glaube nicht, daß ich mich am Montag so wohl fühlen werde, daß ich Lust habe zu arbeiten. Hast du etwas dagegen?«

Er hatte nicht gelächelt, war überhaupt nicht sanfter geworden. Er hatte sie nur seltsam angesehen, hatte genickt und war schnell durch die Tür gegangen. Er verlor zwei Krawatten. Nachdem er fort war, hob Samantha sie auf und hielt sie lange Zeit fest, während sie auf der Couch lag und weinte.

Seit August hatte sie oft auf der Couch geweint, aber John war nicht wiedergekommen. Im Oktober war er in die Dominikanische Republik gereist, für ein verlängertes Wochenende. Dort hatte er die Scheidung durchgebracht und fünf Tage später Liz geheiratet. Samantha wußte jetzt, daß diese schwanger war. Als sie es erfuhr, hatte die Neuigkeit sie wie ein Schlag getroffen. Liz hatte es eines Abends im Fernsehen bekanntgegeben, und Sam hatte sie mit offenem Mund entsetzt angestarrt. Also deshalb hatte er sie verlassen. Wegen eines Babys ... eines Kindes ... eines Sohnes, den sie ihm nicht schenken konnte. Doch allmählich kam sie dahinter, daß es nicht nur das war.

In ihrer Ehe hatte es vieles gegeben, was sie nicht gesehen hatte, nicht hatte sehen wollen, denn sie liebte John so sehr. Da war sein Gefühl der Konkurrenz, sein Gefühl von Unsicherheit wegen Sams beruflicher Erfolge. Obwohl er einer der besten Nachrichtensprecher der Nation war, obwohl die Menschen sich wegen eines Autogrammes um ihn drängten, wohin sie auch gingen, schien John immer das Gefühl zu haben, daß sein Erfolg vergänglich war, daß es eines Tages damit vorbei sein könnte, daß man ihn ersetzen würde, daß der Verlust der allgemeinen Gunst sein ganzes Leben ändern würde. Für Sam war das anders. Als Stellvertreterin des *creative director,* des Mannes also, der in der zweitgrößten Werbeagentur des Landes für die Ideen zuständig war, war ihre Position zwar nicht sehr gefestigt, aber nicht so gefährdet wie seine. Auch ihr Beruf war relativ unsicher, aber sie hatte zu viele Preise gewonnen, um sich für verletzlich zu halten.

Als sie jetzt im Herbst allein in ihrer Wohnung saß, erinnerte sie sich an Kleinigkeiten, Bruchteile von Unterhaltungen, Dinge, die er gesagt hatte ... »Himmel, Sam, du bist mit dreißig an der Spitze. Scheiße, mit deinen Prämien machst du schon jetzt mehr Geld als ich.« Und jetzt wußte sie, daß ihn das belastet hatte. Aber was hätte sie denn tun sollen? Kündigen? Warum? Warum sollte sie nicht arbeiten? Sie konnten kein Baby bekommen, und John hatte nie ein Kind adoptieren wollen. »Es ist nicht dasselbe, wenn es nicht dein eigenes ist.« »Aber es wird dein eigenes. Wir könnten doch ein Neugeborenes adoptieren. Wir sind jung, und ein Baby würde so viel bedeuten, Liebling, denk mal darüber nach ...« Ihre Augen hatten geleuchtet, wenn sie davon sprachen, seine hatten sich getrübt, und schließlich hatte er immer den Kopf geschüttelt. Die Antwort auf die Frage der Adoption war immer »nein« gewesen. Und jetzt brauchte er sich darüber keine Sorgen mehr zu machen. In drei Monaten würde er sein erstes Kind bekommen. Sein eigenes. Der Gedanke daran traf Samantha jedesmal wie ein körperlicher Schmerz.

Sie versuchte, nicht daran zu denken, als sie jetzt im obersten Stockwerk ankam und die Wohnungstür öffnete. Die Wohnung roch jetzt immer ein wenig muffig. Die Fenster waren ständig geschlossen, denn die Hitze war zu groß, ihre Blumen machten einen jämmerlichen Eindruck, sie hatte sie weder gepflegt noch fortgeworfen. Das ganze Appartement schien ungeliebt, unbenutzt, als würde sich jemand nur dort umziehen, nichts weiter. Und das stimmte. Seit August hatte Samantha dort nichts weiter gekocht als Kaffee. Sie ließ das Frühstück ausfallen, aß mittags gewöhnlich mit Kunden oder Kollegen von Crane, Harper und Laub, und das Abendessen vergaß sie in der Regel. Falls sie großen Hunger bekam, besorgte sie sich auf dem Heimweg irgendwo ein Sandwich und aß es aus dem Papier, während sie die Nachrichten im Fernsehen verfolgte. Seit dem Sommer hatte sie ihre Teller nicht mehr gesehen, aber es war ihr eigentlich egal.

Seit August hatte sie nicht mehr richtig gelebt, und manchmal fragte sie sich, ob das jemals wieder anders werden würde. Sie konnte an nichts anderes mehr denken als an das, was passiert war, wie er es ihr gesagt hatte, warum er sie verlassen hatte, und daran, daß er ihr nicht mehr gehörte. Der Schmerz war einer heftigen Wut gewichen, die sich in Sorgen und schließlich in tiefe Verzweiflung verwandelte, ehe sie wieder zur Wut wurde.

Am Thanksgiving Day schließlich schien sie völlig gefühllos zu sein. Sie hätte fast den größten Werbefeldzug ihrer Karriere zum Platzen gebracht, hatte das Gefühl gehabt überzuschnappen, wollte einfach die Arme um jemanden – irgend jemanden – schlingen und in Tränen ausbrechen. Es war, als gäbe es jetzt niemanden mehr, niemanden, zu dem sie gehörte, niemanden, der sich um sie kümmerte. Ihr Vater war gestorben, als sie im College war, ihre Mutter lebte in Atlanta mit einem Mann, den sie reizend fand, Sam jedoch nicht. Er war Arzt und verdammt wichtigtuerisch und selbstzufrieden. Aber wenigstens ihre Mutter war glücklich. Sam hatte sowieso kein enges Verhältnis zu ihr und hätte sich nie an sie wenden können. Tatsächlich hatte sie ihr überhaupt nichts von der Scheidung erzählt, bis im November ihre Mutter eines Abends angerufen hatte, als Sam in Tränen aufgelöst war. Sie war nett gewesen, aber es hatte nur wenig dazu beigetragen, das Band zwischen Mutter und Tochter zu verstärken. Für sie beide war es zu spät. Und außerdem

sehnte Sam sich nicht nach ihrer Mutter, sondern nach ihrem
Ehemann, nach dem Mann, neben dem sie geschlafen, den sie
geliebt und mit dem sie gelacht hatte in den letzten elf Jahren,
nach dem Mann, den sie besser kannte als alles sonst, der ihr
am Morgen Glück und am Abend Sicherheit schenkte. Und nun
war er fort. Die Erkenntnis trieb ihr jedesmal Tränen in die Augen und hinterließ ein Gefühl der Einsamkeit und Verlassenheit
in ihrem Herzen.

Aber heute abend, frierend und erschöpft, kümmerte sich Samantha zum erstenmal wenig um all das. Sie zog den Mantel
aus und hängte ihn zum Trocknen ins Bad, zerrte die Stiefel von
den Füßen und fuhr sich mit einer Bürste durch das silbriggol-
dene Haar. Ohne ihr Gesicht richtig wahrzunehmen, schaute sie
in den Spiegel. Wenn sie sich selbst betrachtete, sah sie nur einen
hellen Fleck Haut, zwei düstere Augen, eine Masse blondes Haar.
Nacheinander schlüpfte sie aus den einzelnen Kleidungsstücken,
ließ den schwarzen Kaschmirrock zu Boden fallen, ebenso die
schwarz-weiße Seidenbluse, die sie zur Arbeit getragen hatte. Die
Stiefel, die sie ausgezogen und neben sich auf den Boden geworfen hatte, waren von Céline in Paris, und das Tuch um ihren Hals,
das sie jetzt aufknotete, von Hermes. Sie hatte große Ohrringe
aus Perlen und Onyx getragen und das Haar im Nacken zu einem
festen, strengen Knoten geschlungen. Der Mantel, der feucht neben ihr hing, war leuchtend rot. Selbst in ihrem jetzigen Zustand,
traurig und allein, war Samantha Taylor eine schöne Frau, oder,
wie der *creative director* der Agentur sie nannte, »ein verteufelt
hübsches Mädchen«.

Sie drehte den Wasserhahn auf, und ein Strahl heißes Wasser
lief in die dunkelgrüne Wanne. Früher war das Bad mit leuchtenden Blumen und Grünpflanzen angefüllt gewesen. Im Sommer hatte sie gern Stiefmütterchen, Veilchen und Geranien hier
gehabt. Auf der Tapete blühten winzige Veilchen, die gut zu dem
leuchtenden Smaragdgrün der Becken aus französischem Porzellan paßten. Aber auch hier wie in der übrigen Wohnung fehlte
der Glanz. Die Putzfrau kam, um alles sauber zu halten, aber
es war unmöglich, jemanden einzustellen, der dreimal die Wo-

che kam, um dafür zu sorgen, daß die Wohnung wirkte. Der Wohnung fehlte, ebenso wie Samantha selbst, der Glanz, der nur durch eine warme Berührung und eine freundliche Hand entsteht, die Spuren einer tiefen Liebe fehlten.

Als die Wanne mit heißem Wasser gefüllt war, glitt Samantha langsam hinein, lag einfach da und schloß die Augen. Einen Augenblick lang hatte sie das Gefühl zu treiben, als hätte sie keine Vergangenheit, keine Zukunft, keine Ängste, keine Sorgen, doch dann, ganz allmählich, drängte sich ihr die Gegenwart wieder auf. Der Auftrag, an dem sie zur Zeit arbeitete, war ein Reinfall. Es handelte sich um eine Serie von Autos. Nach diesem Auftrag hatte sich die Agentur jahrelang gesehnt, und jetzt mußte sie sich ganz allein ein Konzept dafür zurechtlegen. Sie hatte eine Serie in Verbindung mit Pferden vorgeschlagen, Fernsehspots, die im freien Land oder auf Ranches gedreht werden sollten, mit Männern und Frauen, die aussahen, als lebten sie im Freien. Aber sie war nicht mit ganzem Herzen dabei. Sie wußte es und fragte sich, wie lange das noch so weitergehen würde. Wie lange würde sie sich beeinträchtigt fühlen, angegriffen, als würde der Motor laufen, aber der Wagen könnte nur im ersten Gang fahren? Es war ein Gefühl des Hinabgezogenwerdens, als hätte sie unendlich schweres Haar, bleierne Hände und Füße.

Als Sam aus der Wanne stieg, das lange, seidige Haar in einem lockeren Knoten auf dem Kopf, hüllte sie sich sorgfältig in ein riesiges, lila Handtuch und tappte dann barfuß in ihr Zimmer. Auch hier hatte man das Gefühl, in einem Garten zu sein. Ein riesiges Himmelbett stand darin, der Himmel aus weißer Lochstickerei, und die Tagesdecke schmückten gelbe Blumen. Alles in diesem Zimmer war gelb, strahlend und zart. Es war ein Zimmer, das sie geliebt hatte, als sie die Wohnung einrichtete, und ein Ort, den sie jetzt haßte, wo sie Nacht für Nacht allein hier schlief.

Nicht, daß sie keine Angebote bekommen hätte. Die gab es, aber sie war erstarrt in ihrer Dumpfheit. Es gab keinen Mann, den sie begehrte, keinen, aus dem sie sich etwas machte. Es war, als hätte jemand die Verbindung zu ihrer Seele zerschnitten. Sie saß auf der Bettkante, gähnte und dachte daran, daß sie heute nur ein Sandwich mit Ei und Salat zu Mittag gegessen hatte und sowohl Frühstück als auch Abendessen hatte ausfallen lassen.

Plötzlich ertönte die Klingel, und sie sprang auf. Einen Augenblick spielte sie mit dem Gedanken, nicht zu antworten, doch dann ließ sie das Handtuch fallen, griff hastig nach einem gesteppten, blaßblauen Satinmorgenmantel und lief zur Sprechanlage, als sie wieder die Klingel hörte.

»Ja?«

»Jack the Ripper hier. Kann ich raufkommen?«

Für den Bruchteil einer Sekunde erkannte sie die Stimme nicht, die aus der Sprechanlage tönte. Dann lachte sie plötzlich und sah dabei endlich wieder wie sie selbst aus. Ihre Augen leuchteten auf, ihre Wangen schimmerten immer noch gesund und rosig von dem heißen Bad. Sie sah jünger aus als seit Monaten.

»Was treibst du hier, Charlie?« rief sie in den Sprechapparat an der Wand.

»Frier' mir den A ... ab, vielen Dank. Läßte mich nicht rein?«

Wieder lachte sie und drückte schnell auf den Summer. Einen Augenblick später hörte sie ihn die Treppe heraufpoltern. Als er in der Tür auftauchte, glich Charles Peterson eher einem Holzfäller als dem künstlerischen Leiter von Crane, Harper und Laub, wirkte eher wie zweiundzwanzig als wie neununddreißig. Er hatte ein volles, jungenhaftes Gesicht, lachende braune Augen, dunkles, struppiges Haar und einen Vollbart, in dem jetzt Graupel hing.

»Haste 'n Handtuch?« fragte er, nach Luft schnappend, was wohl eher an der Kälte als an den Stufen lag.

Hastig holte sie ein dickes, lila Handtuch aus dem Bad und gab es ihm, damit er sich Gesicht und Bart trocknete. Er hatte einen großen, ledernen Cowboyhut getragen, aus dem jetzt ein kleines Rinnsal eiskalten Wassers auf den französischen Teppich rann.

»Pinkelst du schon wieder auf meinen Teppich, Charlie?«

»Wo du es erwähnst ... hast du 'nen Kaffee?«

»Klar doch.«

Sam musterte ihn und fragte sich, ob etwas nicht in Ordnung war. Er war schon ein-, zweimal bei ihr in der Wohnung gewesen, aber gewöhnlich nur, wenn er etwas sehr Wichtiges im Sinn hatte.

»Irgendwas mit dem neuen Auftrag, was ich wissen sollte?«

Sie warf ihm von der Küche aus einen besorgten Blick zu. Er grinste und schüttelte den Kopf, als er ihr folgte.

»Nee. Und es wird auch alles gutgehen. Du warst die ganze Woche damit auf dem richtigen Weg. Es wird fabelhaft werden, Sam.«

Sie lächelte ein bißchen und begann, den Kaffee zu machen.

»Das glaube ich auch.«

Die beiden wechselten einen liebevollen Blick. Seit fast fünf Jahren waren sie jetzt miteinander befreundet, hatten zahllose Werbefeldzüge zusammen durchgestanden und Preise gewonnen, neckend und scherzend bis vier Uhr früh gearbeitet, um eine Vorführung zusammenzustellen, ehe sie am nächsten Tag dem Kunden und den Mitarbeitern gezeigt wurde. Die beiden waren die Wunderkinder von Harvey Maxwell, der dem Titel nach der *creative director* der Gesellschaft war. Doch Harvey blieb jetzt schon seit Jahren im Hintergrund. Er hatte Charlie bei einer Agentur entdeckt und Samantha einer anderen abgeworben. Er erkannte sofort gute Leute, wenn er sie sah. Er hatte ihnen ihren Willen gelassen und frohlockend die Hände in den Schoß gelegt, als er sah, welchen Erfolg sie hatten. In einem Jahr würde er sich zurückziehen, und alle, auch Samantha, hätten gewettet, daß sie seinen Posten bekommen würde. Mit einunddreißig Jahren schon *creative director,* das war nicht schlecht.

»Also, was gibt's Neues, Junge? Hab' dich seit heute morgen nicht mehr gesehn. Wie geht's mit der Wurtzheimer Sache?«

»Nun ...« Charlie hob die Hände, als ergäbe er sich in sein Schicksal. »Was kann man schon für eines der größten Warenhäuser in St. Louis tun, wenn die Leute viel Geld, aber keinen Geschmack haben?«

»Was ist mit der Schwanensache, über die wir letzte Woche gesprochen haben?«

»Die haßten das Projekt. Die woll 'n was Auffallendes, und das sind Schwäne nicht.«

Sie verdrehte die Augen und hockte sich auf die Tischkante, während Charlie seinen schlaksigen Körper auf einen Stuhl ihr gegenüber fallen ließ. Es war seltsam, aber Sam hatte sich in all den Jahren, die sie zusammen arbeiteten, zusammen reisten, zusammen diskutierten, nie zu Charlie Peterson hingezogen gefühlt. Er war ihr Bruder, ihr Seelenfreund. Und er hatte eine Frau, die sie fast ebenso sehr liebte wie er. Melinda war einfach ideal für ihn. Sie hatte ihre große, freundliche Wohnung in der East 81st Street mit leuchtend bunten Tapeten und schönen Korbmöbeln eingerichtet. Die Sessel waren alle aus dunkelmahagonifarbenem Leder, und wohin man auch sah, standen wundervolle kleine Kunstgegenstände, winzige Schätze, die Melinda entdeckt und heimgebracht hatte, angefangen von exotischen Muscheln, die sie zusammen in Tahiti gesammelt hatten, bis hin zu einer perfekten Murmel, die sie sich von ihren Söhnen ausgeliehen hatte. Zur Familie gehörten drei Söhne, die alle aussahen wie Charlie, ein riesiger, ungezogener Hund namens Rags und ein gelber Jeep, den Charlie jetzt seit zehn Jahren fuhr.

Auch Melinda war eine Künstlerin, war aber nie von der Arbeitswelt verdorben worden. Sie arbeitete in einem Atelier und hatte in den vergangenen Jahren zwei erfolgreiche Ausstellungen gemacht. In vielen Dingen war sie ganz anders als Samantha, doch beide Frauen hatten eine Sanftheit, eine Freundlichkeit gemein, die Charlie hochschätzte. Auf seine Weise liebte er Samantha und war durch das, was John getan hatte, bis ins Mark getroffen. Er hatte ihn sowieso nie gemocht, hatte ihn immer für einen egozentrischen Typen gehalten. Und als er Samantha so überstürzt verlassen und anschließend Liz Jones geheiratet hatte, war das für Charlie nur ein Beweis dafür gewesen, daß er in diesem Punkt recht hatte. Melinda hatte versucht, beide Seiten zu verstehen, aber Charlie hatte davon nichts hören wollen. Er machte sich zu große Sorgen um Sam. Sie war in den letzten Monaten in einer schlimmen Verfassung gewesen, und das hatte Folgen. Ihre Arbeit hatte darunter gelitten.

»Na, was ist, Madam? Ich hoffe, du bist nicht böse, daß ich so spät noch komme?«

»Nein.« Samantha lächelte, als sie ihm Kaffee einschenkte. »Ich frage mich nur, was du willst. Mich kontrollieren?«

»Vielleicht.« Seine Augen über dem dunklen Bart blickten sanft. »Stört dich das, Sam?«

Traurig schaute sie zu ihm auf, und er hätte sie am liebsten in die Arme genommen. »Wie könnte es? Es ist schön zu wissen, daß sich jemand darum schert.«

»Du weißt, daß ich es tue. Und Mellie auch.«

»Wie geht es ihr? Gut?« Er nickte. Im Büro hatten sie nie die Zeit, über solche Sachen zu sprechen.

»Prima.«

Er fragte sich besorgt, wie er die Sprache auf das bringen sollte, was er ihr eigentlich erzählen wollte. Es würde nicht leicht sein, und er wußte, daß es sie vielleicht kränken würde.

»Also? Was ist los?« Samantha musterte ihn plötzlich belustigt. Er setzte eine Unschuldsmiene auf, und sie zupfte ihn am Bart. »Du führst doch was im Schilde, Charlie. Was?«

»Wie kommst du darauf?«

»Es gießt in Strömen da draußen, es ist eiskalt, es ist Freitagabend, und du könntest mit deiner reizenden Frau und deinen drei süßen Kindern zu Hause sitzen. Es ist schwer, sich vorzustellen, daß du den ganzen Weg hierher gekommen bist, nur um eine Tasse Kaffee mit mir zu trinken.«

»Warum nicht? Du bist viel süßer als meine Kinder. Aber ...«, er zögerte kurz, »du hast recht. Ich bin nicht zufällig vorbeigekommen. Ich bin hergekommen, um mit dir zu reden.« Gott, es war schrecklich. Wie sollte er es ihr sagen? Er wußte plötzlich, daß sie es niemals verstehen würde.

»Und? Heraus damit.« Ihre Augen funkelten spitzbübisch, wie er es schon lange nicht mehr gesehen hatte.

»Also, Sam ...« Er holte tief Luft und sah sie scharf an. »Harvey und ich haben miteinander gesprochen ...«

»Über mich?« Sie wirkte sofort angespannt, aber er nickte nur und fuhr fort. Sie haßte es jetzt, wenn man über sie sprach. Denn alle sprachen immer darüber, wie es ihr ging und was John getan hatte.

»Ja, über dich.«

»Warum? Wegen der Detroitsache? Ich bin nicht sicher, daß er mein Konzept versteht, aber ...«

»Nein, nicht über die Detroitsache, Sam. Über *dich*.«

»Warum über mich?«

Sie hatte gedacht, das wäre vorbei, und sie würden nicht mehr über sie sprechen. Es gab nichts mehr zu besprechen. Die Scheidung war vorbei, und John war jetzt mit einer anderen verheiratet. Sie hatte es überlebt. Also?

»Mir geht's gut.«

»So? Das halte ich für erstaunlich.« Aus seinen Augen sprach Mitgefühl für sie und eine Spur von der Wut, die er die ganze Zeit gegenüber John empfunden hatte. »Ich glaube, mir an deiner Stelle ginge es nicht so gut, Sam.«

»Ich habe keine andere Wahl. Außerdem bin ich härter als du.«

»Wahrscheinlich.« Er lächelte liebevoll. »Aber vielleicht nicht ganz so hart, wie du glaubst. Warum gestattest du dir keine Pause, Sam?«

»Was soll das heißen? Soll ich nach Miami gehen und dort am Strand liegen?«

»Warum nicht?« Er zwang sich zu lächeln, während sie ihn entsetzt anstarrte.

»Was willst du damit sagen?« Panik zeigte sich auf ihrem Gesicht. »Schmeißt Harvey mich raus? Ist es das? Hat er dich deswegen hergeschickt? Sie wollen mich nicht mehr, weil ich nicht mehr so lustig bin wie früher?« Noch während sie diese Fragen stellte, füllten sich ihre Augen mit Tränen. »Himmel, was erwartet ihr denn? Ich hatte eine harte Zeit ... es war ...« Sie würgte an ihren Tränen und stand schnell auf. »Ich bin in Ordnung, verdammt noch mal. Es geht mir gut. Warum, zum Teufel ...«

Aber Charlie packte ihren Arm und drückte sie wieder auf ihren Platz. »Nimm's leicht, Baby. Es ist ja alles in Ordnung.«

»Feuert er mich, Charlie?« Eine einzelne Träne lief über ihre Wange. Aber Charlie Peterson schüttelte den Kopf.

»Nein, Sam, natürlich nicht.«

»Aber?« Sie wußte es. Sie wußte es schon.

»Er möchte, daß du eine Weile verreist. Du hast uns genug geliefert, um damit eine ganze Weile auszukommen. Und es würde den alten Herrn auch nicht umbringen, zur Abwechslung mal selbst übers Geschäft nachzudenken. Wir kommen ohne dich aus, wenn wir müssen.«

»Aber ihr müßt ja nicht. Das ist doch albern, Charlie.«

»Findest du?« Er musterte sie lange. »Ist es albern, Sam? Hältst du diesem Druck wirklich stand, ohne dich zu beugen? Siehst, wie dein Mann dich wegen einer anderen verläßt, siehst ihn jeden Abend im Fernsehen, wo er mit seiner neuen Frau schwatzt, und beobachtest, wie ihr Bauch immer dicker wird? Kannst du das wirklich einfach so hinnehmen? Kannst du, ohne einen einzigen Tag bei der Arbeit zu versäumen, immer darauf bestehen, noch mehr und noch mehr zu übernehmen? Früher oder später rechne ich damit, daß du völlig zusammenbrichst. Kannst du dich wirklich so diesen Angriffen aussetzen? Ich könnte es nicht. Und ich kann es nicht zulassen, Sam, als dein Freund. Was dieser Hundesohn dir angetan hat, hat dich fast in die Knie gezwungen, verdammt. Gib auf, Sam, fahre irgendwohin und wein dich aus, laß alles aus dir heraus, und dann komm wieder. Wir brauchen dich. Wir brauchen dich sehr. Harvey weiß das, ich weiß es, die anderen wissen es, und du weißt es selbst am besten. Aber wir brauchen dich nicht krank oder verrückt oder gebrochen, und genau so wirst du enden, wenn du der Belastung jetzt nicht ein Ende machst.«

»Ihr glaubt also, ich bin einem Nervenzusammenbruch nahe, ja?« Sie sah verletzt aus, aber Charlie schüttelte den Kopf.

»Natürlich nicht. Aber, zum Teufel, noch ein Jahr, und dann könntest du ihn bekommen. Jetzt mußt du dich darum kümmern, Sam, nicht später, wenn der Schmerz so tief in dir begraben ist, daß du ihn nicht mehr finden kannst.«

»Ich habe schon so lange damit gelebt – vier Monate!«

»Und es bringt dich um.« Es war eine ganz klare Aussage, und sie widersprach ihm nicht.

»Was hat Harvey also gesagt?« Sie sah traurig aus, als ihre Blicke sich trafen. Sie fühlte sich als Versager, als hätte sie besser damit fertigwerden müssen.

»Er möchte, daß du fortfährst.«

»Wohin?« Mit dem Handrücken wischte sie sich eine Träne von der Wange.

»Wohin du willst.«

»Für wie lange?«

Er zögerte etwas, ehe er antwortete: »Drei oder vier Monate.«

Sie hatten beschlossen, daß es besser für sie wäre, fort zu sein, bis John und Liz ihr Kind hätten. Charlie wußte, welch ein Schlag das für Samantha war, und er und Harvey hatten oft beim Essen darüber gesprochen. Aber keiner von ihnen war auf den Ausdruck vorbereitet gewesen, der sich jetzt auf ihrem Gesicht zeigte. Es war der Ausdruck völliger Ungläubigkeit, der Ausdruck von Panik, von Entsetzen.

»*Vier Monate?* Seid ihr verrückt? Was, zum Teufel, soll mit unseren Kunden passieren? Und was, zum Teufel, mit meinem Job? Mein Gott, du hast dich wirklich gut darum gekümmert, was? Warum? Willst du plötzlich meinen Job, oder was?«

Wieder sprang sie vom Tisch und eilte davon, doch er folgte ihr und stellte sich vor sie, sah sie beinahe zärtlich an.

»Dein Job ist eine ganz sichere Sache, Sam. Aber du mußt das einfach tun. Du kannst so nicht mehr weitermachen. Du mußt hier heraus. Aus dieser Wohnung, aus deinem Büro, vielleicht sogar aus New York. Willst du wissen, was ich denke? Ich denke, du solltest diese Frau in Kalifornien anrufen, die du so gern hast, und zu ihr fahren. Und komm zurück, wenn du's losgeworden bist, wenn du wieder unter den Lebenden bist. Es wird dir verdammt guttun.«

»Welche Frau?« Samantha sah ihn ausdruckslos an.

»Die, von der du mir vor Jahren erzählt hast, die mit der Pferderanch, Carol oder Karen oder so, die alte Frau, die die Tante von deiner Zimmergenossin im College war. Du hast von ihr gesprochen, als wäre sie deine beste Freundin.«

Das war sie auch gewesen. Barbie, mit der sie sich im College ein Zimmer geteilt hatte, war neben John ihre engste Vertraute gewesen. Sie war zwei Wochen nach Beendigung der Schule bei einem Flugzeugabsturz über Detroit ums Leben gekommen.

Plötzlich stand ein mildes Lächeln in Samanthas Augen. »Barbies Tante . . . Caroline Lord. Sie ist eine wundervolle Frau. Aber warum, um alles in der Welt, sollte ich dorthin fahren?«

»Du reitest doch gern, oder?« Sie nickte. »Also, es ist schön da unten, und es ist so anders und so weit weg von New York, wie du es dir nur wünschen kannst. Vielleicht mußt du einfach mal deine vornehme Geschäftsgarderobe für eine Zeit an den Nagel hängen, deinen sexy Körper in eine Jeans stecken und Cowboys jagen.«

»Sehr lustig, das ist alles, was ich brauche.«

Aber die Vorstellung hatte etwas in ihr berührt. Sie hatte Caroline seit Jahren nicht mehr gesehen. Sie und John waren einmal zu Besuch dort gewesen. Das bedeutete drei Stunden Autofahrt von Los Angeles, und John hatte es gehaßt. Er mochte Pferde nicht, er hielt das Leben auf der Ranch für unbequem, und Caroline und ihr Verwalter hatten ihn wegen seiner zimperlichen Großstadtmanieren schief angeguckt. Er war kein Reiter, Samantha hingegen war eine elegante Reiterin, schon seit ihrer Kindheit. Auf der Ranch hatten sie damals ein wildes geschecktes Pony gehabt, und zu Carolines Verzweiflung hatte sie es geritten. Aber obwohl das Tier sie beim Zureiten mehr als ein halbes Dutzend Mal abgeworfen hatte, war sie unverletzt geblieben, was John sofort beeindruckte. Es war eine glückliche Zeit in Sams Leben gewesen, und sie schien schon sehr lange zurückzuliegen.

»Ich bin nicht einmal sicher, ob sie mich haben möchte. Ich weiß nicht, Charlie. Es ist eine verrückte Idee. Warum laßt ihr Burschen mich nicht einfach in Ruhe meine Arbeit machen?«

»Weil wir dich mögen und weil du dich auf diese Weise kaputtmachst.«

»Nein, das tue ich nicht!« Sie lächelte ihm tapfer zu, aber er schüttelte den Kopf.

»Es ist egal, was du mir jetzt sagst, Sam. Es war Harveys Entscheidung.«

»Was?«

»Dein Urlaub.«

»Dann ist es beschlossene Sache?« Wieder wirkte sie schokkiert, und wieder nickte er.

»Ab heute. Dreieinhalb Monate Urlaub, und du kannst sie auf sechs ausdehnen, wenn du willst.« Sie hatten sich erkundigt, wann mit der Geburt von Liz' Baby gerechnet wurde, und von dem Termin aus gerechnet noch zwei Wochen zugegeben.

»Und ich verliere meinen Job nicht?«

»Nein.«

Langsam zog er einen Brief aus der Tasche und reichte ihn Sam zum Lesen. Er war von Harvey und garantierte ihr ihre Stelle, selbst wenn sie sechs Monate fortbliebe. In ihrem Beruf hatte es so etwas noch nicht gegeben, aber wie Harvey sich ausdrückte, war Samantha Taylor eine »außergewöhnliche Frau«.

Traurig blickte sie Charlie an. »Heißt das, daß ich von heute an in Urlaub bin?« Ihre Unterlippe zitterte.

»Genau das, Lady. Du bist von diesem Augenblick an frei. Himmel, ich wünschte, ich wäre das.«

»Oh, mein Gott.« Sie sank in einen Sessel und bedeckte das Gesicht mit der Hand. »Was soll ich denn jetzt tun, Charlie?«

Er legte ihr die Hand auf die Schulter. »Tu, was ich dir gesagt habe, Baby. Ruf deine alte Freundin auf der Ranch an.«

Es war ein verrückter Vorschlag. Nachdem er fort war, begann sie, fieberhaft nachzudenken. Sie befand sich noch immer in einer Art Schockzustand, als sie zu Bett ging. In den nächsten dreieinhalb Monaten war sie also arbeitslos. Sie hatte keinen Platz, zu dem sie gehen konnte, nichts zu tun, nichts, was sie zu sehen wünschte, und niemanden, mit dem sie es zusammen ansehen könnte. Zum erstenmal, seit sie erwachsen war, hatte sie überhaupt keine Pläne. Alles, was sie zu tun hatte, war, Harvey am nächsten Morgen zu treffen und ihm die angefangene Arbeit auf ihrem Schreibtisch zu erklären, und danach war sie frei.

Als sie im Dunkeln lag, ängstlich und allein, fing sie plötzlich an zu kichern. Es war wirklich verrückt. Was, zum Teufel, sollte sie mit sich selbst bis zum ersten April anfangen? Europa?

Australien? Ein Besuch bei ihrer Mutter in Atlanta? Einen Augenblick lang fühlte sie sich so frei wie nie zuvor. Als sie Yale verlassen hatte, mußte sie an John denken, jetzt dagegen gab es überhaupt niemanden, auf den sie Rücksicht nehmen mußte. Und dann, ganz impulsiv, griff sie nach ihrem Adreßbüchlein und beschloß, Charlies Rat zu befolgen. Sie machte Licht und fand die Nummer ohne Schwierigkeiten unter L. In Kalifornien war es jetzt zehn Uhr dreißig, und sie hoffte, daß es noch nicht zu spät war, um anzurufen.

Beim zweiten Klingeln wurde der Hörer abgenommen, und sie hörte die vertraute rauchige Stimme von Caroline Lord. Dann folgte eine langatmige Erklärung von Sam, freundliches Schweigen auf Carolines Seite, und schließlich ein seltsames, gequältes Schluchzen, als Sam sich endlich gehenließ. Und dann war es, als käme sie heim zu einer alten Freundin. Die ältere Frau hörte zu, hörte wirklich zu. Sie bot Sam eine Art von Trost, wie sie ihn seit Jahren nicht mehr gekannt hatte. Und als Sam eine halbe Stunde später den Hörer auflegte, starrte sie zu dem Himmel über sich auf und fragte sich, ob sie vielleicht wirklich verrückt geworden war. Denn sie hatte soeben versprochen, am Nachmittag des nächsten Tages nach Kalifornien zu fliegen.

2

Es war ein hektischer Morgen für Samantha. Sie packte zwei Koffer, buchte einen Platz im Flugzeug, ließ eine Nachricht und einen Scheck für die Putzfrau zurück und schloß die Wohnung hinter sich. Dann fuhr sie im Taxi mit ihren beiden Koffern ins Büro, wo sie Charlie den Schlüssel zu ihrer Wohnung gab und versprach, Weihnachtsgeschenke für seine Söhne zu schicken. Schließlich traf sie sich für zwei Stunden mit Harvey, um ihm alles zu erklären, was er zu wissen wünschte.

»Weißt du, du brauchst das nicht für mich zu tun, Harvey. Ich will es nicht.« Flehend sah sie ihn an, als sie die Besprechung beendeten, nach der sie frei sein würde.

Er musterte sie schweigend hinter seinem Schreibtisch aus Marmor und Chrom. »Du wolltest es nicht, Sam, aber du brauchst es, ob du es nun weißt oder nicht. Verläßt du die Stadt?«

Er war ein großer, schlanker Mann mit eisengrauem Haar, das er so kurzgeschnitten trug wie ein Marineoffizier. Er bevorzugte weiße Hemden von Brooks Brothers und gestreifte Anzüge, sah aus wie ein Bankier und rauchte Pfeife. Hinter den stählernen grauen Augen verbargen sich ein brillantes Hirn, ein kreativer Geist und eine gute Seele, wie man sie nur selten findet. Er war in gewisser Weise wie ein Vater für Samantha gewesen, und jetzt, als sie darüber nachdachte, überraschte es sie eigentlich nicht wirklich, daß er sie fortschickte.

Den ganzen Morgen über hatten sie nicht über ihre Pläne gesprochen. Alles hatte sich nur um die Projekte gedreht.

»Ja, ich verreise.«

Sie lächelte ihm zu, als sie vor seinem furchteinflößenden Schreibtisch saß. Sie konnte sich noch gut daran erinnern, wieviel Angst sie zu Anfang vor ihm gehabt hatte und wie sehr sie ihn im Laufe der Jahre zu respektieren gelernt hatte. Aber der Respekt beruhte auf Gegenseitigkeit, und das wußte sie.

Sie warf einen Blick auf ihre Armbanduhr: »Mein Flugzeug geht in zwei Stunden.«

»Dann verschwinde, zum Teufel noch mal, aus meinem Büro.« Er legte seine Pfeife hin und grinste, aber Sam zögerte noch einen Moment.

»Bist du sicher, daß ich meinen Job wiederbekomme, Harvey?«

»Ich schwöre es. Du hast den Brief?« Sie nickte. »Gut. Dann kannst du mich gerichtlich verklagen, wenn du deinen Job nicht wiederbekommst.«

»Das ist nicht das, was ich will. Ich will meinen Job.«

»Du wirst ihn bekommen, und am Ende wahrscheinlich meinen noch dazu.«

»Ich könnte in ein paar Wochen wiederkommen.« Sie sagte es vorsichtig, zögernd, aber er schüttelte den Kopf, und das Lächeln wich aus seinen Augen.

»Nein, Sam, das kannst du nicht. Am ersten April, dabei bleibt es.«

»Aus einem besonderen Grund?« Er wollte es ihr nicht sagen, und so schüttelte er wieder den Kopf.

»Nein, wir haben das Datum einfach ausgesucht. Ich werde dir einen Haufen Notizen schicken, damit du auf dem laufenden bist über das, was hier vorgeht, und du kannst mich anrufen, wann immer du willst. Weiß meine Sekretärin, wo sie dich finden kann?«

»Noch nicht, aber ich sage es ihr.«

»Gut.« Dann kam er um seinen Schreibtisch herum und zog sie ohne ein weiteres Wort an sich. Er hielt sie eine Weile fest und küßte sie dann auf den Scheitel. »Nimm's leicht, Sam. Du wirst uns fehlen.« Seine Stimme war rauh, und Tränen standen in ihren Augen, als sie ihn noch einmal umarmte, ehe sie schnell zur Tür ging. Einen ganz kurzen Augenblick hatte sie das Gefühl, verbannt zu werden, und sie spürte, wie Panik in ihr aufkam, dachte sogar schon daran, ihn zu bitten, sie nicht fortzuschicken.

Doch als sie sein Büro verließ, wartete Charlie schon im Gang auf sie. Er lächelte ihr zu, legte den Arm um ihre Schultern und drückte sie an sich.

»Bereit, Mädchen?«

»Nein.« Sie lächelte unter Tränen, schnüffelte dann und schmiegte sich eng an ihn.

»Das kommt schon noch.«

»Ja? Wieso bist du da so sicher?« Sie gingen jetzt langsam zu ihrem Büro zurück, und sie wünschte sich mehr denn je, bleiben zu können. »Es ist verrückt. Das weißt du auch, nicht wahr, Charlie? Ich meine, ich habe Arbeit, die erledigt werden muß, Kampagnen, ich habe nicht das Recht, zu ...«

»Du kannst gerne weiterreden, Sam, wenn du willst, aber das ändert überhaupt nichts.« Er sah auf seine Uhr. »In genau zwei Stunden setze ich dich ins Flugzeug.«

Samantha blieb plötzlich stehen, drehte sich zu ihm um und starrte ihn trotzig an, und er mußte sie einfach anlächeln. Sie sah aus wie ein sehr schönes und völlig unmögliches Kind.

»Was, wenn ich es verpasse? Was, wenn ich einfach nicht gehe?«

»Dann betäube ich dich und schleppe dich persönlich hin.«

»Das würde Mellie nicht gefallen.«

»Im Gegenteil. Sie bittet mich schon die ganze Woche, sie in Ruhe zu lassen.« Er blieb stehen und musterte Samantha.

Zögernd lächelte sie zurück. »Ich kann es dir wohl nicht ausreden, was?«

»Nein. Und Harvey auch nicht. Es ist wirklich egal, wohin du fährst, Sam, aber du mußt einfach hier raus, es ist zu deinem Besten. Willst du das denn nicht? Möchtest du nicht all den Fragen entgehen, den Erinnerungen, der Möglichkeit, ... ihnen zu begegnen?« Die Worte schmerzten in ihren Ohren, aber sie zuckte die Schultern.

»Was macht das schon für einen Unterschied? Wenn ich in Kalifornien die Nachrichten anschaue, dann sind sie immer noch da. Alle beide. Und sehen aus ...«

Ihre Augen füllten sich mit Tränen bei dem Gedanken an diese beiden Gesichter, die sie jeden Abend magnetisch angezogen hatten. Sie starrte sie immer an, und dann haßte sie sich dafür, wollte auf ein anderes Programm umschalten und war unfähig, die Hand zu rühren.

»... ich weiß nicht ... verdammt, sie sehen einfach aus, als gehörten sie zusammen, nicht wahr?« Plötzlich erstarrte ihr Gesicht in einer traurigen Maske, Tränen liefen über ihre Wangen. »Wir haben nie so ausgesehen, oder? Ich meine ...«

Aber Charlie sagte nichts, zog sie nur an sich. »Ist ja schon gut, Sam, ist ja schon gut.« Und dann, als sie leise vor sich hinweinte, an seine Schulter gelehnt, ohne die Blicke der Sekretärinnen zu bemerken, die an ihnen vorbeihuschten, strich er ihr eine Strähne des langen, blonden Haars aus der Stirn und lächelte zu ihr hinab. »Deshalb brauchst du Urlaub. Ich glaube, man nennt das emotionale Erschöpfung. Oder hast du das noch nicht bemerkt?«

Sie brummte mißbilligend und kicherte dann plötzlich leise. »Heißt es so? Ja ...« Sie löste sich aus seinen Armen, seufzte, wischte die Tränen vom Gesicht. »Vielleicht brauche ich wirklich Urlaub.« Und dann versuchte sie, mit ihren Augen den Freund anzufunkeln, wobei sie die Haare aus dem Gesicht schüttelte. »Aber nicht aus den Gründen, die ihr glaubt. Ihr habt mich einfach fertiggemacht.«

»Da hast du verdammt recht. Und wir haben die Absicht, genauso weiterzumachen, wenn du zurückkommst. Also genieße die Zeit da draußen. Du Pferdenarrin.«

Eine Hand auf ihren Schultern ließ sie plötzlich beide herumfahren.

»Bist du noch nicht weg, Samantha?« Es war Harvey, die Pfeife zwischen den Zähnen, ein helles Leuchten in den Augen. »Ich dachte, du müßtest ein Flugzeug bekommen.«

»Muß sie auch.« Charlie grinste sie an.

»Dann bring sie hin, um Himmels willen. Sieh zu, daß sie hier rauskommt. Wir haben schließlich noch Arbeit zu erledigen.« Er lächelte grimmig, winkte mit seiner Pfeife und verschwand in einem anderen Flur. Charlie blickte wieder zu ihr hin und sah ihr verzagtes Lächeln.

»Du mußt mich wirklich nicht zum Flugzeug bringen, weißt du.«

»Wirklich nicht?« Sie schüttelte zur Antwort den Kopf, aber sie kümmerte sich nicht um den künstlerischen Leiter, sondern betrachtete ihr Büro, als sähe sie es zum letztenmal. Charlie bemerkte ihren Ausdruck und packte ihren Mantel und ihre Koffer.

»Komm schon, ehe ich ganz rührselig werde. Sehn wir zu, daß wir das Flugzeug bekommen.«

»Ja, Sir.«

Er trat über die Schwelle und wartete, und sie folgte ihm mit zwei zögernden Schritten. Dann holte sie tief Luft, warf noch einen letzten Blick hinter sich und schloß sacht die Tür.

3

Der Flug verlief ohne besondere Vorkommnisse. Das Land zog unter ihr dahin wie eine Patchworkdecke. Die rauhen, braunen Stoppeln der Winterfelder gingen in weiße, samtartige Schneeflächen über, und als sie die Westküste erreichten, sah sie sattes Grün und tiefes, leuchtendes Blau beim Flug über Seen, Wälder und Felder. Und schließlich, als die Sonne gerade wie ein Feuerball versank, landeten sie in Los Angeles.

Samantha streckte die langen Beine vor sich aus, dann die Arme, und schaute dabei noch einmal aus dem Fenster. Sie hatte fast während des ganzen Fluges gedöst. Als sie jetzt nach draußen sah, fragte sie sich, warum sie gekommen war.

Was hatte es für einen Sinn, den weiten Weg nach Kalifornien zu machen? Was würde sie hier möglicherweise finden? Und als sie aufstand und die lange, blonde Mähne schüttelte, wußte sie, daß es ein Fehler gewesen war, hierher zu kommen. Sie war nicht mehr neunzehn. Es hatte keinen Sinn, sich auf einer Ranch herumzutreiben und Cowgirl zu spielen. Sie war eine erwachsene Frau mit Verantwortung und hatte ein Leben zu führen, bei dem sich alles um New York drehte. Aber was hatte sie dort wirklich? Nichts – überhaupt nichts.

Seufzend beobachtete sie, wie die übrigen Passagiere das Flugzeug verließen, knöpfte ihren Mantel zu, nahm ihr Handgepäck und reihte sich ein. Sie trug einen dunkelbraunen Wildledermantel mit Schaffellbesatz, Jeans und ihre schokoladenbraunen Lederstiefel von Céline. Der kleine Koffer in ihrer Hand hatte dieselbe Farbe, und um den Griff hatte sie ein rotes Seidentuch geknotet, das sie jetzt abnahm und locker um den Hals schlang. Selbst mit der besorgt gerunzelten Stirn und in der Freizeitkleidung, die sie auf dem Flug getragen hatte, war sie noch immer eine ausgesprochen anziehende, schöne junge Frau, und viele Männer wandten sich nach ihr um, während sie langsam das riesige Flugzeug verließ. Keiner von ihnen hatte sie während des fünf Stunden dauernden Fluges bemerkt, weil sie ihren

Platz nur einmal verlassen hatte, und das, um sich vor dem Essen Gesicht und Hände zu waschen. Die übrige Zeit hatte sie einfach dagesessen, taub, müde, dösend, und hatte wieder einmal versucht, herauszufinden, warum sie es zuließ, daß die anderen so über sie verfügten, warum sie sich hatte überreden lassen, in den Westen zu reisen.

»Wir wünschen Ihnen einen angenehmen Aufenthalt ...« Die Stewardessen murmelten die bekannten Worte im Chor, und Samantha lächelte sie an. Es wirkte fast albern, als sie so dastanden, alle in den gleichen Uniformen, mit der gleichen Frisur, dem gleichen Lächeln, und immer und immer wieder dieselben Worte sagten.

Einen Augenblick später stand Samantha im Flughafen von Los Angeles und blickte mit einem Gefühl von Unsicherheit um sich. Sie fragte sich, wohin sie sich wenden sollte, wer sie abholen würde, und plötzlich war sie nicht einmal mehr sicher, ob man sie überhaupt abholen würde. Caroline hatte gesagt, daß wahrscheinlich der Vorarbeiter, Bill King, kommen würde, und wenn er keine Zeit hätte, würde einer der anderen Rancharbeiter sie erwarten. »Sieh dich einfach nach ihnen um, du kannst sie nicht übersehen, nicht auf dem Flughafen.«

Und dann hatte die alte Frau leise gelacht, und Sam auch. In einem Flughafen, der angefüllt war mit Gepäck von Vuitton und Gucci, mit goldenen Riemchensandalen, Nerz und Chinchilla, mit winzigen Bikinioberteilen und Hemden, die bis zum Nabel offenstanden, würde es wirklich leicht sein, einen Rancharbeiter zu erkennen, in seinen Cowboystiefeln, Jeans und Cowboyhut. Und mehr noch als an seiner Kleidung würde man ihn an der Art seiner Bewegungen erkennen, an seinem Gang, an dem tiefen Braun seines Gesichtes, an der Ausstrahlung, die von solchen Menschen inmitten einer dekadenten Gesellschaft ausgeht. Sam wußte schon von ihren früheren Besuchen auf der Ranch, daß es an den Rancharbeitern nichts Dekadentes gab. Es waren harte, freundliche, schwer arbeitende Menschen, die ihr Leben und ihre Arbeit liebten und fast mystisch mit dem Land, das sie bebauten, und den Menschen, mit denen sie arbeiteten, dem Vieh, um das

526

sie sich so sorgfältig kümmerten, verbunden waren. Es waren Menschen, die Samantha immer respektiert hatte, aber sie waren ganz anders als die Menschen, an die sie von New York her gewöhnt war.

Als sie dastand und auf das für einen Flughafen typische Chaos starrte, wurde ihr plötzlich klar, daß sie ihren Entschluß billigen würde, wenn sie erst einmal auf der Ranch war. Vielleicht war das wirklich etwas, was sie jetzt brauchte.

Als sie sich nach einem Schild mit der Aufschrift Gepäckausgabe umsah, legte ihr jemand die Hand auf den Arm. Sie wandte sich überrascht um, und dann sah sie ihn, den großen, breitschultrigen, zähen, alten Cowboy, an den sie sich sofort von ihrem Besuch vor zehn Jahren her erinnerte. Er überragte sie um einiges, seine blauen Augen waren wie ein Stück Sommerhimmel, sein Gesicht glich den Furchen einer Landschaft, sein Lächeln war so breit, wie sie es in Erinnerung hatte, und Herzlichkeit strömte von ihm aus, als er kurz an den Hut tippte und sie dann in seine starken Arme zog. Es war Bill King, der Mann, der Vorarbeiter auf der Lord Ranch war, seit Caroline sie vor ungefähr dreißig Jahren gekauft hatte.

Er war ein Mann Anfang Sechzig, ohne eine großartige Schulbildung, aber mit gesundem Menschenverstand, Weisheit, umfangreichen Erfahrungen und noch mehr Herzlichkeit. Sie hatte sich gleich zu ihm hingezogen gefühlt, als sie ihm das erste Mal begegnete, und sie und Barbara hatten wie zu einem weisen, alten Onkel zu ihm aufgesehen. Bill hatte ihre Freundschaft erwidert und sich immer für sie eingesetzt. Zusammen mit Caroline war er zu Barbaras Beerdigung gekommen, hatte diskret ein paar Schritte hinter der Familie gestanden, und Tränen waren ihm über das Gesicht gelaufen.

Aber jetzt gab es keine Tränen, sondern nur ein breites Lächeln für Samantha, und seine riesige Hand drückte ihre Schulter noch fester, als er einen kleinen erfreuten Schrei ausstieß.

»Verdammt, bin ich froh, dich zu sehen, Sam! Wie lange ist es jetzt her? Fünf Jahre? Sechs?«

»Wohl eher acht oder neun.« Sie grinste zu ihm auf, genauso

froh, ihn zu sehen, und plötzlich glücklich, daß sie gekommen war. Vielleicht hatte Charlie gar nicht so unrecht gehabt. Der große, erfahrene Mann sah mit einem Blick auf sie herab, der ihr sagte, daß sie heimgekommen war.

»Fertig?« Er bot ihr seinen Arm, und sie nickte, lächelte und hakte sich bei ihm ein. Dann machten sie sich auf die Suche nach ihrem Gepäck, das schon auf dem Fließband lag, als sie nach unten kamen. »Das hier?« Er sah sie fragend an, als er den großen, schwarzen Lederkoffer in der Hand hielt, an dessen Seite sich die rot-grünen Gucci-Streifen befanden. Ihre Reisetasche hatte er über die Schulter gehängt.

»Das ist alles, Bill.«

Er warf ihr mit gerunzelter Stirn einen kurzen Blick zu.

»Dann hast du wohl nicht vor, lange zu bleiben. Ich kann mich noch an das letzte Mal erinnern, als du mit deinem Mann hierhergekommen bist. Zusammen müßt ihr mindestens sieben Koffer gehabt haben.«

Sie mußte kichern, als sie daran dachte. John hatte genug Kleidung dabeigehabt, um mindestens einen Monat in St. Moritz bleiben zu können.

»Das meiste davon gehörte meinem Mann. Wir waren gerade in Palm Springs gewesen«, erwiderte sie. Er nickte, sagte aber nichts, und führte sie dann zum Parkhaus. Bill war ein Mann, der nicht viele Worte machte, aber reich an Gefühlen war. Das hatte sie bei ihren früheren Besuchen auf der Ranch häufig bemerkt. Fünf Minuten später hatten sie den großen, roten Lieferwagen erreicht, ihren Koffer hinten verstaut, und fuhren langsam vom Parkplatz des internationalen Flughafens von Los Angeles ab.

Plötzlich hatte Sam das Gefühl, bald frei zu sein. Nach der Beengtheit ihres Lebens in New York, wo sie durch Arbeit und Ehe gebunden war, nach der Menschenmasse, die sie im Flugzeug und anschließend im Flughafen umdrängt hatte, würde sie jetzt endlich aufs offene Land hinauskommen, könnte allein sein, nachdenken, Berge, Bäume und Vieh sehen und ein Leben führen, das sie fast vergessen hatte. Als sie daran dachte, erhellte ein Lächeln ihr Gesicht.

»Du siehst gut aus, Sam.« Er warf ihr einen Blick zu, als sie das Flughafengelände verließen und auf die Landstraße hinausfuhren, wo er in den vierten Gang schaltete.

Aber sie lächelte ihn nur an und schüttelte den Kopf. »So gut nun auch wieder nicht. Es ist alles schon so lange her.«

Ihre Stimme wurde weicher bei diesen Worten, und sie dachte an das letzte Mal, als sie ihn und Caroline Lord gesehen hatte. Es war eine seltsame Reise gewesen, eine fast peinliche Mischung aus Vergangenheit und Gegenwart. Während sie den Highway entlangfuhren, war Sam in Gedanken ganz bei dieser letzten Reise. Tausende von Jahren schienen vergangen zu sein.

Schließlich spürte sie die Hand des alten Vorarbeiters auf ihrem Arm. Sie schaute sich um, und es fiel ihr auf, daß sich die Landschaft radikal verändert hatte. Nichts deutete mehr auf die Häßlichkeit der Vororte von Los Angeles hin, ja, es waren überhaupt keine Häuser mehr zu sehen, nur unendliche, sanft gewellte Felder und Wiesen, die Ausläufer großer Ranches und unbewohnte staatliche Reservate. Es war ein schönes Land, das sie hier umgab. Sam drehte die Scheibe herunter und sog die Luft ein.

»Gott, es riecht sogar anders, nicht wahr?«

»Klar tut es das.« Er schenkte ihr sein vertrautes, herzliches Lächeln und fuhr eine Weile stumm weiter. »Caroline freut sich sehr darauf, dich zu sehen, Sam. Es ist ziemlich einsam für sie gewesen, seit Barbie gestorben ist. Weißt du, sie spricht verdammt viel von dir. Ich habe mich immer gefragt, ob du wiederkommen würdest. Nach dem letzten Mal hab' ich eigentlich nicht mehr damit gerechnet.«

Sie waren schon bald wieder abgefahren, und John hatte keinen Hehl daraus gemacht, daß er sich zu Tode gelangweilt hatte.

»Ich wäre früher oder später auf jeden Fall wiedergekommen. Ich habe immer gehofft, hier vorbeikommen zu können, wenn ich geschäftlich in Los Angeles war, aber ich hatte nie genug Zeit.«

»Und jetzt? Hast du deinen Job gekündigt, Sam?«

Er wußte nur vage, daß sie irgendwie mit Werbung zu tun hatte, aber er wußte nicht genau, was es war, und es interessierte ihn eigentlich auch nicht. Caroline hatte ihm erzählt, daß es ein guter Job war, und wenn es sie glücklich machte, dann war ja alles in Ordnung. Das war schließlich das einzige, was zählte. Er wußte natürlich, was ihr Ehemann tat. Jeder im Land kannte John Taylor, sowohl sein Gesicht als auch seinen Namen. Bill King hatte ihn nie gemocht.

»Nein, Bill, ich habe nicht gekündigt. Ich bin auf Urlaub.«

»Weil du krank bist?« Er musterte sie besorgt, als sie durch die Hügel fuhren.

Sam zögerte nur einen Augenblick. »Eigentlich nicht. Mehr eine Art Erholungsurlaub, nehme ich an.« Einen Moment dachte sie daran, es dabei bewenden zu lassen, doch dann beschloß sie, ihm alles zu erzählen. »John und ich haben uns getrennt.« Er zog eine Braue fragend hoch, sagte aber nichts, und sie fuhr fort: »Ist schon eine ganze Weile her, um ehrlich zu sein. Zumindest scheint es so. Es sind jetzt drei oder vier Monate.« Einhundertundzwei Tage, um genau zu sein. Sie hatte jeden einzelnen gezählt. »Und ich vermute, sie dachten einfach, ich bräuchte mal Erholung vom Büro.«

Es klang jämmerlich in ihren eigenen Ohren, und plötzlich fühlte sie wieder die gleiche Panik in sich aufsteigen wie am Morgen, als sie mit Harvey gesprochen hatte. Feuerten sie sie vielleicht doch und wollten es ihr einfach noch nicht sagen? Glaubten sie, sie könnte dem Druck nicht standhalten? Glaubten sie, sie würde wirklich zusammenbrechen? Doch als sie Bill King ansah, sah sie, daß er nickte, als klänge das alles in seinen Ohren sehr vernünftig.

»Klingt in Ordnung, Mädchen.« Seine Stimme war beruhigend. »Es ist verdammt hart weiterzumachen, wenn man verletzt ist.« Er unterbrach sich kurz, ehe er fortfuhr: »Ich habe das vor Jahren festgestellt, als meine Frau starb. Ich dachte, ich könnte meine Arbeit auf der Ranch, auf der ich damals war, immer noch machen. Aber nach einer Woche sagte mein Boß: ›Bill, mein Junge, ich geb' dir das Geld für einen Monat. Fahr zu deiner

Familie und komm wieder, wenn das Geld verbraucht ist.‹ Weißt
du, Sam, ich war verrückt vor Wut, als er das tat, dachte, er
wollte mir klarmachen, daß ich mit dem Job nicht fertig würde,
aber er hatte recht. Ich fuhr zu meiner Schwester in der Nähe
von Phoenix, blieb etwa sechs Wochen da, und als ich zurückkam, war ich wieder ich selbst. Du kannst von keinem Mann und
keiner Frau erwarten, daß sie immer funktionieren. Manchmal
muß man ihnen auch Zeit für ihren Kummer lassen.«

Er erzählte ihr nicht, daß er fünfundzwanzig Jahre später drei
Monate Urlaub genommen hatte, Urlaub von der Lord Ranch,
als sein Sohn zu Beginn des Vietnamkrieges gefallen war. Drei
Monate lang war er so verzweifelt gewesen, daß er kaum in der
Lage war zu sprechen. Es war Caroline gewesen, die ihn wieder auf die Beine gebracht hatte, die ihm zugehört, sich um ihn
gekümmert hatte, und die ihn schließlich aus einer Bar in Tucson geholt und heimgeschleift hatte. Er hätte seine Arbeit auf der
Ranch zu erledigen, hatte sie ihm erklärt, und was genug wäre,
wäre genug. Sie hatte ihn angekeift wie ein Sergeant und ihn mit
Arbeit überhäuft, bis er dachte, er müßte sterben. Sie hatte geschrien, gebrüllt, gestritten und ihn schikaniert, bis sie sich eines
Tages auf der Südweide fast geprügelt hätten. Sie waren von ihren Pferden gesprungen, sie hatte ihm mit der Faust gedroht, er
hatte ihr auf den Hintern geschlagen. Und dann hatte sie ihn
plötzlich angelacht, gelacht und gelacht, bis ihr Tränen in den
Augen standen und diese endlich überliefen, und er hatte genauso
heftig gelacht und sich neben sie gekniet, um ihr auf die Füße zu
helfen – und damals hatten sie sich zum ersten Mal geküßt.

Im August waren das jetzt achtzehn Jahre her, und nie hatte
er eine andere Frau so geliebt wie sie. Sie war die einzige Frau,
nach der er sich tatsächlich schmerzlich gesehnt hatte, mit der er
gelacht, gearbeitet und geträumt hatte. Eine Frau, die er mehr respektierte als jeden Mann. Caroline Lord war keine gewöhnliche
Frau. Sie war eine Superfrau. Sie war geistreich und amüsant, attraktiv, freundlich, mitleidsvoll und intelligent. Und er hatte nie
verstehen können, was sie mit einem Rancharbeiter wollte. Doch
sie hatte von Anfang an gewußt, was sie suchte, und ihren Ent-

schluß niemals bereut. Und jetzt war sie seit fast zwanzig Jahren heimlich seine Frau, wenn sie auch nie geheiratet hatten. Sie hätte die ganze Sache schon längst publik werden lassen, wenn er es ihr erlaubt hätte. Aber für ihn war ihre Stellung als Besitzerin der Lord Ranch unantastbar, und wenn man es auch hier und da vermutete, so wußte doch niemand mit Sicherheit, daß sie Liebende waren. Alles, was jeder mit Bestimmtheit wußte, war, daß sie Freunde waren. Nicht einmal Samantha war jemals sicher gewesen, ob mehr zwischen ihnen war; obwohl sie und Barbara es vermutet und oft darüber gekichert hatten, *gewußt* hatten sie es nie.

»Wie geht es Caroline, Bill?« Sie blickte lächelnd zu ihm hinüber und sah einen Schimmer in seine Augen treten.

»Hart wie immer. Sie ist härter als irgend jemand sonst auf der Ranch.« Und älter. Sie war drei Jahre älter als er. Mit zwanzig war sie eine der berühmtesten und elegantesten Frauen Hollywoods gewesen, verheiratet mit einem der führenden Regisseure jener Tage. Die Gesellschaften, die sie gegeben hatten, waren immer noch in aller Munde, und das Haus, das sie in den Bergen über Hollywood gebaut hatten, wurde immer noch von manchen Leuten besucht. Es hatte oft den Besitzer gewechselt, war aber heute noch ein bemerkenswertes Bauwerk, Monument einer vergangenen Ära, die nie wiederkehren sollte.

Im Alter von zweiunddreißig Jahren war Caroline Lord Witwe geworden, und danach war das Leben in Hollywood für sie nicht mehr dasselbe gewesen. Sie war noch zwei Jahre dort geblieben, doch es waren einsame, schmerzerfüllte Jahre gewesen. Und dann, ohne Erklärung, war sie plötzlich verschwunden. Sie hatte ein Jahr in Europa verbracht, anschließend noch sechs Monate in New York. Sie brauchte noch ein weiteres Jahr, um festzustellen, was sie wirklich wollte. Doch als sie stundenlang in ihrem weißen Lincoln Continental über Land fuhr, wußte sie plötzlich, wonach ihr Herz sich sehnte. Hinaus aufs Land, in die freie Natur, fort von Champagner, Feiern, Verstellung. Nichts davon hatte ihr noch irgend etwas bedeutet, seit ihr Mann von ihr gegangen war. Für sie war das alles jetzt vorbei. Sie war bereit, etwas anderes anzufangen, ein völlig neues Leben, ein neues Abenteuer. Und im Frühjahr, nachdem sie sich im Umkreis von zweihundert Meilen von Los Angeles alles angeschaut hatte, was zu verkaufen war, kaufte sie die Ranch.

Sie zahlte ein Vermögen dafür, stellte einen Berater ein, außerdem die besten Rancharbeiter der Gegend. Sie zahlte gute Löhne, ließ hübsche, gemütliche Quartiere für sie errichten und bot ihnen Wärme, was nur wenige Männer abschlagen konnten. Dafür verlangte sie brauchbare Ratschläge und guten Unterricht. Sie wollte lernen, die Ranch eines Tages selbst zu führen, und sie erwartete von allen, daß sie so hart arbeiteten wie sie selbst. Gleich im ersten Jahr kam Bill King zu ihr, nahm die Leitung der Ranch in die Hand und brachte ihr alles bei, was er selbst wußte. Für einen Vorarbeiter seines Schlages hätten die meisten Rancher ihr Leben gegeben, und es war reiner Zufall, daß er auf der Lord Ranch landete. Und ein noch größerer Zufall war es, daß aus ihm und Caroline Lord ein Liebespaar wurde. Alles, was Samantha von Bills Geschichte auf der Ranch wußte, war, daß er fast von Anfang an dagewesen war und daß er dazu beigetragen hatte, einen finanziellen Erfolg daraus zu machen.

Die Lord Ranch war eine der wenigen kalifornischen Vieh-Ranches, die mit Gewinn arbeiteten. Sie züchteten Angusrinder und verkauften auch ein paar Morganpferde. Die meisten der großen Ranches lagen im Mittelwesten oder im Südwesten, nur sehr wenige in Kalifornien hatten Glück. Viele waren für ihre Besitzer ein Verlustgeschäft, das sie von der Steuer abschreiben konnten. Es waren Börsenmakler, Anwälte und Filmstars, die sich ihre Ranch als Spielzeug gekauft hatten. Aber die Lord Ranch war kein Spielzeug, weder für Bill King noch für Caroline Lord, noch für die Männer, die dort arbeiteten, und Samantha wußte auch, daß sie, während sie dort wohnte, mit zupacken müßte. Niemand kam auf die Ranch, um bloß zu faulenzen. Das schien unfair gegenüber allen anderen, die so hart arbeiteten.

Beim Anruf hatte Caroline Sam erzählt, daß ihnen im Augenblick zwei Männer fehlten und daß Samantha willkommen wäre, um auszuhelfen. Es würde ein arbeitsreicher Urlaub für Samantha werden, davon war sie überzeugt. Sie nahm an, daß sie kleinere Arbeiten im Stall zu verrichten hätte, sich um einige der Pferde kümmern, vielleicht auch den einen oder anderen Stall ausmisten müßte. Sie wußte, daß sie mit Sicherheit nicht mehr zu tun bekäme.

Nicht, daß sie es nicht gekonnt hätte. Samantha hatte schon längst ihre Geschicklichkeit im Umgang mit Pferden bewiesen. Mit fünf Jahren hatte sie reiten gelernt, war mit sieben in Pferdevorführungen aufgetreten, hatte sich mit zwölf die ersten Preise geholt und jahrelang davon geträumt, an den Olympischen Spielen teilzunehmen. Und es gab eine Zeit, da hatte sie jeden Augenblick ihres Lebens mit ihrem eigenen Pferd verbracht. Doch nachdem sie erst einmal aufs College gekommen war, hatte sie nicht mehr viel Zeit für Pferde gehabt, der Traum der Olympischen Spiele verblaßte, und in den kommenden Jahren kam sie fast nie mehr zum Reiten. Nur wenn sie mit Barbara zusammen einen Besuch auf der Ranch machte oder zufällig jemanden traf, der Pferde besaß, hatte sie noch Gelegenheit dazu. Aber sie wußte, daß die Rancharbeiter ihr als Stadtmädchen wohl kaum zutrauen würden, mit ihnen zu arbeiten, außer wenn Caroline sich für sie eingesetzt hatte.

»Viel geritten in letzter Zeit?« Als hätte er ihre Gedanken gelesen, beugte sich Bill ihr lächelnd zu.

Sie schüttelte den Kopf. »Ich glaube, ich hab' seit zwei Jahren auf keinem Pferd mehr gesessen.«

»Na, dann wirst du morgen um diese Zeit ganz schön wund sein.«

»Wahrscheinlich.« Sie lächelten einander zu, als sie weiter in den Abend hineinfuhren. »Aber wahrscheinlich wird es ein gutes Gefühl sein. Das ist einfach eine gute Art, wund zu sein.« Müde Knie und schmerzende Waden, das war etwas ganz anderes als der dumpfe Schmerz in ihrem Herzen, den sie in den letzten Monaten verspürt hatte.

»Wir haben ein paar neue Palominopferde, einen neuen Schekken und eine ganze Menge Morganpferde, die Caroline alle in diesem Jahr gekauft hat. Und dann«, er grunzte fast, als er das sagte, »hat sie noch dieses verdammte, verrückte Pferd. Frag mich bloß nicht, warum sie es gekauft hat. Sagt immer bloß, daß es aussieht wie ein Pferd in einem der Filme, die ihr Mann gemacht hat.« Mißbilligend sah er Sam an. »Hat sich 'n Vollblut gekauft. Verdammt feines Tier. Aber wir brauchen so 'n Pferd nicht auf einer Ranch. Sieht aus wie so 'n verdammtes Rennpferd ... und läuft auch so. Die bringt sich eines Tages noch damit um. Kein Zweifel. Hab's ihr selbst gesagt.«

Er funkelte Sam an, und sie lächelte. Sie konnte sich die elegante Caroline nur zu gut vorstellen, wie sie auf ihrem Vollblut durch die Wiesen und Felder jagte, als wäre sie noch immer ein junges Mädchen. Es würde herrlich sein, sie wiederzusehen, wunderbar, wieder zurück zu sein; und plötzlich wurde Samantha von einer Woge der Dankbarkeit erfüllt. Sie war so froh, daß sie gekommen war.

Aus den Augenwinkeln warf sie Bill einen Blick zu, als er die letzten Meilen zu der Ranch zurücklegte, die seit mehr als zwei Jahrzehnten seine Heimat war, und wieder fragte Samantha sich, wie tief seine Beziehung zu Caroline wohl war. Mit seinen dreiundsechzig Jahren war er immer noch sehr kraftvoll und sah gut aus. Das breite Kreuz, die langen Beine, die kräftigen Arme, die mächtigen Hände und die strahlend blauen Augen, all das ließ ihn stark und zugleich elegant erscheinen. Bei ihm sah der Cowboyhut prächtig aus, und die Bluejeans schienen an seinen Beinen festgewachsen zu sein. Bill war ein sehr stolzer, beeindruckender Mann, erhaben über jede Lächerlichkeit. Die Furchen in seinem Gesicht ließen die markanten Züge nur noch deutlicher hervortreten, und die tiefe, heisere Baritonstimme war noch immer die alte. Ohne seinen Hut war er gut und gern einen Meter und neunzig groß, und mit ihm erschien er wie ein Turm in der Menge.

Als sie durch das Tor auf die Ranch fuhren, stieß Samantha einen Seufzer aus, einen Seufzer der Erleichterung ... des Schmerzes ... eine Woge widersprüchlicher Gefühle. Die Straße erstreckte sich noch eine Meile weiter, nachdem sie an dem Schild mit dem hübsch geschnitzten ›L‹ vorübergekommen waren. Es bedeutete ›Lord Ranch‹ und wurde auch als Brandzeichen beim Vieh verwendet. Samantha fühlte sich wie ein aufgeregtes Kind, hielt den Atem an in der Erwartung, das Haus plötzlich auftauchen zu sehen. Doch es dauerte noch zehn Minuten, bis sie endlich um die letzte Kurve der Privatstraße fuhren.

Plötzlich lag es vor ihr. Es sah fast aus wie eine alte Plantage: ein schönes, großes, weißes Haus mit dunkelblauen Läden, einem Ziegelschornstein, einer geräumigen Veranda vor dem Haus, mit breiten Stufen zum Eingang, und alles umgeben von Blumenbeeten, die ein wahres Meer von Farben bildeten. Und hinter alldem erhob sich eine Mauer aus riesigen, schön gewachsenen Bäumen. In der Nähe des Hauses stand eine einzelne Trauerweide an einem kleinen Teich, der mit Seerosen bedeckt und mit Fröschen gefüllt war. Daneben gab es natürlich die Stallungen, dahinter die Scheunen, und überall, rundherum, die Hütten für die Männer. Für Sam war die Lord Ranch das Idealbild einer Ranch. Immer, wenn sie andere Ranches sah, fiel ihr auf, daß hier eigentlich alles anders war. Nur wenige andere Ranches wurden so geführt, waren so hübsch, und nirgends traf sie so prachtvolle Menschen wie Caroline Lord oder Bill King.

»Nun, kleines Mädchen, wie gefällt es dir?« Der Lieferwagen war stehengeblieben, und wie immer blickte Bill sich mit offensichtlichem Stolz um. Er hatte dazu beigetragen, aus der Lord Ranch etwas Besonderes zu machen – und etwas Besonderes war sie für ihn ganz gewiß. »Hat es sich hier verändert?«

»Nein.« Samantha lächelte, als sie sich in der Dunkelheit umschaute.

Aber der Mond stand hoch, das Haus war hell erleuchtet, in den Hütten der Männer brannte Licht, ebenso wie im Hauptgebäude, wo sie aßen und Karten spielten. Eine helle Laterne verbreitete ihren Schein in der Nähe der Stallungen, und sie konnte leicht feststellen, daß sich nicht viel verändert hatte.

»Es gibt ein paar technische Verbesserungen, aber die kannst du nicht sehen.«

»Das freut mich. Ich hatte schon gefürchtet, es hätte sich alles verändert.«

»Nee.« Er hupte zweimal, und sofort öffnete sich die Tür des Haupthauses, und eine große, schlanke, weißhaarige Frau stand auf der Schwelle, lächelte erst Bill und dann sofort Sam zu. Sie zögerte nur für den Bruchteil einer Sekunde, starrte die junge Frau an, dann lief sie leichtfüßig mit ausgebreiteten Armen die Treppe hinab, um Samantha herzlich zu umarmen und zu begrüßen.

»Willkommen daheim, Samantha. Willkommen daheim.«

Plötzlich, als sie Caroline Lords Parfüm roch und das dichte, weiße Haar an ihrer Wange spürte, traten Sam Tränen in die Augen, und sie hatte wirklich das Gefühl, heimgekehrt zu sein. Nach einem kurzen Augenblick trennten sich die Frauen. Caroline trat einen Schritt zurück und musterte sie lächelnd. »Mein Gott, Sam, du bist ja hübscher denn je. Sogar noch hübscher als beim letztenmal.«

»Du bist verrückt. Und schau nur erst einmal dich an!«

Die ältere Frau war so groß, schlank und aufrecht wie eh und je, ihre Augen leuchteten, und ihr ganzes Wesen strahlte Lebhaftigkeit aus. Sie war so hübsch wie immer. Als Sam sie das letztemal gesehen hatte, war sie in den Fünfzigern gewesen, und jetzt, mit sechsundsechzig Jahren, war sie immer noch schön. Sogar in Jeans und einem Männerhemd strahlte sie unleugbar Eleganz aus. Sie hatte ein hellblaues Tuch um den Hals geschlungen, trug einen alten Indianergürtel, und ihre Cowboystiefel glänzten dunkelgrün. Zufällig sah Samantha nach unten, als sie Caroline die Stufen ins Haus folgte, und rief entzückt aus: »Oh, die sind ja herrlich, Caroline!«

»Nicht wahr?« Caroline hatte sie sofort verstanden und blickte mit mädchenhaftem Lächeln auf ihre Stiefel hinab. »Ich habe sie extra anfertigen lassen. Ist zwar eine schreckliche Extravaganz in meinem Alter, aber zum Teufel, vielleicht ist es das letzte, was ich mir erlauben kann.«

Sam war geschockt von dieser Andeutung, es gab ihr einen Stich, dies von Caroline zu hören.

Sam war schweigsam, als sie in das vertraute Haus trat und Bill ihr mit ihrem Gepäck folgte. In der Eingangshalle stand ein hübscher Tisch aus früher amerikanischer Zeit mit einem Messingleuchter, auf dem Boden lag ein großer Teppich in leuchtenden Farben. Im Wohnzimmer dahinter prasselte ein riesiges Feuer im Kamin, um den eine Gruppe bequemer, gutgepolsterter Sessel in Dunkelblau stand. Diese Farbe wurde in einem anderen sehr alten Teppich wieder aufgenommen, auf dessen dunklem Grund leuchtende Blumen gewebt waren. Der ganze Raum war in Blau-, Rot- und Grüntönen gehalten, und seine Klarheit schien Carolines Wesen perfekt widerzuspiegeln. Besonders gut zur Geltung kam alles durch die vielen antiken Stücke aus edlem Holz. Überall sah man in Leder gebundene Bücher, es gab zahlreiche Messingbeschläge, Kaminböcke vor dem Kamin, an den Wänden hingen Kerzenhalter und Leuchter mit Glühbirnen, die wie zarte Kerzen aussahen. Es war ein wundervoll altmodisches Zimmer, das Eleganz und Wärme ausstrahlte wie Caroline selbst, und es stand in perfektem Einklang mit der Atmosphäre auf einer Ranch. Es war ein Raum, wie er in »Town and Country« oder »House and Garden« hätte abgebildet sein können, was Caroline natürlich niemals zugegeben hätte. Das hier war ihr Heim und keine Bühne, und nach all den Jahren in Hollywood, wo sie immer im Mittelpunkt gestanden hatte, achtete sie jetzt streng darauf, ihr Privatleben zu wahren. Es war fast so, als wäre sie vor fünfundzwanzig Jahren einfach verschwunden.

»Brauchst du noch mehr Holz, Caroline?« Bill sah aus seiner großen Höhe auf sie herab. Sein schneeweißes Haar kam jetzt, da er den Hut in der Hand hielt, zum Vorschein.

Sie schüttelte lächelnd den Kopf, was sie noch jünger wirken ließ, und das Leuchten in seinen Augen zeigte sich auch in ihren. »Nein, danke, Bill. Ich habe für den Rest des Abends genug.«

»Fein. Dann sehe ich die Damen morgen früh.«

Er lächelte Sam herzlich zu, verbeugte sich respektvoll vor Caroline und verließ mit seinen langen Schritten schnell den Raum und das Haus. Sie hörten, wie die Tür leise hinter ihm ins Schloß fiel, und wie schon so oft, als Samantha noch mit Barbara in den Schulferien auf die Ranch gekommen war, entschied sie auch jetzt wieder, daß die beiden kein Verhältnis miteinander haben konnten. Nicht, wenn sie sich so voneinander verabschiedeten.

Und auch ihre Begrüßungen fielen nie anders aus, nie persönlicher als gerade eben: ein freundliches Nicken, ein flüchtiges Lächeln, herzliche Begrüßungsworte, ernsthafte Unterredungen über die Ranch. Nie war etwas anderes zwischen ihnen zu sehen gewesen, und dennoch hatte man das Gefühl, es gäbe ein geheimes Einverständnis, oder – wie Sam es einmal zu Barbara gesagt hatte – »als wären sie tatsächlich Mann und Frau«.

Doch ehe Samantha noch länger darüber nachdenken konnte, stellte Caroline ein Tablett auf einem niedrigen Tisch neben dem Feuer ab, schenkte eine Tasse Kakao ein, stellte eine Platte mit belegten Broten daneben und forderte Sam auf, sich zu setzen.

»Komm, Sam, mach es dir bequem.« Als sie dieser Aufforderung folgte, lächelte die ältere Frau ihr wieder zu. »Willkommen daheim.« Zum zweiten Mal an diesem Abend füllten sich Sams Augen mit Tränen. Sie streckte ihre lange, schlanke Hand nach Caroline aus. Einen Moment hielten sie sich schweigend an den Händen, Sam umklammerte die knochigen Finger der anderen.

»Danke, daß ich herkommen durfte.«

»Sag so etwas nicht.« Caroline ließ sie los und reichte ihr die heiße Schokolade. »Ich bin froh, daß du mich angerufen hast. Ich habe dich immer sehr gern gehabt ...« Sie zögerte einen Augenblick, starrte in die Flammen, ehe sie sich wieder Sam zuwandte. »Genauso lieb wie Barbie.« Sie seufzte leise. »Sie zu verlieren, war wie der Verlust einer Tochter für mich. Es ist schwer zu glauben, daß es schon fast zehn Jahre her ist.« Sam nickte wortlos, doch dann lächelte Caroline sie an. »Ich bin froh, daß ich dich nicht auch verloren habe. Ich habe mich über deine Briefe gefreut, aber in den letzten Jahren habe ich mich oft gefragt, ob du je wiederkommen würdest.«

»Ich wollte, aber ... ich war zu beschäftigt.«

»Möchtest du mir davon erzählen? Oder bist du zu müde?«

Es war ein fünfstündiger Flug gewesen, und danach noch drei Stunden Autofahrt. Nach kalifornischer Zeit war es erst halb neun, aber für Sam und in New York war es schon halb zwölf. Trotzdem war sie überhaupt nicht müde, nur froh und erregt, ihre alte Freundin wiederzusehen.

»Ich bin nicht sehr müde . . . ich weiß nur nicht, wo ich anfangen soll.«

»Fang mit der heißen Schokolade an, und dann erzähle.« Wieder wechselten die beiden Frauen ein Lächeln, und Sam hatte wieder das dringende Bedürfnis, die Hand nach der anderen auszustrecken, Caroline umarmte sie herzlich. »Du weißt gar nicht, wie gut es tut, dich hier zu haben.«

»Das kann nicht einmal halb so gut sein wie das Gefühl, wieder hier zu sein.« Sie biß herzhaft in eines der Brote und lehnte sich mit einem breiten Grinsen in die Couch zurück. »Bill hat erzählt, du hättest ein neues Vollblut. Ist es schön?«

»O Gott, Sam, und ob!« Und dann lachte sie wieder. »Noch schöner als meine grünen Stiefel!« Belustigt schaute sie auf ihre Füße hinab, ehe sie sich mit einem Funkeln in den Augen wieder Sam zuwandte. »Es ist ein Hengst, und er ist so feurig, daß selbst ich ihn kaum reiten kann. Bill hat Angst, ich könnte mich damit umbringen, aber als ich ihn sah, konnte ich einfach nicht widerstehen. Der Sohn von einem der benachbarten Rancher hat ihn aus Kentucky mitgebracht, und als er dann dringend Geld brauchte, hat er ihn mir verkauft. Es ist fast eine Sünde, ihn nur zum Vergnügen zu reiten, aber ich kann nicht anders. Ich muß es einfach tun. Mir ist es vollkommen egal, ob ich eine alte Frau mit Gicht bin oder ob die andern mich für eine komplette Idiotin halten – das ist jedenfalls das Pferd, das ich bis ans Ende meiner Tage reiten möchte.«

Wieder zuckte Sam zusammen, als sie Alter und Tod erwähnte. In diesem Punkt hatten sie und Bill sich seit dem letztenmal sehr verändert. Aber schließlich waren sie jetzt beide über sechzig, und da war es vielleicht wirklich normal, sich mit solchen Gedanken zu beschäftigen. Trotzdem war es für sie unmöglich, von ihnen als von alten Menschen zu denken. Dazu sahen sie zu gut aus, waren zu aktiv, zu kräftig, zu beschäftigt. Und dennoch war es offensichtlich das Bild, das sie beide jetzt voneinander hatten.

»Wie heißt das Pferd?«

Caroline lachte laut, stand dann auf und trat ans Feuer, um die Hände zu wärmen. »Black Beauty natürlich.«

Sie wandte sich wieder Samantha zu. Die Flammen beleuchteten ihr Gesicht, so daß sie fast wie eine sorgfältig geschnitzte Kamee oder wie eine Porzellanfigur wirkte.

»Hat dir in letzter Zeit irgend jemand gesagt, wie schön du bist, Tante Caro?« Es war der Name, den Barbara für sie erfunden hatte, und diesmal traten Tränen in Carolines Augen.

»Gott segne dich, Sam. Du bist so blind wie immer.«

»Ganz und gar nicht.«

Sam grinste und knabberte an dem Rest ihres Sandwiches, ehe sie einen Schluck von der heißen Schokolade trank, die Caroline aus der Thermoskanne eingeschenkt hatte. Sie war immer noch die gute Gastgeberin von früher, genau wie damals, als Samantha zuerst auf die Ranch gekommen war, wie in noch früheren Zeiten, als sie, 1935, ihre legendären Feste in Hollywood gab.

Sams Gesicht wurde langsam wieder ernst. »Ich nehme an, du willst wegen John Bescheid wissen. Ich glaube, es gibt nicht viel mehr zu erzählen als das, was ich dir neulich abends schon am Telefon gesagt habe. Er hatte ein Verhältnis, sie wurde schwanger, er verließ mich, sie heirateten, und jetzt erwarten sie die Geburt ihres ersten Kindes.«

»Du sagst das so knapp und lakonisch.« Und nach einer Weile: »Haßt du ihn?«

»Manchmal.« Sams Stimme senkte sich zu einem Flüstern. »Meistens vermisse ich ihn nur und frage mich, ob es ihm gutgeht, ob sie weiß, daß er allergisch gegen Wollstrümpfe ist. Ich frage mich, ob ihm jemand die Sorte Kaffee kauft, die er liebt, ob er krank ist oder gesund, glücklich oder verzweifelt, ob er daran denkt, seine Asthmamittel mitzunehmen, wenn er verreist ... ob ... ob es ihm leid tut ...« Sie brach ab und blickte wieder zu Caroline hinüber, die noch immer am Kamin stand.

»Klingt verrückt, was? Ich meine, der Mann hat mich verlassen, hat mich betrogen, mich für dumm verkauft, und jetzt ruft er nicht einmal an, erkundigt sich nicht, wie es mir geht, und ich mache mir Sorgen darüber, ob seine Füße jucken, weil seine Frau vielleicht einen Fehler gemacht und ihm Wollsocken gekauft hat. Ist das nicht verrückt?«

Sie lachte, doch es war ein halbes Schluchzen. »Ist das nicht verrückt?«

Und dann kniff sie wieder die Augen zusammen. Langsam schüttelte sie den Kopf, die Augen immer noch fest geschlossen, als könnte sie so verhindern, die Bilder zu sehen, die in ihrem Kopf herumtanzten.

»Gott, Caro, es war so schrecklich, und in aller Öffentlichkeit.« Sie öffnete die Augen. »Hast du nicht davon gelesen?«

»Doch. Einmal. Aber es war nur ein nichtssagender Klatsch. Es hieß, ihr beide hättet euch getrennt. Ich hatte gehofft, es sei eine Lüge, eine dummer Trick, um ihn noch interessanter zu machen. Ich weiß, was es mit solchen Geschichten auf sich hat. Sie haben meistens nichts zu sagen.«

»Diesmal war es anders. Hast du sie nicht zusammen auf dem Bildschirm gesehen?«

»Nie. Ich hab' ihn mir nie angesehen.«

»Ich auch nicht.« Samantha sah beschämt aus. »Aber jetzt tue ich es.«

»Damit solltest du aufhören.«

Schweigend nickte Samantha. »Ja, ich will es versuchen. Es gibt viel, womit ich aufhören muß. Ich glaube, deshalb bin ich auch gekommen.«

»Und dein Job?«

»Keine Ahnung. Irgendwie habe ich es geschafft, die ganze Zeit weiterzumachen. Jedenfalls glaube ich es nach dem, was sie mir bei meiner Abfahrt sagten. Aber um die Wahrheit zu sagen, ich weiß nicht, wie ich es gemacht habe. Ich war wie ein wandelnder Leichnam, in jeder Minute, die ich wach war.« Seufzend schlug sie die Hände vors Gesicht. »Vielleicht ist es ganz gut, daß ich fort bin.« Sie spürte Carolines Hand auf der Schulter.

»Das glaube ich auch, Sam. Vielleicht hast du hier auf der Ranch Zeit, dich wieder zu fassen, deine Gedanken zu sammeln. Du hast eine schreckliche Zeit hinter dir. Ich kenne das. Ich habe dasselbe durchgemacht, als Arthur gestorben ist. Ich dachte nicht, daß ich es überleben würde. Ich glaubte, ich müßte daran sterben. Es ist nicht ganz das gleiche, was dir jetzt passiert ist, aber auch der Tod ist eine Zurückweisung.« Ihre Augen blickten ein wenig betrübt bei diesen letzten Worten, doch das verging schnell wieder, und sie lächelte Sam zu. »Aber dein Leben ist noch nicht vorbei, Samantha. Verstehst du? Vielleicht fängt es gerade erst an. Wie alt bist du jetzt?«

Samantha stöhnte. »Dreißig.« Es hörte sich an wie achtzig, und Caroline lachte. Es war ein zarter, silberheller Klang in dem hübschen Zimmer.

»Und du erwartest, daß mich das beeindruckt?«

»Daß du Mitleid hast.« Jetzt grinste Samantha wieder.

»In meinem Alter, Liebling, wäre das wohl zuviel verlangt. Ich könnte vielleicht neidisch sein. Dreißig . . .« Verträumt starrte sie in die Flammen. »Ich gäbe was drum, wieder so jung sein zu können!«

»Und was gäbe ich darum, so auszusehen wie du jetzt. Zur Hölle mit dem Alter!«

»Alles nur Schmeichelei!« Doch es war offensichtlich, daß es ihr gefiel.

Als sie sich dann wieder Sam zuwandte, stand eine Frage in ihren Augen. »Bist du mit irgend jemandem ausgegangen, seit es passiert ist?«

Sam schüttelte hastig den Kopf.

»Warum nicht?«

»Aus zwei sehr guten Gründen. Kein anständiger Mann hat mich gefragt, und ich will auch nicht. Im Herzen bin ich immer noch mit John Taylor verheiratet. Und wenn ich mit einem anderen Mann ausginge, hätte ich das Gefühl, ihn zu betrügen. Ich bin einfach noch nicht soweit, verstehst du?« Ernst sah sie die alte Frau an.«Ich glaube, ich werde es niemals sein. Ich mag einfach nicht. Es ist, als wäre ein Teil von mir gestorben, als John aus der Tür ging. Es ist mir egal. Es kümmert mich einen Dreck, ob irgend jemand mich irgendwann wieder mag. Ich will gar nicht geliebt werden . . . außer von ihm.«

»Dagegen solltest du lieber etwas unternehmen, Samantha.« Caroline betrachtete sie mit leichtem Vorwurf. »Du mußt realistisch sein und kannst nicht totenähnlich durch die Gegend wandeln. Du mußt leben. Das haben sie mir damals auch gesagt, weißt du? Aber es braucht seine Zeit. Das weiß ich. Wie viele Monate ist es jetzt her?«

»Dreieinhalb.«

»Dann rechne mit noch einmal sechs Monaten. Und wenn du bis dahin nicht schrecklich verliebt bist, werden wir das radikal ändern.«

»Und wie? Durch eine Lobotomie?« Samantha sah wehmütig aus, als sie erneut an ihrer Schokolade nippte.

»Wir werden uns schon etwas ausdenken. Aber eigentlich glaube ich nicht, daß wir das nötig haben werden.«

»Bis dahin bin ich hoffentlich wieder in der Madison Avenue und bringe mich mit einem fünfzehnstündigen Arbeitstag um.«

»Ist es das, was du willst?« Caroline musterte sie traurig.

»Ich weiß nicht. Ich habe es wenigstens immer gedacht. Aber wenn ich es mir so recht überlege – vielleicht habe ich immer mit John gewetteifert. Doch ich habe immer noch die Möglichkeit, *creative director* der Agentur zu werden, und da steckt eine ganze Menge von mir selbst drin.«

»Macht es dir Spaß?«

Samantha nickte und lächelte.

»Ich liebe es.« Und dann legte sie mit einem scheuen Lächeln auf den Lippen den Kopf leicht zur Seite. »Aber es gab Zeiten, da gefiel mir diese Art zu leben besser. Caro . . .«

Sie zögerte, aber nur einen kurzen Moment.

»Darf ich morgen Black Beauty reiten?«

Sie sah plötzlich wie ein sehr junges Mädchen aus.

Aber Caroline schüttelte langsam den Kopf. »Noch nicht, Sam. Du mußt dich erst einmal auf einem der andern wieder eingewöhnen. Wie lange ist es her, daß du auf einem Pferd gesessen hast?«

»Ungefähr zwei Jahre.«

»Dann kannst du nicht mit Black Beauty anfangen wollen.«

»Warum nicht?«

»Weil er nicht leicht zu reiten ist, Sam.« Und sanfter: »Nicht einmal für dich, nehme ich an.«

Caroline hatte schon Jahre zuvor festgestellt, daß Samantha eine hervorragende Reiterin war, aber sie wußte nur zu gut, daß Black Beauty ein außergewöhnliches Pferd war. Selbst ihr machte er das Leben schwer, und dem Vorarbeiter und den meisten der Rancharbeiter flößte er Angst ein.

»Laß dir Zeit. Ich verspreche dir, daß du ihn reiten darfst, wenn du dich wieder sicher fühlst.«

Sie wußten beide, daß das nicht lange dauern würde. Sam hatte zuviel Zeit mit Pferden verbracht, um sich lange ungeübt zu fühlen.

»Weißt du, ich hatte gehofft, du würdest gern ernsthaft reiten wollen. Bill und ich haben die letzten drei Wochen damit verbracht, uns über den Papieren der Ranch die Haare zu raufen. Wir haben bis Jahresende noch eine Menge Dinge zu erledigen. Und wie ich dir schon erzählte, fehlen uns zu allem Überfluß auch noch zwei Männer. Wir könnten gut noch eine Hilfe brauchen. Wenn du willst, könntest du mit den Männern reiten.«

»Ist das dein Ernst?« Samantha sah verblüfft aus. »Das würdest du erlauben?«

Ihre großen blauen Augen leuchteten im Schein der Flammen, ihr goldenes Haar schimmerte.

»Natürlich. Ehrlich gesagt, ich wäre dir sogar dankbar.« Und mit einem sanften Lächeln fügte sie hinzu: »Du bist genauso fähig wie sie. Zumindest wirst du es nach ein, zwei Tagen wieder sein. Glaubst du, du würdest es überleben, wenn du den ganzen Tag im Sattel verbringst?«

»Zum Teufel, ja!« Samantha grinste, und Caroline trat auf sie zu, einen Ausdruck der Zuneigung in den Augen.

»Dann sieh zu, daß du ins Bett kommst, junge Frau. Du mußt um vier Uhr aufstehen. Ehrlich gesagt, ich war deiner Zustimmung so sicher, daß ich Tate Jordan schon gesagt habe, er soll mit dir rechnen. Bill und ich müssen in die Stadt.«

Sie warf einen Blick auf ihre Armbanduhr. Es war eine einfache Uhr, die Bill King ihr zu Weihnachten geschenkt hatte. Früher, vor dreißig Jahren, waren die einzigen Uhren, die ihr Handgelenk zierten, schweizerische Produkte gewesen, mit Diamanten verziert. Darunter war eine ganz besondere, die ihr Mann ihr in Paris bei Cartier gekauft hatte. Doch sie hatte sie schon lange fortgelegt. Manchmal fiel es ihr sogar schwer zu glauben, daß sie einmal ein anderes Leben geführt hatte. Jetzt stand sie da, blickte Samantha herzlich lächelnd an und umarmte die jüngere Frau noch einmal.

»Willkommen daheim, mein Liebling.«

»Danke, Tante Caro.«

Dann gingen die beiden Frauen langsam den Flur entlang. Caroline wußte, daß das Feuer im Kamin ungefährlich war, und sie ließ das Tablett für die beiden Mexikanerinnen stehen, die jeden Morgen kamen, um auf der Ranch zu arbeiten und das Haus zu putzen.

Sie brachte Samantha noch bis zur Tür ihres Schlafzimmers und beobachtete, wie Sam das Zimmer entzückt musterte. Es war ein anderes als das, was sie sich in den Sommerferien mit Barbara geteilt hatte. Jenes Zimmer hatte Caroline längst in ein Arbeitszimmer umgewandelt. Es hatte ihr zu sehr weh getan, an dieses junge Mädchen zu denken, das sie besucht und das dort gelebt hatte, das in dieser Umgebung zu einer jungen Frau geworden war.

Dieser Raum hier war ganz anders. Er war zwar ebenso feminin, aber ganz in Weiß gehalten. Alles wurde von weißer Lochstickerei und zarten Spitzen geschmückt, vom Himmelbett bis zu den handgearbeiteten Kissen und dem Sofa. Nur die herrliche Patchworkdecke auf dem Bett wies Farben auf, ein leuchtendes Rot, Blau und Gelb. Dazu passende Kissen lagen auf zwei bequemen Korbstühlen neben dem Kamin, und auf dem großen Tisch stand eine riesige Vase mit bunten Blumen. Durch ihr Fenster hatte Samantha eine herrliche Aussicht auf die Hügel. Es war ein Zimmer, in dem man gern Stunden, wenn nicht Jahre, verbracht hätte. Caros Vergangenheit in Hollywood ließ sich nicht leugnen. Noch immer richtete sie jedes Zimmer mit ihrem ausgezeichneten Geschmack und in ihrem besonderen Stil ein, der schon ihre Jahre in Hollywood charakterisiert hatte.

»Es sieht wirklich nicht so aus wie das Schlafzimmer eines

Rancharbeiters.« Sam kicherte, als sie sich auf die Bettkante setzte und sich umsah.

»Nicht ganz. Aber wenn es dir lieber wäre – ich bin überzeugt, einer der Männer würde sich glücklich schätzen, die Pritsche in einer der Hütten mit dir zu teilen.«

Sie grinsten sich an, küßten sich nochmals, und dann schloß Caroline leise die Tür. Samantha konnte die Absätze ihrer Cowboystiefel hören, als sie den Flur entlang zur anderen Seite des Hauses ging, wo sie ihre eigenen Zimmer hatte: ein großes Schlafzimmer, ein kleines Wohnzimmer, einen Ankleideraum, ein Bad, alles in leuchtenden Farben, ähnlich wie die gesteppte Bettdecke; und dort befanden sich auch noch ein paar Stücke ihrer vor langer Zeit zusammengestellten Kunstsammlung. Sie besaß ein hervorragendes impressionistisches Gemälde. Das meiste waren Stücke, die sie in Europa gekauft hatte, teils mit ihrem Mann, teils nachdem sie ihn verloren hatte; es war der einzige Schatz, den sie von ihrem alten Leben noch behalten hatte.

In ihrem Zimmer packte Sam langsam den Koffer aus. Sie hatte das Gefühl, als hätte sie innerhalb weniger Stunden eine völlig andere Welt betreten. War sie wirklich an diesem Morgen noch in New York gewesen, hatte sie mit Harvey Maxwell in seinem Büro geredet und noch in ihrer eigenen Wohnung geschlafen? Konnte man in so kurzer Zeit so weit kommen? Es schien mehr als unwahrscheinlich, dem Wiehern der Pferde in der Ferne zu lauschen und den Winterwind auf dem Gesicht zu spüren, als sie das Fenster öffnete und hinaussah.

Dort draußen lag eine mondbeschienene Landschaft unter einem Himmel, an dem die Sterne funkelten. Es war ein wundervoller Anblick, und sie war überglücklich, hier zu sein, froh, Caroline zu besuchen, und erleichtert, New York entkommen zu sein. Hier würde sie wieder zu sich selbst finden. Als sie so dastand, wußte sie, daß sie das Richtige getan hatte. Schließlich wandte sie sich vom Fenster ab und hörte irgendwo in der Nähe von Carolines Schlafzimmer, wie eine Tür geschlossen wurde. Einen Augenblick fragte sie sich, wie sie und Barbie es vor langer Zeit so oft getan hatten, ob es wohl Bill King gewesen war.

4

Der Wecker neben Sams Bett klingelte am nächsten Morgen um halb fünf. Sie stöhnte, als sie ihn hörte, und streckte dann eine Hand aus, um ihn abzuschalten. Dabei spürte sie einen Luftzug, und plötzlich wurde ihr klar, daß irgend etwas anders war. Sie öffnete ein Auge und stellte fest, daß sie nicht daheim war, jedenfalls nicht in ihrer Wohnung. Noch einmal schaute sie sich um, vollkommen verwirrt, blickte dann zu dem weißen Spitzenhimmel über sich auf, und da fiel es ihr ein. Sie war auf Caroline Lords Ranch in Kalifornien, und an diesem Morgen sollte sie mit den anderen Rancharbeitern ausreiten.

Die Vorstellung klang etwas weniger reizvoll als am Vorabend. Die Aussicht darauf, aus dem Bett zu springen, zu duschen und das Haus noch vor dem Frühstück zu verlassen, um dann, nachdem sie vor einem Teller mit Würstchen und Eiern gesessen hatte, auf ein Pferd zu steigen, und das alles noch vor sechs Uhr früh, erschien ihr gelinde gesagt mehr als hart. Aber deshalb war sie schließlich in den Westen gekommen, und als sie es in Erwägung zog, am ersten Morgen länger zu schlafen, wurde ihr klar, daß sie das nicht tun könnte. Nicht, wenn sie mit den Männern Freundschaft schließen wollte. Außerdem war es wirklich ein Privileg, mit ihnen reiten zu dürfen. Und wenn sie von den Rancharbeitern respektiert werden wollte, dann würde sie ihnen zeigen müssen, daß sie ebenso hart, ebenso bereitwillig, ebenso klug und ebenso geschickt im Umgang mit Pferden war wie jeder einzelne von ihnen.

Sie wurde nicht gerade ermutigt, als sie nach dem Duschen in die Dunkelheit hinausblinzelte und feststellen mußte, daß die Landschaft unter einem dünnen Regenschleier lag. Sie zog eine alte Bluejeans an, ein weißes Hemd, einen dicken, schwarzen Rollkragenpullover, Wollsocken und ihre eigenen Reitstiefel, die sie immer andächtig getragen hatte, wenn sie im Osten geritten war. Es waren schöne, nach Maß gearbeitete Stiefel von Miller und ganz und gar nicht zur Arbeit auf einer Ranch geeignet, aber sie nahm sich vor, am kommenden Wochenende ein Paar Cowboystiefel in der Stadt zu kaufen, und in der Zwischenzeit mußte es einfach mit diesen gehen. Sie band ihr langes, blondes Haar im Nacken zu einem festen Knoten zusammen, spritzte sich noch ein bißchen kaltes Wasser ins Gesicht, griff sich einen alten, blauen Daunenparka, den sie zum Skifahren getragen hatte, und ein paar braune Lederhandschuhe.

Vorbei waren die Tage von Halston, Bill Blass und Norell. Was sie jetzt vorhatte, war eine ganz andere Arbeit. Hier war Eleganz nicht gefragt, nur Wärme und Bequemlichkeit. Und sie wußte, daß am Abend, wenn sie in ihr Zimmer zurückkehren würde, jeder Muskel schmerzen, daß ihr Gesäß taub, ihre Knie rauh sein würden, die Augen würden vom Wind brennen und das Gesicht prickeln, und die Hände würden in der Haltung, in der sie den ganzen Tag die Zügel gehalten hatten, verkrampft sein. Dieses Bewußtsein war sicherlich kein Ansporn für sie hinauszugehen.

Trotzdem schlüpfte sie aus ihrem Zimmer in die Halle und bemerkte den Lichtschimmer, der unter Carolines Zimmertür hindurchfiel. Sie dachte daran, ihr einen guten Morgen zu wünschen, doch es schien eine unmögliche Stunde, um irgend jemanden zu stören, und so schlich Sam auf Zehenspitzen weiter bis zur Haustür. Sie schloß sie leise hinter sich und zog die Kapuze ihres Parkas über den Kopf. Ihre Stiefel verursachten leise, platschende Geräusche in den Pfützen, die sich schon auf dem Boden gebildet hatten.

Es schien eine Ewigkeit zu dauern, bis sie die Haupthalle erreichte, in der die Männer aßen und wo sich abends immer ein paar von ihnen zum Karten- oder Billardspiel trafen. Es war ein großes, frisch gestrichenes, weitläufiges Gebäude, mit einer Balkendecke, einem Kamin, der so groß war, daß man darin aufrecht stehen konnte, mit Plattenspieler, Fernseher und verschiedenen Spieltischen und mit einem schönen alten Billardtisch. Wie Sam schon immer vermutet hatte, behandelte Caroline Lord ihre Männer gut.

Einen Augenblick umklammerte Sams Hand den Türgriff, als sie das Gebäude erreicht hatte. Was tat sie da? Sie war dabei, in die männliche Domäne einzudringen, die Mahlzeiten mit den Männern zu teilen, morgens und mittags, Seite an Seite mit ihnen zu arbeiten und so zu tun, als gehörte sie dazu. Was würden sie von dieser Einmischung halten? Plötzlich zitterten Samanthas Knie, und sie fragte sich, ob Caroline oder Bill sie gewarnt hatten. Sie wagte kaum noch hineinzugehen.

Während sie zögernd im Regen stand, eine Hand am Griff, murmelte eine Stimme hinter ihr:

»Komm schon, Mann, es ist verdammt kalt.«

Sie wirbelte herum, erschreckt über die Stimme, die sie nicht erwartet hatte, und sah sich einem untersetzten Mann mit dunkelbraunem Haar und dunklen Augen gegenüber, der etwa so groß und alt war wie sie selbst. Er sah genauso überrascht aus wie sie, dann schlug er sich die Hand vor den Mund, verblüfft über seinen Irrtum, und schließlich verzog sich sein Gesicht zu einem breiten Grinsen.

»Sie sind Miss Carolines Freundin, nicht?«

Sie nickte sprachlos und bemühte sich, zu lächeln.

»'tschuldigung, aber... könnten Sie die Tür öffnen? Es ist kalt!«

»Oh...« Sie stieß die Tür weit auf. »Es tut mir leid. Ich... hat sie... hat sie irgend etwas über mich gesagt?« Ihre Wangen waren gerötet, sowohl vor Verlegenheit als auch wegen des eisigen Regens.

»Klar. Willkommen auf der Ranch, Miss.«

Er lächelte und ging an ihr vorbei, freundlich, aber nicht unbedingt darauf erpicht, mehr zu sagen. Er begrüßte sofort zwei oder drei der anderen Rancharbeiter und ging dann weiter zu der offenen Küche, wo er sich, nachdem er den Koch begrüßt hatte, eine Tasse Kaffee und eine Schüssel mit Haferbrei schnappte.

Jetzt erst sah Samantha, daß der ganze Raum voll von Männern wie ihm war. Alle trugen Jeans, robuste Jacken, schwere Pullover, alle hatten ihre Hüte an Haken an der Wand gehängt, und ihre schweren Cowboystiefel hauten laut auf dem Boden. An diesem Morgen waren mehr als zwanzig in der Halle, unterhielten sich in kleinen Gruppen oder tranken allein ihren Kaffee. Ein halbes Dutzend saß bereits an dem langen Tisch, aß Eier und Speck oder Haferflocken oder trank gerade die zweite und dritte Tasse Kaffee. Wohin man auch sah, überall war ein Mann in sein eigenes Morgenritual vertieft, bevor er wieder zur Arbeit ging, zur Arbeit des Mannes.

Zum erstenmal in ihrem Leben fühlte sich Samantha völlig fehl am Platz, hier in dieser Männerwelt. Sie spürte ihr Gesicht wieder heiß und rot werden, als sie zögernd zur Küche hinüberging und nervös zwei Männern zulächelte. Sie nahm sich eine Tasse schwarzen Kaffee und versuchte dann, zwischen den Balken am anderen Ende des Raumes zu verschwinden.

Auf den ersten Blick entdeckte sie kein einziges Gesicht, an das sie sich noch erinnerte. Die meisten von ihnen waren jung und wahrscheinlich neu hier, und nur zwei oder drei von ihnen sahen aus, als hätten sie schon lange Zeit hier gearbeitet. Der eine war ein breiter, schwerfälliger Mann Mitte Fünfzig, der Bill King sehr ähnlich sah. Er hatte die gleiche Statur, aber seine Augen waren nicht so warm und sein Gesicht nicht so freundlich. Er warf Samantha nur einen einzigen Blick zu und wandte ihr dann den Rücken zu, sagte etwas zu einem jungen, sommersprossigen Rotschopf, und beide lachten und marschierten durch die Halle zu einem Tisch, wo sie sich zu zwei anderen Männern setzten. Einen Augenblick lang fragte sich Samantha wütend, ob sie die Quelle ihrer Heiterkeit war, ob es völlig verrückt von ihr gewesen war hierherzukommen und noch verrückter, mit den Männern reiten zu wollen. Wie anders war es doch jetzt im Vergleich zu ihren Tagen auf der Ranch mit Barbara, als sie beide gekommen waren, um hier herumzuspielen. Zum einen waren sie damals sehr jung und hübsch gewesen, und es hatte alle Männer entzückt, sie zu sehen. Aber jetzt war das anders. Samantha versuchte, so zu tun, als wäre sie wie sie, und das war etwas, was sie bestimmt nicht tolerieren würden, vorausgesetzt, daß sie ihre Anwesenheit überhaupt bemerkten.

»Wollen Sie nichts essen?« Die Stimme neben ihr war heiser, aber sanft, und Sam starrte in das Gesicht eines anderen Mannes, der zu den älteren Arbeitern gehörte; aber dieser sah nicht so unfreundlich aus wie der erste. Ja, nachdem sie ihn etwas genauer angesehen hatte, atmete sie hörbar auf.

»Josh! Josh! Ich bin's, Sam!«

Er war jeden Sommer dagewesen, wenn sie mit Barbara gekommen war, und immer hatte er sich um sie gekümmert. Barbara hatte Sam erzählt, wie geduldig er ihr das Reiten beigebracht hatte, als sie ein kleines Mädchen gewesen war. Er hatte irgendwo eine Frau und sechs Kinder, erinnerte sich Sam. Aber sie hatte sie nie auf der Ranch gesehen. Wie die meisten der Männer, mit denen er arbeitete, war er daran gewöhnt, ein Leben in ausschließlich männlicher Gesellschaft zu leben. Es war ein seltsames, einsames Leben unter anderen, die genauso allein waren. Eine Gesellschaft von Einzelgängern, die sich zusammenrotteten, als suchten sie Wärme. Jetzt sah er Samantha an, einen Augenblick ausdruckslos, doch dann erkannte er sie, und ein warmes Lächeln überzog sein Gesicht. Ohne zu zögern, zog er sie an sich, und sie konnte seine rauhen Bartstoppeln an ihrer Wange fühlen.

»Verdammt! Das ist ja Sam!« Er stieß einen leisen Freudenschrei aus, und sie lachte mit ihm. »Warum, zum Teufel, hab' ich mir das nicht gedacht, als Miss Caroline uns von ihrer Freundin erzählt hat?« Er haute sich auf den Schenkel und grinste noch breiter. »Wie ist es dir ergangen? Mensch, du siehst gut aus!«

Es fiel ihr schwer, das zu glauben, wo ihr Gesicht doch noch ganz verschlafen aussehen mußte und sie ihren Körper in ihre ältesten und häßlichsten Sachen gesteckt hatte.

»Du auch! Wie geht es deiner Frau und den Kindern?«

»Erwachsen und fort, Gott sei Dank. Bis auf eines und die Frau.« Und dann senkte er die Stimme, als wollte er ihr ein schreckliches Geheimnis erzählen. »Sie leben jetzt hier auf der Ranch, mußt du wissen. Miss Caroline hat es so gewollt. Sagte, es wäre nicht recht, daß sie in der Stadt wohnen und ich hier.«

»Das freut mich.«

Zur Antwort verdrehte er die Augen, und sie lachten beide.

»Willst du nicht frühstücken? Miss Caroline hat uns erzählt, daß Besuch aus New York kommen würde, um uns auszuhelfen.« Er grinste einen Augenblick boshaft. »Du hättest ihre Gesichter sehen sollen, als sie ihnen erzählt hat, daß ihr Besuch eine Frau ist.«

»Sie müssen entzückt gewesen sein«, meinte Samantha sarkastisch, als sie zur Küche hinübergingen. Sie sehnte sich nach einem zweiten Kaffee, und auch das Essen fing jetzt an, gut zu duften, nachdem sie Josh gefunden hatte.

Als sie sich eine große Schüssel mit Hafergrütze nahm, lehnte sich Josh mit Verschwörermiene zu ihr hinüber. »Was treibst du hier, Sam? Bist du nicht verheiratet?«

»Nicht mehr.«

Er nickte weise, und sie gab keine weiteren Informationen mehr. So gingen sie zu einem der Tische und setzten sich. Lange Zeit, während Sam ihre Hafergrütze aß und an ihrem Toast knabberte, kam niemand zu ihnen, doch schließlich gewann die Neugier bei zwei oder drei Männern die Oberhand. Einen nach dem anderen stellte Josh sie vor. Die meisten waren jünger als Sam und hatten das ungehobelte Aussehen von Männern, die die meiste Zeit ihres Lebens im Freien verbringen. Es war wirklich kein leichter Beruf, schon gar nicht in dieser Jahreszeit. Es war leicht zu erklären, wie Bill King zu den tiefen Furchen in seinem Gesicht gekommen war, die ihm das Aussehen einer gemeißelten Statue verliehen. Die Zeit und die Natur hatten sie dort in den fünfzig Jahren, die er auf verschiedenen Ranches gearbeitet hatte, eingegraben. Joshs Gesicht war auch nicht anders, wie Sam jetzt feststellte, und ihr war klar, daß einige der anderen in kurzer Zeit ebenso aussehen würden.

»'ne Menge neuer Gesichter, was, Sam?«

Sie nickte, und er ließ sie allein, um sich noch einen Kaffee zu holen. Auf der Uhr über dem großen Kamin sah sie, daß es bereits ein Viertel vor sechs war. In fünfzehn Minuten würden sie alle zum Stall hinüberlaufen, um sich ihre Pferde zu holen, und dann würde ihr Arbeitstag richtig beginnen. Sie fragte sich, wer ihr ein Pferd für den Tag zuteilen würde. Caroline hatte am Vorabend nicht davon gesprochen. Plötzlich bekam sie ein wenig Angst und blickte sich suchend nach Josh um. Doch er war mit einem seiner Freunde irgendwohin verschwunden.

Sam wirkte plötzlich wie ein Kind, das sich verlaufen hat. Abgesehen von wenigen neugierigen Blicken, die sie trafen, wurde ihr im großen und ganzen kein offensichtliches Interesse entgegengebracht. Sie vermutete, daß die Männer sie absichtlich übersahen. Das provozierte sie fast dazu, zu schreien oder auf einen Tisch zu steigen, bloß, um ein für allemal ihre Aufmerksamkeit auf sich zu ziehen, um ihnen zu sagen, daß es ihr leid tat, in ihre Welt eingedrungen zu sein, und daß sie auf der Stelle heimfahren würde, wenn sie es wünschten. Die Art, in der sie sie ignorierten, machte sie langsam aber sicher wahnsinnig. Es war, als hätten sie beschlossen, daß sie nicht hier zu sein hätte, und so taten sie so, als wäre sie wirklich nicht da.

»Miss Taylor?«

Sie drehte sich um, als sie ihren Namen hörte, und starrte gegen eine breite Brust, über der sich ein dickes, blau-rot kariertes Wollhemd spannte.

»Ja?«

Ihre Augen wanderten aufwärts, bis sie in ein Paar Augen blickte, von einer Farbe, wie sie sie nur selten gesehen hatte: smaragdgrün mit goldenen Flecken. Vor ihr stand ein Mann, der war größer als alle anderen Männer auf der Ranch, einschließlich Bill King. Er hatte scharfe Gesichtszüge, eine lederartige Haut und schwarzes Haar, das an den Schläfen grau war.

»Ich bin hier der stellvertretende Vorarbeiter«, erklärte er, ohne seinen Namen zu nennen. Und in seiner Stimme lag etwas von Kälte und Bedrohung bei diesen Worten. Hätte sie ihn auf einer dunklen Straße getroffen, wäre ihr ein Schauer über den Rücken gelaufen.

»Guten Tag.« Sie wußte nicht genau, was sie sagen sollte, und er blickte mit gerunzelter Stirn auf sie herab.

»Sind Sie bereit, um in den Stall zu kommen?«

Sie nickte bloß, eingeschüchtert durch seine herrische Art und seine enorme Größe. Auch fiel ihr jetzt auf, daß die anderen sie beobachteten und sich wohl fragten, was er zu ihr sagte. Alle mußten bemerken, daß in seiner Stimme keine Spur von Wärme lag, daß er sie nicht willkommen hieß, nicht lächelte.

Eigentlich hatte sie noch eine Tasse Kaffee trinken wollen, doch sie dachte nicht daran, ihm das zu sagen, als er vor ihr her zur Tür ging. Sie nahm eilig ihre Jacke von dem Haken, auf den sie sie gehängt hatte, zwängte sich hinein, zog die Kapuze über den Kopf und schloß die Tür hinter sich. Irgendwie kam sie sich vor wie ein Kind, das etwas Falsches getan hat.

Der Gedanke, daß Samantha mit ihnen reiten würde, ärgerte den Mann ganz offensichtlich, als er hastig zum Stall hinüberging. Dort angekommen, schüttelte Samantha den Regen aus ihrer Kapuze und beobachtete ihn. Er nahm eine Liste zur Hand, auf der die Namen der Männer und der Pferde standen, und trat dann mit einer nachdenklichen Falte zwischen den Brauen zu einer Box in der Nähe. Der Name des Tieres war Lady, und aus irgendeinem Grund, den sie wahrscheinlich nicht einmal hätte erklären können, machte seine Wahl sie wütend. Bloß weil sie eine Frau war, sollte sie Lady reiten? Sie spürte instinktiv, daß sie an diesem Pferd hängenbleiben würde, solange sie auf der Ranch war, und sie hoffte bloß, daß Lady sich wenigstens als anständiges Pferd erwies.

»Sie reiten gut?«

Wieder nickte sie zögernd, aus Angst, ihr eigenes Lob zu singen und ihn damit zu beleidigen; denn die Wahrheit war wohl, daß sie höchstwahrscheinlich besser ritt als die meisten Männer auf der Ranch. Aber das sollte er selbst feststellen, wenn er sich die Mühe machte, sie überhaupt einmal anzusehen. Samantha beobachtete ihn weiter, als er sich wieder seiner Liste zuwandte, und ertappte sich dabei, daß sie auf die Rundung seines Nacken starrte, dort, wo sein dunkles Haar auf den Kragen stieß. Er war ein kräftiger, sinnlich wirkender Mann Anfang Vierzig, und etwas fast Erschreckendes umgab ihn, etwas Hartnäckiges, Entschlossenes. Sie konnte es spüren, ohne ihn zu kennen, und eine gewisse Furcht überkam sie, als er sich ihr wieder zuwandte und den Kopf schüttelte.

»Lieber nicht. Sie könnte ein bißchen zu wild für Sie sein. Ich möchte, daß Sie Rusty reiten. Er steht auf der anderen Seite vom Stall. Schnappen Sie sich einen der freien Sättel in der Sattelkammer und steigen Sie auf. Wir reiten in zehn Minuten los.« Und dann, mit einem leicht verärgerten Ausdruck: »Können Sie bis dahin fertig sein?«

Was glaubte er denn? Daß sie zwei Stunden brauchte, um ein Pferd zu satteln? Und plötzlich, während sie ihn beobachtete, ging ihr Temperament mit ihr durch.

»Ich kann in fünf Minuten fertig sein. Oder noch schneller.«

Er erwiderte nichts, ging einfach fort, hängte die Liste wieder an die Wand, von wo er sie genommen hatte, und ging dann schnellen Schrittes zu der Box, wo er sein eigenes Pferd sattelte und langsam nach draußen führte. Innerhalb von fünf Minuten kamen alle Männer vom Frühstück, und die Scheune wurde zum Irrenhaus. Man hörte Pfiffe, Gelächter, und die Geräusche mischten sich mit dem Scharren der Pferdehufe, dem Wiehern der Tiere, die ihre gewohnten Reiter begrüßten und schnaubten, als sie aus ihren Boxen geholt wurden. Am Eingang gab es tatsächlich einen Engpaß, als die ganze Gruppe auf den feuchten Hof hinausdrängte und sich im Nieselregen versammelte.

Die meisten Männer hatten Regenmäntel über ihre Jacken gezogen, und Josh hatte Sam einen in die Hand gedrückt, als sie ihr Pferd langsam hinausführte. Es war ein großer, langweilig aussehender Fuchs, ohne besonderes Feuer. Samantha vermutete bereits, daß sie es hier mit einem Pferd zu tun hatte, das bei jedem Bach stehenblieb, in Schritt verfiel, wenn es konnte, an Büschen knabberte und an jedem erreichbaren Grashalm zupfte und das ständig bettelte heimzukehren, sobald man sich zufällig ein wenig in die Richtung des Stalls bewegte. Es versprach, ein ärgerlicher Tag zu werden. Plötzlich bereute sie ihren Ärger über Lady wenige Augenblicke zuvor.

Aber mehr als das verspürte sie den Wunsch, dem stellvertretenden Vorarbeiter zu beweisen, daß sie ein viel besseres Pferd verdient hätte. Eines wie Black Beauty, dachte sie und lächelte vor sich hin, als sie an Carolines Vollbluthengst dachte. Sie freute sich darauf, ihn zu reiten, und das würde diesem strengen, chauvinistischen Rancharbeiter schon zeigen, was für eine Reiterin sie war! Sie fragte sich, ob Bill King jemals so gewesen war wie er, und mußte sich eingestehen, daß er wahrscheinlich noch schlimmer war. Bill King war immer ein rauher Vorarbeiter gewesen, und war es auch noch, und dieser hier hatte nichts weiter getan, als Sam ein ziemlich zahmes Pferd anzubieten, was – wie sie gegen ihren Willen zugeben mußte – ganz vernünftig war, wenn man es mit einer unbekannten Reiterin aus einer Stadt wie New York zu tun hatte. Woher sollte er schließlich wissen, daß sie überhaupt reiten konnte? Und wenn Caroline nicht versucht hatte, die anderen schon vorher zu ihren Gunsten zu beeinflussen, so war das auch gut.

Die Männer unterhielten sich in kleinen Gruppen, während sie darauf warteten, daß der zweite Vorarbeiter ihnen die Arbeit für den Tag zuteilte. Die achtundzwanzig Rancharbeiter ritten niemals zusammen, sondern teilten sich gewöhnlich in vier oder fünf Gruppen, um die Arbeit zu erledigen, die an den verschiedenen Stellen der Ranch anfiel. Jeden Morgen ging Bill King oder sein Stellvertreter zwischen ihnen umher und gab ihnen seine Anweisungen, erklärte jedem Mann, wo und mit wem er zu arbeiten hatte. Jetzt, wie an jedem Morgen, wenn Bill King nicht da war, schritt der große, dunkelhaarige stellvertretende Vorarbeiter ruhig zwischen ihnen umher und teilte ihnen ihre Aufgaben für diesen Tag zu. Er wies Josh vier Männer zu, die am Südende der Ranch nach verirrtem Vieh suchen sollten. Zwei andere Gruppen sollten ein paar Zäune überprüfen, von denen er annahm, daß sie niedergerissen waren. Eine weitere Vierergruppe mußte zwei kranke Kühe vom Fluß zurückholen. Er selbst, vier weitere Männer und Samantha würden die Nordgrenze nach drei Kühen absuchen, die fehlten und von denen er wußte, daß sie bald kalben würden.

Samantha folgte der Gruppe ruhig aus dem Lager, ritt gelassen auf Rusty und hoffte, der Regen würde aufhören. Eine Ewigkeit schien vergangen zu sein, bis sie endlich in einen leichten Galopp fielen, und sie mußte sich wieder einmal daran erinnern, daß man in einem Wildwestsattel nicht im Trab dahineilte. Es war ein seltsames Gefühl, in dem großen, bequemen Sattel zu sitzen. Sie war an den kleineren, flacheren englischen Sattel gewöhnt, den sie immer zum Springen und zu den Turnieren im Madison Square Garden benutzt hatte, aber dies hier war ein ganz anderes Leben.

Nur einmal lächelte sie vor sich hin und überlegte, wie es an diesem Morgen wohl in ihrem Büro aussah. Es war verrückt, wenn man daran dachte, daß sie nur zwei Tage zuvor ein blaues Kostüm von Dior getragen und ein Gespräch mit einem neuen Kunden geleitet hatte – und jetzt war sie hier und suchte nach verirrten Kühen auf einer Ranch. Als sie einen kleinen Hügel hinaufritten, mußte sie sich sehr beherrschen, um nicht laut loszulachen, so absurd erschien ihr der Unterschied zwischen dem, was sie getan hatte, und dem, was sie im Augenblick tat. Ein paarmal spürte sie den Blick des stellvertretenden Vorarbeiters auf sich ruhen, als wollte er prüfen, ob sie mit ihrem Tier zurechtkam. Einmal hätte sie fast etwas Unfreundliches zu ihm gesagt, nämlich als er sie im Vorbeireiten daran erinnerte, die Zügel kürzer zu fassen, während Rusty verzweifelt versuchte, etwas Gras zu rupfen. Nur einen Augenblick lang hatte Samantha dem Pferd seinen Willen gelassen, in der Hoffnung, das träge Tier zu besänftigen, ehe sie weiterritten. Der dunkelhaarige Tyrann schien zu glauben, daß Sam Rusty nicht beherrschte, und der bloße Gedanke hätte sie fast aufschreien lassen. »Ich habe es absichtlich gemacht«, wollte sie hinter ihm herrufen, aber er schien völlig desinteressiert an ihrem Tun, ritt weiter und sprach leise mit zweien seiner Männer.

Ihr fiel außerdem auf, daß sie alle ihn als Autorität zu betrachten schienen. Die Männer behandelten ihn genauso wie Bill King, mit ruhiger Ehrfurcht, knappen, respektvollen Antworten, kurzem Nicken. Niemand stellte seine Anordnungen in Frage, niemand widersprach seinen Worten. Zwischen ihm und den anderen wurde nur wenig gescherzt, und er lächelte selten, wenn die Männer sich unterhielten oder er etwas zu ihnen sagte. Irgendwie, stellte Sam fest, ärgerte er sie. Allein die Sicherheit, mit der er sprach, war eine offene Herausforderung für sie.

»Macht Ihnen der Ausritt Spaß?« fragte er eine Weile später, als er einmal neben ihr ritt.

»Sehr«, antwortete sie durch zusammengebissene Zähne, als der Regen noch stärker wurde. »Herrliches Wetter«, meinte sie lächelnd, ihm zugewandt, aber er antwortete nicht, nickte nur und ritt weiter, während sie ihn innerlich verfluchte und beschuldigte, ein humorloses Wesen zu sein. Je später es wurde, desto müder wurden ihre Beine, ihr Hinterteil schmerzte, ihre Knie waren wund von dem ungewohnten Scheuern des Sattels. Ihre Füße wurden kalt, ihre Hände steif.

Gerade als sie sich fragte, ob das jemals ein Ende nehmen würde, machten sie ihre Mittagspause. Sie blieben in einer kleinen Hütte am äußersten Rand von Carolines Ranch, die extra für solche Gelegenheiten errichtet worden war. Es gab dort einen Tisch, ein paar Stühle und das notwendige Geschirr, das sie brauchten, um etwas zum Essen zu machen, fließendes Wasser und Kochplatten. Sam stellte fest, daß der zweite Vorarbeiter selbst die notwendigen Vorräte in seiner Satteltasche mitgebracht hatte, und jedem wurde ein dickes, mit Schinken und Puter belegtes Sandwich überreicht. Außerdem hatte er zwei riesige Thermosflaschen dabei, die schnell geleert wurden. In einer war Suppe gewesen, in der anderen Kaffee. Erst als sie den letzten Schluck genoß, sprach er sie wieder an.

»Halten Sie durch, Miss Taylor?« In seiner Stimme schwang ein ganz klein wenig Ironie mit, aber das Leuchten in seinen Augen war jetzt freundlicher.

»Prima, danke. Und Sie, Mr. ... äh ... wissen Sie, ich weiß Ihren Namen nicht.«

Sie lächelte ihn zuckersüß an, und diesmal grinste er. Das Mädchen war offensichtlich nicht ohne. Er hatte das sofort geahnt, als er ihr Lady vorgeschlagen hatte, denn er hatte die Wut in ihren Augen aufflackern sehen. Aber er hatte sich überhaupt nicht darum gekümmert, welches Pferd sie haben wollte. Er wollte ihr das ruhigste Tier geben, das sie hatten. Eine dumme Göre aus New York konnte er nicht gebrauchen, die sich an diesem Morgen an der Nordgrenze vielleicht noch irgend etwas brach. Das hätte ihm gerade noch gefehlt. Aber bislang hielt sie sich ganz gut. Und er mußte zugeben, daß es schwer war festzustellen, was für eine Reiterin sie war, solange sie auf diesem faulen Pferd saß.

»Ich heiße Tate Jordan.«

Er streckte ihr die Hand hin, und wieder wußte sie nicht, ob er sich über sie lustig machte oder es ernst meinte.

»Wie gefällt es Ihnen bei uns?«

»Prima.« Sie lächelte engelhaft. »Gutes Wetter. Spitzenpferd. Wunderbare Menschen...« Sie zögerte einen Moment, und er zog die Brauen hoch.

»Was? Und nichts über das Essen?«

»Ich lass' mir was einfallen.«

»Davon bin ich überzeugt. Ich muß sagen, ich bin überrascht, daß Sie sich heute entschlossen haben mitzureiten. Sie hätten auf einen besseren Tag warten können, um damit anzufangen.«

»Warum sollte ich? Sie haben es doch auch nicht getan, oder?«

»Nein.« Er sah sie fast spöttisch an. »Aber das ist wohl kaum dasselbe.«

»Freiwillige strengen sich besonders an, oder wußten Sie das nicht, Mr. Jordan?« Sie sah ihn lächelnd an.

»Ich fürchte, nein. Wir haben hier nicht allzu viele davon. Waren Sie schon früher einmal hier?« Zum ersten Mal musterte er sie mit Interesse, aber es war eher Neugier als Freundschaft.

»Ja, aber es ist schon lange her.«

»Hat Caroline Sie auch früher schon mit den Männern reiten lassen?«

»Nein, eigentlich nicht... oh, ab und zu schon... aber das war mehr zum Spaß.«

»Und diesmal?« Wieder zog er fragend die Braue hoch.

»Ich nehme an, diesmal ist es auch zum Spaß.«

Wieder lächelte sie ihn an, aber diesmal aufrichtiger. Sie hätte ihm erzählen können, daß es eine Therapie war, aber sie dachte nicht daran, ihm ihre Geheimnisse anzuvertrauen. Aus einer Laune heraus beschloß sie statt dessen, ihm zu danken.

»Ich finde es nett, daß ich mit Ihnen reiten darf. Ich kann mir vorstellen, daß es schwierig ist, wenn man einen Neuen dabei hat.« Sie dachte überhaupt nicht daran, sich dafür zu entschuldi-

560

gen, daß sie eine Frau war. Das hätte sie einfach nicht ertragen.
»Ich hoffe, daß ich mich irgendwann einmal wirklich nützlich machen kann.«

»Vielleicht.« Er nickte ihr zu und ging weiter. Für den Rest des Nachmittags sprach er nicht mehr mit ihr. Die Kühe, die sie gesucht hatten, fanden sie nicht. Gegen zwei Uhr nachmittags stießen sie auf eine der Gruppen, die die Zäune reparierte, und halfen ihnen. Samantha war nur eine geringe Hilfe bei ihrer Arbeit, und um die Wahrheit zu sagen: Gegen drei Uhr war sie so müde, daß sie im Regen auf dem Pferd hätte einschlafen können. Gegen vier Uhr machte sie wirklich einen jämmerlichen Eindruck, und als sie um halb sechs zurückritten, war sie sicher, daß sie sich nicht mehr würde rühren können, wenn sie erst einmal vom Pferd gestiegen war. Elf von elfeinhalb Stunden hatte sie im Regen auf dem Pferd gesessen, und sie glaubte fast, sterben zu müssen. Sie konnte kaum vom Pferd klettern, als sie in den Stall zurückkehrten, und nur Joshs fester Griff, der ihr zu Boden half, hinderte sie daran, erschöpft umzufallen. Sie begegnete seinem besorgten Blick mit einem erschöpften Kichern.

»Ich glaube, du hast es heute vielleicht ein bißchen übertrieben, Sam. Warum bist du nicht früher heimgeritten?«

»Machst du Witze? Da wäre ich lieber gestorben! Wenn Tante Caro es kann, kann ich es auch . . .« Und dann sah sie ihren alten Kameraden an und meinte traurig: »Oder nicht?«

»Ich hasse es, dir das zu sagen, Kind, aber sie macht das schon 'n paar Jahre länger als du, und jeden Tag. Du wirst morgen verteufelte Schmerzen haben.«

»Kümmern wir uns nicht um morgen! Du solltest mal wissen, wie ich mich jetzt fühle!« Dies alles wurde im Flüsterton in Rustys Box besprochen. Rusty kümmerte sich schon nicht mehr um sie, sondern schwelgte in seinem Heu.

»Kannst du gehen?«

»Ich denke nicht im Traum daran, herauszukriechen!«

»Soll ich dich tragen?«

»Das wäre herrlich.« Sie grinste ihn an. »Aber was würden die andern dazu sagen?«

561

Sie lachten beide bei der Vorstellung, und dann, als Sam aufsah, funkelten ihre Augen plötzlich wieder. Sie hatte gerade einen Namen auf einer hübschen kleinen Bronzeplakette an einer anderen Box entdeckt.

»Josh« – ihre Augen sahen plötzlich gar nicht mehr so aus, als hätte sie Schmerzen –, »ist das Black Beauty?«

»Ja, Ma'am.« Er sagte das mit einem bewundernden Grinsen, das sowohl ihr als auch dem Vollblut galt. »Willst du ihn sehen?«

»Und wenn ich im Sterben läge, Joshua, meine letzten Schritte würden mich über ein Bett voller Nägel zu ihm führen. Bring mich hin.« Er legte einen Arm unter ihren, um sie zu stützen, und half ihr, durch den Stall bis zu der Box zu humpeln. Die anderen waren inzwischen alle fort, und plötzlich hörte man im Stall keine anderen Stimmen mehr als ihre.

Aus der Ferne sah es so aus, als wäre die Box leer, aber als Samantha näher kam, sah sie ihn in der hintersten Ecke. Sie pfiff leise, worauf er langsam auf sie zukam und an ihrer Hand schnupperte. Er war das schönste Pferd, das sie in ihrem ganzen Leben gesehen hatte, ein Kunstwerk aus schwarzem Samt, mit einem weißen Stern auf der Stirn und weißen Fesseln an den Vorderbeinen. Seine Mähne und sein Schweif wiesen dasselbe perfekte, schimmernde Schwarz auf wie der übrige Körper, und seine Augen waren groß und sanft. Die Beine waren unglaublich schlank. Mit Sicherheit war es das größte Pferd, das Sam je gesehen hatte.

»Mein Gott, Josh, das ist ja unglaublich.«

»Er ist eine Schönheit, was?«

»Noch viel mehr. Er ist das vollkommenste Pferd, das ich je gesehen habe.« Sams Stimme klang ehrfürchtig. »Wie groß ist er?«

»Siebzehneinhalb Handbreit, fast achtzehn.« Das bedeutete also einen Meter fünfundsiebzig, fast einen Meter achtzig. Josh sagte es stolz und zufrieden, und Samantha stieß einen leisen Pfiff aus.

»Was würde ich darum geben, den zu reiten.«

»Glaubst du, sie läßt dich? Mr. King will nicht einmal, daß sie ihn reitet, weißt du. Er hat verteufelt viel Temperament. Hat sie ein paarmal fast abgeworfen, und das will was heißen. Ich habe noch nie ein Pferd gesehen, das Miss Caro abwerfen konnte.«

Samantha wandte den Blick nicht von dem Pferd. »Sie sagte, ich könnte ihn reiten, und ich wette, er schafft es nicht, mich abzuwerfen.«

»Ich würde es nicht darauf ankommen lassen, Miss Taylor.« Die Stimme, die plötzlich hinter ihr ertönte, gehörte nicht Josh, es war eine andere Stimme, eine tiefe, rauchige, die sanft, aber ohne Wärme sprach. Langsam wandte sie sich um und sah Tate Jordan, und plötzlich blitzten ihre Augen.

»Und warum, glauben Sie, sollte ich es nicht versuchen? Glauben Sie, Rusty würde mir besser liegen?« Sie war plötzlich sehr erregt, Erschöpfung, Schmerz und Wut zusammen ließen sie die Kontrolle verlieren.

»Das weiß ich nicht. Aber zwischen diesen beiden Pferden liegen Welten, und Miss Caroline ist wahrscheinlich der beste weibliche Reiter, den ich jemals gesehen habe. Wenn sie schon Probleme mit Black Beauty hat, dann können Sie sicher sein, daß es Ihnen weit schlechter ergehen wird.« Er sah seiner selbst zu sicher aus, und Josh machte plötzlich den Eindruck, als fühlte er sich nicht wohl bei diesem Wortwechsel.

»Ach, wirklich? Wie interessant, Mr. Jordan. Mir fällt auf, daß Sie Caroline als ›besten *weiblichen* Reiter‹ qualifizieren, den Sie je gesehen haben – ich nehme an, Sie glauben, daß Caroline einem Vergleich mit Männern nicht standhält?«

»Das ist eine andere Art zu reiten.«

»Nicht immer. Ich wette mit Ihnen, daß ich mit diesem Tier wesentlich besser fertig werde als Sie.«

»Wieso glauben Sie das?« Seine Augen blitzten, aber nur einen Augenblick.

»Ich habe jahrelang Vollblüter geritten.« Sie sagte das mit Gehässigkeit, aus schierer Erschöpfung, aber Tate Jordan sah weder amüsiert noch erfreut aus.

»Ein paar von uns hatten dieses Glück nicht. Wir machen einfach das Beste aus dem, was wir kriegen.«

Bei seinen Worten spürte sie, wie sie errötete. Er tippte kurz an den Hut, nickte ihr zu, ohne sich um den Rancharbeiter an ihrer Seite zu kümmern, und marschierte aus dem Stall. Einen Augenblick herrschte Schweigen. Dann musterte Josh sie, um zu sehen, was in ihr vorging. Sie versuchte, gleichgültig auszusehen, als sie Black Beautys Nüstern tätschelte.

Schließlich sah sie wieder zu Josh hinüber. »Schrecklicher Kerl, was? Ist der immer so?«

»Wahrscheinlich zu Frauen manchmal. Seine Frau ist ihm vor Jahren davongelaufen. Ging mit dem Sohn des Ranchbesitzers durch, hat ihn sogar geheiratet, und dann hat der noch Tates Jungen adoptiert. Bis sie umkamen. Seine Frau und der Sohn des Ranchbesitzers starben bei einem Autounfall. Tate hat seinen Jungen zurückbekommen, aber er trägt immer noch nicht seinen Namen. Ich glaube nicht, daß es für Tate wichtig ist, welchen Namen der Junge hat. Er ist ganz wild nach seinem Sohn. Aber seine Frau erwähnt er nie. Ich glaube, nach der Geschichte hat er 'ne ziemlich schlechte Meinung, was Frauen angeht. Außer...« Josh lief rot an. »Außer... na, du weißt schon, leichte Mädchen. Ich glaube, er hat nie wieder etwas mit einer andern gehabt. Und, zum Teufel, er sagt, sein Sohn wäre jetzt zweiundzwanzig. Da kannst du dir ausrechnen, wie lange das schon so geht.«

Sam nickte langsam. »Kennst du den Jungen?«

Josh zuckte die Achseln und schüttelte den Kopf.

»Nee. Ich weiß wohl, daß Tate ihm hier in der Nähe im letzten Jahr eine Stelle besorgt hat. Aber er redet gewöhnlich nicht viel über sich oder den Jungen. Hält sich ganz schön abseits. Tun die meisten Männer hier. Aber einmal die Woche geht er ihn besuchen. Ich glaube, er ist drüben bei der Bar Three Ranch.«

Noch ein Einzelgänger, dachte Sam und fragte sich, ob es auch Cowboys gab, die nicht so waren. Etwas anderes an ihm fesselte sie. Er verriet Intelligenz und rasche Auffassungsgabe, und sie ertappte sich bei der Frage, wer Tate Jordan eigentlich war, als Josh mit seinem vertrauten Grinsen den Kopf schüttelte.

»Mach dir darüber keine Sorgen, Sam. Er will dir nichts Böses. Es ist eben seine Art. Hinter seiner rauhen Schale verbirgt sich ein sanftes Wesen. Du solltest ihn mal mit den Kindern auf der Ranch sehen. Er muß ein guter Vater für seinen Jungen gewesen sein. Und gebildet ist Tate auch. Nicht, daß das hier etwas zu bedeuten hätte. Sein Vater war ein Rancher, der ihn auf ein paar vornehme Schulen geschickt hat, ging sogar aufs College und erwarb irgendeinen Grad in irgend etwas, aber dann ist sein alter Herr gestorben, und sie haben die Ranch verloren. Ich glaube, damals ging er auf die andere Ranch zum Arbeiten, und dann lief ihm seine Frau mit dem Sohn vom Besitzer davon. Ich denke, das hat sich alles auf ihn ausgewirkt. Ich glaube, er will so was nicht noch mal erleben, will wohl auch nicht mehr bekommen, als er jetzt hat. Weder für sich noch für seinen Sohn. Er ist einfach ein Rancharbeiter wie wir alle. Aber er ist schlau, und eines Tages wird er Vorarbeiter sein. Wenn nicht hier, dann irgendwo anders. Ein richtiger Mann kann seine Fähigkeiten nicht verleugnen. Und er ist ein verteufelt guter Mann auf einer Ranch.«

Sam dachte über das nach, was sie gerade gehört hatte. Sie hatte mehr erfahren, als sie wollte, dank Joshs loser Zunge.

»Fertig, um ins Haus zurückzugehen?« Er sah die hübsche junge Frau mit dem müden Gesicht und der feuchten Kleidung liebevoll an. »Wirst du es schaffen?«

»Wenn du mich das noch mal fragst, Josh, trete ich dich.« Sie funkelte ihn grimmig an, und er lachte.

»Zum Teufel, nein, das wirst du nicht tun.« Er lachte noch mehr. »Du könntest dein Bein nicht einmal hoch genug heben, um einen kleinen Hund zu treten, Samantha.« Und dann lachte er auf dem ganzen Weg zum Haus über seinen Witz.

Es war ein paar Minuten nach sechs, als Caroline ihnen die Tür öffnete und Josh sie ihrer Obhut übergab. Sie konnte nicht anders, mußte einfach über ihre junge Freundin lachen, als diese sich in das gemütliche Wohnzimmer schleppte und dort stöhnend auf der Couch zusammensank. Sie hatte die feuchte Jacke unterwegs abgelegt, und da ihre Hose unter dem Regenmantel trocken geblieben war, wußte sie, daß sie die Möbel nicht beschädigen würde – und sie mußte sich einfach setzen.

»Großer Gott, Mädchen, bist du den ganzen Tag geritten?«

Sam nickte, unfähig, etwas zu sagen, so müde und steif war sie.

»Warum, in Gottes Namen, bist du nicht heimgeritten, als du genug hattest?«

»Ich wollte nicht wie eine Heulsuse wirken ...« Sie stöhnte gräßlich, aber es gelang ihr trotzdem, Caroline anzugrinsen, die sich kichernd neben ihr auf der Couch niederließ.

»Oh, Samantha, du dummes Mädchen! Du wirst morgen schrecklichen Muskelkater haben!«

»Nein, das werde ich nicht. Ich werde wieder auf diesem verdammten Gaul sitzen.« Und dann stöhnte sie erneut, diesmal aber mehr in Erinnerung an das Pferd als wegen ihrer Schmerzen.

»Welches haben sie dir denn gegeben?«

»Ein unmögliches altes Vieh. Rusty!« Sam sah Caroline empört an, und die lachte nur noch lauter.

»Oh, Gott, nein! Haben sie das wirklich getan?«

Samantha nickte.

»Wer, um alles in der Welt, hat denn *das* veranlaßt? Ich habe ihnen gesagt, du reitest ebenso gut wie die Männer.«

»Nun, sie haben dir nicht geglaubt. Wenigstens Tate Jordan nicht. Er hätte mir fast Lady gegeben, aber dann entschied er, daß Rusty besser wäre.«

»Morgen sagst du ihm, du willst Navajo. Das ist ein schönes Appaloosapferd, und niemand außer Bill und mir reitet ihn.«

»Heißt das, die anderen Männer werden sich über mich ärgern?«

»Haben sie es heute getan?«

»Ich bin nicht sicher. Sie haben nicht viel gesagt.«

»Sie sprechen auch untereinander nicht viel. Und wenn du seit heute morgen mit ihnen geritten bist, wie könnten sie sich da über dich geärgert haben? Mein Gott, und so viele Stunden am ersten Tag!« Sie sah ehrlich entsetzt aus über das, was Samantha getan hatte.

»Hättest du nicht dasselbe gemacht?«

Sie dachte eine Minute nach, ehe sie schüchtern grinste und zustimmend nickte.

»Übrigens, ich habe Black Beauty gesehen.«

»Und? Was hältst du von ihm?« Carolines Augen leuchteten.

»Ich glaube, ich möchte ihn am liebsten stehlen oder wenigstens reiten. Aber ...« Ihre Augen blitzten plötzlich wieder, »Mr. Jordan findet, ich sollte das besser nicht tun. Seiner Meinung nach ist Black Beauty kein Pferd für eine Frau.«

»Und was ist mit mir?« Caroline sah äußerst amüsiert aus.

»Er hält dich für den ›besten weiblichen Reiter‹, den er je gesehen hat. Ich habe ihn gefragt, warum er nicht sagt der ›beste Reiter‹, ohne einen Unterschied zu machen.«

Aber Caroline lachte nur über sie.

»Was ist daran so komisch, Tante Caro? Du *bist* der beste Reiter, den ich je gesehen habe, verdammt!«

»Für eine Frau«, gab sie zurück.

»Findest du das komisch?«

»Ich bin daran gewöhnt. Bill King findet das auch.«

»Sehr liberal hier in der Gegend, was?« Samantha stöhnte, als sie von der Couch aufstand und sich zu ihrem Zimmer schleppte. »Auf jeden Fall werde ich morgen, wenn ich es schaffe, ein besseres Pferd von Tate Jordan zu bekommen, das Gefühl haben, eine wesentliche Schlacht für die Sache der Frauen ausgefochten zu haben. Wie hieß dieser Appaloosa wieder?«

»Navajo. Sag ihm einfach, ich hätte es gesagt.«

Samantha verdrehte die Augen und verschwand im Flur. »Viel Glück.« Doch als sie ihr Gesicht wusch und die Haare bürstete, fiel ihr plötzlich auf, daß sie zum ersten Mal seit drei Monaten nicht Himmel und Hölle in Bewegung gesetzt hatte, um John und Liz im Fernsehen zu sehen, und sie hatte es nicht einmal vermißt. Sie befand sich jetzt in einer anderen Welt. Einer Welt mit Pferden, die Rusty hießen, mit Appaboosapferden, mit stellvertretenden Vorarbeitern, die glaubten, sie regierten die Welt. Aber es war alles sehr einfach und sehr heilsam, und das dringendste Problem für sie war jetzt, welches Pferd sie am nächsten Tag reiten würde.

Als sie kurz nach dem Abendessen im Bett lag, dachte sie sich wieder, daß es die einfachste, glückseligste Existenzform war, die sie seit ihrer Kindheit gekannt hatte. Und dann, gerade als die Gedanken aus ihrem Kopf wichen, hörte sie wieder das vertraute Türenschließen, und diesmal war sie sicher, gedämpfte Schritte und leises Lachen im Flur gehört zu haben.

5

Am nächsten Morgen kletterte Samantha unter lautem Stöhnen aus dem Bett, wankte zur Dusche und stand volle fünfzehn Minuten unter dem heißen Wasser, das über ihre wunden Glieder rann. Die Innenseite ihrer Knie war fast scharlachrot von dem elfstündigen Tag im Sattel, und sie polsterte ihre lange Unterhose mit Watte aus, ehe sie vorsichtig wieder in ihre Jeans stieg. Das einzig Ermutigende an dem Tag, der vor ihr lag, war, daß es nicht mehr regnete. Als sie zur Haupthalle hinüberging, um zu frühstücken, sah sie sich in der Dunkelheit des frühen Morgens um und stellte fest, daß immer noch Sterne am Himmel standen. Heute morgen war sie nicht mehr so schüchtern, als sie eintrat, ihre Jacke an einen Haken hängte und direkt zur Kaffeemaschine ging, um sich einen Becher mit der dampfenden Flüssigkeit zu füllen. Sie entdeckte ihren alten Freund Josh an einem Tisch am anderen Ende und ging lächelnd auf ihn zu, als er ihr zunickte, sich zu ihm zu setzen.

»Wie geht's dir heute, Samantha?«

Sie grinste ihn reumütig an und senkte verschwörerisch die Stimme, als sie sich einen leeren Stuhl heranzog. »Es ist bloß gut, daß wir heute reiten, Josh. Das ist alles, was ich dazu sagen kann.«

»Wieso das?«

»Weil ich sicher bin, daß ich nicht laufen kann. Ich bin vom Großen Haus hierher eher gekrochen!«

Josh und die beiden anderen Männer kicherten, und einer von ihnen lobte sie, daß sie am Vortag so tapfer durchgehalten hatte.

»Du bist bestimmt ein verdammt guter Reiter, Samantha.«

Dabei hatte sie überhaupt keine Gelegenheit gehabt, ihnen zu zeigen, wie gut sie es konnte – bei dem Regen!

»Das war ich einmal. Ist schon lange her.«

»Das macht nichts«, erklärte Josh mit fester Stimme. »Wenn man eine gute Haltung hat und die richtige Hand dafür, dann hat man das für den Rest seines Lebens. Reitest du heute wieder Rusty, Sam?«

Er zog eine Braue hoch, und sie zuckte mit den Schultern, während sie an ihrem Kaffee nippte.

»Abwarten. Ich glaube nicht.«

Josh lächelte bloß. Er wußte, daß Sam sich mit einem alten Klepper wie Rusty nicht lange abspeisen lassen würde. Und ganz bestimmt nicht, nachdem sie Black Beauty gesehen hatte. Es wäre ein Wunder, wenn sie den nicht schon bald reiten würde.

»Wie hat dir der große Kerl gefallen?« Er grinste vergnügt.

»Black Beauty?« Ein Leuchten trat in ihre Augen, als sie den Namen nannte. Zwischen Pferdeliebhabern und einem Vollbluthengst war immer irgend etwas ... eine Art Leidenschaft, die andere Menschen nie verstanden. Josh nickte und grinste.

»Ist das beste Pferd, das ich in meinem Leben gesehn hab'. Erlaubt Miss Caroline dir, ihn zu reiten?« Er konnte nicht widerstehen, ihr diese Frage zu stellen.

»Wenn ich sie überreden kann – und glaub bloß nicht, ich würde es nicht versuchen!«

Sam warf ihm über die Schulter ein Lächeln zu und eilte auf die Schlange zu, die auf ihr Frühstück wartete. Fünf Minuten später kehrte sie mit einem Teller mit Spiegeleiern und Würstchen zurück. Zwei der Männer waren an einen anderen Tisch weitergegangen, und Josh drückte schon den Hut auf seinen eckigen Schädel.

»Gehst du schon so früh, Josh?«

»Hab' Tate versprochen, ihm im Stall zu helfen, ehe wir heute morgen ausreiten.«

Er lächelte ihr nochmals zu und wandte sich dann um, um einem seiner Freunde etwas zuzurufen, ehe er verschwand.

Zwanzig Minuten später, als Samantha zum Stall hinausging, um zu satteln, sah sie sich zögernd nach Tate um. Sie war sich nicht ganz sicher, wie sie das Thema Pferdewechsel bei ihm anschneiden sollte. Aber an einem Tag wie diesem würde sie auf gar keinen Fall einen Gaul reiten wie den, den er ihr gestern zugeteilt hatte. Und da es sich um Carolines Vorschlag handelte, war sie davon überzeugt, daß Navajo viel besser zu ihr paßte.

Ein paar der Männer nickten ihr zu, als sie an ihr vorbeigingen. Sie schienen über ihre Anwesenheit weniger verärgert als am Morgen zuvor. Sie vermutete, daß sie zunächst einen anderen Typ erwartet hatten. Aber sie wußte auch, daß es helfen würde, wenn sie so lange und ausdauernd durch den Regen ritt wie die Männer. Wenn auch sonst nichts ihre Haltung ändern könnte, damit würde sie bestimmt ihre Herzen gewinnen. Und wenn sie die nächsten drei Monate als Rancharbeiter auf Carolines Ranch leben wollte, dann war es wichtig, daß die Männer sie als einen der ihren akzeptierten.

Trotzdem wußte sie, daß ein oder zwei der Jüngeren über ihr jugendliches Aussehen überrascht waren, und sie hatte einen von ihnen dabei ertappt, wie er sie anstarrte, als sie am Ende des langen Tages das Band aus den Haaren genommen und wild ihre silberblonde, feuchte Mähne geschüttelt hatte. Sie hatte ihm kurz zugelächelt, und er war heftig errötet, ehe er sich abwandte.

»Morgen, Miss Taylor.« Eine feste Stimme unterbrach Sams Träume, und als sie in Tate Jordans Gesicht aufsah, wußte sie plötzlich, daß sie – ganz gleich, was der Tag für sie bereithielt oder von ihr verlangte – nicht gewillt war, die ganze Zeit ein schlechtes Pferd zu reiten, nur um zu bestätigen, daß die Führung bei ihm lag. In seiner Art, sie anzusehen, lag etwas Hartnäckiges und Entschlossenes, und ihr Rücken versteifte sich schon beim Anblick seiner Kopfbewegung.

»Müde von gestern?«

»Nicht sehr.«

Oh, nein, ihm gegenüber würde sie die Schmerzen niemals zugeben. Müde? Natürlich nicht. Wenn man ihn einfach nur ansah, wußte man gleich, wie mächtig und wichtig er seiner Meinung nach war. Stellvertretender Vorarbeiter auf der Lord Ranch. Nicht schlecht, Herr stellvertretender Leiter.

Sam wußte auch, daß es bei Bill Kings Alter jederzeit möglich war, daß er zurücktrat und es Tate Jordan überließ, in seine Fußstapfen zu treten. Nicht, daß Jordan die Stelle so gut füllen würde wie Bill King, er war nicht so intelligent, nicht so rücksichtsvoll oder so weise ... sie wußte nicht, warum, aber Tate Jordan machte sie immer verdammt wütend. Zwischen ihnen herrschte eine unausgesprochene Spannung, die man sofort spürte, als er vorüberfegte.

»Äh ... Mr. Jordan ...« Es machte ihr plötzlich Vergnügen, einen Trumpf gegen ihn in der Hand zu haben.

»Ja?« Er drehte sich zu ihr um, einen Sattel über dem Arm.

»Ich dachte, ich versuche heute mal ein anderes Pferd.«

Ihre Augen blickten eiskalt, während seine langsam anfingen zu funkeln.

»Woran haben Sie gedacht?« Ein herausfordernder Unterton schwang in seiner Stimme mit.

Sie hätte am liebsten geantwortet »Black Beauty«, beschloß aber, die Ironie dieser Bemerkung nicht an ihn zu verschwenden. »Caroline dachte, daß Navajo vielleicht das richtige wäre.«

Er sah einen Augenblick verärgert aus, nickte dann aber, wandte sich ab und murmelte nur noch über die Schulter: »Dann nur zu.«

Schon die Worte allein ärgerten Samantha. Warum brauchte sie überhaupt seine Erlaubnis, um ein Pferd zu reiten? Es war nicht schwer, eine vernünftige Antwort darauf zu finden. Aber trotzdem war sie immer noch zornig, als sie Navajos Box fand, seinen Sattel und sein Zaumzeug aus einem kleinen, angrenzenden Raum holte und das Pferd sattelte. Navajo war ein schönes Appaloosapferd, weißgesprenkelt, mit schokoladenbraunem Gesicht, dunkelbraunen Flanken und der charakteristischen weißen Hinterhand mit großen braunen Flecken. Er war ganz sanft, als Samantha ihm den Sattel auflegte und den Gurt unter ihm spannte, aber als sie ihn aus seiner Box führte, zeigte sich, daß er viel mehr Temperament besaß als Rusty. Tatsache war, daß es sie einige Mühe kostete, bis sie erst einmal im Sattel saß. Er tänzelte volle fünf Minuten, als sie versuchte, zu den anderen zu stoßen. Samantha war derselben Gruppe zugeteilt worden wie am Vortag, und sie bemerkte, daß Tate Jordan sie mißbilligend beobachtete, als sie auf die Hügel zuritten.

»Glauben Sie, Sie werden mit ihm fertig, Miss Taylor?« Seine Stimme war glasklar, und Samantha verspürte plötzlich das dringende Bedürfnis, ihn zu schlagen, als er neben ihr ritt und die munteren Manöver ihres Pferdes spöttisch beobachtete.

»Ich werde es bestimmt versuchen, Mr. Jordan.«

»Ich glaube, wir hätten Ihnen doch Lady geben sollen.«

Samantha antwortete überhaupt nicht, sondern ritt weiter. Eine halbe Stunde später waren sie alle vertieft in ihre Arbeit, konzentriert auf die Suche nach verirrten Tieren und auf das Überprüfen der Zäune. Sie fanden eine kranke Färse, die zwei der Männer mit dem Lasso einfingen, um sie in einen der großen Viehställe zu bringen. Und als sie endlich eine Mittagspause einlegten, hatten sie schon sechs Stunden Arbeit hinter sich. Sie hielten auf einer Lichtung und banden die Pferde an den umstehenden Bäumen fest. Wie immer wurden Sandwiches, Suppe und Kaffee herumgereicht. Es wurde nur wenig gesprochen, aber alle waren völlig entspannt. Niemand sagte viel zu Samantha, trotzdem fühlte sie sich bei ihnen wohl und ließ ihre Gedanken wandern, als sie sich ein paar Minuten mit geschlossenen Augen in die Wintersonne setzte.

»Sie müssen müde sein, Miss Taylor.« Es war wieder diese Stimme. Sie öffnete ein Auge.

»Eigentlich nicht. Ich habe nur die Sonne genossen. Beunruhigt Sie das sehr?«

»Überhaupt nicht.« Er lächelte freundlich. »Wie gefällt Ihnen Navajo?«

»Sehr gut.« Sie öffnete beide Augen und lächelte ihn an. Und dann konnte sie nicht anders, mußte ihn einfach ein bißchen necken. »Natürlich nicht so gut wie Black Beauty.« Sie lächelte schelmisch, und es war schwer zu sagen, ob sie es ernst meinte oder nicht.

»Das, Miss Taylor«, und er erwiderte ihr Lächeln, »ist ein Fehler, den Sie hoffentlich nie machen werden.« Er nickte weise. »Sie würden sich verletzen. Und das«, und wieder lächelte er sie sanft an, »wäre eine Schande. Es gibt verdammt wenige Menschen, die einen Hengst wie den reiten sollten. Sogar Miss Lord selbst muß sehr vorsichtig sein, wenn sie mit ihm ausreitet. Er ist ein gefährliches Biest und nicht ...«, er suchte nach den richtigen Worten, »... nicht das richtige Pferd für einen Sonntagsreiter, um damit zu spielen.« Seine grünen Augen blickten über den Becher mit dampfendem Kaffee unendlich gönnerhaft auf sie hinab.

»Haben Sie ihn schon geritten?« In ihren Augen stand kein Lächeln bei dieser offenen Frage.

»Einmal.«

»Und wie fanden Sie ihn?«

»Er ist ein herrliches Tier. Daran besteht kein Zweifel.« Seine grünen Augen lächelten wieder. »Er ist etwas ganz anderes als Navajo.« Doch seine Worte schienen zu unterstellen, daß Navajo das Äußerste wäre, mit dem sie fertigwerden würde. »Sah fast so aus, als hätte er es Ihnen am Anfang ein bißchen schwergemacht.«

»Und Sie dachten, ich könnte nicht mit ihm fertigwerden?« Sie war fast belustigt.

»Ich habe mir Sorgen gemacht. Schließlich trage ich die Verantwortung für Sie, Miss Taylor, und möchte nicht, daß Sie sich verletzen.«

»Wie ein echter Vorarbeiter gesprochen, Mr. Jordan. Aber ich glaube nicht, daß Miss Lord Ihnen für etwas die Schuld geben würde, was mir durch ein Pferd zustößt. Sie kennt mich zu gut.«

»Was soll das heißen?«

»Daß ich nicht daran gewöhnt bin, Pferde wie Rusty zu reiten.«

»Aber Sie glauben, Sie könnten einen Hengst wie Black Beauty reiten?« Er wußte, daß weder Caroline Lord noch Bill King sie den Hengst reiten lassen würde. Zum Teufel, sie hatten sogar ihn das Pferd nur ein einziges Mal reiten lassen.

Samantha nickte ruhig. »Ja, ich glaube, ich könnte ihn reiten.«

Er sah sie amüsiert an. »Tun Sie das? So sicher sind Sie sich Ihrer selbst?«

»Ich weiß einfach, wie ich reite. Ich bin zäh. Ich riskiere etwas. Ich weiß, was ich tue, und ich reite seit meinem fünften Lebensjahr. Das ist schon eine ganze Weile.«

»Täglich?« Da war sie wieder, diese Herausforderung. »Sie reiten viel in New York, ja?«

»Nein, Mr. Jordan.« Sie lächelte zuckersüß. »Das tue ich nicht.« Doch als sie das sagte, gelobte sie sich, Black Beauty zu reiten, sobald Caroline es ihr erlaubte. Sie wollte es, und sie würde diesem arroganten Cowboy zeigen, was sie konnte.

Einen Augenblick später schlenderte er zu seinen Männern zurück und gab das Zeichen zum Aufbruch. Sie saßen auf und verbrachten den Rest des Nachmittags damit, die Außengrenzen der Ranch zu überprüfen. Sie fanden noch ein paar verirrte Färsen an den abgelegensten Stellen und trieben sie bei Sonnenuntergang heim, und wieder fragte Samantha sich, ob sie in der Lage sein würde, vom Pferd zu steigen. Aber Josh wartete bei ihrer Ankunft schon vor dem Stall auf sie und reichte ihr die Hand, als sie stöhnend ihr Bein über Navajos Rücken schwang.

»Schaffst du es, Sam?«

»Ich bezweifle es.«

Zur Antwort grinste er sie nur an, während sie ihr Pferd absattelte und in die Sattelkammer eher taumelte, um Sattel und Zaumzeug zu verstauen.

»Wie ging's dir heute?« Er war ihr gefolgt und stand in der Tür.

»Ganz gut, glaube ich.«

Sie lächelte müde, als sie erkannte, daß sie begann, in der knappen Sprache der Cowboys zu sprechen. Nur Jordan redete anders als die übrigen, und auch nur, wenn er sich mit ihr unterhielt. Dann kam seine Schulbildung durch. Aber sonst sprach er genauso wie die anderen. Auch Bill King verhielt sich ein wenig anders, wenn er mit Caroline zusammen war, aber es war nicht so auffallend. Bill King und Tate Jordan waren ganz und gar verschiedene Männer, zudem war Jordan nicht so ungehobelt wie die meisten.

»Schöner Unterschied zu New York, was, Samantha?« Josh, der kleine alte Cowboy mit den vielen Falten, grinste, und sie verdrehte die Augen.

»Das ganz sicher. Aber deshalb bin ich ja hierhergekommen.« Er nickte. Er wußte nicht genau, warum sie gekommen war. Aber er verstand. Eine Ranch war der richtige Ort, um sich zurückzuziehen, wenn man Probleme hatte. Eine Menge harter Arbeit, frische Luft, gutes Essen und gute Pferde kurieren fast alles. Der Bauch wird gefüllt, der Körper ermüdet, die Sonne geht auf und wieder unter, und schon ist ein weiterer Tag vergangen. Und es gibt kein komplizierteres Problem als die Frage, ob das Pferd neue Hufe braucht oder der Zaun an der Südgrenze repariert werden muß.

Dies war die einzige Art zu leben, die Josh je kennengelernt hatte. Aber er hatte viele Leute andere Dinge probieren und dann zurückkommen sehen. Es war ein gutes Leben. Und er wußte, daß es Sam guttun würde. Wovor sie auch floh, es würde ihr helfen. Ihm waren am Tag zuvor die dunklen Ringe unter ihren Augen nicht entgangen. Jetzt fielen sie schon nicht mehr so auf.

Zusammen spazierten sie zu Black Beauty, und fast instinktiv streckte Sam die Hand aus und tätschelte seinen Hals. »Hallo, mein Junge.« Sie sprach leise zu ihm, und er wieherte, als würde er sie kennen. Nachdenklich starrte sie ihn an, als sähe sie ihn noch einmal zum erstenmal. Und dann trat ein seltsames Leuchten in ihre Augen, als sie an Joshs Seite den Stall verließ, ihm eine gute Nacht wünschte und langsam in das Große Haus ging, wo Bill King sich mit Caroline unterhielt. Sie brachen ab, als sie eintrat.

»Hallo, Bill . . . Caro . . .« Sie lächelte ihnen zu. »Störe ich?« Sie sah einen Augenblick verlegen aus, doch die beiden schüttelten hastig die Köpfe.

»Natürlich nicht, Schatz.« Caroline küßte sie, und Bill King griff seinen Hut und erhob sich.

»Ich sehe Sie morgen, meine Damen.« Schnell verließ er sie, und Samantha ließ sich mit einem Seufzer auf die Couch fallen.

»Harter Tag?« Caroline betrachtete sie sanft. Sie selbst war die ganze Woche nicht geritten. Sie und Bill hatten eine Menge Papierkram bis Jahresende zu erledigen, und es blieben ihnen nur noch zwei Wochen Zeit. Sie müßte wenigstens Black Beauty einmal reiten, ehe er völlig wild wurde, aber sie hatte wirklich nicht einmal dafür Zeit.

»Bist du sehr müde, Sam?« Caroline musterte sie mitleidig.

»Müde? Du machst wohl Witze? Nachdem ich all die Jahre an einem Schreibtisch gehockt habe? Ich bin nicht müde. Ich bin kaputt. Wenn Josh mich nicht jeden Abend vom Pferd ziehen würde, müßte ich wahrscheinlich da draußen schlafen.«

»So schlimm?«

»Noch schlimmer.« Die beiden Frauen lachten noch, als die Mexikanerin, die Caroline beim Putzen und Kochen half, ihr von der Küche aus ein Zeichen gab. Das Essen war fertig.

»Hmm, was ist das?« Samantha schnüffelte zufrieden, als sie in die große, hübsch eingerichtete, ländliche Küche gingen.

»Enchiladas, Chihi rellenos, Tamales . . . alles, was ich so gerne esse. Ich hoffe, dir schmeckt auch einiges davon.«

Samantha lächelte glücklich. »Nach einem solchen Tag könntest du mir sogar Pappe vorsetzen, wenn es nur viel ist und ich anschließend ein Bad nehme und ins Bett sinken kann.«

»Ich werde daran denken, Samantha. Und sonst? Wie geht es? Ich hoffe, sie sind alle höflich zu dir?« Sie zog die Brauen zusammen, als sie diese Frage stellte, und Samantha nickte und lächelte.

»Alle sind sehr freundlich.« Doch sie stockte ganz kurz, und das entging Caroline nicht.

»Außer?«

»Es gibt kein Außer. Ich glaube nicht, daß Tate Jordan und ich jemals gute Freunde werden, aber er ist ausgesprochen höflich. Ich glaube, er mag einfach keine, wie er es nennt, Sonntagsreiter.«

Caroline schien amüsiert. »Wahrscheinlich nicht. Er ist ein seltsamer Kerl. In mancher Hinsicht denkt er wie ein Rancher, andererseits ist er völlig zufrieden damit, sich mit der Arbeit auf der Ranch zugrunde zu richten. Er ist einer der letzten echten Cowboys. Du weißt schon, diese rauhen, hart arbeitenden Männer, durch und durch Rancharbeiter, die für den Rancher, für den sie arbeiten, sterben würden und alles tun, um die Ranch zu retten. Es ist gut, ihn zu haben, und eines Tages«, sie seufzte leise, »eines Tages wird er der richtige Mann sein, um in Bills Fußstapfen zu treten. Wenn er bleibt.«

»Warum sollte er nicht? Er hat hier ein verteufelt angenehmes Leben. Du hast deinen Männern immer mehr geboten als alle anderen.«

»Ja, und ich bin immer noch nicht überzeugt, daß das so viel für sie bedeutet, wie ich einmal geglaubt habe. Es sind komische Menschen. Fast alles, was sie tun, hat mit Stolz und Ehre zu tun. Sie arbeiten für einen Mann umsonst, nur weil sie das Gefühl haben, sie schuldeten es ihm, oder weil er ihnen Gutes getan hat; und einen anderen verlassen sie, einfach weil sie glauben, sie müßten das tun. Es ist unmöglich vorherzusagen, was einer von ihnen vorhat. Sogar bei Bill. Nicht einmal bei ihm weiß ich ganz genau, was er beabsichtigt.«

»Es muß Spaß machen zu versuchen, eine Ranch wie diese zu führen.«

»Es ist interessant. Sehr interessant.« Caroline lächelte. Dann fiel ihr plötzlich auf, daß Samantha auf die Uhr sah. »Stimmt etwas nicht, Sam?«

»Oh, doch!« Sam sah plötzlich seltsam ruhig aus. »Es ist sechs Uhr.«

»Ja, und?« Einen Augenblick verstand Caroline nicht, doch dann wußte sie Bescheid. »Die Fernsehnachrichten?« Samantha nickte. »Siehst du sie dir jeden Abend an?«

»Ich versuche, es nicht zu tun.« Der schmerzhafte Ausdruck war in Sams Augen zurückgekehrt. »Aber am Ende tue ich es doch immer.«

»Glaubst du, du solltest das tun?«

»Nein.« Zögernd schüttelte Samantha den Kopf.

»Soll ich Lucia-Maria bitten, den Apparat hereinzubringen? Das geht ohne weiteres.«

Aber wieder schüttelte Samantha den Kopf.

»Irgendwann muß ich ja einmal aufhören, es mir anzusehen.«

Ein leichter Seufzer entfuhr ihr. »Ich kann genausogut gleich damit aufhören.« Es war, als müßte sie eine Sucht bekämpfen. Die Sucht, jeden Abend in John Taylors Gesicht zu starren.

»Kann ich dir irgend etwas anbieten, um dich abzulenken? Einen Drink? Ein anderes Programm? Süßigkeiten? Tücher zum Zerfetzen?«

Caro machte Spaß, und Samantha begann endlich zu lachen. Was war sie doch für eine wunderbare Frau, und sie schien das alles zu verstehen.

»Ich werd' schon wieder, aber wenn ich so darüber nachdenke ...« Sie betrachtete Caroline über den Tisch hinweg, und plötzlich sah sie wie ein ganz junges Mädchen aus, das eine große Bitte hat. Das lange, blonde Haar, das offen auf ihre Schultern fiel, unterstrich diesen Eindruck und ließ sie in dem sanften Licht noch jünger wirken. »Ich möchte dich um einen Gefallen bitten.«

»Was ist das? Ich kann mir hier nichts vorstellen, was du nicht haben könntest.«

»Ich schon.« Samantha grinste wie ein kleines Kind.

»Und was sollte das sein?«

Samantha flüsterte die beiden Zauberworte: »Black Beauty.«

Einen Moment schien Caroline nachdenklich, doch dann sah sie plötzlich belustigt aus. »Also, das ist es! Soso! Verstehe ...«

»Tante Caro ... darf ich?«

»Darfst du was?« Caroline Lord lehnte sich mit königlicher Miene und einem Funkeln in den Augen in ihrem Sessel zurück. Aber so leicht ließ sich Samantha nicht abweisen. »Darf ich ihn reiten?«

Lange Zeit kam keine Antwort, Caroline war offensichtlich besorgt.

»Glaubst du, du bist schon soweit?«

Samantha nickte langsam. Sie wußte, daß es stimmte, was Josh gesagt hatte: Wenn man es einmal hat, dann vergißt man es nie. »Ja, das glaube ich.«

Caroline nickte langsam. Sie hatte Sam beobachtet, als sie zurückgeritten kam, während Bill und sie selbst an dem großen Aussichtsfenster standen. Sam hatte einfach ein Gespür für

Pferde. Es war ein Teil von ihr, selbst nachdem sie zwei Jahre nicht geritten war.

»Warum willst du ihn reiten?« Sie legte den Kopf zur Seite, ihr Essen hatte sie völlig vergessen.

Als Samantha antwortete, war ihre Stimme sanft, ihre Augen zeigten einen abwesenden Ausdruck, sie hatte die Fernsehsendung ihres Exmannes ebenso vergessen wie die Frau, zu der er geflohen war. Das einzige, woran sie jetzt denken konnte, war der herrliche schwarze Hengst im Stall, ihr Wunsch, ihn unter sich zu spüren und mit ihm durch den Wind zu jagen.

»Ich weiß nicht, warum.« Sie sah Caroline ehrlich an. Und dann lächelte sie. »Ich habe einfach das Gefühl, ich ...« Sie stockte einen Augenblick, ihr Blick wanderte ins Leere.

»... ich müßte es tun. Ich kann es nicht erklären, Caro. Dieses Pferd hat etwas an sich.« Sie lächelte verzückt, ein Lächeln, das sich sogleich in Carolines Augen widerspiegelte.

»Ich weiß. Ich habe das auch gespürt. Darum mußte ich ihn einfach haben. Auch wenn es keinen Grund für eine Frau in meinem Alter gibt, ein solches Pferd zu besitzen. Aber ich mußte es einfach, noch dieses eine, letzte Mal.«

Samantha nickte in vollstem Verständnis, und als die beiden Frauen sich in die Augen schauten, spürten sie dasselbe Band, das sie in all den Jahren, über all die Meilen hinweg, zusammengehalten hatte. In mancher Hinsicht waren sie eins, als wären sie in ihren Seelen Mutter und Tochter.

»Nun?« Samantha sah sie hoffnungsvoll an.

»Nur zu.« Caroline lächelte zögernd. »Reite ihn.«

»Wann?« Sam hielt fast den Atem an.

»Warum nicht morgen?«

6

Am nächsten Morgen, als Samantha ihren schmerzenden Körper aus dem Bett rollte, spürte sie die Schmerzen nur in den ersten wenigen Augenblicken. Dann fiel ihr die Unterhaltung mit

Caroline ein, und nichts tat mehr weh, als sie unter die Dusche lief und das heiße Wasser über ihren Kopf und ihre Schultern rann. Heute morgen würde sie sich nicht einmal die Zeit nehmen zu frühstücken. Heute war ihr das Frühstück völlig egal. Alles, was sie brauchte, war eine Tasse Kaffee aus Carolines Küche, und danach würde sie zum Stall hinausschweben.

Allein der Gedanke daran ließ sie schon lächeln. Das war alles, woran sie heute morgen denken konnte. Das Lächeln tanzte immer noch in ihren Augen, als sie die letzten Schritte zum Stall hinüberlief. Zwei der Männer unterhielten sich leise in einer Ecke, aber davon abgesehen war niemand in der Nähe. Es war noch viel zu früh für die meisten, um schon hier zu sein. Sie versuchten, wach zu werden, während sie in dem großen Speisesaal ihr Frühstück zu sich nahmen und dabei die neuesten Nachrichten aus dem Ort hörten.

Leise, fast heimlich, holte Samantha Black Beautys Sattel und ging zu seinem Stall. Plötzlich bemerkte sie, daß die beiden Männer sie beobachteten, der eine mit hochgezogenen Brauen. Sie hatten ihr Gespräch unterbrochen, und in ihren Augen stand eine stille Frage. Genauso schweigsam nickte sie bloß und schlüpfte in die Box. Sie murmelte sanft vor sich hin, um das Tier zu beruhigen, ließ ihre Hand den langen, schlanken Hals entlanggleiten und tätschelte die kräftigen Flanken, als er sie nervös beäugte, scheute und tänzelte. Und dann blieb er plötzlich stehen, als wollte er die Luft einatmen, dort, wo sie eben noch gestanden hatte. Sie legte den Sattel auf die Tür zur Box, streifte ihm das Zaumzeug über den Kopf und führte ihn aus dem Stall.

»Ma'am?« Die Stimme überraschte sie, als sie die Zügel um einen Pfosten schlang, damit sie Black Beauty satteln konnte. Sie wandte sich um, um zu sehen, wer da sprach. Es war einer der beiden Männer, die sie beobachtet hatten, und jetzt sah sie auch, daß er ein guter Freund von Josh war. »Miss Taylor?«

»Ja?«

»Äh ... haben Sie ... ich meine, ich will nicht ...« Er war verlegen, machte sich aber ganz eindeutig Sorgen. Sam schenkte ihm ihr goldenes Lächeln. Heute morgen fiel ihr das Haar offen über den Rücken, ihre Augen strahlten, ihr Gesicht zeigte einen rosigen Schimmer von der kalten Dezemberluft. Sie sah unglaublich schön aus, als sie neben dem pechschwarzen Vollbluthengst stand, wie ein Palomino an seiner Seite.

»Das ist schon in Ordnung«, versicherte sie ihm hastig. »Ich habe Miss Lords Erlaubnis.«

»Äh ... Ma'am ... weiß Tate Jordan das?«

»Nein.« Sie schüttelte entschieden den Kopf. »Er weiß es nicht. Und ich sehe auch nicht ein, warum er es wissen sollte. Black Beauty gehört doch wohl Miss Caroline, oder nicht?«

Der Mann nickte, und wieder lächelte Sam ihr strahlendes Lächeln.

»Dann dürfte es eigentlich keine Probleme geben.«

Er zögerte und trat dann zurück. »Wohl nicht.« Und dann, mit besorgt gerunzelter Stirn: »Haben Sie keine Angst, ihn zu reiten? Er hat verteufelt viel Kraft in seinen langen Beinen.«

»Das möchte ich wetten!«

Vergnügt und erwartungsvoll betrachtete sie die Beine des Pferdes und schwang dann den Sattel auf seinen Rücken. Für Black Beauty hatte Caroline einen englischen Sattel gekauft, den Samantha jetzt festgurtete. Es war, als würde das Tier das Gefühl des weichen, braunen Sattels erkennen, der ganz anders war als der schwerfällige Wildwest-Sattel, den Samantha in den beiden letzten Tagen kennengelernt hatte. Dies hier war ein Sattel, den sie besser kannte, und eine Rasse, die sie oft geritten hatte. Doch ein so edles Pferd wie dieses war ein seltenes Geschenk für jeden Reiter.

Nachdem sie ihn gesattelt hatte, zog sie die Gurte nochmals nach, und dann trat zögernd einer der beiden Rancharbeiter näher und half ihr auf das riesige schwarze Pferd. Als Black Beauty den Reiter auf seinem Rücken spürte, tänzelte er einen Augenblick nervös, ehe Samantha, die Zügel fest in der Hand, den beiden Rancharbeitern zunickte und davonritt. Auf dem Weg zum ersten Tor tänzelte er nervös herum, doch dann ließ sie ihn in Trab fallen, aus dem beim Ritt über die Felder schnell ein leichter Galopp wurde.

Am Himmel zeigten sich jetzt die ersten Anzeichen des anbrechenden Tages; das Licht, das sie umgab, war blaßgrau und nahm allmählich eine fast goldene Farbe an. Es war ein wunderbarer Wintermorgen, und sie hatte das herrlichste Pferd unter sich, das sie je geritten hatte. Samantha merkte gar nicht, daß sich ein Lächeln auf ihrem Gesicht ausbreitete, als sie mit Black Beauty über die Felder jagte. Es war ein bis dahin nie erlebtes Gefühl von vollkommener Freiheit. Sie glaubte zu fliegen, gleichsam mit dem Pferd verschmolzen.

Stunden schienen vergangen zu sein, als sie sich zwang, ihn in eine andere Richtung zu lenken. Sie ritt nur wenig langsamer, als sie sich wieder dem Haus zuwandte. Sie mußte ja noch mit den Männern heute morgen ausreiten. Sie hatte lediglich das Frühstück ausfallen lassen, um auf diesem prächtigen Pferd über die Felder zu reiten. Sam war nur noch eine viertel Meile vom Haupthaus entfernt, als sie schließlich der Versuchung erlag, das große Pferd über einen schmalen Bach springen zu lassen, was es mit Leichtigkeit tat. Erst als sie auf der anderen Seite war, bemerkte sie Tate Jordan auf seinem eigenen hübschen schwarz-weißen Schecken, der sie wütend anblitzte, als sie vorbeiritt. Sie zügelte ihr Pferd ein wenig, wendete es und ritt auf ihn zu. Einen Moment lang war ihr größter Wunsch, ihm mit ihren Reitkünsten zu imponieren. Doch sie widerstand der Versuchung und galoppierte statt dessen fröhlich auf ihn zu, auf dem Rücken dieses schönen Tieres. Im leichten Galopp erreichte sie schließlich Tate, Black Beauty tänzelte glücklich.

»Guten Morgen! Reiten Sie mit uns?« In ihren Augen stand ein grenzenloser Triumph. Tate Jordan blickte sie wütend an.

»Was, zum Teufel, tun Sie auf diesem Pferd?«

»Caroline hat gesagt, ich könnte ihn reiten.«

Sie klang wie ein trotziges Kind. Oh, sie erinnerte sich noch genau an alles, was er am Vortag zu ihr gesagt hatte, und sie genoß diesen Augenblick des Triumphes, als er vor Wut kochte.

»Bemerkenswert, nicht wahr?«

»Ja. Und wenn er bei dem Bach da hinten gestolpert wäre, dann hätte er jetzt ein bemerkenswert gebrochenes Bein. Haben

Sie nicht daran gedacht, als sie mit ihm zum Sprung losrasten? Haben Sie die Felsen da drüben denn nicht gesehen, verdammt noch mal? Wissen Sie nicht, wie leicht er hätte ausrutschen können?« Seine Stimme durchschnitt die morgendliche Stille, und Samantha sah ihn zornig an, als sie weiterritten.

»Ich weiß, was ich tue, Jordan.«

»So, wissen Sie das?« Er musterte sie mit grenzenloser Wut. »Ich bezweifle das. Sie glauben, Sie wissen, was Sie tun, wenn Sie aus Angabe reiten, so schnell Sie können. Auf diese Weise können Sie eine Menge Pferde ruinieren. Ganz abgesehen davon, daß Sie sich selbst verletzen können.«

Als sie jetzt neben ihm ritt, hätte sie am liebsten laut geschrien.

»Glauben Sie wirklich, Sie könnten es besser?«

»Vielleicht weiß ich genug, um es nicht zu versuchen. Ein Pferd wie dieses sollte in Rennen oder Paraden eingesetzt werden. Es gehört nicht auf eine Ranch. Es sollte nicht von Leute wie Ihnen oder mir oder Miss Caro geritten werden. Es sollte von ausgebildeten Reitern geritten werden, oder überhaupt nicht.«

»Ich sagte Ihnen bereits: Ich weiß, was ich tue.« Ihre Stimme wurde laut in der Stille. Ohne Vorwarnung griff er ihr plötzlich in die Zügel. Sofort kamen beide Tiere zum Stehen.

»Ich habe Ihnen schon gestern gesagt, Sie gehören nicht auf dieses Pferd. Sie werden es verletzen oder sich selbst den Hals brechen.«

»Nun«, sie funkelte ihn wütend an, »habe ich das getan?«

»Vielleicht tun Sie es beim nächsten Mal.«

»Sie können es nicht zugeben, nicht wahr? Daß eine Frau genauso gut reiten kann wie Sie. Das ist es doch, was Sie so quält, nicht wahr?«

»Zum Teufel damit! Verdammte Stadtgöre, Sie kommen hierher, um sich zu amüsieren und für ein paar Wochen Ranchmädchen zu spielen, reiten ein Pferd wie dieses, springen auf einem Gelände, das Sie nicht kennen ... verdammt noch mal, warum bleiben Leute wie Sie nicht da, wo sie hingehören? Sie gehören nicht hierher! Begreifen Sie das denn nicht?«

»Ich begreife es sehr gut, und jetzt lassen Sie mein Pferd los.«

»Und ob ich das tue.«

Er warf ihr die Zügel zu und raste los. Sie hatte irgendwie das Gefühl, nicht gewonnen, sondern verloren zu haben, als sie – jetzt wesentlich ruhiger – zum Stall zurückritt. Sie wußte nicht, warum, aber seine Worte hatten sie tief verletzt. Und es steckte ein Körnchen Wahrheit in seiner Tirade. Es war falsch von ihr gewesen, mit Black Beauty blindlings über den Bach zu springen. Sie kannte das Land nicht, durch das sie ritt, jedenfalls nicht gut genug, um solche Risiken einzugehen. Aber andererseits war es ein schönes Gefühl gewesen, schnell wie der Wind durch die Landschaft zu reiten.

Sie konnte die Männer sehen, die sich im Hof versammelten, und hastete in den Stall zurück, um Black Beauty zurückzubringen. Sie wollte ihn schnell trockenreiben, ihm seine Decke überwerfen, und dann losziehen. Sie könnte ihn ja am Abend gründlich striegeln. Aber als sie seine Box erreichte, wartete Tate Jordan bereits auf sie. In seinen smaragdgrünen Augen glimmte ein Feuer, sein Gesicht war härter, als sie es je zuvor gesehen hatte. Er war größer und sah besser aus als jeder Cowboy auf einem Poster, und einen verrückten Augenblick lang dachte sie an die Werbeagentur und ihren Auftrag mit den Autos. Er wäre hervorragend als männliches Modell geeignet. Aber das hier war kein Werbespot, und sie waren nicht in New York.

»Was genau haben Sie jetzt mit dem Pferd vor?« Seine Stimme war leise und klang angespannt.

»Ihn ein paar Minuten trockenreiben und dann zudecken.«

»Und das ist alles?«

»Hören Sie.« Sie wußte, was er sagen wollte, und ihre zarte Haut errötete bis in die Wurzeln ihrer goldenen Haare. »Ich komme später wieder und kümmere mich ordentlich um ihn.«

»Wann? In zwölf Stunden? Verdammt, das werden Sie nicht tun, Miss Taylor. Wenn Sie ein Pferd wie Black Beauty reiten wollen, dann übernehmen Sie gefälligst auch die Verantwortung. Führen Sie ihn herum, kühlen Sie ihn ab, trocknen Sie ihn. Ich will Sie frühestens in einer Stunde mit den anderen da draußen sehen, ist das klar? Ich weiß, daß Sie sich nicht viel aus Ratschlägen oder Vorschlägen machen, aber wie ist das mit Befehlen? Verstehen Sie die? Oder auch die nur manchmal?«

Als sie ihn ansah, hätte sie ihn am liebsten geschlagen. Was war er für ein hassenswerter Mann! Aber er war auch ein Mann, der Pferde liebte, und er hatte recht mit dem, was er sagte.

»Gut. Ich verstehe.« Sie senkte die Augen, nahm Black Beautys Zügel in die Hand und wollte gehen.

»Sind Sie sicher?«

»Ja, verdammt! Ja!« Sie drehte sich um, um ihn anzuschreien, und sah ein seltsames Leuchten in seinen Augen. Er nickte und kehrte zu seinem eigenen Pferd zurück, dessen Zügel locker um einen der Pfosten geschlungen waren.

»Übrigens, wo arbeiten Sie heute?«

»Ich weiß es nicht.« Er marschierte an ihr vorbei. »Suchen Sie uns.«

»Wie?«

»Galoppieren Sie einfach über das ganze Gelände. Das wird Ihnen Spaß machen.« Er grinste sie ironisch an, stieg auf sein Pferd und ritt davon, und einen Moment lang wünschte Samantha nichts sehnlicher, als ein Mann zu sein. In diesem Augenblick hätte sie ihn liebend gern geschlagen – aber er war bereits fort.

Es stellte sich heraus, daß sie zwei Stunden brauchte, um die anderen zu finden. Zwei Stunden, in denen sie durch Gestrüpp ritt, ein paar bekannten Wegen folgte und sich auf anderen, unbekannten verirrte. Irgendwann zwischendurch fragte sie sich sogar, ob Tate nicht vielleicht absichtlich eine Arbeit ausgesucht hatte, die sie in die entlegeneren Gebiete führen würde, so daß sie sie nicht finden konnte. Doch endlich gelang es ihr. Und trotz der kalten Dezemberluft war ihr warm in der strahlenden, winterlichen Sonne nach der langen Suche. Sie war zunächst auf zwei andere kleine Arbeitstrupps gestoßen, dann auf einen größeren, aber von Tate und seinen Männern hatte sie keine Spur gesehen.

»Sind Sie schön spazierengeritten?« Er musterte sie amüsiert, als sie stehenblieb und Navajo am Boden scharrte.

»Reizend, vielen Dank.« Und dennoch hatte sie das Gefühl, einen Sieg errungen zu haben, nachdem sie sie alle gefunden hatte. Sie sah, wie seine smaragdgrünen Augen in der Sonne funkelten. Und dann, ohne noch etwas zu sagen, wendete sie ihr Pferd und ritt zu den Männern hinüber. Sie sprang ab, um dabei zu helfen, ein neugeborenes Kalb in eine Schlinge zu legen, die sie aus einer Decke gemacht hatten. Die Mutter war Stunden vorher gestorben, und das Kalb sah aus, als würde es auch nicht überleben. Einer der Männer hob das kleine, kaum atmende Tier vor sich auf den Sattel und ritt eilends zum Viehstall, in der Hoffnung, daß eine andere Kuh es annehmen und großziehen würde.

Nur eine halbe Stunde später entdeckte Sam selbst das nächste Kalb. Dieses war noch kleiner als das erste, und die Mutter war offensichtlich schon ein paar Stunden länger tot. Ohne fremde Hilfe machte Sam diesmal selbst eine Schlinge, hob das Kalb vor sich in den Sattel – ein junger Rancharbeiter, der allerdings viel zu sehr von Samantha bezaubert schien, um sehr nützlich zu sein, half dabei –, und ohne weitere Anweisungen abzuwarten, galoppierte sie hinter dem anderen Rancharbeiter her auf den Hauptstall zu.

»Schaffen Sie es allein?« Überrascht sah sie auf und erblickte Tate Jordan, der neben ihr herritt. Sein schlanker, schwarzweißer Schecke und ihr braun-weißer Appaloosa gaben ein schönes Bild ab.

»Ja, ich denke schon.« Und dann, nach einem besorgten Blick auf das Tier vor sich im Sattel: »Glauben Sie, daß es überleben wird?«

»Ich bezweifle es.« Er sprach in einem nüchternen Ton. »Aber es ist immer einen Versuch wert.«

Sie nickte nur zur Antwort und ritt schneller, er wandte sich ab und kehrte zurück. Ein paar Minuten später erreichte sie den Hauptstall, und das verwaiste Kalb wurde in erfahrene Hände übergeben, die es über eine Stunde pflegten. Aber es überlebte nicht. Als Sam zu Navajo zurückging, der geduldig draußen wartete, spürte sie Tränen in sich aufsteigen, und dann, als sie sich in den Sattel schwang, empfand sie nur noch Wut. Wut darüber, daß sie nicht in der Lage gewesen waren, das Kälbchen zu retten, daß das arme kleine Tier nicht überlebt hatte. Und sie wußte, es waren noch andere da draußen, deren Mütter aus irgendeinem Grund gestorben waren, nachdem sie ihnen in der kalten Nacht das Leben geschenkt hatten. Die Männer hielten immer Ausschau nach Kühen, die gefährdet waren, aber es ließ sich nicht vermeiden, daß einige ihrer Aufmerksamkeit entgingen. Jahr für Jahr kamen einige draußen um, das war immer so bei Tieren, die im Winter kalbten. Die anderen hatten sich inzwischen daran gewöhnt und akzeptierten es, nicht so Samantha. Irgendwie stellten diese verwaisten Kälber Symbole der Kinder dar, die sie nicht haben konnte. Als sie zu den anderen zurückritt, war sie fest entschlossen, das nächste, das sie in den Stall bringen würde, um jeden Preis zu retten.

Sam brachte noch drei weitere an diesem Nachmittag zurück, ritt wie der Teufel, wie am Morgen auf Black Beauty. Die Männer beobachteten sie mit einer Mischung aus Verblüffung und Ehrfurcht. Sie war eine eigenartige, schöne junge Frau, die sich tief über den Nacken ihres Pferdes beugte und ritt wie noch nie eine Frau auf der Lord Ranch zuvor, nicht einmal Caroline. Als sie sie über die Hügel fliegen sahen, Navajo wie ein brauner Strich unter ihr, wußten sie, *wie* gut sie war. Sie war eine Reiterin, wie es nur wenige gab; und als sie an diesem Abend zum Stall zurückritten, scherzten die Männer mit ihr wie nie zuvor.

»Reiten Sie immer so?«

Wieder war es Tate Jordan, das Haar unter dem großen, schwarzen Hut zerzaust, die Augen strahlend; sein Bart begann jetzt, am Ende des Tages, einen Schatten auf seinem Gesicht anzudeuten. Eine schroffe Männlichkeit umgab ihn, die die Frauen immer veranlaßt hatte, bei seinem Anblick stehenzubleiben, als stockte ihnen für einen kurzen Augenblick einfach der Atem.

Aber für Samantha galt das nicht. In der selbstsicheren Art seiner Bewegungen lag etwas, was sie ärgerte. Er war ein Mann, der sich seiner Welt, seiner Arbeit, seiner Männer und Pferde sehr sicher war, und seiner Frauen wahrscheinlich auch. Einen Moment lang beantwortete sie seine Frage nicht, doch dann nickte sie mit einem vagen Lächeln.

»Aus gutem Grund.«

»Und heute morgen?« Warum bedrängte er sie, fragte sie sich. Was ging es ihn an?

»Da hatte ich auch einen guten Grund.«

»So?« Die grünen Augen verfolgten sie, als sie nach dem langen Tag heimritten.

Doch diesmal sah Samantha ihn offen an, ihre blauen Augen blickten tief in seine grünen. »Ja. Es gab mir das Gefühl, wieder zu leben, Mr. Jordan. Ich fühlte mich frei. Und so habe ich mich schon lange nicht mehr gefühlt.«

Er nickte langsam, sagte aber nichts. Sie war sich nicht sicher, ob er sie verstanden hatte, ob es ihm überhaupt wichtig war. Nach einem letzten Blick auf sie ritt er weiter.

7

»Reiten Sie Black Beauty heute morgen nicht?«

Sie hätte ihn fast angeschnauzt, als sie ein Bein über Navajos Rücken schwang und sich im Sattel zurechtsetzte, doch dann, ohne einen besonderen Grund, grinste sie ihn an.

»Nein, ich dachte, ich sollte ihm eine Ruhepause gönnen, Mr. Jordan. Wie ist es mit Ihnen?«

»Ich reite keine Vollblüter, Miss Taylor.« Die grünen Augen schienen zu lachen, sein lebhafter Schecke tänzelte.

»Vielleicht sollten Sie das aber tun.«

Doch er sagte nichts, sondern ritt davon, um seine Männer auf einen entfernten Teil der Ranch zu führen. Ihre Gruppe war größer als gewöhnlich, und heute ritten auch Bill King und Caroline mit ihnen. Doch Samantha sah kaum etwas von ihnen. Sie war zu sehr damit beschäftigt, die Arbeit zu erledigen, die ihr zugeteilt worden war. Sie wußte, daß die Männer anfingen, sie zu akzeptieren. Sie hatten es nicht beabsichtigt, hatten es nicht gewollt. Aber sie hatte so hart gearbeitet, war so gut geritten, und das alles stundenlang, und sie hatte sich so sehr bemüht, die verwaisten Kälber zu retten, daß es heute morgen überall einfach hieß:

»He! Sam! Hierher! ... Sam, he! Verdammt! ...« Kein Miss Taylor mehr, nicht ein einziges ›Ma'am‹. Sie vergaß die Zeit und alles um sich herum, dachte nur noch an ihre Arbeit, und erst beim Abendbrot kam sie dazu, mit Caroline zu reden.

»Weißt du, Sam, du bist wirklich ein Wunder.« Sie schenkte Sam eine zweite Tasse Kaffee ein und setzte sich wieder auf den bequemen Küchenstuhl. »Du könntest in New York sein, hinter einem Schreibtisch sitzen und tolle Werbespots kreieren, in einer Wohnung leben, die jeden einzelnen aus deiner Bekanntschaft vor Neid erblassen läßt, und statt dessen bist du hier, jagst Kühe, schleppst kranke Kälber, watest bis zu den Knien im Dung, reparierst mit meinen Männern die Zäune, nimmst Befehle von Männern mit miserabler Schulbildung entgegen, stehst vor Tagesanbruch auf und reitest den ganzen Tag. Weißt du, es gibt nicht viele Menschen, die das verstehen würden.« Ganz abgesehen von der Tatsache, daß sie die Frau des begehrenswertesten jungen Mannes im Fernsehen gewesen war, fügte Caroline in Gedanken hinzu. »Was hältst du von dem, was du tust?« Carolines blaue Augen tanzten vergnügt, und Samantha lächelte.

»Ich glaube, etwas Vernünftigeres habe ich seit langer Zeit nicht mehr getan, und es gefällt mir. Außerdem«, fügte sie mädchenhaft grinsend hinzu, »glaube ich, daß ich, wenn ich mich lange genug hier herumtreibe, noch einmal Gelegenheit haben werde, Black Beauty zu reiten.«

»Ich habe gehört, Tate Jordan hätte nicht allzu freundlich darauf reagiert.«

»Ich glaube nicht, daß er überhaupt sehr freundlich auf mich reagiert.«

»Du hast ihn also halb zu Tode erschreckt, Samantha!«

»Wohl kaum. So arrogant wie er ist, gehört einiges mehr dazu, ihn zu erschrecken.«

»Ich glaube nicht, daß das stimmt. Aber ich habe gehört, er denkt, du könntest reiten. Und aus seinem Mund ist das ein großes Lob.«

»Ich habe das heute früh schon vermutet, aber der würde eher sterben, als das zuzugeben.«

»Er ist auch nicht anders als der Rest. Das hier ist ihre Welt, Samantha, nicht unsere. Auf einer Ranch ist eine Frau immer noch ein zweitklassiger Bürger. Die meiste Zeit jedenfalls. Und sie sind hier alle die Könige.«

»Ärgert dich das?«

Verblüfft sah Samantha sie an, doch die Züge der älteren Frau wurden sichtbar sanfter, als sie nachdachte, und etwas sehr Zartes verschleierte ihren Blick.

»Nein, mir gefällt es, wie es ist.« Ihre Stimme war erstaunlich weich, und als sie jetzt zu Samantha auflächelte, sah sie fast wie ein Mädchen aus.

In diesem Augenblick erkannte Sam blitzartig die Wahrheit über Bill King. Auf seine Weise beherrschte er Caroline, und sie liebte es, hatte es seit vielen Jahren geliebt. Sie respektierte seine Macht, seine Kraft und Männlichkeit, sein Urteil, wenn es um die Ranch ging, und seine Art, die Männer zu behandeln. Caroline besaß und führte die Ranch, doch es war Bill King, der hinter ihr stand, der ihr immer dabei geholfen hatte, sie zu führen, und der zusammen mit ihr die Zügel in der Hand hielt. Die Rancharbeiter respektierten sie, aber als Frau, sozusagen als Galionsfigur. Es war Bill King, der ihnen immer Befehle gegeben hatte. Und Tate Jordan war es, der ihnen jetzt befahl. In alldem lag etwas Animalisches, zugleich schrecklich und rührend. Als moderne Frau wollte man dieser Anziehungskraft widerstehen, aber man schaffte es nicht. Der Reiz dieser Art von Männlichkeit war zu stark.

»Magst du Tate Jordan?« Es war eine seltsame, direkte Frage, aber Caroline stellte sie so naiv, daß Samantha lachen mußte.

»Ihn mögen? Ich glaube nicht, daß ich das könnte.« Aber das war es nicht, was Caroline gemeint hatte, und sie wußte es, und jetzt lachte auch sie, ihr kleines, silberhelles Lachen, und lehnte sich auf ihrem Stuhl zurück. »Er macht seine Sache gut. Ich nehme an, ich respektiere ihn, wenn es auch bestimmt nicht leicht ist, mit ihm auszukommen, und ich glaube nicht, daß er mich sehr gern hat. Er ist attraktiv, wenn du das meinst, aber auch unnahbar. Er ist ein sehr seltsamer Mann, Tante Caro.«

Caroline nickte schweigend. Sie hatte einmal fast dasselbe über Bill King gesagt.

»Warum fragst du?« Es gab sicher nichts zwischen ihnen, nichts, was Caroline hätte spüren oder sehen können, als sie sie den ganzen Tag über bei der Arbeit beobachtet hatte.

»Ich weiß nicht. Bloß so ein Gefühl. Ich hatte den Eindruck, er mag dich.« Sie sagte es so dahin, wie junge Mädchen es manchmal tun.

»Das bezweifle ich.« Samantha sah gleichzeitig amüsiert und skeptisch aus. Und dann erklärte sie entschieden: »Aber auf jeden Fall bin ich nicht deswegen hier. Ich bin hier, um von einem Mann loszukommen, und ich will nicht den Teufel mit dem Beelzebub austreiben. Und ganz bestimmt nicht hier.«

»Warum sagst du das?« Caroline musterte sie mit einem seltsamen Ausdruck.

»Weil wir einander alle fremd sind. Ich bin eine Fremde für sie, und ich glaube, auf ihre Art sind sie alle Fremde für mich. Ich verstehe ihre Art nicht besser, als sie meine. Nein», sie seufzte leise, »ich bin hier, um zu arbeiten, Tante Caro, nicht, um mit den Cowboys zu spielen.«

Caroline lachte über die Wortwahl und schüttelte den Kopf. »Aber genauso fangen diese Dinge an. Niemand beabsichtigt es ...«

Einen Augenblick fragte sich Sam, ob Caroline versuchte, ihr etwas zu sagen, ob sie vielleicht nach all dieser Zeit über ihre Beziehung zu Bill sprechen wollte. Doch der Moment war schnell vorüber. Dann stand Caroline auf, stellte die Teller in das Spülbecken, und ein paar Minuten später schaltete sie die Lampen in der Küche aus. Lucia-Maria war schon längst heimgegangen. Samantha bedauerte plötzlich, daß sie Caroline nicht ermutigt hatte, mehr zu erzählen, aber sie hatte den Eindruck, daß Caroline ängstlich darauf bedacht war, nichts zu verraten. Schon hatte sich leise eine Tür geschlossen.

»Weißt du, Tante Caro, die Wahrheit ist, daß ich schon in einen anderen verliebt bin.«

»Was bist du?« Die ältere Frau unterbrach sofort ihre Tätigkeit und blickte Sam verblüfft an. Davon hatte sie vorher keine Ahnung gehabt.

»Verliebt, ja.«

»Wäre es unhöflich zu fragen, in wen?«

»Überhaupt nicht.« Samantha lächelte sie freundlich an. »Ich bin schrecklich verliebt in deinen Vollbluthengst.«

Sie lachten beide und wünschten sich ein paar Minuten später eine gute Nacht. Heute abend ertappte sich Sam dabei, daß sie auf das inzwischen schon vertraute Öffnen und Schließen der Haustür lauschte. Sie war jetzt sicher, daß es Bill King war, der kam, um die Nacht mit Caroline zu verbringen, und sie fragte sich, warum sie nicht geheiratet hatten, in all den Jahren, die ihre Beziehung vermutlich schon andauerte. Vielleicht hatten sie ihre Gründe. Vielleicht war er schon verheiratet.

Auch über die Fragen, die Caroline ihr in bezug auf Tate Jordan gestellt hatte, dachte Sam nach. Warum vermutete Caroline, daß sie, Samantha, sich zu ihm hingezogen fühlte? Das war eigentlich nicht so. Wenn sie überhaupt irgend etwas ihm gegenüber empfand, so war es Ärger. Oder nicht? Sie stellte plötzlich fest, daß sie sich selbst diese Frage stellte. Er war auf brutale Art gutaussehend, wie jemand aus einem Werbefilm ... wie jemand aus einem Traum. Aber das war nicht ihr Traum, groß, dunkel und gutaussehend. Sie lächelte vor sich hin, als ihre Gedanken zu John Taylor schweiften ... John mit seiner strahlenden, goldenen Schönheit, seinen langen Beinen, den riesigen, fast saphirfarbenen Augen. Sie hatten so perfekt zueinander gepaßt, waren so glücklich, so lebendig gewesen, sie hatten alles zusammen gemacht ... alles ... außer, sich in Liz Jones zu verlieben. Das hatte John allein getan.

Wenigstens, tröstete sie sich selbst, fest entschlossen, die Gedanken von ihm abzuwenden, hatte sie die Nachrichten nicht gesehen. Wenigstens wußte sie nicht, wie die Schwangerschaft verlief, hatte nicht Liz zuhören müssen, wie sie sich bei Tausenden von Zuschauern für die kleinen, handgestrickten Schühchen oder gehäkelten Decken oder reizenden kleinen rosa Mützchen bedankte. Es war wirklich fast unerträglich gewesen; aber solange sie in New York war, war es ihr unmöglich, die Nachrichten nicht anzuschauen. Selbst wenn sie bis spät am Abend gearbeitet hatte, hatte sie sie angesehen. Es war, als hätte sie einen inneren Wecker, der ihr immer sagte, wenn es sechs Uhr war und sie dann vor den Fernsehapparat zwang.

Hier hatte sie wenigstens seit fast einer Woche überhaupt nicht mehr daran gedacht. Noch eine Woche, dann wäre Weihnachten, ihr erstes Weihnachtsfest ohne John. Das erste Mal seit elf Jahren, daß sie ohne ihn sein würde. Wenn sie das überstand, dann, das wußte sie, würde sie weiterleben. Und in der Zwischenzeit hatte sie nichts weiter zu tun, als von morgens bis abends zu arbeiten, den Cowboys zu folgen, zwölf Stunden täglich auf Navajo zu reiten, diese kleinen, verwaisten Jungtiere zu finden und sie lebend heimzubringen. Und Tag für Tag, Monat für Monat würde sie es schaffen. Sie begann allmählich zu begreifen, daß sie es überstehen würde.

Wieder einmal gratulierte sie sich zu dem weisen Entschluß, in den Westen gegangen zu sein. Dann fielen ihr die Augen zu, und sie sank in einen tiefen Schlaf. Diesmal spielten zusammen mit Liz und John und Harvey Maxwell auch andere Menschen eine Rolle in ihrem Traum. Da war Caroline, die verzweifelt versuchte, ihr etwas zu erzählen, aber sie konnte es nicht richtig hören, und Josh, der lachte, immer nur lachte ... und ein großer, dunkelhaariger Mann auf einem wunderschönen schwarzen Pferd mit einem weißen Stern auf der Stirn und weißen Fesseln. Sie ritt hinter ihm, ohne Sattel, klammerte sich an ihm fest, als sie durch die Nacht jagten. Sie war sich nicht sicher, wohin sie ritten oder woher sie kamen, aber sie wußte einfach, daß sie geborgen war, während sie in perfekter Übereinstimmung weiterritten. Als um halb fünf ihr Wecker klingelte und sie aufwachte, fühlte sie sich ungewöhnlich ausgeruht. Doch an ihren Traum konnte sie sich nicht mehr richtig erinnern.

8

Etwas früher als sonst gab Tate Jordan das Signal zur Mittagspause. Die große Gruppe von Männern stieß ein Freudengeheul aus und machte sich auf den Heimweg. Sam war unter ihnen, scherzte mit Josh über seine Frau und seine Kinder und wurde von zwei anderen Männern geneckt. Einer von ihnen warf ihr vor, sie sei wahrscheinlich ihrem Freund davongelaufen, weil er sie geschlagen hatte, »und das ganz zu Recht, nachdem er zugehört hat, wie du deinen großen Mund so weit aufgerissen hast«; der andere erklärte, sie sei wahrscheinlich die Mutter von elf Kindern und eine lausige Köchin, so daß sie sie schließlich hinausgeworfen hätten.

»Ihr seid gut.« Sam lachte mit den Männern, mit denen sie ritt.

Es war leichte Arbeit gewesen an diesem Morgen, und sie hatten sich alle beeilt, um pünktlich zum Essen zu kommen. Es war der 24. Dezember, und am Abend sollte es eine große Weihnachtsfeier in der Haupthalle geben, mit Frauen und Kindern, und sogar die Freundinnen waren eingeladen. Es war ein alljährlich wiederkehrendes Ereignis, das alle liebten. Es gab ihnen allen stärker als sonst das Gefühl, eine große Familie zu sein, verbunden durch ihre Liebe zu der Ranch.

»Die Wahrheit ist«, fuhr Sam fort, »daß ich fünfzehn uneheliche Kinder habe, und sie haben mich alle geschlagen, und darum bin ich fortgelaufen. Wie hört sich das an?«

»Was, keinen Freund?« Einer der Alten brach in schallendes Gelächter aus. »Ein hübscher kleiner Palomino wie du und keinen Freund? Ah, komm, das glaub' ich nicht!«

Sie fingen alle an, sie mit einem Palomino zu vergleichen, aber sie liebte Pferde genug, um das als Kompliment aufzufassen. In der Tat sah sie ihnen von Tag zu Tag ähnlicher. Ihr langes, glänzendes Haar bleichte in der Sonne aus, und ihr Gesicht hatte eine dunkle, honigbraune Färbung. Es war eine schöne Mischung, die alle Männer bemerkten, ob sie es nun erwähnten oder nicht.

»Erzähl mir bloß nicht, du hättest keinen Mann, Sam!« Der

Alte beharrte auf der Frage, die sich eine ganze Reihe von ihnen schon gestellt hatte, wenn Sam nicht in der Nähe war.

»Nee. Natürlich gab es da fünfzehn Väter für die fünfzehn unehelichen Kinder, aber jetzt . . .« Sie lachte zusammen mit ihnen, zuckte die Achseln und rief über die Schulter zurück, als sie vor ihnen auf den Stall zuritt: »Ich bin zu bissig für jeden Mann.«

Josh beobachtete sie mit einem sanften Ausdruck in den Augen, und der Mann, der ihm am nächsten war, beugte sich noch näher zu ihm und fragte: »Was ist wirklich ihre Geschichte, Josh? Hat sie Kinder?«

»Nicht daß ich wüßte.«

»Verheiratet?«

»Nicht mehr.« Doch weiter sagte er nichts. Teils, weil er der Meinung war, daß Sam es ihnen schon erzählen würde, wenn sie es für richtig hielt, und teils, weil er selbst nicht viel mehr über ihr Leben wußte.

»Ich glaube, sie ist hier draußen, weil sie vor etwas davonläuft«, meinte ein sehr junger Cowboy errötend.

»Kann sein«, stimmte Josh zu und ritt weiter. Niemand wollte wirklich darüber sprechen. Schließlich war Weihnachten, sie hatten ihre eigenen Frauen und Kinder, an die sie denken mußten, und außerdem war es Sams Angelegenheit. Trotz der Neigung zum Klatsch, die es in jeder menschlichen Gemeinschaft gibt, respektierte man einander hier auf der Ranch. Dies waren zum größten Teil Männer, die ihre Meinung für sich behielten, und sie schätzten einander und ihr eigenes Privatleben zu sehr, um sich einzumischen. Die meisten von ihnen waren keine großen Redner, und wenn sie sich unterhielten, dann drehte sich das Gespräch meistens um die Ranch und das Vieh. Sam war in ihrer Mitte sicher, und das wußte sie. Auch das trug dazu bei, daß es so wichtig für sie war, hier zu sein. Niemand würde sie hier nach John oder Liz fragen oder sich erkundigen, warum sie keine Kinder hatte und wie sie sich fühlte, jetzt, wo sie geschieden war . . . »Sagen Sie, Mrs. Taylor, jetzt, wo Ihr Mann Sie wegen einer andern hat sitzenlassen, wie fühlen Sie sich da . . .?« Das hatte sie alles in New York durchgemacht. Aber jetzt war sie frei.

»Bis später!« rief sie Josh fröhlich zu, als sie zum Großen Haus
hinüberlief. Sie wollte duschen und frische Jeans anziehen. Außerdem hatte sie versprochen, in die Haupthalle hinüberzukom-
men und beim Schmücken des Baumes zu helfen. Es gab mehrere Gruppen und Komitees, die das Fest vorbereiteten, jede Kleinigkeit, bis hin zum Backen und Singen von Weihnachtsliedern.
Nichts kam dem Weihnachtsabend auf der Lord Ranch gleich.

Als Sam ins Haus trat, hockte Caroline mit gerunzelter Stirn
über einem dicken Buch, und Samantha schlich sich heran und
umarmte sie zärtlich.

»Oh! Hast du mich erschreckt!«

»Warum ruhst du dich nicht zur Abwechslung mal aus? Es ist
Weihnachten!«

»Sehe ich schon aus wie ein vertrockneter, alter Geizkragen?«
Carolines Gesicht entspannte sich zu einem warmen Lächeln.

»Noch nicht. Aber warte nur bis morgen. Dann kommen dich
die Geister des Weihnachtsabends heimsuchen!«

»Oh, davon hat es einige gegeben!«

Eine Weile schien Caroline nachdenklich, als sie das große
Hauptbuch der Ranch fortlegte. Sie hatte plötzlich an Hollywood gedacht, an die extravaganten Weihnachtsfeste, die sie
dort erlebt hatte. Samantha schaute sie an und wußte genau, was
in ihrem Kopf vorging. »Vermißt du das alles immer noch?« Was
sie meinte war: »Vermißt du deinen Mann immer noch«, und
ihre Augen blickten plötzlich traurig, als sie das fragte. Es war,
als müßte sie für sich selbst wissen, wie lange so etwas anhielt.

»Nein«, antwortete Caroline sanft. »Ich bin nicht sicher, ob
ich es jemals wirklich vermißt habe, abgesehen von der ersten
Zeit. Seltsamerweise entsprach meinem Wesen dies hier immer
viel mehr. Lange Zeit habe ich das nicht gewußt, aber ich habe
es gemerkt, kaum daß ich hier war. Ich bin hier immer glücklich
gewesen, Samantha. Es ist für mich einfach der richtige Platz.«

»Ich weiß. Ich habe dir das immer angemerkt.« Sie beneidete
die Freundin. Sam hatte ihren Platz noch nicht gefunden. Alles,
was sie hatte, war die Wohnung, die sie mit John Taylor geteilt
hatte. Es gab nichts, was nur ihr selbst gehörte.

»Vermißt du New York sehr, Sam?«

Sam schüttelte langsam den Kopf. »Nein, nicht New York. Ein paar von meinen Freunden. Meinen Freund Charlie, seine Frau Melinda und ihre drei Söhne. Einer von ihnen ist mein Patenkind.« Plötzlich fühlte sie sich einsam und hatte Heimweh nach den Menschen, die sie zurückgelassen hatte. »Und vielleicht auch meinen Boß, Harvey Maxwell. Er ist der *creative director* von Crane, Harper und Laub. Er ist wie ein Vater zu mir gewesen. Ich glaube, ihn vermisse ich auch.«

Bei diesen Worten fühlte sie eine Woge der Einsamkeit in sich aufsteigen, die von ihr Besitz ergriff. Sie dachte an John – und an dieses erste Weihnachtsfest ohne ihn. Unwillkürlich füllten sich ihre Augen plötzlich mit Tränen. Sie wandte sich ab, aber Caroline hatte es bemerkt und ergriff sanft ihre Hand.

»Ist ja schon gut. Ich verstehe dich ...« Sie zog Samantha an sich. »Ich kann mich noch erinnern, wie es mir ging, als ich meinen Mann verlor. Auch für mich war das ein schreckliches Jahr.« Und nach einer Weile: »Aber es wird besser. Laß dir nur Zeit.«

Sam konnte bloß nicken, ihre Schultern zuckten. Sie lehnte den Kopf an Tante Caros Schulter. Einen Moment später schniefte sie kurz und richtete sich wieder auf.

»Entschuldige.« Sie lächelte verlegen unter Tränen. »Wie sentimental. Ich verstehe gar nicht, warum das jetzt passiert ist.«

»Weil Weihnachten ist und du so viele Jahre mit ihm verheiratet gewesen bist. Es ist völlig normal, Sam. Um Gottes willen, was hast du denn erwartet?«

Im Innern aber stieg wieder einmal, wie schon so oft, Wut auf John in ihr auf, der Sam verlassen hatte. Wie konnte er diese perfekte, feine junge Frau wegen dieser kaltschnäuzigen kleinen Hure verlassen, die sie sich neulich abends heimlich im Fernsehen angeschaut hatte? Sie hatte versucht zu verstehen, was geschehen war, warum er diese Frau Sam vorzog. Der einzige Grund, den sie sehen konnte, war das Baby. Doch schien ihr das kein ausreichender Grund zu sein, um verrückt zu spielen und eine Frau wie Sam zu verlassen. Aber er hatte es nun einmal getan, wenn sie es auch nicht verstehen konnte.

»Gehst du rüber, um beim Schmücken des Baumes zu helfen?«
Sam nickte und lächelte tapfer.

»Ich habe auch versprochen, Plätzchen zu backen, aber das
werdet ihr vielleicht noch bedauern. Die Männer, mit denen ich
gearbeitet habe, ziehen mich alle damit auf, daß eine Frau, die
so reitet wie ich, wahrscheinlich nicht kochen kann. Und das
Schlimmste daran ist, daß sie recht haben.«

Sie lachten beide, und Sam küßte Tante Caro und umarmte sie
noch einmal. »Danke.« Es kam nur als ein Flüstern.

»Wofür? Sei nicht albern.«

»Dafür, daß du meine Freundin bist.« Sie ließ die ältere Frau
los, und jetzt standen auch in Carolines Augen Tränen.

»Dummchen! Dank mir nicht noch einmal dafür, deine Freundin zu sein! Sonst bin ich es nicht mehr!«

Sie bemühte sich, ärgerlich auszusehen, doch es gelang ihr
nicht, und dann trieb sie Sam aus der Tür, um den Baum zu
schmücken.

Eine halbe Stunde später stand Sam in der Großen Halle auf
einer Leiter und hängte silberne, grüne, rote und blaue Kugeln
an den Baum. An den unteren Zweigen arbeiteten kleine Kinder,
und die ganz Kleinen hängten winzigen, selbstgebastelten Papier-
schmuck auf. Eine Gruppe von Männern und Frauen wählte den
Schmuck aus und machte mindestens ebenso viel Lärm wie ihre
Kinder. Es war eine große, muntere Versammlung. Die Frauen
ließen große Schüsseln mit Popcorn, Platten mit Brownies, diesen kleinen Schokoladen-Nuß-Kuchen, und Dosen mit Plätzchen
herumgehen, die alle auf der Ranch gebacken oder von den Lieben daheim geschickt worden waren. Überall wurde gearbeitet.
Sogar Tate Jordan war gekommen; als der allgemein anerkannte
Riese der Ranch hatte er sich bereit erklärt, den Stern an der
Baumspitze zu befestigen. Er trug auf jeder Schulter ein Kind,
sein großer, schwarzer Hut hing auf einem Haken neben der Tür.
Erst als er den Baum erreichte, sah er Samantha, setzte die Kinder ab und lächelte. Von der Leiter sah sie auf ihn herab, zum
erstenmal war sie größer als er.

»Die haben Sie an die Arbeit gekriegt, was, Sam?«

598

»Klar.« Sie lächelte, doch seit sie vorhin die Traurigkeit übermannt hatte, fehlte ihrem Lächeln das Strahlen.

Einen Moment brauchte er die Leiter, kletterte geschwind hinauf und befestigte den goldenen Stern. Er fügte noch ein paar Engel und einige leuchtende Weihnachtskugeln gleich unterhalb der Spitze hinzu, rückte die Kerzen zurecht und kam dann nach unten, um Samantha wieder auf die Leiter zu helfen.

»Sehr hübsch.«

»Es muß ja wenigstens ein paar Vorteile haben, so groß zu sein, wie ich es bin. Möchten Sie eine Tasse Kaffee?« Er sagte es zwanglos, als wären sie schon immer Freunde gewesen, und als sie diesmal lächelte, lag mehr Leben darin.

»Gern.«

Er kehrte mit zwei Tassen und ein paar Plätzchen zurück und fuhr dann fort, ihr den Baumschmuck zu reichen, den sie von ihrem Sitz auf der Leiter aus aufhängte, zwischendurch immer wieder an ihrem Kaffee nippend oder ein Plätzchen kauend, während er ihr sagte, wo sie die nächste Kugel aufhängen sollte. Schließlich grinste sie ihn an:

»Sagen Sie, Mr. Jordan, erteilen Sie immer Befehle?«

Er dachte eine Weile nach und nickte dann. »Ja. Ich denke schon.«

Sie nippte an ihrem Kaffee und beobachtete ihn. »Finden Sie das nicht ermüdend?«

»Nein.« Und dann sah er sie scharf an. »Finden Sie es ermüdend ... Befehle zu erteilen, meine ich?« Er spürte, daß auch sie daran gewöhnt war, die Dinge in die Hand zu nehmen. Sie strahlte irgend etwas aus ...

Ohne zu zögern, antwortete sie: »Ja. Sehr sogar.«

»Und deshalb sind Sie hier?« Es war eine sehr direkte Frage, und sie sah ihn einen Moment zögernd an, ehe sie antwortete.

»Teilweise.«

Er ertappte sich bei der Frage, ob sie wohl einen Nervenzusammenbruch gehabt hatte. Er war überzeugt, daß es einen ernsten Grund für ihren Aufenthalt auf der Ranch gab, und er war außerdem sicher, daß es sich bei ihr nicht um eine gewöhnliche

Hausfrau handelte, die von daheim fortgelaufen war. Aber nichts deutete darauf hin, daß sie auch im mindesten verrückt wäre. Er hatte wirklich keine Ahnung.

»Samantha, was machen Sie, wenn Sie nicht in Kalifornien auf einer Ranch arbeiten?«

Sie wollte eigentlich nicht antworten, aber ihr gefiel seine Offenheit, als er dastand und sich mit ihr unterhielt. Sie wollte ihre Zusammenarbeit nicht durch ausweichende, oberflächliche Antworten verderben und ihn abschrecken. Er war ein Mann, den sie im Grund mochte und respektierte, den sie für sehr fähig hielt, wenn sie ihn auch manchmal verabscheute. Was hatte es für einen Sinn, ihn hinzuhalten?

»Ich schreibe Werbespots.« Es war eine Vereinfachung ihrer Arbeit, aber wenigstens ein Anfang. Auf ihre Art war sie etwas ganz Ähnliches wie ein stellvertretender Vorarbeiter bei Crane, Harper und Laub. Dieser Gedanke ließ sie wieder lächeln.

»Was ist so komisch?« Er schien verwirrt, als er sie beobachtete.

»Nichts. Mir wurde nur gerade klar, daß unsere Jobs in gewisser Weise ganz ähnlich sind. In der Werbeagentur, in der ich arbeite, gibt es einen Mann, Harvey Maxwell. Er ist so etwas wie Bill King. Und er ist auch alt und wird sich irgendwann in der nächsten Zeit zur Ruhe setzen, und ...«

Plötzlich tat es ihr leid, das gesagt zu haben. Sie würde damit lediglich seinen Abscheu erwecken, da er glauben mußte, daß sie auf den Posten lauerte. Aber Tate Jordan lächelte, als sie abrupt abbrach.

»Nur zu, sagen Sie es.«

»Was?« Sie gab sich alle Mühe, verständnislos auszusehen.

»Daß Sie wahrscheinlich seinen Job bekommen.«

»Wie kommen Sie darauf?« Trotz der Sonnenbräune sah er, daß sie errötete. »Das habe ich nicht gesagt.«

»Das war auch nicht nötig. Sie sagten, unsere Jobs wären ganz ähnlich. Also sind Sie ein stellvertretender Vorarbeiter, ja?« Aus einem ihr nicht verständlichen Grund schien ihn das zu freuen. »Sehr schön. Und gefällt Ihnen Ihre Arbeit?«

»Manchmal. Manchmal ist es auch hektisch und verrückt, und dann hasse ich es.«

»Wenigstens müssen Sie nicht zwölf Stunden durch den Regen reiten.«

»Das ist allerdings wahr.«

Sie erwiderte sein Lächeln und fühlte sich plötzlich zu diesem großen, freundlichen Mann hingezogen, der in den ersten Tagen auf der Ranch so schroff und streng zu ihr gewesen war und so fuchsteufelswild wurde, als sie Black Beauty geritten hatte. Jetzt, als sie zusammen Kaffee tranken und unter dem Weihnachtsbaum ihre Plätzchen aßen, kam er ihr vor wie ein ganz anderer Mensch. Sie musterte ihn einen Augenblick und beschloß dann, ihn etwas zu fragen. Sie hatte plötzlich das Gefühl, nichts zu verlieren zu haben. Er sah aus, als könnte nichts ihn erzürnen.

»Sagen Sie mir eines. Warum sind Sie so wütend geworden, als ich Black Beauty geritten habe?«

Er blieb einen Moment reglos stehen, stellte dann seine Tasse ab und sah ihr tief in die Augen. »Weil ich dachte, daß es gefährlich für Sie wäre.«

»Weil Sie dachten, ich wäre nicht gut genug, um auf ihm zu reiten?« Diesmal war es keine Herausforderung, sondern eine offene Frage, und er gab ihr eine offene Antwort.

»Nein, ich wußte schon am ersten Tag, daß Sie reiten können. Die Art, wie Sie Rusty im strömenden Regen auf Trab brachten und ihn sogar ein bißchen zur Arbeit anspornten, hat mir verdammt schnell gezeigt, wie gut Sie sind. Aber es gehört mehr dazu, Black Beauty zu reiten. Es erfordert Vorsicht und Kraft, und ich bin nicht sicher, ob Sie über beides verfügen. Ehrlich gesagt, ich bin sicher, daß nicht. Und eines Tages wird dieses Pferd jemanden töten. Ich wollte nicht, daß Sie es sind.« Er unterbrach sich, seine Stimme war heiser. »Miss Caroline hätte ihn nie kaufen sollen. Er ist ein schlechtes Pferd, Sam.« Er warf ihr einen seltsamen Blick zu. »Ich spüre es in den Knochen. Und er macht mir Angst.« Und dann überraschte er sie noch mehr, indem er ganz sanft sagte: »Ich möchte nicht, daß Sie ihn noch einmal reiten.«

Sie antwortete nicht, doch nach einer Weile wandte sie den Kopf ab.

»Aber das liegt Ihnen nicht, nicht wahr? Eine Herausforderung abzulehnen, einem Risiko aus dem Weg zu gehen. Vielleicht erst recht nicht jetzt.«

»Wie meinen Sie das?« Sie war verwirrt von seinen Worten.

Er sah ihr offen in die Augen, als er antwortete: »Ich habe das Gefühl, daß Sie etwas verloren haben, was Ihnen sehr viel bedeutete ... einen Menschen wahrscheinlich. Vielleicht ist es Ihnen im Augenblick egal, was aus Ihnen wird. Das ist ein schlechter Zeitpunkt, um ein Teufelspferd wie diesen Hengst zu reiten. Ich würde Sie lieber auf jedem anderen Pferd hier auf der Ranch sehen, als auf dem. Aber das macht Ihnen ja wohl nichts aus. Ich glaube kaum, daß Sie mir zuliebe aufhören würden, ein Vollblut zu reiten.«

Sie wußte nicht, was sie darauf sagen sollte, und ihre Stimme war heiser, als sie schließlich sprach.

»Sie haben in vielen Dingen recht, Tate.«

Sein Vorname klang aus ihrem Mund neu und fremd. Doch dann hob sie die Augen zu ihm empor, und ihre Stimme wurde weicher.

»Es war unrecht, ihn zu reiten – so, wie ich es tat. Ich habe an jenem Morgen viel riskiert.« Und nach einer kurzen Pause fuhr sie fort: »Ich möchte Ihnen nicht versprechen, ihn nicht mehr zu reiten. Aber wenn ich es tue, dann werde ich vorsichtig sein. Das will ich Ihnen versprechen. Nur bei hellem Tageslicht, auf einem Gebiet, das ich kenne, kein Springen über Felsen oder über einen Bach, den ich kaum sehen kann ...«

»Mein Gott, wie vernünftig!« Er blickte sie an und grinste. »Ich bin beeindruckt!« Er neckte sie, und sie erwiderte sein Grinsen.

»Das sollen Sie auch sein! Sie können sich überhaupt nicht vorstellen, was für verrückte Dinge ich in all den Jahren mit Pferden getrieben habe!«

»Damit sollten Sie aufhören, Sam. Es ist den Preis nicht wert, den Sie vielleicht dafür zu zahlen haben.«

Sie verstummten beide für einen Moment. Beide wußten von Unfällen, die anderen zugestoßen waren, wußten von den Querschnittgelähmten, die den Rest ihres Lebens im Rollstuhl verbringen mußten, weil sie einen verrückten Sprung riskiert hatten und gestürzt waren. »Ich habe diese verrückte Springerei im Osten nie verstanden. Mein Gott, man kann sich auf diese Weise umbringen. Ist das die Sache denn wert?«

Ihre Blicke trafen sich, als sie fragte: »Ist das wichtig?«

Er sah sie lange forschend an. »Vielleicht ist es im Augenblick nicht wichtig für Sie, Sam. Aber irgendwann wird es das wieder sein. Machen Sie keine Dummheit, die Sie nachher nicht mehr rückgängig machen können.«

Sie nickte zögernd, lächelte. Er war ein ungewöhnlicher, scharfsinniger Mann, und sie bemerkte jetzt Qualitäten an ihm, die ihr ursprünglich entgangen waren. Zuerst hatte sie in ihm nur den tyrannischen, aber erfolgreichen stellvertretenden Vorarbeiter gesehen. Jetzt erkannte sie, daß er ein Mann von viel mehr Tiefe war. Die Jahre, die er zwischen Menschen, zwischen Ranchern und Rancharbeitern verbracht hatte, diese Zeit, in der er viel verloren und fast bis zum Umfallen gearbeitet hatte, war nicht vergeudet. Er hatte seine Arbeit gründlich erlernt und zudem die große Kunst der Menschenkenntnis erworben.

»Noch mehr Kaffee?« Wieder lächelte er sie an, und sie schüttelte den Kopf.

»Nein danke, Tate.« Diesmal kam ihr sein Name schon leichter über die Lippen. »Ich sollte weitermachen. Ich bin zum Kochen eingeteilt. Und was ist mit Ihnen?«

Er grinste sie an, bückte sich und flüsterte ihr ins Ohr: »Ich bin der Weihnachtsmann.« Aus seiner Stimme sprachen Verlegenheit und gleichzeitig stolze Freude.

»Was?« Sie sah ihn verwirrt und belustigt an, wußte nicht, ob er scherzte.

»Ich bin der Weihnachtsmann«, wiederholte er fast unhörbar. Dann beugte er sich zu ihr und erklärte: »Jedes Jahr ziehe ich ein Kostüm an, und Miss Caroline hat diesen riesigen Sack mit Spielzeug für die Kinder. Und ich spiele den Weihnachtsmann.«

»Oh, Tate – Sie?«

»Zum Teufel, ich bin der größte Kerl hier. Das ist doch ganz vernünftig.« Er versuchte, es als etwas ganz Normales abzutun, aber es war offensichtlich, daß es ihm viel Spaß machte. »Die Kinder sorgen dafür, daß es die Sache wert ist.« Und dann blickte er sie wieder fragend an. »Haben Sie Kinder?«

Langsam schüttelte sie den Kopf, und ihre Augen verrieten nichts von der Leere, die sie in sich spürte. »Sie?« Sie hatte vorübergehend vergessen, was Josh ihr erzählt hatte.

»Einen Sohn. Arbeitet jetzt auf einer Ranch in der Nähe. Er ist ein gutes Kind.«

»Sieht er aus wie Sie?«

»Nee. Überhaupt nicht. Er ist schlank und rothaarig wie seine Mutter.« Er lächelte zögernd bei diesen Worten, dachte offensichtlich mit Stolz an seinen Jungen.

Ihre Stimme war wieder heiser, als sie meinte: »Sie sind ein sehr glücklicher Mann.«

»Das glaube ich auch.« Er lächelte sie an. Und dann wurde seine Stimme wieder leise, und fast liebevoll erklärte er: »Aber keine Angst, kleiner Palomino, eines Tages werden auch Sie wieder glücklich sein.« Er berührte sacht ihre Schulter und ging davon.

9

»Weihnachtsmann ... Weihnachtsmann! ... Hierher ...«

»Warte noch eine Minute, Sally. Du mußt warten, bis ich auf die andere Seite vom Zimmer komme.«

Tate Jordan mit dem langen, weißen Bart und dem roten Samtkostüm ging langsam durchs Zimmer und übergab jedem Kind sein lange ersehntes Geschenk, verteilte Lutschstangen und andere Süßigkeiten. Dabei tätschelte er ihre Wangen, streichelte und küßte sie. Das war eine Seite von Tate Jordan, die niemand, der ihn nicht jedes Jahr dabei beobachtete, ahnte. Sein leises Lachen, seine Späße, die Überraschungen, die er aus seinem riesigen Sack hervorzauberte, all das ließ einen tatsächlich an den Weihnachtsmann glauben. Hätte Tate Jordan ihr nichts davon gesagt, hätte Samantha ihn nie erkannt. Sogar seine Stimme klang ganz anders, als er schwatzte und kicherte, die Kinder ermahnte, lieb zu Mami und Papi zu sein, ihre kleinen Schwestern nicht mehr zu ärgern, ihre Hausaufgaben zu machen und aufzuhören, Hund und Katze zu necken. Er schien alles über jeden zu wissen, was natürlich auf einer Ranch nicht sehr schwierig war. Wenn die Kinder ihm die Hand reichten und er sie streichelte, waren sie hingerissen, und sogar Samantha wurde vom Zauber seines »Ho-ho-ho« gefangen genommen. Die ganze Vorstellung schien Stunden zu dauern. Als er fertig war, einen ganzen Teller voll Plätzchen gegessen und sechs Glas Milch getrunken hatte, verschwand er mit einem letzten »Ho-ho-ho« in Richtung Stall, um erst im nächsten Jahr wiederzukehren.

Fünfundvierzig Minuten später erschien er ohne Schminke, ohne den Bauch, die weiße Perücke und den roten Mantel, wieder in der Halle, ganz unbemerkt, und schlenderte durch die Menge, bewunderte die Spielsachen und die Puppen, kitzelte und neckte die Kinder. Bald bahnte er sich seinen Weg zu der Stelle, wo Samantha neben Bill und Caroline stand. Sie trug einen schlichten schwarzen Samtrock mit einer sehr hübschen, weißen Spitzenbluse. Ihr Haar war tief im Nacken zu einem lockeren Knoten geschlungen, ein schwarzes Samtband schmückte es, und zum ersten Mal, seit sie auf die Ranch gekommen war, hatte sie sich geschminkt.

»Sind Sie das, Sam?« fragte er, nachdem er ein Glas Punsch und ein herzliches Dankeschön von seiner Arbeitgeberin entgegengenommen hatte.

»Ich könnte dasselbe zu Ihnen sagen, wissen Sie.« Und in leisem Ton: »Das war einfach fabelhaft. Sind Sie jedes Jahr so gut?«

»Ich werde immer besser.« Er grinste glücklich. Die Rolle als Weihnachtsmann bedeutete für ihn erst richtig Weihnachten.

»Ist Ihr Sohn hier?«

»Nein.« Er schüttelte den Kopf. »Jeffs Boß ist nicht so großzügig wie meiner.« Er lächelte Samantha zu. »Er arbeitet heute.«

»Das ist zu schade.« Sie schien ehrlich enttäuscht.

»Ich besuche ihn morgen. Und das ist in Ordnung so. Er ist ja jetzt ein großer Junge. Der hat keine Zeit für seinen alten Herrn.«

Aus seiner Stimme klang bei diesen Worten kein Groll. Er hatte es genossen zu beobachten, wie aus seinem Sohn ein Mann geworden war. Einen Augenblick dachte er daran, Samantha zu fragen, warum sie keine Kinder hatte. Er hatte sie den ganzen Abend beobachtet, wie sie mit sehnsüchtigen Blicken all die kleinen Jungen und Mädchen betrachtete. Doch schließlich entschied er, daß es eine zu persönliche Frage wäre, und erkundigte sich statt dessen nach New York.

»Es ist viel kälter dort; aber ich glaube nicht, daß ich jemals irgendwo war, wo der weihnachtliche Gedanke noch so zum Ausdruck gekommen wäre wie hier.«

»Das hat nichts mit Kalifornien zu tun. Das ist Caroline Lord zu verdanken, sonst niemandem.« Samantha nickte, und als sie sich diesmal zulächelten, trafen sich ihre Blicke und verweilten.

Kurz darauf lernte Samantha Joshs Frau und zwei seiner verheirateten Kinder kennen. Auch viele der Männer, mit denen sie in den letzten beiden Wochen geritten war, stellten ihr ihre Frauen und Freundinnen, ihre Söhne, Töchter und Nichten vor, und zum ersten Mal, seit sie hierhergekommen war, wußte sie, daß sie zu ihnen gehörte.

»Nun, Sam? Ein großer Unterschied zu deinem üblichen Weihnachten?« Caroline sah sie mit warmem Lächeln an, Bill stand in ihrer Nähe.

»Ganz anders. Und ich liebe es.«

»Das freut mich.«

Nur ein paar Minuten, nachdem Caroline sie herzlich umarmt und ihr fröhliche Weihnachten gewünscht hatte, fiel Samantha auf, daß sie verschwunden zu sein schien. Und kurz darauf entdeckte sie, daß der alte Vorarbeiter ebenfalls fort war. Sie fragte sich, wie viele der anderen es wohl bemerkt hatten. Aber gleichzeitig erinnerte sich Samantha daran, daß sie auf der Ranch nie Gerüchte über sie gehört hatte. Vielleicht zog sie doch falsche Schlüsse. Es schien zwar unwahrscheinlich, aber man konnte ja nie wissen.

»Müde?« Wieder war es Tate Jordans Stimme, und sie wandte sich ihm mit einem leichten Nicken zu.

»Ich wollte gerade ins Haus zurückgehen. Ich habe Tante Caro gesucht, aber ich vermute, sie ist schon fort.«

»Sie zieht sich immer ganz leise zurück, um unseren Spaß nicht zu stören.« In seiner Stimme lag nichts anderes als größte Bewunderung, ein Gefühl, das er mit Sam teilte. »Wollen Sie auch gehen?«

Sam nickte und versuchte – ohne Erfolg – ein Gähnen zu unterdrücken.

»Kommen Sie, Sie Schlafmütze, ich bringe Sie heim.«

»Kann ich was dafür, wenn der Knabe, für den ich arbeite, ein Sklaventreiber ist? Es ist ein Wunder, daß ich am Ende des Tages nicht immer halbtot aus dem Sattel falle.«

»Ein- oder zweimal«, erklärte er grinsend, »dachte ich schon, daß Sie es tun würden.« Und dann lachte er laut. »Am ersten Tag, Sam, dachte ich wirklich, Sie würden durchhalten, und wenn Sie im Sattel krepieren würden.«

»Das wäre ich auch fast. Josh mußte mich fast heimtragen.«

»Und trotzdem sind Sie danach noch auf Black Beauty gestiegen! Sie sind ja verrückt!«

»Nach diesem Pferd ... ja!« Er sah unglücklich aus, als sie das sagte, und sie wechselte das Thema, als sie in die frostklare Nacht hinaustraten. »Es scheint Schnee zu geben.«

»Es hat den Anschein, ist aber nicht sehr wahrscheinlich. Ich hoffe es wenigstens nicht.«

Er warf einen Blick zum Himmel hinauf, schien aber nicht sonderlich besorgt zu sein. Und schon hatten sie die Tür des Großen Hauses erreicht, in dem Sam wohnte.

Sie zögerte einen Moment. Und dann, als sie die Tür öffnete, trat sie beiseite und schaute zu dem dunkelhaarigen Riesen mit den dunkelgrünen Augen auf.

»Möchten Sie noch mit hereinkommen, Tate, auf ein Glas Wein oder eine Tasse Kaffee?« Doch er schüttelte hastig den Kopf, als hätte sie etwas Ungehöriges vorgeschlagen, was er auf keinen Fall annehmen konnte.

»Ich verspreche Ihnen«, grinste sie, »ich werde nicht über Sie herfallen. Ich setze mich auf eine andere Couch.« Er lachte laut, als sie das sagte, und es war schwer, den Mann wiederzuerkennen, mit dem sie sich fast zwei Wochen lang gestritten hatte.

»Das ist es nicht, es ist eher wegen der Etikette, nehme ich an. Das ist das Haus von Miss Caroline. Es schickt sich nicht für mich ... das ist zu schwer zu erklären ...«

Samantha lächelte ihn freundlich von der Schwelle aus an. »Soll ich sie wecken, damit sie Sie selbst hereinbitten kann?«

Er verdrehte die Augen. »Bloß nicht. Aber vielen Dank, daß Sie daran gedacht haben. Ein anderes Mal.«

»Hasenfuß.« Sie stand da wie ein Kind, und er lachte.

»Fröhliche Weihnachten!«

»Ihnen auch fröhliche Weihnachten.« Sie sagte es sanft und schloß die Tür.

Dann hörte sie ihn die Stufen hinabeilen und seine Schritte in der Nacht verhallen.

10

Samantha wachte am nächsten Morgen um halb fünf auf, weil sie es von den vergangenen zehn Tagen gewohnt war. Sie zwang sich, im Bett liegenzubleiben, versuchte sich einzureden, sie würde noch schlafen. Doch schließlich, nachdem sie eine Stunde mit geschlossenen Augen und wirbelnden Gedanken so gelegen hatte, stand sie auf. Draußen war es noch dunkel, die Sterne leuchteten, aber sie wußte, daß in wenig mehr als einer Stunde das Leben auf der Ranch erwachen würde. Weihnachten hin oder her, die Tiere würden unruhig werden, die Männer mußten sich um die Pferde kümmern, auch wenn niemand in die Berge ritt.

Barfuß schlich Samantha leise in die Küche, schaltete Carolines elektrische Kaffeemaschine an und saß dann abwartend in der Dunkelheit, während ihre Gedanken zu der vergangenen Nacht schweiften. Es war eine schöne Weihnachtsfeier gewesen.

Sie alle waren wie eine große Familie miteinander verbunden, jeder kümmerte sich um die anderen, die Kinder kannten jeden, der hier lebte, und liefen glücklich und schreiend um den riesigen, schön geschmückten Weihnachtsbaum. Als sie an die Kinder dachte, fielen ihr plötzlich Charlies und Melindas Kinder ein. Das war das erste Mal gewesen, daß sie ihnen zu Weihnachten keine Geschenke geschickt hatte. Traurig dachte sie an das Versprechen, das sie Charlie gegeben hatte, aber sie war überhaupt nicht in die Nähe eines Geschäftes gekommen.

Als Samantha in der leeren Küche saß, fühlte sie sich plötzlich sehr einsam, und ohne Vorwarnung wanderten ihre Gedanken plötzlich wehmütig zu John. Wie feierte er dieses Jahr Weihnachten? Was war es für ein Gefühl, mit einer Frau verheiratet zu sein, die schwanger war? Hatten sie das Kinderzimmer schon fertig?

Ein stechender, fast unerträglicher Schmerz durchzuckte Samantha, und instinktiv griff sie plötzlich nach dem Telefon. Ohne nachzudenken, einfach aus dem verzweifelten Wunsch heraus, eine freundliche Stimme zu hören, wählte sie eine vertraute Nummer, und nur einen Augenblick später hörte sie Charlie Petersons Stimme. Er schmetterte die erste Strophe von »Jingle Bells« durch den Hörer. Er war schon mitten in der zweiten Strophe, bis Sam endlich ihren Namen einschieben konnte.

»Wer? ... O'ver the fields we go ...«

»Hör auf, Charlie! Ich bin's, Sam!«

»Oh ... hallo, Sam ... Dashing all the wayyy ...«

»Charlie!« Sie lachte, als sie zuhörte und immer wieder versuchte, ihn zu übertönen, doch obwohl es sie belustigte, wurde ihr ihre Einsamkeit wieder sehr bewußt, und sie fühlte sich schrecklich weit fort. Plötzlich wünschte sie, sie wäre bei ihnen, und nicht dreitausend Meilen entfernt auf einer Ranch.

»Fröhliche Weihnachten!«

»Heißt das, du bist fertig? Du singst nicht auch noch ›Stille Nacht‹?«

»Hatte ich eigentlich nicht vor, aber wenn du mich so lieb darum bittest, Sam, könnte ich sicher ...«

»Untersteh dich! Ich möchte mit Mellie und den Kindern sprechen. Aber zuerst ...« Sie schluckte heftig. »Sag mir, wie es im Büro läuft.«

Sie hatte sich gezwungen, nicht anzurufen. Harvey hatte ihr praktisch befohlen, es nicht zu tun, und sie hatte gehorcht. Sie hatten ihre Nummer, wenn sie sie brauchten, und ihr Boß hatte gemeint, es würde ihr guttun, die Arbeit so vollständig wie möglich zu vergessen. Und tatsächlich war es ihr besser gelungen, als sie erwartet hatte. Bis jetzt.

»Was machen meine Kunden? Habt ihr sie schon alle verloren?«

»Jeden einzelnen.« Charlie strahlte und zündete sich eine Zigarre an. Dann runzelte er plötzlich die Stirn und warf einen Blick auf die Uhr. »Warum, zum Teufel, bist du um diese Zeit schon auf? Es muß doch ... was? Noch nicht einmal sechs Uhr früh bei euch da draußen! Wo bist du?« Er fragte sich plötzlich, ob sie die Ranch verlassen hatte und nach New York zurückgekehrt war.

»Ich bin immer noch hier. Ich konnte bloß nicht schlafen. Ich bin jeden Morgen um halb fünf aufgestanden, und jetzt weiß ich nicht, was ich mit mir selbst anfangen soll. Kommt mir vor, als hätten wir schon Nachmittag.« Das stimmte zwar nicht ganz, aber sie war hellwach. »Wie geht es den Kindern?«

»Wunderbar.« Er zögerte einen Moment, erkundigte sich dann aber hastig, wie es ihr ginge. »Du mußt bis zum Umfallen reiten da draußen, hoffe ich?«

»Genau. Komm schon, Charlie, erzähl mir, was bei euch so passiert ist.« Sie wollte plötzlich alles wissen, vom Klatsch im Büro bis hin zu der Frage, wer welcher anderen Agentur einen Kunden abspenstig machen wollte.

»Nicht viel, Kindchen. New York hat sich in den letzten beiden Wochen nicht sehr verändert. Und was ist mit dir?« Er klang ernst, und Sam lächelte. »Bist du dort glücklich, Sam? Ist alles in Ordnung mit dir?«

»Mir geht's prima.« Und dann, leise seufzend: »Es war schon das Richtige, so ungern ich das zugebe. Ich vermute, ich habe wohl etwas so Radikales wie das hier gebraucht. Ich habe jedenfalls die ganze Woche über die Sechs-Uhr-Nachrichten nicht angeschaut.«

»Das ist ja wenigstens etwas. Wenn du um halb fünf schon aufstehst, schläfst du wahrscheinlich um sechs Uhr abends schon.«

»Nicht ganz, aber fast.«

»Und deine Freundin? Caroline, und all die Pferde? Sind sie alle okay?« Er klang so typisch wie ein New Yorker, daß sie lachen mußte; sie stellte sich vor, wie er seine Zigarre paffte und ins Leere starrte, in Schlafanzug und Bademantel gehüllt, oder vielleicht auch irgend etwas trug, was ihm die Kinder zu Weihnachten geschenkt hatten, eine Baseballmütze zum Beispiel oder ein Paar rot und gelb gestreifte Socken.

»Hier geht es allen gut. Laß mich jetzt mal mit Mellie sprechen.«

Melinda kam an den Apparat, ohne Charlies Zeichen zu bemerken. Sogleich erzählte sie Sam das Neueste. Sie war schwanger. Das Baby wurde für Juli erwartet, und sie hatte es erst in dieser Woche erfahren. Für den Bruchteil einer Sekunde entstand eine seltsames Schweigen, doch dann gratulierte Sam überschwenglich, während Charlie in der Ferne die Augen schloß und stöhnte.

»Warum hast du es ihr erzählt?« flüsterte er seiner Frau heiser zu, als sie versuchte, sich weiter mit Sam zu unterhalten.

»Warum nicht? Sie wird es sowieso erfahren, wenn sie zurückkommt.« Melinda hatte die Hand über die Sprechmuschel gelegt, flüsterte ihm ihre Antwort zu, nahm die Hand dann wieder fort und sprach weiter. »Die Kinder? Sie erklären alle, daß sie noch einen Bruder wollen, aber wenn es diesmal kein Mädchen wird, verzichte ich.«

Charlie machte eine ungeduldige Handbewegung, sorgte dafür, daß sie sich schnell verabschiedete, und nahm den Hörer wieder.

»Wieso hast du es mir nicht erzählt, mein Lieber?« Sam versuchte, gleichgültig zu klingen, aber wie immer und besonders in letzter Zeit berührte eine solche Neuigkeit eine sehr empfindliche Stelle in ihrem Innern. »Hattest du Angst, ich würde es nicht ertragen? Ich bin doch nicht geisteskrank, Charlie, bloß geschieden. Das ist *nicht* dasselbe.«

»Wer kümmert sich schon um so 'n Zeug.« Seine Stimme klang traurig und besorgt.

»Du.« Sams Stimme war sehr leise und sanft. »Und Mellie. Und ich. Und ihr seid meine Freunde. Sie hatte recht, es mir zu erzählen. Schrei sie bloß nicht an, wenn du den Hörer hinlegst.«

»Warum nicht?« Er grinste schuldbewußt.

»Nur gut, daß du der überbezahlteste künstlerische Leiter in unserem Geschäft bist. Du wirst es für all diese Kinder brauchen.«

»Ja«, brummte er zufrieden, »da hast du wohl recht.« Und dann, nach einer langen Weile: »Nun, Kind, sei lieb zu deinen Pferden, und ruf uns an, wenn du uns brauchst. Und, Sam –« er machte eine vielsagende Pause, »wir denken alle viel an dich, und du fehlst uns. Das weißt du doch, Babe, oder?«

Sie nickte, unfähig, ein Wort zu sagen, und ihre Augen füllten sich sofort mit Tränen.

»Ja, ich weiß.« Das war alles, was sie endlich hervorbrachte. »Ich vermisse euch auch. Fröhliche Weihnachten!« Sie lächelte unter Tränen, hauchte einen Kuß ins Telefon und hängte ein.

Fast eine halbe Stunde lang saß sie anschließend in der Küche. Der Kaffee wurde kalt, während sie auf den Tisch starrte; ihr Herz und ihre Gedanken waren dreitausend Meilen weit entfernt in New York. Als sie wieder aufsah, bemerkte sie, daß draußen langsam ein neuer Tag anbrach. Die Nacht war nicht mehr tiefblau, sondern hellgrau. Sam stand auf und trat langsam mit ihrer Tasse ans Spülbecken. Ganz still stand sie da, und plötzlich wußte sie genau, was sie jetzt brauchte.

Mit entschlossenen Schritten ging sie den Flur entlang, schlüpfte leise in ihre Kleider, zog eine Jacke und zwei warme Pullover an, setzte den Cowboyhut auf, den Caroline ihr ein paar Tage zuvor geliehen hatte, und nachdem sie sich noch einmal vergewisserte, niemanden geweckt zu haben, verließ sie leise ihr Zimmer, ging den Flur entlang und durch die Eingangstür hinaus, die sie leise hinter sich zuzog.

Sie brauchte nur wenige Minuten zu den Ställen. Ein paar Schritte vor seiner Box blieb sie stehen. Kein Geräusch drang von drinnen zu ihr, und sie fragte sich, ob es noch immer schlief, dieses riesige, schimmernde, ebenholzfarbene Tier, das sie einfach reiten mußte. Sie öffnete vorsichtig die Pendeltür und trat ein, strich mit einer Hand sanft über seinen Nacken und seine Flanken und sprach ganz leise mit ihm. Er war wach, aber nicht unruhig.

Black Beauty sah aus, als hätte er auf ihr Kommen gewartet. Jetzt sah er sie erwartungsvoll an, und Samantha lächelte ihm zu, als sie leise aus der Box schlüpfte, seinen Sattel und sein Zaumzeug holte und zurückkehrte, um ihn für den Ausritt fertig zu machen. Niemand war im Stall, sie blieb unbemerkt.

Als sie das Pferd ein paar Minuten später langsam durch das Haupttor in den frühen Morgen hinausführte, war immer noch niemand im Hof zu sehen. Sie führte Black Beauty zu einem Block in der Nähe und stieg auf. Dann setzte sie sich im Sattel zurecht, zog die Zügel an und lenkte das Pferd auf die inzwischen vertrauten Berge zu. Sie wußte genau, wohin sie mit ihm reiten wollte. Ein paar Tage zuvor hatte sie einen Weg gesehen, der durch einen Wald führte, das war ihr Ziel.

Zuerst ritt sie in leichtem Galopp, doch dann spürte sie, daß das riesige Tier unter ihr schneller voran strebte, und sie ließ ihn in Galopp fallen; sie ritten der aufgehenden Sonne entgegen. Es war ein unbeschreibliches Gefühl, als sie die Knie in seine Flanken preßte und sie mühelos über ein paar niedrige Büsche und einen schmalen Bach setzten. Sie erinnerte sich daran, wie sie das erste Mal mit ihm gesprungen war, aber sie wußte, diesmal war es etwas anderes. Heute morgen ging sie mit Black Beauty kein Risiko ein, sie war ja auch nicht wütend. Sie wollte einfach nur ein Teil werden von Black Beautys Körper und Seele. Sie fühlte sich wie eine Gestalt aus einem alten Mythos oder aus einer Indianerlegende. Oben auf dem Hügel angekommen, zügelte sie das Tier, um den Sonnenaufgang im Osten zu betrachten.

Erst dann hörte sie das Geräusch von Hufen hinter sich und drehte sich überrascht um. Aber als sie den schwarz-weißen

Schecken auf sich zureiten sah, war sie nicht wirklich erstaunt, Tate Jordan zu sehen. Es war, als gehörte er hierhin, als wäre auch er ein Teil des Mythos, als käme er geradewegs aus dem feurig-goldenen Morgenhimmel.

In gerader Linie galoppierte er auf sie zu, jagte ihr mit fast grimmiger Entschlossenheit entgegen und kam im letzten Augenblick neben ihr zum Stehen. Sie schaute ihn vorsichtig an, nicht sicher, was sie erwartete, voller Angst, er könnte wieder böse sein, könnte diesen Moment zerstören; sie fürchtete, ihre Freundschaft, die sich erst am Abend zuvor entwickelt hatte, wäre bereits gestorben. Aber was sie statt dessen in diesen tiefgrünen Augen, die so grimmig blicken konnten, sah, war nicht Wut, sondern große Sanftheit.

Tate sagte nichts, sah sie nur an, nickte dann und trieb den Schecken wieder an. Sie folgte ihm, wie er es offensichtlich erwartete. Black Beauty ritt mühelos auf den von ihm ausgesuchten Wegen, über die Hügel und in kleine Täler, bis sie sich schließlich auf einem Teil des Besitzes befanden, den Sam noch nie gesehen hatte. Sie kamen zu einem kleinen Teich mit einer kleinen Hütte, bei deren Anblick Tate den Schritt seines dampfenden Pferdes verlangsamte. Lächelnd wandte er sich ihr zu, Samantha lächelte zurück, während er vom Pferd stieg.

»Sind wir immer noch auf der Ranch?«

»Ja.« Er sah zu ihr auf, da sie immer noch im Sattel saß. »Hinter der Weide da drüben ist sie zu Ende.« Die Lichtung lag direkt hinter der Hütte. Samantha nickte. »Wem gehört die?« Sie zeigte auf die Hütte und fragte sich, ob sich irgend jemand dort aufhielt.

Tate gab ihr keine direkte Antwort. »Ich habe sie vor langer Zeit entdeckt. Ich komme dann und wann hierher, nicht oft, immer dann, wenn ich allein sein will. Es ist alles abgeschlossen, und niemand weiß, daß ich hierher komme.« Es war eine Bitte, sein Geheimnis zu bewahren, und Samantha verstand.

»Haben Sie die Schlüssel?«

»Sozusagen.« Sein hübsches Gesicht verzog sich zu einem Grinsen. »An Bill Kings Schlüsselbund gibt es einen Schlüssel, der paßt. Ich habe ihn mir einmal ausgeliehen.«

»Und ein Duplikat anfertigen lassen?« Samantha sah ihn schockiert an, als er nickte. Tate Jordan war ein überaus ehrlicher Mann. Wenn Bill King ihn danach gefragt hätte, hätte er es ihm erzählt. Aber Bill hatte nie gefragt, und Tate folgerte daraus, es wäre ihm wohl egal. Er wollte vor allem nicht die Aufmerksamkeit auf die vergessene Hütte lenken. Sie bedeutete ihm eine Menge.

»Ich habe Kaffee da, wenn er nicht schon zu alt ist. Haben Sie Lust, ein bißchen hereinzukommen?«

Er erzählte ihr nicht, daß er auch eine Flasche Whisky dort aufbewahrte. Nicht genug, um sich sinnlos zu betrinken, aber genug, um sich aufzuwärmen und die Nerven zu beruhigen. Tate kam manchmal hierher, wenn er sich Sorgen machte, wenn ihn etwas belastete oder wenn er das Bedürfnis hatte, einen Tag allein zu sein. Viele Sonntage hatte er schon hier in dieser Hütte verbracht, und er hatte seine eigenen Vorstellungen darüber, zu welchem Zweck die Hütte früher einmal gedient hatte.

»Nun, Miss Taylor?« Tate Jordan sah sie an, und Sam nickte. »Gern.«

Die Aussicht auf Kaffee reizte sie, denn es war heute morgen ungewöhnlich kalt. Er half ihr vom Pferd, band das Tier fest und führte sie dann zur Tür der Hütte, zog seinen Zweitschlüssel heraus, öffnete die Tür und trat beiseite, um sie eintreten zu lassen. Wie auch die anderen Cowboys auf der Ranch war er immer galant. Es war wie ein letzter Hauch aus dem alten Wilden Westen, und sie lächelte zu ihm auf, als sie langsam eintrat.

Die Luft in der Hütte war trocken und ein wenig stickig. Als Sam sich umsah, weiteten sich ihre Augen vor Überraschung. Die Wände waren mit Chintz verkleidet. Die Möbel wirkten ein bißchen altmodisch, was ihren Reiz aber keineswegs minderte. In dem Raum standen eine kleine Couch, zwei dick gepolsterte Rohrstühle, und in einer Ecke neben dem Kamin entdeckte Samantha einen großen, sehr geschmackvollen Ledersessel, den sie sofort als ein antikes Stück erkannte. In einer anderen Ecke stand ein kleiner Schreibtisch. Zur Ausstattung gehörten außerdem ein Radio, ein kleiner Plattenspieler und mehrere Regale mit Büchern. Überall standen kuriose Gegenstände herum, die dem Besitzer der Hütte viel bedeutet haben mußten: zwei imposante Trophäen, ein Bärenkopf, eine Sammlung alter Flaschen und ein paar seltsame alte Fotografien in verschnörkelten altmodischen Rahmen. Neben dem dicken Bärenfell vor dem Kamin stand ein hübsch geschwungener Schaukelstuhl mit einer bestickten Fußbank.

Das alles glich einem Zufluchtsort in einem Märchen, einem Ort tief drinnen im Wald versteckt, wo man der übrigen Welt entkommen konnte. Dann erblickte Sam durch eine offene Tür ein hübsches, kleines, blaues Zimmer mit einem schönen breiten Messingbett und einer herrlichen Decke, mit zartblauen Wänden, einem weiteren eindrucksvollen Bärenfell und einer kleinen Messinglampe mit einem winzigen Schirm. Vor dem Fenster hingen Vorhänge aus zartem, blau-weißen Stoff. Ein großes Gemälde über dem Bett zeigte einen der landschaftlich schönsten Teile der Ranch. Es war ein Zimmer, in dem man Stunden, wenn nicht Jahre verbringen wollte.

»Tate, wem gehört das?« Samantha schaute ihn verwirrt an, doch der deutete nur auf eine der Trophäen, die auf einem kleinen Regal an der Wand standen.

»Schau es dir an.«

Sie trat näher und riß die Augen auf, blickte auf die Trophäe, dann zu Tate, dann sah sie wieder die Trophäe an. Darauf stand »William B. King. 1934«. Auch die zweite gehörte Bill King, war aber 1939 datiert. Wieder warf Sam Tate über die Schulter einen Blick zu, diesmal aber besorgt.

»Ist es seine Hütte, Tate? Ist es richtig, daß wir hier sind?«

»Ich kenne die Antwort auf die erste Frage nicht, Sam. Und auf die zweite wahrscheinlich auch nicht. Aber nachdem ich diesen Platz einmal gefunden hatte, konnte ich ihm einfach nicht fernbleiben.« Seine Stimme war tief und rauh, während seine Augen Sams Blick suchten.

Schweigend sah sie sich um und nickte dann wieder. »Ich kann verstehen, warum.«

Als Tate leise in die Küche ging, schaute sich Sam erneut die alten Fotos an, und obwohl die ihr irgendwie bekannt vorkamen, war sie sich doch nicht ganz sicher. Schließlich schlüpfte sie ins Schlafzimmer, ziemlich verlegen, und ihr Blick fiel auf das große Landschaftsbild über dem Bett. Sie konnte ohne Schwierigkeit die Signatur lesen und hielt inne. Unten rechts stand der Name der Künstlerin in roter Farbe: C. Lord. Sam wandte sich zum Gehen um, doch die Tür wurde von Tates großer Gestalt versperrt. Er hielt ihr eine Tasse mit dampfendem Instantkaffee hin und musterte ihr Gesicht.

»Es gehört ihnen, nicht wahr?« Das war also die Antwort auf ihre Frage, die Frage, über die sie und Barbara so oft nachgedacht hatten, über die sie gelacht und gekichert hatten. Endlich, in diesem winzigen, gemütlichen, blauen Zimmer mit der Patchworkdecke und dem riesigen Messingbett, das den Raum fast ganz ausfüllte, wußte sie Bescheid. »Nicht wahr, Tate?« Plötzlich brauchte Sam seine Bestätigung. Er nickte zögernd und reichte ihr die leuchtendgelbe Tasse.

»Ich glaube schon. Es ist ein hübscher Ort, nicht wahr? Wenn man alles so zusammen sieht, ist es typisch für die beiden.«

»Weiß sonst noch jemand davon?« Sie hatte das Gefühl, ein heiliges Geheimnis aufgedeckt zu haben, und fühlte sich ihnen beiden gegenüber verantwortlich, es zu wahren.

»Du meinst über die beiden?« Er schüttelte den Kopf. »Wenigstens war niemand jemals sicher. Aber sie waren auch immer höchst vorsichtig, kein verräterisches Wort wurde geäußert. Bei den Männern spricht Bill von Miss Caroline, genau wie wir alle, und meistens nennt er sie auch so, wenn er mit ihr spricht. Er behandelt sie mit Respekt, aber ohne offenkundiges Interesse, und sie hält es umgekehrt genauso.«

»Aber warum?« Samantha schien verwirrt, als sie an ihrem Kaffee nippte, dann die Tasse abstellte und sich auf den Bettrand hockte. »Warum haben sie es den Leuten nicht schon vor Jahren gesagt und geheiratet, wenn es das war, was sie wollten?«

»Vielleicht wollten sie das nicht.« Tate sah aus, als verstünde er es, Sam hingegen schaute verständnislos in sein wettergegerbtes Gesicht. »Bill King ist ein stolzer Mann«, erklärte Tate. »Er will auf keinen Fall den Verdacht erwecken, er hätte Miss Caro wegen ihres Geldes, ihrer Ranch oder wegen der Viehbestände geheiratet.«

»Und deshalb haben sie das hier?« Wieder sah Sam sich erstaunt um. »Eine kleine Hütte im Wald, und er schleicht auf Zehenspitzen ins Haus und wieder hinaus, und das zwanzig Jahre lang.«

»Vielleicht hielt das die Romanze der beiden lebendig.« Tate Jordan lächelte, als er sich neben Samantha aufs Bett setzte. »Weißt du, was du hier siehst, ist etwas ganz Besonderes.« Er sah sich mit soviel Wärme und Respekt um, daß es schon fast an Ehrfurcht grenzte. »Weißt du, was du hier siehst, Samantha?« Er wartete ihre Antwort nicht ab, sondern fuhr fort: »Du siehst das Heim von zwei Menschen, die sich lieben, deren Leben eine vollkommene Einheit bildet. Du siehst ihre Bilder und seine Trophäen, ihre alten Fotos, Schallplatten, Bücher, seinen bequemen alten Ledersessel und ihren kleinen Schaukelstuhl mit der Fußbank am Kamin. Sieh es dir nur einmal an, Sam.« Gemeinsam schauten sie durch die Tür des Schlafzimmers. »Sieh nur. Weißt du, was du da draußen siehst? Du siehst Liebe. Das ist Liebe, diese Kupferkannen, das alte, gestickte Kissen. Das sind zwei Menschen, die du da siehst, zwei Menschen, die einander schon seit langer Zeit lieben und es immer noch tun.«

»Glaubst du, sie kommen immer noch hierher?« Sam hatte fast geflüstert, und Tate lachte.

»Ich bezweifle es. Und wenn, dann nicht oft. Ich komme wahrscheinlich öfter hierher als sie. Bills Arthritis hat ihm in den letzten Jahren arg zu schaffen gemacht. Ich vermute«, er senkte die Stimme, »daß sie in der Nähe vom Großen Haus bleiben.«

Als er das sagte, fiel Samantha das nächtliche Öffnen und Schließen der Türen ein. Nach all diesen Jahren trafen sie sich immer noch heimlich zu mitternächtlicher Stunde.

»Ich verstehe noch nicht, warum sie ein Geheimnis daraus machen.«

Tate sah sie lange schweigend an, dann zuckte er die Achseln. »Manchmal ist das eben so.« Und dann lächelte er sie an. »Wir sind hier nicht in New York, Samantha. Hier gelten noch viele Wertvorstellungen der Vergangenheit.« Sam sah darin allerdings keinen Sinn. Dann hätten sie eben heiraten sollen. Großer Gott, schließlich ging das seit mehr als zwanzig Jahren so.

»Wie hast du diesen Ort gefunden, Tate?« Sie stand wieder auf und spazierte zurück ins Wohnzimmer, um sich in Carolines bequemen, alten Schaukelstuhl zu setzen.

»Ganz zufällig. Sie müssen in den vergangenen Jahren eine Menge Zeit hier verbracht haben, denn man fühlt sich hier wie in einem richtigen Heim.«

»Es ist ein richtiges Heim.« Träumerisch starrte Sam bei diesen Worten in die leere Feuerstelle und dachte an die elegante Wohnung, die sie in New York zurückgelassen hatte. Alles, was sie hier fand, fehlte dort. Da war nichts mehr zu spüren von der Liebe, nichts von der Wärme, nichts von der liebevollen, zarten Behaglichkeit, nichts von dem Trost, den sie empfand, als sie in dem alten Schaukelstuhl saß.

»Man hat das Gefühl, hier könnte man für immer bleiben, nicht wahr?« Er lächelte sie an und ließ seine riesige Gestalt in den Ledersessel sinken. »Soll ich Feuer machen?«

Sie schüttelte hastig den Kopf. »Ich würde mir zu viele Sorgen darüber machen, wenn wir fort sind.«

»Ich würde es doch nicht brennen lassen, Dummkopf.«

»Das weiß ich.« Wieder tauschten sie ein Lächeln aus. »Aber ich würde mir trotzdem Sorgen machen. Du weißt schon, ein umherfliegender Funke oder so etwas … das hier ist so einzigartig, daß man keinen Schaden anrichten darf. Ich möchte nichts tun, um dieses kleine Reich zu gefährden.« Dann sah sie ihn wieder ernster an und meinte: »Ich glaube nicht einmal, daß wir hier sein sollten.«

»Warum nicht?« er schob das kantige Kinn ein wenig vor.

»Es gehört uns nicht. Es ist ihres, es ist privat, es ist ihr Geheimnis. Es wäre ihnen nicht recht, daß wir hier sind und über sie Bescheid wissen …«

»Aber wir wissen sowieso Bescheid, oder nicht?« fragte er leise, und sie nickte nur.

»Ich habe es immer vermutet. Barbie, Tante Caros Nichte, und ich redeten stundenlang darüber, stellten Vermutungen an, rätselten herum, aber sicher waren wir nie.«

»Und als du erwachsen warst?«

Sie lächelte zur Antwort. »Da habe ich es gespürt. Aber trotzdem war ich mir immer noch nicht sicher.«

Er nickte langsam. »Mir ging es genauso. Ich dachte immer, ich wüßte es mit Bestimmtheit. Aber das war nicht richtig. Bis ich hierher kam. Das hier hat seine eigene Geschichte.« Wieder blickte er sich um. »Und es ist eine schöne Geschichte, die es uns erzählt.«

»Ja.« Sam nickte zustimmend und schaukelte langsam in dem alten Stuhl. »Es wäre schön, jemanden so zu lieben, nicht wahr? Stark genug, um etwas zusammen aufzubauen und es zusammenzuhalten, zwanzig Jahre lang.«

»Wie lange warst du verheiratet, Sam?« Es war die erste persönliche Frage, die er ihr stellte; sie sah ihn offen an und antwortete schnell, scheinbar unbeteiligt. Aber sie mußte sich doch fragen, woher er von ihrer Heirat wußte.

»Sieben Jahre. Und du?«

»Fünf. Mein Sohn war noch ein kleiner Junge, als seine Mutter fortlief.«

»Ich wette, du warst froh, als du ihn zurückbekamst.« Plötzlich wurde sie dunkelrot, denn ihr fiel seine Geschichte ein, und ihr wurde bewußt, wie taktlos ihre unbedachten Worte waren. »Entschuldige, ich wollte nicht ...«

»Pst ...« Er winkte ab. »Ich weiß, was du meinst. Ja, ich war froh, zum Teufel noch mal. Aber ich war auch verdammt traurig, daß seine Mami gestorben war.«

»Hast du sie denn noch geliebt, sogar nachdem sie dich verlassen hat?«

Es war eine unerhörte Frage, aber plötzlich war das nicht mehr so wichtig. Es war, als könnten sie hier, in diesem Heiligtum von Bill und Caroline, alles sagen und alles fragen, was ihnen am Herzen lag, solange es den anderen nicht verletzte.

Tate Jordan nickte. »Ja, ich habe sie geliebt. In gewisser Weise ist das immer noch so, obwohl sie schon seit fast fünfzehn Jahren tot ist. Es ist komisch mit den Erinnerungen. Wie ist das mit dir, Sam? Erinnerst du dich an deinen Mann, wie er war, als du dich in ihn verliebt hast? Oder erinnerst du dich daran, was für ein Schuft er zum Schluß war?«

Sam lachte leise über seine Ehrlichkeit und nickte, während sie schaukelte. »Mein Gott, du hast recht. Ich frage mich selbst immer wieder, warum. Warum erinnere ich mich an die Zeit, als wir aufs College gingen, als wir uns verlobten, an unsere Flitterwochen und unser erstes, gemeinsames Weihnachten? Wie kommt es, daß mein erster Gedanke nicht der ist, wie er mit seinem Koffer und den heraushängenden Socken aus der Wohnung ging?«

Sie lächelten beide über das Bild, das sie gezeichnet hatte. Tate schüttelte den Kopf, ehe er sich wieder ihr zuwandte. In seinen Augen standen ungezählte Fragen.

»War es so? Er hat dich verlassen, Sam?«

»Ja.«

»Wegen einer anderen?« Sie nickte, aber diesmal sah sie nicht so gequält aus. Sie gab einfach die Wahrheit zu.

»Mit meiner Alten war es genauso.« Sam fiel auf, daß Tate jetzt wie die anderen Cowboys sprach. Vielleicht konnte er sich so entspannen; er brauchte sie nicht mehr zu beeindrucken, es war sonst niemand in der Nähe. »Zerreißt dir das Herz, nicht wahr? Ich war fünfundzwanzig Jahre alt und dachte, ich müßte sterben.«

»Ich auch.« Sam blickte ihn eindringlich an. »Mir ging es genauso. Ehrlich gesagt«, sie seufzte leise, »wahrscheinlich glaubten auch alle andern in meinem Büro das. Darum bin ich hier. Um darüber hinwegzukommen. Um zu fliehen.«

»Wie lange ist es her?«

»Seit letzten August.«

»Das ist lange genug.« Er sah nüchtern aus, und sie ärgerte sich.

»So? Wozu? Um ihn zu vergessen? Um sich keinen verdammten Deut mehr darum zu kümmern? Also, Junge, was das angeht, irrst du dich. Laß dir was Besseres einfallen.«

»Denkst du die ganze Zeit an ihn?«

»Nein«, antwortete sie ehrlich. »Aber zu oft.«

»Seid ihr schon geschieden?«

Sie nickte. »Ja, und er ist bereits wieder verheiratet, und im März bekommen sie ein Baby.« Sie konnte ihm ja gleich alles auf einmal erzählen. Seltsamerweise tat es gut, sich alles von der Seele zu reden, all die schmerzlichen Wahrheiten, die Bekenntnisse. Es war gut, das hinter sich zu bringen. Sie bemerkte, daß er sie aufmerksam beobachtete.

»Ich wette, das tut schrecklich weh.«

»Was?« Einen Augenblick konnte sie ihm nicht folgen.

»Das mit dem Baby. Hast du dir Kinder gewünscht?«

Sie zögerte nur kurz. Dann nickte sie und stand abrupt aus dem Schaukelstuhl auf. »Ehrlich gesagt, ja, Tate. Aber ich bin steril. Also hat sich mein Mann das, was er wollte ... anderswo ... geholt ...«

Sie trat ans Fenster und blickte versunken auf den Teich hinaus. Sie hörte ihn nicht kommen. Dann stand er plötzlich hinter ihr und legte den Arm um ihre Taille.

»Das macht nichts, Sam ... und du bist nicht steril. Steril ist jemand, der nicht lieben kann, der nichts zu geben hat, der zurückhaltend, verschlossen, ausgebrannt ist. Das ist das Wesentliche, Sam, und das bist du nicht.«

Er drehte sie langsam zu sich um. Tränen standen in ihren Augen, die sie vor ihm verbergen wollte, aber sie mußte ihm folgen, sich zu ihm umwenden. Als sie ihm das Gesicht zuwandte, küßte er sanft ihre beiden Augen, dann preßte er seinen Mund so heftig und so lange auf ihre Lippen, daß sie schließlich um Atem rang.

»Tate ... nicht ... nein ...« Sie wehrte sich, aber nur schwach, und schon zog er sie wieder an sich. Sie atmete den Duft von Lederseife und Tabak ein und spürte den rauhen Stoff seines Hemdes an ihrer Wange, als sie ihr Gesicht an seine Brust legte.

»Warum nicht?« Er legte einen Finger unter ihr Kinn, und sie mußte ihn wieder anschauen. »Sam?« Sie sagte nichts, und wieder küßte er sie. Seine Stimme klang sanft in ihren Ohren, als er wieder zu ihr sprach, und sie spürte ihr Herz heftig in ihrer Brust schlagen. »Sam, ich will dich, mehr, als ich jemals zuvor eine Frau gewollt habe.«

Leise, mit einem Blick voller tiefer Gefühle, erklärte sie: »Das ist nicht genug.«

Er nickte langsam. »Verstehe.« Und dann, nach einer langen Pause: »Aber mehr als das biete ich schon lange nicht mehr.«

Jetzt war sie an der Reihe. Sie lächelte sanft und stellte dieselbe Frage. »Warum nicht?«

»Weil . . .« Er zögerte und lachte dann leise. »Weil ich wirklich steril bin. Ich habe nichts mehr zu verschenken.«

»Woher weißt du das? Hast du es kürzlich versucht?«

»Seit achtzehn Jahren nicht mehr.« Seine Antwort kam schnell.

»Und du glaubst, es wäre zu spät, um noch irgend jemanden zu lieben?« Er antwortete nicht, und Sam sah sich um. Ihr Blick blieb an den Trophäen hängen, kehrte dann zu ihm zurück. »Glaubst du, er liebt sie, Tate?« Er nickte. »Daran glaube ich auch. Und er kann nicht mutiger sein als du. Er ist ein Teufelskerl.« Sie sah Tate an: »Und du auch.«

»Heißt das . . .« Er flüsterte leise, seine Lippen spielten mit ihren; ihr Herz pochte heftig. Sie fragte sich, warum sie diesen Fremden küßte, diesen Cowboy, warum sie versuchte, die Liebe vor ihm zu rechtfertigen. Sie wollte sich fragen, was zum Teufel ihr einfiel, aber sie hatte keine Zeit.

»Heißt das«, fuhr er fort, »daß wir uns auf der Stelle geliebt hätten, wenn ich dir jetzt von meiner Liebe erzählt hätte?« Er sah amüsiert aus.

Mit einem leichten Lächeln schüttelte sie den Kopf. »Das hätte ich gar nicht geglaubt.«

»Also, wovon willst du mich überzeugen, warum?«

»Ich versuche, dich zu überzeugen, daß es zur Liebe noch nicht zu spät ist. Schau dir die beiden an. Als es mit ihnen anfing, müssen sie älter gewesen sein als wir jetzt.«

»Ja . . .« Aber er klang nicht überzeugt. Und dann blickte er sie an mit einem nachdenklichen Ausdruck in den Augen. »Macht es für dich einen Unterschied, ob ich mich je wieder verliebe?«

»Ich würde gerne wissen, daß es möglich ist.«

»Warum? Machst du eine wissenschaftliche Untersuchung?«

»Nein«, flüsterte sie. »Eine persönliche.«

»Also das ist es.« Er fuhr ihr mit der Hand sanft über die hellblonde Mähne, kämpfte mit den Nadeln, die tief im Nacken einen festen Knoten zusammenhielten, und öffnete ihr Haar, das üppig auf ihren Rücken herabfiel. »Mein Gott, dein Haar ist wunderschön, Sam ... Palomino ...« Er sagte es ganz zärtlich. »Kleiner Palomino ... wie schön du bist ...« Die Sonne glitzerte durch das Fenster, und Strahlen tanzten auf den goldenen Strähnen ihres Haares.

»Wir sollten jetzt umkehren.« Sie sagte es sanft, aber entschlossen.

»Sollten wir das?«

»Ja.«

»Warum?«

Seine Lippen küßten ihr Kinn, ihre Wangen. Sie wehrte sich nicht, aber sie blieb entschlossen, nicht weiterzugehen.

»Warum sollten wir jetzt umkehren, Sam? O Gott, du bist so reizend ...« Sie spürte, wie ein Schauer ihn durchrann, und zog sich langsam, mit leichtem Kopfschütteln, zurück.

»Nein, Tate.«

»Warum nicht?« Einen Augenblick sah sie das Feuer in seinen Augen und bekam fast Angst.

»Weil es nicht richtig wäre.«

»Um Himmels willen, ich bin ein Mann, du bist eine Frau ... wir sind doch keine Kinder mehr. Was willst du denn?« Gereizt hob er die Stimme. »Die perfekte Romanze, einen Ehering am Finger, ehe du mit mir ins Bett gehst?«

»Was willst denn du, Cowboy? Einmal schnell im Heu rollen?«

Ihre Worte trafen ihn wie eine Kugel, er sah sie verblüfft an und schüttelte den Kopf.

»Es tut mir leid.« Er sprach kalt und ging dann zum Spülbecken, um ihre Tassen auszuwaschen. Als er damit fertig war, stand sie immer noch da, beobachtete ihn, und dann sprach sie.

»Mir tut es nicht leid. Ich mag dich. Ehrlich gesagt«, sie legte eine Hand auf seinen Arm, »ich mag dich verdammt gern. Aber ich will beim nächsten Mal nicht wieder verletzt werden.«

»Die Art von Garantie, die du dir wünschst, Sam, kannst du nicht bekommen. Von niemandem. Und auch nicht von mir. Die einzigen Garantien, die du jemals bekommen wirst, sind Lügen.«

In seinen Worten lag einige Wahrheit, und sie wußte es, aber es waren nicht nur Versprechungen, die sie sich wünschte.

»Weißt du, was ich will?« Sie sah sich in der Hütte um, als sie diese Frage stellte. »Ich will das hier. Ich möchte diese Art von Harmonie und Liebe, die auch nach zwanzig Jahren noch besteht.«

»Glaubst du, sie waren sich dessen am Anfang so sicher? Glaubst du, sie wußten damals, was sie heute wissen? Zum Teufel, nein! Ihr gehörte die Ranch, und er war ein Rancharbeiter. Das war alles, was sie wußten.«

»Glaubst du?« Samanthas Augen sprühten Funken. »Ich wette, sie wußten noch etwas anderes. Und weißt du, was?«

»Was?«

»Ich wette, sie wußten, daß sie sich liebten. Und bis ich das finde, bis ein Mann mich liebt und ich ihn, bis dahin komme ich nicht mehr aus meinem Versteck heraus, *um* zu spielen.«

Er öffnete die Tür und verschloß sie hinter ihnen. »Komm.« Als sie an ihm vorbeiging, sah sie, daß er nicht mehr wütend war. Er hatte alles verstanden, was sie gesagt hatte.

Sam ertappte sich bei der Frage, wie es jetzt wohl weitergehen würde. Einen Augenblick lang, aber wirklich nur einen Augenblick lang, hatte sie daran gedacht, alle Zurückhaltung und Vorsicht außer acht zu lassen. Aber sie hatte sich dagegen entschieden. Nicht, weil sie ihn nicht wollte, sondern weil sie ihn so sehr wollte. Tate Jordan war ein Teufelskerl.

»Können wir wieder hierherkommen?« Sie schaute ihm in die Augen, als er die Hände verschränkte, um ihr aufs Pferd zu helfen.

»Willst du das wirklich?«

Sie nickte langsam, und er lächelte ihr zu, sagte nichts. Sie schwang ein Bein über das Pferd und setzte sich in den Sattel. Einen Moment später hatte sie die Zügel fest in der Hand, ihre Absätze bohrten sich in die Flanken, und sie flog neben Tate Jordan in den Wind.

11

»Hast du einen schönen Spazierritt gemacht, Schatz?« Caroline sah sie wohlwollend an, als Samantha ins Wohnzimmer schlenderte, das Haar offen, das Gesicht gerötet, die Augen leuchtend. Sie war die Verkörperung von Jugend, Gesundheit und Schönheit, und Caroline konnte nicht umhin, sie ein wenig zu beneiden, als sie beobachtete, wie sich die jungen Glieder in einem bequemen Sessel zusammenrollten.

»Sehr schön, Tante Caro, danke.«

Sie hätte ihr so gern erzählt, daß sie ihre Hütte gesehen hatte, aber sie wußte, sie konnte es nicht. Doch die Erregung hielt noch immer an, die Erregung über dieses Geheimnis und über den Kuß, den Tate ihr in Black Beautys Box gegeben hatte. Es war ein Kuß gewesen, der sie verbrannte, der bis in die Tiefe ihrer Seele drang. Dieser Mann war ganz anders als alle anderen, stärker, mächtiger, unabhängiger und anziehender als alle, die sie je kennengelernt hatte oder noch kennenlernen würde.

»Hast du heute morgen schon jemanden gesehen?«

Es war eine ungezwungene Frage, verständlich aus dem dreißig Jahre dauernden Leben auf einer großen Ranch. Hier verging nicht eine Stunde, ohne daß man irgend jemanden sah, mit jemandem über etwas redete und etwas über einen anderen erfuhr. Sam hätte fast mit nein geantwortet, doch dann beschloß sie, Tante Caro die Wahrheit zu sagen. »Ich habe Tate Jordan getroffen.«

»Oh.« Caroline sagte es ohne Nachdruck, ohne großes Interesse zu verraten. »Wie geht es dem Weihnachtsmann nach gestern abend? Den Kindern macht er jedes Jahr eine große Freude.«

626

Sam war versucht zu sagen: »Mir heute auch«, aber sie wagte es nicht. »Das sollte auch so sein. Er ist ein netter Mann.«

»Heißt das, du hast dich erweichen lassen? Du haßt ihn nicht mehr?«

»Das habe ich nie getan.« Sie versuchte, gleichgültig auszusehen, als sie sich eine Tasse Kaffee einschenkte. »Wir waren einfach nicht einer Meinung, was meine Reitkünste anging.«

»Und er hat seine Meinung geändert?« Samantha nickte und grinste zufrieden.

»Kein Wunder, daß er dir gefällt. Wie gern akzeptieren wir doch diejenigen, die uns akzeptieren. Aber er ist ein guter Mann, ganz gleich, was er zu deinen Ausritten auf Black Beauty sagt. Er kennt diese Ranch genauso gut wie Bill und ich.«

Genauso gut ... sogar die Hütte ... dachte Samantha und mußte einen Schluck Kaffee trinken, um sich nicht durch ein Lächeln zu verraten.

»Was hast du heute vor, Tante Caro?«

»Die Bücher, wie immer.«

»An Weihnachten?« Samantha sah schockiert aus.

Caroline nickte pflichtbewußt. »An Weihnachten.«

»Warum geben wir statt dessen nicht ein schönes Weihnachtsessen?«

»Wenn ich mich richtig erinnere, hatten wir das schon gestern abend.« Caroline musterte sie amüsiert.

»Das war etwas anderes. Das war für alle. Warum kochen du und ich nicht etwas Leckeres für Bill King und Tate?« Caroline sah sie scharf an und schüttelte dann den Kopf.

»Ich glaube nicht, daß das ginge.«

»Warum nicht?«

Caroline seufzte leise. »Weil sie Rancharbeiter sind, Samantha, und wir nicht. Auf einer Ranch gibt es noch eine strenge Hierarchie.«

»Ißt du denn nie mit Bill zu Abend?« fragte Sam ungläubig.

»Sehr selten. Nur bei feierlichen Gelegenheiten, wenn jemand heiratet oder stirbt. Nur an Abenden wie gestern, an Weihnachten, werden die Grenzen überwunden. Im übrigen bist du, wer du bist, und sie ... sie sind sorgfältig darauf bedacht, die Grenzen zu wahren, Sam.«

»Aber warum?«

»Aus Respekt. So ist das nun einmal.« Sie schien es zu akzeptieren, aber Sam ärgerte sich.

»Aber das ist so dumm. Was bedeutet schon die Hierarchie? Was macht sie für einen Unterschied? Wer kümmert sich darum?«

»Sie.« Carolines Stimme war wie ein Guß mit eiskaltem Wasser. »Sie kümmern sich sehr darum, achten auf die Umgangsformen, auf die Stellung, darauf, wer du bist, behandeln dich mit dem Respekt, den sie dir ihrer Meinung nach schuldig sind. Als Ranchbesitzer wirst du von ihnen auf ein Podest gehoben, und sie lassen nie zu, daß du herunterkommst. Es ist manchmal ermüdend, aber so ist es nun einmal. Du mußt es akzeptieren. Wenn wir Bill und Tate heute zu uns einladen würden, wären sie zutiefst entsetzt.«

Doch es fiel Sam schwer, das zu glauben, denn sie dachte an Tates Bitte, mit ihm in der Hütte zu schlafen. Sie hatte noch nicht begriffen, daß das, da es privat war, etwas ganz anderes war als im Großen Haus zusammen zu Abend zu essen.

»Nun, ich sehe immer noch keinen Sinn darin.«

Caroline lächelte sie herzlich an. »Ich auch nicht, aber ich akzeptiere es jetzt, Sam. So ist es einfacher. Sie sind nun einmal so.«

War das dann der Grund für die Hütte? Weil er ein Rancharbeiter war und sie etwas ganz anderes, eine Ranchbesitzerin? War es möglich, daß all diese Geheimnistuerei aus einem so einfachen Grund entstanden war? Sam hätte sie liebend gerne gefragt, aber sie wußte, daß es unmöglich war.

»In der Großen Halle wird es den ganzen Tag kalten Truthahn geben, Samantha. Du könntest hinübergehen und mit jedem schwatzen, der zufällig da ist. Aber ich muß wirklich ein paar Stunden lang mit Bill in meinem Büro arbeiten. Ich fühle mich gar nicht wohl bei dem Gedanken, dich an Weihnachten zu vernachlässigen, Sam, aber wir müssen damit fertig werden.«

Ihr einziges, gemeinsames Ziel war in all den Jahren immer nur die Ranch gewesen. Sam fragte sich insgeheim, ob sie die Hütte vermißten. Bestimmt, denn es war ein so schöner Ort, um sich zu verstecken. Sie fragte sich auch, wie lange es her war, daß die beiden das letzte Mal dort waren, wie oft sie am Anfang hingegangen waren, ob sie damals wohl ... und sie fragte sich ebenfalls, wann sie wieder mit Tate dorthin reiten würde.

»Mir geht's schon gut, Tante Caro. Ich habe noch ein paar Briefe zu schreiben. Und ich gehe etwas in der Haupthalle essen, wenn ich Hunger bekomme.«

Plötzlich war ihr klar, daß sie versuchen wollte, noch einmal Tate zu treffen. Diese Begegnung heute morgen war ihr sehr nahegegangen, und jetzt wurde sie den Gedanken an ihn einfach nicht mehr los. Sie konnte nur noch an ihn denken, an seine Hände, seine Lippen, seine Augen ...

Doch als sie eine halbe Stunde später in die Haupthalle ging, um etwas zu essen, war er nirgends zu sehen. Ein paar Stunden später traf sie zufällig Josh in der Nähe des Stalles, der beiläufig erwähnte, daß Tate zur fünfundzwanzig Meilen entfernten Bar Three Ranch geritten war, um seinen Sohn zu besuchen.

12

Im silbrigen Morgenlicht gab Tate Jordan das Zeichen, und die zwei Dutzend Rancharbeiter, die seine Befehle ausführten, trieben ihre Pferde an und folgten ihm zum Haupttor. Die meisten von ihnen sollten heute die Jungbullen zur Kastration zusammentreiben, während Tate selbst und eine kleine Gruppe zu einem schmalen Canyon ritten, um zu prüfen, ob die Brücke dort noch sicher war.

Als sie eine Stunde später dort eintrafen, stellten sie fest, daß alles in bester Ordnung war. Aber auf dem Rückweg stießen sie auf zwei vom Blitz getroffene Bäume, die das Dach eines Schuppens eingeschlagen und einen Traktor und ein paar kleinere Maschinen und Werkzeuge beschädigt hatten. Zwei Stunden lang waren die Männer damit beschäftigt, Zweige vom Haus zu räumen, die Werkzeuge zu überprüfen, zu versuchen, den Traktor in Gang zu setzen und schließlich eine riesige Säge in Betrieb zu nehmen, mit der sie die umgestürzten Baumstämme zerkleinern und entfernen konnten.

Es war eine mörderische Arbeit für sie alle, und ganz besonders für Samantha; als sie schließlich abbrachen, um zu essen, war Samanthas langes, blondes Haar feucht von der Anstrengung, und ihr dickes Flanellhemd klebte ihr am Körper.

»Kaffee, Sam?«

Tate reichte ihn ihr wie den andern, und nur für den Bruchteil einer Sekunde glaubte sie, in seinen Augen einen besonderen Ausdruck zu entdecken. Doch als er ihr einen Moment später weitere Anweisungen gab, was mit den beschädigten Werkzeugen zu tun wäre, war sie sicher, sich diese Aufmerksamkeit nur eingebildet zu haben. Es war offensichtlich, daß ihre Beziehung wieder rein beruflich war.

Im Lauf des Tages bestätigte sich dieser Eindruck. Tate behandelte sie jetzt ebenso gut wie die anderen, scherzte auch ein-, zweimal mit ihr und forderte sie auf, sich auszuruhen, als sie erschöpft schien. Doch da kam kein besonders nettes Wort, keine besondere Ermutigung. Am Ende des Tages, als sie Navajo in seine Box brachte, sagte er überhaupt nichts zu ihr, sondern verließ den Stall und eilte in seine eigene Hütte zurück, die nicht weit von der Haupthalle entfernt war.

»Harte Arbeit heute, was, Sam?« rief Josh ihr über die Schulter zu, als er seinen Sattel fortbrachte, und sie nickte. Sie warf einen kurzen Blick auf Tates Rücken und fragte sich plötzlich, ob diese Minuten in der versteckten Hütte wohl eine Art Verirrung bedeuteten, ein kurzes Aufflammen, ein vorübergehender Verlust der Selbstbeherrschung, die sie dann aber schnell wiedergewonnen hatten. Und sie war plötzlich froh, daß sie der Versuchung nicht erlegen war. Sonst hätte er jetzt schon über sie gelacht. Sam versuchte, in die Gegenwart zurückzukehren und sich zu erinnern, was Josh gesagt hatte. »Du siehst zerschlagen aus.«

»Tun wir doch alle! Es ist immer harte Arbeit hier draußen.«

Aber sie sah nicht unglücklich darüber aus, als sie das sagte. Sie war allerdings noch immer erleichtert darüber, daß es ihr erspart geblieben war zu sehen, wie die jungen Bullen kastriert wurden. Aus früheren Jahren hatte sie daran noch unangenehme Erinnerungen, und sie hatte den Tag viel lieber mit Tate und den anderen verbracht, hatte die Arbeit an zerstörten Bäumen und den ungewohnten Farmwerkzeugen vorgezogen. »Bis morgen!« Mit einem müden Lächeln winkte sie ihm zu und steuerte auf das Große Haus zu.

Sie sehnte sich plötzlich nach einem heißen Bad, einem kräftigen Abendessen und gleich danach nach einem warmen Bett. Ihr Leben auf der Ranch schien von Tag zu Tag einfacher zu werden. Sie schlief, stand auf, aß und arbeitete hart. Aber das war genau das, was sie angestrebt hatte. Ihr blieb kaum noch Zeit zum Nachdenken. Trotzdem kehrten bestimmte Gedanken immer wieder, Bilder von Tates Gesicht, von der Hütte, wo sie Seite an Seite gestanden hatten, wo sie sich über Bill und Caro unterhalten hatten ... wo sie über sich selbst gesprochen hatten.

Als sie in das gemütliche Ranchhaus trat, rief sie nach Caroline, doch alles blieb still. Gleich darauf fand sie in der Küche eine Nachricht, in der sie ihr mitteilte, daß sie mit Bill King fortgefahren war. Es gab Probleme mit den Steuerunterlagen, die am Telefon nicht geklärt werden konnten, und so waren sie zu dem Revisor gefahren, hundert Meilen entfernt. Sie würden entweder spät am Abend zurückkehren oder erst am nächsten Morgen, aber Sam sollte auf keinen Fall warten. Im Ofen war ein bereits gegrilltes Hähnchen, dazu eine große gebackene Kartoffel, und im Kühlschrank stand ein Salat. Doch trotz der harten Arbeit des Tages mußte Sam feststellen, daß sie nicht so hungrig war, wie sie noch vor ein paar Minuten gedacht hatte. Die Aussicht auf ein Abendessen allein reizte sie nicht allzu sehr.

Statt dessen wanderte sie langsam ins Wohnzimmer und beschloß, sich später ein Sandwich zu machen. Fast unbewußt blieb sie stehen und schaltete den Fernseher ein. Wie vom Blitz getroffen, zuckte sie zusammen, als sie Johns Stimme durch das gemütliche Wohnzimmer dröhnen hörte und Augenblicke später Liz' dicker werdenden Bauch und ihr lächelndes Gesicht sah. Es brachte die Erinnerung zurück an alles, was geschehen war. In Sams Augen trat dieselbe Traurigkeit wie auch bei ihrer Ankunft aus New York. Sie starrte auf den Apparat und hörte ihren üblichen Reden zu, als ihr plötzlich bewußt wurde, daß seit ein paar Minuten jemand an die Tür klopfte. Für einen Augenblick, der ihr wie Stunden erschien, war sie von den beiden lächelnden Menschen im Abendprogramm an den Apparat gefesselt, nahezu unfähig, sich loszureißen. Sie verschwanden von der Bildfläche, da Sam hastig den Apparat ausschaltete und mit einer kleinen, unglücklichen Falte zwischen ihren Brauen zur Tür ging und öffnete. Verschwunden war die New Yorker vorsichtige Frage: »Wer ist da?« Hier konnte es nur ein Rancharbeiter oder ein Freund sein, es gab keine Feinde. Als sie die Tür öffnete, starrte sie auf ein marineblaues Hemd und eine vertraute Drillichjacke, und hastig ließ sie ihre Augen nach oben wandern, bis sie Tate Jordans Gesicht sah.

»Hallo, Tate.« Sie sah müde und verwirrt aus, hatte den Kopf immer noch voll von Bildern von ihrem Exgatten und seiner neuen Frau.

»Stimmt was nicht?« Sein Gesicht nahm einen besorgten Ausdruck an, als er sie anschaute, aber sie schüttelte den Kopf. »Du siehst aus, als hättest du schlechte Neuigkeiten erhalten.«

»Nein.« Sie fühlte sich zwar elend, aber das konnte sie kaum noch als Neuigkeiten bezeichnen. »Eigentlich nicht. Wahrscheinlich bin ich einfach nur müde.«

Sie lächelte ihm zu, aber es war nicht das fröhliche, entspannte Lächeln, das er gewohnt war, und er fragte sich, was schuld daran war, daß sie so unglücklich aussah. Vielleicht hatte sie einen Anruf von daheim bekommen oder einen bösen Brief von ihrem Exmann. Er kannte diese Art von Blick noch aus der Zeit seiner eigenen Eheprobleme.

»Du hast heute da draußen ganz schön geschuftet, mein kleiner Palomino.« Sein Lächeln wirkte wie eine Belohnung am Ende eines harten Tages, und als Sam diesmal grinste, kam es von Herzen.

»Freut mich, daß du es gemerkt hast.« Aber das machte ihn
so wertvoll für die Ranch. Er kannte seine Männer, kannte die
Qualität ihrer Arbeit, ihre Treue, ihre Ergebenheit, wußte, was
sie von der Lord Ranch erhielten und was sie gaben. Sam trat
beiseite und fragte vorsichtig: »Möchtest du hereinkommen?«

»Ich wollte dich nicht belästigen, Sam.« Er schien einen Augenblick verlegen, als er eintrat. »Ich habe bloß erfahren, daß Bill
und Caroline in die Stadt gefahren sind, um den Revisor aufzusuchen. Und da dachte ich, ich schau' mal, wie es dir geht. Möchtest
du zum Essen in die Halle kommen?«

Seine Aufmerksamkeit rührte sie, und plötzlich fragte sie sich,
ob in seinem Lächeln mehr lag. Doch bei Tate Jordan war das
schwer zu sagen. Es gab Zeiten, da konnte man überhaupt nichts
aus diesen dunkelgrünen Augen und dem Gesicht mit den tiefen Falten lesen. »Hast du schon gegessen?« Es roch nach dem
Hähnchen, das noch immer im Ofen lag; sie schüttelte den Kopf.

»Nein. Caroline hat mir ein Hähnchen bereitgestellt, aber ich
war nicht ... ich hatte keine Zeit zu ...« Sie lief rot an, denn
sie dachte an die Fernsehsendung, wegen der sie nicht gegessen
hatte. Sie legte den Kopf auf die Schulter, strich die blonden
Haare aus dem Gesicht und deutete zur Küche.

»Hättest du Lust, hier mit mir zu essen, Tate? Es ist genug da.«
Sie konnten die Kartoffel teilen, ein ganzes Hähnchen reichte
vollkommen, und es gab genug Salat, um die Hälfte der Männer auf der Ranch zu sättigen. Caroline kochte immer so, als ob
sie eine ganze Armee erwartete. Das lag daran, daß sie die ganzen Jahre unter Rancharbeitern und Freunden gelebt hatte.

»Würde dir das nicht eine Menge Arbeit machen?« Er schien
zu zögern, seine große Gestalt wirkte plötzlich zu groß unter der
niedrigen Decke, aber Samantha schüttelte schnell den Kopf.

»Sei nicht albern. Caroline hat genug Essen für zehn hiergelassen.«

Er lachte und folgte ihr in die Küche, wo sie, während sie sich
über die Ranch und die Arbeit des Tages unterhielten, den Tisch
deckte. Wenig später schwelgten sie bei Hähnchen und Salat, als
würden sie jeden Tag zusammen zu Abend essen.

»Wie ist New York?« Er grinste sie an.

»Oh . . . verrückt. Ich glaube, das trifft es am besten. Zu viele Menschen, zu viel Lärm, zu viel Schmutz, aber auch sehr aufregend. Jeder in New York scheint irgend etwas zu tun, ins Theater zu gehen, ein Geschäft zu eröffnen, für ein Ballett zu proben, zusammenzubrechen, reich zu werden, berühmt zu werden. Es ist einfach kein Platz für gewöhnliche Sterbliche.«

»Und du?« Er musterte sie genau, als sie aufstand, um ihnen zum Abschluß der Mahlzeit Kaffee einzuschenken.

»Ich dachte immer, ich liebte es.« Sie setzte sich wieder, stellte die beiden Tassen mit dem dampfenden Kaffee ab und meinte achselzuckend: »Jetzt bin ich mir manchmal nicht mehr so sicher. Es kommt mir alles so vor, als wäre es schrecklich weit fort und nicht sehr wichtig. Es ist komisch, vor drei Wochen hätte ich mein Büro nicht einmal für einen Besuch beim Friseur verlassen können, ohne nicht mindestens dreimal anzurufen, ob auch alles in Ordnung wäre. Und jetzt bin ich seit fast drei Wochen fort, und was macht das? Gar nichts. Sie merken es nicht. Ich merke es nicht. Es ist, als hätte ich niemals dort gelebt.«

Aber sie wußte auch, daß, wenn sie heute abend ins Flugzeug stieg, würde es am nächsten Morgen so aussehen, als wäre sie nie fortgewesen. Und dann würde sie wieder das Gefühl haben, das Büro nie mehr verlassen zu können.

»Ich glaube, New York macht einen einfach süchtig. Wenn du die Angewohnheit einmal abgeschüttelt hast, ist alles in Ordnung, aber solange du dort gefangen bist . . .« Sie lächelte ihn strahlend an. »Paß bloß auf!«

»Ich habe schon öfter in meinem Leben solche Frauen kennengelernt!« Seine Augen tanzten schalkhaft, als er an dem Kaffee nippte.

»Tatsächlich, Mr. Jordan? Möchten Sie mir nicht davon erzählen?« sagte sie leichthin.

»Nee.« Er lächelte wieder. »Wie ist das? Wartet jemand auf dich in New York? Oder bist du vor all dem auch davongelaufen?«

Für einen Moment wurden ihre Augen bei dieser Frage ernst,

doch dann schüttelte sie den Kopf. »Ich bin nicht davongelaufen, Tate. Ich mache Urlaub ...« Sie zögerte. »Ein Ferienjahr, nannten sie es, glaube ich, im Büro. Und ich habe auch niemanden zurückgelassen, der auf mich wartet. Ich dachte, du hättest das alles neulich schon begriffen.«

»Es kann nie schaden zu fragen.«

»Ich bin mit niemandem mehr ausgegangen seit der Sache mit meinem Mann.«

»Seit August?« Sie war überrascht, daß er sich das gemerkt hatte, nickte aber. »Findest du nicht, es wäre an der Zeit?«

Sie wollte ihm nicht erzählen, daß sie in diesem Moment gerade begann, diese Meinung zu teilen. »Vielleicht. Es kommt schon alles zur rechten Zeit.«

»So?« Er sprach leise, beugte sich vor und küßte sie, wie er es schon einmal getan hatte. Und wieder spürte sie ihr Herz heftig schlagen, als sie sich ihm näherte. Mit einer Hand strich er ihr sanft das seidene Haar zurück, während er mit der anderen ihr Gesicht emporhob. »Mein Gott, du bist schön, Sam. Du raubst mir den Atem, weißt du das?«

Wieder küßte er sie, schob dann die Teller beiseite und zog sie an sich, bis sie beide atemlos waren. Erst jetzt stieß Sam ihn sanft zurück, ein verlegenes Lächeln auf den Lippen.

»Tante Caro wäre entsetzt, Tate.«

»Ach, wirklich?« Er schien nicht überzeugt zu sein. »Irgendwie bezweifle ich das.«

Im gleichen Augenblick dachten sie beide an Caroline und Bill King und deren kleinen Ausflug. Wahrscheinlich würden sie die Nacht irgendwo unterwegs zusammen verbringen. Das erinnerte Sam wieder an die kleine, versteckte Hütte, und Tate lächelte, als auch seine Gedanken dorthin zurückwanderten.

»Wenn es nicht so dunkel wäre, könnten wir jetzt dorthin reiten. Ich wäre gern mit dir da, Sam.«

»In der Hütte?« Sie hatte sofort verstanden, woran er dachte, er nickte.

»Ich hatte neulich das Gefühl«, sagte er mit liebkosender Stimme, »daß sie extra für uns geschaffen sei.« Er stand auf.

Sie lächelte, als er sie langsam auf die Füße zog, bis sie vor ihm stand, winzig gegenüber seiner Größe; ihre Brüste preßten sich plötzlich an ihn, und hungrig küßten sie sich, während er ihr sanft über den Rücken und das Haar strich. Dann trat er zurück, und seine Stimme war nicht mehr als ein Flüstern.

»Ich weiß, es klingt verrückt, Sam, aber ich liebe dich. Ich wußte es schon, als ich dich zum ersten Mal sah. Ich wollte dich anfassen, dich halten, mit den Händen durch dieses Haar fahren.« Sanft lächelte er auf sie hinab, aber Samantha wirkte nachdenklich. »Glaubst du mir das, Sam?«

Ihre großen, blauen Augen fanden seine grünen, sie sah beunruhigt aus. »Ich weiß nicht, was ich glaube, Tate. Ich dachte an das, was ich dir neulich gesagt habe: Es genügt nicht, einfach nur mit jemandem zu schlafen. Hast du das deshalb gesagt?«

»Nein.« Er flüsterte immer noch, die Lippen nah an ihrem Ohr, als er ihren Nacken küßte. »Ich habe es gesagt, weil ich es meine. Ich habe seit neulich sehr viel über dich nachgedacht. Und was du dir wünschst, ist nichts anderes, als was ich fühle, Sam.« Seine Stimme wurde kräftiger, als er ihre Hände ergriff. »Du willst einfach nur, daß ich meine Gefühle in Worte fasse. Daran bin ich nicht gewöhnt. Es ist leichter zu sagen: ›Ich möchte mit dir schlafen‹, als zu sagen: ›Ich liebe dich‹. Aber ich habe noch nie eine Frau kennengelernt, die ich so sehr begehrt habe wie dich.«

»Warum?« flüsterte sie leise. Der tiefe Schmerz, den John ihr zugefügt hatte, stand in ihren Augen. »Warum willst du mich?«

»Weil du so reizend bist ...« Er streckte die Arme aus und berührte mit seinen kräftigen, und doch so zärtlichen Händen sanft ihre Brust. »Weil ich es liebe, wie du lachst, wie du redest ... wie du dieses verdammte Pferd von Caroline reitest ... wie du mit den Männern schuftest, obwohl du es nicht bräuchtest ... weil es mir gefällt«, er grinste und ließ die Hände an ihrem Körper entlanggleiten, »wie dein Hintern auf deinen Beinen sitzt.« Sie lachte zur Antwort und schob sanft seine Hände fort. »Ist das kein guter Grund?«

»Guter Grund wozu, Mr. Jordan?« Sie neckte ihn, als sie sich jetzt von ihm abwandte und anfing, den Tisch abzuräumen. Doch ehe sie die Teller noch zur Spüle tragen konnte, hatte er sie ihr abgenommen, hingestellt, nahm sie in die Arme und trug sie aus dem Zimmer, durchs Wohnzimmer, bis er den langen Flur erreichte, der in ihr Zimmer führte.

»Hier entlang, Samantha?« Seine Stimme war unendlich sanft, seine Augen glühten. Sie wollte ihm sagen, er solle aufhören, solle umkehren, aber sie konnte es nicht. Sie nickte nur und deutete vage den Flur entlang, dann versuchte sie plötzlich kichernd, sich von ihm zu befreien.

»Komm schon ... hör auf, Tate. Laß mich runter!« Er fiel in ihr Gelächter ein, tat aber nichts dergleichen. Statt dessen blieb er vor einer halb offenen Tür am Ende des Flures stehen.

»Ist das deines?«

»Ja.« Sie verschränkte die Arme, als wäre sie ein trotziges kleines Kind. »Aber ich habe dich nicht eingeladen, oder?«

»Oder?« Er zog eine Braue hoch und trat über die Schwelle, sah sich interessiert um. Ohne weitere Worte setzte er sie dann auf dem Bett ab, nahm sie wieder in die Arme und küßte sie fest auf den Mund. Das Spiel zwischen ihnen war plötzlich vorbei, die Leidenschaft, die er in ihr entfachte, überraschte sie völlig. Sie war überwältigt von der Kraft, mit der er sie an sich zog, von dem Hunger seines Mundes, seiner Hände, seines ganzen Körpers. Es schienen nur Sekunden vergangen zu sein, als er schon neben ihr lag, ihre Kleider schienen von ihrem Körper fortzuschmelzen, genau wie seine. Sie spürte nur noch sein sanftes Fleisch neben ihrem, spürte die Zartheit seiner Hände; suchend, erregend, die endlosen Beine, die sie umschlangen, seinen Mund. Er zog sie noch dichter an sich, bis sie es nicht länger ertragen konnte, bis sie sich leise stöhnend an ihn preßte und nur noch eins mit ihm sein wollte.

In diesem Augenblick schob er sie fort, sah ihr scharf in die Augen, stellte ihr wortlos eine Frage. Tate Jordan hatte noch nie eine Frau genommen, und würde auch sie nicht nehmen, nicht jetzt, niemals, wenn er sich nicht ganz sicher war, daß es das war, was sie wollte. Als er jetzt ihre Augen suchte, nickte sie,

637

und Sekunden später nahm er sie, drang tief und hart in sie ein. Sie stöhnte, als er noch tiefer drang, und keuchend überließ sie sich der Ekstase, zu der er sie wieder und wieder trieb.

Stunden schienen vergangen, als er schließlich ruhig neben ihr lag. Das Zimmer war dunkel, das Haus still, und sie fühlte seinen langen, kräftigen Körper neben sich ausgestreckt, zufrieden, gesättigt, spürte mit Vergnügen seine Lippen an ihrem Nacken. »Ich liebe dich, Palomino. Ich liebe dich.« Die Worte klangen so echt, und doch hatte sie plötzlich das Bedürfnis, ihn zu fragen, ob das stimmte. War es echt? Würde jemals irgend jemand sie wirklich wieder lieben? Sie lieben und nicht verletzen, sie lieben und nicht verlassen? Eine kleine Träne fiel plötzlich aus ihrem Augenwinkel auf das Kissen, und er sah sie traurig an und nickte. Dann zog er sie in seine Arme und wiegte sie sanft, summte ihr etwas vor, bedeutungslose Worte, wie man es bei einem verletzten Tier oder einem ganz kleinen Kind tut. »Ist ja schon gut, Babe. Jetzt ist alles gut. Ich bin ja bei dir . . .«

»Entschuldige . . .« Ihre Worte waren undeutlich, als plötzlich die Tränen eines ganzen Lebens aus ihr hervorbrachen; all der Kummer, der sich in ihr angestaut hatte, brach hervor wie ein Schwarm wilder Vögel. Fast eine Stunde lagen sie so beieinander. Als ihre Tränen versiegt waren, spürte sie eine vertraute Bewegung neben sich, sie lächelte, und ihre Hand glitt nach unten, um ihn zu berühren.

»Ist jetzt alles in Ordnung?« Seine Stimme drang heiser durch die Dunkelheit, und sie nickte.

»Bestimmt?«

»Es ist alles in Ordnung.«

Er wollte nicht weitergehen und heftete seine Augen auf sie.

»Bist du sicher?«

»Ganz sicher.« Mit ihrem Körper zeigte sie ihm ihre Dankbarkeit, für die sie keine Worte finden konnte, schmiegte sich an ihn und schenkte ihm ebensoviel Vergnügen, wie sie empfing. Es war das Verschmelzen mit einem Menschen, wie sie es in all den Jahren vor ihm nicht erlebt hatte; als sie dann neben Tate Jordan lag und schlief, lächelte Samantha glücklich.

638

Als der Wecker neben ihrem Bett am nächsten Morgen klingelte, wachte sie nur langsam auf, lächelnd, in der Erwartung, ihn zu sehen. Doch statt dessen fand sie einen Zettel neben der kleinen Uhr. Er hatte den Wecker für sie gestellt, als er sie um zwei Uhr nachts verließ, und hatte ihr auf einem kleinen Stück Papier eine Nachricht hinterlassen. Darauf stand nichts weiter als: »Ich liebe dich, Palomino.« Und als sie das gelesen hatte, legte sie sich wieder in die Kissen zurück, schloß die Augen und lächelte. Und diesmal gab es keine Tränen.

13

Am Ende des Arbeitstages sah Samantha noch so frisch und lebendig aus wie zu Beginn, und Josh machte eine empörte Bemerkung darüber, als sie grinsend ihren Sattel fortbrachte.

»Jesus, sieh sich einer diese Frau an. Hart wie Stahl. Vor drei Wochen konntest du nach einem Tag im Sattel kaum noch laufen, so kaputt warst du. Und jetzt schwingst du dich von diesem verdammten Gaul und strahlst um sechs Uhr abends noch genauso wie am Morgen, wenn du aufstehst. Das macht mich krank. Jetzt müßtest du *mich* in meine Hütte tragen. Mein A ... ist wund, und meine Arme tun höllisch weh, weil ich die ganze Zeit über diese verdammten Stiere eingefangen habe. Vielleicht müßtest du einfach noch ein bißchen härter arbeiten.«

»Quatsch! Ich habe heute härter gearbeitet als du!«

»Ach ja?« höhnte er spielerisch und klatschte ihr mit dem Hut aufs Hinterteil.

»Ja!«

Sie lief an ihm vorbei, ein Grinsen im Gesicht, und der lange Pferdeschwanz mit dem leuchtendroten Band wippte. Sie war den ganzen Tag lang fast auf ihrem Sattel geschwebt. Sie hatte an nichts anderes als an Tate Jordan denken können, wenn auch keiner von ihnen bei der Arbeit das geringste verraten hatte. Im Gegenteil, er war gleichgültig und fast bärbeißig gewesen, und sie hatte ihr möglichstes getan, ihn zu übersehen, wenn sie sich zufällig über den Weg liefen und Gelegenheit gehabt hätten, miteinander zu sprechen. Er sprach sie nur einmal beim Kaffee nach dem Essen beiläufig an und schlenderte dann fort, um mit einigen der Männer zu reden, während Sam bei den Arbeitern blieb, die sie am besten kannte.

Sam ließ ihre Gedanken wieder zu Tate schweifen. Den ganzen Tag über waren ihr immer wieder Augenblicke der Nacht eingefallen, die sie zusammen verbracht hatten: ein Aufflackern, ein Glimmen; seine Beine, sein Körper, als er zwischen den zerwühlten Laken lag, der Ausdruck in seinen Augen, als er sich über sie beugte, um sie wieder zu küssen, die Biegung seines Nackens, als er sich für einen Moment glücklich seufzend zurückgelehnt hatte, als ihre langen, lockenden Finger langsam seinen Rücken hinunterglitten. Sie liebte sein Aussehen, liebte es, seinen Körper zu fühlen, mochte die Art, wie er sie liebte. Das war alles, woran sie denken konnte, als sie zu Tante Caros Haus zurücklief.

Sie hatte keine Ahnung, wann sie ihn wieder allein sehen würde. Seine Hütte war zu dicht bei der Haupthalle, wo die Männer aßen, und Tante Caro war von ihrem kurzen Ausflug mit Bill zurückgekehrt. Es war klar, daß ein Treffen zwischen ihnen sorgfältig geplant werden mußte, aber sie war sicher, daß er einen Ausweg finden würde. Die Vorstellung, daß jetzt er und Bill King beide auf Zehenspitzen ins Haus schlichen und sich dann um Mitternacht hinausstahlen, ließ sie beim Öffnen der Haustür hell auflachen.

»Wie glücklich du heute abend aussiehst, Miss Samantha.« Caroline betrachtete sie froh.

Zum erstenmal seit vier Monaten sah Sam Johns vertrautes Gesicht auf dem Bildschirm, ohne einen Stich zu empfinden. Sie konnte es kaum glauben, kniff nachdenklich die Augen zusammen, während sie ihn genau betrachtete, zuckte dann lächelnd die Achseln und ging in ihr Zimmer, um sich zu waschen.

»Ich bin gleich wieder da, Tante Caro.«

Als sie wiederkam, aßen sie zusammen wie immer. Nur fragte sich Samantha heute abend, wo Tate wohl war. War er mit den anderen in der Haupthalle? Oder war er in seiner Hütte geblieben, um sich selbst etwas zu kochen, was einige der Männer bevorzugten. Doch die meisten aßen lieber mit den anderen. Sogar die Männer, deren Frauen auf der Ranch lebten, kamen nach dem Essen oft noch auf eine Tasse Kaffee und eine Zigarette, denn sie liebten die Gesellschaft derer, mit denen sie den ganzen Tag zusammen arbeiteten.

Plötzlich sehnte Samantha sich danach, mit ihnen zusammenzusein; andererseits spürte sie auch, daß ihr plötzliches Erscheinen Erstaunen hervorrufen würde. Die Männer akzeptierten sie zwar tagsüber in ihrer Mitte, aber am Abend gehörte sie ihrer Ansicht nach ins Große Haus zu Caroline. Es war unmöglich, Tate dort aufzusuchen, ohne Aufsehen zu erregen. Irgend jemand würde die Wahrheit entdecken. Auf jeder Ranch blühte der Klatsch, und sie alle schienen ein sicheres Gespür für die Gefühle anderer zu haben. Über Romanzen, Hochzeiten und Scheidungen wurde ebenso gesprochen wie über unerlaubte Affären und uneheliche Kinder. Um so bemerkenswerter war es, daß Bill King und Caroline ihr Geheimnis so lange für sich bewahren konnten. Auch wenn einige der Alteingesessenen oder gute Freunde etwas ahnten, war doch niemand auf der Ranch wirklich sicher. Samantha stellte jetzt fest, daß sie diese Haltung respektierte, und verstand nur noch besser, wie schwierig diese Liebe gewesen sein mußte.

Ihr Körper schmerzte fast vor Sehnsucht danach, mit Tate zusammenzusein, mit ihm zu reden, zu lachen, ihn zu necken, zu berühren, mit ihm einen Spaziergang durch die Nacht zu machen, mit Freude und Stolz ihn anzublicken und seine Hand zu halten, und dann in ihr Schlafzimmer zurückzukehren und wieder seinen Körper zu erforschen, wie in der Nacht zuvor.

»Möchtest du noch Salat, Samantha?«

Sie waren schon halb mit dem Essen fertig, als Samantha sich daran erinnerte, wo sie war. Eine halbe Stunde lang hatte sie nichts gesagt, hatte nur geträumt und sich ziellos treiben lassen, während Caroline sie beobachtete und sich fragte, was der Grund dafür war. Sam schien nicht unglücklich zu sein, es lag wohl nicht daran, daß sie die Nachrichten angesehen hatte. Sie sah auch nicht aus, als hätte sie Heimweh. Im Gegenteil, sie sah gut aus, es mußte also etwas anderes sein.

»Stimmt etwas nicht, Sam?«

»Hmm?«

»Alles in Ordnung?«

»Was? ... oh ... entschuldige.« Samantha errötete wie ein Schulmädchen und schüttelte dann mit einem kurzen, mädchenhaften Lachen den Kopf. »Nein, ich war einfach abwesend. Es war ein langer Tag heute, aber ich habe ihn genossen.« Es war die einzige Möglichkeit, das Leuchten, das von ihr ausging, den glücklichen Ausdruck auf ihrem Gesicht zu erklären.

»Was hast du denn bloß gemacht?«

»Nichts Besonderes. Ein paar Pferde eingefangen, die Zäune überprüft, die Männer haben am Nachmittag ein paar Stiere gefangen ...« Sie versuchte, sich zu erinnern. Doch die meiste Zeit hatte sie von Tate geträumt. »Es war wirklich einfach ein schöner Tag.«

Die kluge alte Frau musterte sie scharf. »Es freut mich, daß du hier auf der Ranch glücklich bist.«

»Das bin ich, Tante Caro. Glücklicher, als ich es seit langem irgendwo anders gewesen bin.«

Caroline nickte und widmete sich wieder ihrem Salat, während Samantha zu ihren Träumen von Tate zurückkehrte. Aber sie sah ihn erst am nächsten Morgen wieder. Am Abend zuvor hatte sie Bill King kommen und gehen hören, und diesmal erfüllte sie Neid. Für Tate war es unmöglich, zu ihr zu kommen. Sie lag im Bett, von Sehnsucht nach ihm gequält, und mußte doch lächeln. Es war, als wäre sie achtzehn und hätte eine unerlaubte Affäre. Sie kam sich plötzlich jung und mädchenhaft vor, ein schrecklicher Heimlichtuer, und konnte es doch kaum erwarten, wieder mit ihm zusammenzusein.

Es war sieben Uhr, als sie am nächsten Morgen, Sonntag, ihren Kaffee hinunterschüttete, ihre Jeans anzog, ihre Jacke überwarf, zum letztenmal ihr Haar bürstete und dann zum Stall lief, in der Hoffnung, ihn dort zu finden. Als sie hinkam, war jedoch niemand dort. Der Mann, der die Pferde gefüttert hatte, war schon zum Frühstück in die Haupthalle zurückgekehrt, und sie war allein in dem riesigen Stall, allein mit den vertrauten Pferden, die fraßen oder sich ausruhten oder Sam leise begrüßten, als sie zu Black Beautys Box schlich. Langsam strich sie ihm über den Kopf, spürte seine weichen Lippen auf ihrer Hand, als er nach etwas Freßbarem suchte.

»Ich hab' dir heute morgen nichts mitgebracht, Beauty. Tut mir aufrichtig leid, Junge.«

»Kümmere dich nicht um ihn«, erklang eine leise Stimme hinter ihrem Rücken. »Was hast du mir mitgebracht?«

»Oh!« Sie wirbelte herum, überrascht, und ehe sie sich versah, hatte Tate sie schon in seine Arme gerissen, zerquetschte sie fast in seiner stürmischen Umarmung, küßte sie, ließ sie dann wieder frei.

»Guten Morgen, Palomino.« Er sprach ganz leise, und sie wurde rot.

»Hallo ... du hast mir gefehlt.«

»Du mir auch. Hast du heute morgen Lust, zur Hütte zu reiten?« Niemand, selbst wenn er nur wenige Schritte von ihnen entfernt gestanden hätte, hätte ihn hören können, und Samantha nickte schnell, Strahlen der Vorfreude in den Augen.

»Sehr gern.«

»Ich treffe dich am südlichen Zaun, auf der Lichtung. Weißt du, wo das ist?« Er schien plötzlich besorgt, als hätte er Angst, sie könnte verlorengehen, doch sie lachte bloß.

»Machst du Witze? Was glaubst du denn, wo ich gewesen bin, als du gearbeitet hast?«

»Ich weiß nicht, Babe.« Er grinste sie an. »Da, wo ich auch war, nehme ich an ... außer dir.«

»Da könntest du recht haben.« Und dann, als er sich anschickte zu gehen, griff sie hastig nach seinem Arm und flüsterte: »Ich liebe dich.«

Er nickte, strich sanft mit seinen Lippen über ihren Mund und flüsterte dann: »Ich liebe dich auch. Wir treffen uns um zehn.«

Und dann war er fort. Seine Absätze schallten laut auf dem Stallboden, und einen Augenblick später, als er um eine Ecke

bog, hörte sie ihn zwei Männer begrüßen, die kamen, um ihre
Pferde zu versorgen. Ein paar Sekunden früher hätten sie gesehen, wie er Samantha küßte. Jetzt aber sahen sie nur Samantha,
die emsig Carolines prachtvolles Pferd fütterte.

14

Sie trafen sich fünf Minuten vor zehn auf der südlichen
Weide. Der Himmel strahlte blau, und ihre Augen leuchteten vor
Verlangen. Sie war ein wenig verrückt, diese neue Leidenschaft.
Samantha konnte es sich nicht erklären, aber tief in ihrem Innern
wußte sie, daß sie mit ihm zusammensein mußte, und sie war be-
reit, mit ihm eine Bindung für den Rest ihres Lebens einzugehen.
Sie versuchte, es ihm zu erklären, später an diesem Morgen, als
sie in dem großen, gemütlichen Messingbett in dem hellblauen
Schlafzimmer lagen, ihre Körper erschöpft, ihre Herzen leicht,
als sein Arm sie umschlang und sie sich an seine Seite schmiegte.
»Ich weiß nicht, Tate, es ist, als wenn . . . als wenn ich immer
nur auf dich gewartet hätte. Als wenn ich plötzlich wüßte, wofür
ich geboren bin . . .«
»Du meinst Bumsen?« Er grinste sie an und wühlte in ihrem
schönen Haar.
»Nenn es nicht so.« Sie schien verletzt.
»Entschuldige.« Er küßte sie zärtlich und berührte ihr Gesicht.
»Lieben. Das ist es, ganz gleich, wie ich es nenne.«
»Ich weiß.« Sie rückte näher an ihn, ein glückliches Lächeln
umspielte ihre Lippen, und sie schloß die Augen. »Es kann nicht
richtig sein, so glücklich zu sein. Es ist ganz bestimmt unanstän-
dig.« Ihre Lider zuckten, und er küßte ihre Nasenspitze.
»Ist es das? Warum?« Er sah genauso glücklich aus wie sie, als
er dalag. »Warum haben wir nicht das Recht, uns so zu fühlen?«
»Ich weiß nicht. Aber ich hoffe, es bleibt uns erhalten, noch
für lange Zeit.« Ihre Gedanken wanderten zu Bill und Caroline,
die vor ihnen im selben Bett miteinander geschlafen hatten und
nach so langer Zeit noch immer zusammen waren.

»Es ist verrückt, Tate. Das ist alles noch so neu zwischen uns, aber es kommt mir gar nicht so vor.«

»Stimmt. Aber wenn du nicht aufhörst, darüber zu sprechen, dann fange ich an, dich zu behandeln, als wären wir seit zwanzig Jahren zusammen.«

»Und dann ... was?«

»Ich kümmere mich nicht mehr um dich.«

»Versuch das nur mal.« Sie fuhr mit einem schlanken Finger an der Innenseite seines Schenkels empor bis zwischen seine Beine.

»Und was soll das, Miss Samantha?«

»Bleib so, und ich zeig's dir«, neckte ihn ihre verführerische Stimme, und er suchte mit der Hand zwischen ihren Schenkeln.

Es war eine seltsame Mischung von Ernst und Scherz. Und immer hatten sie das Gefühl, schon ewig zusammenzugehören, ein Teil des Lebens des anderen zu sein. Es war fast nicht möglich zu glauben, daß ihre Beziehung noch ganz neu war. Tate schien sich genauso wohl zu fühlen wie sie, als sie nackt durch das winzige Haus wanderten.

»Hast du die Fotoalben gesehen, Babe?« rief er ihr zu, als sie in der freundlichen kleinen Küche Brote schmierten, für die er die Zutaten mitgebracht hatte.

Er saß auf der Couch, eine Decke um die nackten Schultern gelegt, und streckte die Füße dem flackernden Feuer entgegen. Der Kamin war nicht gesäubert worden, nachdem er das letzte Mal benutzt worden war, und so fühlten sie sich sicher, daß niemand wegen der Asche etwas von ihrer Anwesenheit merken würde.

»Ja, die sind herrlich, nicht wahr?«

Es waren Fotos von Bill, Caroline und anderen Ranchbewohnern. Die Bilder reichten bis in die frühen fünfziger Jahre zurück. Die beiden Liebenden kicherten zärtlich, als sie die Seiten umblätterten, Leute betrachteten, die vor Jahren vor altmodischen Autos, in lustigen Badeanzügen und mit ausgefallenen Hüten ihre Kapriolen gemacht hatten. Es gab ein paar Fotos von Rodeos und frühe Aufnahmen von der Ranch, als einige der neueren Gebäude noch nicht gebaut waren.

»Mensch, die war ja viel kleiner!«

Er lächelte bloß. »Eines Tages wird es noch viel größer sein als jetzt. Das hier könnte die schönste Ranch weit und breit sein, vielleicht sogar die beste im ganzen Land. Aber Bill King wird alt, er ist nicht mehr so eifrig darauf bedacht, sie wachsen zu sehen.«

»Und was ist mit dir? Ist es das, was du dir wünschst, Tate? Eines Tages diese Ranch hier zu leiten?«

Er nickte langsam, ihr gegenüber ehrlich. Er war sehr ehrgeizig, sein ganzes Streben drehte sich nur um diese Ranch.

»Ja. Ich würde eines Tages gern etwas ganz Besonderes daraus machen. Wenn Miss Caroline es mir erlaubt. Aber ich bin nicht sicher, daß sie es zuläßt, solange der alte Bill noch da ist.«

Samantha sprach leise, fast andächtig: »Ich hoffe, er wird immer da sein, Tate, um ihretwillen.«

Er nickte wieder. »Ich auch. Aber eines Tages, eines Tages … es gibt ein paar Dinge auf dieser Ranch, die ich gern ändern würde.« Vorsichtig schloß er das Album und begann, von seinen Plänen zu sprechen. Eine Stunde später warf er einen Blick auf die elektrische Uhr in der Küche und brach ab.

»Hör mal, Sam, ich könnte stundenlang so weiterreden.« Er lächelte schüchtern. Sam hatte es offensichtlich genossen.

»Ich höre gern zu.« Und nach kurzer Pause: »Warum hast du keine eigene Ranch?«

Doch er lachte nur und schüttelte den Kopf. »Wovon, mein kleiner Palomino? Von guten Wünschen und alten Bierdosen? Hast du eine Ahnung, was es kosten würde, eine anständige Ranch aufzubauen? Ein Vermögen. Nicht bei meinem Lohn, Babe. Nein, alles, was ich will, ist es, ein verteufelt guter Vorarbeiter zu sein, nicht nur stellvertretender Vorarbeiter, sondern der Mann an der Spitze. Zum Teufel, die meisten Rancher haben keine Ahnung. Der Vorarbeiter ist es, der die ganze Sache in der Hand hat.«

»So wie du hier.« Sie betrachtete ihn stolz, und er strich ihr zärtlich übers Haar und legte dann eine Hand unter ihr Kinn.

»Ich versuche es, kleiner Palomino. Ich versuche es, wenn ich nicht mit dir beschäftigt bin. Deinetwegen tut es mir fast leid, daß ich arbeite. Alles, was ich gestern wollte, war, mit dir hierherzukommen, dich zu lieben, beim Feuer zu sitzen und mich wohl zu fühlen.«

Mit verträumten Augen starrte Samantha in die Flammen. »Ich auch.« Und dann, nach einem Moment, wandte sie sich wieder ihm zu. »Was sollen wir machen, Tate?«

»Wie meinst du das?« Er neckte sie, denn er wußte, was sie im Sinn hatte.

»Sei nicht albern. Du weißt genau, was ich meine.« Und dann kicherte sie. »Gestern nacht hab' ich mir vorgestellt, wie ihr, du und Bill King, auf Zehenspitzen ins Haus schleicht und im Dunkeln zusammenstoßt.«

Sie lachten beide bei der Vorstellung, dann zog er sie mit einem nachdenklichen Ausdruck in den Augen an sich. Er hatte schon über alle Möglichkeiten nach gegrübelt, doch alle waren zu kompliziert, keine schien ideal.

»Ich weiß nicht, Sam. Es wäre viel einfacher, wenn es Sommer wäre. Wir könnten jeden Abend nach der Arbeit hierherkommen, und im Mondlicht, unter dem Sternenhimmel, zurückreiten. Aber jetzt ist es nachts stockdunkel, und ich hätte Angst, eines der Pferde könnte stolpern und sich verletzen.«

»Wir könnten Laternen mitnehmen.«

»Klar«, grinste er, »oder 'nen Helikopter mieten.«

»Ach, hör auf. Also ... was sollen wir machen? Willst du versuchen, dich in Tante Caros Haus zu schleichen?«

Er schüttelte den Kopf. »Nein. Sie würden uns hören, genauso, wie du ihn jede Nacht kommen hörst. Und meine Hütte ist so verdammt gut zu beobachten. Es braucht dich nur einer der Männer zu sehen, nur einmal, und alles wäre aus.«

»Wirklich?« Samanthas Miene war angespannt. »Wäre es denn wirklich so schrecklich, wenn sie es wüßten?«

Wieder nickte er.

»Warum?«

»Es wäre nicht richtig, Sam. Du bist, wer du bist, und ich bin, wer ich bin. Du willst nicht, daß sie reden, und ich will es auch nicht.«

In Wirklichkeit aber war es ihr völlig egal. Sie glaubte, ihn zu lieben, und es kümmerte sie keinen Deut, was irgend jemand dazu zu sagen hätte. Was konnten sie ihnen schon anhaben? Doch sie las in seinem Gesicht, daß es hier um eine geheiligte Regel ging. Rancher verliebten sich nicht in Rancharbeiter.

Samantha sah Tate offen an. »Ich denke nicht daran, das gleiche Spielchen zu treiben wie sie, Tate, nicht für immer. Wenn wir zusammenbleiben, dann will ich, daß die Leute es wissen. Ich will stolz darauf sein können, daß wir einander haben, und nicht fürchten müssen, jemand könnte es herausfinden.«

»Darüber können wir später nachdenken.«

Aber sie hatte das Gefühl, daß er überhaupt nicht daran dachte, ihr auch nur ein Stückchen entgegenzukommen. Sie fühlte sich verletzt, und ihre Augen blickten genauso hart wie seine.

»Warum? Warum nehmen wir es nicht gleich in Angriff? Okay, ich sehe ja ein, daß wir nicht auf der Stelle allen sagen müssen, daß wir ein Verhältnis miteinander haben. Aber, zum Teufel, Tate, ich denke nicht daran, ewig umherzuschleichen.«

»Nein.« Er sagte es ganz ruhig. »Du gehst ja auch nach New York zurück.« Seine Worte trafen sie wie ein Strahl eisigen Wassers, und als sie wieder sprach, klangen Schmerz und Kälte aus ihrer Stimme.

»Bist du da so sicher?«

»Ganz sicher, du gehörst dorthin, wie ich hierhin gehöre.«

»Stimmt das? Woher weißt du das? Woher weißt du, daß ich nicht bin wie Caroline? Daß ich nicht beschlossen habe, meinen früheren Lebensstil aufzugeben, auch wenn er nicht so ist, wie ihrer einmal war.«

»Willst du wissen, woher ich es weiß?« Er sah sie mit der ganzen Weisheit seiner mehr als vierzig Jahre an. »Weil Caroline Witwe war, als sie hierherkam. Sie wollte das Leben aufgeben, das sie mit ihrem Mann geteilt hatte, weil er nicht mehr war. Und sie war fast vierzig Jahre alt, Sam, das ist etwas anderes als dreißig oder einunddreißig. Du bist jung, du hast noch eine Menge vor dir, mußt noch viele deiner verrückten Werbefilme drehen, mußt noch viele Abschlüsse tätigen, viele Busse bekommen, Telefonanrufe hinter dich bringen, Flugzeuge verpassen, auf Parties gehen ...«

»Und das könnte ich nicht teilweise von hier aus erledigen?« Sie sah verletzt aus, aber er betrachtete sie sanft, voller Weisheit, Zärtlichkeit und Liebe.

»Nein, meine Kleine, das könntest du nicht. Das hier ist nicht der richtige Ort dafür. Du bist hierhergekommen, um gesund zu werden, Sam, und genau das tust du jetzt, und vielleicht bin ich ein Teil dieser Kur. Ich liebe dich. Ich habe dich bis vor drei Wochen nie gesehen, und ich habe mich seit Jahren um keine Frau gekümmert. Ich weiß, daß ich dich liebe. Ich wußte es schon am ersten Tag, als wir uns sahen. Und ich hoffe, du liebst mich. Aber was Bill und Caroline erfahren haben, ist ein Wunder, Sam. Denn eigentlich gehören sie nicht zusammen, werden es auch nie tun. Sie ist gebildet, er nicht. Sie hat ein Luxusleben geführt, für ihn ist der Inbegriff von Reichtum ein Zahnstocher aus purem Gold und eine Fünfzig-Cent- Zigarre. Sie besitzt eine Ranch, er keinen roten Heller. Aber sie liebt ihn, und er liebt sie, und das war alles, was sie wollte. Ich bin der Ansicht, daß sie ein bißchen verrückt war, aber sie hatte schon ein anderes Leben geführt, und vielleicht genügte ihr danach dies hier. Du bist anders, Sam, du bist so viel jünger, und du hast das Recht, viel mehr zu erreichen, als ich dir hier bieten könnte.«

Es war verrückt: Sie kannten sich noch keinen Monat, liebten sich erst seit zwei Tagen, und doch sprachen sie über die Zukunft, als wäre sie wirklich wichtig, als käme es tatsächlich für sie in Betracht, für den Rest ihres Lebens zusammenzubleiben. Samantha schaute ihn zuerst überrascht, dann lächelnd an.

»Du spinnst, Tate Jordan. Aber ich liebe dich.« Dann nahm sie sein Gesicht in ihre Hände und küßte ihn auf den Mund, ehe sie sich mit verschränkten Armen zurücklehnte. »Und wenn ich hierbleiben möchte, wenn dies das Leben ist, das ich mir wünsche, dann ist es meine Entscheidung, egal, ob ich dreißig bin oder neunzig oder achtzehn. Ich bin nicht Caroline Lord, und du bist nicht Bill King, und du kannst dir deine Reden voller Selbstaufopferung sparen, Mister, denn wenn es an der Zeit ist, tue ich genau das, was ich will. Wenn ich nicht nach New York zurückgehen will, dann kannst du mich nicht dazu zwingen, und wenn du es bist, den ich für den Rest meines Lebens haben will, dann werde ich dir bis ans Ende der Welt folgen und dich so lange nerven, bis du es jedem gottverfluchten Rancharbeiter und Caroline und Bill mitteilst. Mich wirst du nicht so leicht los. Kapiert?«

Sie grinste ihn an, aber es entging ihr nicht, daß in seinen Augen immer noch viel Widerstand lag. Doch es war ihr egal, er kannte sie nicht, wußte nicht, daß Sam Taylor, mit nur einer einzigen Ausnahme, noch immer bekommen hatte, was sie haben wollte. »Kapiert, Mister?«

»Ja, kapiert.«

Diesmal war es Tate, der sie küßte und sie fast völlig zum Schweigen brachte, als er die warme Decke über sie beide ausbreitete. Nur Augenblicke später verschmolzen sie wieder miteinander neben dem prasselnden Feuer, ihre Arme und Beine und Körper ein schimmerndes Knäuel, ihre Lippen aufeinandergepreßt. Schließlich löste er atemlos seine Lippen von ihrem Mund und trug sie in das kleine, blaue Schlafzimmer hinüber, wo sie sich wieder einander hingaben.

Es war sechs Uhr vorbei, als sie die hereinbrechende Dunkelheit bemerkten. Sie hatten den ganzen Nachmittag über geschlafen, sich geliebt, wieder geschlafen, sich wieder geliebt. Tate klatschte ihr bedauernd auf den Po und ging dann ins Badezimmer, um heißes Wasser in die Wanne einlaufen zu lassen. Gemeinsam nahmen sie ein Bad. Seine endlosen Beine umschlangen sie, sie kicherte und erzählte ihm Geschichten von ihren früheren Ferien auf der Ranch.

»Weißt du, wir haben unser Problem immer noch nicht gelöst«, meinte sie schließlich.

»Ich wußte gar nicht, daß wir eins haben.« Er lehnte den Kopf auf den Rand der Wanne und schloß die Augen.

»Ich meine, wie und wo wir uns treffen.«

Er verstummte eine Weile und dachte nach. Dann schüttelte er den Kopf. »Verdammt, ich wünschte, ich wüßte es. Was meinst du, Sam?«

»Ich weiß nicht. Mein Zimmer bei Tante Caro? Ich könnte dich durch das Fenster hereinlassen.« Sie lachte nervös. Es hörte sich wirklich so an, als sei sie ein fünfzehnjähriges liederliches Mädchen.

»Bei dir?« Er nickte zögernd. »Ich glaube fast, es ist am besten. Aber es gefällt mir nicht.«

Und dann strahlte er plötzlich.«Ich hab's. Hennessey jammert schon seit zwei Monaten über sein Haus. Sagt, die Hütte sei zu klein für ihn, zu sehr dem Wind ausgesetzt und sei zu weit von der Eßhalle entfernt. Er macht uns alle wahnsinnig.«

»Und?«

»Ich tausche mit ihm. Seine Hütte steht am Rand vom Lager, fast direkt hinter Carolines Haus. Wenigstens dürfte dich da niemand sehen, wenn du kommst. Es ist verdammt viel besser als da, wo ich jetzt wohne.«

»Und glaubst du nicht, sie könnten etwas ahnen?«

»Warum sollten sie?« Er grinste sie durch den Dampf des Badewassers hindurch an. »Ich habe nicht vor, dir jeden Morgen beim Frühstück ins Hinterteil zu kneifen oder dich auf den Mund zu küssen, ehe wir losreiten.«

»Warum nicht, liebst du mich nicht?«

Er sagte nichts, sondern beugte sich vor, küßte sie zärtlich und spielte mit ihren Brüsten. »Ehrlich gesagt, mein kleiner Palomino, doch.«

Sie kniete sich in der alten Badewanne hin und sah ihn an, und alles, was sie empfand, lag in ihrem Blick. »Ich dich auch, Tate Jordan. Ich dich auch.«

Erst nach sieben ritten sie an diesem Abend zurück, und Sam war nur zu froh zu wissen, daß Caroline zum Essen auf eine andere Ranch eingeladen war. Sonst hätte sie sich große Sorgen gemacht. Doch der Tag war ihnen durch die Finger geglitten, mit all ihrem Schwatzen und Lachen und Lieben, und als Sam jetzt allein ins Haupthaus zurückkehrte, empfand sie es als einen Verlust, nicht mit ihm zusammenzusein. Es war, als hätte ihr jemand den rechten Arm abgetrennt. Ein seltsames Gefühl, dafür, daß sie ihn erst so kurze Zeit kannte! Doch weil sie so isoliert waren von der übrigen Welt, waren ihre Gefühle von solch außergewöhnlicher Intensität. Als sie jetzt allein in dem leeren Haus saß, ertappte sie sich dabei, daß sie ihn herbeisehnte.

Caroline hatte ihr eine Nachricht hinterlassen, in der sie ihre Sorge über ihre lange Abwesenheit ausdrückte, zum Glück verriet ihre Notiz keine Panik. Auch ein warmes Essen hatte sie ihr hingestellt, doch Sam stocherte nur lustlos darin herum, ehe sie ins Bett ging. Es war erst halb neun, als sie dort im Dunkeln lag und an Tate dachte.

Als Caroline an diesem Abend mit Bill King neben sich heimkam, schlichen sie auf Zehenspitzen ins dunkle Haus, und Bill begab sich sofort in ihr Zimmer. Sams Anwesenheit im Haus hatte alles ein wenig schwierig gemacht, und Caroline mußte ihn jeden Abend daran erinnern, die Haustür nicht so fest zu schließen, aber er hörte nicht.

Jetzt ging Caroline leise den Flur entlang zu Sams Zimmer, öffnete die Tür und spähte in das vom Mond erhellte Zimmer, sah die schöne junge Frau schlafend in ihrem Bett. Sie musterte sie eine Weile, hatte das Gefühl, ihre eigene Jugend wäre zurückgekehrt, und ging dann leise ins Zimmer. Sie ahnte, was geschehen war, wußte aus eigener Erfahrung, daß sich daran nichts ändern ließ, daß es nicht zu verhindern war. Man mußte sein Leben leben. Lange Zeit stand sie da, starrte auf Samantha, deren Haar sich auf dem Kissen ausbreitete. Ihr Gesicht war faltenlos und so glücklich! Mit Tränen in den Augen strich Caroline dem schlafenden Mädchen über die Hand. Sam wachte nicht davon auf, und ganz leise verließ Caroline wieder das Zimmer.

Als sie in ihr eigenes Zimmer zurückkehrte, wartete Bill schon auf sie, im Schlafanzug rauchte er noch eine letzte Zigarre. »Wo warst du? Immer noch hungrig nach dem enormen Abendessen?«

»Nein.« Caroline schüttelte den Kopf. »Ich wollte mich nur vergewissern, daß mit Sam alles in Ordnung ist.«

»Und? Alles klar?«

»Ja. Sie schläft.« Sie hatten es sich schon gedacht, als sie das dunkle Haus gesehen hatten.

»Sie ist ein nettes Mädchen. Der Knabe, mit dem sie verheiratet war, muß ein verdammter Narr gewesen sein, als er mit einer anderen Frau durchbrannte.« Bill war nicht sehr beeindruckt gewesen von Liz, die er im Fernsehen gesehen hatte.

Caroline nickte schweigend und fragte sich, wie viele von ihnen verdammte Narren wären. Sie, weil sie sich von Bill ein zwei Jahrzehnte währendes Schweigen hatte auferlegen lassen, weil sie ihre Liebe zueinander geheimgehalten hatte; Bill, weil er lebte wie ein Verbrecher, der auf Zehenspitzen in ihr Haus schlich und es genauso wieder verließ, und das seit zwanzig Jahren; Samantha, weil sie sich in einen Mann und eine Lebensart verliebt hatte, die völlig fremd und deshalb gefährlich für sie waren? Und Tate Jordan, weil er sich in ein Mädchen verliebt hatte, das ihm nie gehören würde. Denn Caroline wußte genau, was geschah. Sie spürte es in ihren Knochen, in ihrem Innern, in ihrer Seele. Sie hatte es in Sams Augen gelesen, ehe Sam selbst es wußte, hatte es Weihnachten gespürt, da sie sah, wie Tate Sam anschaute, die mit etwas anderem beschäftigt gewesen war. Caroline sah dies alles und mußte doch so tun, als sähe sie nichts, als wüßte sie nichts. Plötzlich hatte sie genug davon.

»Bill.« Sie warf ihm einen seltsamen Blick zu, nahm ihm seine Zigarre fort und legte sie in den Aschenbecher. »Ich möchte heiraten.«

»Klar, Caro.« Er grinste und liebkoste ihre linke Brust.

»Laß das.« Sie stieß ihn zurück. »Ich meine es ernst.« Und irgend etwas in ihrem Ton zeigte ihm, daß das stimmte.

»Du wirst senil! Warum sollten wir denn jetzt heiraten?«

»Weil du in unserem Alter nicht mitten in der Nacht in unser Haus schleichen solltest. Das ist schlecht für meine Nerven, ebenso wie für deine Arthritis.«

»Du spinnst.« Er lehnte sich zurück und sah sie entgeistert an.

»Vielleicht. Aber ich will dir mal was sagen. Ich glaube nicht, daß wir jetzt noch irgend jemanden damit überraschen. Und darüber hinaus glaube ich nicht, daß sich irgend jemand darum kümmern würde. Niemand würde sich erinnern, woher ich komme, und damit zählen all deine alten Argumente nicht mehr. Alles, was sie nach der ganzen Zeit noch wissen, ist, daß ich Caroline Lord bin und du Bill King, von der Lord Ranch. Punkt.«

»Nicht Punkt.« Er sah plötzlich grimmig aus. »Sie wissen, daß du der Rancher bist, ich dagegen der Vorarbeiter.«

»Und wen kümmert das?«

»Mich. Und dich sollte es auch kümmern. Und die Männer. Da ist nun mal ein Unterschied, Caro. Und nach all den Jahren weißt du das auch. Und ich will verdammt sein«, er brüllte sie jetzt fast an, »wenn ich dich zum Gespött der Leute mache. Davonlaufen und den Vorarbeiter heiraten ... den Teufel werd' ich tun!«

»Fein.« Sie blitzte ihn an. »Dann schmeiß' ich dich raus, und du kannst als mein Ehemann zurückkommen.«

»Weib, du bist verrückt.« Er wollte es nicht einmal diskutieren. »Und jetzt mach das Licht aus. Ich bin müde.«

»Ich auch ...« Sie sah ihn unglücklich an. »Ich bin es müde, mich zu verstecken nach all diesen Jahren. Ich will verheiratet sein, Bill, verdammt noch mal!«

»Dann heirate einen anderen Rancher.«

»Fahr zum Teufel!« Wütend starrte sie ihn an. Er drehte das Licht aus, und damit war die Unterhaltung beendet.

Es war eine Unterhaltung, wie sie sie in den vergangenen zwanzig Jahren schon mehr als hundertmal geführt hatten, und es gab keinen Sieg. Für ihn war es klar: Er war der Vorarbeiter und sie der Rancher. Als sie jetzt auf ihrer Seite des Bettes lag, füllten sich ihre Augen mit Tränen. Den Rücken ihm zugewandt, betete sie, daß Samantha sich nicht hoffnungslos in Tate Jordan verliehen würde, denn sie wußte, daß es nicht anders ausgehen könnte als in ihrem Fall. Diese Männer folgten einem Kodex, der für keinen Außenstehenden einen Sinn ergab, aber sie lebten danach, und Caroline wußte, daß es immer so sein würde.

15

Nach vier Tagen hatten Tate Jordan und Harry Hennessey ihre Hütten getauscht. Hennessey war entzückt von Tates Angebot, und mit entsprechendem Gebrumm zog Tate schließlich um. Er erklärte, daß er seine Hütte nicht besonders mochte, daß er es satt hatte, Hennessey meckern zu hören, und daß er kein besonderes Interesse an einer der anderen Hütten hatte. Für ihn waren sie alle gleich. Niemand kümmerte sich besonders um die Transaktion, und Donnerstag abend hatte Tate all seine Sachen ausgepackt.

In ihrem Zimmer bei Tante Caro wartete Samantha geduldig bis halb zehn, bis alles dunkel und Caroline endlich in ihrem Zimmer war. Samantha kletterte aus dem Fenster und tappte durch den Garten hinter dem Haus, bis sie ein paar Minuten später Tates Haustür erreichte. Seine neue Hütte lag fast direkt hinter dem Großen Haus und konnte von keiner anderen eingesehen werden. Und selbst vom Großen Haus war sie durch die Obstbäume am Rande des Gartens geschützt, so daß niemand Samantha beobachten konnte, als sie durch die Tür schlüpfte.

Tate wartete schon auf sie, barfuß, mit nacktem Oberkörper und in Jeans. Sein Haar war fast blauschwarz, an den Schläfen grau meliert, in seinen grünen Augen glimmte ein Feuer. Sie spürte seine weiche Haut, als er sie mit seinen Armen umschlang. Wenige Augenblicke später lagen sie zwischen den sauberen Laken auf seinem schmalen Bett und liebten sich. Später unterhielten sie sich, kicherten darüber, daß sie aus dem Fenster geklettert war, während wahrscheinlich in genau diesem Augenblick Bill King auf Zehenspitzen zur Haustür hereingeschlichen war.

»Ist das in unserem Alter nicht alles furchtbar lachhaft?« Sie fand es lustig, er nicht.

»Betrachte es einfach als romantisch.«

Ebensowenig wie Bill King, der sich um Caro sorgte, dachte Tate Jordan daran, Sam zum Gespött der Ranch zu machen. Sie war schließlich kein leichtes Mädchen aus New York. Sie war

655

eine ganz besondere Dame, und jetzt war sie seine Frau, und er würde sie schützen, wenn nötig auch vor sich selbst. Denn sie hatte keine Ahnung von dem Sittenkodex zwischen Ranchern und Rancharbeitern. Was hier geschah, war ihre eigene Angelegenheit und ging keinen Außenstehenden etwas an. Daran würde sich nichts ändern, ganz gleich, was Samantha sagte. Davon abgesehen hatte sie es aufgegeben, über diesen Punkt noch länger zu streiten. Es gab immer so viel anderes zu sagen. Sie kannte seine Einstellung jetzt, und er war sich der ihren wohl bewußt, und im Augenblick blieb nichts weiter über ihr heimliches Treffen zu sagen.

Für eine Weile war ihre Regelung auch ganz bequem. Aus irgendeinem Grund hatte sie insgeheim beschlossen, es im Sommer zu einem offenen Geheimnis werden zu lassen. Bis dahin, sagte sie sich, wären sie sechs bis sieben Monate zusammen, und er würde nicht mehr so nervös reagieren, wenn die anderen Bescheid wüßten. Als sie an den Sommer dachte, wurde ihr plötzlich klar, daß sie davon ausging, auf der Ranch zu bleiben. Es war das erste Mal, daß sie vor sich selbst die Möglichkeit zugab hierzubleiben, und es stellte sich die Frage, was aus ihrem Job in New York werden sollte. Aber sie sagte sich, daß noch Zeit genug wäre, auch dafür eine Lösung zu finden. Schließlich war es erst Dezember, wenn es ihr auch so vorkam, als wäre sie schon seit Jahren auf der Lord Ranch, und zwar als Tate Jordans Frau.

»Glücklich?« fragte er sie, kurz ehe sie in den Schlaf sanken, eng aneinandergeschmiegt, die Beine verschlungen, und seine Arme lagen um ihre Schultern.

»Hmm...« Mit geschlossenen Augen lächelte sie ihn an, und er küßte ihre Lider, ehe sie endgültig einschlief.

Am nächsten Morgen wachte sie um vier Uhr auf, gleichzeitig mit ihm, und trat den Rückweg durch den Obstgarten an, schlüpfte durch das halboffene Fenster und machte Licht. Sie duschte, wie sie es immer tat, zog sich an und ging zum Frühstück in die Haupthalle. Und so fing für Samantha Taylor ein neues Leben an.

16

Am Valentinstag erhielt sie eine Karte von Charlie Peterson aus ihrem Büro, die auf ihren leeren Arbeitsplatz anspielte. Zum erstenmal dachte sie an die Arbeit, die in New York auf sie wartete. Als sie am Abend in Tates Armen lag, erzählte sie ihm davon. Ihr Treffen war jetzt ein allnächtliches Ritual. Sie kam keinen Abend später als neun Uhr, nachdem sie mit Tante Caro gegessen und dann ein Bad genommen hatte.

»Wie ist der denn so?« Tate beobachtete sie interessiert, als sie sich mit einem glücklichen Grinsen auf die Couch fallen ließ.

»Charlie?« Sie sah den Mann, der für sie jetzt wie ein Ehemann war, mit zusammengekniffenen Augen an. »Bist du eifersüchtig?«

»Sollte ich das sein?« Seine Stimme klang gleichmütig.

»Zum Teufel, nein!« Sie lachte, als sie das sagte. »Er und ich, wir hatten nie etwas miteinander. Außerdem hat er eine Frau und drei Söhne, und sie ist wieder schwanger. Ich liebe ihn einfach wie einen Bruder, weißt du, er ist mein bester Kumpel. Wir arbeiten seit Jahren zusammen.«

Er nickte. Und dann: »Sam, fehlt dir deine Arbeit?«

Einen Augenblick war sie schweigsam und nachdenklich, ehe sie kopfschüttelnd antwortete: »Weißt du, das Erstaunliche ist, daß das nicht der Fall ist. Caroline sagt, bei ihr wäre es genauso gewesen. Als sie ihr altes Leben hinter sich ließ, hat sie es eben einfach hinter sich gelassen. Und sie verspürte niemals den Wunsch zurückzukehren. Mir geht es auch so. Ich vermisse es von Tag zu Tag weniger.«

»Aber du vermißt es ein bißchen?« jetzt hatte er sie in der Falle. Sie rollte sich auf den Bauch und sah ihm in die Augen. Er saß dicht neben ihr, mit dem Rücken zum Feuer.

»Klar vermisse ich es ein bißchen. Manchmal vermisse ich meine Wohnung, oder ein paar von meinen Büchern oder von meinen anderen Sachen. Aber mein Leben dort vermisse ich nicht. Und nicht meinen Job. Die meisten Sachen, die ich vermisse, sind

Dinge, die ich hierherbringen könnte, wenn ich es wollte. Aber der Job ... es ist komisch. Da hab' ich die ganze Zeit so hart gearbeitet, hab' immer versucht, bedeutend zu werden, und jetzt ...« Achselzuckend schaute sie ihn an, und plötzlich sah sie aus wie eine sehr junge, blonde Fee. »Er ist mir einfach völlig egal. Alles, was mich jetzt noch interessiert, ist, ob die Stiere eingefangen sind, ob Arbeit gemacht werden muß, ob Navajo neue Beschläge braucht, ob der Zaun an der Nordweide eingerissen ist. Ich weiß nicht, Tate, es ist, als ob etwas mit mir geschehen wäre. Als wenn ich ein anderer Mensch geworden wäre, nachdem ich New York verlassen hatte.«

»Aber irgendwo in dir, Sam, steckt immer noch der alte Mensch. Dieser Mensch, der Werbespots schreiben, Preise gewinnen und in seiner Branche eine wichtige Persönlichkeit sein wollte. Und eines Tages wirst du das vermissen.«

»Woher willst du das wissen?« Sie sah plötzlich wütend aus. »Warum versuchst du, etwas aus mir zu machen, was ich nicht mehr sein will? Warum? Willst du, daß ich zurückkehre? Hast du Angst vor der Bindung, Tate, vor dem, was sie bedeuten könnte?«

»Vielleicht. Und ich habe das Recht, Angst zu haben, Sam. Du bist ein Teufelsweib!«

Er wußte, daß sie nicht gewillt war, ihr Zusammenleben für immer geheimzuhalten, daß sie wollte, daß ihre Liebe bekannt wurde. Und das war etwas, was ihm große Sorgen bereitete.

»So, nun dräng mich nicht. Im Augenblick will ich einfach nicht zurück. Und wenn ich es will, dann sag' ich's dir schon.«

»Das will ich hoffen.«

Aber sie wußten beide, daß ihr Urlaub nur noch sechs Wochen dauerte. Sie hatte sich selbst versprochen, bis Mitte März eine Entscheidung zu treffen. Bis dahin hatte sie noch einen Monat Zeit. Zwei Wochen später, als sie langsam von der versteckten Hütte heimritten, in der sie immer noch idyllische Sonntage verbrachten, erzählte er ihr mit schelmischem Gesicht, daß er sich eine Überraschung für sie ausgedacht habe.

»Was für eine Überraschung?«

»Das wirst du schon sehen, wenn wir heimkommen.« Er beugte sich aus dem Sattel zu ihr herüber und küßte sie auf den Mund.

»Warte mal ... was könnte das sein ...?«

Sie brachte es fertig, gleichzeitig nachdenklich und ungezogen auszusehen, und sehr jung. Sie hatte ihr langes, blondes Haar zu zwei Zöpfen mit roten Bändern geflochten, und sie trug ein Paar Cowboystiefel aus rotem Schlangenleder. Tate hatte sie unentwegt damit aufgezogen und erklärt, daß sie noch schlimmer wären als die grünen von Caro. Aber nachdem sie auf der Ranch ihre teure Garderobe von Blass, Ralph Lauren und Halston abgelegt hatte, war dies die einzige Extravaganz gewesen, die sie sich in drei Monaten erlaubt hatte. »Hast du mir ein Paar neue Stiefel gekauft? Lila diesmal?«

»O nein ...« Er stöhnte, als sie langsam heimwärts ritten.

»Rosa?«

»Ich glaub', ich geb's auf.«

»Also was anderes. Warte mal ... ein Waffeleisen?« Er schüttelte den Kopf. »Einen neuen Toaster?« Sie grinste, denn sie hatte ihren alten erst in der vergangenen Woche in Brand gesetzt. »Ein Hündchen?« Sie sah ihn hoffnungsvoll an, und er lächelte, schüttelte aber wieder den Kopf. »Eine Schildkröte? Eine Schlange? Eine Giraffe? Ein Rhinozeros?« Sie lachte, und er stimmte ein. »Zum Teufel, ich weiß es nicht. Was ist es?«

»Wart's ab.«

Es stellte sich heraus, daß es ein brandneuer Farbfernseher war, den Tate über Joshs Schwager in der nächsten Stadt gekauft hatte. Josh hatte versprochen, ihn am Sonntag vorbeizubringen. Und Tate hatte Josh gebeten, ihn in die Hütte zu stellen, während er fort war. Als er und Samantha durch die Tür traten, deutete er zugleich stolz und fröhlich auf seine neue Errungenschaft.

»Tate! Babe, das ist ja herrlich!« Aber sie war weit weniger aufgeregt als er, und sie wußte es. Sie war vollkommen glücklich gewesen ohne ein Gerät. Schmollend verzog sie den Mund. »Heißt das, die Flitterwochen sind vorbei?«

»Zum Teufel, nein!« Und er bewies auf der Stelle, daß dem

nicht so war. Doch anschließend schaltete er den Fernseher ein. Es liefen gerade die Sonntagsnachrichten, die eine Zusammenfassung der Ereignisse der vergangenen Woche darstellten und gewöhnlich von einem anderen Reporter gemacht wurde. Doch aus irgendeinem Grund war heute John Taylor der Sprecher.

Als Sam ihn sah, blieb sie wie angewurzelt stehen und starrte ihn an, als sähe sie ihn zum ersten Mal. Es war zwei Monate her, seit sie zum letzten Mal sein Gesicht im Fernsehen gesehen hatte, länger als ein halbes Jahr, seit sie ihn persönlich gesehen hatte, und ihr wurde klar, daß er ihr gleichgültig war. Der schreckliche Schmerz, das Gefühl, verletzt worden zu sein, all das war verblaßt, und übrig blieb nur noch das vage Gefühl von Unglauben. War das wirklich der Mann, mit dem sie einmal gelebt hatte? Hatte sie diesen Mann tatsächlich elf Jahre lang geliebt? Als sie ihn jetzt ansah, dachte sie, er sähe unnatürlich aus, aufgeblasen, und zum ersten Mal erkannte sie klar, wie egozentrisch er war. Sie fragte sich, warum sie das früher nie gesehen hatte.

»Gefällt er dir, Sam?« Tate beobachtete sie interessiert. Sein eckiges, durchfurchtes Gesicht bildete einen scharfen Kontrast zu dem kindischen, goldigen, knabenhaften Aussehen des jüngeren Mannes auf dem Bildschirm. Und mit einem seltsamen Lächeln auf den Lippen schüttelte Sam langsam den Kopf und wandte sich dann Tate zu.

»Nein, er gefällt mir nicht.«

»Du hast ihn dir aber ziemlich genau angesehen.« Und jetzt grinste Tate. »Nun mach schon, sag ruhig die Wahrheit. Hast du's auf ihn abgesehen?«

Diesmal war es Samantha, die grinste. Sie lächelte und sah frei und erleichtert aus, denn endlich wußte sie, daß es vorbei war. Es gab nichts mehr, was sie mit John Taylor verband. Sie war jetzt ihr eigener Herr, und sie liebte Tate Jordan. Tatsächlich kümmerte es sie überhaupt nicht mehr, ob sie ihr Baby bekamen, und es wäre ihr auch egal, wenn sie John und Liz nie wieder sehen würde. Aber Tate beobachtete sie hartnäckig, wie sie auf dem für sie beide gekauften Bett lag, die weiche, blaue Decke um sich gewickelt.

»Nun mach schon, Sam. Ja oder nein?«

»Nein«, erklärte sie schließlich mit einem triumphierenden Unterton. Dann küßte sie Tate spielerisch auf den Nacken. »Aber auf dich.«

»Ich glaub' dir nicht.«

»Machst du Witze?« Sie schüttelte sich vor Lachen. »Nach dem, was wir gerade den ganzen Tag lang getrieben haben, kannst du noch daran zweifeln, daß du mich scharf machst? Tate Jordan, du bist verrückt!«

»Das meine ich nicht, Dummkopf. Ich meine ihn. Schau nur ... schau ihn dir an, diesen hübschen, blonden Nachrichtensprecher.«

Er neckte sie, und Sam lachte. »Sieh nur, wie hübsch er ist. Willst du ihn nicht haben?«

»Warum? Kannst du mir ein Sonderangebot unterbreiten? Wahrscheinlich schläft er mit einem Haarnetz, ist sechzig Jahre alt und hat sich schon zweimal liften lassen.«

Zum ersten Mal in ihrem Leben machte es ihr Spaß, Witze über John zu machen. Er hatte sich immer so verdammt ernst genommen, und sie hatte es zugelassen. Das Gesicht, der Körper, das Erscheinungsbild, das Leben und das Glück von John Robert Taylor war für sie alle beide von allerhöchster Wichtigkeit gewesen. Aber was war mit ihr? Wann war Sam wirklich wichtig gewesen, wenn überhaupt? Bestimmt nicht am Schluß, als er mit Liz fortlief. Ihr Gesicht wurde wieder ernst, als sie sich daran erinnerte.

»Ich glaube, du magst ihn und bist zu feige, es zuzugeben.«

»Nee. Da irrst du dich, Tate. Ich mag ihn überhaupt nicht.«

Doch sie erklärte das mit so viel Überzeugung, daß er den Kopf wandte, um sie erneut anzusehen, und diesmal mit einem ernsthaft fragenden Ausdruck, der vorher gefehlt hatte.

»Kennst du ihn?«

Sie nickte, sah aber weder gerührt noch belustigt aus. Eigentlich schien sie so gleichgültig, als würden sie sich über eine Pflanze oder einen Gebrauchtwagen unterhalten.

»Kennst du ihn gut?«

»Ich kannte ihn gut.« Sie merkte, daß sie Tate beunruhigte, aber sie wollte ihn einfach ein bißchen ärgern. Mit einer Hand auf seiner mächtigen, nackten Brust meinte sie lächelnd: »Reg dich bloß nicht auf, Liebling. Es war nichts weiter. Wir waren nur sieben Jahre verheiratet.«

Einen Augenblick lang schien alles in dem kleinen Raum still-zustehen. Sie konnte spüren, wie Tates Körper sich neben ihr spannte, dann setzte er sich neben ihr im Bett auf und starrte sie mit einem Ausdruck der Bestürzung an.

»Willst du mich auf den Arm nehmen, Sam?«

»Nein.« Nüchtern schaute sie ihn an, innerlich zwar bestürzt durch seine Reaktion, aber nicht sicher, was er meinte. Wahrscheinlich war es einfach der Schock.

»Er war dein Mann?«

Sie nickte wieder. »Ja.« Doch sie sah ein, daß die Situation weitere Erklärungen verlangte. Schließlich kam es nicht jeden Tag vor, daß man, wenn man abends mit seiner Geliebten ins Bett ging, ihren ehemaligen Mann auf dem Bildschirm sah. Sie erzählte ihm alles.

»Aber das Komische daran ist, daß ich, als ich ihn jetzt so sah, merkte, daß er mir wirklich vollkommen gleichgültig ist. Als ich in New York war, habe ich diese verdammte Sendung jeden Abend angeschaut. Ich habe sie beide gesehen, John und Liz, wie sie ihre reizende Show hinter sich brachten und über ihr ach so kostbares Baby redeten, als wenn sich die ganze Welt für ihr Kind interessierte, und es hat mich schier wahnsinnig gemacht. Einmal, als ich ins Haus kam, hat Caro es sich gerade angesehen, und mir wurde fast übel. Und weißt du, was passiert ist, als ich sein Gesicht heute abend auf dem Bildschirm gesehen habe?« Sie sah Tate erwartungsvoll an, erhielt aber keine Antwort. »Absolut gar nichts ist passiert. Überhaupt nichts. Ich habe nichts gefühlt. War nicht nervös, mir wurde nicht übel, ich bin nicht abgehauen. Nichts.« Sie lächelte breit. »Es ist mir einfach egal!«

Bei diesem Worten stand Tate auf, schritt durchs Zimmer und schaltete den Apparat aus. »Das finde ich wundervoll. Du warst mit einem von Amerikas bestaussehendsten Helden verheiratet, dem sauberen, anständigen Jüngling John Taylor, und er verläßt dich, und du suchst dir einen alten, müden Cowboy, zehn oder zwölf Jahre älter als dein Held, ohne einen roten Heller, der auf einer Ranch Mist karrt, und du willst mir erzählen, daß das ein Segen wäre? Nicht nur ein momentaner Segen, sondern ein dauerhafter Segen. Willst du mir das erzählen, Samantha?« Er kochte, und Samantha konnte nur hilflos zusehen. »Warum hast du es mir nicht erzählt?«

»Weshalb? Was hätte das für einen Unterschied gemacht? Außerdem ist er nicht annähernd so bekannt und erfolgreich, wie du zu glauben scheinst.« Doch das stimmte nicht ganz.

»Quatsch. Willst du mein Bankkonto sehen, Baby, und es mit seinem vergleichen? Was verdient der jedes Jahr? Hunderttausend? Zweihunderttausend? Weißt du, was ich kriege, Samantha? Willst du das wissen? Achtzehntausend brutto, und das ist schon viel für mich, weil ich nur stellvertretender Vorarbeiter bin. Ich bin vierundvierzig Jahre alt, und verglichen mit ihm, verdammt noch mal, verdiene ich nichts!«

»Na und? Was bedeutet das schon?«

Sie schrie plötzlich genauso laut wie er, aber sie erkannte, daß sie es aus Angst tat. Als Tate von ihrer Ehe mit John erfuhr, ging etwas in ihm vor, was ihr unheimlich war. Sie hatte nicht erwartet, daß es ihn so schwer treffen würde.

»Wichtig ist ...« Sie gab sich alle Mühe, ihre Stimme zu senken, als sie die Decke über ihren Beinen glattstrich. Tate marschierte inzwischen im Zimmer auf und ab. »Wichtig ist, was zwischen uns passiert ist, was wir für Menschen waren, wie wir uns gegenseitig behandelt haben, was am Schluß passiert ist, warum er mich verlassen hat, was ich wegen ihm und Hz und ihrem Baby gefühlt habe. Das ist es, was zählt, und nicht, wieviel Geld er verdient, oder daß sie beide im Fernsehen sind. Außerdem, Tate, sind *sie* im Fernsehen, nicht ich. Und was macht das für einen Unterschied? Selbst wenn du eifersüchtig auf ihn bist, sieh ihn dir doch nur an, diesen Narren, verdammt noch mal. Er hat Glück gehabt, das ist alles, er hat blondes Haar und ein hübsches Gesicht, und die Frauen in Amerika lieben das nun mal.

Na und? Was hat das mit dir und mir zu tun? Willst du wissen, was ich denke? Ich denke, das hat überhaupt nichts mit uns zu tun. Und John Taylor ist mir scheißegal! Ich liebe *dich*!«

»Und warum hast du mir dann nicht erzählt, mit wem du verheiratet gewesen bist?« In seiner Stimme klang Mißtrauen.

Sam lehnte sich im Bett zurück und zupfte an ihrem Haar. Sie gab sich Mühe, nicht zu schreien. Dann setzte sie sich wieder auf und sah ihm ins Gesicht, und ihre Augen blitzten fast genauso wild wie seine.

»Weil ich es nicht für wichtig hielt.«

»Quatsch. Du hast gedacht, ich würde mich fühlen, als wäre ich keinen roten Heller wert. Und weißt du was, Schwester?« Er durchquerte das Zimmer, um sich die Hose anzuziehen. »Du hattest recht. Genauso fühle ich mich.«

»Dann bist du verrückt.« Jetzt schrie sie ihn offen an, versuchte, ihn von der Wahrheit zu überzeugen, ihn von seiner fixen Idee abzubringen. »Denn du bist fünfzig-, nein, hundertmal mehr wert als John Taylor. Er ist ein selbstsüchtiger kleiner Schweinehund, der mir verdammt weh getan hat. Und du bist ein erwachsener Mann, ein intelligenter Mensch, von dir habe ich nur Gutes erfahren, seit wir uns kennen.«

Sie sah sich in dem Zimmer um, in dem sie in den letzten Monaten so viele Abendstunden verbracht hatten, sah die Gemälde, die er gekauft hatte, um die Hütte freundlicher zu gestalten, das gemütliche Bett, sogar den Fernseher, den er besorgt hatte, damit sie sich amüsierte. Sie sah die hübschen Laken, auf denen sie sich geliebt hatten, die Bücher, von denen er annahm, daß sie ihr gefallen würden. Sie sah die Blumen, die er pflückte, wann immer er glaubte, daß niemand ihn sah, das Obst, das er extra für sie aus dem Obstgarten gebracht hatte, die Zeichnung von ihr, die er eines Sonntagnachmittags am See gemacht hatte. Sie dachte an die vielen schönen Augenblicke und Stunden, an kleine Gesten, an die Fotos, die sie gemacht hatten, die Geheimnisse, die sie miteinander teilten, und wieder, zum hundertstenmal, wurde ihr klar, daß John Taylor es nicht einmal wert war, Tate Jordan die Stiefel zu küssen.

Tränen standen in ihren Augen, als sie wieder sprach, und ihre Stimme war plötzlich heiser und tief. »Ich vergleiche dich nicht mit ihm, Tate. Ich liebe dich. Und ich liebe ihn nicht mehr. Das ist alles, was zählt. Bitte, versuche, das zu verstehen. Das ist alles, was für mich wichtig ist.«

Sie streckte die Hand nach ihm aus, doch er wahrte Distanz, und nach ein paar Minuten ließ sie die Hand sinken. Sie kniete nackt auf dem Bett, und Tränen liefen langsam über ihr Gesicht.

»Und du glaubst, das alles wird dir in fünf Jahren noch gefallen? Oh, Lady, sei doch nicht so naiv. In fünf Jahren bin ich immer noch bloß irgendein Cowboy, und er wird immer noch einer der wichtigsten Männer im Fernsehen dieses Landes sein. Und du glaubst, du würdest nicht jeden Abend in die Bildröhre starren, während du Geschirr wäschst, und dich fragen, wieso du bei mir gelandet bist? Das ist kein Spiel hier, weißt du. Das ist das wahre Leben. Ranchleben. Harte Arbeit. Kein Geld. Das ist kein Werbespot, den du hier drehst, Lady, das ist echt!« Bei der Heftigkeit seiner Worte weinte sie nur noch mehr.

»Glaubst du denn, für mich wäre es nicht echt?«

»Wie könnte es das, zum Donnerwetter! Wie könnte es das sein, Sam? Schau dir doch an, woher du kommst, und wie ich lebe. Wie ist deine Wohnung in New York? Ein Penthouse in der 5th Avenue? Irgendeine vornehme Adresse, mit Portier und französischem Pudel und Marmorböden?«

»Nein, das Dachgeschoß in einem Stadthaus, sogar ohne Lift, wenn dir das etwas bedeutet.«

»Und angefüllt mit Antiquitäten.«

»Ich hab' ein paar.«

»Die müßten hier reizend aussehen.« Er wandte sich ab, um seine Schuhe anzuziehen.

»Warum, zum Teufel, bist du so wütend?« Wieder schrie sie ihn an und weinte gleichzeitig. »Es tut mir leid, daß ich dir nicht erzählt habe, daß ich mit John Taylor verheiratet war. Das scheint dich nun einmal wesentlich mehr zu beeindrucken als mich. Ich hielt es einfach nicht für so wichtig wie du.«

»Gibt es sonst noch etwas, was du mir nicht erzählt hast?

Ist dein Vater vielleicht der Präsident von General Motors, bist du im Weißen Haus aufgewachsen und machst eine große Erbschaft?« Feindselig sah er sie an. Splitternackt sprang sie von seinem Bett, wie eine lange, geschmeidige Katze.

»Nein, ich leide nur an Krämpfen, und du bist drauf und dran, dafür zu sorgen, daß ich einen Anfall bekomme.«

Aber er lächelte nicht einmal über ihren Versuch, ihn aus seiner mißmutigen Stimmung zu locken. Er ging einfach ins Bad und schloß die Tür, während Sam wartete, und als er herauskam, warf er ihr einen ungeduldigen Blick zu.

»Komm schon, zieh dich an.«

»Warum? Ich will nicht.« Sie spürte Furcht in sich aufsteigen. »Ich gehe nicht.«

»Und ob du das tust.«

»Nein.« Sie saß auf der Bettkante. »Nicht, ehe wir das hinter uns gebracht haben. Ich will, daß du dir ein für allemal darüber im klaren bist, daß dieser Mann mir nichts bedeutet und daß ich dich liebe. Glaubst du, du kriegst das in deinen sturen Schädel?«

»Und was macht das für einen Unterschied?«

»Für mich einen sehr großen. Weil ich dich liebe, du Dummkopf.«

Sie senkte die Stimme und lächelte ihn zärtlich an, aber er erwiderte ihr Lächeln nicht. Statt dessen sah er sie scharf an und nahm sich eine Zigarre, steckte sie aber nicht an, sondern spielte nur damit herum.

»Du solltest nach New York zurückkehren.«

»Warum? Um hinter einem Ehemann herzujagen, den ich nicht will? Wir sind geschieden. Erinnerst du dich? Und jetzt gefällt es mir so. Ich liebe dich nämlich.«

»Und was ist mit deinem Job? Willst du den auch dem Ranchleben opfern?«

»Allerdings.« Sie holte tief Luft, zitterte fast. Was sie jetzt sagen wollte, war der schwierigste Punkt überhaupt, und sie wußte, daß sie ihn noch nicht ganz durchdacht hatte. Aber nun war der richtige Zeitpunkt, es zu sagen, heute abend, jetzt. Sie hatte keine Zeit mehr, noch länger darüber nachzudenken. »Genau daran habe ich gedacht. Meinen Job aufzugeben und für immer hier zu bleiben.«

»Das ist ja lächerlich.«

»Warum?«

»Du gehörst nicht hierher.« Er klang müde bei diesen Worten. »Du gehörst dorthin, in deine Wohnung, zu deinem tollen Job, und du gehörst zu einem Mann aus dieser Welt. Du gehörst nicht zu einem Cowboy, der in einer Einzimmerhütte haust, Pferdemist karrt und Stiere einfängt. Außerdem bist du eine Dame, verflucht noch mal.«

»So, wie du das sagst, klingt das sehr romantisch.« Sie versuchte, ironisch zu klingen, Tränen schossen ihr in die Augen.

»Es ist nicht romantisch, Sam. Überhaupt nicht. Das ist es ja eben. Du glaubst, es wäre ein Traum, und das stimmt nicht. Ich bin auch kein Traum. Ich bin zufällig echt.«

»Ich auch. Und das ist der springende Punkt. Du weigerst dich zu sehen, daß auch ich echt bin, daß ich echte Bedürfnisse habe, ein echter Mensch bin; und ich kann sehr wohl fern von New York, meiner Wohnung und ohne meinen Job leben. Du weigerst dich zu glauben, daß ich mein Leben vielleicht ändern möchte, daß New York mir vielleicht nicht mehr gefällt, daß es hier besser ist und daß es das ist, was ich mir wünsche.«

»Dann kauf dir doch eine Ranch wie Caroline.«

»Und was dann? Wirst du dann glauben, daß ich es ernst meine?«

»Vielleicht kannst du mir einen Job anbieten.«

»Fahr zur Hölle.«

»Warum nicht? Und dann könnte ich in den nächsten zwanzig Jahren in dein Schlafzimmer schleichen. Ist es das, was du willst, Sam? Willst du enden wie sie, mit einer versteckten Hütte, zu der du nicht mehr gehst, weil du zu alt und zu müde bist? Und alles, was dir bleibt, sind deine geheimen Träume? Du verdienst was Besseres, und wenn du schon nicht schlau genug bist, das zu wissen, so weiß ich es dafür um so genauer.«

»Was soll das wieder heißen?« Sie schaute ihn entsetzt an, aber er wich ihrem Blick aus.

»Nichts. Es heißt einfach, daß du deine Kleider anziehen sollst. Ich bringe dich heim.«

»Nach New York?« Sie versuchte, schnippisch zu klingen, aber es gelang ihr nicht.

»Vergiß diese Klugscheißerei und zieh dich an.«

»Warum? Was ist, wenn ich nicht will?«

Sie sah aus wie ein verängstigtes, trotziges Kind. Er ging dorthin, wo sie ihre Sachen abgelegt hatte, als sie sich früher am Abend geliebt hatten. Er bückte sich, hob alles auf und legte es in ihren Schoß.

»Mir ist es egal, was du willst. Jetzt wird gemacht, was ich will. Zieh dich an. Ich scheine hier der einzig Erwachsene zu sein.«

»Zum Teufel mit dir!« Sie sprang auf die Füße und ließ die Kleider zu Boden fallen. »Du bist einfach festgefahren in deinen altmodischen Vorstellungen über Rancher und Rancharbeiter, und ich höre mir diesen Mist nicht mehr länger an! Es ist veraltet, und du irrst dich, es ist alles dummes Zeug!«

Sie schluchzte, als sie sich bückte, einzeln ihre Sachen aufhob und begann, sich anzuziehen. Wenn er sich so aufführen wollte, dann würde sie eben ins Große Haus zurückgehen. Sollte er doch über Nacht in seinem eigenen Saft schmoren.

Fünf Minuten später war sie angezogen. Tate starrte sie enttäuscht und ungläubig an, als hätte er an diesem Abend eine Seite an ihr entdeckt, die ihm ganz neu war, als wäre sie plötzlich ein ganz anderer Mensch. Unglücklich blickte sie ihn an, ehe sie langsam zur Tür ging.

»Soll ich dich heimbringen?«

Einen Augenblick hätte sie fast eingelenkt, doch dann beschloß sie, nicht nachzugehen. »Nein, danke, ich komm' schon allein zurecht.«

Sie versuchte, sich zu beruhigen, als sie in der Tür stand. »Du irrst dich, Tate, weißt du.« Und dann konnte sie nicht anders, mußte einfach leise flüstern. »Ich liebe dich.«

Als Tränen ihre Augen füllten, schloß sie die Tür und lief heim, dankbar, daß Caroline wieder einmal auf einer Ranch in der Nähe eingeladen war. Das war sonntags oft der Fall. Heute abend wollte Samantha sie nicht sehen, als sie durch die Haustür kam, das Gesicht tränenverschmiert.

17

Am nächsten Morgen trödelte Sam in Carolines Küche herum, starrte stumpfsinnig in ihre Kaffeetasse und hing ihren eigenen Gedanken nach. Sie war sich nicht sicher, ob sie am Abend wieder versuchen sollte, mit ihm zu sprechen, oder ob sie die Sache ein paar Tage ruhen lassen und ihn selbst wieder zur Vernunft kommen lassen sollte. Im Geiste ging sie noch einmal die Unterhaltung des vergangenen Abends durch, und ihre Augen füllten sich mit Tränen. Sie war dankbar, daß heute morgen niemand in der Nähe war.

Sam hatte beschlossen, nicht zum Frühstück in die Haupthalle zu gehen. Sie hatte ohnehin keinen Hunger und wollte Tate nicht sehen, ehe sie sich an die Arbeit machten. Sorgfältig achtete sie darauf, erst fünf Minuten vor sechs im Stall zu erscheinen. Als sie ihn sah, stand er in einer abgelegenen Ecke, die übliche Liste in der Hand, und erteilte ruhig Befehle, wies auf die abgelegensten Gebiete hin, auf ein paar Tiere, die sie auf dem Hügel antreffen könnten, und wandte sich dann einem anderen Punkt zu.

Leise sattelte Sam Navajo, wie sie es jeden Morgen tat, und ein paar Minuten später saß sie im Sattel und wartete draußen im Hof. Aber aus irgendeinem Grund hatte er heute Josh die Aufsicht über Sams Gruppe erteilt, und es war offensichtlich, daß er nicht mitreiten würde, jedenfalls nicht mit ihnen. All das machte Sam nur noch wütender. Es war, als würde er mit allen Gewohnheiten brechen, nur um ihr aus dem Weg zu gehen. Als ihr Pferd an ihm vorüberkam, beugte sie sich vor und meinte laut und mit gehässigem Unterton: »Na, Mr. Jordan, drücken Sie sich heute?«

»Nein.« Er wandte sich um und sah ihr voll ins Gesicht. »Ich habe etwas mit Bill King zu besprechen.«

Sie nickte, wußte nicht, was sie antworten sollte. Doch als sie Navajo wendete, um das Tor hinter den anderen zu verschließen, sah sie ihn im Hof stehen, sah, wie er ihr traurig nachblickte, ehe er sich langsam abwandte und fortging. Vielleicht tat ihm das Theater leid, das er wegen ihres Exmannes gemacht hatte. Vielleicht hatte er begriffen, daß die Unterschiede zwischen ihnen beiden vielleicht für ihn, aber nicht für Sam von Bedeutung waren. Einen Moment hätte sie ihn am liebsten gerufen, aber sie wagte es nicht. Die andern könnten sie hören. Und so gab sie Navajo die Sporen und gesellte sich für einen harten Arbeitstag zu den anderen.

Zwölf Stunden später ritten sie viel langsamer, vor Müdigkeit auf ihren schweren Sätteln zusammengesunken, in den Hof ein und stiegen ab, führten ihre Pferde in den Stall, nahmen ihnen Sattel und Zaumzeug ab und versorgten sie. Samantha war an diesem Abend besonders erschöpft. Sie hatte den ganzen Tag damit verbracht, an Tate und an all das zu denken, was er am Vorabend gesagt hatte. Sie war geistesabwesend und unruhig, als sie den anderen eine gute Nacht wünschte, und als sie durch Carolines Haustür trat, sah sie ungewöhnlich angespannt aus.

»Du siehst zerschlagen aus, Sam. Alles in Ordnung, Schatz? Fühlst du dich auch wohl?« Caroline musterte sie besorgt und hoffte, daß es nur die harte Arbeit war, die sie so mitgenommen aussehen ließ. Doch sie hatte plötzlich das ungute Gefühl, daß es etwas sehr Ernstes war. Sie wollte Samanthas Sorgen nicht noch größer machen. Also sagte sie nichts, sondern drängte Sam nur, vor dem Abendessen ein heißes Bad zu nehmen, während sie ein paar Steaks braten und Suppe und Salat zubereiten wollte.

Doch als Sam in sauberen Jeans und einem karierten Flanellhemd wiederkam, sah sie mehr denn je aus wie ein müdes Cowgirl, was Caroline lächelnd kommentierte.

Das Abendessen an diesem Tag war alles andere als fröhlich, und es schien Sam, als wären Stunden vergangen, bis sie sich endlich aus ihrem Fenster stehlen und durch den Obstgarten zu Tates kleiner Hütte schleichen konnte; sie mußte ihn unbedingt sehen. Aber als sie die Hütte erreichte, erkannte sie mit schrecklicher Gewißheit, daß er noch wütender war, als sie es sich vorgestellt hatte. Es brannte nirgends Licht, obwohl es zum Schlafen noch viel zu früh war. Entweder spielte er ihr etwas vor, oder er trieb sich mit den anderen in der Haupthalle herum. Das war zwar nicht gerade typisch für ihn, aber ein wirksames Mittel, um ihr aus dem Weg zu gehen.

Zaghaft klopfte sie an die Tür, erhielt aber keine Antwort. Samantha drehte den Knauf, wie sie es immer tat, und trat ein. Aber was sie empfing, war nicht das übliche Durcheinander von Tates Behausung. Ihren Augen zeigte sich statt dessen eine staubige Leere, die sie zu verschlingen drohte; und ihr erstaunter Aufschrei hallte von den leeren Wänden wider. Was hatte er getan? Hatte er tatsächlich wieder mit jemandem die Hütte getauscht, um sie zu meiden?

Sie spürte eine grenzenlose Angst, die sie zu verschlingen drohte. Denn sie hatte ja keine Ahnung, wo sie ihn suchen sollte. Sam lehnte sich an den Türrahmen und sagte sich immer wieder mit klopfendem Herzen, daß er noch nicht weit gekommen sein konnte, wo immer sein Ziel war. Sie wußte, daß es irgendwo auf der Ranch noch zwei oder drei leere Hütten gab. Er mußte den ganzen Tag mit Packen verbracht haben, um ihr auszuweichen. Wenn es nicht so zermürbend gewesen wäre, wenn es nicht bewiesen hätte, wie wütend er wegen des gestrigen Gesprächs war, dann hätte das ganze Theater sie ja amüsiert. Aber als sie jetzt im Dunkeln zu Carolines Haus zurückging, war sie alles andere als belustigt.

Sam schlief kaum in dieser Nacht, warf sich hin und her und fragte sich, warum er etwas so Radikales getan hatte. Um halb vier stand sie schließlich auf, unfähig, die Ungewißheit noch länger zu ertragen. Sie trödelte noch eine halbe Stunde in ihrem Zimmer herum, duschte und war immer noch zu früh fertig. Sie mußte noch eine halbe Stunde totschlagen und trank deshalb eine Tasse Kaffee in Carolines Küche, ehe sie in die Haupthalle gehen konnte, um zu frühstücken. Heute morgen wollte sie auf jeden Fall dort sein. Wenn sie ihn auch nur für einen Augenblick abfangen konnte, wollte sie ihn fragen, warum er die Hütte getauscht hatte. Dann würde sie ihm auch sagen, daß er sich benahm wie ein ungestümes Kind.

Als sie in der Schlange stand und auf Eier und Speck und noch eine Tasse Kaffee wartete, hörte sie zwei Männer miteinander reden. Rasch wandte sie sich Josh zu, mit einem entsetzten, ungläubigen Ausdruck. »Was haben die da gerade gesagt?«

»Sie haben sich über Tate unterhalten.«

»Ich weiß. Was haben sie gesagt?« Ihr Gesicht war leichenblaß. Sie konnte nicht richtig gehört haben.

»Sie sagten, daß es zu schade wäre.«

»Was ist zu schade?« Sie versuchte, nicht laut zu schreien.

»Daß er gestern fortging.« Josh lächelte freundlich und rückte in der Schlange auf.

»Wohin?« Ihr Herz klopfte jetzt so laut in ihren Ohren, daß sie seine Antworten kaum verstehen konnte; er zuckte nur die Achseln, ehe er antwortete.

»Das scheint keiner zu wissen. Aber sein Sohn auf der Bar Three Ranch mußte es wissen.«

»Was, zum Teufel, meinst du damit?« Sie schrie jetzt fast.

»Himmel, Sam, nimm's leicht. Tate Jordan. Er hat gekündigt.«

»Wann?« Einen Augenblick fürchtete sie, in Ohnmacht zu fallen.

»Gestern. Er ist hiergeblieben, um mit Bill King zu reden. Um ehrlich zu sein, er hat mir gestern morgen schon davon erzählt, als er mich gebeten hat, seinen Platz zu übernehmen. Hat mir erzählt, daß er es schon lange vorhatte. Meinte, es wäre Zeit, weiterzuziehen.« Josh zuckte die Achseln. »Is 'ne Schande. Der wäre gut gewesen als Bill Kings Nachfolger.«

»Dann ist er einfach gegangen? Keine zwei Wochen Kündigung, kein Einarbeiten eines anderen, der seinen Job übernimmt? Nichts?« Schon standen Tränen in ihren Augen.

»Ja, Sam, das ist hier nun mal nicht Wall Street. Wenn ein Mann weiterziehen will, dann tut er das. Er hat sich gestern morgen 'nen Laster gekauft, hat all sein Zeug verladen und ist ab.«

»Für immer?« Sie brachte die Worte kaum heraus.

»Klar. Hätte ja keinen Sinn wiederzukommen. Ist nie wieder so, wie es war. Ich hab's mal gemacht. War 'n Fehler. Wenn er hier nicht glücklich war, dann hat er schon das Richtige getan.«

»So? Hat er das?« Wie schön, das zu hören. Erst jetzt betrachtete Josh sie eingehend. »Alles in Ordnung, Sam?«

»Ja, klar.« Aber sie sah erschreckend aus, ganz grau. »Ich hab' in letzter Zeit nicht sehr gut geschlafen.« Sie mußte gegen ihre Tränen ankämpfen ... mußte es ... mußte es ... Außerdem bestand überhaupt kein Grund zur Panik. Bill King würde schon wissen, wo er war, und wenn er es nicht wußte, dann der Junge. Sie würde ihn aufsuchen und selbst fragen. Aber sie würde nicht zulassen, daß dieser Mann ihr entkam. Niemals. Und wenn sie ihn erst einmal gefunden hatte, dann würde er ihr so etwas nie wieder antun.

»Weißt du«, Josh starrte sie immer noch an, »du hast schon gestern lausig ausgesehen. Kriegst du vielleicht die Grippe?«

»Ja, vielleicht.« Sie versuchte gleichgültig auszusehen, als berührte es sie gar nicht, was er von Tate Jordan erzählt hatte.

»Warum, zum Teufel, gehst du dann nicht ins Große Haus zurück und legst dich wieder ins Bett?«

Sie wollte gerade widersprechen. Dann fiel ihr aber ein, daß sie unmöglich zwölf Stunden lang reiten konnte, während die Frage, wohin Tate Jordan gegangen war, sie fast wahnsinnig machte. Also nickte sie schwach, dankte Josh für den Vorschlag und verließ die Haupthalle. Sie hastete ins Große Haus zurück, schlüpfte durch die Haustür und stand dann einfach da, während unkontrolliertes Schluchzen sie schüttelte. Schließlich sank sie neben einer Couch auf die Knie und vergrub verzweifelt den Kopf in dem Polster. Sie hatte ein Gefühl, als könnte sie diesen zweiten Verlust in ihrem Leben nicht überstehen, nicht jetzt, nicht auch Tate. Während die Gedanken an das, was geschehen war, sie quälten und sie haltlos in die Kissen schluchzte, wurde sie sich plötzlich Carolines Anwesenheit bewußt, die neben ihr stand und ihr sanft über das zerzauste blonde Haar strich. Nach ein paar Minuten blickte Samantha auf, ihr Gesicht war rot und verschwollen, ihre Augen wild, und sie suchte in den Augen ihrer Freundin nach einer Antwort. Aber Caroline nickte bloß, flüsterte ihr beruhigend zu, nahm sie in die Arme und brachte sie schließlich dazu, sich auf die Couch zu setzen.

Es dauerte eine halbe Stunde, ehe Samantha sprechen konnte. Caroline sagte nichts. Sie saß einfach nur da, strich ihr zärtlich über den Rücken und wartete. Es gab nichts, was sie hätte sagen können. Es traf sie zutiefst, daß Sam gekommen war, um sich von einem Verlust zu erholen, und jetzt einen weiteren erlitten hatte. Sie wußte Bescheid über Sam und Tate, hatte es gespürt. Der Gedanke daran hatte sie schon am Tag zuvor gequält, als Bill ihr von Jordans Kündigung erzählte. Aber es war zu spät, um ihn aufzuhalten oder mit ihm zu reden. Er war bereits fort, als Bill darüber sprach, und alles, woran sie denken konnte, war, wie Samantha die Neuigkeit aufnehmen würde. Aber Caroline hatte nicht gewagt, es ihr am Abend zuvor zu erzählen. Sie hatte gehofft, es hätte noch Zeit.

Dann sah Samantha sie an; ihr Gesicht war fleckig, ihre Augen rot und verschwollen, und der Blick, den sie ihrer Freundin zuwarf, verheimlichte nichts.

»Er ist fort. O Gott, Caro, er ist fort. Und ich liebe ihn doch so ...«

Sie konnte nicht weiterreden, und Caroline nickte langsam. Sie verstand sie nur zu gut. Sie hatte versucht, ihr zu erklären, daß die Dinge hier anders waren, daß es Dinge gab, die für ihn wichtig waren, obwohl sie ihr völlig unwichtig erschienen.

»Was ist passiert, Sam?«

»O Gott, ich weiß nicht. Wir haben uns Weihnachten ineinander verliebt ...« Sie blickte sich plötzlich nervös um, ob eine der mexikanischen Frauen in der Nähe war und putzte, aber es war niemand zu sehen. »Wir gingen in ...« Verlegen blickte sie Caroline an. »Wir haben eure Hütte gefunden, und zuerst haben wir uns da getroffen, aber nicht oft. Wir haben nicht geschnüffelt ...«

»Ist schon gut, Sam.« Carolines Stimme war sehr leise.

»Wir wollten einfach einen Platz haben, zu dem wir gehen und wo wir allein sein konnten.«

»Genau wie wir.« Caroline sagte es fast traurig.

»Und dann hat er mit jemand anderem seine Hütte getauscht, und ich bin jede Nacht zu ihm gegangen ... durch den Obstgarten ...« Sie sprach abgehackt, das Gesicht von Tränen überströmt. »Und dann, vorgestern abend, hat er ... wir haben ferngesehen, und John trat auf, in einer Sondersendung, und zuerst haben wir nur herumgealbert, und er wollte wissen ... ob ich John hübsch fände oder so ... und ich sagte ihm, daß wir verheiratet waren ... und Tate drehte durch. Ich verstehe das nicht«, sie würgte an ihren Tränen und fuhr fort, »er wurde einfach verrückt, erzählte mir, daß ich nicht in der einen Minute mit einem Fernsehstar und in der nächsten mit einem Cowboy verheiratet sein könnte, daß ich so niemals glücklich sein würde, daß ich etwas Besseres verdiente, daß ...« Sie konnte einfach nicht mehr weiterreden, die Tränen überwältigten sie. »O Gott, und jetzt ist er fort. Was soll ich denn nur tun? Wie soll ich ihn bloß finden?« Wieder wurde sie von Panik überwältigt.

»Weißt du, wohin er gegangen ist?«

Traurig schüttelte Caroline den Kopf.

»Weiß es Bill?«

»Ich weiß nicht. Ich rufe ihn gleich in seinem Büro an und frage ihn.«

Sie ließ Sam allein und trat zu dem Telefon auf ihrem Schreibtisch. Gequält lauschte Sam der ganzen Unterhaltung, und am Ende war klar, daß Bill überhaupt nichts wußte, und auch ihm tat es leid, daß Tate fort war. Er hatte damit gerechnet, daß er eines Tages, wenn er selbst zu alt wäre, seinen Platz einnehmen und die Ranch leiten würde. Diese Hoffnung war jetzt zunichte. Er wußte, daß Tate für immer gegangen war.

»Was hat er gesagt?« Samantha sah Caroline verzweifelt an, als sie zurückkam und sich setzte.

»Nicht viel. Er sagte, daß Tate versprochen hätte, sich in den nächsten Tagen zu melden, aber Bill meint, man könnte sich nicht darauf verlassen. Er weiß, wie diese Männer sind. Und er hat keine Adresse hinterlassen.«

»Dann muß ich seinen Sohn auf der Bar Three Ranch aufsuchen.« Sie sagte es mit wilder Entschlossenheit, aber Caroline schüttelte den Kopf.

»Nein, Sam. Der Junge hat gekündigt und ist mit ihm gegangen. Soviel weiß Bill. Sie haben den Laster zusammen beladen und fuhren dann fort.«

»Oh, mein Gott.« Samantha schlug die Hände vors Gesicht und begann wieder zu schluchzen, leise diesmal, als wäre ihr Herz schon zersprungen, als bliebe nichts in ihr als Leere.

»Was kann ich für dich tun, Sam?«

Auch in Carolines Augen standen jetzt Tränen. Sie erkannte, wie leicht das auch ihr Schicksal hätte werden können. Die Unterhaltung, die Sam geschildert hatte, klang genauso wie der Streit, den Bill und sie über Jahre geführt hatten. Schließlich hatten sie es auf andere Art gelöst, aber Bill war auch entschieden weniger hartnäckig als Tate. Er war auch ein bißchen weniger edel, eine Tatsache, für die Caroline jetzt zutiefst dankbar war, als sie hilflos neben ihrer jungen Freundin saß und deren Qual erleben mußte.

Jetzt sah Sam sie an, als Antwort auf ihre Frage. »Hilf mir, ihn zu finden. Oh, bitte, wenn du das tun könntest...«

»Wie?«

Sam lehnte sich auf der Couch zurück und schniefte, während sie nachdachte.

»Er muß irgendwo auf eine Ranch gehen. Eine andere Arbeit wird er nicht annehmen wollen. Wie kann ich eine Liste der Ranches bekommen?«

»Ich kann dir alle die nennen, die ich in dieser Gegend kenne, die Männer können dir noch andere nennen. Nein, laß mich sie fragen, wir werden uns irgendeinen Vorwand ausdenken, irgendeinen Grund... Sam«, Carolines Augen leuchteten auf, »du wirst ihn finden.«

»Ich hoffe es.« Zum erstenmal seit Stunden lächelte sie. »Ich werde nicht aufhören zu suchen, bis ich ihn gefunden habe.«

18

Bis Mitte April hatte Sam sich mit dreiundsechzig Ranches in Verbindung gesetzt. Zuerst hatte sie auf der Suche nach Tate die in der Umgegend angerufen, dann diejenigen weiter im Norden, später einige im Süden, schließlich hatte sie angefangen, in anderen Staaten zu suchen: Arizona, New Mexico, Nevada, Texas, Arkansas; sogar auf einer Ranch in Nebraska hatte sie auf den Vorschlag einer der Männer hin angerufen. Er hatte mit Tate über diese Ranch gesprochen und ihm erzählt, daß das Essen und die Bezahlung wirklich gut waren. Aber niemand hatte Tate Jordan gesehen. Sam hinterließ ihren Namen, ihre Adresse und Carolines Telefonnummer und bat um Benachrichtigung, wenn Tate auftauchen sollte. Überall berief sie sich auf Caroline Lord, was sehr nützlich war. Die beiden hockten stundenlang über Telefonbüchern, Stellenangeboten und studierten die Namen, die sie von den Männern bekommen hatten.

Sam hatte in ihrer Agentur schon vor langer Zeit um Verlängerung gebeten und hatte eine endgültige Antwort bis zum ersten Mai versprochen. Wenn sie nicht nach New York zurückkäme, wollten sie es bis dahin endgültig wissen. Bis zu dieser Zeit gehörte der Job ihr. Aber das Büro kümmerte sie jetzt keinen Deut, alles, was sie wollte, war Tate Jordan, und er war nirgends zu finden. Es war, als wäre er einen Monat zuvor vom Erdboden verschwunden und würde nie mehr auftauchen. Sam wußte, er mußte irgendwo sein. Die Frage war nur: wo? Die Suche wurde allmählich zu einer fixen Idee. Sie ritt nicht mehr mit den Männern aus, selbst auf die Gefahr hin, Anlaß zu Gerüchten zu geben oder ihren Verdacht zu bestätigen. Von dem Tag an, an dem Tate gegangen war, kam sie nicht mehr mit ihnen.

Einmal ritt sie allein zur Hütte, konnte es aber nicht ertragen und jagte auf Black Beauty heim, das Gesicht tränenüberströmt.

Jetzt ritt sie nur noch selten auf dem großen, schwarzen Vollblut, obwohl Caroline sie dazu ermunterte. Alles, was sie tun wollte, war, zu Hause zu bleiben, zu telefonieren, Listen durchzusehen, Landkarten zu studieren, Briefe zu schreiben und zu versuchen, etwas über ihn zu erfahren. Bislang war alles vergebens gewesen. Insgeheim hatte Caroline schon die Hoffnung aufgegeben. Es war nun einmal ein großes Land, und es gab unzählige Ranches. Und dann bestand immer noch die Möglichkeit, daß er sich eine ganz andere Arbeit gesucht hatte oder unter falschem Namen reiste. Sie war viel zu vertraut mit all den ziellosen Menschen, die im Laufe ihres Rancherlebens für sie gearbeitet hatten, um Sam viel Hoffnung machen zu können. Es war natürlich möglich, daß Tate eines Tages irgendwo auftauchte, aber ebenso möglich war es, daß man nie wieder etwas von ihm sehen oder hören würde. Es war sogar möglich, daß er das Land verlassen hatte, nach Kanada oder Mexiko gegangen war, oder sogar auf eine der großen Ranchen in Argentinien. Oft ließen die Rancher Männer wie Tate ohne Papiere oder mit gefälschten arbeiten, einfach, um sie auf der Ranch behalten zu können. Als Vorarbeiter hatte Tate eine lange Reihe guter Zeugnisse, er war ein zuverlässiger, hart arbeitender Mann, und er hatte eine Menge Erfahrung zu bieten. Und jeder Ranchbesitzer, der nicht ganz dumm war, würde das erkennen. Die Frage war: welcher Ranchbesitzer und welche Ranch?

Ende April gab es immer noch nichts Neues. Sam blieben noch drei Tage, um in ihrem Büro anzurufen und ihnen zu sagen, wie die Dinge standen. Einen Monat zuvor hatte sie ihnen erzählt, daß Caroline plötzlich sehr krank geworden sei und es daher schwierig für sie sei, zu dem vorher abgemachten Zeitpunkt abzureisen. Zuerst hatten sie Verständnis gezeigt, aber jetzt rief Charlie ständig an. Es wurde ernst, Harvey verlangte, daß sie zurückkam. Sie hatten plötzlich großen Ärger mit ihrem Automobilkunden, und wenn sie überhaupt wiederkommen wollte, dann müßte es sofort sein.

Sie konnte ihnen eigentlich keinen Vorwurf machen. Aber sie konnte ihnen auch nicht erzählen, daß es ihr jetzt schlechter ging als zu dem Zeitpunkt, da sie New York verließ. Jetzt, wo Tate fort war, erkannte sie besser denn je, wie sehr sie ihn liebte, wie sehr sie ihn und seine Lebensweise respektierte. Wenn sie Bill und Caro jetzt sah, versetzte es ihr einen Stich. Caroline teilte Samanthas Schmerz über den Verlust.

»Sam.« Über ihre Kaffeetasse hinweg musterte sie an diesem letzten Tag im April ihre junge Freundin, seufzte tief und beschloß, ihr zu sagen, was sie dachte. »Ich glaube, du solltest zurückgehen.«

»Wohin?« Sie starrte wieder auf eine ihrer Listen mit Ranchnamen und fragte sich, ob Caroline gemeint hatte, sie sollte sie noch einmal durchgehen.

Aber Caroline schüttelte schnell den Kopf. »Nach New York.«

»Jetzt?« Sam sah sie schockiert an. »Aber ich habe ihn doch noch nicht gefunden.« Caroline wappnete sich für ihre nächsten Worte, so sehr sie es auch haßte, Sam weh zu tun. »Du weißt nicht, ob du es jemals tun wirst.«

»Das zu sagen ist gemein.« Wütend sah Sam sie an und schob ihre Tasse zurück. Sie war gereizt und nervös seit Beginn dieses ganzen Alptraums. Sie schlief nicht, aß nichts, ging nicht mehr an die frische Luft. Sie tat nur eines: Sie suchte Tate. Sie war sogar zu einigen der Ranches gefahren und zu einer geflogen.

»Aber es ist wahr, Sam. Du mußt dich der Wahrheit endlich stellen. Du findest ihn vielleicht nie wieder. Ich hoffe bei Gott, daß dem nicht so ist, aber du kannst nicht den Rest deines Lebens damit verbringen, nach einem Mann zu suchen, der in Ruhe gelassen werden will. Denn selbst wenn du ihn findest, weißt du nicht, ob es dir gelingen wird, ihn davon zu überzeugen, daß das, was du denkst, richtig ist und daß er sich irrt. Er glaubt, daß ihr beide zu verschieden seid. Und es könnte doch sein, daß er recht hat. Und selbst wenn er sich irrt, kannst du ihn nicht gegen seinen Willen zwingen, seine Meinung zu ändern.«

»Wie kommst du auf einmal darauf? Hast du mit Bill darüber gesprochen?«

»Nicht mehr als notwendig.«

Sam wußte, daß Bill ihre unermüdliche Suche nach Tate mißbilligte. Er bezeichnete es als dämliche Männerjagd und fand es falsch von Sam, so zu drängen. Zu Caroline hatte er gesagt: »Der Mann hat alles gesagt, was er ihr erzählen wollte, als er von hier fortging. Es gibt nichts mehr zu sagen.« Doch andererseits hatte er einmal zugegeben, daß er hoffte, sie hätte ihn genauso zu finden versucht, wenn er verschwunden wäre.

»Ich finde einfach, du solltest dir die Möglichkeiten vor Augen führen, Sam«, fuhr Caroline fort. »Es ist jetzt fast zwei Monate her.«

»Vielleicht dauert es nur noch ein bißchen länger.«

»Und noch ein bißchen ... und noch ein bißchen ... und noch ein bißchen länger. Und was dann? Du verbringst zwanzig Jahre mit der Suche nach einem Mann, den du kaum kennst.«

»Sag das nicht.« Sam wirkte erschöpft, als sie die Augen schloß. Sie hatte nie so hart gearbeitet wie jetzt bei ihrer Suche nach Tate. »Ich kannte ihn. Ich kenne ihn. Vielleicht verstehe ich ihn in mancher Hinsicht einfach zu gut, und das hat ihn abgeschreckt.«

»Möglich«, stimmte Caroline zu. »Aber der springende Punkt ist, daß du so nicht weiterleben kannst. Das macht dich kaputt.«

»Warum sollte es?« Die Bitterkeit in ihrer Stimme ließ sich nicht leugnen. »Mich hat noch nichts kleingekriegt.« John und Liz hatten kurz zuvor ihr Baby bekommen, ein kleines Mädchen. Sie hatten die Kleine und die stolze Liz sogar in den Abendnachrichten gezeigt, im Kreißsaal. Aber Sam kümmerte sich auch darum nicht mehr. Alles, was sie wollte, war, Tate finden.

»Du mußt zurückgehen, Sam.« Caroline klang genauso hartnäckig wie Sam selbst.

»Warum? Weil ich nicht hierher gehöre?« Wütend sah sie Caroline an, aber diesmal nickte Caroline zu ihren Worten.

»Richtig. Das tust du nicht. Du gehörst zurück in deine eigene Welt, an deinen Schreibtisch, in dein Büro, in deine eigene Wohnung, mit deinen eigenen Sachen; du mußt neue Leute kennenlernen und alte Freunde wiedersehen, mußt wieder die werden, die du wirklich bist, und nicht die, die zu sein du für eine Weile vorgegeben hast, Sam«, sie streckte den Arm aus und strich ihr über die Hand, »ich bin es nicht leid, dich hier zu haben. Wenn es nach mir ginge, könntest du für immer hierbleiben. Aber es ist nicht gut für dich, siehst du das denn nicht ein?«

»Es ist mir egal. Ich will ihn einfach finden.«

»Aber er will nicht, daß du ihn findest. Wenn er das wollte, dann würde er es dich wissen lassen, wo er ist. Er muß dafür sorgen, daß du ihn nicht findest, Sam, und wenn das so ist, dann hast du die Schlacht schon verloren. Er könnte sich jahrelang vor dir verstecken.«

»Also findest du, ich sollte es aufgeben. Ist es nicht so?«

Schweigen breitete sich zwischen ihnen aus, und erst nach geraumer Weile nickte Caroline fast unmerklich. »Ja.«

»Aber es sind doch erst ein paar Wochen.« Tränen füllten ihre Augen, als Sam versuchte, die Logik von Carolines Worten zu bestreiten. »Vielleicht, wenn ich noch einen Monat warte ...«

»Wenn du das tust, hast du keinen Job mehr, und das würde dir auch nicht guttun. Sam, du mußt einfach zu einem normalen Leben zurückkehren.«

»Was ist denn überhaupt noch normal?« Sie hatte es schon fast vergessen. Es war kaum ein Jahr her, daß sie glücklich verheiratet war, mit John Taylor, daß sie ein völlig normales Leben geführt hatte als Angestellte einer Werbeagentur in Manhattan, verheiratet mit einem Mann, den sie liebte und von dem sie annahm, daß er sie liebte.

»Normal?« Sie sah Caroline entsetzt an. »Du machst wohl Witze. Ich würde das Normale nicht einmal mehr erkennen, wenn es sich mir vorstellte und mir ins Hinterteil beißen würde!«

Caroline lachte über ihren Humor, doch der Ausdruck in ihren Augen veränderte sich nicht, und schließlich sank Sam mit einem langen, nachdenklichen Seufzer auf ihren Stuhl zurück.

»Aber was, zum Teufel, soll ich in New York machen?«

»All das hier für eine Weile vergessen. Das wird dir guttun. Du kannst immer zurückkommen.«

»Ich würde nur einfach wieder fortlaufen, wenn ich jetzt von hier fortginge.«

»Nein, du würdest das Richtige tun. Das hier ist kein Leben für dich, nicht so, wie es jetzt ist, wie es war, seit er fortging.«

Sam nickte schweigend, verließ den Tisch und ging langsam in ihr Zimmer. Zwei Stunden später telefonierte sie mit Harvey

Maxwell, und dann ging sie hinaus in den Stall und sattelte Black Beauty. An diesem Nachmittag ritt sie ihn zum ersten Mal seit drei Wochen, ließ ihn dahinjagen in vollem Galopp, ging jedes Risiko ein, ließ keinen Sprung aus, keine Hecke, keinen Bach. Hätte Caroline sie gesehen, hätte sie um das Leben von Pferd und Reiterin gefürchtet. Hätte Tate sie gesehen, hätte er sie umgebracht.

Aber sie war jetzt allein und ritt, so schnell und hart sie konnte, bis sie sah, daß das Pferd erschöpft war. Dann lenkte sie es zurück zum Hauptgebäude und ließ es noch eine halbe Stunde im Schritt gehen. Sie wußte, daß sie dem Tier diesen Dienst schuldig war, ganz gleich, wie unglücklich sie war. Schließlich, als er abgekühlt war, brachte sie ihn in den Stall und nahm ihm den Sattel ab. Dann stand sie lange Zeit da und betrachtete ihn, ehe sie ihm zum letztenmal die Flanke tätschelte und leise flüsterte: »Auf Wiedersehen, alter Freund.«

19

Das Flugzeug landete an einem herrlichen Frühlingsabend auf dem Kennedy Airport, und mit ausdruckslosem Gesicht blickte Samantha auf die Stadt hinunter. Sie konnte an nichts anderes denken als an ihren letzten Eindruck von Caroline. Sie hatte groß und stolz aufgerichtet neben dem alten Vorarbeiter auf dem Flughafen gestanden, Tränen waren über ihre Wangen gelaufen, als sie zum Abschied winkte. Bill hatte fast nichts zu ihr gesagt, als sie sich auf die Zehenspitzen stellte und ihn in der überfüllten Abfertigungshalle auf die Wange küßte. Doch dann hatte er plötzlich ihren Arm gedrückt und liebevoll gebrummt: »Flieg zurück nach New York, Sam, und paß von jetzt an auf dich auf.« Es war seine Art, ihr zu sagen, daß er ihren jetzigen Entschluß billigte.

Aber handelte sie wirklich richtig, fragte sie sich, als sie ihren Sicherheitsgurt öffnete, ihr Handgepäck nahm und hinaustrat. War es richtig gewesen, so früh heimzukehren? Hätte sie länger bleiben sollen? Wäre Tate aufgetaucht, wenn sie noch ein, zwei Monate gewartet hätte? Natürlich, er könnte immer noch auftauchen, oder von irgendwoher anrufen. Caroline hatte versprochen, sich weiterhin umzuhören, und natürlich hatte sie versprochen, Sam anzurufen, wenn es irgendwelche Nachrichten geben sollte. Mehr blieb im Moment nicht zu tun. Das wußte selbst Sam, als sie laut seufzte und in den Flughafen trat.

Die Menge, die sie umgab, war nahezu überwältigend: dieser Geräuschpegel, all diese Menschen, der Wirrwarr. Nach fünf Monaten auf der Ranch hatte sie vergessen, was es hieß, unter so vielen Leuten zu sein, sich so schnell zu bewegen wie sie. Sie hatte das Gefühl, von dem Druck der Menschen um sie her erstickt zu werden, als sie sich ihren Weg zur Gepäckausgabe bahnte. In ihrer eigenen Stadt kam sie sich plötzlich wie eine Touristin vor, und entsprechend verwirrt sah sie aus. Natürlich war kein einziger Träger greifbar, Hunderte von Leuten warteten auf Taxis, und als sie schließlich eines bekam, mußte sie es mit zwei japanischen Touristinnen und einem Vertreter aus Detroit teilen. Als er sie fragte, woher sie käme, war sie fast zu müde, um zu antworten, murmelte aber schließlich irgend etwas von Kalifornien.

»Sind Sie Schauspielerin?« Er musterte interessiert ihr schimmerndes, blondes Haar und ihren braunen Teint. Aber Sam schüttelte schnell den Kopf und sah geistesabwesend aus dem Fenster.

»Nein, Rancharbeiter.«

»Rancharbeiter?« Ungläubig starrte er sie an, sie wandte sich um und schenkte ihm ein müdes Lächeln. »Sind Sie zum erstenmal in der großen Stadt?«

Er sah hoffnungsvoll aus, aber sie schüttelte den Kopf und tat von nun an alles, um jede Unterhaltung abzublocken. Die beiden Japanerinnen unterhielten sich angeregt in ihrer Muttersprache, während der Fahrer fluchend den Wagen durch den Verkehr steuerte.

Es war eine angemessene Rückkehr in ihre Stadt, und als sie die Brücke von Queens nach Manhattan überquerten und sie die Skyline sah, hätte sie am liebsten geweint. Sie wollte das Empire

State Building, die UN und all die anderen Gebäude nicht sehen. Sie wollte das Große Haus sehen, und den Stall, und die herrlichen Bäume und den endlosen, blauen Himmel.

»Hübsch, was?« Der schwitzende Vertreter aus Detroit rückte näher, doch Sam schüttelte nur den Kopf und rutschte weiter zu der Tür, neben der sie saß.

»Nein, eigentlich nicht. Nicht nach dem, was ich kürzlich gesehen habe.«

Sie musterte ihn wütend, als wäre es allein seine Schuld, daß sie nach New York zurückgekehrt war. Danach wandte er sich einem der japanischen Mädchen zu, aber es kicherte bloß und schwatzte weiter japanisch mit seiner Freundin.

Glücklicherweise setzte der Fahrer Sam als erste ab. Sie stand lange auf dem Bürgersteig, starrte auf das Haus, in dem sie wohnte, und hatte plötzlich Angst einzutreten. Sie bereute es, heimgekommen zu sein, und sie sehnte sich schmerzlicher nach Tate als je zuvor. Was, zum Teufel, tat sie hier in dieser seltsamen Stadt, ganz allein, umgeben von all diesen Menschen? Warum kehrte sie in die Wohnung zurück, in der sie mit John gelebt hatte? Sie wollte nichts weiter, als nach Kalifornien zurückzugehen, Tate zu finden, mit ihm auf der Ranch zu leben und zu arbeiten. Warum konnte sie das nicht haben? War es denn so viel verlangt, fragte sie sich, als sie die Haustür aufschloß und mit ihrem Gepäck die Treppe hinaufstolperte. Kein Zwölf-Stunden-Tag im Sattel hatte sie so erschöpft wie dieser Tag mit einem fünfstündigen Flug, zwei Mahlzeiten, einem Film und dem Schock, wieder nach New York zu kommen. Sie stöhnte unter dem Gewicht ihrer Koffer und ließ sie neben ihrer Wohnungstür auf den Boden fallen. Dann suchte sie nach ihrem Schlüssel, steckte ihn ins Schloß und stieß die Wohnungstür auf.

Die Wohnung roch wie das Innere eines Staubsaugers. Es war alles noch so, wie sie es verlassen hatte, sah leer und ungeliebt aus; und doch war es anders, als hätte sich die ganze Einrichtung während ihrer Abwesenheit unmerklich verändert, wäre geschrumpft oder gewachsen oder hätte eine Farbe, die sich nur ganz wenig von der vorigen unterschied. Nichts sah mehr genauso aus wie früher. Und doch war es bis in die kleinste Einzelheit genauso wie damals, als sie und John hier gelebt hatten. Jetzt kam sie sich wie ein Eindringling vor, oder besser wie ein Geist, der zu einem Ort aus längst vergangener Zeit zurückkehrt.

»Hallo?« Sie war sich nicht einmal sicher, warum sie das sagte. Als niemand antwortete, schloß sie die Wohnungstür und setzte sich seufzend in einen Sessel. Sie sah sich um und wurde von einem Schluchzen überwältigt, ihre Schultern zuckten, und sie schlug die Hände vors Gesicht.

Zwanzig Minuten später klingelte beharrlich das Telefon; sie schniefte, putzte sich die Nase und nahm dann den Hörer ab, ohne zu wissen, warum sie es tat. Nach all der Zeit hatte sich bestimmt nur jemand verwählt. Es konnten höchstens Charlie oder Harvey sein, denn das waren die beiden einzigen Menschen in New York, die von ihrer Rückkehr wußten.

»Ja.«

»Sam?«

»Nein.« Unter Tränen brachte sie ein Lächeln zustande. »Hier ist ein Einbrecher.«

»Einbrecher weinen nicht, du Dummkopf.« Es war Charlie.

»Klar tun sie das. Es gibt hier keinen Farbfernseher, den ich mitnehmen könnte.«

»Dann komm zu uns, ich geb' dir meinen.«

»Ich will ihn nicht.« Und dann kamen langsam wieder die Tränen. Sie schniefte laut und schloß die Augen, während sie versuchte, den Atem anzuhalten. »Tut mir leid, Charlie. Ich glaube, ich bin nicht gerade selig, wieder daheim zu sein.«

»Hört sich so an. Und? Warum bist du heimgekommen?« Seine Stimme klang sehr sachlich.

»Spinnst du? Du und Harvey, ihr droht mir seit sechs Wochen mit Mord oder zumindest schwerer Körperverletzung, und dann fragst du noch, warum ich hier bin?«

»Also gut, dann komm und hilf uns mit deinem verrückten Klienten, und anschließend gehst du wieder zurück. Für immer, wenn es das ist, was du willst.« Charlie betrachtete das Leben immer so verdammt praktisch.

685

»So einfach ist das nicht.«

»Warum nicht? Schau, Sam, das Leben ist sehr kurz und kann sehr schön sein, wenn du es läßt. Du bist ein großes Mädchen, du bist jetzt frei, und du solltest leben können, wo immer du willst. Und wenn du für den Rest deines Lebens mit einer Horde Pferde durch die Gegend jagen willst, dann geh und tu es!«

»So einfach, ja?«

»Warum nicht? Ich will dir mal was sagen. Versuch es noch mal eine Weile hier, wie ein Tourist vielleicht, warte ab, wie du dich nach ein paar Monaten fühlst, und wenn du nicht glücklich bist ... zum Teufel, Sam, du kannst immer noch abhauen.«

»So, wie du das sagst, klingt das alles ganz einfach.«

»So sollte es ja auch sein. Auf jeden Fall, schöne Frau, willkommen daheim. Auch wenn du nicht hiersein willst, sind wir verdammt froh, dich wieder um uns zu haben.«

»Danke, Schatz. Wie geht's Mellie?«

»Sie ist dick, aber hübsch. Das Baby kommt in zwei Monaten, und diesmal ist es ein Mädchen. Ich weiß es einfach.«

»Sicher doch, Charlie, sicher doch. Habe ich das nicht schon mindestens zweimal gehört?« Sie lächelte ins Telefon und wischte sich die Tränen aus dem Gesicht. Es war wenigstens schön, wieder mit ihm in einer Stadt zu sein. »Die Wahrheit ist, Mr. Peterson, Sie wissen eben nur, wie man Söhne macht. Das kommt von all den Basketballspielen, zu denen Sie rennen. Irgend etwas von der Luft dort gelangt in Ihre Gene.«

»Also gut, dann muß ich in Zukunft wohl öfter zum Striptease gehen. Das klingt vernünftig ...« Sie kicherten beide, als Sam sich in ihrem deprimierenden Apartment umschaute.

»Ich dachte, du wolltest meine Blumen gießen, Charlie.« Aus ihrer Stimme klang eher ein Lachen als ein Vorwurf, als sie auf das schon lange verwelkte, bräunliche Grün starrte.

»Fünf Monate lang? Du machst wohl Witze. Ich kauf' dir neue.«

»Mach dir keine Mühe. Ich liebe dich auch so. Erzähl mir doch, wie schlimm es im Büro wirklich aussieht, jetzt, wo ihr mich schon nach Hause gelockt habt.«

»Schlimm.«

»Schrecklich schlimm oder bloß mittelschlimm?«

»Unerträglich schlimm. Noch zwei Tage, und ich hätte ein Magengeschwür bekommen oder Harvey umgebracht. Dieser Schweinehund macht mich seit Wochen verrückt. Dem Klienten hat nicht ein einziger Vorschlag gefallen. Sie halten sie alle für zu zimperlich, zu etepetete, zu sauber.«

»Habt ihr meinen Vorschlag mit den Pferden nicht genommen?«

»Zum Teufel, ja doch, wir haben jedes Modell zu Pferde geprüft, das es diesseits vom Mississippi gibt, haben jeden weiblichen Jockey vorsprechen lassen, jeden Zureiter, jeden ...«

»Nein, nein, um Himmels willen, Charlie. Sie haben recht, wenn ihr das daraus gemacht habt. Ich meinte *Pferde*. Cowboys. Du weißt doch, Sonnenuntergänge, auf einem herrlichen, großen Hengst in die untergehende Sonne hineinreiten ...« Als sie das sagte, wanderten ihre Gedanken sofort zu Black Beauty und natürlich zu Tate. »Das braucht ihr für diese Autos. Ihr wollt keinen Kleinwagen für die Frau verkaufen, ihr verkauft einen billigen Sportwagen, und sie wollen den Eindruck von Kraft und Geschwindigkeit vermitteln.«

»Und du glaubst, ein Rennpferd kann das nicht?«

»Zum Teufel, nein.« Sie klang unerbittlich, und am anderen Ende der Leitung grinste Charlie vor sich hin.

»Ich nehme an, deshalb ist das deine Sache.«

»Ich schau' mir morgen mal an, was ihr habt.«

»Also bis morgen, Kind.«

»Grüß Mellie von mir, Charlie, und danke für den Anruf.«

Sie hängte ein und blickte sich seufzend noch einmal um. »Oh, Tate – warum?«

Langsam packte sie ihren Koffer aus, bürstete die Sachen aus, räumte auf, sah sich immer wieder um und versuchte, sich selbst zu überzeugen, daß dies hier ihr Heim war. Um zehn Uhr sank sie ins Bett, in der Hand einen Notizblock und ein paar Notizen von Harvey. Sie wollte ihr Programm für den nächsten Tag zurechtlegen. Es war schon nach Mitternacht, als sie endlich den

Block aus der Hand legte, das Licht ausschaltete und versuchte zu schlafen. Doch bis ihr das gelang, dauerte es noch zwei Stunden, in denen sie im Bett lag, an die Ranch dachte und darauf wartete, die vertrauten Geräusche zu hören, die nie kamen.

20

Samanthas Rückkehr ins Büro am nächsten Morgen kam ihr wie eine seltsame Reise in die Vergangenheit vor. Ihr Schreibtisch, ihr Büro und ihre Kollegen schienen plötzlich Teil eines anderen Lebens zu sein. Sie konnte sich kaum vorstellen, daß sie einmal zehn Stunden am Tag dort verbracht hatte, daß die Arbeit von Crane, Harper und Laub sie in jeder Minute beschäftigte, die sie nicht schlief. Jetzt erschienen ihr die Probleme, mit denen sie sich befaßten, so kindisch, die Kunden, über die sie sprachen, so dumm und tyrannisch, die Konzepte, Vorstellungen und Ideen kamen ihr alle vor wie das Spiel eines Kindes. Irgendwie brachte sie es nicht fertig, wirklich Angst zu haben, einen Kunden zu verlieren, sich wirklich Sorgen zu machen, jemanden verärgert zu haben, es war nicht wichtig, daß ein Meeting schiefgehen könnte. Mit ernstem Gesicht hörte sie den ganzen Morgen zu, doch als es vorbei war, hatte sie das Gefühl, ihre Zeit vergeudet zu haben. Nur Harvey Maxwell, der *creative director*, schien ihre Gefühle zu ahnen und sah sie scharf an, nachdem alle anderen den Konferenzsaal im zwanzigsten Stock verlassen hatten.

»Nun, Sam, wie fühlst du dich?«

Er musterte sie genau, die Brauen zusammengezogen, die Pfeife in der Hand.

»Fremd.« Sie hatte sich immer bemüht, ehrlich zu ihm zu sein.

»Das war zu erwarten. Du warst lange Zeit fort.«

Sie nickte langsam. »Vielleicht zu lange.« Sie schaute zu ihm auf, ihre Augen hielten seinen Blick fest. »Es ist schwer, nach so langer Zeit zurückzukommen. Ich habe ein Gefühl ...« Sie zögerte, beschloß dann aber, es zu sagen, »... als hätte ich einen Teil von mir zurückgelassen.«

Er seufzte, nickte und versuchte, seine Pfeife wieder anzuzünden. »Mir kommt es auch so vor. Gibt es einen besonderen Grund dafür?« Er blickte sie prüfend an. »Irgend etwas, worüber ich Bescheid wissen sollte? Hast du dich in einen Cowboy verliebt, Sam, und trägst dich mit dem Gedanken, zurückzugehen?« Aber er fragte sie mehr, als sie zu beantworten bereit war, und so schüttelte sie nur den Kopf.

»Eigentlich nicht.«

»Ich bin nicht sicher, ob deine Antwort mir gefällt, Sam.« Er legte die Pfeife fort. »Sie ist ein bißchen ungenau.«

Leise erklärte Sam: »Ich bin zurückgekommen. Ihr habt mich darum gebeten, und ich bin gekommen, und vielleicht ist das alles, was wir beide im Augenblick wissen müssen. Ihr habt mich zu einer Zeit fortgehen lassen, als ich das dringend nötig hatte, noch viel dringender, als ich es damals glaubte. Und jetzt braucht ihr mich, und hier bin ich. Ich bleibe so lange hier, wie ihr mich braucht. Ich lasse dich nicht im Stich, Harvey, das verspreche ich.«

Sie lächelte, aber Harvey Maxwell blieb ernst.

»Aber du hältst es für möglich, daß du zurückgehst, Sam?«

»Vielleicht. Ich weiß nicht, was passieren wird.« Und mit einem leisen Seufzer packte sie ihre Sachen zusammen. »Warum kümmern wir uns jetzt nicht einfach nur um unseren Klienten? Was hältst du von meiner Idee mit der Ranch für den Werbespot? Ein Cowboy, der im Dämmerlicht oder bei Sonnenaufgang reitet, eine Viehherde hinter sich ... ein Mann im Sattel eines herrlichen Pferdes, der aus der Landschaft auftaucht und dabei eins ist mit seiner Umgebung ...«

»Stop!« Er hob eine Hand und grinste. »Du bringst mich noch so weit, daß ich den Wagen kaufe. Es gefällt mir. Arbeite ein paar Entwürfe mit Charlie aus, und dann wollen wir mal sehen, ob wir die Geschichte in Gang bringen.«

Die Entwürfe, die sie in den nächsten drei Wochen mit Charlie ausarbeitete, gehörten zu den besten, die sie gemacht hatten. Was da entstand, war nicht nur eine Serie zugkräftiger Werbespots, sondern hatte wieder Aussicht, einen Preis zu gewinnen. Als Sam sich nach der ersten Besprechung mit dem Klienten in ihrem Sitz zurücklehnte, sah sie glücklich und stolz aus.

»Mensch, Mädchen, du hast es geschafft.« Charlie schlang die Arme um sie, als sie auf Harvey warteten, der den Kunden zum Lift brachte. »Es hat ihnen sehr gefallen!«

»Das sollte es auch. Deine Illustrationen waren super, Charlie.«

»War mir ein Vergnügen.« Er grinste und strich sich den Bart.

Einen Augenblick später trat Harvey zu ihnen, strahlte ausnahmsweise einmal und deutete auf die Tafeln, die überall im Raum standen. Sie hatten vier Werbespots vorgeschlagen, in der Hoffnung, der Kunde ließe sich überreden, einen oder zwei davon zu kaufen. Aber er hatte alle vier übernommen.

»Nun, Kinder, haben wir da eine erfolgreiche Vorstellung gemacht oder nicht?« Harvey konnte sein Grinsen nicht unterdrücken, und Samantha lächelte ihn glücklich an. Es war zum ersten Mal seit ihrer Rückkehr, daß sie froh aussah; es war ein gutes Gefühl, etwas Konstruktives geleistet zu haben, und dazu noch so gut.

»Wann fangen wir an?«

»Sie wollen sofort mit der Produktion anfangen. Wie bald kannst du es schaffen, Sam? Haben wir schon irgendwelche Drehorte? Himmel, du mußt doch genug Ranches kennen, um die Sache in Gang zu bringen. Was ist mit der, auf der du in den letzten Monaten gelebt hast?«

»Ich werde anrufen. Aber wir brauchen noch drei andere. Und ich glaube . . .« Sie kaute grübelnd an ihrem Bleistift, »ich glaube, wir sollten völlig unterschiedliche Plätze wählen. Jede Ranch sollte ganz anders sein, etwas Besonderes, und sich von den anderen völlig unterscheiden. Wir wollen nicht einfach eine Wiederholung dessen, was wir schon vorher gedreht haben.«

»Was schlägst du vor?«

»Den Nordwesten, den Südwesten, den Mittelwesten, Kalifornien . . . vielleicht sogar Hawaii . . . Argentinien?«

»Jesus. Ich wußte es ja! Nun, finde das alles heraus und plane es mit ins Budget ein. Das ist zwar noch nicht geklärt, aber ich glaube eigentlich nicht, daß wir da Probleme haben werden. Tu mir bloß einen Gefallen: Fang an, dich nach Drehorten umzuschauen. Es klingt so, als würde das einige Zeit in Anspruch nehmen. Und ruf deine Freundin auf der Ranch an. Dann haben wir wenigstens schon mal eine. Wenn es nötig ist, können wir ja dort anfangen.«

Sam nickte. Sie wußte, daß dieser Auftrag, wie zahllose andere, ganz allein ihre Aufgabe sein würde. Jetzt, wo sie zurück war, sprach Harvey schon wieder von seinem Ruhestand, und sie wußte, daß er ihr all die Arbeit mit den Außenaufnahmen überlassen würde.

»Es kann sein, daß ich nächste Woche zu einigen der Ranches fliegen muß, Harvey. Geht das in Ordnung?«

»Klingt prima.«

Er ließ sie allein, immer noch mit einem breiten Lächeln auf dem Gesicht, und Samantha und Charlie kehrten in ihre Büros zurück.

Das von Samantha war ganz in Weiß gehalten, hatte einen Tisch aus Chrom und Glas, eine beigefarbene Ledercouch und passende Sessel, an den Wänden hingen Lithographien, alle in Weiß- und Beigetönen. Charlies Büro glich eher einer Handwerksstube unter dem Dach, vollgestopft, farbenprächtig und lustig, mit seltsam geformten Kästen, riesigen Pflanzen und witzigen Schildern. Es war eben das Büro eines künstlerischen Leiters. Eine Wand war weiß, eine gelb, zwei Wände hatten die Farbe von Heidekraut, der Teppich war dunkelbraun. Charlie hatte sich seine Ausstattung natürlich selbst ausgesucht, im Gegensatz zu Sam, deren Zimmer der einheitlichen Ausstattung aller Büros von Crane, Harper und Laub entsprach. Alle diese Räume waren in zarten Sandfarben gestrichen und mit kühlen, modernen Möbeln ausgestattet, ohne viel Seele. Aber es war bequem zum Arbeiten. Sam sah die Dekoration nicht einmal, wenn sie am Schreibtisch saß, und wenn sie sich mit Kunden traf, dann gewöhnlich in einem der Konferenzsäle oder zum Essen in den ›Vier Jahreszeiten‹.

Ein Blick auf die Uhr sagte ihr, daß es die falsche Zeit war, um

Caroline anzurufen und zu fragen, ob sie dort filmen könnten. Um zwölf Uhr nach kalifornischer Zeit würde Caroline mit Bill und den anderen Männern in den Bergen sein. Trotzdem zog sie ihre Liste hervor und begann zu telefonieren, um zu sehen, was sich machen ließ. Sie wußte verdammt gut, daß sie nicht einfach den Hörer nehmen und Ranches anrufen konnte, auf denen sie niemanden kannte. Sie würde in die Gebiete fliegen müssen, umherfahren und mit den Leuten persönlich reden, um sie dann zu fragen, ob sie Filmaufnahmen zu einem Werbefilm genehmigen würden. Es würde Wochen dauern, die richtigen Plätze zu finden, aber sie wollte es perfekt machen. Sam beabsichtigte, den verdammt besten Werbefilm zu drehen, den irgend jemand irgendwann einmal gesehen hatte. Das war sie ihren Kunden ebenso schuldig wie sich selbst. Es bedeutete sehr viel für sie, alles perfekt zu machen; sollte hervorragend eindrucksvoll und publikumswirksam werden. Vielleicht würde sie sogar Tate finden.

Das war eine Möglichkeit, die sie nie außer acht gelassen hatte. Es war nicht der Grund dafür, daß sie versucht hatte, ihr Konzept durchzusetzen. Der Cowboy zu Pferde war genau das richtige Thema für sie, für ihr Produkt. Aber es konnte doch durchaus sein, daß sie, während sie umherreiste und nach entsprechenden Ranches suchte, vielleicht sogar, während sie wieder dort draußen war, um die Aufnahmen zu machen ... vielleicht hatte dann irgend jemand auf einer der Ranches von Tate gehört. Ihn zu finden war ein Ziel, das sie nie aus den Augen verlor. Und jetzt, als sie die Reiseabteilung anrief und für die folgende Woche Flüge nach Phoenix, Albuquerque, Omaha und Denver reservierte, stand dieses Ziel immer deutlicher vor ihr.

»Suchen Sie nach einem Drehort?« erkundigte sich die Stimme.

»Ja.« Sam hatte sich schon in die Notizen auf ihrem Schreibtisch vertieft. Sie hatte eine Liste mit Ranches, die sie besuchen wollte und die sich größtenteils in diesen vier Gebieten befanden. Hinzu kam natürlich noch Tante Caros Ranch.

»Klingt so, als ob es Spaß machen würde.«

»Wird es wohl auch.« Sams Augen begannen zu funkeln.

21

Um sechs Uhr an diesem Abend klingelte auf der Lord Ranch das Telefon. Sam saß in ihrer Wohnung, im Bademantel, und sah sich wieder einmal in der toten Umgebung um. Während sie darauf wartete, daß jemand das Gespräch entgegennahm, stellte sie fest, daß sie etwas mit der Wohnung machen, sie irgendwie verändern mußte, wenn sie bleiben würde.

»Hallo?« Es war Caroline, und Sam fing sofort an zu lächeln. »Mensch, tut das gut, deine Stimme zu hören.«

»Sam?« Auch Caroline lächelte zur Antwort. »Ist alles in Ordnung mit dir?«

»Mir geht es prima. Ich arbeite gerade an einer verrückten Sache. Und abgesehen davon, daß ich wissen wollte, wie es euch allen geht, wollte ich dich um einen Gefallen bitten. Aber du mußt nein sagen, wenn du nicht willst.«

»Zuerst erzähl mir, wie es dir geht und was es für ein Gefühl ist, wieder zurück zu sein.« Samantha bemerkte die Müdigkeit in Carolines Stimme, aber sie schob es auf einen langen, harten Arbeitstag, und erzählte ihr ausführlich von ihrer Rückkehr, davon, wie schlimm die Wohnung aussah, was es für ein Gefühl war, wieder ins Büro zu gehen. Und dann klang große Aufregung in ihrer Stimme, als sie von der Idee für die Werbespots erzählte und von ihrer in der nächsten Woche bevorstehenden Suche nach anderen Ranches.

»Und du weißt doch, was das bedeutet, oder?« Ihre Stimme überschlug sich fast. »Es bedeutet, daß ich vielleicht, bloß vielleicht, wenn ich Glück habe ...« Sie wagte kaum mehr als ein Wispern, »ich könnte vielleicht Tate finden. Zum Teufel, ich werde überall im Land herumkommen.« Einen Augenblick lang sagte Caroline nichts.

»Tust du es deshalb, Sam?« Es klang, als wäre Caroline ihretwegen traurig. Sie wollte einfach, daß Sam ihn vergaß. Es wäre letztendlich besser für sie.

»Nein, nicht deswegen.« Sie distanzierte sich ein wenig, denn sie hatte die Enttäuschung in der Stimme der älteren Frau gehört. »Aber deswegen bin ich so aufgeregt darüber. Das ist eine tolle Gelegenheit für mich.«

»In beruflicher Hinsicht, würde ich sagen, auf jeden Fall. Es könnte sehr wichtig für dich sein, wenn die Werbefilme so gut werden, wie du es zu glauben scheinst.«

»Ich hoffe, sie gelingen, Tante Caro. Deshalb habe ich dich ja unter anderem auch angerufen. Tante Caro, was würdest du davon halten, wenn wir auf deiner Ranch filmen würden?« Es war eine offene und ehrliche Frage, aber einen Augenblick herrschte am anderen Ende Schweigen.

»Normalerweise sehr gern, Sam. Es würde uns doch wenigstens Gelegenheit geben, dich wiederzusehen. Aber leider ist es im Augenblick völlig unmöglich.« Sie stockte kurz, als sie das sagte, und Sam runzelte die Stirn.

»Stimmt etwas nicht, Tante Caro?«

»Doch.« Caroline schluchzte kurz auf, riß sich aber schnell wieder zusammen. »Nein, wirklich, mir geht es gut. Bill hatte letzte Woche einen leichten Herzanfall. Nichts Ernstes. Er ist schon aus dem Krankenhaus zurück, und der Arzt sagt, es wäre nichts Besorgniserregendes, aber ...« Plötzlich schüttelte sie erneut ein Schluchzen. »Oh, Sam, ich habe gedacht, wenn ihm etwas zustoßen würde ... ich weiß nicht, was ich tun würde. Ich könnte ohne ihn nicht leben.« Es war das erste Mal gewesen, daß sie sich mit dieser Frage konfrontiert sah, und sie hatte entsetzliche Angst, ihn zu verlieren. »Ich könnte einfach nicht weiterleben, wenn Bill etwas passieren würde.« Sie schluchzte leise ins Telefon.

»Mein Gott, warum hast du mich denn nicht angerufen?« fragte Samantha verblüfft.

»Ich weiß nicht, es ging alles so schnell. Und ich bin bei ihm im Krankenhaus geblieben, und seit er nach Hause gekommen ist, bin ich schrecklich beschäftigt. Er war nur für eine Woche weg, und der Arzt sagt, es wäre nichts ...« In ihrer Angst wiederholte sie sich, und Sam spürte, wie ihr selbst Tränen in die Augen traten.

»Soll ich kommen? Möchtest du das?«

»Sei nicht albern.«

»Ich meine es ernst. Ich muß nicht hierbleiben. Sie haben den ganzen Winter auf mich verzichtet, sie können prima ohne mich auskommen. Besonders jetzt, wo ich die ganze Basisarbeit für sie erledigt habe. Sie müssen jetzt nichts weiter tun, als die Drehorte finden und dann eine Firma, die den Film für sie dreht. Ich könnte morgen bei euch sein, Caroline. Möchtest du, daß ich komme?«

»Ich möchte immer, daß du kommst, mein Schatz.« Die ältere Frau lächelte unter Tränen. »Und ich habe dich sehr lieb. Aber es geht uns wirklich gut. Du kümmerst dich um deine Werbefilme, und ich kümmere mich um Bill, und er wird schon wieder in Ordnung kommen. Ich glaube bloß nicht, daß gerade jetzt... die Unterbrechung...«

»Natürlich. Es tut mir leid, daß ich dich gefragt habe, das heißt, eigentlich nicht. Wenn ich nicht gefragt hätte, hätte ich nie von Bill gehört. Es war ganz schön schofel von dir, mich nicht anzurufen! Bist du sicher, daß du klarkommst?«

»Ganz bestimmt. Und wenn ich dich brauche, rufe ich dich an.«

»Versprichst du mir das?«

»Feierlich.« Wieder lächelte Caroline.

Sam fragte vorsichtig weiter: »Wohnt er im Haus?« Sie hoffte es, es wäre soviel leichter für Tante Caro, und sehr viel angenehmer für ihn.

Aber Caroline seufzte und schüttelte den Kopf. »Nein, natürlich nicht. Er ist so stur, Sam. Er wohnt in seiner alten Hütte. Und jetzt bin ich es, die jede Nacht hinein- und herausschleicht.«

»Das ist doch lächerlich! Kannst du nicht so tun, als würdest du ihn im Gästezimmer unterbringen? Zum Teufel, er ist seit fast dreißig Jahren dein Vorarbeiter. Wäre das wirklich so schockierend?«

»In seinen Augen schon, und ich soll ihn nicht aufregen, also lasse ich ihm seinen Willen.«

»Männer!« Sam schnaubte, als sie das sagte, und Caroline lachte.

»Ich kann dir aus vollem Herzen zustimmen.«

»Nun, grüß ihn von mir und sag ihm, er soll's leichtnehmen. In ein paar Tagen rufe ich dich an, um zu hören, wie's ihm geht.« Und kurz bevor sie auflegte, flüsterte sie ihrer alten Freundin noch zu: »Ich hab' dich lieb, Tante Caro.«

»Ich dich auch, Sam, mein Schatz.« Jetzt verband sie ein gemeinsames Geheimnis. Sie waren Frauen, die Rancharbeiter liebten, deren Leben gehemmt wurde durch die starren Spielregeln des Zusammenlebens, die Rancharbeitern und Ranchern eigen waren. Und jetzt, als Caroline fast ihren geliebten Vorarbeiter verloren hätte, wußte sie plötzlich, wie groß Sams Schmerz war.

22

Zehn Tage lang flog Sam vom Mittelwesten zum Südwesten und dann wieder nach Norden, und nur Caroline, die hartnäckig darauf beharrte, daß es Bill schon viel besser ging, hielt sie davon ab, auch nach Kalifornien zu fliegen. Überall, wo sie ihre Reise unterbrach, mietete sie sich einen Wagen, übernachtete in kleinen Motels, fuhr Hunderte von Meilen und sprach mit jedem Rancher, den sie auftreiben konnte. Wegen ihrer eigenen Sache sprach sie auch mit den Rancharbeitern.

Was die Angelegenheit Crane, Harper und Laub anging, hatte sie nach Ablauf von zehn Tagen genau das, was sie brauchte: vier prächtige Ranches, jede einzelne eine Besonderheit, umgeben von sehr unterschiedlichen, aber jede auf ihre Art majestätischen Landschaften. Sie alle bildeten den idealen Rahmen für außergewöhnlich schöne Werbefilme.

Doch was ihr eigenes Problem anging, so kam sie einfach nicht weiter. Als sie nach New York zurückflog, wurde ihr Stolz darüber, gefunden zu haben, was sie sich vorgestellt hatte, von dem Kummer darüber verdrängt, noch keine Spur von Tate zu haben. Sie hatte Caroline jeden Abend vom Hotel aus angerufen, hatte sich nach Bill erkundigt und ihr dann erzählt, mit wem sie gesprochen hatte, was sie gesagt hatten, und wieder und wieder hatte sie darüber nachgedacht, was aus Tate geworden war, wohin er gegangen sein, welche Richtung er eingeschlagen haben könnte. Seit er vor drei Monaten verschwunden war, hatte sie mit so vielen Ranchern gesprochen, daß sie sicher sein konnte, benachrichtigt zu werden, wenn irgend jemand von ihm hören, ihn sehen, treffen oder einstellen sollte. Sie hatte ihre Karte auf allen Ranches hinterlassen, die sie besuchte, und ganz bestimmt würden sich ihre Bemühungen bezahlt machen. Vielleicht ließ er sich einfach Zeit, hatte ein bestimmtes Ziel und besuchte Verwandte auf dem Weg dorthin.

Aber immer wieder erinnerte Caroline sie daran, daß er überall sein konnte, auf irgendeiner Ranch, und es bestand die Möglichkeit, daß er nie wieder in Sams Leben auftauchen würde. Caroline spürte, daß Sam um ihrer selbst willen dieser Tatsache ins Auge sehen mußte.

»Ich werde nie völlig aufgeben«, hatte Sam noch eine Nacht zuvor hartnäckig erklärt.

»Nein, aber genausowenig kannst du den Rest deines Lebens mit Warten verbringen.«

»Warum nicht?« dachte Sam, sagte aber nichts.

Statt dessen hatten sie wieder von Bill und seiner Gesundheit gesprochen. Caroline meinte, es ginge ihm viel besser, er sei aber noch sehr schwach.

Bei der Landung in New York dachte Sam wieder an Bill und unweigerlich auch an Tate. Sie wußte, daß sie im nächsten Monat Tag für Tag an ihn denken würde, bei jedem der zahlreichen Interviews mit Schauspielern, die die Rolle in den Filmen übernehmen sollten. Sie waren bereits mit dem Kunden übereingekommen, nicht vier Cowboys zu nehmen, sondern einen Mann. Einen Mann, der alles verkörpern sollte, was in diesem Land als stark, maskulin, gut, ehrlich und aufregend galt. Und Sam konnte nur an jemanden denken, der so aussah wie Tate.

In den folgenden Wochen, als sie Stunden damit verbrachte, die Darsteller kennenzulernen, die von den größten Modellagenturen der Stadt geschickt wurden, verglich sie alle mit ihm. Sie suchte einen großen, breitschultrigen Mann Anfang Vierzig, mit tiefer, wohlklingender Stimme, freundlichen, tiefgründigen Augen, kräftigen Händen, der gut im Sattel saß ... was sie wirklich wollte, war Tate.

Jedesmal, wenn ihre Sekretärin eine weitere Gruppe von Darstellern ankündigte, ging Sam zu dem Interview in der geheimen Erwartung, ihn zu sehen. Was sie statt dessen sah, waren strahlende, blonde, große, breitschultrige, braungebrannte, gutaussehende Männer, ehemalige Footballspieler, sogar ein ehemaliger Hockeytorwart. Sie traf Männer mit zerfurchten Gesichtern, tiefliegenden Augen und kräftigem Kinn. Aber die meisten von ihnen wirkten zu künstlich, ein paar hatten häßliche Stimmen oder Gesichter, die zu hübsch waren, einer glich eher einem Ballettänzer als einem Cowboy. Doch endlich, nach vierwöchiger Suche, fand sie den geeigneten Mann. Sie hatte Glück, denn bis zum Beginn der Dreharbeiten, die für den fünfzehnten Juli festgesetzt waren, blieben noch zwei Wochen.

Der Mann, den sie aussuchten, war eigentlich Engländer, aber sein amerikanischer Akzent war so perfekt, daß niemand es gemerkt hätte. Jahrelang war er Shakespearedarsteller in Stratford-on-Avon gewesen. Vor zwei Jahren hatte er dann beschlossen, nach New York zu kommen und sein Glück bei Werbefilmen zu versuchen, denn er hatte die schwierigen, schlechtbezahlten Rollen satt. Jetzt machte er Reklame für alkoholfreie Getränke, Herrenunterwäsche, Werkzeug in amerikanischen Werbefilmen und bekam annehmbare Gagen. Dieser Mann hatte unwahrscheinlich breite Schultern, ein gutaussehendes, eckiges Gesicht, das nicht zu hübsch war, dunkelblaue Augen und rotbraunes Haar. Die Rolle schien ihm wie auf den Leib geschnitten. Jeder Amerikaner würde sich gerne mit ihm identifizieren, und jede Frau würde von dem Auto träumen, für das er warb, in der Hoffnung, plötzlich diesen Cowboy am Steuer zu haben. Er war genau der Richtige für ihren Film. Das einzige, was nicht paßte, war, wie Sam amüsiert Charlie berichtete, daß ihr neuer Westernheld eindeutig schwul war.

»Sieht er so aus?« fragte Charlie besorgt.

»Himmel, nein, er ist Schauspieler. Und er ist riesig!«

»Tu dir selbst bloß den einen Gefallen und verlieb dich nicht in ihn.«

»Ich werde mich bemühen.« Aber das Beste an der Sache war, daß sie ihn mochte. Er hieß Henry Johns-Adams, und er würde zumindest ein unterhaltsamer Reisebegleiter sein. Er war ausgesprochen belesen, ungewöhnlich höflich, kultiviert und schien viel Humor zu besitzen. Die Arbeit mit ihm würde eine Erleichterung sein nach einigen ichbezogenen, undisziplinierten und krankhaft selbstsüchtigen Darstellern in anderen Filmen.

»Kommst du mit uns in den Westen, Charlie?«

»Ich weiß nicht, Sam. Ich hasse den Gedanken, Mellie zu verlassen. Wenn das Baby bis dahin da ist, okay. Wenn nicht, dann muß ich vielleicht zwei meiner Assistenten schicken. Schaffst du es ohne mich?«

»Wenn es sein muß.« Und dann, mit einem sanften Lächeln: »Wie fühlt sie sich?«

»Fett, erschöpft, und sie hat die Nase voll. Aber ich liebe sie trotzdem. Und sie hat es schon fast überstanden. Das Baby soll Ende nächster Woche kommen.«

»Wie soll er denn heißen?« Sie neckte ihn immer noch damit, daß es wieder ein Junge werden würde.

»Sie. Du wirst schon sehen. Wir verraten nicht, wie wir sie nennen werden. Diesmal ist es eine Überraschung.«

»Komm schon, Charlie. Erzähl's mir. Charlotte, wenn's ein Mädchen wird?« Sie liebte es, ihn zu necken. Er kniff sie ins Hinterteil, schüttelte den Kopf und verschwand.

Mellie bekam das Baby schon am nächsten Wochenende, zur Abwechslung eine Woche zu früh, und diesmal war es endlich ein Mädchen. Und die angekündigte Überraschung war, daß sie die Kleine Samantha nannten. Als Charlie es ihr am Dienstag nach dem Wochenende zum 4. Juli im Büro erzählte, traten Sam Tränen in die Augen.

»Ist das dein Ernst?«

»Klar. Willst du sie sehen?«

»Machst du Witze? Natürlich will ich das, gern sogar. Ist Mellie nicht zu müde?«

»Zum Teufel, nein. Beim vierten Kind ist's ganz einfach. Es klingt unglaublich, aber sie ist aus dem Kreißsaal spaziert. Ich bin total ausgeflippt, aber der Doktor sagte, es wäre okay.«

»Es macht mich nervös, wenn ich es nur höre.« Wie alle Frauen, die nie Kinder bekommen haben, war Samantha zutiefst beeindruckt von dem Geheimnis des ganzen Vorgangs.

Mittags fuhren sie zusammen ins Krankenhaus. Mellie sah glücklich und gesund aus in ihrem spitzenbesetzten rosa Bademantel und ihren rosa Satinpantoffeln. Sie strahlte übers ganze Gesicht, während sich das winzige rosa-weiße Bündel in ihren Armen kuschelte. Lange Zeit sagte Sam kein Wort. Sie stand einfach nur da und schaute das zarte Geschöpf an, blickte unentwegt in das kleine Gesicht.

»Sie ist so schön, Mellie.« Sam flüsterte es ehrfürchtig, und Charlie, der direkt hinter ihr stand, kicherte.

»Ja. Aber wir hätten sie auch Samantha genannt, wenn sie häßlich gewesen wäre.«

Sam wandte sich ihm zu und schnitt eine Grimasse. Dies milderte ein wenig die Ungeheuerlichkeit des Augenblicks, Sams plötzliche Sehnsucht nach etwas, was sie nie haben könnte, das Wunder der Geburt und eines eigenen Kindes. Nur noch selten, wenn überhaupt, ließ sie ihre Gedanken in diese Richtung schweifen. Doch als sie jetzt dastand und auf das Neugeborene schaute, spürte sie zum erstenmal seit langer Zeit, wie ihr Herz wegen des verlorenen Traumes schmerzte.

»Möchtest du sie halten?«

Melinda sah reizender aus, als Sam sie jemals zuvor gesehen hatte. Eine Art Glanz umgab sie, der aus dem tiefsten Innern ihrer Seele zu strömen schien und gleichzeitig auch das Baby umhüllte, das kostbar und geschützt in den Armen seiner Mutter lag.

»Ich glaube nicht.« Sam schüttelte den Kopf und ließ sich auf der Bettkante nieder, die Augen immer noch auf das kleine Kind gerichtet. »Ich hätte Angst, ihr weh zu tun.«

»Die sind stabiler, als sie aussehen.« Das behauptete jede Mutter. »Hier . . . versuch's mal.«

Ohne eine weitere Warnung legte Melinda das Baby in Sams

Arme, während sie alle beobachteten, wie die Kleine sich reckte, sich wieder zusammenrollte und dann lächelte. Sie schlief tief und fest, und Sam spürte die Wärme des Babys in ihren Armen.

»Sie ist so winzig!«

»Nein, das ist sie nicht!« Mellie lachte. »Sie wiegt achteinhalb Pfund!«

Doch einen Moment später stellte die neue Samantha fest, daß sie Hunger hatte. Sie wachte auf und suchte brüllend ihre Mutter. Die ältere Samantha übergab sie wieder Melindas sicherer Obhut.

Kurz darauf fuhren Sam und Charlie ins Büro zurück. Wieder spürte Samantha, wie viel ihrem Leben fehlte. Es war einer jener Augenblicke, in denen ihre Sterilität sie wie eine Zentnerlast niederdrückte.

Als sie in der Tür zu ihrem Büro stehenblieb, fiel ihr plötzlich etwas ein, und sie rief Charlie zu: »Heißt das, du kommst mit mir in den Westen?«

Er nickte lächelnd. »Das hätte ich sowieso tun müssen.«

»Wieso?« Sie sah überrascht aus.

»Einfach um sicherzugehen, daß du unseren Cowboy nicht vergewaltigst!«

»Oh, das ist nicht sehr wahrscheinlich.« Sie grinste ihn an und verschwand in ihrem Büro. Der Schmerz, den sie beim Anblick des Babys empfunden hatte, flaute ein wenig ab, wenn er sie auch in den restlichen Stunden des Tages nicht mehr völlig verließ.

23

»Alle fertig?« Mit einem breiten Grinsen schaute Charlie sie der Reihe nach an, verbeugte sich dann vor seiner Begleitung und winkte sie alle ins Flugzeug.

Sie hatten einen Linienflug nach Arizona gebucht, und sie waren so viele, daß sie fast die ganze erste Klasse einnahmen. Zu ihrer Gruppe gehörten sieben Leute von der Filmgesellschaft, außerdem Charlie, Sam, ihre beiden Assistenten, Henry Johns-

Adams, der englische Schauspieler, und sein Freund. Und zusätzlich zu den Bergen von Gepäck und Ausrüstung, von verschiedenen Kisten und Kästen, hatten Henry und sein Freund noch ihren Hund mitgebracht, einen winzigen Pudel namens Georgie. Samantha betete nur, daß das Tier nicht irgendeinem Pferd unter die Hufe geriet. Wenn es das tat, würde das wahrscheinlich sein Ende und sicher auch das Ende des Films bedeuten.

In Arizona stießen dann noch eine Maskenbildnerin und eine Friseuse zu ihnen, die beide mit der Gruppe von Crane, Harper und Laub für den Rest der Reise weiterziehen würden.

»Glaubst du, sie haben all unser Gepäck?« flüsterte Henrys Freund Samantha nervös zu, und sie versicherte ihm, daß alles im Flugzeug verstaut war.

»Aber es ist doch so viel.«

»Daran sind sie gewöhnt. Außerdem«, sie lächelte ihn beruhigend an, »ist das hier die erste Klasse.«

Als ob das einen Unterschied gemacht hätte, als ob sie nicht genauso leicht einen seiner Koffer aus dem Set von Vuitton verlieren würden wie eines der Samsonite Gepäckstücke der Crew oder eines der teuren Stücken ihrer Ausrüstung. Und wieder einmal wurde es Sam bewußt, wieviel Arbeit sie auf dieser Reise haben würde. Nachdem sie das Konzept allein erarbeitet hatte, nachdem sie die Texte der Anzeigen fast ausschließlich selbst geschrieben, die Drehorte gefunden, die Rolle des wichtigsten Mannes besetzt, die Truppe organisiert, die Filmgesellschaft ausgewählt hatte, würde sie jetzt, nach all der Arbeit, zwei Wochen lang auf vier verschiedenen Ranches jeden davon überzeugen müssen, daß er bald etwas zu essen bekäme, daß es nur noch einige wenige Einstellungen erforderte, daß das Wetter morgen kühler wäre, daß die Klimaanlage im Hotel bis zwölf Uhr mittags repariert würde und daß das Essen in der nächsten Stadt möglicherweise nicht so schlecht wäre und einen nervösen schwulen Jungen und einen französischen Pudel dabeizuhaben, würde ihre Aufgabe kaum erleichtern.

Andererseits hatte Henry Johns-Adams sich schon als ausgeglichen, lustig und kameradschaftlich erwiesen, und Sam hoffte, daß es ihm gelingen würde, sowohl seinen Liebhaber als auch seinen Hund bei Laune zu halten. Sie hatte nichts dagegen, daß er schwul war, war jedoch ein wenig nervös, weil er mit Anhang gekommen war. Aber er hatte darauf bestanden, und ihnen lag so viel daran, ihn für die Rolle zu bekommen, daß sie sogar seine Mutter und vierzehn seiner liebsten Freunde in Kauf genommen hätten.

Einige Drinks an Bord beruhigten allgemein die Nerven. Charlie war groß in Form und unterhielt alle. Als sie noch eine halbe Stunde von Tucson entfernt waren, herrschte allgemein gute Laune. Für diesen Tag stand keine Arbeit mehr auf dem Programm. Sie würden einhundertfünfzig Meilen bis zu ihrem Drehort fahren, in drei gemieteten Wagen, mit der ganzen Ausrüstung, und dann würden sie alle gut essen, gut schlafen und früh am nächsten Morgen an die Arbeit gehen.

Für Sam würde sich das frühe Aufstehen auf der Ranch jetzt auszahlen, denn sie hatte ausgerechnet, daß sie jeden Morgen um halb fünf aus den Federn müßte.

Und ein bis zwei Stunden vom Feierabend hatte sie ebenfalls verplant. Sie hatte sich schon eine Liste mit den Namen der Leute zusammengestellt, mit denen sie noch zusätzlich reden wollte. Nach den Dreharbeiten auf einer Ranch wollte sie abends noch ein wenig zurückbleiben und eine Weile einfach mit den Leuten quatschen. Vielleicht hatte einer von ihnen irgendwo mit Tate gearbeitet, vielleicht kannte einer von ihnen eine Verbindung, einen Verwandten, einen alten Arbeitgeber, irgend jemanden, der wissen könnte, wo er jetzt war. Es war einen Versuch wert. Alles war einen Versuch wert. Als das Flugzeug das Fahrwerk zur Landung ausfuhr, lächelte Samantha vor sich hin, voller Hoffnung. Man konnte nie wissen. Vielleicht würde sie an einem der nächsten Tage auf eine Ranch kommen, zu einem großen, gutaussehenden Cowboy aufsehen, der an einem Zaunpfahl lehnte, und diesmal würde es kein Fremder sein. Es würde Tate sein, mit den grünen Augen, dem sanften Lächeln, mit dem Mund, den sie so sehr geliebt hatte ... Tate ...

»Alles in Ordnung, Sam?« Charlie hatte ihr auf die Schulter

getippt, und als sie sich überrascht umwandte, musterte er sie mit einem seltsamen Blick.

»Huch!« Sie sah immer noch überrascht aus.

»Ich spreche seit etwa zehn Minuten mit dir.«

»Das ist nett.«

»Ich wollte wissen, wer die beiden anderen Wagen fahren soll.«

Hastig lenkte sie ihre Gedanken zurück zum Geschäft und erteilte Anweisungen, aber nicht daran dachte sie, als sie landeten, ihre Augen den Horizont absuchten und sie sich fragte, ob sie am nächsten Tag oder am Tag danach ... ihn finden würde ... Tate, bist du hier? hätte sie gern geflüstert, aber sie wußte, daß sie keine Antwort erhalten würde. Sie hatte keine Möglichkeit, es zu erfahren. Sie mußte einfach weitersuchen. Aber deshalb war sie ja hier.

Sie stiegen als eine der ersten aus dem Flugzeug, und schnell organisierte Sam die Gruppe, suchte die Lieferwagen aus, bestimmte die Fahrer, verteilte Landkarten, kaufte Sandwiches für unterwegs, verteilte Gutscheine für das Motel, falls sie mit den drei Autos zu verschiedenen Zeiten eintreffen würden. Sie hatte an alles gedacht, wie immer.

In dem Wagen, den sie fuhr, saßen Charlie, die Friseuse, die Maskenbildnerin, der Star, sein Freund, der Pudel, und außerdem hatten sie das ganze Vuitton-Gepäck. Die Ausrüstung, die Crew und die Assistenten kamen in den beiden anderen Autos.

»Alles klar?« Charlie sah sich um und verteilte dann Dosen mit kaltem Fruchtsaft. Es war höllisch heiß in Arizona, und sie waren alle erleichtert, in einem Wagen mit Klimaanlage zu sitzen.

Henry erzählte lustige Geschichten über seine Tourneen in England. Sein Freund erntete immer neue Lachsalven mit der Schilderung, wie die Leute in Dubuque reagierten, als sie herausfanden, daß er schwul war. Die Friseuse und die Maskenbildnerin hatten viele Anekdoten von ihrem letzten Trip nach Los Angeles zu erzählen, wo sie einen bekannten Rockmusiker frisieren und schminken sollten. So verlief die Fahrt sehr erfreulich, bis sie das Motel erreichten.

Hier aber kam es, wie es vorauszusehen war, zum ersten Drama. Der Hotelbesitzer ließ keine Hunde zu, hielt nicht viel von Henrys Freund, musterte entsetzt das flammendrote Haar der Friseuse mit dem kleinen, blauen Punkpony und blickte finster auf die »häßlichen braunen Koffer«. Henry drohte, im Wagen zu schlafen, wenn es sein mußte. Den Hund würde er auf keinen Fall verlassen. Eine Hundertdollarnote, die auf dem Spesenkonto unter Trinkgelder und Verschiedenes erscheinen würde, öffnete die Tür für Georgie, so daß auch er in der scheußlichen, türkisfarbenen Pracht des Motels bleiben durfte.

»Du siehst ziemlich fertig aus, Sam.« Charlie flegelte sich auf eine Couch in ihrem Zimmer und beobachtete, wie sie über Notizen grübelte. Grinsend blickte sie auf und warf ein zusammengeknülltes Blatt Papier nach ihm, das ihn am linken Ohr traf.

»Du machst Witze, ja? Ich? Warum sollte ich denn müde sein? Ich ziehe doch bloß mit einer Gruppe von Exzentrikern und einem französischen Pudel durchs Land. Warum sollte ich da müde sein, Charlie?«

»Ich bin nicht müde.«

Er sah sehr tugendhaft aus, und sie verzog das Gesicht.

»Kein Wunder. Du arbeitest ja auch nie.«

»Das ist ja nicht meine Schuld. Ich bin bloß der künstlerische Leiter und bin hier, um dafür zu sorgen, daß der Film vom künstlerischen Standpunkt aus schön wird. Ist ja nicht meine Schuld, daß du eine ehrgeizige Ziege bist und unbedingt *creative director* werden willst.«

Er hatte nur Spaß gemacht, aber plötzlich sah Sam ernst aus und setzte sich aufs Bett.

»Glaubst du das? Daß ich *creative director* werden will?«

»Nein, meine Liebe.« Er lächelte sie zärtlich an. »Ich glaube eigentlich nicht, daß du das wirklich willst. Aber ich glaube trotzdem, daß du es wirst. Du bist verdammt gut bei dem, was du tust. Ehrlich gesagt, so ungern ich das auch zugebe, manchmal bist du überragend. Harvey weiß das, die Kunden wissen es, und jeder in der Branche weiß es, und früher oder später wird es so kommen. Entweder wird dich jemand mit einem Gehalt abwerben, dem selbst du nicht widerstehen kannst, oder Harvey wird sich zurückziehen, wie er es schon immer androht, und du wirst als *creative director* enden.«

Creative director ... es war ein furchteinflößender Gedanke.

»Ich glaube nicht, daß ich das will. Nicht mehr.«

»Dann tust du besser etwas dagegen, solange du es noch kannst, ehe du einfach dazu gemacht wirst, ohne es verhindern zu können.« Nach einem nachdenklichen Augenblick fragte Charlie plötzlich: »Was willst du denn, Sam?«

Sie sah ihn lange an, ehe sie leise seufzte. »Oh, Charlie, das ist eine lange Geschichte.«

»Das dachte ich mir schon.« Sein Blick wich nicht von ihr. »Da war jemand in Kalifornien, nicht wahr? Auf der Ranch?«

Sie nickte. »Also, was ist passiert?«

»Er hat mich verlassen.«

»Oh, Scheiße.« Und das noch direkt nach der Sache mit John. Kein Wunder, daß sie so erstarrt und unglücklich ausgesehen hatte, als sie zurückkam. »Für immer?«

»Ich weiß nicht. Ich suche ihn immer noch.«

»Weißt du denn nicht, wo er ist?« Sie schüttelte den Kopf, und er sah sie traurig an. »Was hast du vor?«

»Weiter suchen.« Sie sagte es mit ruhiger Entschlossenheit, und er nickte.

»Tapfer. Du bist eine starke Frau, Sam, weißt du das?«

»Ich weiß es nicht, Schatz.« Sie lächelte und seufzte wieder. »Manchmal zweifle ich daran.«

»Tu's nicht.« Er sah sie fast stolz an. »Ich glaube, es gibt nichts, was du nicht aushalten könntest. Denk daran, Mädchen, wenn es mal zu hart werden sollte.«

»Erinnere mich daran.«

»Das tu' ich.«

Sie tauschten ein herzliches Lächeln, und Sam war froh, daß er mit ihr gekommen war. Er war der beste Freund, den sie hatte. Der Trip machte ihr viel mehr Spaß, wenn sie ihn hatte, um mit ihm zu scherzen, über ihn zu lachen, mit ihm zu reden. Hinter all seiner Clownerie verbarg sich ein warmer, intelligenter Mann. Es freute sie zu wissen, daß sie von ihm und von Harvey respektiert wurde. Als sie nach all den Monaten auf der Ranch zurückgekommen war, hatte sie gespürt, daß sie sich noch einmal bewähren mußte, nicht nur als stellvertretender *creative dirertor,* sondern als Mensch, als Freundin. Und jetzt, nach so kurzer Zeit, wußte sie, daß sie wieder ihren Respekt und ihre Zuneigung errungen hatte. Das bedeutete ihr eine Menge. Sie stand auf und küßte Charlie auf die Wange.

»Du hast mir schon lange überhaupt nichts mehr von meiner Namensschwester erzählt.«

»Die ist riesig. Putzt sich die Zähne, wäscht die Wäsche, steppt.«

»Ach, hör auf, du Blödmann. Ich mein's ernst. Wie geht es ihr?«

»Sie ist reizend und sehr schlau. Mädchen sind ganz bestimmt anders als Jungen.«

»Du bist ja ein guter Beobachter, mein Lieber. Übrigens, bist du noch nicht hungrig? Ich bin am Verhungern, und wir müssen alle unsere kleinen Schäfchen noch in die Taco-Kneipe unten auf der Straße treiben, sonst fangen sie an zu jammern und zu klagen.«

»Das willst du ihnen zum Essen anbieten? Tacos?« Er sah entsetzt aus. »Ich bin nicht sicher, ob dem kleinen Mr. Vuitton so etwas gefällt, ganz abgesehen von dem Pudel.«

»Sei nicht so gemein. Außerdem bezweifle ich, daß es in dieser Stadt etwas anderes zu essen gibt.«

»Wundervoll.«

Aber schließlich verbrachten sie doch noch einen herrlichen Abend, hatten viel Spaß, aßen Tacos, tranken Bier und erzählten sich Witze, die im Lauf des Abends immer plumper wurden. Schließlich kehrte die ganze Gruppe ins Hotel zurück und ging zu Bett. Charlie winkte Samantha noch einmal zu, ehe er in seinem Zimmer verschwand. Sam hockte noch eine halbe Stunde lang über ihren Notizen für den nächsten Tag, bevor sie gähnend das Licht ausschaltete.

24

Es war sechs Uhr, als sie sich am nächsten Morgen zum Frühstück versammelten. Um halb acht brachen sie endlich zur Ranch auf. Sie hatten beschlossen, am ersten Tag nicht mit einem Sonnenaufgang zu beginnen, sondern sich mit Aufnahmen im vollen Tageslicht zu begnügen und schließlich zu versuchen, einen Sonnenuntergang einzufangen. Doch es war schon fast Mittag, ehe sie endlich alles zur Zufriedenheit des Filmteams aufgestellt hatten.

Dann filmten sie Henry Johns-Adams, der auf seiner prachtvollen schwarzen Stute in Samantha die Sehnsucht nach Carolines Vollbluthengst wachrief. Dies hier war zwar nicht Black Beauty, aber doch ein hübsches Pferd, was sich im Film gut machen würde. Seine eleganten Bewegungen zeigten sich, als sie wieder und wieder im kurzen Galopp über dieselben Hügel ritten und eine Szene nach der anderen drehten. Das Pferd war genauso ausgeglichen wie der Reiter. Am Ende des Tages waren alle müde, aber es gab keine erhitzten Gemüter, und Samantha war mit dem Arbeitsklima sehr zufrieden.

Nach der Arbeit ging sie zum Vorarbeiter der Ranch, um ihm zu danken. Sie hatte der Frau des Ranchbesitzers schon Blumen und ihrem Mann eine Kiste Whisky geschickt, zusätzlich zu dem, was sie ihnen täglich für die Filmerlaubnis zahlten. Jetzt überreichte sie auch dem Vormann ein paar Flaschen. Dieser schien über das Geschenk sehr erfreut und unterhielt sich bereitwillig mit ihr. Er war noch stärker beeindruckt, als er erfuhr, daß sie die meiste Zeit des Jahres auf einer Ranch in Kalifornien gearbeitet hatte. Eine Weile diskutierten sie lebhaft über Pferde und Vieh, und Sam hatte fast das Gefühl, heimgekommen zu sein.

Nach einer Weile erwähnte sie Tate Jordan und fragte ihn, ob er ihn zufällig getroffen hätte. Sie würde ihn nämlich gern für einen Werbefilm einsetzen. Sam beschrieb Tate als einen feinen Kerl, als jemanden, dem sie großen Respekt entgegenbrachte. Aus Rücksicht auf Tates Gefühle sagte sie nichts über ihre Beziehungen zu ihm. Der Vormann nahm ihre Karte und versicherte ihr, sie sofort zu benachrichtigen, wenn er Tate zufällig treffen sollte. Dann ging Sam zu den anderen und fuhr einen der überfüllten Lieferwagen zurück ins Hotel.

Ihre Suche nach Tate während der nächsten drei Wochen blieb auf allen Ranches erfolglos, während die Filmarbeit für die Werbespots hervorragend lief. Die Filmleute wußten, daß sie ihre bisher besten und schönsten Filmmeter gedreht hatten, und alles verlief reibungslos. So wurde die Laune immer besser, Freundschaften wurden geschlossen und gefestigt, und jeder war gewillt, endlos lange in der heißen Sonne zu arbeiten, nur selten gab es Klagen. Es war ihnen sogar gelungen, zwei perfekte Sonnenaufgänge und mehrere Sonnenuntergänge festzuhalten.

Nur Sam schien es schlechter zu gehen, als sie schließlich zu ihrem letzten Drehort kamen. Sie filmten auf einer Ranch in Steamboat Springs, Colorado. Gerade hatte Sam den letzten der Vorarbeiter gesprochen und sich fast eine Stunde lang mit einigen der Rancharbeiter unterhalten, die gekommen waren, um beim Filmen zuzusehen. Sie wußte jetzt mit Sicherheit, daß sie Tate heute nicht mehr finden würde. Und am nächsten Tag sollten sie heimfahren. Wieder einmal wurden ihre Hoffnungen zunichte gemacht. Sie würde nach New York zurückkehren und warten und es eines Tages wieder einmal versuchen, wenn sie in die Nähe einer Ranch kam. Und vielleicht, vielleicht würde sie ihn eines Tages finden. Vielleicht. Wenn.

Als sie dastand und die Berge betrachtete, hörte sie, wie ein Mann einem anderen erzählte, sie hätte auf der Lord Ranch in Kalifornien gearbeitet. Der zweite Cowboy musterte sie mit einem abschätzenden Blick.

»Ja?«

Sie nickte.

»Dachte mir schon, daß Sie sich mit Pferden auskennen, wußte aber nicht, woher. Hab' Sie heute morgen reiten sehen. Sie haben 'ne gute Haltung, gut'n Griff auch.«

»Danke.« Sie lächelte ihm zu, aber ihr Kummer stand deutlich in ihren Augen. Sie sah müde und niedergeschlagen aus, und

der Mann, der sie betrachtete, fragte sich, warum sie so traurig
wirkte.

»Ham' Se unsern neuen Hengst schon geseh'n?« fragte er sie
und kaute seinen Tabak. »Letzte Woche gekriegt. Is' da draußen
im Stall.«

»Kann ich ihn sehen?«

Sam stellte diese Frage mehr aus Höflichkeit als aus echtem Interesse an dem Hengst. Sie wollte in das winzige Motel zurück,
in dem sie wohnten, die ganze Sache zu Ende bringen und sich
darauf vorbereiten, am nächsten Tag heimzufliegen. Für sie gab
es keinen Grund mehr, noch länger hierzubleiben. Sie hatten die
Szene abgedreht, und sie hatte Tate nicht gefunden. Doch sie versuchte, interessiert auszusehen, als sie hinter dem alten Cowboy
hertrottete, und einmal im Stall, bedauerte sie es nicht, ihm gefolgt zu sein. Vor ihr stand einer der größten Grauschimmel, die
sie je gesehen hatte, mit einer schwarzen Mähne, einem schwarzen Schweif und einem länglichen weißen Stern auf der Stirn, der
seine Augen noch wilder erscheinen ließ, als er jetzt mit dem Huf
über den Boden scharrte.

»Mein Gott, das ist ja ein Prachtkerl.«

»Nicht wahr?« Der Rancharbeiter schien erfreut. »Er ist allerdings ein bißchen schwer zu reiten, ein kleiner Teufel. Hat gestern
jeden ein- oder zweimal abgeworfen«, grinste er, »sogar mich.«

Sam grinste. »Ich hab auch 'ne Menge Zeit am Boden verbracht. Aber dieser Knabe ist es wert.«

Sie strich ihm mit einer Hand den Nacken entlang, und er wieherte leise, als spürte er gern ihre Hand. Es war ein so großes,
herrliches Tier, daß sein Anblick das Auge erfreute. Dann erzählte sie dem Rancharbeiter von Black Beauty, erzählte, wie sie
ihn geritten hatte, welch unbeschreibliches Gefühl es gewesen
war.

»Vollblut, was?«

Er nickte. »Gray Devil hier läuft auch wie ein Rennpferd, ist
aber für die Rancharbeit ein bißchen zu munter. Ich weiß nicht,
aber wahrscheinlich wird Mr. Atkins ihn doch verkaufen müssen. Ist 'ne Schande. So 'n feines Tier.« Und dann, als wollte er

ihr ein Abschiedsgeschenk machen, drehte er sich zu Samantha
um. »Woll'n Sie ihn reiten, Miss? Ich warne Sie, könnte sein, daß
Sie auf'm Hintern im Dreck landen, aber nach allem, was ich von
Ihnen geseh'n hab', werden Sie wohl mit ihm fertig.«

Sie war bei den Dreharbeiten, für die Kamera unsichtbar, vor
Henry hergeritten, drängte ihn auf die aufgehende Sonne zu, versuchte fast, ihn in Wut zu bringen, damit er nicht so gleichgültig aussah und so hart ritt, wie sie es sich vorstellte. Dabei hatte
sie aus ihrem Pferd das Äußerste herausgeholt, und war doch mit
größter Leichtigkeit geritten. Sie war eine aufsehenerregende Reiterin, und ihre Fähigkeit war den Männern, die zuschauten, nicht
entgangen. Sie hatten beim Mittagessen über sie gesprochen, einer von ihnen hatte erklärt, sie sähe aus wie eine kleine Palo-
minostute. Dem Rancharbeiter war es ein Vergnügen, ihr Gray
Devil anzubieten, der wartend im Stall stand, als wäre er für sie
bestimmt.

»Meinen Sie das ernst?« Sein Angebot schüchterte sie ein wenig ein, denn sie wußte, daß es sowohl ein Kompliment als auch
ein Geschenk war. »Darf ich ihn reiten?« Es würde der letzte Ritt
für lange Zeit sein. Am nächsten Tag flog sie nach New York zurück, und in absehbarer Zukunft gab es keine Ranch mehr für
sie, sondern nur harte Arbeit an ihrem Schreibtisch. »Ich würde
es sehr gern.«

»Dann nur zu. Ich hole den Sattel.«

Einen Augenblick später hatte er den Hengst für Samantha gesattelt, mit großer Vorsicht, um nicht getreten zu werden. Er war
noch viel teuflischer als Black Beauty. Plötzlich war es, als hörte
sie Tate neben sich schimpfen wie damals, bei Caros schwarzem
Hengst. Tate würde wieder versuchen, sie zu zwingen, Pferde wie
Lady und Rusty zu reiten. Sie grinste vor sich hin. Zum Teufel,
er hatte sie verlassen. Jetzt konnte sie reiten, was sie wollte. Wieder durchfuhr sie der Schmerz über ihren Verlust, schnitt ihr ins
Herz.

Der alte Rancharbeiter half ihr in den Sattel. Sie nahm die Zügel und ließ den riesigen Hengst herumtänzeln. Sie verlor jedoch
nicht die Kontrolle über ihn, und seine beiden Versuche, sie ab-

zuwerfen, waren erfolglos – sehr zum Entzücken des alten Cowboys.

Langsam ritt sie im Schritt an dem großen Stall entlang auf die alte Koppel zu. Inzwischen hatten sie mehrere Männer gesehen. Zuerst beobachteten sie sie mit Neugierde, dann mit Bewunderung, als sie sahen, wie gut sie das tänzelnde graue Biest unter Kontrolle hatte. Mit sicherem Gespür, daß es eine faszinierende Vorstellung geben würde, wandten sie sich nach Samantha um, die über den Hof der Ranch ritt, an ihren Leuten vorbei, an Charlie, Henry, seinem Freund, dem Pudel

Plötzlich überwältigte sie ihre Leidenschaft für Pferde und schöne Landschaften, sie vergaß alles um sich herum und ritt in kurzem Galopp in die Felder hinaus. Dort draußen ließ sie Gray Devil das Tempo bestimmen, und er galoppierte in seiner eigenen Geschwindigkeit, raste, bis sie das Gefühl hatte zu fliegen, und seine Hufe donnerten hart auf der Erde. Sam lächelte. Der Wind peitschte ihr ins Gesicht, und ihr Herz klopfte heftig. Dieses Pferd zu reiten war wie ein Krieg, gegen die Kraft des Pferdes, seinen starken Willen hatte sie nur ihre Fähigkeiten, ihr Geschick ins Feld zu führen. Aber sie war ein ebenbürtiger Gegner für Gray Devil, und obwohl er mehrmals versuchte, sie abzuwerfen, gelang es ihm doch nie. Sie spürte all die Spannung, den Schmerz und die Enttäuschung darüber, Tate nicht gefunden zu haben, in sich aufsteigen, und trieb Gray Devil an, noch schneller zu rennen, als er es ohnehin schon tat. Sie würde ihn bei seinem eigenen Spiel schlagen, wenn sie konnte.

In diesem Augenblick verstummte die zuschauende Menge. Bis jetzt war sie ein herrlicher Anblick gewesen. Ihr goldenes Haar flatterte hinter ihr her, bildete einen scharfen Kontrast zu der schwarzen Mähne und dem schweren Schweif von Gray Devil, als sie über die Felder flogen. Sie war eins mit dem riesigen Hengst, jeder ihrer Muskeln bewegte sich im Einklang mit ihm. Doch jetzt sprang einer der Rancharbeiter vom Zaun, als wollte er sie aufhalten, ein paar andere hielten den Atem an, und der Vorarbeiter schrie, als könnte sie ihn hören. Doch es war bereits zu spät. In dem Feld, in das sie gerade galoppiert war, befand sich ein versteckter Bach. Er war schmal genug, um leicht übersprungen zu werden, wenn sie ihn rechtzeitig sah, aber er war auch tief ...

Der Vorarbeiter rannte wild winkend los, Charlie folgte ihm. Es war, als wüßten beide Männer, was im nächsten Augenblick geschah. Der Hengst blieb abrupt stehen, als er den Bach erreichte, den er vor Sam gesehen hatte, und die Reiterin, darauf nicht vorbereitet, flog mit wilder, erschreckender Anmut durch die Luft, das Haar fächerförmig ausgebreitet, die Arme ausgestreckt, dann war sie verschwunden.

Als Charlie es sah, lief er zum Lieferwagen, drehte den Zündschlüssel um, legte den Gang ein und raste los. Denn zum Laufen war es zu weit. Er kümmerte sich keinen Deut darum, ob er jemanden umfahren würde. Charlie gab dem Vorarbeiter wild Zeichen, dieser sprang auf, und sie rasten mit quietschenden Reifen über den Kies und holperten dann durch die Felder. Charlie gab entsetzliche Laute von sich, murmelte vor sich hin, die ganze Zeit über betend.

»Was ist da hinten?« wollte er vom Vorarbeiter wissen, ohne den Blick vom Feld abzuwenden. Er fuhr fast sechzig. Sekunden vorher war Gray Devil an ihm vorbei auf den Stall zugejagt wie ein Teufel.

»Ein Graben.« Der Mann sah angespannt aus, bemühte sich zu sehen, was vor ihnen lag. Noch immer konnten sie nichts sehen. Einen Moment später rief er: »Stop!«

Charlie folgte augenblicklich. Dann dirigierte ihn der Vorarbeiter durchs Gras, einen kleinen Abhang hinunter, bis zu der Stelle, wo Gray Devil vor dem Bach gescheut hatte. Zuerst sahen sie absolut nichts, doch dann entdeckte Charlie sie; die weiße Bluse hing in Fetzen an ihrem Körper, Brust, Gesicht und Hände waren so zerschunden, daß sie kaum noch zu erkennen waren, ihr Haar breitete sich wie ein Fächer über sie. So lag sie da, zerbrochen, blutend, schrecklich still und bewegungslos.

»Oh, mein Gott ... mein Gott ...« Charlie fing an zu weinen, als er vorwärtsstürzte. Der Vorarbeiter kniete bereits neben ihr und legte zwei Finger sanft auf die Seite ihres Halses.

»Sie lebt noch. Springen Sie ins Auto, fahren Sie zurück zum Haus, rufen Sie den Sheriff und sagen Sie ihm, er soll einen Helikopter herschicken, auf der Stelle. Und wenn möglich einen Krankenpfleger, oder einen Arzt, oder eine Krankenschwester.«

In der kleinen Stadt Steamboat Springs gab es kaum medizinisch ausgebildetes Personal, das einer solchen Situation gewachsen war. Sam hatte wahrscheinlich mehrere Knochen gebrochen, möglicherweise sogar das Rückgrat.

»Nun machen Sie schon, Mann, sehen Sie zu, daß Sie fortkommen!« brüllte er Charlie an, der sich mit dem Ärmel über sein Gesicht wischte und dann zum Auto zurücklief, ein kleines Stück zurücksetzte, wendete, das Gaspedal durchtrat, während er sich verzweifelt fragte, ob Samantha überleben würde. »Verdammtes Pferd«, schrie er vor sich hin, als er zur Ranch zurückraste, wo die anderen aufgeregt warteten. Dort sprang er aus dem Wagen und erteilte Befehle.

Danach kehrte er sofort zu Sam zurück, kniete neben ihr nieder, versuchte, sie zu halten und das Blut zu stillen, das aus den Schnittwunden im Gesicht strömte. Zwanzig Minuten später kletterte er neben ihr in den Helikopter, jeder Muskel seines Gesichtes angespannt. Die beiden Assistenten blieben mit den anderen zurück. Sie alle sollten ihn später am Abend in Denver im Krankenhaus treffen.

Es dauerte einige Zeit, bis sie Denver erreichten. Inzwischen stand fest, daß Samantha sich in ernster Gefahr befand. Ein Krankenpfleger, der sie begleitete, mußte sie während der letzten zehn Flugminuten künstlich beatmen, während Charlie ängstlich daneben saß. Er hätte den Pfleger gern gefragt, ob er glaubte, sie würde es schaffen, aber er hatte Angst vor der Antwort. So sagte er nichts, beobachtete sie nur und hörte nicht auf zu beten. Sie landeten so sanft wie möglich auf dem Rasen des St. Mary's Hospital, nachdem sie den Luftverkehr alarmiert hatten, daß sie durchkommen und mit einem *code blue* niedergehen würden. Charlie versuchte verzweifelt sich zu erinnern, was das bedeutete, und kam schließlich zu dem Ergebnis, es würde bedeuten, daß es hieß, der Patient sei praktisch schon tot.

Ein Arzt und drei Krankenschwestern warteten bereits auf sie, und, kaum gelandet, wurde Sam eiligst ins Krankenhaus gebracht. Charlie folgte ihnen, so schnell er konnte. Er dachte nicht daran, sich bei dem jungen Pfleger oder dem Piloten zu bedanken. Einzig und allein an Samantha dachte er, so gebrochen, so still, so reglos. Das einzige, was von der langen Gestalt noch zu erkennen war, die ein paar Minuten später unter Laken an ihm vorbeigeschoben wurde, war die zerzauste Masse blonden Haares. Und da endlich brachte er die entscheidende Frage über die Lippen, während zwei Krankenschwestern die Lebenszeichen der Verletzten aufzeichneten, Röntgenaufnahmen machten und sie zur Operation vorbereiteten. Man hatte bereits entschieden, daß die Verletzungen von Gesicht und Händen nur oberflächlich waren und warten konnten.

»Wird sie es schaffen?« Seine Stimme war nicht mehr als ein heiseres Krächzen in der hellerleuchteten Halle.

»Verzeihung?« Seine Stimme war kaum hörbar gewesen. Die Schwester sprach ihn an, ohne den Blick von Sam zu wenden.

»Wird sie es schaffen?«

»Ich weiß nicht.« Sie sprach sanft. »Sind Sie der nächste Verwandte? Ihr Mann?«

Charlie schüttelte benommen den Kopf. »Nein, ich bin ...« Und dann erkannte er, daß er es vielleicht sein sollte, daß sie ihm vielleicht mehr erzählen würden, wenn sie ihn für einen Angehörigen hielten. »Ich bin ihr Bruder. Sie ist meine Schwester.«

Es war nicht sehr sinnvoll, was er da sagte. Plötzlich fühlte er sich schwindelig und elend, als er begriff, daß Sam vielleicht nicht überleben würde. Sie sah schon fast aus, als wäre sie tot. Aber sie atmete noch immer schwach, versicherte ihm die Schwester. Ehe sie noch mehr sagen konnte, erschienen ein Arzt und eine Gruppe Krankenschwestern, alle in blauen, schlafanzugähnlichen Anzügen, und huschten mit Sam davon.

»Wohin wird sie gebracht? ... wo ist sie ...?« Niemand hörte auf ihn, er stand einfach da, und wieder liefen ihm die Tränen übers Gesicht. Es gab nichts, was sie ihm hätten erzählen können. Sie wußten selbst nichts.

715

Eineinhalb Stunden vergingen, bis sie zurückkamen und Charlie erstarrt, wie ein verlorenes Kind, in einem Stuhl im Wartezimmer vorfanden. Er hatte sich nicht gerührt, hatte nicht geraucht, hatte nicht einmal eine Tasse Kaffee getrunken. Er hatte einfach bloß dagesessen, wartend, und hatte es kaum gewagt zu atmen.

»Mr. Peterson?« Jemand hatte sich seinen Namen gemerkt, als er die Unterschrift für die Operation leistete. Er hatte weiterhin behauptet, er wäre ihr Bruder, und es war ihm völlig egal, daß er log. Wenn es ihr nur half – wenn er auch nicht wußte, inwiefern.

»Ja?« Er sprang auf die Füße. »Wie geht es ihr? Ist alles in Ordnung?« Er sprach sehr laut, sehr schnell. Aber der Arzt nickte nur langsam, sehr langsam, und sah Charlie ins Gesicht.

»Sie lebt. Gerade noch.«

»Was heißt das? Was hat sie?«

»Um es kurz zusagen, Mr. Peterson, ihr Rückgrat ist zweimal gebrochen. Knochen sind gesplittert. In ihrem Nacken ist ein Haarriß. Das Problem ist im Augenblick ihr Rückgrat. Wegen der vielen Knochensplitter müssen wir operieren. Wenn wir das nicht tun, könnte das zu einem Gehirnschaden führen.«

»Und wenn Sie es tun?« Charlie hatte sofort gespürt, daß es ein Schwert mit zwei Schneiden war.

»Wenn wir es tun, wird sie vielleicht nicht überleben.« Der Doktor nahm Platz und forderte Charlie auf, sich ebenfalls zu setzen. »Das Problem ist, wenn wir es nicht tun, kann ich Ihnen fast garantieren, daß sie für den Rest ihres Lebens nur noch dahinvegetieren wird, wahrscheinlich ein Fall von Hemiplegie.«

»Was bedeutet das?«

»Daß sie halbseitig gelähmt sein wird.«

»Und wenn Sie operieren, wird das nicht der Fall sein?«

Charlie hatte plötzlich mit einem heftigen Brechreiz zu kämpfen. Sie sprachen hier in einem Ton, verdammt noch mal, als wollten sie Karotten und Zwiebeln und Äpfel kaufen, und dabei ging es darum, ob sie ihren Kopf oder ihre Arme oder ihre Beine bewegen könnte oder ... Jesus!

Der Arzt erklärte alles vorsichtig und sorgfältig. »Wenn wir operieren, wird sie sicherlich nie wieder gehen können, Mr. Peterson. Aber den Rest könnten wir vielleicht retten. Im besten Fall wird sie querschnittgelähmt bleiben, das heißt ohne Kontrolle über die untere Hälfte ihres Körpers. Aber wenn wir Glück haben, können wir ihren Verstand retten. Sie wird vielleicht nicht bloß dahinvegetieren, wenn wir jetzt eingreifen.« Er zögerte einen endlosen Moment. »Das Risiko ist aber viel größer. Sie ist in schlechter Verfassung, und wir könnten sie verlieren. Ich kann Ihnen nichts versprechen.«

»Alles oder nichts, darauf läuft es hinaus, oder?«

»Mehr oder weniger. Aber ich sollte Ihnen wohl deutlich sagen, daß sie, ganz gleich, wie wir uns entscheiden, die Nacht vielleicht nicht überleben wird. Ihr Zustand ist ausgesprochen kritisch.«

Charlie nickte langsam, begriff plötzlich, daß die Entscheidung bei ihm lag, und empfand es als schreckliche Last. Er wußte, Sam besaß immer noch Familie, aber er war schon soweit gegangen, und außerdem stand sie ihm näher als irgendeinem anderen Menschen ... oh, die arme, süße Sam.

»Sie wollen eine Antwort von mir, Doktor?«

Der Mann im weißen Kittel nickte. »Ja.«

»Wann?«

»Sofort.«

Aber woher soll ich denn wissen, ob Sie gut sind, wollte Charlie ihn fragen. Welche Wahl bleibt dir denn? fragte eine andere Stimme. Nicht zu operieren bedeutete, daß von Sam nichts blieb als eine Masse blonden Haares und ein gebrochener Körper, kein Geist, kein Herz, keine Seele. Er würgte bei diesem Gedanken. Operieren würde bedeuten, daß sie sie vielleicht töten würden ... aber ... wenn sie überlebte, würde sie immer noch Sam sein. In einem Rollstuhl zwar, aber immer noch Sam.

»Also dann.«

»Sie meinen ...«

»Operieren. Verdammt noch mal, operieren Sie sie ... operieren Sie!« Charlie schrie es förmlich, und als der Arzt davoneilte, wandte er sich um und hämmerte gegen die Wand. Als er sich wieder etwas in der Gewalt hatte, ging er sich Zigaretten und

Kaffee kaufen und kauerte sich dann in eine Ecke, wie ein verschrecktes Tier, starrte auf die Uhr. Eine Stunde ... zwei Stunden ... drei ... vier ... fünf ... sieben ... Um zwei Uhr nachts kehrte der Arzt zurück und fand ihn, verängstigt, mit weit aufgerissenen Augen, totenblaß und überzeugt davon, daß Sam inzwischen gestorben war. Sie war gestorben, und niemand hatte es ihm gesagt. Nie zuvor in seinem Leben hatte er solche Angst gehabt. Er hatte sie umgebracht, mit seiner gottverdammten, lausigen Entscheidung. Er hätte dem Mann sagen sollen, er sollte nicht operieren, hätte ihren Exmann anrufen sollen, ihre Mutter ... Er hatte nicht einmal über die Konsequenzen seiner Entscheidung nachgedacht. Der Doktor hatte eine Antwort haben wollen ...

»Mr. Peterson?«

»Hm?« Er starrte den Mann an, als befände er sich in Trance.

»Mr. Peterson, ihrer Schwester geht es gut.« Er berührte ihn vorsichtig am Arm, und Charlie nickte. Er nickte wieder, und dann kamen die Tränen. Plötzlich umklammerte er den Arzt, hielt sich an ihm fest wie ein Kind.

»Mein Gott ... mein Gott ...«, war alles, was er hervorbrachte, »und ich dachte schon, sie wäre tot ...«

»Sie ist in Ordnung, Mr. Peterson. Sie sollten jetzt heimgehen und sich ausruhen.« Und dann fiel ihm ein, daß sie ja alle aus New York waren. »Haben Sie ein Zimmer, wo Sie bleiben können?« Charlie schüttelte den Kopf, der Arzt kritzelte etwas auf ein Stück Papier. »Versuchen Sie es da.«

»Was ist mit Sam?«

»Ich kann Ihnen noch nicht viel sagen. Sie wissen, was auf dem Spiel stand. Wir haben getan, was wir konnten. Ihr Hals wird wieder ganz in Ordnung kommen. Ihr Rückgrat ... nun ja, Sie wissen ... sie wird querschnittgelähmt bleiben. Ich bin fast sicher, daß das Gehirn nicht in Mitleidenschaft gezogen wurde, weder von dem Sturz noch von den Stunden vor der Operation. Aber wir müssen jetzt abwarten. Es war eine sehr lange Operation.« Das konnte man seinem Gesicht ansehen. »Wir müssen jetzt einfach warten.«

»Wie lange?«

»Wir werden jeden Tag ein bißchen mehr wissen. Wenn sie bis morgen durchhält, stehen unsere Chancen schon viel besser.«

Charlie sah ihn an, denn plötzlich war ihm etwas eingefallen. »Wenn sie ... ich meine, wenn sie überlebt, wie lange muß sie dann hierleiben, ehe wir sie nach New York bringen können?«

»Oh ...« Der Doktor atmete tief durch, starrte nachdenklich auf den Boden und sah schließlich Charlie wieder ins Gesicht. »Das ist wirklich schwer zu sagen. Ich würde allerdings sagen, wenn sie sich außerordentlich gut macht, dann könnten wir sie irgendwann in den nächsten drei, vier Monaten in einem Ambulanzflugzeug transportieren.«

»Drei oder vier Monate? Und dann?« stieß Charlie hervor.

»Es ist wirklich noch zu früh, über all das nachzudenken«, tadelte der Arzt. »Aber vor ihr liegt mindestens ein Jahr Krankenhausaufenthalt, Mr. Peterson. Wenn nicht mehr. Sie wird eine Menge neu lernen müssen.« Charlie schüttelte langsam den Kopf, begriff erst ganz allmählich, was Sam bevorstand. »Aber zuerst müssen wir sie durch diese Nacht bringen.« Damit ließ er Charlie allein, der in einer Ecke des Wartezimmers saß und auf die anderen wartete, die aus Steamboat Springs kommen sollten.

Sie kamen morgens um halb vier und fanden Charlie schlafend vor, zusammengesunken, den Kopf auf der Brust und leise schnarchend. Sie weckten ihn und fragten, was es Neues gäbe. Er erzählte ihnen, was er wußte. Es herrschte bedrücktes Schweigen, als sie leise das Krankenhaus verließen und sich ein Hotel suchten. Als sie eins gefunden hatten, saß Charlie bloß da und starrte aus dem Fenster auf Denver, und erst als Henry und sein Freund kamen und sich zu ihm setzten, ließ er seinen Gefühlen freien Lauf, jetzt erst brach alles aus ihm heraus, all der Schmerz und das Entsetzen, die Sorge und das Schuldgefühl, die Verwirrung und der Kummer, und er weinte über eine Stunde, während Henry ihn in den Armen hielt.

In dieser Nacht, als sie mit ihm wachten und ihm Trost spendeten, wurden sie seine Freunde. Es war die düsterste Nacht in

Charlies Leben. Aber als sie am Morgen im Krankenhaus anriefen, war es Henry, der die Hände vors Gesicht schlug und weinte. Samantha lebte noch.

25

Am Tag nach Sams Unfall ging die ganze Truppe auseinander, nach mehreren langen Telefongesprächen mit Harvey entschied sich Charlie zu bleiben. Er wußte nicht, wie lange er bleiben müßte, und er konnte Mellie nicht ewig mit vier Kindern allein lassen; im Moment stand nur fest, daß er nicht abreisen konnte. Sam war allein in einer fremden Stadt und schwebte in Gefahr.

Harvey war wie betäubt, als er die Nachricht erhielt. Es war ein leichtes für Charlie, ihn davon zu überzeugen, daß er bleiben mußte. Harvey hatte auch vorgeschlagen, daß Charlie wenigstens versuchen sollte, Sams Mutter in Atlanta zu benachrichtigen. Sie war schließlich Sams einzige noch lebende Verwandte, und sie hatte ein Recht zu wissen, daß ihr einziges Kind mit gebrochenem Rücken auf einer Intensivstation in Denver lag. Aber als Charlie anrief, erfuhr er, daß sie und ihr Mann auf Urlaub in Europa waren, für mindestens einen Monat. So gab es nichts mehr, was er hätte tun können. Er wußte sowieso, daß Sam nicht sehr an ihrer Mutter hing und ihren Stiefvater nicht ausstehen konnte; ihr Vater war seit Jahren tot. Sonst gab es niemanden zu benachrichtigen. Natürlich hatte er schon Mellie angerufen, die wie ein Kind über die Nachricht geweint hatte. »Oh, die arme Sam ... oh, Charlie ... wie wird sie das nur schaffen ... in einem Rollstuhl ... und ganz allein.« Ein paar Minuten hatten sie beide geweint, und dann hatte Charlie den Hörer aufgelegt.

Er wollte noch einmal bei Harvey anrufen, denn er hatte ihn gebeten, Informationen über den Arzt einzuholen, der die Operation durchgeführt hatte, auch wenn es jetzt nicht mehr sehr sinnvoll war. Trotzdem war er überaus erleichtert, nachdem er mit Harvey gesprochen hatte. Dieser hatte alle Chirurgen angerufen, die er in Boston, New York und Chicago kannte.

»Gott sei Dank für deine Beziehungen, Harvey. Und was haben sie gesagt?«

»Sie sagen, der Junge wäre Spitze!« Charlie stieß einen langen Seufzer aus und legte ein paar Minuten später den Hörer auf. Jetzt konnte er wieder nichts anderes tun als warten. Jede Stunde ließen sie ihn Sam für fünf Minuten sehen. Aber auch dann konnte er nicht helfen, denn sie hatte das Bewußtsein noch nicht wiedererlangt.

Die erste Veränderung trat am nächsten Abend ein, als er zum achtenmal an diesem Tag zu ihr hereinschaute. Er erwartete nichts weiter, als ein paar Minuten lang dazustehen, wie er es seit dem frühen Morgen stündlich getan hatte, ihr stilles, jetzt bandagiertes Gesicht anzusehen und dann, auf ein Zeichen der Schwester hin, die Tür zu schließen und davonzugehen. Aber als er sie diesmal ansah, schien ihm irgend etwas anders zu sein. Die Lage ihrer Arme war ein wenig verändert, ihre Gesichtsfarbe kräftiger. Da begann er, vorsichtig mit der Hand über das lange, sonnengebleichte Haar zu streicheln und leise ihren Namen zu sagen. Er redete mit ihr, als wenn sie ihn hören könnte, erzählte ihr, daß er bei ihr wäre, daß sie sie alle gern hätten und daß sie wieder gesund werden würde. Und diesmal öffnete Sam die Augen, sah Charlie und flüsterte: »Hallo.«

»Was?« Sein überraschter Ausruf schaute durch den winzigen, von Monitoren überwachten Raum. »Was hast du gesagt?«

»Ich sagte ›Hallo‹.« Es war kaum mehr als ein Wispern, doch er hätte am liebsten ein Freudenschrei ausgestoßen. Statt dessen beugte er sich herab, so daß sie ihn hören konnte, und sagte ebenfalls flüsternd:

»He, Kind, du hältst dich großartig.«

»Ja? ... Was ... ist passiert ...?« Ihre Stimme wurde schwächer, und er wollte nicht antworten, aber ihr Blick ließ ihn nicht los.

»Du hast den Teufel aus einem Gaul ausgetrieben.«

»Blacky Beauty?« Sie schien geistesabwesend, angestrengt, und er fürchtete schon, sie würde wieder ohnmächtig. Doch dann öffnete sie ihre Augen. »Ich ... Jetzt erinnere ich mich ...

der graue Hengst ... da war ein Graben ... ein Fluß ... oder so
... irgend etwas ...« Irgend etwas also. Irgend etwas, was ihr
ganzes Leben verändert hatte.

»Ja. Aber das ist ja jetzt egal. Das ist alles vorbei.«

»Warum bin ich hier?«

»Damit ich mich erholen kann.«

Sie flüsterten noch immer, und er lächelte ihr zu und nahm
ganz vorsichtig ihre Hand. Nie war er so glücklich gewesen, sie
zu sehen, wie in diesem Augenblick.

»Kann ich nach Hause?« Sie klang erschöpft, wie ein kleines
Kind, als sie die Augen wieder schloß.

»Noch nicht.«

»Wann denn? Morgen?«

»Mal sehen.«

Morgen ... es würden noch ein paar hundert Morgen vergehen, aber Charlie konnte nicht einmal traurig darüber sein. Er
war einfach nur glücklich, daß sie es geschafft hatte. Sie lebte,
war bei Bewußtsein, und das mußte doch ein gutes Zeichen sein.

»Du hast doch meine Mutter nicht angerufen, oder?« Sie betrachtete ihn mißtrauisch, und hastig schüttelte er den Kopf.

»Natürlich nicht«, log er.

»Gut. Ihr Mann ist ein Idiot.«

Charlie grinste sie an, zitternd vor Freude über diese leise Unterhaltung. Dann erschien die Krankenschwester am Fenster und
gab ihm ein Zeichen.

»Ich muß jetzt gehen, Sam. Aber ich komme morgen wieder.
Okay, Babe?«

»Okay.« Sie lächelte ihn süß an, schloß die Augen und fiel
sofort wieder in tiefen Schlaf.

Als Charlie ins Hotel zurückkam, rief er Mellie an und erzählte
ihr, daß Sam endlich das Bewußtsein wiedererlangt hatte.

»Was bedeutet das?« Sie klang immer noch schrecklich besorgt, aber er strahlte über die Neuigkeiten.

»Ich weiß nicht, Liebling. Aber im Augenblick ist es einfach ein
herrliches Gefühl. Ich dachte ... ich dachte schon, wir würden sie
vielleicht verlieren.«

Am anderen Ende der Leitung nickte Mellie. »Das dachte ich auch.«

Er blieb noch zwei Wochen bei ihr in Denver. Dann drängten sowohl Mellie als auch Harvey auf seine Rückkehr. Er wußte, er mußte es tun, und er vermißte Mellie und die Kinder auch sehr, aber er haßte einfach den Gedanken, Sam allein zurückzulassen. Charlie wußte jedoch genau, daß er nicht noch weitere drei Monate in Denver bleiben konnte. Doch an dem Abend, als er sich zu zwingen versuchte, einen Flug für das nächste Wochenende zu buchen, hatte er eine Idee. Schon am nächsten Morgen wartete er vor dem Büro des Arztes und unterbreitete ihm nervös seinen Plan.

»Was glauben Sie, Doktor?«

»Es ist sehr riskant. Ist das die Sache wert? Warum ist es so wichtig, sie nach New York zurückzubringen?«

»Weil sie dort ihre Freunde hat. Hier hat sie absolut niemanden.«

»Was ist mit Ihren Eltern? Könnten sie nicht herkommen?«

Charlie sah den Arzt einen Augenblick verständnislos an, erst dann fiel ihm ein, daß er immer noch als Sams Bruder auftrat. Er schüttelte den Kopf.

»Nein. Sie machen eine Rundreise durch Europa, und ich glaube nicht, daß ich sie vor Ablauf eines weiteren Monats erreichen kann.« Er wußte inzwischen, daß das Büro von Sams Stiefvater ihn ausfindig machen könnte, wenn es erforderlich wäre, aber sie war hartnäckig geblieben. Sie wollte nicht, daß man ihre Mutter rief. »Ich möchte sie einfach nicht allein hierlassen, und ich muß wirklich heim.«

»Das kann ich verstehen.« Der Doktor schien nachdenklich. »Sie wissen, daß sie in guten Händen wäre.«

»Ja, ich weiß.« Charlie sah ihn herzlich an.«Aber ... gerade jetzt ... wenn sie erst einmal begreift, was ihr bevorsteht, Doktor, dann wird sie jemanden brauchen, der ihr nahesteht.«

Der Arzt nickte zögernd. »Da kann ich nicht widersprechen. Im Augenblick ist sie eigentlich nicht in Gefahr, solange wir alles ganz konstant halten und aufpassen, daß sie keine Lungenentzündung bekommt.«

Das war immer noch die größte Gefahr. Trotz des riesigen Gipsverbandes, der ihren ganzen Körper einhüllte, drehten sie sie mehrmals am Tag um, wie ein Brathähnchen. Sie hing an einer großen Maschine, ihrem »Bratspieß«, wie sie es nannte. Aber sie hatte immer noch keine Ahnung von den Konsequenzen dessen, was geschehen war, und der Arzt wollte es ihr auch erst sagen, wenn sie kräftiger wäre. Er war der Ansicht, daß es im Augenblick nicht notwendig war.

»Das ist ein Argument, Mr. Peterson. Wenn sie es erfährt, und dieser Tag wird recht bald kommen, dann wird sie jeden einzelnen von ihren Freunden brauchen. Ich kann die Wahrheit nicht ewig von ihr fernhalten. Seit dem Unfall sind erst zwei Wochen vergangen. Aber sie ist jetzt schon weniger erschöpft, ist wachsamer, und irgendwann wird sie nachdenken. Wenn sie begreift, daß sie nie wieder wird gehen können, wird es ein furchtbarer Schock sein. Ich hätte Sie dann gerne hier.«

»Oder in New York. Was meinen Sie?«

»Kann Ihre Firma ein Flugzeug chartern? Würden sie das tun?«

»Ja.«

Er hatte Harvey am Morgen angerufen, und der hatte ihm gesagt, er solle keine Kosten scheuen. »Eine Pflegerin, einen Arzt, jede Maschine, die Sie wünschen. Sie organisieren alles, und wir bezahlen die Rechnungen.«

»Also gut«, meinte der Arzt nachdenklich, »also gut, wenn ihr Zustand in den nächsten Tagen stabil bleibt, werde ich die Sache organisieren, und wir bringen sie am Wochenende nach New York.«

»Sie kommen auch?« Charlie drückte alle Daumen, der Arzt nickte. »Gott sei Dank! Ich danke Ihnen sehr, Doktor!«

Der Doktor grinste, und Charlie eilte los, um Sam die Neuigkeit zu erzählen. »Du kommst heim, Kind.«

»Ehrlich? Ich kann fort von hier?« Sie wirkte überrascht und aufgeregt. »Aber was ist mit meinem Bratspieß? Werden die nicht enormen Gepäckzuschlag von uns verlangen?« Wenn sie auch scherzte, bemerkte er doch ihre Nervosität bei dem Gedanken daran, die Klinik zu verlassen.

Sie begann allmählich zu begreifen, in welch großer Gefahr sie geschwebt hatte, und daß sie noch nicht ganz über den Berg war. Das einzige, was sie überhaupt noch nicht verstand, war die Sache mit ihren Beinen, aber auch das würde sie begreifen müssen. Noch immer graute Charlie davor.

»Nein, Süße«, er grinste, »wir nehmen den Bratspieß mit. Harvey hat gesagt, wir können unser eigenes Flugzeug chartern.«

»Aber Charlie, das ist doch Wahnsinn. Können die mich denn nicht einfach mit Krücken ausrüsten oder, wenn es ganz schlimm ist, mich in einen Rollstuhl setzen, mitsamt meinem blöden Gips, und mich in einem ganz normalen Flugzeug heimfliegen lassen?«

»Nur, wenn du willst, daß ich einen Herzschlag bekomme. Hör mal, Sam, die Wahrheit ist doch, daß es dir sehr dreckig ging. Warum also jetzt ein Risiko eingehen? Warum nicht stilvoll heimkehren? Ich meine, wenn schon, denn schon, Baby.«

»Ein Charterflugzeug?« Sie sah ihn zögernd an, aber er nickte grinsend.

»Wir müssen natürlich erst noch abwarten, wie du die nächsten paar Tage überstehst.«

»Prima natürlich. Ich will hier raus.« Sie lächelte ihn schwach an. »Ich möchte einfach heim, in mein eigenes Bett.«

Jetzt wurde ihm schmerzlich klar, daß sie unter daheim ihre Wohnung verstanden hatte, wo er doch nur New York gemeint hatte. Er erwähnte es später dem Arzt gegenüber, der ihn jedoch beruhigte.

»Ich fürchte, das werden Sie noch öfter erleben, Mr. Peterson. Der menschliche Geist ist eine wunderbare Sache. Er akzeptiert nur, was er verkraften kann. Der Rest wird einfach irgendwohin abgeschoben, bis er damit umgehen kann. Irgendwo, tief in ihrem Herzen, weiß sie, daß sie noch viel zu krank ist, um heimzukehren, aber sie ist noch nicht bereit, das zu akzeptieren. Aber wenn es an der Zeit ist, dann wird sie es tun. Im Moment brauchen Sie überhaupt noch nichts zu sagen. Wir können über diese

725

Kleinigkeit auf dem New Yorker Flughafen sprechen, wenn es erforderlich sein sollte. Aber sie wird das meistern, wenn sie innerlich dazu bereit ist, genauso wie sie mit der Tatsache fertigwerden muß, daß sie nicht mehr laufen kann. Eines Tages werden sich alle Informationen, die sie bereits besitzt, zusammenfügen, und dann wird sie es wissen.«

Charlie fluchte leise. »Wie können Sie so sicher sein, daß sie es verstehen wird?«

Eine kurze Pause entstand, ehe der Arzt antwortete. »Sie hat keine andere Wahl.«

Charlie nickte langsam. »Glauben Sie, wir können sie nach New York zurückbringen?«

»Früher oder später.« Die Stimme des Arztes war ruhig.

»Ich meine am kommenden Wochenende.«

»Wir müssen abwarten, nicht wahr?« Dann lächelte er und verschwand, um seine Visite zu machen.

Die nächsten paar Tage erschienen wie eine Ewigkeit, und Sam war plötzlich ungeduldig, nervös und fahrig. Sie wollte heimkehren, aber es tauchten Schwierigkeiten auf. Der Gips scheuerte, sie hustete leicht, auf den Armen hatte sie Ausschlag von den Medikamenten, und ihr Gesicht juckte unerträglich, da alle Wunden verheilten und die Kruste sich löste.

»Himmel, Charlie, ich sehe ja aus wie ein Ungeheuer!« Zum erstenmal, seit sie im Krankenhaus war, klang sie wütend, und ihre Augen waren etwas gerötet.

»Das finde ich nicht. Ich finde, du siehst prächtig aus. Und was gibt es sonst Neues?«

»Nichts.« Aber ihre Stimme klang mürrisch. Charlie musterte sie scharf, als er durchs Zimmer ging. Sie war nicht mehr auf der Intensivstation, sondern hatte ein kleines Zimmer, das fast ganz von dem Bett ausgefüllt wurde. In der Ecke stand ein Tisch mit Blumen. Es war ein Blütenmeer mit Sträußen von Henry und Jack, dem Rest der Crew, von Harvey, Mellie und ihm selbst.

»Willst du ein bißchen Büroklatsch hören?«

»Nein.« Sie lag in ihrem Gipsbett und schloß die Augen, er

musterte sie und betete, daß sich ihr Zustand nicht verschlechterte. Es schien eine Ewigkeit zu dauern, bis sie ihn wieder ansah. Aber es war ein wütender Blick, und er entdeckte Tränen in ihren Augen.

»Was ist los, Babe? Komm schon, erzähl's Papa.« Er ließ sich in einen Sessel neben dem Bett fallen und nahm ihre Hand.

»Die Nachtschwester ... die mit der komischen roten Perücke ...« Langsam flossen die Tränen. »Sie hat gesagt, wenn ich heimkomme ...« Sam schluchzte krampfhaft, würgte, und dann drückte sie seine Hand, wofür er sehr dankbar war. »Sie hat gesagt, ich werde nicht heimgebracht ... sondern bloß in ein anderes Krankenhaus ... in New York ... oh, Charlie!« Sie heulte wie 'n kleines Kind. »Stimmt das?«

Er sah sie an, hätte sie so gern in den Arm genommen, wie sein Kind, aber es gab keine Möglichkeit, den Arm um die riesigen Gips oder um die Maschine zu legen. Alles, was er tun konnte, war, ihre Hand zu halten und zart über ihr Gesicht zu streichen. Er wußte, er mußte ihr die Wahrheit sagen.

»Ja, Babe, es ist wahr.«

»Oh, Charlie, ich möchte heim.« Sie schluchzte gequält und zuckte vor Schmerz zusammen.

»Laß das, Dummkopf, du tust mir nur weh. Aber es ist schon in Ordnung, wenn du weinst. Paß bloß auf, daß dir nicht alles hochkommt.«

Er versuchte, sie zu necken, aber innerlich war er traurig über das, was da geschah. Für Sam war es der Anfang eines langen, schwierigen Weges. Ihr altes Leben hatte ein jähes Ende gefunden unter einem großen grauen Pferd.

»Nun komm schon, Sam, allein schon nach New York zurückzukehren ist doch wohl ein Schritt in die richtige Richtung, oder nicht?«

»Ich nehme es an.«

»Na klar ist es das.«

»Ja, aber ich will heim. Ich will nicht in ein Krankenhaus.«

»Nun«, er grinste sie schief an, »wenigstens wissen wir, daß du nicht verrückt bist. Aber wenn du nun mal für eine Weile ins Krankenhaus mußt, was ist denn schon dabei? Ich kann dich besuchen kommen, und Mellie und Harvey und wen immer du sonst noch sehen willst ...«

»Nicht meine Mutter!« Sam verdrehte die Augen und lachte unter Tränen. »O Scheiße, Charlie, warum mußte mir das passieren?«

Das Lächeln verging, wieder liefen ihr die Tränen übers Gesicht. Lange saß er einfach nur da und hielt ihre Hand, und dann sagte er das einzige, was ihm in diesem Augenblick zu sagen einfiel.

»Ich hab' dich lieb, Sam. Wir alle mögen dich. Und wir sind bei dir.«

»Du bist so ein guter Freund, und ich hab' dich auch lieb.« Das ließ sie nur noch mehr weinen, doch dann kam die Schwester mit ihrem Essen.

»Ich höre, Sie verlassen uns, Miss Taylor. Stimmt das?«

»Ich versuche es.« Sie lächelte Charlie zu. »Aber ich komme wieder. Und das nächste Mal aus eigener Kraft, bloß, um guten Tag zu sagen.«

»Das hoffe ich doch.« Die Schwester lächelte und verließ den Raum. Charlie stieß innerlich einen Seufzer der Erleichterung aus. Einen Augenblick hatte er gefürchtet, die Schwester könnte etwas verraten.

»Also«, sie schaute Charlie an und nippte an ihrer Suppe, »wann fahren wir heim?«

»Wäre Samstag dir recht, oder hast du andere Pläne?« Er grinste sie an, außerordentlich erfreut. Sie versuchte es. O Gott, sie versuchte es.

»Nein, Samstag paßt mir gut.« Sie lächelte, als sie ihn ansah.

Charlie mußte daran denken, daß der Doktor recht gehabt hatte. Wenn sie bereit war, sich einer Tatsache zu stellen, dann wußte sie auch darüber Bescheid. Er fragte sich nur, wann sie bereit wäre, sich dem Rest zu stellen.

»Ja, Samstag klingt einfach prima. In welches Krankenhaus komme ich, Charlie?«

»Ich weiß nicht. Willst du ein bestimmtes?«

»Habe ich die Wahl?«

»Ich werde mich erkundigen.«

»Versuche es mit Lenox Hill. Die Umgebung ist hübsch, und es ist nicht weit bis zur U-Bahn. So kann mich jeder besuchen kommen, den ich sehen will.« Sie lächelte schwach. »Vielleicht sogar Mellie.« Und dann: »Glaubst du, sie könnte das Baby mitbringen?«

In Charlies Augen standen Tränen, als er nickte. »Ich schmuggle sie unter meinem Mantel hinein und erzähle ihnen, daß sie deine Tochter ist.«

»Ist sie ja auch irgendwie, weißt du ...« Sie sah verlegen aus.

»Irgendwie ... ich meine, schließlich trägt sie meinen Namen.«

Er beugte sich über sie und küßte sie auf die Stirn. Er hätte kein Wort mehr sagen können, ohne in Tränen auszubrechen.

26

Charlie hielt den Atem an, als das Flugzeug am Samstag Vormittag startete. An Bord waren Sams Chirurgen, ein junger Arzt, zwei Schwestern, ein Beatmungsgerät und genügend Sauerstoff, um sie alle nach Südamerika zu blasen. Samantha hatte ein leichtes Betäubungsmittel bekommen, schien sehr entspannt und war nur ein bißchen aufgeregt heimzukehren.

Der Arzt schien mit ihrer Verfassung zufrieden. Er hatte alle notwendigen Vorkehrungen getroffen, sowohl mit dem Lenox-Hill- Krankenhaus als auch mit einem Krankenwagen, der bei ihrer Ankunft am Flughafen auf sie warten würde. Zusätzlich meldeten sie sich bei der Flugsicherung jedes Sektors und wurden vorrangig behandelt. Hätte Sam plötzlich Hilfe gebraucht, die sie ihr in der Luft nicht hätten geben können, hätten sie fast überall auf der Strecke innerhalb kürzester Zeit landen können. An alle eventuell auftretenden Schwierigkeiten war gedacht. Bisher war alles planmäßig verlaufen.

Es war ein strahlender Tag im August, und Sam redete von nichts anderem als vom Heimkommen. Sie war noch ein wenig betäubt von dem Beruhigungsmittel und kicherte viel, machte auch eine Anzahl schlechter Witze, über die alle, außer Charlie, lachten. Charlie war nur noch ein Nervenbündel. Wieder einmal lastete die Verantwortung schwer auf seinen Schultern, und er wußte, wenn jetzt etwas schiefginge, dann wäre es seine Schuld. Er hätte nicht drängen, hätte sie in Denver lassen sollen. Nachdem sie schon die Hälfte des Fluges zurückgelegt hatten, fand ihn der Doktor, den Blick starr aus einem der hinteren Fenster gerichtet. Er berührte leicht seine Schulter und sprach leise, um Sam, die gerade eingeschlafen war, nicht zu wecken.

»Ist schon gut, Peterson. Es ist fast überstanden. Und sie hält sich prima. Einfach prima.«

Er wandte sich dem Arzt zu und lächelte. »Sie schafft es vielleicht, aber was ist mit mir? Ich glaube, ich bin in den beiden letzten Wochen um zwanzig Jahre gealtert.«

»Es ist eine harte Erfahrung, auch für die Familie.« Das Verrückte daran war, daß er nicht einmal mit ihr verwandt war! Aber er war ihr Freund. Er hätte es für jeden getan, für seinen Schwager, für Harvey, für ... Sam ... er hätte auch noch einen Monat an Sams Bett gesessen, wenn es nötig gewesen wäre. Sie tat ihm so verdammt leid. Wie, zum Teufel, würde ihr Leben von nun an aussehen? Und sie hatte niemanden, keinen Ehemann, keinen Freund; dieser verfluchte Cowboy, den sie erwähnt hatte, hatte sie sitzenlassen, und sie wußte nicht einmal, wo er war. Wen hatte sie, der sich um sie kümmern würde? Niemanden. Zum erstenmal seit langer Zeit haßte er John Taylor wieder. Wenn dieser Bastard bei der Stange geblieben wäre, wie ein anständiger Ehemann, dann wäre sie jetzt nicht allein. Aber sie war es. Sie war verdammt allein.

Der Arzt beobachtete Charlie, der ganz in Gedanken versunken dastand, und der Druck seiner Hand auf dessen Schulter verstärkte sich. »Beschützen Sie sie nicht zu sehr, Peterson. Das wäre ein schrecklicher Fehler. Wenn es soweit ist, muß sie auf eigenen Füßen stehen, sozusagen. Sie ist nicht verheiratet, oder?«

Charlie schüttelte den Kopf. »Nein, nicht mehr. Und daran hatte ich gerade gedacht. Es wird sehr hart für sie werden.«

»Für eine Weile, ja. Aber sie wird sich daran gewöhnen. Das haben andere auch getan. Sie kann ein erfülltes Leben führen. Sie kann sich selbst helfen, kann anderen helfen, kann irgendwann ihre Arbeit wiederaufnehmen. Wenn sie nicht gerade eine Stepptänzerin war, sollte das durchaus möglich sein. Die größten Schwierigkeiten werden im psychischen Bereich liegen. Aber man wird sie in Lenox Hill nicht gehen lassen, ehe sie, sowohl psychisch als auch physisch gesehen, dazu in der Lage ist. Sie werden ihr beibringen, sich selbst zu versorgen, unabhängig zu sein. Sie werden schon sehen. Sie ist eine schöne, junge Frau, eine starke Frau mit gesundem Verstand. Es gibt keinen Grund, warum sie sich nicht perfekt einleben sollte.« Und nach einem kurzen Augenblick legte er Charlie die Hand auf die Schulter und lächelte. »Sie haben die richtige Entscheidung getroffen ... beide Male. Es wäre ein Verbrechen gewesen, nicht zu operieren, diesen Verstand zu opfern, und sie sollte in New York sein, umgeben von ihren Freunden.«

Dankbarkeit stand in Charlies Augen, als er sich zu ihm umwandte.

»Danke, daß Sie das gesagt haben.«

Der Arzt schwieg. Er klopfte Charlie bloß auf die Schulter und ging zurück, um einen Blick auf Sam zu werfen.

Zwei Stunden später landeten sie auf dem Kennedy Airport. Der Transport zu dem großen Krankenwagen verlief reibungslos. Mit eingeschaltetem Blaulicht, aber ohne Sirenen, bahnten sie sich in voller Geschwindigkeit ihren Weg über den Highway. Eine halbe Stunde später erreichten sie Lenox Hill ohne Probleme.

Sam lächelte zu Charlie auf, als sie das letzte Stück Weg zurücklegten. »So geht es schneller, siehst du? Keine Gepäckausgabe, mit der man sich herumschlagen muß, keine Taxis.«

»Tu mir einen Gefallen.« Charlie grinste sie an. »Beim nächsten Mal möchte ich mich gerne mit einem bißchen Gepäck herumschlagen und ein Taxi nehmen.«

Sie grinste. Als sie erst einmal in Lenox Hill ankamen, ging es sehr hektisch zu. Es dauerte mehr als zwei Stunden, bis alles geregelt war und sie in ihr Zimmer einziehen konnte. Sie lernte den Arzt kennen, der sie bereits erwartete. Auch das verdankte sie Harvey. Als alles erledigt war, waren Sam, Charlie und der Doktor völlig erschöpft. Der Rest der Gruppe war bereits entlassen worden. Sie waren schon im voraus bezahlt worden und würden später am Abend in dem Ambulanzflugzeug nach Denver zurückkehren. Der Doktor beabsichtigte, ein paar Tage in New York zu bleiben, seine Patientin in Lenox Hill zu beobachten und dann mit einem Linienflug nach Denver zurückzufliegen.

»Glaubst du, du wirst okay sein, Sam?« Charlie sah sie mit einem müden Lächeln an, während ihr eine Spritze gesetzt wurde, auf die sie fast sofort in tiefen Schlaf versank.

»Ja, Babe ... klar ... mir geht's gut ... grüß Mellie von mir ... und danke ...«

Fünf Minuten später stand er mit dem Doktor im Lift. Dann nahm er eiligst ein Taxi zur East 81. Street, wo er zehn Minuten später seine Frau umarmte.

»Oh, Baby ... oh, Baby ...« Er hatte das Gefühl, aus dem Krieg zurückgekehrt zu sein, und plötzlich wurde ihm klar, wie sehr er sie vermißt hatte und wie erschöpft er war. Sams Tragödie und Charlies Verantwortung für sie waren eine schreckliche Last gewesen. Er hatte es sich nicht gestattet, an irgend etwas anderes zu denken. In diesem Augenblick hatte er plötzlich keinen anderen Wunsch mehr, als seine Frau zu lieben. Sie war so rücksichtsvoll gewesen, einen Babysitter für die Kinder zu bestellen, und nachdem sie alle über ihren Vater hergefallen waren, wie es sich gehörte, nachdem sie ihn geneckt, mit ihm gespielt hatten, scheuchte sie sie mit dem Babysitter fort. Dann schloß sie die Schlafzimmertür, ließ ein heißes Bad für ihn ein, massierte ihn, liebte ihn, ehe er sie schläfrig anlächelte und dann in ihrem Bett einschlief. Zwei Stunden später weckte sie ihn mit dem Abendbrot, Champagner und einem kleinen Kuchen, den sie für ihn gebacken hatte und auf dem stand: »Ich liebe Dich. Willkommen daheim.«

»Oh, Mellie, ich liebe dich so sehr.«

»Ich dich auch.« Und dann, als sie den Kuchen aßen: »Meinst

du, wir sollten Sam anrufen?« Aber Charlie schüttelte den Kopf. Eine Weile hatte er ihr alles gegeben, was er zu geben hatte. Nur dieses eine Mal, nur heute nacht wollte er mit Mellie allein sein. Er wollte nicht an den entsetzlichen Unfall denken, an das graue Pferd, das ihn drei Wochen lang in seinen Träumen heimgesucht hatte, an Sam in ihrem Ganzkörpergips oder an ihren »Bratspieß« – oder an die Tatsache, daß sie nie wieder würde laufen können. Er wollte einfach nur mit seiner Frau zusammen sein, wollte sie lieben, bis er in ihre Arme fallen und einschlafen würde. Das geschah kurz nach Mitternacht, nach einem letzten schläfrigen Gähnen und mit einem breiten Lächeln.

»Willkommen daheim«, flüsterte sie zärtlich, als sie seinen Nacken küßte und das Licht ausschaltete.

27

»Mutter, ich ... mir geht es gut ... wirklich ... sei nicht albern ... es gibt keinen Grund, warum du kommen solltest ... oh, um Himmels willen ... ja, natürlich liege ich immer noch im Gips, aber es geht mir gut hier. Nein, ich will nicht nach Atlanta verlegt werden. Ich bin gerade erst von Denver hierher verlegt worden, vor drei Wochen, das reicht ... weil ich hier zu Hause bin, Mutter. Ich kenne niemanden in Atlanta. Ja, natürlich habe ich dich und George ... Mutter ... hör doch, Mutter ... bitte! Ich verabscheue ihn nicht ...«

Sam verdrehte die Augen, als Melinda in ihr Krankenzimmer trat, und schnitt eine schreckliche Grimasse in den Hörer, während sie Melinda zuflüsterte: »Meine Mutter.« Melinda grinste.

»Ehrlich, Mutter, der Doktor ist wundervoll. Er gefällt mir ... ich weiß, daß er kompetent ist, weil er es mir gesagt hat und weil seine Mutter ihn liebt. Ach, komm schon, Ma. Gönn mir 'ne Pause. Es geht mir gut, und ich ruf' dich an. Du kannst mich anrufen. Wenn ich mich dazu in der Lage fühle, komme ich nach Atlanta ... ich weiß nicht, wann ich nach Hause gehen kann ... aber ich werde es dir erzählen. Ich verspreche ... nein, Mutter, ich muß jetzt aufhören ... die Schwester wartet ... nein, du kannst nicht mit ihr sprechen ... Auf Wiedersehen, Mutter.«

Dann hängte sie ein und stöhnte. »Hallo, Mellie. Himmel, was hab' ich bloß verbrochen, um mit einer solchen Mutter geschlagen zu sein?«

»Sie macht sich eben Sorgen um dich, Sam.«

»Ich weiß. Aber sie macht mich wahnsinnig. Sie will herkommen und mich besuchen. Mit George, der mit meinem Arzt reden will und das ganze Krankenhaus auf den Kopf stellen wird. Kannst du mir sagen, was ein Hals-Nasen-Ohren-Arzt aus Georgia möglicherweise zur Heilung meines gebrochenen Rückgrats beitragen kann?« Mellie grinste bei dem Gedanken. »Und wie geht's bei euch?«

»Prima. Und dir?«

»Langweilig. Ich will heim.«

»Was sagen sie?«

»Irgend etwas Dummes von wegen Geduld. Wie geht es meiner Namensschwester?« Sie strahlte, als sie die kleine Sam erwähnte.

»Wundervoll.« Auch Mellie lächelte. »Sie kann mit zwei Monaten schon mehr als einer der Jungs mit vier.«

»Das liegt am Namen«, versicherte Sam ihr grinsend. »Sorg bloß dafür, daß sie keinen Ärger mit Pferden kriegt.« Mellie antwortete nicht, und Sam seufzte. »Ich wünschte, ich wüßte, wie lange ich noch hier angebunden bin.«

Aber Mellie vermutete, daß sie es nicht wirklich wissen wollte. Charlie hatte ihr erzählt, daß Sam wahrscheinlich ein Jahr lang im Krankenhaus bleiben müßte.

Sie erhielt Besuch von allen, einschließlich Harvey, der nervös auf der Sesselkante saß, mit seinem Hut und seiner Pfeife spielte und Sam besorgt anschaute, die hilflos in ihrem Gips lag.

»Sieh mich um Himmels willen nicht so nervös an, Harvey. Ich beiße schon nicht.«

»Würdest du mir das schriftlich geben?«

»Nur zu gern.«

Er lächelte sein wehmütiges Lächeln, und sie fragte ihn, wann er endlich vernünftig werden und sie hinausschmeißen würde.

»Das kann ich nicht, Sam. Ich hebe dich für meine alten Tage auf. Außerdem habe ich gerade das Ergebnis deines ersten Werbefilmes aus deiner Serie großer Abenteuer im Westen gesehen. Sam, selbst wenn du bis an dein Lebensende nur hier liegst und Schokolade ißt, kannst du stolz darauf sein.« In seiner Stimme klang große Bewunderung.

»So gut?« Sam schien verblüfft. Er war im allgemeinen nicht sehr verschwenderisch mit Lob. Aber sie hatte am Morgen schon von Charlie gehört, daß das Zeug verdammt gut geworden war.

»Noch besser. Es ist einfach ausgezeichnet. Und sie sagen, die anderen wären noch besser. Meine Liebe, ich habe Ehrfurcht vor dir.«

Sie betrachtete ihn lange. Dann grinste sie ihn an. »Ich glaube, ich liege im Sterben. Sonst würdest du nicht so reden.«

»Kaum. Wir werden alles mit Video für dich aufzeichnen und es hierherbringen, damit du es sehen kannst, ehe es das erste Mal gesendet wird. Aber ich fürchte, nach alldem, Miss Samantha, werde ich mich wirklich zurückziehen und dich zum *creative director* machen.«

»Droh mir nur ja nicht, Harvey.« Sie starrte ihn zornig an. »Ich will deinen verdammten Job nicht. Also, bleib wo du bist, sonst bleibe ich hier.«

»Das verhüte Gott.«

Harvey kam sie ein-, zweimal die Woche besuchen, Charlie erschien oft in der Mittagspause, Henry Johns-Adams war schon zweimal zu Besuch gekommen und hatte ihr eine Schachtel der herrlichen Godiva Chocolates gebracht, sein Freund hatte ihr ein wunderschönes Bettjäckchen von Bergdorf geschickt. Sie konnte es kaum erwarten, es zu tragen. Wenn sie nur erst den lästigen Gips los wäre. Und Georgie, der Pudel, hatte ihr eine Genesungskarte und ein Buch geschickt.

Doch eine Woche später erhielt Sam einen Besuch, den sie nicht erwartet hatte. Obwohl sie es strikt abgelehnt hatte, ihre Mutter zu sehen, erschien diese mit ihrem Mann aus Atlanta und tat ihr möglichstes, das ganze Krankenhaus auf den Kopf zu stellen.

Zunächst verbrachte sie mehrere Stunden damit, Sam zuzureden, gegen ihr Büro zu klagen. Hätte sie diese Reise nicht gemacht, wären ihr Chef und ihre lächerlichen Werbefilme nicht gewesen, wäre alles gut. Sie meinte, es sei offensichtlich eine zu gefährliche Aufgabe gewesen und ihr Chef sei zweifellos irgendein Verrückter, der sich überhaupt nicht um Samanthas Lage kümmerte. Das alles machte Sam so wütend, daß sie sie schließlich bat zu gehen. Doch dann mußte sie einlenken, denn ihre Mutter begann zu weinen und warf ihr vor, sadistisch und undankbar zu sein und ihrer Mutter das Herz zu brechen. Im ganzen gesehen war es ein anstrengendes Treffen, und Samantha blieb zitternd und blaß zurück.

Es sollte aber noch viel schlimmer kommen, als ihre Mutter und George am nächsten Tag wiederkamen. Sie betraten Sams Zimmer mit Leichenbittermienen, und es war klar, daß ihre Mutter geweint hatte. Kaum hatte sie sich gesetzt, fing sie wieder an.

»Großer Gott, Mutter, was ist denn los?« Der Anblick der beiden machte Sam schon so nervös, daß sie kurz davor war, die Fassung zu verlieren. Sie hatte am Morgen Caroline Lord angerufen, um sich nach Bill zu erkundigen, und erfahren, daß er einen zweiten Herzanfall gehabt hatte, diesmal ernster. An ihr Bett im Lenox Hill gefesselt, konnte sie nichts tun, um Caro zu helfen, und sie kam sich plötzlich eingeengt und überflüssig vor. Aber Caro war über ihren Unfall viel bestürzter gewesen. Sam versuchte, nicht über ihr eigenes Unglück zu sprechen, um Caro nicht noch mehr zu belasten, aber Charlie hatte ihr offensichtlich schon alles erzählt. Caro war fast außer sich vor Angst. Wie alle Pferdeliebhaber kannte sie die Gefahren, die drohten. Sie ließ sich von Sam das Versprechen geben, sie wieder anzurufen. Wenn sie nichts hörte, wollte sie Sam selbst anrufen, sobald sie ein paar freie Minuten habe, in denen sie sich nicht um Bill kümmern mußte.

Doch jetzt waren alle Gedanken an Tante Caro aus ihrem Kopf gedrängt, als sie ihre wie immer elegant gekleidete Mutter ansah. Diese trug ein blaues Leinenkostüm und eine weiße Seidenbluse, hübsche kleine Pumps, eine mehrreihige Perlenkette und

Perlohrringe. Wenn sie auch eine kleine, plumpe Frau von sechzig Jahren war, so hatte sie doch immer noch dasselbe schöne Haar wie Sam. Ihres war jetzt schneeweiß, aber früher einmal war es so golden gewesen wie das ihrer Tochter. Ihr Mann war groß und gutaussehend und glich eher einem Marinekapitän als einem Arzt. Er hatte eine breite Brust, sah blühend aus und besaß einen Schopf schneeweißen Haares.

»Oh, Samantha...«, jammerte ihre Mutter, während ihr Mann ihre Hand hielt, und sie lehnte sich fast schwerfällig in ihrem Sessel zurück.

»Um Himmels willen, was ist denn passiert?« Samantha hatte plötzlich ein seltsam schleichendes Gefühl, als würde etwas Schreckliches geschehen oder als sei es schon geschehen.

»Oh, Samantha...«

»Herrje!« Wenn sie gekonnt hätte, hätte sie geschrien oder getreten. Aber ihr Fuß kribbelte nur und hing leblos in der zementartigen Masse, die die untere Hälfte ihres Körpers umgab. Die Krankenschwestern hatten ihr alle versichert, daß es ganz normal war, sich so zu fühlen, wenn man in Gips lag, und Sam hatte sich dadurch trösten lassen. Es hatte eine Zeit gegeben, da hatte sie sich ernste Sorgen um ihre Beine gemacht.

»Also, was ist los, meine Lieben?« Wütend und feindselig schaute sie sie an. Sie konnte ihre Abfahrt kaum erwarten. »Laßt mich nicht im ungewissen.«

Aber ihre Mutter weinte nur noch mehr. Es war ihr Stiefvater, der schließlich den ersten Schritt tat.

»Samantha, wir haben uns heute morgen ausführlich mit deinem Arzt unterhalten.«

»Mit welchem? Ich habe vier.«

Sie fühlte sich wie ein wütender Teenager und sah sie mißtrauisch an. Endlich wollte sie in Ruhe gelassen werden.

Sams Stiefvater war ein Mann von großer Gründlichkeit. »Um ehrlich zu sein, wir haben mit zweien von ihnen gesprochen. Mit Dr. Wong und Dr. Josephs. Sie waren beide sehr mitteilsam und sehr freundlich.«

Er sah sie mit deutlichem Mitleid an, und seine Frau warf

ihm erbärmliche Blicke zu, ehe sie wieder in ihr Taschentuch schluchzte und er fortfuhr.

»Haben Sie irgend etwas gesagt, was diese ganze Hysterie verursacht hat? Irgend etwas, was ich wissen sollte?« Verärgert sah sie ihre Mutter an, dann wieder George.

»Ja, allerdings. Und so sehr es uns schmerzt, glauben wir doch, daß es an der Zeit ist, daß du es erfährst. Die Ärzte haben einfach gewartet, bis ... bis zum richtigen Zeitpunkt. Aber jetzt, wo wir hier sind ...«

Es klang wie der Anfang einer Leichenrede, und Samantha wollte sich schon umschauen, um zu sehen, wer im Sarg läge. Er sah aus wie ein Leichenbestatter, nicht wie ein Kapitän, stellte sie fest und versuchte, trotzdem ein höfliches Gesicht zu machen, als er fortfuhr: »Jetzt, wo wir hier sind, glauben wir, daß es an der Zeit ist, daß du es erfährst.«

»Was?«

»Die Wahrheit.«

Bei diesen Worten klingelte etwas in Sams Herzen Alarm. Es war, als wüßte sie es, als hätte sie es schon die ganze Zeit über gewußt, ohne es zu begreifen, als spürte sie ganz genau, was sie ihr sagen würden.

»Oh!« war alles, was sie sagte.

»Der Unfall ... also, Sam, du hast sehr schwere Verletzungen bei diesem Sturz davongetragen. Dein Rückgrat wurde an zwei Stellen gebrochen. Es war ein Wunder, daß du nicht an diesen Verletzungen gestorben bist und daß dein Gehirn nicht in Mitleidenschaft gezogen wurde, was sie jetzt natürlich mit Sicherheit wissen.«

»Na, dann danke. Das ist ja sehr schön. Und sonst?« Ihr Herz hämmerte, aber ihrem Gesicht war nichts anzumerken.

»Wie du weißt, hast du, was den Rest angeht, nicht so viel Glück gehabt. Sonst wärst du ja jetzt nicht hier in diesem unseligen Gips.« Er deutete kurz darauf, fuhr aber sogleich fort: »Was du jedoch nicht weißt, und wir finden, du solltest es wissen – deine Ärzte sind übrigens der gleichen Meinung, wenn ich das hinzufügen darf. Es wird wirklich Zeit. Was du also nicht weißt,

Samantha, ist, daß ...«, er zögerte nur für den Bruchteil einer Sekunde, ehe er zum letzten Schlag ausholte, »du querschnittgelähmt bist.«

Einen Augenblick herrschte Stille, sie starrte ihn nur an.

»Was bedeutet das genau, George?«

»Daß du nie wieder laufen kannst. Du wirst deinen Oberkörper wieder voll benutzen können, deine Arme, Schultern und so weiter, doch die eigentliche Verletzung liegt in Taillenhöhe. Man kann es auf den Röntgenbildern genau erkennen«, erklärte er mit professionellem Gehabe, »unterhalb der Taille bewegt sich nichts mehr. Du spürst vielleicht etwas, und ich glaube, das ist jetzt der Fall, aber das ist auch alles. Du hast keine Kontrolle mehr über deine Muskeln, besitzt nicht mehr die Fähigkeit, deine Beine zu bewegen. Du wirst natürlich an den Rollstuhl gefesselt sein.« Und dann versetzte er ihr den entscheidenden Schock. »Aber natürlich haben deine Mutter und ich beschlossen, heute morgen schon, daß du bei uns leben wirst.«

»Nein, das werde ich nicht!« Es war ein panischer Schrei, und sowohl ihre Mutter als auch ihr Stiefvater sahen sie mit ungläubigem Entsetzen an.

»Aber natürlich wirst du das, Liebling.« Ihre Mutter streckte eine Hand nach ihr aus, vor der Samantha zurückzuckte wie ein verwundetes Tier.

Sie sehnte sich verzweifelt danach fortzulaufen. Mit wildem Blick sah sie die beiden an. Sie hatten kein Recht, ihr das zu erzählen. Es war nicht wahr ... konnte nicht wahr sein ... niemand sonst hatte es ihr gesagt ... aber sie wußte fast schon, ehe sie die Bestätigung hörte, daß es tatsächlich die Wahrheit war und daß sie es seit dem Augenblick, als sie in Denver das Bewußtsein wiedererlangte, vor ihr geheimgehalten hatten. Es war das einzige, was niemand gesagt hatte. Außer diesen beiden Menschen. Sie waren hergekommen, um ihr das zu sagen, als wäre es ihre Mission. Aber sie wollte nichts davon hören.

»Ich will nicht, Mutter.« Sie sprach durch zusammengebissene Zähne, und sie weigerten sich zuzuhören.

»Aber du kannst nicht mehr für dich sorgen. Du bist so hilflos wie ein Baby.« Ihre Mutter entwarf ein Bild, das Sam wünschen ließ, tot zu sein.

»Ich will nicht! Ich will nicht, verdammt noch mal! ... Eher bringe ich mich um!« kreischte sie.

»Samantha! Wie kannst du es wagen, so etwas zu sagen!«

»Ich werde es tun, wenn ich das will, verdammt! Ich will nicht an dieses Leben gefesselt sein, an das Leben eines Krüppels. Und ich will nicht so hilflos wie ein Baby sein und in Atlanta leben, mit meinen Eltern, mit einunddreißig Jahren. Wie kann mir so etwas passiert sein, verflucht ... es kann nicht passiert sein. Ich lasse das nicht zu!«

Ihre Mutter stand hilflos daneben, während George sein professionelles Krankenbettbetragen annahm und versuchte, sie zu beruhigen, aber sie schrie nur noch lauter. Ihre Mutter sah ihren Mann mit einem Blick an, der nahelegte, daß sie gingen.

»Vielleicht sollten wir später wiederkommen und darüber reden ...« Sie warfen verstohlene Blicke auf die Tür. »Du brauchst ein wenig Zeit, um dich zu beruhigen, Samantha, dich daran zu gewöhnen .... wir haben noch viel Zeit, es zu besprechen, wir reisen nicht vor morgen ab, und die Ärzte glauben sowieso nicht, daß du vor Mai oder Juni entlassen werden kannst.«

»Was?« Es war ein letzter, schmerzvoller Aufschrei.

»Samantha ...« Einen Augenblick sah es aus, als wollte sich ihre Mutter ihr nähern, und Sam konnte sie nur vom Bett aus anfauchen.

»Verschwindet von hier, um Gottes willen ... bitte ...« Sie begann, unkontrolliert zu schluchzen. »Geht doch endlich ...«

Sie folgten ihrer Bitte. Plötzlich war sie allein in dem leeren Zimmer, und nur das Echo ihrer Worte hallte von den Wänden zurück.

Eine Krankenschwester fand sie eine halbe Stunde später, wie sie hoffnungslos mit den nicht sehr scharfen Kanten einer Plastiktasse an ihren Handgelenken herumsäbelte.

Diese äußere Verletzung, die sie davontrug, war nicht ernst. Doch unter dem seelischen Schaden, den ihre Mutter und ihr Stiefvater verursacht hatten, sollte sie noch lange leiden.

28

»Wie geht's, Kind?« Charlie schüttelte den Schnee vom Kragen, zog den Mantel aus und warf ihn über einen Stuhl. Sogar in seinem Bart und in seinem Haar war Schnee. »Nun?« Er sah sie erwartungsvoll an, und sie zuckte die Schultern.

»Was erwartest du? Daß ich in meinem Sessel sitze, ein rosa Ballettröckchen trage und eine Arabeske tanze, wenn du hereinspazierst?«

»Ooojeee! Charmant heute, was?«

»Leck mich am Arsch.«

Mit einem nachdenklichen Ausdruck sah er auf seine Uhr. »Würd' ich ja gern tun, aber ich hab' keine Zeit. Muß mich schon um zwei Uhr mit einem Kunden treffen.«

»Sehr lustig.«

»Das ist etwas, was man von dir nicht sagen kann.«

»Nun, ich bin eben nicht mehr lustig. So ist das Leben. Ich bin einunddreißig Jahre alt und ein Krüppel in einem Rollstuhl. Das ist weder lustig noch amüsant, noch nett.«

»Nein, aber es ist auch nicht unbedingt so mitleiderregend, wie du es gerne hinstellst.«

So war sie nun schon seit dreieinhalb Monaten. Seit dieser Idiot von einem Stiefvater ihr diese Nachricht gebracht hatte. Sie lag jetzt nicht mehr im Gips, trug dafür eine Schiene und bewegte sich in ihrem Rollstuhl durch die Gegend. Aber jetzt kam der harte Teil, jetzt kamen die zermürbenden Monate der physikalischen Therapie, in denen sie entweder lernen würde, mit ihrer Behinderung zu leben, oder auch nicht.

»Es muß nicht ganz so schlimm sein, Sam. Du brauchst kein ›hilfloser Krüppel‹ sein, wie deine Mutter es nennt.«

»Nein? Warum nicht? Willst du wieder ein Wunder vollbringen und mir die Kraft in meine Beine zurückgeben?« Sie hämmerte auf ihre Beine, als wären sie Abfall.

»Nein, das kann ich nicht, Sam.« Er sprach sanft, aber entschieden. »Aber du hast immer noch Macht über deinen Geist, deine Arme und deine Hände.« Er grinste flüchtig. »Und nicht zu vergessen deinen Mund. Und mit all dem könntest du eine Menge tun, wenn du nur wolltest.«

»Wirklich? Was denn?«

Heute war er nicht unvorbereitet gekommen.

»Wie es der Zufall will, Miss Klugscheißer, habe ich Ihnen heute ein Geschenk von Harvey mitgebracht.«

»Noch eine Tafel Schokolade von irgend jemandem, und ich schreie!«

Sie hörte sich an wie ein trotziges Kind, und gar nicht wie die Sam, die er kannte. Aber es gab immer noch Hoffnung, daß sie sich damit abfinden und sich umstellen würde. Die Ärzte waren der Ansicht, daß sie sich wahrscheinlich daran gewöhnen würde. Es war die Hölle für jeden, aber besonders für eine schöne, aktive junge Frau wie Sam.

»Er hat dir keine Schokolade geschickt, Kindchen. Er schickt dir Arbeit.« Einen Augenblick bemerkte er Überraschung in Sams Augen.

»Was meinst du mit: Er schickt mir Arbeit?«

»Genau das. Wir haben gestern mit deinen Ärzten gesprochen, und sie erklärten, es gäbe keinen Grund, warum du nicht einen Teil deiner Arbeit hier erledigen solltest. Ich habe dir ein Diktiergerät gebracht, Papier und Stifte, drei Akten, von denen Harvey möchte, daß du sie dir ansiehst ...«

Er wollte weitersprechen, als Sam ihren Stuhl herumwirbelte und fast knurrend fragte: »Warum, zum Teufel, sollte ich?«

Doch er war der Meinung, daß sie dieses Spielchen lange genug getrieben hätte. »Weil du lange genug hier herumgehockt hast. Weil du intelligent bist. Du hättest sterben können, Sam, aber du bist nicht gestorben. Also vergeude jetzt nicht das, was du bekommen hast.«

Es klang wütend, und Sam war ruhiger, als sie antwortete:

»Warum sollte ich irgend etwas für Harvey tun?«

»Warum sollte er irgend etwas für dich tun? Warum sollte er dir fünf Monate Urlaub geben, nachdem dein Mann dich verlassen hat, und dann keine Kosten und Mühen scheuen, dich heimzubringen, nachdem du einen Unfall hattest. Ich darf dich vielleicht daran erinnern, daß du immer noch allein in Denver hocken könntest, wenn Harvey nicht gewesen wäre – und schließlich, warum sollte er dir unbefristeten Erholungsurlaub gewähren und auf deine Rückkehr warten?«

»Weil ich das, was ich tue, gut mache! Darum!«

»Mistvieh!« Es war das erste Mal seit Monaten, daß er wütend auf sie war, und es war ein gutes Gefühl. »Er braucht deine Hilfe, verdammt noch mal. Die Arbeit wächst ihm über den Kopf, und mir auch. Willst du dich wieder erholen und aufhören, Mitleid mit dir selbst zu haben, oder nicht?« Sie war lange Zeit sehr ruhig, hielt den Kopf gesenkt, ehe sie murmelte: »Ich weiß noch nicht.«

Er lächelte bei ihren Worten.

»Ich mag dich, Sam.«

Jetzt erst wandte sie sich ihm langsam zu, und er sah, daß Tränen über ihr Gesicht liefen.

»Was soll ich denn bloß tun, Charlie? Zum Teufel, wo soll ich leben? Und wie? ... O Himmel, ich habe solche Angst, daß ich letzten Endes doch bei meiner Mutter in Atlanta lande. Sie rufen mich jeden Tag an, um mir zu erzählen, was für ein hilfloser Krüppel ich jetzt bin. Und das ist es auch, was ich jetzt immer denke ... daß ich ...«

»Das bist du nicht. Du hast überhaupt nichts Hilfloses an dir. Du mußt vielleicht einiges in deinem Leben verändern, aber das bedeutet nicht eine so radikale Änderung wie Atlanta. Jesus, da würdest du ja verrückt werden.« Sie nickte traurig, und er nahm ihr Kinn in die Hand. »Mellie und ich würden das nicht zulassen, selbst wenn du bei uns leben müßtest.«

»Aber ich will nicht hilflos sein, Charlie. Ich will selbst für mich sorgen.«

»Dann tu es. Bringen sie dir das denn hier nicht bei?«

Sie nickte langsam. »Schon, aber es dauert ewig.«

»Wie lange ist ewig? Sechs Monate? Ein Jahr?«

»So ungefähr.«

»Ist es das nicht wert, wenn du dafür nicht in Atlanta leben mußt?«

»Ja.« Sie wischte sich die Tränen mit einem Zipfel ihrer schicken Bettjacke fort. »Das wäre sogar fünf Jahre wert.«

»Dann mach's, Sam. Lerne, was du lernen mußt, und dann kehre zurück in diese Welt und erfülle deine Aufgabe, Sam. Und in der Zwischenzeit«, er lächelte sie an und warf erneut einen Blick auf seine Uhr, »tu mir den Gefallen und lies diese Akten und Notizen. Für Harvey.«

»Vergiß das für Harvey. Ihr seid beide unmöglich. Ich durchschaue euch, aber ich will's trotzdem versuchen. Grüß ihn von mir.«

»Er läßt dich auch grüßen. Er sagte, er würde morgen herkommen.«

»Sag ihm, er soll meine ›Mickey Spillanes‹ nicht vergessen.«

Sie und Harvey waren förmlich süchtig nach diesen Kriminalromanen, und Harvey brachte ihr immer wieder neue Bände mit, die er irgendwo aufgetrieben hatte.

»O je ... ihr beiden!« Charlie quälte sich wieder in seinen schweren Mantel, zog seine Überschuhe an, schlug den Kragen hoch und winkte ihr von der Tür aus zu.

»Wiedersehen, Weihnachtsmann. Grüß Mellie von mir.«

»Sehr wohl, Ma'am.« Er salutierte, und sie saß lange Zeit bloß da und starrte die Akten an.

Wieder war es fast Weihnachten, und sie hatte schon den ganzen Morgen an Tate gedacht. Es war erst ein Jahr her, daß sie auf der Lord Ranch war und Tate den Weihnachtsmann für alle Kinder spielte. Damals hatte sie ihn allmählich kennengelernt, vor einem Jahr hatte alles begonnen. Es war Weihnachten gewesen, als er sie zu der verborgenen Hütte gebracht hatte. Wenn sie an ihn dachte, wurden all die Erinnerungen wieder in ihr lebendig, und sie spürte den vertrauten Schmerz, als sie sich wieder einmal fragte, wohin er gegangen war.

Sie hatte am Morgen mit Caroline gesprochen. Bill hatte wieder einen leichten Herzanfall gehabt, nach Thanksgiving Day, und in den letzten Monaten war es immer weiter abwärts mit ihm gegangen. Sie haßte es, Caro mitten in ihren düsteren Berichten mit Fragen nach Tate Jordan zu belästigen, aber schließlich hatte sie es doch getan, und wie immer hatte sie nichts Neues zu berichten gewußt. Caroline selbst war schrecklich niedergeschlagen über Bills Gesundheitszustand. Sie hatte gerade einen neuen Vorarbeiter eingestellt, einen jungen Mann mit Frau und drei Kindern, und er schien gute Arbeit zu leisten. Und wie immer hatte sie Sam Mut gemacht.

Die physikalische Therapie, die Sam jetzt mitmachte, bedeutete für sie die härteste Arbeit ihres ganzen Lebens – und sie fragte sich oft, ob die Sache es wert war. Sie lernte es, die Arme so zu kräftigen, daß sie sich fast wie ein Affe hin- und herschwingen konnte, lernte es, allein in ihren Stuhl zu kommen und wieder heraus, in ihr Bett und wieder heraus, auf den Topf und wieder herunter, lernte alles, was sie brauchen würde, um allein zu leben. Wenn sie bereit war, mitzuarbeiten, würde man ihr beibringen, total unabhängig zu werden. Sie hatte sich gesträubt, hatte die Hilfe zurückgewiesen, die man ihr angeboten hatte – in ihrem Herzen fühlte sie, daß es sowieso nicht mehr wichtig war ... aber jetzt, jetzt – plötzlich erschien es ihr wichtig, weiterzumachen. Charlie hatte recht. Sie hatte überlebt – das war Grund genug, nicht aufzugeben.

Der Weihnachtstag war ein schwerer Tag für Samantha. Harvey Maxwell kam vorbei und Charlie mit Mellie und den Kindern. Die Schwester ließ sie alle herein. Sam mußte das Baby halten, das jetzt fünf Monate alt war und hübscher aussah denn je.

Nachdem sie alle gegangen waren, fühlte sie sich schrecklich einsam. Am späten Nachmittag hatte sie das Gefühl, sie könnte es einfach nicht ertragen. Aus Verzweiflung verließ sie ihr Zimmer und rollte langsam den Flur entlang. Am anderen Ende des Ganges traf sie auf einen kleinen Jungen, der auch im Rollstuhl saß, genau wie sie, und traurig aus dem Fenster auf den Schnee starrte.

»Hallo, ich heiße Sam.«

Als er sich umwandte, zog sich ihr Herz schmerzlich zusammen vor Mitleid. Er konnte nicht älter als sechs Jahre sein, seine Augen standen voller Tränen.

»Ich kann nicht mehr im Schnee spielen.«

»Ich auch nicht. Wie heißt du?«

»Alex.«

»Was hast du zu Weihnachten bekommen?«

»Einen Cowboyhut und ein Pistolenhalfter. Aber reiten kann ich auch nicht mehr.«

Sie nickte langsam, doch dann fragte sie sich – und ihn plötzlich: »Warum nicht?«

Er sah sie an, als wäre sie furchtbar dumm. »Weil ich in diesem Rollstuhl sitze, Dummkopf. Ich bin von einem Auto angefahren worden, als ich mit meinem Rad unterwegs war, und jetzt muß ich für immer in diesem Ding sitzen.« Und dann sah er sie neugierig an. »Und was ist mit dir?«

»Ich bin in Colorado vom Pferd gefallen.«

»Ja?« Er musterte sie interessiert, und sie grinste.

»Ja. Und weißt du, was? Ich wette, ich könnte immer noch reiten, und ich wette, du könntest es auch. Ich hab’ mal einen Artikel darüber gelesen, in einer Zeitschrift. Da wurden Leute wie wir gezeigt, die auf Pferden geritten sind. Ich glaube, sie hatten spezielle Sättel, aber sie haben es getan.«

»Hatten sie auch spezielle Pferde?« Die Idee schien ihn zu entzücken; Sam lächelte und schüttelte den Kopf.

»Ich glaube nicht. Einfach nur liebe.«

»Und hat dich ein liebes Pferd abgeworfen?« Er starrte auf ihre Beine und dann in ihr Gesicht.

»Nein. Das war kein liebes Pferd. Aber ich war ganz schön dumm, es zu reiten. Es war wirklich ein gemeines Pferd, und ich habe lauter Dummheiten begangen, als ich darauf geritten bin.«

»Was denn?«

»Bin überall herumgaloppiert, und hab’ ’ne Menge riskiert.«

Es war das erste Mal, daß sie so ehrlich sich selber gegenüber war. Es war auch das erste Mal, daß sie überhaupt über den Unfall sprach, und sie war überrascht, wie wenig weh es tat.

»Magst du Pferde, Alex?«

»Klar mag ich die. Ich bin auch mal bei ’nem Rodeo gewesen.«

»Wirklich? Ich habe auf einer Ranch gearbeitet.«

»Nee, das glaub' ich nicht.« Er sah entrüstet aus. »Mädchen arbeiten nicht auf 'ner Ranch.«

»Und ob sie das tun. Ich hab's getan.«

»Hat es dir Spaß gemacht?« Er schien immer noch zu zweifeln.

»Und wie!«

»Warum hast du dann aufgehört?«

»Weil ich nach New York zurückgekommen bin.«

»Wieso?«

»Ich habe meine Freunde vermißt.«

»Oh. Hast du Kinder?«

»Nein.« Sie verspürte einen kleinen Stich, als sie das sagte, und dachte an das kleine Baby Sam. »Hast du Kinder, Alex?« Sie grinste ihn an, und er brach in schallendes Gelächter aus.

»Natürlich nicht. Du bist vielleicht blöd. Heißt du wirklich Sam?«

»Ja. Eigentlich heiße ich Samantha. Aber meine Freunde nennen mich Sam.«

»Ich heiße eigentlich Alexander. Aber nur meine Mami nennt mich so.«

»Hast du Lust zu einer Spazierfahrt?« Sie war zu unruhig, um zu bleiben, und er war ein ebenso guter Kamerad wie ein anderer.

»Jetzt?«

»Klar. Warum nicht? Erwartest du Besuch?«

»Nein.« Einen Augenblick lang sah er wieder traurig aus. »Sie sind gerade heimgegangen. Ich habe ihnen vom Fenster aus nachgeschaut.«

»Also, warum machen wir beide dann nicht eine kleine Rundfahrt?«

Sie grinste ihn schelmisch an, gab ihm einen Stoß, um ihn in Bewegung zu setzen, und erzählte der Krankenschwester an der Tür, daß sie Alex zu einer Spazierfahrt eingeladen habe. Alle Krankenschwestern ihrer Station winkten ihnen zu, als sie auf die Fahrstühle lossteuerten und in den Geschenkladen im Erdgeschoß fuhren. Sam kaufte ihm eine Lutschstange und zwei Tafeln Schokolade, und für sich selbst holte sie ein paar Zeitschriften. Dann beschlossen sie, noch Kaugummi zu kaufen, und mit dicken Kaugummiblasen vor dem Mund machten sie Rätselspiele und kehrten in ihren Flur zurück.

»Willst du mein Zimmer sehen?«

»Klar.«

Er hatte einen winzigen Weihnachtsbaum, der mit kleinen Snoopys geschmückt war, und die Wände waren tapeziert mit Bildern und Karten von seinen Freunden aus der Schule.

»Ich muß wieder dahin zurück. Mein Arzt sagt, ich brauch' nicht auf eine besondere Schule. Wenn ich meine Therapie mache, kann ich genauso sein wie alle andern – fast.«

»Das sagt mein Arzt auch.«

»Gehst du denn zur Schule?« Der Gedanke schien ihn zu befremden, und sie lachte.

»Nein. Ich arbeite.«

»Was machst du?«

»Ich arbeite in einer Werbeagentur. Wir machen Werbefilme.«

»Du meinst, Kindern im Fernsehen Blödsinn andrehen. Meine Mami sagt, daß die Leute, die sie entwerfen, verantwortungslos sind.«

»Nun, ehrlich gesagt, ich schreibe hauptsächlich Werbefilme, um den Erwachsenen Blödsinn anzudrehen, wie Autos, Klaviere, oder Lippenstifte, oder Zeug, damit sie gut riechen.«

»Mist.«

»Äh, nun ja ... vielleicht kehre ich eines Tages wieder zu meiner Arbeit auf der Ranch zurück.«

Er nickte weise. Das klang in seinen Ohren verständlich.

»Bist du verheiratet, Sam?«

»Nein.«

»Wie kommt das?«

»Ich fürchte, mich will niemand.« Sie machte Spaß, aber er nickte ernst. »Bist du verheiratet, Alex?«

»Nein.« Er grinste. »Aber ich hab' zwei Freundinnen.«

»Zwei? ...«

Und so ging ihre Unterhaltung stundenlang weiter. An diesem Abend aßen sie zusammen, später kam Sam zu ihm zurück, gab ihm einen Gutenachtkuß und erzählte ihm eine Geschichte. Und

748

als sie in ihr eigenes Zimmer zurückrollte, lächelte sie friedlich vor sich hin und nahm einen Stapel Arbeit in Angriff.

29

Alex verließ das Krankenhaus im März. Er ging mit seiner Mutter und seinem Vater heim und kehrte dann auch in die Schule zurück. Jede Woche schrieb er Sam einen Brief, erzählte ihr, daß er wieder genauso wäre wie die anderen Kinder. Und jeden Sonntag ging er mit seinem Dad sogar zu einem Baseballspiel, an dem auch ein Haufen anderer Kinder in Rollstühlen teilnahmen. Er diktierte seiner Mutter die Briefe, und Sam hob sie alle in einem besonderen Ordner auf. Auch sie schrieb ihm und schickte ihm Kaugummi und Bilder von Pferden und alles, was sie im Laden im Krankenhaus fand, von dem sie annahm, daß es ihm gefallen würde. Irgendwie gab ihre Verbindung Sam Kraft, trieb sie an. Doch ihre Prüfung kam einen Monat später, im April, als der Arzt die Frage ihrer Heimkehr anschnitt.

»Nun, was meinen Sie? Glauben Sie, Sie sind bereit?« Panik ergriff sie bei dem Gedanken, und sie schüttelte den Kopf.

»Noch nicht.«

»Warum nicht?«

»Ich weiß nicht ... ich bin nicht sicher, ob ich es schaffe ... ich bin nicht ... meine Arme sind noch nicht kräftig genug ...«

Plötzlich fand sie tausend Entschuldigungen, aber der Arzt wußte, daß das ganz normal war. Sie fühlte sich sicher in ihrem Kokon und wollte ihn gar nicht mehr verlassen. Dr. Nolan wußte, daß man ihr einen sanften Anstoß geben mußte und sie sich heftig zur Wehr setzen würde.

Tatsächlich hatte Sam zu einer annehmbaren Routine gefunden. Jeden Morgen drei Stunden Therapie, und jeden Nachmittag drei Stunden Arbeit für ihr Büro. Die Werbefilme, die ihr sieben neue Preise eingebracht hatten, darunter den vielbegehrten Clio, waren längst ausgestrahlt worden, und sie entwickelte bereits neue Ideen für die Kampagne. Henry Johns-Adams, sein

Freund und Charlie sollten wieder in den Westen fliegen und noch zwei weitere Werbefilme drehen. Sie dachte wieder an die Lord Ranch.

Eines Abends hatte Sam Caroline angerufen, um sie nochmals wegen der Benutzung der Ranch zu fragen – sie dachte, das würde Caroline ein wenig von Bill ablenken –, doch ein schrecklicher Schock stand ihr bevor. Caroline nahm den Hörer ab, und als sie Sams Stimme hörte, brach sie zusammen und schluchzte – es war ein gequältes Schluchzen, das aus der Tiefe ihrer Seele zu kommen schien. »Oh, Sam – mein Gott – er ist tot – er ist tot!« Sam wußte nicht, was sie sagen sollte – was hätte sie auch sagen können? –, sie hielt einfach die Verbindung aufrecht und versuchte, die Freundin ein wenig aufzumuntern.

Jetzt, ein paar Monate später, war Caroline immer noch völlig verloren ohne ihn, und es schmerzte Sam, sie so gebrochen und aller Hoffnung beraubt zu hören. Ihre Seele war zerbrochen, ihre Energie dahin ohne den Mann, den sie so lange Jahre geliebt hatte. Jetzt war es Sam, die ihr die Kraft gab, weiterzumachen, die sie ermutigte.

»Aber mir ist niemand mehr geblieben, Sam. Ich habe keinen Grund mehr weiterzuleben. Meine ganze Familie ist tot, und ... jetzt auch noch Bill ...«

»Du hast immer noch die Ranch und mich, und es gibt so viele Menschen, die dich mögen, die sich Sorgen um dich machen.«

»Ich weiß nicht, Sam.« Sie klang so schrecklich müde. »Ich habe ein Gefühl, als wäre mein Leben vorbei. Ich habe nicht einmal mehr Lust, mit den Männern zu reiten. Ich lasse einfach den jungen Vorarbeiter alles für mich erledigen. Ohne Bill bedeutet es nichts, und es macht mich alles so traurig.« Sam konnte die Tränen in ihrer Stimme hören. Sie hatte ihn auf der Ranch beerdigen lassen, und es war ein Gedenkgottesdienst abgehalten worden. Er hatte bis zum Schluß seinen Willen durchgesetzt. Er war als Vorarbeiter der Lord Ranch gestorben, nicht als ihr Ehemann, obwohl es nun wirklich keinen Unterschied mehr machte. Ganz gleich, welche Vermutungen die Leute anstellten, die beiden wurden von allen respektiert. Von seinem Verlust wurden viele betroffen, und sie hatten Mitleid mit Caro, weil sie einen guten Freund verloren hatte, wenn sie auch nicht wußten, daß er ihr Mann gewesen war.

Natürlich gab es immer noch nichts Neues über Tate Jordan. Sam fragte nicht einmal mehr. Sie wußte, daß Caroline es ihr erzählt hätte. All diese Leute, die sie angesprochen hatte, all diese Ranches, zu denen sie gefahren war, all die Rancharbeiter und Rancher, mit denen sie auf ihren Fahrten gesprochen hatte, und niemand hatte ihn gesehen, keiner kannte ihn. Sie fragte sich, wohin er gegangen war. Ob er glücklich war? Sie hatte nichts mehr, was sie ihm hätte geben können. Jetzt hätte sie es nicht mehr zugelassen, daß er bei ihr bliebe. Jetzt wäre sie es gewesen, die die Flucht ergriffen hätte. Aber diese Frage stellte sich ja nicht mehr. Er war schon länger als ein Jahr fort.

Es war Frühling, als sie sie endlich aus dem Nest stießen, trotz der Proteste ihrer Mutter. Ihr Arzt entließ Sam am 1. Mai aus dem Krankenhaus. Es war ein herrlicher, warmer, sonniger Tag, und sie sollte zum erstenmal ihre neue Wohnung sehen. Wieder einmal hatte sie sich völlig auf Charlie und Mellie verlassen müssen, hatte eine Spedition beauftragen müssen, die in ihrer alten Wohnung alles verpackte. Mit der Treppe in ihrer alten Wohnung war es unmöglich, und sie wußte es, daß sie dort ganz allein zurechtkam, und wunderbarerweise war in dem Haus, wo Melinda und Charlie wohnten, eine Wohnung frei geworden. Sie lag im Erdgeschoß, hatte einen winzigen, sonnigen Garten, und es war genau das richtige für Samantha, denn es gab keine Treppen, einen Pförtner, und die Wohnung war leicht zugänglich. Es war genau das, was der Arzt verlangt hatte. Samantha hatte die Möbelpacker angewiesen, die Möbel so aufzustellen wie auf der Zeichnung, die sie für sie angefertigt hatte, und die Kisten mit ihren Sachen dann einfach stehenzulassen, damit sie sie selbst auspacken konnte. Es sollte ihre erste Herausforderung sein, nachdem sie das Krankenhaus verlassen hatte, und es war eine große Aufgabe.

Sie quälte sich ab, keuchte und schnaufte und nahm die Kisten immer wieder in Angriff. Sie schwitzte, und einmal fiel sie bei dem Versuch, ein kleines Bild aufzuhängen, sogar aus dem Stuhl. Aber sie zog sich hoch, hängte es auf, sie packte die Kisten aus, sie machte ihr Bett, sie wusch sich das Haar, sie machte all das, was sie ihr beigebracht hatten.

Am Montag morgen fühlte sie sich so siegreich, daß sie, als sie in einem schwarzen Rock und einem schwarzen Rollkragenpullover, mit modischen schwarzen Wildlederstiefeln und einem roten Band im Haar im Büro erschien, jünger und gesünder aussah als im ganzen vergangenen Jahr. Als ihre Mutter gegen Mittag anrief, um ihr Schicksal zu beklagen, war sie gerade in einer Besprechung.

Anschließend ging sie zum Essen, um mit Charlie und Harvey bei ›Lutece‹ ihre Rückkehr zu feiern.

Es verblüffte sie festzustellen, daß die Männer sie immer noch ansahen, als wäre sie attraktiv; und selbst die Angst, es könnte Mitleid sein, das diese Blicke verursachte, konnte ihre Genugtuung nicht abschwächen. Es tat ihr gut, zu wissen, daß sie, selbst wenn sie keine vollwertige Frau mehr war, ihre Attraktivität nicht eingebüßt hatte. Das Problem einer neuen Partnerschaft war etwas, was sie abgelehnt hatte, mit dem Psychiater im Krankenhaus zu besprechen. Sie sah das als für sie unmöglich an, wie eine Tür, die verschlossen war, und sie hatten sich erst einmal den übrigen Aufgaben gewidmet. Sie hatte auf allen anderen Gebieten solche Fortschritte gemacht, daß sie sicher war, früher oder später auch damit fertigzuwerden. Schließlich war sie erst einunddreißig und unglaublich hübsch. Es war unwahrscheinlich, daß eine Frau wie Sam Taylor den Rest ihres Lebens allein verbringen sollte, ganz gleich, was sie jetzt sagte.

»Nun«, Harvey erhob sein Sektglas mit einem Lächeln, das bei ihm so selten war, »ich schlage einen Toast auf Samantha vor. Mögest du noch weitere hundert Jahre leben, ohne auch nur einen einzigen Tag Urlaub von Crane, Harper und Laub. Danke.« Er verbeugte sich, und sie kicherten alle drei, und dann brachte Sam einen Trinkspruch auf sie aus.

Als sie mit dem Essen fertig waren, waren sie alle ein bißchen angeheitert, und Sam machte Witze darüber, daß sie nicht in der Lage wäre, ihren Stuhl zu fahren. Auf dem Rückweg ins Büro stieß sie mit zwei Fußgängern zusammen, Charlie übernahm es daraufhin, sie zu schieben, und rammte sie fröhlich in einen Polizisten, der dadurch fast in die Knie gezwungen wurde.

»Charlie, um Himmels willen! Paß doch auf, wohin du gehst!«

»Ich war ... ich glaube, er ist betrunken. Empörend, wirklich, ein Polizist im Dienst!«

Sie lachten alle drei wie die Kinder und hatten Mühe, wieder ernst zu werden, als sie ins Büro zurückkehrten. Schließlich gaben sie alle auf und gingen früh heim. Es war ein wirklich großer Tag.

Am folgenden Samstag führte Sam ihren kleinen Freund Alex zum Essen aus, und beide sonnten sich in ihren Stühlen. Sie aßen Hot dogs und Pommes frites, danach ging sie noch mit ihm ins Kino. Seite an Seite saßen sie im Gang des ›Radio City‹, und seine Augen wurden riesig, so sehr genoß er die Vorstellung. Als Sam den Jungen am Ende des Tages heimbrachte, spürte sie einen leichten Stich im Herzen, als sie ihn wieder seiner Mutter übergab, und auf dem Heimweg flüchtete sie in Mellies Wohnung, wo sie mit dem Baby spielte.

Plötzlich, als sie in ihrem Rollstuhl langsam durchs Zimmer rollte, stand die kleine Sam auf. Mit ausgestreckten Armen und unsicheren Schrittchen wackelte sie auf »Big Sam« zu, die mit offenem Mund in ihrem Rollstuhl saß und sie anstarrte. Als das Kind auf den Teppich fiel, rief sie nach Mellie, die gerade rechtzeitig erschien, um zu sehen, wie das Baby dasselbe Kunststück noch einmal vorführte, und dabei war sie erst zehn Monate alt.

»Sie läuft!« schrie Mellie. »Sie läuft ... Charlie! Sam läuft ...«

Mit einem schockierten Ausdruck erschien er in der Tür, hatte nicht verstanden, daß es sich um das Baby handelte. Und dann sah Sam ihn erstaunt an, und Tränen liefen über ihr Gesicht, ehe sie lächelte und die Arme nach dem lachenden Baby ausstreckte.

»O ja, das tut sie!«

30

Crane, Harper und Laub gewannen in diesem Jahr noch einen Clio für einen anderen von Sams Werbefilmen, und am Jahresende hatte sie ihnen zwei weitere große Aufträge eingebracht. Die düsteren Vorhersagen ihrer Mutter waren nicht wahr geworden. Statt dessen arbeitete Sam härter denn je, wurde gut mit ihrem Leben allein in ihrer Wohnung fertig, sah hin und wieder ein paar Freunde und traf sich gelegentlich Samstag nachmittags mit dem inzwischen siebenjährigen Alex. Im großen und ganzen war Sam recht glücklich mit ihrem Leben. Sie war froh, daß sie überlebt hatte. Dennoch war sie sich nicht ganz sicher, wohin das alles führen sollte. Harvey war immer noch *creative director,* drohte immer noch mit seinem Rücktritt, aber Sam glaubte ihm nie, bis zum 1. November, als er sie in sein Büro rief und geistesabwesend auf einen Stuhl deutete.

»Setz dich, Sam.«

»Danke, Harvey, ich sitze schon.« Belustigt grinste sie ihn an, und einen Moment schien er völlig durcheinander zu sein. Dann lachte er.

»Mach mich nicht nervös, Sam, verdammt. Ich muß dir etwas sagen ... nein, dich fragen ...«

»Willst du mir nach all den Jahren einen Antrag machen?« Das war ein gängiger Scherz zwischen ihnen. Er war seit zweiunddreißig Jahren glücklich verheiratet. »Nein, verflucht, Sam, ich mache heute keine Witze.« Er sah sie fast wütend an. »Ich werde es tun, Sam, ich werde zum 1. Januar zurücktreten.«

»Wann ist dir denn dieser Einfall gekommen, Harvey? Heute morgen?« Sie lächelte immer noch. Sie nahm seine Drohungen über seinen Rücktritt schon lange nicht mehr ernst, und sie war mit ihrer Arbeit, so, wie sie jetzt war, höchst zufrieden. Ihr Gehalt war im Laufe der Jahre gestiegen, und Crane, Harper und Laub hatten ihr so viel Freundlichkeit und Verständnis während ihrer Krise und ihrer Krankheit entgegengebracht, daß sie sich ihnen ohnehin verbunden fühlte. Sie brauchte Harveys Job nicht.

»Warum spannst du nicht einfach mal aus und machst zu Weihnachten mit Maggie einen schönen Urlaub, irgendwo, wo es warm ist, zum Beispiel in der Karibik? Und dann kommst du wie ein großes Kind zurück, rollst die Ärmel hoch und machst dich wieder an die Arbeit.«

»Ich will nicht.« Er hörte sich plötzlich an wie ein trotziger Junge. »Weißt du, was, Sam? Ich bin nicht mehr der jüngste, und ganz plötzlich frage ich mich, was ich eigentlich tue. Wer kümmert sich denn um Werbefilme? Wer kann sich denn im nächsten Jahr noch an irgend etwas erinnern, was wir gemacht haben? Und ich vergeude die letzten meiner besten Jahre mit Maggie, indem ich hier an diesem Schreibtisch sitze und schufte. Ich will das nicht länger tun. Ich will heim, Sam, ehe es zu spät ist. Ehe ich meine Chance verpaßt habe, ehe sie krank wird, oder ich, oder einer von uns stirbt. Ich habe noch nie so gedacht, aber ich werde am nächsten Dienstag sechzig Jahre alt, und plötzlich habe ich begriffen. Ich werde mich jetzt zurückziehen, und du kannst mich nicht mehr davon abbringen, weil ich es nicht zulassen werde. Also, warum ich dich hierhergerufen habe, ist folgendes: Willst du meinen Job übernehmen, Sam? Wenn du ihn willst, kannst du ihn bekommen. Ehrlich gesagt ist diese Frage nur eine Formalität, denn ob du ihn haben willst oder nicht, er gehört dir.«

Sie saß da, einen Augenblick stumm vor Erstaunen, und unsicher, was sie sagen sollte: »Harvey, das war vielleicht 'ne Rede.«

»Ich habe jedes Wort ernst gemeint.«

»Nun, irgendwie hast du wohl recht.«

Sie hatte monatelang über Bill King und Tante Caro nachgedacht, und sie hatte sich gefragt, ob sie wohl jeden Moment genossen hatten, der ihnen geschenkt war, bis zum Ende. Sie waren so sehr damit beschäftigt, ihre Liebe zu verbergen, hatten das Geheimnis so lange Jahre aufrechterhalten, daß sie eine Menge Zeit vergeudeten, die sie sonst miteinander hätten verbringen können. Für Sam schien das eine verteufelte Verschwendung von Energie, aber jetzt gehörte das alles der Vergangenheit an. Was ihr mehr Sorgen bereitete, war Caro, die in einer schrecklichen Verfassung war, seit Bilis Tod vor acht Monaten. Ein paar Monate lang war sie, wie Sam glaubte, tief deprimiert, und Sam wäre gern hingeflogen, um sie zu besuchen. Aber das einzige, was sie bisher noch nicht in Angriff genommen hatte, war das Reisen. Daheim fühlte sie sich jetzt ganz wohl, und sie wußte, daß sie zurechtkam. Aber die Vorstellung, ihre gewohnte Umgebung zu verlassen und weit fortzugehen, ängstigte sie immer noch. Auch in Atlanta war sie noch nicht gewesen, und sie wußte, daß sie wahrscheinlich niemals dorthin reisen würde. Aber ein Besuch bei Tante Caro, das wäre etwas anderes gewesen. Sie hatte die Sache einfach nicht in die Hand genommen. Sam dachte vage an Weihnachten, aber auch das war nicht sicher. Komische Gefühle stiegen in ihr auf, wenn sie sich vorstellte, Weihnachten auf der Ranch zu sein und sich all den Erinnerungen an Tate zu stellen.

»Nun, Sam, willst du *creative director* werden?«

Es war eine offene Frage, die eine offene Antwort verlangte. Sam sah ihn mit einem zögernden, kleinen Lächeln an.

»Weißt du, das Komische ist, daß ich es nicht weiß. Es macht mir Spaß, für dich zu arbeiten Harvey, und ich dachte auch mal, daß es das höchste Ziel für mich wäre, *creative director* zu sein. Aber die Sache ist die: In den vergangenen beiden Jahren hat sich mein Leben so sehr verändert, und auch meine Ansichten, und ich bin mir nicht mehr sicher, ob ich alles haben will, was damit zusammenhängt: die schlaflosen Nächte, die Kopfschmerzen, die Magengeschwüre. Das andere, was mir Sorgen macht, ist die Tatsache, daß der *creative director* wirklich reisen müßte, und das kann ich einfach noch nicht so leicht. Ich fühle mich nicht sicher dabei. Deshalb habe ich auch meine Freundin in Kalifornien noch nicht besucht. Ich weiß nicht, Harvey, vielleicht bin ich nicht mehr die geeignete Person für diesen Job. Was ist mit Charlie?«

»Er ist der künstlerische Leiter, Sam. Und du weißt selbst, wie ungewöhnlich es für einen künstlerischen Leiter ist, *creative director* zu werden. Das sind zwei Paar Schuhe.«

»Vielleicht. Aber er könnte es machen, und er wäre gut.«

»Du auch. Wirst du darüber nachdenken?«

»Natürlich werde ich das. Diesmal ist es dir wirklich ernst, nicht wahr?«

Sie war über seine Entscheidung ebenso überrascht wie über ihr Zögern, das Angebot anzunehmen. Aber sie war sich nicht mehr sicher, ob das wirklich das war, was sie erstrebte; und so gut sie ihr Leben im Rollstuhl auch meisterte, so war sie doch nicht überzeugt davon, daß sie noch mobil genug für diese Arbeit wäre.

»Wann willst du es wissen?«

»In ein paar Wochen.«

Sie nickte, und sie schwatzten noch ein paar Minuten. Als sie sein Büro verließ, war sie entschlossen, ihm nach Ablauf von zwei Wochen eine definitive Antwort zu geben. Aber wenig später geschah etwas, was ihr das Gefühl gab, der Himmel stürze über ihr ein. Dieses Gefühl hatte sie in den letzten beiden Jahren ziemlich oft kennengelernt.

Sie saß in ihrem Büro, den Brief in der Hand, den sie soeben von Carolines Anwalt erhalten hatte. Tränen liefen langsam über ihr Gesicht, als sie durch den Flur zu Charlies Büro rollte und schreckensbleich in seiner Tür stehenblieb.

»Stimmt was nicht?«

Er unterbrach seine Arbeit und kam sofort zu ihr. Es war eine dumme Frage. Ihr Gesicht war weiß wie die Wand. Sie nickte nur, rollte weiter in sein Zimmer hinein und streckte ihm den Brief entgegen. Er las ihn und starrte sie dann fassungslos an.

»Hast du das gewußt?«

Sie weinte jetzt leise, als sie den Kopf schüttelte und antwortete: »Ich habe nie auch nur daran gedacht ... aber ich vermute, es gab sonst niemanden mehr.« Und dann warf sie plötzlich die Arme um ihn, und er hielt sie fest. »Oh, Charlie, sie ist tot. Was soll ich denn jetzt bloß tun?«

»Ist ja schon gut, Sam, ist ja schon gut.«

Aber er war genauso schockiert wie Samantha. Caroline Lord war am vergangenen Wochenende gestorben. Einen Augenblick war Sam verletzt, daß niemand sie angerufen hatte – wo war denn Josh, warum hatte er sie nicht benachrichtigt? Doch der Augenblick verstrich – es waren ziellose Menschen, denen es gar nicht in den Sinn gekommen wäre, sie in New York anzurufen.

Gemäß Carolines Testament gehörte die Ranch Sam. Caro war sanft entschlafen, ohne Schmerzen oder Ängste. Charlie teilte Sams Meinung, daß sie es so gewollt hatte. Sie hatte ohne Bill King einfach nicht mehr leben wollen.

Langsam rollte Samantha jetzt von Charlie fort und starrte aus dem Fenster. »Warum hat sie mir die Ranch hinterlassen, Charlie? Was soll ich damit anfangen? Ich kann sie nicht brauchen.«

Ihre Stimme erstarb, als sie an die glücklichen Zeiten dachte, die sie dort verbracht hatte, mit ihrer Freundin Barbara, mit Caroline und Bill und mit Tate. Sie dachte an die verborgene Hütte, an Black Beauty, an Josh, und die Tränen liefen ihr nur noch schneller über das Gesicht.

»Was meinst du damit, du kannst nichts mehr damit anfangen?« Charlie stellte ihr diese Frage verbal, aber auch mit den Augen, als sie sich wieder ihm zuwandte.

»Weil ich, so ungern ich es auch zugebe und so sehr ich auch versuche, so zu tun, als führte ich ein normales Leben mit meiner Arbeit und meinen Freunden, mit meinem Leben in meiner eigenen Wohnung, mit meinem Taxifahren, weil ich trotz allem eben doch nur, wie meine Mutter sagt, ein Krüppel bin. Was, zum Teufel, sollte ich mit einer Ranch? Ihnen beim Reiten zusehen? Eine Ranch ist etwas für Gesunde, Charlie.«

»Du bist so gesund, wie du es zugibst. Ein Pferd hat vier Beine, Sam. Du brauchst keine. Laß das Pferd doch das Laufen besorgen. Das ist doch viel stilvoller als ein Rollstuhl.«

»Ich finde dich gar nicht witzig«, schnauzte sie ihn an, wirbelte herum und verließ das Zimmer.

Aber fünf Minuten später war er ihr in ihr Büro gefolgt, um mit ihr darüber zu sprechen, ganz gleich, wie wütend sie wurde und wie laut sie schrie. »Laß mich in Ruh', verdammt noch mal! Eine Frau, die ich sehr geliebt habe, ist gerade gestorben, und du nervst mich damit, daß ich hinfahren und reiten soll. Laß mich in Ruhe!« Sie schrie ihn an, konnte ihn aber nicht überzeugen.

»Nein, das werde ich eben nicht tun. Weil ich glaube, daß es zwar verdammt schade ist, daß sie tot ist, daß sie dir aber *das* Geschenk gemacht hat. Nicht wegen dem, was die Ranch wert sein muß, sondern weil das ein Traum ist, mit dem du für den Rest deines Lebens leben kannst, Sam. Ich habe dich hier beobachtet, seit du zurückgekommen bist. Deine Arbeit ist so gut wie immer, aber ehrlich gesagt, ich glaube nicht, daß es dir noch etwas bedeutet. Ich glaube nicht, daß du hier sein willst. Ich glaube, daß alles, was du dir wünschst, seit du dich in diesen Cowboy verliebt und auf der Ranch gearbeitet hast, eben die Ranch ist, Sam. Du willst nicht hier sein. Und jetzt hat deine Freundin sie dir geschenkt, alles, mit allem Drum und Dran, und plötzlich willst du den Krüppel spielen. Soll ich dir mal was sagen? Ich glaube, du bist feige. Aber das zieht bei mir nicht.«

»Und wie, bitte, beabsichtigst du, mich davon abzuhalten, ›den Krüppel zu spielen‹, wie du es ausdrückst?«

»Indem ich dir Vernunft einprügele, wenn's nötig ist. Indem ich dich dort hinfahre, dich mit der Nase reinstoße, dich daran erinnere, wie sehr du das alles geliebt hast. Ich persönlich finde zwar, du bist verrückt, und für mich ist alles westlich von Poughkeepsie dasselbe wie Ostafrika, aber du, du bist ja ganz verrückt nach all dem Zeug. Himmel, in diesem Film im letzten Jahr, da funkelten deine Augen wie Sterne, sobald du nur ein Pferd oder eine Kuh gesehen oder mit einem Vorarbeiter gesprochen hast. Mich hat es verrückt gemacht, und du hast es geliebt, und jetzt willst du das alles wegwerfen? Wie wäre es denn, wenn du etwas damit anfangen würdest? Wie wäre es, wenn du einen deiner Träume verwirklichen würdest? Du hast dem kleinen Alex so oft von dieser besonderen Reitergruppe erzählt, von der du mal gelesen hast. Als er das letzte Mal hierher kam, um dich zum Essen abzuholen, hat er mir erzählt, du hättest gesagt, eines Tages würde er reiten können und du würdest ihn vielleicht mitnehmen – wie wäre es denn, wenn du die Ranch in einen Ort für Menschen wie dich und Alex umwandeln würdest? Was würdest du davon halten, so etwas zu tun?«

Sam starrte ihn überrascht an, und die Tränen versiegten.

»Aber das könnte ich doch nicht tun, Charlie... wie sollte ich so etwas anfangen? Wie könnte ich das? Ich hab' doch von alldem überhaupt keine Ahnung.«

»Das könntest du lernen. Du kennst dich mit Pferden aus. Du weißt, wie es ist, im Rollstuhl zu sitzen. Du hättest eine Menge Leute, die dir helfen würden, die Ranch zu führen. Und du müßtest nichts weiter tun, als das alles zu koordinieren, wie einen riesigen Werbefilm, und, zum Teufel, das kannst du doch prima.«

»Charlie, du bist verrückt.«

»Vielleicht.« Er musterte sie grinsend. »Aber sag mal die Wahrheit, Sam, wärst du nicht auch gern ein bißchen verrückt?«

»Vielleicht«, antwortete sie ehrlich. Sie starrte ihn noch immer mit einem verblüfften Ausdruck an. »Was soll ich jetzt tun?«

»Warum fährst du nicht hin und siehst dich noch einmal um, Sam? Zum Teufel, es gehört schließlich dir.«

»Jetzt?«

»Wann immer du Zeit hast.«

»Allein?«

»Wenn du willst.«

»Ich weiß nicht.« Sie wandte sich wieder von ihm ab, starrte ins Leere und dachte an die Ranch, an Tante Caro. Es würde so weh tun, das alles wiederzusehen, und diesmal ohne sie. Sie wäre erfüllt von Erinnerungen an Menschen, die sie geliebt hatte und die jetzt nicht mehr da waren. »Ich möchte nicht allein dorthin fahren, Charlie. Ich glaube, ich würde das nicht ertragen, könnte nicht damit fertig werden.«

»Dann nimm jemanden mit.« Er klang so nüchtern.

»Wen schlägst du vor?« Sie sah ihn skeptisch an. »Meine Mutter?«

»Gott bewahre. Ich weiß nicht, verflucht noch mal, nimm Mellie mit.«

»Und was ist mit den Kindern?«

»Dann nimm uns eben alle mit. Oder vergiß das ›nimm uns mit‹, wir machen das schon selbst. Den Kindern würde es gefallen, uns auch, und wenn wir einmal da sind, sag' ich dir, was ich davon halte.«

»Ist das dein Ernst, Charlie?«

»Vollkommen. Ich glaube, das wird die wichtigste Entscheidung, die du je treffen mußtest, und ich fände es unerträglich, wenn du einen Fehler machen würdest.«

»Ich auch.« Sie sah ihn ernst an, und dann fiel ihr plötzlich etwas ein. »Was ist mit Thanksgiving Day?«

»Was soll damit sein?«

»Das ist in drei Wochen. Wie wäre es, wenn wir dann alle fahren würden?«

Er dachte eine Minute nach und grinste sie dann an. »Warum nicht? Ich werde Mellie anrufen.«

»Glaubst du, sie wird mitfahren wollen?«

»Und ob sie das will. Und wenn nicht«, er grinste, »fahre ich einfach allein.«

Aber Mellie hatte keine Einwände, und die Jungen natürlich auch nicht, als sie es ihnen erzählten. Sonst sagten sie es niemandem. Sie buchten einfach stillschweigend ihren viertägigen Ausflug über Thanksgiving. Samantha erzählte es nicht einmal Harvey. Sie hatte Angst, ihn zu verletzen, denn sie hatte ihm immer noch nicht ihre Antwort wegen des Postens gegeben.

3 1

Samantha wurde sehr still, als sie die letzten Meilen auf dem vertrauten Abschnitt des Highways durch die sanfte Hügellandschaft fuhren. Aber die andern merkten es nicht. Die Jungen waren so aufgeregt, daß sie in dem Mietwagen auf- und abhüpften. Mellie hatte das Baby bei ihrer Mutter gelassen, und bislang war die Reise ohne Zwischenfälle verlaufen. Es war zwar eine ungewöhnliche Art, Thanksgiving zu feiern, aber wenigstens glaubten die Erwachsenen, daß es sich lohnte. Sie hatten im Flugzeug ein trockenes, kleines Stück Puter mit Soße gegessen, Mellie hatte aber versprochen, am nächsten Tag auf der Ranch ein richtiges Puteressen zuzubereiten.

Samantha hatte erst am Morgen vor dem Abflug mit Josh gesprochen. Die Jungen sollten in Schlafsäcken in einem der beiden Gästezimmer übernachten, Charlie und Melinda in Tante Caros Zimmer. Sam würde in dem Zimmer schlafen, in dem sie zuletzt gewesen war. Das Haus war groß genug für sie alle, und Josh hatte ihr versichert, es wären genügend Lebensmittel da. Er hatte ihr auch angeboten, sie vom Flugplatz in Los Angeles abzuholen. Aber Sam wollte sein Thanksgiving nicht verderben und hatte erklärt, sie würde ihn sehen, sobald sie zur Ranch kämen.

In seiner stockenden, unsicheren Art hatte er ihr dann erzählt, wie froh er darüber war, daß die Ranch jetzt ihr gehörte, und ihr versichert, sein möglichstes zu tun, um ihr zu helfen. Er hoffte nur, sie würde nicht die Dummheit begehen, sie womöglich zu verkaufen, denn er glaubte, aus ihr könnte einer der besten Rancher in der Gegend werden. Sie hatte bei diesen Worten wehmütig gelächelt, hatte ihm ein frohes Thanksgiving gewünscht und war davongeeilt, um Mellie, Charlie und die Jungen zu treffen und dann in zwei Taxis zum Flughafen zu fahren.

Aber alles, woran Samantha denken konnte, als sie sich in einem riesigen Lieferwagen der Ranch näherten, war, wie es beim letzten Mal hier war, als Caroline und Bill King noch gesund und kräftig waren. Und dann dachte sie wieder einmal zurück an die Tage mit Tate, die sie hier verbracht hatte. Es erschien ihr jetzt alles wie ein Traum. Es lag alles so lange zurück, die Augenblicke der Freude, die sie mit ihm geteilt hatte, die Stunden in der Hütte, die Ausritte, die sie auf seinem Schecken und Caros schönem Vollbluthengst unternommen hatten. Damals konnte sie noch laufen. Sie spürte, wie sich eine schwarze Wolke auf sie herabsenkte, als sie um die letzte Kurve in der Straße bogen, und wieder einmal wurde ihr bewußt, wieviel sich verändert hatte.

»Da ist sie.«

Sie sagte es leise von ihrem Platz auf dem Rücksitz des Wagens und deutete mit zitterndem Finger nach vorn. Sie fuhren durch das Haupttor die gewundene Straße hinauf, und dann sah sie es, Tante Caros Haus. Aber dort brannte kein Licht, und obwohl es erst fünf Uhr nachmittags war, sah es düster und einsam und traurig aus in dem schwindenden Licht.

»Josh hat gesagt, er würde die Tür auflassen. Wenn du mal hineingehst, Charlie, die Lichtschalter für das Wohnzimmer sind alle rechts, gleich neben der Tür.«

Sam saß bloß da, die Augen auf das Haus geheftet. Sie erwartete immer noch, daß das Licht angehen würde, daß sie das vertraute weiße Haar sehen würde, Tante Caros lächelndes Gesicht, ihr Winken mit der Hand. Aber als Charlie hineinging, um das Licht anzuschalten, und dann schnell zum Auto zurückkam, war niemand neben ihm. Sogar die Jungen wurden leise, als sie sich auf der Ranch umsahen.

»Wo sind die Pferde, Sam?«

»Im Stall, Liebling. Ich zeige sie euch morgen.«

»Können wir sie nicht jetzt sehen?«

Sie lächelte Charlie über ihre Köpfe hinweg zu und nickte dann.

»Also gut, bringen wir unsere Sachen rein, und dann führe ich euch überall herum.«

Aber jetzt, wo sie hier war, wollte sie das eigentlich nicht. Sie wollte nicht ins Haus gehen, fürchtete sich davor, in den Stall zu gehen und Black Beauty oder Navajo oder eines der anderen ihr vertrauten Pferde zu sehen. Sie sehnte sich nur noch nach Caroline und Bill King und Tate Jordan, und sie wollte ein Leben leben, wie sie es nie mehr würde leben können. Ein dicker Kloß saß in ihrer Kehle, als sie sich in den Rollstuhl setzte und von Charlie die Treppe hinaufhelfen ließ. Dann rollte sie langsam ins Haus und sah sich um. Ganz, ganz langsam rollte sie auf ihr eigenes Zimmer am Ende des Flurs zu. Eine Minute später polterten die Jungen an ihr vorbei, und sie zwang sich zu einem Lächeln, als sie ihnen ihr Zimmer zeigte. Später kehrte sie ins Wohnzimmer zurück, wo sie Charlie und Melinda fand. Sie zeigte ihnen ihr Zimmer am anderen Ende des Flurs, wollte aber nicht hineingehen. Sie wollte das leere Schlafzimmer nicht sehen, das einmal Caro und Bill gehört hatte.

»Alles in Ordnung?« Melinda musterte sie zärtlich, und Sam nickte.

»Es geht mir gut, ehrlich.«

»Du siehst müde aus.«

Sie war nicht müde, sondern nur unglücklich.

»Mir geht es gut.«

Wieder einmal erinnerte sie sich mit schmerzlicher Deutlichkeit an ihre Gefühle, als sie die Ranch verlassen hatte, ohne zu wissen, wo Tate war, ohne sicher zu sein, ob sie ihn jemals wiederfinden würde, aber dennoch voller Hoffnung. Und jetzt wußte sie mit Bestimmtheit, daß sie ihn nie wiedersehen würde. Und nicht nur das. Sie hatte auch Caro verloren ... Der Gedanke daran belastete sie sehr.

Als sie durch das Fenster auf die sanften Hügel im Dämmerlicht schaute, sah sie eine abgerissene, kleine Gestalt auf sich zukommen, wie ein kleiner Kobold aus dem Wald, und plötzlich strahlten ihre noch feuchten Augen. Es war Josh. Er hatte das Licht im Haus gesehen und war herbeigeeilt, um sie zu begrüßen. Mit einem breiten Lächeln manövrierte sie sich durch die Tür und wartete in ihrem Rollstuhl auf der Veranda auf ihn. Und dann sah sie ihn abrupt stehenbleiben, sah den Ausdruck von Schock auf seinem Gesicht und hörte die Worte »Oh, mein Gott« ... Und dann weinte sie plötzlich, wußte nicht mehr, wann es sie überkommen hatte, und auch er weinte. Er war schon halb auf der Treppe, und sie beugte sich zu ihm, und plötzlich nahm er sie in die Arme, und sie weinten zusammen, um Bill und Caro und Tate, und auch um Sam. Stunden schienen zu vergehen, in denen man nichts weiter hörte als ihr ersticktes Weinen. Schließlich richtete sich der weise, alte Cowboy auf, schniefte laut und fragte: »Warum hat mir niemand davon erzählt, Sam?«

»Ich dachte, Miss Caroline ...« Mit einem Ausdruck der Verzweiflung schüttelte er den Kopf.

»Wie ist es passiert?«

Sie schloß für einen Moment die Augen, doch dann öffnete sie sie wieder. Es war, als hätte sie seinen Schock auch empfunden. Als sähe sie sich plötzlich so, wie er sie sah, verkrüppelt, in einem Rollstuhl, nicht mehr der stolze kleine Palomino, der überall auf der Ranch herumgelaufen war. Es war, als wäre ihr Leben vorüber, als wäre sie plötzlich alt geworden. Und in diesem Augenblick wußte sie, daß sie die Ranch jetzt nicht mehr behalten konnte. Es gab keine Möglichkeit für sie, sie zu führen. Alle Männer würden genauso reagieren, wie Josh es getan hatte. Sie war jetzt ein Krüppel. Ganz egal, was sie ihr im Krankenhaus in New York erzählt hatten.

»Sam...«

»Ist schon gut, Josh.« Sie lächelte ihn sanft an und holte tief Luft. »Es ist in Colorado passiert, vor ungefähr fünfzehn Monaten. Ich habe auf einem Pferd eine Dummheit begangen.« Die Erinnerung war jetzt verschwommen, aber sie würde sich immer an den grauen Hengst erinnern ... Gray Devil ... und an den endlosen Augenblick, in dem sie durch die Luft geflogen war. »Ich habe einen riskanten Ausritt auf einem wilden Hengst gewagt. Er war wirklich ein gemeiner Kerl und warf mich ab.«

»Warum... warum hast du das getan?« Seine Augen füllten sich erneut mit Tränen, als er sie anschaute. Er wußte instinktiv, daß sie das Pferd zu sehr angetrieben hatte, und sie leugnete es nicht.

»Ich weiß nicht.« Wieder seufzte sie. »Ich nehme an, ich war verrückt. Ich glaube, nach Black Beauty dachte ich, ich könnte mit jedem Pferd fertigwerden, das mir in die Finger kam, und außerdem war ich traurig über etwas.« Sie war Tates wegen deprimiert gewesen, aber das erzählte sie ihm nicht. »Und so ist es dann eben passiert.«

»Wirst du... können sie...« Er wußte nicht, wie er den Satz zu Ende bringen sollte, aber sie verstand ihn auch so und schüttelte den Kopf.

»Nein. Dabei bleibt es. Ich dachte aber, ihr wüßtet es. Ich nahm an, Caroline hätte es euch erzählt.«

»Das hat sie nie getan.«

»Vielleicht war sie zu sehr mit Bill beschäftigt. Er hatte um die Zeit gerade seinen ersten Herzanfall hinter sich. Ich wollte kommen, hatte aber zu viel Arbeit, und dann...« Sie stockte, fuhr dann aber fort: »Ich mußte neun Monate im Krankenhaus bleiben.« Sie schaute sich um, sah die vertrauten Gebäude. »Ich hätte anschließend kommen sollen, aber ich... ich weiß nicht

... ich glaube, ich hatte Angst. Angst zu sehen, was ich nie mehr tun kann. Und so habe ich sie nie mehr gesehen, Josh.« Ihre Lippen zitterten. »Und sie war so verdammt traurig, nachdem Bill gestorben war, und ich habe ihr nicht geholfen.« Sie schloß die Augen und streckte die Arme aus, klammerte sich wieder an den alten Cowboy.

»Ihr ging es gut, Sam. Und sie ging, wie sie es wollte. Sie wollte einfach nicht mehr weiterleben, ohne ihn.«

Wußte er es also? Hatten sie alle es gewußt? War die Verstellung dann all die Jahre eine Farce gewesen? Sam blickte in sein Gesicht und sah, daß es kein Geheimnis gewesen war. »Sie waren so gut wie verheiratet, Sam.«

Sie nickte. »Ich weiß. Sie hätten heiraten sollen.«

Er zuckte nur mit den Schultern. »Man kann alte Regeln nicht so einfach ändern.« Und dann blickte er auf sie nieder, und in seinen Augen standen unzählige Fragen. »Was ist mit dir?« Er begriff plötzlich, wie unwahrscheinlich es war, daß sie die Ranch nun noch behalten würde. »Wirst du die Ranch verkaufen?«

»Ich weiß nicht.« Sie sah besorgt aus, als sie dort auf der Veranda saß. »Ich weiß nicht, wie ich sie führen soll. Vielleicht gehöre ich auch nach New York.«

»Lebst du jetzt bei deiner Familie?« Er schien wissen zu wollen, wie sie zurechtkam, aber sie schüttelte mit einem leichten Lächeln den Kopf.

»Zum Teufel, nein. Ich lebe allein. Ich wohne im gleichen Haus wie die Freunde, die mich hierher begleitet haben. Ich mußte natürlich eine neue Wohnung finden, ohne Treppen. Aber ich kann allein für mich sorgen.«

»Das ist prima, Sam.« Man merkte ihm kaum noch an, daß er über ihre Behinderung erschüttert war, aber sie wußte, daß es noch einige Zeit dauern würde, bis er sich umgestellt hatte. Auch sie hatte in gewisser Weise noch Probleme damit, und so trug sie ihm das nicht nach. Aber was er dann sagte, schockierte sie.

»Warum kannst du denn nicht hier draußen leben? Himmel, wir würden dir alle helfen. Und, zum Teufel, es gibt keinen Grund, warum du nicht mehr reiten solltest. Solange du von jetzt an vorsichtig reitest.« Er sah sie bei diesen Worten fast wütend an, doch dann lächelte er.

»Ich weiß nicht, Josh. Ich habe daran gedacht, aber es ist doch ziemlich beängstigend. Darum bin ich auch hierhergekommen. Ich wollte mich nicht zum Verkauf entschließen, ehe ich noch einmal hierhergekommen bin, um mir alles selbst anzusehen.«

»Ich bin froh, daß du das getan hast. Und weißt du, was?« Er kniff die Augen zusammen und strich sich übers Kinn, während er zum dunkler werdenden Himmel aufsah. »Ich glaube, wir haben da drinnen einen alten Sattel, den ich bestens für dich herrichten könnte. Und eines sag' ich dir«, er wandte sich um und sah sie scharf an, »Black Beauty wirst du nicht reiten, und wenn ich dir in den Hintern treten muß. Den läßt du in Ruhe!«

»Versuch bloß, mich davon abzuhalten!« Sie lachte jetzt. Es war fast wie in alten Zeiten. Aber er machte keinen Spaß.

»Es wird mir ein Vergnügen sein. Ich würde gern wissen, wer so dumm gewesen ist, dich auf dem anderen Hengst reiten zu lassen.«

»Jemand, der mich hatte reiten sehen.«

»Verdammte Angeberin.« Genau das hätte Tate auch gesagt. Sams Augen wurden wieder ernst, als sie Josh ansah. »Josh?«

»Ja?«

»Hast du jemals wieder von Tate Jordan gehört?« Es war mehr als anderthalb Jahre her, daß er die Ranch verlassen hatte. Josh schüttelte nur den Kopf.

»Nee. War eben ein typischer Cowboy. Gott weiß, wohin der gegangen ist. Der wäre ein guter Vorarbeiter für dich gewesen, Sam.« Und erst recht ein guter Ehemann. Aber Sam sagte nicht, was in ihrem Herzen vorging.

»Wie ist der Neue?«

»In Ordnung. Aber er geht. Er hat schon ein Angebot. Hat es dem Anwalt gestern morgen erzählt. Wollte nicht das Risiko eingehen, daß du vielleicht die Ranch verkaufst und er den Job verliert. Also zieht er weiter, solange er es noch kann. Hat 'nen ganzen Haufen Kinder«, erklärte Josh, und Sam musterte ihn nachdenklich.

»Und was ist mit dir, Josh? Bleibst du hier?«

»Klar doch, wenn es geht. Das hier war zu lange mein Heim, um jetzt noch woanders hinzugehen. Du wirst mich mit der Ranch verkaufen müssen.«

»Ich will dir was sagen: Was hältst du davon, mein Vorarbeiter zu werden, wenn ich nicht verkaufe?«

»Machst du Witze, Sam?« Seine Augen leuchteten interessiert auf. »Mensch, und wie mir das gefallen würde, und meine Frau wäre so von sich eingenommen, daß sie uns alle verrückt machen würde. Aber damit könnte ich leben.« Sie grinsten einander an, und er hielt ihr seine rauhe Hand hin, die sie schüttelte.

»Sam?« Charlie blinzelte durch die Tür.

Er hatte sie reden gehört und sich gefragt, wer bei ihr war. Sie stellte die beiden einander vor, und sie unterhielten sich noch ein paar Minuten über die Ranch. Und schließlich blickte Josh wieder auf sie hinunter. Über der Unterhaltung hatte er sie einen Augenblick lang vergessen. »Wie lange bleibst du, Sam?«

»Nur bis Sonntag. Wir müssen zurück. Charlie und ich arbeiten in New York zusammen. Er ist ein Künstler.«

»Das bin ich nicht, ich bin ein Genie.« Sie grinsten alle.

»Können Sie reiten?« Charlie schüttelte den Kopf, und Josh grinste breit. »Dann bringen wir es Ihnen bei. Und Sam sagt, Sie hätten Ihre Kinder dabei?«

»Drei davon. Meine Söhne.«

»Wie viele haben Sie insgesamt?« Josh zog eine Braue hoch.

»Vier. Unsere kleine Tochter haben wir zu Hause gelassen.«

»Ach«, lachte Josh, »das ist noch gar nichts. Ich hab' sechs.«

»Gott bewahre!« Charlie sah aus, als würde er augenblicklich zusammenbrechen, und sie lachten alle.

Nachdem Josh Mellie und die Jungen begrüßt hatte, begab sich die ganze Gruppe in den Stall hinüber, um die Pferde anzusehen, und die Jungs waren so aufgeregt, daß sie unter dem Gelächter der Erwachsenen laut schreiend im Stroh herumsprangen. Es wurde beschlossen, ihnen am nächsten Tag Unterricht zu erteilen. Sam blieb einen Augenblick stehen und betrachtete Black Beauty, der, prachtvoll anzusehen, in seinem Stall stand.

»Ist ein schönes Pferd, was, Sam?« Sogar Josh musterte ihn stolz, und dann sah er Sam an, als wäre ihm gerade etwas eingefallen. »Er gehört jetzt dir, Sam.«

»Nein«, sagte sie und schüttelte traurig den Kopf, als sie Joshs Blick erwiderte, »er wird immer nur Caro gehören. Aber ich werde ihn reiten.« Und diesmal lächelte sie, aber er nicht.

»Nein, das wirst du nicht.«

»Darüber können wir morgen früh streiten.« Er blickte sie besorgt und zweifelnd an.

Schließlich gingen sie zu dem Großen Haus zurück, Josh trennte sich auf der Veranda von ihnen, nach einem letzten, zärtlichen Blick auf Sam. Und in diesem Augenblick wurde ihr klar, daß dies eine Heimkehr war. Daß sie, auch wenn die anderen alle fort waren, immer noch Josh hatte. Und sie hatte die herrliche Ranch, die Caroline ihr hinterlassen hatte, und die Erinnerung an das, was ihre alte Freundin mit Bill geteilt hatte ... und ihre eigenen Erinnerungen an Tate in ihrer Hütte ... und nichts davon könnte man ihr jemals nehmen, schon gar nicht, wenn sie hier blieb.

32

»Okay, Sam ... wir haben dich ...« Zwei Cowboys formten einen Sitz für sie, während zwei andere das Pferd festhielten. Es war nicht Black Beauty, der zwischen ihnen stand, nicht einmal Navajo, sondern ein neues Pferd namens Pretty Girl. Aber diesmal ärgerte der Name sie nicht. Sie war selbst überrascht, wie ängstlich sie war, obwohl das Pferd den Ruf hatte, sehr zahm zu sein. Plötzlich freute sich Sam. Schnell hoben die Männer sie in den Sattel, und Josh befestigte eine Menge Riemen um sie herum. Schließlich saß sie in ihrem Sattel und blickte überrascht auf die anderen hinunter.

»Mensch, wir haben es geschafft. Schaut euch das an, ich reite!« Sie war aufgeregt wie ein Kind.

»Nein, das tust du nicht.« Josh grinste sie mit offensichtlichem

Vergnügen an. »Du sitzt bloß. Beweg dich ein bißchen, Sam, und warte ab, was das für ein Gefühl ist.«

Sie schaute zu ihm hinunter und flüsterte: »Ob du es glaubst oder nicht – ich hab' Angst.«

Sie saß einfach da, und der verängstigte Ausdruck wich einem nervösen Lächeln. Nach einer Weile nahm Josh vorsichtig die Zügel und fing an, das ruhige Pferd herumzuführen. »Prima, Sam, du bist in Ordnung. Ich führe dich um die Koppel.«

»Josh, ich komme mir vor wie ein Baby.«

Mit einem zärtlichen Lächeln warf er ihr einen Blick zu. »Bist du ja auch. Mußt erst wieder gehen lernen, weißt du, ehe du traben kannst.«

Doch wenig später ließ er die Zügel los, und sie begann, langsam zu traben, und plötzlich verzog sich Sams Gesicht zu einem breiten Grinsen.

»He, Jungs, ich renne!« rief sie. »Ich renne . . . schaut nur!«

Sie glaubte, sie müßte vor Aufregung platzen. Zum erstenmal seit mehr als einem Jahr bewegte sie sich nicht im Rollstuhl fort. Sie lief tatsächlich wieder. Selbst wenn sie es nicht aus eigener Kraft tat, so war doch die Freude, dahinzutraben und den Wind in ihren Haaren zu spüren, das beste Gefühl, das sie seit langem verspürt hatte.

Josh brauchte eine volle Stunde, um sie davon zu überzeugen, daß es genug für sie war. Als sie ihr vom Pferd halfen, war sie so selig, daß sie glaubte zu schweben. Ihre Augen tanzten in ihrem zarten Gesicht, das von ihrem goldenen Haar eingerahmt wurde.

»Du machst dich auf dem Pferd wirklich gut, Sam.« Josh lächelte sie liebevoll an, als sie sie in ihren Rollstuhl setzten.

Sie grinste verlegen. »Weißt du, am Anfang hatte ich eine Mordsangst.«

»Klar, ist doch ganz verständlich. Du müßtest verrückt sein, wenn du die nicht hättest, nach dem, was passiert ist.« Und dann sah er sie nachdenklich an. »Wie hat es dir gefallen?«

»Oh, so gut, Josh.« Sie schloß die Augen und grinste. »Als wenn ich wieder ganz normal wäre.« Das Grinsen verging, als sie in seine weisen, alten Augen sah. »Es ist lange her.«

»Ja-ah.« Er kratzte sich am Kinn. »Aber ich denke immer noch, es muß nicht mehr lange so bleiben. Sam, du könntest hierher zurückkommen, und du könntest wieder auf der Ranch arbeiten ...« Er hatte die ganze Nacht darüber nachgedacht.

Doch sie sah ihn zweifelnd an, den Kopf auf die Seite geneigt.

»Willst du wissen, was ich gedacht habe?« Er nickte. »Charlie und ich haben in New York schon darüber gesprochen, und vielleicht ist es vollkommen verrückt. Aber ich frage mich, ob ich das hier nicht vielleicht in eine besondere Ranch umwandeln könnte, für ...« Sie zögerte, wußte nicht, wie sie es sagen sollte. »... Leute wie mich. Hauptsächlich Kinder, aber auch für ein paar Erwachsene. Ihnen Reiten beibringen, ihnen helfen, zu einem normalen Leben zurückzufinden. Josh, ich kann dir überhaupt nicht sagen, was das eben für ein Gefühl war. Hier, in diesem Stuhl, bin ich anders als die anderen, und werde es auch immer sein. Aber auf einem Pferd bin ich nicht anders als früher. Oh, ein bißchen vielleicht schon, aber das wird vorbei sein, wenn ich mich erst einmal wieder ans Reiten gewöhnt habe. Stell dir vor, wie es wäre, den Leuten das zu zeigen, ihnen Pferde zum Reiten zu geben, ihnen beizubringen ...«

Sie bemerkte nicht, daß ihm, ebenso wie ihr, die Tränen kamen, während sie sprach. Er nickte langsam, sah sich auf der Ranch um, musterte die Gebäude.

»Wir müßten einige Änderungen vornehmen, aber das könnten wir ja tun ...«

»Würdest du mir helfen?«

Er nickte langsam. »Ich verstehe nicht viel von ... von ...« Er wollte taktvoll sein, hätte fast gesagt von Krüppeln, »von solchen Menschen, aber, zum Teufel, ich kenne mich mit Pferden aus, und ich könnte einem Blinden beibringen zu reiten, wenn es nötig wäre. Hab' meinen eigenen Gören das Reiten beigebracht, als sie drei Jahre alt waren.«

Sie wußte, daß es stimmte, daß er genauso geduldig und liebevoll war wie nur irgendeiner der Therapeuten, mit denen sie gearbeitet hatte. »Weißt du, Sam, wir könnten es schaffen. Zum Teufel, ich würd's verdammt gern versuchen.«

»Ich auch. Aber ich muß noch darüber nachdenken. Dazu gehört eine Menge Geld, ich müßte Therapeuten und Pflegerinnen und Ärzte einstellen, die Leute müßten gewillt sein, mir ihre Kinder anzuvertrauen, und wie soll ich ihr Vertrauen gewinnen?«

Aber sie sprach mehr zu sich selbst als zu Josh, und einen Moment später wurden sie von Charlie und Mellie unterbrochen, die Josh noch ein paar Fragen über die Ranch stellen wollten.

Der Sonntagmorgen kam allzu schnell, beim Abschied blickten alle traurig drein. Josh schien fast das Herz zu brechen, als er Sams Hand ergriff, und tausend Fragen standen in seinem Gesicht geschrieben.

»Nun? Wirst du sie behalten?« Wenn nicht, dann könnte es sein – und er wußte es –, daß er sie nie wiedersehen würde. Und das durfte und konnte er nicht zulassen. Er wollte ihr helfen, zu sich selbst zu finden, wollte ihr helfen, diese Ranch für behinderte Kinder aufzubauen. In den vergangenen wenigen Tagen hatte er gespürt, wie einsam und verletzt sie war.

»Ich weiß noch nicht, Josh.« Sie gab ihm eine ehrliche Antwort. »Ich muß noch ein paar Erkundigungen einziehen und es gründlich durchdenken. Ich verspreche dir, ich lasse es dich wissen, sobald ich einen Entschluß gefaßt habe.«

»Wie bald, glaubst du, wird das sein?«

»Hat man dir eine andere Stelle angeboten?« Sie wirkte besorgt.

»Wenn ich jetzt ja sagen würde«, meinte er leise grinsend, »würde dich das dann eifersüchtig genug machen, um sie zu behalten?«

Sie lachte zur Antwort. »Du bist mir vielleicht hinterhältig.«

Sein Gesicht wurde ernst. »Ich will einfach nicht zusehen, wie du diese Ranch aufgibst.«

»Ich will es auch nicht tun, Josh. Aber ich verstehe einfach nicht genug vom Ranchbetrieb. Das einzige, was irgendwie noch einen Sinn hätte, wäre das zu tun, was wir überlegt haben.«

»Gut, warum tust du es dann nicht?«

»Gib mir Gelegenheit, es noch mal zu überdenken.«

»Mach das.« Und dann bückte er sich und umarmte sie herzlich, ehe er sich von Charlie, Melinda und den drei Jungen verabschiedete.

Sie winkten ihm zu, solange sie ihn sehen konnten. Im Vergleich zur Hinfahrt war es eine sehr ruhige Rückfahrt. Die Jungen waren erschöpft und enttäuscht, daß sie nach New York zurückfahren mußten, Charlie und Mellie verschliefen einen Teil der Reise, und Sam war auf dem Weg nach New York die ganze Zeit über sehr nachdenklich. Sie hatte eine Menge, worüber sie nachdenken mußte. Könnte sie es schaffen? Sollte sie das Vieh von der Ranch verkaufen, würde ihr das genug Geld einbringen, um die notwendigen Verbesserungen durchführen zu lassen? Und vor allem, war es das, was sie wollte, oder nicht? War sie wirklich bereit, die Sicherheit ihres Lebens in New York hinter sich zu lassen? Sam war so vertieft in ihre Überlegungen, dachte nur noch daran, eine Entscheidung zu treffen, daß sie auf dem ganzen Heimweg kaum an Tate gedacht hatte.

Sie verließ Charlie und Mellie in der Halle ihres Hauses und verschwand in ihrer Wohnung, um ein paar Notizen zu machen. Und sie sah immer noch sehr beschäftigt aus, als Charlie am nächsten Morgen in ihr Büro schaute.

»Hallo, Cowgirl, hast du schon einen Entschluß gefaßt?«

»Pst!« Sie legte einen Finger an den Mund und nickte ihm zu, hereinzukommen. Niemand sonst im Büro wußte Bescheid. Vor allem Harvey sollte es noch nicht erfahren, nicht, ehe sie ganz sicher war.

»Was wirst du tun, Sam?« Er warf sich auf die Couch und grinste ihr zu. »Willst du wissen, was ich tun würde, wenn ich du wäre?«

»Nein.« Sie gab sich alle Mühe, streng auszusehen, aber er brachte sie immer zum Lachen. »Ich will meinen eigenen Entschluß fassen.«

»Das ist vernünftig. Mach bloß nicht den Fehler und erzähl deiner Mutter, was du in Erwägung ziehst. Sie würde dich wahrscheinlich in eine Irrenanstalt stecken.«

»Vielleicht hätte sie damit ja recht.«

»Kaum. Oder jedenfalls nicht deswegen.« Er lächelte Sam an und setzte sich gerade in dem Augenblick richtig hin, als Harveys Sekretärin in der Tür erschien. »Miss Taylor?«

»Ja?« Sam wandte sich ihr zu.

»Mr. Maxwell möchte Sie gerne sprechen.«

»Was, der große Gott höchstpersönlich?« Charlie schien beeindruckt und kehrte in sein Büro zurück, während Sam Harveys Sekretärin den Flur entlang folgte.

Als sie sein Büro erreichte, fand sie Harvey müde und nachdenklich vor. Ein Berg von Papieren bedeckte seinen Schreibtisch, und er warf Samantha nur einen flüchtigen Blick zu, während er ein paar Notizen schrieb.

»Hallo, Sam.«

»Hallo, Harvey, was gibt's?« Es verging noch eine Minute, ehe er seine Aufmerksamkeit Sam zuwandte. Doch er brachte zuerst die Höflichkeitsfloskeln hinter sich, ehe er zu dem eigentlichen Grund kam, warum er sie hatte rufen lassen.

»Wie war Thanksgiving?«

»Sehr schön. Und bei dir?«

»Auch schön. Wie hast du die Tage verbracht?« Es war eine schwerwiegende Frage, und Sam wurde plötzlich nervös.

»Mit den Petersons.«

»Schön. In ihrer Wohnung oder in deiner?«

»In meiner.« Aber es entsprach doch der Wahrheit, tröstete sie sich selbst. Schließlich gehörte die Ranch ja jetzt ihr.

»Das ist prima, Sam.« Er lächelte ihr zu. »Du schaffst das wirklich alles überraschend gut.«

»Danke.« Es war ein Kompliment, das ihr sehr viel bedeutete, und für einen Augenblick lächelten sie einander zu.

»Damit kommen wir darauf zu sprechen, warum ich dich heute morgen habe in mein Büro rufen lassen. Du hast mir deine Antwort noch nicht mitgeteilt.«

Er sah erwartungsvoll aus, und Samantha seufzte und sank in ihrem Stuhl zusammen.

»Ich weiß, Harvey ... es tut mir wirklich furchtbar leid, aber ich brauche einfach Zeit, um nachzudenken.«

»Ist es wirklich eine Entscheidung?« Er schien überrascht. Welche Wahl hatte sie schließlich auch? »Wenn du dir immer noch Sorgen machst wegen des Reisens ... du brauchst doch nichts weiter zu tun, als einen kompetenten Assistenten anzustellen.« Er grinste sie an. »So, wie ich es auch gemacht habe. Und dann geht alles wie von selbst. Mit dem Rest kannst du bestimmt fertig werden. Zum Teufel, Sam, du hast jetzt jahrelang meinen Job gemacht, und deinen obendrein!« Er scherzte, aber sie drohte ihm mit dem Finger.

»Endlich gibst du es zu! Ich sollte dich bitten, mir das schriftlich zu geben!«

»Nie im Leben. Komm schon, Sam, laß mich nicht länger zappeln. Gib mir endlich eine Antwort.« Er lehnte sich zurück und sah sie lächelnd an. »Ich möchte nach Hause.«

»Das Dumme daran ist, Harvey«, meinte sie mit traurigem Gesicht, »ich auch.«

Aber es war offensichtlich, daß er sie nicht verstand. »Aber das hier ist doch dein Zuhause, Sam.«

Langsam schüttelte sie den Kopf. »Nein, Harvey, ich habe gerade an diesem Wochenende festgestellt, daß es das eben nicht ist.«

»Bist du unglücklich bei Crane, Harper und Laub?«

Er sah sie ungläubig an. Diese Möglichkeit war ihm nie auch nur im entferntesten in den Sinn gekommen. Wollte sie damit etwa sagen, daß sie kündigen wollte?

Aber sie schüttelte hastig den Kopf. »Nein, ich bin nicht unglücklich. Nicht hier ... aber ... nun ... äh ... ich weiß nicht, ob ich es erklären kann, aber es hängt mit New York zusammen.«

»Sam.« Er machte eine Handbewegung, um sie zu unterbrechen. »Ich warne dich, wenn du gekommen bist, um mir zu sagen, daß du zu deiner Mutter nach Atlanta ziehen willst, dann werde ich verrückt. Ruf jetzt schon meinen Arzt an, wenn es das ist, was du mir zu erzählen hast.«

Als Antwort konnte sie nur lachen und wieder den Kopf schütteln.

»Nein, das ist es ganz bestimmt nicht.«

»Was dann?«

»Ich habe dich hingehalten, Harvey, und dir etwas verheimlicht.« Sie sah den Mann, der so lange Zeit ihr Chef gewesen war, schuldbewußt an. »Meine Freundin Caroline hat mir ihre Ranch hinterlassen.«

»Hat sie dir hinterlassen?« Er sah sie überrascht an. »Wirst du sie verkaufen?«

Vorsichtig schüttelte Samantha den Kopf. »Ich glaube nicht. Das ist es ja eben.«

»Du wirst sie doch wohl nicht behalten wollen, Sam? Was könntest du denn damit anfangen?«

»Eine ganze Menge.« Und als sie ihn jetzt ansah, wußte sie plötzlich die Antwort. »Ich muß es einfach tun. Vielleicht schaffe ich es nicht, vielleicht ist es zuviel für mich, vielleicht wird es ein schreckliches Fiasko, aber ich muß es wenigstens versuchen. Ich möchte daraus einen Ort machen, an dem ich behinderten Kindern das Reiten beibringe, ihnen beibringe, unabhängig zu sein, sich nicht nur in einem Rollstuhl fortzubewegen – sondern auf einem Pferd.« Harvey betrachtete sie nachdenklich. »Du hältst mich für verrückt, nicht wahr?«

Er lächelte traurig. »Nein, ich wünschte, du wärst meine Tochter. Denn dann würde ich dir Glück wünschen, dir mein ganzes Geld geben und dich ermutigen, es zu tun. Ich wünschte, ich könnte dir sagen, daß ich dich für verrückt halte, Sam, aber ich kann es nicht. Aber es ist etwas ganz anderes als der Posten eines *creative director* in der Madison Avenue. Bist du sicher, daß es das ist, was du dir wünschst?«

»Das Komische ist, daß ich mir nicht sicher war, bis eben, als ich dir davon erzählt habe. Aber jetzt weiß ich es, und ich bin sicher.« Und nach einem kleinen Seufzer: »Was wirst du jetzt mit dem Posten tun? Gibst du ihn Charlie?«

Er überlegte kurz und nickte dann.

»Ich glaube schon. Er wird gute Arbeit leisten.«

»Bist du sicher, daß du aufhören willst, Harvey?« Aber sie mußte zugeben, daß er einen entschlossenen Eindruck machte und daß sie an seiner Stelle dasselbe tun würde.

Er nickte und sah sie an. »Ja, Sam, ich bin sicher, so sicher wie du mit deiner Ranch. Ich weiß, daß ich mich zurückziehen will, aber es ist natürlich immer ein bißchen riskant mit dem Unbekannten. Du kannst nie sicher sein, daß du das Richtige tust.«

»Wahrscheinlich nicht.«

»Glaubst du, daß Charlie den Job annehmen wird?«

»Er wird begeistert sein.«

»Dann bekommt er ihn. So soll es wohl sein. Man muß fünfzehn Stunden am Tag arbeiten wollen, die Arbeit am Wochenende mit heimnehmen, sich die Ferien verderben lassen und beim Essen, Trinken und Schlafen an nichts als an Werbefilme denken. Und dazu habe ich einfach keine Lust mehr.«

»Ich auch nicht. Aber Charlie.«

»Dann erzähl ihm, daß er einen neuen Job hat. Oder soll ich es tun?«

»Würdest du es wirklich mir überlassen?« Es würde ihre letzte Handlung bei Crane, Harper und Laub sein, die ihr wirklich etwas bedeutete.

»Warum nicht? Du bist ja schließlich seine beste Freundin.« Und dann musterte er sie traurig. »Wann verläßt du uns?«

»Was würdest du vorschlagen?«

»Ich überlasse es dir.«

»Wie wäre es mit dem 1. Januar?« Das bedeutete in fünf Wochen, war also eine angemessene Kündigungsfrist. Harvey schien derselben Ansicht zu sein. »Dann hören wir gemeinsam auf. Maggie und ich kommen dich vielleicht sogar auf deiner Ranch besuchen. Mein vorgeschrittenes Alter sollte eine ausreichende Behinderung sein, um uns als Gäste zu qualifizieren.«

»Trottel.« Sie rollte ihren Stuhl um seinen Schreibtisch und küßte ihn auf die Wange. »So alt wirst du nie sein, Harvey, nicht einmal mit einhundertunddrei Jahren!«

»Also nächste Woche.« Er legte einen Arm um ihre Schultern und küßte sie. »Ich bin stolz auf dich, Sam. Du bist ein tolles Mädchen.« Und dann hüstelte er verlegen, kramte auf seinem Tisch herum und gab ihr ein Zeichen zu gehen. »Und nun verschwinde und sag Charlie, daß er einen neuen Posten hat.«

Ohne ein weiteres Wort verließ sie sein Büro und rollte den Flur entlang, das Gesicht zu einem breiten Lächeln verzogen. In der Tür zu Charlies Büro blieb sie stehen. Wie immer herrschte hier ein heilloses Durcheinander, und sie platzte gerade in dem Augenblick herein, als er versuchte, seinen Tennisschläger unter der Couch zu finden. Er hatte eine Verabredung zum Spiel in der Mittagspause, und alles, was er finden konnte, waren seine Bälle.

»Was suchst du? Ich weiß wirklich nicht, wie du in diesem Durcheinander überhaupt noch irgend etwas findest.«

»Hmm?« Er tauchte auf, aber nur kurz. »Oh, du bist es. Du hast nicht zufällig einen Tennisschläger übrig, oder?« Nur von Charlie konnte sie diese Art von Witzen hinnehmen.

»Klar. Ich spiele doch zweimal die Woche. Laufe auch Schlittschuh. Und nehme Tanzunterricht.«

»Ach, halt den Mund. Du bist abscheulich! Was ist los? Besitzt du überhaupt keinen Anstand? Keinen Geschmack?« Er betrachtete sie mit ironischer Wut, und sie mußte lachen.

»Wo wir gerade dabei sind, du würdest dir besser etwas davon aneignen. Du wirst es bald brauchen.«

»Was?« Er sah sie verständnislos an.

»Geschmack.«

»Warum? Ich hab' noch nie Geschmack gebraucht.«

»Du warst auch noch nie *creative director* einer großen Werbeagentur.« Er starrte sie an, ohne zu begreifen.

»Was sagst du da?« Sein Herz klopfte wild. Aber das konnte doch nicht sein. Harvey hatte seinen Job doch Samantha angeboten ... außer ... »Sam?«

»Sie haben mich schon richtig verstanden, *Mr. Creative Director*.« Sie strahlte ihn an.

»Sam?! ... Sam!« Er sprang auf die Füße. »Hat er ... bin ich? ...«

»Er hat. Und du bist.«

»Aber was ist mit dir?« Er schien schockiert. Hatten sie sie etwa übergangen? Wenn das der Fall war, dann konnte er den Posten nicht annehmen. Sie würden beide kündigen, könnten ja zusammen eine Agentur aufmachen, sie könnten ...

Sie sah, wie es in seinem Kopf arbeitete, und hob eine Hand. »Ganz ruhig. Der Job gehört dir. Ich gehe nach Kalifornien, Charlie, um eine Ranch für behinderte Kinder zu leiten. Und wenn du wirklich nett zu mir bist, dann lasse ich dich und die Kinder vielleicht im Sommer zu Besuch kommen und ...«

Er ließ sie nicht ausreden. Statt dessen lief er auf sie zu und umarmte sie fest. »Oh, Sam, du hast es wirklich getan! Du hast es getan! Wann hast du dich entschlossen?« Er war begeistert, wegen ihr ebenso wie wegen sich selbst. Fast wäre er wie ein Kind auf und ab gesprungen.

»Ich weiß es nicht.« Sie lachte, als er sie festhielt. »Ich glaube, gerade eben in Harveys Büro ... oder schon gestern abend im Flugzeug ... oder gestern morgen, als ich mit Josh gesprochen habe ... ich weiß nicht, wann es passiert ist, Charlie. Aber ich habe mich entschlossen.«

»Wann fährst du?«

»Wenn du deinen neuen Job kriegst. Am 1. Januar.«

»Mein Gott, Sam, meint er das wirklich ernst? *Creative director?* Aber ich bin doch erst fünfunddreißig.«

»Das macht nichts«, beruhigte sie ihn. »Du siehst aus wie fünfzig.«

»Donnerwetter, danke.« Er strahlte immer noch, als er nach dem Hörer griff, um seine Frau anzurufen.

33

»Und wie geht's? Wann eröffnet ihr?«

Charlie rief Sam jede Woche an, klagte über die viele Arbeit, die er hatte, und erkundigte sich nach den Fortschritten auf der Ranch.

»Wir eröffnen in zwei Wochen, Charlie.«

»Und wie? Wie eine Bank? Verteilt ihr Luftballons und Papierhüte?«

Sie lächelte in den Hörer. In den letzten fünf Monaten hatte er sie immer wieder ermutigt, denn es war wirklich eine lange, schlimme Zeit gewesen. Im Verlauf eines ganzen Lebens waren fünf Monate nichts, aber wenn man sechzehn und achtzehn Stunden täglich arbeitete, dann wurden zehn Jahre daraus. Sie hatten kleinere Gebäude abgerissen, neue Ställe errichtet, Hütten umgebaut, Rampen errichtet, einen Swimming-pool gebaut, das Vieh größtenteils verkauft, abgesehen von ein paar Kühen, die sie mit frischer Milch versorgen und den Kindern Freude machen sollten. Sam hatte Therapeuten eingestellt, Krankenpflegerinnen, Ärzte, und dazu hatte sie unweigerlich reisen müssen.

Sam war nach Denver geflogen, um den Arzt zu besuchen, der sie damals operiert hatte; sie war in Phoenix, Los Angeles und San Francisco gewesen, und schließlich noch in Dallas und Houston, um in jeder Stadt mit den führenden Orthopäden zu sprechen. Sie hatte eine Sekretärin angestellt, um das Reisen zu erleichtern und einen geschäftsmäßigen Eindruck zu erwecken. Sie wollte den Ärzten ihr Vorhaben erklären, damit sie ihre Patienten an sie überweisen würden. Die kranken Kinder sollten vier oder sechs Wochen auf der Ranch verbringen, damit sie wieder lernten, das Leben zu genießen und zu reiten. Im Zusammensein mit anderen Kindern mit ähnlichen Gebrechen sollten sie Unabhängigkeit von ihren Eltern erwerben und lernen, selbst für sich zu sorgen.

Bei ihren Besuchen zeigte Sam Fotos von der Ranch in ihrem ursprünglichen Zustand und Zeichnungen des Architekten, aus denen die geplanten Umbauten zu ersehen waren. Sie erklärte genau die Anlagen und die Pläne für die physikalische Therapie, konnte Referenzen ihrer Mitarbeiter und Referenzen von sich selbst vorweisen. Wohin sie auch kam, wurde sie herzlich empfangen, und die Ärzte waren beeindruckt. Jeder einzelne von ihnen verwies sie an andere Ärzte, die meisten luden sie in ihr Haus ein, wo sie ihre Frauen und Familien kennenlernen sollte. In Houston lehnte sie eine Verabredung dankend ab und gewann den Arzt dennoch für sich. Als sie ihre Reisen abgeschlossen hatte, war sie sicher, daß mindestens siebenundvierzig Ärzte in sechs Städten Patienten auf ihre Ranch überweisen würden.

Sie nannte sie immer noch die Lord Ranch und hatte auch zwei der alten Cowboys behalten. Josh wurde Vorarbeiter, wie versprochen. Sie hatte ihm eine Bronzeplakette geschenkt, die er an seiner Haustür anbringen konnte, und er war begeistert. Allerdings brauchte sie ein paar neue Rancharbeiter. Zusammen mit Josh hatte sie sie alle sehr sorgfältig geprüft, vor allem hinsichtlich ihrer Einstellung Kindern, Behinderten und Pferden gegenüber. Sie wollte niemanden, der zu alt, zu ungeduldig oder aber zu risikofreudig war. Allein die Einstellung der Männer kostete sie schon ganze zwei Monate. Jetzt endlich verfügte sie über ein Dutzend Arbeiter, zwei noch aus der alten Zeit und zehn neue.

Ihr Liebling unter ihnen war ein breitschultriger, gutaussehender, rothaariger »Jüngling«, wie Josh ihn nannte, mit grünen Augen namens Jeff. Er war schüchtern und verschlossen, wenn es um sein eigenes Leben ging, aber immer bereit, stundenlang mit ihr über die Ranch zu diskutieren. Seine Zeugnisse zeigten ihr, daß er in den letzten acht Jahren, seit seinem sechzehnten Lebensjahr – inzwischen war er vierundzwanzig – auf fünf Ranches in drei Staaten gearbeitet hatte. Als sie ihn fragte, warum, erklärte er nur, er sei mit seinem Vater viel herumgereist, aber jetzt sei er allein. Und als sie bei den beiden Ranches anrief, wo er zum Schluß gearbeitet hatte, riet man ihr dort, ihr möglichstes zu tun, um diesen Jungen zu halten; und wenn er nicht bei ihr bleiben wollte, dann sollte sie ihn zu ihnen zurückschicken. So wurde Jeff Pickett stellvertretender Vorarbeiter, und Josh war sehr zufrieden mit seinem neuen Team.

Das einzige Problem, das Sam eine Weile schwer belastete, war das Geld, das sie brauchte. Aber es ist erstaunlich, was alles passieren kann, wenn man sich etwas wirklich so von ganzem Herzen wünscht, wie sie es tat. Caroline hatte ihr eine kleine Summe hinterlassen; doch dieses Geld verschlangen die Veränderungen auf der Ranch schon innerhalb der ersten Wochen. Danach war der Verkauf des Viehs eine große Hilfe gewesen. Und schließlich hatte Josh eine Idee gehabt. Sie würden eine Menge der teuren Ranchausrüstung nicht mehr benötigen, Werkzeuge, Maschinen, Traktoren und Lastwagen, um das Vieh zu transportieren. Also verkaufte sie auch das und konnte von dem Erlös sechs neue Hütten und den Bau des Swimming-pools finanzieren. Danach sah sie sich nach Subventionen um, entdeckte drei bis dahin ungeahnte Geldquellen und bekam ein Darlehen von der Bank.

Erst einen Monat vorher hatte Harvey sie aus Palm Springs angerufen, wo er und Maggie Urlaub machten und er mit ein paar alten Freunden Golf spielte. Sie vereinbarten einen Besuch, und während dieses Besuchs hatte Harvey darauf bestanden, fünfzigtausend Dollar in die Ranch zu investieren. Es war genau die Summe, die sie noch brauchte, sogar ein bißchen mehr, und kam wie ein Geschenk des Himmels – was sie ihm auch erzählte, als er den Scheck ausstellte.

Damit waren die Hauptprobleme fürs erste beseitigt. In ein, zwei Jahren würde sie hoffentlich aus den roten Zahlen heraus sein, bis dahin müßte sich die Ranch selbst tragen. Sam wollte nicht reich werden mit dem, was sie tat. Sie wollte nur genug Geld verdienen, um in gesicherten Verhältnissen zu leben und die Ranch zu halten.

Das Eröffnungsdatum sollte, wie sie Charlie jetzt erzählte, der 7. Juni sein. Bis dahin sollten die restlichen Therapeuten eintreffen, außerdem erwartete sie noch ein paar neue Pferde. Alles war eingerichtet, der Swimming-pool war herrlich, die Hütten wirkten sehr einladend, und sie hatte bereits Anmeldungen von sechsunddreißig Kindern für die nächsten zwei Monate.

»Wann kann ich kommen?« fragte Charlie.

»Ich weiß nicht, Schatz, wann immer du willst. Oder, vielleicht ... laß mich nach der Eröffnung ein wenig Atem holen. Ich glaube, ich werde für einige Zeit alle Hände voll zu tun haben.«

Wie es sich später herausstellte, war dies eine unerhörte Untertreibung. Sam erstickte fast in der Arbeit. Nach der Eröffnung wurde sie unter ganzen Bergen von Papierkram förmlich begraben, es häuften sich Briefe von Ärzten und Anfragen von Eltern.

Die Nachmittage verbrachte sie damit, die Kinder zusammen mit Josh zu unterrichten. Von einem Teil der Subventionen hatten sie fünfzig Spezialsattel für die Kinder anfertigen lassen. Inzwischen hatte sie bereits das Geld für weitere fünfzig beantragt, die sie, wie sie vermutete, bald benötigen würden. Sams Geduld mit den Kindern war grenzenlos. In den Gruppen von zwei bis drei Kindern spielte sich immer das gleiche ab. Zuerst klammerten sie sich ängstlich am Sattelknopf fest. Dann setzte sich das Pferd langsam in Bewegung, von Josh geführt, und das Gefühl von grenzenloser Freiheit, das Gefühl, sich tatsächlich wieder selbst zu bewegen, überwältigte die Kinder derart, daß sie vor Freude kreischten. Und Sam selbst war jedesmal wieder froh und aufgeregt, wenn sie sie beobachtete; und von Zeit zu Zeit bemerkte sie, wie sich Josh oder einer der anderen Cowboys verstohlen die Tränen aus den Augen wischte.

Alle Kinder schienen sie zu lieben, und sie nannten sie, genau wie die alten Rancharbeiter vor über zwei Jahren, wegen des sonnengebleichten, hellen Haares Palomino.

»Palomino! ... Palomino!« hörte man es plötzlich überall auf der Ranch rufen, wenn sie in ihrem Stuhl umherrollte und die Kinder bei der Therapie überwachte, sie im Swimming-pool beaufsichtigte, oder sie beim Bettenmachen und Ausfegen der hübschen, kleinen Hütten kontrollierte. Sam behielt sie überall im Auge. Und abends in der großen Halle, in der jetzt immer alle zusammen aßen, gab es endlose Diskussionen darüber, wer neben ihr sitzen oder wer beim Lagerfeuer ihre Hand halten durfte.

Das älteste Kind auf der Ranch war ein sechzehnjähriger Junge, der bei seiner Ankunft mürrisch und feindselig war, nachdem er neunzehn Monate im Krankenhaus verbracht und zwölf Operationen durchgestanden hatte. Es war die Folge eines Motorradunfalls, bei dem sein älterer Bruder ums Leben gekommen war und er sich mehrfach das Rückgrat gebrochen hatte. Doch nach vier Wochen auf der Ranch war er wie ein neuer Mensch. Der rothaarige Jeff war sein Mentor, und die beiden Jungen hatten schnell miteinander Freundschaft geschlossen. Das jüngste Kind war ein siebenjähriges Mädchen, mit riesigen blauen Augen, das leicht weinte und lispelte. Sie hieß Betty und war ohne Beine geboren. Sie hatte immer noch ein bißchen Angst vor Pferden, hatte aber viel Spaß mit den anderen Kindern.

Der Sommer verging, und die Zahl der Kinder nahm zu. Manchmal wunderte Sam sich, daß der Umgang mit Behinderten sie nicht traurig stimmte. Es hatte eine Zeit in ihrem Leben gegeben, als nur Perfektion zählte. Damals hätte sie nicht gewußt, wie sie auch nur eines der Probleme anpacken sollte, die jetzt zu ihrem alltäglichen Leben gehörten: Kinder, die nicht mitarbeiten wollten, künstliche Gliedmaßen, die nicht paßten, Windeln für vierzehnjährige Jungen, Rollstühle, die klemmten, Schienen, die brachen, das alles erschien ihr zwar manchmal außergewöhnlich, aber am außergewöhnlichsten war, wie selbstverständlich es ein Teil ihres Lebens geworden war. Und ihr Gebet nach Kindern war erhört worden. Ende August hatte sie dreiundfünfzig.

Dann wurde eine weitere Erneuerung auf der Ranch eingeführt. Mit Hilfe einer Spende hatte sie einen besonders ausgerüsteten Lieferwagen gekauft und Absprachen mit der örtlichen Schule getroffen. Vom Labor Day an, also vom ersten Montag im September an, konnten die Kinder zur Schule gehen. Für viele von ihnen war es eine Eingewöhnung, wieder mit normalen Kindern zu lernen, und es war eine gute Anpassungsübung, ehe sie wieder in ihre Heimatstädte zurückkehrten. Es gab fast nichts, woran Sam nicht gedacht hatte, und als Charlie und Mellie Ende August kamen, waren sie erstaunt über das, was sie sahen.

»Hat irgend jemand schon einen Artikel über dich geschrieben, Sam?«

Charlie war entzückt, als er eine Gruppe von fortgeschrittenen Reitern beobachtete, die im leichten Galopp von den Hügeln zurückkehrten, wo sie den Nachmittag verbracht hatten. Die meisten Kinder liebten ihre Pferde und kamen gut zurecht. Denn die Tiere waren von Sam und Josh mit besonderer Sorgfalt ausgesucht worden nach Zahmheit und Gleichmäßigkeit im Schritt.

Sam schüttelte als Antwort auf Charlies Frage verneinend den Kopf. »Ich will keine Publicity, Charlie.«

»Warum nicht?« Er kam aus New York, mitten aus dem Strudel, und war dementsprechend überrascht.

»Ich weiß nicht. Ich glaube, es gefällt mir so, wie es ist. Schön und ruhig. Ich will nicht angeben. Ich will einfach bloß den Kindern helfen.«

»Ich würde sagen, das machst du auch.« Er strahlte sie an, während Mellie die kleine Sam die Straße entlangjagte. »Ich habe niemals Kinder gesehen, die so glücklich aussahen. Es gefällt ihnen, oder?«

»Ich hoffe.«

Und ob es ihnen gefiel, genau wie ihren Eltern, den Ärzten und den Menschen, die dort arbeiteten. Was Sam da erreicht hatte, war die Realisierung eines Traums. Es gab den Kindern all die Unabhängigkeit, die Sam ihnen zu geben gehofft hatte, gab den Eltern neue Hoffnung für ihre Kinder, den Ärzten eine Möglichkeit, den verstörten Eltern und Kindern einen neuen Weg zu zeigen, und den Menschen, die dort arbeiteten, zeigte es einen neuen Sinn in ihrem Leben, den sie nie zuvor erkannt hatten. Und meistens hatten sie Kinder, bei denen sich die Mühe auszahlte. Dann und wann gab es wohl auch einmal ein Kind, dem die freundlichsten, hingebungsvollsten Therapeuten und Berater, ja nicht einmal Sam mit ihren liebevollen Bemühungen helfen konnten. Es gab welche, die einfach noch nicht bereit waren, die keine Hilfe wollten, noch nicht, vielleicht aber auch nie. Es war schwer, das eigene Unvermögen in solchen Fällen zu akzeptieren, aber trotzdem taten alle ihr bestes, solange diese Kinder blieben.

Erstaunlich war vor allem, daß, trotz der Vielzahl von Behinderungen, mit denen sie zu tun hatten, auf der Ranch viel gelacht wurde, daß es ein glücklicher Ort war, erfüllt von fröhlichen Gesichtern und entzückten Ausrufen.

Sam selbst war in ihrem ganzen Leben noch nie so glücklich und entspannt gewesen. Wenn sie jetzt Rancharbeiter und andere Rancher traf oder neues Personal interviewte, stellte sie niemals andere Fragen als die, die zum Geschäft gehörten. Ihre endlose, hoffnungslose Suche nach Tate war endlich zu einem Abschluß gekommen. Und mit einem Gleichmut, der Charlie immer noch traurig stimmte, akzeptierte sie die Tatsache, daß sie für den Rest ihres Lebens allein bleiben, die Ranch führen und mit ihren Kindern zusammensein würde. Es schien alles zu sein, was sie sich wünschte, und dann und wann dachte sogar Josh, es sei eine Schande. Mit zweiunddreißig Jahren war sie eine außerordentlich schöne Frau, und es schmerzte ihn, daran zu denken, daß sie allein war. Doch keiner der Männer, die ihr über den Weg liefen, schien sie zu reizen, und sie achtete immer sorgfältig darauf, niemanden zu ermutigen, wenn sie alleinstehende Väter traf, neue Patienten, Therapeuten oder Ärzte. Man spürte, daß für Sam kein Liebesleben mehr existierte, daß das für sie eine verschlossene Tür war. Und doch war es schwer, Mitleid für sie zu empfinden, so wie sie lebte, umgeben von Kindern, die sie anbeteten und die sie aus ganzem Herzen liebte.

Es war an einem ungewöhnlich warmen Tag im Oktober, als sie in ihr Büro gerufen wurde, um ein neues Kind zu begrüßen, das in gewisser Weise eine Ausnahme war. Es war gerade von einem Richter in Los Angeles zur Lord Ranch geschickt worden, der davon gehört hatte. Die Kosten für den Aufenthalt sollten vom Gericht getragen werden. Sam wußte, daß der Junge an diesem Vormittag erwartet wurde. Sie wußte auch, daß es da besondere Umstände gab, die der Sozialarbeiter am Telefon angedeutet hatte und ihr bei der Ankunft näher erläutern wollte. Sie war neugierig auf den Neuankömmling, aber sie mußte am Morgen noch einige Arbeit mit Josh erledigen und wollte nicht in ihrem Büro warten. Es gab eine Menge zu tun, ehe die Kinder aus der Schule zurückkamen. Derzeit wohnten sechzig Kinder auf der Ranch. Im stillen hatte Sam bereits entschieden, daß die Höchstgrenze bei einhundertundzehn Gästen lag, aber vorläufig konnte die Zahl noch wachsen.

Als Jeff sie draußen fand, wo sie mit Josh sprach, machte er ein seltsames Gesicht, und als sie in ihr Büro zurückkehrte, sah sie, warum. In einem kleinen, schlechten Rollstuhl saß ein zusammengesunkenes blondes Kind mit riesigen, blauen Augen. Die Arme waren von blauen Flecken übersät, die Hände umklammerten einen zerlumpten Teddybär. Als Sam den Jungen sah, wäre sie fast vor Überraschung stehengeblieben, so verschieden war er von den anderen Kindern.

In den vergangenen Monaten hatte sie nur behinderte Kinder

gesehen. Sie hatten geweint und geschrien, sie hatten gestritten, sie hatten geschimpft, waren mürrisch bei der Ankunft. Sie wollten nicht zur Schule gehen, sie hatten Angst vor Pferden, sie sahen nicht ein, warum sie jetzt plötzlich ihre Betten selbst machen sollten. Aber sosehr sie auch nörgelten, bis sie sich schließlich anpaßten, sie hatten alle doch etwas gemein: Sie alle waren Kinder, um die man sich gekümmert hatte, die fast verhätschelt worden waren von Eltern, die sie liebten und denen das Schicksal ihrer Kinder fast das Herz gebrochen hatte. Nie zuvor war auf der Ranch ein Kind gewesen, das so offensichtlich ungeliebt war, so mißhandelt, geistig wie körperlich, wie dieses hier.

Als Sam ihren Stuhl näher zu dem Kleinen rollte und ihm die Hände entgegenstreckte, schreckte er vor ihr zurück und fing an zu weinen. Sie warf einen hastigen Blick auf den Sozialarbeiter, dann zurück auf das Kind, das immer noch seinen Teddy umklammerte, und meinte sanft:

»Ist ja schon gut, Timmie. Niemand will dir etwas tun. Ich heiße Sam. Und das ist Jeff.«

Sie deutete auf den jungen Rotschopf, aber Timmie kniff die Augen zusammen und schrie nur noch mehr.

»Hast du Angst?«

Es war kaum mehr als ein Wispern, mit ganz zärtlicher Stimme, und nach einer Minute nickte er und öffnete ein Auge.

»Ich hab' auch Angst gehabt, als ich zum ersten Mal hierhergekommen bin. Ehe ich krank wurde, bin ich die ganze Zeit geritten, aber zuerst hatte ich Angst, als ich hierherkam. Hast du auch davor Angst?«

Heftig schüttelte er den Kopf.

»Nicht?«

Wieder schüttelte er den Kopf.

»Wovor hast du denn dann Angst?« Er öffnete das zweite Auge und starrte sie entsetzt an. »Komm schon, du kannst es mir doch erzählen.«

Es war ein ganz leises Flüstern, während er sie immer noch anstarrte. »Vor dir.«

Sam war schockiert. Sie gab dem Sozialhelfer und ihrer Sekretärin ein Zeichen, sich zurückzuziehen. Langsam marschierten sie durchs Zimmer. »Warum hast du denn Angst vor mir, Timmie? Ich will dir doch nicht weh tun. Ich sitze doch auch im Rollstuhl, genau wie du.«

Er musterte sie eine Weile und nickte dann. »Wie kommt das?«

»Ich hatte einen Unfall.« Sie erzählte den Kindern nicht mehr, daß sie vom Pferd gefallen war. Das hätte ihre Aufgabe, ihnen das Reiten beizubringen, nur erschwert. »Aber jetzt geht es mir gut. Ich kann eine Menge Sachen tun.«

»Ich auch. Ich kann mir selbst mein Essen kochen.«

Mußte er das tun, fragte sie sich plötzlich. Wer war dieses Kind? Und warum war es so verängstigt und geschlagen?

»Was kochst du denn gern zum Essen?«

»Spaghetti. Die sind in Dosen.«

»Wir haben hier auch Spaghetti.«

Er nickte traurig. »Ich weiß. Im Gefängnis gibt es immer Spaghetti.«

Sams Herz flog dem kleinen Burschen zu, vorsichtig streckte sie die Hand aus und nahm seine. Diesmal ließ er es zu, obwohl er mit der anderen Hand immer noch seinen Bären umklammerte.

»Hast du geglaubt, das hier wäre ein Gefängnis?« Er nickte.

»Das ist es nicht. Es ist so etwas wie ein Ferienlager. Warst du schon mal in einem Ferienlager?«

Er schüttelte den Kopf, und sie stellte fest, daß er eher wie ein Vierjähriger aussah, obwohl sie wußte, daß er sechs Jahre alt war. Sie wußte auch, daß er im Alter von einem Jahr Kinderlähmung gehabt hatte. Als Folge davon konnte er seine Beine und seine Hüften nicht mehr gebrauchen.

»Meine Mami ist im Gefängnis«, berichtete er von sich aus.

»Das tut mir leid.«

Er nickte wieder. »Sie hat neunzig Tage gekriegt.«

»Bist du deshalb hier?« Wo war sein Vater ... seine Großmutter ... irgend jemand, der dieses Kind liebte? Es war der erste Patient, der sie traurig stimmte. Sie hätte am liebsten irgendwen geschüttelt für das, was man diesem Jungen angetan hatte. »Wirst du die ganze Zeit über bei uns bleiben?«

»Vielleicht.«

»Möchtest du gern lernen, wie man reitet?«

»Vielleicht.«

»Ich könnte es dir beibringen. Ich liebe Pferde, und wir haben ein paar wirklich hübsche. Du könntest dir eines aussuchen, das dir gefällt.« Im Moment gab es noch ein Dutzend, die frei waren. Jedes Kind ritt für die Dauer seines ganzen Aufenthaltes auf der Ranch immer dasselbe Pferd. »Nun, wie wäre das, Timmie?«

»Puh ... äh ... ja ...« Aber die ganze Zeit über starrte er nervös zu Jeff hinüber, der noch im Zimmer war. »Wer is das?«

»Das ist Jeff?«

»Is das 'n Bulle?«

»Nein.« Sie beschloß, ihm in seiner Sprache zu antworten. »Wir haben hier keine Bullen. Er hilft bloß bei den Pferden und Kindern mit.«

»Prügelt er die Kinder?«

»Nein.« Sie sah schockiert aus, und dann streckte sie die Hand aus und streichelte ihm übers Gesicht. »Niemand hier wird dir jemals weh tun, Timmie. Niemals. Das verspreche ich dir.«

Er nickte, aber es war offensichtlich, daß er es für eine Lüge hielt.

»Sag mal, wie wäre es, wenn du und ich für eine Weile zusammenblieben? Du könntest mir zusehen, wenn ich Reitunterricht gebe, und wir könnten schwimmen.«

»Hast du einen Swimming-pool?« Seine Augen begannen zu leuchten.

»Klar haben wir den.« Doch der erste Pool, in den sie ihn gern stecken wollte, war die Badewanne. Er war von Kopf bis Fuß dreckig und sah aus, als hätte er seit Wochen nicht mehr gebadet. »Möchtest du dein Zimmer sehen?«

Er zuckte die Achseln, aber sie konnte sehen, daß sich langsam Interesse entwickelte. Lächelnd übergab sie ihm ein Malbuch und ein paar Buntstifte und bat ihn zu warten.

»Wohin gehst du?« Mißtrauisch und verängstigt sah er sie an.

»Ich glaube, der Mann, der dich hergebracht hat, möchte, daß ich ein paar Papiere unterschreibe. Das werde ich tun, und dann bringe ich dich in dein Zimmer und zeige dir den Swimming-pool. Einverstanden?«

»Einverstanden.« Er widmete sich den Buntstiften.

Sam rollte durchs Zimmer, um sich mit dem Sozialhelfer im Büro ihrer Sekretärin zu treffen. Im Flüsterton bat sie dann Jeff zu bleiben.

Der Sozialhelfer war ein müder Mann Ende Vierzig. Er hatte in seinem Leben eine Menge gesehen, und die Lage dieses Kindes war auch nicht schlimmer als die der anderen. Aber für Sam war ein Kind in Timmies Verfassung etwas Neues.

»Großer Gott, wer hat sich denn um ihn gekümmert?«

»Niemand. Seine Mutter ist vor zwei Wochen ins Gefängnis gekommen, und die Nachbarn dachten, er wäre anderswohin gebracht worden. Die Mutter hat den Bullen nicht einmal von ihm erzählt, als sie sie abholten. Er hat einfach in der Wohnung gesessen, ferngesehen und sich aus Dosen versorgt. Wir haben mit seiner Mutter gesprochen.« Er seufzte und zündete sich eine Zigarette an. »Sie ist heroinsüchtig. Seit Jahren kommt sie immer wieder ins Gefängnis oder zur Entziehungskur, in Krankenhäuser und Gott weiß wohin sonst noch. Das Kind war ein Trick Baby und ist nie gegen irgend etwas geimpft worden. Daher auch die Kinderlähmung.« Der Sozialarbeiter sah verärgert aus, Sam dagegen verwirrt.

»Verzeihung, aber was, bitte, ist ein Trick Baby?« Für sie sah er nicht wie ein Trick, also eine Täuschung, aus. Dieses Kind war echt. Doch der Sozialarbeiter lächelte.

»Ich vergesse immer, daß es noch anständige Leute gibt, die solche Ausdrücke nicht kennen. Ein Trick Baby ist das Kind einer Prostituierten. Sie kennt den Vater nicht. Hübsch, nicht wahr?« Sam war nicht schockiert.

»Warum behält sie das Sorgerecht? Warum nehmen die Gerichte ihr das Kind nicht fort?«

»Das könnten sie wohl tun. Ich glaube, diesmal denkt der Richter auch wirklich daran. Ehrlich gesagt, sie überlegt auch, ob sie ihn nicht aufgeben soll. In ihren Augen ist sie eine der frühchristlichen Märtyrerinnen, die mit einem verkrüppelten Kind geschlagen ist. Und nachdem sie sechs Jahre lang für ihn gesorgt hat, reicht es ihr.« Er zögerte einen Moment und sah Sam dann in die Augen. »Ich kann es Ihnen genausogut auch gleich sagen. Hier liegt auch ein Fall von Kindesmißhandlung vor. Die blauen Flecken auf seinen Armen – da hat sie ihn mit einem Schirm geschlagen. Hätte dem Kind fast den Rücken gebrochen.«

»Oh, mein Gott, und sie denken immer noch daran, ihn ihr zurückzugeben?«

»Sie wird im Augenblick wieder rehabilitiert.« Er sagte es mit all dem Zynismus, den man sich in seinem Beruf aneignet. Nie zuvor war Sam mit einem solchen Problem konfrontiert worden.

»Hat er irgendwelche psychologische Hilfe erhalten?«

Der Sozialarbeiter schüttelte den Kopf. »Unserer Einschätzung nach ist er normal, abgesehen von seinen Beinen natürlich. Aber geistig ist er in Ordnung. So in Ordnung wie die alle.«

Sam wollte ihn anschreien, wollte ihn fragen, wie in Ordnung ein Kind sein konnte, das von seiner Mutter mit dem Schirm geschlagen wurde. Das Kind hatte Angst, soviel hatte sie bereits gesehen.

»Auf jeden Fall ist sie seit zwei Wochen im Gefängnis, und wenn man ihr einige Zeit wegen guter Führung erläßt und die abgesessene Zeit anrechnet, dann wird sie in zwei Monaten wieder draußen sein. Sie haben ihn also für sechzig Tage.« Wie ein Tier, wie ein Auto, gegen Leihgebühr. Leihen Sie sich ein Kind. Leihen Sie sich einen Krüppel. Sam wurde übel. »Und dann?«

»Sie bekommt ihn zurück. Es sei denn, das Gericht trifft eine andere Entscheidung oder sie will ihn nicht. Ich weiß nicht, vielleicht könnten Sie ihn als Pflegekind behalten, wenn Sie wollen.«

»Könnte er nicht von einer ordentlichen Familie adoptiert werden?«

»Nicht, ehe sie auf das Sorgerecht verzichtet, und dazu kann man sie nicht zwingen. Außerdem«, meinte er achselzuckend, »wer wird schon ein Kind im Rollstuhl adoptieren? Wie Sie die Sache auch betrachten, der wird in einer Anstalt landen.« Im Gefängnis, also wie Timmie selbst es schon gesagt hatte. Was für ein scheußliches Leben für einen Sechsjährigen.

Sam schien bekümmert, als der Sozialarbeiter zur Tür ging. »Wir freuen uns, daß wir ihn hier haben. Und ich behalte ihn auch länger, wenn es nötig ist. Ganz gleich, ob das Gericht dafür aufkommt oder nicht.«

Der Sozialarbeiter nickte.

»Geben Sie uns Bescheid, wenn Sie Probleme haben sollten. Wir können ihn immer noch ins Fürsorgeheim stecken, bis sie frei ist.«

»Ist das nicht wie ein Gefängnis?« Sam sah ihn entsetzt an, und wieder zuckte er die Schultern.

»Mehr oder weniger. Was, glauben Sie, könnten wir sonst mit ihnen machen, während die Eltern im Gefängnis sitzen? Sie ins Ferienlager schicken?« Er merkte gar nicht, daß sie genau das gerade getan hatten.

Sam wendete ihren Rollstuhl und kehrte in ihr eigenes Büro zurück, wo Timmie eine Seite aus dem Malbuch gerissen hatte und schonungslos mit einem braunen Stift darauf herumschmierte.

»Okay, Timmie, alles klar.«

»Wo ist der Bulle?« Er hörte sich an wie ein kleiner Verbrecher, und Sam lachte.

»Fort. Und er ist kein Bulle, sondern ein Sozialarbeiter.«

»Das ist dasselbe.«

»Nun, auf jeden Fall bringen wir dich jetzt in dein Zimmer.«

Sie versuchte, seinen Stuhl für ihn in Gang zu setzen, doch er klemmte alle paar Meter. Eine der beiden Seiten war abgefallen. »Wie kommst du mit diesem Ding bloß jemals irgendwohin, Timmie?«

Er sah sie mit einem seltsamen Blick an. »Ich gehe nie aus.«

»Nie?« Wieder schien sie entsetzt. »Nicht einmal mit deiner Mutter?«

»Die nimmt mich nie mit. Sie schläft viel. Sie ist immer schrecklich müde.«

Das möchte ich wetten, dachte Sam. Wenn sie heroinsüchtig war, dann mußte sie verteufelt viel geschlafen haben.

»Verstehe. Nun, mir kommt es jedenfalls so vor, als ob du erst einmal einen neuen Stuhl brauchst.« Das war allerdings ein

Problem, denn für die Kinder hatten sie keine zusätzlichen Rollstühle. Aber Sam hatte einen kleinen, für Notfälle, in ihrem Lieferwagen. »Ich habe noch einen, den du vorübergehend benutzen kannst. Er wird dir ein bißchen zu groß sein, aber morgen kaufen wir dir einen neuen. Jeff!« Sie lächelte dem jungen Rotschopf zu, »kannst du meinen zusätzlichen Rollstuhl holen? Er ist hinten in meinem Wagen.«

»Klar.« Fünf Minuten später kam er zurück, und Timmie wurde in den großen, grauen Stuhl gesetzt. Sam rollte neben ihm her und half ihm mit den Hebeln.

Als sie an den anderen Gebäuden vorbeirollten, erklärte sie ihm alles, und sie blieben ein paar Minuten bei den Koppeln stehen, damit er sich die Pferde anschauen konnte. Er starrte auf eines der Pferde, dann auf Sams Haar. »Das sieht aus wie du.«

»Ich weiß. Ein paar der anderen Kinder nennen mich Palomino. Das Pferd ist ein Palomino.«

»Und du bist das auch?« Einen Augenblick schien er amüsiert.

»Manchmal tue ich gern so, als wäre ich es. Tust du manchmal auch so, als wärst du etwas anderes?«

Traurig schüttelte er den Kopf. Dann fuhren sie in sein Zimmer. Jetzt war sie besonders dankbar und froh, daß sie ihm dieses Zimmer aufgehoben hatte. Es war groß und sonnig und ganz in Blau und Gelb gehalten. Auf dem Bett lag eine große Tagesdecke in fröhlichen Farben, und an den Wänden hingen gerahmte Zeichnungen von Pferden.

»Wem gehört das?« Er sah wieder verängstigt aus, als sie ihn in das Zimmer rollte.

»Dir. Während du hier bist.«

»Mir?« Seine Augen wurden so groß wie Untertassen. »Ist das dein Ernst?«

»Klar ist das mein Ernst.«

In dem Zimmer stand ein Schreibtisch ohne Stuhl, eine Kommode, ein kleiner Tisch, wo er spielen konnte, außerdem hatte er sein eigenes Bad. Über einen Lautsprecher konnte er, wenn er Hilfe von draußen brauchte, einen der Helfer erreichen, die sich immer in der Nähe aufhielten.

»Gefällt es dir?«

Alles, was er sagen konnte, war: »Wow!«

Sie zeigte ihm die Kommode und erklärte ihm, daß er darin seine Sachen verstauen konnte.

»Welche Sachen?« Verständnislos sah er sie an. »Ich habe keine Sachen.«

»Hast du denn keine Kleidung mitgebracht?« Und plötzlich wurde ihr bewußt, daß sie nichts dergleichen gesehen hatte.

»Nee.« Er blickte auf das fleckige T-Shirt hinab, das einmal blau gewesen war. »Das ist alles, was ich hab'. Und Teddy.« Er drückte den Bären fest an sich.

»Ich will dir was sagen«, Sam warf einen Blick auf Jeff, ehe sie wieder Timmie ansah, »wir werden dir jetzt erst mal was ausleihen, und später fahre ich in die Stadt und kauf' dir ein Paar Jeans und so'n Zeug. Okay?«

»Klar.« Es schien ihn nicht sonderlich zu beeindrucken, er war glücklich mit seinem Zimmer.

»Und jetzt zu deinem Bad.«

Sie rollte sich in das sonnige Badezimmer und drehte den Wasserhahn auf, nachdem sie einen Hebel betätigt hatte, der den Abfluß verschloß. Alles war extra bequem installiert worden. Die Toilette hatte Haltegriffe an beiden Seiten. »Und wenn du die Toilette benutzen willst, dann mußt du nur auf diesen Knopf drücken, und sofort wird jemand kommen und dir helfen.«

Er starrte sie an, verstand überhaupt nichts. »Warum muß ich denn ein Bad nehmen?«

»Weil es etwas Schönes ist.«

»Badest du mich?«

»Ich könnte es Jeff tun lassen, wenn du möchtest.« Sie wußte nicht, ob er sich mit sechs Jahren vielleicht genierte. Doch er schüttelte heftig den Kopf.

»Nein! Du!«

»Also gut.«

Für sie war das etwas Neues. Es hatte nur zehn Monate gedauert, bis sie gelernt hatte, selbst zu baden, aber ein Kind vom Rollstuhl aus zu baden, das war etwas anderes.

Sie schickte Jeff fort, um Kleider zu holen, die Timmie passen könnten, rollte ihre Ärmel auf und forderte ihn auf, sich in die Wanne zu setzen. Doch als er ausrutschte und sie versuchte, ihn zu halten, fanden sie sich beinahe beide auf dem Boden wieder. Als es ihr schließlich gelang, ihn in die Wanne zu setzen, war sie selbst durch und durch naß. Und als sie ihn wieder aus der Wanne gezogen hatte, schaffte sie es gerade noch, ihn in den Rollstuhl zu setzen, ehe sie das Gleichgewicht verlor und aus ihrem eigenen fiel. Plötzlich saß sie auf dem Boden, sah zu ihm auf und lachte und lachte, und auch er lachte aus seinem Stuhl zu ihr hinunter.

»Ganz schön albern, was?«

»Ich dachte, du wolltest mir beibringen, wie man es macht.«

»Nun, es gibt hier andere Leute, die das tun.« Sie zog sich selbst vorsichtig von dem feuchten Boden hoch und setzte sich zurück in ihren Stuhl.

»Und was machst du?«

»Ich bringe den Kindern das Reiten bei.«

Er nickte, und sie fragte sich im stillen, was er dachte. Vor allem war sie dankbar, daß er keine Angst mehr vor ihr zu haben schien. Als Jeff ihnen die Sachen brachte, die er in den verschiedenen Hütten ausgeliehen hatte, sah Timmie fast wie ein neues Kind aus. Sam selbst war klatschnaß von seinem Bad und mußte ins Haus zurückkehren, um sich umzuziehen.

»Willst du mitkommen und dir mein Haus ansehen?«

Zögernd nickte er, und nachdem sie ihm geholfen hatte, sich anzuziehen, fuhr sie voraus. Jetzt führte eine sanft geneigte, leicht zugängliche Rampe in das Große Haus. Er folgte ihr ins Wohnzimmer und dann den Flur entlang in ihr Schlafzimmer, wo sie ein Paar frische Jeans und ein Hemd aus dem Schrank zog, der ganz neu für sie gebaut worden war. Carolines altes Zimmer war noch immer ihr bestes Gästezimmer, aber sie benutzte es fast nie und besuchte es so selten wie möglich. Es schmerzte sie immer noch, es so leer, ohne ihre alte Freundin, zu sehen.

»Du hast ein schönes Haus.« Timmie sah sich interessiert um. Auch den Bären hatte er wieder mitgebracht. »Wer schläft in den anderen Zimmern?«

»Niemand.«

»Hast du denn keine Kinder?« Er schien überrascht.

»Nein. Abgesehen von all den Kindern, die hier bei mir auf der Ranch leben.«

»Hast du 'nen Mann?« Es war eine Frage, die ihr viele der Kinder stellten. Sam lächelte immer und sagte nein, und damit war die Sache erledigt.

»Nee.«

»Warum nicht? Du bist hübsch.«

»Danke. Ich hab' eben keinen.«

»Willst du heiraten?«

Sie seufzte leise, als sie das hübsche, blonde Kind ansah. Er war wirklich sehr hübsch, vor allem jetzt, in frisch gewaschenem Zustand. »Ich glaube nicht, daß ich heiraten möchte, Timmie. Ich führe irgendwie ein besonderes Leben.«

»Meine Mami auch.« Er nickte verständnisvoll, und Sam war zuerst schockiert, lachte dann aber. Nur konnte sie nicht sagen: »Nicht so eines.«

Sie versuchte, ihm ihre Ansichten zu erklären. »Ich glaube einfach, ich hätte nicht genug Zeit für einen Mann, mit der Ranch und euch Kindern hier.«

Aber er musterte sie aufmerksam und deutete dann auf ihren Rollstuhl. »Ist es deswegen?«

Diese Frage traf sie wie ein Schlag, denn es war die Wahrheit. Aber sie konnte es nicht zugeben, nicht ihm gegenüber, niemandem gegenüber, nicht einmal vor sich selbst.

»Nein, nicht deswegen.«

Doch fragte sie sich, ob er wußte, daß sie log. Ohne ihm Zeit zu geben, ihr noch weitere Fragen zu stellen, rollte sie ihn wieder nach draußen. Sie besuchten die Stallungen und die Haupthalle, betrachteten zwei Kühe und fuhren dann zum Swimming-pool, wo sie vor dem Essen schnell noch ein wenig mit ihm schwamm.

Um diese Zeit waren an diesem Oktobertag nur ein paar der jüngeren Kinder auf der Ranch. Die anderen waren alle in der Schule, zu der sie der große, umgebaute Schulbus gefahren hatte, den Sam gekauft hatte, um die Kinder dorthin bringen zu lassen.

Aber die Kinder, die in der Nähe waren, begrüßten Timmie herzlich und interessiert, und als um halb vier die anderen zurückkamen, war er gar nicht mehr schüchtern. Er sah zu, wie sie ihren Reitunterricht bekamen, in ihren Rollstühlen auf den Swimmingpool zustürzten und auf den breiten, gepflasterten Wegen Fangen spielten. Timmie lernte Josh kennen und schüttelte ihm ernst die Hand.

Den Nachmittag über beobachtete er Samantha bei all ihren Stunden. Als sie fertig war, war er immer noch da.

»Du bist immer noch da, Timmie? Ich dachte, du wärst in dein Zimmer zurückgegangen.«

Er schüttelte bloß den Kopf und klammerte sich immer noch mit aufgerissenen Augen an seinen Teddy.

»Willst du vor dem Abendessen noch mit zu mir kommen?«

Er nickte und griff nach ihrer Hand, und Hand in Hand rollten sie in das Große Haus zurück, wo sie ihm Geschichten vorlas, bis die große alte Schulglocke ertönte und sie zum Essen rief.

»Darf ich bei dir sitzen, Sam?«

Wieder einmal sah er verängstigt aus, und sie beruhigte ihn. Sie vermutete, daß er nach dem langen ersten Tag auf der Ranch jetzt müde war. Er saß neben ihr am Tisch, gähnte laut, und noch ehe der Nachtisch auf dem Tisch stand, sah sie, daß sein kleines Kinn auf seine Brust gesunken und er in einer Ecke des großen, grauen Rollstuhles zusammengesunken war. Den Teddybären hielt er immer noch fest umklammert. Sam lächelte zärtlich, nahm ihre dicke Jacke und legte sie ihm wie eine Decke über. Dann verließ sie den Tisch, um ihn in sein Zimmer zu bringen. Mit einer einzigen vorsichtigen Bewegung hob sie ihn dort aus seinem Stuhl aufs Bett. Ihre eigenen Arme waren durch ständiges Üben sehr kräftig geworden. Sie zog ihn aus, während er sich sachte bewegte, löste seine Schienen, wechselte seine Windeln, schaltete das Licht aus und strich ihm zärtlich über das weiche, blonde Haar.

Für einen kurzen Augenblick mußte sie plötzlich an Charlies Kinder denken, an die süßen Gesichter und die großen blauen Augen, und plötzlich fiel ihr auch das heftige Verlangen ein, die

Sehnsucht, die sie verspürt hatte, als sie ihr jüngstes Baby, die kleine Samantha, zum erstenmal in den Armen gehalten hatte. Sie dachte auch daran, daß sie damals gewußt hatte, daß dies ein Wunsch war, der sich für sie nie erfüllen würde. Als sie jetzt auf Timmie herabschaute, fühlte sie, wie ihr Herz ihm entgegenflog, und sie hatte plötzlich ein Gefühl, als wäre er ihr eigenes Kind.

Er bewegte sich ein wenig, als sie ihn auf die Stirn küßte, und flüsterte: »Gute Nacht, Mami ... ich hab' dich lieb ...« Und plötzlich schossen ihr die Tränen in die Augen. Das waren Worte, für die sie ihr Leben gegeben hätte. Mit gesenktem Kopf rollte sie aus der Hütte und schloß die Tür hinter sich.

34

Am Ende seines ersten Monats auf der Ranch ritt Timmie auf einem hübschen kleinen Palomino. Die Stute hieß Daisy, und er liebte sie, wie jeder kleine Junge sein erstes Pferd liebt. Doch viel mehr als das Pferd liebte er Samantha, mit einer Leidenschaft, die jeden durch ihre Heftigkeit und Stärke überraschte. Jeden Morgen erschien er an der Tür des Großen Hauses, klopfte und wartete darauf, daß sie öffnete. Manchmal dauerte es länger, manchmal kürzer, denn manchmal war sie noch im Bett, und dann wieder machte sie schon Kaffee. Sobald er sie sah, erhellte sich sein Gesicht, als ginge plötzlich die Sonne auf, und wenn er den Stuhl, den sie ihm gekauft hatte, ins Haus fuhr, sah er sich immer um wie ein junger Hund, der die Nacht über draußen bleiben mußte. Dann unterhielten sie sich immer ein wenig. Manchmal erzählte er ihr, was er geträumt hatte oder von kleinen Begebenheiten beim Frühstück, oder er sprach von seinem Palomino, zu dem er schon gefahren war, um ihn zu begrüßen. Und Samantha erzählte ihm, was sie an diesem Morgen tun würde, sie unterhielten sich über seinen Reitunterricht, und ein- oder zweimal erkundigte sie sich, ob er seine Meinung wegen der Schule geändert hätte. Doch was das anging, blieb er hartnäckig. Er wollte auf der Ranch bleiben, nicht mit den anderen zur Schule gehen, und Samantha beabsichtigte, ihm zumindest in den ersten Monaten Gelegenheit zu geben, sich einzugewöhnen.

Die blauen Flecken von den Schlägen seiner Mutter waren schon längst verblaßt. Der Sozialarbeiter kam einmal in der Woche, um zu sehen, wie es Timmie ging. Am Ende des Monats schaute er ungläubig von Timmie zu Samantha, von Samantha zu Timmie, ganz offensichtlich zutiefst erstaunt.

»Was, um Himmels willen, haben Sie mit ihm angestellt?« fragte er sie, als sie schließlich allein waren. Timmie von Sam fortzubringen war keine leichte Aufgabe, aber sie hatte ihn losgeschickt, um nach Daisy zu sehen und um Josh auszurichten, daß sie in ein paar Minuten reiten würden. Sam wollte dem Sozialarbeiter zeigen, wie viel ihr Schützling gelernt hatte. »Er sieht aus wie ein ganz neues Kind.«

»Er ist auch ein neues Kind«, erklärte Sam stolz. »Er ist ein Kind, das geliebt wird, und das sieht man ihm an.«

Doch der Sozialarbeiter blickte sie traurig an: »Wissen Sie eigentlich, wie schwer Sie es mir machen?«

Sie dachte, er machte Witze, und wollte schon lächeln. Doch dann erkannte sie, daß es ihm Ernst war, und zog die Brauen zusammen.

»Wie meinen Sie das?«

»Wissen Sie, was es für ihn bedeuten wird, in eine Wohnung in einer Mietskaserne zurückzukehren, zu einer drogensüchtigen Mutter, die ihn mit alten Crackers und Bier versorgt?«

Sam holte tief Luft und starrte aus dem Fenster. Sie wollte ihm etwas sagen. Aber sie wußte nicht, ob es der richtige Zeitpunkt war.

»Ich wollte schon mit Ihnen darüber sprechen, Mr. Pfizer.« Sie wandte sich wieder zu ihm um. »Was gibt es für Möglichkeiten, ihn nicht wieder zurückzuschicken?«

»Und hierzubehalten?« Sie nickte, aber er schüttelte schon den Kopf. »Ich glaube kaum, daß der Richter damit einverstanden wäre. Im Augenblick zahlt das Gericht dafür, aber es war bloß eine Art Versuch, wissen Sie...«

»Das meine ich nicht.«

Sie holte noch einmal tief Luft und beschloß, eine klare Frage zu stellen. Was konnte sie schon verlieren? Nichts! Und sie könnte alles gewinnen ... alles ... zum drittenmal in ihrem Leben hatte Sam sich verliebt. Und diesmal nicht in einen Mann, sondern in einen sechs Jahre alten Jungen. Sie liebte ihn, wie sie nie zuvor einen Menschen geliebt hatte, mit einer Tiefe und Stärke, derer sie sich nie für fähig gehalten hatte. Es war, als hätte man ihr Herz angebohrt wie einen Brunnen, als wäre sie in der Lage, alles zu geben, was in ihrem Innern verborgen war. Und es war noch viel Liebe in ihr, nachdem sie von zwei Männern verlassen worden war, eine Menge, die sie noch zu verschenken hatte. Und jetzt gehörte ihre Liebe Timmie, und ihr ganzes Herz.

»Was wäre, wenn ich ihn adoptieren würde?«

»Verstehe.« Der Sozialarbeiter ließ sich schwer in einen Sessel fallen und betrachtete Samantha. Es gefiel ihm nicht, was er da sah. Er konnte erkennen, daß sie das Kind liebte. »Ich weiß nicht, Miss Taylor. Ich möchte Ihnen keine falschen Hoffnungen machen. Seine Mutter möchte ihn vielleicht immer noch haben.«

Ein seltsamer Glanz trat in Sams Augen. »Welches Recht hat sie dazu, Mr. Pfizer, wenn ich fragen darf? Wenn ich mich recht erinnere, hat sie ihn geschlagen, ganz abgesehen von ihrer Drogensucht ...«

»Ja, ja, ... ich weiß.« O Gott! Das konnte er nun wirklich nicht brauchen, nicht heute – eigentlich überhaupt nie. Menschen, die dachten wie Sam, wurden nur verletzt. Die Wahrheit war, daß Timmies Mutter ihn höchstwahrscheinlich behalten durfte, ob diese Idee nun Sam gefiel oder nicht. »Tatsache ist nun einmal, daß sie die leibliche Mutter des Jungen ist. Und die Gerichte geben sich die allergrößte Mühe, um das zu respektieren.«

»Wie weit gehen sie?« Ihre Stimme klang gleichzeitig verängstigt und kühl. Es war erschreckend, an die Möglichkeit einer Trennung zu denken, nachdem sie es sich erlaubt hatte, diesem Kind ihre ganze Liebe zu schenken.

Der Sozialarbeiter sah sie traurig an. »Ehrlich gesagt – die Gerichte gehen sehr weit in diesen Bemühungen.«

»Könnte ich nichts tun?«

»Doch.« Er seufzte. »Sie könnten einen Anwalt nehmen und gegen die Mutter klagen, wenn sie ihn immer noch behalten will. Aber Sie könnten verlieren ... und wahrscheinlich werden Sie verlieren.« Und dann dachte er daran, sie nach dem Kind zu fragen. »Wie ist es mit dem Jungen? Haben Sie ihn schon gefragt? Das könnte vor Gericht wichtig sein, auch, wenn er noch sehr jung ist. Für eine leibliche Mutter stände die Sache immer günstig, wenn das Kind zu ihr wollte, ganz gleich, wie kaputt sie ist. Wissen Sie, das Schlimmste dabei ist ja, jetzt, wo der Staat ihr die Chance einer Rehabilitation gibt, können wir wirklich nicht sagen, sie wäre nicht in Ordnung. Wenn wir das tun, geben wir damit zu, daß unsere ganze Rehabilitation nicht funktioniert – was sie wirklich nicht tut. Aber es ist fast so eine Situation wie in ›Catch 22‹. Verstehen Sie, was ich meine?«

Sam nickte vage.

»Was ist mit dem Jungen? Haben Sie ihn gefragt?« Sie schüttelte den Kopf. »Warum nicht?«

»Ich werde es tun.«

»Gut. Rufen Sie mich anschließend an. Wenn er zu seiner Mutter zurückkehren will, sollten Sie ihn lassen. Aber wenn er hierbleiben möchte ...« Er brach ab, dachte nach. ».. Ich werde selbst mit seiner Mutter sprechen. Vielleicht macht sie Ihnen überhaupt keine Probleme.« Er brachte ein schwaches Lächeln zustande. »Ich hoffe um Ihretwillen, daß sie es uns leichtmacht. Der Junge wäre hier bei Ihnen bestimmt besser aufgehoben.«

Das war eine Untertreibung, aber Sam sagte nichts. Tatsache war, daß Timmie überall besser aufgehoben war als bei seiner Mutter, und Sam war entschlossen, das Kind mit all ihrer Kraft zu beschützen.

Anschließend gingen sie hinaus, um Timmie reiten zu sehen. Und wie es auch Eltern passierte, die ihren Kindern zum erstenmal dabei zusahen, mußte Martin Pfizer, der verhärtete, müde, alte Sozialarbeiter, sich verstohlen eine Träne aus dem Auge wischen. Es war unglaublich, welche Veränderung mit Timmie vorgegangen war. Er war hübsch, blond und sauber, glücklich, lachte die ganze Zeit, sah Sam mit einem Ausdruck unverhohlener Bewunderung an, und er war sogar witzig. Und das Seltsamste von allem war, daß er sogar äußerlich aussah wie Sam.

Als Martin Pfizer am Ende des Tages fortfuhr, flüsterte er Sam zu, während er ihren Arm drückte: »Fragen Sie ihn, und dann rufen Sie mich an.« Er fuhr Timmie durchs Haar, schüttelte Sams Hand und winkte noch ein letztes Mal zum Abschied, als er davonbrauste.

Als Sam Timmie nach dem Abendbrot in sein Zimmer zurückbrachte, fragte sie ihn, während sie seinen Schlafanzug zuknöpfte und die Schienen fortnahm: »Timmie?«

»Ja?«

Sie wandte sich ihm zu. Etwas in ihrem Innern zitterte. Was war, wenn er nun nicht wollte? Wenn er zu seiner Mutter zurückkehren wollte? Sie war sich nicht sicher, ob sie die Zurückweisung ertragen könnte, aber sie mußte ihn fragen. Und das wäre dann erst der Anfang.

»Weißt du, ich habe über etwas nachgedacht.« Interessiert und abwartend sah er sie an. »Ich habe mich gefragt, was du wohl davon halten würdest, hierzubleiben ... weißt du.« Es war entsetzlich. Sie hatte sich keine Vorstellung davon gemacht, daß es so schwierig sein würde, ihn zu fragen, »für immer ... meine ich ...«

»Du meinst, hier bei dir bleiben?« Seine Augen in dem kleinen, sonnengebräunten Gesicht wurden riesig.

»Ja. Genau das meine ich.«

»Oh, wow!«

Doch als er das sagte, wußte sie, daß er sie nicht verstanden hatte. Er dachte, sie meinte einfach einen ausgedehnteren Besuch, und ahnte nicht, daß das bedeuten würde, seine Mutter nie wiederzusehen.

»Timmie ...« Seine Arme lagen jetzt um ihren Hals, aber sie schob ihn zurück, damit sie sein Gesicht sehen konnte. »Ich meine nicht einfach so wie die anderen Kinder hier.« Er schien verwirrt. »Ich meine ... ich meine ...« Es war fast wie ein Heiratsantrag. »Ich möchte dich adoptieren, wenn du das auch willst. Aber du mußt es auch wirklich wollen. Ich würde niemals etwas tun, was du nicht willst.« Sie mußte gegen die aufsteigenden Tränen kämpfen, und er starrte sie überrascht an.

»Heißt das, du willst mich haben?« Er schien überrascht.

»Natürlich will ich das, du Dummkopf.« Sie umarmte ihn fest, und Tränen liefen über ihr Gesicht. »Du bist das liebste kleine Kind der Welt.«

»Und was ist mit meiner Mami?«

»Ich weiß nicht, Timmie. Das wäre das Schwere daran.«

»Würde sie mich besuchen kommen?«

»Ich weiß nicht. Vielleicht könnten wir es so einrichten, aber ich glaube, das würde es für uns alle nur noch schwerer machen.« Sie war ehrlich mit ihm, wußte, daß sie es sein mußte. Es war ein großer Schritt, den er da machen sollte.

Aber er sah verängstigt aus, als sie wieder in sein Gesicht hinabschaute, und sie spürte, daß er zitterte. »Würde sie kommen und mich schlagen?«

»Oh, nein! Das würde ich nie zulassen.«

Und dann fing er plötzlich an zu weinen und erzählte ihr Dinge, die er ihr nie zuvor erzählt hatte, über seine Mutter, was sie ihm angetan hatte. Als er alles losgeworden war, lag er völlig erschöpft in Sams Armen, aber er hatte keine Angst mehr. Und nachdem sie die Decke bis an sein Kinn hochgezogen hatte, saß sie über eine Stunde im Dunkeln neben ihm, sah einfach zu, wie er schlief, und ließ ihren Tränen freien Lauf. Das letzte, was er gesagt hatte, ehe ihm die Augen zufielen, war gewesen: »Ich möchte dir gehören ...« Und mehr hatte sie gar nicht hören wollen.

35

Am nächsten Morgen rief Sam Martin Pfizer an und erzählte ihm, was Timmie gesagt hatte. Sie erzählte ihm auch ein wenig von den anderen Sachen, die sie erfahren hatte, von den Schlägen und der Vernachlässigung – Dinge, die er während einer langen, traurigen Zeit für sich behalten hatte. Pfizer schüttelte am anderen Ende der Leitung resigniert den Kopf.

»Es tut mir leid, das sagen zu müssen, aber es überrascht mich nicht. Aber in Ordnung, ich werde sehen, was ich für Sie tun kann!«

Schon am nächsten Tag wußte er, daß er nichts tun konnte. Er hatte zwei Stunden mit der Frau verbracht, hatte versucht, vernünftig mit ihr zu reden, hatte sich mit dem für sie zuständigen Rechtsbeistand unterhalten, aber er wußte, es war sinnlos, noch mehr zu sagen. Schweren Herzens fuhr er an diesem Abend zu Samantha, die er allein in dem Großen Haus antraf.

»Sie will nicht, Miss Taylor. Ich habe alles versucht. Mit Vernunft, Drohungen, aber sie will ihn behalten.«

»Warum? Sie liebt ihn nicht.«

»Sie glaubt, daß sie es tut. Sie hat mir stundenlang von ihrem Vater und ihrer Mutter erzählt, davon, daß ihr Vater sie geschlagen hat, daß ihre Mutter sie ausgepeitscht hat. Das ist das einzige, was sie kennt.«

»Aber sie wird ihn umbringen!«

»Vielleicht. Vielleicht auch nicht. Aber es gibt überhaupt nichts, was wir tun können, bis sie es versucht.«

»Aber ich kann mich um das Sorgerecht bemühen?« Sams Hand zitterte, als sie auf seine Antwort wartete.

»Ja. Das bedeutet aber nicht, daß Sie eine große Chance haben. Sie ist seine leibliche Mutter, Miss Taylor. Sie sind eine alleinstehende Frau, und ein ... ein behinderter Mensch. Und das sieht vor Gericht nicht gut aus.«

»Aber sehen Sie doch nur, was ich schon für ihn getan habe. Sehen Sie sich das Leben an, das er hier führen könnte.«

»Ich weiß. Für Sie und für mich ist das vernünftig, aber das wird so etwas wie ein Präzedenzfall werden, und Sie müssen den Richter überzeugen. Suchen Sie sich einen Anwalt, Miss Taylor, und versuchen Sie es. Aber Sie müssen realistisch sein. Sehen Sie es als einen Versuch an. Wenn Sie verlieren, verlieren Sie den Jungen, wenn Sie gewinnen, bekommen Sie ihn.«

War er verrückt? Verstand er denn nicht, daß sie Timmie liebte und er sie?

»Danke.« Ihre Stimme klang eiskalt. Als er gegangen war, raste sie ein halbes dutzendmal durchs Zimmer, murmelte vor sich hin und dachte nach, und es machte sie wahnsinnig, daß sie bis zum Morgen warten mußte, ehe sie etwas unternehmen konnte.

Als Timmie am nächsten Morgen auftauchte, erteilte sie ihm eine ganze Reihe von Aufträgen, die er für sie erledigen mußte, damit sie Carolines alten Anwalt anrufen und fragen konnte, ob er sie an jemanden verweisen könnte, der diesen Fall vielleicht übernehmen würde.

»Ein Sorgerechtsfall, Samantha?« Er klang überrascht. »Ich wußte nicht, daß Sie Kinder haben.«

»Hab' ich auch nicht.« Sie lächelte grimmig in den Hörer. »Noch nicht.«

»Verstehe.« Aber das tat er natürlich nicht. Immerhin gab er ihr die Namen von zwei Anwälten in Los Angeles, von denen er gehört hatte. Er kannte keinen von ihnen persönlich, versicherte ihr aber, daß ihr Ruf ausgezeichnet sei.

»Danke.«

Als sie dort anrief, machte der erste Anwalt gerade Urlaub auf Hawaii, und der andere sollte am folgenden Tag aus dem Osten des Landes zurückkehren. In seinem Büro sagte man ihr, er werde zurückrufen. Sam verbrachte die nächsten vierundzwanzig Stunden wie auf heißen Kohlen, während sie auf seinen Anruf wartete. Und er rief an, wie seine Sekretärin versprochen hatte, pünktlich um fünf Uhr nachmittags.

»Miss Taylor?«

Die Stimme war tief und wohlklingend, sie hätte nicht sagen können, ob er jung oder alt war. So knapp und präzise wie möglich erklärte sie ihm ihr Problem, erzählte ihm, was sie tun wollte und was Timmie wollte, was der Sozialarbeiter gesagt hatte und von Timmies Mutter.

»O Gott, da haben Sie sich wirklich ein Problem aufgeladen, was?« Doch es hörte sich an, als hätte er Interesse an dem Fall. »Wenn Sie nichts dagegen haben, würde ich gerne zu Ihnen kommen und mir den Jungen einmal ansehen.«

Sie hatte ihm erzählt, daß sowohl sie als auch der Junge an den Rollstuhl gefesselt waren. Außerdem hatte sie geschildert, was sie auf der Ranch taten und wie gut Timmie sich eingelebt hatte.

»Ich nehme an, ein großer und wichtiger Teil Ihres Falles hängt von der Umgebung ab. Und darum sollte ich die sehen, wenn ich vernünftig argumentieren will. Das heißt natürlich nur, wenn Sie sich entschließen, daß ich Ihren Fall übernehmen soll.«

Bisher hatte ihr gefallen, was er gesagt hatte.

»Was haben Sie bei diesem Fall für ein Gefühl, Mr. Warren?«

»Nun, warum unterhalten wir uns nicht morgen ausführlich darüber? Vom ersten Eindruck bin ich nicht sehr optimistisch, aber dies könnte einer jener emotionsgeladenen Fälle sein, die gegen die juristische Praxis gelöst werden.«

»Mit anderen Worten, ich habe keine Chance. Wollten Sie das sagen?« Ihr Mut sank.

»Das stimmt nicht ganz. Aber es wird nicht leicht sein. Nun, ich gehe davon aus, daß Sie das bereits wissen.«

Sie nickte.

»Ich habe mir das schon gedacht, nach dem, was der Sozialarbeiter gesagt hat. Aber es scheint mir nicht sehr sinnvoll, verdammt noch mal! Wenn diese Frau drogenabhängig ist und ihr Kind mißhandelt, warum zieht man dann überhaupt noch die Möglichkeit in Betracht, ihr das Sorgerecht für Timmie zu lassen?«

»Weil sie seine leibliche Mutter ist.«

»Ist das wirklich genug?«

»Nein. Aber wenn er Ihr Sohn wäre, würden Sie dann nicht auch alles ausnutzen, um ihn zu behalten, ganz gleich, wie verrückt und elend Sie dran sind?«

Samantha seufzte. »Und was ist mit dem Wohl des Kindes?«

»Das wird unser bestes Argument, Miss Taylor. Und jetzt erzählen Sie mir, wo Sie wohnen, und ich komme Sie morgen besuchen. Route 12, sagten Sie? Mal sehen, wie weit ist das entfernt von ...«

Sie gab ihm eine genaue Beschreibung, und er erschien am folgenden Tag gegen Mittag mit einem dunkelgrünen Mercedes.

Der Anwalt trug eine dunkelbraune Hose und ein beiges Kaschmirjackett, eine teure Seidenkrawatte und ein sehr geschmackvolles cremefarbenes Hemd, seine Uhr war von Piaget. Er war ein Mann Mitte Vierzig, mit grauem Haar und stahlblauen Augen. Sein voller Name war Norman Warren. Samantha konnte ein Lächeln nicht unterdrücken, als sie ihn sah. Sie hatte zu viele Jahre mit Menschen gearbeitet, die genauso aussahen wie er. Sie streckte ihm vom Rollstuhl aus die Hand entgegen und grinste.

»Verzeihen Sie, aber sind Sie aus New York?« Sie mußte es einfach wissen. Er lachte laut auf.

»Zum Teufel, ja. Woher wissen Sie das?«

»Ich auch. Aber man sieht das nicht mehr.« Immerhin trug sie heute zu ihren Jeans einen zartlila Pulli statt der üblichen Flanellhemden, und ihre dunkelblauen Cowboystiefel waren brandneu.

Sie schüttelten sich die Hand und tauschten Freundlichkeiten aus. Dann führte sie ihn ins Große Haus, wo sie Sandwiches und Kaffee vorbereitet hatte. Außerdem gab es noch heißen Apfelstrudel, den sie aus der Haupthalle stibitzt hatte, als sie wenige Minuten zuvor Timmie dorthin begleitet hatte. Er war sehr wütend darüber gewesen, daß sie ihn allein ließ, aber sie hatte ihm erklärt, daß sie zum Mittagessen im Großen Haus einen Erwachsenen erwartete.

»Warum kann ich den nicht auch treffen?« hatte er schmollend gefragt, als sie ihn mit Josh und der Handvoll Kinder zurückließ, die nicht zur Schule gingen. Sie alle sahen in Timmie so etwas wie einen Glücksbringer. Er war der Jüngste auf der Ranch, und er sah Samantha so ähnlich, daß sie ihn alle irgendwie als ihren Sohn ansahen – und sie selbst tat das natürlich auch.

»Du wirst ihn schon noch sehen. Aber ich möchte zuerst mit ihm reden.«

»Worüber?«

»Geschäfte.« Sie grinste ihn an, als Antwort auf die Frage, die er nicht auszusprechen wagte. »Nein, er ist kein Bulle!«

Timmie brach in sein helles Lachen aus.

»Woher hast du gewußt, was ich gedacht habe?«

»Weil ich dich kenne, du Dummkopf. Und jetzt iß.« Er war dann mit den anderen fortgegangen, laut schimpfend, weil sie Eintopf vom Vortag essen mußten. Sie hatte ihm versprochen, ihn zu holen, wenn sie mit ihrer geschäftlichen Unterredung fertig wären.

Als Sam später mit Norman Warren beim Essen saß, erzählte sie ihm alles, was sie über das Kind wußte.

»Darf ich ihn sehen?« fragte er schließlich, und sie gingen zur Haupthalle, um Timmie zu suchen.

Warren blickte sich interessiert um und musterte hin und wieder verstohlen die bezaubernd schöne Frau in dem lila Pullover, die ganz gelassen in ihrem Rollstuhl saß. Die Anwesenheit auf der Ranch an sich war schon eine neue Erfahrung für Norman Warren. Die Atmosphäre dieses Ortes, die glücklichen Menschen, die ihn umgaben, ließen ihn schon erkennen, daß das, was Samantha getan hatte, ein Erfolg war.

Und sein Erstaunen wurde schier grenzenlos, als er Timmie kennenlernte, als er zusah, wie er mit Joshs Hilfe sein Palominopferd bestieg, wie Sam neben ihm auf Pretty Girl ritt, als die anderen aus der Schule heimkehrten und ihren Unterricht erhielten. Norman Warren verließ die Ranch erst nach dem Abendbrot, und er tat es mit Bedauern.

»Ich möchte für immer hierbleiben.«

»Tut mir leid, aber ich kann Sie nicht adoptieren.« Samantha lachte mit ihm. »Und glücklicherweise sind Sie nicht qualifiziert, als Patient bei uns aufgenommen zu werden. Aber wann immer Sie wollen, kommen Sie einfach vorbei und besuchen Sie uns, reiten Sie mit uns. Wir würden uns freuen.« Er sah verblüfft aus und flüsterte fast: »Ich habe schreckliche Angst vor Pferden.«

Und sie flüsterte zurück: »Wir könnten Sie heilen.«

Wieder halblaut: »Nein, das könnten Sie nicht. Ich würde Sie nicht lassen.«

Beide lachten, und er fuhr davon. Sie hatten sich geeinigt. Sie würde ihm zehntausend Dollar zahlen, dafür sollte er sie im Prozeß vertreten. Sie mochte ihn sehr gern, und er schien Timmie zu mögen, und es gab allen Grund zu hoffen, daß sie wenigstens eine kleine Chance hatte zu gewinnen. Und wenn sie nicht gewann, konnte sie in Berufung gehen. Er betonte mehrmals, daß es nicht leicht sein würde, aber auch nicht unmöglich. Denn eine Menge Fakten, die an das Gefühl der Richter appellieren würden, sprachen für sie, darunter nicht zuletzt die tiefe Liebe, die zwischen ihr und Timmie bestand. Zudem bestand die Möglichkeit, daß die Tatsache, daß sie und der Junge beide in Rollstühlen saßen, Sympathie für sie erwecken würde, anstatt gegen sie zu arbeiten. Doch das mußte sich erst noch zeigen. Am nächsten Morgen würde Mr. Warren jedenfalls in Los Angeles die Klage einreichen. Sie hatte die Papiere noch am Nachmittag unterzeichnet, und sie wollten so schnell wie möglich einen Prozeß anstreben.

»Glaubst du, er kann uns helfen, Sam?« Timmie sah traurig zu ihr auf, als sie ihn in sein Zimmer zurückbrachte. Sie hatte ihm erklärt, wer Norman Warren war und was er vorhatte.

»Ich hoffe es, Liebling. Wir müssen abwarten.«

»Was, wenn nicht?«

»Dann entführe ich dich, und wir verstecken uns in den Bergen.« Sie machte Witze, aber seine Augen funkelten, als sie die Tür zu seinem Zimmer aufstieß und Licht machte.

»Toll!«

Erst als sie das Zimmer verließ, stellte sie sich dieselbe Frage ... was wäre, wenn es mißlang ... aber er mußte es schaffen ... er mußte diesen Fall für sie gewinnen. Sie könnte es nicht ertragen, Timmie zu verlieren. Doch als sie schließlich in ihr eigenes Zimmer zurückkehrte, war sie selbst davon überzeugt, daß das nie geschehen würde.

36

Sie verbrachten gemeinsam ein friedliches Weihnachtsfest, und zum erstenmal in seinem Leben erlebte Timmie es so, wie Kinder es sich erträumen. Es gab Geschenke, hoch aufgetürmt in Schachteln und Kästen: Sachen zum Anziehen, Spiele, Puzzles, einen leuchtendroten Feuerwehrwagen und dazu einen Helm, den er aufsetzen konnte, und sogar ein paar Sachen, die Sam selbst für ihn gemacht hatte. In der Haupthalle stand ein großer Weihnachtsbaum inmitten von Geschenken. Es gab Spielzeug für alle Kinder, die dageblieben waren. Einer der Helfer hatte sich, auf ihren Vorschlag hin, als Weihnachtsmann verkleidet.

Sam und Josh erinnerten sich an das Jahr, in dem Tate Jordan Weihnachtsmann gewesen war. Die Erinnerung an den Mann, den sie immer noch sehr liebte, an den Augenblick, als er den Weihnachtsengel auf die Spitze des Christbaumes steckte, kehrte schmerzhaft zurück. Plötzlich fielen ihr so viele Dinge von Tate und von John ein, John, an den sie jetzt eigentlich kaum noch jemals dachte. John und Liz hatten noch ein Kind bekommen, das wußte sie, und Liz war schließlich vom Sender gekündigt worden, weil sie so langweilig war. John Taylors Karriere ging immer noch steil bergauf, aber wenn sie ihn – was nur höchst selten vorkam – zufällig auf dem Bildschirm sah, dann fand sie ihn künstlich und leer, zu hübsch, und außerdem schrecklich langweilig, und sie fragte sich, warum er sie je interessiert hatte. Es schien erstaunlich, da verschwanden elf Jahre ihres Lebens, und sie kümmerte sich nicht einmal darum. Wenn sie dagegen an Tate dachte, war das etwas anderes.

»Sam ... darf ich dir eine verrückte Frage stellen?« fragte Josh sie, als sie ein wenig abseits standen und zusahen, wie die Kinder ihre Geschenke auspackten.

»Klar. Was denn?« Aber sie wußte es schon.

»Warst du in Tate Jordan verliebt?«

Sie blickte Josh in die Augen und nickte langsam mit dem Kopf.

»Ja, das war ich.«

»Ist er darum von hier fort?«

»Ich nehme es an. Ich vermute, er hatte beschlossen, die Probleme nicht zu lösen. Und ich habe ihm erklärt, daß ich keine Lust hätte, dasselbe Spielchen zu treiben wie Caro und Bill. Aber er glaubte, eine Dame dürfte einen Rancharbeiter nicht lieben. Jedenfalls nicht nach außen.« Sie sah traurig aus, als sie das sagte.

»Also ging er fort.«

»Ich dachte mir schon, daß so etwas dahintersteckte.«

»Und dann hat er durchgedreht, als er herausfand, wer mein ehemaliger Mann war ... dachte, er wäre nicht genug für mich, oder so etwas Dummes ...«

»Scheiße.« Josh sah auf der Stelle wütend aus. »Er war zehnmal soviel wert wie dieser Mistkerl. Oh ...« Sein Gesicht lief rot an. »Tut mir leid, Sam ...«

Sie kicherte. »Braucht es nicht. Ich habe gerade dasselbe gedacht.«

»Und er hat dir nie auch nur geschrieben oder so?«

»Nein. Ich glaube, ich habe ihn auf jeder Ranch in diesem Land gesucht, habe ihn aber nie gefunden.«

Wieder sah Josh traurig aus, als er Sam ansah. »Es ist wirklich eine verdammte Schande, Sam. Er war ein guter Mann, und ich habe immer gedacht, daß er dich liebt. Vielleicht taucht er eines Tages wieder auf, bloß, um Bill oder Caroline guten Tag zu sagen, und findet dann dich hier vor.«

Mit schmerzlich verzerrtem Gesicht schüttelte Sam den Kopf. »Ich hoffe nicht. Das wäre ein entsetzlicher Schock für ihn.«

Sie sprach auf ihre Beine an, aber diesmal schüttelte Josh den Kopf.

»Glaubst du, es würde ihm etwas ausmachen?«

»Das ist egal, Josh. Mir würde es etwas ausmachen. Das ist jetzt alles für mich vorbei. Ich habe statt dessen die Kinder.«

»In deinem Alter, Sam? Sei nicht albern. Wie alt bist du? Achtundzwanzig, neunundzwanzig?«

Sie grinste den alten Mann an. »Josh, ich liebe dich. Ich bin dreiunddreißig.

»Das ist für mich alles dasselbe. Warte mal ab, bis du neununfünfzig bist und wie du dich dann fühlst.«

»Wenn man dich so ansieht – wahrscheinlich ganz gut.«

»Süßholzraspler. Aber mir gefällt das.« Er grinste sie an, doch dann wurde sein Gesicht wieder ernst. »Was du da über Tate erzählst, ist aber wirklich Quatsch. Und außerdem ist es auch ganz egal, ob es sich um Tate oder sonst jemanden handelt. Du bist einfach zu jung, verdammt, um die alte Jungfer zu spielen.« Und dann kniff er die Augen zusammen und senkte die Stimme. »Die Wahrheit ist, Sam, daß du ein verdammter Lügner bist. Du verbringst deine ganze Zeit damit, diesen armen Kindern beizustehen, daß sie nicht wie Krüppel leben oder denken müssen, aber tief in deinem Innern denkst du genauso.« Damit hatte er einen wunden Punkt getroffen, aber sie sagte nichts, während ihr Blick wieder über die Kinder schweifte. »Das ist die Wahrheit, Sam ... verdammt noch mal, das ist die Wahrheit. Ich habe gesehen, wie dieser Anwalt aus Los Angeles dich neulich angesehen hat. Du gefällst ihm als Frau, verdammt, und denkst du auch nur einmal ein wenig an ihn? Nein, zum Teufel, du verhältst dich genau wie eine glückliche, alte Dame und bietest ihm Tee an.«

»Was ist denn schon Schlechtes an Tee?« grinste sie.

»Nichts, aber es ist falsch, wenn du so tust, als wärest du keine Frau von dreiunddreißig mehr.«

»Paß bloß auf, Josh« – sie versuchte, ihn anzufunkeln – »wenn wir das nächste Mal allein sind, falle ich vielleicht über dich her.«

Und mit diesen Worten warf sie ihm eine Kußhand zu und rollte zu den Kindern. Es war ihre Art, ihm zu zeigen, daß sie nichts mehr davon hören wollte. Er war ihr ein wenig zu nahe getreten.

Sie brauchten alle zwei Tage, um sich von den Aufregungen des Weihnachtsfestes zu erholen. Es gab nicht einmal Reitunterricht. Nur vereinzelt ritt eine Gruppe in die Berge, aber Sam und Timmie waren nicht dabei. Sie verbrachten sehr viel Zeit allein miteinander, als hätten sie beide das Bedürfnis, einander nahe zu sein. Die Verhandlung war für den 28. Dezember angesetzt.

»Hast du Angst?«

In der Nacht vor der Verhandlung sollte Timmie in ihrem kleinsten Gästezimmer schlafen, gleich neben ihrem eigenen Zimmer, und sie steckte ihn gerade ins Bett.

»Wegen morgen?« Ihr Gesicht war dem seinen nahe, und sie berührte es sanft mit ihrer langen, schlanken Hand. »Ein bißchen. Und du? Hast *du* Angst?«

»Ja.« Sie sah erst jetzt, daß seine großen blauen Augen mit Angst und Schrecken erfüllt waren. »Sehr sogar. Was ist, wenn sie mich schlägt?«

»Das erlaube ich ihr nicht.«

»Und wenn sie mich einfach mitnimmt?«

»Das wird sie nicht.«

Aber was war, wenn sie ihn mitnehmen durfte? Dieses Schreckgespenst verfolgte Samantha, und sie konnte ihm nicht versprechen, daß es nicht passieren würde. Sie wollte nicht lügen. Sie hatte ihm schon erzählt, daß sie in Berufung gehen würde, wenn sie verlieren würden – wenn er das wollte. Und sie hatte ihm auch versichert, daß, wenn er lieber mit seiner Mami zusammen wäre, das auch in Ordnung wäre. Es zerriß ihr fast das Herz, ihm diese Möglichkeit offenzulassen, aber sie wußte, daß sie es tun mußte. Sie wollte ihn seiner eigenen Mutter nicht stehlen. Sie wollte, daß er freiwillig, aus ganzem Herzen zu ihr kommen würde.

»Es wird alles gut, Liebling, du wirst sehen.«

Aber sie sah nicht annähernd so zuversichtlich aus, als Josh am nächsten Tag ihre beiden Rollstühle die Rampe zum Landgericht in Los Angeles hinaufschob. Sie und Timmie hielten sich krampfhaft an der Hand, und als sie in ihren Rollstühlen in den Fahrstuhl geschoben wurden, fühlten sie sich beide unwohl, bis Josh sie wieder herausholte.

Norman Warren wartete direkt vor dem Gerichtssaal auf sie. Er trug einen dunkelblauen Anzug und wirkte sehr seriös, genau wie Sam. Sie trug ein hübsches, blaßblaues Wollkleid, ein Überbleibsel aus ihrer New Yorker Zeit, einen passenden hellblauen Mohairmantel und schlichte schwarze Lederschuhe von Gucci. Auch für Timmie hatte sie, extra für diese Gelegenheit, neue Kleider gekauft, eine marineblaue Hose mit passendem Jackett, dazu einen hellblauen Rollkragenpullover, der zufällig genau zu Sams Kleid paßte. Sie sahen wirklich aus wie Mutter und Sohn, als sie wartend dort saßen. Wieder einmal fiel Norman Warren die große Ähnlichkeit der beiden auf, das blonde Haar, dieselben blauen, riesigen Augen.

Das Verfahren fand in einem kleinen Gerichtssaal statt. Der Richter zeigte hinter seiner Brille ein ruhiges Lächeln, als er eintrat. Er *tat* sein möglichstes, Timmie nicht einzuschüchtern, blickte ihn freundlich an und nahm an einem nur wenig erhöhten Tisch Platz, der weniger eindrucksvoll war als die Tische, hinter denen er in anderen Gerichtssälen präsidierte.

Der Richter war ein Mann Anfang Sechzig, der schon seit vielen Jahren für Fragen des Sorgerechts zuständig war. In Los Angeles bewunderte man ihn wegen seiner Fairneß, seiner Freundlichkeit Kindern gegenüber; mehr als einmal hatte er Kinder vor einer unglücklichen Adoption bewahrt. Er empfand tiefen Respekt gegenüber Kindern und ihren leiblichen Müttern und ermutigte die meist in Tränen aufgelösten Frauen oft, sich ihren Entschluß noch einmal reiflich zu überlegen, ehe sie ihr Baby zur Adoption freigaben. Viele der Frauen waren wiedergekommen und hatten sich bei ihm bedankt, und das war etwas, woran er sich immer, auch nach seiner Pensionierung, erinnern würde.

Er betrachtete Timmie lange mit Interesse, sah dann Samantha an, ihren Anwalt, und ein paar Minuten später die kleine, zerbrechlich wirkende junge Frau, die mit ihrem Anwalt in den Gerichtssaal huschte.

Sie trug einen grauen Rock und eine weiße Bluse, und sie sah eher aus wie ein Schulmädchen als wie eine Drogenabhängige oder eine Nutte. Und erst jetzt erfuhr Sam, daß sie zweiundzwanzig Jahre alt war. Sie war von einer zerbrechlichen Schönheit, die vermuten ließ, daß sie nicht allein mit dem Leben fertig wurde. Man hatte sofort den Wunsch, freundlich zu ihr zu sein, sie zu verwöhnen und zu beschützen. Deswegen hatte auch Timmie immer Mitleid mit ihr, nachdem sie ihn geschlagen hatte. Sie sah dann immer selbst so verletzt und bestürzt aus. Darum verzieh er ihr, verspürte sogar den Wunsch, ihr zu helfen, anstatt Hilfe von ihr zu erwarten.

Das Gericht wurde zur Ordnung gerufen, die Akten wurden dem Richter übergeben, obwohl es unnötig war, denn er hatte alle vorliegenden Dokumente bereits am Vortag studiert. Am Anfang erklärte er, daß es ein interessanter Fall war, weil es sich um ein behindertes Kind und eine behinderte Adoptivmutter handelte, doch was das Gericht berücksichtigen sollte, und was das Ziel eines jeden von ihnen sein sollte, war das Wohl des Kindes. Der Richter bot an, daß das Kind draußen wartete, aber Sam und Timmie hatten das bereits besprochen. Er hatte erklärt, daß er im Gerichtssaal bleiben wollte, er wollte nicht »von den Bullen weggebracht werden«. Sie hatte ihn beruhigt und ihm erklärt, er könne mit Josh draußen warten, aber er beharrte auf seinem Entschluß, bei ihr zu bleiben. Jetzt fiel ihr auf, daß er seinen Blick nie zu seiner Mutter wandern ließ, als hätte er Angst davor, sie zu sehen, ihre Anwesenheit anzuerkennen. Er klammerte sich an Sams Hand, die Augen auf den Richter geheftet.

Der Gegenanwalt rief Timmies Mutter als seine erste Zeugin auf, und als Sam ihr voll ins Gesicht sah, erkannte sie, wogegen sie anzukämpfen hatte. Sie hatte ein süßes Gesicht und erzählte mit sanfter Stimme eine von Anfang bis Ende traurige Geschichte und versicherte, daß sie diesmal ihre Lektion begriffen und nichts anderes getan hätte, als Psychologiebücher zu lesen, um mehr über sich selbst zu erfahren und ihrem geliebten Kind helfen zu können. Timmie hielt die Augen gesenkt, solange sie sprach, und hob den Blick erst wieder, als sie den Zeugenstand verließ. Sams Anwalt erklärte, er wolle sie später ins Kreuzverhör nehmen.

Dann wurde der nächste Zeuge aufgerufen, ein Psychiater, der Timmies Mutter untersucht hatte – im Auftrag des Landes – und der sie als warmherzige, gefühlvolle junge Frau beschrieb, die eine unglückliche Jugend hinter sich hatte. Er erklärte, sie seien der Meinung, daß sie nicht die Absicht gehabt hätte, ihr Kind zu verletzen, sondern unter großem finanziellen Druck gestanden hätte. Er versicherte, daß sich das jetzt, da sie in einem großen Hotel in der Innenstadt arbeiten würde, bessern würde. Norman

Warren stellte den Psychiater als Dummkopf dar und deutete an, daß sie im Hotel die ideale Gelegenheit hätte, sich Freier auszusuchen. Die Bemerkung wurde aus dem Protokoll gestrichen, Norman Warren wurde verwarnt und der Zeuge aus dem Zeugenstand entlassen.

Es wurden noch zwei weitere Sachverständige in den Zeugenstand gerufen, dann ein Arzt, der die Heilung der Mutter bestätigte und erklärte, daß sie in keiner Weise mehr drogenabhängig sei. Und schließlich erschien ein Priester, der sie kannte, seit sie elf Jahre alt war. Ja, er hatte sogar Timmie getauft, und er erklärte, er wäre sich absolut sicher, daß das Kind zu seiner Mutter gehörte, die es aufrichtig liebte. Bei diesen Worten drehte sich Sam fast der Magen um, sie umklammerte Timmies Hand, die sie die ganze Zeit festgehalten hatte.

Nachdem der Priester den Zeugenstand verlassen hatte, unterbrach man die Verhandlung zum Mittagessen. Norman hatte sie alle ins Kreuzverhör genommen, außer der Mutter selbst und dem Priester. Er wollte Timmies Mutter am Nachmittag in den Zeugenstand rufen, erklärte Sam jedoch, daß er nicht die Absicht hätte, die katholische Kirche anzugreifen.

»Warum nicht?«

»Der Richter ist Katholik, meine Liebe. Außerdem, wie könnte ich das, was der Mann sagt, widerlegen? Wir sind besser dran, wenn wir den in Ruhe lassen.«

Ansonsten war es ihm gelungen, alle anderen ein wenig fragwürdig erscheinen zu lassen. Er befragte sie fast mit einem Ausdruck der Belustigung und des Hohns, als wäre ihre Zeugenaussage schon dadurch zweifelhaft, daß sie mit der Frau selbst in Verbindung standen.

Das war jedoch alles harmlos im Vergleich zu der Art und Weise, in der er Timmies Mutter ins Verhör nahm. Auf ein Zeichen von Sam hatte Josh den Jungen aus dem Saal gerollt. Dieser protestierte zwar in heiserem Flüsterton, aber Samantha ließ ihm keine Wahl, warf ihm eine Kußhand zu und wandte sich wieder um, um zu sehen, was geschah. Das Mädchen stand zitternd auf, und schon ehe sie anfing zu sprechen, begann sie zu weinen.

Und es war zugegebenermaßen schwierig, sich dieses gebrechliche Kind als die Übeltäterin in der ganzen Geschichte vorzustellen. Dennoch wurde klargestellt, daß sie im Alter von zwölf Jahren die ersten Erfahrungen mit Drogen gemacht hatte, daß sie mit dreizehn auf Heroin umgestiegen war, mit fünfzehn wegen Prostitution verhaftet wurde, mit sechzehn schwanger wurde und Timmie zur Welt brachte, bisher fünf Abtreibungen hinter sich hatte, sieben Entziehungskuren gemacht hatte, neunmal als Jugendliche und dreimal als Erwachsene verurteilt worden war.

»Aber ...«, beharrte ihr Anwalt auf seinem Einwand, »das Hohe Gericht darf nicht vergessen, daß diese Frau nicht länger süchtig ist, daß sie gerade ein sehr hartes, vom Staat gelenktes Entziehungsprogramm durchgemacht hat. Und wenn wir jetzt sagen, daß sie nicht rehabilitiert ist, dann sagen wir damit eigentlich nichts anderes, als daß unser ganzes Rehabilitationssystem nicht funktioniert.« Der Einwand verfehlte seine Wirkung offensichtlich nicht. Ihr Vorstrafenregister wurde aus dem Protokoll gestrichen, der Rest blieb stehen.

Die Vernehmung der Mutter dauerte weit mehr als eine Stunde. Sie schluchzte während des ganzen Verhörs und erwähnte reumütig »Mein Baby«, wann immer sie Gelegenheit dazu hatte. Doch jedesmal, wenn Sam sie ansah, dachte sie an die unterlassenen Impfungen, was die Kinderlähmung nach sich gezogen hatte, sie dachte an die Schläge, die er von ihr bekommen hatte, an die Einsamkeit, das Entsetzen. Alles, was Sam sich in diesem Augenblick wünschte, war, aus ihrem Rollstuhl aufzustehen und zu schreien.

Als ihre Zeugen rief Norman Warren den Sozialarbeiter Martin Pfizer auf, der nüchtern auftrat, nicht sehr bewegt schien und als Zeuge nicht gerade aufregend war. Dann kam Sams Hausarzt, Josh, und auch ein Bündel von Briefen von wichtigen Leuten wie Richtern und Ärzten wurde zitiert, in dem diese über die wunderbare Arbeit berichteten, die Sam auf ihrer Ranch leistete.

Und schließlich wurde Sam selbst vernommen. Die Tatsache, daß sie geschieden war, wurde hervorgehoben, daß sie nicht wieder verheiratet war und auch keinen Zukünftigen hatte, wie sich der Gegenanwalt ausdrückte, jedenfalls nicht derzeit. Auch die Tatsache, daß sie für den Rest ihres Lebens behindert war, wurde vorgebracht, die ganze lange, traurige Liste wurde wieder und wieder angeführt, bis Sam fast Mitleid mit sich selbst empfunden hätte. Norman erhob Einspruch und machte dieser Art von Befragung ein Ende. Schließlich erschien eine freundliche, interessierte, gutmütige Person, die Timmie helfen wollte, aber nicht wie seine halb hysterische Mutter, die laut »Mein Baby« rief und aus dem Saal geführt werden mußte.

Die letzte Zeugenvernehmung war die schlimmste. Es war Timmie selbst. Seine Mutter wurde gebeten, möglichst ihre Tränen zu unterdrücken, und man bot ihr eine Unterbrechung an, damit sie sich wieder fassen könnte. Sie entschied sich, auf der Stelle mit dem Weinen aufzuhören, schniefte aber immer noch laut, während sie zuhörte. Sam bemerkte den Ausdruck des Entsetzens auf dem Gesicht des Jungen. Alles, was vorher berichtet worden war, wurde jetzt überprüft. Wie sein Leben mit seiner Mutter gewesen war, wie sein Leben mit Sam war, wie seine Mutter für ihn gesorgt hatte, was Sam ihm kaufte und gab, was er für die beiden Frauen fühlte, und dann plötzlich: »Hast du Angst vor deiner Mutter, Timmie?« Doch die Frage als solche verschreckte ihn offensichtlich so sehr, daß er in seinem Rollstuhl zurückschrak, seinen Teddy umklammerte und heftig den Kopf schüttelte.

»Nein . . . nein!«

»Hat sie dich jemals geschlagen?«

Er gab keine Antwort. Schließlich schüttelte er den Kopf und wurde aufgefordert, laut zu sprechen. Alles, was sie aus ihm herausholten, war ein heiseres Nein. Verzweifelt schloß Sam die Augen. Sie verstand, was in ihm vorging, was er tat. Er konnte nicht die Wahrheit sagen, solange seine Mutter anwesend war. Eine halbe Stunde ging es so weiter, dann wurden sie alle heimgeschickt. Der Richter forderte sie freundlich auf, am nächsten Morgen wiederzukommen. Er erklärte, daß er die Telefonnummern von ihnen allen hätte und daß er sie, sollte er sich aus irgendeinem Grund nicht in der Lage fühlen, ein schnelles Urteil

818

zu fällen, verständigen würde. Ansonsten sollten sie am nächsten Morgen in denselben Saal zurückkehren, Timmie mitbringen – dies mit einem Seitenblick auf Samantha –, und das Urteil sollte verkündet werden. Er befürwortete eine schnelle Urteilsverkündung, um das Kind zu schonen und um allen Parteien zusätzliche Schmerzen zu ersparen. Mit diesen Worten erhob sich der Richter, und der Gerichtsdiener verkündete, daß sich das Gericht zurückgezogen habe.

Auf der Fahrt zurück zur Ranch spürte Sam, wie ihr ganzer Körper vor Erschöpfung schmerzte. Timmie schlief in ihren Armen ein, kaum daß sie das Gerichtsgebäude verlassen hatten. Er hatte vor Entsetzen gezittert, als seine Mutter sich ihm genähert hatte, hatte sich an Sams Hand geklammert, und Norman hatte ihn hastig aus dem Gerichtssaal geschoben, während Josh Sam behilflich war. So schnell sie konnten, waren sie abgefahren. Später, als sie ihn im Arm hielt, erkannte sie, wie tapfer und mutig Timmie gewesen war, als er gewillt war, sich die ganzen Verhöre zum Sorgerecht anzuhören. Wenn seine Mutter ihn zurückgewann, dann würde sie alles tun, um sich zu rächen, und niemand wußte das besser als er. Aber auch Sam wurde das immer stärker bewußt, als sie ihn festhielt. Wie, um alles in der Welt, konnte sie ihn dieser Frau übergeben, wenn es das Gericht so entschied? Wie konnte sie das ertragen?

Als Sam an diesem Abend im Bett lag, wußte sie, daß sie es nicht ertragen könnte, daß der Schmerz sie töten würde. Stundenlang lag sie da und dachte daran, ihn zu nehmen und mit ihm irgendwohin zu laufen, zu fliehen. Aber wie und wohin? Und was hatte das wirklich für einen Sinn? Zwei Menschen im Rollstuhl würden nicht sehr weit kommen. Und dann dachte sie an die verborgene Hütte, die sie nicht mehr aufgesucht hatte, seit sie wieder auf der Ranch war. Aber sie wußte, daß sie sie selbst dort finden würden. Es war hoffnungslos. Alles, was sie tun konnte, war, an die Gerechtigkeit und die Gerichte zu glauben und das Beste zu hoffen.

37

Schon lange vor Sonnenaufgang war Sam am nächsten Morgen wach. Ein Blick auf die Uhr sagte ihr, daß sie nur eineinhalb Stunden geschlafen hatte. Aber als sie in Timmies Zimmer rollte, das gleich neben ihrem lag, stellte sie fest, daß auch er wach war.

»Hallo, Liebling ...« Sie küßte ihn auf die Nasenspitze und griff nach seinen Schienen. »Guten Morgen.«

»Ich will nicht mit ihr gehen.«

»Warum machen wir uns darüber nicht nach dem Frühstück Gedanken?«

Sam gab sich Mühe, vergnügt und unbeschwert zu klingen, aber er brach in Tränen aus und klammerte sich an sie. So begann dieser Tag. Die beiden frühstückten allein. Die anderen Kinder hatten keine Ahnung, was vorging, Samantha hatte es nur einigen der Therapeuten und Betreuer erzählt. Sie versuchten, die Angelegenheit soweit wie möglich herunterzuspielen. Trotzdem spürten alle, als sie wieder mit Josh und Timmie fortfuhr, daß etwas in der Luft lag. Auch die Kinder merkten es und waren ungewöhnlich still, als sie in den Bus verfrachtet wurden, der sie zur Schule bringen sollte.

In Los Angeles trafen Samantha, Josh und Timmie Norman Warren vor der Tür zum Gerichtssaal, sie alle sahen sehr ernst aus.

»Nehmen Sie's leicht, Sam.«

Zart berührte Norman ihren Arm. Sie trug eine graue Hose und einen grauen Kaschmirpullover, und Timmie hatte denselben Anzug an wie am Vortag, diesmal mit einem rot-weiß karierten Hemd.

Der Richter begann die Verhandlung mit der Bitte, Timmie in den Saal zu bringen. Dann wandte er sich selbst an Timmie, erklärte ihm, daß er allen Zeugen aufmerksam zugehört hätte und versucht hätte, eine Entscheidung zu treffen, die Timmie für lange Zeit glücklich machen würde. Er lächelte wie ein wohlwollender Großvater zu ihm herab und fragte ihn dann, ob er sich nach vorn rollen könnte. Das sei nur eine Formsache, erklärte er, weil er hier die wichtigste Person sei, um die sich schließlich alles drehe. Timmie sah Sam fragend an, sie lächelte und nickte, und er rollte sich selbst nach vorn, wie der Richter es erbeten hatte.

Dann wandte der Richter seine Aufmerksamkeit Sam zu, erklärte, daß er verstünde, daß das, was sie tat, nicht nur bewundernswert, sondern heilig sei, daß er mit verschiedenen Leuten über die Ranch gesprochen habe und überaus beeindruckt sei, mehr, als er ihr beschreiben könne. Wieder einmal schenkte er ihr ein herzliches Lächeln. Doch dann führte er weiter aus, daß er, obwohl es sicher keinen Zweifel an ihren lauteren Absichten gäbe, obwohl sie finanziell gesehen sicher besser für Timmie sorgen könne als seine Mutter und obwohl Timmie ganz gewiß eine schwere Zeit mit dieser jungen Frau hinter sich habe, die so hart kämpfen mußte, um den richtigen Weg für sich und ihr behindertes Kind zu finden, daß er trotzdem fest davon überzeugt sei, besonders nach dem Gespräch mit Pater Renney, daß Timmies Mutter endlich zu sich selbst gefunden habe. Und darum – er strahlte Timmie an – habe er entschieden, daß Timmie zu seiner rechtmäßigen Mutter gehöre. »Und nun«, er machte eine Handbewegung zu dem überraschten jungen Mädchen in der rosa Bluse, mit dem zerzausten Haar, »dürfen Sie sich Ihren Sohn wiederholen.«

Und dann, mit einem Schlag seines Hammers auf den Tisch, der für Sam klang, als schlage ihr Herz am Boden auf, erklärte er mit dröhnender Stimme: »Das Gericht befindet zugunsten der leiblichen Mutter.« Dann stand er auf und verließ den Saal, während sich Sam verzweifelt bemühte, nicht laut zu schreien.

Timmies Mutter jedoch beherrschte sich nicht so, sondern rannte auf ihn zu und stieß ihn fast aus seinem Stuhl. Alles, was Sam sehen konnte, waren Timmies wild um sich schlagende Arme, als er versuchte, seiner Mutter zu entkommen, und seinen Stuhl, der von dem Anwalt festgehalten werden mußte, während er von seiner Mutter umarmt wurde, die die ganze Zeit über laut kreischte: »Mein Baby ... mein Baby ...«

»Sam! . . . Sam!« Es war ein flehendes Heulen, das ihr fast das Herz zerriß; instinktiv wandte sie sich ihm zu und versuchte, ihren Rollstuhl an Josh und Norman vorbeizustoßen, um zu dem Kind zu gelangen. Doch Josh packte die Griffe am Rücken des Rollstuhles, und Norman stellte sich ihr in den Weg. Die beiden Männer hatten sich augenblicklich und ohne ein Wort verstanden. Es hätte jetzt keinen Zweck. Die Mutter hatte sich auf ihr Kind gestürzt.

»Stop . . .« Sam stieß Norman an. »Ich muß ihn sehen.«

»Das können Sie nicht, Sam!« erklärte er ruhig, aber entschieden, und Josh ließ ihren Stuhl nicht los, so sehr sie auch zerrte.

»Ich muß aber, verdammt . . . Josh, laß los!« Sie fing jetzt an zu schluchzen, aber schon schob der Gegenanwalt Timmies kleinen Rollstuhl aus dem Saal. Der Kleine wandte sich ihr mit kummervoll verzerrtem Gesicht zu und winkte, schwenkte die kleinen Arme in einer traurigen Geste.

»Sam . . . Sam!«

»Ich liebe dich!« rief sie ihm zu. »Ich liebe dich, Timmie! Es wird alles gut werden!«

Und dann war er fort. Als hätte der letzte Rest Kraft sie verlassen, ließ sie den Kopf sinken, schlug die Hände vors Gesicht und fing an zu weinen. Lange Zeit wußte keiner der beiden Männer, was sie tun sollten, doch dann kniete Norman neben ihr nieder.

»Es tut mir so leid, Sam . . . wir können in Berufung gehen.«

»Nein.« Sie konnte kaum sprechen, als sie nach ihrem Taschentuch suchte und den Kopf schüttelte, als Antwort auf Normans Vorschlag. »Nein . . . das kann ich ihm nicht antun.«

Er nickte, stand auf und machte Josh dann ein Zeichen. Es gab keinen Grund für sie, noch hierzubleiben. Für Samantha und Timmie war alles vorbei. Der Junge war fort.

38

Für den Rest der Woche blieb Sam im Großen Haus, verließ das Gebäude überhaupt nicht, und an den ersten beiden Tagen kam sie nicht einmal aus ihrem Zimmer. Norman war wegen Timmies Sachen gekommen, um sie dem Sozialhelfer zu übergeben, aber Sam hatte sich geweigert, ihn zu sehen. Josh kümmerte sich für sie um alles. Zweimal hatte er an jenem Morgen an ihre Tür geklopft und versucht, sie zu sprechen, aber sie wollte niemanden sehen – außer Timmie. Sie hatte soeben die letzte Liebe ihres Lebens verloren.

»Wird sie es schaffen?« hatte Norman Josh mit einem besorgten Ausdruck gefragt, und der alte Mann hatte mit Tränen in den Augen den Kopf geschüttelt.

»Ich weiß nicht. Sie ist hart im Nehmen, aber sie hat eine Menge verloren. Und das jetzt ... Sie haben ja keine Ahnung, wie sehr sie ihn geliebt hat.«

Norman nickte traurig. »Doch, ich weiß.«

Zum erstenmal in seiner Laufbahn hatte er auf dem Rückweg vom Gericht kräftig aufs Gaspedal seines Mercedes getreten, und als er nach Hause brauste, hatte auch er geweint.

»Ich möchte sie gerne sehen, wenn sie bereit ist. Und ich möchte mit ihr über eine Berufung sprechen. Ich glaube, die Sache wäre es wert. Dies ist ein ungewöhnlicher Fall, denn was gegen sie steht, sind die Tatsachen, daß sie sowohl alleinstehend als auch behindert ist. Aber es ist absolut unglaublich, daß ein Gericht zugunsten einer Prostituierten und Drogensüchtigen befindet, nur weil sie die leibliche Mutter ist, wenn dagegen eine Frau wie Sam steht. Ich möchte diesen Fall durch alle Instanzen bringen, bis hin zum Obersten Gerichtshof.

»Ich werde es ihr sagen.« Josh sah aus, als billige er den Vorschlag. »Wenn ich sie sehe.«

Plötzlich blickte Norman ihn sehr besorgt an. »Sie wird doch keine Dummheit machen, oder?«

Josh dachte einen Augenblick nach. »Ich glaube nicht.«

Er wußte nicht, daß sie das schon einmal versucht hatte, in dem Krankenhaus in New York. Aber diesmal trug sie sich nicht mit Selbstmordgedanken. Sie wünschte zwar, sie wäre tot, aber irgendeine schwache, irrationale Hoffnung, Timmie eines Tages zurückzubekommen, hielt sie von diesem Schritt ab. Statt dessen lag sie einfach im Bett, ohne sich zu rühren, ohne zu essen, schleppte sich nur hin und wieder ins Bad, und das zwei volle Tage lang. Sie weinte und schlief und weinte dann wieder, wenn sie aufwachte.

Am Ende des zweiten Tages wachte sie auf, weil jemand an ihre Tür hämmerte. Schweigend lag sie im Bett, fest entschlossen, nicht zu antworten. Dann hörte sie Glas splittern und wußte, daß soeben jemand durch ihre Haustür eingedrungen war.

»Wer ist da?«

Sie klang verschreckt. Vielleicht war es ein Einbrecher! Doch als sie sich mit einem Ausdruck von Verwirrung und Entsetzen im Bett aufrichtete, gingen plötzlich die Lichter im Flur an, und sie sah Jeffs roten Haarschopf. Sein Arm blutete. Dann schien er plötzlich verlegen, und sein Gesicht wurde, wie so oft, rot wie eine Tomate.

»Was machst du da?«

»Ich bin gekommen, um nach dir zu sehen. Ich habe es nicht mehr ausgehalten, Sam. Seit zwei Tagen habe ich hier drin kein Licht gesehen, und wenn ich an die Tür geklopft habe, hast du nie geantwortet ... ich dachte, vielleicht ... ich hatte Angst ... ich wollte wissen, ob du in Ordnung bist.«

Sie nickte, lächelte ihm zu, weil er so besorgt war. Doch dann kamen wieder die Tränen. Und plötzlich hielt er sie fest in den Armen.

Seltsamerweise war es ein so vertrautes Gefühl, in seinen Armen zu sein, als hätte er es vorher schon einmal getan, als würde sie seine Arme, seine Brust, seinen Körper kennen. Aber sie wußte, daß das ein verrückter Gedanke war, und sie entzog sich ihm und putzte sich umständlich die Nase.

»Danke, Jeff.«

Er setzte sich auf die Kante ihres Bettes und sah sie an. Selbst jetzt, nachdem sie zwei Tage nur dort gelegen hatte, sah sie noch reizend aus. Und nur für einen kurzen Augenblick hatte er das wilde Verlangen, sie zu küssen. Bei dem Gedanken wurde er wieder rot.

Da lachte sie plötzlich unter Tränen, und er sah sie verwirrt an.

»Worüber lachst du?«

»Wenn du verlegen bist, dann siehst du aus wie ein Radieschen.«

»Vielen Dank.« Er grinste. »Ich bin zwar schon Karottenkopf genannt worden, aber noch nie Radieschengesicht.« Und mit sanftem Lächeln fügte er hinzu: »Bist du ganz in Ordnung, Sam?«

»Nein. Aber ich glaube, ich werde wieder.« Wieder liefen ihr ein paar Tränen übers Gesicht. »Ich hoffe bloß, daß es Timmie gut geht.«

»Josh sagt, dein Anwalt will in Berufung gehen, bis zum Obersten Gerichtshof.«

»Ja?« Sie sah zynisch und wütend aus. »So'n Quatsch! Der hat doch überhaupt keine Chance, zu gewinnen. Tatsache ist nun mal, daß ich ein Krüppel bin und nicht verheiratet. Es macht ihnen wahrscheinlich gar nichts aus, daß ich nicht verheiratet bin, aber ich bin ein Krüppel. Und das reicht. Prostituierte und Drogensüchtige sind bessere Mütter als Krüppel, oder wußtest du das nicht?«

»Zum Teufel, das sind sie nicht.« Er knurrte es fast.

»Nun, wenigstens hat der Richter so entschieden.«

»Der Richter ist ein Dummkopf.«

Sie lachte plötzlich über den wütenden Kommentar. Dann fiel ihr auf, daß er nach Bier roch. Sie runzelte die Stirn, als sie den jungen Rotschopf musterte.

»Hast du getrunken, Jeff?«

Er schien verlegen und errötete wieder, schüttelte dann aber den Kopf. »Nur zwei Bier. Um betrunken zu sein, brauche ich mehr.«

»Warum?«

»Ist einfach so. Ich brauche normalerweise fünf oder sechs, bis sich eine Wirkung zeigt.«

»Nein.« Sie lachte ihn an. »Ich meine, warum hast du die zwei getrunken?« Sie mochte es nicht, wenn die Männer in Gegenwart der Kinder tranken, und Jeff wußte das. Aber dann erkannte sie an der Dunkelheit draußen, daß die Arbeitszeit schon längst vorbei war.

»Es ist Silvester, Sam.«

»Tatsächlich?« Sie schien überrascht, und dann zählte sie zurück ... die Vernehmung der Zeugen war am 28. gewesen, die Urteilsverkündung am 29., und das war jetzt zwei Tage her. »Oh, Mist. Das stimmt. Und du gehst zu einer Party?« Sie lächelte ihm sanft zu.

»Ja. Ich fahre zur Bar Three Ranch hinüber. Hab' ich dir jemals erzählt, daß ich dort gearbeitet habe?«

»Nein, aber du scheinst auf jeder Ranch im Westen gearbeitet zu haben.«

»Ich habe vergessen, dir von der zu erzählen.«

»Nimmst du ein Mädchen mit?«

»Mary Jo.« Diesmal wurde er rot wie ein Feuerwehrauto.

»Joshs Tochter?« Sie sah belustigt aus, und er grinste ihr zu. »Ja.«

»Was hat denn Josh dazu gesagt?«

»Daß er mir 'nen Tritt in den Hintern geben würde, wenn ich sie betrunken machte. Aber, zum Teufel, sie ist fast neunzehn. Es ist völlig legal.«

»Ich würde trotzdem aufpassen, wenn ich du wäre. Wenn Josh sagt, er gibt dir 'nen Tritt, dann meint er das auch so.« Ihr Gesicht wurde wieder ernst. »Wie geht es ihm?«

»Er macht sich Sorgen um dich.« Jeffs Stimme in dem stillen Zimmer klang sanft. »Wir machen uns alle Sorgen, alle, die Bescheid wissen. Dein Anwalt war gestern hier.«

»Das habe ich erwartet. Um Timmies Sachen zu holen?« Jeff zögerte, nickte dann aber. »Hat er all seine Weihnachtsgeschenke bekommen? ...« Wieder fing sie an zu weinen. »Ich möchte, daß er alles bekommt.«

»Das hat er auch, Sam.«

Er wußte nicht, was er sonst für sie tun könnte, und so nahm er sie einfach in die Arme und hielt sie fest, und sie lehnte den Kopf an seine Schulter und weinte. Er wollte ihr sagen, daß er sie liebte, aber er hatte Angst. Er hatte sich sofort in sie verliebt, als er sie zum ersten Mal sah, mit diesem außergewöhnlichen blaßgoldenen Haar. Aber sie war neun Jahre älter als er, und sie verhielt sich immer so, als interessiere sie kein Mann. Er fragte sich manchmal, ob sie immer noch könnte, aber eigentlich war es ihm gleich. Er wollte sie einfach nur halten und umarmen und ihr sagen, daß er sie liebte – eines Tages. Lange Zeit lagen sie so da, bis schließlich ihre Tränen versiegten. »Danke.« Schweigend sah sie ihn lange an, bewegt von seiner Kraft und jugendlichen Schönheit. »Du verschwindest jetzt besser von hier, sonst verbringst du den Silvesterabend noch mit mir statt mit Mary Jo.«

»Weißt du, was?« Seine Stimme klang tief und sexy. »Das würde ich gern tun.«

»So, würdest du?«

In ihren Augen lag Spott, aber sie konnte sehen, daß es ihm ernst war. Doch sie glaubte nicht, daß das, was sie plötzlich fühlte, das war, was Jeff brauchte. Er brauchte keine ältere Frau, und schon gar nicht einen Krüppel. Er war jung. Er hatte noch sein ganzes Leben vor sich, angefüllt mit Mädchen wie Mary Jo. Aber sie fühlte sich plötzlich so schrecklich einsam, daß sie ihn am liebsten festgehalten hätte, und ehe sie eine Dummheit beging, wollte sie ihn lieber wegschicken.

»Also gut, Kindchen, geh und feiere ein schönes, stilvolles Silvester.« Sie setzte sich in ihrem Bett auf und versuchte zu lächeln.

»Und du, Sam?«

»Ich werde ein heißes Bad nehmen, mir etwas zu essen machen und dann wieder ins Bett gehen. Ich nehme an, daß ich morgen aus meinem Loch kriechen und mich der Welt stellen muß.«

»Das höre ich gern. Eine Weile habe ich mir wirklich schreckliche Sorgen um dich gemacht.«

»Ich bin hart, Jeff, glaube ich wenigstens. Das lernt man mit der Zeit.« Die Zeit, all die Wunden und Verluste sorgten dafür.

»So? Aber schön wird man dadurch auch.«

»Nun geh schon, Jeff.« Sie sah besorgt aus. »Es wird Zeit für dich.«

»Ich möchte dich nicht allein lassen, Sam. Ich möchte hierbleiben.«

Doch sie schüttelte den Kopf, als sie ihn ansah, nahm seine Hand, hielt sie an ihre Wange und küßte dann sanft die Fingerspitzen, ehe sie sie losließ. »Du kannst nicht bleiben, Jeff.«

»Warum nicht?«

»Ich lasse dich nicht.«

»Du hältst also nichts davon, daß Ranchbesitzer und Rancharbeiter etwas miteinander haben?« Er nahm Anstoß daran, und sie lächelte.

»Nein, damit hat das nichts zu tun, mein Lieber. Es ist einfach, nun, mein Leben liegt hinter mir, und deines noch vor dir. Du brauchst so etwas wie mich nicht.«

»Du bist verrückt. Weißt du überhaupt, wie lange ich dich schon haben will?«

Sie legte einen Finger an seinen Mund. »Ich möchte nicht, daß du es mir erzählst. Es ist Silvester, und an solchen Abenden sagen die Leute oft Dinge, die sie nicht sagen sollten. Ich möchte, daß wir lange Zeit gute Freunde bleiben, Jeff. Bitte, verdirb das nicht.« Und dann, wieder mit Tränen in den Augen: »Ich brauche dich jetzt, dich und Josh, und die Kinder auch, aber vor allem dich und Josh. Unternimm nichts, was das ändern würde. Ich könnte ... das einfach nicht ... ertragen. Ich brauche ... euch zu sehr.« Wieder umarmte er sie, gab ihr einen Kuß auf die Stirn, stand auf und blickte auf sie herunter.

»Ich bleibe hier, wenn du willst, Sam.«

Sie schaute in die strahlenden, grünen Augen auf und schüttelte den Kopf. »Nein, Babe, es ist schon gut. Geh du nur.«

Er nickte langsam und blieb noch einen Augenblick in der Tür stehen, betrachtete sie lange, und dann hörte sie seine Cowboystiefel im Flur, hörte die Haustür zufallen.

39

»Sam? ... Sam?«

Es war sechs Uhr früh am Neujahrstag. Sie war schon angezogen und in der Küche damit beschäftigt, sich Kaffee zu kochen, zum erstenmal seit drei Tagen, als sie Josh an die Haustür klopfen hörte. Sie lächelte. Sie würden ihr noch nacheinander die Tür einrennen, wenn sie nicht allmählich draußen auftauchte. Noch immer verspürte sie die schreckliche Leere nach Timmies Verlust, aber sie wußte, daß sie sich nicht gehenlassen durfte. Sie hatte auch den anderen Kindern gegenüber eine Verpflichtung. Langsam rollte sie in ihrem Rollstuhl zur Haustür und öffnete, blickte in das graue Licht der Morgendämmerung hinaus und sah Josh in seiner dicken Jacke auf der Veranda stehen.

»Hallo, Josh. Ein frohes neues Jahr.«

Er stand einfach nur da, ohne ein Wort zu sagen, und sie fragte sich, was passiert war. Er sah aus, als hätte er geweint.

»Ist alles in Ordnung?« Er schüttelte den Kopf und kam langsam ins Haus. »Komm, setz dich.«

Sie hatte gedacht, er sei gekommen, um ihr Trost zu bieten, doch jetzt wußte sie, daß er Kummer hatte.

»Was ist los?« Sie musterte ihn, die Stirn vor Sorgen gerunzelt, als er schwerfällig in einen Sessel fiel und den Kopf in die Hände fallen ließ.

»Die Kinder. Jeff und Mary Jo. Sie sind gestern abend auf eine Party gegangen.« Er brach ab und schluckte krampfhaft. »Und sie waren völlig betrunken, als sie heimfuhren.«

Sam spürte ihr Herz wild schlagen. Sie hatte Angst, die nächste Frage zu stellen, aber er beantwortete sie schon für sie. Mit einem Ausdruck großen Schmerzes sah er zu ihr auf, und zwei dicke Tränen rollten über sein Gesicht.

»Sie sind gegen einen Baum gefahren und dann einen Abhang hinuntergestürzt ... Mary Jo hat sich beide Arme und Beine gebrochen, und ihr Gesicht ist schlimm zerschnitten ... und Jeff ist tot.«

Sam schloß die Augen und griff nach seiner Hand, dachte an den Jungen, der sie erst am Abend zuvor in den Armen gehalten hatte, und fragte sich, ob all das nicht geschehen wäre, wenn sie ihn gebeten hätte, doch bei ihr zu bleiben. Aber es wäre falsch von ihr gewesen, einen vierundzwanzigjährigen Jungen zu verführen. Falsch? fragte sie sich selbst. Falsch? War es besser für ihn, tot zu sein?

»Oh, Gott ...« Sie öffnete die Augen und sah Josh an, und dann streckte sie die Arme aus und hielt ihn fest. »Wird Mary Jo wieder gesund werden, Josh?« Er nickte und weinte in Sams Armen.

»Aber ich habe den Jungen auch so sehr geliebt.«

Er war nur ein paar Monate bei ihnen gewesen, aber es war ein Gefühl, als wäre es das halbe Leben gewesen. Erst jetzt verstand sie die Zeugnisse, die ihm auf den anderen Ranches ausgestellt worden waren, von Menschen, die immer noch wünschten, daß er eines Tages zu ihnen zurückkehrte.

»Hat er Angehörige, die wir verständigen sollten?«

»Ich weiß nicht.« Er zog ein rotes Taschentuch aus der Hosentasche und putzte sich die Nase. »Ich schätze, wir sollten seine Sachen durchsehen. Ich weiß, daß seine Mutter tot ist, er hat es, ein-, zweimal erwähnt, aber ich weiß nicht, ob er noch einen Vater oder Geschwister hat. Er hat nie viel von sich erzählt, er sprach immer nur von den Kindern hier, und von dir, und wie glücklich er hier wäre mit den Kindern und den Pferden.«

Sam schloß die Augen und holte tief Luft. »Wir schauen besser seine Sachen durch. Wo ist er jetzt?«

Josh seufzte und stand auf. »Ich habe sie gebeten, ihn im Krankenhaus zu behalten, und gesagt, wir würden anrufen und ihnen dann sagen, was zu tun wäre. Wenn er irgendwo Familie hat, möchte die vielleicht, daß er überführt wird.«

»Ich hoffe bloß, daß wir irgend etwas finden, was uns verrät, wer sie sind. Was sollen wir machen, wenn er nichts bei sich hatte?« Das war ein neues Problem für sie.

»Ihn bei Bill und Miss Caroline begraben, würde ich sagen, oder in der Stadt.«

»Wir können ihn hier begraben.«

Er war jetzt einer aus ihrer Familie, und er hatte die Ranch geliebt. Aber es war unfaßbar, über das Begräbnis dieses Jungen zu sprechen, wo er doch erst wenige Stunden zuvor in ihrer Schlafzimmertür gestanden hatte, auf dem Rand ihres Bettes gehockt und sie in seinen Armen gehalten hatte. Sie verdrängte die Erinnerung, griff nach ihrer Jacke, die an einem niedrigen Haken neben der Haustür hing, und lenkte den Rollstuhl langsam durch die Tür.

Überrascht bemerkte Josh erst jetzt das zerbrochene Fenster und wandte sich an Sam. »Was ist passiert?«

»Jeff. Er wollte sich gestern abend versichern, daß mit mir alles in Ordnung war. Er kam hierher, ehe sie fortfuhren.«

»Ich dachte mir schon, daß er so etwas tun würde, Sam. Er hat dieses Haus zwei Tage lang angestarrt, und ich wußte, daß er an nichts anderes als an dich denken konnte.«

Sam nickte und sagte nichts mehr, bis sie seine Hütte erreichten. Es war schwierig für sie, denn die Wege zu den Hütten der Männer waren nicht geebnet und gepflastert wie alle andern, auf denen man im Rollstuhl bequem entlangfahren konnte.

Josh schob sie über die Unebenheiten, über Wurzeln und Äste in die gemütliche, kleine Hütte. Sie sah sich um, sah auf das ungemachte Bett, auf das Chaos, das der Junge hinterlassen hatte, und hatte das Gefühl, er müßte jeden Moment hier erscheinen. Vielleicht stolperte er grinsend aus dem Badezimmer, oder steckte seinen Kopf unter der Bettdecke hervor, oder kam singend von draußen herein ... er konnte doch nicht tot sein ... Jeff doch nicht ... doch nicht dieser junge Kerl.

Josh musterte sie mit ebenfalls schmerzhaftem Gesicht, setzte sich dann an den kleinen Schreibtisch und begann, Unterlagen durchzusehen. Sie fanden Fotos und Briefe von Freunden, Erinnerungen an frühere Arbeitsstellen, Bilder von Mädchen, Programme von Rodeos, sie fanden alles mögliche, nur nicht das, was sie finden mußten.

Schließlich entdeckte Josh eine kleine, lederne Brieftasche, und darin fand er eine Karte mit der Nummer von Jeffs Sozialversicherung, ein paar Versicherungsunterlagen, ein paar Lose und ein Stück Papier. Und auf diesem Papier stand: »Sollte mir etwas zustoßen, setzen Sie sich bitte mit meinem Vater in Verbindung: Tate Jordan, Grady Ranch«, und dann war eine Postfachnummer in Montana angegeben.

Als Josh das Papier sah, blieb ihm der Mund offenstehen, er starrte darauf, und dann erinnerte er sich plötzlich ... die Bar Three Ranch ... warum hatte er nicht daran gedacht zu fragen? Klar, Tate hatte einen Sohn da drüben gehabt. Ungläubig sah er zu Sam hinüber, und die runzelte die Stirn.

»Was ist los?«

Es gab nichts, was er ihr jetzt hätte sagen können. Er konnte ihr nur das Stück Papier reichen und langsam hinausgehen, um ein wenig frische Luft zu schnappen.

40

Sam starrte das Stück Papier fast eine halbe Stunde lang an, versuchte zu entscheiden, was sie zu tun hätte, und spürte ihr Herz wild schlagen, während sie darüber nachdachte. Fast hätte sie in der vergangenen Nacht Tates Sohn geliebt. Was für eine seltsame Laune des Schicksals. Weil sie es nicht getan hatte, war er jetzt tot, und sie mußte seinen Vater benachrichtigen. Aber selbst wenn sie einander geliebt hätten, wäre er vielleicht ausgegangen und hätte getrunken, und auch dann hätte es passieren können. Es gab eben keine Möglichkeit, dem Schicksal zu entrinnen. Was sollte sie Tate Jordan sagen, wie sollte sie es ihm beibringen? Es war eine Ironie des Schicksals, daß sie jetzt, nach all dem Suchen, den Erkundigungen, die sie eingezogen, den Anrufen, die sie getätigt hatte, plötzlich seine Adresse in den Händen hielt. Sie steckte das Papier in ihre Jackentasche und rollte hinaus.

Josh wartete auf sie, an einen Baum gelehnt, während die Sonne langsam am Morgenhimmel aufstieg. »Was wirst du tun, Sam? Wirst du ihn anrufen?« Er kannte ja die Wahrheit, und er hoffte bei Gott, daß sie es tun würde.

Sie nickte ernst. »Wir müssen es tun. Es ist das einzig richtige.«
»Wirst du es machen?«
»Nein, du. Du bist der Vorarbeiter.«
»Hast du Angst?«
»Nein, wenn es irgend jemand sonst wäre, würde ich es tun, Josh. Aber ich möchte nicht mit ihm sprechen. Nicht jetzt.« Es war fast drei Jahre her, daß er fortgegangen war.
»Vielleicht solltest du aber.«
»Vielleicht.« Sie blickte ihn traurig an. »Aber ich werde es nicht tun.«
»Okay.«

Aber als er anrief, erfuhr er, daß Tate die Woche über mit ein paar anderen Arbeitern in Wyoming auf einer Viehauktion sei. Niemand schien zu wissen, wo sie wohnten oder wie man sie erreichen könnte. Jeff mußte also entweder auf der Ranch oder in der Stadt beerdigt werden. Sie konnten nicht eine Woche warten.

Das Begräbnis war einfach und ging allen sehr nahe. Aber der Tod gehörte zur Natur, wie Sam den Kindern erzählte. Jeff war ihr Freund gewesen, und so war es ihre Pflicht, ihn gemeinsam zu beerdigen. Der Ortspfarrer sprach ein kleines Gebet über dem Sarg. Dann begruben die Männer Jeff neben Caro und Bill, und die Kinder ritten über die Hügel, jedes mit einem Blumenstrauß, den sie auf dem Grab niederlegten. Sie standen um das Grab und sangen seine Lieblingslieder. Es schien eine passende Art, jemanden zu begraben, der zu ihnen gehört hatte, der der Freund von vielen von ihnen gewesen war. Schließlich wendeten sie ihre Pferde und galoppierten über die Hügel zur Ranch zurück.

Sam schaute ihnen nach, sah die Sonne zu ihrer Rechten untergehen, hörte die Hufe ihrer Pferde auf den Boden schlagen, spürte die kühle Luft, und sie dachte, daß sie nie in ihrem Leben etwas so Ergreifendes gesehen hatte. Einen Augenblick hatte sie das Gefühl, daß Jeff neben ihr ritt. Aber es war nur sein reiterloses Pferd mit dem farbenprächtigen Wildwestsattel, das die Rancharbeiter zur Ehre ihres verlorenen Freundes mitführten. Sie wußte nicht, warum sie plötzlich an Timmie denken mußte. Wieder einmal fühlte sie Tränen in sich aufsteigen.

Als sie an diesem Abend an ihrem Schreibtisch in dem Großen Haus saß und an Tate schrieb, half ihr diese Erinnerung, ihm die Hand zu reichen, trotz allem, was zwischen ihnen gewesen war und jetzt nicht mehr existierte. Auch sie hatte ein Kind verloren, selbst wenn Timmie ihr anders gehört hatte als Jeff Tate. Sie kannte den Schmerz über einen solchen Verlust, sie empfand ihn jetzt noch intensiver, als sie an den Mann schrieb, den sie so lange vergebens gesucht hatte. Sie ertappte sich auch bei der Frage, was Jeff seinem Vater über sie erzählt hatte. Sie wollte um keinen Preis, daß er über ihren Unfall Bescheid wußte. Sie beschloß, die Wahrheit ein wenig zu verdrehen, und betete im stillen, daß Jeff nicht alles erzählt hatte.

»Drei Jahre scheinen keine sehr lange Zeit zu sein«, schrieb sie nach dem ersten Absatz, in dem sie ihm die schlimme Nachricht ohne Pathos mit einfachen Worten mitgeteilt hatte. »Aber wieviel hat sich hier verändert. Caroline und Bill sind nun beide von uns gegangen; sie ruhen dort, wo wir auch Jeff heute beerdigt haben, in den Hügeln, nahe ihrer Hütte. Und die Kinder, die hier mit mir auf der Ranch leben, ritten hin und legten Sträuße auf Jeffs Grab, während die Männer sein Pferd in den Sonnenuntergang führten. Es war ein schwerer, ergreifender Tag, ein trauriger Verlust für uns alle. Die Kinder sangen die Lieder, die er besonders gern gehabt hat, und irgendwie hatte ich, als wir heimritten, das Gefühl, er wäre bei uns. Ich hoffe, Tate, daß Du immer das Gefühl haben wirst, er wäre in Deiner Nähe. Er war ein wunderbarer junger Mann und uns allen ein lieber Freund. Der Verlust eines so jungen Lebens ist eine Quelle des Zweifels, des Kummers und unermeßlichen Schmerzes. Trotzdem habe ich einfach das Gefühl, daß er in seinem kurzen Leben mehr vollbrachte als die meisten von uns in all den Jahren, die wir länger leben dürfen.

Ich weiß nicht, ob Du weißt, daß Caroline die Ranch nach ihrem Tod für einen besonderen Zweck hinterlassen hat. Sie wollte, daß daraus ein Aufenthaltsort für behinderte Kinder entstand, und Josh und ich haben anschließend monatelang daran gearbeitet, um alles fertigzustellen. Kurz bevor wir die Türen für diese

Kinder öffneten, kam Jeff zu uns, und er hatte eine Gabe für diese Art von Arbeit, die uns tief beeindruckte. Er tat Dinge, die zu erzählen Stunden dauern würde, die Dir aber das Recht geben, sehr stolz auf ihn zu sein. Ich werde einmal nachsehen, ob bei den Fotos, die wir zu Beginn machten, nicht auch viele von Jeff sind, die ich Dir zuschicken werde. Es wird Dir zweifellos einen klareren Eindruck von seiner Arbeit hier geben. Die Ranch ist ganz anders, als Du sie kennengelernt hast.

Sicher hat keiner von uns gewußt, daß dies Carolines Absicht war. Die Ranch dient nun einem guten Zweck, für den Dein Sohn sich stark engagierte. Ich nehme großen Anteil an Deinem Verlust, wünsche Dir, daß Du genug Kraft hast; und wir werden Dir all seine Sachen zuschicken, um Dir die schmerzliche Reise hierher zu ersparen. Wenn wir sonst irgend etwas für Dich tun können, laß es uns bitte wissen. Josh ist immer hier und wäre sicher froh, Dir helfen zu können.

Mit herzlichen Grüßen
Samantha Taylor.«

Aus ihrem Brief ging in keiner Weise hervor, was einmal zwischen ihnen gewesen war. Am Tag nach der Beerdigung ließ Sam von Josh und ein paar anderen Jeffs Sachen zusammenpacken und per Luftexpreß an Tate schicken. Am Abend des gleichen Tages sah sie selbst, wie versprochen, die Ranchalben durch, nahm sorgfältig jedes Foto von Jeff heraus, suchte nach dem dazugehörigen Negativ und brachte den ganzen Stapel am nächsten Tag in die Stadt. Als die Bilder eine Woche später fertig waren, prüfte sie noch einmal sorgfältig, ob kein Foto von ihr dabei war. Dann steckte sie sie in einen Umschlag und sandte sie ohne weiteren Kommentar an Tate.

Für Sam war damit das Kapitel Tate Jordan beendet. Sie hatte ihn endlich gefunden. Sie hatte die Möglichkeit gehabt, ihm die Hand zu reichen, ihm zu sagen, daß sie ihn immer noch liebte, ja sogar ihn zu bitten, zu ihr zu kommen. Aber genauso, wie sie Jeff in dieser schicksalhaften Nacht fortgeschickt hatte, in dem Bewußtsein, daß eine gemeinsame Nacht selbstsüchtig von ihr und falsch für den Jungen wäre, genauso wandte sie sich jetzt wieder ab, aus nur ihr bekannten Gründen, und war stolz auf ihre Konsequenz. Sie gehörte nicht mehr in Tates Leben, nicht so, wie sie jetzt war. Als sie an diesem Abend im Bett lag, fragte sie sich, ob sie versucht hätte, Tate zurückzuholen, wenn sie nicht verkrüppelt wäre. Aber sie konnte die Frage nicht beantworten, denn als gesunde Frau hätte sie die Ranch nicht gehabt, hätte Jeff nicht kennengelernt, hätte nicht... sie sank in den Schlaf und wachte erst durch das Klingeln des Telefons am nächsten Morgen auf.

»Sam?« Es war Norman Warren, der schrecklich aufgeregt klang.

»Hallo.« Sie schlief noch halb. »Was gibt's?«

Erst allmählich wurde ihr klar, daß er wahrscheinlich wegen der Berufung mit ihr sprechen wollte. Über Jeffs Beerdigung und dem schwierigen Brief an Tate hatte sie Warren fast vergessen und nach ihrer letzten Unterredung auch keinen Kontakt mehr zu ihm aufgenommen. Aber sie war ohnehin fest entschlossen, Timmie dieser Belastung, ja Qual, nicht noch einmal auszusetzen. Zweimal hatte sie mit dem Sozialarbeiter gesprochen, der ihr berichtete, wie schwer es Timmie fiele, sich wieder anzupassen, und wie sehr er sich nach ihr zurücksehnte. Er mußte ihr leider sagen, daß niemand etwas für den Jungen tun konnte. Und das gleiche hatte er Timmie beim letzten Besuch gesagt. Sam hatte ihn gefragt, ob seine Mutter ihn diesmal anständig behandele, doch der Sozialarbeiter war ihrer Frage ausgewichen und hatte nur gemeint, er nähme es an.

»Sam, ich möchte, daß Sie nach Los Angeles kommen.«

»Ich möchte nicht mehr darüber sprechen, Norman.« Mit einem unglücklichen Runzeln der Stirn setzte sie sich im Bett auf. »Es hat keinen Zweck. Ich werde es nicht tun.«

»Das verstehe ich ja. Aber es gibt da noch ein paar Dinge, die ich gern gelöst haben möchte.«

»Was, zum Beispiel?« Sie klang mißtrauisch.

»Da sind ein paar Unterlagen, die Sie nicht unterschrieben haben.«

»Schicken Sie sie mir.«

836

»Kann ich nicht.«

»Dann bringen Sie sie her.« Sam klang jetzt wirklich verärgert. Sie war müde, denn es war noch früh. Zudem war Sonntag, wie ihr erst jetzt einfiel. »Was ist denn mit Ihnen los, Norman, daß Sie mich am Sonntag anrufen?«

»Ich hatte letzte Woche einfach keine Zeit dazu. Sehen Sie, Sam, ich weiß, daß Sie auch sehr beschäftigt sind und es eine Belastung für Sie ist, aber könnten Sie mir nicht einen Gefallen tun? Könnten Sie heute in die Stadt kommen?«

»Am Sonntag? Warum?«

»Bitte. Tun Sie es einfach für mich. Ich wäre Ihnen sehr dankbar.«

Plötzlich packte sie die Angst. »Ist etwas mit Timmie? Ist er verletzt? Hat sie ihn wieder geschlagen?« Sam spürte, wie ihr Herz raste, aber Norman beruhigte sie schnell.

»Nein, nein, nichts dergleichen. Ich bin überzeugt, es geht ihm gut. Ich würde den Fall nur gern ein für allemal in Ordnung bringen. Heute.«

»Norman.« Sie warf seufzend einen Blick auf ihre Uhr. Es war sieben Uhr früh. »Ich persönlich würde sagen, Sie sind verrückt. Aber Sie waren mir eine große Hilfe und haben sich sehr für mich eingesetzt, also werde ich Ihnen auch einen Gefallen tun. Aber nur dieses eine Mal ... Wissen Sie überhaupt, was für eine lange Fahrt das für uns ist?«

»Bringen Sie Josh mit?«

»Wahrscheinlich. Wo sollen wir Sie treffen? In Ihrem Büro? Und was genau soll ich unterschreiben?«

»Bloß ein paar Papiere, in denen Sie erklären, daß Sie nicht in Berufung gehen wollen.«

Was konnte er nur im Schilde führen?

»Warum, zum Teufel, können Sie die nicht schicken?«

»Ich habe nicht genug Geld für die Briefmarke.«

Sie lachte über ihn. »Sie sind ja verrückt.«

»Ich weiß. Wann werden Sie hier sein?«

»Ich weiß nicht.« Sie gähnte. »Wie wäre es nach dem Essen?«

»Warum wollen wir es nicht gleich hinter uns bringen?«

»Soll ich im Nachthemd erscheinen, Norman?«

»Das wäre schön. Sagen wir, um zehn?«

»Oh, je.« Sie seufzte. »Also gut. Aber hoffentlich dauert es nicht zu lange. Ich habe hier eine Menge zu erledigen.«

»Abgemacht.«

Dann benachrichtigte sie Josh, der darüber genausowenig erfreut klang wie sie. »Warum, zum Teufel, kann er dir das Zeug nicht schicken?«

»Ich weiß nicht. Aber wenn es schon sein muß, können wir auch am Sonntag hinfahren. Ich habe die ganze Woche keine Zeit. Ich bin mit den Kindern zu beschäftigt.«

Sie erwartete elf Neuzugänge aus verschiedenen Staaten.

»In Ordnung. Sollen wir in einer halben Stunde fahren?«

»Sagen wir, in einer Stunde.«

Und eine Stunde später stieg sie, gekleidet in Jeans und rotem Pullover, ins Auto. Sie hatte ein rotes Band im Haar und trug ihre geliebten roten Cowboystiefel.

»Ich weiß wirklich nicht, warum wir am Sonntagmorgen nach Los Angeles fahren müssen«, bemerkte sie.

Norman erwartete sie schon in ungewöhnlich guter Laune. Er bestand darauf, daß sie ins Gerichtsgebäude fuhren, weil er doch nicht alle notwendigen Papiere im Büro hatte.

»Am Sonntag? Norman, sind Sie betrunken?« Sie fand das nun wirklich nicht mehr lustig.

»Vertrauen Sie mir einfach, um Gottes willen.«

»Wenn ich das nicht täte, wäre ich nicht hier.«

Mißtrauisch sah Josh ihn an und fuhr dann den Wagen zum Gericht auf der anderen Seite der Stadt. Dort angekommen, wirkte Norman plötzlich sehr überlegt und bestimmt. Er zeigte bei der Aufsicht seinen Ausweis vor, der Mann nickte und ließ sie ein. »Siebter Stock«, befahl er dem Mann im Fahrstuhl; dort oben führte er sie durch zahlreiche Gänge, erst nach links, dann nach rechts und wieder nach links, bis sie in ein hellerleuchtetes Zimmer traten, wo eine Frau in Uniform hinter einem Schreibtisch saß und sich mit einem Polizeibeamten unterhielt.

Plötzlich stieß Sam einen Schrei aus und raste los. Denn da war

Timmie, Timmie, der in seinem Rollstuhl saß und seinen Teddy festhielt. Wieder sah er schrecklich schmutzig aus, doch er trug seinen guten Anzug, und er grinste.

Lange umarmten sie sich. Timmie zitterte, sagte aber nichts. Und alles, was Sam hervorbringen konnte, war: »Ich liebe dich, Timmie ... ich liebe dich, mein Schatz ... jetzt ist ja alles gut ...«

Sie wußte nicht, wie lange sie ihn sehen durfte, ob eine Minute, eine Stunde oder einen Tag, aber das war ihr gleich. Sie wollte ihm alles schenken, was sie zu geben hatte, solange sie konnte, solange man es ihr erlauben würde. »Jetzt ist alles gut ...«

»Meine Mami ist tot.«

Er starrte Sam an, sagte die Worte, als begreife er nicht, was sie bedeuteten. Jetzt erst sah Sam die tiefen Ringe unter seinen Augen und einen blauen Fleck im Nacken.

»Was ist passiert?«

Sam verspürte Entsetzen, sowohl über seine Worte als auch über sein Aussehen. »Was meinst du damit?«

Norman trat zu ihnen und nahm sanft Sams Arm.

»Sie hat sich vor zwei Tagen eine Überdosis gespritzt, Sam. Die Polizisten haben Timmie gestern abend allein zu Hause gefunden.«

»War sie da?« fragte Sam mit weit aufgerissenen Augen und umklammerte Timmies Hand.

»Nein, sie war woanders. Timmie war allein in der Wohnung.«

Norman holte tief Luft und lächelte der Frau zu, die seine Freundin geworden war.

»Die Polizisten haben gestern abend den Richter angerufen, weil sie nicht wußten, ob sie Timmie ins Erziehungsheim stecken sollten. Er rief mich umgehend an und sagte, er wolle uns heute früh hier treffen, mit Timmies Akten. Sam, jetzt ist bald alles vorbei.« Tränen standen in Normans Augen.

»Jetzt? Auf der Stelle?« Norman nickte. »Kann er das tun?«

»Ja, er kann sein Urteil auf Grund der veränderten Umstände sofort revidieren. Timmie muß nicht erst vorübergehend ein Mündel des Staates werden und all das. Er gehört Ihnen,

Sam!« Er drehte sich um und betrachtete das kleine Kind in dem Rollstuhl, das Samanthas Hand hielt. »Sie haben Ihren Sohn bekommen.«

Erst vor drei Wochen hatte Samantha zusehen müssen, wie sie ihn schreiend aus dem Gerichtssaal rollten, und jetzt gehörte er ihr. Sie streckte die Arme aus und zog ihn auf ihren Schoß, hielt ihn fest, lachte und weinte zugleich, küßte ihn und strich ihm übers Haar. Und ganz langsam begann auch das Kind zu begreifen, hielt sie fest und küßte sie. Vorsichtig berührte er mit seiner dreckigen, kleinen Hand ihr Gesicht und sagte: »Ich hab' dich lieb, Mami.« Samantha hatte sich ihr Leben lang danach gesehnt, diese Worte zu hören.

Eine halbe Stunde später traf der Richter ein und brachte die Akte mit, die er aus seinem Büro geholt hatte. Er unterschrieb verschiedene Papiere. Anschließend unterschrieb Sam, die Aufseherin bezeugte sie. Josh weinte. Norman weinte, sie weinte, der Richter lächelte, und Timmie schwenkte seinen Teddy und grinste breit, als sie ihn zum Fahrstuhl rollten. »Auf Wiedersehen«, rief er dem Richter zu. Und als sich die Türen hinter ihnen schlossen, lachte und weinte auch der Richter.

41

»Und dann will ich Daisy reiten, und mit meinem Zug und meinem Feuerwehrauto spielen, und ...«

»Baden«, warf Sam grinsend ein. Mein Gott, welch ein Geschenk hatte sie empfangen! Sie lachte und kicherte überglücklich. Zum erstenmal seit dem schrecklichen Unfall von Jeff und Mary Jo sah sie auch Josh lachen.

Sam hatte Timmie schon von Jeff erzählt, als er nach ihm fragte, er hatte geweint und dann genickt.

»Genau wie Mami ...«

Aber sonst sagte er nichts von ihr, und Sam wollte ihn nicht drängen. Sie wußte von dem wenigen, was Norman ihr erzählt hatte, daß es eine harte Zeit gewesen war. Doch jetzt war dieser

Teil von Timmies Lehen vorüber. Gleich welche schlimmen Erinnerungen er in den kommenden Jahren haben würde, sie würden allmählich verblassen durch die Liebe, die sie ihm von jetzt an immer schenken könnte.

Sie erzählte ihm von den neuen Kindern, die kommen würden, von dem Garten, den sie im Frühjahr bepflanzen wollten, und dann sah sie ihn mit einem breiten Grinsen an. »Und weißt du, was du in ein paar Wochen tun wirst?«

»Was denn?« Trotz der dunklen Ringe unter seinen Augen schien er freudig erregt.

»Du wirst in die Schule gehen.«

»Warum?« Der Gedanke schien ihn keineswegs zu erfreuen.

»Ich habe es gerade beschlossen.«

»Aber ich bin früher auch nicht gegangen.« Er quengelte wie jedes Kind, und sie und Josh wechselten ein Lächeln.

»Das kommt davon, weil du früher etwas Besonderes warst, aber ab jetzt hast du keine Sonderrechte mehr.«

»Kann ich nicht wieder etwas Besonderes sein?« Hoffnungsvoll sah er sie an, und sie lachte und zog ihn an sich. Sie saßen zu dritt nebeneinander auf dem Vordersitz des großen Lieferwagens, Timmie in der Mitte.

»Du wirst immer etwas Besonderes sein, du Dummkopf. Aber jetzt können wir einfach ein ganz normales, regelmäßiges Leben führen. Wir brauchen keine Angst mehr zu haben, daß du mir weggeholt wirst, oder so. Und du kannst einfach zur Schule gehen, wie die anderen Kinder auch.«

»Aber ich will zu Hause bleiben, bei dir.«

»Eine Weile kannst du das auch, aber dann mußt du in die Schule gehen. Willst du denn nicht so schlau werden wie Josh und ich?« Sie kicherte wieder, überglücklich, und Timmie stimmte ein. Dabei stöhnte er über das, was sie gerade gesagt hatte.

»Du bist nicht schlau ... du bist jetzt einfach meine Mami!«

»Vielen Dank!«

Ihre Liebe zueinander hatte offensichtlich keinen Schaden genommen. Am Nachmittag backten sie Plätzchen und besuchten die anderen Kinder. Sam las ihm noch eine Geschichte vor, ehe er im Zimmer neben ihrem ins Bett ging. Bevor sie fertig war, schnarchte er leise. Lange blieb sie sitzen, sah zu, wie er schlief, strich ihm übers Haar und dankte Gott, daß er ihn ihr zurückgebracht hatte.

Erst zwei Wochen später kam Sam etwas zur Ruhe, nachdem die Neuankömmlinge untergebracht waren und sich allmählich eingewöhnten. Sie verbrachte einen ganzen Tag in ihrem Büro, um sich durch drei Stapel Post hindurchzuarbeiten. Die meisten Briefe kamen von Ärzten, ein paar auch aus den Oststaaten, was neu für sie war. Bislang hatte sie nur Empfehlungen und Patienten aus den Städten des Westens gehabt.

Und dann, als sie den letzten Brief niederlegte, sah sie ihn. Sie schaute zufällig aus dem Fenster. Da stand er, unverändert, genauso groß und schön wie damals mit seinem pechschwarzen Haar, seinen breiten Schultern, seinem Gesicht mit den scharfen Falten, und mit seinem Cowboyhut und seinen Stiefeln ... nur an den Schläfen entdeckte sie, daß er ein bißchen grauer geworden war, aber das ließ ihn nur noch besser aussehen. Sam hielt den Atem an, als sie beobachtete, wie er stehenblieb und zu einigen der Kinder sprach. Denn ihr fiel wieder ein, wie gut er den Weihnachtsmann gespielt hatte.

Doch plötzlich zuckte sie zusammen, zog die Jalousie herunter und rief ihre Sekretärin zu sich. Ihr Gesicht war gerötet, und sie blickte sich nervös in ihrem Zimmer um, als wollte sie sich verstecken. »Suchen Sie Josh!« befahl sie. Fünf Minuten später stand dieser im Zimmer. Rein äußerlich hatte sie bis dahin ihre Haltung wiedergewonnen.

»Josh, ich habe eben Tate Jordan gesehen.«

»Wo?« Er schien überrascht. »Bist du sicher?« Zum Teufel, es war drei Jahre her, er mußte sich verändert haben, vielleicht hatte sie es sich nur eingebildet.

»Ich bin sicher. Er war draußen im Hof und unterhielt sich mit ein paar Kindern. Ich möchte, daß du ihn findest, herausbekommst, was er will, und ihn dann abwimmelst. Und wenn er mich sehen will, sag ihm, ich wäre nicht hier.«

»Hältst du das für fair?« Vorwurfsvoll sah Josh sie an. »Sein Junge ist gerade hier auf der Ranch gestorben, Sam, vor noch nicht fünf Wochen, und er liegt dort oben begraben.« Er deutete auf die Hügel. »Schulden wir ihm nicht wenigstens ein bißchen Zeit hier?«

Einen Augenblick lang schloß Sam die Augen, bevor sie ihren alten Freund ansah und sagte: »Also gut, du hast recht. Zeig ihm Jeffs Grab, und dann, bitte, Josh, sieh zu, daß er von hier fortgeht. Es gibt hier nichts zu sehen. Wir haben ihm Jeffs Sachen alle geschickt. Es gibt keinen Grund für ihn hierzubleiben.«

»Vielleicht möchte er dich sehen, Sam.«

»Ich will ihn nicht sehen.« Als sie seinen vorwurfsvollen Blick sah, drehte sie wütend ihren Rollstuhl so, daß sie ihm direkt gegenüber saß. »Und erzähl mir bloß nichts von Fairneß, verdammt! Es war auch nicht fair, mich vor drei Jahren einfach sitzenzulassen. Das war gemein! Und jetzt schulde ich ihm überhaupt nichts mehr!«

Josh blieb einen Augenblick in der Tür stehen, einen Ausdruck des Bedauerns im Gesicht. »Du schuldest nur einem etwas, Sam – dir selbst!«

Sie wollte ihm sagen, er solle sich zum Teufel scheren, aber sie schwieg. Sie saß in ihrem Büro und wartete, wußte nicht einmal, worauf, saß einfach da, dachte nach, grübelte. Sie wollte, daß er die Ranch verließ, daß er wieder fortging und sie allein ließ. Dies hier war jetzt ihr Leben. Er hatte kein Recht, zurückzukehren und hier einzudringen. Im Innern aber wußte sie, daß Josh die Wahrheit gesagt hatte. Es war sein Recht zu sehen, wo sein Sohn begraben lag.

Eine halbe Stunde später kehrte Josh zurück. »Ich habe ihm Sundance gegeben, damit er hinreiten und sehen kann, wo der Junge liegt.«

»Gut. Hat er den Stall verlassen?«

Josh nickte.

»Dann geh ich ins Haus. Wenn du Timmie siehst, sag ihm, daß ich dort bin.«

Doch nach der Schule hatte Timmie Reitunterricht, zusammen

mit ein paar Freunden, und sie saß allein in ihrem Haus und fragte sich, ob Tate schon fort war. Es war so seltsam zu wissen, daß er so nahe war, daß sie, wenn sie gewollt hätte, hinausgehen und ihn berühren könnte, daß sie ihn sehen, mit ihm reden könnte. Dabei wußte sie nicht einmal, wovor sie Angst hatte. Vor ihren eigenen Gefühlen? Vor dem, was er sagen könnte? Vielleicht würde sie überhaupt nichts empfinden, wenn sie Gelegenheit hätte, einige Zeit mit ihm zu verbringen. Vielleicht war die Wunde nur deshalb nie verheilt, weil er sie ohne Erklärung verlassen hatte, weil sie keine Chance gehabt hatte zu kämpfen. Es war wie ein plötzlicher Tod gewesen, sie hatte sich nicht wehren können. Und jetzt, drei Jahre später, kam er zurück, und es gab nichts mehr zu sagen. Jedenfalls nichts, was zu sagen sich gelohnt hätte, so schien es ihr, nichts, was sie sich selbst zu sagen gestattet hätte.

Es war fast dunkel, als Josh an die Haustür klopfte, und sie öffnete vorsichtig.

»Er ist fort, Sam.«

»Danke.« Sie sahen sich lange an, und dann nickte er.

»Er ist ein feiner Kerl, Sam. Wir haben uns lange unterhalten. Die Sache mit dem Jungen belastet ihn wirklich sehr. Er sagte, er wolle heute abend im Krankenhaus vorbeifahren, um Mary Jo zu besuchen und um ihr zusagen, daß es ihm leid täte . . . .« Seine Augen blickten sie fragend an, doch sie schüttelte den Kopf. Sie wußte, was er sagen wollte, machte instinktiv mit der Hand eine abweisende Bewegung.

»Nein.« Und dann, ganz leise: »Weiß er . . . von mir? Hat er irgend etwas gesagt?«

Josh schüttelte den Kopf.

»Ich glaube nicht. Er hat jedenfalls nichts gesagt. Er fragte nach dir, und ich sagte, du seist für heute fortgefahren. Ich glaube, er hat es verstanden, Sam. Man läßt eine Frau nicht sitzen und kommt dann drei Jahre später zurück. Er sagte nur, ich sollte dir danken. Er war wirklich gerührt darüber, daß wir Jeff dort bei den beiden begraben haben. Er sagte, er wolle es einfach so lassen. Weißt du«, er seufzte leise und schaute zu den

Hügeln hinüber, »wir haben über vieles geredet ... über das Leben, die Menschen ... Caroline, Bill King ... im Leben ändert sich vieles in ein paar Jahren, findest du nicht?«

Josh sah heute wirklich traurig aus. Es hatte ihn wohl getroffen, einen alten Freund wiederzusehen. Sam fragte nicht, trotzdem erzählte er ihr freiwillig alles, was er wußte.

»Als er von hier fortging, fuhr er nach Montana. Hat auf einer Ranch gearbeitet. Hat sein ganzes Geld gespart und dann einen Kredit aufgenommen, hat sich ein Fleckchen Land gekauft und ist Rancher geworden. Ich habe ihn damit aufgezogen. Er sagte, er hätte es getan, damit er dem Jungen etwas hinterlassen konnte. Es hat wirklich gut geklappt, aber jetzt ist Jeff tot. Er sagt, er hat die Ranch letzte Woche verkauft.«

»Was hat er jetzt vor?« Sam schien plötzlich nervös. Was, wenn er in der Nähe blieb? Oder einen Job auf der Bar Three Ranch bekam?

»Er kehrt morgen wieder dorthin zurück.« Josh hatte die Furcht in ihren Augen gesehen. Und dann: »Ich treffe mich heute abend mit ihm, Sam. Falls du deine Meinung ändern solltest.«

»Das werde ich nicht.«

Schließlich kam Timmie heim. Sam bedankte sich bei Josh und ging ins Haus, um Abendbrot zu machen. Aus irgendeinem Grund wollte sie nicht in der Haupthalle essen, und Timmie war ja schon den ganzen Tag mit den anderen Kindern zusammengewesen.

Den ganzen Abend über war sie nervös und gereizt, und als sie in dieser Nacht im Dunkeln lag, konnte sie an nichts anderes denken als an Tate. Irrte sie sich? Sollte sie ihn sehen? Aber was bedeutete das noch? Es war zu spät, das wußte sie. Trotzdem wollte sie plötzlich, zum erstenmal seit sie auf die Ranch zurückgekehrt war, in ihre Hütte gehen, wollte die alten Plätze aufsuchen ... die Hütte hinter dem Obstgarten, in der er gelebt hatte, die Hügel, über die sie geritten waren, ihre Hütte am See. In all der Zeit, die sie jetzt wieder auf der Ranch war – das war schon seit über einem Jahr –, war sie nie in die Hütte an dem kleinen See zurückgekehrt, bis sie Jeff in der Nähe begruben. Aber von den Gräbern aus konnte man die Hütte nicht sehen. Seit Monaten hatte sie sich fest vorgenommen, eines Tages dorthin zu reiten, um Carolines Sachen zu holen. Sie sollte die Hütte wirklich einreißen lassen, aber sie hatte nicht das Herz dazu, konnte nicht einmal den Anblick ertragen. Alles, woran sie denken könnte, wenn sie dort wäre, wäre ... Tate ... Tate ... sein Name dröhnte die ganze Nacht lang in ihren Ohren.

Am Morgen war sie innerlich aufgewühlt und so erschöpft, daß Timmie sie auf dem Weg zum Frühstück in der Halle fragte, ob sie krank sei. Sie war erleichtert, als er mit den anderen zur Schule fuhr und sie Zeit für sich selbst hatte. Langsam rollte sie in den Stall hinüber, um nach Black Beauty zu sehen. Gelegentlich ritt sie auf dem Hengst aus. Aber jetzt hatte sie ihn schon lange nicht mehr geritten, und sie behielt ihn eigentlich nur noch wegen der Erinnerung. Für die meisten anderen war er zu schwierig zu reiten; die Rancharbeiter mochten ihn eigentlich nicht, es war kein Pferd, das Leuten wie Josh gefiel; und wenn sie die Kinder unterrichtete oder mit ihnen ausritt, brauchte sie wirklich ein ruhigeres Pferd wie Pretty Girl. Aber dann und wann, wenn sie allein war, ritt sie ihn immer noch. Er war ein sensibles Tier und schien sich ihr anzupassen. Sogar nach dem grauenvollen Erlebnis in Colorado hatte sie keine Angst vor ihm.

Als Sam Black Beauty betrachtete, wußte sie plötzlich, was sie zu tun hatte. Sie bat einen der Männer, ihn zu satteln, und ein paar Minuten später half er ihr hinauf. Langsam ritt sie in den Hof hinaus und wandte sich mit einem nachdenklichen Ausdruck den Hügeln zu. Vielleicht kam jetzt der Zeitpunkt, daß sie sich schließlich doch stellen mußte, daß sie zurückkehren und alles sehen mußte, daß sie die Erfahrung machen mußte, von alldem nicht mehr betroffen zu sein, weil ihr nichts mehr davon gehörte.

Tate Jordan hatte eine Frau geliebt, die sie schon seit langem nicht mehr war und nie mehr sein würde. Das stand ihr deutlich vor Augen, während sie über die Hügel galoppierte. Sie sah zum Himmel auf und fragte sich, ob sie je wieder einen Mann lieben würde. Wenn sie sich dem stellte und die Erinnerung an ihn verdrängte, würde sie sich wieder in einen anderen Mann verlieben können, vielleicht in jemanden auf der Ranch, oder in einen Arzt, den sie durch die Kinder kennenlernen würde, oder in einen Anwalt wie Norman, oder ... aber wie nichtssagend erschienen sie ihr alle neben Tate.

Als sie daran dachte, wie sie ihn am Vortag im Hof gesehen hatte, lächelte sie sanft. Und allmählich kehrte die Erinnerung zurück an alles, was sie miteinander geteilt hatten, an die Zeit, als sie über die Hügel geritten waren, an die Tage, an denen sie Seite an Seite gearbeitet hatten, an den Respekt, den sie füreinander empfanden ... die Nächte, die sie in seinen Armen verbracht hatte ... und als diese Erinnerungen so lebendig in ihr waren, als gehörten sie der Gegenwart an, ritt sie über den letzten Hügel und sah zwischen den Bäumen den kleinen Teich und die Hütte, die sie geteilt hatten, vor sich auftauchen. Sie wollte nicht näher heranreiten. Es war, als sei sie – für sie – verhext. Die Hütte gehörte in ein anderes Leben, zu anderen Leuten, aber sie sah sie, grüßte sie.

Sam wendete langsam den mächtigen, schwarzen Hengst und galoppierte über den kleinen Hügel, wo sie Jeff zur letzten Ruhe gebettet hatten. Lange stand sie dort und lächelte den Menschen zu, die sie hiergelassen hatte, einem Mann, einer Frau, einem Jungen, Menschen, die sie sehr geliebt hatte. Während ihr beim Anblick der Gräber langsam Tränen über die Wangen liefen, tänzelte Black Beauty, wurde unruhig und wieherte.

Als sie sich umwandte, sah sie ihn, groß und stolz saß er im Sattel, wie damals. Tate Jordan, auf einem neuen Appaloosapferd, das sie gerade erst gekauft hatte. Er war gekommen, um sich ein letztes Mal von seinem Sohn zu verabschieden. Lange sagte er nichts zu ihr. Auch über sein Gesicht liefen Tränen, aber sein Blick bohrte sich in ihren, und sie fühlte ihren Atem stocken, fragte sich unsicher, ob sie etwas sagen oder einfach fortreiten sollte. Black Beauty tänzelte graziös, und während sie ihn zügelte, nickte sie Tate zu.

»Hallo, Tate.«

»Ich wollte dich gestern besuchen, um dir zu danken.« In seinem Gesicht stand etwas unendlich Sanftes. Er war sanft und doch so stark. Er hätte Furcht einflößen können, hätte er nicht so freundlich ausgesehen. Sein Körper war so groß, seine Schultern so breit, seine Augen lagen so tief. Er sah aus, als könnte er Samantha mitsamt ihrem Hengst hochheben und sanft wieder absetzen.

»Du brauchst dich nicht bei mir zu bedanken. Wir haben ihn geliebt.« Die Augen, mit denen sie ihn ansah, waren wie blauer Samt. »Er war ein guter Junge.« Langsam, traurig schüttelte er den Kopf. »Er hat wirklich eine große Dummheit gemacht. Ich habe Mary Jo gestern abend besucht.« Und dann lächelte er. »Die ist vielleicht groß geworden.«

Auch Sam lachte leise. »Es ist fast drei Jahre her.«

Er nickte, dann sah er sie an, in seinen Augen stand eine Frage, und langsam ritt er mit seinem Appaloosa näher an sie heran.

»Sam?« Es war das erste Mal, daß er ihren Namen nannte, und sie versuchte, nichts dabei zu empfinden. »Reitest du ein paar Minuten mit mir?«

Sie wußte, daß er die Hütte besuchen wollte, konnte den Gedanken aber nicht ertragen, mit ihm dorthin zurückzukehren. Sie mußte mit aller Kraft darum kämpfen, Distanz zu wahren, sich nicht diesem freundlichen Riesen in die Arme zu werfen, der nach drei Jahren plötzlich wieder aufgetaucht war. Immer wenn sie etwas zu ihm sagen wollte, wenn sie seinen Namen rufen wollte, die Hand nach ihm ausstrecken wollte, solange sie noch Gelegenheit dazu hatte, blickte sie auf ihre Beine hinab, die fest an den Sattel geschnallt waren, und dann wußte sie, was sie zu tun hatte. Schließlich hatte er sie drei Jahre zuvor verlassen, aus Gründen, die nur er kannte. Es war besser, sie ließ es dabei bewenden.

»Ich muß zurück, Tate. Ich habe eine Menge zu tun.« Sie wollte ihm auch keine Zeit lassen festzustellen, warum ihre Beine angeschnallt waren. Aber er schien es überhaupt nicht bemerkt zu haben. Zu sehr konzentrierte er sich auf ihr Gesicht.

»Das ist eine tolle Sache, die du da aufgebaut hast. Wie bist du darauf gekommen?«

»Ich habe es dir doch geschrieben, es war Carolines Letzter Wille.«

»Aber warum du?« Also wußte er es nicht. Sie fühlte eine Woge der Erleichterung.

»Warum nicht?«

»Bist du denn nie nach New York zurückgekehrt?« Das schien ihn zu entsetzen. »Ich dachte, das würdest du tun?«

»So, dachtest du das? Bist du deshalb fortgegangen, Tate? Damit ich dorthin zurückkehrte, wo ich deiner Meinung nach hingehörte?«

»Schon. Für eine Weile.« Sie seufzte leise. »Ich bin wiedergekommen, nachdem sie gestorben war.« Sie blickte zu den Hügeln hinüber, während sie sprach. »Ich vermisse sie immer noch.«

Auch seine Stimme klang leise und sanft. »Ich ebenfalls.« Und dann: »Können wir zusammen reiten? Nur ein paar Minuten. Ich werde lange Zeit nicht mehr hierher zurückkommen.«

Er sah sie fast flehend an. Sie spürte, wie ihr Herz ihm entgegenströmte, und sie nickte und ließ ihn vorausreiten. Als sie den Hügel umritten hatten, blieben sie bei dem kleinen Teich stehen.

»Steigst du eine Minute ab, Sam?«

»Nein.« Sie schüttelte entschieden den Kopf.

»Ich will nicht in die Hütte hineingehen. Das werde ich nicht tun.« Fragend sah er sie an. »Sind ihre Sachen immer noch da?«

»Ich habe sie nicht angerührt.«

Er nickte. »Ich würde gern eine Minute mit dir sprechen, Sam.« Doch diesmal schüttelte sie den Kopf. »Es gibt eine Menge, die ich nie gesagt habe.« Seine Augen flehten sie an, ihre blickten sanft.

»Du mußt nichts mehr sagen, Tate. Es ist schon lange her. Das ist jetzt nicht mehr wichtig.«

»Für dich vielleicht nicht, Sam. Aber für mich. Ich will dich nicht mit einer langen Rede langweilen. Ich möchte nur, daß du eines weißt: Ich habe mich geirrt.«

Sie schaute ihn an, plötzlich überrascht.

»Wie meinst du das?«

»Es war ein Fehler, dich zu verlassen.« Er seufzte. »Das Komische daran ist, daß ich mich deshalb sogar mit Jeff gestritten habe. Nun, nicht über dich, sondern darüber, daß ich die Ranch verlassen habe. Er warf mir vor, mein Leben lang vor den wichtigen Dingen davongelaufen zu sein, vor den Dingen, die wirklich zählten. Er sagte, ich hätte Vorarbeiter sein oder eine eigene Ranch besitzen können, wenn ich es gewollt hätte. Wir beide zogen sechs Monate zusammen herum, und dann gingen wir einander verdammt auf die Nerven. Ich ging dann nach Montana und kaufte diese kleine Ranch.« Er lächelte nun. »Ich habe verdammt gut investiert, und das alles mit einem Darlehen. Ich habe das gemacht, um Jeff zu beweisen, daß er im Irrtum war, und jetzt«, er zuckte die Achseln, »ist es wirklich nicht mehr von Bedeutung. Allerdings habe ich etwas daraus gelernt. Ich habe gelernt, daß es verdammt unwichtig ist, ob du Rancher oder Rancharbeiter bist, ob du Mann oder Frau bist, wenn du nur richtig lebst und liebst und Gutes tust, das ist alles, was zählt. Schau dir nur diese beiden an.« Er nickte zur Hütte hinüber. »Am Ende hat man sie doch Seite an Seite begraben, weil sie sich geliebt haben, und niemand kümmert sich darum, ob sie verheiratet waren oder ob Bill King ihre Liebe zueinander immer geheimgehalten hat. Was für eine verdammte Zeitverschwendung!«

Er sah aus, als wäre er zornig auf sich selbst. Sam lächelte ihm zu und streckte ihm die Hand hin. »Ist schon gut, Tate.« Ihre Augen wurden feucht, aber sie lächelte, und er nahm ihre Hand und zog sie an die Lippen. »Danke für das, was du gerade gesagt hast.«

»Es muß schrecklich für dich gewesen sein, als ich dich verließ, Sam, und es tut mir leid. Bist du noch lange geblieben?«

»Ich habe dich mehr als zwei Monate lang überall gesucht, und dann hat Caro mich praktisch hinausgeworfen.«

»Das war richtig von ihr. Ich habe das gar nicht verdient.« Er grinste. »Damals.«

Sie lachte über die Korrektur. »Ich nehme an, jetzt doch?«

»Vielleicht nicht. Aber jetzt bin ich auch Rancher.«

Diesmal lachten sie beide. Wie schön war es, wieder mit ihm zu reden. Es war fast wie in alten Zeiten, als sie ihn kennenlernte und ihre Freundschaft begann, aber es war eben nicht dasselbe.

»Erinnerst du dich noch an das erste Mal, als wir hierherkamen?«

Sie nickte, obwohl sie wußte, daß sie sich auf gefährlichen Boden begaben. Eigentlich waren sie schon weit genug gegangen.

»Ja, aber das ist lange her, Tate.«

»Und jetzt bist du eine alte Frau.«

Sie warf ihm einen seltsamen Blick zu. »Ja, das bin ich.«

Er erwiderte ihren Blick. »Ich dachte, du würdest wieder heiraten.«

Für einen Augenblick wurde ihr Blick hart. »Du hast dich geirrt.«

»Warum? Habe ich dich so sehr verletzt?«

Er schien Mitleid mit ihr zu haben. Aber sie schüttelte bloß den Kopf und antwortete nicht, und wieder streckte er ihr die Hand hin.

»Laß uns einen Spaziergang machen, Sam.«

»Es tut mir leid, Tate, ich kann jetzt nicht.« Sie wurde traurig und hartnäckig. »Ich muß umkehren.«

»Warum?«

»Weil ich muß.«

»Warum willst du nicht, daß ich dir sage, was ich fühle?« Seine Augen sahen sehr grün und sehr tief aus.

»Weil es zu spät ist.« Sie sprach leise, und bei ihren Worten fiel sein Blick zufällig auf ihren Sattel. Er runzelte die Stirn und wollte ihr eine Frage stellen, aber da ritt sie schon davon. »Sam ... warte ...«

Und dann, als er sie davonreiten sah, wußte er plötzlich die Antwort, fand das Verbindungsstück, das ihm in den letzten beiden Tagen in seinem Puzzle gefehlt hatte, wußte, warum sie es getan hatte, warum sie zurückgekommen war, warum sie nicht wieder geheiratet hatte, warum es zu spät war ...

»Sam!«

Aber sie hörte nicht. Es war, als spürte sie den Unterschied in seinem Ton. Sie schlug die Zügel gegen Black Beautys Hals und trieb ihn immer weiter an. Als Tate sie beobachtete, war er plötzlich sicher. Die Absätze, die vor drei Jahren so fest in den Steigbügeln gestanden hatten, die Schenkel, die die Flanken des Hengstes gepreßt hatten, hingen plötzlich leblos herab, die Fußspitzen waren gesenkt. Nie zuvor hätte sie sich das gestattet, nicht solange sie noch die Kontrolle über ihren Körper gehabt hatte. Jetzt verstand er, warum sie diesen seltsamen Sattel hatte. Er war so in den Anblick ihres Gesichts vertieft gewesen, daß er die wichtigste Veränderung übersehen hatte. Aber jetzt mußte er den Appaloosa antreiben, wenn er sie einholen wollte. Gerade noch ehe sie den letzten Hügel vor den Hauptgebäuden erreichte, trieb er seinen Appaloosa an wie ein Rennpferd, holte sie ein und brachte Black Beauty zum Stehen.

»Stop, hör auf damit, verflucht! Ich muß dich etwas fragen!« Seine grünen Augen bohrten sich in ihre blauen Augen, die ihn anblitzten.

»Laß los, verdammt!«

»Nein. Ich will jetzt etwas wissen, und ich will die Wahrheit erfahren, oder ich prügle dich von diesem verfluchten Pferd, das ich schon immer gehaßt habe. Und dann werden wir ja sehen, was passiert!«

»Versuch es nur, du Bastard!« Ihre Augen forderten ihn heraus, und sie kämpfte um die Zügel.

»Was würde dann passieren?«

»Ich würde aufstehen und heimgehen.« Sie betete, daß er ihr glaubte.

»So, würdest du das? Würdest du das wirklich, Sam? Nun, dann sollten wir das vielleicht versuchen . . .« Er machte Anstalten, sie vorsichtig aus dem Sitz zu heben, und sie lenkte den Hengst zur Seite.

»Hör auf, verfluchter Kerl.«

»Warum willst du es mir nicht sagen? Warum?« Seine Augen waren so grün, wie sie sie noch nie gesehen hatte, und sein Gesicht drückte grenzenlosen Schmerz aus. »Ich liebe dich, verdammt noch einmal, Weib, weißt du das denn nicht? Ich habe dich jede Minute geliebt, seit ich vor drei Jahren von hier fortgegangen bin. Aber ich bin um deinetwillen gegangen, nicht um meinetwillen, damit du dorthin zurückkehren konntest, wohin du gehörtest, zu den Menschen, zu denen du gehörtest, und mich vergessen konntest. Aber ich, ich habe dich niemals vergessen, Sam. In jeder verdammten Nacht habe ich von dir geträumt, drei Jahre lang, und jetzt bist du plötzlich wieder da, und noch viel schöner, und ich will dich genausosehr wie früher, und du willst mich nicht in deine Nähe lassen. Warum? Ist da ein anderer? Sag es mir, und ich gehe fort, und du wirst nie wieder von mir hören. Aber es hat einen anderen Grund, nicht wahr? Du bist wie die anderen, oder? Wie die Kinder? Und du bist genauso ein Narr, wie ich es damals war. Ich dachte, es machte etwas aus, daß ich nur ein Rancharbeiter war, und jetzt glaubst du, es macht etwas aus, daß du nicht laufen kannst. Denn das ist es doch, Sam, oder nicht? Du kannst nicht laufen, oder? Antworte mir!«

Er brachte es unter Stöhnen hervor, und Tränen liefen langsam über seine Wangen. Sam sah ihn an, zwischen Verzweiflung und Wut hin- und hergerissen, und nickte langsam. Ihren eigenen Tränen freien Lauf lassend, entzog sie ihm dann die Zügel des Hengstes und ritt im Schritt davon.

Dabei warf sie noch einen Blick über die Schulter. »Es stimmt. Du hast recht, Tate. Aber das Komische daran ist, daß du recht hattest. Oh, nicht damals, aber heute. Einige Dinge machen nun einmal einen Unterschied aus. Und glaub mir, dies gehört dazu.« Sie wendete das Pferd, langsam. »Und nun tu mir einen Gefallen. Du hast dich von deinem Sohn verabschiedet, und du hast mir gesagt, was du mir zu sagen hattest. Jetzt geh. Um unser beider willen, geh.«

»Das werde ich nicht tun.« Er war hartnäckig, wirkte riesengroß, sogar noch neben dem Pferd, das sie ritt. »Ich gehe nicht, Sam. Diesmal nicht. Wenn du mich nicht willst, dann sag es mir, und wir werden sehen. Aber ich gehe nicht wegen deiner verdammten Beine. Mir ist es gleich, ob du nicht laufen oder nicht kriechen oder dich nicht bewegen kannst. Ich liebe dich. Ich liebe deinen Kopf und dein Herz und deinen Geist und deine Seele. Ich liebe das, was du mir gegeben hast, das, was du meinem Sohn gegeben hast und all diesen Kindern hier. Er hat es mir erzählt, *Jeff* hat es mir gesagt, weißt du. Er schrieb mir von der außergewöhn-

853

lichen Frau, die die Ranch leitete. Das Dumme ist nur, daß ich nichts begriff. Ich wußte nie, daß du es bist. Er hatte ein Postfach hier, das ist alles, was ich wußte. Ich stellte mir vor, daß eine verrückte Heilige etwas Neues auf Caros Ranch angefangen hatte. Aber ich wußte nicht, daß du es warst, Sam ... und jetzt gehe ich nicht fort.«

»Doch, du gehst.« Ihr Gesicht war hart. »Ich will kein Mitleid. Ich will keine Hilfe. Ich will überhaupt nichts mehr, außer dem, was ich habe, die Kinder, und meinen Sohn.«

Es war das erste Mal, daß er von Timmie hörte. Er hatte nicht vergessen, daß sie in der Vergangenheit gesagt hatte, sie könne keine Kinder bekommen.

»Das kannst du mir später erklären. Aber was willst du jetzt tun? Vor mir zu den Hügeln fliehen? Oder in die Scheune? Auf die Straße? Mich fortjagen? Ich werde nicht gehen, Sam.«

Wütend starrte sie ihn an. Dann trieb sie in verzweifelter Wut Black Beauty wieder vorwärts, über die Hügel, in einem wahnwitzigen Galopp, so daß selbst der Appaloosa Schwierigkeiten hatte, Schritt zu halten. Aber wohin sie sich auch wandte, Tate war immer direkt hinter ihr. Schließlich war selbst Black Beauty am Ende seiner Kraft, und sie wußte, sie mußte aufgeben. Sie hatten inzwischen die äußersten Grenzen der Ranch erreicht, und Sam sah Tate fast verzweifelt an, als sie in Schritt fiel.

»Warum machst du das, Tate?«

»Weil ich dich liebe. Sam, was ist passiert?«

Schließlich blieb sie stehen und erzählte es ihm. Wegen der Sonne bedeckte er einen Augenblick seine Augen. Sie erzählte ihm, daß sie ihn überall gesucht hatte, sprach von ihren Reisen und den Werbefilmen, von Gray Devil und dem verhängnisvollen Ritt.

»Sam, warum?«

»Weil ich so verzweifelt war, weil ich dich finden wollte ...« Und leise flüsterte sie: »Weil ich dich so verdammt geliebt habe ... ich dachte, ich könnte ohne dich nicht leben.«

»Das dachte ich auch.« Er sagte es mit all dem Kummer, der sich in drei Jahren voller einsamer Tage und Nächte aufgestaut hatte. »Ich habe Tag und Nacht so hart gearbeitet, Sam, und konnte doch nur an dich denken. Jede Nacht habe ich wach gelegen und konnte an nichts anderes denken als an dich.«

»Mir ging es genauso.«

»Wie lange warst du im Krankenhaus?«

»Ungefähr neun Monate.« Achselzuckend fügte sie hinzu: »Das Seltsame ist, daß mir das nichts mehr ausmacht. Es ist eben passiert. Ich kann damit leben. Aber ich kann einfach niemanden sonst damit belasten.«

»Gibt es einen anderen?« Er zögerte, und sie lächelte und schüttelte den Kopf.

»Nein, es gibt niemanden, und es wird auch niemanden geben.«

»Doch.« Er lenkte sein Pferd neben sie. »Doch, es wird jemand dasein.« Und ohne ein weiteres Wort küßte er sie, zog sie an sich, vergrub seine Finger in ihrem wunderschönen, goldenen Haar. »Palomino ... oh, mein Palomino ...«

Und als sie diese Worte hörte, nach denen sie sich so lange gesehnt hatte, lächelte sie.

»Ich werde dich nie wieder verlassen, Sam. Niemals.«

Sein Blick hielt sie fest. Sie gab plötzlich alle Vorsicht auf und sagte ihm: »Ich liebe dich. Ich habe dich immer geliebt.«

Ihre Stimme war erfüllt von Ehrfurcht, während ihre Augen ihn einsogen. Endlich war Tate Jordan zurückgekommen. Und als er sie jetzt küßte, murmelte sie: »Willkommen daheim.«

Dann nahm er ihre Hand, und langsam ritten sie über die Hügel nach Hause, ganz dicht nebeneinander.

Josh wartete in dem großen Hof, als sie langsam auf die Gebäude zuritten. Doch dann wandte er sich um und ging in den Stall, als hätte er sie nicht gesehen. Als sie die Stalltür erreichten, zügelte Sam den Hengst und sah Tate an. Langsam und ernst stieg er ab und schaute in ihr Gesicht auf. Seine Augen stellten ihr tausend Fragen, und sein Herz strömte ihr entgegen. Sie zögerte nur einen kurzen Augenblick. Dann lächelte sie, als er die vertrauten, altbekannten Worte sagte.

»Ich liebe dich, Palomino.« Und mit einer Stimme, die nur sie hören konnte: »Ich möchte, daß du jeden Tag daran denkst, jede Stunde, jeden Morgen und jede Nacht. Für den Rest deines Lebens. Von jetzt an werde ich hier bei dir sein, Sam.«

Ihre Augen ließen ihn keinen Augenblick los, während sie begann, die Beine vom Sattel loszuschnallen. Sie saß eine Minute lang da, beobachtete ihn, fragte sich, ob sie ihm nach diesen drei endlosen Jahren vertrauen konnte. War er wirklich zurückgekommen? Oder war das alles eine Illusion, ein Traum? Würde er wieder fortgehen?

Tate, der ihre Furcht spürte, streckte ihr die Arme entgegen. »Vertrau mir, Babe . . .« Und nach einem langen Augenblick: »Bitte.«

Reglos, stolz und aufrecht saß sie im Sattel. Diese Frau war nicht besiegt. Sie schien nicht verkrüppelt, nicht gebrochen. Dies war keine halbe Frau, sondern eine vollkommene Frau. Auch Tate Jordan war größer, vollkommener als andere Männer.

»Sam?« Als ihre Blicke sich trafen und sie einander ansahen, war es, als schmölzen die Jahre zwischen ihnen dahin, und als Sam vorsichtig ihre Hände auf seine Schultern legte, konnte man fast fühlen, wie sich das Band zwischen ihnen neu formte.

»Hilf mir herunter.« Die Worte kamen ruhig und einfach über ihre Lippen, und mit Leichtigkeit hob er sie aus dem Sattel. Schon erschien Josh mit ihrem Rollstuhl, denn er hatte gesehen, was hier geschah. Tate zögerte nur einen Augenblick und setzte sie dann hinein. Er fürchtete, in ihren Augen Kummer und Schmerz zu sehen. Doch als er in ihr Gesicht schaute, lächelte sie nur und rollte geschickt davon.

»Komm, Tate.« Sie sagte es ganz nüchtern, und plötzlich wußte er, daß sich vieles geändert hatte. Dies hier war keine gebrochene Frau, die er retten mußte. Hier war eine Frau, voller Kraft und Schönheit, die er lieben mußte. Und in seinen Augen stand ein Lächeln, als er hinter ihr hereilte, um dann an ihrer Seite zum Haus zu gehen.

»Wohin gehen wir, Sam?« Er schlenderte neben ihr her, sie sah zu ihm auf, und ihr Gesicht drückte Frieden und übergroße Freude aus.

Sie lächelte ihm zu und rollte weiter, flüsterte, als sie ihn noch einmal anschaute: »Heim.«

Als sie das Große Haus erreichten, fuhr sie die Rampe hinauf, öffnete die Tür und schaute dann Tate an, als er lange Zeit einfach nur dort stand, mit einem zärtlichen Ausdruck in den Augen, bei der Erinnerung an eine andere Zeit, an ein anderes Leben. Er hätte sie gern über die Schwelle getragen, aber er war sich nicht sicher, ob sie das wollte. So trat er nach einem zärtlichen Blick auf Sam schweigend ein, und sie rollte ihm nach und schloß die Tür.

Inhalt

Familienbilder 5

Palomino 495

DANIELLE STEEL
im Goldmann-Taschenbuch

Abschied von St. Petersburg
Roman · Taschenbuch Nr. 41351

Alle Liebe dieser Erde
Roman · Taschenbuch Nr. 06671

Das Haus hinter dem Wind
Roman · Taschenbuch Nr. 09412

Das Haus von San Gregorio
Roman · Taschenbuch Nr. 06802

Der Preis des Glücks
Roman · Taschenbuch Nr. 09921

Der Ring aus Stein
Roman · Taschenbuch Nr. 06402

Die Liebe eines Sommers
Roman · Taschenbuch Nr. 06700

Doch die Liebe bleibt
Roman · Taschenbuch Nr. 06412

Es zählt nur die Liebe
Roman · Taschenbuch Nr. 08826

DANIELLE STEEL
im Goldmann-Taschenbuch

Familienbilder
Roman · Taschenbuch Nr. 09230

Glück kennt keine Jahreszeit
Roman · Taschenbuch Nr. 06732

Herzschlag für Herzschlag
Roman · Taschenbuch Nr. 42821

Jenseits des Horizonts
Roman · Taschenbuch Nr. 09905

Liebe zählt keine Stunden
Roman · Taschenbuch Nr. 06692

Nachricht aus der Ferne
Roman · Taschenbuch Nr. 43037

Nie mehr allein
Roman · Taschenbuch Nr. 06716

Nur einmal im Leben
Roman · Taschenbuch Nr. 06781

Palomino
Roman · Taschenbuch Nr. 06882

DANIELLE STEEL
im Goldmann-Taschenbuch

Sag niemals adieu
Roman · Taschenbuch Nr. 08917

Schiff über dunklem Grund
Roman · Taschenbuch Nr. 08449

Sternenfeuer
Roman · Taschenbuch Nr. 42391

Töchter der Sehnsucht
Roman · Taschenbuch Nr. 41049

Träume des Lebens
Roman · Taschenbuch Nr. 06860

Unter dem Regenbogen
Roman · Taschenbuch Nr. 08634

Väter
Roman · Taschenbuch Nr. 42199

Verlorene Spuren
Roman · Taschenbuch Nr. 43211

Vertrauter Fremder
Roman · Taschenbuch Nr. 06763

Brigitte Jakobs
Danielle Steel-Fanclub
81664 München

Liebe Leserin, lieber Leser,

Sie haben soeben die letzte Seite dieses Romans beendet, und ich bin sicher,
Sie haben die Lektüre dieses Buches ebenso genossen wie ich. Ist es nicht hinreißend, wie es
Danielle Steel gelingt, Themen aufzugreifen, die uns alle angehen und berühren, und wie
uns ihre Personen jedesmal aufs neue ans Herz wachsen? Immer wieder ist es mir so
ergangen, daß ich gerne mehr über die Autorin, ihre Arbeit und ihr Leben erfahren hätte.

———————— ❦ ————————

Aus diesem Grunde möchte ich Sie einladen, sich dem Fanclub, den ich für alle begeisterten
Leserinnen und Leser ins Leben gerufen habe, anzuschließen.
Sie erfahren dann regelmäßig alle Neuigkeiten über die Autorin, über ihre neuesten Romane,
ihre schönsten Romanverfilmungen und vieles mehr.
Als Willkommensgruß im Danielle Steel-Fanclub darf ich Ihnen bereits heute
ein kleines Überraschungsgeschenk ankündigen.
Selbstverständlich gehen Sie hierbei keinerlei Abnahmeverpflichtung ein!

Ich freue mich sehr darauf, von Ihnen zu hören, und grüße Sie herzlich,

Ihre

Brigitte Jakobs

- -

Ja, ich möchte Mitglied im Danielle Steel-Fanclub werden.
Bitte halten Sie mich auf dem laufenden über alle interessanten
Neuigkeiten rund um Danielle Steel und ihre Bücher.

Name_____

Vorname_____

Alter_____

Straße_____

PLZ_____   Ort_____

Bitte senden Sie diesen Coupon an:
DANIELLE STEEL-FANCLUB, Frau Brigitte Jakobs, 81664 München

Ich bin damit einverstanden, daß meine Angaben auf Datenträger gespeichert und in die Adressenkartei des Fanclubs aufgenommen werden,
damit ich von allen Verlagen, in denen Danielle Steels Bücher erscheinen, kostenlose Informationen erhalten kann.
Der Weitergabe meiner Daten an diese Verlage stimme ich zu.